JOURNAL POUR ANNE

FRANÇOIS MITTERRAND

JOURNAL POUR ANNE

1964-1970

nrf

GALLIMARD

NOTE DE L'ÉDITEUR

L'ouvrage est composé à partir de 22 blocs de papier à lettres de grand format, dont chaque feuille utilisée par François Mitterrand a été numérotée par la destinatrice.
Toutes les pages ont été reproduites selon des tailles variables avec, en regard, leur transcription.
Dans cette transcription, ce qui est de la main de François Mitterrand est en noir.
Les coupures de presse (ou autres) qui s'intègrent dans le texte de François Mitterrand sont en gris.
De la même manière, les précisions apportées par la destinatrice sont en gris, en italique et entre crochets.
La ponctuation et les majuscules de François Mitterrand ont été respectées.
La lecture des différents éléments d'une page a été faite soit dans l'ordre classique de haut en bas et de gauche à droite, soit en tenant compte d'éléments de sens.
Les coupures de presse facilement lisibles n'ont pas été transcrites.

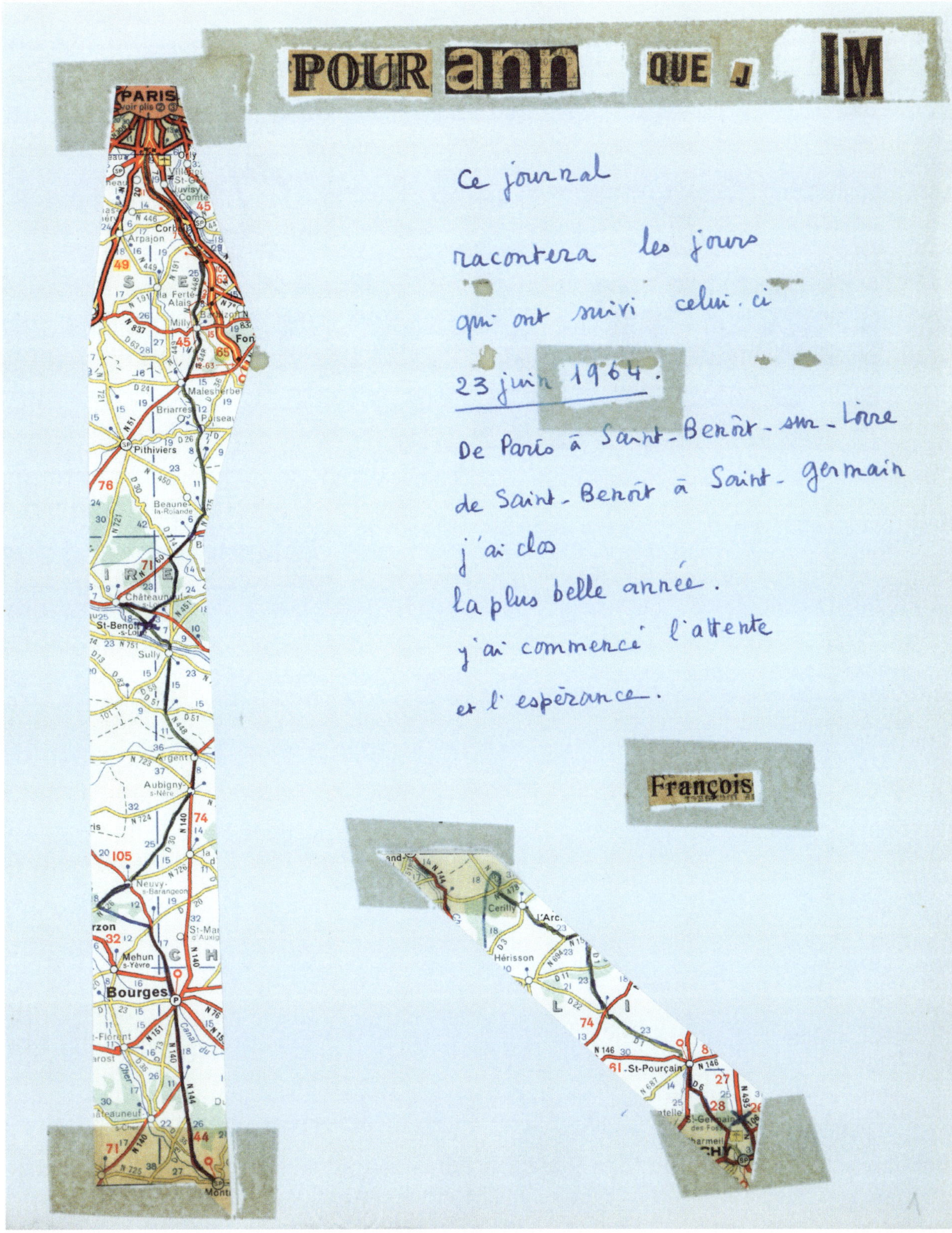

1
Pour Anne que j'aime

Ce journal racontera les jours qui ont suivi celui-ci

23 juin 1964.

De Paris à Saint-Benoît-sur-Loire
de Saint-Benoît à Saint-Germain
j'ai clos la plus belle année.
J'ai commencé l'attente et l'espérance.
François

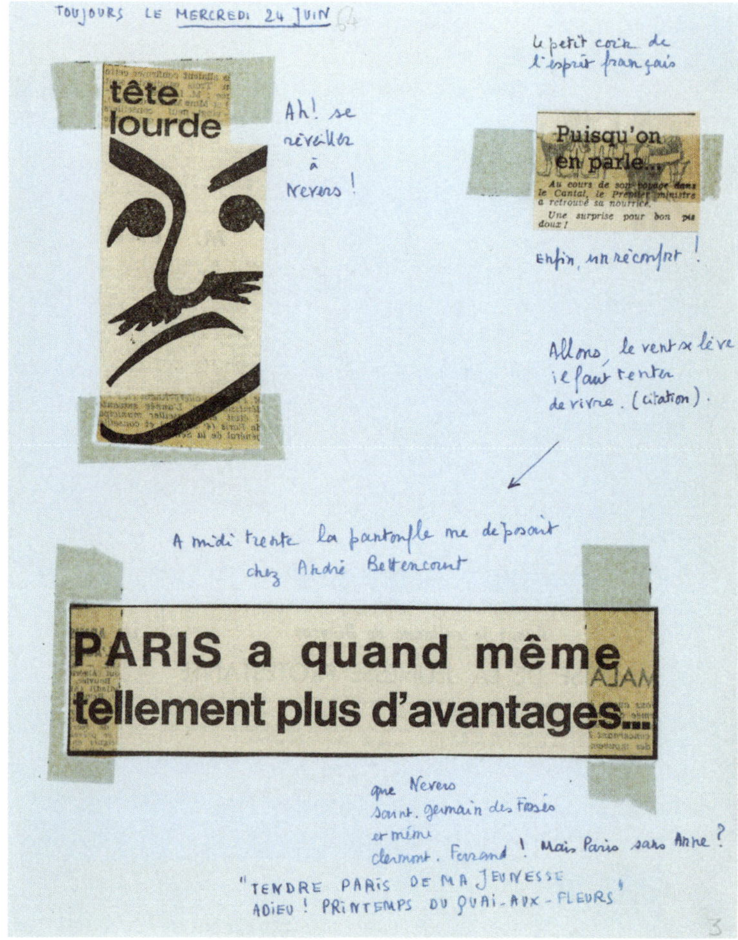

2
Nevers. Nuit du 23 au 24 juin :
Anne est rentrée chez Austremoine.

Ecoutez

A moi, Auvergne !

le cri du mercredi 24 juin
sur la route du retour :
F exprime sa désolation.

Fallait-il donc mourir à Nevers ?

Gargouilles de la cathédrale St Cyr

3
TOUJOURS LE MERCREDI 24 JUIN
Tête lourde Ah ! se réveiller à Nevers !

Le petit coin de l'esprit français
Puisqu'on en parle… Au cours de son voyage dans le Cantal, le Premier ministre a retrouvé sa nourrice. Une surprise pour bon pis doux ! Enfin, un réconfort !

Allons, le vent se lève il faut tenter de vivre. (citation). *[Paul Valéry]*

A midi trente la pantoufle me déposait chez André Bettencourt
Paris a quand même tellement plus d'avantages…
que Nevers
Saint-Germain des Fossés
et même Clermont-Ferrand ! Mais Paris sans Anne ?

« TENDRE PARIS DE MA JEUNESSE
ADIEU ! PRINTEMPS DU QUAI-AUX-FLEURS » *[Louis Aragon]*

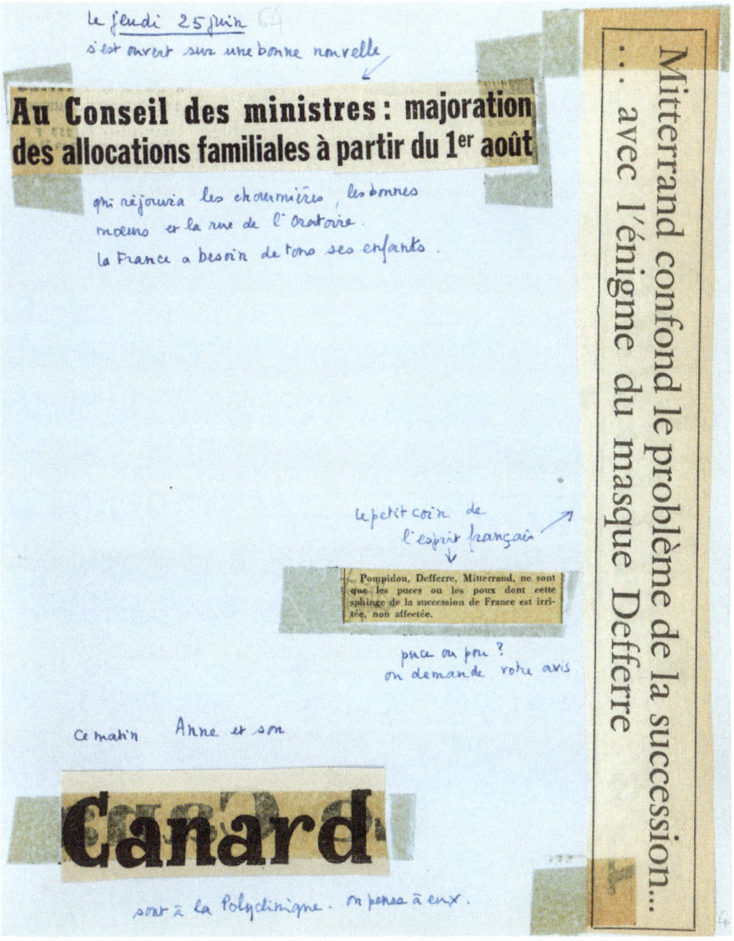

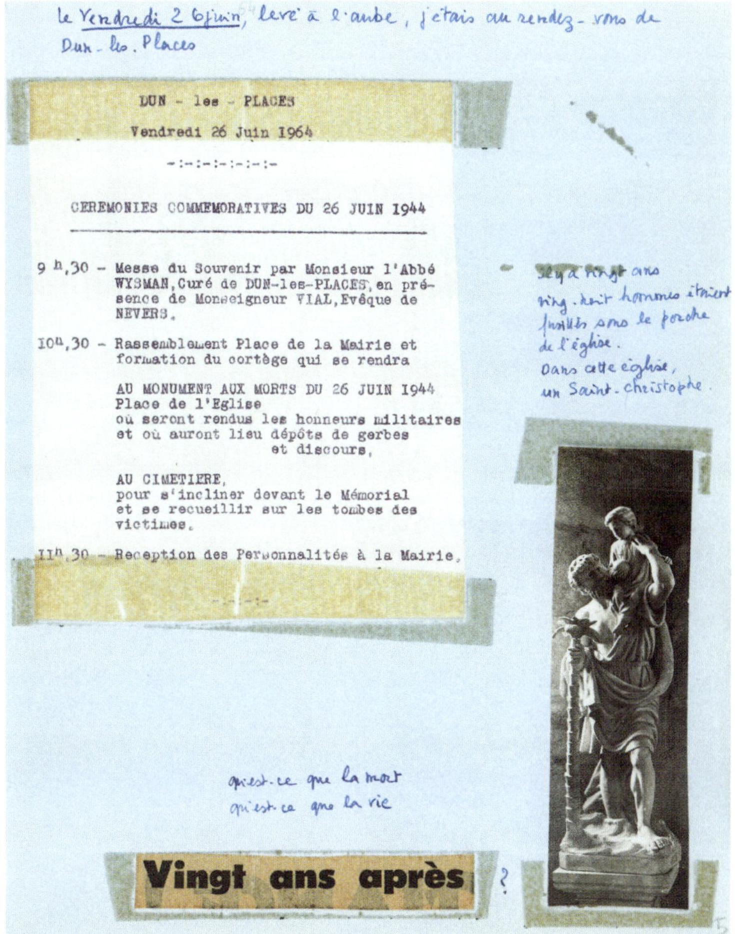

4
Le <u>jeudi 25 juin</u> s'est ouvert sur une bonne nouvelle

Au Conseil des ministres : majoration des allocations familiales à partir du 1er août

qui réjouira les chaumières, les bonnes mœurs et la rue de l'Oratoire. La France a besoin de tous ses enfants.

Le petit coin de l'esprit français
Pompidou, Defferre, Mitterrand, ne sont que les puces ou les poux dont cette sphinge de la succession de France est irritée, non affectée.

puce ou pou ? On demande votre avis

Mitterrand confond le problème de la succession… avec l'énigme du masque Defferre

Ce matin Anne et son Canard sont à la Polyclinique. On pense à eux.

5
Le <u>Vendredi 26 juin</u>, levé à l'aube, j'étais au rendez-vous de Dun-les-Places

Il y a vingt ans vingt-huit hommes étaient fusillés sous le porche de l'église. Dans cette église, un Saint-Christophe.

Qu'est-ce que la mort
Qu'est-ce que la vie
Vingt ans après ?

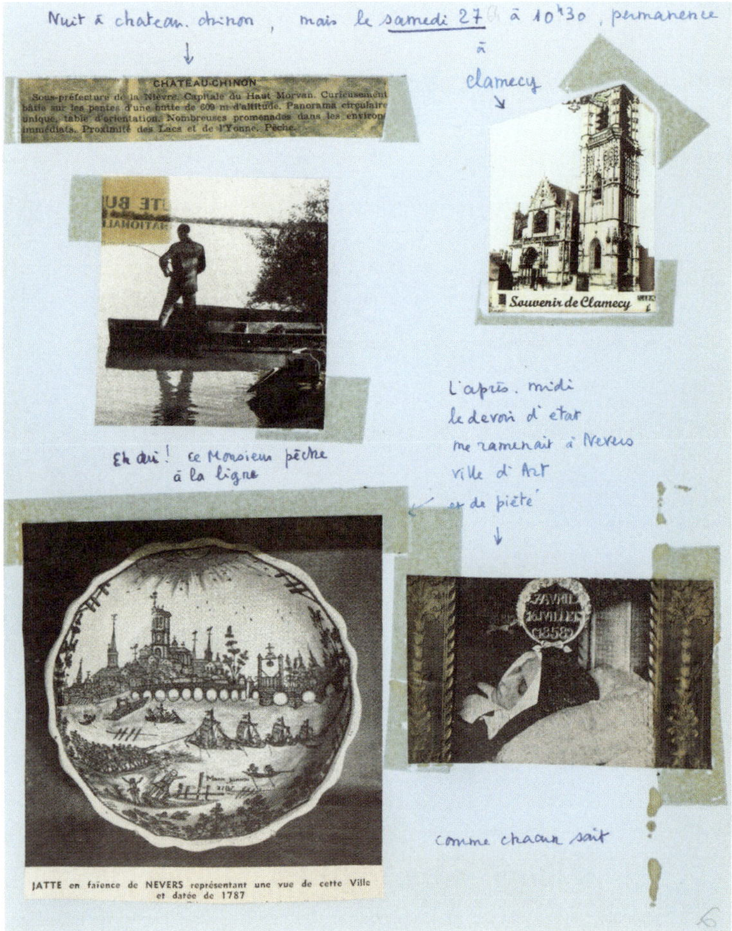

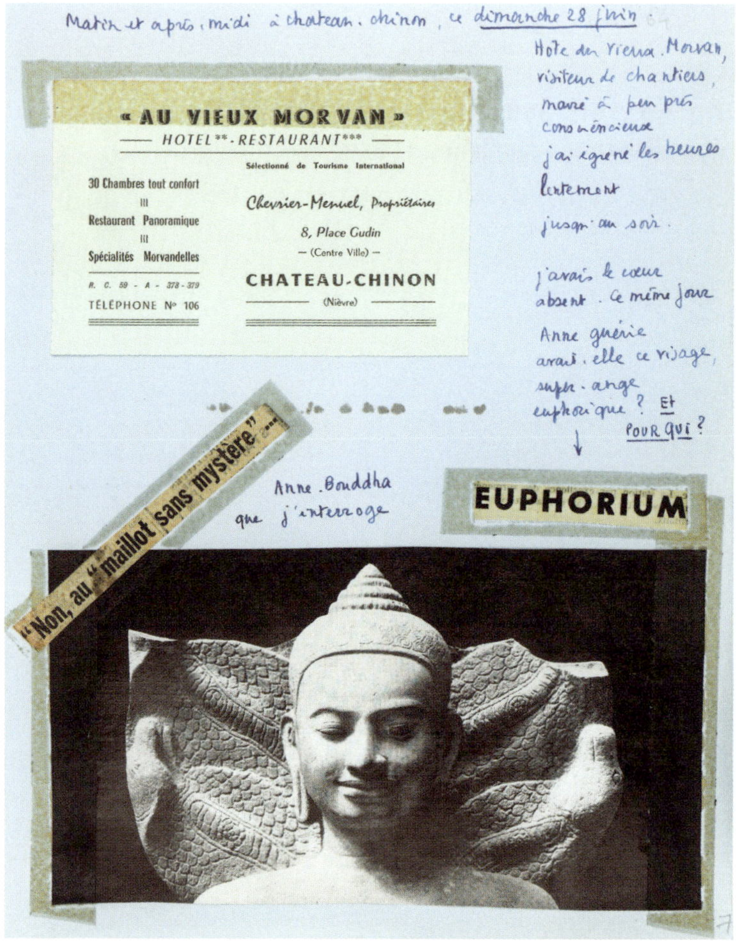

6
Nuit à Château-Chinon, mais le samedi 27 à 10 h 30, permanence à Clamecy

Eh oui ! Ce Monsieur pêche à la ligne

L'après-midi le devoir d'Etat me ramenait à Nevers
Ville d'Art et de piété
comme chacun sait

7
Matin et après-midi à Château-Chinon, ce dimanche 28 juin.
Hôte du Vieux-Morvan, visiteur de chantiers, maire à peu près consciencieux
j'ai égrené les heures lentement jusqu'au soir. J'avais le cœur absent. Ce même jour Anne guérie avait-elle ce visage, super-ange euphorique ? Et POUR QUI ?

Euphorium

Anne-Bouddha que j'interroge

Non, au « maillot sans mystère »…

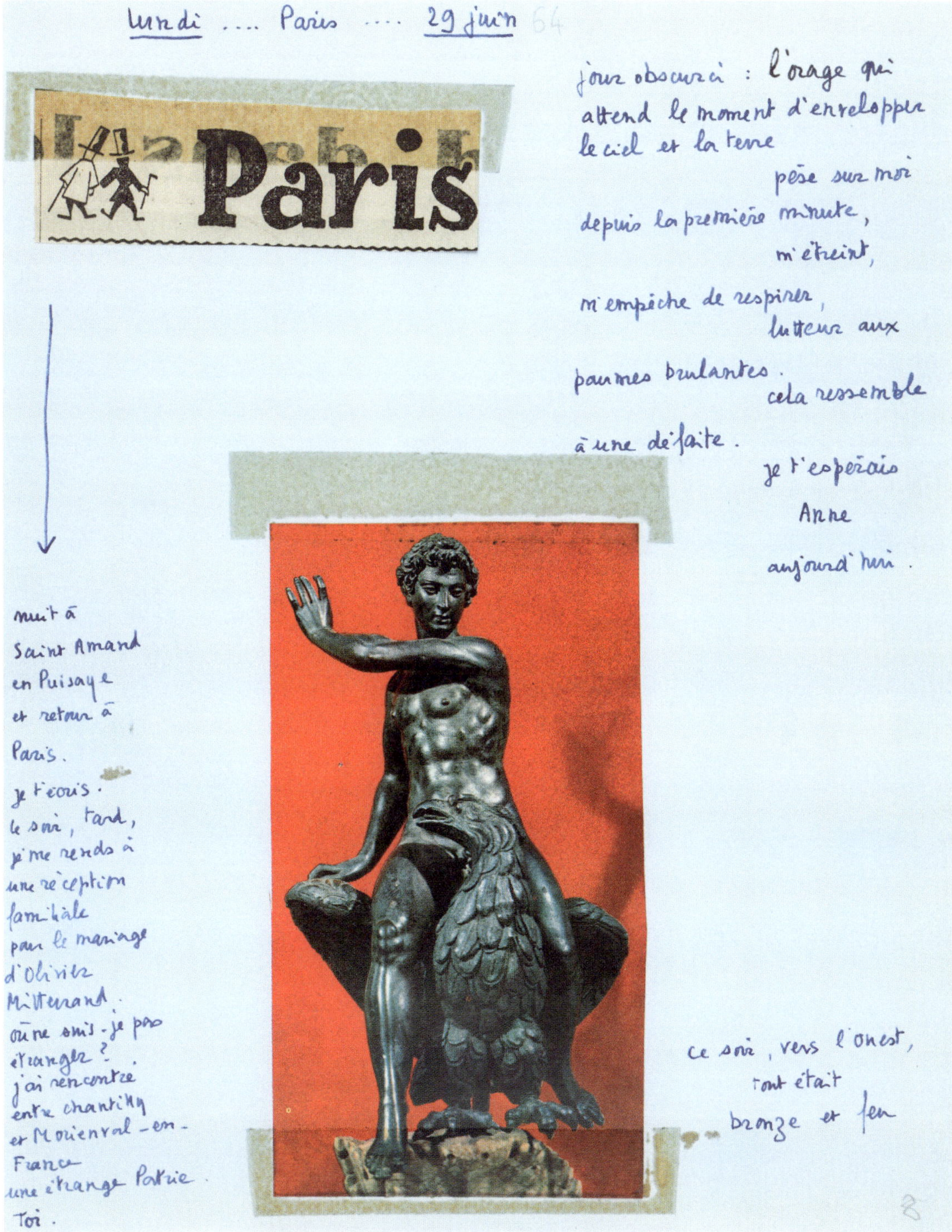
Lundi .... Paris .... 29 juin 64

Paris

jour obscurci : l'orage qui
attend le moment d'envelopper
le ciel et la terre
pèse sur moi
depuis la première minute,
m'étreint,
m'empêche de respirer,
lutteur aux
paumes brulantes.
cela ressemble
à une défaite.
je t'espérais
Anne
aujourd'hui.

nuit à
Saint Amand
en Puisaye
et retour à
Paris.
je t'écris.
le soir, tard,
je me rends à
une réception
familiale
pour le mariage
d'Olivier
Mitterand.
où ne suis-je pas
étranger ?
j'ai rencontré
entre Chantilly
et Morienval-en-
France
une étrange Patrie
Toi.

ce soir, vers l'Ouest,
tout était
bronze et feu

8

8
Lundi… Paris… 29 juin
Paris

jour obscurci : l'orage qui
attend le moment d'envelopper
le ciel et la terre
pèse sur moi
depuis la première minute,
m'étreint,
m'empêche de respirer,
lutteur aux
paumes brûlantes.
cela ressemble
à une défaite.
Je t'espérais
Anne
aujourd'hui.

nuit à Saint Amand en Puisaye et retour à Paris. Je t'écris. Le soir, tard, je me rends à une réception familiale pour le mariage d'Olivier Mitterrand. Où ne suis-je pas étranger ? J'ai rencontré entre Chantilly et Morienval-en-France une étrange Patrie.
Toi.

Ce soir, vers l'Ouest,
tout était
bronze et feu

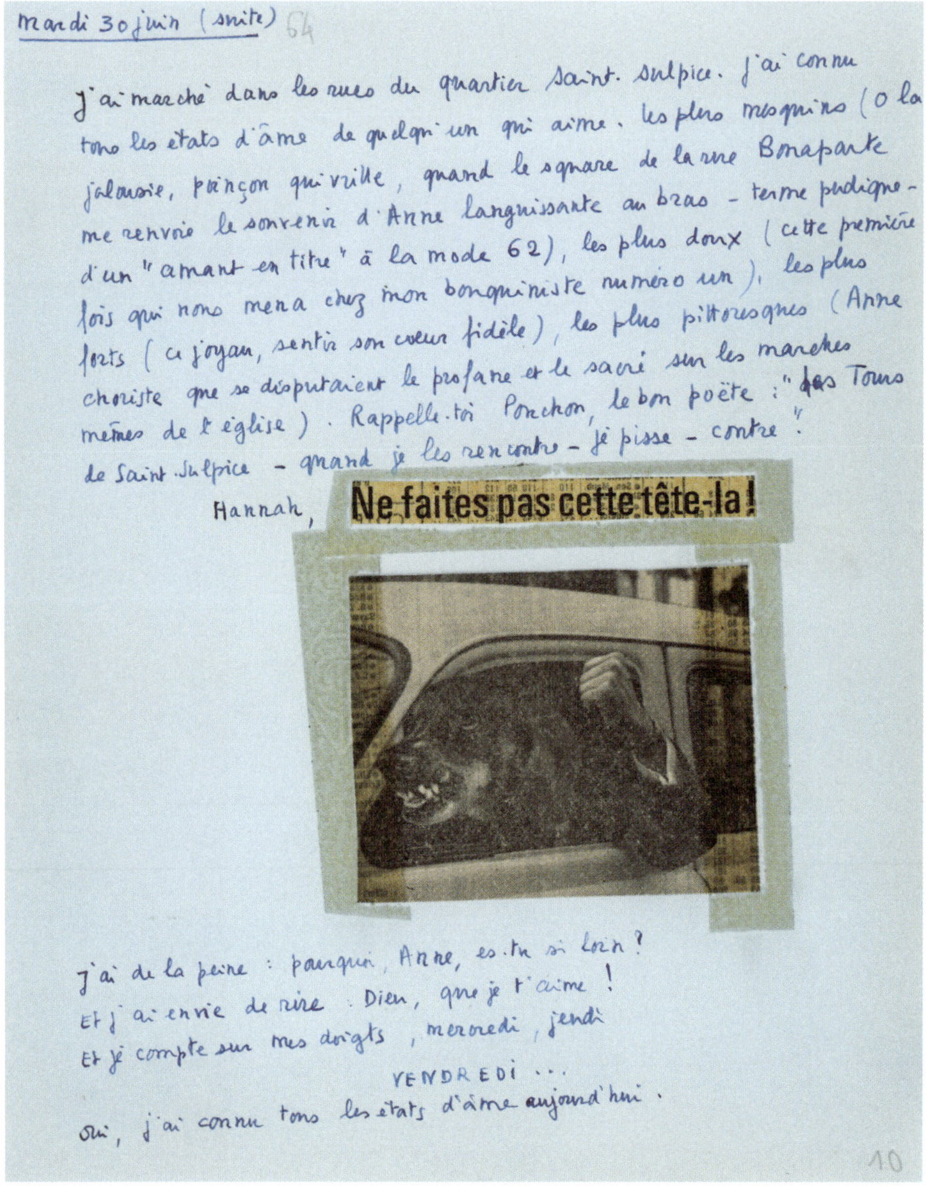

9

Mardi 30 juin

J'ai rêvé de voyages. Les images de Delft et de Rotterdam *[pour Amsterdam ?]* se sont mêlées dans mon esprit à la lumière de Florence. Je te voyais, émerveillée. Après les pignons dentelés, que dédoublaient les canaux, passaient les palais rectangulaires de Toscane le long d'un Fleuve imaginaire. Et toi tu étais le seul personnage accordé aux choses si diverses, aux couleurs, aux formes, au bonheur d'être, quand la nature et l'homme ont, ensemble, créé de quoi ravir aussi bien l'intelligence que les sens.
Tu étais Un lien merveilleusement vivant mon Anne entre la joie d'hier *[ticket d'Amsterdam]* et l'espoir de demain *[villa florentine]*

10

Mardi 30 juin (suite)

J'ai marché dans les rues du quartier Saint-Sulpice. J'ai connu tous les états d'âme de quelqu'un qui aime. Les plus mesquins (O la jalousie, poinçon qui vrille, quand le square de la rue Bonaparte me renvoie le souvenir d'Anne languissante au bras – terme pudique – d'un « amant en titre » à la mode 62), les plus doux (cette première fois qui nous mena chez mon bouquiniste numéro un), les plus forts (ce joyau, sentir son cœur fidèle), les plus pittoresques (Anne choriste que se disputaient le profane et le sacré sur les marches mêmes de l'église). Rappelle-toi Ponchon, le bon poëte : « Les Tours de Saint-Sulpice – quand je les rencontre – je pisse – contre. »

Hannah, ne faites pas cette tête-là !

J'ai de la peine : pourquoi, Anne, es-tu si loin ?
Et j'ai envie de rire : Dieu, que je t'aime !
Et je compte sur mes doigts, mercredi, jeudi
VENDREDI…
Oui, j'ai connu tous les états d'âme aujourd'hui.

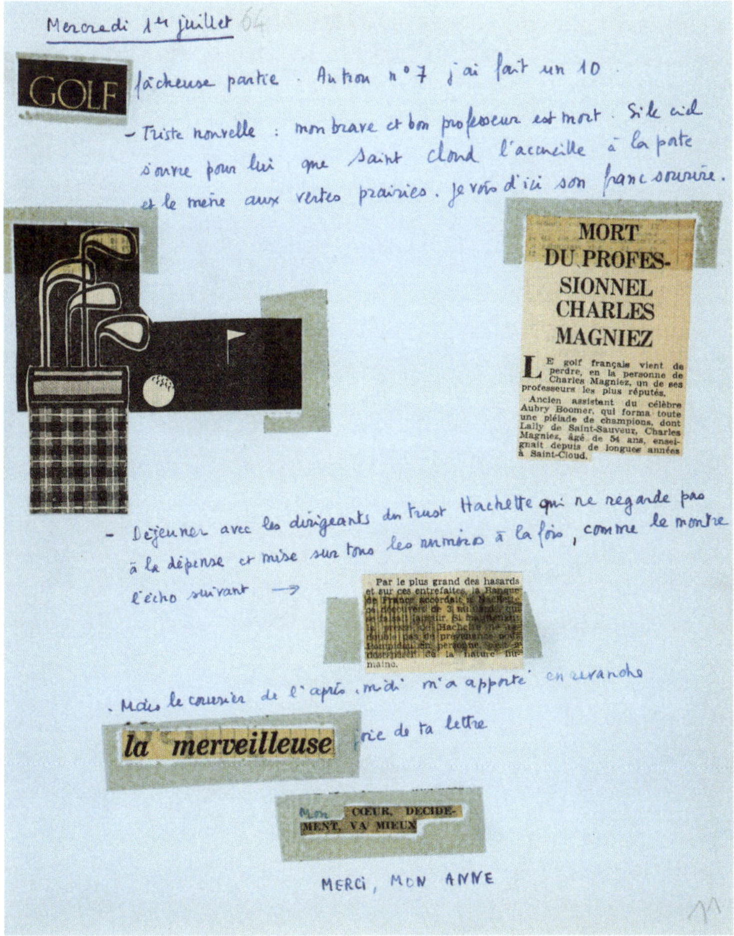

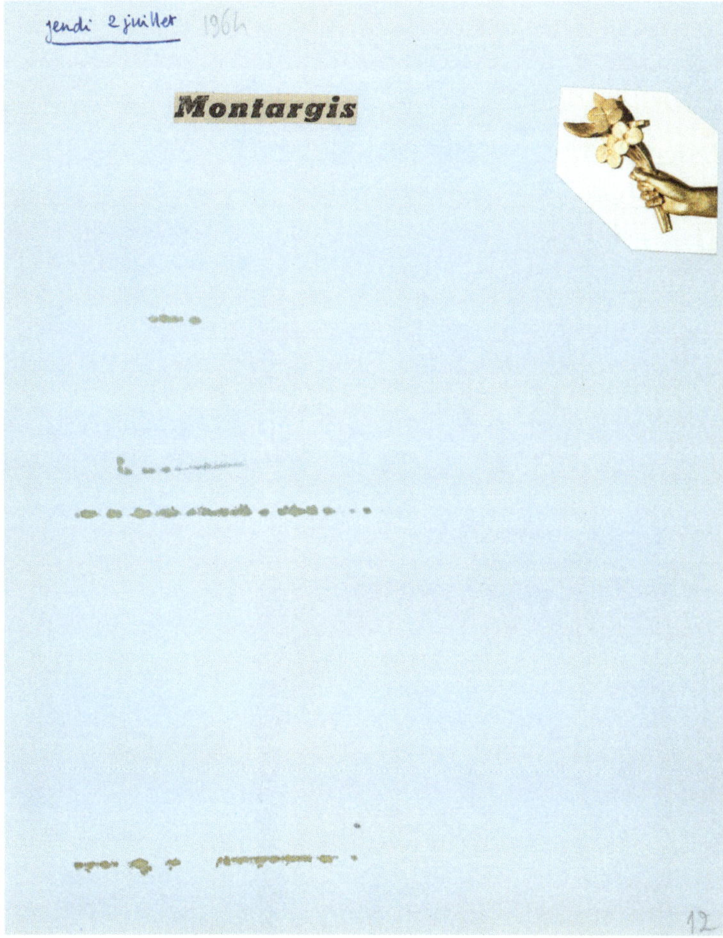

11
Mercredi 1er juillet

Golf
fâcheuse partie. Au trou n° 7 j'ai fait un 10.
– Triste nouvelle : mon brave et bon professeur est mort. Si le ciel s'ouvre pour lui que Saint Cloud l'accueille à la porte et le mène aux vertes prairies. Je vois d'ici son franc sourire.

Mort du professionnel Charles Magniez

– Déjeuner avec les dirigeants du trust Hachette qui ne regarde pas à la dépense et mise sur tous les numéros à la fois, comme le montre l'écho suivant

Par le plus grand des hasards et sur ces entrefaites, la Banque de France accordait à Hachette ce découvert de 3 milliards qui se faisait languir. Si maintenant la presse de Hachette ne redouble pas de prévenance pour Pompidou en personne c'est à désespérer de la nature humaine.

– Mais le courrier de l'après-midi m'a apporté en revanche la merveilleuse joie de ta lettre

Mon cœur, décidément, va mieux

MERCI, MON ANNE

12
jeudi 2 juillet

Montargis

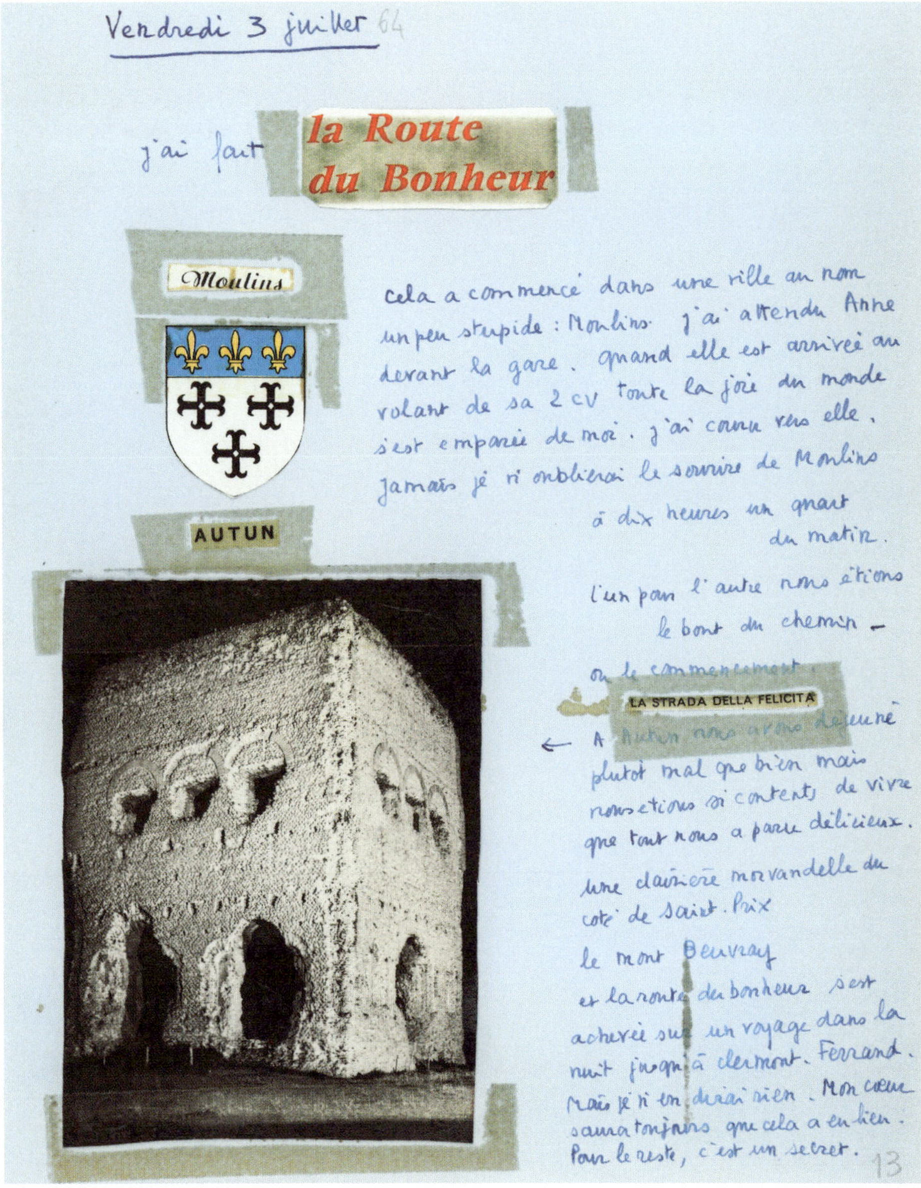

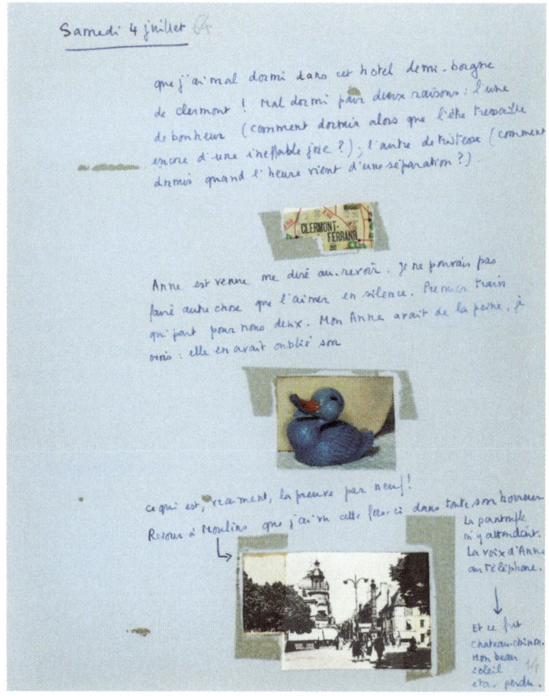

13
Vendredi 3 juillet

J'ai fait la Route du Bonheur
Cela a commencé dans une ville au nom un peu stupide : Moulins. J'ai attendu Anne devant la gare. Quand elle est arrivée au volant de sa 2 CV toute la joie du monde s'est emparée de moi. J'ai couru vers elle. Jamais je n'oublierai le sourire de Moulins à dix heures un quart du matin.
L'un pour l'autre nous étions le bout du chemin – ou le commencement.

La strada della felicita

A Autun nous avons déjeuné plutôt mal que bien mais nous étions si contents de vivre que tout nous a paru délicieux. Une clairière morvandelle du côté de Saint-Prix
le mont Beuvray
et la route du bonheur s'est achevée sur un voyage dans la nuit jusqu'à Clermont-Ferrand.
Mais je n'en dirai rien. Mon cœur saura toujours que cela a eu lieu.
Pour le reste, c'est un secret.

14
Samedi 4 juillet

Que j'ai mal dormi dans cet hôtel demi-borgne de Clermont ! Mal dormi pour deux raisons : l'une de bonheur (comment dormir alors que l'être tressaille encore d'une ineffable joie ?) ; l'autre de tristesse (comment dormir quand l'heure vient d'une séparation ?).
Anne est venue me dire au revoir. Je ne pouvais pas faire autre chose que l'aimer en silence. Premier train qui part pour nous deux. Mon Anne avait de la peine, je crois : elle en avait oublié son *[photo d'un canard en plastique]*
ce qui est, vraiment, la preuve par neuf !

Retour à Moulins que j'ai vu cette fois-ci dans toute son horreur. La pantoufle m'y attendait. La voix d'Anne au téléphone.
Et ce fut Château-Chinon.
Mon beau soleil était perdu.

15

Dimanche 5 juillet

Luxeuil les Bains

C'est à Luxeuil (les Bains) que j'ai vécu ce dimanche. Et pour un banquet où j'ai harangué 600 convives, radicaux bon teint. Château-Chinon – Luxeuil, Luxeuil – Paris : 650 kilomètres à mon volant. Je suis arrivé éreinté. Un coup d'œil sur les monuments de cette petite ville qui ne manque pas d'intérêt.

J'ai prononcé un discours et, à l'imitation d'Anne, me suis cassé la voix

En regagnant Paris j'ai fait halte à Provins C'était la nuit et je plongeais dans la fatigue mais, Anne, je t'ai remerciée pour la lumière d'un autre jour, pour la lumière de Provins – Anne, je t'ai aimée.

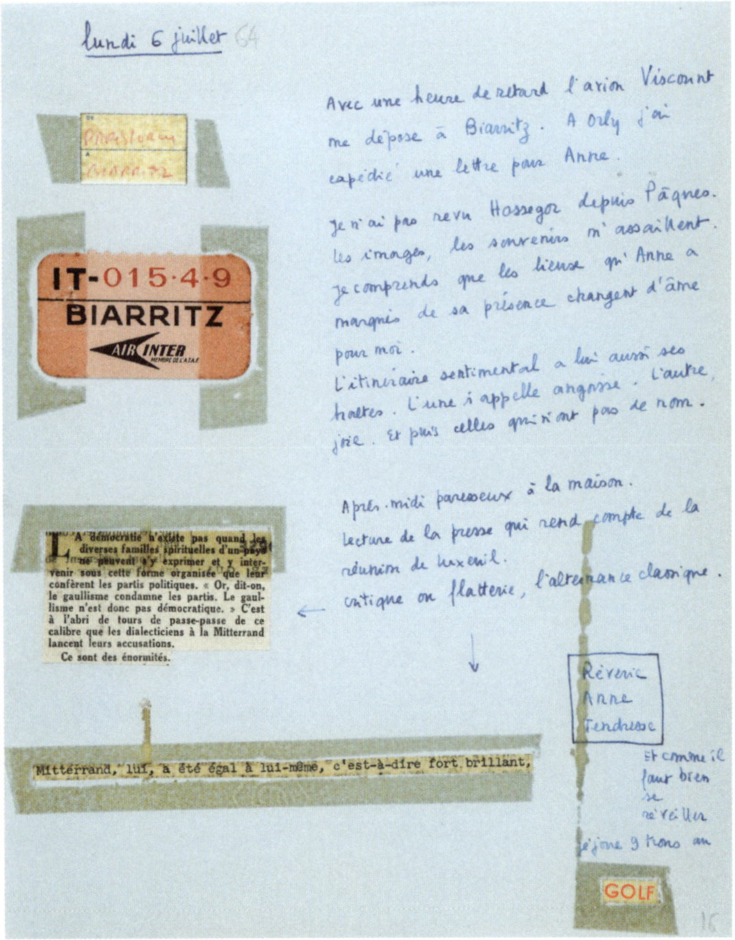

16

lundi 6 juillet

Avec une heure de retard l'avion Viscount me dépose à Biarritz.
A Orly j'ai expédié une lettre pour Anne.
Je n'ai pas revu Hossegor depuis Pâques. Les images, les souvenirs m'assaillent. Je comprends que les lieux qu'Anne a marqués de sa présence changent d'âme pour moi.
L'itinéraire sentimental a lui aussi ses haltes. L'une s'appelle angoisse.
L'autre, joie.
Et puis celles qui n'ont pas de nom.

Après-midi paresseux à la maison.
Lecture de la presse qui rend compte de la réunion de Luxeuil.
Critique ou flatterie, l'alternance classique.

La démocratie n'existe pas quand les diverses familles spirituelles d'un pays ne peuvent s'y exprimer et y intervenir sous cette forme organisée que leur confèrent les partis politiques. « Or, dit-on, le gaullisme condamne les partis. Le gaullisme n'est donc pas démocratique. » C'est à l'abri de tours de passe-passe de ce calibre que les dialecticiens à la Mitterrand lancent leurs accusations.
Ce sont des énormités.

Mitterrand, lui, a été égal à lui-même, c'est-à-dire fort brillant,

Rêverie
Anne
Tendresse

Et comme il faut bien se réveiller
je joue 9 trous au golf

17

Mardi 7 juillet

Matinée passée à t'écrire
et à penser à toi, mon Anne.

Une fleur de magnolia,
des géraniums encore maigres,
chèvrefeuilles et lilas d'Espagne
emmêlant leurs parfums,
et la douceur de la tendresse,
faisaient mon paysage.

Le soir, après le golf,
un soleil plus rouge qu'or
plus cardinal qu'impérial
a incendié la forêt.
J'aimais ta présence en moi, mon cher soleil du jour et de la nuit.

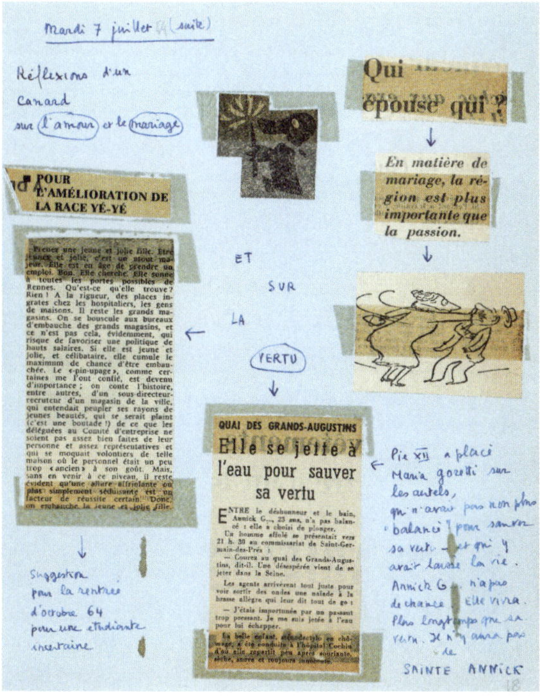

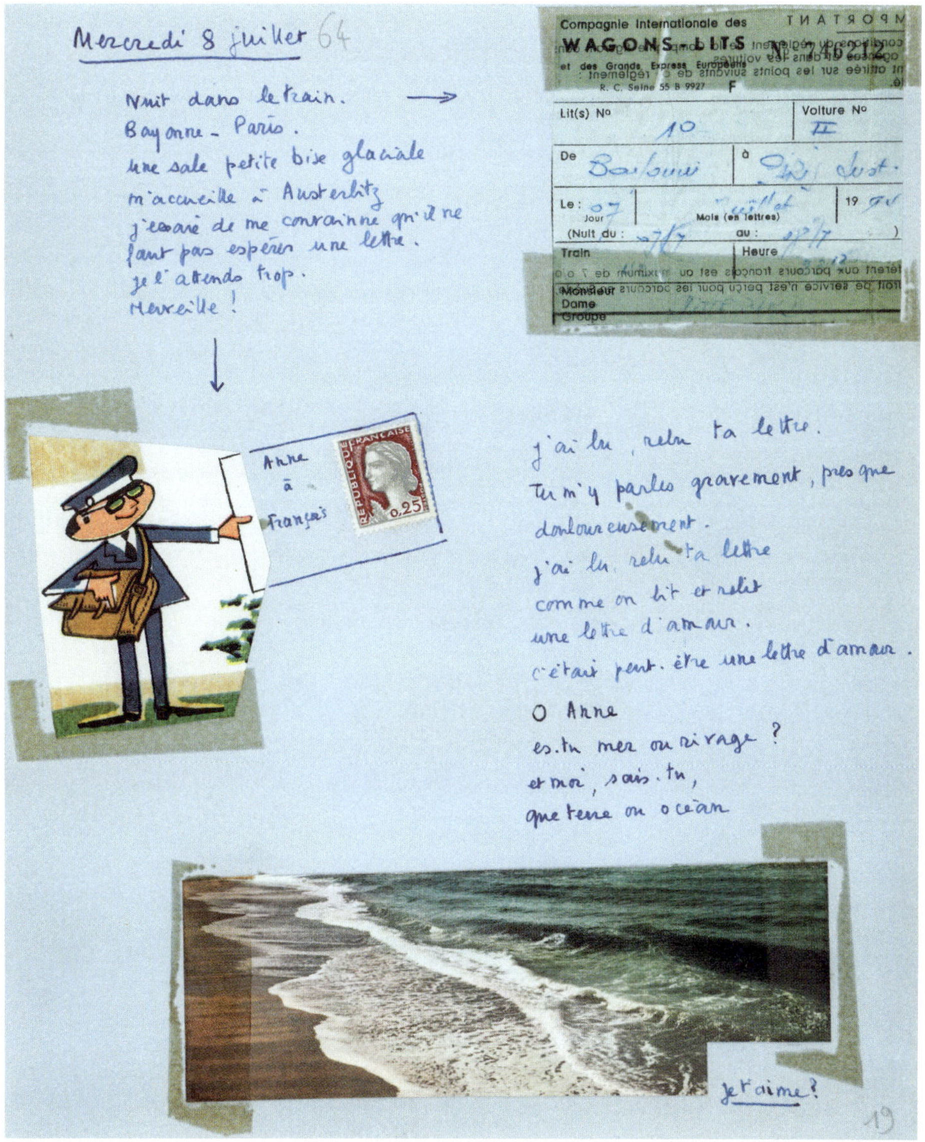

18
Mardi 7 juillet (suite)

Réflexion d'un Canard sur l'amour et le mariage

Qui épouse qui ?

En matière de mariage, la région est plus importante que la passion.

Pour l'amélioration de la race yé-yé

ET SUR LA VERTU

Suggestion pour la rentrée d'octobre 64 pour une étudiante incertaine

Pie XII a placé Maria Goretti sur les autels, qui n'avait pas non plus « balancé » pour sauver sa vertu – et qui y avait laissé la vie. Annick G… n'a pas de chance. Elle vivra. Plus longtemps que sa vertu. Il n'y aura pas de SAINTE ANNICK

19
Mercredi 8 juillet

Nuit dans le train. Bayonne-Paris.
Une sale petite bise glaciale m'accueille à Austerlitz
j'essaie de me convaincre qu'il ne faut pas espérer une lettre.
Je l'attends trop.
Merveille !

Anne à François

J'ai lu, relu ta lettre.
Tu m'y parles gravement, presque
douloureusement.
J'ai lu, relu ta lettre
comme on lit et relit
une lettre d'amour.
C'était peut-être une lettre d'amour.
O Anne
es-tu mer ou rivage ?
et moi, sais-tu,
que terre ou océan

Je t'aime ?

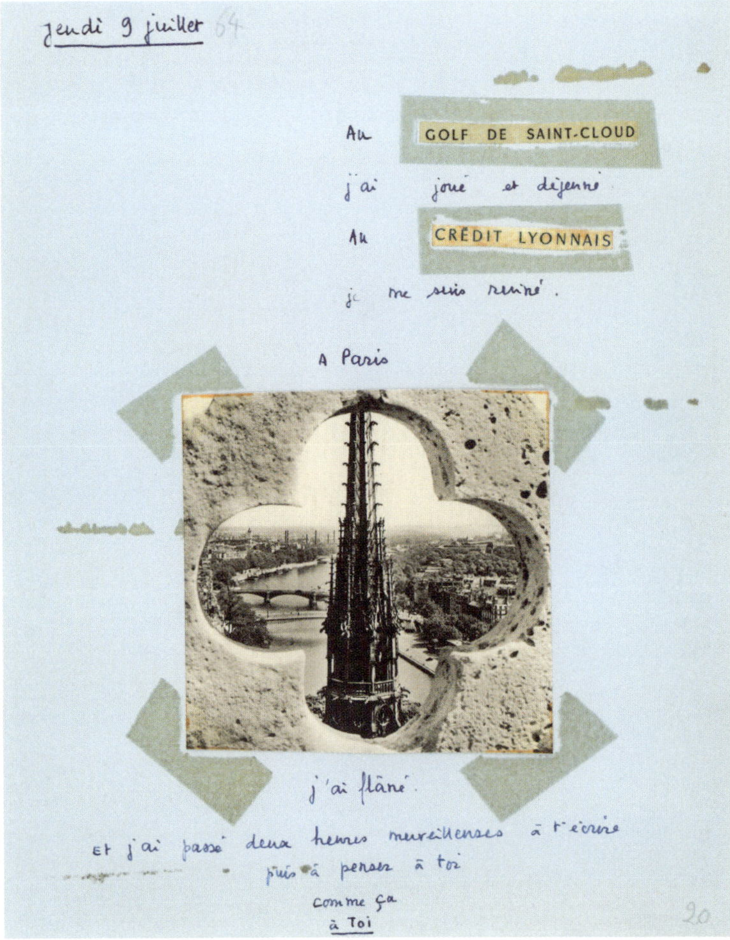

20
Jeudi 9 juillet

Au golf de Saint-Cloud
J'ai joué et déjeuné.
Au Crédit Lyonnais
Je me suis ruiné.
A Paris
j'ai flâné.
Et j'ai passé deux heures merveilleuses à t'écrire
puis à penser à toi
comme ça
à TOI

21
Vendredi 10 juillet

Toi à Louvet
moi à Paris
qui étions-nous une semaine après ?
Après Autun, après les forêts du Morvan,
après Clermont-Ferrand ?
Moi j'étais riche de tendresse
et pauvre de bonheur
tant je commençais à user ma patience
et mon temps –
j'en ai si peu, de l'un et de l'autre.
Je crois que j'ai reçu quelques visiteurs,
que j'ai rempli une petite valise
que j'ai dicté quelques lettres…
mais je suis sûr, mon Anne
que je t'ai aimée
de toute mon âme.

[Deux gargouilles de Notre-Dame :]

Elle et Lui

Toi étais-tu dans les hautes herbes
du verger du haut ?
ou bien sur tes collines si belles
et si fortes ?
As-tu songé que vendredi dernier
nous étions
un
Toi et moi
Toi-Moi
nous ?

et moi, le soir, à 22 h 41,
j'ai pris le train pour Hossegor.

Vendredi 10 juillet 64

Toi à
moi à Paris
qui étions-nous une semaine après ?
Après Autun, après les forêts du Morvan,
après Clermont-Ferrand ?
Moi j'étais riche de tendresse
et pauvre de bonheur
tant je commençais à user ma patience
et mon temps –
j'en ai si peu, de l'un et de l'autre.
je crois que j'ai reçu quelques visiteurs,
que j'ai rempli une petite valise
que j'ai dicté quelques lettres...
mais je suis sûr, mon Anne
que je t'ai aimée
de toute mon âme.

Elle →

et

Lui ↙

Toi étais-tu dans les hautes herbes
du verger du haut ?
ou bien sur tes collines si belles
et si fortes ?
As-tu songé que vendredi dernier
nous étions
un
Toi et moi
Toi-Moi
nous ?

et moi, le soir, à 22 h 41, j'ai pris le train

Train 31	C.C.116 s Mitterand	
du 10 Juillet 1964	S. N. C. F.	
Départ 22 h 41	PLACE LOUÉE	N° 954135
Classe 1 · Voiture 25 · Place C 35	de Paris à Bayonne	A CONSERVER pour être présenté à la demande des agents du contrôle.

pour Hossegor.

21

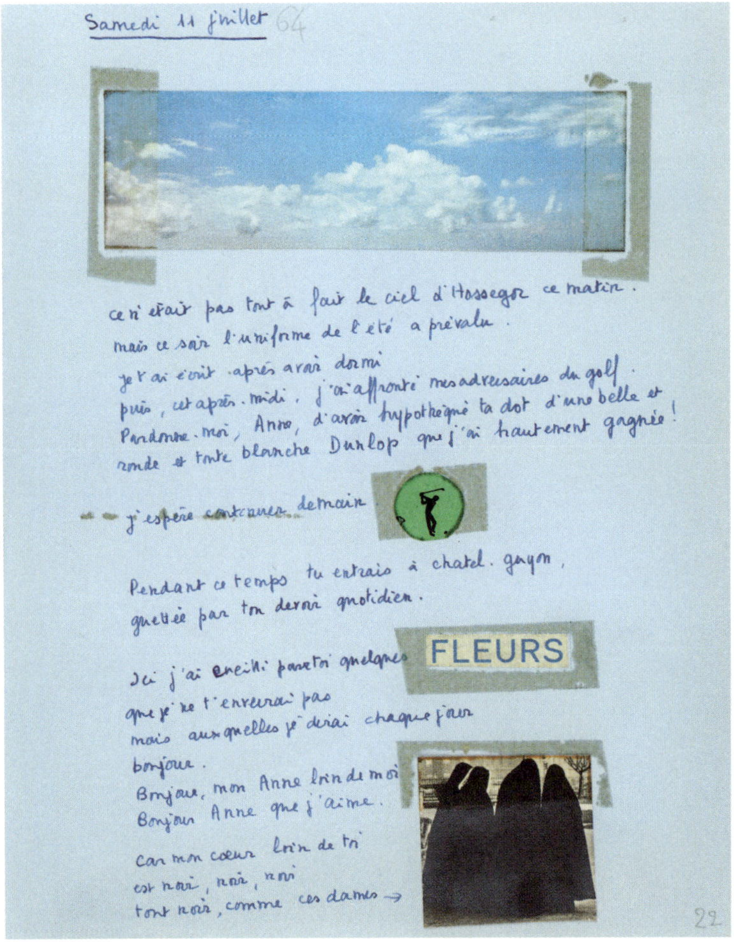

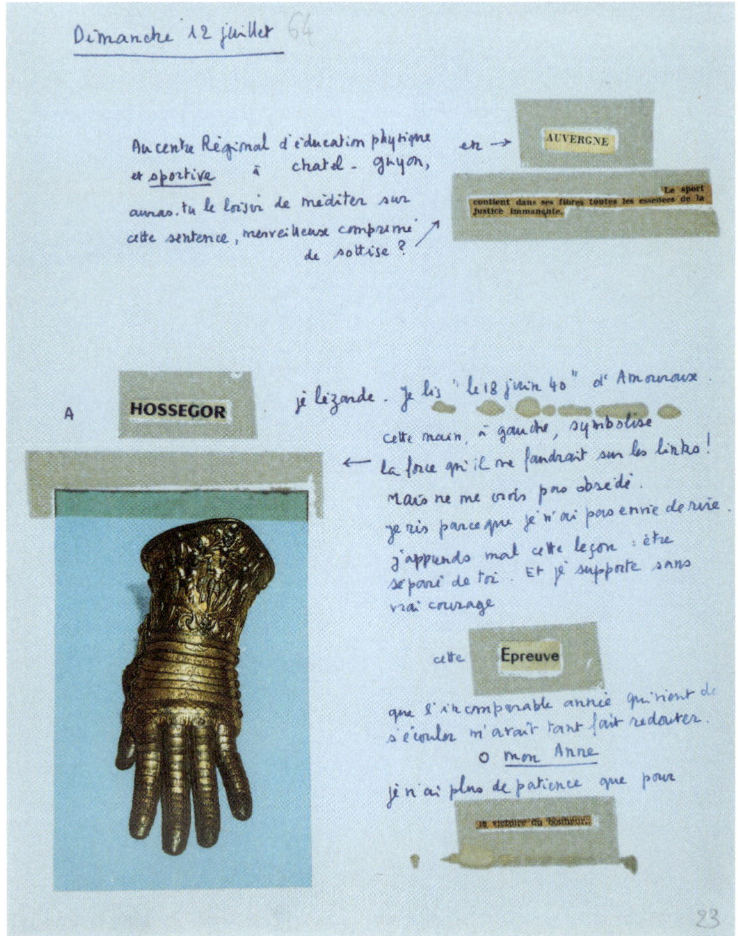

22
Samedi 11 juillet

Ce n'était pas tout à fait le ciel d'Hossegor ce matin.
mais ce soir l'uniforme de l'été a prévalu.
Je t'ai écrit après avoir dormi
puis, cet après-midi, j'ai affronté mes adversaires du golf.
Pardonne-moi, Anne, d'avoir hypothéqué ta dot d'une belle et ronde
et toute blanche Dunlop que j'ai hautement gagnée !
J'espère continuer demain.
Pendant ce temps tu entrais à Châtel-Guyon,
guettée par ton devoir quotidien.
Ici j'ai cueilli pour toi quelques fleurs
que je ne t'enverrai pas
mais auxquelles je dirai chaque jour
bonjour.
Bonjour, mon Anne loin de moi
Bonjour Anne que j'aime.
Car mon cœur loin de toi
est noir, noir, noir
tout noir, comme ces dames

23
Dimanche 12 juillet

Au centre Régional d'éducation physique et sportive à Châtel-Guyon, en Auvergne
auras-tu le loisir de méditer sur cette sentence, merveilleux comprimé de sottise ?

Le sport contient dans ses fibres toutes les essences de la justice immanente.

A Hossegor je lézarde. Je lis « le 18 juin 40 » d'Amouroux. Cette main, à gauche, symbolise la force qu'il me faudrait sur les links ! Mais ne me crois pas obsédé.
Je ris parce que je n'ai pas envie de rire. J'apprends mal cette leçon : être séparé de toi. Et je supporte sans vrai courage cette épreuve que l'incomparable année qui vient de s'écouler m'avait tant fait redouter.
O mon Anne
je n'ai plus de patience que pour la victoire du bonheur.

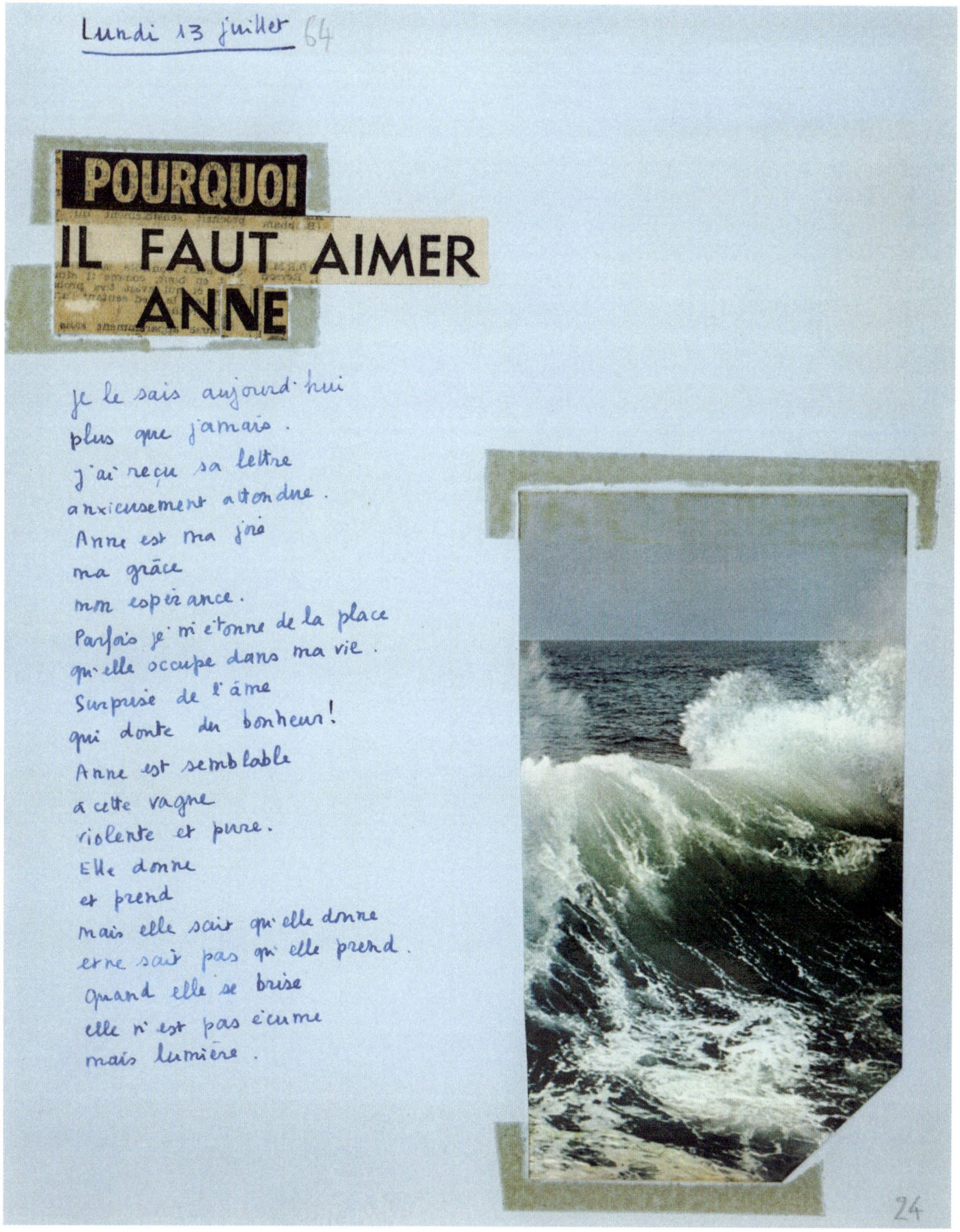

24

Lundi 13 juillet

Pourquoi
il faut aimer
Anne

Je le sais aujourd'hui
plus que jamais.
J'ai reçu sa lettre
anxieusement attendue.
Anne est ma joie
ma grâce
mon espérance.
Parfois je m'étonne de la place
qu'elle occupe dans ma vie.
Surprise de l'âme
qui doute du bonheur !
Anne est semblable
à cette vague
violente et pure.
Elle donne
et prend
mais elle sait qu'elle donne
et ne sait pas qu'elle prend.
Quand elle se brise
elle n'est pas écume
mais lumière.

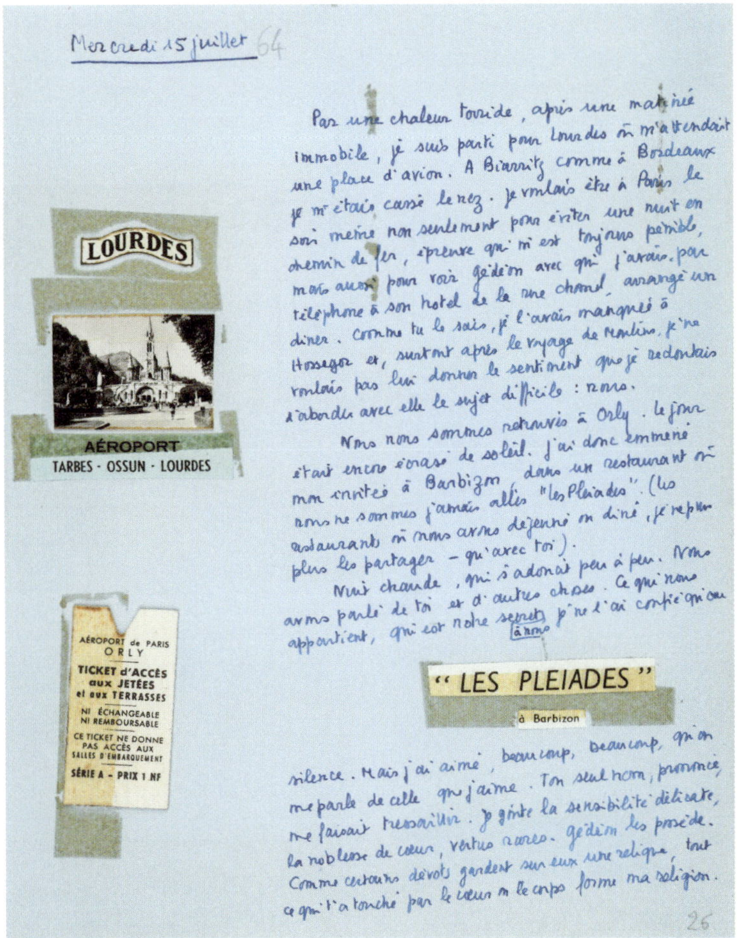

25
Mardi 14 juillet

D'Hossegor à
la route est longue.
Tantôt elle passe par le repaire
de S. M. le chagrin
dont la physionomie
vous dira, ci-dessous,
le sort qu'il vous réserve
Tantôt elle passe par le logis de Sa gentillesse la Joie
qui n'a pour moi qu'un seul visage : celui d'Anne.

14 juillet 1964 : libération d'une bastille

Mais je ne veux pas sacrifier une photo pour illustrer cette figure-là.

Enfin, notre route passe toujours par l'alliance de l'amour et de la beauté Ce n'est pas si mal ! Ainsi soit-il.

26
Mercredi 15 juillet

Par une chaleur torride, après une matinée immobile, je suis parti pour Lourdes où m'attendait une place d'avion. A Biarritz comme à Bordeaux je m'étais cassé le nez. Je voulais être à Paris le soir même non seulement pour éviter une nuit en chemin de fer, épreuve qui m'est toujours pénible, mais aussi pour voir Gédéon avec qui j'avais, par téléphone à son hôtel de la rue Chomel, arrangé un dîner. Comme tu le sais, je l'avais manquée à Hossegor et, surtout après le voyage de Moulins, je ne voulais pas lui donner le sentiment que je redoutais d'aborder avec elle le sujet difficile : nous.

Nous nous sommes retrouvés à Orly. Le jour était encore écrasé de soleil. J'ai donc emmené mon invitée à Barbizon, dans un restaurant où nous ne sommes jamais allés « Les Pléiades » (les restaurants où nous avons déjeuné ou dîné, je ne peux plus les partager – qu'avec toi).

Nuit chaude, qui s'adoucit peu à peu. Nous avons parlé de toi et d'autres choses. Ce qui nous appartient, qui est notre secret à nous, je ne l'ai confié qu'au silence. Mais j'ai aimé, beaucoup, beaucoup, qu'on me parle de celle que j'aime. Ton seul nom, prononcé, me faisait tressaillir. Je goûte la sensibilité délicate, la noblesse de cœur, vertus rares. Gédéon les possède. Comme certains dévots gardent sur eux une relique, tout ce qui t'a touchée par le cœur ou le corps forme ma religion.

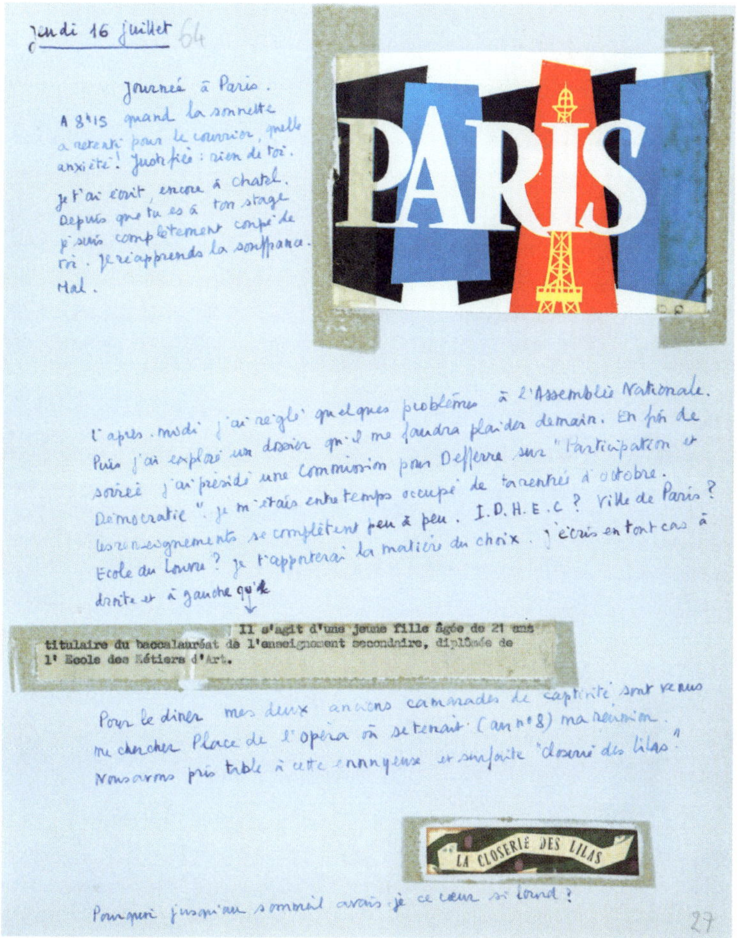

27
Jeudi 16 juillet

Journée à Paris. A 8 h 15 quand la sonnette a retenti pour le courrier, quelle anxiété ! Justifiée : rien de toi. Je t'ai écrit, encore à Châtel. Depuis que tu es à ton stage je suis complètement coupé de toi. Je réapprends la souffrance. Mal.

L'après-midi j'ai réglé quelques problèmes à l'Assemblée Nationale. Puis j'ai exploré un dossier qu'il me faudra plaider demain. En fin de soirée j'ai présidé une Commission pour Defferre sur « Participation et Démocratie ». Je m'étais entre-temps occupé de ta rentrée d'octobre. Les renseignements se complètent peu à peu. I.D.H.E.C ? Ville de Paris ? Ecole du Louvre ? Je t'apporterai la matière du choix. J'écris en tout cas à droite et à gauche qu'il s'agit d'une jeune fille âgée de 21 ans titulaire du baccalauréat de l'enseignement secondaire, diplômée de l'Ecole des Métiers d'Art.

Pour le dîner mes deux anciens camarades de captivité sont venus me chercher Place de l'Opéra où se tenait (au n° 8) ma réunion. Nous avons pris table à cette ennuyeuse et surfaite « Closerie des lilas ».

Pourquoi jusqu'au sommeil avais-je ce cœur si lourd ?

28
Vendredi 17 juillet

Je suis si triste par ce vendredi, si triste, si triste que je reviens à mes compagnons, les symboles, qui, eux, me parleront de toi qui te tais. Ces deux arbres penchés m'ont plu. J'ai acheté cette image sans savoir qu'elle représentait un anonyme paysage du Puy-de-Dôme

Ainsi, moi, j'imagine cette terre, la tienne, et nous, pareils à ce couple. La tête de ces arbres s'écarte-t-elle d'un ciel à l'autre ? On peut le supposer. Mais la racine s'entremêle, pour toujours liée. Elle borde un chemin à peine visible et plonge en lui. Ne serait-ce pas le chemin de la grâce ?

Anne, je t'aime.
Malheureux amoureux,
la rime est riche
pour les chansons-rengaines.
Pauvre chanson qui monte en moi
tandis que je vais quitter Paris
sans un mot
de toi !
Vendredi, vendredi, vendredi, « jour béni » as-tu dit dans ta dernière lettre. Je cherche la paix. Je voudrais être un saint de pierre.
Pareil, à celui-là

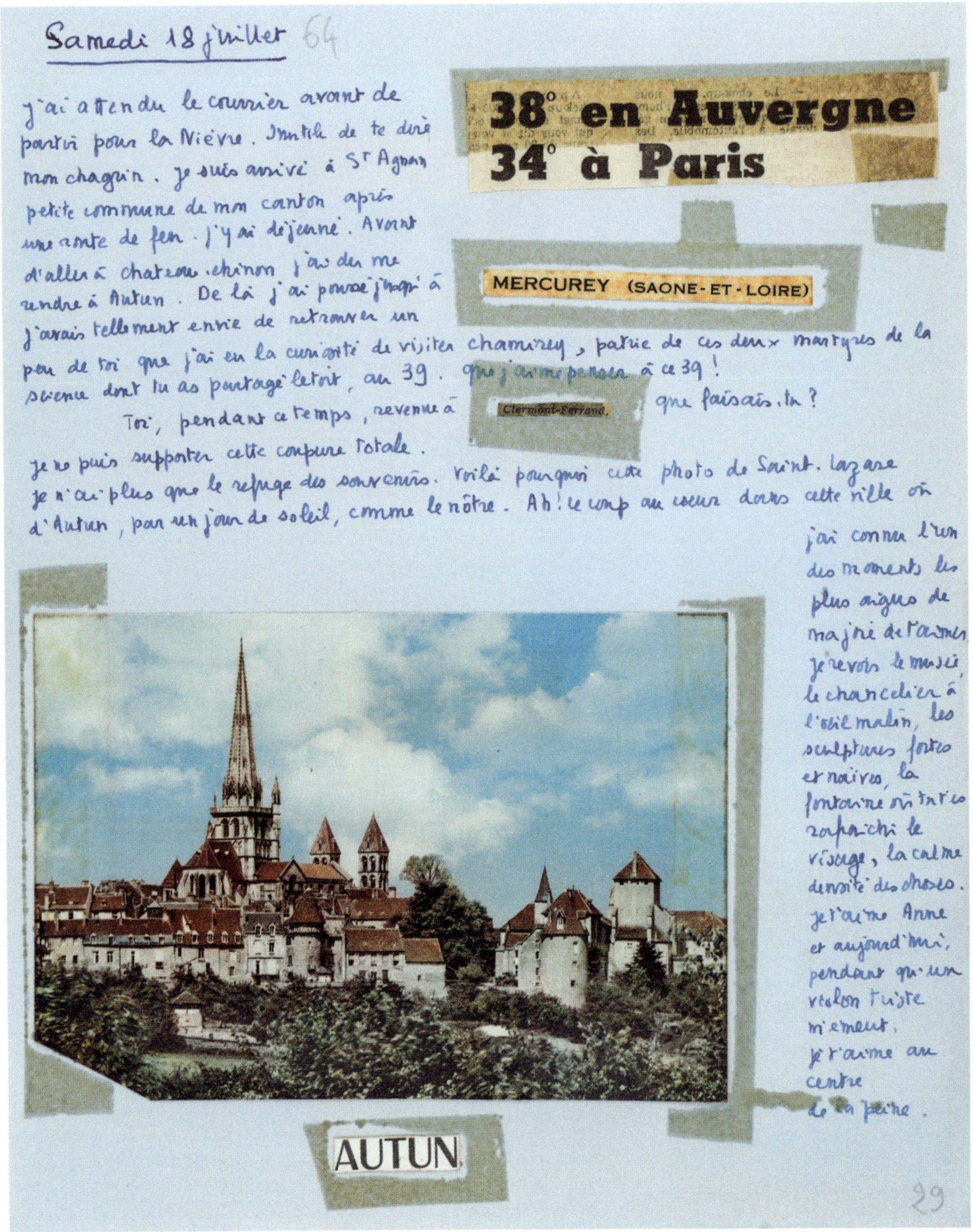

29
Samedi 18 juillet

J'ai attendu le courrier avant de partir pour la Nièvre. Inutile de te dire mon chagrin. Je suis arrivé à St Agnan petite commune de mon canton après une route de feu.
J'y ai déjeuné. Avant d'aller à Château-Chinon j'ai dû me rendre à Autun. De là j'ai poussé jusqu'à Mercurey (Saône-et-Loire)
J'avais tellement envie de retrouver un peu de toi que j'ai eu la curiosité de visiter Chamirey, patrie de ces deux martyres de la science dont tu as partagé le toit, au 39. Que j'aime penser à ce 39 !

Toi, pendant ce temps, revenue à Clermont-Ferrand, que faisais-tu ?
Je ne puis supporter cette coupure totale.
Je n'ai plus que le refuge des souvenirs. Voilà pourquoi cette photo de Saint-Lazare d'Autun, par un jour de soleil, comme le nôtre. Ah ! Ce coup au cœur dans cette ville où j'ai connu l'un des moments les plus aigus de ma joie de t'aimer. Je revois le musée, le chancelier *[Rolin]* à l'œil malin, les sculptures fortes et naïves, la fontaine où tu t'es rafraîchi le visage, la calme densité des choses. Je t'aime Anne et aujourd'hui, pendant qu'un violon triste m'émeut, je t'aime au centre de la peine.

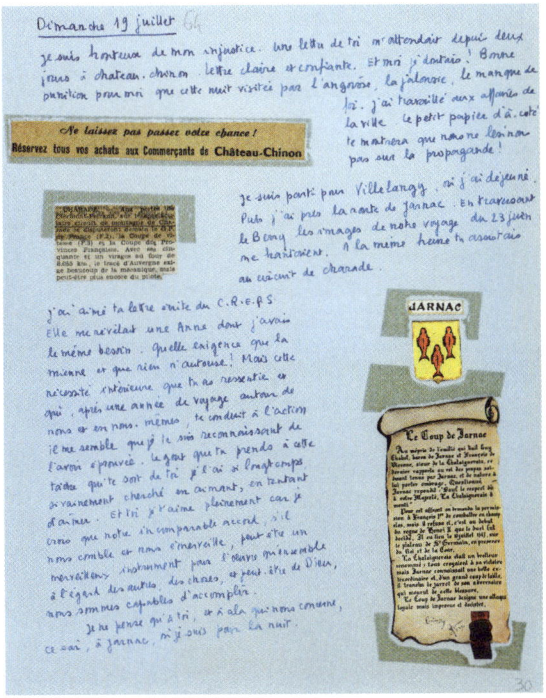

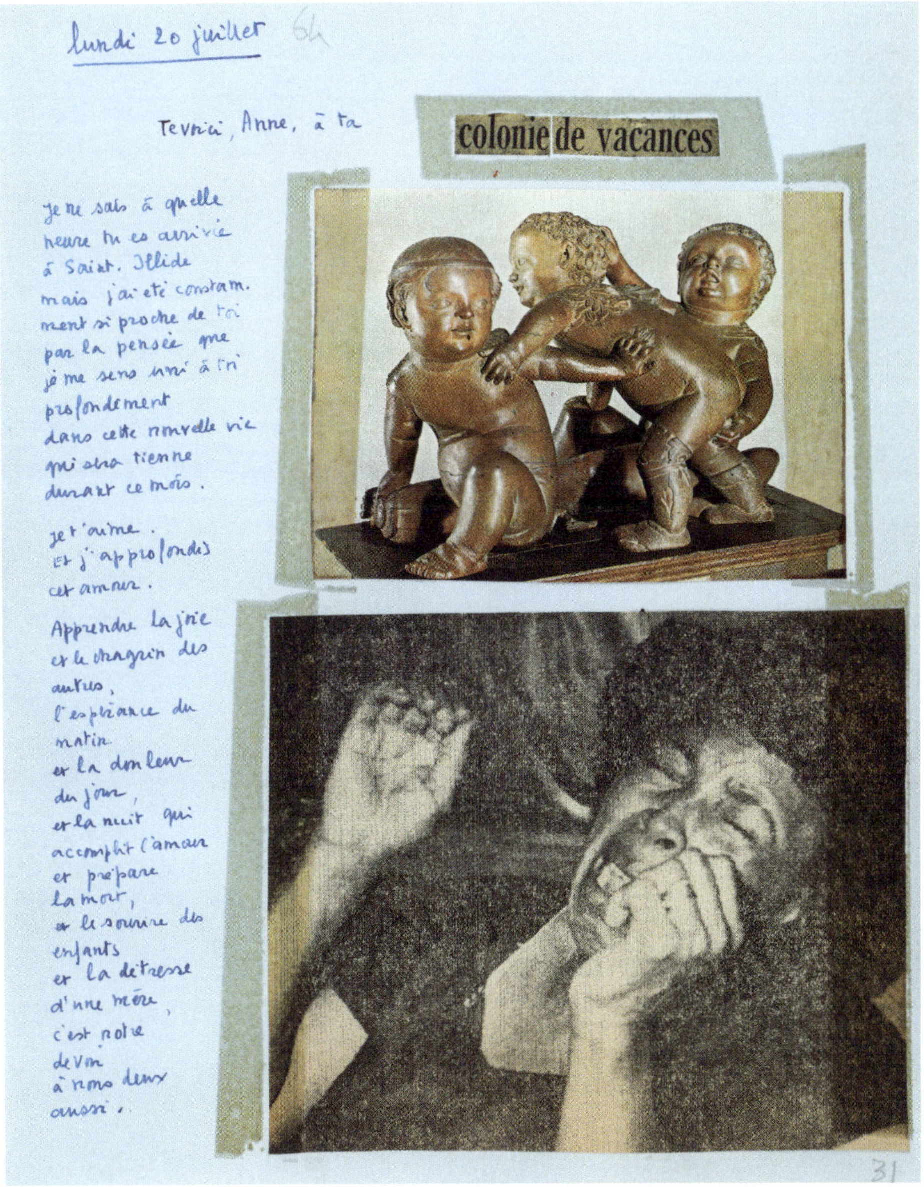

30
Dimanche 19 juillet

Je suis honteux de mon injustice. Une lettre de toi m'attendait depuis deux jours à Château-Chinon. Lettre claire et confiante. Et moi je doutais ! Bonne punition pour moi que cette nuit visitée par l'angoisse, la jalousie, le manque de foi. J'ai travaillé aux affaires de la ville. Le petit papier d'à côté te montrera que nous ne lésinons pas sur la propagande !

Je suis parti pour Villelangy, où j'ai déjeuné. Puis j'ai pris la route de Jarnac. En traversant le Berry les images de notre voyage du 23 juin me hantaient. A la même heure tu assistais au circuit de Charade. J'ai aimé ta lettre écrite du C.R.E.P.S. Elle me révélait une Anne dont j'avais le même besoin. Quelle exigence que la mienne et que rien n'autorise ! Mais cette nécessité intérieure que tu as ressentie et qui, après une année de voyage autour de nous et en nous-mêmes, te conduit à l'action il me semble que je te suis reconnaissant de l'avoir éprouvée. Le goût que tu prends à cette tâche qui te sort de toi je l'ai si longtemps, si vainement cherché en aimant, en tentant d'aimer. Et toi je t'aime pleinement car je crois que notre incomparable accord, s'il nous comble et nous émerveille, peut être un merveilleux instrument pour l'œuvre qu'ensemble à l'égard des autres, des choses, et peut-être de Dieu, nous sommes capables d'accomplir.

Je ne pense qu'à toi, et à cela qui nous concerne, ce soir, à Jarnac, où je suis pour la nuit.

31
lundi 20 juillet

Te voici, Anne, à ta colonie de vacances

Je ne sais à quelle heure tu es arrivée à Saint-Illide mais j'ai été constamment si proche de toi par la pensée que je me sens uni à toi profondément dans cette nouvelle vie qui sera tienne durant ce mois.

Je t'aime.
Et j'approfondis cet amour.

Apprendre la joie et le chagrin des autres, l'espérance du matin et la douleur du jour, et la nuit qui accomplit l'amour et prépare la mort, et le sourire des enfants et la détresse d'une mère, c'est notre devoir à nous deux aussi.

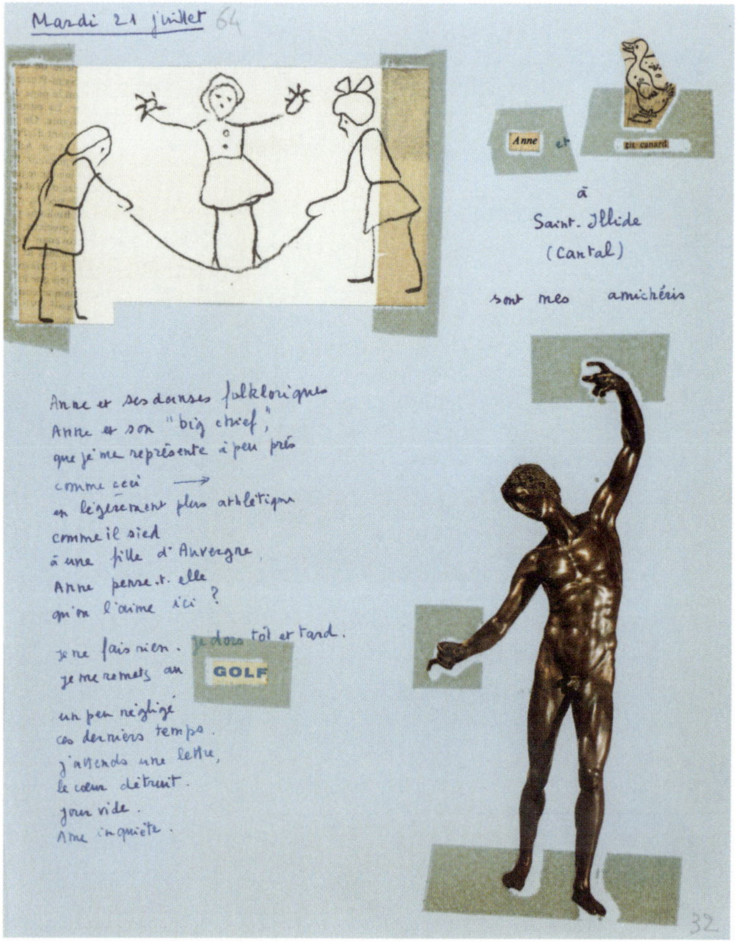

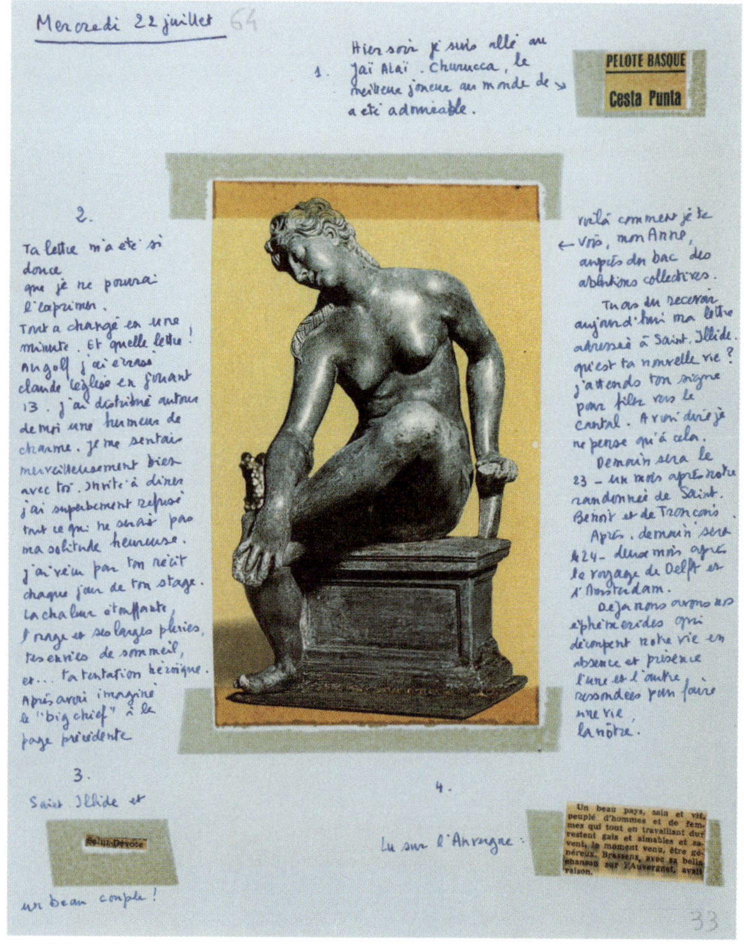

32
<u>Mardi 21 juillet</u>

Anne et Petit canard
à Saint-Illide (Cantal) sont mes amichéris

Anne et ses danses folkloriques
Anne et son « big chief »,
que je me représente à peu près
comme ceci
en légèrement plus athlétique
comme il sied
à une fille d'Auvergne,
Anne pense-t-elle
qu'on l'aime ici ?

Je ne fais rien. Je dors tôt et tard.
Je me remets au golf
un peu négligé ces derniers temps.
J'attends une lettre,
le cœur détruit.
Jour vide.
Ame inquiète.

33
<u>Mercredi 22 juillet</u>

1. Hier soir je suis allé au Jaï Alaï. Churucca, le meilleur joueur au monde de pelote basque Cesta Punta a été admirable.

2. Ta lettre m'a été si douce que je ne pourrai l'exprimer. Tout a changé en une minute. Et quelle lettre ! Au golf j'ai écrasé Claude Léglise en jouant 13. J'ai distribué autour de moi une humeur de charme. Je me sentais merveilleusement bien avec toi. Invité à dîner j'ai superbement refusé tout ce qui ne serait pas ma solitude heureuse. J'ai vécu par ton récit chaque jour de ton stage. La chaleur étouffante, l'orage et ses larges pluies, tes envies de sommeil, et… ta tentation héroïque. Après avoir imaginé le « big chief » à la page précédente

3. Saint-Illide et Saint-Dévote
un beau couple !

Voilà comment je te vois, mon Anne, auprès du bac des ablutions collectives.
Tu as dû recevoir aujourd'hui ma lettre adressée à Saint-Illide. Qu'est ta nouvelle vie ? J'attends ton signe pour filer vers le Cantal. A vrai dire je ne pense qu'à cela.
Demain sera le 23 – un mois après notre randonnée de Saint-Benoît et de Tronçais.
Après-demain sera le 24 – deux mois après le voyage de Delft et d'Amsterdam.
Déjà nous avons nos éphémérides qui découpent notre vie en absence et présence l'une et l'autre ressoudées pour faire une vie, la nôtre.

4. Lu sur l'Auvergne : Un beau pays, sain et vif, peuplé d'hommes et de femmes qui tout en travaillant dur restent gais et aimables et savent, le moment venu, être généreux. Brassens, avec sa belle chanson sur l'Auvergnat, avait raison.

34

Mercredi 22 juillet (suite)

Le 20 juillet 1944 un jeune colonel, Claus von Stauffenberg, posait une bombe sous les pieds de Hitler. La bombe explosait, faisait tout sauter, tuait, mais épargnait Hitler. Le soir même Claus von Stauffenberg et d'autres officiers supérieurs et généraux (Olbritcht, Becket…) étaient fusillés contre un mur à la lueur des phares d'automobiles.

Leurs amis, pourchassés, étaient arrêtés. La plupart furent suspendus par la gorge à des crocs de boucher. Certains furent pendus. Leurs enfants furent expédiés dans des camps, sous des noms d'emprunt, et on les promenait sur les routes bombardées par l'aviation alliée.

Berthold était le frère aimé de Claus. Il fut solidaire jusqu'au bout. Leur père fut également exécuté.

Dans la nuit du désespoir et de la peur le nom de Stauffenberg a pris valeur de symbole.
Regarde ce visage.

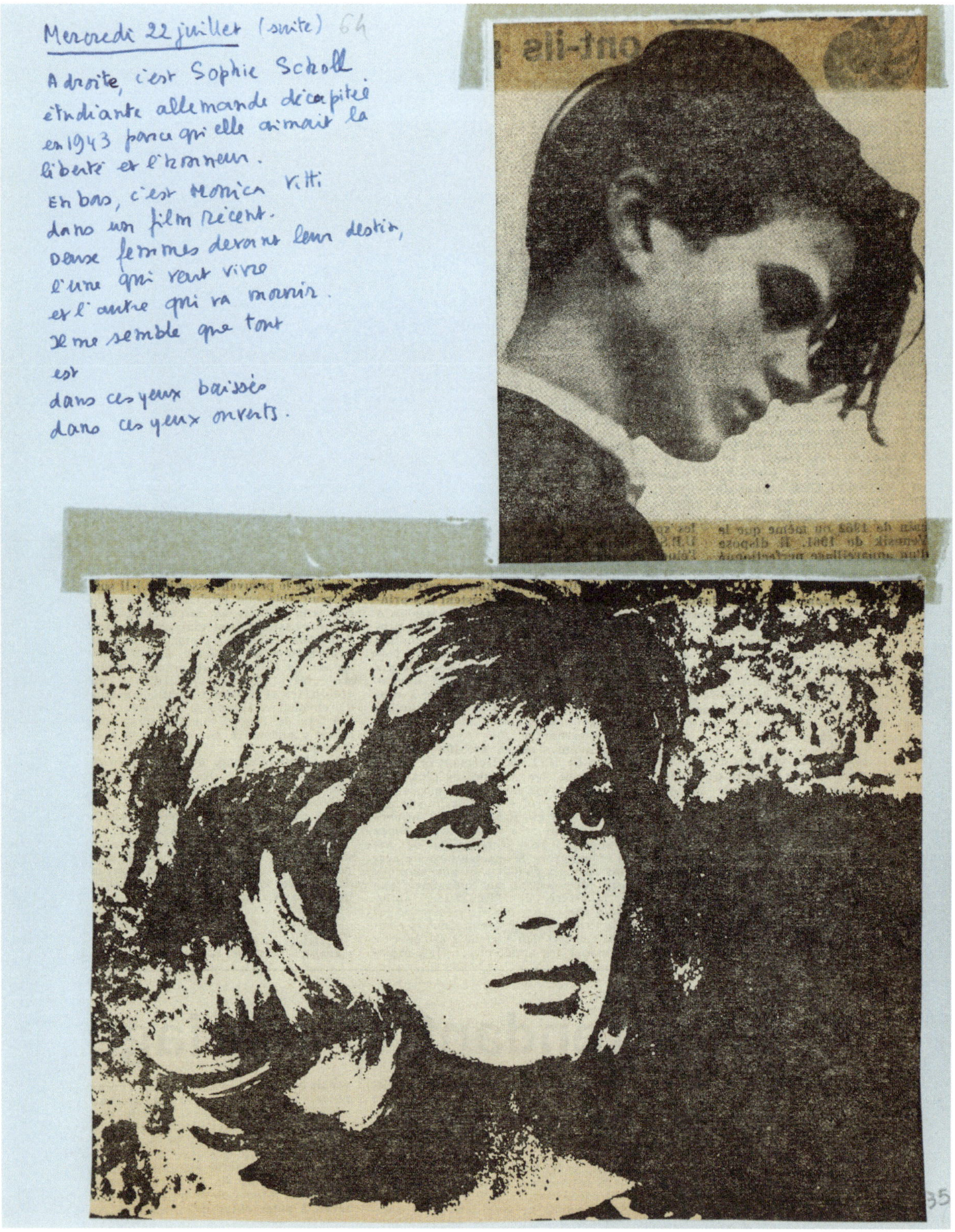

35

<u>Mercredi 22 juillet</u> (suite)

A droite, c'est Sophie Scholl
étudiante allemande décapitée en 1943 parce qu'elle aimait la liberté et l'honneur.
En bas, c'est Monica Vitti dans un film récent.
Deux femmes devant leur destin, l'une qui veut vivre et l'autre qui va mourir.
Il me semble que tout
est
dans ces yeux baissés
dans ces yeux ouverts.

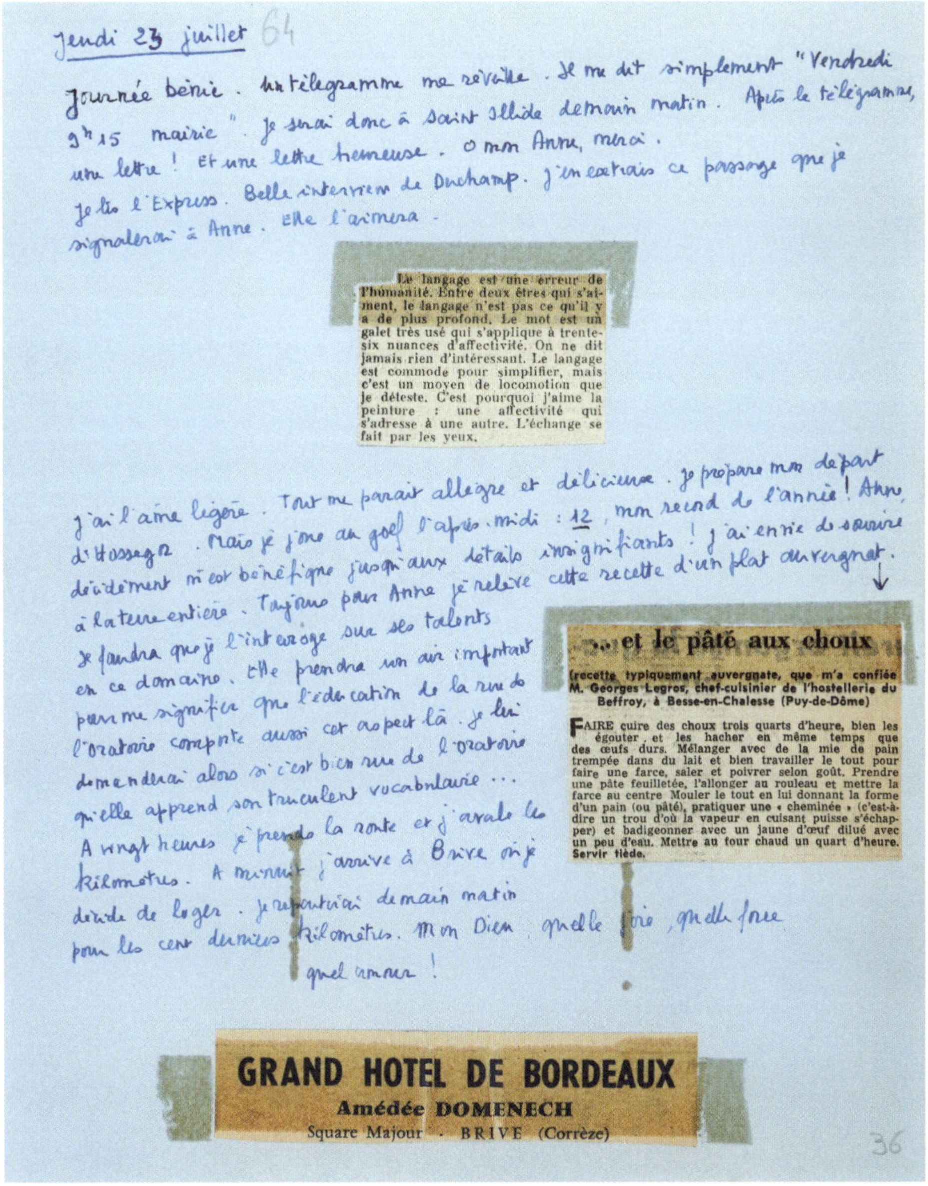

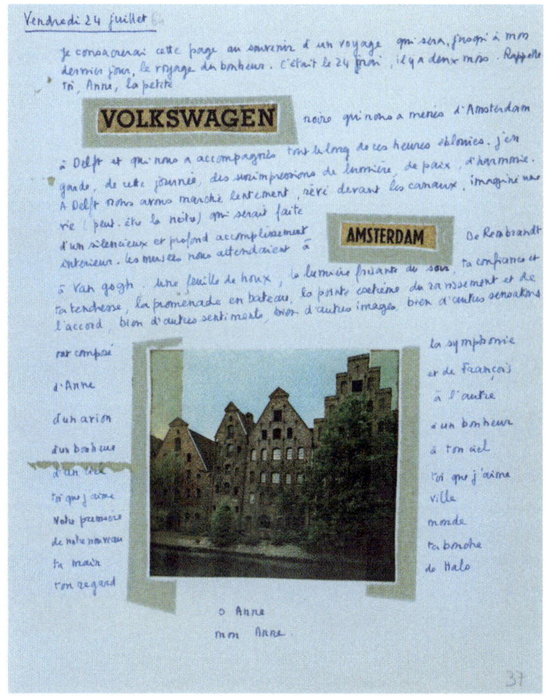

37

Vendredi 24 juillet

Je consacrerai cette page au souvenir d'un voyage qui sera, jusqu'à mon dernier jour, le voyage du bonheur. C'était le 24 mai, il y a deux mois. Rappelle-toi, Anne, la petite Volkswagen noire qui nous a menés d'Amsterdam à Delft et qui nous a accompagnés tout le long de ces heures éblouies. J'en garde, de cette journée, des surimpressions de lumière, de paix, d'harmonie.
A Delft nous avons marché lentement, rêvé devant les canaux, imaginé une vie (peut-être la nôtre) qui serait faite d'un silencieux et profond accomplissement intérieur. Les musées nous attendaient à Amsterdam. De Rembrandt à Van Gogh. Une feuille de houx, la lumière frisante du soir, ta confiance et ta tendresse, la promenade en bateau, la pointe extrême du ravissement et de l'accord, bien d'autres sentiments, bien d'autres images, bien d'autres sensations ont composé la symphonie d'Anne et de François
d'un avion à l'autre
d'un bonheur à un bonheur
d'un ciel à ton ciel
toi que j'aime toi que j'aime
Notre première ville de notre nouveau monde
ta main
ta bouche
ton regard de Hals
O Anne
mon Anne.

36

Jeudi 23 juillet

Journée bénie. Un télégramme me réveille. Il me dit simplement « Vendredi 9 h 15 mairie ». Je serai donc à Saint Illide demain matin. Après le télégramme, une lettre ! Et une lettre heureuse. O mon Anne, merci.
Je lis l'Express. Belle interview de Duchamp. J'en extrais ce passage que je signalerai à Anne. Elle l'aimera.

J'ai l'âme légère. Tout me paraît allègre et délicieux. Je prépare mon départ d'Hossegor. Mais je joue au golf l'après-midi : 12, mon record de l'année ! Anne, décidément m'est bénéfique jusqu'aux détails insignifiants ! J'ai envie de sourire à la terre entière. Toujours pour Anne je relève cette recette d'un plat auvergnat.
Il faudra que je l'interroge sur ses talents en ce domaine. Elle prendra un air important pour me signifier que l'éducation de la rue de l'Oratoire comporte aussi cet aspect-là *[eh non !]*. Je lui demanderai alors si c'est bien rue de l'Oratoire qu'elle apprend son truculent vocabulaire…

A vingt heures je prends la route et j'avale les kilomètres. A minuit j'arrive à Brive où je décide de loger. Je repartirai demain matin pour les cent derniers kilomètres. Mon Dieu, quelle joie, quelle force
quel amour !

38

Vendredi 24 juillet (suite)

Je ne saurai jamais dire de quoi éclatait mon cœur, de Brive à Saint-Illide – Les mots n'ont plus de sens. Courbe normale : j'ai traduit cette vague de joie par quelques refrains idiots chantés faux. A Saint-Illide il était 9 h 05 quand je suis arrivé devant la mairie. Je suis descendu vers Albart où réside la colonie de vacances. Je suis remonté à Saint-Illide. 9 h 15. De nouveau vers Albart, à peine sorti du bourg, Anne venait vers moi. Non je ne saurai jamais dire de quoi a éclaté mon cœur. J'ai baisé ta main comme je le fais souvent, étranger à cette mondanité que je ne pratique pas. mais, parce que chaque fois que je te retrouve, et même du jour au lendemain, je suis pétrifié. Alors ce geste vient à mon secours !

D'abord nous sommes allés à Aurillac où Anne devait porter ses lunettes à réparer. Nous n'avons pas vu le Pape Gerbert mais une carte postale a suffi pour assouvir notre curiosité. Ensuite, Conques.

Main dans la main, que nous étions bien ! Déjeuner calme dans une grande salle de l'hôtel Sainte-Foy (évidemment, cette sainte, avec son visage de proie, monopolise tout ici). Anne a lu ce journal. Une douceur étrange me brisait. L'après-midi, trésor et musée. Et l'église de nouveau. Je n'ai pas aimé le baroque et insolent trésor dont Anne a apprécié la forme et le style tout en en rejetant l'esprit.

La tendresse d'Anne s'était faite émouvante. Elle ne lâchait pas mon bras et se taisait. Elle semblait relier avec peine les deux mondes où elle voyage : celui où je suis et celui où je ne suis pas. Celui où elle m'accepte, celui où elle me refuse. Celui où elle m'attend, celui où elle détourne la tête. Le premier, je le sais, serait facile à notre cœur. Le second, sa conscience l'y ramène. Moi, je veux le premier. Mais je veux aussi sa conscience.

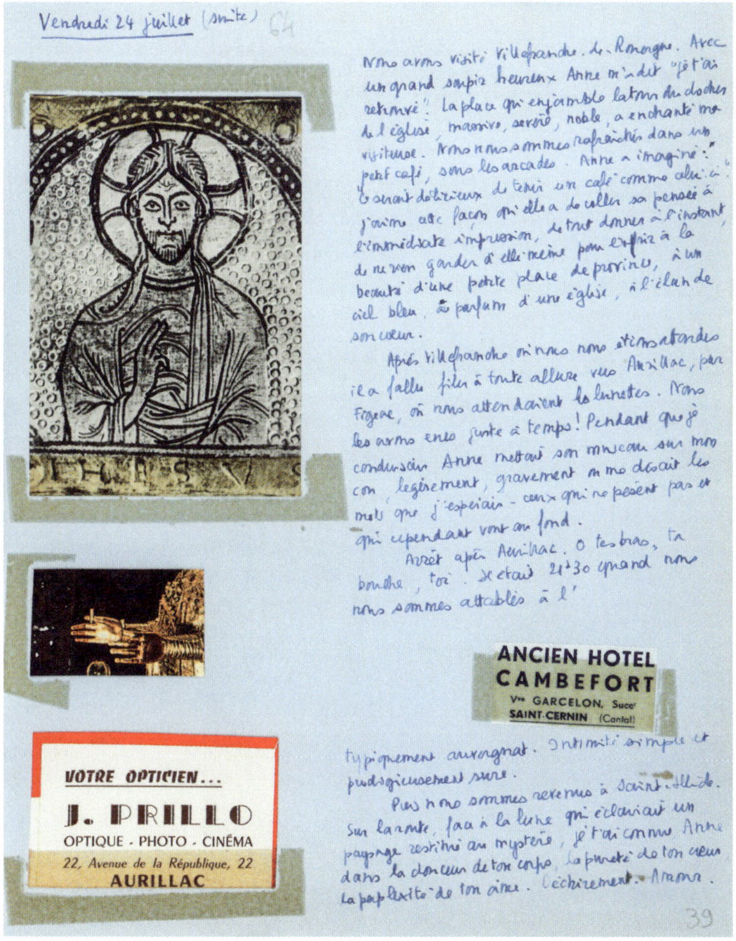

39

Vendredi 24 juillet (suite)

Nous avons visité Villefranche-de-Rouergue. Avec un grand soupir heureux Anne m'a dit « je t'ai retrouvé ». La place qu'enjambe la tour du clocher de l'église, massive, sévère, noble, a enchanté ma visiteuse. Nous nous sommes rafraîchis dans un petit café, sous les arcades. Anne a imaginé : « Ce serait délicieux de tenir un café comme celui-ci. » J'aime cette façon qu'elle a de coller sa pensée à l'immédiate impression, de tout donner à l'instant, de ne rien garder d'elle-même pour l'offrir à la beauté d'une petite place de province, à un ciel bleu, au parfum d'une église, à l'élan de son cœur.

Après Villefranche où nous nous étions attardés il a fallu filer à toute allure vers Aurillac, par Figeac, où nous attendaient les lunettes. Nous les avons eues juste à temps ! Pendant que je conduisais Anne mettait son museau sur mon cou, légèrement, gravement ou me disait les mots que j'espérais – ceux qui ne pèsent pas et qui cependant vont au fond.

Arrêt après Aurillac. O tes bras, ta bouche, toi. Il était 21 h 30 quand nous nous sommes attablés à l'Ancien Hôtel Cambefort [...] typiquement auvergnat. Intimité simple et prodigieusement sûre.

Puis nous sommes revenus à Saint-Illide. Sur la route, face à la lune qui éclairait un paysage restitué au mystère, je t'ai connue, Anne dans la douceur de ton corps, la pureté de ton cœur, la perplexité de ton âme. Déchirement. Amour.

40

Samedi 25 juillet

Peu après minuit, Anne déposée à Albart, j'ai – assez péniblement – atteint Bort-les-Orgues où, par chance, un hôtel était resté ouvert. Peu dormi. Tourmente et tourments.

Au matin, tandis qu'un perroquet striait les premières notes de « La Marseillaise », j'ai réglé ma modeste facture à une épaisse caissière et, comme un automate, j'ai entamé l'étape dont Nevers était le but. Que j'ai eu peine à contenir la fatigue et cette folle douleur fichée en moi depuis la veille !

Anne, Anne, Anne, Anne, Anne –
L'amour que j'ai pour toi est une passion dévorante.
Je sais, je sais, je sais.
Tu n'as pas besoin de m'enseigner les raisons de souffrir à en mourir.
Ton visage est là. Je l'ai bu.
Ton regard m'a pénétré et nous sommes déjà,
plus que tu ne crois,
plus que tu ne veux –
confondus.

A Nevers je t'ai écrit, la tête en feu, une lettre de désordre.
Le soir j'étais à Château-Chinon.

Ici la vie continue

Là, la vie hésite entre tes mains

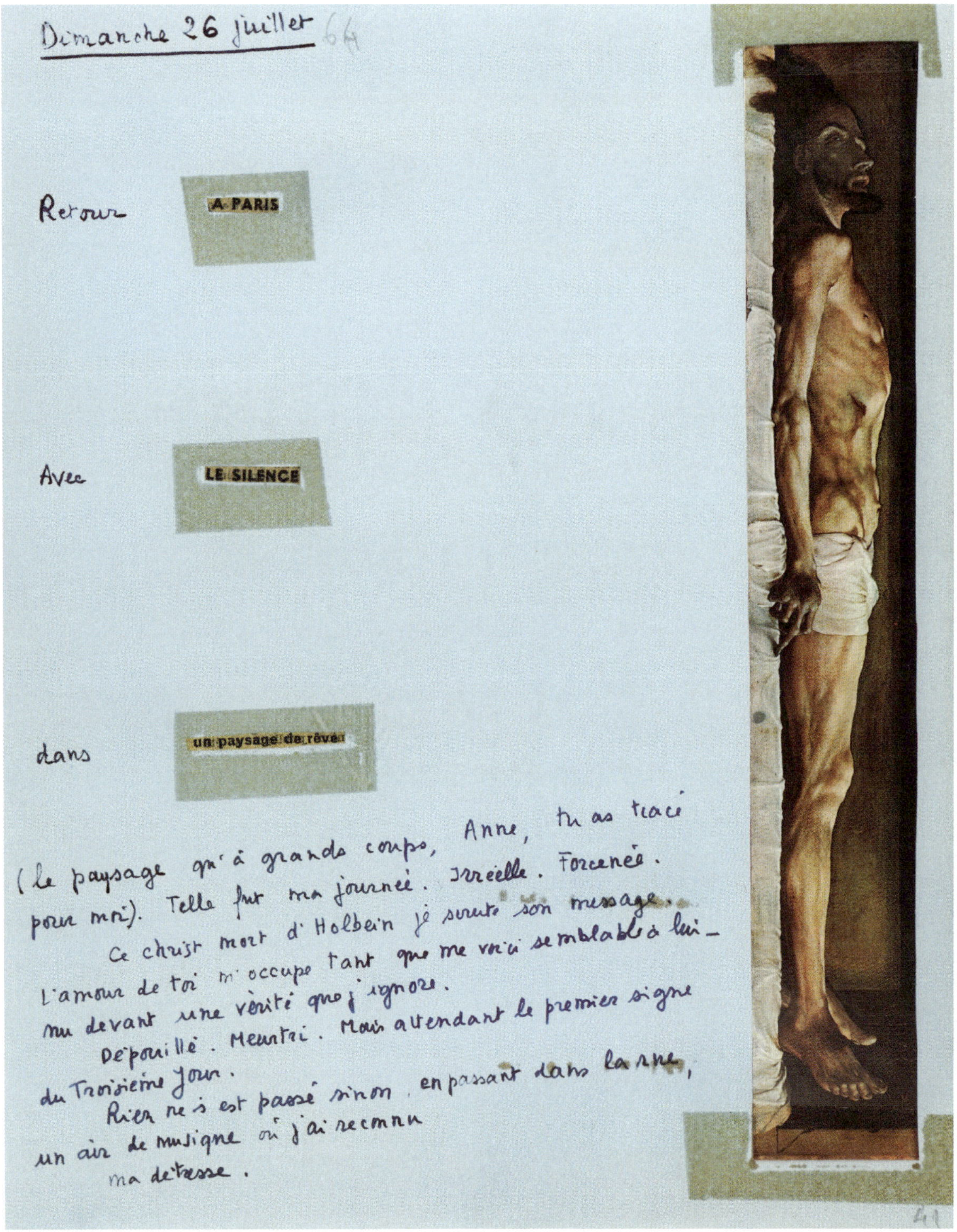

41
<u>Dimanche 26 juillet</u>

Retour à Paris

Avec le silence

dans un paysage de rêve

(le paysage qu'à grands coups, Anne, tu as tracé pour moi). Telle fut ma journée. Irréelle. Forcenée.
Ce christ mort d'Holbein je scrute son message. L'amour de toi m'occupe tant que me voici semblable à lui – nu devant une vérité que j'ignore.
Dépouillé. Meurtri. Mais attendant le premier signe du Troisième Jour.
Rien ne s'est passé sinon, en passant dans la rue, un air de musique où j'ai reconnu
ma détresse.

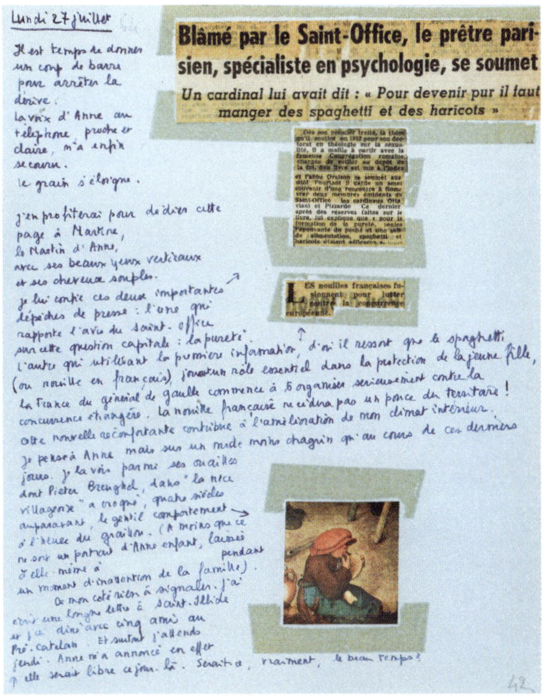

42
Lundi 27 juillet

Il est temps de donner un coup de barre pour arrêter la dérive. La voix d'Anne au téléphone, proche et claire, m'a enfin secouru.

Le grain s'éloigne.

J'en profiterai pour dédier cette page à Martine, le Martin d'Anne, avec ses beaux yeux verticaux et ses cheveux souples. Je lui confie ces deux importantes dépêches de presse : l'une qui rapporte l'avis du Saint-Office sur cette question capitale : la pureté. L'autre qui utilisant la première information, d'où il ressort que le spaghetti (ou nouille en français), jouant un rôle essentiel dans la protection de la jeune fille, la France du général de Gaulle commence à s'organiser sérieusement contre la concurrence étrangère. La nouille française ne cédera pas un pouce du territoire ! Cette nouvelle réconfortante contribue à l'amélioration de mon climat intérieur. Je pense à Anne mais sur un mode moins chagrin qu'au cours de ces derniers jours. Je la vois parmi ses ouailles dont Pieter Brueghel, dans « la noce villageoise » a croqué, quatre siècles auparavant, le gentil comportement à l'heure du graillou. (A moins que ce ne soit un portrait d'Anne enfant, laissée à elle-même à Louvet-le-Sec, pendant un moment d'inattention de la famille).

De mon côté rien à signaler. J'ai écrit une longue lettre à Saint-Illide et j'ai dîné avec cinq amis au Pré-Catelan. Et surtout j'attends jeudi. Anne m'a annoncé en effet qu'elle serait libre ce jour-là. Serait-ce, vraiment, le beau temps ?

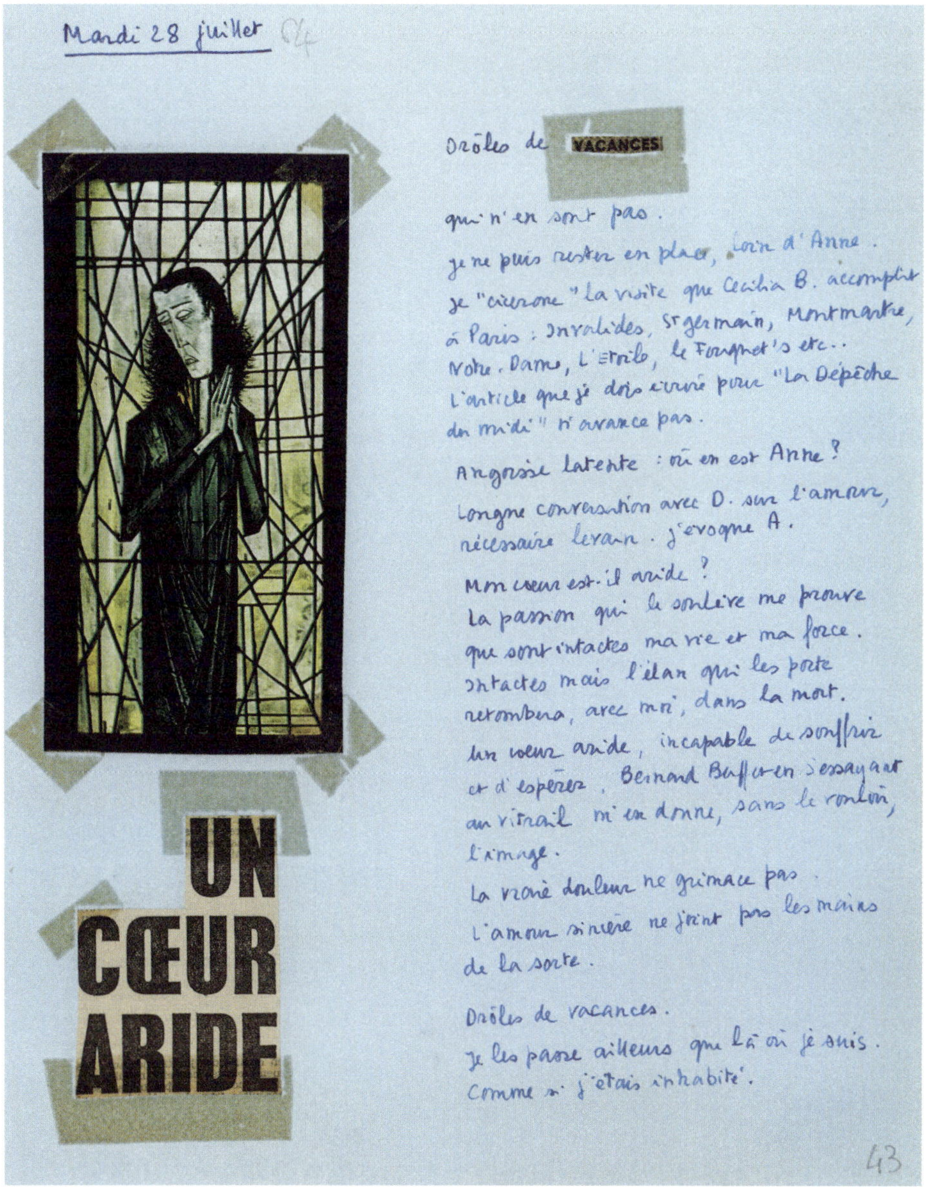

43
Mardi 28 juillet

Drôles de vacances
qui n'en sont pas.
Je ne puis rester en place, loin d'Anne. Je « cicerone » la visite que Cecilia B. accomplit à Paris : Invalides, St Germain, Montmartre, Notre-Dame, L'Etoile, le Fouquet's etc…
L'article que je dois écrire pour « La Dépêche du Midi » n'avance pas.

Angoisse latente : où en est Anne ?
Longue conversation avec D. sur l'amour, nécessaire levain. J'évoque A.

Mon cœur est-il aride ?
La passion qui le soulève me prouve que sont intactes ma vie et ma force. Intactes mais l'élan qui les porte retombera, avec moi, dans la mort.
Un cœur aride, incapable de souffrir et d'espérer. Bernard Buffet en s'essayant au vitrail m'en donne, sans le vouloir, l'image.

La vraie douleur ne grimace pas.
L'amour sincère ne joint pas les mains de la sorte.

Drôles de vacances.
Je les passe ailleurs que là où je suis.
Comme si j'étais inhabité.

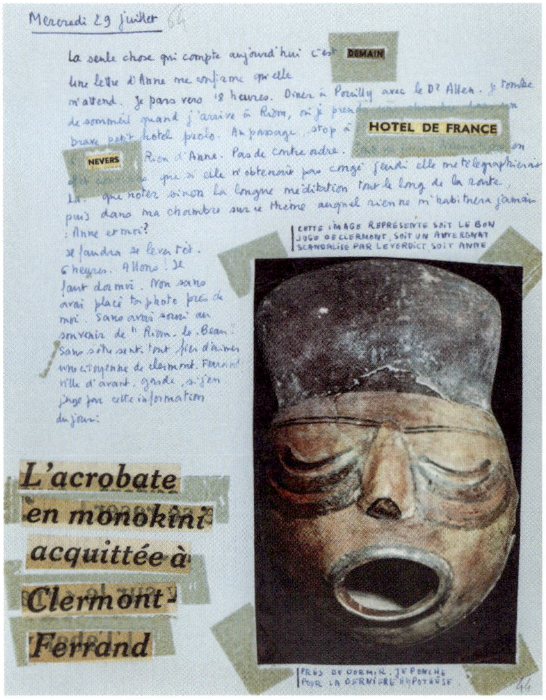

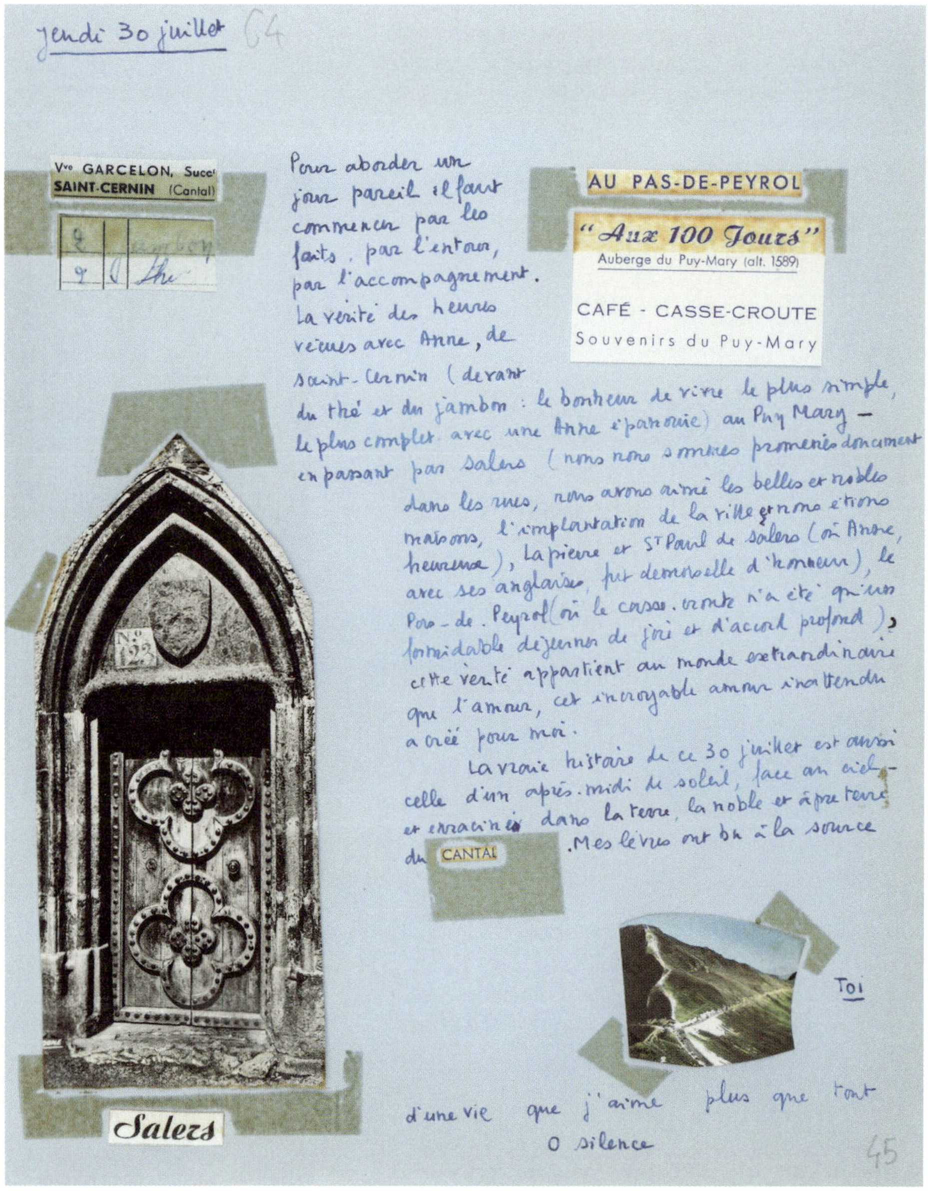

44
Mercredi 29 juillet

La seule chose qui compte aujourd'hui c'est demain

Une lettre d'Anne me confirme qu'elle m'attend. Je pars vers 18 heures. Dîner à Pouilly avec le Dr Allen. Je tombe de sommeil quand j'arrive à Riom, où je prends une chambre, dans un brave petit hôtel prolo. Au passage, stop à l'Hôtel de France à Nevers. Rien d'Anne. Pas de contre ordre. Tout va bien. Nous étions en effet convenus que si elle n'obtenait pas congé jeudi elle me télégraphierait là. Que noter sinon la longue méditation tout le long de la route, puis dans ma chambre sur ce thème auquel rien ne m'habituera jamais : Anne et moi ?

Il faudra se lever tôt.
6 heures. Allons ! Il faut dormir. Non sans avoir placé ta photo près de moi. Sans avoir souri au souvenir de « Riom-le-Beau ». Sans s'être senti tout fier d'aimer une citoyenne de Clermont-Ferrand, ville d'avant-garde, si j'en juge par cette information du jour : L'acrobate en monokini acquittée à Clermont-Ferrand

CETTE IMAGE REPRESENTE SOIT LE BON JUGE DE CLERMONT, SOIT UN AUVERGNAT SCANDALISE PAR LE VERDICT, SOIT ANNE PRES DE DORMIR. JE PENCHE POUR LA DERNIÈRE HYPOTHESE.

45
Jeudi 30 juillet

Pour aborder un jour pareil il faut commencer par les faits, par l'entour, par l'accompagnement. La vérité des heures vécues avec Anne, de Saint-Cernin (devant du thé et du jambon : le bonheur de vivre le plus simple, le plus complet avec une Anne épanouie) au Puy Mary – en passant par Salers (nous nous sommes promenés doucement dans les rues, nous avons aimé les belles et nobles maisons, l'implantation de la ville et nous étions heureux), Lapierre et St Paul de Salers (où Anne, avec ses anglaises, fut demoiselle d'honneur), le Pas-de-Peyrol (où le casse-croûte n'a été qu'un formidable déjeuner de joie et d'accord profond), cette vérité appartient au monde extraordinaire que l'amour, cet incroyable amour inattendu a créé pour moi.

La vraie histoire de ce 30 juillet est aussi celle d'un après-midi de soleil, face au ciel – et enraciné dans la terre, la noble et âpre terre du Cantal. Mes lèvres ont bu à la source d'une vie que j'aime plus que tout

O silence

TOI

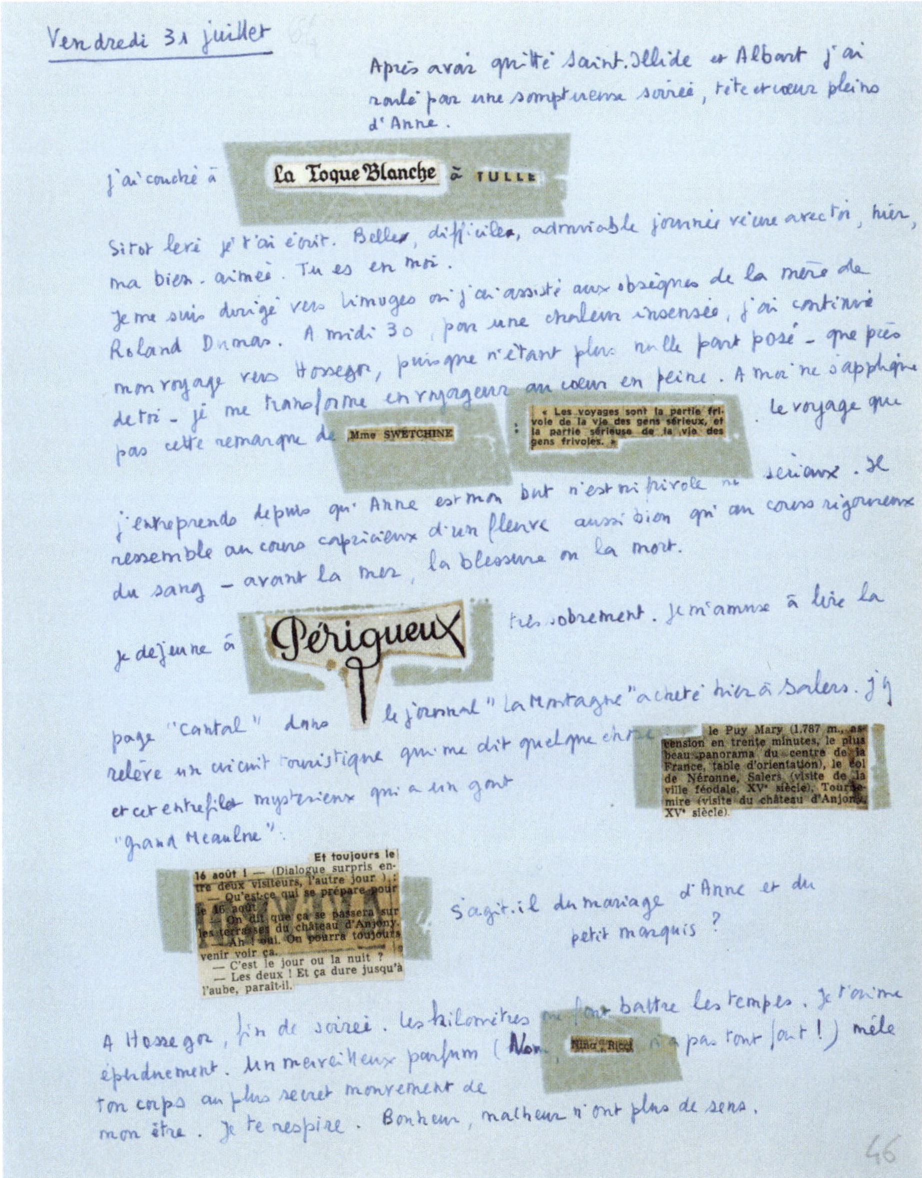

46
Vendredi 31 juillet

Après avoir quitté Saint-Illide et Albart j'ai roulé par une somptueuse soirée, tête et cœur pleins d'Anne.

J'ai couché à La Toque Blanche à Tulle

Sitôt levé je t'ai écrit. Belle, difficile, admirable journée vécue avec toi, hier, ma bien-aimée. Tu es en moi.
Je me suis dirigé vers Limoges où j'ai assisté aux obsèques de la mère de Roland Dumas. A midi 30, par une chaleur insensée, j'ai continué mon voyage vers Hossegor, puisque n'étant plus nulle part posé – que près de toi – je me transforme en voyageur au cœur en peine. A moi ne s'applique pas cette remarque de Mme Swetchine : « Les voyages sont la partie frivole de la vie des gens sérieux, et la partie sérieuse de la vie des gens frivoles. » Le voyage que j'entreprends depuis qu'Anne est mon but n'est ni frivole ni sérieux. Il ressemble au cours capricieux d'un fleuve aussi bien qu'au cours rigoureux du sang – avant la mer, la blessure ou la mort.
Je déjeune à Périgueux très sobrement. Je m'amuse à lire la page « Cantal » dans le journal « La Montagne » acheté hier à Salers. J'y relève un circuit touristique qui me dit quelque chose : le Puy Mary (1.787 m., ascension en trente minutes, le plus beau panorama du centre de la France, table d'orientation), le col de Néronne, Salers (visite de la ville féodale, xve siècle), Tournemire (visite du château d'Anjony, xve siècle).

et cet entrefilet mystérieux qui a un goût « Grand Meaulnes » :

Et toujours le 16 août ! – (Dialogue surpris entre deux visiteurs, l'autre jour) :
– Qu'est-ce qui se prépare pour le 16 août ?
– On dit que ça se passera sur les terrasses du château d'Anjony.
– Ah ! oui. On pourra toujours venir voir ça.
– C'est le jour ou la nuit ?
– Les deux ! Et ça dure jusqu'à l'aube, paraît-il.

S'agit-il du mariage d'Anne et du petit marquis ?

A Hossegor, fin de soirée. Les kilomètres me font battre les tempes. Je t'aime éperdument. Un merveilleux parfum (Non, Nina Ricci n'a pas tout fait !) mêle ton corps au plus secret mouvement de mon être. Je te respire. Bonheur, malheur n'ont plus de sens.

47
Samedi 1er août

Ah ! voilà
Le temps qui passe et passera,
juillet, août, septembre
pareils à ces trois chevaux…

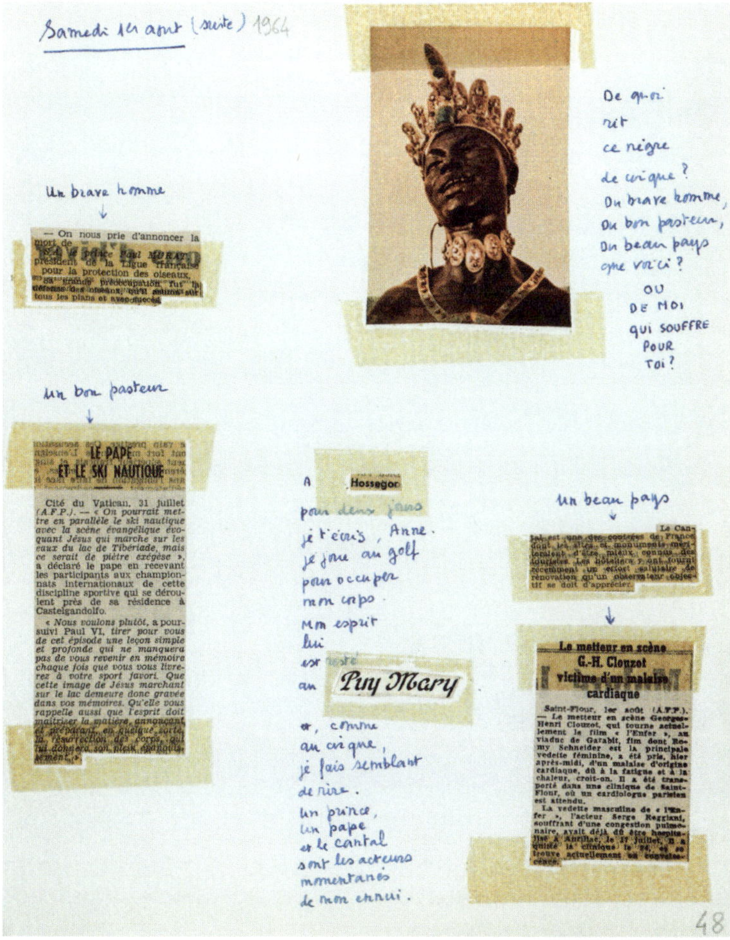

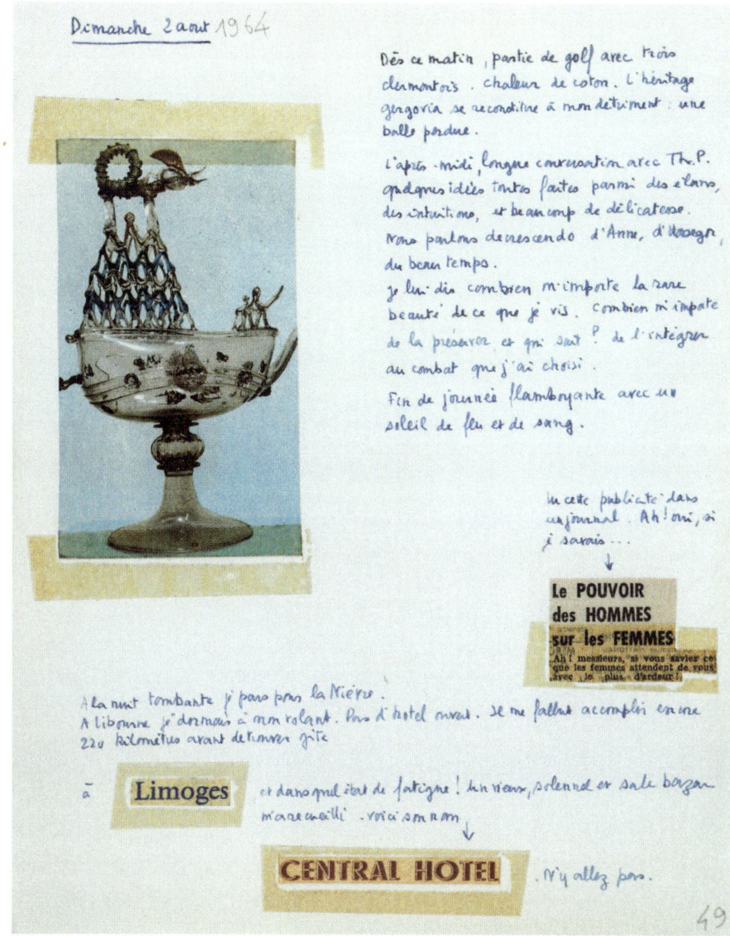

48

Samedi 1er août (suite)

De quoi rit ce nègre de cirque ?
Du brave homme, Du bon pasteur, Du beau pays que voici ?
OU DE MOI QUI SOUFFRE POUR TOI ?

Un brave homme
On nous prie d'annoncer la mort de S. A. le prince Paul Murat, président de la Ligue française pour la protection des oiseaux […]

Un bon pasteur
On pourrait mettre en parallèle le ski nautique avec la scène évangélique évoquant Jésus qui marche sur les eaux du lac de Tibériade, mais ce serait de piètre exégèse […]

Un beau pays
Le Cantal est une des contrées de France dont les sites et monuments mériteraient d'être mieux connus des touristes […]

A Hossegor pour deux jours je t'écris, Anne. Je joue au golf pour occuper mon corps. Mon esprit lui est resté au Puy Mary et, comme au cirque, je fais semblant de rire. Un prince, un pape et le Cantal sont les acteurs momentanés de mon ennui.

49

Dimanche 2 août

Dès ce matin, partie de golf avec trois Clermontois. Chaleur de coton. L'héritage Gergovia se reconstitue à mon détriment : une balle perdue.

L'après-midi, longue conversation avec Th. P.
quelques idées toutes faites parmi des élans, des intuitions, et beaucoup de délicatesse.
Nous parlons decrescendo d'Anne, d'Hossegor, du beau temps.

Je lui dis combien m'importe la rare beauté de ce que je vis. Combien m'importe de la préserver, et qui sait ? de l'intégrer au combat que j'ai choisi.

Fin de journée flamboyante avec un soleil de feu et de sang.

Lu cette publicité dans un journal. Ah ! oui, si je savais…

Le pouvoir des hommes sur les femmes
Ah ! messieurs, si vous saviez ce que les femmes attendent de vous avec le plus d'ardeur !

A la nuit tombante je pars pour la Nièvre.
A Libourne je dormais à mon volant. Pas d'hôtel ouvert. Il me fallut accomplir encore 220 kilomètres avant de trouver gîte
à Limoges, et dans quel état de fatigue ! Un vieux, solennel et sale bazar m'a recueilli – voici son nom

Central Hôtel. N'y allez pas.

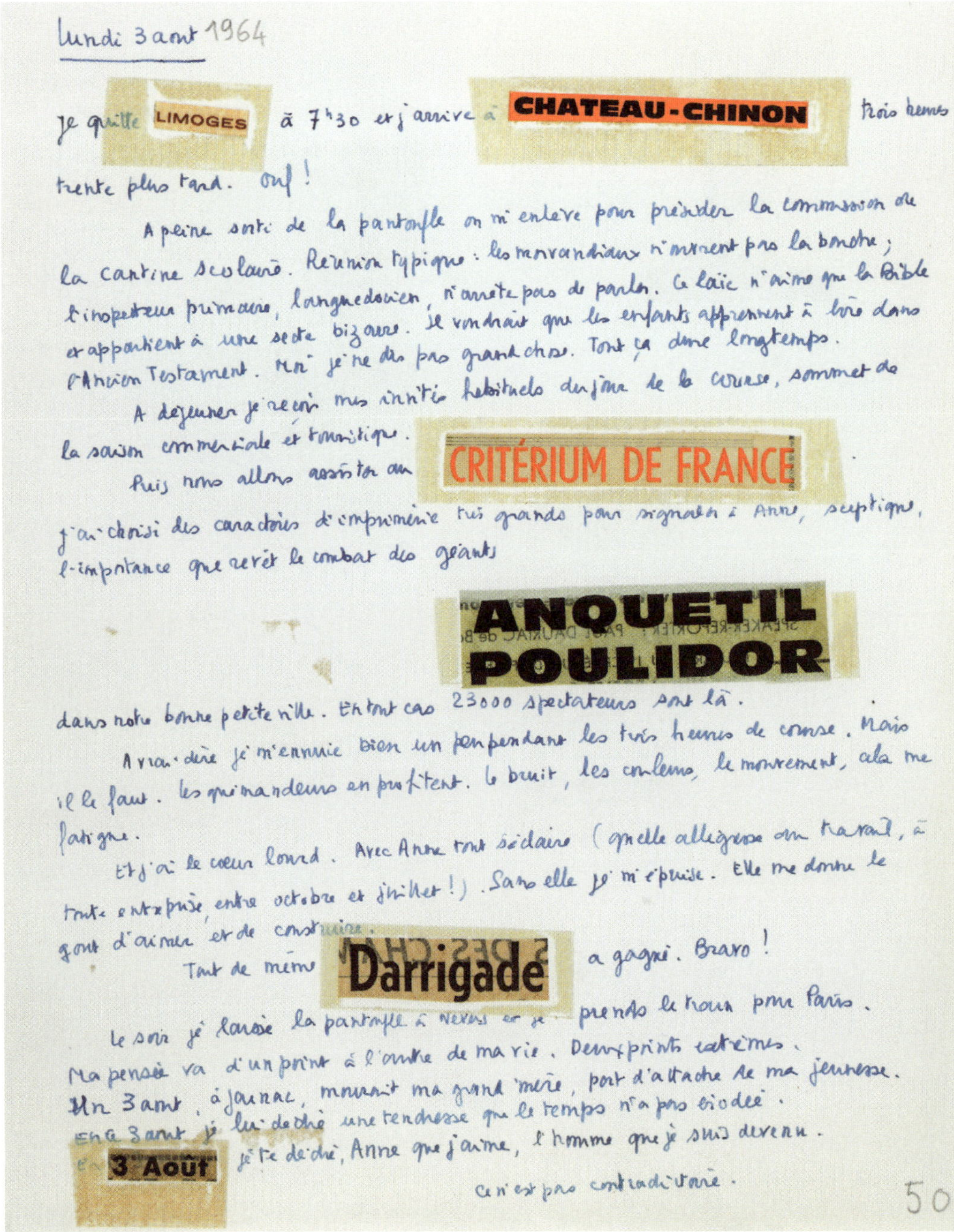

50

Lundi 3 août

Je quitte Limoges à 7 h 30 et j'arrive à Château-Chinon trois heures trente plus tard. Ouf !

A peine sorti de la pantoufle on m'enlève pour présider la commission de la cantine scolaire. Réunion typique : les Morvandiaux n'ouvrent pas la bouche ; l'inspecteur primaire, languedocien, n'arrête pas de parler. Ce laïc n'aime que la Bible et appartient à une secte bizarre. Il voudrait que les enfants apprennent à lire dans l'Ancien Testament. Moi je ne dis pas grand-chose. Tout ça dure longtemps.

A déjeuner je reçois mes invités habituels du jour de la course, sommet de la saison commerciale et touristique.

Puis nous allons assister au Criterium de France
J'ai choisi des caractères d'imprimerie très grands pour signaler à Anne, sceptique, l'importance que revêt le combat des géants

Anquetil
Poulidor

dans notre bonne petite ville. En tout cas 23 000 spectateurs sont là.

A vrai dire je m'ennuie bien un peu pendant les trois heures de course. Mais il le faut. Les quémandeurs en profitent. Le bruit, les couleurs, le mouvement, cela me fatigue.

Et j'ai le cœur lourd. Avec Anne tout s'éclaire (quelle allégresse au travail, à toute entreprise, entre octobre et juillet !). Sans elle je m'épuise. Elle me donne le goût d'aimer et de construire. Tout de même Darrigade a gagné. Bravo !

Le soir je laisse la pantoufle à Nevers et je prends le train pour Paris. Ma pensée va d'un point à l'autre de ma vie. Deux points extrêmes. Un 3 août, à Jarnac, mourait ma grand'mère, port d'attache de ma jeunesse. En ce 3 août je lui dédie une tendresse que le temps n'a pas érodée. En ce 3 août je te dédie, Anne que j'aime, l'homme que je suis devenu.

Ce n'est pas contradictoire.

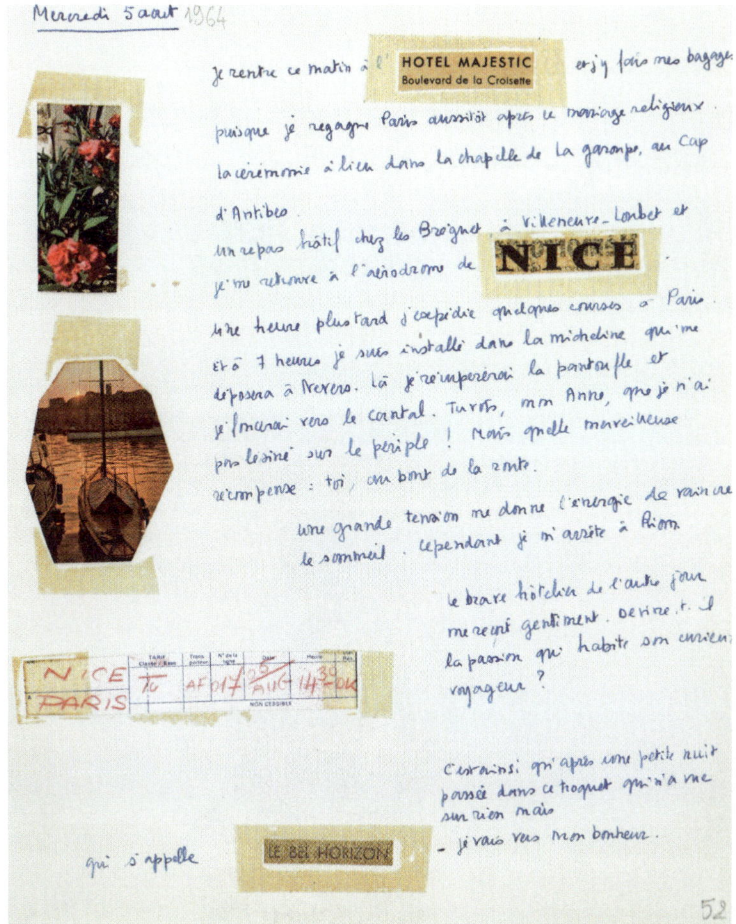

51

Mardi 4 août

Envol pour Nice et le mariage d'Olivier, sur un Boeing ventru.

La cérémonie civile a lieu l'après-midi. J'en profite pour descendre à Cannes, à l'Hôtel Majestic où Dayan m'a retenu un appartement.

Joie profonde : à midi 40 j'obtiens Anne au téléphone : sa voix.
Une déception : je ne m'empêchais pas de croire qu'une lettre de Sainte-Illide m'attendrait ici. Rien. Ce qu'Anne me confirme.

Mariage à Villeneuve-Loubet.

Soirée à Cannes. Dîner à Golfe Juan. Le monde de Paris, épaules nues, gorges de soleil, cheveux de mer. Séduisant. Irritant. Ma table s'est grossie d'adeptes de cette espèce. Jolies filles. Tout paraît facile avec le ciel et la mer qui sertissent la minuscule planète que nous formons, groupe animé que je n'écoute déjà plus, que je ne regarde déjà plus.

Quelle force et quelle douceur : la pensée d'Anne vit en moi. Le cercle qui est le nôtre, à nous deux, me suffit. Comment ne me suffirait-il pas ? Beauté, pureté, voilà les dons que j'ai reçus de cette petite fille. Je ne suis plus accessible à ce qui n'est pas de ce grain.

Pour la nuit Rousselet m'emmène chez lui à Beauvallon. J'y arrive en dormant.

52

Mercredi 5 août

Je rentre ce matin à l'Hôtel Majestic Boulevard de la Croisette et j'y fais mes bagages puisque je regagne Paris aussitôt après le mariage religieux. La cérémonie a lieu dans la chapelle de La Garoupe, au Cap d'Antibes.

Un repas hâtif chez les Bréguet à Villeneuve-Loubet et je me retrouve à l'aérodrome de Nice.

Une heure plus tard j'expédie quelques courses à Paris. Et à 7 heures je suis installé dans la micheline qui me déposera à Nevers. Là je récupérerai la pantoufle et je foncerai vers le Cantal. Tu vois, mon Anne, que je n'ai pas lésiné sur le périple ! Mais quelle merveilleuse récompense : toi, au bout de la route.

Une grande tension me donne l'énergie de vaincre le sommeil. Cependant je m'arrête à Riom.

Le brave hôtelier de l'autre jour me reçoit gentiment. Devine-t-il la passion qui habite son curieux voyageur ?

C'est ainsi qu'après une petite nuit passée dans ce troquet qui n'a vue sur rien mais qui s'appelle Le Bel Horizon – je vais vers mon bonheur.

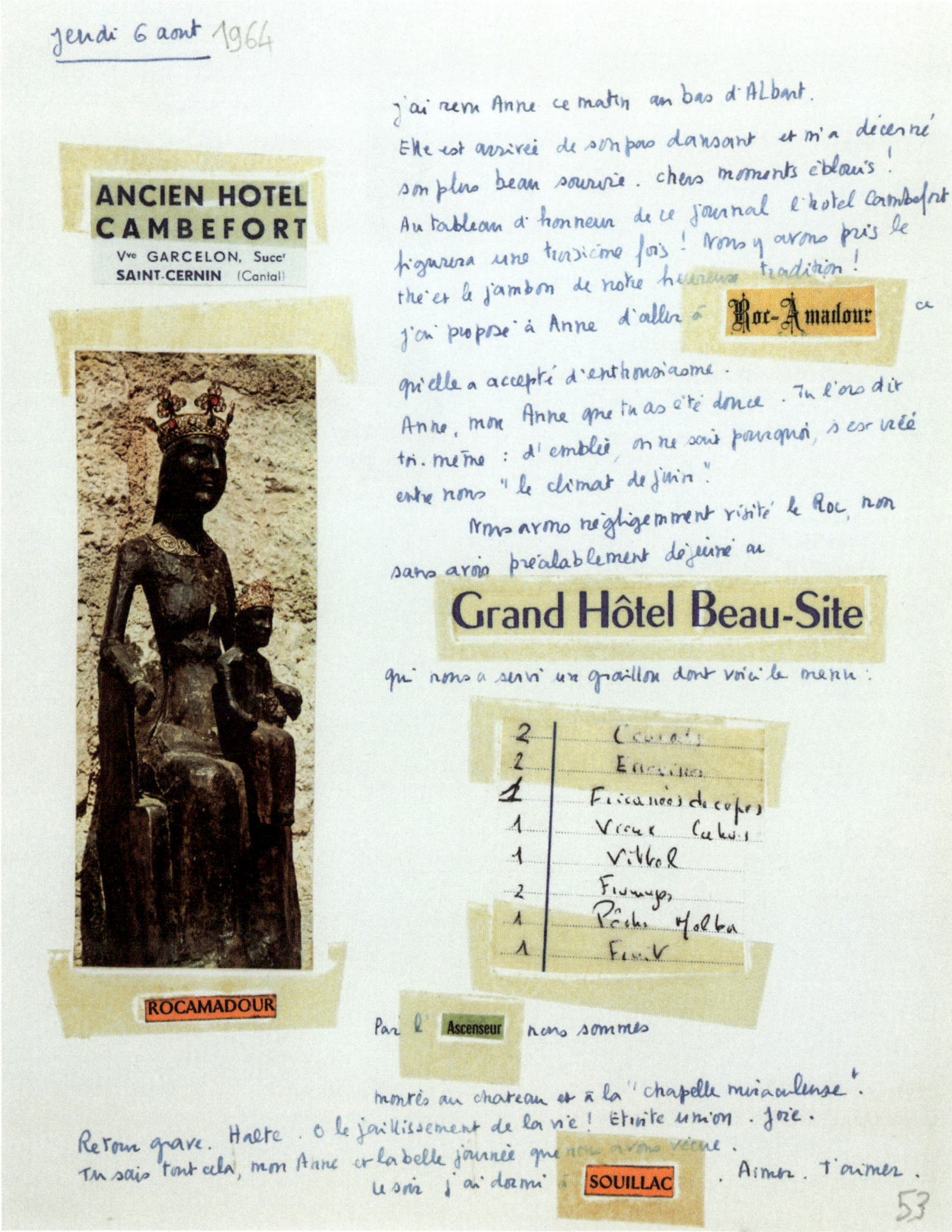

53

<u>Jeudi 6 août</u>

J'ai revu Anne ce matin au bas d'Albart.
Elle est arrivée de son pas dansant et m'a décerné son plus beau sourire. Chers moments éblouis ! Au tableau d'honneur de ce journal l'hôtel Cambefort figurera une troisième fois ! Nous y avons pris le thé et le jambon de notre heureuse tradition ! J'ai proposé à Anne d'aller à Roc-Amadour ce qu'elle a accepté d'enthousiasme.

Anne, mon Anne que tu as été douce. Tu l'as dit toi-même : d'emblée, on ne sait pourquoi, s'est créé entre nous « le climat de juin ».

Nous avons négligemment visité le Roc, non sans avoir préalablement déjeuné au Grand Hôtel Beau-Site qui nous a servi un graillou dont voici le menu :

2 Couverts
2 Ecrevisses
1 Fricassée de cèpes
1 Vieux Cahors
1 Vittel
2 Fromages
1 Pêche Melba
1 Fruit

Par l'ascenseur nous sommes montés au château et à la « chapelle miraculeuse ». Retour grave. Halte. O le jaillissement de la vie ! Etroite union. Joie. Tu sais tout cela, mon Anne et la belle journée que nous avons vécue.

Le soir j'ai dormi à Souillac. Aimer. T'aimer.

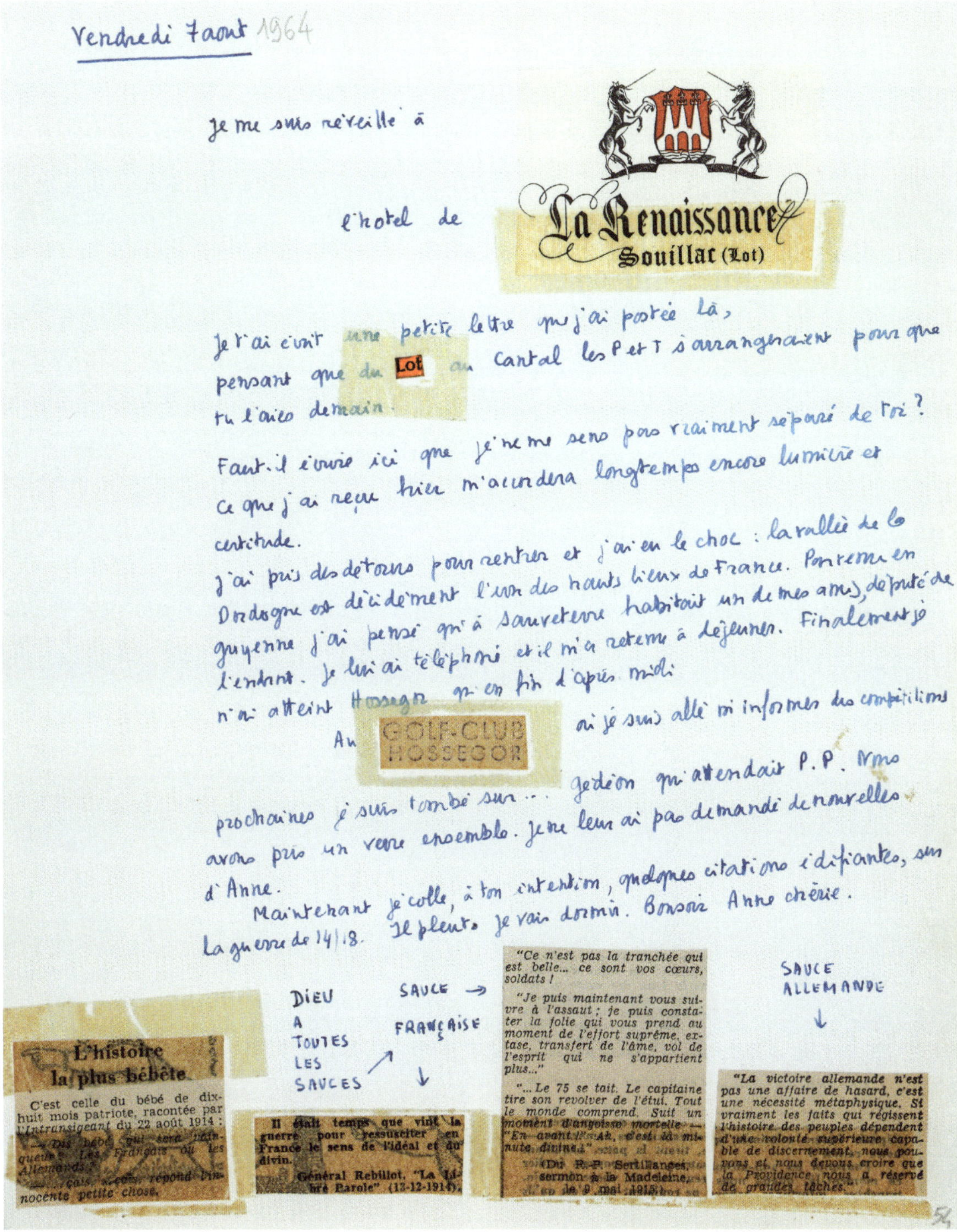

Vendredi 7 août 1964

je me suis réveillé à

l'hôtel de La Renaissance Souillac (Lot)

Je t'ai écrit une petite lettre que j'ai postée là, pensant que du Lot au Cantal les P et T s'arrangeraient pour que tu l'aies demain.

Faut-il écrire ici que je ne me sens pas vraiment séparé de toi ? Ce que j'ai reçu hier m'accordera longtemps encore lumière et certitude.

J'ai pris des détours pour rentrer et j'ai eu le choc : la vallée de la Dordogne est décidément l'un des hauts lieux de France. Parvenu en Guyenne j'ai pensé qu'à Sauveterre habitait un de mes amis, député de l'endroit. Je lui ai téléphoné et il m'a retenu à déjeuner. Finalement je n'ai atteint Hossegor qu'en fin d'après-midi

Au GOLF-CLUB HOSSEGOR où je suis allé m'informer des compétitions prochaines je suis tombé sur… Gédéon qui attendait P. P. Nous avons pris un verre ensemble. Je ne leur ai pas demandé de nouvelles d'Anne.

Maintenant je colle, à ton intention, quelques citations édifiantes, sur la guerre de 14/18. Il pleut. Je vais dormir. Bonsoir Anne chérie.

DIEU A TOUTES LES SAUCES

SAUCE FRANÇAISE

SAUCE ALLEMANDE

L'histoire la plus bébête

C'est celle du bébé de dix-huit mois patriote, racontée par *l'Intransigeant* du 22 août 1914 :

— Dis bébé, qui sera vainqueur ? Les Français ou les Allemands ?

— …çais, …çais, répond l'innocente petite chose.

Il était temps que vînt la guerre pour ressusciter en France le sens de l'idéal et du divin.

Général Rebillot, "La Libre Parole" (13-12-1914).

"Ce n'est pas la tranchée qui est belle… ce sont vos cœurs, soldats !

"Je puis maintenant vous suivre à l'assaut ; je puis constater la folie qui vous prend au moment de l'effort suprême, extase, transfert de l'âme, vol de l'esprit qui ne s'appartient plus…"

"…Le 75 se tait. Le capitaine tire son revolver de l'étui. Tout le monde comprend. Suit un moment d'angoisse mortelle — "En avant !" Ah, c'est là minute divine."

(Du R. P. Sertillanges, sermon à la Madeleine, le 9 mai 1915.)

"La victoire allemande n'est pas une affaire de hasard, c'est une nécessité métaphysique. Si vraiment les faits qui régissent l'histoire des peuples dépendent d'une volonté supérieure capable de discernement, nous pouvons et nous devons croire que la Providence nous a réservé de grandes tâches."

54

54

Vendredi 7 août

Je me suis réveillé à l'hôtel de La Renaissance Souillac (Lot)
Je t'ai écrit une petite lettre que j'ai postée là, pensant que du Lot au Cantal les P et T s'arrangeraient pour que tu l'aies demain.

Faut-il écrire ici que je ne me sens pas vraiment séparé de toi ? Ce que j'ai reçu hier m'accordera longtemps encore lumière et certitude.

J'ai pris des détours pour rentrer et j'ai eu le choc : la vallée de la Dordogne est décidément l'un des hauts lieux de France. Parvenu en Guyenne j'ai pensé qu'à Sauveterre habitait un de mes amis, député de l'endroit. Je lui ai téléphoné et il m'a retenu à déjeuner. Finalement je n'ai atteint Hossegor qu'en fin d'après-midi

Au Golf-Club Hossegor où je suis allé m'informer des compétitions prochaines je suis tombé sur… Gédéon qui attendait P. P. Nous avons pris un verre ensemble. Je ne leur ai pas demandé de nouvelles d'Anne.

Maintenant je colle, à ton intention, quelques citations édifiantes, sur la guerre de 14/18. Il pleut. Je vais dormir. Bonsoir Anne chérie.

DIEU A TOUTES LES SAUCES

SAUCE FRANÇAISE
Il était temps que vînt la guerre pour ressusciter en France le sens de l'idéal et du divin […]

SAUCE ALLEMANDE
La victoire allemande n'est pas une affaire de hasard, c'est une nécessité métaphysique […]

55

Samedi 8 août

Ce mot revient peut-être un peu trop souvent, ce mot que tu n'aimes guère : golf

Pourtant mon activité de ce samedi se résume à cela. Une compétition. Un joli résultat. (16). La considération de M. P. P. qui, du coup, me convie à jouer le lendemain la compétition par équipes avec lui.

Mais la réalité de ma vie a une tout autre histoire : celle qui m'unit à toi. Je t'ai écrit le matin – puis le soir, dans mon lit, par une nuit remplie du bruit de la tempête. La mer tonnait tout près de la maison. Moi, j'étais heureux sous ma lampe, avec ta photo qui me souriait, tandis que je te racontais ma tendresse. Le vent pliait les arbres que j'entendais gémir. Des paquets de pluie fouettaient les persiennes. Je me sentais intimement d'accord avec les éléments tout obstinés dans leur colère et leur envie de s'offrir du bon temps – c'est-à-dire de redevenir eux-mêmes, hors des clichés de la saison, des vacances et des commodités humaines.

La photo d'à côté est celle de la main du prince de Condé, père du vainqueur de Rocroi. Cette main de marbre (le mausolée, ce que j'ignorais, se trouve dans l'église de Vallery (Yonne)) m'a paru si belle que je l'ai placée là, en ce jour sans mémoire mais où nos mains, à nous, sont si fermement jointes.

UNE NOUVELLE QUI M'INTÉRESSE

En Ariège des archéologues découvrent l'entrée d'une nécropole cathare [...]

Samedi 8 août 1964

Ce mot revient peut-être un peu trop souvent, ce mot que tu n'aimes guère :

GOLF

Pourtant mon activité de ce samedi se résume à cela. Une compétition. Un joli résultat. (16). La considération de M. P.P. qui, du coup, me convie à jouer le lendemain la compétition par équipes avec lui.

Mais la réalité de ma vie a une toute autre histoire : celle qui m'unit à toi. Je t'ai écrit le matin — puis le soir, dans mon lit, par une nuit remplie du bruit de la tempête. La mer tonnait tout près de la maison. Moi, j'étais heureux sous ma lampe, avec ta photo qui me souriait, tandis que je te racontais ma tendresse. Le vent pliait les arbres que j'entendais gémir. Des paquets de pluie fouettaient les persiennes. Je me sentais intimement d'accord avec les éléments tout obstinés dans leur colère et leur envie de s'offrir du bon temps — c'est-à-dire de redevenir eux-mêmes, hors des clichés de la saison, des vacances et des commodités humaines.

La photo d'à côté → est celle de la main du prince de Condé, père du vainqueur de Rocroi. Cette main de marbre (le mausolée, ce que j'ignorais, se trouve dans l'église de Vallery (Yonne)) m'a paru si belle que je l'ai placée là, en ce jour sans mémoire mais où nos mains, à nous, sont si fermement jointes.

EN ARIÈGE

Des archéologues découvrent l'entrée d'une nécropole cathare

UNE NOUVELLE QUI M'INTÉRESSE →

Déblayant le pas du Trébuchet à la cote moins 100 mètres, des membres de l'expédition ont mis à jour hier matin, deux squelettes.

Leur identification a été facile, car tous deux portaient la marque du coup d'arbalète qui causa leur mort.

Il n'y a pas de doute, il s'agit donc bien des défenseurs de la forteresse Cathare qui, assiégée, résista durant un an aux guerriers venus du nord et commandés par Simon de Montfort.

Après cette découverte, les archéologues poursuivent activement leurs travaux et, continuant à retirer du gouffre du Trébuchet d'énormes moellons de pierre, ils espèrent percer enfin le mystère du martyre des 300 « parfaits » cathares, ultimes défenseurs de Montségur.

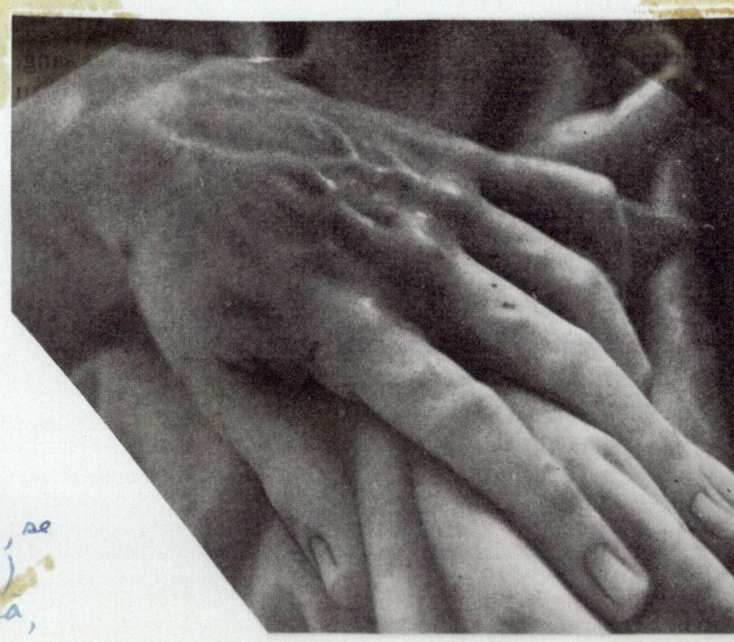

55

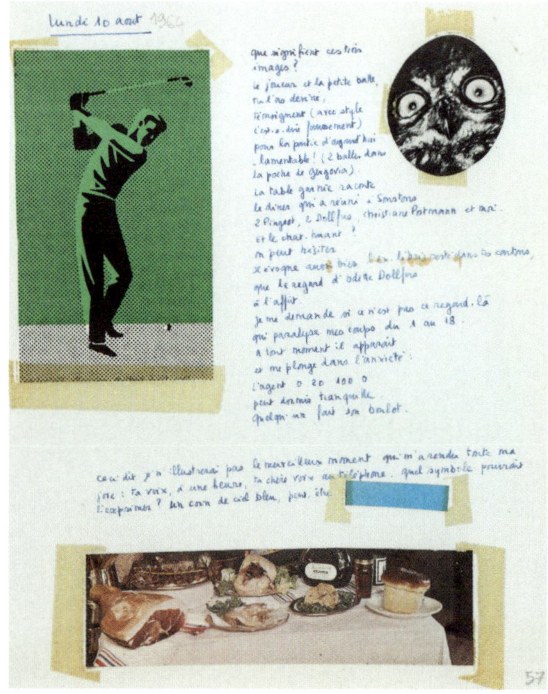

56
Dimanche 9 août

Ce jour parfaitement vide d'événements je l'ai partagé entre la flânerie sur les dunes, le matin, et la compétition de golf annoncée – où j'ai été, au demeurant, très au-dessous des espérances conçues par le maître de Lohia.

D'un coup de volant je suis allé à l'étang blanc. D'où la vue du bas de page, choisie en l'honneur du « petit canard » exilé à l'intérieur des terres. D'ailleurs, canard sur l'eau ou canard dans l'air, ou bien canard sous le matelas d'Anne, canard domestique ou canard sauvage, je t'aime, canard d'être canard.

Je ne sais ce que je préfère ton œil qui rit et qui fait rire tes plumes couleur de bois des îles ou mordorées par toutes les lumières d'août, par bel orage, et par humeur tranquille de septembre.

Dimanche. L'étang des Landes.
Un été. Un amour.
O saint Illide priez pour nous.
Et protégez sur toute la surface de la terre
les petits canards sans amour et sans Anne.

57
Lundi 10 août

Que signifient ces trois images ?
Le joueur et la petite balle, tu l'as deviné,
témoignent (avec style c'est-à-dire faussement)
pour la partie d'aujourd'hui
– lamentable ! (2 balles dans la poche de Gergovia).
La table garnie raconte
le dîner qui a réuni à Soustons
2 Pingeot, 2 Dollfus, Christiane Portmann et moi.
Et le chat-huant ?
On peut hésiter.
Il évoque aussi bien l'ex-libris resté dans tes cartons, que le regard d'Odette Dollfus
à l'affût.
Je me demande si ce n'est pas ce regard-là qui paralyse mes coups du 1 au 18.
A tout moment il apparaît
et me plonge dans l'anxiété :
l'agent O 20 100 O peut dormir tranquille.
Quelqu'un fait son boulot.
Ceci dit je n'illustrerai pas le merveilleux moment qui m'a rendu toute ma joie : ta voix, à une heure, ta chère voix au téléphone. Quel symbole pourrait l'exprimer ? Un coin de ciel bleu, peut-être.

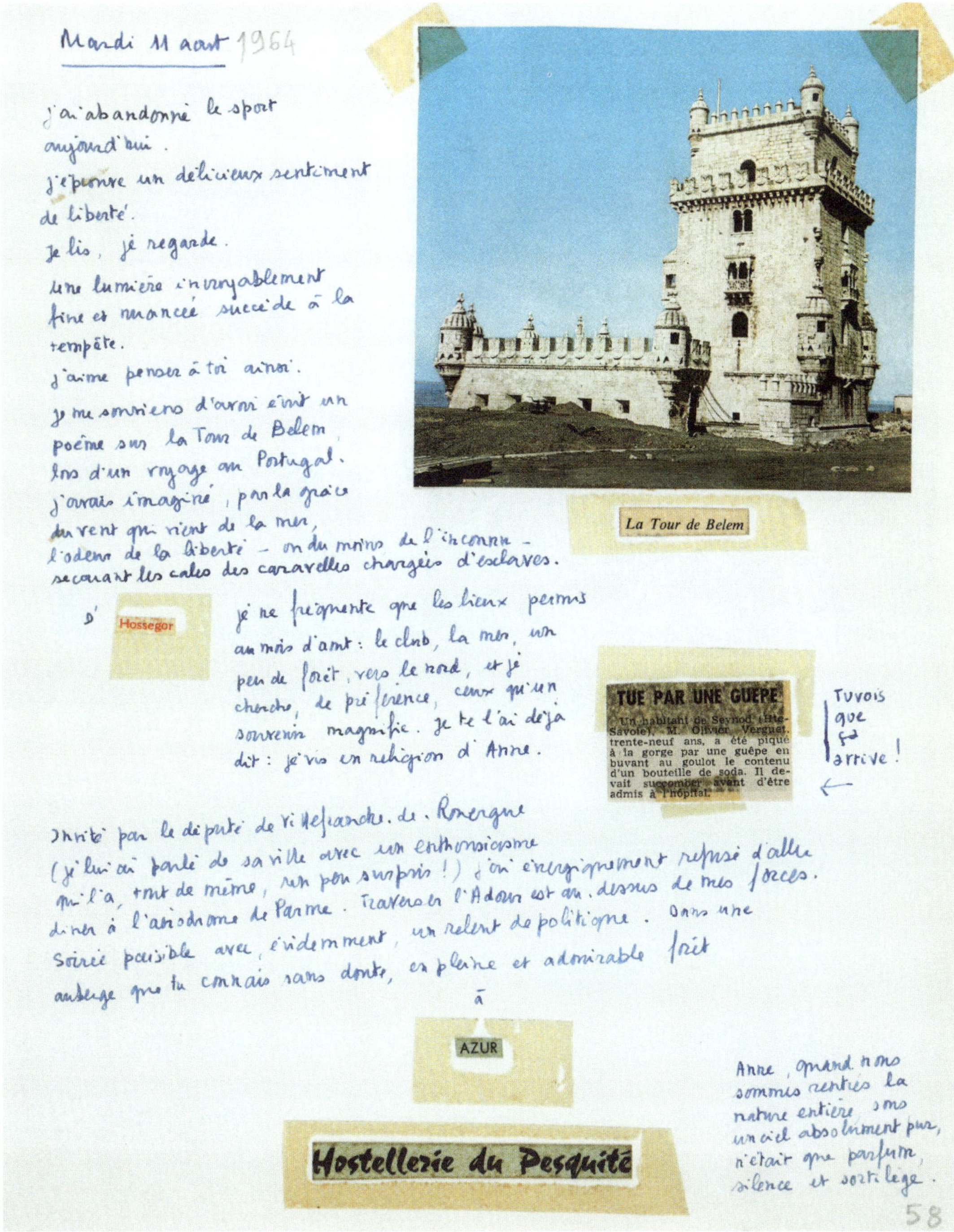

58

Mardi 11 août

J'ai abandonné le sport aujourd'hui.
J'éprouve un délicieux sentiment de liberté.
Je lis, je regarde.
Une lumière incroyablement fine et nuancée succède à la tempête.
J'aime penser à toi ainsi.
Je me souviens d'avoir écrit un poème sur la Tour de Belem, lors d'un voyage au Portugal.
J'avais imaginé, par la grâce du vent qui vient de la mer, l'odeur de la liberté – ou du moins de l'inconnu – secouant les cales des caravelles chargées d'esclaves.

D'Hossegor je ne fréquente que les lieux permis au mois d'août : le club, la mer, un peu de forêt, vers le nord, et je cherche, de préférence, ceux qu'un souvenir magnifie. Je te l'ai déjà dit : je vis en religion d'Anne.

Tué par une guêpe. Un habitant de Seynod (Hte-Savoie), M. Olivier Verguet, trente-neuf ans, a été piqué à la gorge par une guêpe en buvant au goulot le contenu d'une bouteille de soda. Il devait succomber avant d'être admis à l'hôpital. Tu vois que ça arrive !

Invité par le député de Villefranche-de-Rouergue (je lui ai parlé de sa ville avec un enthousiasme qui l'a, tout de même, un peu surpris !) j'ai énergiquement refusé d'aller dîner à l'aérodrome de Parme. Traverser l'Adour est au-dessus de mes forces. Soirée paisible avec, évidemment, un relent de politique. Dans une auberge que tu connais sans doute, en pleine et admirable forêt à Azur

Hostellerie du Pesquité

Anne, quand nous sommes rentrés la nature entière, sous un ciel absolument pur, n'était que parfum, silence et sortilège.

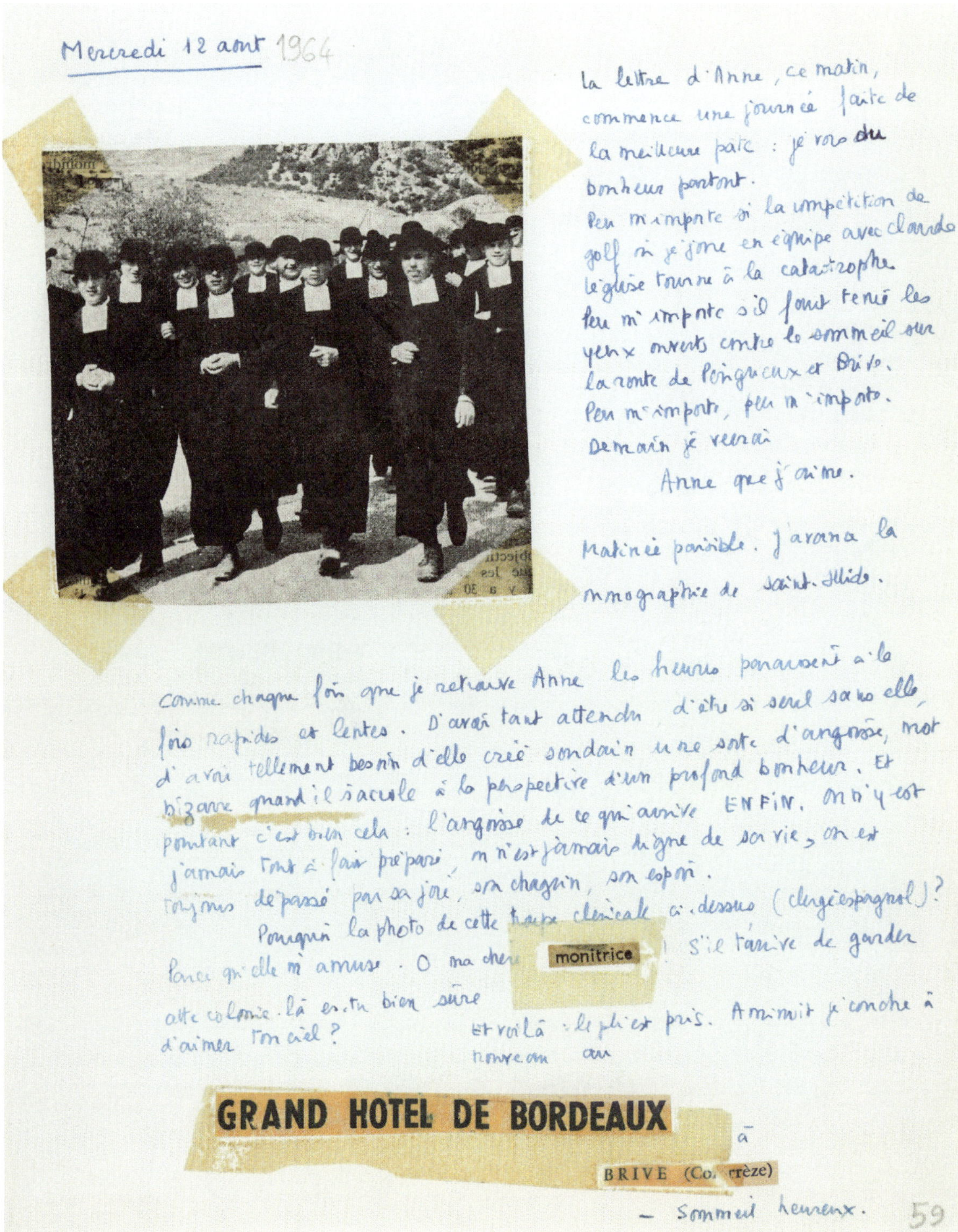

59

Mercredi 12 août

La lettre d'Anne, ce matin, commence une journée faite de la meilleure pâte : je vois du bonheur partout.
Peu m'importe si la compétition de golf où je joue en équipe avec Claude Léglise tourne à la catastrophe.
Peu m'importe s'il faut tenir les yeux ouverts contre le sommeil sur la route de Périgueux et Brive. Peu m'importe, peu m'importe.
Demain je verrai
Anne que j'aime.

Matinée paisible. J'avance la monographie de saint-Illide.
Comme chaque fois que je retrouve Anne les heures paraissent à la fois rapides et lentes. D'avoir tant attendu, d'être si seul sans elle, d'avoir tellement besoin d'elle crée soudain une sorte d'angoisse, mot bizarre quand il s'accole à la perspective d'un profond bonheur. Et pourtant c'est bien cela : l'angoisse de ce qui arrive ENFIN. On n'y est jamais tout à fait préparé, on n'est jamais digne de sa vie, on est toujours dépassé par sa joie, son chagrin, son espoir.

Pourquoi la photo de cette troupe cléricale ci-dessus (clergé espagnol) ?
Parce qu'elle m'amuse. O ma chère monitrice ! S'il t'arrive de garder cette colonie-là es-tu bien sûre d'aimer ton ciel ? Et voilà : le pli est pris. A minuit je couche à nouveau au Grand Hôtel de Bordeaux à Brive (Corrèze) – Sommeil heureux.

60
Jeudi 13 août

On pourrait croire en regardant ces images que ce jeudi s'est illustré par un perpétuel et incomparable graillou. Evidemment Anne et moi sommes retournés à Saint-Cernin, au même hôtel, où nous avons dévoré jambon et confiture arrosés d'un thé plus noir que du café. A midi après avoir roulé à petite allure nous sommes restés à Sousceyrac, attirés comme tant d'autres voyageurs sans doute par le roman de Pierre Benoit. Et nous avons agréablement déjeuné. Anne et les écrevisses ! François et les cèpes !
Oui ce spectacle classique s'est déroulé tranquillement. Le café pris, nous avons déambulé dans le vieux Sousceyrac. Puis nous sommes allés à Saint-Céré, dont nous avons aimé le caractère. Appareil photo en bandoulière (moi) sandales rouges avec un soleil doré (toi) et surtout (toi et moi) porteurs d'une joie inexprimée L'après-midi nous a vite, trop vite (pourquoi le temps ne flâne-t-il pas comme nous, de préférence le jeudi, par les chemins du Quercy ?) ramenés vers le point de départ, notre cercle de craie.
Tel est le récit de notre balade. A quoi il faut ajouter un arrêt à Laroquebrou (qui a les faveurs d'Anne) où A. a déniché la carte postale qui, prétend-elle donne de moi l'exacte idée de ce que je serai… bientôt – devant ma pâtée (image du milieu).

61
Jeudi 13 août (suite)

A Sousceyrac déjà une qualité de silence m'avait annoncé que ce jour aurait en moi de nouvelles résonances. Anne était fatiguée. Mais son visage était comme une eau profonde. Je l'aimais et je le scrutais éperdument.

Place du Mercadial, à St Céré et par les rues de cette jolie ville il me semblait n'avoir jamais connu d'autre compagnon, que je n'en connaîtrais jamais d'autre. Anne, remplissait ce jour et remplissait ma vie en lui rendant son unité.
Je vois maintenant un chemin qui donne sur un champ fleuri, un chemin sous la voûte des arbres et qui débouche sur la lumière.
Maintenant ma vie bat à grands coups.
Maintenant sa vie bat en moi.
Qui fera le commentaire ?
Qui dira le bien et le mal ?
Maintenant je puis dire le vrai et le faux
sans risque de me tromper.
Je l'aime.

Nuit à Bort-les-Orgues aux bons soins du Central-Hôtel
Etape
Sommeil
Toi

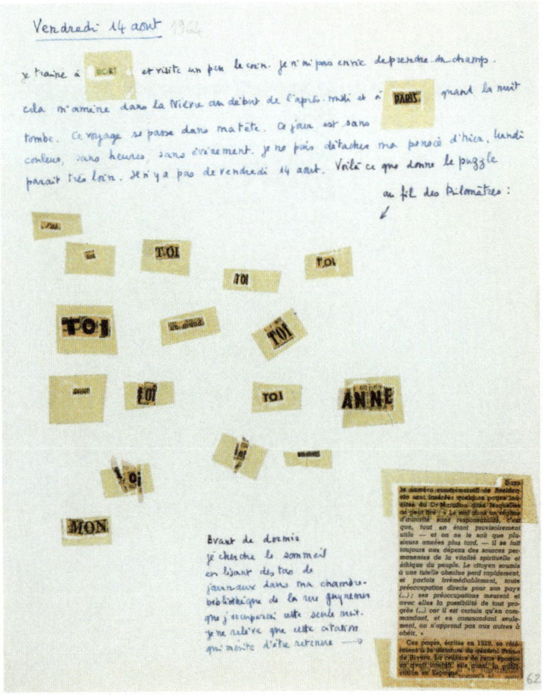

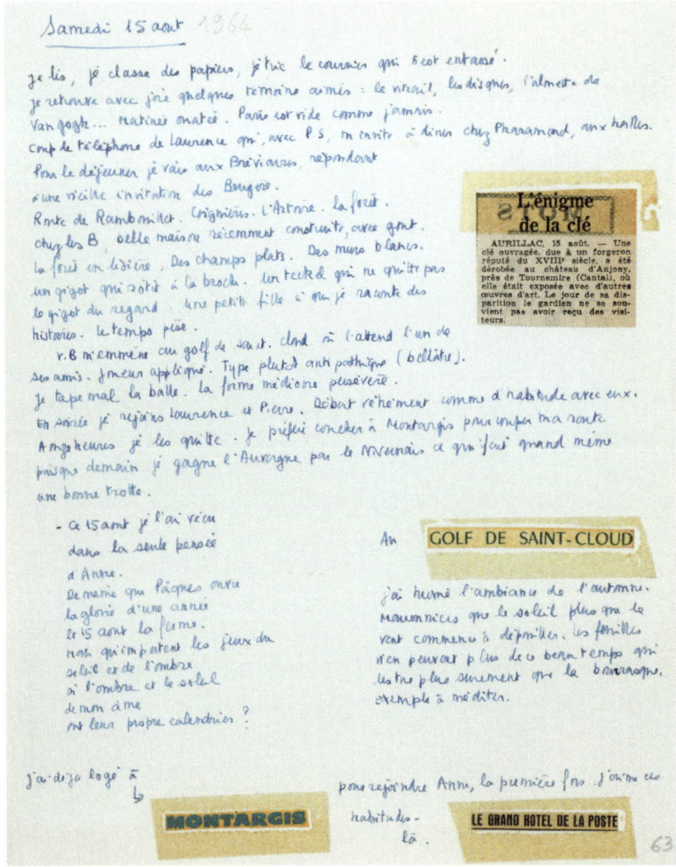

62
Vendredi 14 août

Je traîne à Bort et visite un peu le coin. Je n'ai pas envie de prendre du champ. Cela m'amène dans la Nièvre au début de l'après-midi et à Paris quand la nuit tombe. Ce voyage se passe dans ma tête. Ce jour est sans couleur, sans heures, sans événement. Je ne puis détacher ma pensée d'hier. Lundi paraît très loin. Il n'y a pas de Vendredi 14 août. Voilà ce que donne le puzzle au fil des kilomètres :

J'ai
toi toi toi toi toi un grand toi pour toi toi
Anne
toi toi
mon
amour

Avant de dormir je cherche le sommeil en lisant des tas de journaux dans ma chambre-bibliothèque de la rue Guynemer que j'occuperai cette seule nuit. Je ne relève que cette citation qui mérite d'être retenue

63
Samedi 15 août

Je lis, je classe des papiers, je trie le courrier qui s'est entassé.
Je retrouve avec joie quelques témoins aimés : le vitrail, les disques, l'alouette de Van Gogh… Matinée ouatée. Paris est vide comme jamais.
Coup de téléphone de Laurence qui, avec P. S*[oudet]*, m'invite à dîner chez Pharamond, aux Halles. Pour le déjeuner je vais aux Bréviaires, répondant à une vieille invitation des Brugère.
Route de Rambouillet. Coignières. L'Artoire. la forêt.
Chez les B, belle maison récemment construite, avec goût. La forêt en lisière. Des champs plats. Des murs blancs. Un gigot qui rôtit à la broche. Un teckel qui ne quitte pas le gigot du regard. Une petite fille à qui je raconte des histoires. Le temps pèse.
V. B m'emmène au golf de Saint-Cloud où l'attend l'un de ses amis. Joueur appliqué. Type plutôt antipathique (bellâtre). Je tape mal la balle. La forme médiocre persévère.
En soirée je rejoins Laurence et Pierre. Débat véhément comme d'habitude avec eux. A onze heures je les quitte. Je préfère coucher à Montargis pour couper ma route puisque demain je gagne l'Auvergne par le Nivernais ce qui fait quand même une bonne trotte.

– Ce 15 août je l'ai vécu
dans la seule pensée
d'Anne.
De même que Pâques ouvre
la gloire d'une année
le 15 août la ferme.
Mais qu'importent les jeux du
soleil et de l'ombre
si l'ombre et le soleil
de mon âme
ont leur propre calendrier ?

Au Golf de Saint-Cloud j'ai humé l'ambiance de l'automne. Marronniers que le soleil plus que le vent commence à dépouiller. Les feuilles n'en peuvent plus de ce beau temps qui les tue plus sûrement que la bourrasque. Exemple à méditer.

J'ai déjà logé à Montargis pour rejoindre Anne, la première fois. J'aime ces habitudes-là.
Le Grand Hôtel de la Poste

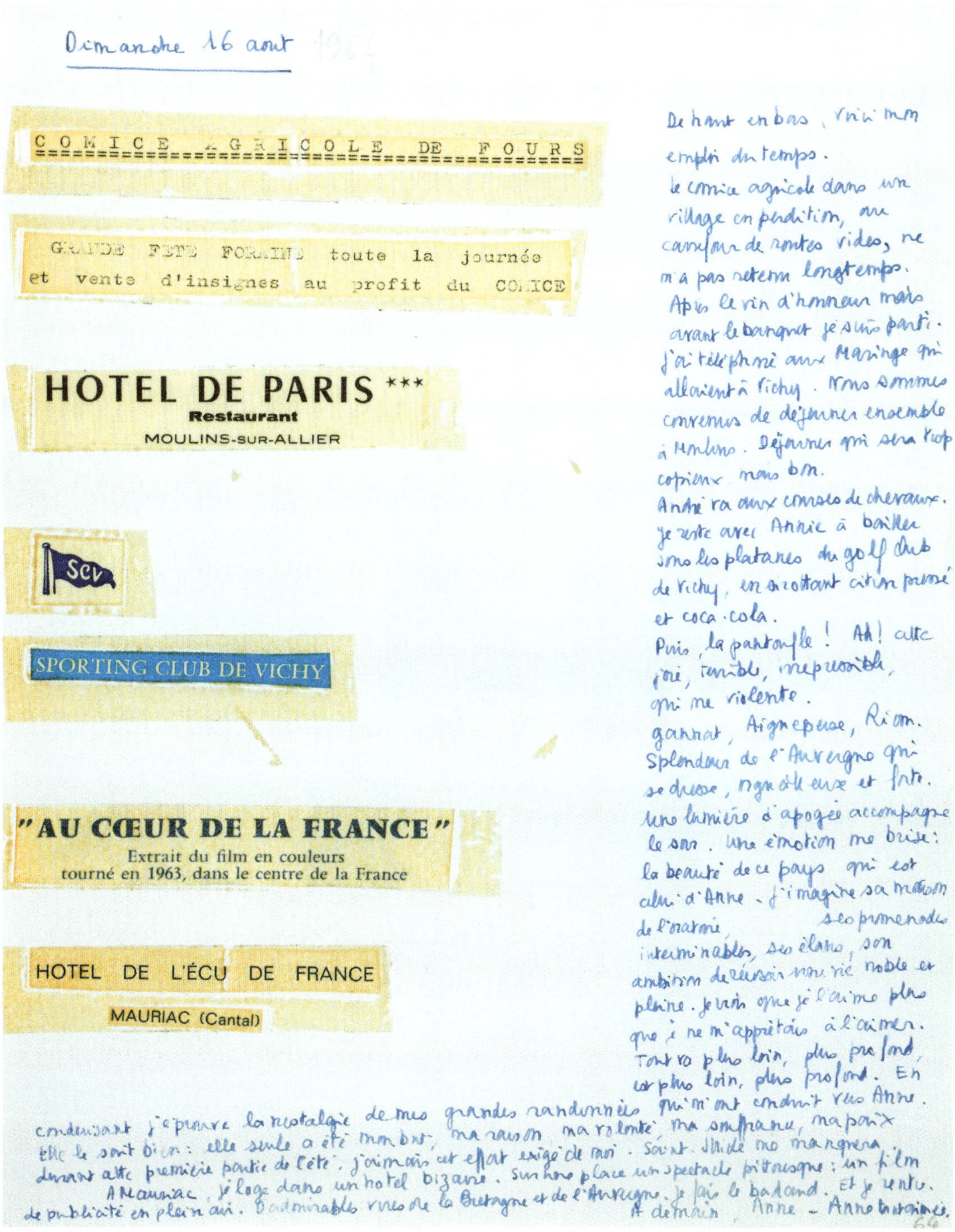

64

Dimanche 16 août

De haut en bas, voici mon emploi du temps.
Le comice agricole dans un village en perdition, au carrefour de routes vides, ne m'a pas retenu longtemps.
Après le vin d'honneur mais avant le banquet je suis parti. J'ai téléphoné aux Maringe qui allaient à Vichy. Nous sommes convenus de déjeuner ensemble à Moulins. Déjeuner qui sera trop copieux, mais bon.
André va aux courses de chevaux. Je reste avec Annie à bâiller sous les platanes du golf club de Vichy, en sirotant citron pressé et coca-cola.
Puis, la pantoufle ! Ah ! cette joie, terrible, irrépressible, qui me violente.
Gannat, Aigueperse, Riom.
Splendeur de l'Auvergne qui se dresse, orgueilleuse et forte. Une lumière d'apogée accompagne le soir. Une émotion me brise : la beauté de ce pays qui est celui d'Anne. J'imagine sa maison de l'Oratoire, Louvet, ses promenades interminables, ses élans, son ambition de réussir une vie noble et pleine. Je crois que je l'aime plus que je ne m'apprêtais à l'aimer.
Tout va plus loin, plus profond, est plus loin, plus profond. En conduisant j'éprouve la nostalgie de mes grandes randonnées qui m'ont conduit vers Anne. Elle le sait bien : elle seule a été mon but, ma raison, ma volonté, ma souffrance, ma paix durant cette première partie de l'été. J'aimais cet effort exigé de moi. Saint-Illide me manquera.
A Mauriac, je loge dans un hôtel bizarre. Sur une place un spectacle pittoresque : un film de publicité en plein air. D'admirables vues de la Bretagne et de l'Auvergne. Je fais le badaud. Et je rentre.
A demain, Anne – Anne tant aimée.

65
Lundi 17 août

Je ne peux pas raconter ce lundi. Je l'attendais depuis trop longtemps. J'espérais trop Anne. Je désirais trop voir Touvent avec elle. Et ce jour est venu. Avec Anne. A Touvent. Et tout s'est déroulé d'une manière si proche du rêve que j'en ai l'âme et le corps brisés. Pour notre mémoire et parce que ce journal le veut je noterai que j'ai retrouvé Anne à Albart à 8 h 05. Que nous avons roulé sans hâte vers Brive, par Saint-Christophe des Gorges, Pleaux, et Beynat où nous avons pris un petit déjeuner ; que nous sommes arrivés à Aubeterre peu après midi après être passés par Périgueux, Tocane St Apre et Ribérac ; que nous avons déjeuné à l'hôtel du Périgord où nous avons rencontré B. de Plas qui nous a ensuite fait visiter l'église monolithe ; que nous avons entrepris notre périple de Touvent en commençant par la chapelle et le cimetière de Nabinaud ; que nous avons fait une grande marche à travers la propriété ; que l'orage nous a surpris près de l'embarcadère de Vigéraud ; que nous avons vécu une heure extraordinaire, unis à la terre, au ciel, à l'eau de Touvent, mon pays ; que nous avons pris le thé chez les nouveaux propriétaires, rapatriés d'Algérie.

Que nous sommes repartis à la nuit par Saint-Aulaye, Coutras, Libourne ; que nous avons dîné à Saint-Emilion ; qu'Anne était fiévreuse ; que je l'aimais, que je l'aimais, que je l'aimais ; que nous sommes restés longuement confondus au creux d'une dévorante passion ; que nous avons traversé les Landes, comme hallucinés – fatigue, sommeil, violence intérieure. Et qu'à 2 h 30 du matin nous avons débarqué à Hossegor. Gédéon, réveillée, nous a reçus avec un beau sourire. Anne a pris ses valises, ses fleurs, et emporté ma joie. Qu'y faire ? C'était l'heure de Lohia.

La grille de Touvent. je l'ai à nouveau franchie et c'était avec toi. Le passé a rejoint le présent.

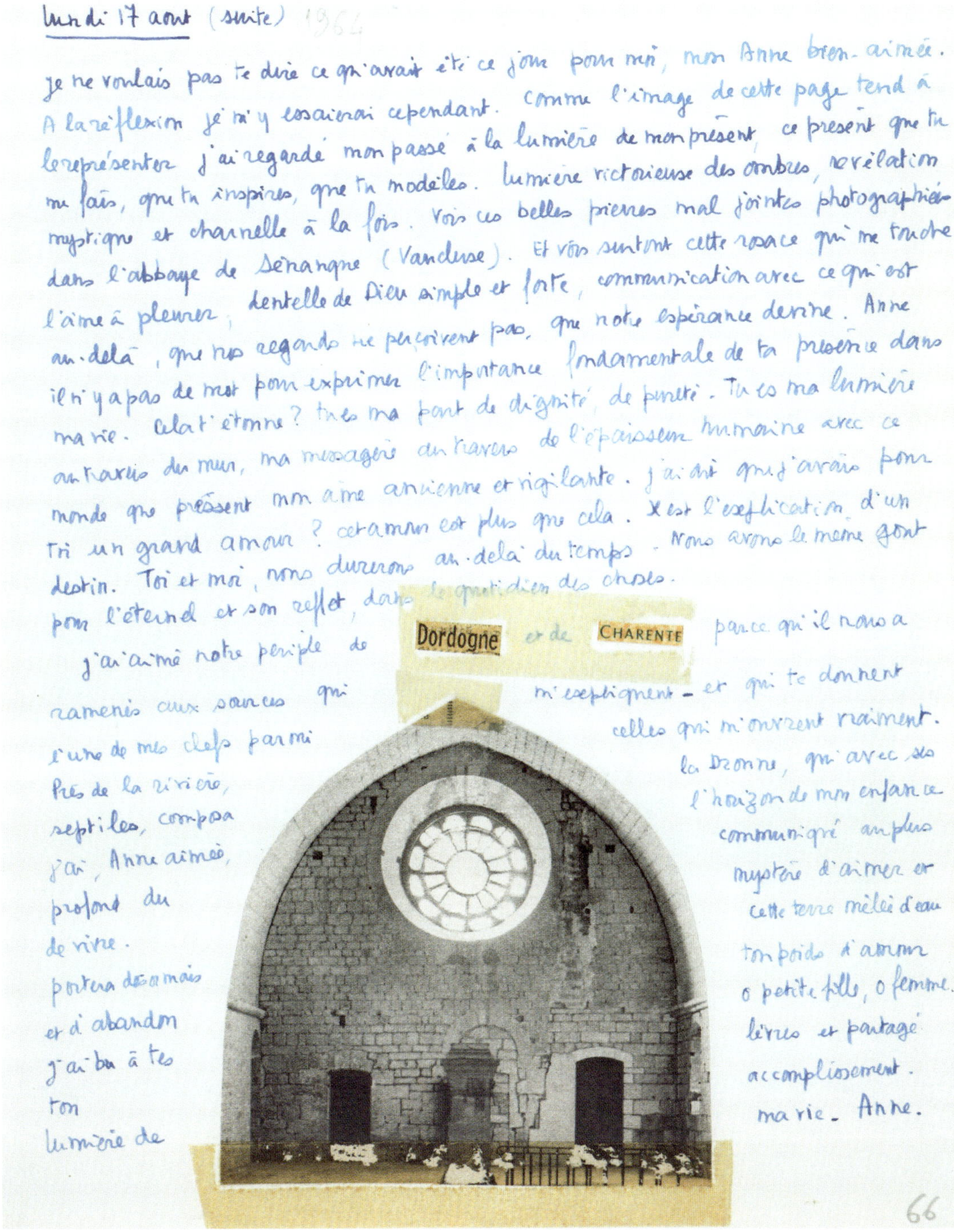

66

Lundi 17 août (suite)

Je ne voulais pas te dire ce qu'avait été ce jour pour moi, mon Anne bien-aimée. A la réflexion je m'y essaierai cependant. Comme l'image de cette page tend à le représenter j'ai regardé mon passé à la lumière de mon présent, ce présent que tu me fais, que tu inspires, que tu modèles. Lumière victorieuse des ombres, révélation mystique et charnelle à la fois. Vois ces belles pierres mal jointes photographiées dans l'abbaye de Sénanque (Vaucluse). Et vois surtout cette rosace qui me touche l'âme à pleurer, dentelle de Dieu simple et forte, communication avec ce qui est au-delà, que nos regards ne perçoivent pas, que notre espérance devine. Anne il n'y a pas de mot pour exprimer l'importance fondamentale de ta présence dans ma vie. Cela t'étonne ? Tu es ma part de dignité, de pureté. Tu es ma lumière au travers du mur, ma messagère au travers de l'épaisseur humaine avec ce monde que pressent mon âme ancienne et vigilante. J'ai dit que j'avais pour toi un grand amour ? Cet amour est plus que cela. Il est l'explication d'un destin. Toi et moi, nous durerons au-delà du temps. Nous avons le même goût pour l'éternel et son reflet, dans le quotidien des choses.

J'ai aimé notre périple de Dordogne et de Charente parce qu'il nous a ramenés aux sources qui m'expliquent – et qui te donnent l'une de mes clefs parmi celles qui m'ouvrent vraiment. Près de la rivière, la Dronne, qui avec ses sept îles, composa l'horizon de mon enfance j'ai, Anne aimée, communiqué au plus profond du mystère d'aimer et de vivre. Cette terre mêlée d'eau portera désormais ton poids d'amour et d'abandon ô petite fille, ô femme. J'ai bu à tes lèvres et partagé ton accomplissement.

Lumière de ma vie – Anne.

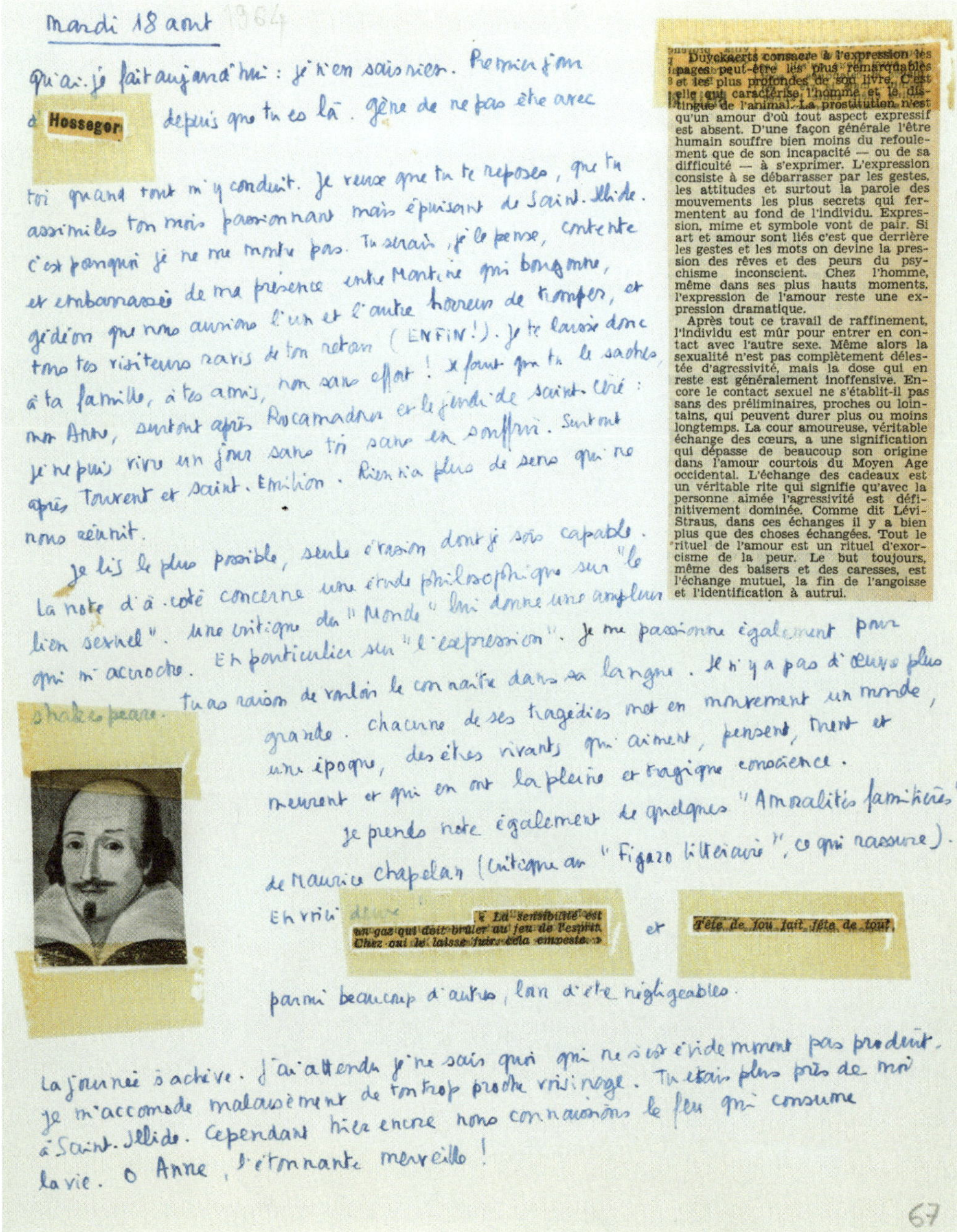

67
mardi 18 août

Qu'ai-je fait aujourd'hui : je n'en sais rien. Premier jour d'Hossegor depuis que tu es là. Gêne de ne pas être avec toi quand tout m'y conduit. Je veux que tu te reposes, que tu assimiles ton mois passionnant mais épuisant de Saint-Illide. C'est pourquoi je ne me montre pas. Tu serais, je le pense, contente et embarrassée de ma présence entre Martine qui bougonne, Gédéon que nous aurions l'un et l'autre horreur de tromper, et tous tes visiteurs ravis de ton retour (ENFIN !). Je te laisse donc à ta famille, à tes amis, non sans effort ! Il faut que tu le saches, mon Anne, surtout après Rocamadour et le jeudi de Saint-Céré : je ne puis vivre un jour sans toi sans en souffrir. Surtout après Touvent et Saint-Emilion. Rien n'a plus de sens qui ne nous réunit.

Je lis le plus possible, seule évasion dont je sois capable. La note d'à côté concerne une étude philosophique sur « le lien sexuel ». Une critique du « Monde » lui donne une ampleur qui m'accroche. En particulier sur « l'expression ».

Je me passionne également pour Shakespeare. Tu as raison de vouloir le connaître dans sa langue. Il n'y a pas d'œuvre plus grande. Chacune de ses tragédies met en mouvement un monde, une époque, des êtres vivants qui aiment, pensent, tuent et meurent et qui en ont la pleine et tragique conscience.

Je prends note également de quelques « Amoralités familières » de Maurice Chapelan (critique au « Figaro littéraire », ce qui rassure). En voici deux :
La sensibilité est un gaz qui doit brûler au feu de l'esprit. Chez qui le laisse fuir, cela empeste. et Tête de fou fait fête de tout parmi beaucoup d'autres, loin d'être négligeables.

La journée s'achève. J'ai attendu je ne sais quoi qui ne s'est évidemment pas produit. Je m'accommode malaisément de ton trop proche voisinage. Tu étais plus près de moi à Saint-Illide. Cependant hier encore nous connaissions le feu qui consume la vie. O Anne, l'étonnante merveille !

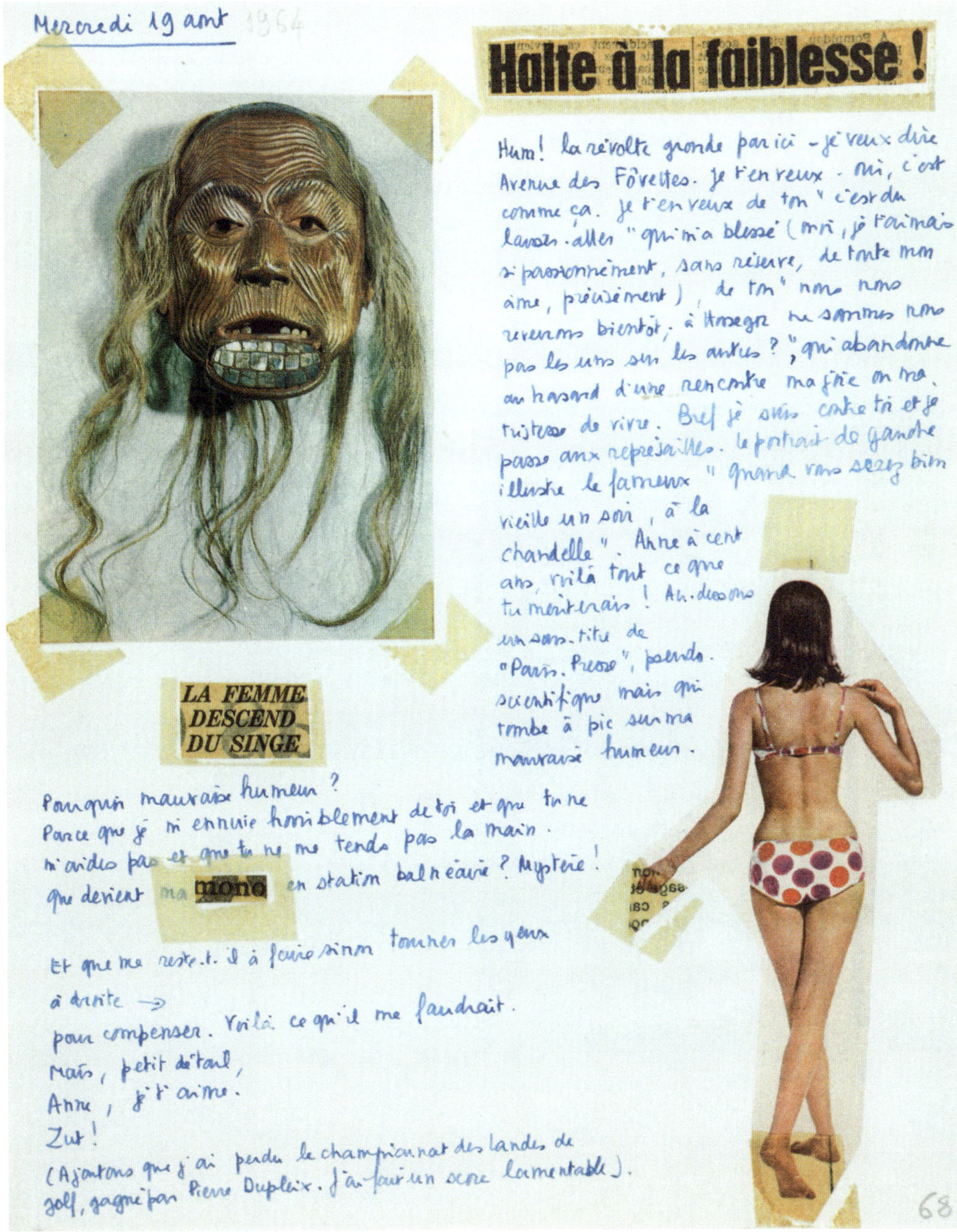

68

Mercredi 19 août

Halte à la faiblesse !

Hum ! la révolte gronde par ici – je veux dire Avenue des Fôvettes. Je t'en veux – oui, c'est comme ça. Je t'en veux de ton « c'est du laisser-aller » qui m'a blessé (moi, je t'aimais si passionnément, sans réserve, de toute mon âme, précisément), de ton « nous nous reverrons bientôt ; à Hossegor ne sommes-nous pas les uns sur les autres ? », qui abandonne au hasard d'une rencontre ma joie ou ma tristesse de vivre. Bref je suis contre toi et je passe aux représailles. Le portrait de gauche illustre le fameux « Quand vous serez bien vieille un soir, à la chandelle » *[Ronsard].* Anne à cent ans, voilà tout ce que tu mériterais ! Au-dessous un sous-titre de « Paris-Presse », pseudo-scientifique mais qui tombe à pic sur ma mauvaise humeur.

La femme descend du singe

Pourquoi mauvaise humeur ?
Parce que je m'ennuie horriblement de toi et que tu ne m'aides pas et que tu ne me tends pas la main.
Que devient ma mono en station balnéaire ? Mystère !

Et que me reste-t-il à faire sinon tourner les yeux à droite pour compenser. Voilà ce qu'il me faudrait.
Mais, petit détail,
Anne, je t'aime.
Zut !

(Ajoutons que j'ai perdu le championnat des Landes de golf, gagné par Pierre Duplaix. J'ai fait un score lamentable).

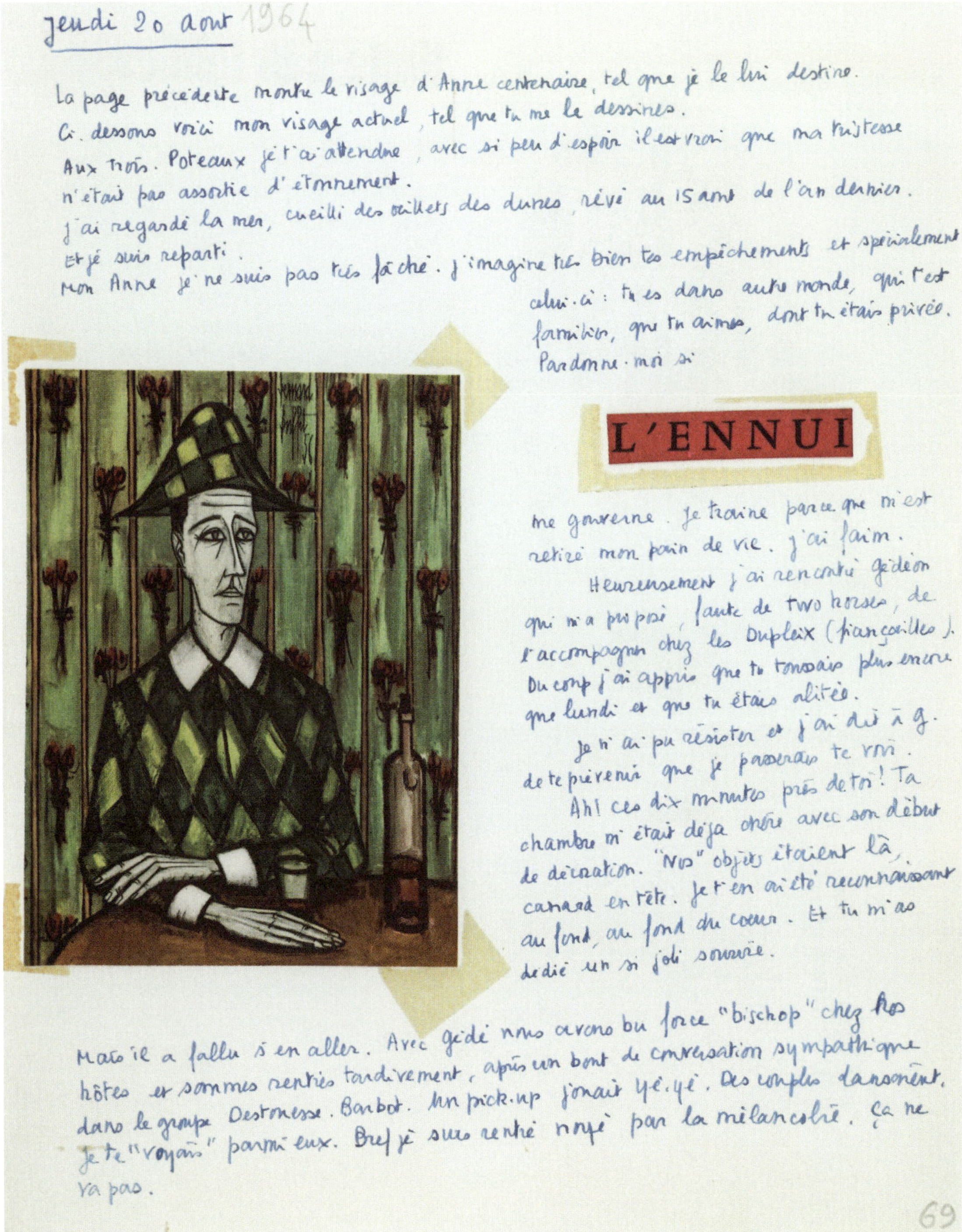

69

Jeudi 20 août

La page précédente montre le visage d'Anne centenaire, tel que je le lui destine.

Ci-dessous voici mon visage actuel, tel que tu me le dessines.

Aux Trois-Poteaux je t'ai attendue, avec si peu d'espoir il est vrai que ma tristesse n'était pas assortie d'étonnement.

J'ai regardé la mer, cueilli des œillets des dunes, rêvé au 15 août de l'an dernier.

Et je suis reparti.

Mon Anne je ne suis pas très fâché. J'imagine très bien tes empêchements et spécialement celui-ci : tu es dans *[un]* autre monde, qui t'est familier, que tu aimes, dont tu étais privée.

Pardonne-moi si l'ennui me gouverne. Je traîne parce que m'est retiré mon pain de vie. J'ai faim.

Heureusement j'ai rencontré Gédéon qui m'a proposé, faute de two horses, de l'accompagner chez les Duplaix (fiançailles).

Du coup j'ai appris que tu toussais plus encore que lundi et que tu étais alitée.

Je n'ai pu résister et j'ai dit à G. de te prévenir que je passerais te voir.

Ah ! ces dix minutes près de toi ! Ta chambre m'était déjà chère avec son début de décoration. « Nos » objets étaient là, canard en tête. Je t'en ai été reconnaissant au fond, au fond du cœur. Et tu m'as dédié un si joli sourire.

Mais il a fallu s'en aller. Avec Gédé nous avons bu force « bischop » chez nos hôtes et sommes rentrés tardivement, après un bout de conversation sympathique dans le groupe Destouesse-Barbot. Un pick-up jouait yé-yé. Des couples dansaient. Je te « voyais » parmi eux. Bref je suis rentré noyé par la mélancolie. Ça ne va pas.

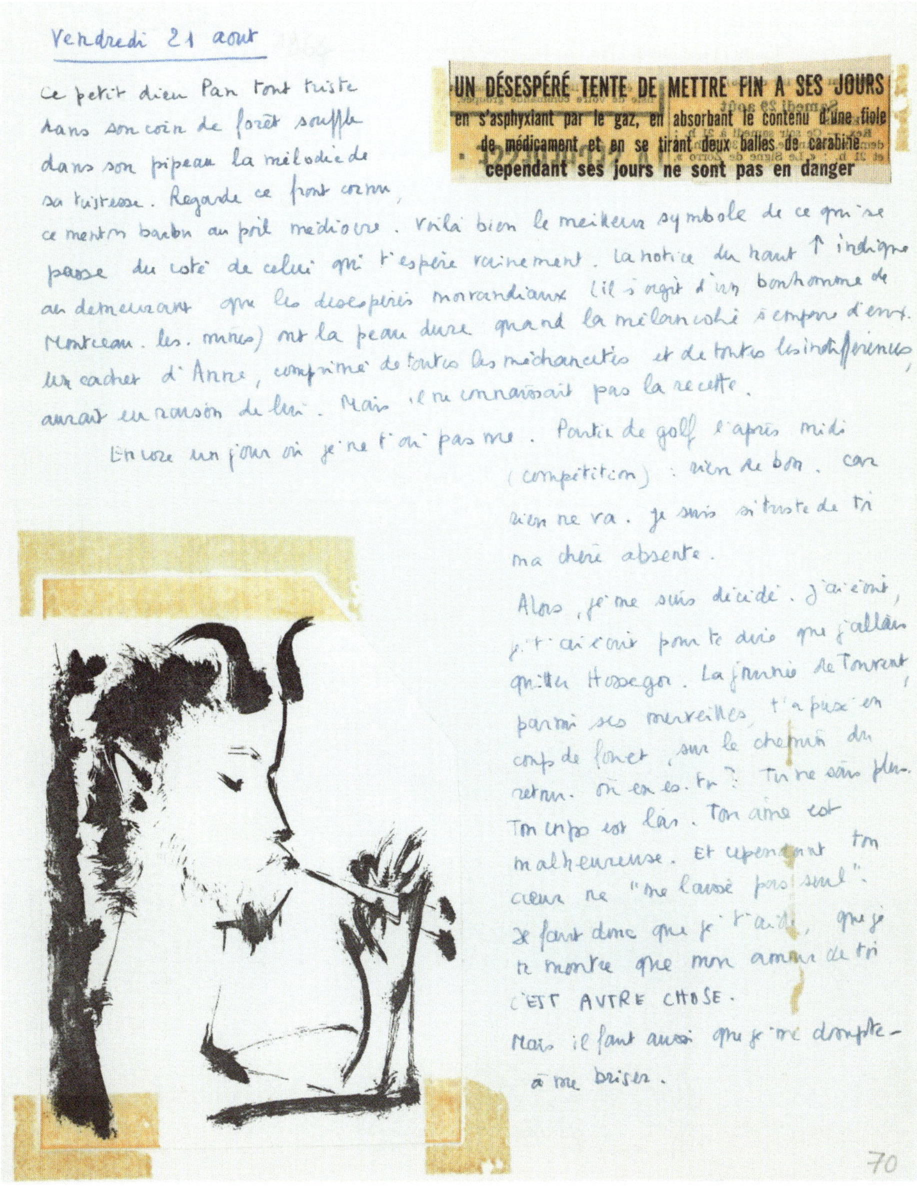

70

Vendredi 21 août

Ce petit dieu Pan tout triste dans son coin de forêt souffle dans son pipeau la mélodie de sa tristesse. Regarde ce front cornu, ce menton barbu au poil médiocre. Voilà bien le meilleur symbole de ce qui se passe du côté de celui qui t'espère vainement. La notice du haut indique au demeurant que les désespérés morvandiaux (il s'agit d'un bonhomme de Montceau-les-Mines) ont la peau dure quand la mélancolie s'empare d'eux. Un cachet d'Anne, comprimé de toutes les méchancetés et de toutes les indifférences, aurait eu raison de lui. Mais il ne connaissait pas la recette.
Encore un jour où je ne t'ai pas vue. Partie de golf l'après-midi (compétition) : rien de bon. Car rien ne va. Je suis si triste de toi ma chère absente.
Alors, je me suis décidé. J'ai écrit, je t'ai écrit pour te dire que j'allais quitter Hossegor. La journée de Touvent, parmi ses merveilles, t'a prise en coup de fouet, sur le chemin du retour. Où en es-tu ? Tu ne sais plus. Ton corps est las. Ton âme est malheureuse. Et cependant ton cœur ne « me laisse pas seul ». Il faut donc que je t'aide, que je te montre que mon amour de toi C'EST AUTRE CHOSE.
Mais il faut aussi que je me dompte – à me briser.

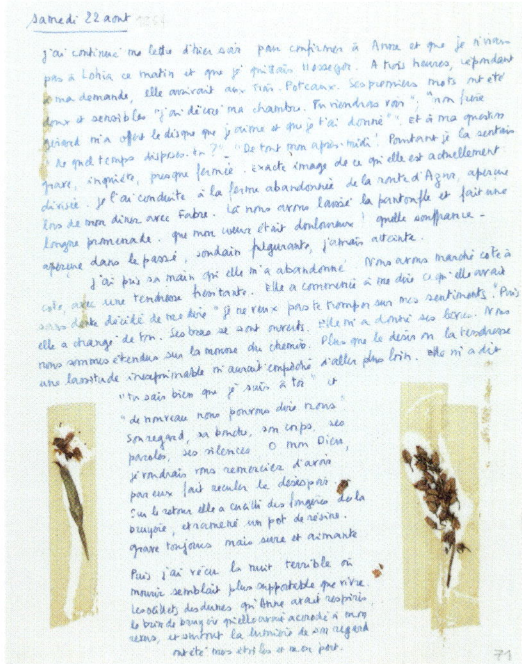

71

Samedi 22 août

J'ai continué ma lettre d'hier soir pour confirmer à Anne et que je n'irais pas à Lohia ce matin et que je quittais Hossegor. A trois heures, répondant à ma demande, elle arrivait aux Trois-Poteaux. Ses premiers mots ont été doux et sensibles « j'ai décoré ma chambre. Tu viendras voir » ; « mon frère Gérard m'a offert le disque que j'aime et que je t'ai donné ». Et à ma question « de quel temps disposes-tu ? » – « De tout mon après-midi ! » Pourtant je la sentais grave, inquiète, presque fermée. Exacte image de ce qu'elle est actuellement : divisée. Je l'ai conduite à la ferme abandonnée de la route d'Azur, aperçue lors de mon dîner avec Fabre. Là nous avons laissé la pantoufle et fait une longue promenade. Que mon cœur était douloureux ! Quelle souffrance – aperçue dans le passé, soudain fulgurante, jamais atteinte.
J'ai pris sa main qu'elle m'a abandonnée. Nous avons marché côte à côte, avec une tendresse hésitante. Elle a commencé à me dire ce qu'elle avait sans doute décidé de me dire « je ne veux pas te tromper sur mes sentiments ». Puis elle a changé de ton. Ses bras se sont ouverts. Elle m'a donné ses lèvres. Nous nous sommes étendus sur la mousse du chemin. Plus que le désir ou la tendresse une lassitude inexprimable m'aurait empêché d'aller plus loin. Elle m'a dit « tu sais bien que je suis à toi » et « de nouveau nous pouvons dire nous ». Son regard, sa bouche, son corps, ses paroles, ses silences, O mon Dieu, je voudrais vous remercier d'avoir par eux fait reculer le désespoir. Sur le retour elle a cueilli des fougères, de la bruyère, et ramené un pot de résine. Grave toujours mais sûre et aimante
Puis j'ai vécu la nuit terrible où mourir semblait plus supportable que vivre. Les œillets des dunes qu'Anne avait respirés, le brin de bruyère qu'elle avait accroché à mon revers, et surtout la lumière de son regard ont été mes étoiles et mon port.

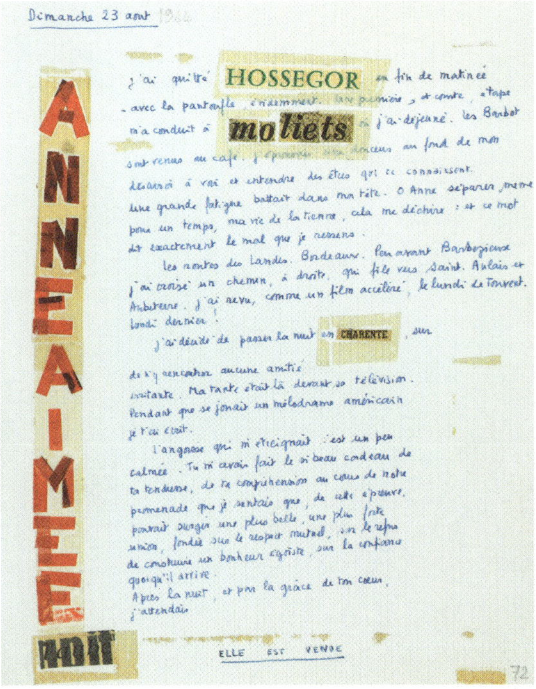

72
Dimanche 23 août

J'ai quitté Hossegor en fin de matinée – avec la pantoufle, évidemment. Une première, et courte, étape m'a conduit à Moliets où j'ai déjeuné. Les Barbot sont venus au café. J'éprouvais une douceur au fond de mon désarroi à voir et entendre des êtres qui te connaissent.
Une grande fatigue battait dans ma tête. O Anne séparer, même pour un temps, ma vie de la tienne, cela me déchire : et ce mot dit exactement le mal que je ressens.
Les routes des Landes. Bordeaux. Peu avant Barbezieux j'ai croisé un chemin, à droite, qui file vers Saint-Aulais et Aubeterre. J'ai revu, comme un film accéléré, le lundi de Touvent.
Lundi dernier !
J'ai décidé de passer la nuit en Charente, sûr de n'y rencontrer aucune amitié irritante. Ma tante était là, devant sa télévision. Pendant que se jouait un mélodrame américain je t'ai écrit.

L'angoisse qui m'étreignait s'est un peu calmée.
Tu m'avais fait le si beau cadeau de ta tendresse, de ta compréhension au cours de notre promenade que je sentais que, de cette épreuve, pouvait surgir une plus belle, une plus forte union, fondée sur le respect mutuel, sur le refus de construire un bonheur égoïste, sur la confiance quoi qu'il arrive.
Après la nuit, et par la grâce de ton cœur,
j'attendais

l'aube

ELLE EST VENUE

Anne aimée

73
Lundi 24 août

De Jarnac à Paris

J'ai accompli ce que je devais.

O bonheur après tant de peine –
à Paris j'ai trouvé, merveilleuse,
une lettre de
toi

24 MAI – 24 AOÛT

Jan Van der Heyden
Le canal d'Amsterdam

74

Mardi 25 août

Cet homme s'appelle Von Choltitz. C'est un général allemand. Il signe la capitulation de Paris. Il y a vingt ans. Le même jour je participais à l'émeute. Parmi les quinze qui avaient pour mission de tenir l'Etat. De Gaulle, dès son arrivée nous a réunis au ministère de la guerre, rue Saint-Dominique. Je l'ai accompagné à l'Hôtel de Ville et l'ai même aidé et à monter sur l'appui de la fenêtre d'où il s'est adressé à la foule, et à résister à la poussée qui, de l'intérieur, risquait de le faire tomber ! Le reste du temps je travaillais à mon bureau du ministère qui m'avait été confié, rue Meyerbeer, d'où parfois je devais descendre pour le coup de feu.

Aujourd'hui De Gaulle a célébré cet anniversaire. Je n'y suis pas allé. D'ailleurs je n'y étais pas invité.

Cette journée, mon Anne, je te l'ai consacrée. Tout le matin j'ai parcouru nos rues et je les ai photographiées.

J'ai déjeuné chez Lipp, dîné au Pavillon Dauphine. J'ai acheté quelques livres d'art. Je me suis promené dans le quartier Saint-Germain.

Je t'ai aimée de toute mon âme.

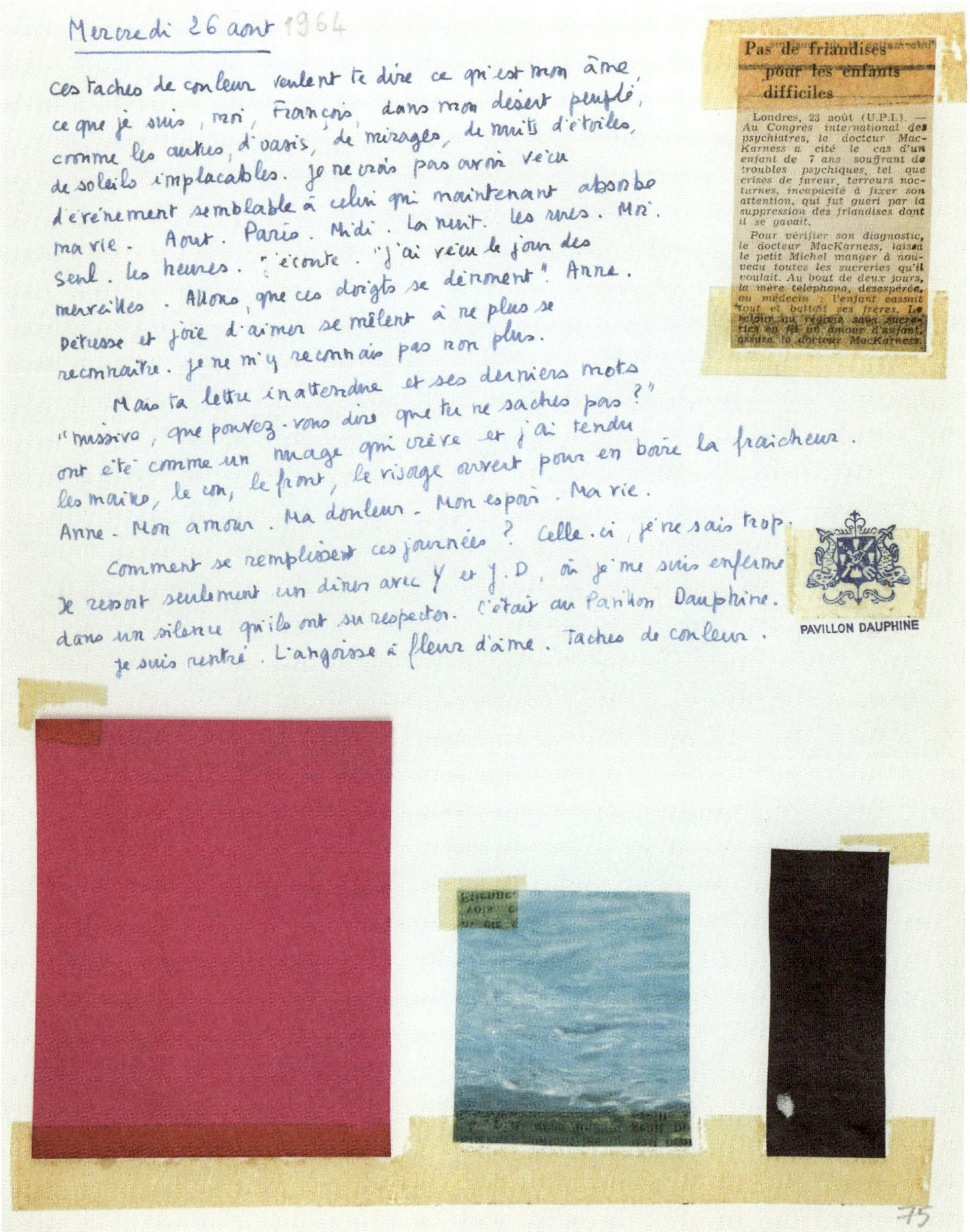

75
Mercredi 26 août

Ces taches de couleur veulent te dire ce qu'est mon âme, ce que je suis, moi, François, dans mon désert peuplé, comme les autres, d'oasis, de mirages, de nuits d'étoiles, de soleils implacables. Je ne crois pas avoir vécu d'événement semblable à celui qui maintenant absorbe ma vie. Août. Paris. Midi. La nuit. Les rues. Moi. Seul. Les heures. J'écoute. « J'ai vécu le jour des merveilles. Allons, que ces doigts se dénouent. » Anne. Détresse et joie d'aimer se mêlent à ne plus se reconnaître. Je ne m'y reconnais pas non plus.

Mais ta lettre inattendue et ses derniers mots « missive, que pouvez-vous dire que tu ne saches pas ? » ont été comme un nuage qui crève et j'ai tendu les mains, le cou, le front, le visage ouvert pour en boire la fraîcheur.
Anne – Mon amour. Ma douleur – Mon espoir. Ma vie.

Comment se remplissent ces journées ? Celle-ci, je ne sais trop. Il ressort seulement un dîner avec Y et J. D, où je me suis enfermé dans un silence qu'ils ont su respecter. C'était au Pavillon Dauphine.
Je suis rentré. L'angoisse à fleur d'âme. Taches de couleur.

76

Jeudi 27 août

Je me demande si la touffeur et l'étouffement, touffeur du temps, étouffement de mon être, ne me projettent pas peu à peu dans un monde où la raison supprime ses bornes pour se perdre – ou renaître. J'ai écrit quelques pages pour Anne. C'était comme mon salut. Sa lettre d'hier, ma réponse partie le soir m'avaient laissé devant une immense journée vide, vide comme l'abîme dont le corps a peur et qui fascine l'esprit. Alors, à tout prix, écrire, ce journal ou une lettre ; cela a mobilisé ma pauvre troupe incertaine.
En cet instant j'écoute « anyone who had a heart ». Je ne sais pourquoi une émotion soudaine, presque insurmontable, m'a saisi la gorge et griffé le cœur à en crier. Etait-ce le souvenir inconscient d'une phrase musicale déchirante que je t'ai souvent entendue chanter ? Etait-ce l'expression de mon étrange état intérieur et la communication qui délivre ?
Je suis allé en Seine-et-Marne. J'ai déjeuné à Ozoir. J'y retournerai dîner. Une bonne partie de l'après-midi j'ai pris racine chez un disquaire de la rue Jacob et me suis identifié à d'admirables grégoriens, à la plainte et au mouvement pur d'un violon. J'étais à la fois dans l'insondable moi et hors de moi.
Au tour de Bartók. O déchirure ! Paradoxe ce petit canard à côté ? Non. C'est l'un des avatars du nôtre, ton compagnon fidèle. Il est de tous les temps, il est du fond des âges
Il exprime la vigilante tendresse, rosée du cœur. Sans cette rosée aurais-je la force d'entamer un nouveau matin, oui, le matin ?

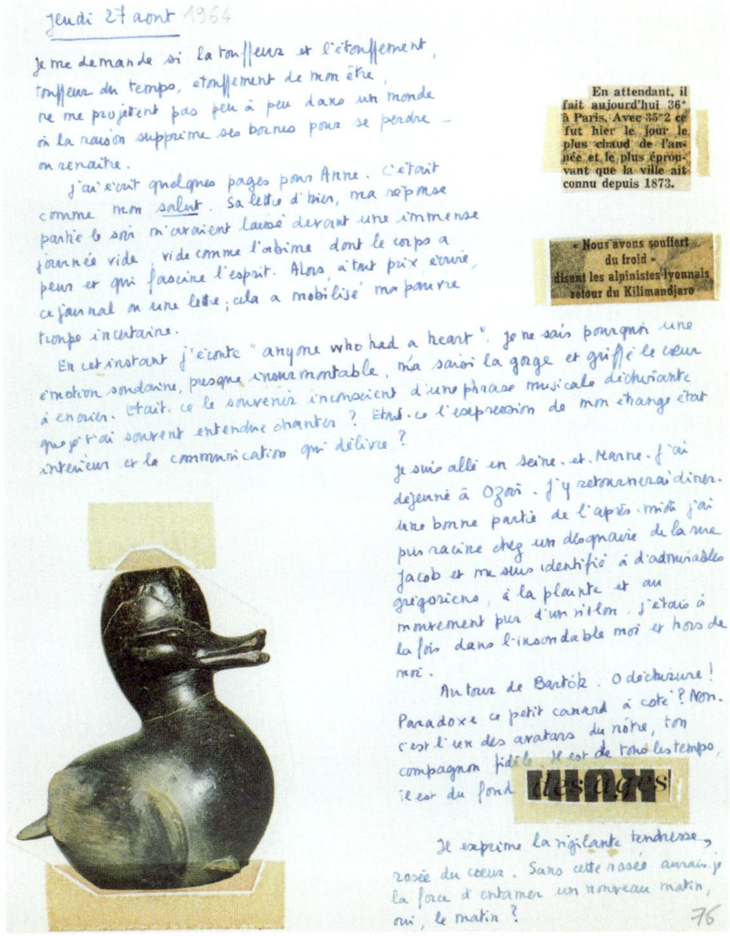

77

Vendredi 28 août

Au lever j'ai eu la visite de Patrice P. pour qui les affaires n'ont pas de vacance. Il m'a entretenu d'un conflit embrouillé avec Mannesmann. Je m'en suis défait comme j'ai pu. Prendrais-je goût à mon état ? Je ne supporte pas ces intrusions dans ma solitude. Avec un profond soulagement j'ai repris le cours de ma méditation au fil des heures. En fin de matinée j'ai appelé Laurence que j'ai invitée à déjeuner chez Lipp. Je l'ai retrouvée à l'heure dite. 28 août : les Parisiens montrent le bout du nez : à chaque table on se regardait entre habitués ! J'ai aperçu ainsi Jean Marin, Hélène Lazareff, Eric Ollivier, Ghislaine de Boysson.
Retour chez le disquaire au début de l'après-midi torride mais menacé par l'orage. Flânerie par les mêmes rues. Achat d'un joli bout d'étoffe à l'intention d'Anne. Rue Guynemer je continue une lettre pour Elle. Souvent je l'interromps, porté par le violon d'Oistrakh qui interprète Bartók. J'écoute aussi Dionne Warwick. Je me saoule de musique.
A mon Anne je dis ce que mes pensées me dictent sur le moment. Mais je lui exprime aussi un vœu, pour moi très important : aller davantage aux sources de l'émotion esthétique et spirituelle. On reviendra aux formes, à l'Art, à la quête de Dieu dans leur achèvement, un peu plus tard.
Au dîner, Rousselet, Michel Clerc, Jean Dayan et surtout Marina. Marina est mannequin chez Coco Chanel, mannequin-vedette. C'est une délicieuse et attachante Espagnole qui lors d'une soirée à Madrid, dans son milieu familial traditionaliste de l'aristocratie ultra-catholique, a rencontré Michel Clerc et l'a tant et aussitôt aimé qu'elle a suivi son chemin, qu'elle est venue à Paris, qu'elle mène une vie droite et rude avec un étonnant et splendide sourire. La vraie beauté des traits et du cœur. Des musiciens jouent pour nous toute la soirée. Moi je songe avec une intense douceur à Anne. Là elle fut avec moi, première sortie après Pâques. Là nous nous sommes promenés par une soirée embaumée. Là elle m'a dit « heureuse, je suis heureuse ». Rappelle-toi, c'était à Marnes-la-Coquette. Ma rêverie ne finira (ou ne finira pas) qu'avec le sommeil – qui vient.

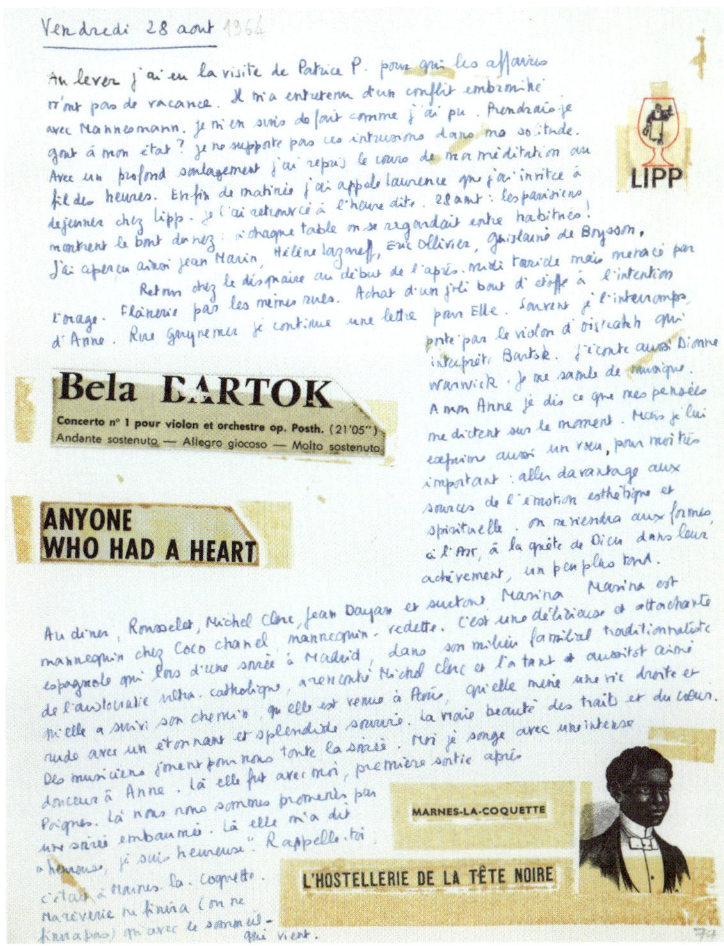

78
Samedi 29 août

Je veux écrire à mon tour un essai sur « L'inégalité des conditions » ! Comment expliquer autrement le sort qui m'est dévolu (image de droite) et le sort réservé aux jeunes filles de bonne famille (image d'en bas) ?
J'ai donc quitté Paris ce matin (non sans la joie de compter une lettre de toi dans le courrier) afin de me rendre à Château-Chinon. J'ai déjeuné à Barbizon, chez Patrice P, qui m'a infligé la présence à table d'Américains tonitruants. A Ch. Ch, où je suis arrivé en fin de journée, j'ai dû choquer le verre de mauvais mousseux avec « les gagnants des lots de la quinzaine commerciale ». O Délectation ! Exploration du courrier (massif) en souffrance à la mairie. Je comprends maintenant le bonheur du chercheur d'or qui tombe sur une pépite : ta carte de Salers m'attendait depuis le 4 août ! Quel plaisir de la découvrir. Merci à retardement pour cette fameuse surprise. Dîner au « Vieux-Morvan » avec T, mon adjoint communiste, et P. conseiller municipal. J'ai auparavant inspecté un bâtiment et deux squares.
Et toi mon Anne ? Je t'imagine bronzée, resplendissante, peut-être blonde, entre ciel et mer. Je m'inquiète de savoir si Gédéon pourra se rendre en Auvergne... sinon... j'attends ton coup de téléphone demain matin. Faudra-t-il vivre sans toi encore une semaine ?

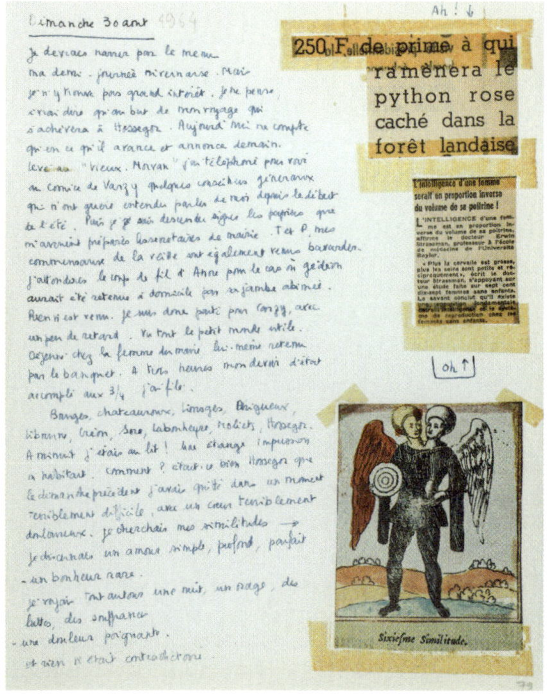

79
Dimanche 30 août

Je devrais narrer par le menu ma demi-journée nivernaise. Mais je n'y trouve pas grand intérêt. Je ne pense, à vrai dire qu'au but de mon voyage qui s'achèvera à Hossegor. Aujourd'hui ne compte qu'en ce qu'il avance et annonce demain. Levé au « Vieux-Morvan » j'ai téléphoné pour voir au Comice de Varzy quelques conseillers généraux qui n'ont guère entendu parler de moi depuis le début de l'été. Puis je suis descendu signer les papiers que m'avaient préparés les secrétaires de mairie. T et P, mes commensaux de la veille sont également venus bavarder. J'attendais le coup de fil d'Anne pour le cas où Gédéon aurait été retenue à domicile par sa jambe abîmée. Rien n'est venu. Je suis donc parti pour Varzy, avec un peu de retard. Vu tout le petit monde utile. Déjeuné chez la femme du maire, lui-même retenu par le banquet. A trois heures mon devoir d'Etat accompli aux ¾ j'ai filé.

Bourges, Châteauroux, Limoges, Périgueux, Libourne, Créon, Sore, Labouheyre, Moliets, Hossegor. A minuit j'étais au lit ! Une étrange impression m'habitait. Comment ? Etait-ce bien Hossegor que le dimanche précédent j'avais quitté dans un moment terriblement difficile, avec un cœur terriblement douloureux. Je cherchais mes similitudes
Je discernais un amour simple, profond, parfait – un bonheur rare.

Je voyais tout autour une nuit, un orage, des luttes, des souffrances
– une douleur poignante.
Et rien n'était contradictoire.

L'intelligence d'une femme serait en proportion inverse du volume de sa poitrine !

Oh

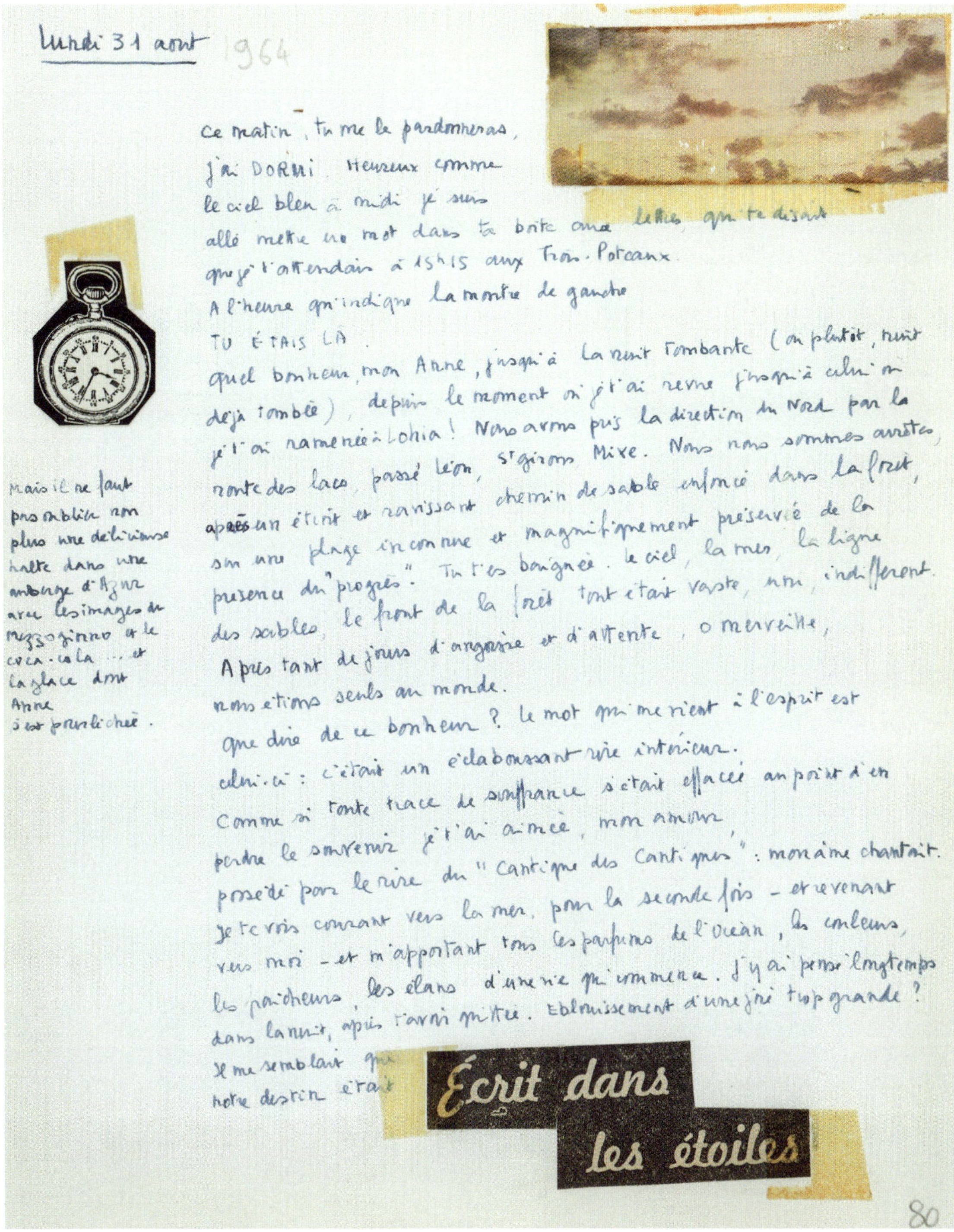
Lundi 31 aout 1964

ce matin, tu me le pardonneras,
j'ai DORMI. Heureux comme
le ciel bleu à midi je suis
allé mettre un mot dans ta boîte aux lettres qui te disait
que je t'attendais à 15h15 aux Trois-Poteaux.
A l'heure qu'indique la montre de gauche
TU ÉTAIS LÀ.
quel bonheur, mon Anne, jusqu'à la nuit tombante (ou plutôt, nuit
déjà tombée), depuis le moment où je t'ai revue jusqu'à celui où
je t'ai ramenée à Lohia ! Nous avons pris la direction du Nord par la
route des lacs, passé Léon, St Girons Mixe. Nous nous sommes arrêtés,
après un étroit et ravissant chemin de sable enfoncé dans la forêt,
sur une plage inconnue et magnifiquement préservée de la
présence du "progrès." Tu t'es baignée. le ciel, la mer, la ligne
des sables, le front de la forêt tout était vaste, uni, indifférent.
Après tant de jours d'angoisse et d'attente, ô merveille,
nous étions seuls au monde.
que dire de ce bonheur ? le mot qui me vient à l'esprit est
celui-ci : c'était un éclaboussant rire intérieur.
Comme si toute trace de souffrance s'était effacée au point d'en
perdre le souvenir je t'ai aimée, mon amour,
possédé par le rire du "Cantique des Cantiques" : mon âme chantait.
je te vois courant vers la mer, pour la seconde fois – et revenant
vers moi – et m'apportant tous les parfums de l'Océan, les couleurs,
les fraîcheurs, les élans d'une vie qui commence. J'y ai pensé longtemps
dans la nuit, après t'avoir quittée. Eblouissement d'une joie trop grande ?
Il me semblait que
notre destin était
Écrit dans
les étoiles

Mais il ne faut pas oublier non plus une délicieuse halte dans une auberge d'Azur avec les images du Mezzogiorno et le coca-cola ... et la glace dont Anne s'est pourléchée.

80

80

Lundi 31 août

Ce matin, tu me le pardonneras, j'ai DORMI. Heureux comme le ciel bleu à midi je suis allé mettre un mot dans ta boîte aux lettres, qui te disait que je t'attendais à 15 h 15 aux Trois-Poteaux.
A l'heure qu'indique la montre de gauche TU ETAIS LA.
Quel bonheur, mon Anne, jusqu'à la nuit tombante (ou plutôt, nuit déjà tombée), depuis le moment où je t'ai revue jusqu'à celui où je t'ai ramenée à Lohia ! Nous avons pris la direction du Nord par la route des lacs, passé Léon, St Girons, Mixe. Nous nous sommes arrêtés, après un étroit et ravissant chemin de sable enfoncé dans la forêt, sur une plage inconnue et magnifiquement préservée de la présence du « progrès ». Tu t'es baignée. Le ciel, la mer, la ligne des sables, le front de la forêt tout était vaste, uni, indifférent.
Après tant de jours d'angoisse et d'attente, ô merveille, nous étions seuls au monde.
Que dire de ce bonheur ? Le mot qui me vient à l'esprit est celui-ci : c'était un éclaboussant rire intérieur.
Comme si toute trace de souffrance s'était effacée au point d'en perdre le souvenir je t'ai aimée, mon amour, possédé par le rire du « Cantique des Cantiques » : mon âme chantait. Je te vois courant vers la mer, pour la seconde fois – et revenant vers moi – et m'apportant tous les parfums de l'Océan, les couleurs, les fraîcheurs, les élans d'une vie qui commence. J'y ai pensé longtemps dans la nuit, après t'avoir quittée. Eblouissement d'une joie trop grande ? Il me semblait que notre destin était écrit dans les étoiles

Mais il ne faut pas oublier non plus une délicieuse halte dans une auberge d'Azur avec les images du Mezzogiorno et le coca-cola… et la glace dont Anne s'est pourléchée.

81

Mardi 1er septembre

J'aime inaugurer ce mois avec le beau visage de cette vierge de Bellini. Ce n'est pas d'ailleurs pur hasard ou pure fantaisie si je choisis ici cette image. Notre longue promenade sur le courant d'Huchet (surtout le retour, pendant que la nuit moirait les eaux) n'était que méditation grave et heureuse – et ce visage (ou ce qu'il exprime, ce qui revient au même) c'était le tien.

Nous nous rappellerons qu'à Léon j'ai cherché un nautonier et qu'avant de découvrir le salace vieillard, plus bavard qu'une escouade de pies, qui, rognant, suant, geignant, nous a tout de même pilotés tu as sagement continué tes points de tapisserie, assise sur un banc de fer rouge de la promenade publique. Que c'était drôle – et doux – de te voir si calmement penchée sur ton ouvrage au milieu du va-et-vient des promeneurs !

Nous avons peu parlé. Pourquoi parler ? J'observais que tu ne perdais rien du spectacle de la rivière parmi les nénuphars, les libellules, les troncs d'arbre, les roseaux, les fougères, les hibiscus, les branches vives ou mortes que la forêt penchait sur elle ou lui avait abandonnées. Tu t'es baignée sur la plage d'Huchet. La nuit est venue plus vite que n'avançait l'ardeur du bonhomme. Tu avais froid. Deux heures, intenses, parfaites nous ont ramenés au bord de l'étang. Il était tard quand je t'ai déposée à Hossegor. Et, en cette fin de la deuxième journée d'un bonheur indicible, je n'étais qu'amour et paix.

Le courant d'HUCHET

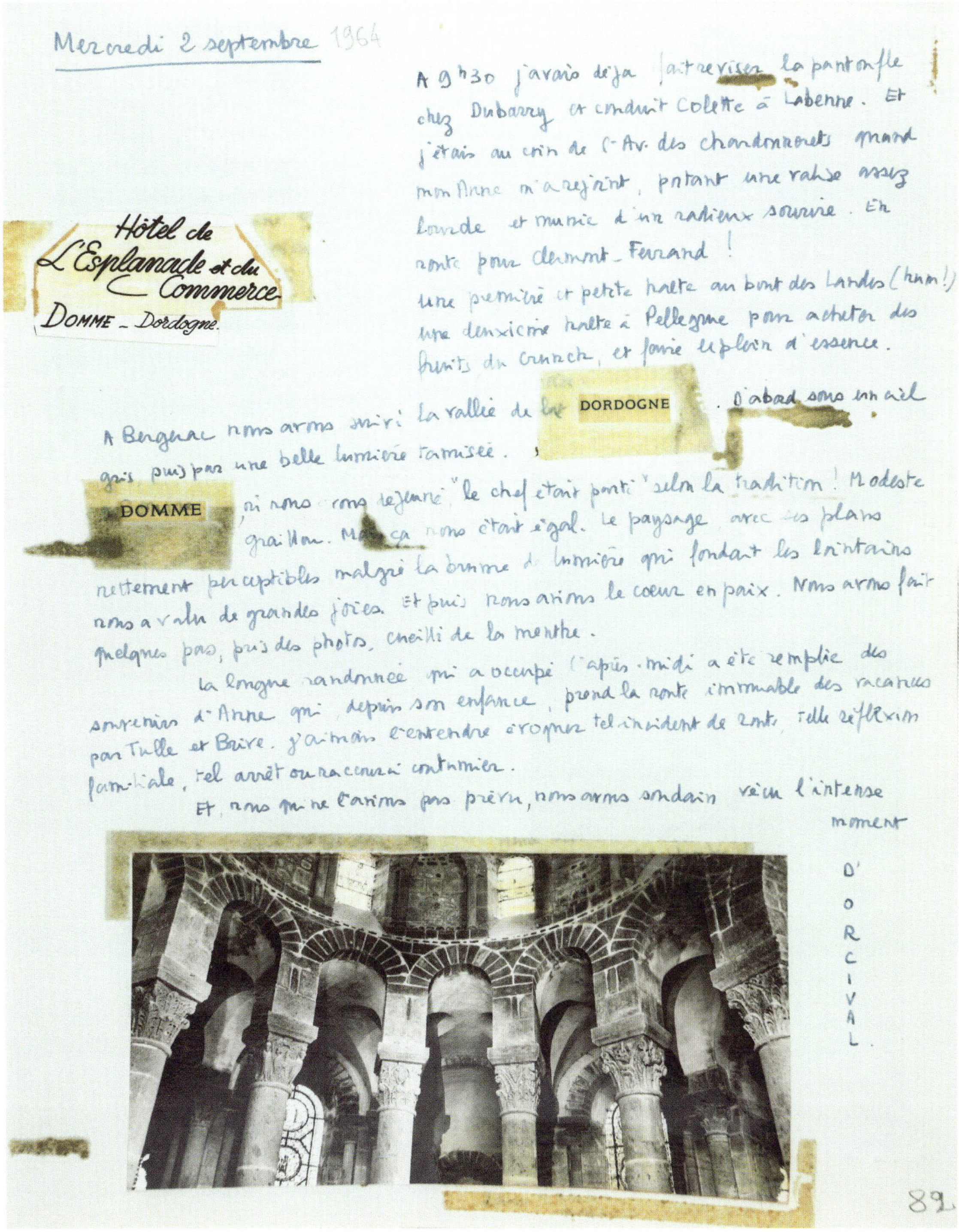

82
Mercredi 2 septembre

A 9 h 30 j'avais déjà fait réviser la pantoufle chez Dubarry et conduit Colette à Labenne. Et j'étais au coin de l'Av. des Chardonnerets quand mon Anne m'a rejoint, portant une valise assez lourde et munie d'un radieux sourire. En route pour Clermont-Ferrand !
Une première et petite halte au bout des Landes (hum !)
Une deuxième halte à Pellegrue pour acheter des fruits, du Crunch, et faire le plein d'essence.

A Bergerac nous avons suivi la vallée de la Dordogne. D'abord sous un ciel gris puis par une belle lumière tamisée. A Domme, où nous avons déjeuné, « le chef était parti » selon la tradition ! Modeste graillou. Mais ça nous était égal. Le paysage, avec ses plans nettement perceptibles malgré la brume de lumière qui fondait les lointains nous a valu de grandes joies. Et puis nous avions le cœur en paix. Nous avons fait quelques pas, pris des photos, cueilli de la menthe.

La longue randonnée qui a occupé l'après-midi a été remplie des souvenirs d'Anne qui, depuis son enfance, prend la route immuable des vacances par Tulle et Brive. J'aimais l'entendre évoquer tel incident de route, telle réflexion familiale, tel arrêt ou raccourci coutumier.
Et, nous qui ne l'avions pas prévu, nous avons soudain vécu l'intense moment D'ORCIVAL.

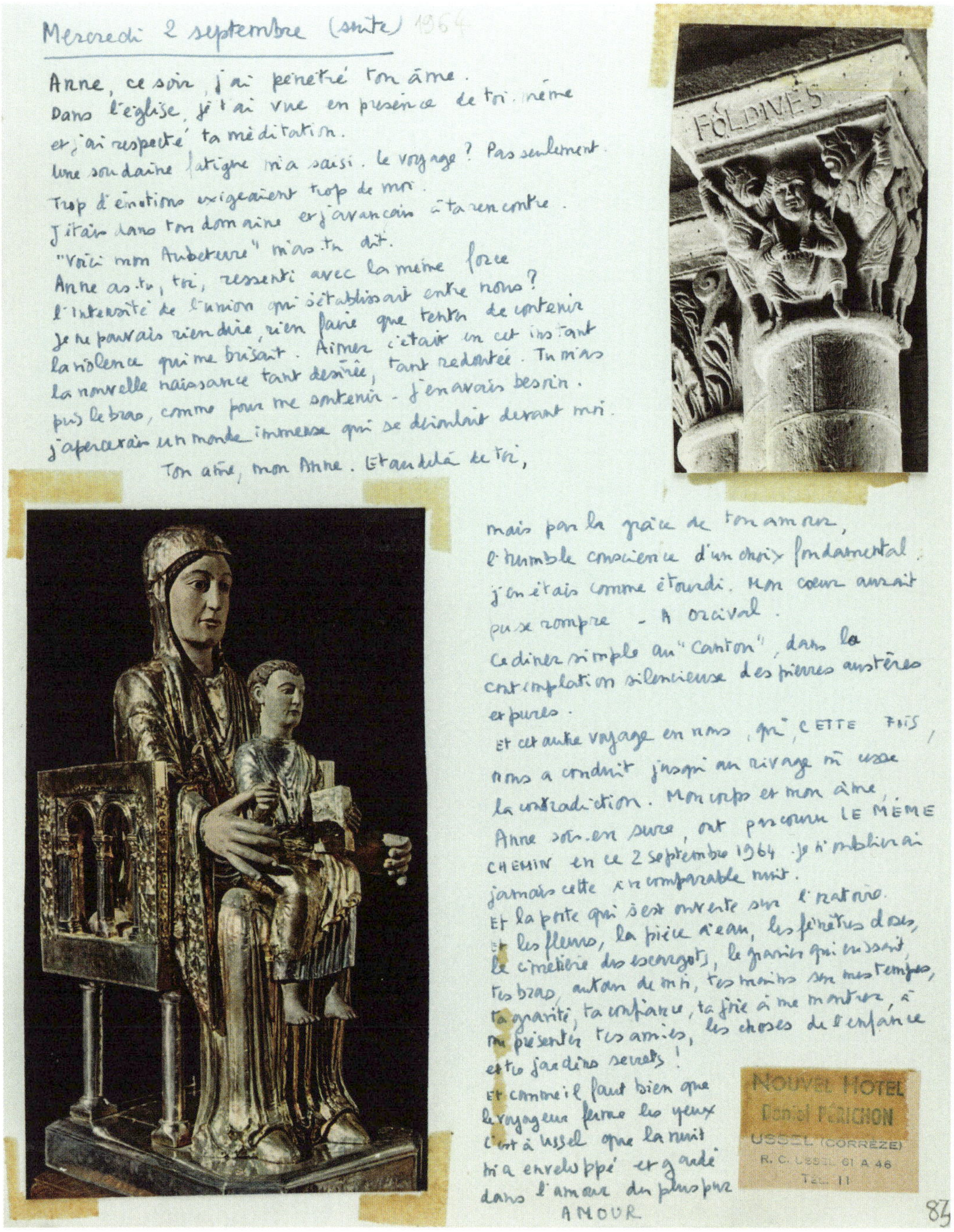

83

Mercredi 2 septembre (suite)

Anne, ce soir, j'ai pénétré ton âme.
Dans l'église, je t'ai vue en présence de toi-même et j'ai respecté ta méditation.
Une soudaine fatigue m'a saisi. Le voyage ? Pas seulement. Trop d'émotions exigeaient trop de moi.
J'étais dans ton domaine et j'avançais à ta rencontre.
« Voici mon Aubeterre » m'as-tu dit.
Anne as-tu, toi, ressenti avec la même force l'intensité de l'union qui s'établissait entre nous ? Je ne pouvais rien dire, rien faire que tenter de contenir la violence qui me brisait. Aimer c'était en cet instant la nouvelle naissance tant désirée, tant redoutée. Tu m'as pris le bras, comme pour me soutenir – j'en avais besoin. J'apercevais un monde immense qui se déroulait devant moi.
Ton âme, mon Anne. Et au-delà de toi, mais par la grâce de ton amour, l'humble conscience d'un choix fondamental. J'en étais comme étourdi. Mon cœur aurait pu se rompre – A Orcival.
Ce dîner simple au « Cantou », dans la contemplation silencieuse des pierres austères et pures.
Et cet autre voyage en nous, qui, CETTE FOIS, nous a conduits jusqu'au rivage où cesse la contradiction. Mon corps et mon âme, Anne sois-en sûre, ont parcouru LE MEME CHEMIN en ce 2 septembre 1964. Je n'oublierai jamais cette incomparable nuit.
Et la porte qui s'est ouverte sur l'Oratoire.
Et les fleurs, la pièce d'eau, les fenêtres closes, le cimetière des escargots, le gravier qui crissait, tes bras, autour de moi, tes mains sur mes tempes, ta gravité, ta confiance, ta joie à me montrer, à me présenter tes amies, les choses de l'enfance et tes jardins secrets !
Et comme il faut bien que le voyageur ferme les yeux c'est à Ussel que la nuit m'a enveloppé et gardé dans l'amour du plus pur AMOUR.

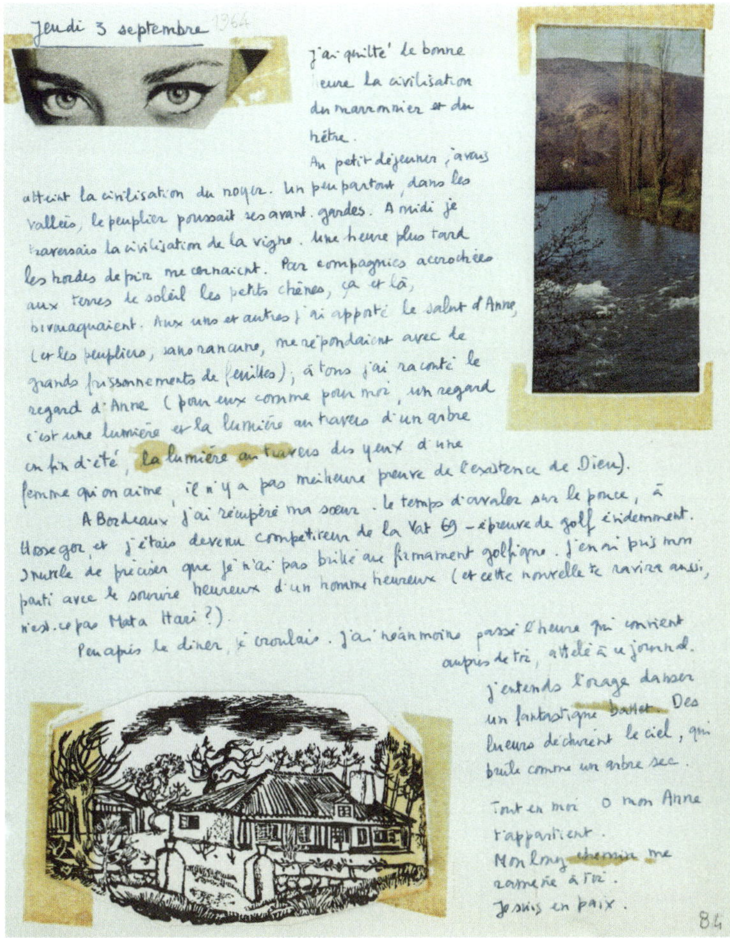

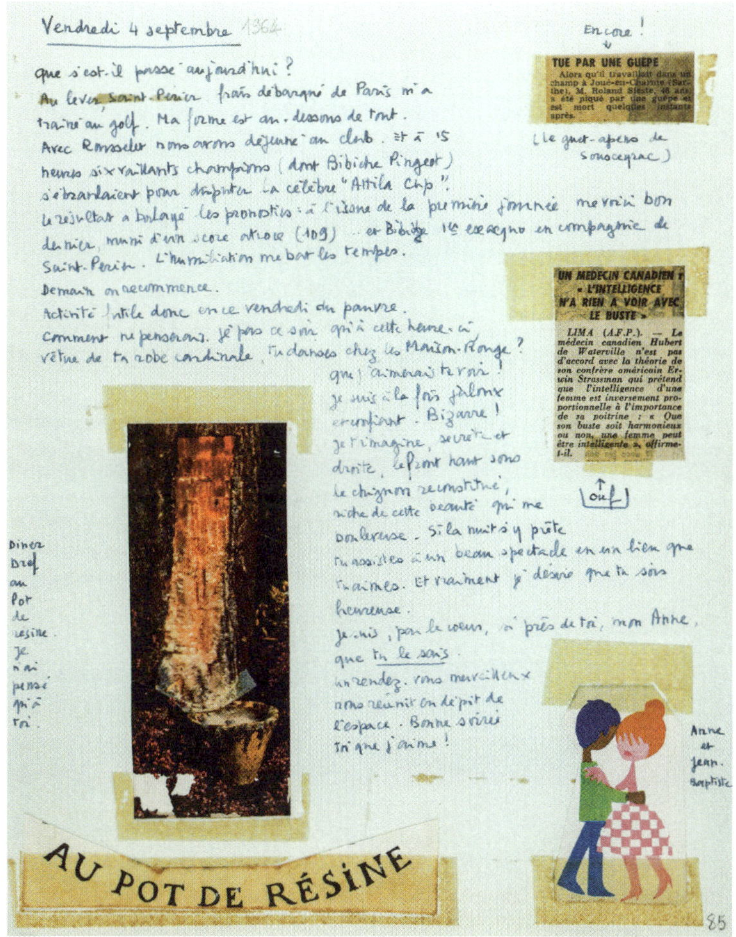

84

Jeudi 3 septembre

J'ai quitté de bonne heure la civilisation du marronnier et du hêtre. Au petit déjeuner j'avais atteint la civilisation du noyer. Un peu partout, dans les vallées, le peuplier poussait ses avant-gardes. A midi je traversais la civilisation de la vigne. Une heure plus tard les hordes de pin me cernaient. Par compagnies accrochées aux terres de soleil les petits chênes, çà et là, bivouaquaient. Aux uns et autres j'ai apporté le salut d'Anne, (et les peupliers, sans rancune, me répondaient avec de grands frissonnements de feuilles) ; à tous j'ai raconté le regard d'Anne (pour eux comme pour moi, un regard c'est une lumière et la lumière au travers d'un arbre en fin d'été, la lumière au travers des yeux d'une femme qu'on aime, il n'y a pas meilleure preuve de l'existence de Dieu).
A Bordeaux j'ai récupéré ma sœur. Le temps d'avaler sur le pouce, à Hossegor, et j'étais devenu compétiteur de la Vat 69 – épreuve de golf évidemment. Inutile de préciser que je n'ai pas brillé au firmament golfique. J'en ai pris mon parti avec le sourire heureux d'un homme heureux (et cette nouvelle te ravira aussi, n'est-ce pas Mata Hari ?).
Peu après le dîner, je croulais. J'ai néanmoins passé l'heure qui convient auprès de toi, attelé à ce journal.
J'entends l'orage danser un fantastique ballet. Des lueurs déchirent le ciel, qui brûle comme un arbre sec.

Tout en moi O mon Anne t'appartient.
Mon long chemin me ramène à toi.
Je suis en paix.

85

Vendredi 4 septembre

Que s'est-il passé aujourd'hui ?
Au lever, Saint-Périer, frais débarqué de Paris m'a traîné au golf. Ma forme est au-dessous de tout.
Avec Rousselet nous avons déjeuné au club. Et à 15 heures six vaillants champions (dont Bibiche Pingeot) s'ébranlaient pour disputer la célèbre « Attila Cup ».
Le résultat a balayé les pronostics : à l'issue de la première journée, me voici bon dernier, muni d'un score atroce (109)… et Bibiche 1er ex æquo en compagnie de Saint-Périer. L'humiliation me bat les tempes.
Demain on recommence.
Activité futile donc en ce vendredi du pauvre. Comment ne penserais-je pas ce soir qu'à cette heure-ci, vêtue de ta robe cardinale, tu danses chez les Maison-Rouge ? Que j'aimerais te voir ! Je suis à la fois jaloux et confiant. Bizarre ! Je t'imagine, secrète et droite, le front haut sous le chignon reconstitué, riche de cette beauté qui me bouleverse. Si la nuit s'y prête tu assistes à un beau spectacle en un lieu que tu aimes. Et vraiment je désire que tu sois heureuse.
Je suis, par le cœur, si près de toi, mon Anne, que tu le sais.
Un rendez-vous merveilleux nous réunit en dépit de l'espace. Bonne soirée toi que j'aime !

Encore ! Tué par une guêpe Alors qu'il travaillait dans un champ à Joué-en-Charnie (Sarthe), M. Roland Sieste, 48 ans, a été piqué par une guêpe et est mort quelques instants après. (Le guet-apens de Sousceyrac)

Un médecin canadien : « L'intelligence n'a rien à voir avec le buste » […] Ouf

Dîner bref au Pot de résine. Je n'ai pensé qu'à toi.

Anne et Jean-Baptiste

86

Samedi 5 septembre

Voici la tête que je fais aujourd'hui
de face
et de profil
D'abord parce que je commence à m'ennuyer sérieusement de toi (trois jours sans Anne, vraiment tu abuses !)
ensuite parce que le golf me refuse les compensations que j'attendais de lui (2ème tour de « l'Attila » : 100).
Ceci dit, tout va bien.
Je t'attends et mon cœur est si plein de toi qu'il déborde de bonté pour l'humanité tout entière. Ainsi ai-je invité ma sœur Colette et Odette. D. à dîner avec moi (+ Guy de Saint-Périer).
Un formidable et admirable orage a occupé la moitié de la nuit. Il m'a (évidemment) réveillé. Les éclairs trouaient mes persiennes et traversaient mes paupières baissées au point que j'ai dû les protéger. J'aimais cet orage. Je me livrais à lui sans réserve. Cette fureur de la nature corrige l'aspect lénifiant que possède Hossegor à qui n'y vit qu'aux mois d'été. La violence à l'échelle de l'univers me délivre de ce côté déjà-vu, toujours-vu, qui me lasse de l'homme et me ferait douter de Dieu. Au matin, les rues étaient ravinées. On sentait qu'un inconnu puissant était passé par là, dédaigneux et superbe.
Le dîner a été rapide. J'étais couché à 10 h 30 ! O. D a voulu nous entraîner au « Gaillou », boîte installée au lac Blanc. J'ai résisté (sans mériter une décoration).
Une petite chanson courait en moi : Anne sera là demain ! Anne d'Orcival, désormais. Grave et douce merveille !
Quant à l'adresse où eut lieu ce repas à quatre (omelette, paella, tarte) je te la donne

Hostellerie du Marensin
Soustons

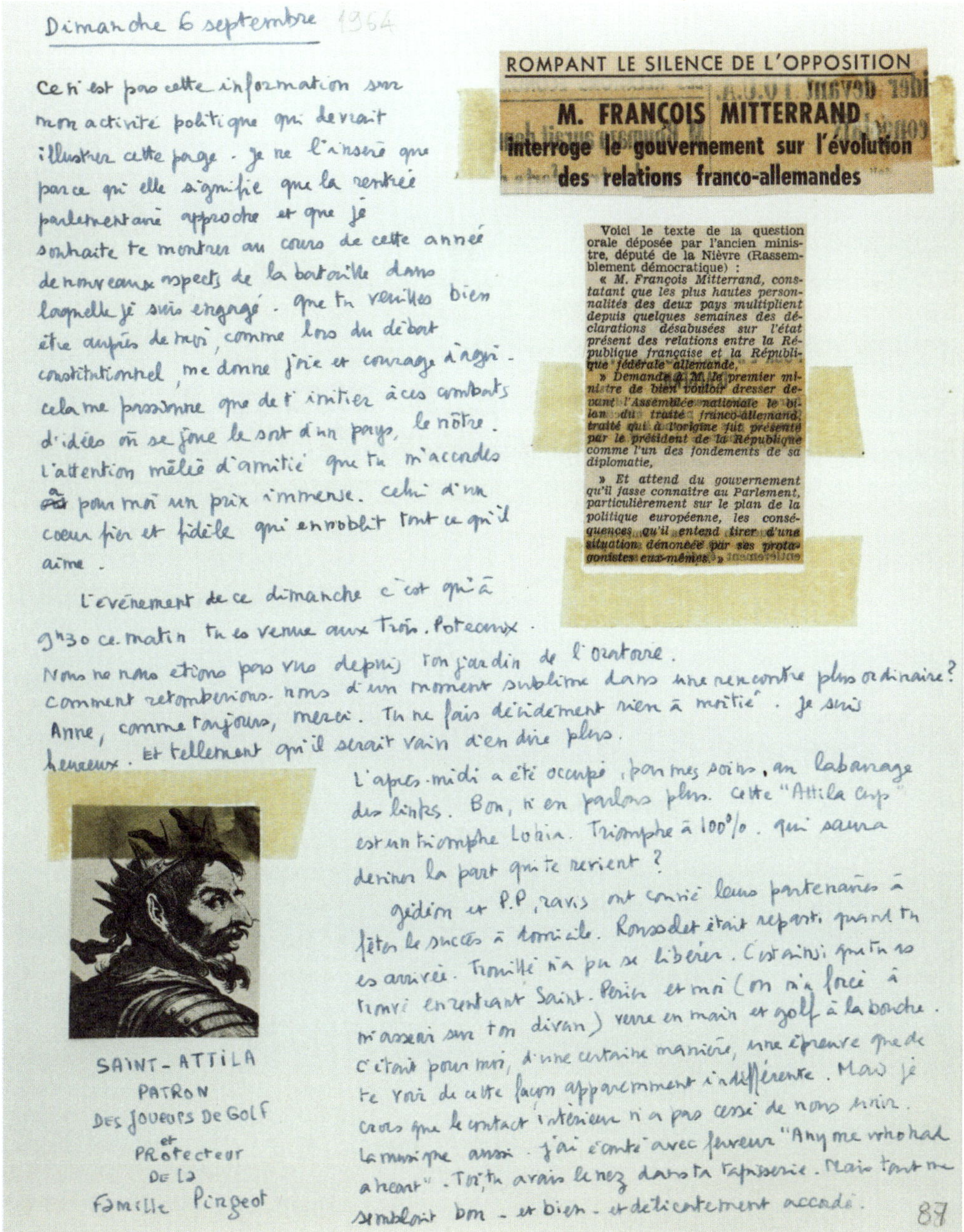

Dimanche 6 septembre 1964

ROMPANT LE SILENCE DE L'OPPOSITION

M. FRANÇOIS MITTERRAND interroge le gouvernement sur l'évolution des relations franco-allemandes

Voici le texte de la question orale déposée par l'ancien ministre, député de la Nièvre (Rassemblement démocratique) :

« M. François Mitterrand, constatant que les plus hautes personnalités des deux pays multiplient depuis quelques semaines des déclarations désabusées sur l'état présent des relations entre la République française et la République fédérale allemande,

» Demande à M. le premier ministre de bien vouloir dresser devant l'Assemblée nationale le bilan du traité franco-allemand, traité qui à l'origine fut présenté par le président de la République comme l'un des fondements de sa diplomatie,

» Et attend du gouvernement qu'il fasse connaître au Parlement, particulièrement sur le plan de la politique européenne, les conséquences qu'il entend tirer d'une situation dénoncée par ses protagonistes eux-mêmes. »

SAINT-ATTILA PATRON DES JOUEURS DE GOLF et PROTECTEUR DE LA FAMILLE PINGEOT

87

87

Dimanche 6 septembre

Rompant le silence de l'opposition M. François Mitterrand interroge le gouvernement sur l'évolution des relations franco-allemandes [...]

Ce n'est pas cette information sur mon activité politique qui devrait illustrer cette page. Je ne l'insère que parce qu'elle signifie que la rentrée parlementaire approche et que je souhaite te montrer au cours de cette année de nouveaux aspects de la bataille dans laquelle je suis engagé. Que tu veuilles bien être auprès de moi, comme lors du débat constitutionnel, me donne joie et courage d'agir. Cela me passionne que de t'initier à ces combats d'idées où se joue le sort d'un pays, le nôtre.

L'attention mêlée d'amitié que tu m'accordes a pour moi un prix immense. Celui d'un cœur fier et fidèle qui ennoblit tout ce qu'il aime.

L'événement de ce dimanche c'est qu'à 9 h 30 ce matin tu es venue aux Trois-Poteaux. Nous ne nous étions pas vus depuis ton jardin de l'Oratoire. Comment retomberions-nous d'un moment sublime dans une rencontre plus ordinaire ? Anne, comme toujours, merci. Tu ne fais décidément rien à moitié. Je suis heureux. Et tellement qu'il serait vain d'en dire plus.

L'après-midi a été occupé, par mes soins, au labourage des links. Bon, n'en parlons plus. Cette « Attila Cup » est un triomphe Lohia. Triomphe à 100 %. Qui saura deviner la part qui te revient ?

Gédéon et P. P, ravis ont convié leurs partenaires à fêter le succès à domicile. Rousselet était reparti quand tu es arrivée. Trouillé n'a pu se libérer. C'est ainsi que tu as trouvé en rentrant Saint-Périer et moi (on m'a forcé à m'asseoir sur ton divan) verre en main et golf à la bouche. C'était pour moi, d'une certaine manière, une épreuve que de te voir de cette façon apparemment indifférente. Mais je crois que le contact intérieur n'a pas cessé de nous unir. La musique aussi. J'ai écouté avec ferveur « Anyone who had a heart ». Toi, tu avais le nez dans ta tapisserie. Mais tout me semblait bon – et bien – et délicatement accordé.

SAINT-ATTILA PATRON DES JOUEURS DE GOLF et Protecteur De la Famille Pingeot

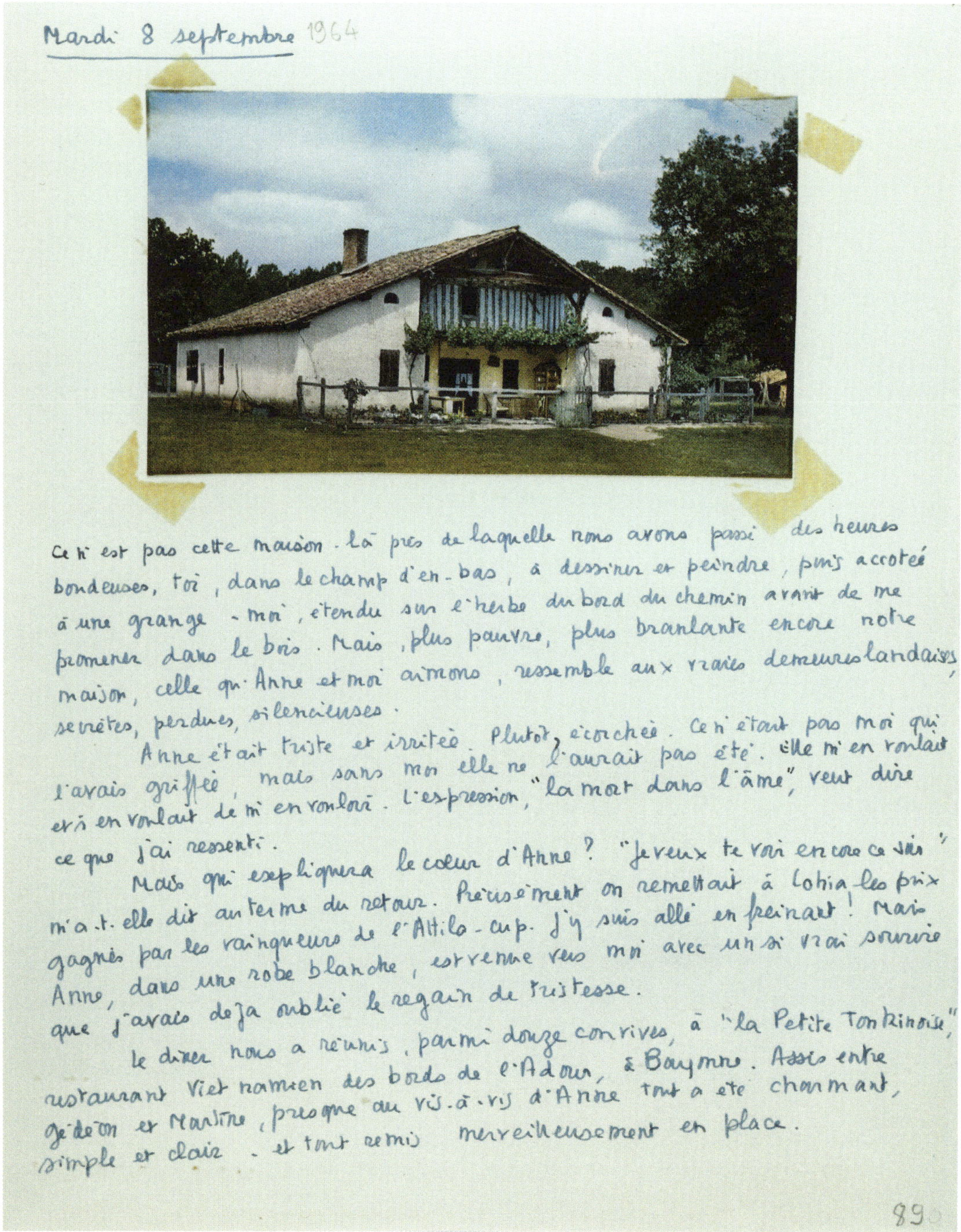

89
Mardi 8 septembre

Ce n'est pas cette maison-là près de laquelle nous avons passé des heures boudeuses, toi, dans le champ d'en bas, à dessiner et peindre, puis accotée à une grange – moi, étendu sur l'herbe du bord du chemin avant de me promener dans le bois. Mais, plus pauvre, plus branlante encore notre maison, celle qu'Anne et moi aimons, ressemble aux vraies demeures landaises, secrètes, perdues, silencieuses.
Anne était triste et irritée. Plutôt, écorchée. Ce n'était pas moi qui l'avais griffée, mais sans moi elle ne l'aurait pas été. Elle m'en voulait et s'en voulait de m'en vouloir. L'expression, « la mort dans l'âme », veut dire ce que j'ai ressenti.
Mais qui expliquera le cœur d'Anne ? « Je veux te voir encore ce soir » m'a-t-elle dit au terme du retour. Précisément on remettait à Lohia les prix gagnés par les vainqueurs de l'Attila-cup. J'y suis allé en freinant ! Mais Anne, dans une robe blanche, est venue vers moi avec un si vrai sourire que j'avais déjà oublié le regain de tristesse.
Le dîner nous a réunis, parmi douze convives, à « la Petite Tonkinoise », restaurant vietnamien des bords de l'Adour, à Bayonne. Assis entre Gédéon et Martine, presque au vis-à-vis d'Anne tout a été charmant, simple et clair – et tout remis merveilleusement en place.

88
Lundi 7 septembre

Mercredi 9 septembre 1964

quelle image choisir pour te dire le bonheur de ce jour ?
Celle-ci te rappelera l'extraordinaire retour de la plage d'Yons à Hossegor, tandis que nous allions de merveille en merveille (il n'y eut pas, je crois, de plus belle fin de journée, de plus beau coucher de soleil que ce soir-là. quand nous nous sommes retournés, du haut des dunes vers la mer, la gloire du monde créé resplendissait pour nous. La forêt recevait les derniers feux d'un soleil irréel. les rouges, les ors, les mauves donnaient aux pins l'éclat mystique et fier d'un temple d'Orient).

Tout cela nous a paru un don de Dieu exactement accordé au mystère que nous venions de vivre, âme et corps éblouis. Notre mémoire n'aura besoin d'aucun récit pour tenir registre jusqu'à la mort de l'après-midi qui nous a réunis, comme si nous avions été seuls au monde, sur la plage sans nom à laquelle nous avons accolé celui d'Yons, village où personne sans doute n'est jamais allé.

Auparavant, à l'auberge de Miquéou, tu as tracé quelques ébauches de dessin, nous avons ri autour de trois sets de ping-pong et nous avons regardé s'écouler la vie lente d'un hameau soumis aux gestes de toujours.

Arrivés à Hossegor avec un peu de retard j'ai retrouvé les Destouesse qui m'ont emmené à Cambo pour un spectacle Son et Lumière dans la maison d'Edmond Rostand qui s'appelle ARNAGA. La voûte du ciel, poussière d'étoiles, était si haute, si pure, si sereine que je sais maintenant que ce 9 septembre-là a été inventé pour nous.

90

90

Mercredi 9 septembre

Quelle image choisir pour te dire le bonheur de ce jour ?
Celle-ci te rappellera l'extraordinaire retour de la plage d'Yons à Hossegor, tandis que nous allions de merveille en merveille (il n'y eut pas, je crois, de plus belle fin de journée, de plus beau coucher de soleil que ce soir-là. Quand nous nous sommes retournés, du haut des dunes, vers la mer, la gloire du monde créé resplendissait pour nous. La forêt recevait les derniers feux d'un soleil irréel. Les rouges, les ors, les mauves donnaient aux pins l'éclat mystique et fier d'un temple d'Orient).
Tout cela nous a paru un don de Dieu exactement accordé au mystère que nous venions de vivre, âme et corps éblouis. Notre mémoire n'aura besoin d'aucun récit pour tenir registre jusqu'à la mort de l'après-midi qui nous a réunis, comme si nous avions été seuls au monde, sur la plage sans nom à laquelle nous avons accolé celui d'Yons, village où personne sans doute n'est jamais allé.
Auparavant, à l'auberge de Miquéou, tu as tracé quelques ébauches de dessin, nous avons ri autour de trois sets de ping-pong et nous avons regardé s'écouler la vie lente d'un hameau soumis aux gestes de toujours.
Arrivés à Hossegor avec un peu de retard j'ai retrouvé les Destouesse qui m'ont emmené à Cambo pour un spectacle Son et Lumière dans la maison d'Edmond Rostand qui s'appelle Arnaga.
La voûte du ciel, poussière d'étoiles, était si haute, si pure, si sereine que je sais maintenant que ce 9 septembre-là a été inventé pour nous.

91

Jeudi 10 septembre

Ce matin je suis allé chercher le Père Delobre à Dax et l'ai ramené à Hossegor où je l'ai retenu à déjeuner et à dîner. Aux Trois-Poteaux, à 15 h 15, ANNE.
Je voulais prendre la photographie de quelques lieux qui ont marqué cette période de nos vacances.
Voici les chênes-lièges en bordure du chemin de « notre » maison landaise *[Latche]*. N'est-ce pas déjà mieux « cadré » ?
J'ai également « fixé » la maison puis le cher carrefour d'Yons et du Cap de l'Homy. Cela m'aidera à vivre les jours difficiles.
Nous sommes ensuite retournés sur la plage d'Yons. Immobile après-midi. Le ciel en fin de soirée était légèrement moins lumineux que la veille. Nous avons aimé retrouver la place de nos pas, la trace de nos corps sur le sable. Quelques pêcheurs, loin de nous, lançaient leur ligne au long fil derrière la barre d'écume. Silence à l'intérieur du fracas de la mer. En nous, de même, une immense violence (l'amour, lave qui coule et sort du feu ; l'union, terre pétrie par une main divine). Mais un silence infini nous emplissait. Anne, O Anne, ineffable mystère !
Nous sommes rentrés à la nuit tombante.
Petite surprise pour Lohia : j'ai présenté mon Jésuite à la famille P. Amusante et sympathique rencontre. Aperçu Anne et son beau sourire.
Après Dîner, nouveau voyage à Dax où j'ai déposé Delobre.
Etre heureux. Surprise d'une perfection. Perfection de ce que je possède. Il me semble n'avoir jamais assemblé pareille suite de jours. Anne comprend tout. En elle coexistent l'innocence de l'aube et la sagesse des millénaires.
Quand ses bras se sont refermés sur moi
le monde s'est agrandi.

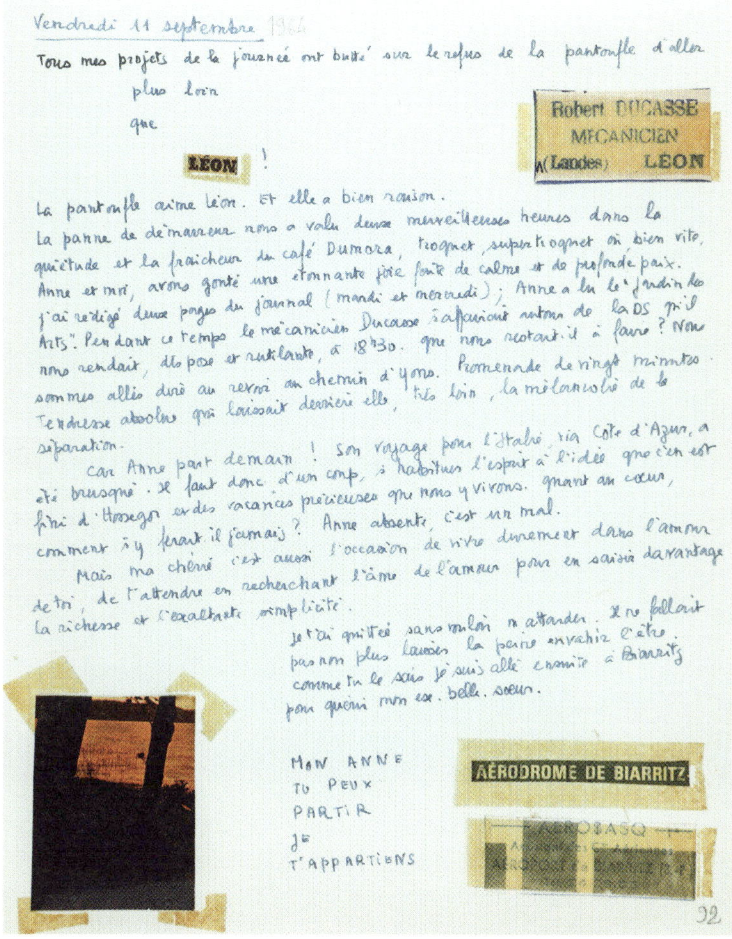

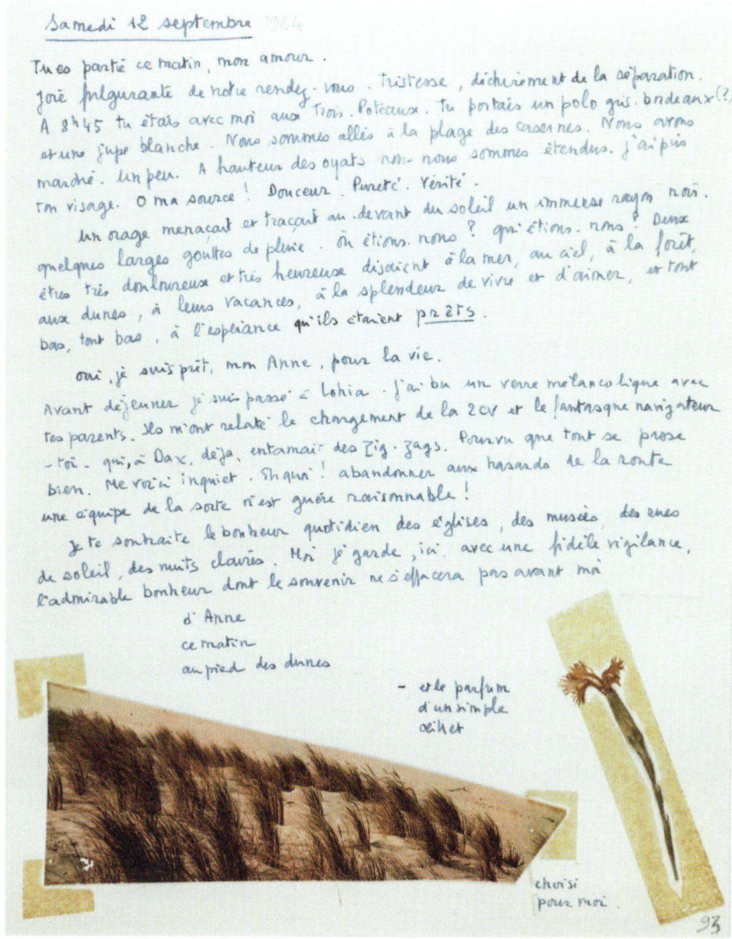

92
Vendredi 11 septembre

Tous mes projets de la journée ont buté sur le refus de la pantoufle d'aller plus loin que Léon !

La pantoufle aime Léon. Et elle a bien raison.
La panne de démarreur nous a valu deux merveilleuses heures dans la quiétude et la fraîcheur du café Dumora, troquet, super troquet où, bien vite, Anne et moi, avons goûté une étonnante joie faite de calme et de profonde paix. J'ai rédigé deux pages du journal (mardi et mercredi) ; Anne a lu le « Jardin des Arts ». Pendant ce temps le mécanicien Ducasse s'affairait autour de la DS qu'il nous rendait, dispose et rutilante, à 18 h 30. Que nous restait-il à faire ? Nous sommes allés dire au revoir au chemin d'Yons. Promenade de vingt minutes. Tendresse absolue qui laissait derrière elle, très loin, la mélancolie de la séparation.

Car Anne part demain ! Son voyage pour l'Italie, via Côte d'Azur, a été brusqué. Il faut donc, d'un coup, s'habituer l'esprit à l'idée que c'en est fini d'Hossegor et des vacances précieuses que nous y vivons. Quant au cœur, comment s'y ferait-il jamais ? Anne absente, c'est un mal.
Mais ma chérie c'est aussi l'occasion de vivre durement dans l'amour de toi, de t'attendre en recherchant l'âme de l'amour pour en saisir davantage la richesse et l'exaltante simplicité.

Je t'ai quittée sans vouloir m'attarder. Il ne fallait pas non plus laisser la peine envahir l'être. Comme tu le sais je suis allé ensuite à Biarritz pour quérir mon ex-belle-sœur.

MON ANNE TU PEUX PARTIR JE T'APPARTIENS

93
Samedi 12 septembre

Tu es partie ce matin, mon amour.
Joie fulgurante de notre rendez-vous. Tristesse, déchirement de la séparation. A 8 h 45 tu étais avec moi aux Trois-Poteaux. Tu portais un polo gris-bordeaux (?) et une jupe blanche. Nous sommes allés à la plage des Casernes. Nous avons marché – Un peu. A hauteur des oyats nous nous sommes étendus. J'ai pris ton visage. O ma source ! Douceur. Pureté. Vérité.

Un orage menaçait et traçait au-devant du soleil un immense rayon noir. Quelques larges gouttes de pluie. Où étions-nous ? Qui étions-nous ? Deux êtres très douloureux et très heureux disaient à la mer, au ciel, à la forêt, aux dunes, à leurs vacances, à la splendeur de vivre et d'aimer, et tout bas, tout bas, à l'espérance qu'ils étaient prêts.

Oui, je suis prêt, mon Anne, pour la vie.

Avant déjeuner je suis passé à Lohia. J'ai bu un verre mélancolique avec tes parents. Ils m'ont relaté le chargement de la 2 CV et le fantasque navigateur – toi – qui, à Dax, déjà, entamait des zig-zags. Pourvu que tout se passe bien. Me voici inquiet. Eh quoi ! abandonner aux hasards de la route une équipe de la sorte n'est guère raisonnable !
Je te souhaite le bonheur quotidien des églises, des musées, des rues de soleil, des nuits claires. Moi je garde, ici, avec une fidèle vigilance, l'admirable bonheur dont le souvenir ne s'effacera pas avant moi

d'Anne ce matin au pied des dunes

– et le parfum d'un simple œillet

choisi pour moi.

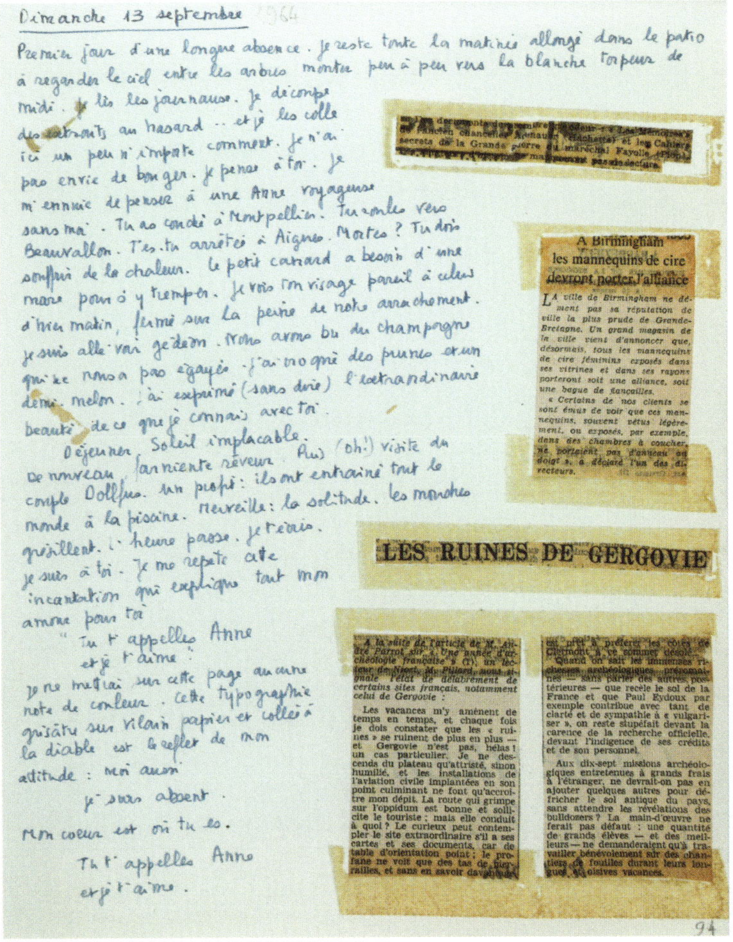

94
Dimanche 13 septembre

Premier jour d'une longue absence. Je reste toute la matinée allongé dans le patio à regarder le ciel entre les arbres monter peu à peu vers la blanche torpeur de midi. Je lis les journaux. Je découpe des extraits au hasard… et je les colle ici un peu n'importe comment.
Je n'ai pas envie de bouger. Je pense à toi. Je m'ennuie de penser à une Anne voyageuse sans moi. Tu as couché à Montpellier. Tu roules vers Beauvallon. T'es-tu arrêtée à Aigues-Mortes ? Tu dois souffrir de la chaleur. Le petit canard a besoin d'une mare pour s'y tremper. Je vois ton visage pareil à celui d'hier matin, fermé sur la peine de notre arrachement. Je suis allé voir Gédéon. Nous avons bu du champagne qui ne nous a pas égayés. J'ai croqué des prunes et un demi-melon. J'ai exprimé (sans dire) l'extraordinaire beauté de ce que je connais avec toi.
Déjeuner. Soleil implacable.
De nouveau, farniente rêveur. Puis (Oh !) visite du couple Dollfus. Un profit : ils ont entraîné tout le monde à la piscine. Merveille : la solitude. Les mouches grésillent. L'heure passe. Je t'écris. Je suis à toi. Je me répète cette incantation qui explique tout mon amour pour toi
« Tu t'appelles Anne
et je t'aime ».
Je ne mettrai sur cette page aucune note de couleur. Cette typographie grisâtre sur vilain papier et collée à la diable est le reflet de mon attitude : moi aussi
je suis absent.
Mon cœur est où tu es.
Tu t'appelles Anne
et je t'aime.

95
Lundi 14 septembre

Ce temple Maya est dédié au dieu CHAC, dieu de la pluie. L'année dernière les offrandes n'eussent pas été nombreuses ! Aujourd'hui les indigènes d'Hossegor sacrifieraient leurs plus belles génisses tant ils voudraient se défaire du manteau de feu qui les recouvre ! (52 au soleil, 36 à l'ombre).
Cela ne m'a pas empêché de t'écrire à Sirolo. J'étais tout embarrassé devant le papier blanc ! Je m'étais si bien habitué à vivre avec toi qu'il me semblait anormal d'employer les moyens de combattre l'absence. Je suis par la pensée les étapes de ton voyage. Je suppose que tu étais à Florence ce matin (peut-être y as-tu passé la nuit – mais je crains pour toi les fatigues de la route côtière et les imprudences de Gérard). Toi, à Florence, et sans moi ! Cela me pince un peu le cœur. A l'heure où je trace ces lignes tu ne dois pas être loin d'Ancône.
Pour moi, jour vide. Je n'ai plus rien à faire à Hossegor ! J'ai joué au golf. Bien (17). On voit que l'agent secret est en vacances ! J'ai vu Gédéon et Christiane Portmann. Re-prunes, avec cidre cette fois-ci. J'ai ramassé pour toi une admirable pomme de pin qui doit trôner sur ton divan, en t'attendant (si Gédé a bien suivi mes consignes). Pour le reste, mon temps t'appartient et rien d'autre ne m'intéresse qu'absorber ma pensée dans l'amour de toi. Car
Le secret de
ma vie
ma joie
mon espoir
C'EST TOI MON ANNE

Lundi 14 septembre 1964

Le K'odzp'op

ce temple Maya est dédié au dieu CHAC, dieu de la pluie. L'année dernière les offrandes n'eussent pas été nombreuses ! Aujourd'hui les indigènes d'Hossegor sacrifieraient leurs plus belles génisses tant ils voudraient se défaire du manteau de feu qui les recouvre ! (52 au soleil, 36 à l'ombre).

cela ne m'a pas empêché de t'écrire à Sirolo. J'étais tout embarrassé devant le papier blanc ! je m'étais si bien habitué à vivre avec toi qu'il me semblait anormal d'employer les moyens de combattre l'absence.

Je suis par la pensée les étapes de ton voyage. Je suppose que tu étais à Florence ce matin (peut-être y as-tu passé la nuit – mais je crains pour toi les fatigues de la route côtière et les imprudences de Gérard). Toi, à Florence, et sans moi ! Cela me pince un peu le cœur. A l'heure où je trace ces lignes tu ne dois pas être loin d'Ancône.

Pour moi, jour vide. Je n'ai plus rien à faire à Hossegor ! J'ai joué au golf. Bien (17). On voit que l'agent secret est en vacances ! J'ai vu Gédéon et Christiane Portmann. Re-prunes, avec cidre cette fois-ci. J'ai ramassé pour toi une admirable pomme de pin qui doit trôner sur ton divan, en t'attendant (si Gédé a bien suivi mes consignes). Pour le reste, mon temps t'appartient et rien d'autre ne m'intéresse qu'absorber ma pensée dans l'amour de toi. Car

Le secret de ma vie / ma joie / mon espoir

C'EST TOI MON ANNE

95

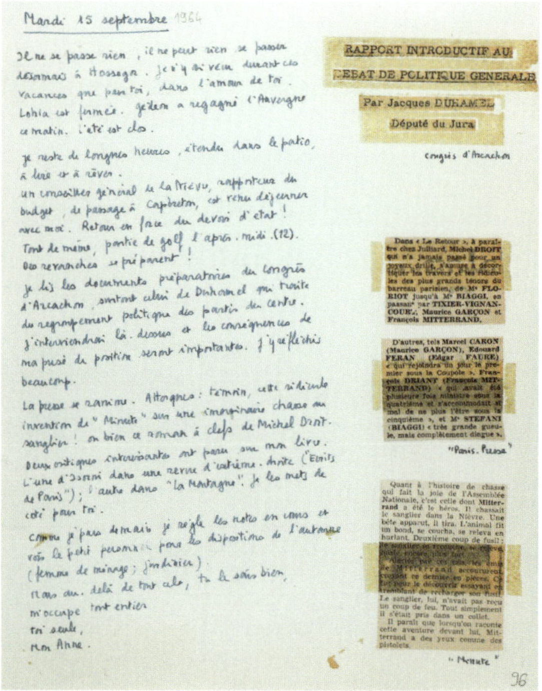

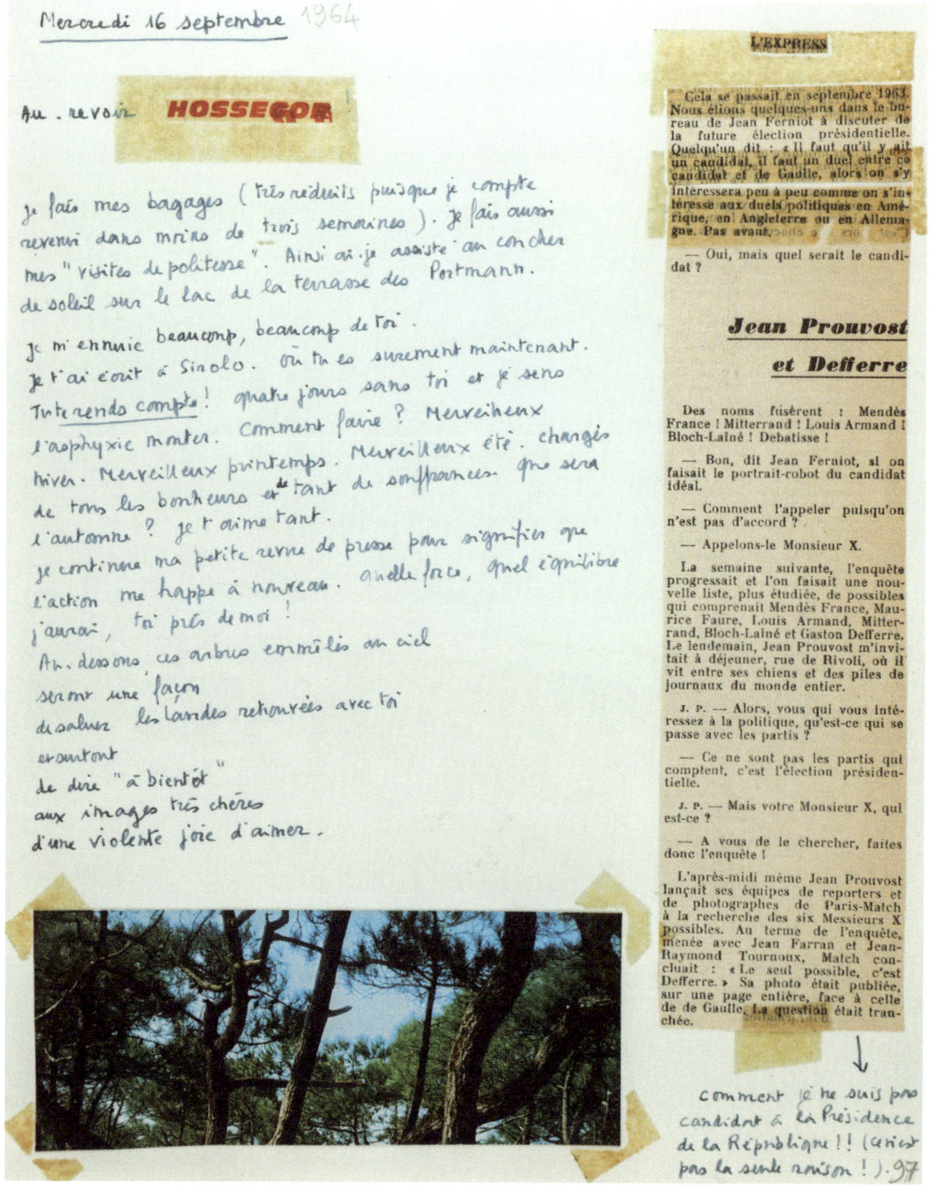

96
Mardi 15 septembre

Il ne se passe rien, il ne peut rien se passer désormais à Hossegor. Je n'y ai vécu durant ces vacances que pour toi, dans l'amour de toi. Lohia est fermée. Gédéon a regagné l'Auvergne ce matin. L'été est clos.

Je reste de longues heures, étendu dans le patio, à lire et à rêver.
Un conseiller général de la Nièvre, rapporteur du budget, de passage à Capbreton, est venu déjeuner avec moi. Retour en force du devoir d'Etat !
Tout de même, partie de golf l'après-midi. (12).
Des revanches se préparent !
Je lis les documents préparatoires du Congrès d'Arcachon, surtout celui de Duhamel qui traite du regroupement politique des partis du Centre. J'interviendrai là-dessus et les conséquences de ma prise de position seront importantes. J'y réfléchis beaucoup.
La presse se ranime. Attaques : témoin, cette ridicule invention de « Minute » sur une imaginaire chasse au sanglier ! ou bien ce roman à clefs de Michel Droit.
Deux critiques intéressantes ont paru sur mon livre. L'une d'Isorni dans une revue d'extrême droite (« Ecrits de Paris ») ; l'autre dans « La Montagne ». Je les mets de côté pour toi.
Comme je pars demain je règle les notes en cours et vois le petit personnel pour les dispositions de l'automne (femme de ménage ; jardinier).
Mais au-delà de tout cela, tu le sais bien,
m'occupe tout entier
toi seule,
mon Anne.

97
Mercredi 16 septembre

Au revoir Hossegor
Je fais mes bagages (très réduits puisque je compte revenir dans moins de trois semaines). Je fais aussi mes « visites de politesse ». Ainsi ai-je assisté au coucher de soleil sur le lac de la terrasse des Portmann.

Je m'ennuie beaucoup, beaucoup de toi.
Je t'ai écrit à Sirolo. Où tu es sûrement maintenant.
Tu te rends compte ! quatre jours sans toi et je sens l'asphyxie monter. Comment faire ? Merveilleux hiver. Merveilleux printemps. Merveilleux été. Chargés de tous les bonheurs et de tant de souffrances. Que sera l'automne ? Je t'aime tant.
Je continue ma petite revue de presse pour signifier que l'action me happe à nouveau. Quelle force, quel équilibre j'aurai, toi près de moi !

Au-dessous, ces arbres emmêlés au ciel seront une façon de saluer les Landes retrouvées avec toi et surtout de dire « à bientôt » aux images très chères d'une violente joie d'aimer.

Jean Prouvost et Defferre […]

Comment je ne suis pas candidat à la Présidence de la République !! (ce n'est pas la seule raison !).

98

Jeudi 17 septembre

De retour à Paris je place en exergue cette invitation à me rendre à l'Ambassade de Chine, choisie au milieu d'un courrier en vrac qui me confirme bien qu'il faut changer de peau, abandonner les polos et les espadrilles et nouer la cravate.
Mais là s'arrêtera la mutation ! Car ce que je cherchais dans ce courrier ce n'étaient pas les cinq étoiles de la Chine communiste mais l'écriture aiguë sous un timbre italien de mon Anne de toujours. De ne pas l'avoir trouvée m'a déçu, tu t'en doutes. Pardonne à mon impatience. Patience : avarice de l'amour.
J'ai déjà flâné par les rues. Acheté, Bd Saint-Germain, les « Ecrits et Discours Politiques » de Benjamin Constant. A l'avance, je m'en délecte. Vu un « Shakespeare » qui sera sans tarder sur mon bureau. Déjeuné chez Lipp, avec G. Dayan. Apparitions de Mistou (de Camargue) et de Michèle Arnaud, de Philippe Grumbach et de Collamarini.

La Nièvre à l'ordre du jour

Une nouvelle : le préfet de la Nièvre est déplacé. Olivier Philip le remplace, avec lequel j'ai entretenu de bonnes relations. Cette désignation m'intrigue.
Autre nouvelle : R., l'homme du faux Matisse est arrêté pour… vol de vrais tableaux.
Promenade dans le Marais. Promenade parmi mes souvenirs.
A 18 h, Assemblée nationale, pour une réunion du Rassemblement Démocratique.
Puis, place de l'Opéra, long rendez-vous avec Gaston Defferre.
La soirée se termine au restaurant Rech, avec Georges et Jean Dayan.
Par une nuit fraîche nous sommes rentrés paisiblement.
Je pense à toi.

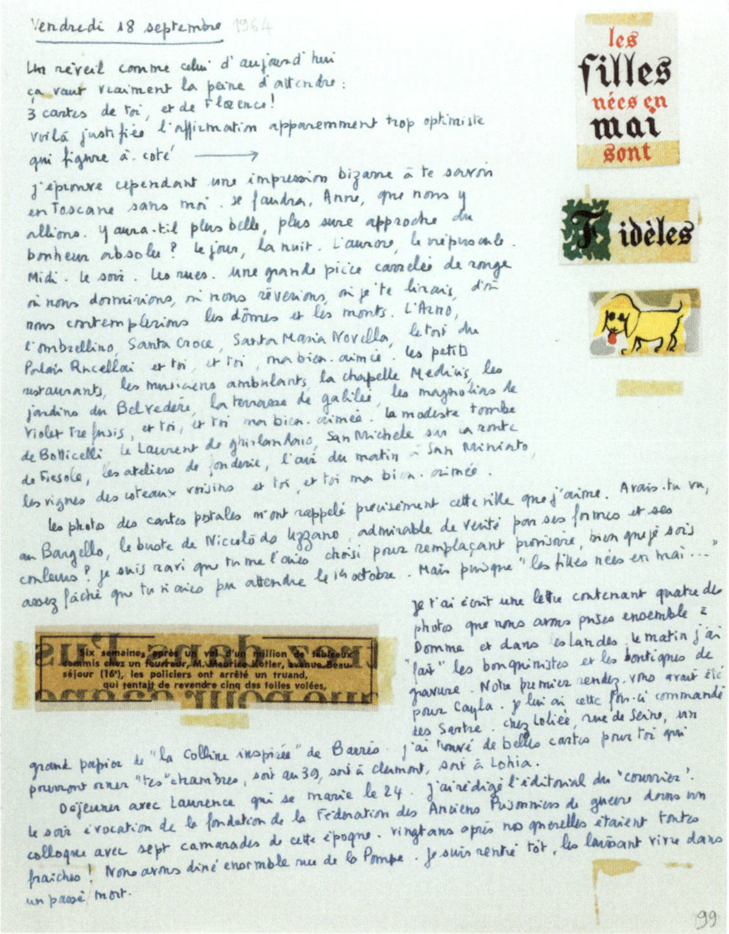

99

Vendredi 18 septembre

Un réveil comme celui d'aujourd'hui ça vaut vraiment la peine d'attendre : 3 cartes de toi, et de Florence !
Voilà justifiée l'affirmation apparemment trop optimiste qui figure à côté

Les filles nées en mai sont fidèles

J'éprouve cependant une impression bizarre à te savoir en Toscane sans moi. Il faudra, Anne, que nous y allions. Y aura-t-il plus belle, plus sûre approche du bonheur absolu ? Le jour, la nuit. L'aurore, le crépuscule. Midi. Le soir. Les rues. Une grande pièce carrelée de rouge où nous dormirions, où nous rêverions, où je te lirais, d'où nous contemplerions les dômes et les monts. L'Arno, l'Ombrellino, Santa Croce, Santa Maria Novella, le toit du Palais Rucellai et toi, et toi, ma bien-aimée. Les petits restaurants, les musiciens ambulants, la chapelle Médicis, les jardins du Belvédère, la terrasse de Galilée, les magnolias de Violet Trefusis, et toi, et toi ma bien-aimée. La modeste tombe de Botticelli, le Laurent de Ghirlandaio, San Michele sur la route de Fiesole, les ateliers de fonderie, l'air du matin à San Miniato, les vignes des coteaux voisins et toi, et toi ma bien-aimée.
Les photos des cartes postales m'ont rappelé précisément cette ville que j'aime. Avais-tu vu, au Bargello, le buste de Niccolò da Uzzano, admirable de vérité par ses formes et ses couleurs ? Je suis ravi que tu me l'aies choisi pour remplaçant provisoire, bien que je sois assez fâché que tu n'aies pu attendre le 1er octobre. Mais puisque « les filles nées en mai… »
Je t'ai écrit une lettre contenant quatre des photos que nous avons prises ensemble à Domme et dans les Landes. Le matin j'ai « fait » les bouquinistes et les boutiques de gravure. Notre premier rendez-vous avait été pour Cayla. Je lui ai cette fois-ci commandé des Sartre. Chez Loliée, rue de Seine, un grand papier de « La colline inspirée » de Barrès. J'ai trouvé de belles cartes pour toi qui pourront orner « tes » chambres, soit au 39, soit à Clermont, soit à Lohia.
Déjeuner avec Laurence qui se marie le 24 *[avec Pierre Soudet]*. J'ai rédigé l'éditorial du « Courrier ». Le soir évocation de la fondation de la Fédération des Anciens Prisonniers de guerre dans un colloque avec sept camarades de cette époque. Vingt ans après nos querelles étaient toutes fraîches ! Nous avons dîné ensemble rue de la Pompe. Je suis rentré tôt, les laissant vivre dans un passé mort.

100

Vendredi 18 septembre (suite)

Un reflet de Florence
[détail du Mercure *de Benvenuto Cellini]*

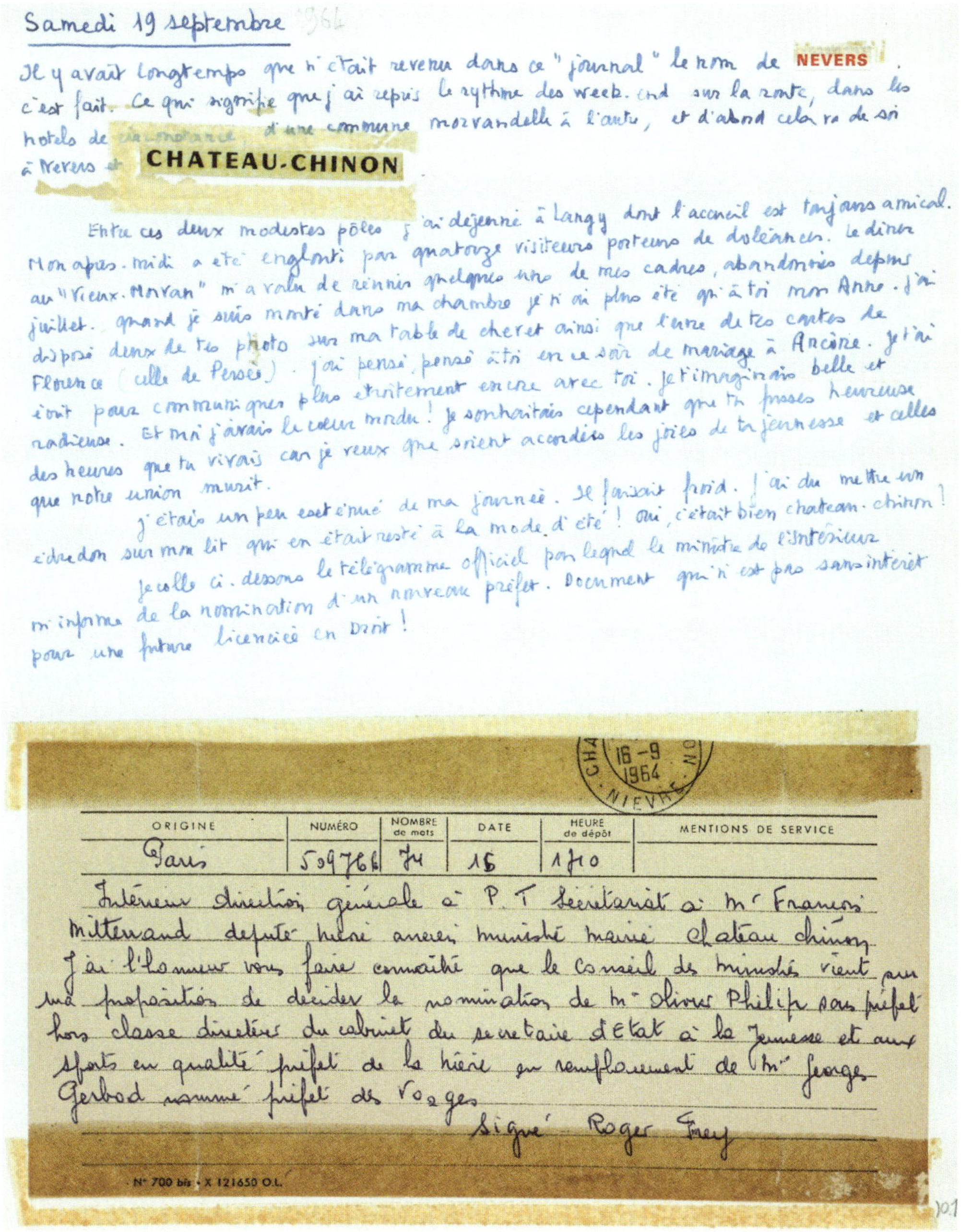

Samedi 19 septembre 1964

Il y avait longtemps que n'était revenu dans ce "journal" le nom de NEVERS. C'est fait. Ce qui signifie que j'ai repris le rythme des week-end sur la route, dans les hotels de circonstance d'une commune morvandelle à l'autre, et d'abord cela va de soi à Nevers et CHATEAU-CHINON.

Entre ces deux modestes pôles j'ai déjeuné à Langy dont l'accueil est toujours amical. Mon après-midi a été englouti par quatorze visiteurs porteurs de doléances. Le dîner au "Vieux-Morvan" m'a valu de réunir quelques uns de mes cadres, abandonnés depuis juillet. Quand je suis monté dans ma chambre je n'ai plus été qu'à toi mon Anne. J'ai disposé deux de tes photo sur ma table de chevet ainsi que l'une de tes cartes de Florence (celle de Persée). J'ai pensé, pensé à toi en ce soir de mariage à Ancône. Je t'ai écrit pour communiquer plus étroitement encore avec toi. Je t'imaginais belle et radieuse. Et moi j'avais le cœur mordu ! Je souhaitais cependant que tu fusses heureuse des heures que tu vivais car je veux que soient accordées les joies de ta jeunesse et celles que notre union mûrit.

J'étais un peu exténué de ma journée. Il faisait froid. J'ai dû mettre un édredon sur mon lit qui en était resté à la mode d'été ! Oui, c'était bien Chateau-Chinon !

Je colle ci-dessous le télégramme officiel par lequel le ministre de l'Intérieur m'informe de la nomination d'un nouveau préfet. Document qui n'est pas sans intérêt pour une future licenciée en Droit !

ORIGINE	NUMÉRO	NOMBRE de mots	DATE	HEURE de dépôt	MENTIONS DE SERVICE
Paris	509766	74	16	1710	

Intérieur direction générale à P. T. Secrétariat à Mr François Mitterand député maire ancien ministre mairie Château Chinon. J'ai l'honneur vous faire connaître que le Conseil des ministres vient sur ma proposition de décider la nomination de Mr Olivier Philip sous préfet hors classe directeur du cabinet du secrétaire d'Etat à la Jeunesse et aux Sports en qualité préfet de la Nièvre en remplacement de Mr Georges Gerbod nommé préfet des Vosges.

Signé Roger Frey

N° 700 bis - X 121650 O.L.

101

101
Samedi 19 septembre

Il y avait longtemps que n'était revenu dans ce « journal » le nom de Nevers. C'est fait. Ce qui signifie que j'ai repris le rythme des week-ends sur la route, dans les hôtels de circonstance, d'une commune morvandelle à l'autre, et d'abord cela va de soi à Nevers et Château-Chinon.

Entre ces deux modestes pôles j'ai déjeuné à Langy dont l'accueil est toujours amical. Mon après-midi a été englouti par quatorze visiteurs porteurs de doléances. Le dîner au « Vieux-Morvan » m'a valu de réunir quelques-uns de mes cadres, abandonnés depuis juillet. Quand je suis monté dans ma chambre je n'ai plus été qu'à toi mon Anne. J'ai disposé deux de tes photos sur ma table de chevet et ainsi que l'une de tes cartes de Florence (celle de Persée). J'ai pensé, pensé à toi en ce soir de mariage à Ancône. Je t'ai écrit pour communiquer plus étroitement encore avec toi. Je t'imaginais belle et radieuse. Et moi j'avais le cœur mordu ! Je souhaitais cependant que tu fusses heureuse des heures que tu vivais car je veux que soient accordées les joies de ta jeunesse et celles que notre union mûrit.

J'étais un peu exténué de ma journée. Il faisait froid. J'ai dû mettre un édredon sur mon lit qui en était resté à la mode d'été ! Oui, c'était bien Château-Chinon !

Je colle ci-dessous le télégramme officiel par lequel le ministre de l'Intérieur m'informe de la nomination d'un nouveau préfet. Document qui n'est pas sans intérêt pour une future licenciée en Droit !

Paris. Intérieur direction générale à P. T. Secrétariat à Mr François Mitterrand député maire, ancien ministre, mairie Château Chinon J'ai l'honneur vous faire connaître que le Conseil des Ministres vient sur ma proposition de décider la nomination de M. Olivier Philip sous-préfet hors classe directeur du cabinet du secrétaire d'Etat à la Jeunesse et aux sports en qualité préfet de la Nièvre en remplacement de M. Georges Gerbod nommé préfet des Vosges Signé Roger Frey

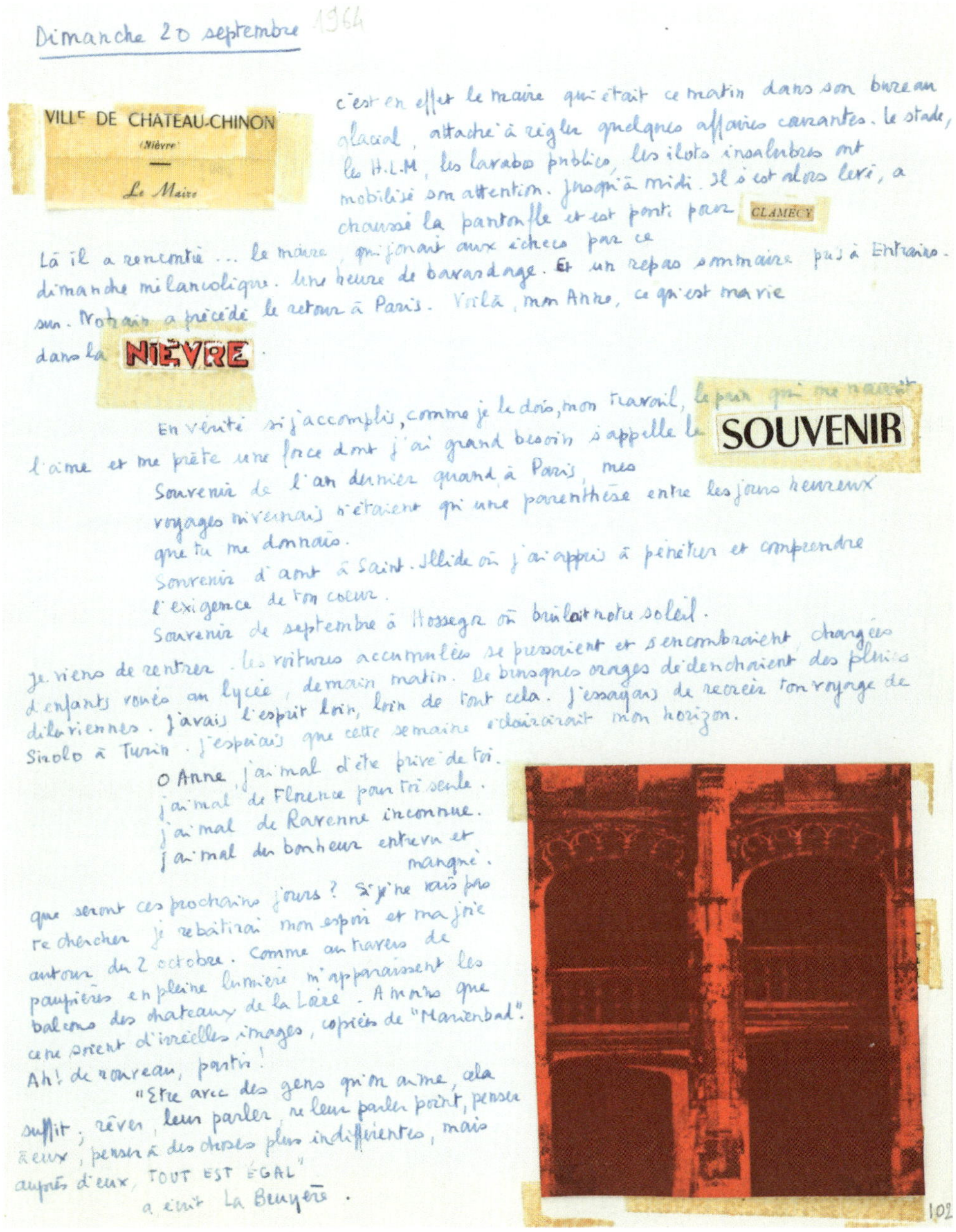

102

Dimanche 20 septembre

Ville de Château-Chinon
Nièvre
Le Maire

C'est en effet le maire qui était ce matin dans son bureau glacial, attaché à régler quelques affaires courantes. Le stade, les H.L.M, les lavabos publics, les îlots insalubres ont mobilisé son attention. Jusqu'à midi. Il s'est alors levé, a chaussé la pantoufle et est parti pour
Clamecy
Là il a rencontré… le maire, qui jouait aux échecs par ce dimanche mélancolique. Une heure de bavardage. Et un repas sommaire pris à Entrains-sur-Nohain a précédé le retour à Paris. Voilà, mon Anne, ce qu'est ma vie dans la Nièvre.

En vérité si j'accomplis, comme je le dois, mon travail, le pain qui me nourrit l'âme et me prête une force dont j'ai grand besoin s'appelle le souvenir.
Souvenir de l'an dernier quand, à Paris, mes voyages nivernais n'étaient qu'une parenthèse entre les jours heureux que tu me donnais.
Souvenir d'août à Saint-Illide où j'ai appris à pénétrer et comprendre l'exigence de ton cœur.
Souvenir de septembre à Hossegor où brûlait notre soleil.
Je viens de rentrer. Les voitures accumulées se pressaient et s'encombraient, chargées d'enfants voués au lycée, demain matin. De brusques orages déclenchaient des pluies diluviennes. J'avais l'esprit loin, loin de tout cela. J'essayais de recréer ton voyage de Sirolo à Turin. J'espérais que cette semaine éclaircirait mon horizon.

O Anne, j'ai mal d'être privé de toi.
j'ai mal de Florence pour toi seule.
j'ai mal de Ravenne inconnue.
j'ai mal du bonheur entrevu et manqué.

Que seront ces prochains jours ? Si je ne vais pas te chercher je rebâtirai mon espoir et ma joie autour du 2 octobre. Comme au travers de paupières en pleine lumière m'apparaissent les balcons des châteaux de la Loire. A moins que ce ne soient d'irréelles images, copiées de « Marienbad ». Ah ! de nouveau, partir !
« Etre avec des gens qu'on aime, cela suffit ; rêver, leur parler, ne leur parler point, penser à eux, penser à des choses plus indifférentes, mais auprès d'eux, TOUT EST EGAL » a écrit La Bruyère.

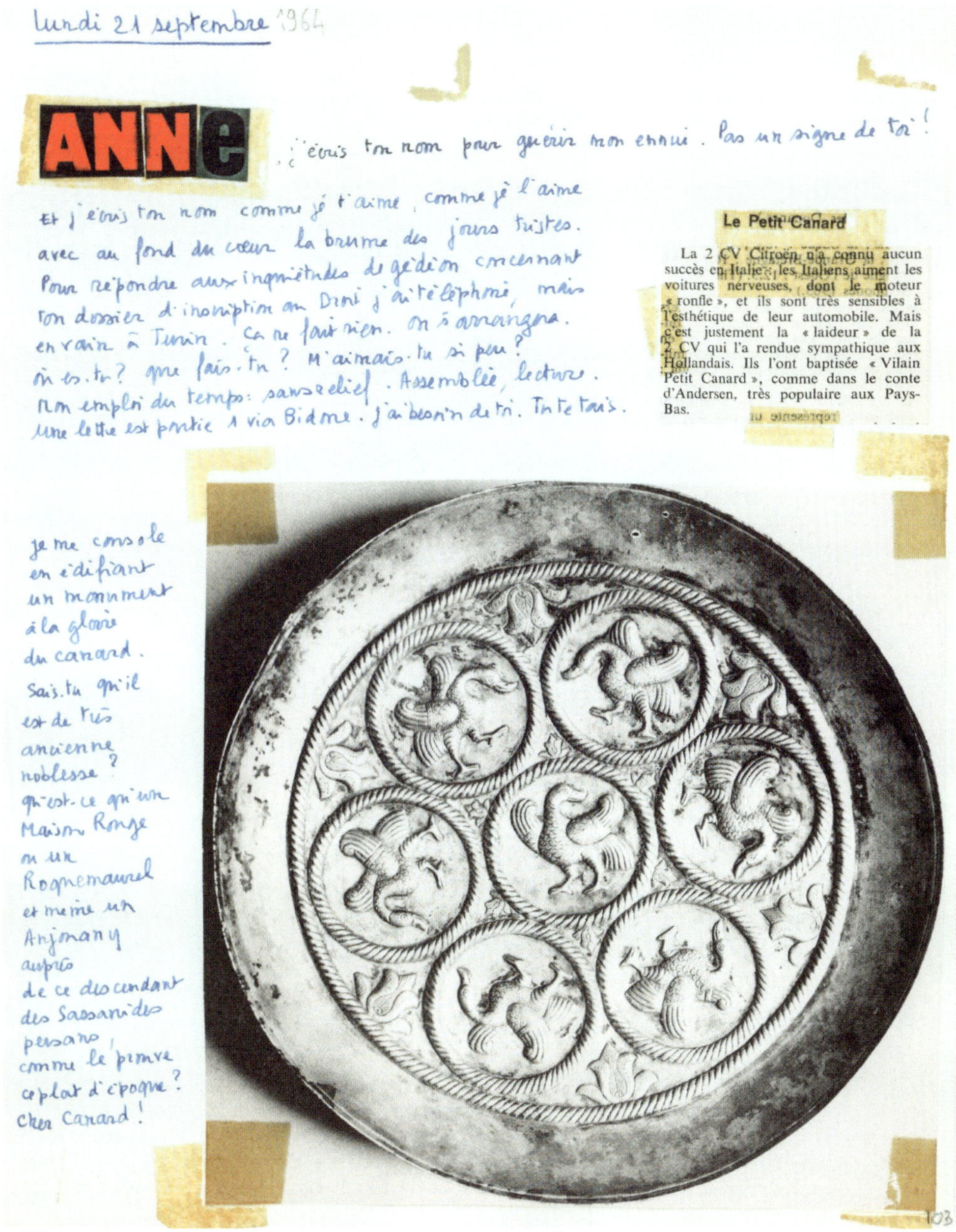

103

Lundi 21 septembre

Anne, j'écris ton nom pour guérir mon ennui. Pas un signe de toi !
Et j'écris ton nom comme je t'aime, comme je l'aime avec au fond du cœur la brume des jours tristes. Pour répondre aux inquiétudes de Gédéon concernant ton dossier d'inscription au Droit j'ai téléphoné, mais en vain à Turin. Ça ne fait rien. On s'arrangera. Où es-tu ? Que fais-tu ? M'aimais-tu si peu ?

Mon emploi du temps : sans relief. Assemblée, lecture. Une lettre est partie 1 via Bidone. J'ai besoin de toi. Tu te tais.

Je me console en édifiant un monument à la gloire du canard. Sais-tu qu'il est de très ancienne noblesse ? Qu'est-ce qu'un Maison Rouge ou un Roquemaurel et même un Anjouany auprès de ce descendant des Sassanides persans, comme le prouve ce plat d'époque ?
Cher Canard !

Mardi 22 septembre 1964

L'automne qui commence en ce jour trouve mon esprit préparé à le recevoir. Sans nouvelles d'Anne qui se promène entre Ancône et Ravenne j'ai laissé la mélancolie me gagner. Je le confie à ce journal mais me garderai de l'écrire à ma voyageuse inconstante : son silence me ruine. Qu'elle ne songe pas à me faire partager, d'un signe, d'un mot sa joie d'aller de beauté en beauté me prouve que cette identité en laquelle je croyais, identité d'Anvers et d'Orcival, identité de la plage d'Yons – (l'âme et le corps sans frontières) – n'est peut-être que rêve de mon cœur.

Par Gédéon avec laquelle je communique par le dossier universitaire je sais qu'à Sicolo elle a joué de l'orgue, qu'elle s'émerveille de tout, qu'il fait beau. J'aimerais mieux ne rien savoir que de l'apprendre ainsi.

Plusieurs heures de l'après-midi j'ai lu "Les Borgia" d'Anny Latour, dans la collection Julliard. Ce portrait fier et nostalgique de César raconte assez bien sa haute et contradictoire aventure →

César Borgia

Journée lente. Souffrante.

Anne ne devine sans doute pas la peine qui me ronge.

Cependant "en moi rien ne change". J'attends. Et j'aime. J'essaie d'approfondir la signification de chaque chose. Apprendre à respecter la liberté essentielle d'un être. Créer pour Anne un monde admirable où elle avancera libre et forte. Ne serait-ce pas déjà une œuvre ?

Noté dans "Demi-jour" de Chardonne cette observation ↓

« L'amour c'est la vie : sur la vie je ne sais rien, ni sur l'amour... Sans la vie à deux, je n'aurais rien compris à la vie, je veux dire à cet attachement tourmenté que nous avons pour la vie. »

Allé et venu, matin et après-midi, à l'Assemblée, en promenade. Passé par le 39. Une bouffée d'émotions avec les souvenirs. Il m'a semblé que venait à moi celle que j'aime.

104

104

Mardi 22 septembre

L'automne qui commence en ce jour trouve mon esprit préparé à le recevoir. Sans nouvelles d'Anne qui se promène entre Ancône et Ravenne j'ai laissé la mélancolie me gagner. Je le confie à ce journal mais me garderai de l'écrire à ma voyageuse inconstante : son silence me ruine. Qu'elle ne songe pas à me faire partager, d'un signe, d'un mot sa joie d'aller de beauté en beauté, me prouve que cette identité en laquelle je croyais, identité d'Auvers et d'Orcival, identité de la plage d'Yons – (l'âme et le corps sans frontières) – n'est peut-être que rêve de mon cœur.

Par Gédéon avec laquelle je communique pour le dossier universitaire je sais qu'à Sirolo elle a joué de l'orgue *[non c'est mon frère]*, qu'elle s'émerveille de tout, qu'il fait beau. J'aimerais mieux ne rien savoir que de l'apprendre ainsi.

Plusieurs heures de l'après-midi j'ai lu « Les Borgia » d'Anny Latour, dans la collection Julliard. Ce portrait fier et nostalgique de César raconte assez bien sa haute et contradictoire aventure

Journée lente. Souffrante. Anne ne devine sans doute pas la peine qui me ronge.

Cependant « en moi rien ne change ».

J'attends. Et j'aime. J'essaie d'approfondir la signification de chaque chose. Apprendre à respecter la liberté essentielle d'un être. Créer pour Anne un monde admirable où elle avancera libre et forte. Ne serait-ce pas déjà une œuvre ?

Noté dans « Demi-jour » de Chardonne cette observation

L'amour c'est la vie : sur la vie je ne sais rien, ni sur l'amour… Sans la vie à deux, je n'aurais rien compris à la vie, je veux dire à cet attachement tourmenté que nous avons pour la vie.

Allé et venu, matin et après-midi, à l'Assemblée, en promenade. Passé par le 39.

Une bouffée d'émotions avec les souvenirs.

Il m'a semblé que venait à moi

celle que j'aime.

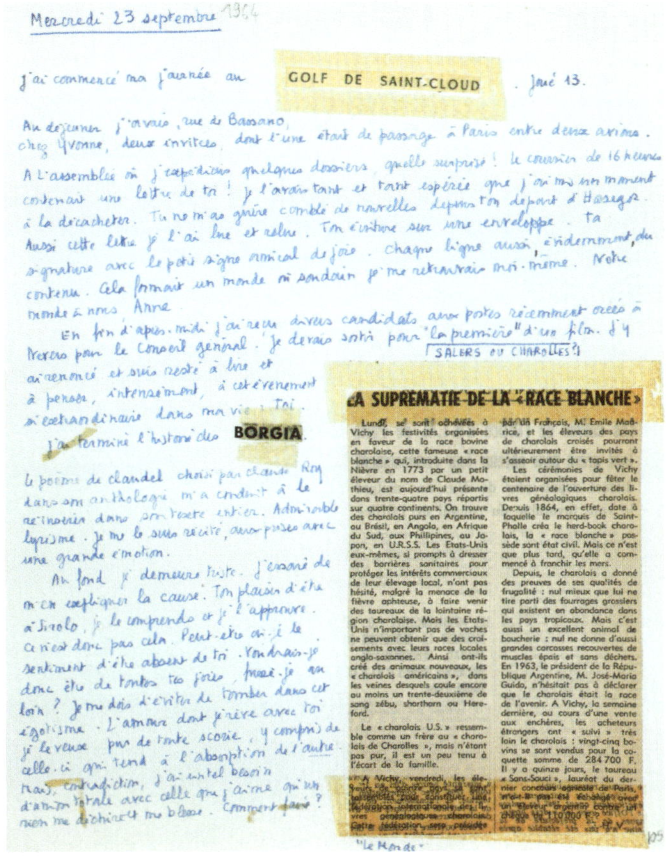

105

Mercredi 23 septembre

J'ai commencé ma journée au Golf de Saint-Cloud. Joué 13. Au déjeuner j'avais, rue de Bassano, chez Yvonne, deux invitées, dont l'une était de passage à Paris entre deux avions. A l'Assemblée où j'expédiais quelques dossiers, quelle surprise ! Le courrier de 16 heures contenait une lettre de toi ! Je l'avais tant et tant espérée que j'ai mis un moment à la décacheter. Tu ne m'as guère comblé de nouvelles depuis ton départ d'Hossegor. Aussi cette lettre je l'ai lue et relue. Ton écriture sur une enveloppe. Ta signature avec le petit signe amical de joie. Chaque ligne aussi, évidemment, du contenu. Cela formait un monde où soudain je me retrouvais moi-même. Notre monde à nous, Anne.

En fin d'après-midi j'ai reçu divers candidats aux postes récemment créés à Nevers pour le Conseil général. Je devais sortir pour « la première » d'un film. J'y ai renoncé et suis resté à lire et à penser, intensément, à cet événement si extraordinaire dans ma vie : Toi.

J'ai terminé l'histoire des Borgia.

Le poème de Claudel choisi par Claude Roy dans son anthologie m'a conduit à le réinsérer dans son texte entier. Admirable lyrisme. Je me le suis récité, aux prises avec une grande émotion.

Au fond je demeure triste. J'essaie de m'en expliquer la cause. Ton plaisir d'être à Sirolo, je le comprends et je l'approuve. Ce n'est donc pas cela. Peut-être ai-je le sentiment d'être absent de toi. Voudrais-je donc être de toutes tes joies, fussé-je au loin ? Je me dois d'éviter de tomber dans cet égotisme. L'amour dont je rêve avec toi je le veux pur de toute scorie, y compris de celle-ci qui tend à l'absorption de l'autre.

Mais, contradiction, j'ai un tel besoin d'union totale avec celle que j'aime qu'un rien me déchire et me blesse. Comment faire ?

SALERS OU CHAROLLES ?

La suprématie de la « race blanche »

« Le Monde »

106

Jeudi 24 septembre

Tu vas à des mariages. Moi aussi. C'était, ce matin, celui de Laurence, à la mairie de Neuilly. J'étais son témoin. Embarras pour le déjeuner : les mariés avaient oublié de me dire qu'un repas était prévu et je m'étais engagé avec des amis suisses (qui habitent près de Genève une maison d'une grande beauté – Dans son genre, au bord du Léman, comparable à l'Ombrellino de Florence. Au surplus la jeune femme… vaut 18/20 !). Résultat j'ai commencé avec les Suisses et fini avec les mariés. Cette journée mal composée a continué sur le même rythme. J'ai réglé, rue Mabillon, ton inscription au professorat de dessin. Non que je souhaite te voir aller vers là mais je ne me suis pas senti le Droit de ne pas te mettre en mesure de choisir. Formalité qui avait un caractère pittoresque : dans la queue des étudiants de toute sorte et des mères de famille soucieuses de leur progéniture j'ai, une bonne heure, entendu des conversations, des réflexions qui me plaçaient dans un autre monde. Cela fait j'ai pris le train à Austerlitz pour Arcachon. Là j'ai voyagé avec le couple Filippi (ancien ministre du budget) et me suis arrêté à Angoulême où profitant de mon passage mes amis politiques avaient organisé une réunion de travail. Cela m'a mené jusqu'à 2 heures du matin. J'ai couché chez un ami avocat d'un réel talent et fort sympathique.

24 mai – 24 septembre

Pourquoi cette reproduction d'un tableau hollandais (tu aimes les chevaux… et les moulins à vent des polders) ?
24 septembre – Quatre mois depuis un jour DE BONHEUR entre tous !

107

Vendredi 25 septembre

Conduit par mon hôte d'Angoulême je suis arrivé à Arcachon au milieu de la matinée. J'ai aussitôt présidé l'Assemblée générale de l'U.D.S.R. Cela nous a tenus longtemps. La séance reprise tout l'après-midi s'est terminée par le dîner que j'ai pris en compagnie de huit convives, dont Georges Bonnet, qui fut ministre des Affaires étrangères au moment de Munich, en 1938. Il est toujours député de la Dordogne (Ribérac – Brantôme) ce qu'il était au temps de mon enfance. Il a évoqué des souvenirs intéressants. Une tranche d'histoire de la IIIème République. Cela se passait au restaurant « La Guitoune ». Les huîtres furent naturellement à l'honneur ! Je suis alors rentré à mon hôtel, Hôtel Haïtza, au Pyla, où logent tous les leaders du Parti Radical et du Rassemblement Démocratique, ce qui se traduit par un caravansérail fort animé et des conciliabules nocturnes fort tardifs !

Pas un moment je n'ai pu tout à fait plonger dans cette ambiance. Je suis trop coupé de toi, (distance, peu de lettres, durée de notre séparation) pour ne pas en être douloureusement préoccupé.

Que tu comptes pour moi, mon Anne ! Tu ne le sais pas. Tu ne peux pas le savoir.

Dans la nuit un orage gigantesque a crevé le ciel. J'ai, de ma fenêtre, assisté au spectacle. La mer était fulgurante. Les éclairs semblaient déchirer les voiles d'un temple obscur qui bouchait l'horizon. Je suis resté ainsi songeur.

C'est un peu cela que j'éprouve. Un orage, une force sidérale, un bouleversement du monde qui est mien.

Parce que je t'aime.

Parce que vivre sans toi ne m'est plus supportable.

Parce que « rien n'est ni ne sera pareil – jamais plus ».

Samedi 26 septembre 1964

Le vieux chalutier qui devait les conduire vers une vie nouvelle s'est échoué à Moliets (Landes)

GOLF D' ARCACHON

Madame Franck Cazenave
recevra
le Samedi 26 Septembre

108

108

Samedi 26 septembre

Le vieux chalutier qui devait les conduire vers une vie nouvelle s'est échoué à Moliets (Landes)

Pendant que la presse s'attendrissait sur le sort de deux amoureux que le destin ramenait piteusement chez les Destouesse, notre congrès, cent kilomètres plus au nord, continuait. Mais le matin j'ai fait l'école buissonnière en allant faire 11 trous de golf avec Rousselet. Marche, grand air, forêt, j'en avais besoin. L'atmosphère des délibérations politiques encrasse vite. Pour garder l'esprit libre il convient d'avoir le sang vif.

Ce pays ressemble évidemment beaucoup à Hossegor. Ma pensée franchit la distance avec allégresse et retrouve de la sorte les souvenirs qui m'aident à traverser mon désert actuel.

Avant dîner discussion avec les journalistes. Dîner avec les leaders politiques : Maurice Faure, Félix Gaillard, Jacques Duhamel, Michel Soulié, André Morice etc… Au dessert je hausse le ton et me fâche. Deux heures difficiles. Mots échangés avec Gaillard. Semi-rupture. Une heure plus tard on vient me chercher à mon hôtel pour une réconciliation qui va si loin qu'on me propose le Pérou !

Les mondanités nous assaillent. Témoin cette réception chez le député du coin qui possède ici une somptueuse villa en bord de mer. J'y vais une demi-heure. Affluence. Champagne. Décorations. Clair de lune naissant. Femmes chatoyantes.

Mon amour pour toi est simple, calme et profond.

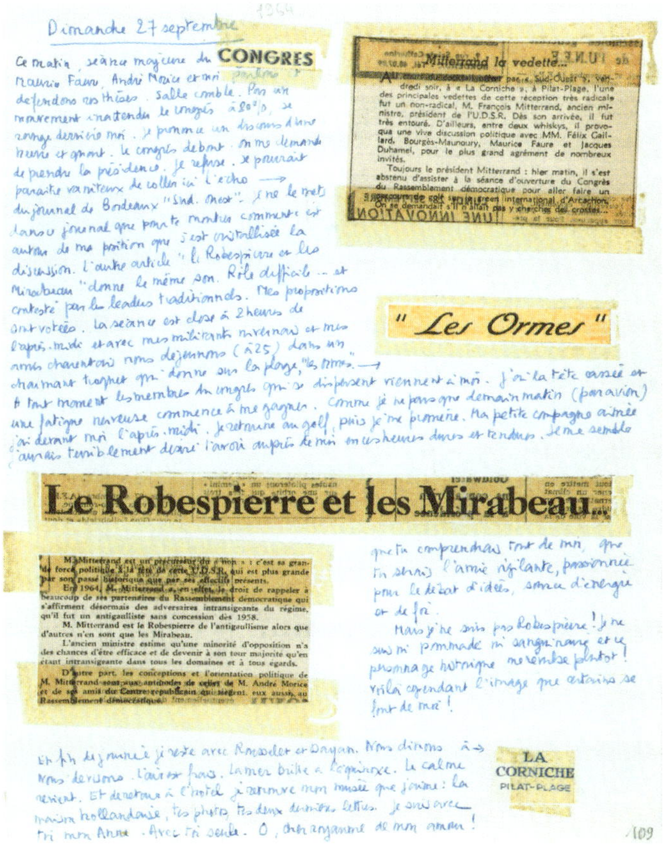

109
Dimanche 27 septembre

Ce matin, séance majeure du congrès
Maurice Faure, André Morice et moi parlons et défendons nos thèses. Salle comble. Par un mouvement inattendu le congrès, à 80 %, se range derrière moi. Je prononce un discours d'une heure et quart. Le congrès debout. On me demande de prendre la présidence. Je refuse. Il pourrait paraître vaniteux de coller ici l'écho du journal de Bordeaux « Sud-Ouest ».
Je ne le mets dans ce journal que pour te montrer comment c'est autour de ma position que s'est cristallisée la discussion. L'autre article « Le Robespierre et les Mirabeau » donne le même son. Rôle difficile… et contesté par les leaders traditionnels. Mes propositions sont votées. La séance est close à 2 heures de l'après-midi et avec mes militants nivernais et mes amis charentais nous déjeunons (à 25) dans un charmant troquet qui donne sur la plage, « Les Ormes ».
A tout moment les membres du congrès qui se dispersent viennent à moi. J'ai la tête cassée et une fatigue nerveuse commence à me gagner. Comme je ne pars que demain matin (par avion) j'ai devant moi l'après-midi. Je retourne au golf, puis je me promène. Ma petite compagne aimée j'aurais terriblement désiré t'avoir auprès de moi en ces heures dures et tendues. Il me semble que tu comprendrais tout de moi, que tu serais l'amie vigilante, passionnée pour le débat d'idées, source d'énergie et de foi.
Mais je ne suis pas Robespierre ! Je ne suis ni pommadé ni sanguinaire et ce personnage historique me révulse plutôt ! Voilà cependant l'image que certains se font de moi !

En fin de journée je reste avec Rousselet et Dayan. Nous dînons à La Corniche Pilat-Plage Nous devisons. L'air est frais. La mer brille à l'équinoxe. Le calme revient. Et de retour à l'hôtel je retrouve mon musée que j'aime : la maison hollandaise, tes photos, tes deux dernières lettres. Je suis avec toi mon Anne. Avec toi seule. O, cher royaume de mon amour !

110
Lundi 28 septembre

Levé à cinq heures, j'ai quitté l'Hôtel Haïtza pour l'aérodrome de Mérignac
Un vieux Viscount m'a mené à bon port c'est-à-dire à Orly
Dans l'avion j'ai lu la presse du matin qui relate le congrès d'hier.
Dans « L'Express » j'ai relevé cet entrefilet sur les relations Pétain-de Gaulle qui t'amusera
Je mettrai de côté pour toi ma revue de presse sur mon intervention. Les commentaires sont variés, parfois contradictoires. Ainsi va la politique.
Arrivé à Paris, toujours avec Rousselet et Dayan, j'ai désiré ardemment trouver un mot de toi.
Suis-je exigeant ? Et de quel droit ? De n'avoir pas reçu une vraie lettre de toi durant ces quinze jours de séparation m'inflige un chagrin très profond. Ainsi va la vie.
Mais au moment où je remâchais mes tristes pensers une petite carte de Recanati signée Anne *[A souriant]* m'en a pour une grande part, délivré. Elle ne peut pas faire, cette carte, que la séparation m'ait été douce et ton demi-silence agréable ! Elle a cependant tout changé. J'ai vu soudain que le ciel de Paris était bleu. Comment justifier ces hâtives contradictions ? Je crois que désormais je suis allergique à ton absence, que je ne m'en accommoderai jamais. Toi absente et tout, toujours, sera prétexte à souffrir. J'ai longuement médité là-dessus. Etant à Saint-Germain je suis entré dans l'église et suis resté, plongé en moi-même. Je serais si riche si j'étais sûr de toi, maître de nos vies, appliqué à réfléchir sur chaque chose dans le vrai silence d'une âme en paix ! Mais sans toi, pas de paix possible. Je ne puis l'ignorer. Etrange aventure qu'aimer.
Dans l'après-midi j'ai passé deux heures aux Presses de la cité, maison d'édition qui me voudrait sous contrat.
Et j'ai lu une enquête sur la Triennale de Milan où les artistes italiens invitent le public à réfléchir sur les problèmes contemporains.
Ce que j'ai fait à ma manière aujourd'hui
Grâce à toi – paradiso terrestre ancora da conquistare !

111
Mardi 29 septembre. Evocation.

Ces doux souvenirs qui respirent encore *[Peinture de Van Gogh et vue d'Amsterdam].*

112
Mardi 29 septembre (suite)

Saint-Benoît-sur-Loire

113
Mardi 29 septembre (suite)

Conques

114
Mardi 29 septembre (suite)

Orcival

115
Mardi 29 septembre (suite)

Degas, La Route dans la forêt
Oui ces souvenirs ont jalonné
ma route
durant la longue absence
ils sont le récit d'un amour
celui que j'ai pour toi
ils sont la richesse la peine et le bonheur
de ma vie.

Mardi 29 septembre (suite) 1964

qui est devenue mon Anne ?
je ne sais rien. Faisons des hypothèses 1) mystique →
2) pratique ↓

UNE JEUNE FRANÇAISE AU MONASTERE DU MONT ATHOS

Réfugiée au fond d'un monastère
ou accrochée au bras d'un sous-lieutenant
des carabiniers ?
ou.. ou.. ou –
que puis-je imaginer ?
Mais, Dieu, que je suis triste !
Alors que tout devrait être lumière et joie
puisqu'elle sera bientôt à Paris,
en tout état de cause,
mon cœur est ravagé.
J'aurai connu durant ces trois mois
trois moments de souffrance aiguë.
le premier, le soir de mon premier voyage
à Saint-Sébald. J'étais à Bot. le deuxième
lors de mon départ d'Hossegor. Voici le
troisième. Je suis comme déçu que tant et
tant de liens tissés le long d'une année

merveilleuse n'aient pas contraint nos âmes à communiquer intensément pendant cette séparation de plus de quinze jours. Quelque soit le sentiment, la nature de l'attachement d'Anne, il me semblait que nous étions allés au-delà de nous-mêmes et qu'un pacte d'exception nous unissait. Moi je le ressens si violemment, que j'en suis meurtri. En déséquilibre d'esprit et de chair. J'aime sans recours, sans retour. Mais toi, mon Anne es-tu si loin de moi ? Je me pose cette question et à peine l'ai-je écrite, que déjà d'autres réponses surgissent. Toi, dans la beauté d'un pays que tu aimes, peut-être as-tu, au contraire, approfondi les raisons d'un retour heureux. Peut-être as-tu vécu des jours sans nuage et sans rides, dans la sagesse d'un bonheur à deux faces : celui d'être sans moi, celui de me savoir à toi. Et donc celui qui s'appelle, en fin de compte, la paix du cœur.

Ce journal était fait pour cela : transcrire au moment même mes pensées et mes sentiments. Lis-le, mon Anne bien-aimée, avec tendresse. Car seule la tendresse a inspiré ses pages. Sais-tu ce que je vois devant moi jour et nuit, parce que, ô Anne, je t'adore ?

L'ADORABLE VISAGE DE L'AMOUR.

De la journée, un seul fait notable : j'ai déjeuné chez Saint-Louis, rue du Dragon, avec Michel Barbot. Ton nom, prononcé, m'a laissé de longues heures angoissé – et perdu de tendre passion.

116

116
Mardi 29 septembre (suite)

qu'est devenue mon Anne ?
Je ne sais rien. Faisons des hypothèses
1) mystique
2) pratique

Réfugiée au fond d'un monastère ou accrochée au bras d'un sous-lieutenant des carabiniers ?
ou… ou… ou –
que puis-je imaginer ?
Mais, Dieu, que je suis triste !
Alors que tout devrait être lumière et joie puisqu'Elle sera bientôt à Paris, en tout état de cause, mon cœur est ravagé.
J'aurai connu durant ces trois mois trois moments de souffrance aiguë.
Le premier, le soir de mon premier voyage à Saint-Illide. J'étais à Bort. Le deuxième lors de mon départ d'Hossegor. Voici le troisième.
Je suis comme déçu que tant et tant de liens, tissés le long d'une année merveilleuse n'aient pas contraint nos âmes à communiquer intensément pendant cette séparation de plus de quinze jours. Quels que soient le sentiment, la nature de l'attachement d'Anne, il me semblait que nous étions allés au-delà de nous-mêmes et qu'un pacte d'exception nous unissait. Moi, je le ressens si violemment, que j'en suis meurtri. En déséquilibre d'esprit et de chair. J'aime sans recours, sans retour. Mais toi, mon Anne es-tu si loin de moi ? Je me pose cette question et, à peine l'ai-je écrite, que déjà d'autres réponses surgissent. Toi, dans la beauté d'un pays que tu aimes, peut-être as-tu, au contraire, approfondi les raisons d'un retour heureux. Peut-être as-tu vécu des jours sans nuage et sans rides, dans la sagesse d'un bonheur à deux faces : celui d'être sans moi, celui de me savoir à toi. Et donc celui qui s'appelle, en fin de compte, la paix du cœur.
Ce journal était fait pour cela : transcrire au moment même mes pensées et mes sentiments. Lis-le, mon Anne bien-aimée, avec tendresse. Car seule la tendresse a inspiré ses pages. Sais-tu ce que je vois, devant moi, jour et nuit, parce que, O Anne, je t'adore ?

L'adorable visage DE L'AMOUR.

De la journée, un seul fait notable : j'ai déjeuné, chez Sainlouis, rue du Dragon, avec Michel Barbot. Ton nom, prononcé, m'a laissé de longues heures angoissé – et perclus de tendre passion.

117
Mercredi 30 septembre

Anne

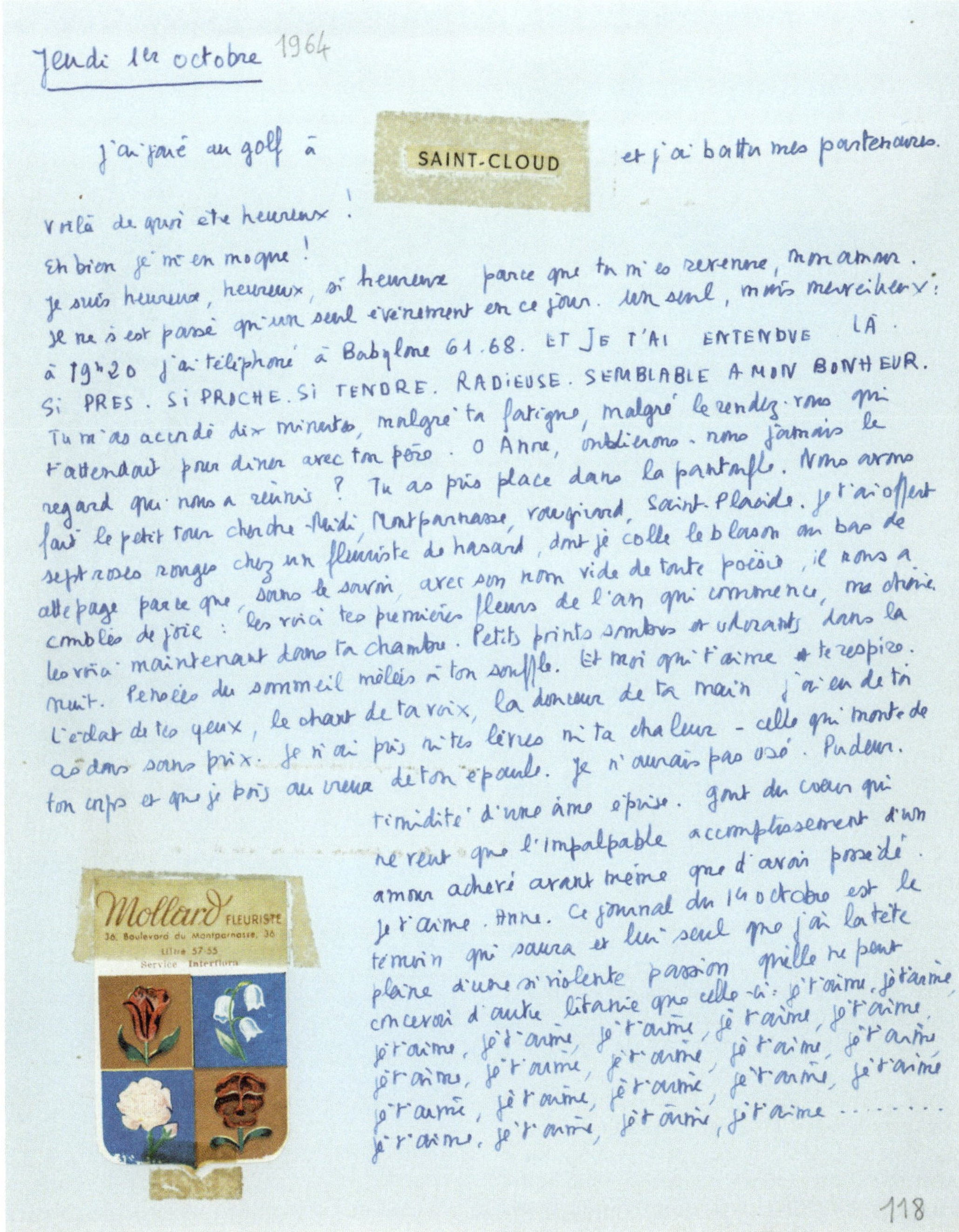

118

Jeudi 1er octobre

J'ai joué au golf à Saint-Cloud et j'ai battu mes partenaires.
Voilà de quoi être heureux !
Eh bien je m'en moque !
Je suis heureux, heureux, si heureux parce que tu m'es revenue, mon amour.
Il ne s'est passé qu'un seul événement en ce jour. Un seul, mais merveilleux : à 19 h 20 j'ai téléphoné à Babylone 61-68. ET JE T'AI ENTENDUE. LA. SI PRES. SI PROCHE. SI TENDRE. RADIEUSE. SEMBLABLE A MON BONHEUR. Tu m'as accordé dix minutes, malgré ta fatigue, malgré le rendez-vous qui t'attendait pour dîner avec ton père. O Anne, oublierons-nous jamais le regard qui nous a réunis ? Tu as pris place dans la pantoufle. Nous avons fait le petit tour Cherche-Midi, Montparnasse, Vaugirard, Saint-Placide. Je t'ai offert sept roses rouges chez un fleuriste de hasard, dont je colle le blason au bas de cette page parce que, sans le savoir, avec son nom vide de toute poësie, il nous a comblés de joie : les voici tes premières fleurs de l'an qui commence, ma chérie. Les voici maintenant dans ta chambre. Petits points sombres et odorants dans la nuit. Pensées du sommeil mêlées à ton souffle. Et moi qui t'aime et te respire. L'éclat de tes yeux, le chant de ta voix, la douceur de ta main j'ai eu de toi ces dons sans prix. Je n'ai pris ni tes lèvres ni ta chaleur – celle qui monte de ton corps et que je bois au creux de ton épaule. Je n'aurais pas osé. Pudeur. Timidité d'une âme éprise. Goût du cœur qui ne veut que l'impalpable accomplissement d'un amour achevé avant même que d'avoir possédé.

Je t'aime. Anne. Ce journal du 1er octobre est le témoin qui saura et lui seul que j'ai la tête pleine d'une si violente passion qu'elle ne peut concevoir d'autre litanie que celle-ci : je t'aime, je t'aime…………

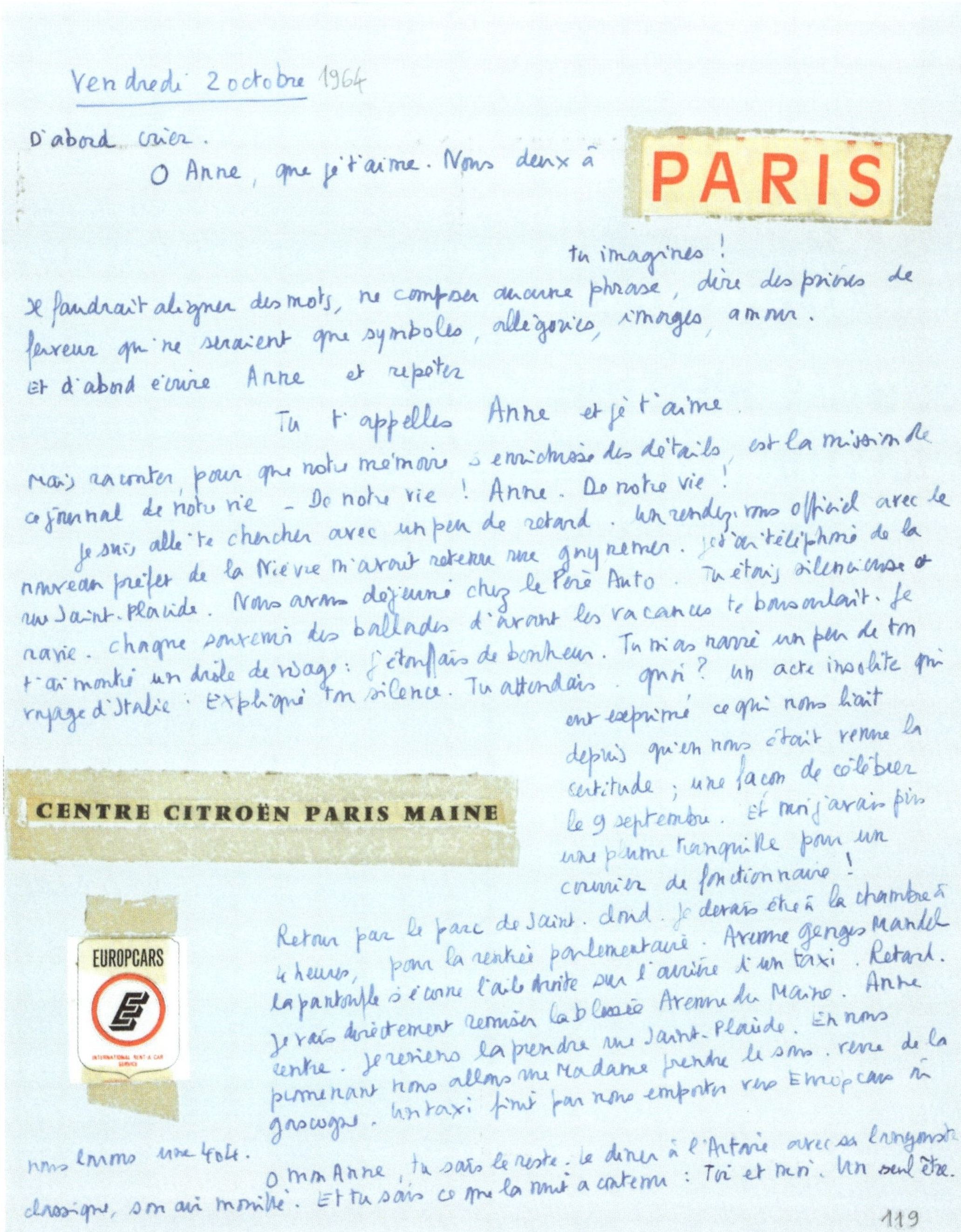

119
Vendredi 2 octobre

D'abord crier.
O Anne, que je t'aime. Nous deux à Paris tu imagines !
Il faudrait aligner des mots, ne composer aucune phrase, dire des prières de ferveur qui ne seraient que symboles, allégories, images, amour.
Et d'abord écrire Anne et répéter

Tu t'appelles Anne et je t'aime.

Mais raconter, pour que notre mémoire s'enrichisse des détails, est la mission de ce journal de notre vie – De notre vie ! Anne. De notre vie ! Je suis allé te chercher avec un peu de retard. Un rendez-vous officiel avec le nouveau préfet de la Nièvre m'avait retenu rue Guynemer. Je t'ai téléphoné de la rue Saint-Placide. Nous avons déjeuné chez le Père Auto. Tu étais silencieuse et ravie. Chaque souvenir des balades d'avant les vacances te bousculait. Je t'ai montré un drôle de visage : j'étouffais de bonheur. Tu m'as narré un peu de ton voyage d'Italie. Expliqué ton silence. Tu attendais. Quoi ? Un acte insolite qui eût exprimé ce qui nous liait depuis qu'en nous était venue la certitude ; une façon de célébrer le 9 septembre. Et moi j'avais pris une plume tranquille pour un courrier de fonctionnaire !
Retour par le parc de Saint-Cloud. Je devais être à la Chambre à 4 heures, pour la rentrée parlementaire. Avenue Georges Mandel la pantoufle s'écorne l'aile droite sur l'arrière d'un taxi. Retard. Je vais directement remiser la blessée Avenue du Maine. Anne rentre. Je reviens la prendre rue Saint-Placide. En nous promenant nous allons rue Madame prendre le sous-verre de la Gascogne. Un taxi finit par nous emporter vers Europcars où nous louons une 404.
O mon Anne, tu sais le reste : le dîner à l'Artoire avec sa langouste classique, son air mouillé. Et tu sais ce que la nuit a contenu : Toi et moi. Un seul être.

Vendredi 2 octobre (suite) 1964

TRIBUNE LIBRE
IDÉES ET DOCTRINES

LA DOUBLE MISSION DE M. GASTON DEFFERRE

par François MITTERRAND
ancien ministre

PEU de commentateurs ont situé l'importance véritable de l'appel à M. Defferre lancé par le congrès du Rassemblement démocratique. Sans doute a-t-on justement observé que cet appel donnait à la candidature du maire de Marseille à la présidence de la République une assise plus large et qu'il amorçait un tournant décisif de la campagne présidentielle.

Mais on n'a pas assez souligné que le dialogue (je ne dis pas la négociation) qui va s'engager entre les républicains et leur candidat, et qui sera certainement profitable à l'action de ce dernier dans son combat pour la présidence, devra nécessairement dépasser cet objectif. En l'invitant à examiner dès maintenant les conditions d'un regroupement des socialistes et des démocrates, sous quelque forme que ce soit (coalition, confédération, fédération, fusion) les congressistes d'Arcachon ont, en effet, accordé leur confiance à M. Defferre au-delà de l'échéance de 1965. Et ce faisant, loin de compliquer sa tâche, ils l'ont facilitée.

•

CANDIDAT à la présidence, M. Defferre n'a ni à inventer ni à négocier un programme. Il lui appartient de faire la synthèse des idées majeures retenues par les formations politiques de la gauche et du centre (qu'elles le soutiennent déjà ou non) et des projets que les comités Horizon 80 mettent actuellement au point. Tout cela est affaire de bon sens et de mesure.

Je ne doute pas qu'il parviendra à apaiser les craintes que son refus de discuter à fait naître ici et là, et à préserver l'indispensable liberté de jugement, d'initiative et de décision sans laquelle il ne serait plus que le commis, sans autorité ni prestige, d'une opposition qui démontrerait en le réduisant à ce rôle qu'elle n'aurait tiré aucune leçon utile du passé.

Mais d'un tout autre ordre sont ses obligations au regard des futures élections législatives. L'installation d'un républicain à la présidence de la République ne résoudra pas à elle seule le problème que posera la chute du système actuel. Elle ne fera que préluder à la formation d'une majorité de gouvernement qui tiendra son mandat de nouvelles élections générales.

Cette majorité, si elle naît du hasard, sombrera dans des convulsions telles que les aventuriers, mis en goût par le précédent du 13 mai, y trouveront vite leur compte. **Le reproche capital qu'il convient d'adresser à de Gaulle est qu'il habitue les Français à vivre dans une société démunie de loi fondamentale.** En moquant les institutions, en substituant la règle du bon plaisir à l'expression démocratique de la volonté générale, en détruisant les corps intermédiaires, en brouillant les données de l'analyse politique dans l'affreux brouillard artificiel de sa propagande totalitaire, il sape plus sûrement la démocratie qu'en se livrant à des excès provoquants, qui choqueraient l'opinion publique.

Ainsi affaiblit-il de jour en jour la capacité de résistance des groupes et des hommes qui, tout en ayant pris conscience des faiblesses du régime disparu, sont demeurés fidèles à l'idéal républicain. Constater cela n'est pas pessimisme, mais réalisme.

D'où le devoir impérieux qui incombe à l'opposition de se préparer à supporter le risque de ses premiers succès.

S'affirmerait-elle inférieure à l'espérance qu'elle porte que c'en serait, cette fois-ci, fini pour elle, et pour longtemps.

•

CANDIDAT élu ou battu en 1965, le plus grand service que rendra M. Defferre sera précisément de contribuer, au premier chef, à l'élaboration du pacte de la majorité qui gagnera les élections. Certes, la doctrine, la stratégie et la tactique de l'opposition en vue de ces élections doivent être délibérées par les formations politiques (partis, mouvements, clubs) engagées dans la lutte contre le pouvoir personnel.

Mais l'expérience prouve combien est difficile la mise en commun des valeurs amassées ici et là. La campagne pour la présidence permettra, j'en suis sûr, le coude à coude, sur le même terrain et pour le même combat, de ceux qui apparaissent aujourd'hui dispersés. Mais c'est dans la campagne pour la conquête de la majorité au Parlement qu'ils montreront — ou jamais — s'ils sont capables de donner à la République, avec un programme de gouvernement, sa chance de durer.

Dans l'une et l'autre phases, le rôle de M. Defferre, tout en changeant de nature, procède désormais de la même responsabilité.

François MITTERRAND

article paru dans "la Dépêche du Midi" écrit hier et aujourd'hui.

120

120
Vendredi 2 octobre (suite)
article paru dans « La Dépêche du Midi » écrit hier et aujourd'hui.

121

<u>Samedi 3 octobre</u>

J'ai pensé que tu aimerais voir ces images d'Urbin
Octobre est là. Tu as perdu la lumière d'Italie.
T'ai-je en échange apporté le ciel clair de ceux qui aiment ?
Matinée à Nevers. Après-midi à Château-Chinon. J'accomplis
ma tâche. Mais tu habites en moi, mon Anne. Tu es ma force.

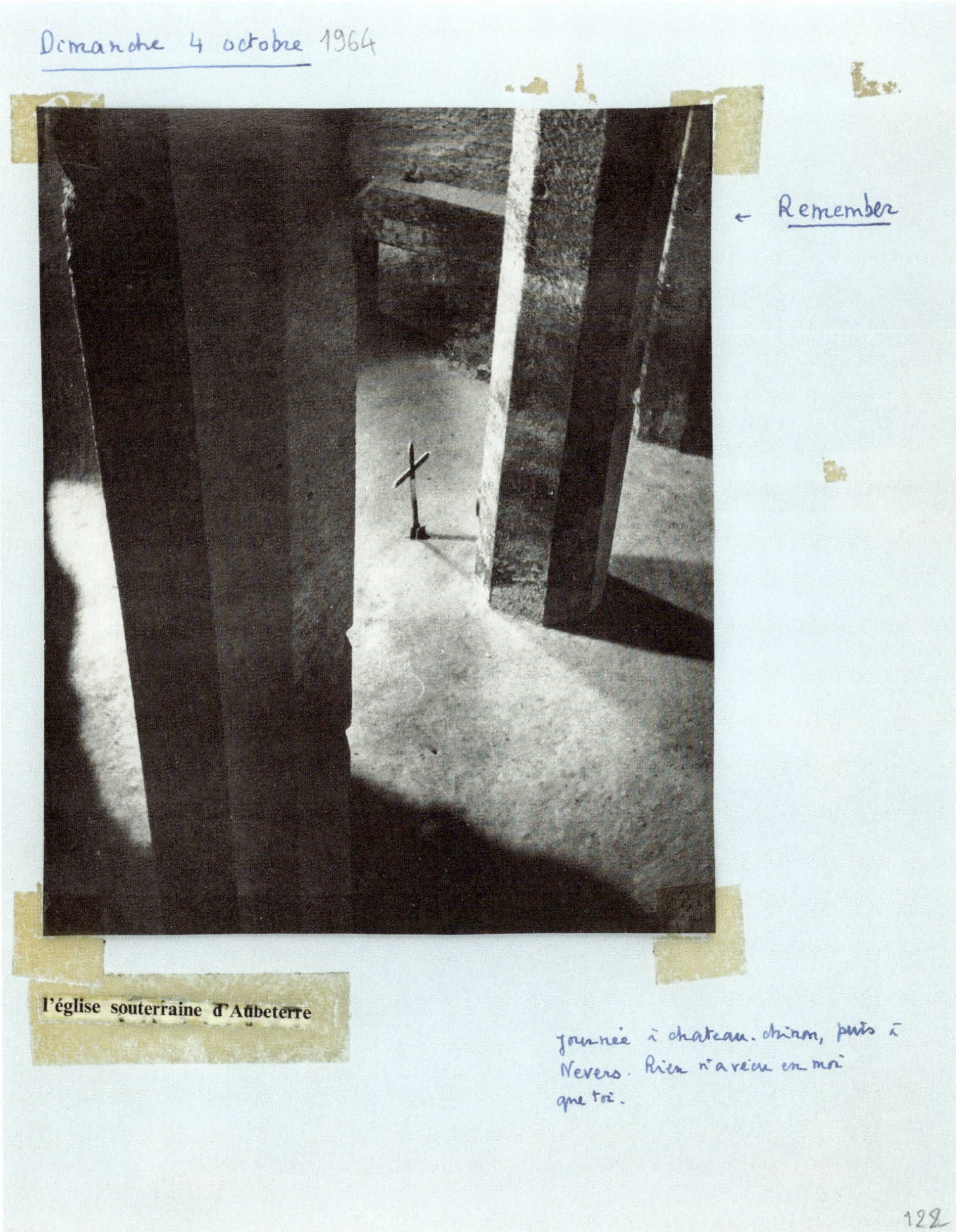

Dimanche 4 octobre 1964

← Remember

l'église souterraine d'Aubeterre

Journée à Château-Chinon, puis à Nevers. Rien n'a vécu en moi que toi.

122

122
Dimanche 4 octobre

Remember

l'église souterraine d'Aubeterre

Journée à Château-Chinon, puis à Nevers. Rien n'a vécu en moi que toi.

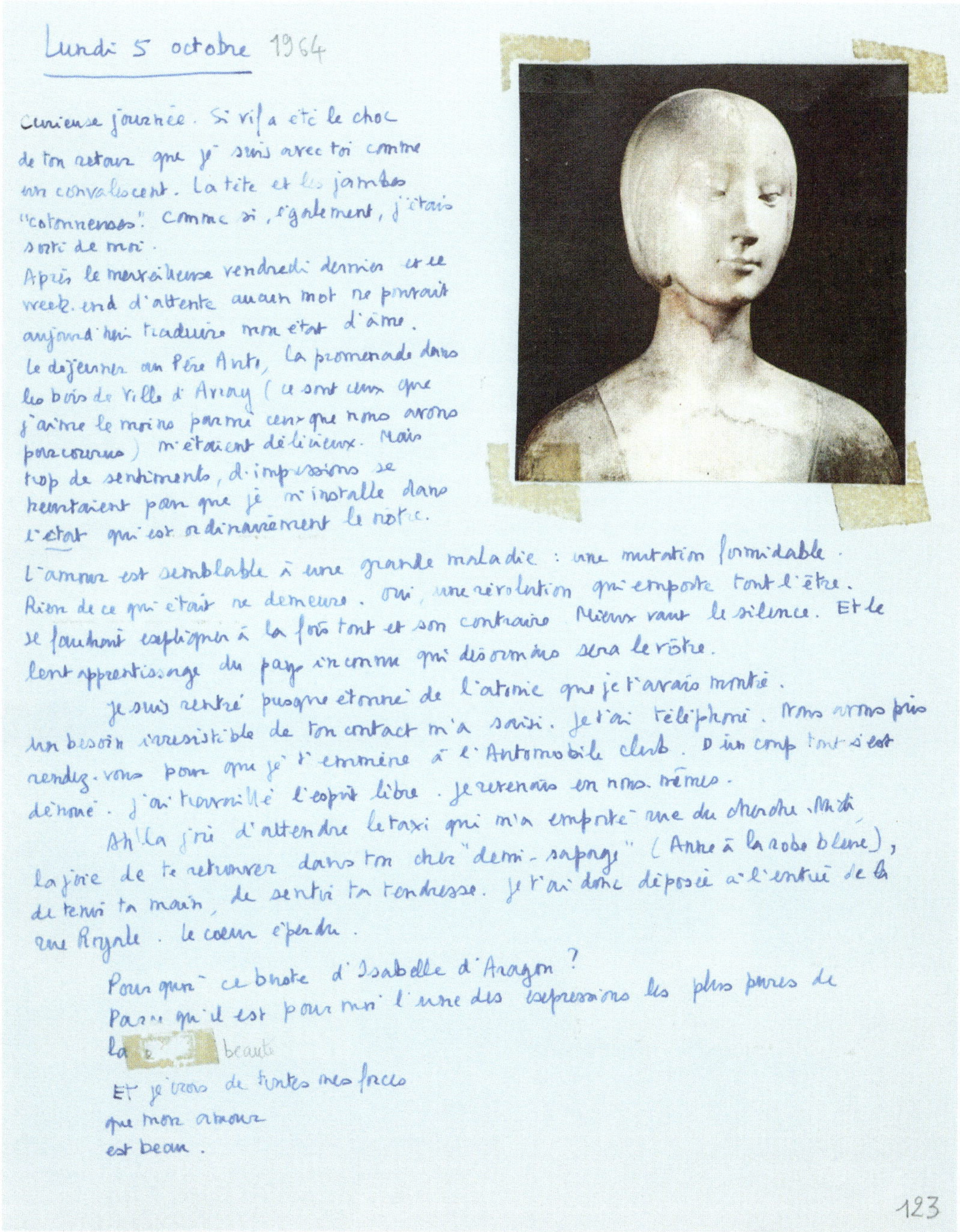

123
<u>Lundi 5 octobre</u>

Curieuse journée. Si vif a été le choc de ton retour que je suis avec toi comme un convalescent. La tête et les jambes « cotonneuses ». Comme si, également, j'étais sorti de moi.
Après le merveilleux vendredi dernier et ce week-end d'attente aucun mot ne pouvait aujourd'hui traduire mon état d'âme.
Le déjeuner au Père Auto, la promenade dans les bois de Ville d'Avray (ce sont ceux que j'aime le moins parmi ceux que nous avons parcourus) m'étaient délicieux. Mais trop de sentiments, d'impressions se heurtaient pour que je m'installe dans l'<u>état</u> qui est ordinairement le nôtre.

L'amour est semblable à une grande maladie : une mutation formidable.
Rien de ce qui était ne demeure. Oui, une révolution qui emporte tout l'être.
Il faudrait expliquer à la fois tout et son contraire. Mieux vaut le silence. Et le lent apprentissage du pays inconnu qui désormais sera le nôtre.

Je suis rentré presque étonné de l'atonie que je t'avais montrée.
Un besoin irrésistible de ton contact m'a saisi. Je t'ai téléphoné. Nous avons pris rendez-vous pour que je t'emmène à l'Automobile club. D'un coup tout s'est dénoué. J'ai travaillé l'esprit libre. Je revenais en nous-mêmes.

Ah ! la joie d'attendre le taxi qui m'a emporté rue du Cherche-Midi, la joie de te retrouver dans ton cher « demi-sapage » (Anne à la robe bleue), de tenir ta main, de sentir ta tendresse. Je t'ai donc déposée à l'entrée de la rue Royale. Le cœur éperdu.

Pourquoi ce buste d'Isabelle d'Aragon ?
Parce qu'il est pour moi l'une des expressions les plus pures de la beauté
Et je crois de toutes mes forces
que mon amour
est beau.

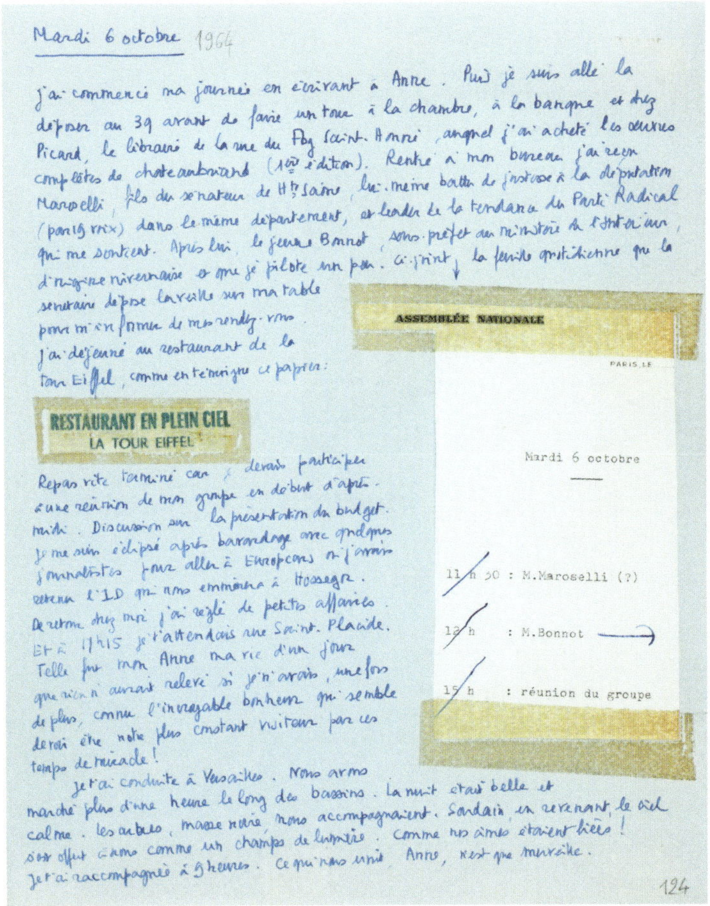

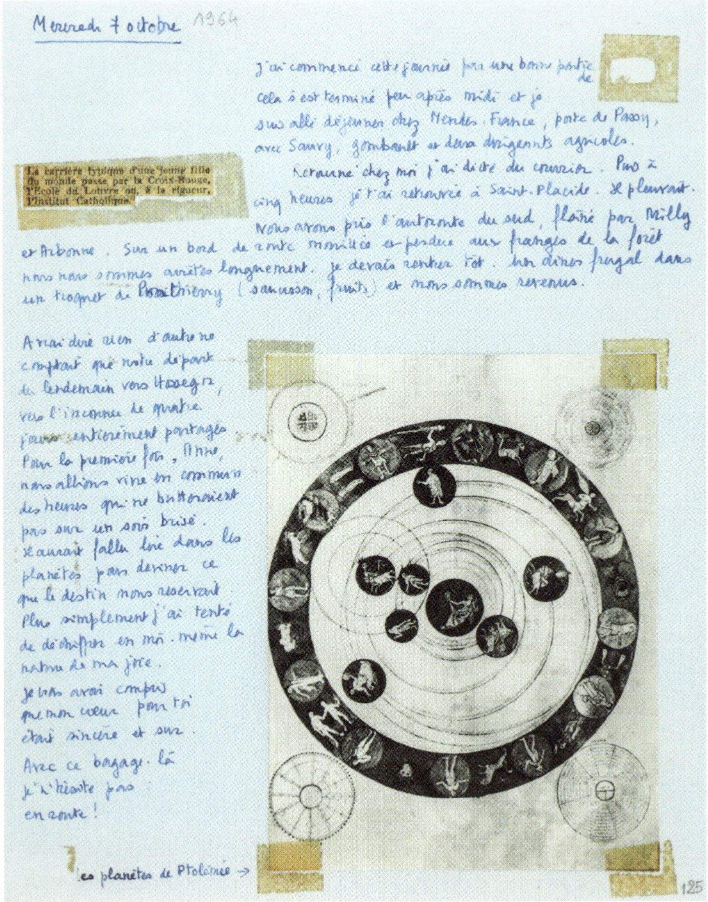

124

Mardi 6 octobre

J'ai commencé ma journée en écrivant à Anne. Puis je suis allé la déposer au 39 avant de faire un tour à la Chambre, à la banque et chez Picard, le libraire de la rue du Fbg Saint-Honoré, auquel j'ai acheté les œuvres complètes de Chateaubriand (1ère édition). Rentré à mon bureau j'ai reçu Maroselli, fils du sénateur de Hte Saône, lui-même battu de justesse à la députation (par 19 voix) dans le même département, et leader de la tendance du Parti Radical qui me soutient. Après lui, le jeune Bonnot, sous-préfet au ministère de l'Intérieur, d'origine nivernaise et que je pilote un peu. Ci-joint la feuille quotidienne que la secrétaire dépose la veille sur ma table pour m'informer de mes rendez-vous.
J'ai déjeuné au restaurant de la tour Eiffel, comme en témoigne ce papier :

Restaurant en plein ciel
La Tour Eiffel

Repas vite terminé car je devais participer à une réunion de mon groupe en début d'après-midi. Discussion sur la présentation du budget. Je me suis éclipsé après bavardage avec quelques journalistes pour aller à Europcars où j'avais retenu l'ID qui nous emmènera à Hossegor. De retour chez moi j'ai réglé de petites affaires.
Et à 17 h 15 je t'attendais rue Saint-Placide.
Telle fut mon Anne ma vie d'un jour que rien n'aurait relevé si je n'avais, une fois de plus, connu l'incroyable bonheur qui semble devoir être notre plus constant visiteur par ces temps de miracle !

Je t'ai conduite à Versailles. Nous avons marché plus d'une heure le long des bassins. La nuit était belle et calme. Les arbres, masse noire, nous accompagnaient. Soudain, en revenant, le ciel s'est offert à nous comme un champ de lumière. Comme nos âmes étaient liées !
Je t'ai raccompagnée à 9 heures. Ce qui nous unit, Anne, n'est que merveille.

125

Mercredi 7 octobre

J'ai commencé cette journée par une bonne partie de golf. Cela s'est terminé peu après midi et je suis allé déjeuner chez Mendès France, porte de Passy, avec Sauvy, Gombault et deux dirigeants agricoles.
Retourné chez moi j'ai dicté du courrier. Puis à cinq heures je t'ai retrouvée à Saint-Placide. Il pleuvait. Nous avons pris l'autoroute du sud, flâné par Milly et Arbonne. Sur un bord de route mouillée et perdue aux franges de la forêt nous nous sommes arrêtés longuement. Je devais rentrer tôt. Un dîner frugal dans un troquet de Ponthierry (saucisson, fruits) et nous sommes revenus.

La carrière typique d'une jeune fille du monde passe par la Croix-Rouge, l'Ecole du Louvre ou, à la rigueur, l'Institut Catholique.

A vrai dire rien d'autre ne comptait que notre départ du lendemain vers Hossegor, vers l'inconnu de quatre jours entièrement partagés. Pour la première fois, Anne, nous allions vivre en commun des heures qui ne buteraient pas sur un soir brisé. Il aurait fallu lire dans les planètes pour deviner ce que le destin nous réservait. Plus simplement j'ai tenté de déchiffrer en moi-même la nature de ma joie.
Je crois avoir compris que mon cœur pour toi était sincère et sûr.
Avec ce bagage-là je n'hésite pas :
en route !

Les planètes de Ptolémée

126
Jeudi 8 octobre

Ce jour tant attendu est enfin arrivé. Et chacune de ses heures sera plus belle que l'espérance.
A 8 h 30 je prends Anne à Saint-Placide. Autoroute de l'Ouest-Rambouillet-Chartres. Petit déjeuner au « Normand ». Paix du matin, légère et douce. A Vendôme où nous allons voir un vitrail qui tentait Anne nous bifurquons sur Saumur par Trôo. Nous déjeunons au « Roi René ». Anne ravie de retrouver des souvenirs familiaux. Une pluie fine et dense noie le sud de la Loire. Bon graillou. Pour Anne un canard aux cerises !
Fontevrault sera notre étape principale. Etonnement heureux devant tant de beauté. Nous visitons commodément avec un guide complaisant. Eléonore d'Aquitaine, Isabelle d'Angoulême, Richard Cœur de Lion…
Vers Poitiers nous négligeons Richelieu (avec regret). Loudun. Mirebeau. A Poitiers, Notre-Dame-la-Grande. Anne s'émerveille. Puis, peu avant la nuit, la Charente et Jarnac. A Jarnac, la maison, les quais, le cimetière, les petites rues des chais, l'église. Anne si proche, si aimante, si familière des choses que j'aime. Nous avançons dans nos souvenirs. Nous avançons dans notre vie. Tout est amour en nous. Je suis passionnément épris d'elle.

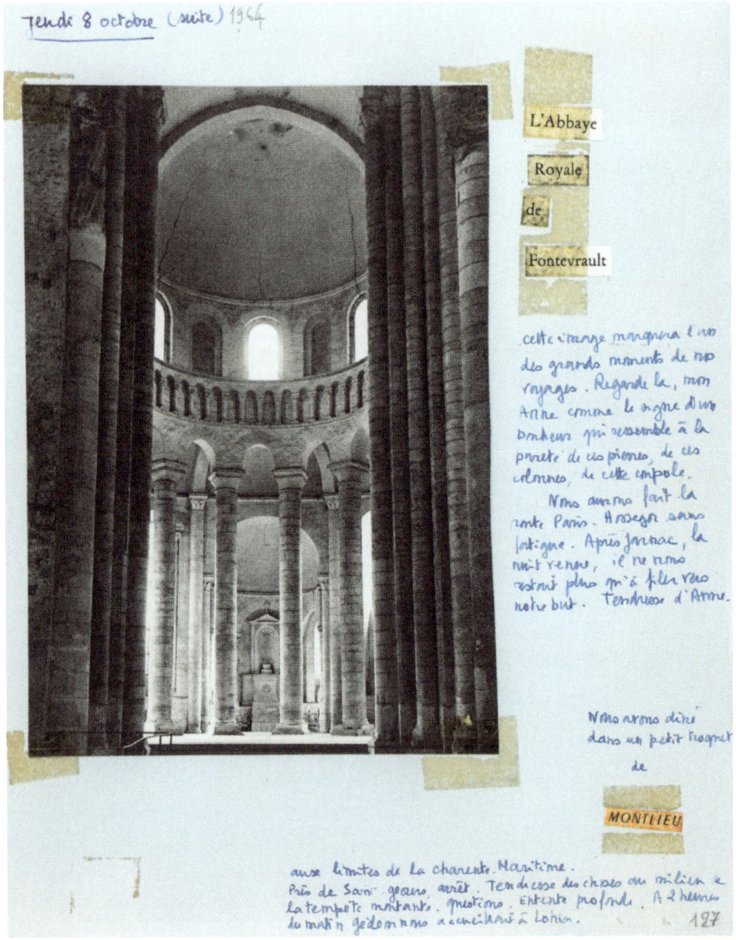

127
Jeudi 8 octobre (suite)

L'Abbaye royale de Fontevrault

cette image marquera l'un des grands moments de nos voyages. Regarde-la, mon Anne comme le signe d'un bonheur qui ressemble à la pureté de ces pierres, de ces colonnes, de cette coupole.
Nous aurons fait la route Paris-Hossegor sans fatigue. Après Jarnac, la nuit venue, il ne nous restait plus qu'à filer vers notre but. Tendresse d'Anne.

Nous avons dîné dans un petit troquet de Montlieu aux limites de la Charente-Maritime.

Près de Saint-Geours, arrêt. Tendresse des choses au milieu de la tempête montante. Questions. Entente profonde. A 2 heures du matin Gédéon nous accueillait à Lohia.

128
Vendredi 9 octobre

matin, Lohia – Pascal
après-midi, plage et tempête. Shakespeare
soir, Anne, la maison, le feu, la paix.

« D'événements il n'y eut que le jeu de l'ombre et de la flamme sur ton visage…
… je n'entendais, pour faire l'horloge, que le battement de mon sang et qu'avais-je besoin de mesure du temps, fût-elle mesure de moi-même, puisque tu étais là mon Anne, mon âme ? »

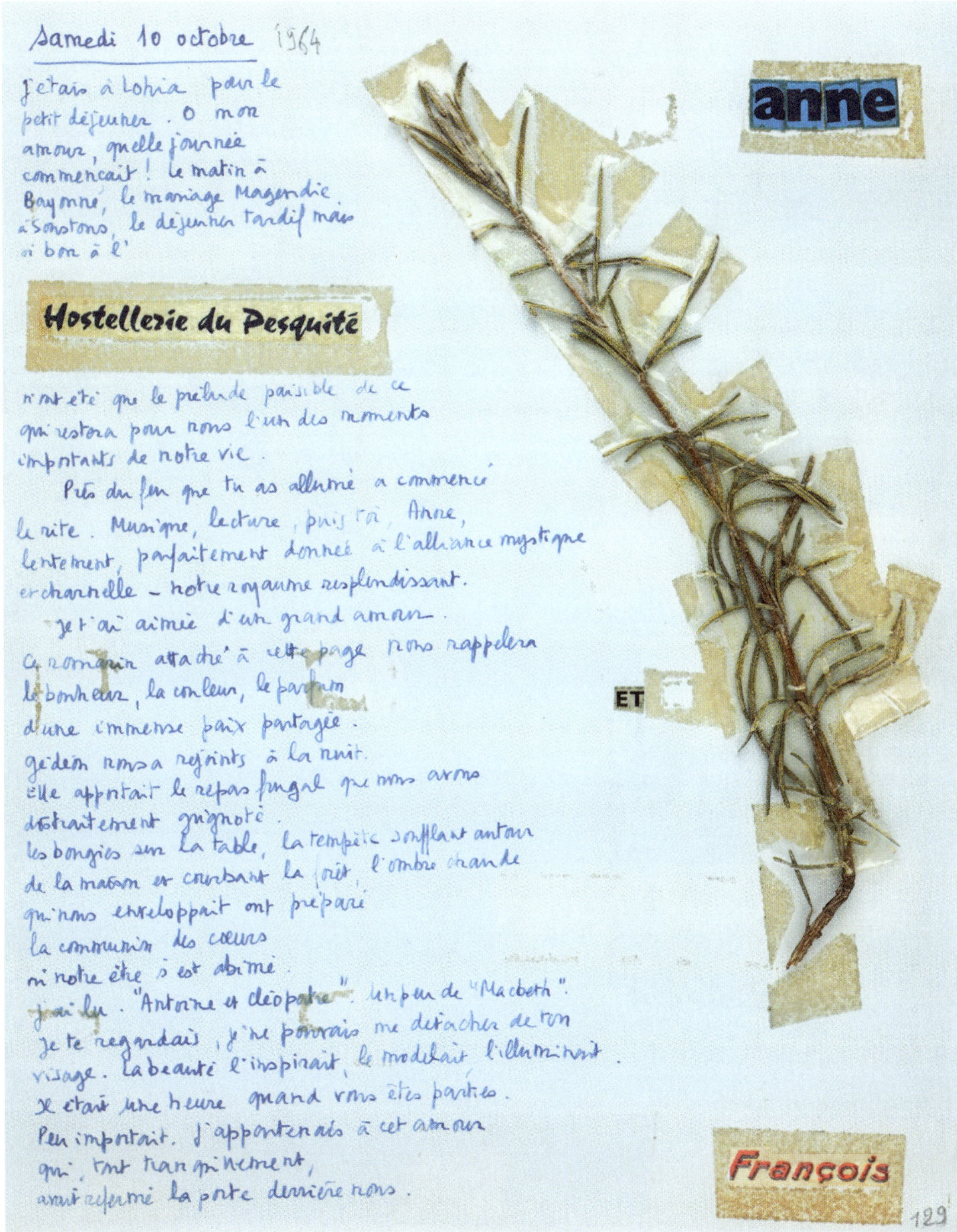

129
Samedi 10 octobre

J'étais à Lohia pour le petit déjeuner. O mon amour, quelle journée commençait ! Le matin à Bayonne, le mariage Magendie, à Soustons, le déjeuner tardif mais si bon à l'Hostellerie du Pesquité n'ont été que le prélude paisible de ce qui restera pour nous l'un des moments importants de notre vie.

Près du feu que tu as allumé a commencé le rite. Musique, lecture, puis toi, Anne, lentement, parfaitement donnée à l'alliance mystique et charnelle – notre royaume resplendissant.
Je t'ai aimée d'un grand amour. Ce romarin attaché à cette page nous rappellera le bonheur, la couleur, le parfum d'une immense paix partagée. Gédéon nous a rejoints à la nuit. Elle apportait le repas frugal que nous avons distraitement grignoté. Les bougies sur la table, la tempête soufflant autour de la maison et courbant la forêt, l'ombre chaude qui nous enveloppait ont préparé la communion des cœurs où notre être s'est abîmé.
J'ai lu. « Antoine et Cléopâtre ». Un peu de « Macbeth ».
Je te regardais, je ne pouvais me détacher de ton visage. La beauté l'inspirait, le modelait, l'illuminait.
Il était une heure quand vous êtes parties.
Peu importait. J'appartenais à cet amour qui, tout tranquillement, avait refermé la porte derrière nous.

Anne
et
François

130

Dimanche 11 octobre

Ah ! ce retour ! Et d'abord toi m'appelant pour me réveiller, derrière les persiennes. Toi, priant à la messe de huit heures. Toi de nouveau à la maison et parcourant mes allées feuillues. Nous avons quitté Hossegor vers dix heures. A petite allure nous avons atteint Castillon-la-Bataille où nous avons rejoint Gédéon en station devant la mairie et où nous avons déjeuné de bon appétit. Quel rire nous a secoués pour « cet amour d'Anne » ! Une deuxième étape nous a conduits à Aubazine, en Corrèze non sans avoir fait halte à Saint-Michel-de-Montaigne, puis à Périgueux où tu as été contente de voir Saint-Front. Aubazine nous a réservé un spectacle de vraie et pure qualité. Rappelle-toi la vieille dame à la canne, le jardin touffu de curé, le bassin monolithe, la grande maison rose, le clocher octogonal, les armes de Saint-Etienne, l'escalier qui descend dans l'église, les vitraux cisterciens.

Nous serions restés là tout le temps nécessaire à la vraie méditation de l'âme. Sous la pluie toujours torrentielle nous avons roulé ensuite jusqu'à Bourg-Lastic où, arrivés en retard (O Anne, mon amour) nous avons manqué Gédéon. Malentendu. Petite brume sur la vitre ! Mais bien vite tout est redevenu semblable à ces admirables quatre jours. Tu as pris le volant de la 2 CV. J'ai pris Gédéon à mon bord. Et au-dessus de Clermont-Ferrand je t'ai dit au revoir.

Tu as emporté le romarin et le chèvrefeuille. Anne, nous nous aimions. En partant je t'ai dit : « Anne vous avez été une petite lumière. » Oui lumière, grâce, amour – femme qui éclaire et qui donne à ma vie sa direction. Que dire d'autre ?

Tout est écrit dans mon cœur.

Je me suis arrêté, comme prévu, à Riom où j'ai couché au Bel-Horizon – brave petit hôtel où j'ai mes habitudes !

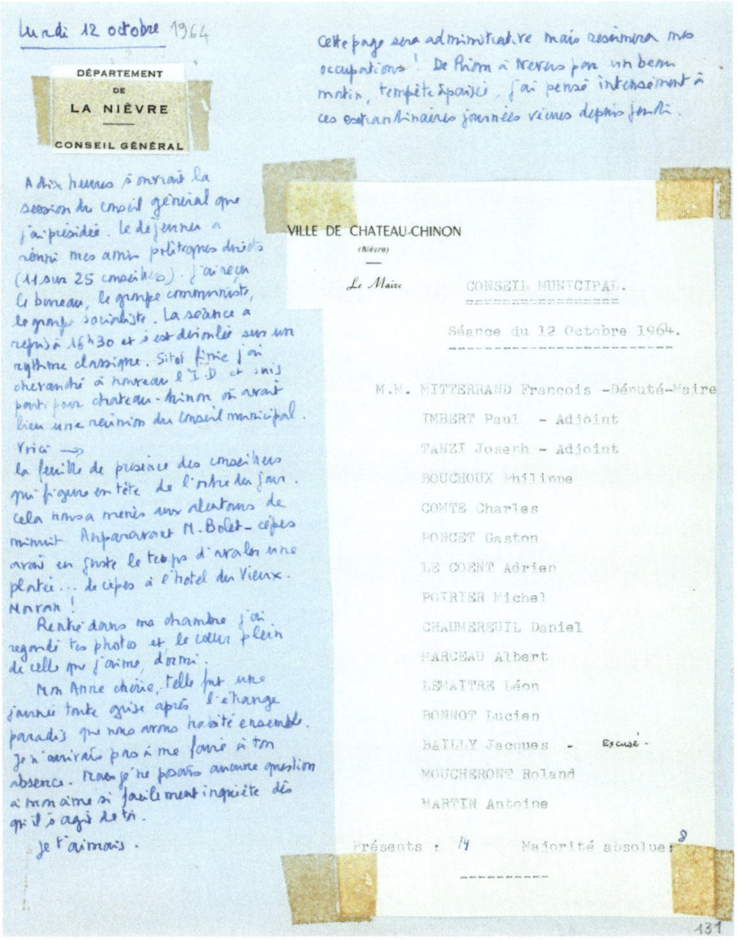

131
Lundi 12 octobre

Département de la Nièvre Conseil général

Cette page sera administrative mais résumera mes occupations ! De Riom à Nevers par un beau matin, tempête apaisée, j'ai pensé intensément à ces extraordinaires journées vécues depuis jeudi.
A dix heures s'ouvrait la session du Conseil général que j'ai présidée. Le déjeuner a réuni mes amis politiques directs (11 sur 25 conseillers). J'ai reçu le bureau, le groupe communiste, le groupe socialiste. La séance a repris à 16 h 30 et s'est déroulée sur un rythme classique. Sitôt finie j'ai chevauché à nouveau l'I.D et suis parti pour Château-Chinon où avait lieu une réunion du Conseil municipal. Voici la feuille de présence des conseillers qui figure en tête de l'ordre du jour. Cela nous a menés aux alentours de minuit. Auparavant M. Bolet-cèpes avait eu juste le temps d'avaler une platée… de cèpes à l'hôtel du Vieux-Morvan !

Rentré dans ma chambre j'ai regardé tes photos et, le cœur plein de celle que j'aime, dormi.
Mon Anne chérie, telle fut une journée toute grise après l'étrange paradis que nous avons habité ensemble.
Je n'arrivais pas à me faire à ton absence. Mais je ne posais aucune question à mon âme si facilement inquiète dès qu'il s'agit de toi.

Je t'aimais.

132
Mardi 13 octobre

La gare de Nevers figurera désormais parmi les lieux de ma tendresse. Destin inattendu ! Mais que c'était délicieux de te voir là !
J'étais rentré de Château-Chinon dans la matinée par un petit brouillard méchant. J'ai attendu ton train le cœur battant.
Entre 10 h 41 et 10 h 49, huit minutes qui s'inscriront dans ma ligne de vie.

Rien à dire sur le Conseil général sinon que j'y ai reçu officiellement le nouveau préfet. Déjeuner dans un hospice pour grabataires que je voulais visiter (il appartient au département, donc à nous). Triste spectacle. Ces vieux détruits. L'un mourait sous nos yeux dans le vide et l'indifférence.

Je suis reparti pour Paris dans la nuit. Las. A Nemours les yeux me piquaient sous la pression du sommeil. J'y suis resté un bon moment pour échapper aux phantasmes de la route, la nuit. Toute la journée j'ai présidé des séances budgétaires assez arides et dès que je croyais pouvoir me reposer j'étais l'objet des plus diverses démarches. Pas un moment pour t'écrire comme je le désirais. Lu dans le journal local cet article qui m'a rappelé de chers souvenirs.
Et j'ai pensé que j'étais cependant un homme heureux
puisque tu es
MON ANNE

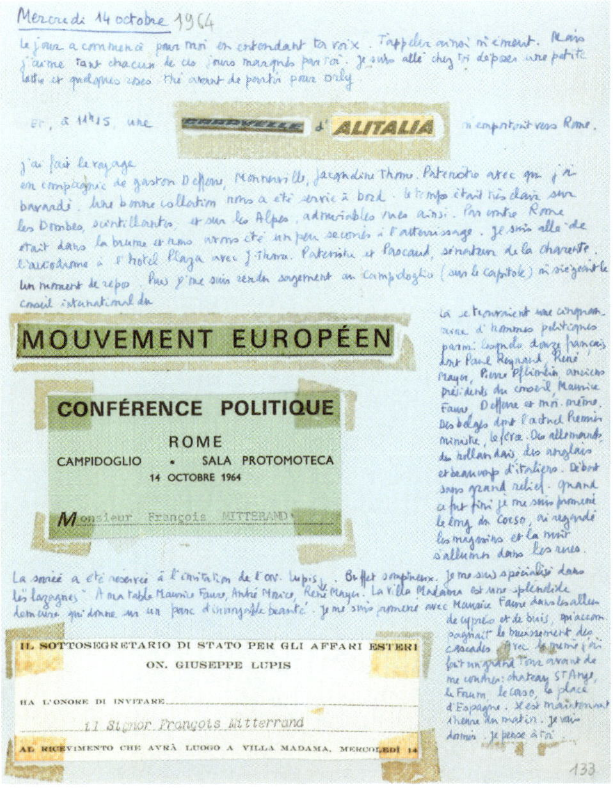

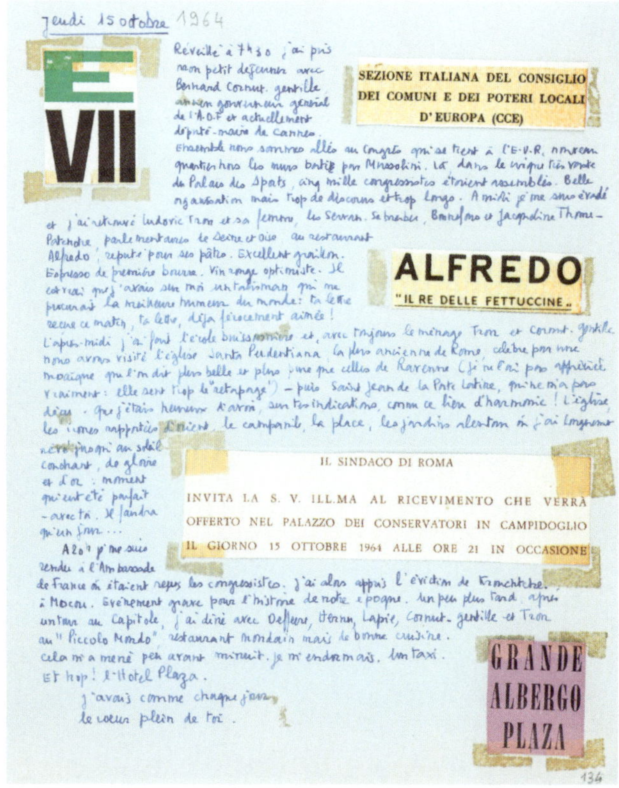

133

Mercredi 14 octobre

Le jour a commencé pour moi en entendant ta voix. T'appeler ainsi m'émeut. Mais j'aime tant chacun de ces jours marqués par toi. Je suis allé chez toi déposer une petite lettre et quelques roses-thé avant de partir pour Orly.

Et, à 11 h 15, une caravelle d'Alitalia m'emportait vers Rome.

J'ai fait le voyage en compagnie de Gaston Defferre, Monnerville, Jacqueline Thome-Patenôtre avec qui j'ai bavardé. Une bonne collation nous a été servie à bord. Le temps était très clair sur les Dombes, scintillantes, et sur les Alpes, admirables vues ainsi. Par contre Rome était dans la brume et nous avons été un peu secoués à l'atterrissage. Je suis allé de l'aérodrome à l'hôtel Plaza avec J. Thome-Patenôtre et Pascaud, sénateur de la Charente.
Un moment de repos. Puis je me suis rendu sagement au Campidoglio (sur le Capitole) où siégeait le conseil international du Mouvement européen
Là se trouvaient une cinquantaine d'hommes politiques parmi lesquels douze Français dont Paul Reynaud, René Mayer, Pierre Pflimlin, anciens présidents du Conseil, Maurice Faure, Defferre et moi-même. Des Belges dont l'actuel Premier Ministre, Lefèvre. Des Allemands, des Hollandais, des Anglais et beaucoup d'Italiens. Débat sans grand relief. Quand ce fut fini je me suis promené le long du Corso, ai regardé les magasins et la nuit s'allumer dans les rues.

La soirée a été réservée à l'invitation de l'ON. Lupis. Buffet somptueux. Je me suis spécialisé dans les « lazagnes ». A ma table Maurice Faure, André Morice, René Mayer. La Villa Madama est une splendide demeure qui donne sur un parc d'incroyable beauté. Je me suis promené avec Maurice Faure dans les allées de cyprès et de buis, qu'accompagnait le bruissement des cascades. Avec le même j'ai fait un grand tour avant de me coucher : château St Ange, le Forum, le Corso, la place d'Espagne. Il est maintenant 1 heure du matin. Je vais dormir. Je pense à toi.

134

Jeudi 15 octobre

Réveillé à 7 h 30 j'ai pris mon petit déjeuner avec Bernard Cornut-Gentille, ancien gouverneur général de l'A.O.F et actuellement député-maire de Cannes.
Ensemble nous sommes allés au Congrès qui se tient à l'E.U.R, nouveau quartier hors les murs bâti par Mussolini. Là, dans le cirque très vaste du Palais des Sports, cinq mille congressistes étaient assemblés. Belle organisation mais trop de discours et trop longs. A midi je me suis évadé et j'ai retrouvé Ludovic Tron et sa femme, les Servan-Schreiber, Bonnefous et Jacqueline Thome-Patenôtre, parlementaires de Seine-et-Oise, au restaurant Alfredo, réputé pour ses pâtes. Excellent graillou. Espresso de première bourre. Vin rouge optimiste. Il est vrai que j'avais sur moi un talisman qui me procurait la meilleure humeur du monde : ta lettre reçue ce matin, ta lettre, déjà férocement aimée !
L'après-midi j'ai fait l'école buissonnière et, avec toujours le ménage Tron et Cornut-Gentille nous avons visité l'église Santa Pudenziana, la plus ancienne de Rome, célèbre par une mosaïque que l'on dit plus belle et plus pure que celles de Ravenne (je ne l'ai pas appréciée vraiment : elle sent trop le « retapage ») – puis Saint Jean de la Porte latine, qui ne m'a pas déçu. Que j'étais heureux d'avoir, sur tes indications, connu ce lieu d'harmonie ! L'église, les icônes rapportées d'Orient, le campanile, la place, les jardins alentour où j'ai longuement rêvé jusqu'au soleil couchant, de gloire et d'or : moment qui eût été parfait – avec toi. Il faudra qu'un jour…
A 20 h je me suis rendu à l'Ambassade de France où étaient reçus les congressistes. J'ai alors appris l'éviction de Krouchtchev à Moscou. Evénement grave pour l'histoire de notre époque. Un peu plus tard, après un tour au Capitole, j'ai dîné avec Defferre, Hernu, Lapie, Cornut-Gentille et Tron au « Piccolo Mondo », restaurant mondain mais de bonne cuisine. Cela m'a mené peu avant minuit. Je m'endormais. Un taxi. Et hop ! l'Hôtel Plaza.

J'avais comme chaque jour
le cœur plein de toi.

135

Jeudi 15 octobre

Tu reconnaîtras ici le clocher-campanile de Saint-Jean de la Porte Latine. Cette église, par sa grâce et sa pureté, m'apportait ce que j'aime tandis que ce soir, à la nuit tombante j'allais au rendez-vous que je m'étais fixé avec toi, mon Anne, pour, échappant au mouvement, au bruit, aux paroles, me retremper dans la paix intérieure qu'a fait naître en moi la venue d'un amour…

Parmi les icônes données à l'église par un Charles-Roux qui s'est retiré dans les ordres un extraordinaire Christ-Roi dont tu vois l'imparfaite reproduction (l'or est absolument raté) m'a émerveillé.

En toutes choses j'ai profondément ressenti ta présence liée à ce sanctuaire. Ce qui montait de moi ressemblait à une prière.

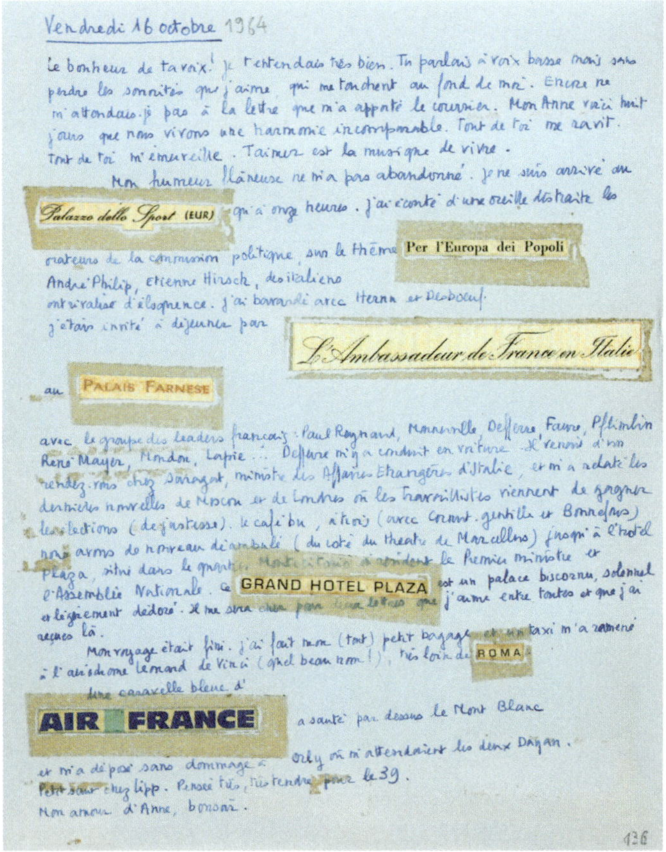

136

Vendredi 16 octobre

Le bonheur de ta voix ! Je t'entendais très bien. Tu parlais à voix basse mais sans perdre les sonorités que j'aime, qui me touchent au fond de moi. Encore ne m'attendais-je pas à la lettre que m'a apportée le courrier. Mon Anne voici huit jours que nous vivons une harmonie incomparable. Tout de toi me ravit. Tout de toi m'émerveille. T'aimer est la musique de vivre.
Mon humeur flâneuse ne m'a pas abandonné. Je ne suis arrivé au Palazzo dello Sport (EUR) qu'à onze heures. J'ai écouté d'une oreille distraite les orateurs de la commission politique, sur le thème Per l'Europa dei Popoli
André Philip, Etienne Hirsch, des Italiens ont rivalisé d'éloquence. J'ai bavardé avec Hernu et Desboeuf.
J'étais invité à déjeuner par l'Ambassadeur de France en Italie au Palais Farnèse avec le groupe des leaders français : Paul Reynaud, Monnerville, Defferre, Faure, Pflimlin, René Mayer, Mondon, Lapie… Defferre m'y a conduit en voiture. Il venait d'un rendez-vous chez Saragat, ministre des Affaires Etrangères d'Italie, et m'a relaté les dernières nouvelles de Moscou et de Londres où les Travaillistes viennent de gagner les élections (de justesse). Le café bu, à trois (avec Cornut-Gentille et Bonnefous) nous avons de nouveau déambulé (du côté du théâtre de Marcellus) jusqu'à l'hôtel Plaza, situé dans le quartier Montecitorio où résident le Premier ministre et l'Assemblée Nationale. Ce Grand Hôtel Plaza est un palace biscornu, solennel et légèrement dédoré. Il me sera cher pour deux lettres que j'aime entre toutes et que j'ai reçues là.
Mon voyage était fini. J'ai fait mon (tout) petit bagage et un taxi m'a ramené à l'aérodrome Léonard de Vinci (quel beau nom !), très loin de Roma.
Une caravelle bleue d'Air France a sauté par-dessus le Mont Blanc et m'a posé sans dommage à Orly où m'attendaient les deux Dayan.
Petit saut chez Lipp. Pensée très, très tendre pour le 39.
Mon amour d'Anne, bonsoir.

137

Samedi 17 octobre

A 10 h 05 le « Bourbonnais » me posait à Nevers
La matinée a été consacrée au congrès annuel des Maires de la Nièvre. Finie à 12 h 30 la séance a été suivie d'une réception au Conseil général. Puis le banquet (le seul auquel j'accepte de me rendre). Discours – chaude ambiance.
Mais à 17 h il faut aller discuter avec les syndicats agricoles, à la « chambre d'agriculture ». Trois heures de discussion méthodique (et, ma foi, instructive). Mes amis Maringe me rejoignent pour dîner. Nous cherchons un restaurant avec télévision à cause d'une émission sur Robespierre « La Terreur et la Vertu ». J'aime ces reconstitutions historiques basées sur de solides documents d'archives.
Cela repousse le repas assez tard ! Mais je suis content d'avoir entendu dire des textes que je connaissais mais qui, lus, me paraissaient sans relief (particulièrement les discours ampoulés de Robespierre). L'émission rendait un son moderne. Je retrouvais certaines situations, certains accents de ces quinze dernières années.
Avant de m'endormir, après avoir quitté mes compagnons j'ai déplié ta dernière lettre qui m'est si précieuse – et obéi au rite : ta photo de Clermont à Noël 62.
A gauche je place une image qui te rappellera un de nos beaux moments : le gisant en bois d'Isabelle d'Angoulême à Fontevrault. Que c'est bon de revivre notre passé qui me semble si riche, déjà !
Et, chambre 94, au 3ème étage de l'Hôtel de France un homme heureux achevait un samedi qui était, comme tu l'as si bien dit, « la veille de dimanche ».

Samedi 17 octobre 1964

A 10h05 le "Bourbonnais" me posait à

NEVERS

La matinée a été consacrée au congrès annuel des Maires de la Nièvre. Finie à 12h30 la séance a été suivie d'une réception au conseil général. Puis le banquet (le seul auquel j'accepte de me rendre). Discours. Chaude ambiance. Mais à 17 h il faut aller discuter avec les syndicats agricoles, à la "chambre d'agriculture". Trois heures de discussion méthodique (et, ma foi, instructive). Mes amis Maringe me rejoignent pour dîner. Nous cherchons un restaurant avec télévision à cause d'une émission sur Robespierre "La Terreur et la Vertu". J'aime ces reconstitutions historiques basées sur de solides documents d'archives. Cela repousse le repas assez tard ! Mais je suis content d'avoir entendu dire les textes que je connaissais mais qui, lus, me paraissaient sans relief (particulièrement les discours ampoulés de Robespierre). L'émission rendait un son moderne. Je retrouvais certaines situations, certains accents de ces quinze dernières années.

Avant de m'endormir, après avoir quitté mes compagnons j'ai déplié ta dernière lettre qui m'est si précieuse – et obéi au rite : ta photo de Clermont à Noël 62.

Le roman d'Isabelle

La vie de cette princesse tient du roman. Bien que fiancée au comte de la Marche, Hugues de Lusignan, elle avait été enlevée par Jean sans Terre qui l'épousa en 1202. Le roi d'Angleterre avait pour cela répudié sa première femme, Avice, fille de William comte de Gloucester. L'enlèvement d'Isabelle eut les plus graves conséquences : Philippe-Auguste somma Jean de comparaître devant sa cour de justice, le roi d'Angleterre étant, pour les terres qu'il possédait outre-mer, vassal du roi de France. Jean refusa. La guerre reprit alors entre la France et l'Angleterre. Le siège et la prise de Château-Gaillard, la chute de Rouen livrèrent la Normandie au roi de France. Puis ce fut Bouvines, en 1214. L'année d'après, Jean sans Terre était contraint d'accepter la Grande Charte. Après sa mort, survenue le 19 octobre 1216, Isabelle d'Angoulême put enfin se marier avec Hugues, son premier prétendant. Quant à Henri III, fils de Jean et d'Isabelle, il n'eut qu'une seule épouse, Éléonore de Provence qui fut, par la suite, canonisée (fête le 1er juillet).

← A gauche, je place une image qui te rappelera un de nos beaux moments : le gisant en bois d'Isabelle d'Angoulême à Fontevrault. Que c'est bon de revivre notre passé qui me semble si riche, déjà !

Et, chambre 94, au 3ème étage de l'

HOTEL DE FRANCE

un homme heureux achevait un samedi qui était, comme tu l'as si bien dit "la veille de dimanche" ! 137

Isabelle d'Angoulême

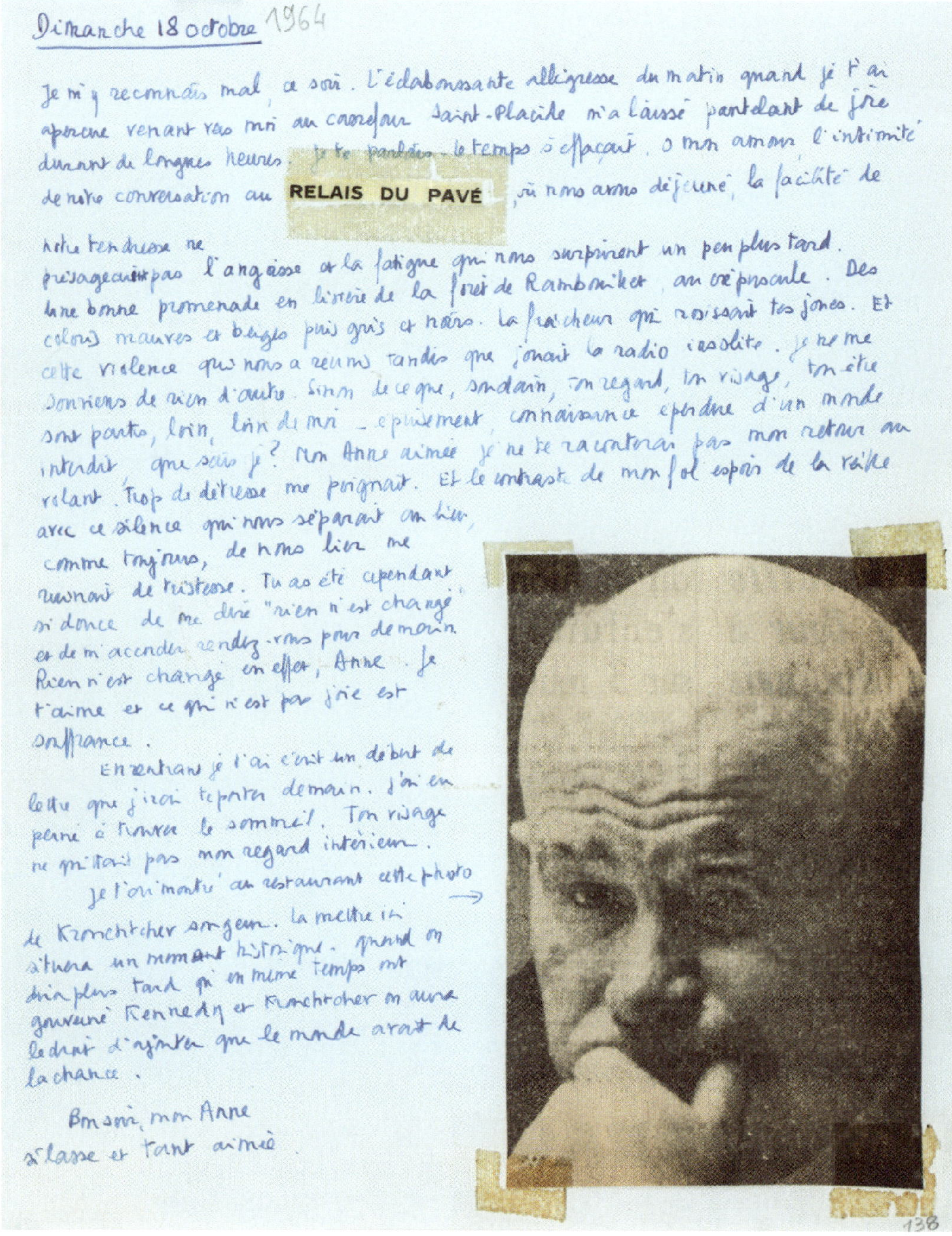

138

Dimanche 18 octobre

Je m'y reconnais mal, ce soir. L'éclaboussante allégresse du matin quand je t'ai aperçue venant vers moi au carrefour Saint-Placide m'a laissé pantelant de joie durant de longues heures. Je te parlais. Le temps s'effaçait. O mon amour, l'intimité de notre conversation au Relais du Pavé, où nous avons déjeuné, la facilité de notre tendresse ne présageaient pas l'angoisse et la fatigue qui nous surprirent un peu plus tard. Une bonne promenade en lisière de la forêt de Rambouillet, au crépuscule. Des coloris mauves et beiges puis gris et noirs. La fraîcheur qui rosissait tes joues. Et cette violence qui nous a réunis tandis que jouait la radio insolite. Je ne me souviens de rien d'autre. Sinon de ce que, soudain, ton regard, ton visage, ton être sont partis, loin, loin de moi – épuisement, connaissance éperdue d'un monde interdit, que sais-je ? Mon Anne aimée je ne te raconterai pas mon retour au volant. Trop de détresse me poignait. Et le contraste de mon fol espoir de la veille avec ce silence qui nous séparait au lieu, comme toujours, de nous lier me ruinait de tristesse. Tu as été cependant si douce de me dire « rien n'est changé » et de m'accorder rendez-vous pour demain. Rien n'est changé en effet, Anne. Je t'aime et ce qui n'est pas joie est souffrance.

En rentrant je t'ai écrit un début de lettre que j'irai te porter demain. J'ai eu peine à trouver le sommeil. Ton visage ne quittait pas mon regard intérieur.

Je t'ai montré au restaurant cette photo de Krouchtchev songeur. La mettre ici situera un moment historique. Quand on dira plus tard qu'en même temps ont gouverné Kennedy et Krouchtchev on aura le droit d'ajouter que le monde avait de la chance.

Bonsoir, mon Anne
si lasse et tant aimée.

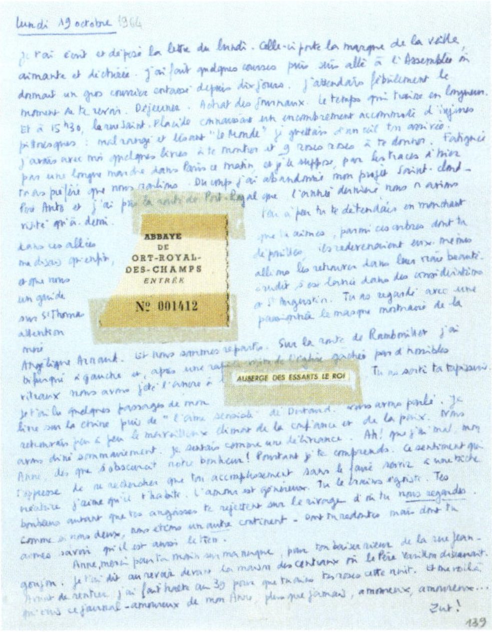

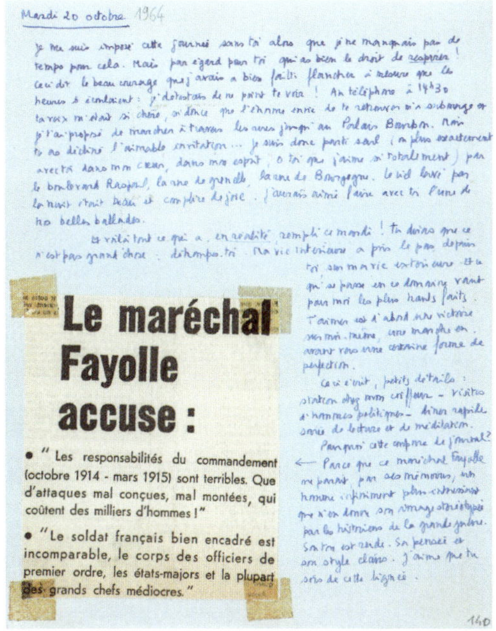

139

Lundi 19 octobre

Je t'ai écrit et déposé la lettre du lundi. Celle-ci porte la marque de la veille, aimante et déchirée. J'ai fait quelques courses puis suis allé à l'Assemblée où dormait un gros courrier entassé depuis dix jours. J'attendais fébrilement le moment de te revoir. Déjeuner. Achat des journaux. Le temps qui traîne en longueur. Et à 15 h 30, la rue Saint-Placide connaissait un encombrement accommodé d'injures pittoresques : mal rangé et lisant « Le Monde » je guettais d'un œil ton arrivée.

J'avais avec moi quelques livres à te montrer et 9 roses roses à te donner. Fatiguée par une longue marche dans Paris ce matin, et je le suppose, par les traces d'hier tu as préféré que nous roulions. Du coup j'ai abandonné mon projet Saint-Cloud – Père Auto et j'ai pris la route de Port-Royal que, l'année dernière, nous n'avions visité qu'à demi.

Peu à peu tu te détendais en marchant dans ces allées que tu aimes, parmi ces arbres dont tu me disais qu'enfin, dépouillés, ils redevenaient eux-mêmes et que nous allions les retrouver dans leur vraie beauté. Un guide érudit s'est lancé dans des considérations sur St Thomas et St Augustin. Tu as regardé avec une attention passionnée le masque mortuaire de la mère Angélique Arnaud. Et nous sommes repartis. Sur la route de Rambouillet j'ai bifurqué à gauche et, après une rapide visite de l'église gâchée par d'horribles vitraux nous avons jeté l'ancre à l'Auberge des Essarts le Roi. Tu as sorti ta tapisserie. Je t'ai lu quelques passages de mon livre sur la Chine puis de « l'Ame sensible » de Dutourd. Nous avons parlé. Je retrouvais peu à peu le merveilleux climat de la confiance et de la paix. Nous avons dîné sommairement. Je sentais comme une délivrance. Ah ! que j'ai mal, mon Anne, dès que s'obscurcit notre bonheur ! Pourtant je te comprends. Ce sentiment qui t'oppresse de ne rechercher que ton accomplissement sans le faire servir à une tâche créatrice j'aime qu'il t'habite. L'amour est généreux. Tu le crains égoïste. Tes bonheurs autant que tes angoisses te rejettent sur le rivage d'où tu nous regardes. Comme si nous deux, nous étions un autre continent – dont tu redoutes mais dont tu aimes savoir qu'il est aussi le tien.

Anne, merci pour ta main sur ma nuque, pour ton baiser rieur de la rue Jean-Goujon. Je t'ai dit au revoir devant la maison des Centraux où le Père Varillon discourait. Avant de rentrer j'ai fait halte au 39 pour que tu aies tes roses cette nuit. Et me voilà qui écris ce journal – amoureux de mon Anne, plus que jamais, amoureux, amoureux…

Zut !

140

Mardi 20 octobre

Je me suis imposé cette journée sans toi alors que je ne manquais pas de temps pour cela. Mais par égard pour toi qui as bien le droit de respirer !

Ceci dit le beau courage que j'avais a bien failli flancher à mesure que les heures s'écoulaient : je détestais de ne point te voir ! Au téléphone à 14 h 30 ta voix m'était si chère, si douce que l'énorme envie de te retrouver m'a submergé et je t'ai proposé de marcher à travers les rues jusqu'au Palais Bourbon. Mais tu as décliné l'aimable invitation… Je suis donc parti seul (ou plus exactement avec toi dans mon cœur, dans mon esprit, O toi que j'aime si totalement) par le boulevard Raspail, la rue de Grenelle, la rue de Bourgogne. Le ciel lavé par la nuit était beau et complice de joie. J'aurais aimé faire avec toi l'une de nos belles balades.

Et voilà tout ce qui a, en réalité, rempli ce mardi ! Tu diras que ce n'est pas grand-chose : détrompe-toi. Ma vie intérieure a pris le pas, depuis toi, sur ma vie extérieure. Et ce qui se passe en ce domaine vaut pour moi les plus hauts faits. T'aimer est d'abord une victoire sur moi-même, une marche en avant vers une certaine forme de perfection.

Ceci écrit, petits détails : station chez mon coiffeur – visites d'hommes politiques – dîner rapide

soirée de lecture et de méditation.

Pourquoi cette coupure de journal ?

Parce que ce maréchal Fayolle me paraît, par ses mémoires, un homme infiniment plus intéressant que n'en donne son image stéréotypée par les historiens de la grande guerre. Son ton est rude. Sa pensée et son style clairs. J'aime que tu sois de cette lignée.

141

Mercredi 21 octobre

La matinée s'est déroulée autour de petites besognes. Je suis allé à l'Assemblée. J'ai acheté deux exemplaires du bouquin de Raoul de Broglie. J'ai rapporté la carte de l'Auvergne et le châtaignier de Royat. Et midi était là.

Tout de suite le bonheur d'une journée m'est apparu, tout grand, tout clair, quand tu es arrivée rue Saint-Placide. Nous avons roulé vers Le Bourget et nous sommes arrêtés au hasard, à Montgrésin, petit village proche de Chantilly, où nous avons fort agréablement déjeuné au Restaurant de la Forêt bordé de verdure sur un fond de rivière, la Thève. Et ç'a été Chantilly, notre Chantilly de la première grande balade.

Petite cérémonie : la signature du livre de Broglie. Puis la bibliothèque. Nous sommes restés à lire et travailler deux bonnes heures dans un climat délicieux de calme heureux. Quelle joie, mon Anne, un an après, dans ces mêmes lieux ! La statue d'Anne de Montmorency, nous a fait un choc : avec un peu plus de lumière le temps passé a revécu un bref mais intense moment. Nous nous sommes promis de revenir dans ce havre où l'esprit et le cœur s'accordent si harmonieusement.

Ma bien-aimée il me suffira de noter qu'une promenade de rêve nous a conduits dans une allée cavalière tirée au cordeau dans la forêt jusqu'au carrefour du duc d'Enghien. Retour à pas plus lents. Tes yeux avaient une clarté incomparable. Tu marchais à nouveau au-dessus du sol, comme en allant à Saint-Eustache. Je m'émerveillais de te contempler. Après, après tout a été si beau, si fort.

Je t'ai quittée tout bêtement à 20 h 15 pour me rendre à la « Rotonde », place Saint-Augustin, où j'ai harangué 35 convives – des attachés ministériels.

Dieu, que j'ai pensé à toi jusqu'à ce que mes yeux se ferment pour la nuit !

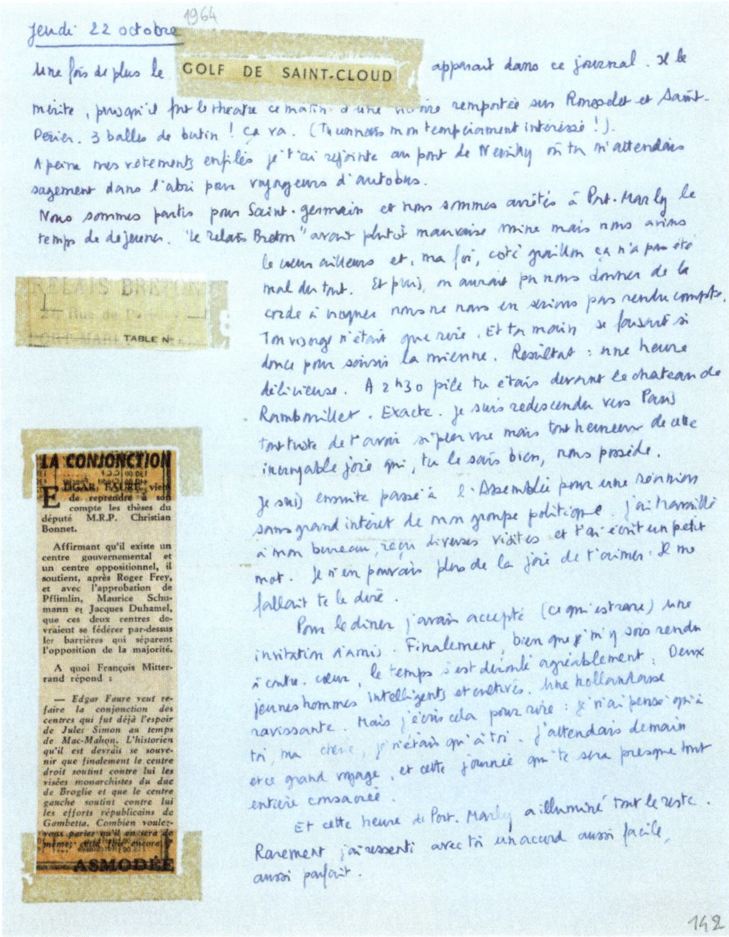

142

Jeudi 22 octobre

Une fois de plus le Golf de Saint-Cloud apparaît dans ce journal. Il le mérite, puisqu'il fut le théâtre ce matin d'une victoire remportée sur Rousselet et Saint-Périer. 3 balles de butin ! Ça va. (Tu connais mon tempérament intéressé !).
A peine mes vêtements enfilés je t'ai rejointe au pont de Neuilly où tu m'attendais sagement dans l'abri pour voyageurs d'autobus.
Nous sommes partis pour Saint-Germain et nous sommes arrêtés à Port-Marly le temps de déjeuner. « Le Relais Breton » avait plutôt mauvaise mine mais nous avions le cœur ailleurs et, ma foi, côté graillou ça n'a pas été mal du tout. Et puis, on aurait pu nous donner de la corde à croquer nous ne nous en serions pas rendu compte. Ton visage n'était que rire. Et ta main se faisait si douce pour saisir la mienne. Résultat : une heure délicieuse. A 2 h 30 pile tu étais devant le château de Rambouillet. Exacte. Je suis redescendu vers Paris tout triste de t'avoir si peu vue mais tout heureux de cette incroyable joie qui, tu le sais bien, nous possède.
Je suis ensuite passé à l'Assemblée pour une réunion sans grand intérêt de mon groupe politique. J'ai travaillé à mon bureau, reçu diverses visites et t'ai écrit un petit mot. Je n'en pouvais plus de la joie de t'aimer. Il me fallait te le dire.
Pour le dîner j'avais accepté (ce qui est rare) une invitation d'amis. Finalement, bien que je m'y sois rendu à contre-cœur, le temps s'est déroulé agréablement. Deux jeunes hommes intelligents et cultivés. Une Hollandaise ravissante. Mais j'écris cela pour rire : je n'ai pensé qu'à toi, ma chérie, je n'étais qu'à toi. J'attendais demain et ce grand voyage, et cette journée qui te sera presque tout entière consacrée.
Et cette heure de Port-Marly a illuminé tout le reste.
Rarement j'ai ressenti avec toi un accord aussi facile, aussi parfait.

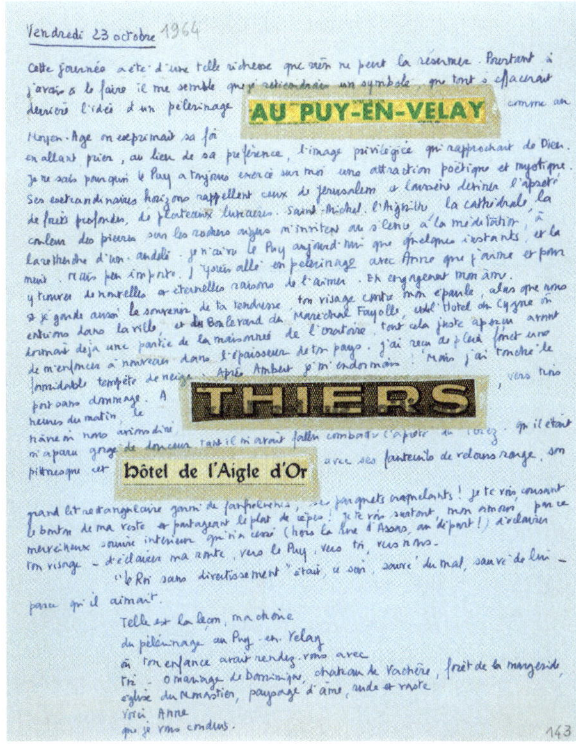

143

Vendredi 23 octobre

Cette journée a été d'une telle richesse que rien ne peut la résumer. Pourtant si j'avais à le faire il me semble que je retiendrais un symbole, que tout s'effacerait derrière l'idée d'un pèlerinage au Puy-en-Velay comme au Moyen-Age on exprimait sa foi en allant prier, au lieu de sa préférence, l'image privilégiée qui rapprochait de Dieu. Je ne sais pourquoi Le Puy a toujours exercé sur moi une attraction poëtique et mystique. Ses extraordinaires horizons rappellent ceux de Jérusalem et laissent deviner l'âpreté de forêts profondes, de plateaux lunaires. Saint-Michel d'Aiguilhe, la cathédrale, la couleur des pierres sur les rochers aigus m'invitent au silence, à la méditation, à la recherche d'un au-delà. Je n'ai vu Le Puy aujourd'hui que quelques instants, et la nuit. Mais peu importe. J'y suis allé en pèlerinage avec Anne que j'aime et pour y trouver de nouvelles et éternelles raisons de l'aimer. En engageant mon âme. Et je garde aussi le souvenir de ta tendresse, ton visage contre mon épaule, alors que nous entrions dans la ville, et du Boulevard du Maréchal Fayolle, et de l'Hôtel du Cygne où dormait déjà une partie de la maisonnée de l'Oratoire, tout cela juste aperçu avant de m'enfoncer à nouveau dans l'épaisseur de ton pays. J'ai reçu de plein fouet une formidable tempête de neige. Après Ambert je m'endormais ! Mais j'ai touché le port sans dommage. A Thiers, vers trois heures du matin, le havre où nous avions dîné, m'a paru gorgé de douceur tant il m'avait fallu combattre l'âpreté du Forez. Qu'il était pittoresque cet Hôtel de l'Aigle d'Or avec ses fauteuils de velours rouge, son grand lit rectangulaire garni de fanfreluches, ses parquets craquelants ! Je te vois, cousant le bouton de ma veste et partageant le plat de cèpes ! Je te vois surtout, mon amour, par ce merveilleux sourire intérieur qui n'a cessé (hors la rue d'Assas, au départ !) d'éclairer ton visage – d'éclairer ma route, vers le Puy, vers toi, vers nous.
« Le Roi sans divertissement » était, ce soir, sauvé du mal, sauvé de lui – parce qu'il aimait.

Telle est la leçon, ma chérie du pèlerinage au Puy-en-Velay où ton enfance avait rendez-vous avec toi – O mariage de Dominique, château de Vachères, forêt de la Margeride, église du Monastier, paysage d'âme, rude et vaste
Voici Anne que je vous conduis.

144
Samedi 24 octobre

Titre du journal local, ce matin, à Thiers :

Première et brutale offensive de la neige

Enfin ! une nouvelle exacte ! Mais que j'ai aimé cette lutte contre la tourmente : je te dédiais chacun de mes instants, seul dans cette admirable violence.
J'ai quitté « l'Aigle d'or » à 8 h 30 et ai mis un peu moins de trois heures pour atteindre la mairie de Clamecy où j'ai tenu permanence jusqu'au début de l'après-midi.
J'ai déjeuné à l'Hôtel du Morvan près de Tannay, petit canton de ma circonscription entre Clamecy et Château-Chinon. J'y avais invité trois maires et deux dirigeants ruraux.
Arrivé à Château-Chinon j'ai commencé… par dormir ! Une bonne heure – avant d'aller à la mairie où m'attendaient le notaire de la commune, le directeur de l'hôpital, mon premier adjoint et quelques solliciteurs. Ensuite eut lieu, toujours à la mairie, un vin d'honneur (vin blanc, gâteaux secs) à l'occasion d'un diplôme accordé à Dijon à notre groupe folklorique qui se nomme « Les galvachers du Morvan ». Petits discours. Danses (bourrées !). Vielle. Sabots frappés en cadence qui ébranlaient notre plancher mal joint.
J'ai dîné au Vieux-Morvan en compagnie de deux de mes conseillers municipaux, de trois maires du coin et d'un ami de Nevers. Je les ai un peu expédiés. Mais quel plaisir que la solitude regagnée quand je sais que tu la peupleras ! Dans ma chambre, au chaud, étendu contre les draps rugueux que je réclame, j'ai lu ta dernière lettre, contemplé ta photo, pensé, pensé à toi mon Anne que je voyais le long du film de ce mariage (le long déjeuner, le discours, les rires, Martine, Gédéon, le bal, la beauté du Velay dans son plus austère costume – et toi, O toi, ma bien-aimée).
J'étais rompu d'une fatigue heureuse,
Merveilleusement confiant en toi
Et ému jusqu'au tréfonds.
Je t'aime, Anne.

145
Samedi 24 octobre (suite)

Mai, juin, juillet, août, septembre, octobre
Voici cinq mois nous étions en Hollande.
J'ai donc cherché le double symbole de ce jour pendant que tu festoies en Haute-Loire ! Voici une nature morte qui se trouve au musée d'Amsterdam et que nous avons vue ensemble. O Saint Graillou, priez pour nous !

24 MAI – 24 OCTOBRE

Jan Davidz De Heem

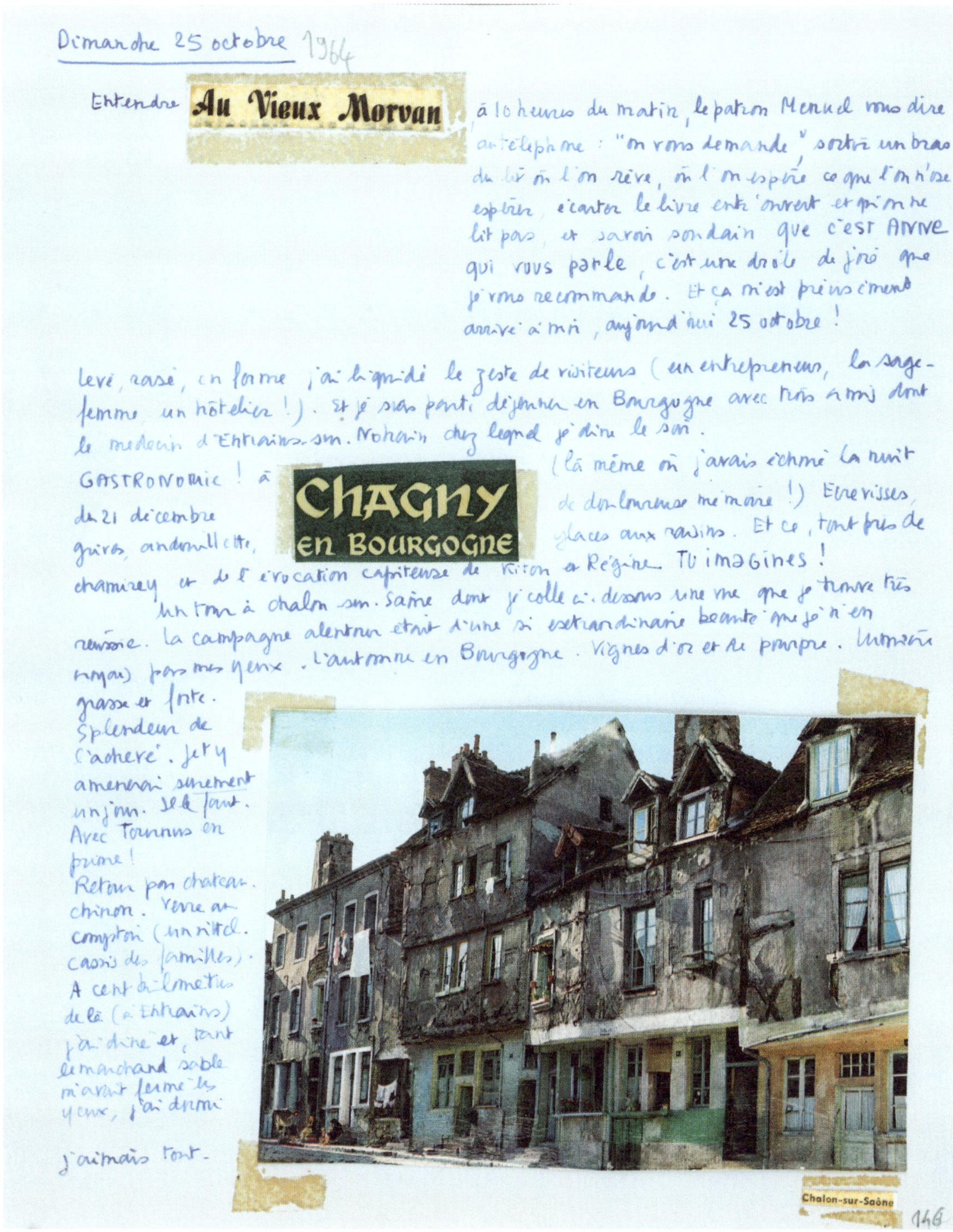

146

Dimanche 25 octobre

Entendre Au Vieux Morvan, à 10 heures du matin, le patron Menuel vous dire au téléphone : « on vous demande », sortir un bras du lit où l'on rêve, où l'on espère ce que l'on n'ose espérer, écarter le livre entr'ouvert et qu'on ne lit pas, et savoir soudain que c'est ANNE qui vous parle, c'est une drôle de joie que je vous recommande. Et ça m'est précisément arrivé à moi, aujourd'hui 25 octobre !

Levé, rasé, en forme j'ai liquidé le zeste de visiteurs (un entrepreneur, la sage-femme, un hôtelier !). Et je suis parti déjeuner en Bourgogne avec trois amis dont le médecin d'Entrains-sur-Nohain chez lequel je dîne le soir.

GASTRONOMIE ! à Chagny en Bourgogne (là même où j'avais échoué la nuit du 21 décembre de douloureuse mémoire !) Ecrevisses, grives, andouillette, glaces aux raisins. Et ce, tout près de Chamirey et de l'évocation capiteuse de Kitou et Régine. TU IMAGINES !

Un tour à Châlon-sur-Saône dont je colle ci-dessous une vue que je trouve très réussie. La campagne alentour était d'une si extraordinaire beauté que je n'en croyais pas mes yeux. L'automne en Bourgogne. Vignes d'or et de pourpre. Lumière grasse et forte. Splendeur de l'achevé. Je t'y amènerai sûrement un jour. Il le faut. Avec Tournus en prime !

Retour par Château-Chinon. Verre au comptoir (un vittel-cassis des familles). A cent kilomètres de là (à Entrains) j'ai dîné et, tant le marchand de sable m'avait fermé les yeux, j'ai dormi

J'aimais tout.

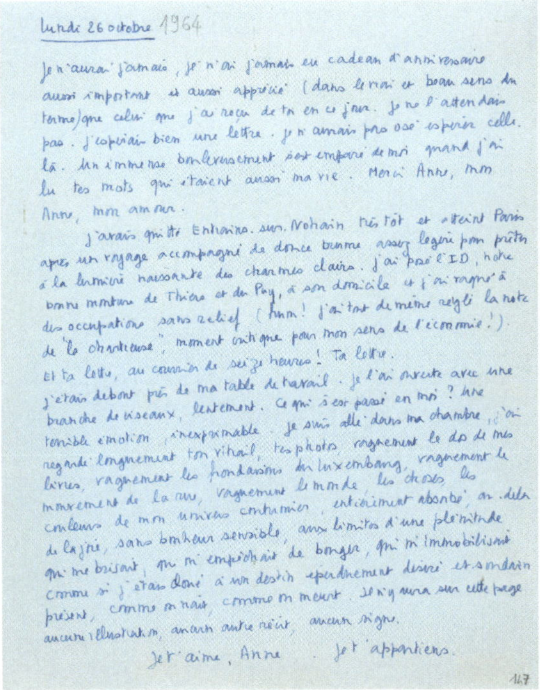

147
Lundi 26 octobre *[vous avez 48 ans]*

Je n'aurai jamais, je n'ai jamais eu cadeau d'anniversaire aussi important et aussi apprécié (dans le vrai et beau sens du terme) que celui que j'ai reçu de toi en ce jour. Je ne l'attendais pas. J'espérais bien une lettre. Je n'aurais pas osé espérer celle-là. Un immense bouleversement s'est emparé de moi quand j'ai lu tes mots qui étaient aussi ma vie. Merci Anne, mon Anne, mon amour.

J'avais quitté Entrains-sur-Nohain très tôt et atteint Paris après un voyage accompagné de douce brume, assez légère pour prêter à la lumière naissante des charmes clairs. J'ai posé l'ID, notre bonne monture de Thiers et du Puy, à son domicile et j'ai vaqué à des occupations sans relief (hum ! j'ai tout de même réglé la note de « La Chartreuse », moment critique pour mon sens de l'économie !). Et ta lettre, au courrier de seize heures ! Ta lettre. J'étais debout près de ma table de travail. Je l'ai ouverte avec une branche de ciseaux, lentement. Ce qui s'est passé en moi ? Une terrible émotion, inexprimable. Je suis allé dans ma chambre, j'ai regardé longuement ton vitrail, tes photos, vaguement le dos de mes livres, vaguement les frondaisons du Luxembourg, vaguement le mouvement de la rue, vaguement le monde, les choses, les couleurs de mon univers coutumier, entièrement absorbé, au-delà de la joie, sans bonheur sensible, aux limites d'une plénitude qui me brisait, qui m'empêchait de bouger, qui m'immobilisait comme si j'étais cloué à un destin éperdument désiré et soudain présent, comme on naît, comme on meurt. Il n'y aura sur cette page aucune illustration, aucun autre récit, aucun signe.

Je t'aime, Anne. Je t'appartiens.

148
Mardi 27 octobre

Après une heure d'entraînement au golf je saute rue Vernet où le Comité d'Expansion Economique de Bourgogne reçoit les présidents des Conseils généraux de la région. Cette séance de travail est aussitôt suivie d'un déjeuner massif avec les Préfets des quatre départements intéressés au restaurant de La Marée, rue Daru.
Je quitte mes commensaux pour la discussion de la motion de censure sur la politique agricole du gouvernement. Non sans être passé au 39 pour déposer des roses (3 rouges, 4 roses) chargées de t'accueillir et sans t'avoir téléphoné, te cueillant à l'arrivée. Joie, mon Anne. Quelle joie. Ta voix. Toi. Oui, toi que j'aime.
J'ai pu obtenir une carte pour toi et tu as pu venir au sortir de ton cours du Louvre. Et tu as ainsi assisté à la majeure partie du débat. Que notre petit dîner chez Sainlouis était doux au cœur ! Que je te trouvais jolie ! Que je t'aimais ! Nous sommes retournés à l'Assemblée et n'en sommes partis qu'après le vote, c'est-à-dire, après 2 h 30. Je n'oublierai pas la longue promenade par les quais et le quartier St Germain qui nous a menés jusqu'à quatre heures. Bonheur profond qui avait la fraîcheur de l'air, sa pureté, sa force de vie répandue en nous.
Je ne t'avais pas revue depuis ta lettre reçue hier. Il me semblait qu'entre nous il y avait comme un troisième personnage qu'il fallait traiter avec un infini respect : l'amour.

Depuis que Jean-Paul Sartre est lauréat du Prix Nobel notre ami le Canard se prend pour un penseur et médite sur les fins dernières.

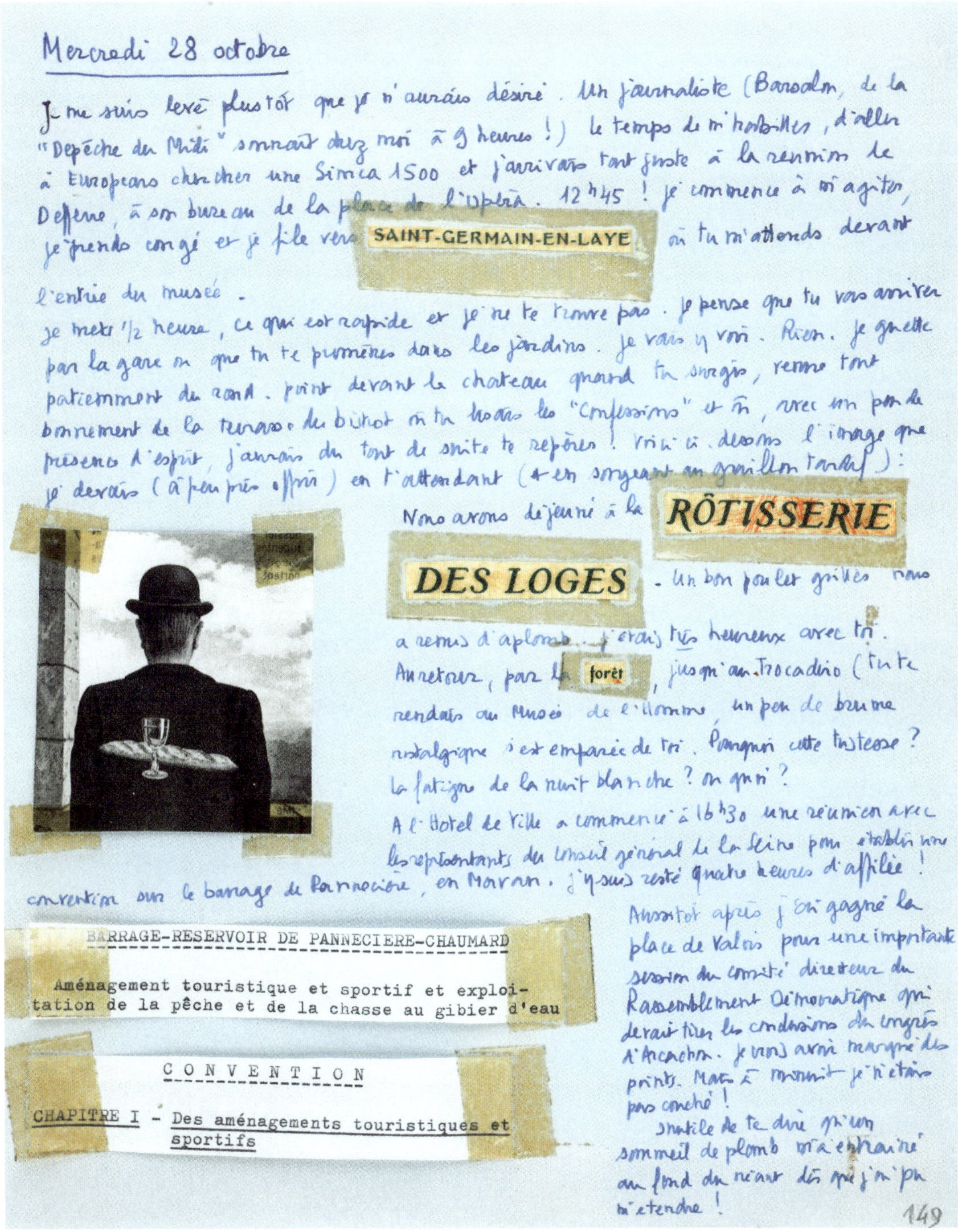

149

Mercredi 28 octobre

Je me suis levé plus tôt que je n'aurais désiré. Un journaliste (Barsalou, de la « Dépêche du Midi » sonnait chez moi à 9 heures !)
Le temps de m'habiller, d'aller à Europcars chercher une Simca 1 500 et j'arrivais tout juste à la réunion de Defferre, à son bureau de la place de l'Opéra. 12 h 45 ! Je commence à m'agiter, je prends congé et je file vers Saint-Germain-en-Laye où tu m'attends devant l'entrée du musée.
Je mets ½ heure, ce qui est rapide et je ne te trouve pas. Je pense que tu vas arriver par la gare ou que tu te promènes dans les jardins. Je vais y voir. Rien. Je guette patiemment du rond-point devant le château quand tu surgis, venue tout bonnement de la terrasse du bistrot où tu lisais les « Confessions » et où, avec un peu de présence d'esprit, j'aurais dû tout de suite te repérer ! Voici ci-dessous l'image que je devais (à peu près offrir) en t'attendant (et en songeant au graillou tardif) : Nous avons déjeuné à la Rôtisserie des Loges. Un bon poulet grillé nous a remis d'aplomb. J'étais très heureux avec toi. Au retour, par la forêt, jusqu'au Trocadéro (tu te rendais au Musée de l'Homme), un peu de brume nostalgique s'est emparée de toi. Pourquoi cette tristesse ? La fatigue de la nuit blanche ? ou quoi ?

A l'Hôtel de Ville a commencé à 16 h 30 une réunion avec les représentants du Conseil général de la Seine pour établir une convention sur le barrage de Pannecière, en Morvan. J'y suis resté quatre heures d'affilée !
Aussitôt après j'ai gagné la place de Valois pour une importante session du Comité directeur du Rassemblement Démocratique qui devait tirer les conclusions du congrès d'Arcachon. Je crois avoir marqué des points. Mais à minuit je n'étais pas couché !
Inutile de te dire qu'un sommeil de plomb m'a entraîné au fond du néant dès que j'ai pu m'étendre !

150

Jeudi 29 octobre

Golf de Saint-Cloud
Carte d'invité joueur

Pas de doute possible : cette référence à Saint-Cloud annonce une partie de ce sport que tu n'aimes pas. Eh bien ! J'ai perdu. Un pauvre petit 21.
Est-ce cela ? La journée m'a paru toute grise jusqu'à ce que la nuit tombe. Ou bien n'étais-je qu'attente parce que je ne devais te voir qu'à 17 h 45, rue du Ruisseau, à ton patronage de la Porte de Clignancourt ?
Assemblée Nationale, un tour aux « Presses de la Cité », ont rempli l'intervalle.

Il serait difficile de raconter soirée et dîner, une panne bizarre nous ayant stoppés aux portes du Père Auto ! Bref mon Anne n'a pas eu droit au plus petit graillou ! S'est-elle plainte ? Elle était encore dans son spleen que je comparerai au choc au plexus que reçoit un boxeur. Sa lettre de lundi lui a donné conscience d'un état qui l'angoisse. Et son bonheur, après le choc, elle ne le voit qu'au travers du brouillard qui accompagne le knock-out. Chère, chère Anne, quand tu ouvriras les yeux, tu sauras qu'il y a aussi de quoi rire à la joie de vivre. Et qu'il y a là, près de toi, un homme qui t'aime.
Ah ! que je t'ai aimée ce soir !
L'illustration ci-contre me rappelle un geste familier d'Anne-auvergnate. Peut-être est-elle dans le salon de l'Oratoire recevant la « high Society » et expliquant comment Pascal a réinventé la brouette.

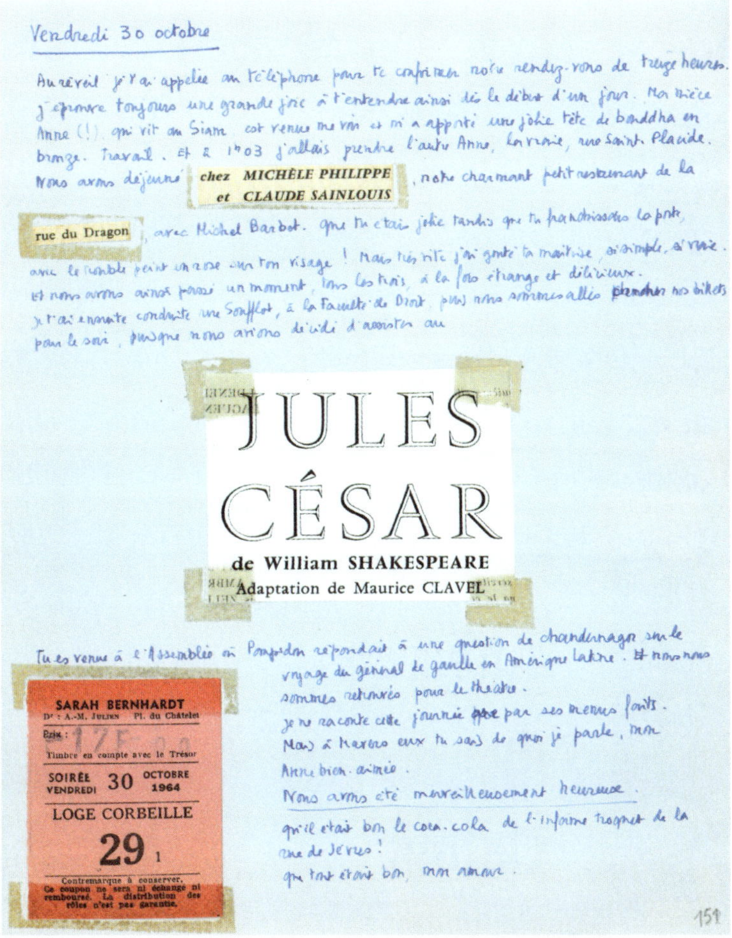

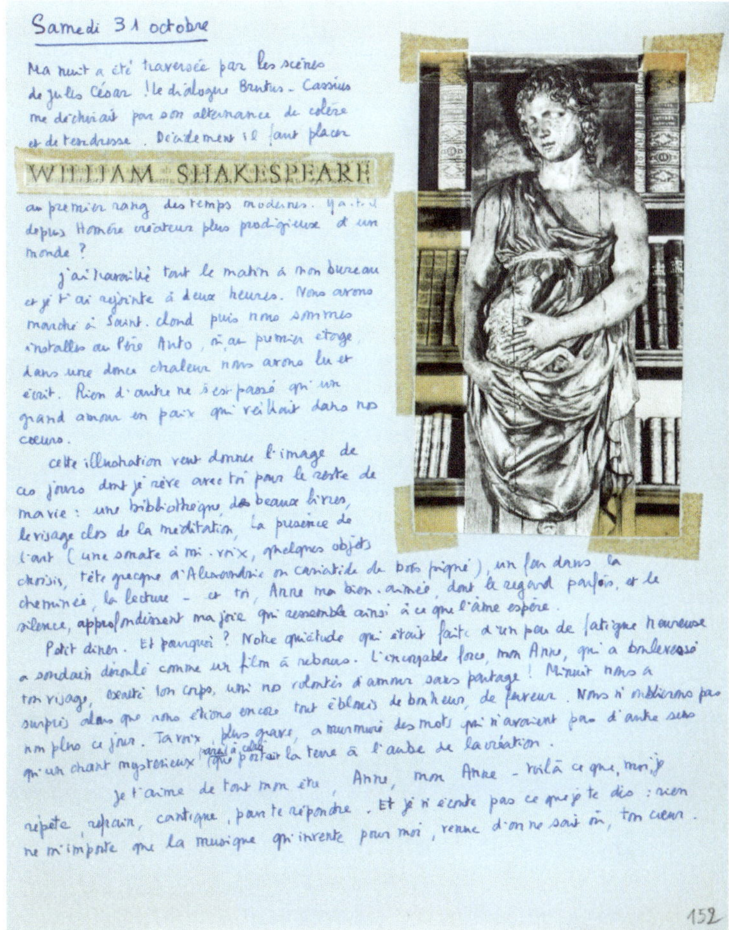

151
Vendredi 30 octobre

Au réveil je t'ai appelée au téléphone pour te confirmer notre rendez-vous de treize heures. J'éprouve toujours une grande joie à t'entendre ainsi dès le début d'un jour. Ma nièce Anne (!), qui vit au Siam, est venue me voir et m'a apporté une jolie tête de bouddha en bronze. Travail. Et à 1 h 03 j'allais prendre l'autre Anne, la vraie, rue Saint-Placide. Nous avons déjeuné chez Michèle Philippe et Claude Sainlouis, notre charmant petit restaurant de la rue du Dragon, avec Michel Barbot. Que tu étais jolie tandis que tu franchissais la porte, avec le trouble peint en rose sur ton visage ! Mais très vite j'ai goûté ta maîtrise, si simple, si vraie. Et nous avons ainsi passé un moment, tous les trois, à la fois étrange et délicieux.
Je t'ai ensuite conduite rue Soufflot, à la Faculté de Droit, puis nous sommes allés chercher nos billets pour le soir, puisque nous avions décidé d'assister au Jules César de William Shakespeare
Adaptation de Maurice Clavel

Tu es venue à l'Assemblée où Pompidou répondait à une question de Chandernagor sur le voyage du général de Gaulle en Amérique Latine. Et nous nous sommes retrouvés pour le théâtre.
Je ne raconte cette journée que par ses menus faits. Mais à travers eux tu sais de quoi je parle, mon Anne bien-aimée.
Nous avons été merveilleusement heureux.
Qu'il était bon le coca-cola de l'infâme troquet de la rue de Sèvres !
Que tout était bon, mon amour.

152
Samedi 31 octobre

Ma nuit a été traversée par les scènes de Jules César ! Le dialogue Brutus-Cassius me déchirait par son alternance de colère et de tendresse. Décidément il faut placer William Shakespeare au premier rang des temps modernes. Y a-t-il depuis Homère créateur plus prodigieux d'un monde ?

J'ai travaillé tout le matin à mon bureau et je t'ai rejointe à deux heures. Nous avons marché à Saint-Cloud puis nous sommes installés au Père Auto, où, au premier étage, dans une douce chaleur nous avons lu et écrit. Rien d'autre ne s'est passé qu'un grand amour en paix qui veillait dans nos cœurs.
Cette illustration veut donner l'image de ces jours dont je rêve avec toi pour le reste de ma vie : une bibliothèque, des beaux livres, le visage clos de la méditation, la présence de l'art (une sonate à mi-voix, quelques objets choisis, tête grecque d'Alexandrie ou cariatide de bois piqué), un feu dans la cheminée, la lecture – et toi, Anne ma bien-aimée, dont le regard parfois, et le silence, approfondissent ma joie qui ressemble ainsi à ce que l'âme espère.
Petit dîner. Et pourquoi ? Notre quiétude qui était faite d'un peu de fatigue heureuse a soudain déroulé comme un film à rebours. L'incroyable force, mon Anne, qui a bouleversé ton visage, exalté ton corps, uni nos volontés d'amour sans partage ! Minuit nous a surpris alors que nous étions encore tout éblouis de bonheur, de ferveur. Nous n'oublierons pas non plus ce jour. Ta voix, plus grave, a murmuré des mots qui n'avaient pas d'autre sens qu'un chant mystérieux pareil à celui que portait la terre à l'aube de la création.
Je t'aime de tout mon être, Anne, mon Anne – voilà ce que, moi, je répète, refrain, cantique, pour te répondre. Et je n'écoute pas ce que je te dis : rien ne m'importe que la musique qu'invente pour moi, venue d'on ne sait où, ton cœur.

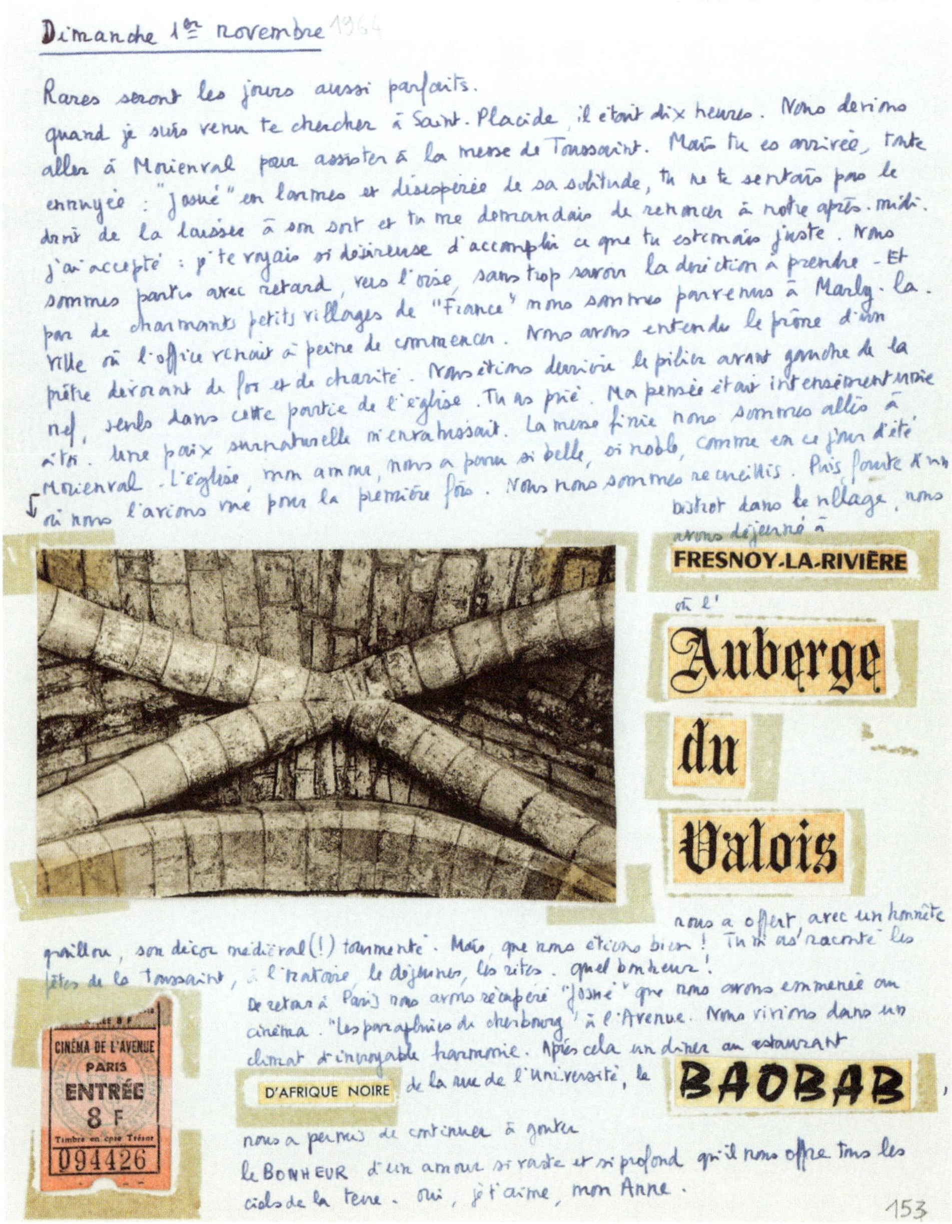

153
Dimanche 1er novembre

Rares seront les jours aussi parfaits.
Quand je suis venu te chercher à Saint-Placide, il était dix heures. Nous devions aller à Morienval pour assister à la messe de Toussaint. Mais tu es arrivée, tout ennuyée : « Josué » en larmes et désespérée de sa solitude, tu ne te sentais pas le droit de la laisser à son sort et tu me demandais de renoncer à notre après-midi. J'ai accepté : je te voyais si désireuse d'accomplir ce que tu estimais juste. Nous sommes partis avec retard, vers l'Oise, sans trop savoir la direction à prendre – Et par de charmants petits villages de « France » nous sommes parvenus à Marly-la-Ville où l'office venait à peine de commencer. Nous avons entendu le prône d'un prêtre dévorant de foi et de charité. Nous étions derrière le pilier avant gauche de la nef, seuls dans cette partie de l'église. Tu as prié. Ma pensée était intensément unie à toi. Une paix surnaturelle m'envahissait. La messe finie nous sommes allés à Morienval. L'église, mon amour, nous a paru si belle, si noble, comme en ce jour d'été où nous l'avions vue pour la première fois. Nous nous sommes recueillis. Puis faute d'un bistrot dans le village, nous avons déjeuné à Fresnoy-la-Rivière où l'Auberge du Valois nous a offert, avec un honnête graillou, son décor médiéval (!) tourmenté. Mais, que nous étions bien ! Tu m'as raconté les fêtes de la Toussaint, à l'Oratoire, le déjeuner, les rites. Quel bonheur !
De retour à Paris nous avons récupéré « Josué » que nous avons emmenée au cinéma. « Les parapluies de Cherbourg » à l'Avenue. Nous vivions dans un climat d'incroyable harmonie. Après cela un dîner au restaurant d'Afrique Noire de la rue de l'Université, le Baobab, nous a permis de continuer à goûter le BONHEUR d'un amour si vaste et si profond qu'il nous offre tous les ciels de la terre – oui, je t'aime mon Anne.

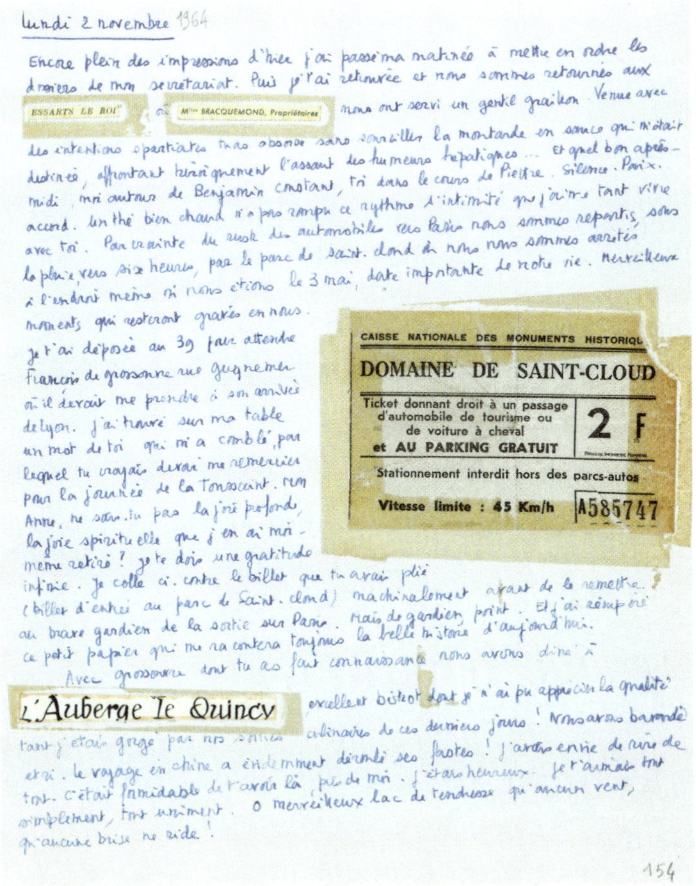

154

Lundi 2 novembre

Encore plein des impressions d'hier j'ai passé ma matinée à mettre en ordre les dossiers de mon secrétariat. Puis je t'ai retrouvée et nous sommes retournés aux Essarts le Roi où Mlles Bracquemond, Propriétaires nous ont servi un gentil graillou. Venue avec des intentions spartiates tu as absorbé sans sourciller la moutarde en sauce qui m'était destinée, affrontant héroïquement l'assaut des humeurs hépatiques… Et quel bon après-midi, moi autour de Benjamin Constant, toi dans le cours de Piettre. Silence. Paix. Accord. Un thé bien chaud n'a pas rompu ce rythme d'intimité que j'aime tant vivre avec toi. Par crainte du rush des automobiles vers Paris nous sommes repartis, sous la pluie, vers six heures, par le parc de Saint-Cloud où nous nous sommes arrêtés à l'endroit même où nous étions le 3 mai, date importante de notre vie. Merveilleux moments qui resteront gravés en nous.

Je t'ai déposée au 39 pour attendre François de Grossouvre rue Guynemer où il devait me prendre à son arrivée de Lyon. J'ai trouvé sur ma table un mot de toi qui m'a comblé, par lequel tu croyais devoir me remercier pour la journée de la Toussaint. Mon Anne, ne sais-tu pas la joie profonde, la joie spirituelle que j'en ai moi-même retirée ? Je te dois une gratitude infinie. Je colle ci-contre le billet que tu avais plié (billet d'entrée au parc de Saint-Cloud) machinalement avant de le remettre au brave gardien de la sortie sur Paris. Mais de gardien, point. Et j'ai récupéré ce petit papier qui me racontera toujours la belle histoire d'aujourd'hui.
Avec Grossouvre dont tu as fait connaissance nous avons dîné à L'Auberge le Quincy, excellent bistrot dont je n'ai pu apprécier la qualité tant j'étais gorgé par nos sorties culinaires de ces derniers jours ! Nous avons bavardé et ri. Le voyage en Chine a évidemment déroulé ses fastes ! J'avais envie de rire de tout. C'était formidable de t'avoir là, près de moi. J'étais heureux. Je t'aimais tout simplement, tout uniment. O merveilleux lac de tendresse qu'aucun vent, qu'aucune brise ne ride !

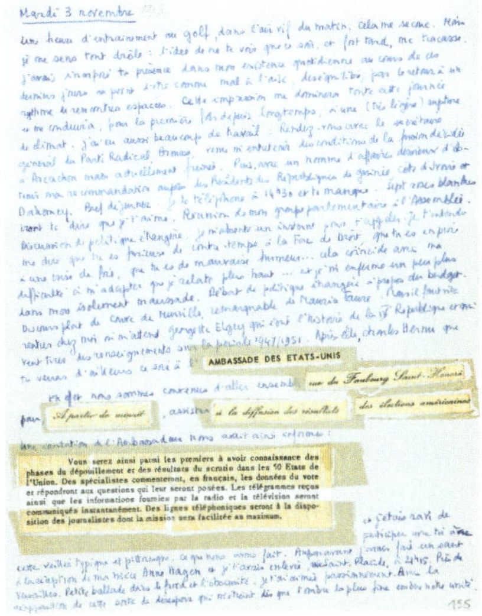

155

Mardi 3 novembre

Une heure d'entraînement au golf, dans l'air vif du matin. Cela me secoue. Mais je me sens tout drôle : l'idée de ne te voir que ce soir, et fort tard, me tracasse. J'avais incorporé ta présence dans mon existence quotidienne au cours de ces derniers jours au point d'être comme mal à l'aise, déséquilibré, par le retour à un rythme de rencontres espacées. Cette impression me dominera toute cette journée et me conduira, pour la première fois depuis longtemps, à une (très légère) rupture de climat. J'ai eu aussi beaucoup de travail. Rendez-vous avec le secrétaire général du Parti Radical, Brousse, venu m'entretenir des conditions de la fusion décidée à Arcachon mais actuellement freinée. Puis, avec un homme d'affaires désireux d'obtenir ma recommandation auprès des Présidents des Républiques de Guinée, Côte d'Ivoire et Dahomey. Bref déjeuner. Je te téléphone à 14 h 30 et te manque. Sept roses blanches iront te dire que je t'aime. Réunion de mon groupe parlementaire à l'Assemblée. Discussion de politique étrangère. Je m'absente un instant pour t'appeler. Je t'entends me dire que tu es furieuse de contre-temps à la Fac de Droit, que tu es en proie à une crise de foie, que tu es de mauvaise humeur… cela coïncide avec ma difficulté à m'adapter que je relate plus haut… et je m'enferme un peu plus dans mon isolement maussade. Débat de politique étrangère à propos du budget. Discours plat de Couve de Murville, remarquable de Maurice Faure. Mais il faut vite rentrer chez moi où m'attend Georgette Elgey qui écrit l'histoire de la IVe République et qui veut tirer des renseignements sur la période 1947/1951. Après elle, Charles Hernu que tu verras d'ailleurs ce soir à l'Ambassade des Etats-Unis.
En effet nous sommes convenus d'aller ensemble rue du Faubourg Saint-Honoré pour, à partir de minuit, assister à la diffusion des résultats des élections américaines
Une invitation de l'Ambassadeur nous avait ainsi informés :

Vous serez ainsi parmi les premiers à avoir connaissance des phases du dépouillement et des résultats du scrutin dans les 50 Etats de l'Union. Des spécialistes commenteront, en français, les données du vote et répondront aux questions qui leur seront posées. Les télégrammes reçus ainsi que les informations fournies par la radio et la télévision seront communiqués instantanément. Des lignes téléphoniques seront à la disposition des journalistes dont la mission sera facilitée au maximum.

et j'étais ravi de participer avec toi à cette veillée typique et pittoresque. Ce que nous avons fait. Auparavant j'avais fait un saut à la réception de ma nièce Anne Hagen et je t'avais enlevée, rue Saint-Placide, à 21 h 15. Près de Versailles. Petite balade dans le froid et l'obscurité. Je t'ai aimée passionnément. Avec la réapparition de cette sorte de désespoir qui m'étreint dès que l'ombre la plus fine embue notre unité.

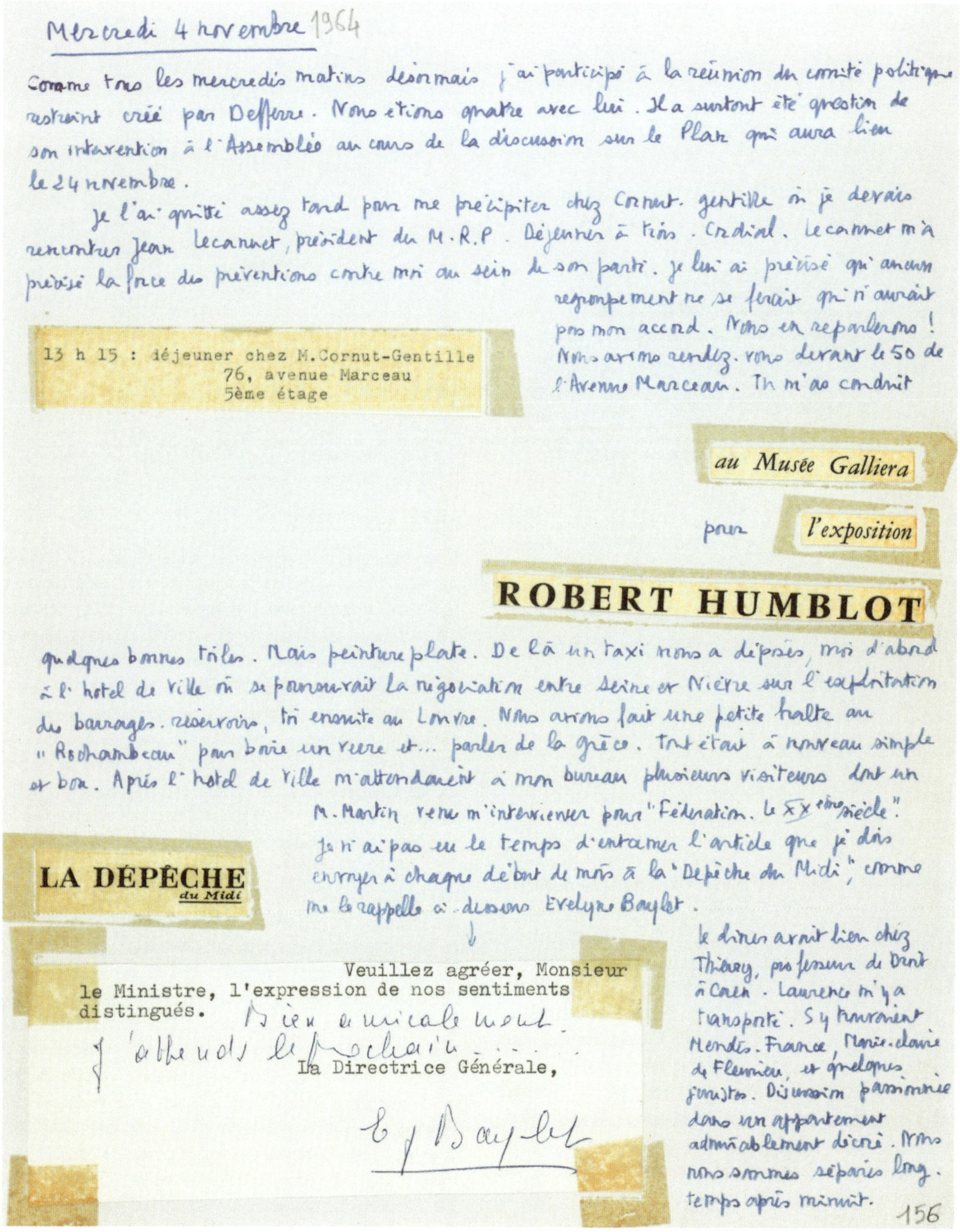

Mercredi 4 novembre 1964

Comme tous les mercredis matins désormais j'ai participé à la réunion du comité politique restreint créé par Defferre. Nous étions quatre avec lui. Il a surtout été question de son intervention à l'Assemblée au cours de la discussion sur le Plan qui aura lieu le 24 novembre.

Je l'ai quitté assez tard pour me précipiter chez Cornut-Gentille où je devais rencontrer Jean Lecanuet, président du M.R.P. Déjeuner à trois. Cordial. Lecanuet m'a précisé la force des préventions contre moi au sein de son parti. Je lui ai précisé qu'aucun regroupement ne se ferait qui n'aurait pas mon accord. Nous en reparlerons ! Nous avions rendez-vous devant le 50 de l'Avenue Marceau. Tu m'as conduit

13 h 15 : déjeuner chez M.Cornut-Gentille
76, avenue Marceau
5ème étage

au Musée Galliera

pour l'exposition

ROBERT HUMBLOT

quelques bonnes toiles. Mais peinture plate. De là un taxi nous a déposés, moi d'abord à l'hôtel de Ville où se poursuivait la négociation entre Seine et Nièvre sur l'exploitation des barrages-réservoirs, toi ensuite au Louvre. Nous avions fait une petite halte au « Rochambeau » pour boire un verre et… parler de la Grèce. Tout était à nouveau simple et bon. Après l'hôtel de Ville m'attendaient à mon bureau plusieurs visiteurs dont un M. Martin venu m'interviewer pour « Fédération. Le XXème siècle ». Je n'ai pas eu le temps d'entamer l'article que je dois envoyer à chaque début de mois à la « Dépêche du Midi », comme me le rappelle ci-dessous Evelyne Baylet.

LA DÉPÊCHE du Midi

Veuillez agréer, Monsieur le Ministre, l'expression de nos sentiments distingués. Bien amicalement. J'attends le prochain…
La Directrice Générale,
E. Baylet

Le dîner avait lieu chez Thierry, professeur de Droit à Caen. Laurence m'y a transporté. S'y trouvaient Mendès-France, Marie-Claire de Fleurieu, et quelques juristes. Discussion passionnée dans un appartement admirablement décoré. Nous nous sommes séparés longtemps après minuit.

156

156

Mercredi 4 novembre

Comme tous les mercredis matin désormais j'ai participé à la réunion du comité politique restreint créé par Defferre. Nous étions quatre avec lui. Il a surtout été question de son intervention à l'Assemblée au cours de la discussion sur le Plan qui aura lieu le 24 novembre.

Je l'ai quitté assez tard pour me précipiter chez Cornut-Gentille où je devais rencontrer Jean Lecanuet, président du M.R.P. Déjeuner à trois. Cordial. Lecanuet m'a précisé la force des préventions contre moi au sein de son parti. Je lui ai précisé qu'aucun regroupement ne se ferait qui n'aurait pas mon accord. Nous en reparlerons ! Nous avions rendez-vous devant le 50 de l'Avenue Marceau. Tu m'as conduit au Musée Galliera pour l'exposition Robert Humblot

quelques bonnes toiles. Mais peinture plate. De là un taxi nous a déposés, moi d'abord à l'hôtel de Ville où se poursuivait la négociation entre Seine et Nièvre sur l'exploitation des barrages-réservoirs, toi ensuite au Louvre. Nous avions fait une petite halte au « Rochambeau » pour boire un verre et… parler de la Grèce. Tout était à nouveau simple et bon. Après l'hôtel de Ville m'attendaient à mon bureau plusieurs visiteurs dont un M. Martin venu m'interviewer pour « Fédération. Le xxème siècle ». Je n'ai pas eu le temps d'entamer l'article que je dois envoyer à chaque début de mois à la « Dépêche du Midi », comme me le rappelle ci-dessous Evelyne Baylet.

Le dîner avait lieu chez Thierry, professeur de Droit à Caen. Laurence m'y a transporté. S'y trouvaient Mendès France, Marie-Claire de Fleurieu, et quelques juristes. Discussion passionnée dans un appartement admirablement décoré. Nous nous sommes séparés longtemps après minuit.

157
Mercredi 4 novembre (suite)

L'homme le plus puissant du monde.
Se pose-t-il des questions ?

Le Président L. B. Johnson

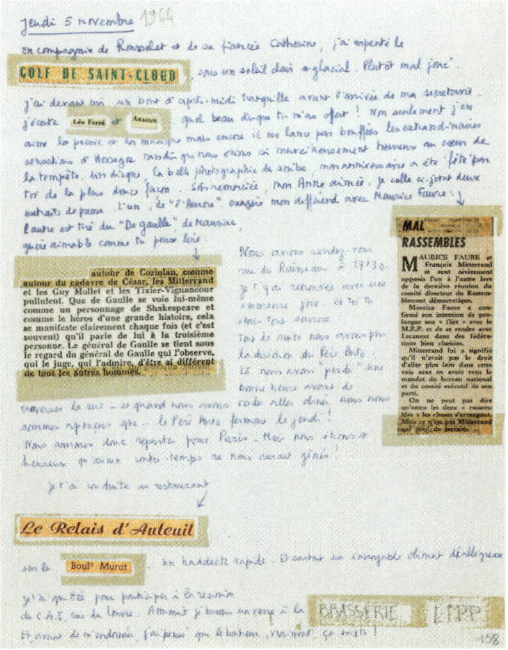

158

Jeudi 5 novembre

En compagnie de Rousselet et de sa fiancée, Catherine, j'ai arpenté le Golf de Saint-Cloud, sous un soleil clair et glacial. Plutôt mal joué. J'ai devant moi un bout d'après-midi tranquille avant l'arrivée de ma secrétaire. J'écoute Léo Ferré et Aragon. Quel beau disque tu m'as offert ! Non seulement j'en aime la poésie et la musique mais encore il me lance par bouffées les extraordinaires sensations d'Hossegor tandis que nous étions si merveilleusement heureux au cœur de la tempête. Un disque, la belle photographie du scribe, mon anniversaire a été fêté par toi de la plus douce façon. Sois remerciée, mon Anne aimée. Je colle ci-joint deux extraits de presse. L'un, de « l'Aurore », exagère mon différend avec Maurice Faure
l'autre est tiré du « De Gaulle », de Mauriac, guère aimable comme tu peux lire

Nous avions rendez-vous rue du Ruisseau à 17 h 30. Je t'y ai retrouvée avec une immense joie. Et toi tu étais tout sourire.
Tout de suite nous avons pris la direction du Père Auto. Là nous avons « perdu » une bonne heure avant de traverser la rue – et quand nous avons voulu aller dîner nous nous sommes aperçus que… le Père Auto fermait le jeudi !
Nous sommes donc repartis pour Paris. Mais nous étions si heureux qu'aucun contre-temps ne nous aurait gênés !

Je t'ai conduite au restaurant Le Relais d'Auteuil sur le Bould Murat.
Un haddock rapide. Et surtout un incroyable climat d'allégresse
Je t'ai quittée pour participer à la réunion du C.A.I, rue du Louvre.
A minuit je buvais un verre à la Brasserie Lipp
Et, avant de m'endormir, j'ai pensé que le bonheur, vraiment, ça existe !

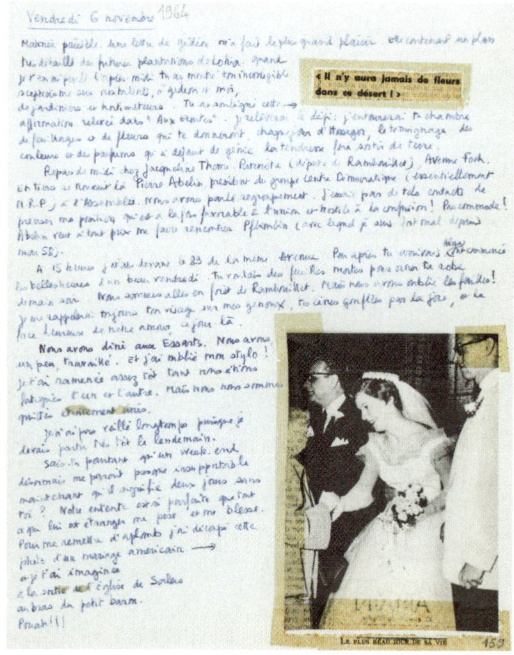

159

Vendredi 6 novembre

Matinée paisible. Une lettre de Gédéon m'a fait le plus grand plaisir. Elle contenait un plan détaillé des futures plantations de Lohia. Quand je t'en ai parlé l'après-midi tu as montré ton incorrigible scepticisme sur nos talents, à Gédéon et moi, de jardiniers et horticulteurs. Tu as souligné cette affirmation relevée dans « Aux Ecoutes ».

Il n'y aura jamais de fleurs dans ce désert !

Je relèverai le défi : j'entourerai ta chambre de feuillages et de fleurs qui te donneront, chaque jour d'Hossegor, le témoignage des couleurs et des parfums qu'à défaut de génie la tendresse fera sortir de terre.

Repas de midi chez Jacqueline Thome-Patenôtre (député de Rambouillet), Avenue Foch. En tiers se trouvait là Pierre Abelin, président du groupe Centre Démocratique (essentiellement M.R.P) à l'Assemblée. Nous avons parlé regroupement. J'essaie par de tels contacts de préciser ma position qui est à la fois favorable à l'union et hostile à la confusion ! Pas commode ! Abelin veut à tout prix me faire rencontrer Pflimlin (avec lequel je suis fort mal depuis mai 58).
A 15 heures j'étais devant le 83 de la même Avenue. Peu après tu arrivais. Alors ont commencé les belles heures d'un beau vendredi. Tu voulais des feuilles mortes pour orner ta robe demain soir. Nous sommes allés en forêt de Rambouillet. Mais nous avons oublié les feuilles ! Je me rappellerai toujours ton visage sur mes genoux, tes lèvres gonflées par la joie, et la force heureuse de notre amour, ce jour-là.
Nous avons dîné aux Essarts. Nous avons, un peu, travaillé. Et j'ai oublié mon stylo ! Je t'ai ramenée assez tôt tant nous étions fatigués l'un et l'autre. Mais nous nous sommes quittés étroitement unis.
Je n'ai pas veillé longtemps puisque je devais partir très tôt le lendemain.
Sais-tu pourtant qu'un week-end désormais me paraît presque insupportable maintenant qu'il signifie deux jours sans toi ? Notre entente est si parfaite que tout ce qui lui est étranger me pèse et me blesse.
Pour me remettre d'aplomb j'ai découpé cette photo d'un mariage américain

Le plus beau jour de sa vie

et je t'ai imaginée à la sortie de l'église de Salers au bras du petit baron.
Pouah !!!

Samedi 7 novembre 1964

Je suis parti pour NEVERS par le « Bourbonnais » de 7h 52. Comme toujours je suis arrivé à la gare de Lyon à la dernière minute. Lecture dans l'autorail : « l'Histoire Universelle » de la Pléiade. A Nevers, temps maussade. J'ai d'abord assisté à la séance annuelle du SYNDICAT INTERCOMMUNAL D'ÉLECTRICITÉ DE LA NIÈVRE. Quel somnifère !

J'ai reçu ensuite à mon bureau de la Préfecture le Directeur des Services agricoles, le Directeur de l'urbanisme et le Président de la Chambre de Commerce. Déjeuner à l'HOTEL DE FRANCE où j'avais convié les dirigeants de la Fédération des syndicats d'exploitants agricoles. Cela m'a tenu tard. Eclaircie : je t'ai obtenue au téléphone. Que ta voix m'est douce, mon Anne bien-aimée.

A Château-Chinon les visiteurs se pressaient devant ma porte, à la mairie. Je les ai écoutés jusqu'à vingt heures, avec patience. La force que je dois à l'harmonie qui nous unit, la paix du cœur qui règne en moi me donnent la volonté d'accomplir, comme je le dois, ma tâche. Evidemment je ne puis m'empêcher de songer au bonheur que j'aurais si, le soir venu, je te retrouvais dans une maison qui serait la nôtre, dans la solitude des monts du Morvan, avec, dehors le vent d'automne, et pour nous, devant un grand feu, la musique choisie de notre préférence, et le miracle quotidien d'une tendresse profonde. J'imagine ton visage, tel qu'il était hier, habité par l'amour et je me demande comment vivre loin de toi.

J'ai dîné à Ouroux, à trente kilomètres au nord de Château-Chinon, avec les maires du canton de Montsauche et les conseillers municipaux de la commune. Nous étions chez Octave Renault, cabaretier pittoresque qui tient le parquet de danse pour les fêtes locales !

J'ai pensé à toi, mon Anne, à onze heures, alors que je rentrais par une route tortillante au travers de l'épaisse forêt de hêtres : n'avions-nous pas un rendez-vous – tandis que toi tu dansais chez Odette Dollfus ?

HOTEL DU VIEUX MORVAN

Et c'est le cœur plein de toi que je me suis endormi à l'hôtel du Vieux Morvan.

160

160
Samedi 7 novembre

Je suis parti pour Nevers par le « Bourbonnais » de 7 h 52. Comme toujours, je suis arrivé à la gare de Lyon à la dernière minute. Lecture dans l'autorail : « l'Histoire Universelle » de la Pléiade. A Nevers, temps maussade. J'ai d'abord assisté à la séance annuelle du Syndicat intercommunal d'électricité de la Nièvre. Quel somnifère !

J'ai reçu ensuite à mon bureau de la Préfecture le Directeur des Services agricoles, le Directeur de l'urbanisme et le Président de la Chambre de Commerce. Déjeuner à l'Hôtel de France où j'avais convié les dirigeants de la Fédération des syndicats d'exploitants agricoles. Cela m'a tenu tard. Eclaircie : je t'ai obtenue au téléphone. Que ta voix m'est douce, mon Anne bien-aimée.

A Château-Chinon les visiteurs se pressaient devant ma porte, à la mairie. Je les ai écoutés jusqu'à vingt heures, avec patience. La force que je dois à l'harmonie qui nous unit, la paix du cœur qui règne en moi me donnent la volonté d'accomplir, comme je le dois, ma tâche. Evidemment je ne puis m'empêcher de songer au bonheur que j'aurais si, le soir venu, je te retrouvais dans une maison qui serait la nôtre, dans la solitude des monts du Morvan, avec, dehors le vent d'automne, et pour nous, devant un grand feu, la musique choisie, de notre préférence, et le miracle quotidien d'une tendresse profonde. J'imagine ton visage, tel qu'il était hier, habité par l'amour – et je me demande comment vivre loin de toi.

J'ai dîné à Ouroux, à trente kilomètres au nord de Château-Chinon, avec les maires du canton de Montsauche et les conseillers municipaux de la commune. Nous étions chez Octave Renault, cabaretier pittoresque qui tient le parquet de danse pour les fêtes locales !

J'ai pensé à toi, mon Anne, à onze heures, alors que je rentrais par une route tortillante au travers de l'épaisse forêt de hêtres : n'avions-nous pas un rendez-vous – tandis que toi tu dansais chez Odette Dollfus ? Et c'est le cœur plein de toi que je me suis endormi à l'hôtel du Vieux-Morvan.

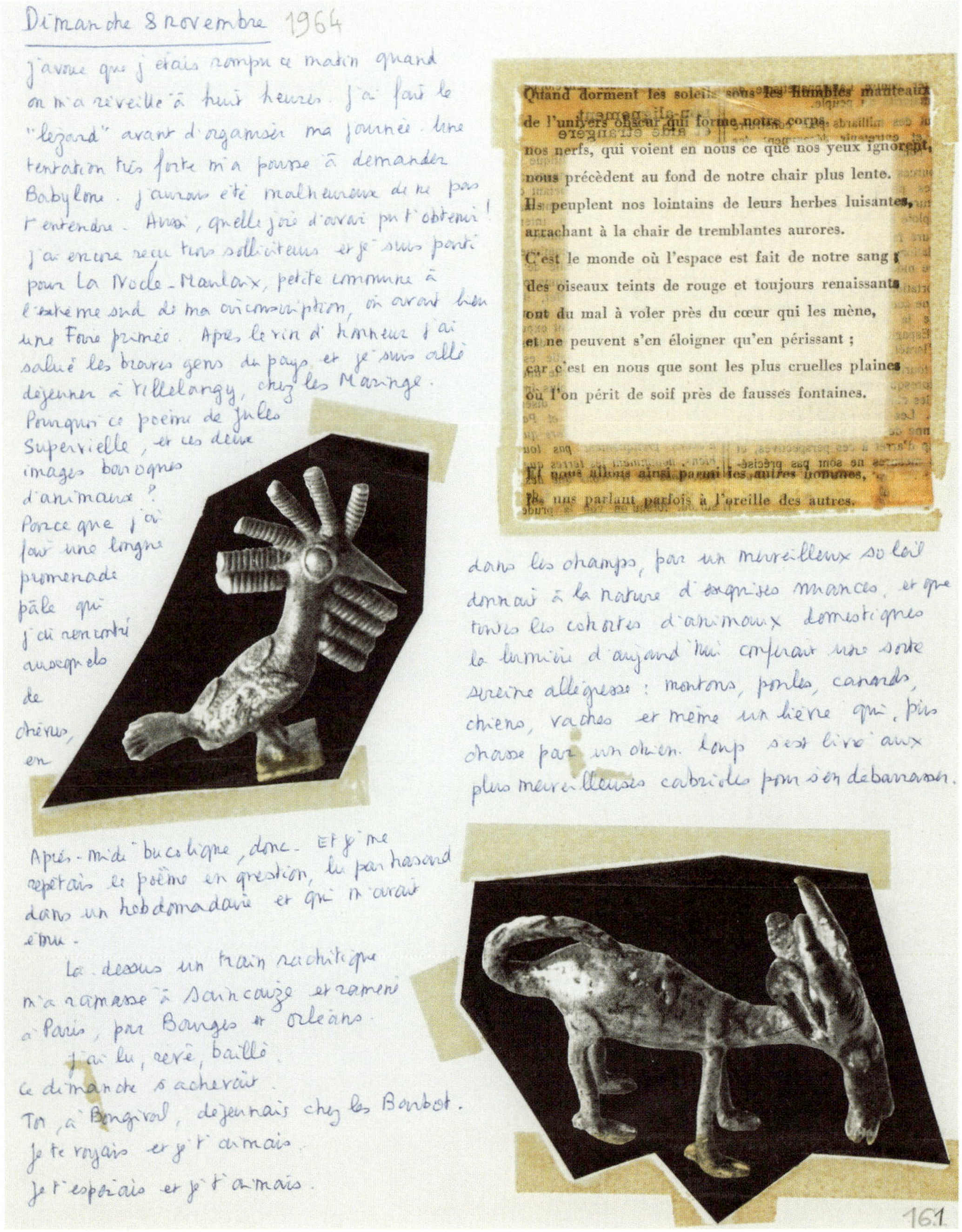

161

Dimanche 8 novembre

J'avoue que j'étais rompu ce matin quand on m'a réveillé à huit heures. J'ai fait le « lézard » avant d'organiser ma journée. Une tentation très forte m'a poussé à demander Babylone. J'aurais été malheureux de ne pas t'entendre. Aussi, quelle joie d'avoir pu t'obtenir ! J'ai encore reçu trois solliciteurs et je suis parti pour la Nocle-Maulaix, petite commune à l'extrême sud de ma circonscription, où avait lieu une Foire primée. Après le vin d'honneur j'ai salué les braves gens du pays et je suis allé déjeuner à Villelangy, chez les Maringe.
Pourquoi ce poème de Jules Supervielle, et ces deux images baroques d'animaux ? Parce que j'ai fait une longue promenade dans les champs, par un merveilleux soleil pâle qui donnait à la nature d'exquises nuances, et que j'ai rencontré toutes les cohortes d'animaux domestiques auxquels la lumière d'aujourd'hui conférait une sorte de sereine allégresse : moutons, poules, canards, chèvres, chiens, vaches et même un lièvre qui, pris en chasse par un chien-loup s'est livré aux plus merveilleuses cabrioles pour s'en débarrasser.

Après-midi bucolique, donc. Et je me répétais le poëme en question, lu par hasard dans un hebdomadaire et qui m'avait ému.
Là-dessus un train rachitique m'a ramassé à Saincaize et ramené à Paris, par Bourges et Orléans.
J'ai lu, rêvé, bâillé.
Ce dimanche s'achevait.
Toi, à Bougival, déjeunais chez les Barbot.
Je te voyais et je t'aimais.
Je t'espérais et je t'aimais.

162
Lundi 9 novembre

J'ai pris ma première leçon de golf avec un nouveau professeur, Garaïalde, au Golf de la Boulie près de Versailles. C'est notre amie O.D. qui m'y a conduit.

Au retour je suis passé par l'Assemblée, puis je suis revenu chez moi pour recevoir un maître des Requêtes au Conseil d'Etat et un Inspecteur des Finances avec lesquels je prépare une éventuelle intervention sur le Plan. Enfin, un personnage un peu ridicule m'a quémandé une subvention du Conseil général de la Nièvre pour une vague histoire régionale. Il était l'heure de partir te rejoindre au Pont de Bougival où nous avions rendez-vous. Par un temps splendide j'ai traversé le Bois de Boulogne, Suresnes et Rueil-Malmaison et le cœur à éclater de joie je t'ai retrouvée.

Nous avons déjeuné au Pavillon de la Croix de Noailles où nous étions venus peu avant Noël, l'an dernier. (Je t'avais apporté le bol précolombien et le livre sur les vingt-sept bêtes…). Bon graillou. La tarte à l'oignon valait la gourmandise !

Le café bu nous avons vainement tenté de visiter le musée de Saint-Germain qui est resté obstinément fermé. Mais une merveilleuse promenade sur la terrasse du château, prolongée dans la forêt de Saint-Germain nous a permis de respirer à vive allure, car il faisait froid, l'air le plus pur qui soit. Nous avons discuté du château que tu aimes et que je n'apprécie pas, de Malraux (« Les voix du silence ») que tu aimes et que je conteste. Mais nous étions aussi d'accord sur le bonheur d'être réunis !

La pantoufle nous a menés en forêt de Marly. La nuit est tombée après que le soleil, disque rouge, eut donné aux frondaisons leur dernier éclat. Quelle tristesse t'a soudain éloignée de moi ? J'ai craint de t'avoir peinée en cédant au « quatrième cheval », qui trop souvent m'entraîne au galop. Je me suis juré de veiller davantage sur l'équilibre, si sensible au moindre souffle, de ta paix intérieure. Mais j'ai gardé de ces deux heures l'amer regret d'avoir manqué quelque chose.

Rien ne me déchire plus que le sentiment de vivre au-dessous de mon amour.

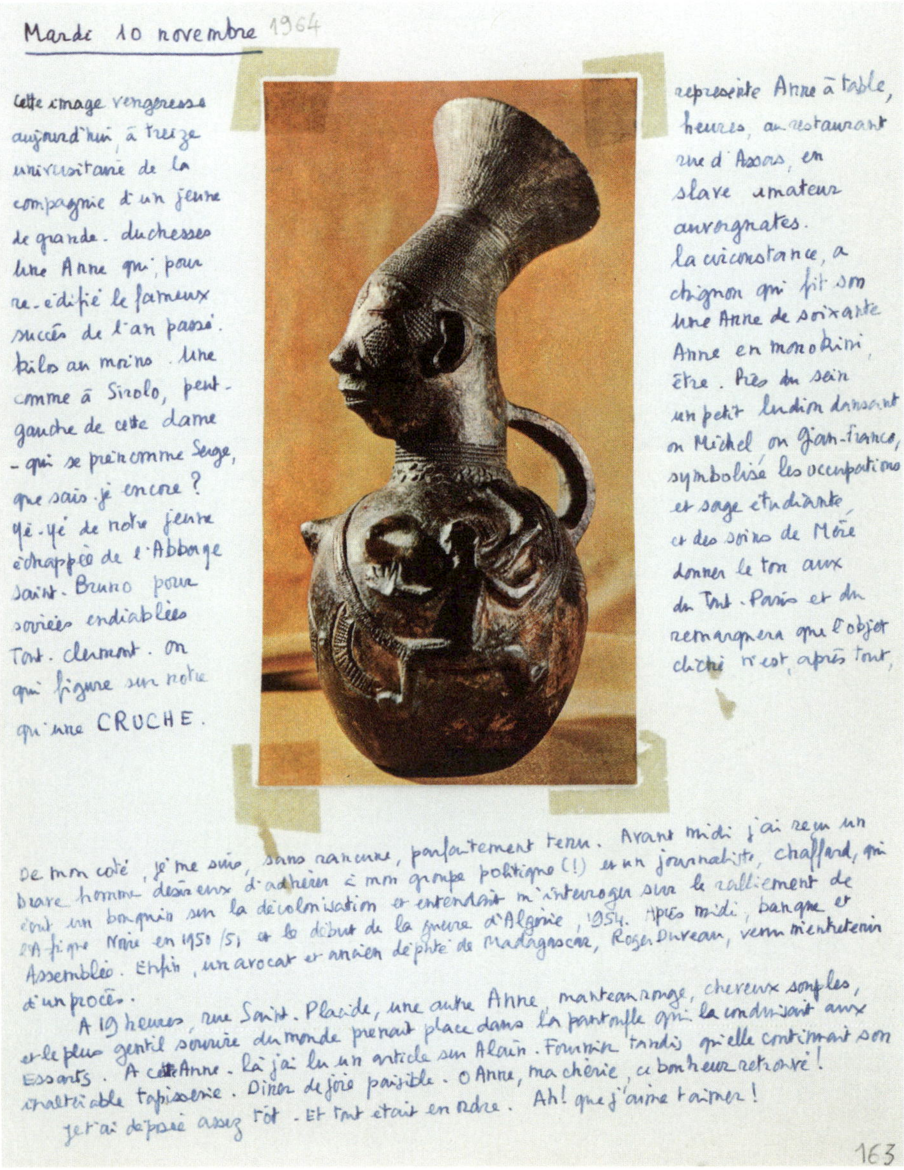

163

Mardi 10 novembre

Cette image vengeresse représente Anne à table aujourd'hui, à treize heures, au restaurant universitaire de la rue d'Assas, en compagnie d'un jeune Slave amateur de grandes-duchesses auvergnates. Une Anne qui, pour la circonstance, a re-édifié le fameux chignon qui fit son succès de l'an passé. Une Anne de soixante kilos au moins. Une Anne en monokini, comme à Sirolo, peut-être. Près du sein gauche de cette dame un petit ludion dansant – qui se prénomme Serge, ou Michel, ou Gian-Franco, que sais-je encore ? symbolise les occupations yé-yé de notre jeune et sage étudiante, échappée de l'Abbaye et des soins de Mère Saint-Bruno pour donner le ton aux soirées endiablées du Tout-Paris et du Tout-Clermont. On remarquera que l'objet qui figure sur notre cliché n'est, après tout, qu'une CRUCHE.

De mon côté, je me suis, sans rancune, parfaitement tenu. Avant midi j'ai reçu un brave homme désireux d'adhérer à mon groupe politique (!) et un journaliste, Chaffard, qui écrit un bouquin sur la décolonisation et entendait m'interroger sur le ralliement de l'Afrique Noire en 1950/51 et le début de la guerre d'Algérie, 1954. Après midi, banque et Assemblée. Enfin, un avocat et ancien député de Madagascar, Roger Duveau, venu m'entretenir d'un procès.

A 19 heures, rue Saint-Placide, une autre Anne, manteau rouge, cheveux souples, et le plus gentil sourire du monde prenait place dans la pantoufle qui la conduisait aux Essarts. A cette Anne-là j'ai lu un article sur Alain-Fournier tandis qu'elle continuait son inaltérable tapisserie. Dîner de joie paisible. O Anne, ma chérie, ce bonheur retrouvé ! Je t'ai déposée assez tôt – Et tout était en ordre. Ah ! que j'aime t'aimer !

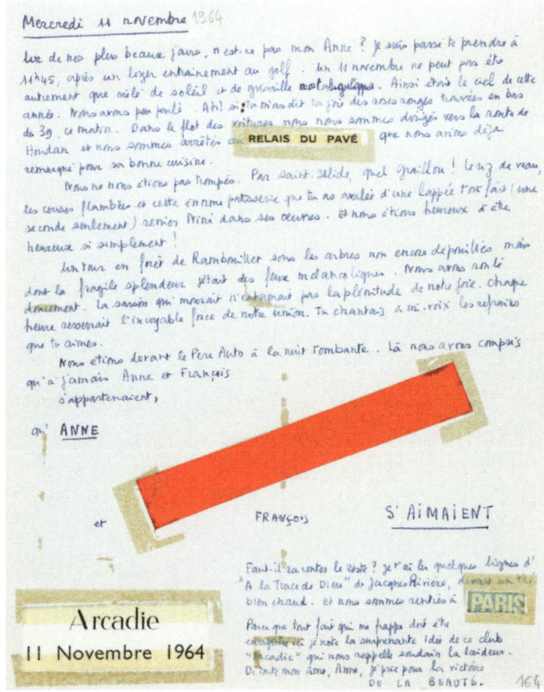

164

Mercredi 11 novembre

Un de nos plus beaux jours, n'est-ce pas mon Anne ? Je suis passé te prendre à 11 h 45, après un léger entraînement au golf. Un 11 novembre ne peut pas être autrement que mêlé de soleil et de grisaille nostalgique. Ainsi était le ciel de cette année. Nous avons peu parlé. Ah ! si : tu m'as dit ta joie des roses rouges trouvées en bas du 39, ce matin. Dans le flot des voitures nous nous sommes dirigés vers la route de Houdan et nous sommes arrêtés au Relais du Pavé que nous avions déjà remarqué pour sa bonne cuisine.

Nous ne nous étions pas trompés. Par Saint-Illide, quel graillou ! Le ris de veau, les cerises flambées et cette énorme pâtisserie que tu as avalée d'une lapée t'ont fait (une seconde seulement) renier Nini dans ses œuvres. Et nous étions heureux d'être heureux si simplement !

Un tour en forêt de Rambouillet sous les arbres non encore dépouillés mais dont la fragile splendeur jetait des feux mélancoliques. Nous avons roulé doucement. La saison qui mourait n'entamait pas la plénitude de notre joie. Chaque heure resserrait l'incroyable force de notre union. Tu chantais à mi-voix les refrains que tu aimes.

Nous étions devant le Père Auto à la nuit tombante. Là nous avons compris qu'à jamais Anne et François s'appartenaient,

qu'ANNE et FRANÇOIS S'AIMAIENT

Faut-il raconter le reste ? je t'ai lu quelques lignes d'« A la trace de Dieu » de Jacques Rivière, devant un thé bien chaud. Et nous sommes rentrés à Paris

Parce que tout fait qui me frappe doit être enregistré ici je note la surprenante idée de ce club « Arcadie » qui nous rappelle soudain la laideur.

De toute mon âme, Anne, je prie pour la victoire DE LA BEAUTE.

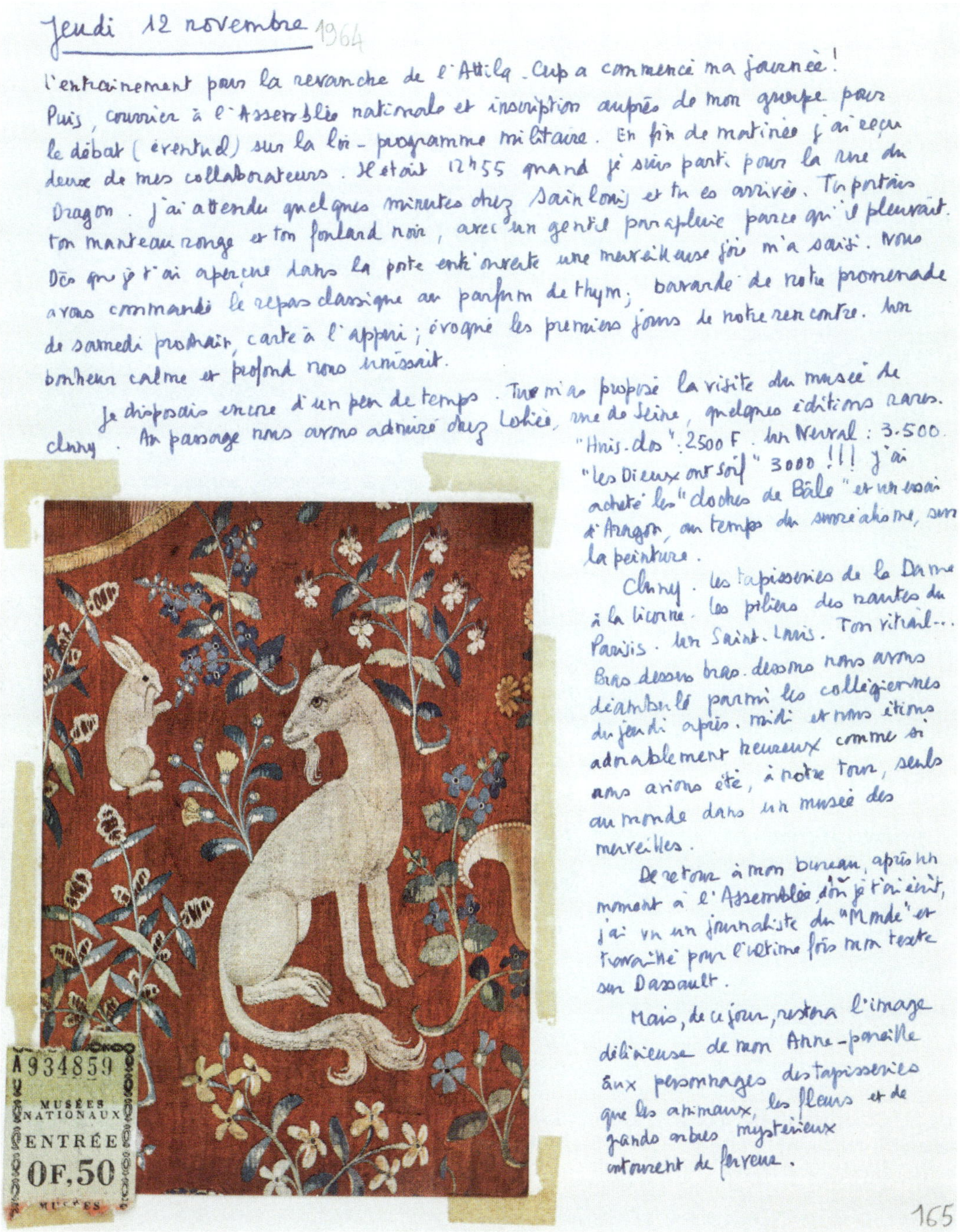

165
Jeudi 12 novembre

L'entraînement pour la revanche de l'Attila-Cup a commencé ma journée ! Puis, courrier à l'Assemblée nationale et inscription auprès de mon groupe pour le débat (éventuel) sur la loi-programme militaire. En fin de matinée j'ai reçu deux de mes collaborateurs. Il était 12 h 55 quand je suis parti pour la rue du Dragon. J'ai attendu quelques minutes chez Sainlouis et tu es arrivée. Tu portais ton manteau rouge et ton foulard noir, avec un gentil parapluie parce qu'il pleuvait. Dès que je t'ai aperçue dans la porte entr'ouverte une merveilleuse joie m'a saisi. Nous avons commandé le repas classique au parfum de thym ; bavardé de notre promenade de samedi prochain, carte à l'appui ; évoqué les premiers jours de notre rencontre. Un bonheur calme et profond nous unissait.

Je disposais encore d'un peu de temps. Tu m'as proposé la visite du musée de Cluny. Au passage nous avons admiré chez Loliée, rue de Seine, quelques éditions rares. « Huis-clos » : 2 500 F. Un Nerval : 3 500. « Les Dieux ont soif » 3 000 !!! J'ai acheté les « Cloches de Bâle » et un essai d'Aragon, au temps du surréalisme, sur la peinture. Cluny. Les tapisseries de la Dame à la Licorne. Les piliers des nautes du Parisis. Un Saint-Louis. Ton vitrail…
Bras dessus bras dessous nous avons déambulé parmi les collégiennes du jeudi après-midi et nous étions adorablement heureux comme si nous avions été, à notre tour, seuls au monde dans un musée des merveilles.
De retour à mon bureau, après un moment à l'Assemblée, d'où je t'ai écrit, j'ai vu un journaliste du « Monde » et travaillé pour l'ultime fois mon texte sur Dassault.
Mais, de ce jour, restera l'image délicieuse de mon Anne – pareille aux personnages des tapisseries que les animaux, les fleurs et de grands arbres mystérieux entourent de ferveur.

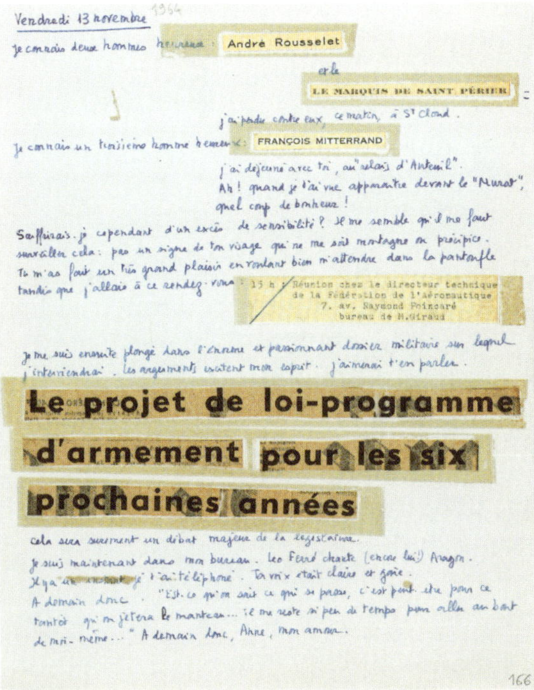

166
Vendredi 13 novembre

Je connais deux hommes heureux : André Rousselet et le marquis de Saint Périer
J'ai perdu contre eux, ce matin, à St Cloud.
Je connais un troisième homme heureux : François Mitterrand
J'ai déjeuné avec toi, au « relais d'Auteuil ».
Ah ! quand je t'ai vue apparaître devant le « Murat », quel coup de bonheur !

Souffrirais-je cependant d'un excès de sensibilité ? Il me semble qu'il me faut surveiller cela : pas un signe de ton visage qui ne me soit montagne ou précipice.
Tu m'as fait un très grand plaisir en voulant bien m'attendre dans la pantoufle tandis que j'allais à ce rendez-vous : 15 h : Réunion chez le directeur technique de la Fédération de l'Aéronautique
7, av. Raymond Poincaré
bureau de M. Giraud

Je me suis ensuite plongé dans l'énorme et passionnant dossier militaire sur lequel j'interviendrai. Les arguments excitent mon esprit. J'aimerai t'en parler.

Le projet de loi-programme d'armement pour les six prochaines années

Cela sera sûrement un débat majeur de la législature. Je suis maintenant dans mon bureau. Léo Ferré chante (encore lui !) Aragon.
Il y a un instant je t'ai téléphoné. Ta voix était claire et gaie.
A demain donc. « Est-ce qu'on sait ce qui se passe, c'est peut-être pour ce tantôt qu'on jettera le manteau… il me reste si peu de temps pour aller au bout de moi-même… »
A demain donc, Anne, mon amour.

167
Vendredi 13 novembre (suite)

Les cinq de l'U.R.S.S
En ce mois de novembre 1964.
Qui gagnera ? Un sixième ?

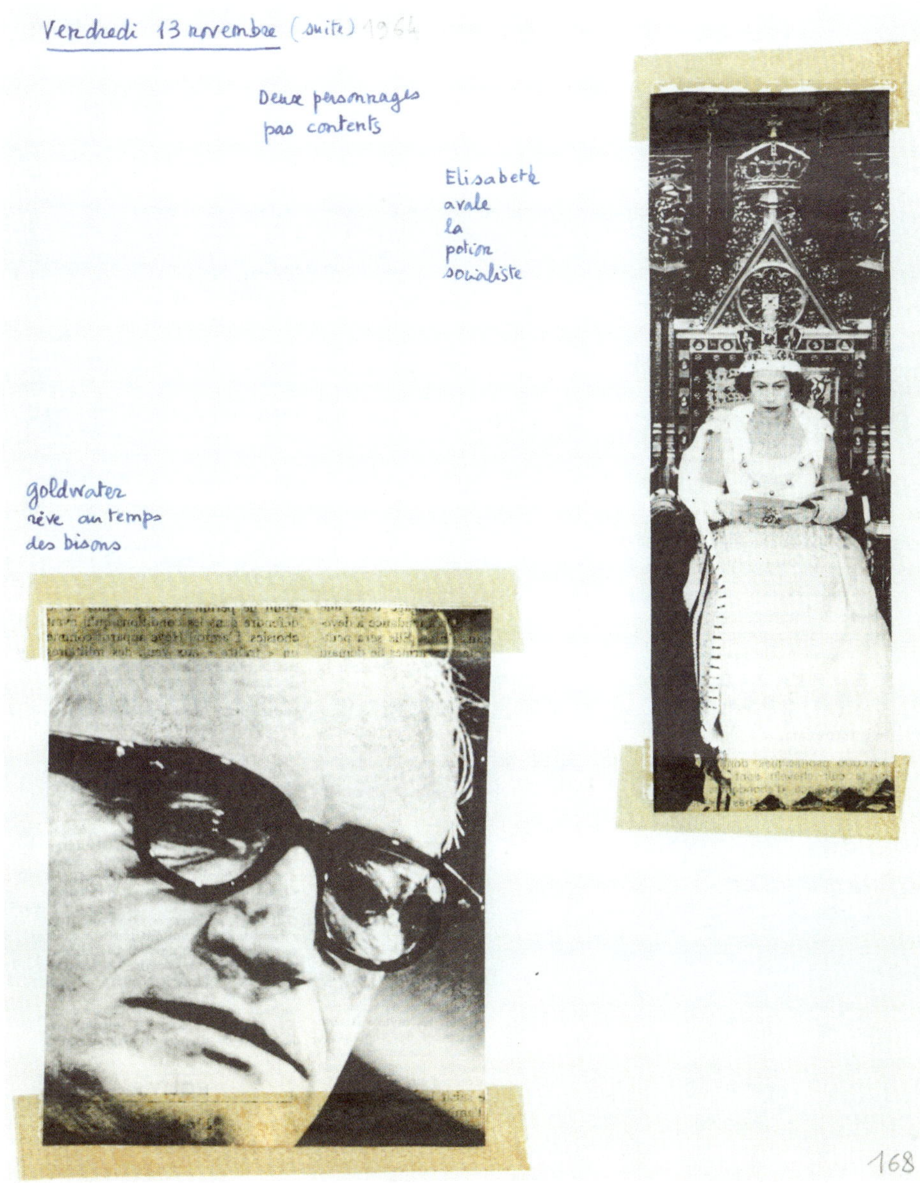

168
Vendredi 13 novembre (suite)

Deux personnages pas contents

Elisabeth avale la potion socialiste

Goldwater rêve au temps des bisons

169

Samedi 14 novembre

Quel beau voyage ! Il pleuvait pourtant dès le départ, de la rue Saint-Placide, à 8 heures. Et dans la soirée malgré des éclaircies qui libéreront un ciel à la fois bleu et noir, fort et pur, le temps tournera à la tempête.
Première halte à Clamecy. Je te présente la mairie où je reçois ensuite quelques visites. Toi tu te promènes. Tu passes

A mon oncle Benjamin
Clamecy Tél 95
Service à l'appréciation de la clientèle

où tu ne restes pas. Et tu t'impatientes.
Il est un peu plus de midi quand nous partons pour Avallon où nous nous arrêtons pour déjeuner à l'Hostellerie de la Poste, non sans avoir dit bonjour à Vézelay – et visité la basilique. Là tu m'as montré la maison d'O'Byrne et parlé de la journée craquante de soleil passée chez elle il y a deux ans. Quant au déjeuner, très trois étoiles, il fut interrompu l'espace d'un instant par la pittoresque arrivée de Max Brusset… et tu as réussi à adoucir mon humeur à son égard.

En route pour Semur-en-Auxois
le château d'Epoisses nous a ravis par sa sobre ampleur – accroché au sol comme une île.
J'étais heureux de commencer avec toi et de si belle manière ton initiation à la Bourgogne, cette province que j'aime pour sa robuste beauté. Sa richesse même n'a jamais tari son génie.
A ton bras j'ai éprouvé l'admirable tentation d'une vie qui ressemblerait à l'horizon de ce jour-là, que nous contemplions des terrasses d'Epoisses : la puissance des choses était animée par l'esprit. Couleurs et formes exprimaient un destin.
Toi, je te sentais conquise, acquise.
Nous pouvions poursuivre notre périple !
Après l'Auvergne, l'Anjou et le Périgord
A NOUS, BOURGOGNE !

Samedi 14 novembre (suite) 1964

Tu as aimé

SEMUR-en-AUXOIS. En voici deux images. L'une, tu la connaissais par les Métiers d'Art : les vitraux francs et simples de la Collégiale N.-Dame. L'autre, donne de cette ville la vue des toits : la meilleure. Au bas, coule l'Armançon qui creuse profondément son lit et découpe le plateau de l'Auxois.

Nous avons roulé à travers les rues, glanant au passage une porte cochère, un toit, une échappée sur la vallée, une grille de fer forgé…

Nous ne pensions pas que nous arriverions à temps pour visiter Fontenay et le musée de Chatillon. Mais ça nous était égal. Nous reviendrions une autre fois, bien d'autres fois : déjà, nous nous réjouissions d'avoir devant nous tant de joies liées à tant de beautés.

Nous sommes donc partis vers Montbard sans nous presser. Vézelay, Avallon, Epoisses, Semur en une journée, qui s'en plaindrait ? Peut-être aussi avions nous pris quelque retard pour nous être arrêtés, au hasard d'une route, comme on jette l'ancre quand on a trop envie de ciel, de mer, sans bouger. Je t'ai aimée, mon Anne, d'un profond élan de moi-même. Je m'étais délivré d'une telle force que j'avais ensuite l'impression de m'être incorporé à cet être nouveau, Anne-Bourgogne, que je n'étais plus autonome.

Depuis plusieurs semaines la marche vers l'unité s'accélère. Rien n'est plus pareil. Toi et moi sommes à l'intérieur d'un univers fait de nous ; fait par nous, où nul autre ne peut entrer.

170

170
Samedi 14 novembre (suite)

Tu as aimé Semur-en-Auxois. En voici deux images. L'une, tu la connaissais par les Métiers d'Art : les vitraux francs et simples de la collégiale N.-Dame. L'autre, donne de cette ville la vue des toits : la meilleure. Au bas, coule l'Armançon qui creuse profondément son lit et découpe le plateau de l'Auxois.

Nous avons roulé à travers les rues, glanant au passage une porte cochère, un toit, une échappée sur la vallée, une grille de fer forgé…

Nous ne pensions pas que nous arriverions à temps pour visiter Fontenay et le musée de Châtillon. Mais ça nous était égal. Nous reviendrions une autre fois, bien d'autres fois : déjà, nous nous réjouissions d'avoir devant nous tant de joies liées à tant de beautés.

Nous sommes donc partis vers Montbard sans nous presser. Vézelay, Avallon, Epoisses, Semur en une journée, qui s'en plaindrait ? Peut-être aussi avions-nous pris quelque retard pour nous être arrêtés, au hasard d'une route, comme on jette l'ancre quand on a trop envie de ciel, de mer, sans bouger. Je t'ai aimée, mon Anne, d'un profond élan de moi-même. Je m'étais délivré d'une telle force que j'avais ensuite l'impression de m'être incorporé à cet être nouveau, Anne-Bourgogne, que je n'étais plus autonome.

Depuis plusieurs semaines la marche vers l'unité s'accélère. Rien n'est plus pareil. Toi et moi sommes à l'intérieur d'un univers fait de nous ; fait par nous, où nul autre ne peut entrer.

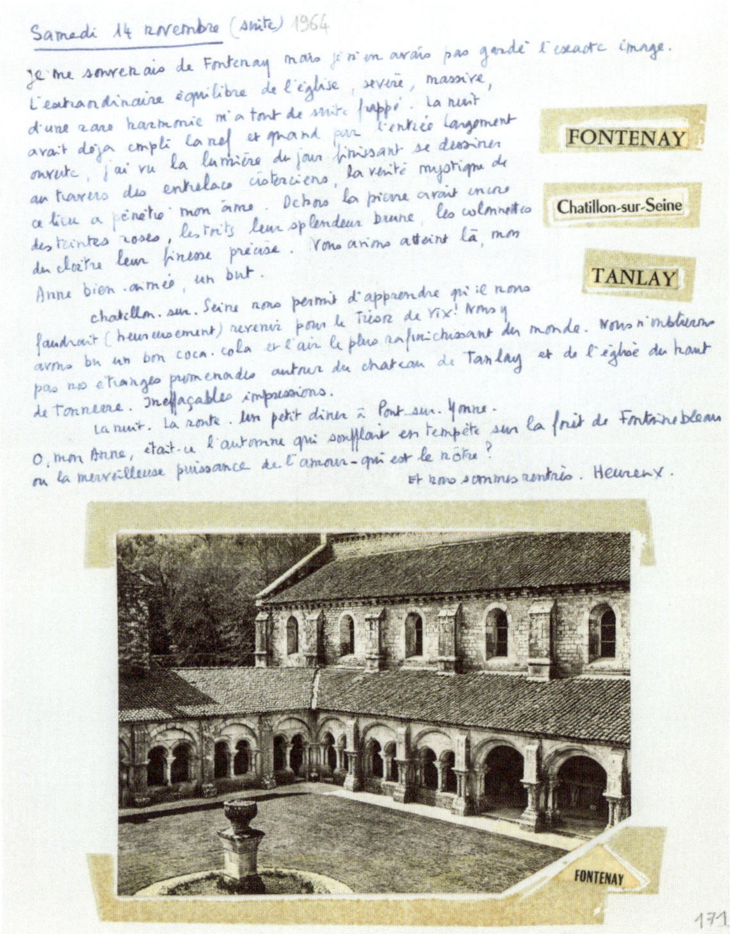

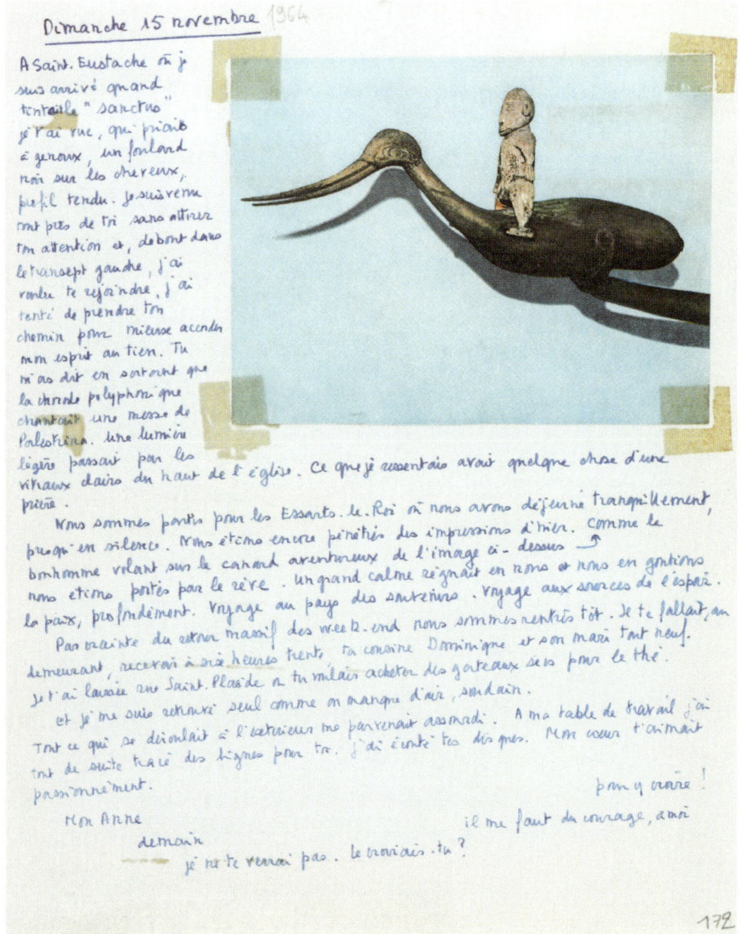

171

Samedi 14 novembre (suite)

Je me souvenais de Fontenay mais je n'en avais pas gardé l'exacte image. L'extraordinaire équilibre de l'église, sévère, massive, d'une rare harmonie m'a tout de suite frappé. La nuit avait déjà empli la nef et quand par l'entrée largement ouverte, j'ai vu la lumière du jour finissant se dessiner au travers des entrelacs cisterciens, la vérité mystique de ce lieu a pénétré mon âme. Dehors la pierre avait encore des teintes roses, les toits leur splendeur brune, les colonnettes du cloître leur finesse précise. Nous avions atteint là, mon Anne bien-aimée, un but.

Châtillon-sur-Seine nous permit d'apprendre qu'il nous faudrait (heureusement) revenir pour le Trésor de Vix ! Nous y avons bu un bon coca-cola et l'air le plus rafraîchissant du monde. Nous n'oublierons pas nos étranges promenades autour du château de Tanlay et de l'église du haut de Tonnerre. Ineffaçables impressions.
La nuit. La route. Un petit dîner à Pont-sur-Yonne.

O, mon Anne, était-ce l'automne qui soufflait en tempête sur la forêt de Fontainebleau ou la merveilleuse puissance de l'amour – qui est le nôtre ?
Et nous sommes rentrés. Heureux.

172

Dimanche 15 novembre

A Saint-Eustache où je suis arrivé quand tintait le « Sanctus » je t'ai vue, qui priais à genoux, un foulard noir sur les cheveux, profil tendu. Je suis venu tout près de toi sans attirer ton attention et, debout dans le transept gauche, j'ai voulu te rejoindre, j'ai tenté de prendre ton chemin pour mieux accorder mon esprit au tien. Tu m'as dit en sortant que la chorale polyphonique chantait une messe de Palestrina. Une lumière légère passait par les vitraux clairs du haut de l'église. Ce que je ressentais avait quelque chose d'une prière.
Nous sommes partis pour les Essarts-le-Roi où nous avons déjeuné tranquillement, presqu'en silence. Nous étions encore pénétrés des impressions d'hier. Comme le bonhomme volant sur le canard aventureux de l'image ci-dessus
nous étions portés par le rêve. Un grand calme régnait en nous et nous en goûtions la paix, profondément. Voyage au pays des souvenirs. Voyage aux sources de l'espoir.
Par crainte du retour massif des week-ends nous sommes rentrés tôt. Il te fallait, au demeurant, recevoir à six heures trente, ta cousine Dominique et son mari tout neuf.
Je t'ai laissée rue Saint-Placide où tu voulais acheter des gâteaux secs pour le thé.
Et je me suis retrouvé seul comme on manque d'air, soudain.
Tout ce qui se déroulait à l'extérieur me parvenait assourdi. A ma table de travail j'ai tout de suite tracé des lignes pour toi. J'ai écouté tes disques. Mon cœur t'aimait passionnément.
Mon Anne
demain
je ne te verrai pas. Le croirais-tu ?
il me faut du courage, à moi
pour y croire !

173

Lundi 16 novembre

Un saut à l'Assemblée, après la leçon de golf du lundi, une lettre pour toi – et je pars pour Lyon
4 heures de Mistral. Je lis « Pétain et De Gaulle » de Tournoux. Parmi d'autres excellentes choses une page émouvante sur Fayolle que je coche à ton intention. J'analyse aussi quelques articles sur la Force multilatérale.
Et me voici à Perrache. On m'y attend. Allant à la permanence du Parti Radical je visite l'hôtel de Ville.
Dîner-débat à 20 heures. Mais auparavant je t'appelle au téléphone. Que j'aime cela ! Près de deux cents convives, à l'Hôtel Terminus. Je parle une heure, en fin de repas. Voici mes notes.

Les institutions

le secteur réservé
le règlement autonome
les pouvoirs

les institutions judiciaires. Les amis d'Ed. Aer.

La liberté d'expression
les libertés locales
le Plan

les mœurs
– Monnerville
– toutes les places
– la technocratie
– la police

L'Elan. L'union
Defferre (attitude nette. Le peuple)`

Quelques objections. J'y réponds. Minuit est passé quand nous nous séparons. François de Grossouvre est venu me chercher. Il me conduit à « La Prairie aux Combes » sa propriété de Saint-Cyr-au-Mont-d'Or. J'y suis déjà venu. On me donne la même chambre (plutôt pour jeune fille, avec au-dessus du lit la « Vierge et l'enfant » de Baldovinetti. Et partout, des cretonnes).
Je m'endors assez vite.
Ce jour sans toi me paraît bizarre.
Ce n'est rien pourtant une séparation d'1 jour ! Eh bien, c'est une déchirure. Je comprends ce que signifie ce mot : un couple. Nous parlions, naguère, de l'Unité, comme d'un rêve peu accessible. Je crois que l'unité nous la possédons désormais. Le temps n'a plus de valeur. 1 jour est sans fin s'il est triste.

M. François Mitterrand, au Cercle Edouard-Herriot :

« ON NE SAUVE PAS LA RÉPUBLIQUE AVEC CEUX QUI LA PERDENT »

A L'ISSUE d'un diner-débat organisé hier soir à l'hôtel Terminus par le Cercle Edouard-Herriot, M. François Miterrand a lancé un appel à tous ceux qui peuvent s'entendre sur un programme commun minimum de lutte contre le gaullisme. Il avait été présenté par le sénateur Pinton, qui rappela l'opposition courageuse incarnée au Parlement par l'invité d'un soir.

Nous vivons sous une tyrannie, au sens grec du terme, dit M. Miterrand en préambule, **c'est-à-dire sous le gouvernement d'un seul. Cette tyrannie éclairée peut pour l'instant se dispenser de l'arbitraire, mais le mécanisme est en place. Et il pourra opprimer tout mouvement fort pour une véritable République, comme toute révolte populaire.**

Après avoir dépeint le général de Gaulle, **chargé d'assez d'investissements historiques pour confondre son destin avec la France,** franchissant degré par degré les marches du pouvoir, l'orateur le désigna comme le principal responsable du **ratage de l'Europe, des restrictions au droit, à la liberté d'information, que les Français n'auraient pas acceptés sans son prestige personnel.**

De la Constitution de 1958, M. Miterrand pense qu'elle n'est pas tellement mauvaise, car elle représente un compromis, De Gaulle voulant alors en juin 1958 s'attirer les bonnes grâces des parlementaires; mais il n'a pas de difficultés à montrer que le jeu en a été faussé par le principe du secteur réservé.

Le choix des alliances, ajouta M. Miterrand, **Procède d'un choix des civilisations, d'une éthique de vie et non d'intrigues ou de combines de chancellerie. Le contrôle des moyens de défense s'explique en premier par le choix des alliances. Il n'est pas indifférent de savoir de quel côté nous enverrons nos bombes atomiques et surtout de quel côté nous risquons d'en recevoir. Or, De Gaulle veut demeurer le seul maître de cette décision.** Il expliqua le choix de l'élection du président de la République au suffrage universel par la volonté de De Gaulle **de posséder un sacre égal à celui dont disposent les élus du peuple de façon à ce que ses actes aient la même valeur juridique que la loi. Ainsi, la liberté n'est plus un droit naturel, mais un droit accordé par un juge souverain.**

Sur la tactique à suivre dans les prochaines élections, M. Mitterrand récuse toute alliance avec les représentants de l'U.N.R. : **On ne sauve pas la République avec ceux qui la perdent.** Et il renouvela son soutien confiant à son ami Gaston Defferre.

LA PROVENCALE
Ses pizzas
Ses spécialités
Ses plats italiens

Dans une proposition de loi

M. FRANÇOIS MITTERRAND RÉCLAME la nationalisation de la Société générale aéronautique Marcel Dassault

M. François Mitterrand, député (Rass. dém.), ancien ministre, a déposé à l'Assemblée nationale une proposition de loi « relative à la dissolution de la Société générale aéronautique Marcel Dassault et à la création de la Régie autonome de construction des avions militaires ».

Dans l'exposé des motifs de cette proposition, M. Mitterrand rappelle la loi du 11 août 1936 sur la nationalisation de la fabrication des matériels de guerre, l'ordonnance du 20 mai 1945 portant transfert à l'Etat d'actions de la Société des moteurs Gnome et Rhône, les nationalisations des industries aéronautiques en 1936, 1937 et 1945, et il poursuit :

« *Mais aujourd'hui l'armée de l'air française et, à sa suite, la défense nationale tout entière sont devenues, à nouveau, tributaires de l'initiative privée et même d'une seule entreprise privée. Avions militaires de type classique et engins destinés au transport des armes atomiques sont produits presque exclusivement en France par la Société générale aéronautique Marcel Dassault.*

» *Cette situation devient chaque jour plus dommageable.* »

L'auteur précise encore que la remise à la nation des activités militaires de la société doit comprendre notamment « *l'ensemble des installations de Bordeaux-Mérignac et de Suresnes* ».

M. Mitterrand conclut ainsi l'exposé des motifs :

« *En prenant une telle initiative l'auteur de cette proposition de loi ne cherche pas à arrêter les termes d'une politique économique de caractère général et ne choisit pas entre les systèmes qui doivent normalement conduire la nation à dominer l'action des monopoles. Sous un régime authentiquement démocratique il serait possible d'imaginer d'autres solutions que celle que nous prévoyons ici. Mais, pour ce qui concerne le groupe d'entreprises visé par la présente proposition de loi, l'urgence d'une décision apparaît d'autant plus clairement qu'il convient, au moment où s'établit une nouvelle définition de notre politique de défense, de dégager cette politique de toute emprise, de toute pression des intérêts privés.*

» *C'est pourquoi la mission de produire des avions militaires doit être continuée directement par l'Etat par l'intermédiaire de la Régie nationale de construction des avions militaires, les caractéristiques de cet établissement public étant aménagées en vue de l'objectif poursuivi.* »

EXPOSITION
L'EAU
et LE FEU

174

Mardi 17 novembre

A droite le compte rendu du « Progrès de Lyon » sur mon exposé d'hier. *[À gauche]* « Le Monde » d'aujourd'hui *[sur la nationalisation de Dassault]*.

Retour sur Paris entièrement absorbé par l'étude de la Force Multilatérale.

Et à la gare de Lyon Tu Es Là ! Etrange, délicieuse impression. Nous déjeunons dans ce restaurant tout proche. Nous bavardons. Nous sommes heureux. Je te dépose au Louvre mais nous avons rendez-vous à 17 h 30 au Carrousel pour une promenade à pied. Je te retrouve par un soir violet. Mon Anne, mon Anne tout était si simple que je ne pouvais rien te dire. Tout était beau, harmonieux. Par le Pont des Arts nous avons gagné les quais de la Rive gauche, puis, rue de Seine, nous avons léché les vitrines. La galerie Chardin, un marchand de fruits (nous lui avons acheté de belles pommes rouges) : nous étions tellement bien. Chez Cayla, rue Saint-Sulpice, j'ai retenu 3 livres, dont un d'Eluard et nous avons achevé notre balade.

Exposition L'eau et Le feu
Fontanarosa
Schurr
Roederer
Plisson
à l'angle d'Assas-Cherche-Midi.

Je t'aime, Anne, d'un si profond amour qu'il n'y a rien à ajouter.

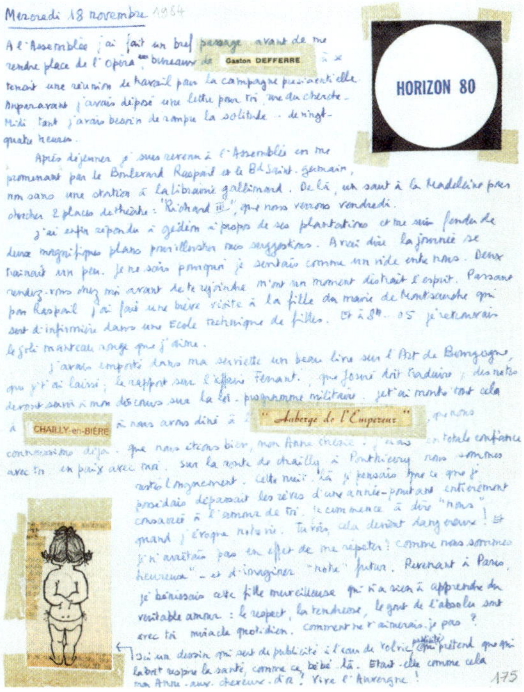

175
Mercredi 18 novembre

A l'Assemblée j'ai fait un bref passage avant de me rendre place de l'Opéra, aux bureaux de Gaston Defferre où se tenait une réunion de travail pour la campagne présidentielle.
Auparavant j'avais déposé une lettre pour toi, rue du Cherche-Midi, tant j'avais besoin de rompre la solitude… de vingt-quatre heures.
Après déjeuner je suis revenu à l'Assemblée en me promenant par le Boulevard Raspail et le Bd Saint-Germain, non sans une station à la Librairie Gallimard. De là, un saut à la Madeleine pour chercher 2 places de théâtre : « Richard III », que nous verrons vendredi.
J'ai enfin répondu à Gédéon à propos de ses plantations et me suis fendu de deux magnifiques plans pour illustrer mes suggestions. A vrai dire la journée se traînait un peu. Je ne sais pourquoi je sentais comme un vide entre nous. Deux rendez-vous chez moi avant de te rejoindre m'ont un moment distrait l'esprit. Passant par Raspail j'ai fait une brève visite à la fille du maire de Montsauche qui sert d'infirmière dans une Ecole technique de filles. Et à 8 h… 05 je retrouvais le joli manteau rouge que j'aime.
J'avais emporté dans ma serviette un beau livre sur l'Art de Bourgogne, que je t'ai laissé ; le rapport sur l'affaire Ferranti, que Josué doit traduire ; des notes devant servir à mon discours sur la loi-programme militaire. Je t'ai montré tout cela à Chailly-en-Bière où nous avons dîné à l'Auberge de l'Empereur, que nous connaissions déjà. Que nous étions bien, mon Anne chérie ! J'étais en totale confiance avec toi, en paix avec moi. Sur la route de Chailly à Ponthierry nous sommes restés longuement. Cette nuit-là je pensais que ce que je possédais dépassait les rêves d'une année – pourtant entièrement consacrée à l'amour de toi. Je commence à dire « nous » quand j'évoque notre vie. Tu vois, cela devient dangereux ! Et je n'arrêtais pas en effet de me répéter : « comme nous sommes heureux » – et d'imaginer « notre » futur. Revenant à Paris, je bénissais cette fille merveilleuse qui n'a rien à apprendre du véritable amour : le respect, la tendresse, le goût de l'absolu sont avec toi miracle quotidien. Comment ne t'aimerais-je pas ?

Ici un dessin qui sert de publicité à l'eau de Volvic, publicité qui prétend que qui la boit respire la santé, comme ce bébé-là. Etait-elle comme cela mon Anne-aux-cheveux-d'or ? Vive l'Auvergne !

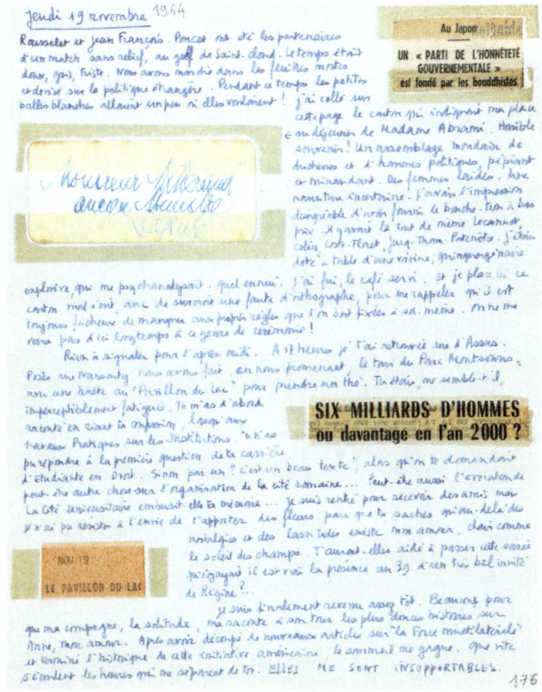

176
Jeudi 19 novembre

Rousselet et Jean François-Poncet ont été les partenaires d'un match sans relief, au golf de Saint-Cloud. Le temps était doux, gris, triste. Nous avons marché dans les feuilles mortes et devisé sur la politique étrangère. Pendant ce temps les petites balles blanches allaient un peu où elles voulaient ! J'ai collé sur cette page le carton qui indiquait ma place au déjeuner de Madame Abrami. Horrible souvenir ! Un assemblage mondain de duchesses et d'hommes politiques, pépiant et minaudant. Des femmes laides. Une nourriture incertaine. J'avais l'impression désagréable d'avoir fourni le bouche-trou à bas prix. Il y avait là tout de même Lecanuet, Colin, Coste-Floret, Jacq. Thome-Patenôtre. J'étais doté à table d'une voisine, quinquagénaire explosive, qui me psychanalysait. Quel ennui. J'ai fui, le café servi. Et je place ici ce carton mal écrit, avec de surcroît une faute d'orthographe, pour me rappeler qu'il est toujours fâcheux de manquer aux propres règles que l'on s'est fixées à soi-même. On ne me verra pas d'ici longtemps à ce genre de cérémonie !

Rien à signaler pour l'après-midi. A 17 heures je t'ai retrouvée rue d'Assas. Posés rue Nansouty nous avons fait, en nous promenant, le tour du Parc Montsouris, avec une halte au « Pavillon du Lac » pour prendre un thé. Tu étais, me semble-t-il, imperceptiblement fatiguée. Tu m'as d'abord raconté en riant ta confusion, lorsqu'aux travaux Pratiques sur les Institutions, tu n'as pu répondre à la première question de ta carrière d'Etudiante en Droit. Sinon par un : « c'est un beau texte », alors qu'on te demandait peut-être autre chose sur l'organisation de la cité romaine… Peut-être aussi l'évocation de la Cité Universitaire embuait-elle ta mémoire… Je suis rentré pour recevoir des amis mais je n'ai pu résister à l'envie de t'apporter des fleurs pour que tu saches qu'au-delà des nostalgies et des lassitudes existe mon amour, clair comme le soleil des champs. T'auront-elles aidé à passer cette soirée qu'égayait il est vrai la présence au 39 d'un très bel invité de Régine ?…

Je suis finalement revenu assez tôt. Beaucoup pour que ma compagne, la solitude, me raconte à son tour les plus douces histoires sur Anne, mon amour. Après avoir découpé de nouveaux articles sur « la Force multilatérale » et terminé l'historique de cette initiative américaine, le sommeil me gagne. Que vite s'écoulent les heures qui me séparent de toi. ELLES ME SONT INSUPPORTABLES.

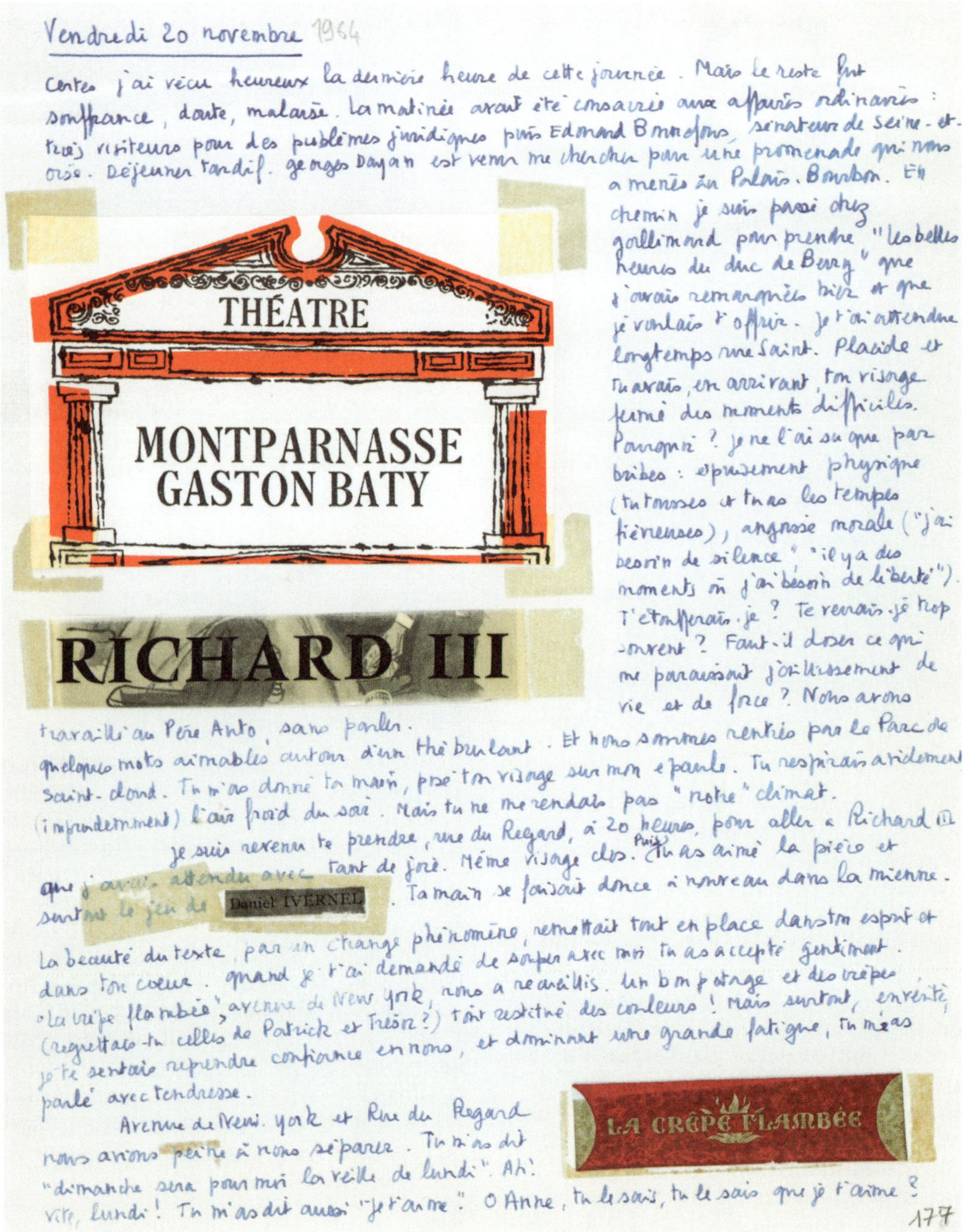

177

Vendredi 20 novembre

Certes j'ai vécu heureux la dernière heure de cette journée. Mais le reste fut souffrance, doute, malaise. La matinée avait été consacrée aux affaires ordinaires : trois visiteurs pour des problèmes juridiques puis Edouard Bonnefous, sénateur de Seine-et-Oise. Déjeuner tardif. Georges Dayan est venu me chercher pour une promenade qui nous a menés au Palais-Bourbon. En chemin je suis passé chez Gallimard pour prendre « Les belles heures du duc de Berry » que j'avais remarquées hier et que je voulais t'offrir. Je t'ai attendue longtemps rue Saint-Placide et tu avais, en arrivant, ton visage fermé des moments difficiles.

Pourquoi ? Je ne l'ai su que par bribes : épuisement physique (tu tousses et tu as les tempes fiévreuses), angoisse morale (« j'ai besoin de silence », « il y a des moments où j'ai besoin de liberté »).

T'étoufferais-je ? Te verrais-je trop souvent ? Faut-il doser ce qui me paraissait jaillissement de vie et de force ? Nous avons travaillé au Père Auto, sans parler.

Quelques mots aimables autour d'un thé brûlant. Et nous sommes rentrés par le Parc de Saint-Cloud. Tu m'as donné ta main, posé ton visage sur mon épaule. Tu respirais avidement (imprudemment) l'air froid du soir. Mais tu ne me rendais pas « notre » climat.

Je suis revenu te prendre, rue du Regard, à 20 heures, pour aller à Richard III que j'avais attendu avec tant de joie. Même visage clos. Puis tu as aimé la pièce et surtout le jeu de Daniel Ivernel. Ta main se faisait douce à nouveau dans la mienne.

La beauté du texte, par un étrange phénomène, remettait tout en place dans ton esprit et dans ton cœur. Quand je t'ai demandé de souper avec moi tu as accepté gentiment.

« La crêpe flambée », avenue de New-York, nous a recueillis. Un bon potage et des crêpes (regrettais-tu celles de Patrick et Trésor ?) t'ont restitué des couleurs ! Mais surtout, en vérité, je te sentais reprendre confiance en nous, et dominant une grande fatigue, tu m'as parlé avec tendresse.

Avenue de New-York et Rue du Regard nous avions peine à nous séparer. Tu m'as dit « dimanche sera pour moi la veille de lundi ». Ah ! vite, lundi ! Tu m'as dit aussi « je t'aime ». O Anne, tu le sais, tu le sais que je t'aime ?

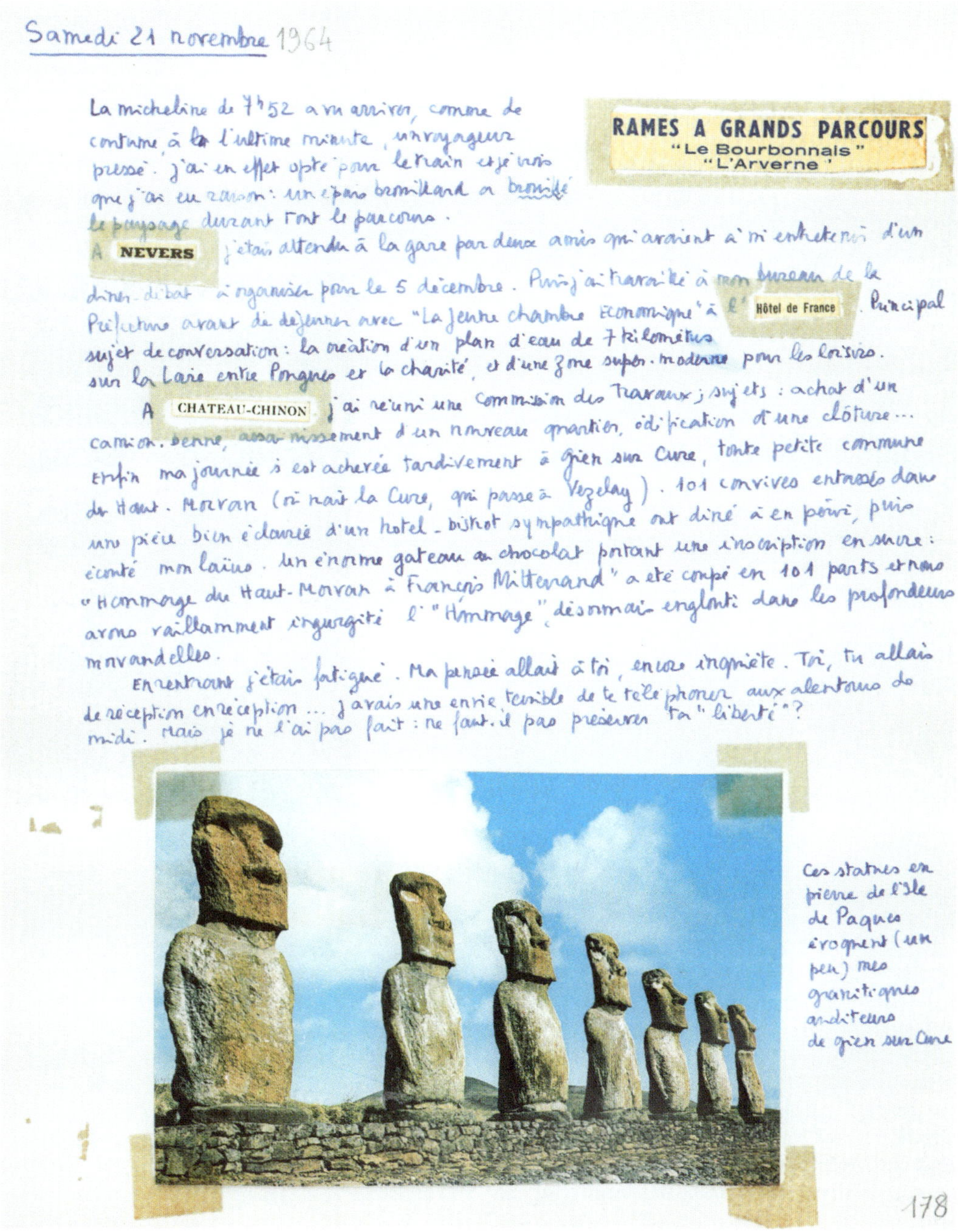

178
Samedi 21 novembre

La micheline de 7 h 52 a vu arriver, comme de coutume, à l'ultime minute, un voyageur pressé. J'ai en effet opté pour le train et je crois que j'ai eu raison : un épais brouillard a brouillé le paysage durant tout le parcours.
A Nevers j'étais attendu à la gare par deux amis qui avaient à m'entretenir d'un dîner-débat à organiser pour le 5 décembre. Puis j'ai travaillé à mon bureau de la Préfecture avant de déjeuner avec « La Jeune Chambre Economique » à l'Hôtel de France. Principal sujet de conversation : la création d'un plan d'eau de 7 kilomètres sur la Loire entre Pougues et La Charité, et d'une zone super-moderne pour les loisirs.
A Château-Chinon j'ai réuni une Commission des Travaux ; sujets : achat d'un camion-benne, assainissement d'un nouveau quartier, édification d'une clôture…
Enfin ma journée s'est achevée tardivement à Gien sur Cure, toute petite commune du Haut-Morvan (où naît la Cure, qui passe à Vézelay). 101 convives entassés dans une pièce bien éclairée d'un hôtel-bistrot sympathique ont dîné à en périr, puis écouté mon laïus. Un énorme gâteau au chocolat portant une inscription en sucre : « Hommage du Haut-Morvan à François Mitterrand » a été coupé en 101 parts et nous avons vaillamment ingurgité l'« Hommage », désormais englouti dans les profondeurs morvandelles.
En rentrant j'étais fatigué. Ma pensée allait à toi, encore inquiète. Toi, tu allais de réception en réception… J'avais une envie terrible de te téléphoner aux alentours de midi. Mais je ne l'ai pas fait : ne faut-il pas préserver ta « liberté » ?

Ces statues en pierre de l'Ile de Pâques évoquent (un peu) mes granitiques auditeurs de Gien sur Cure

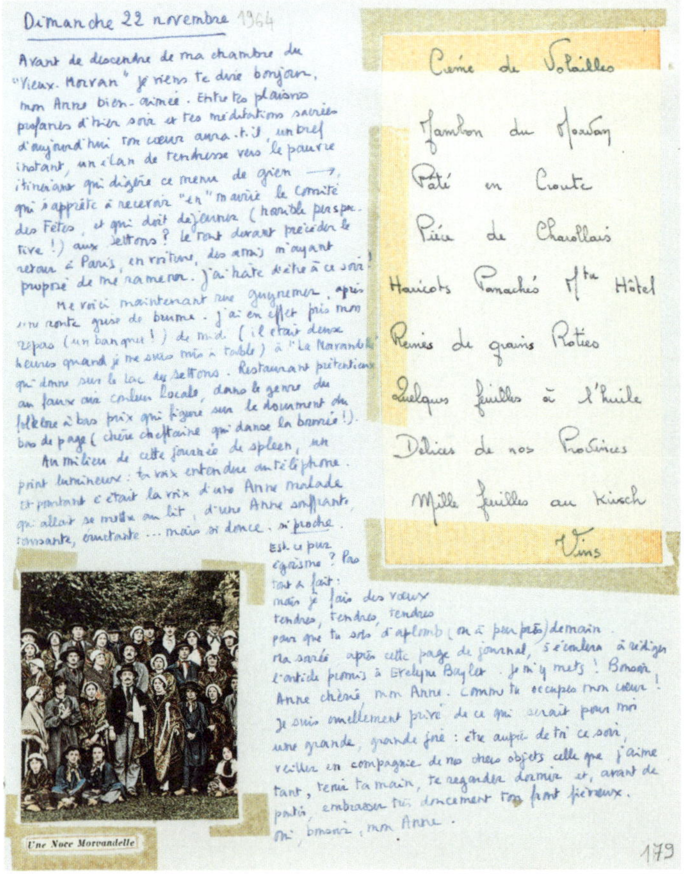

179
Dimanche 22 novembre

Avant de descendre de ma chambre du « Vieux-Morvan » je viens te dire bonjour, mon Anne bien-aimée. Entre tes plaisirs profanes d'hier soir et tes méditations sacrées d'aujourd'hui ton cœur aura-t-il, un bref instant, un élan de tendresse vers le pauvre itinérant qui digère ce menu de Gien, qui s'apprête à recevoir « en » mairie le Comité des Fêtes, et qui doit déjeuner (horrible perspective !) aux Settons ? Le tout devant précéder le retour à Paris, en voiture, des amis m'ayant proposé de me ramener. J'ai hâte d'être à ce soir !

Me voici maintenant rue Guynemer, après une route grise de brume. J'ai en effet pris mon repas (un banquet !) de midi (il était deux heures quand je me suis mis à table) à « La Morvandelle » qui donne sur le lac des Settons. Restaurant prétentieux au faux air couleur locale, dans le genre du folklore à bas prix qui figure sur le document du bas de page (chère cheftaine qui danse la bourrée !).
Au milieu de cette journée de spleen, un point lumineux : ta voix entendue au téléphone. Et pourtant c'était la voix d'une Anne malade qui allait se mettre au lit, d'une Anne souffrante, toussante, éructante… mais si douce, si proche.
Est-ce pur égoïsme ? Pas tout à fait : mais je fais des vœux tendres, tendres, tendres pour que tu sois d'aplomb (ou à peu près) demain.
Ma soirée, après cette page de journal, s'écoulera à rédiger l'article promis à Evelyne Baylet. Je m'y mets ! Bonsoir Anne chérie, mon Anne. Comme tu occupes mon cœur !
Je suis cruellement privé de ce qui serait pour moi une grande, grande joie : être auprès de toi ce soir, veiller en compagnie de nos chers objets celle que j'aime tant, tenir ta main, te regarder dormir et, avant de partir, embrasser très doucement ton front fiévreux.
Oui, bonsoir, mon Anne.

180
Lundi 23 novembre

Matinée de travail.
Toi, mon Anne, tu commences ma vraie journée : à 12 h 30 je t'aperçois rue du Cherche-Midi qui viens vers moi. Quelle joie nous possède après ces deux longs jours !
Nous déjeunons aux Essarts. J'écris mon article pour la « Dépêche ». Tu travailles l'Histoire des Institutions. Tu tires ton ouvrage de tapisserie. Paix.
Par la forêt de Rambouillet où nous vivons l'une de nos heures pleines nous rentrons à Paris.
Petite halte-repas au Père Auto.
Je t'aime.

Demain sera le sixième 24 depuis Amsterdam

181
Mardi 24 novembre

Matinée passée à recevoir. Je suis fiévreux et ai renoncé au golf. A 13 h 15 je te retrouve rue du Dragon. Et tout de suite revient le merveilleux climat de notre joie. Nous déjeunons rapidement. Je te jette à Sèvres-Babylone et je vais à l'Assemblée où d'ailleurs tu dois venir un peu plus tard avec Régine de J.
On discute du Vème Plan. Je t'aperçois dans la tribune des questeurs. Que j'aime te voir ! Au milieu de l'après-midi il convient de souffler. La discussion devient aride et légèrement ennuyeuse. Avec mes deux pensionnaires du 39, thé à La Dauphine. Nous bavardons. Inattendu : je fais un petit cours à Régine sur le… regroupement des communes ! Le temps passe agréablement. Je vous raccompagne rue du Cherche-Midi. J'apprendrai plus tard que les parents de ton amie l'attendent et que l'accueil est assez froid.
Moi-même je rentre à mon bureau. François de Grossouvre doit passer me prendre pour dîner. J'espère qu'il me sera possible de t'y emmener. Mais quand il arrive je vois que tout est organisé et je te téléphone que ça ne colle pas. Je te demande un rendez-vous pour demain. Mais voici mon Anne suroccupée ! Je crois bien que tu boudes !
A six nous nous installons donc rue de Bellechasse à La Sologne que symbolise astucieusement cette tête de cerf
Conversation banale. Il est question de « boire un verre ». Je m'y refuse. ½ heure d'atermoiements dans le hall du Pont Royal Hôtel et je rentre, pas très en forme.
Pourtant je dois préparer mon dossier sur la Force de Frappe. Ce que je fais car je n'ai plus qu'une semaine devant moi. Et il faut que je récupère : le week-end nivernais avec ses rites culinaires m'a rompu.

Un peu de musique. Une soirée qui s'achève. Je pense à toi. Je suis très près de toi. Je ne t'en veux pas, en réalité, de ton petit accès de mauvaise humeur !
Ç'aurait été si bon de rester ensemble, ma chérie.
Mais il est tard.
Bonsoir, mon Anne.

182
Mardi 24 novembre

Konrad Adenauer

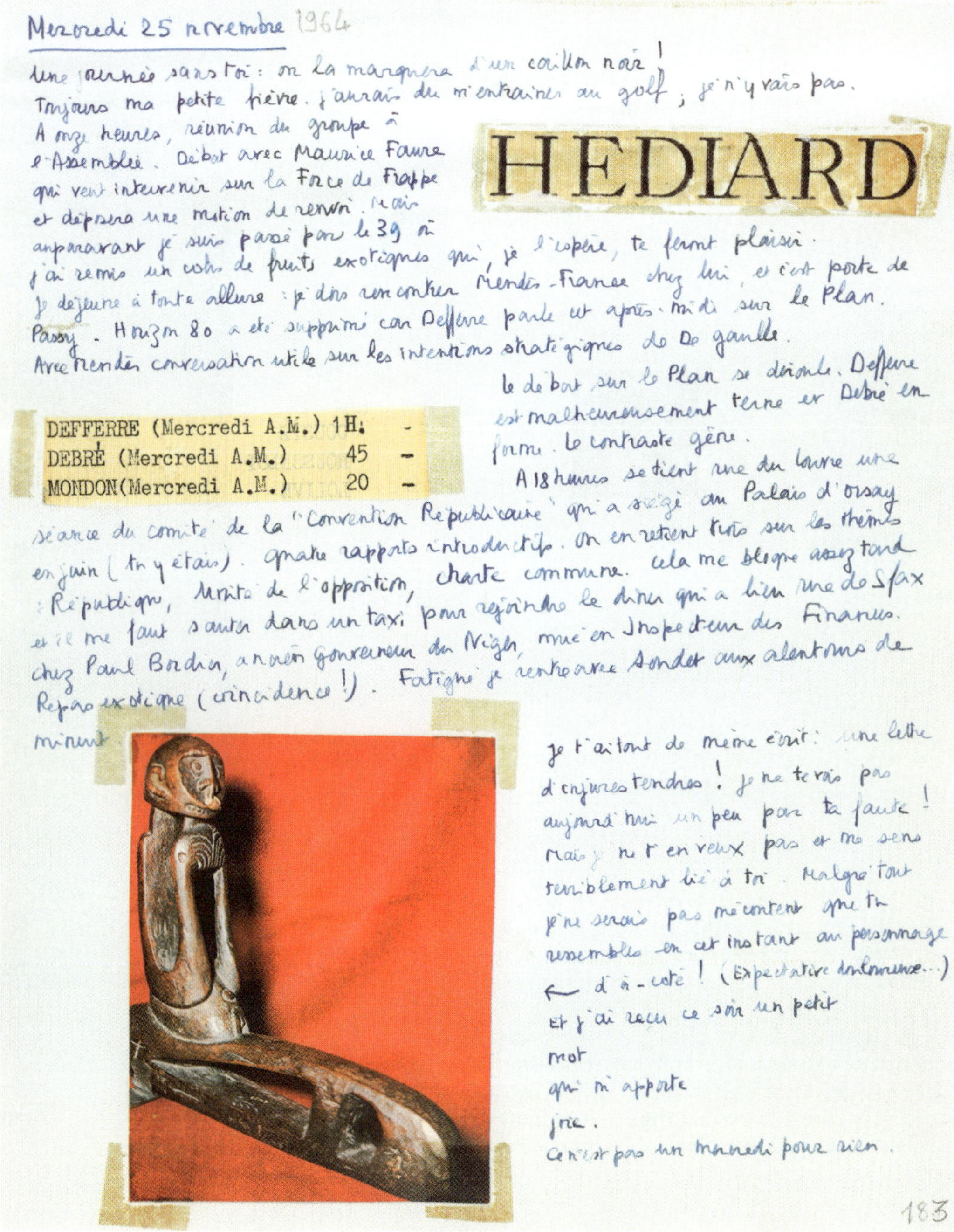

183

Mercredi 25 novembre

Une journée sans toi : on la marquera d'un caillou noir !
Toujours ma petite fièvre. J'aurais dû m'entraîner au golf ; je n'y vais pas.
A onze heures, réunion du groupe à l'Assemblée. Débat avec Maurice Faure qui veut intervenir sur la Force de Frappe et déposera une motion de renvoi. Mais auparavant je suis passé par le 39 où j'ai remis un colis de fruits exotiques qui, je l'espère, te feront plaisir.
Je déjeune à toute allure : je dois rencontrer Mendès France chez lui, et c'est porte de Passy. Horizon 80 a été supprimé car Defferre parle cet après-midi sur le Plan. Avec Mendès conversation utile sur les intentions stratégiques de De Gaulle.
Le débat sur le Plan se déroule. Defferre est malheureusement terne et Debré en forme. Le contraste gêne.
A 18 heures se tient rue du Louvre une séance du Comité de la « Convention Républicaine » qui a siégé au Palais d'Orsay en juin (tu y étais). Quatre rapports introductifs. On en retient trois sur les thèmes : République, Unité de l'opposition, Charte commune. Cela me bloque assez tard et il me faut sauter dans un taxi pour rejoindre le dîner qui a lieu rue de Sfax chez Paul Bordier, ancien gouverneur du Niger, mué en Inspecteur des Finances.
Repas exotique (coïncidence !). Fatigué je rentre avec Soudet aux alentours de minuit.

Je t'ai tout de même écrit : une lettre d'injures tendres ! Je ne te vois pas aujourd'hui un peu par ta faute !
Mais je ne t'en veux pas et me sens terriblement lié à toi. Malgré tout je ne serais pas mécontent que tu ressembles en cet instant au personnage d'à côté ! (Expectative douloureuse…)
Et j'ai reçu ce soir un petit
mot
qui m'apporte
joie.
Ce n'est pas un mercredi pour rien.

Mercredi 25 novembre (suite) 1964

article paru dans
"la Dépêche du Midi"
de ce matin.

TRIBUNE LIBRE
IDÉES ET DOCTRINES

POURQUOI J'AI DEMANDÉ LA NATIONALISATION DES USINES DASSAULT

par François MITTERRAND

JE ne suis pas un maniaque des nationalisations. Les banques et les assurances fournissent, par exemple, un fâcheux modèle de nationalisations manquées. La prise en charge de « Renault » par la nation, au lendemain de l'occupation allemande, montre combien il est difficile de nationaliser des entreprises encore situées dans un secteur concurrentiel. Mais chaque fois que des intérêts privés se coalisent pour exercer un véritable monopole sur un domaine important de l'économie nationale, chaque fois qu'un homme ou un groupe au faîte de la puissance financière est en posture de dominer l'Etat, je tiens pour nécessaire qu'il faut s'en libérer.

L'Etat, s'il n'abat pas quiconque s'est rendu maître d'une position-clef, quiconque prétend le traiter d'égal à égal (sinon comme un vassal), trahit son premier devoir.

Certes, la manière dont il convient d'agir peut varier. Du resserrement des contrôles administratifs jusqu'à la confiscation pure et simple, la gamme est vaste des systèmes qui permettent à l'autorité publique d'obtenir raison selon les circonstances ou les humeurs du moment.

A cette fin, la nationalisation, que motive l'évolution normale du processus capitaliste occupe le juste milieu parmi les moyens dont dispose l'Etat puisque le transfert de propriété peut être compensé par une juste indemnisation. Si donc j'observe l'apparition en un secteur essentiel d'un monopole dangereux aussi bien pour la liberté de décision de l'Etat que pour la liberté d'action des concitoyens je m'en inquiète. Et en ma qualité de représentant élu du peuple, je rappelle à ceux qui gouvernent qu'il leur appartient d'intervenir.

∴

Le gouvernement répliquera peut-être que mon souci, qui, en d'autres temps, serait louable, n'a plus d'objet depuis que la France est dotée d'un Etat fort et capable de se faire obéir. Il aura cependant quelque peine à me convaincre. Rarement, me semble-t-il, l'argent a disposé d'autant d'aises qu'aujourd'hui.

Les spéculations et les coups de bourse ne sont que menue monnaie auprès des privilèges dont dispose l'étonnante chevalerie de la finance qui caracole insolemment dans les avenues de la Vᵉ République. Les derniers salons politiques se tiennent dans les conseils d'administration.

Attendre de l'actuel gouvernement qu'il enraye la pénétration des monopoles dans les affaires publiques apparaît illusoire.

Quant à la majorité parlementaire, comment oserait-elle aller de l'avant sans le confort de ses deux béquilles, celle qu'elle tient du général de Gaulle et celle que lui tendent les maîtres de l'argent ?

J'ai pourtant déposé sur le bureau de l'Assemblée nationale une proposition de loi visant à dissoudre la Société générale aéronautique Marcel Dassault et à créer une régie autonome de construction des avions militaires. Geste illogique ? Geste inutile ? Non, car l'opinion publique, aussi chloroformée qu'elle soit par la propagande officielle, pressent qu'il y a quelque chose d'ambigu dans les relations présentes du pouvoir politique et du lobby des grands intérêts. Alerter l'opinion publique n'est jamais vain : elle se mettra bien, un jour, en mouvement.

∴

Que si l'on m'accuse de céder à je ne sais quel esprit de système, l'extrait suivant de l'exposé des motifs de ma proposition de loi répond à l'avance : « En prenant une telle initiative, l'auteur (de la proposition) ne cherche pas à arrêter les termes d'une politique économique de caractère général. Sous un régime authentiquement démocratique, il serait possible d'imaginer d'autres solutions que celle que nous prévoyons ici. Mais, pour ce qui concerne le groupe d'entreprises visé, l'urgence d'une décision apparaît d'autant plus clairement qu'il convient, au moment où s'établit une nouvelle définition de notre politique de défense, de dégager cette politique de toute emprise, de toute pression des intérêts privés. »

Qu'est-ce, en effet, que la Société aéronautique Marcel Dassault, sinon le principal fournisseur de l'Etat pour les avions militaires et les engins destinés au transport des armes atomiques ? Nul ne niera qu'il s'agit là d'un domaine vital non seulement pour l'économie française, mais encore pour la sécurité de notre pays. Surtout à l'époque de la force de frappe, enfant chéri du général de Gaulle, qui engloutira quatre-vingts milliards de nouveaux francs au cours des années prochaines.

L'Etat, qui prend la responsabilité d'engager la France dans la course à l'armement nucléaire, ne peut sans déchoir accepter de laisser le champ libre à un intermédiaire qui assume, à lui seul, l'équivalent d'un service public. Que ce dernier ait pleine conscience ou non de ses devoirs à l'égard de la nation échappe à mon analyse. Je n'ai pas à apprécier les intentions de la Société Dassault, mais à me demander comment, objectivement, cette société pourrait s'évader de sa propre logique qui la conduit, sans qu'on puisse lui en faire reproche, à assurer, avant toute chose, la réussite de ses entreprises. Le seul fait qu'elle soit, dans ce dessein, en mesure de « s'opposer longuement et victorieusement aux changements d'orientation ou de politique militaires dictés par l'intérêt général » suffit à condamner le système économique qui autorise un tel abus. Certes, le gouvernement n'est pas démuni des moyens d'interventions et de contrôle. Mais je doute qu'il puisse en faire un heureux et constant usage.

M. Dassault, député U.N.R., est l'un des grands feudataires du régime. L'autorité qu'il a acquise en portant sa société au plus haut rang, la qualité technique de ses collaborateurs, l'efficacité de ses « public relations », maîtres dans cet art subtil, l'influence, son énorme potentiel financier le rendent intouchable tant qu'il traitera avec l'Etat de puissance à puissance. C'est pour cela qu'il faut, sans plus tarder, placer la majorité face à ses responsabilités. Selon qu'elle accepte ou refuse la discussion de ma proposition de loi, on saura si elle accepte ou refuse que se perpétue un état de choses qui signifie la démission des pouvoirs publics et l'abandon, au fil de l'eau, des intérêts de la nation.

François MITTERRAND.

184

184
Mercredi 25 novembre (suite)

Article paru dans « La Dépêche du Midi » de ce matin.

Mercredi 25 novembre (suite) 1964

UNE INTERVIEW EXCLUSIVE
DE M. FRANÇOIS MITTERRAND

« Il faut nationaliser la Soci[été]
générale aéronautique Marcel Da[ssault] »

Le projet de loi de programme militaire doit être discuté par les députés les 1er et 2 décembre. Cette loi comporte les crédits nécessaires à l'achèvement de la construction de soixante-deux bombardiers stratégiques « Mirage IV », transporteurs d'explosifs atomiques. Ces avions construits par les usines Dassault, M. Messmer, ministre des Armées, a reconnu lui-même qu'ils étaient « déjà démodés ». La discussion de ces crédits amènera, sans doute, M. François Mitterrand, député (Rass. dém.), ancien ministre, à évoquer à la tribune sa récente proposition de nationalisation des usines Dassault, productrices des « Mirage IV ».

Avant ce débat parlementaire, nous sommes allé demander à M. François Mitterrand pourquoi il réclamait la nationalisation de la Société générale aéronautique Marcel Dassault (S.G.A.M. Dassault).

● POUR UNE POLITIQUE DE NATIONALISATIONS ?

QUESTION. — En réclamant la nationalisation de la S.G.A.M. par un dépôt à l'Assemblée nationale d'une proposition de loi « relative à la dissolution de la Société générale aéronautique Marcel Dassault et à la création de la Régie autonome de construction des avions militaires », cherchez-vous à orienter une nouvelle politique de nationalisations ?

REPONSE. — En prenant une telle initiative, je ne cherche pas à arrêter les termes d'une politique économique de caractère général et ne choisis pas entre les systèmes qui doivent normalement conduire la nation à dominer l'action des monopoles. Sous un régime qui serait authentiquement démocratique, ce qui n'est pas le cas actuellement, il serait possible d'imaginer d'autres solutions que celle que je prévois dans la proposition de loi déposée à l'Assemblée nationale. Mais, les choses étant ce qu'elles sont...

Q. — Evoquez-vous des précédents pour justifier cette proposition de loi ?

R. — Naturellement ! Souvenez-vous de ce qui s'est passé avant le déclenchement de la seconde guerre mondiale quand, pour la nation, s'est imposée la nécessité de confier le soin de la production des armes de guerre à l'Etat. Ce fut la loi du 11 août 1936 sur la nationalisation de la fabrication de matériels de guerre. Après le conflit, ce fut l'ordonnance du 20 mai 1945 portant transfert à l'Etat d'actions de la société anonyme des moteurs « Gnome et Rhône ». Après que l'artillerie et la marine eurent possédé, à l'exemple de l'infanterie, leurs arsenaux, il importait que l'aviation, dernière-née des disciplines militaires, fût dotée à son tour de l'indépendance dans le domaine de la production de son matériel. Les nationalisations des industries aéronautiques de 1936, 1937 et 1945, réalisèrent temporairement cet objectif.

● LA DÉFENSE NATIONALE EST TRIBUTAIRE DE M. DASSAULT

Q. — Mais pourquoi, aujourd'hui, demandez-vous la nationalisation des usines Dassault ?

R. — Parce que, aujourd'hui, l'armée de l'Air française et, à sa suite, la défense nationale tout entière sont devenues, à nouveau, tributaires de l'initiative privée et même, ce qui est encore plus grave, plus dangereux, d'une seule entreprise privée, celle de M. Marcel Dassault.

Q. — Mais la Société Sud-Aviation est nationalisée. Dassault n'est donc pas seul...

R. — Oui, Sud-Aviation est une entreprise nationalisée, encore que M. Dassault ait passé un accord avec Sud-Aviation... Mais avions militaires de type classique — stratégiques comme le « Mirage IV », ou tactiques, comme le « Mirage III » et le « Mirage III E » (interception et attaque au sol) — et engins destinés au transport des armes atomiques sont produits en France, presque exclusivement, par la Société générale aéronautique Marcel Dassault.

185
Mercredi 25 novembre (suite)

Une interview exclusive de M. François Mitterrand

« Il faut nationaliser la Société générale aéronautique Marcel Dassault »

Mercredi 25 novembre (suite) 1964

● UN MONOPOLE DE FAIT DANS UN DOMAINE NATIONAL ESSENTIEL

Q. — Estimez-vous donc que M. Dassault exerce une emprise ou une pression sur cette politique ?

R. — L'attitude des dirigeants des grandes unités de production ne peut qu'être déterminée par la volonté d'assurer la préservation de leurs entreprises. C'est naturel. Or, dès que celles-ci atteignent au monopole de fait, dans un domaine essentiel à la vie nationale, elles sont, évidemment, en mesure de s'opposer longtemps et victorieusement aux changements d'orientation ou de politique militaire dictés par l'intérêt général de la nation.

Q. — Est-ce à dire que, selon vous, il arrive à la firme en question d'intervenir dans la vie politique française ?

R. — Maints exemples semblent le prouver. Dois-je vous rappeler que, fournisseur de l'Etat en matière de fabrication d'avions militaires, M. Marcel Dassault est député U.N.R. de l'Oise ? Laissez-moi vous dire, simplement, que certaines circonstances, certaines péripéties de notre politique intérieure font qu'actuellement la fabrication des avions militaires et des engins de transport atomique, concentrée pratiquement dans une seule entreprise, donne à la firme en question, qui en use jusqu'à l'excès, le moyen d'intervenir plus que jamais dans de multiples domaines étrangers à sa vocation et de peser, de la sorte, abusivement sur l'opinion publique.

Et le député de la Nièvre d'ajouter avec force :

— C'est pour ces raisons que la remise à la nation des activités militaires de la S.G.A.M. Dassault, ainsi que de ses sociétés filiales directement intéressées à la fabrication des avions militaires, comprenant notamment l'ensemble des installations de Bordeaux-Mérignac et de Suresnes, s'impose. La mission de produire des avions militaires doit être continuée directement par l'Etat, par l'intermédiaire de la Régie nationale de construction des avions militaires, les caractéristiques de cet établissement public étant aménagées en vue de l'objectif poursuivi.

● CETTE LÉGISLATURE N'EST PAS ÉTERNELLE

Q. — Comment se traduirait la liquidation ?

R. — Les actionnaires ou commanditaires recevront, en raison du transfert à l'Etat de la part leur revenant dans la liquidation de la société, une indemnité calculée sur la base du dernier bilan approuvé suivant les modalités fixées par un règlement d'administration publique sur le rapport du ministre des Armées et du ministre des Finances.

Q. — Sous quelle forme fonctionnerait la nouvelle régie nationale ?

R. — Cette Régie nationale de construction des avions militaires sera un établissement public, à caractère industriel et commercial, doté de la personnalité civile et de l'autonomie financière, placé sous l'autorité et le contrôle du ministre des Armées. Pour plus de détails, il faut se référer au texte de la loi déposé à l'Assemblée nationale.

Q. — Pensez-vous être soutenu à l'Assemblée nationale ?

R. — Oui, mais pas par M. Dassault et ses amis !

Q. — Estimez-vous que votre projet de loi pourrait être adopté par l'Assemblée nationale ?

R. — M. Dassault, U.N.R., est un membre influent de la présente majorité ; aussi, comme je vous le disais tout à l'heure, cela rend peu vraisemblable, parmi d'autres causes, l'adoption de ma proposition de loi dans la législature actuelle. Mais cette législature n'est pas éternelle.

Propos recueillis par
André BRISSAUD.

Interview parue ce matin dans "Carrefour"

● La Société générale aéronautique Marcel Dassault, constituée en 1951 au capital de 5 millions versés par M. Dassault lui-même, mais répartis en 1.000 parts dont 100 entre ses mains et les 900 autres appartenant à la S.G.A.M. Dassault, comprend, officiellement, les usines suivantes : Saint-Cloud (personnel : 2.600), Argenteuil (1.000), Boulogne (500), Villaroche ((700), Bordeaux-Talence et Bordeaux-Mérignac (1.600), Saint-Cloud Electronique (850).

Outre le « Mirage IV », bombardier stratégique, la S.G.A.M. Dassault produit des avions tactiques de la série « Mirage III », « Mirage III E » (interception et attaque au sol), « Etendard IV » (pour l'aéronavale) et « Mirage III V » (« Balzac ») qui est un prototype à décollage vertical.

186

186
Mercredi 25 novembre (suite)

Interview parue ce matin dans « Carrefour »

187

Jeudi 26 novembre

Golf à Saint-Cloud avec Saint-Périer et Jean François-Poncet. 19.
Je vais te chercher devant le Murat. Quand tu arrives je n'ose y croire ! Un jour sans toi et te voir me paraît extraordinaire ! Et tu craignais les habitudes !
Comme je dois aller au Palais nous rentrons dans Paris et l'idée m'en venant soudain nous déjeunons au Relais des Isles. Crabe farci, riz créole, fruits exotiques (encore !).
Et tu bois un bon punch qui colore tes joues. Et moi je n'arrête pas de m'émerveiller : tu es là !

Le reste de la journée a été sans fait notable.

Je colle ici cette photo de « La licorne » de Lascaux, extraordinairement saisissante, parce qu'une très fâcheuse nouvelle est diffusée par les journaux : On ne visitera plus Lascaux (qui est, à mes yeux, une des merveilles du monde) !
Des milliers d'années avaient respecté les couleurs. Quelques milliers de visiteurs ont, en vingt ans, apporté miasmes et microbes. J'aurais tant voulu te montrer cette admirable expression de l'homme préhistorique. Heureusement, il y a cette autre merveille : la photographie.

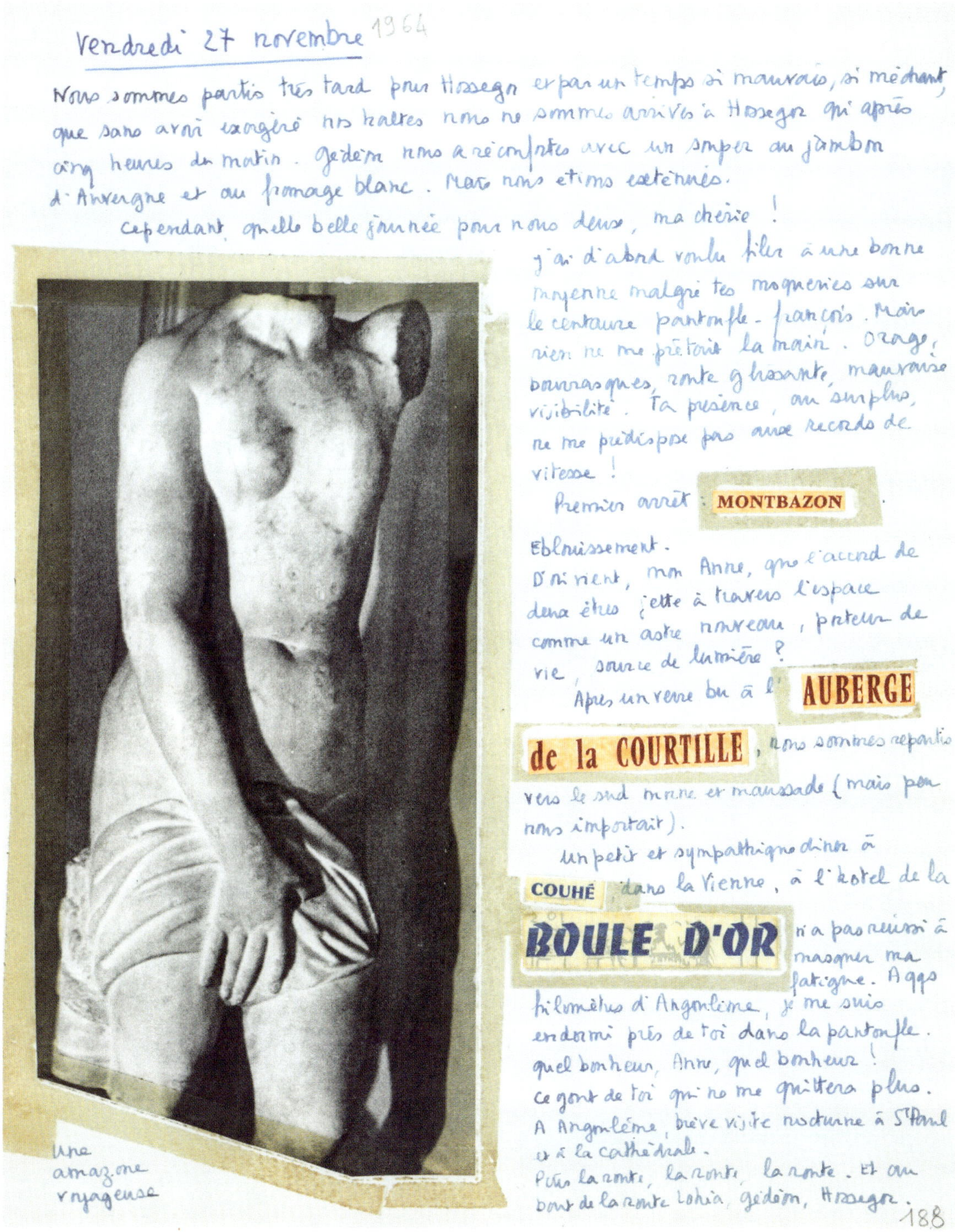

188

Vendredi 27 novembre

Nous sommes partis très tard pour Hossegor et par un temps si mauvais, si méchant, que sans avoir exagéré nos haltes nous ne sommes arrivés à Hossegor qu'après cinq heures du matin. Gédéon nous a réconfortés avec un souper au jambon d'Auvergne et au fromage blanc. Mais nous étions exténués.
Cependant, quelle belle journée pour nous deux, ma chérie !

Une amazone voyageuse

J'ai d'abord voulu filer à une bonne moyenne malgré tes moqueries sur le centaure pantoufle-François. Mais rien ne me prêtait la main. Orage, bourrasques, route glissante, mauvaise visibilité. Ta présence, au surplus, ne me prédispose pas aux records de vitesse !
Premier arrêt : Montbazon.

Eblouissement.
D'où vient, mon Anne, que l'accord de deux êtres jette à travers l'espace comme un astre nouveau, porteur de vie, source de lumière ?
Après un verre bu à l'Auberge de la Courtille, nous sommes repartis vers le sud morne et maussade (mais peu nous importait).
Un petit et sympathique dîner à Couhé, dans la Vienne, à l'hôtel de la Boule d'Or n'a pas réussi à masquer ma fatigue. A qqs kilomètres d'Angoulême, je me suis endormi près de toi dans la pantoufle.
Quel bonheur, Anne, quel bonheur !
Ce goût de toi qui ne me quittera plus.
A Angoulême, brève visite nocturne à St Paul et à la cathédrale.
Puis la route, la route, la route. Et au bout de la route Lohia, Gédéon, Hossegor.

190
Dimanche 29 novembre

Nous nous sommes promenés autour du lac, profitant d'un timide soleil matinal. Nous avons visité la maison qui te paraissait mystérieuse derrière sa palissade en bois. Tu es allée à la messe… et j'attends encore le petit déjeuner plantureux que les perfides promesses d'Anne et Gédéon Pingeot m'avaient laissé entrevoir. J'illustre cependant cette page avec la reproduction de ce tableau (l'un de ceux que je préfère au monde) du Caravaggio pour signifier que je ne suis pas resté sur ma faim, que Gédéon nous avait préparé un graillou hors classe, que j'ai été servi, nourri, gâté, bichonné par mes deux hôtesses soudain compatissantes, bref que j'ai déjeuné à Lohia. Huîtres, foie gras, vins fins, je ne sais quoi encore : l'Oratoire, tel qu'en lui-même l'éternité ne le change pas, avait émigré, pour un jour et pour mon plaisir, jusqu'au bas pays des Landes.

L'après-midi nous avons acheté des plants à Angresse. Mon Anne, n'est-ce pas qu'elles étaient belles ces serres avec leur géométrie de ficelles et de fleurs pour l'hiver. Nous avons rempli le coffre de la pantoufle de rhododendrons et d'azalées (sans compter deux chèvrefeuilles). Et nous sommes rentrés, ravis. Gédéon, elle, plantait, plantait. Nous l'avons laissée dans le bonheur de son ouvrage et nous sommes revenus à la maison. Ces heures lentes, profondes, heureuses, nous en connaissons l'itinéraire. Je t'ai aimée, Anne chérie, et j'ai aimé que tout soit désormais pareil, que notre accord soit fixé, semblable au premier jour. Nous avons de nouveau vécu une soirée comme Anne, Gédéon et François savent, sans doute seuls au monde, construire une soirée. Musique. Le Fou d'Elsa. Ombre. Paix. L'amitié. L'amour. Le feu dans la cheminée. La flamme des bougies. Le langage du cœur. Les visages en clair-obscur et qui sont habités par le message de l'âme.

189
Samedi 28 novembre

191

Lundi 30 novembre

Tu m'as sorti, en frappant doucement sur les persiennes, ce matin à 8 heures, d'un puits sans fond où m'avait jeté le sommeil.
Que ton visage était frais et doux quand, après avoir grogné, je t'ai embrassée pour te dire bonjour !
Un tour de jardin, un peu de musique, les bagages et nous sommes allés à Lohia où Gédéon avait préparé le petit déjeuner. Le ciel, lavé, était traversé de nuages blancs et de vols de mouettes.
La DS nous a déposés quelques heures plus tard, en Charente

Hôtel du Périgord
Aubeterre-sur-Dronne (Charente) Tél. 11

Mon amour tout était allégresse et ferveur pendant que nous nous promenions à Nabinaud et dans la prairie.
Gédéon nous a rejoints fort tard. Nous étions heureux de la retrouver.
Après le déjeuner, excellent, j'ai pris avec moi Gédéon et tu as conduit la 2 CV.
Arrêt à Montmoreau. Et nous sommes arrivés à Angoulême à la fin du jour.
Tu as aimé la cathédrale et je crois que l'Ecole Saint-Paul t'a émue.
J'étais le plus heureux des collégiens qui eurent 9 ans et demi dans une pension grise le long de notre promenade à trois, à travers les rues de la ville ! Et qu'était bon « le verre » bu au Café de la Paix

Au revoir, Gédéon ! (qui partait pour Limoges).
En roulant, tu as dormi. Puis tu m'as nourri de fruits délicieux. Puis nous avons chanté.
Pourquoi ai-je abîmé ta joie par une sotte mauvaise humeur ? Ah ! cette autoroute avalée à 140 km l'heure !
Ah ! que je t'aime même quand je t'aime mal !
Ah ! que tu es ma vie, mon Anne !

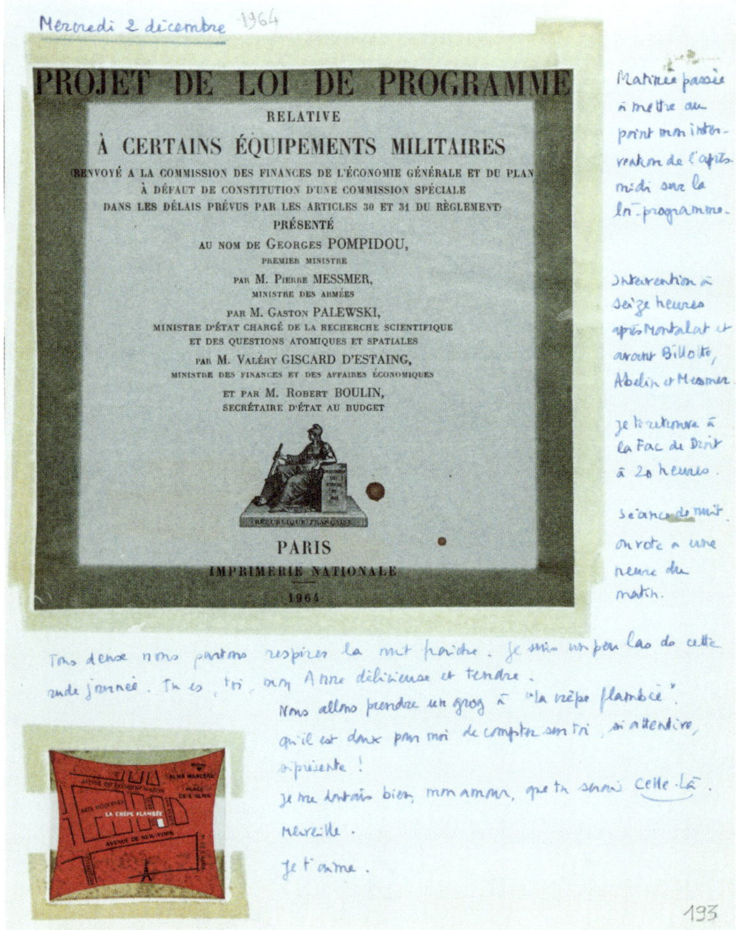

192
Mardi 1er décembre

Je me suis réveillé triste mais t'aimant diablement : les remords aiguisent l'amour ! Jamais je n'aurais dû te faire cette peine. Quand tu mérites un reproche (c'était à moitié le cas !) je devrais penser que tu mérites surtout d'être aimée et comprise – et que je te suis redevable d'un rare bonheur.
Aussi quand je t'ai attendue, rue du Regard, étais-je pénétré de repentir et de tendresse. Un petit malentendu t'avait dirigée sur la rue Saint-Placide.
Quelle joie à te voir arriver, avec ton châle noir, tes bottes noires, ton manteau rouge et ton merveilleux visage d'Anne douce.
Déjeuner chez Sainlouis. Nos repas de la rue du Dragon sont synonymes de bonheur.
J'ai passé l'après-midi au Palais-Bourbon où commençait le débat sur le Projet de loi de programme (n° 1155), relative à certains équipements militaires. Nous avons entendu les rapporteurs et le ministre des Forces Armées.
Une chance, j'ai pu te revoir en te conduisant au cocktail de la Broise. J'ai adoré ton « sapage » et plus encore la beauté qui t'illuminait.
Nous avons failli écraser Claude Brugère, rue Mignard.
Le soir, j'ai travaillé mon intervention. J'ai lu. J'ai pensé à nos quatre jours d'Hossegor et au lien puissant
et parfait
qui nous unit.

Moi, ce matin !

193
Mercredi 2 décembre

Matinée passée à mettre au point mon intervention de l'après-midi sur la loi-programme.

Intervention à seize heures après Montalat et avant Billotte, Abelin et Messmer.

Je te retrouve à la Fac de Droit à 20 heures.

Séance de nuit.
On vote à une heure du matin.

Tous deux nous partons respirer la nuit fraîche. Je suis un peu las de cette rude journée. Tu es, toi, mon Anne délicieuse et tendre.
Nous allons prendre un grog à « La crêpe flambée ». Qu'il est doux pour moi de compter sur toi, si attentive, si présente !
Je me doutais bien, mon amour, que tu serais celle-là.
Merveille.
Je t'aime.

Jeudi 3 décembre 1964

« GAULLISTES DE LÉGENDE ET GAULLISTES DE BROCANTE »

Au cours de son intervention de mercredi après-midi, M. MITTERRAND, constamment interrompu par certains membres de l'U.N.R. — et parfois de façon plus que discourtoise — à propos de la « politique de grandeur », finit par perdre patience et s'écria : « *Je vois sur les bancs de l'U.N.R. quelques gaullistes de légende, mais j'en vois beaucoup d'autres qui sont des gaullistes de brocante ! Nous ne sommes pas disposés à laisser transformer le patriotisme en une sorte de petit commerce !* »

A cette diatribe, qui avait soulevé le tumulte que l'on peut imaginer, M. PASQUINI (U.N.R.) tint à répondre à la fin de la séance : « *Nous ne pouvons, mes amis et moi, admettre de telles paroles. Nous sommes solidaires, et à ceux qui comme MM. Mitterrand et Montalat semblent satisfaits de l'insuffisance des moyens dont dispose la France, en raison de ses « dimensions », nous rappelons ce qu'a fait un général qui se trouvait tout seul en Grande-Bretagne en 1940* (Vives exclamations sur les bancs socialistes et du Rass. dém.), *et ce que nous avons fait, depuis Koufra, pour libérer la patrie et rétablir la légalité républicaine qui permet à M. Mitterrand de s'exprimer ici.* » (Applaudissements sur les bancs de l'U.N.R. Bruit sur de nombreux autres bancs.)

M. MITTERRAND réplique : « *Je ne suis pas en position de pénitent* (Vives interruptions sur les bancs de l'U.N.R.). *Vos injures ont cessé de m'intéresser* (Bruit.) *L'opposition n'accepte pas la prétention de la majorité — qu'on retrouve dans certains propos du premier ministre — à la propriété du patriotisme. La Résistance ni son héritage n'appartiennent à personne, pas même au général de Gaulle* (Bruit prolongé.) *mais au peuple français. Dans un tel débat, il n'est pas admissible qu'on prétende distinguer entre ceux qui veulent défendre la France et ceux qui ne le veulent pas. S'il y a une différence à faire, c'est entre le gaullisme de 1964 et celui de 1940. Vous avez fait du gaullisme un magasin de piété dont vous tirez profit...* »

Les derniers mots de M. Mitterrand se perdent dans un vacarme assourdissant. Plusieurs membres de l'U.N.R., notamment M. DURBET, veulent riposter, mais M. SCHMITTLEIN (U.N.R.), qui préside, leur refuse la parole et lève la séance.

A la sortie de l'hémicycle, des altercations se produisent entre députés U.N.R. d'une part, députés socialistes et communistes d'autre part, mais sans recours à quelque « force de frappe » que ce soit.

« Sous L'Olivier »

194

194

Jeudi 3 décembre

Je me lève tard, évidemment, après le débat tendu et long d'hier dont « Le Monde » raconte ici un incident typique.
Je vais déjeuner chez Paul Chêne, un restaurant de la rue Lauriston, avec Jean Marin, Georges Dayan et André Magnus. Sympathique. Un mot de Jean Marin
« Après avoir enseigné les beautés de la grotte de Lascaux et des tapisseries de Bayeux, comment se plaindre du goût actuel pour les bandes dessinées ? »
Au Palais de Justice, premier interrogatoire du jeune L. Parents en détresse. Triste moment.
Tu m'attends place Saint-Michel. Joie. Nous allons acheter un bonnet de fourrure place Saint-Augustin. Douceur. Mais je te ramène en retard à tes Travaux Pratiques rue d'Assas. Tu es en forme malgré l'examen que tu viens de passer et qui fera bientôt de toi une mono-super-chief.
Puis je reçois Gabriel Lisette, l'ancien leader du Tchad avant de te retrouver rue d'Assas. Je suis toujours un peu fatigué, ce qui est assez normal ! Nous dînons « Sous l'Olivier » en bordure du Parc de Saint-Cloud. Dîner ordinaire mais bon feu de bois. Tu lis la revue de Presse concernant la séance d'hier. Après quoi, nous rentrons. C'est toi qui soudain cèdes au sommeil ! Et je ramène une petite Anne écrasée qui oublie son châle dans la pantoufle !

Mon amour chéri comment te dire le prix qu'a été pour moi ta présence de ces derniers jours ? J'ai préparé mon discours dans un état d'esprit calme, sûr et fort. Je te le dois. Ainsi t'ai-je dédié dans les moments âpres une pensée fervente.
La petite fille des « Justes » (ah ! l'orage lourd de ce soir-là – et ton regard fixé au mien) est devenue l'être-source, le compagnon-élan, la femme-vie où renaît ma force.

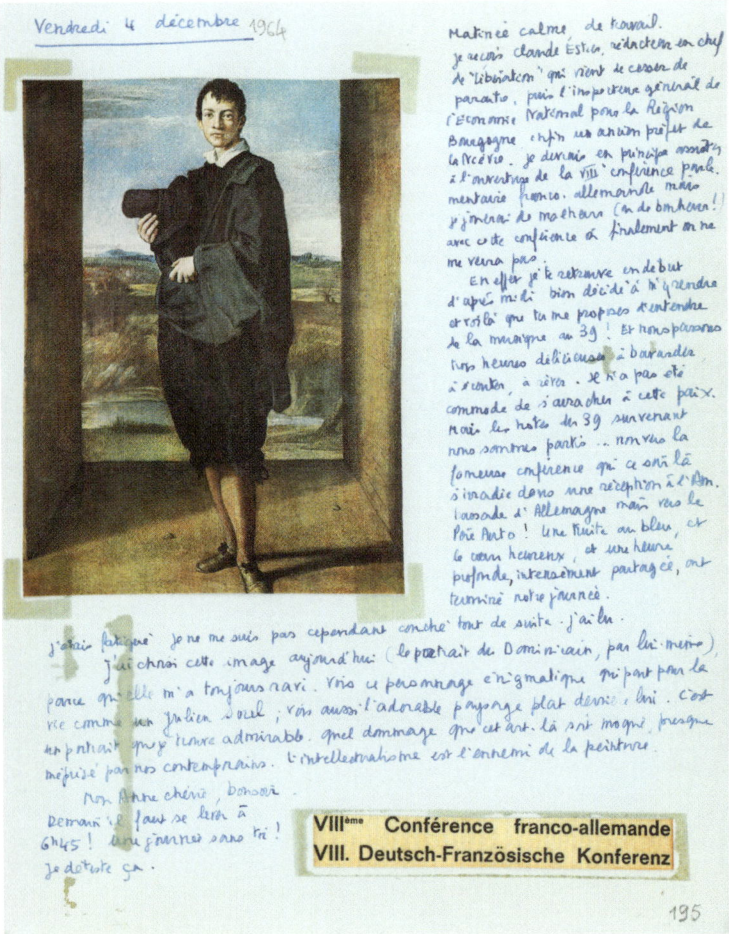

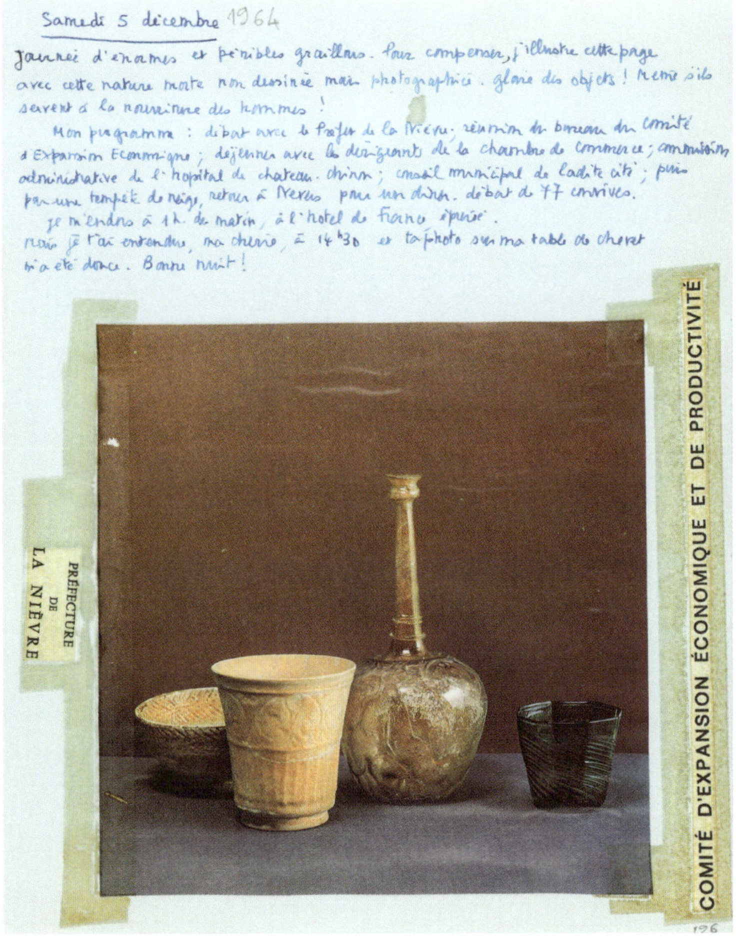

195
Vendredi 4 décembre

Matinée calme, de travail.
Je reçois Claude Estier, rédacteur en chef de « Libération » qui vient de cesser de paraître, puis l'inspecteur général de l'Economie Nationale pour la Région Bourgogne, enfin un ancien préfet de la Nièvre. Je devrais en principe assister à l'ouverture de la VIIIe conférence parlementaire franco-allemande mais je jouerai de malheur (ou de bonheur !) avec cette conférence où finalement on ne me verra pas.
En effet je te retrouve en début d'après-midi bien décidé à m'y rendre et voilà que tu me proposes d'entendre de la musique au 39 ! Et nous passons trois heures délicieuses à bavarder, à écouter, à rêver. Il n'a pas été commode de s'arracher à cette paix. Mais les hôtes du 39 survenant nous sommes partis… non vers la fameuse conférence qui ce soir-là s'irradie dans une réception à l'Ambassade d'Allemagne mais vers le Père Auto ! Une truite au bleu, et le cœur heureux, et une heure profonde, intensément partagée, ont terminé notre journée.

J'étais fatigué. Je ne me suis pas cependant couché tout de suite. J'ai lu.
J'ai choisi cette image aujourd'hui (le portrait du Dominiquin, par lui-même) parce qu'elle m'a toujours ravi. Vois ce personnage énigmatique qui part pour la vie comme un Julien Sorel ; vois aussi l'adorable paysage plat derrière lui. C'est un portrait que je trouve admirable. Quel dommage que cet art-là soit moqué, presque méprisé par nos contemporains. L'intellectualisme est l'ennemi de la peinture.

Mon Anne chérie, bonsoir.
Demain il faut se lever à 6 h 45 ! Une journée sans toi !
Je déteste ça.

196
Samedi 5 décembre

Journée d'énormes et pénibles grailloux. Pour compenser, j'illustre cette page avec cette nature morte non dessinée mais photographiée. Gloire des objets ! Même s'ils servent à la nourriture des hommes !
Mon programme : débat avec le Préfet de la Nièvre ; réunion du bureau du Comité d'Expansion Economique ; déjeuner avec les dirigeants de la chambre de commerce ; commission administrative de l'hôpital de Château-Chinon ; conseil municipal de ladite cité ; puis par une tempête de neige, retour à Nevers pour un dîner-débat de 77 convives.
Je m'endors à 1 h du matin, à l'hôtel de France, épuisé.
Mais je t'ai entendue, ma chérie, à 14 h 30 et ta photo sur ma table de chevet m'a été douce. Bonne nuit !

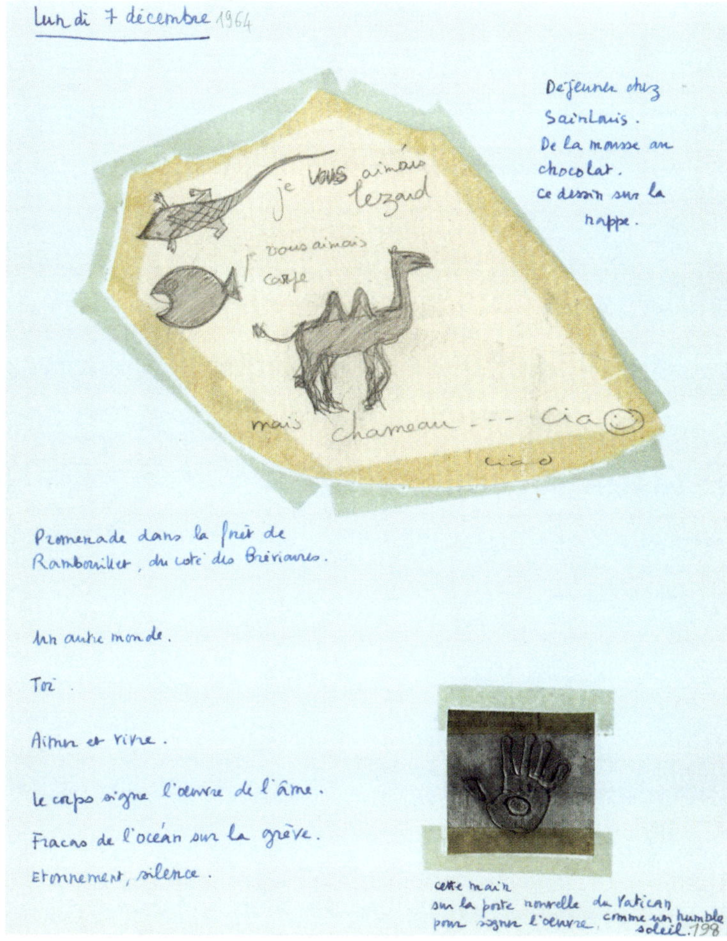

197
Dimanche 6 décembre

J'ai failli manquer mon train de 8 h 31. Ouf ! A 11 h 45 je te retrouvais à Saint-Placide. Nous avons déjeuné au Relais du Pavé dans un climat merveilleux.
Là nous avons discuté sur tes problèmes de droit électoral et sur des explications de textes du premier Moyen-Age. Je ne t'ai guère aidée. Tu as déjà appris beaucoup de choses. Voici en tout cas un morceau déchiré de mes modestes conseils !
Une balade parfaite le long du canal de Versailles nous a procuré une joie profonde. Puis nous sommes allés dîner au Père Auto, d'une salade et de fromages !
Nous sommes rentrés tôt. Unis. Aimants. Heureux. Devant cette feuille maintenant et avant de dormir je te dis mon Amour un merci d'allégresse. Et je colle ici ce fragment d'une tapisserie qui précisément orne une pièce du château de Versailles.
Calme et beauté, inspirent, me semble-t-il, cette image d'un sûr métier. Calme et beauté sont notre part aujourd'hui.

198
Lundi 7 décembre

Déjeuner chez Sainlouis.
De la mousse au chocolat.
Ce dessin sur la nappe.
je vous aimais lézard je vous aimais carpe mais chameau… ciao

Promenade dans la forêt de Rambouillet, du côté des Bréviaires.

Un autre monde.
Toi.
Aimer et vivre.
Le corps signe l'œuvre de l'âme.
Fracas de l'océan sur la grève.
Etonnement, silence.

Cette main sur la porte nouvelle du Vatican
comme un humble soleil pour signer l'œuvre.

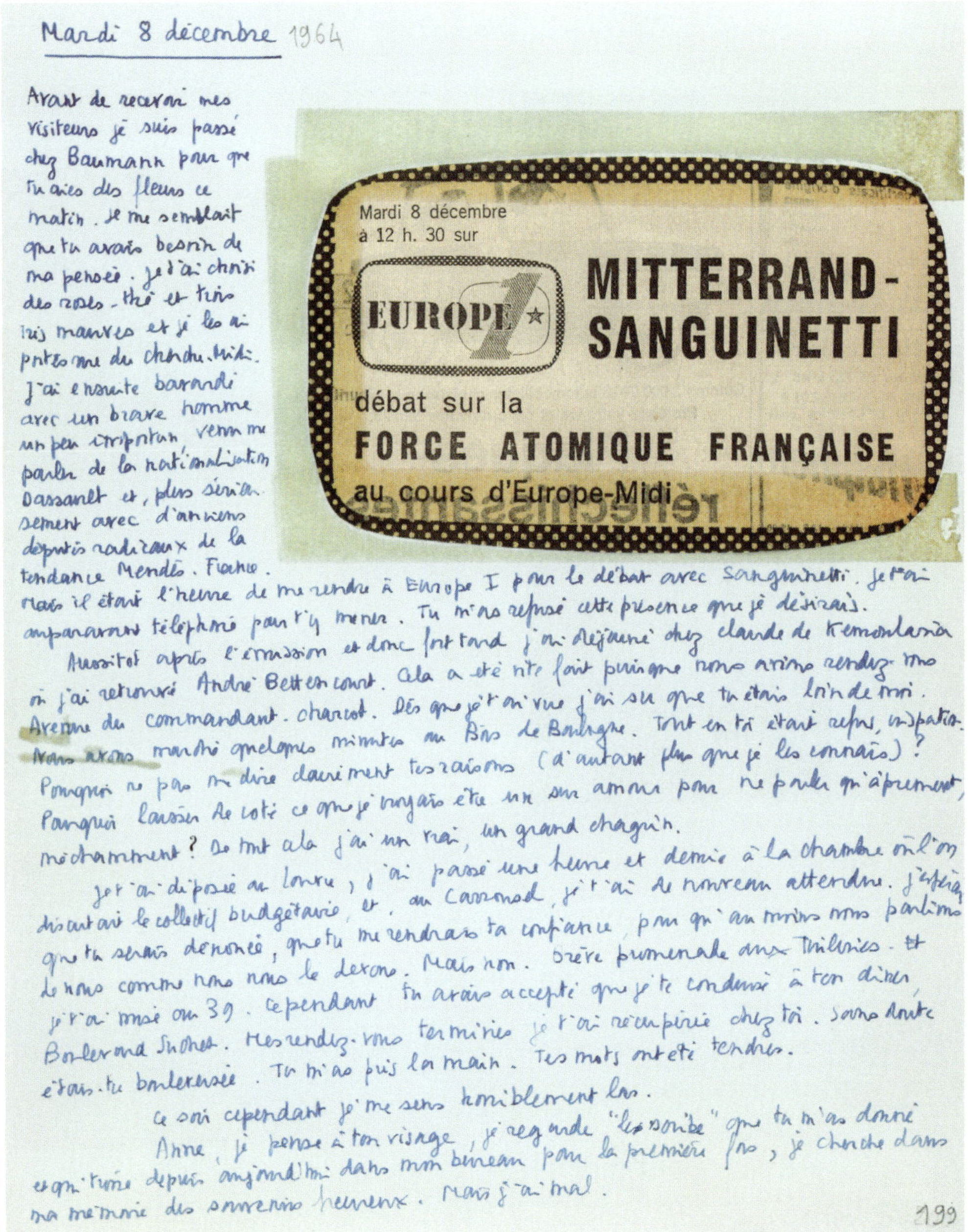

199
Mardi 8 décembre

Avant de recevoir mes visiteurs je suis passé chez Baumann pour que tu aies des fleurs ce matin. Il me semblait que tu avais besoin de ma pensée. Je t'ai choisi des roses-thé et trois iris mauves et je les ai portés rue du Cherche-Midi. J'ai ensuite bavardé avec un brave homme un peu importun, venu me parler de la nationalisation Dassault et, plus sérieusement avec d'anciens députés radicaux de la tendance Mendès France.
Mais il était l'heure de me rendre à Europe I pour le débat avec Sanguinetti.
Je t'ai auparavant téléphoné pour t'y mener. Tu m'as refusé cette présence que je désirais.
Aussitôt après l'émission et donc fort tard j'ai déjeuné chez Claude de Kémoularia où j'ai retrouvé André Bettencourt. Cela a été vite fait puisque nous avions rendez-vous Avenue du Commandant-Charcot. Dès que je t'ai vue j'ai su que tu étais loin de moi. Nous avons marché quelques minutes au Bois de Boulogne. Tout en toi était refus, crispation.
Pourquoi ne pas me dire clairement tes raisons (d'autant plus que je les connais) ?
Pourquoi laisser de côté ce que je croyais être un sûr amour pour ne parler qu'âprement, méchamment ? De tout cela j'ai un vrai, un grand chagrin.
Je t'ai déposée au Louvre, j'ai passé une heure et demie à la Chambre où l'on discutait le collectif budgétaire, et, au Carrousel, je t'ai de nouveau attendue. J'espérais que tu serais dénouée, que tu me rendrais ta confiance, pour qu'au moins nous parlions de nous comme nous nous le devons. Mais non. Brève promenade aux Tuileries. Et je t'ai mise au 39. Cependant tu avais accepté que je te conduise à ton dîner, Boulevard Suchet. Mes rendez-vous terminés je t'ai récupérée chez toi. Sans doute étais-tu bouleversée. Tu m'as pris la main. Tes mots ont été tendres.
Ce soir cependant je me sens horriblement las.
Anne, je pense à ton visage, je regarde « le scribe » que tu m'as donné et qui trône depuis aujourd'hui dans mon bureau pour la première fois, je cherche dans ma mémoire des souvenirs heureux. Mais j'ai mal.

le rendez-vous du puy de Dôme

« Jamais on ne vit tant de cadavres, et jamais on ne vit tant d'âmes. Les cadavres se défont et les âmes multiplient leurs forces. L'homme le plus humble qui se bat pour la France se trouve avoir une âme de roi. D'où la tient-il ? Les âmes des morts devenues disponibles doublent-elles les âmes des vivants ?"
(Maurice BARRES. « Echo de Paris », 5 avril 1915).
« Tandis qu'inattentif et généreux, il (le soldat) renverse partout le sang qu'il a sur lui, il porte avec soin son âme et son précieux contenu sans en répandre une goutte. »
(LAVEDAN. « Illustration », 21 octobre 1916).

Il n'existe dans le monde que trois PANDAS en captivité : une femelle à Londres et deux mâles, l'un à Pékin, l'autre à Moscou. Pour que la race ne s'éteigne pas, le directeur du parc zoologique de Moscou vient d'accepter l'invitation de son confrère du zoo de Londres et il enverra sous peu son jeune pensionnaire rejoindre sa « fiancée » CHI-CHI, à Londres

LE CHIEN DANS LE TABERNACLE

200

Mercredi 9 décembre

Dans le train de 7 h 45 je bavarde avec plusieurs délégués de la Commission Economique de Bourgogne, notamment Benoist, sénateur de la Nièvre, et Flandin, conseiller général de Vézelay. Dès notre arrivée nous siégeons dans la salle du Conseil général de Côte d'Or, à la Préfecture. Présidence provisoire du chanoine Kir, doyen d'âge. Election du Président, Labruyère et d'un vice-président, Raymond. Mais je suis candidat au Poste de Rapporteur général – et Janot aussi (très appuyé par le gouvernement). Suspension de séance – Lunch chez le super-préfet.
Et la séance reprise je suis élu. Flandin devient vice-président. Voici donc la première démarche de ce premier noyau du Parlement de Bourgogne !
Il faisait sur Dijon un temps splendide, léger. Mais je ne m'en suis aperçu qu'après que tu me l'eusses dit au téléphone ! Tu vois combien je suis insensible aux charmes de la nature !
J'ai attrapé mon train de justesse pour le retour. Heureusement avec notre dîner en perspective. Durant la première heure du voyage j'ai admiré les beaux villages de pleine terre que tu as commencé de connaître l'autre samedi. Gare de Lyon difficulté pour avoir un taxi. Tout se passe bien cependant.
Et à 20 h 30, rue du Regard, tu es là, ma chérie. Quelle émotion, tu t'en doutes ! Je t'ai proposé d'aller à « La Camargue » où nous avons vécu des heures si importantes de notre vie, le 31 janvier. Tu y avais précisément pensé ! Tout s'est alors déroulé sur un plan d'indicible harmonie. Un graillou alléchant, de douces lumières, la traversée de Paris en pantoufle, la tendresse retenue et profonde de l'au-revoir… Si nos séparations (de tout ordre) nous déchirent, notre union est, elle, et toujours, porteuse de bonheur.

[Documents préparés, non collés.]

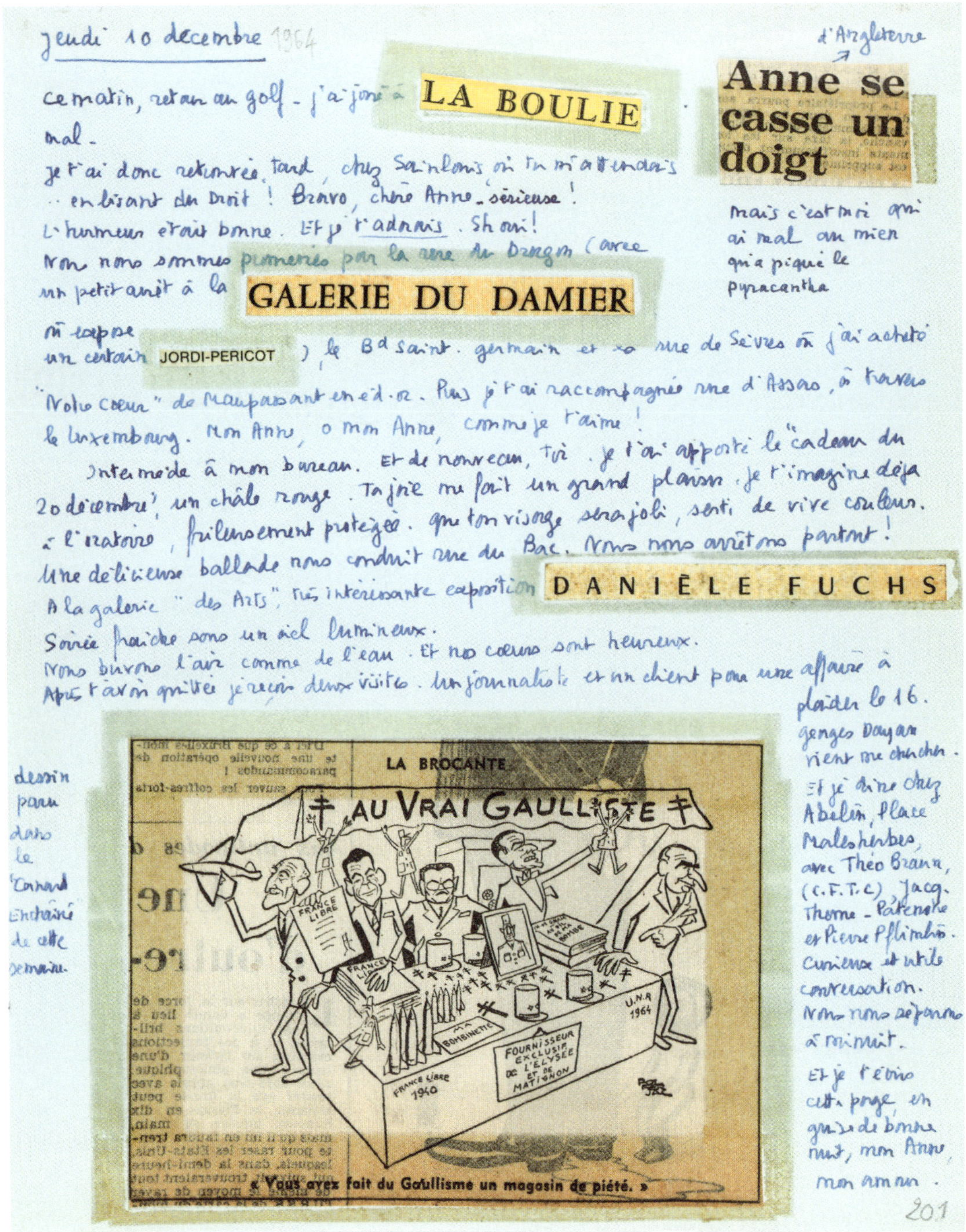

201

Jeudi 10 décembre

Ce matin, retour au golf. J'ai joué à La Boulie.
Mal.
Je t'ai donc retrouvée, tard, chez Sainlouis, où tu m'attendais… en lisant du Droit ! Bravo, chère Anne – sérieuse !

Anne d'Angleterre se casse un doigt

mais c'est moi qui ai mal au mien qu'a piqué le pyracantha

L'humeur était bonne. Et je t'adorais. Eh oui !
Nous nous sommes promenés par la rue du Dragon (avec un petit arrêt à la Galerie du Damier où expose un certain Jordi-Pericot), le Bd Saint-Germain et la rue de Sèvres où j'ai acheté « Notre cœur » de Maupassant en éd. or. Puis je t'ai raccompagnée rue d'Assas, à travers le Luxembourg. Mon Anne, ô mon Anne, comme je t'aime !

Intermède à mon bureau. Et de nouveau, toi. Je t'ai apporté le « cadeau du 20 décembre », un châle rouge. Ta joie me fait un grand plaisir. Je t'imagine déjà à l'Oratoire, frileusement protégée. Que ton visage sera joli, serti de vive couleur. Une délicieuse balade nous conduit rue du Bac. Nous nous arrêtons partout !
A la galerie « des Arts », très intéressante exposition Danièle Fuchs
Soirée fraîche sous un ciel lumineux.
Nous buvons l'air comme de l'eau. Et nos cœurs sont heureux.
Après t'avoir quittée je reçois deux visites. Un journaliste et un client pour une affaire à plaider le 16. Georges Dayan vient me chercher. Et je dîne chez Abelin, Place Malesherbes, avec Théo Braun, (C.F.T.C), Jacq. Thome-Patenôtre et Pierre Pflimlin. Curieuse et utile conversation. Nous nous séparons à minuit.
Et je t'écris cette page, en guise de bonne nuit, mon Anne, mon amour.

Dessin paru dans le « Canard Enchaîné » de cette semaine.

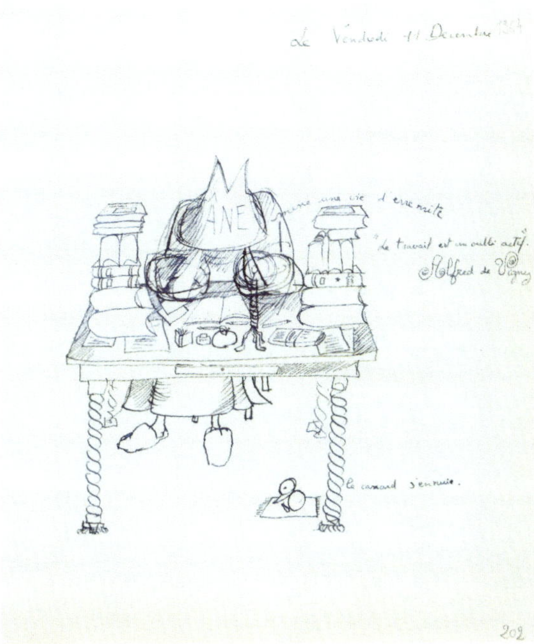

202
Le Vendredi 11 Décembre

ANE mène une vie d'erre mite
« Le travail est un oubli actif » Alfred de Vigny.
Le canard s'ennuie.

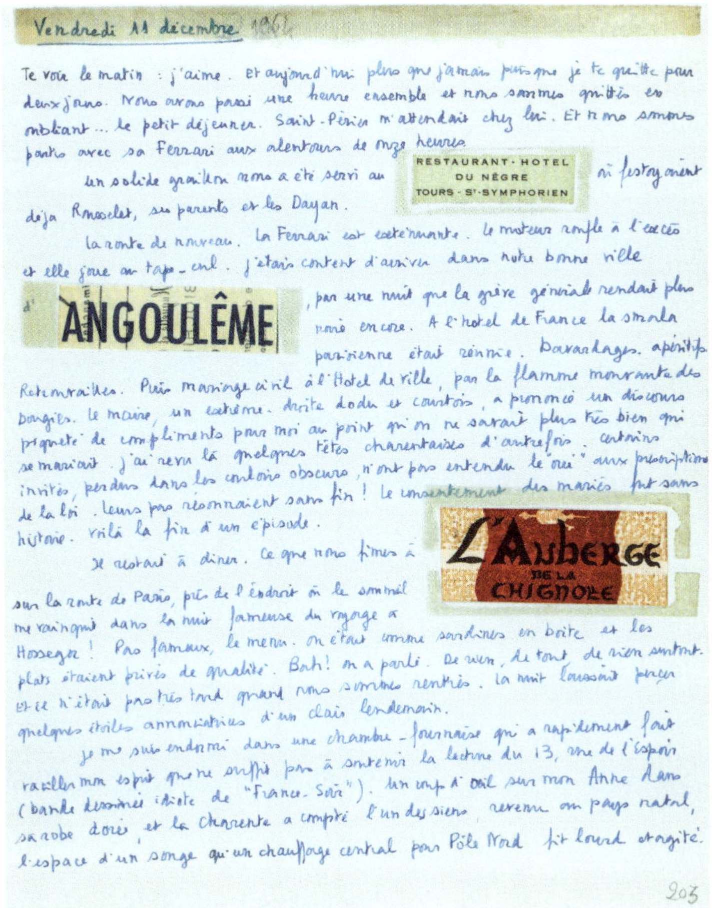

203
Vendredi 11 décembre

Te voir le matin : j'aime. Et aujourd'hui plus que jamais puisque je te quitte pour deux jours. Nous avons passé une heure ensemble et nous sommes quittés en oubliant… le petit déjeuner. Saint-Périer m'attendait chez lui. Et nous sommes partis avec sa Ferrari aux alentours de onze heures.
Un solide graillou nous a été servi au

Restaurant-Hôtel du Nègre
Tours-St-Symphorien

où festoyaient déjà Rousselet, ses parents et les Dayan.
La route de nouveau. La Ferrari est exténuante. Le moteur ronfle à l'excès et elle joue au tape-cul. J'étais content d'arriver dans notre bonne ville d'Angoulême, par une nuit que la grève générale rendait plus noire encore. A l'hôtel de France la smala parisienne était réunie. Bavardages. Apéritifs. Retrouvailles. Puis mariage civil à l'Hôtel de Ville, par la flamme mouvante des bougies. Le maire, un extrême-droite dodu et courtois, a prononcé un discours piqueté de compliments pour moi au point qu'on ne savait plus très bien qui se mariait. J'ai revu là quelques têtes charentaises d'autrefois. Certains invités, perdus dans les couloirs obscurs, n'ont pas entendu le « oui » aux prescriptions de la loi. Leurs pas résonnaient sans fin ! Le consentement des mariés fut sans histoire. Voilà la fin d'un épisode.
Il restait à dîner. Ce que nous fîmes à L'Auberge de la Chignolle sur la route de Paris, près de l'endroit où le sommeil me vainquit dans la nuit fameuse du voyage à Hossegor ! Pas fameux, le menu. On était comme sardines en boîte et les plats étaient privés de qualité. Bah ! on a parlé. De rien, de tout, de rien surtout. Et il n'était pas très tard quand nous sommes rentrés. La nuit laissait percer quelques étoiles annonciatrices d'un clair lendemain.
Je me suis endormi dans une chambre-fournaise qui a rapidement fait vaciller mon esprit que ne suffit pas à soutenir la lecture du 13, rue de l'Espoir (bande dessinée idiote de « France-Soir »). Un coup d'œil sur mon Anne dans sa robe dorée, et la Charente a compté l'un des siens, revenu au pays natal, l'espace d'un songe qu'un chauffage central pour Pôle Nord fit lourd et agité.

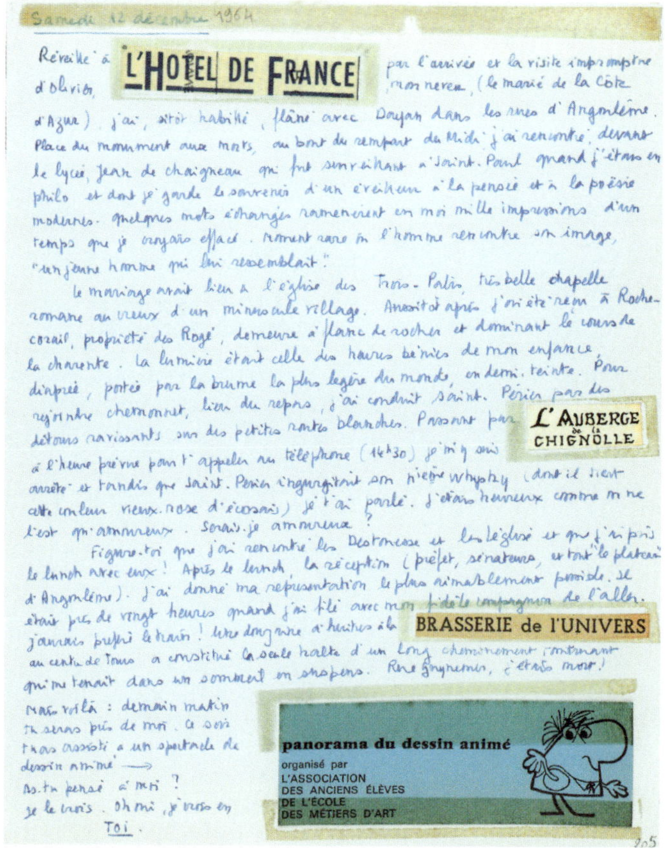

205
Samedi 12 décembre

Réveillé à l'Hôtel de France par l'arrivée et la visite impromptue d'Olivier, mon neveu, (le marié de la Côte d'Azur), j'ai, sitôt habillé, flâné avec Dayan dans les rues d'Angoulême. Place du monument aux morts, au bout du rempart du Midi, j'ai rencontré, devant le lycée, Jean de Chaigneau qui fut surveillant à Saint-Paul quand j'étais en philo et dont je garde le souvenir d'un éveilleur à la pensée et à la poësie modernes. Quelques mots échangés ramenèrent en moi mille impressions d'un temps que je croyais effacé. Moment rare où l'homme rencontre son image, « un jeune homme qui lui ressemblait ». Le mariage avait lieu à l'église des Trois-Palis, très belle chapelle romane au creux d'un minuscule village. Aussitôt après j'ai été reçu à Rochecorail, propriété des Rogé, demeure à flanc de rocher et dominant le cours de la Charente. La lumière était celle des heures bénies de mon enfance, diaprée, portée par la brume la plus légère du monde, en demi-teinte. Pour rejoindre Chemonnet, lieu du repas, j'ai conduit Saint-Périer par des détours ravissants sur des petites routes blanches. Passant par L'Auberge de la Chignolle à l'heure prévue pour t'appeler au téléphone (14 h 30) je m'y suis arrêté et tandis que Saint-Périer ingurgitait son nième whisky (dont il tient cette couleur vieux-rose d'Ecossais) je t'ai parlé. J'étais heureux comme on ne l'est qu'amoureux. Serais-je amoureux ?

Figure-toi que j'ai rencontré les Destouesse et les Léglise et que j'ai pris le lunch avec eux ! Après le lunch, la réception (préfet, sénateurs, et tout « le plateau » d'Angoulême). J'ai donné ma représentation le plus aimablement possible. Il était près de vingt heures quand j'ai filé avec mon fidèle compagnon de l'aller. J'aurais préféré le train ! Une douzaine d'huîtres à la Brasserie de l'Univers au centre de Tours a constitué la seule halte d'un long cheminement tonitruant qui me tenait dans un sommeil en suspens. Rue Guynemer, j'étais mort !
Mais voilà : demain matin tu seras près de moi. Ce soir tu as assisté à un spectacle de dessin animé
As-tu pensé à moi ?
Je le crois. Oh oui, je crois en
TOI.

204
Le Samedi 12 Décembre

ANE mène toujours une vie d'erre mite
a trouvé un oubli encore + actif que le travail
Le canard s'amuse

206
Le dimanche 13 Décembre

2ème dimanche de l'Avent
Le canard se sent des ailes.
Ane reçoit un choc :
Tu reviens. (!!!!)

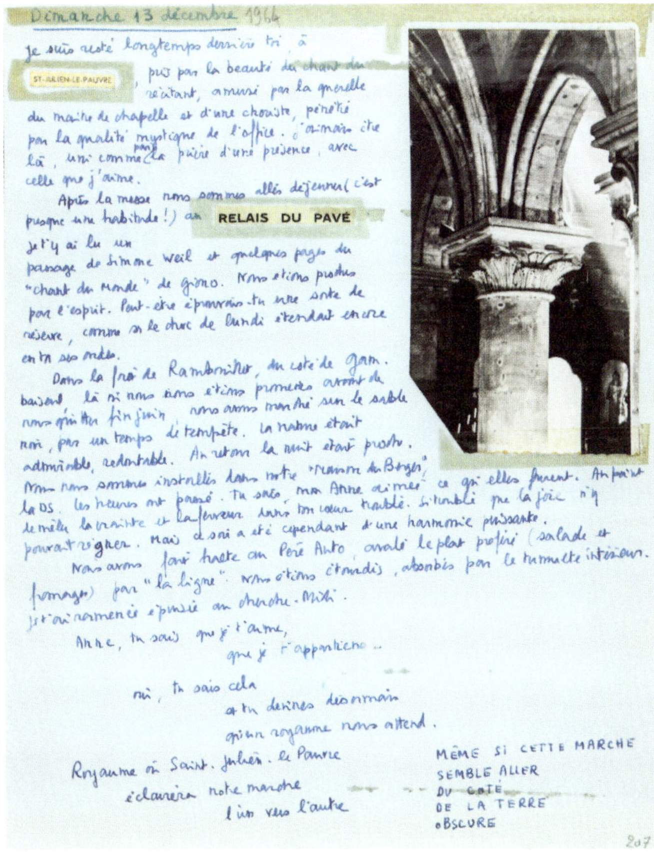

207
Dimanche 13 décembre

Je suis resté longtemps derrière toi, à St-Julien-le-Pauvre, pris par la beauté du chant du récitant, amusé par la querelle du maître de chapelle et d'une choriste, pénétré par la qualité mystique de l'office. J'aimais être là, uni comme par la prière d'une présence, avec celle que j'aime.
Après la messe nous sommes allés déjeuner (c'est presque une habitude !) au Relais du Pavé.
Je t'y ai lu un passage de Simone Weil et quelques pages du « Chant du monde » de Giono. Nous étions proches par l'esprit. Peut-être éprouvais-tu une sorte de réserve, comme si le choc de lundi étendait encore en toi ses ondes.
Dans la forêt de Rambouillet, du côté de Gambaiseul, là où nous nous étions promenés avant de nous quitter fin juin, nous avons marché sur le sable noir, par un temps de tempête. La nature était admirable, redoutable. Au retour la nuit était proche. Nous nous sommes installés dans notre « Maison du Berger », la DS. Les heures ont passé. Tu sais, mon Anne aimée ce qu'elles furent. Au point de mêler la crainte et la ferveur dans ton cœur troublé. Si troublé que la joie n'y pouvait régner. Mais ce soir a été cependant d'une harmonie puissante.
Nous avons fait halte au Père Auto, avalé le plat préféré (salade et fromages) pour « la ligne ». Nous étions étourdis, absorbés par le tumulte intérieur.
Je t'ai ramenée épuisée au Cherche-Midi.

Anne, tu sais que je t'aime,
que je t'appartiens…
oui, tu sais cela
et tu devines désormais
qu'un royaume nous attend.
Royaume où Saint-Julien-le Pauvre
éclairera notre marche
l'un vers l'autre

MEME SI CETTE MARCHE
SEMBLE ALLER
DU COTE
DE LA TERRE
OBSCURE

208
Lundi 14 décembre

A Nevers par la micheline, aucune voiture ne m'attendait. Temps perdu. Enfin je gagnais Château-Chinon peu avant midi, assez tôt pour le vin d'honneur offert au nouveau Préfet.
Déjeuner à la sous-préfecture où je pénétrais pour la première fois depuis 1958. Au menu de la sous-préfète, un couscous.
La carte postale montre l'ensemble, que je n'ose nommer architectural, que je voudrais organiser dans une perspective harmonieuse. La Porte appartient à la ville. La maison de droite sera bientôt achetée par nous. Le café de gauche (à gauche de la porte, évidemment) s'est engagé à accepter mes indications pour refaire sa façade. Rien en vue pour les deux tours. Je fouille les textes !
Après Château-Chinon nous nous sommes rendus à Montsauche pour une réunion similaire des maires du Canton. Trois heures de conversation. Cela m'a permis en tout cas de revoir tous mes amis.
Retour par Ch. Chinon. Puis Nevers. Je t'ai écrit une lettre. Et j'ai pris « l'Arverne » du soir qui m'a déposé fidèlement gare de Lyon

OÙ TU M'ATTENDAIS

derrière un pilier métallique !
Ah ! que j'ai aimé ton manteau rouge et ton sourire tellement CONTENT !
Nous avons fait un petit dîner merveilleux de joie à peine contenue au « bistro du Port », sur le quai Montebello.
La joie d'aimer ! connais-tu pareille richesse ? Nous avions besoin de peu de temps, de peu de mots, de rien, de rien.
Sinon de tout –
qui était silence, compréhension, paix.

209

Mardi 15 décembre

Je voulais m'entraîner au golf. Mais j'ai de nombreux adversaires à vaincre pour y parvenir : toi d'abord, mon agent ennemi chéri, Dieu ensuite qui guide ma main dans l'anarchie, le temps enfin qui me bouscule. S'est ajouté ce matin un quatrième élément : le chat. Oui un petit chat noir qui perdu sur le Pont du Trocadéro, sous la pluie qui amoncelait les voitures, s'est logé sous la voiture de Cl. Br. dans le lacis des tuyaux. Il a fallu démonter roue et moteur pour le délivrer. Adopté par Cl. Br. il est sauvé. Mais moi j'ai manqué la petite balle blanche – (je ne le regrette pas).

Chez Sainlouis nous avons été RAVIS de nous revoir. Que tout était facile. Je t'ai accompagnée rue St Jacques pour tes cours polycopiés et laissée en chemin. Il me fallait assister à la réunion de mon groupe au Palais-Bourbon. Toi, tu es allée au Louvre. On t'a enseigné Bourges et la Mésopotamie. Je joins un spécimen de cette dernière contrée, mère du monde, spécimen qui évoque pour moi une vieille demoiselle chapeautée sortant de la messe de 7 heures le matin, à la cathédrale de Clermont.

Pendant que tu rejoignais les Barbot, à Bougival, sous la puissance paternelle, j'étais moi, place de l'Opéra, pour une commission d'Horizon 80 sur l'évolution du syndicalisme dans l'entreprise, puis pour la réunion plénière du Comité National. Débat de deux heures. Plus optimiste. Defferre en forme.

Mais j'avais promis de dîner chez Brigitte Gros. Soulié, ancien député de la Loire, invité dans les mêmes conditions m'y a conduit. Les autres en étaient au dessert. Une aile de canard à la pêche et l'olive, une tisane et la conversation politique s'engageait.

Etaient là les Tron, Cornut-Gentille, les parents Servan-Schreiber, Sabine, Christiane, Ferniot, etc… Michèle Cotta aussi qui a tenu à me ramener pour me parler de ses amours… et des miens. De t'avoir vue à l'Ambassade des E.U l'a convaincue que… je t'aimais. Etait-ce niable ?

Résultat, je me suis couché tard. Lu les journaux. Cherché le sommeil. Et j'ai pensé à toi comme on pense à la plus aimée des Anne (s).

Mercredi 16 décembre 1964

Interview parue dans "le XX ème siècle Fédéraliste".

1) Un véritable régime démocratique est-il concevable en l'absence d'une opposition cohérente prenant une part active à la vie politique du pays ?

— Votre question sous-entend qu'il n'y a pas d'opposition cohérente actuellement en France et que par conséquent cette carence empêche, parmi d'autres causes, le fonctionnement d'un véritable régime démocratique. Or, malheureusement, le problème ne se pose pas ainsi en 1964. S'il n'y a pas de régime démocratique cela est dû, d'une part, à l'origine de la Ve République, issue d'un coup d'Etat militaire, d'autre part, aux méthodes du général de Gaulle, qui a manqué, en diverses circonstances bien connues, aux devoirs de sa fonction essentielle qui est de faire respecter la Constitution, enfin, à l'accroissement continu du pouvoir personnel au détriment de la souveraineté nationale.

Ces différents facteurs de destruction des structures démocratiques en France expliquent pour beaucoup l'absence d'une opposition cohérente. En fait depuis deux ans de grands progrès, mais c'est la partie négative de son action. Sur le deuxième point, diverses opportunités devront être saisies d'ici peu pour qu'elle apparaisse comme constructive et utile à l'ensemble de l'opinion publique. Je citerai parmi ces opportunités au premier chef la campagne présidentielle de M. Gaston Defferre et plus encore les élections législatives qui suivront à bref délai l'élection présidentielle. Je n'oublie pas les élections municipales du mois de mars prochain qui seront un banc d'essai utile et dessineront peut-être les contours de la future alliance des républicains.

2) La situation que vous venez de décrire suffit-elle à expliquer l'absence d'une opposition cohérente ?

— Dans ce régime de pouvoir personnel où la démocratie a perdu toute vie réelle, le pouvoir a constamment joué d'ambiguité de telle sorte que déjà on peut apercevoir deux types d'opposition : l'une qui s'accommoderait du régime et de ses mœurs mais qui se rebelle contre les méthodes du gouvernement l'autre, plus catégorique, qui condamne le régime dans son ensemble en estimant, et je résume là mon propos, qu'on ne transige pas avec le pouvoir absolu.

Voici donc déjà deux formes d'opposition, dont la divergence découle directement du comportement de la majorité. L'opposition, en plus de cela, est morcelée, comme l'on sait, entre différents groupes ou partis. Cela n'a, en soi, rien de choquant. Tout au plus, pourrait-on imaginer une simplification des frontières politiques par le regroupement de ceux qui sont d'accord sur l'essentiel (politique intérieure, politique extérieure, politique sociale). Mais nul ne s'étonnera qu'il y ait un parti communiste, un parti socialiste, et pourquoi pas, un parti libéral. Ce qui assurerait une nécessaire cohésion entre ces différentes factions de l'opposition ne peut être, à priori, déterminé. Cela peut aller jusqu'à la fusion des voisins les plus proches. Cela peut n'être qu'un contrat, une alliance ayant des objectifs clairement définis, entre tout ou partie des opposants au pouvoir absolu. L'opposition peut s'unir pour le moins contre la manière dont le régime évolue. Elle peut s'unir aussi sur la définition d'un programme d'action lorsqu'à son tour, par la vertu du suffrage universel, elle sera devenue majorité...

Sur le premier point, l'opposition a

effet, l'opposition en France n'a pas les mêmes droits que la majorité. Elle est victime des dispositions constitutionnelles ou réglementaires qui lui interdisent, hors la motion de censure dont elle ne peut user commodément, de contraindre le gouvernement et sa majorité à se soumettre au vote du Parlement. L'opposition est victime d'une information de caractère totalitaire qui s'exprime essentiellement par la radio-télévision. Ses thèses ne peuvent jamais atteindre la masse, car elle est privée du moyen moderne qui le lui permettrait. Même dans une circonstance aussi grave que la campagne présidentielle, un candidat comme M. Defferre est pratiquement privé des moyens de se faire entendre au regard des facilités quotidiennes accordées au général de Gaulle, à M. Pompidou, ou aux différents ministres, et dans la mesure où quelques minutes lui sont de temps à autre octroyées, c'est toujours sous le seul contrôle et dans les conditions fixées par le ministre de l'Information, qui se sert, au demeurant, abusivement de ce pouvoir.

3) Vous avez indiqué la possibilité, pour l'opposition, de définir un programme d'action commune, mais vous semblez mettre l'accent sur diverses opportunités de caractère électoral qu'elle pourra saisir dans les prochains mois. La mission essentielle de l'opposition n'est-elle pas de proposer des solutions de rechange ?

— Le rôle de l'opposition, il faut bien s'entendre là-dessus, n'est pas, contrairement à ce qui est souvent dit, de proposer au pays des solutions comme si elle était elle-même majorité et gouvernement. Ce reproche qu'on lui fait souvent me paraît ridicule. Elle ne dispose pas des dossiers importants, elle n'a aucune responsabilité dans les causes immédiates qui obligent la majorité et le gouvernement à choisir telle politique plutôt que telle autre. Elle n'a pas à se situer dans le contexte politique d'une situation qui lui échappe. Evidemment cela ne la dispense pas de la définition de ses grands objectifs et de ses lignes de force sans quoi l'opinion publique n'aurait aucune occasion de reconnaître en elle la possibilité d'une solution de rechange...

Mais je veux bien accepter la discussion dans les termes où vous la posez.

Sur le plan de la politique extérieure, la pierre angulaire d'une politique de rechange, c'est l'Europe et quand je dis l'Europe, il va de soi qu'il s'agit de l'Europe politique. C'est à partir de l'Europe que l'Alliance atlantique peut être révisée par la mise à égalité des partenaires. C'est par l'Europe que passe la normalisation des rapports entre le monde de l'Est et l'Occident. C'est par l'Europe que passe une politique à l'égard des pays en voie de développement, et c'est par l'Europe que passe une politique de défense nucléaire. C'est peut-être aussi par l'Europe que passe l'harmonisation nécessaire entre partisans du libre échange, derrière la Grande-Bretagne, et partisans du Marché commun, derrière l'organisation des Six. Il n'y a donc pas de doute sur ce point : une grande partie de l'opposition représente une hypothèse de politique extérieure infiniment plus cohérente et positive que l'hypothèse actuelle de la majorité.

Deuxième exemple : l'opposition peut parfaitement disposer dans les mois qui viennent d'une politique de rechange précisément définie sur la planification économique. Le Ve Plan laisse déjà apparaître une profonde divergence dans les conceptions du Commissariat général au Plan et du ministère des Finances, divergence qui n'est pas arbitrée par le gouvernement. Mais surtout, la loi-programme qui émane du gouvernement, bien loin de planifier au service de la collectivité, tend à mettre le plan au service et sous la coupe des intérêts privés que le plan a précisément pour but, entre autres, de réduire.

210

210

Mercredi 16 décembre

Interview parue dans « Le xxème siècle Fédéraliste ».

Mercredi 16 décembre (suite) 1964

Interview du " XX ème siècle "

Un troisième exemple des lignes de force dont j'ai parlé peut-être fourni par la réforme des institutions et spécialement par l'indépendance recouvrée du pouvoir judiciaire. On pourrait citer d'autres exemples.

Voilà ce que j'entend par lignes de force, mais je me refuse, par contre, à répondre à des questions-pièges comme celle posée récemment par M. Pisani à l'occasion du débat sur l'agriculture. Il n'appartient pas à l'opposition de fixer à la place du gouvernement le prix du lait, il lui appartient seulement d'analyser les raisons pour lesquelles la politique agricole qui a provoqué la grève du lait était une mauvaise politique.

4) La désignation d'un candidat unique de la gauche apparaît comme un pas vers la création d'une opposition unique de gauche. Mais ce seul critère de la gauche est-il valable ?

— **Le choix d'un candidat unique n'est pas une fin mais un moyen. J'espère que M. Defferre fera tout en son pouvoir pour cristalliser l'opposition autour d'un programme commun d'action démocratique.**

5) Mais ne trouve-t-on pas des éléments de gauche dans les formations politiques actuellement au pouvoir ? Pensez-vous, un jour, faire appel à eux ?

— **Parmi les lignes de force de l'opposition, j'ai omis de dire, parce que cela me paraît aller de soi, que figurait au premier rang l'oppostion au pouvoir absolu. Or, quiconque fait partie du gouvernement ou de la majorité, s'il peut se targuer selon les cas, d'avoir des positions proches de certains milieux de l'opposition sur des problèmes particuliers, consent a priori à cette déviation fondamentale de la démocratie que signifie l'exorbitante confiscation des pouvoirs dans les mains d'un seul homme. On ne peut pas être de gauche lorsqu'on sert le pouvoir personnel. On ne peut pas être de gauche lorsqu'on renonce à l'équilibre des pouvoirs, lorsque l'on accepte une information totalitaire, lorsque l'on cautionne une politique dont la finalité sert les privilégiés à l'encontre des intérêts du peuple.**

6) Votre réponse concernant la gauche est parfaitement claire. Une dernière question : N'y a-t-il pas des éléments valables dans les formations dites de droite ou du centre actuellement dans l'opposition ? Quelle peut-être l'attitude de la gauche à leur égard ?

— **Evidemment, il y a des personnalités valables de droite et du centre au sein de l'opposition. On sait bien qu'en France, seules les coalitions sont possibles : ainsi le parti du général de Gaulle est-il actuellement contraint de faire une coalition avec celui de M. Giscard d'Estaing.**

Sans préjuger de situations futures que j'ignore, je ne récuse pas l'hypothèse d'une coalition avec des partis de droite ou du centre pour la défense de la République, jusqu'au moment où, les Républicains étant victorieux, il leur appartiendra de gérer la République selon la loi de la majorité que désignera le suffrage universel ».

211

211

Mercredi 16 décembre (suite)

Interview du « xxème siècle »

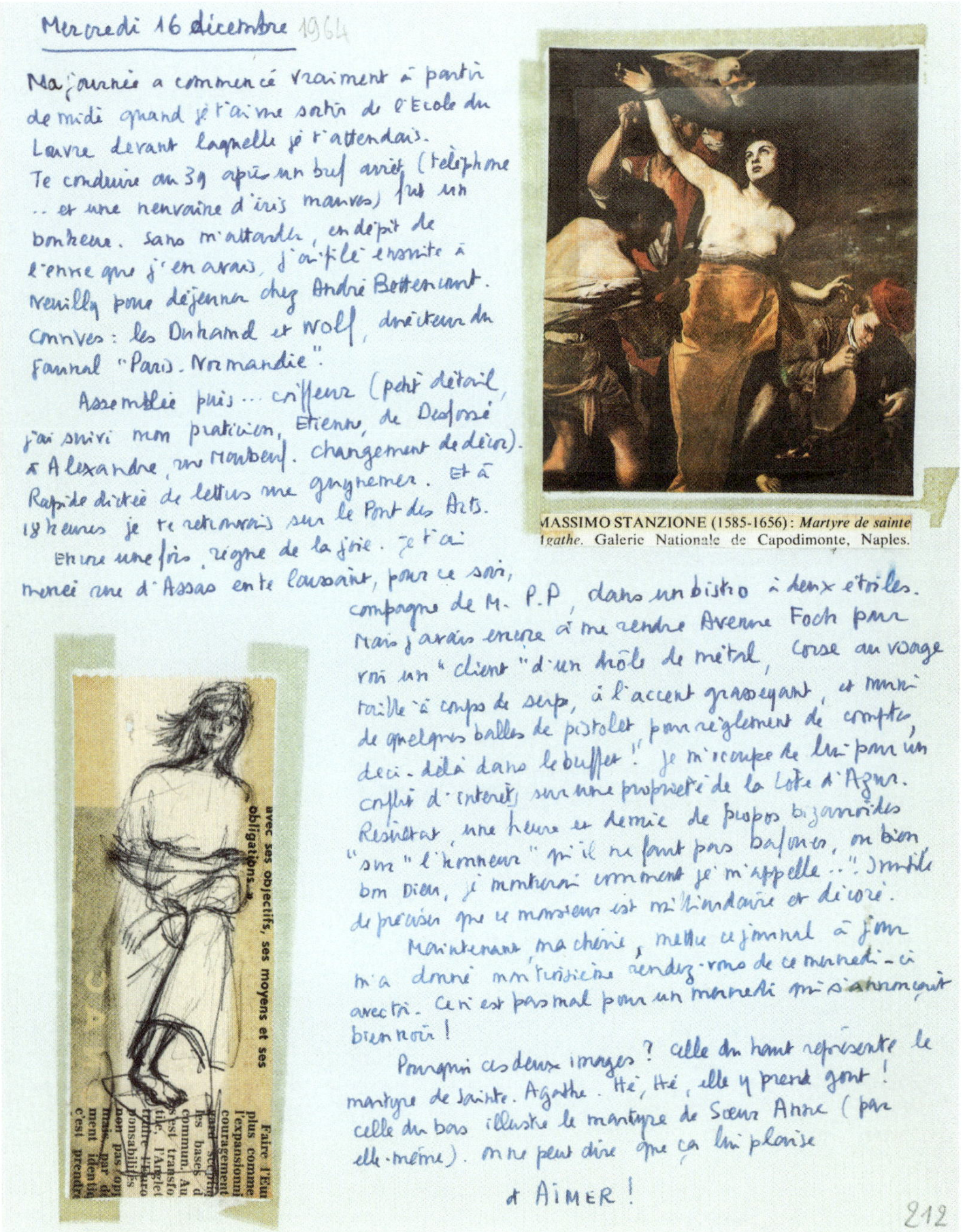

212
Mercredi 16 décembre *[suite]*

Ma journée a commencé vraiment à partir de midi quand je t'ai vue sortir de l'Ecole du Louvre devant laquelle je t'attendais.
Te conduire au 39 après un bref arrêt (téléphone… et une neuvaine d'iris mauves) fut un bonheur. Sans m'attarder, en dépit de l'envie que j'en avais, j'ai filé ensuite à Neuilly pour déjeuner chez André Bettencourt. Convives : les Duhamel et Wolf, directeur du journal « Paris-Normandie ».
Assemblée puis… coiffeur (petit détail, j'ai suivi mon praticien, Etienne, de Desfossé à Alexandre, rue Marbeuf. Changement de décor).
Rapide dictée de lettres rue Guynemer. Et à 18 heures je te retrouvais sur le Pont des Arts.
Encore une fois, règne de la joie. Je t'ai menée rue d'Assas en te laissant, pour ce soir, compagne de M. P. P *[Pierre Pingeot]*, dans un bistro à deux étoiles. Mais j'avais encore à me rendre Avenue Foch pour voir un « client » d'un drôle de métal, Corse au visage taillé à coups de serpe, à l'accent grasseyant, et muni de quelques balles de pistolet, pour règlement de comptes, de-ci de-là dans le buffet ! Je m'occupe de lui pour un conflit d'intérêts sur une propriété de la Côte d'Azur. Résultat, une heure et demie de propos bizarroïdes « sur » l'honneur « qu'il ne faut pas bafouer, ou bien, bon Dieu, je montrerai comment je m'appelle… » Inutile de préciser que ce monsieur est milliardaire et décoré.
Maintenant, ma chérie, mettre ce journal à jour m'a donné mon troisième rendez-vous de ce mercredi-ci avec toi. Ce n'est pas mal pour un mercredi qui s'annonçait bien noir !
Pourquoi ces deux images ? Celle du haut représente le martyre de Sainte-Agathe. Hé, Hé, elle y prend goût !
Celle du bas illustre le martyre de Sœur Anne (par elle-même). On ne peut dire que ça lui plaise
d'AIMER !

213
Jeudi 17 décembre

Ce jour eût été sans relief : partie de golf avec Jean Bréaud, déjeuner chez Gabriel Lisette, ancien député et président du Tchad (mais déjeuner antillais de bonne qualité !), réunion de mon groupe à l'Assemblée, et même, pour aller jusqu'au détail, coupe de cheveux chez un nouveau coiffeur, Alexandre (!), si l'on n'avait discuté de l'amnistie au Palais-Bourbon. Or cette discussion s'est prolongée après dîner… Tu sais la suite : la sortie prévue pour voir « Le désert rouge » annulée, près de deux heures passées à t'ennuyer dans la tribune, et notre promenade si triste autour de Paris, avec toi de méchante humeur et moi qui m'étonnais de te voir si fâchée. Ah ! je m'en souviendrai de la séance sur l'amnistie, et du coca-cola de dernière minute au « François Coppée » et de ma peine qui me noyait le cœur. En bref, mauvaise journée. Ce qui justifie l'illustration de cette page : une esquisse d'un naufragé sur « le radeau de la Méduse ». Moi je suis le naufragé qui tend désespérément la main vers toi. Et toi ? la Méduse ? la Terre ? la vie ?

214
Vendredi 18 décembre

Pour la deuxième fois Monica Vitti prend place dans ce journal. Elle symbolise à mes yeux la beauté de notre temps. Et comme nous avons vu ce soir « Le Désert Rouge », qui ne vaut que par elle (et la photographie), raison de plus. Au demeurant ce film faussement intellectuel sue l'ennui et est raté. Thème mou. Dialogue prétentieux et plat. Mystère à bon marché (brumes, bateaux, choléra, vague à l'âme). Mais j'aurai garde de m'en plaindre : je t'ai retrouvée proche et tendre. Nous étions si bien au « Biarritz », engoncés dans nos confortables fauteuils ! J'avais grand besoin de toi. D'autant plus que j'avais passé un rude et douloureux après-midi, six heures durant, au Palais de Justice, pour la confrontation de l'affaire L.
J'en avais la tête martelée. « Le Désert Rouge » n'était pas le remède idéal ! Mais toi, mon Anne, avec vingt-quatre heures de retard, tu as été celle dont j'avais besoin…
Désert d'un monde fait par l'homme à son image. Désert des corps inhabités.
Mais il y a l'amour–

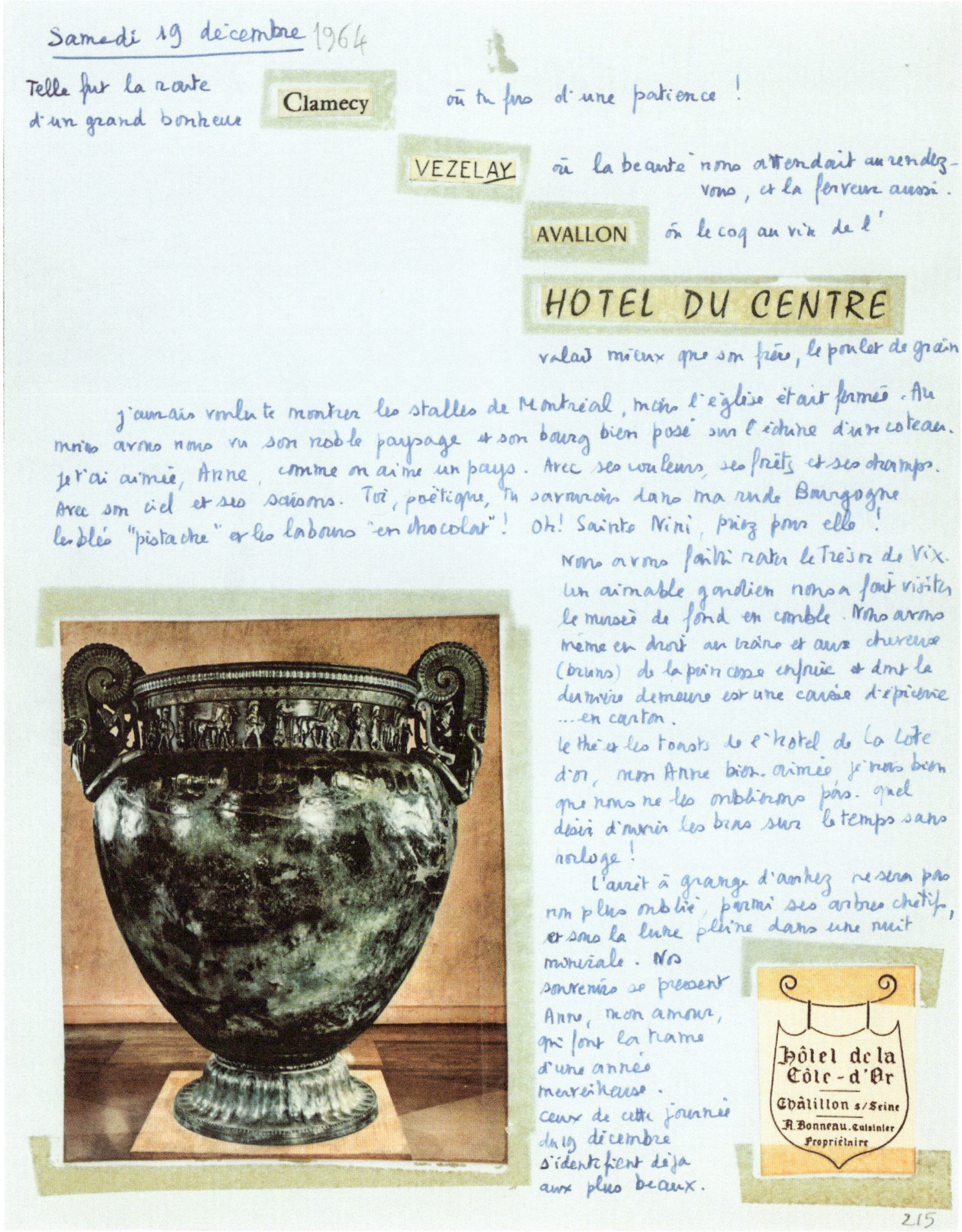

215
Samedi 19 décembre

Telle fut la route d'un grand bonheur
Clamecy où tu fus d'une patience !
Vézelay où la beauté nous attendait au rendez-vous, et la ferveur aussi.
Avallon où le coq au vin de l'Hôtel du Centre valait mieux que son frère, le poulet de grain
J'aurais voulu te montrer les stalles de Montréal, mais l'église était fermée. Au moins avons-nous vu son noble paysage et son bourg bien posé sur l'échine d'un coteau. Je t'ai aimée, Anne, comme on aime un pays. Avec ses couleurs, ses forêts et ses champs. Avec son ciel et ses saisons. Toi, poëtique, tu savourais dans ma rude Bourgogne les blés « pistache » et les labours « en chocolat » ! Oh ! Sainte Nini, priez pour elle !
Nous avons failli rater le Trésor de Vix. Un aimable gardien nous a fait visiter le musée de fond en comble. Nous avons même eu droit au crâne et aux cheveux (bruns) de la princesse enfouie et dont la dernière demeure est une caisse d'épicerie… en carton.
Le thé et les toasts de l'hôtel de la Côte d'or, mon Anne bien-aimée, je crois bien que nous ne les oublierons pas. Quel désir d'ouvrir les bras sur le temps sans horloge !
L'arrêt à Grange d'Ambez ne sera pas non plus oublié, parmi ses arbres chétifs, et sous la lune pleine dans une nuit minérale. Nos souvenirs se pressent Anne, mon amour, qui font la trame d'une année merveilleuse.
Ceux de cette journée du 19 décembre s'identifient déjà aux plus beaux.

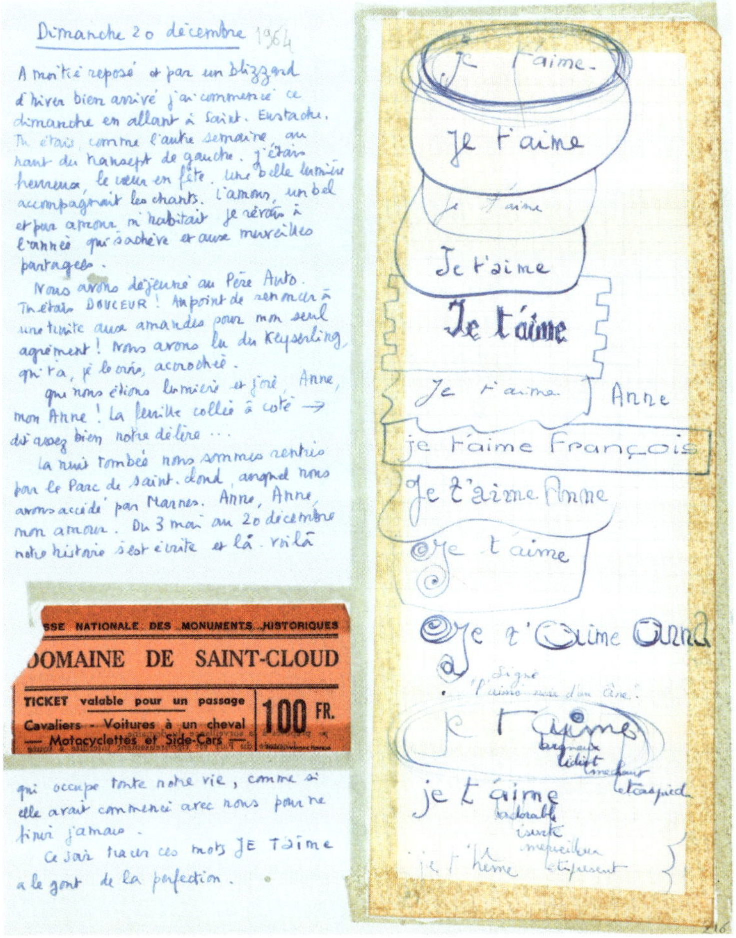

216

Dimanche 20 décembre

A moitié reposé et par un blizzard d'hiver bien arrivé j'ai commencé ce dimanche en allant à Saint-Eustache. Tu étais, comme l'autre semaine au haut du transept de gauche. J'étais heureux, le cœur en fête. Une belle lumière accompagnait les chants. L'amour, un bel et pur amour, m'habitait je rêvais à l'année qui s'achève et aux merveilles partagées.

Nous avons déjeuné au Père Auto.

Tu étais DOUCEUR ! Au point de renoncer à une truite aux amandes pour mon seul agrément ! Nous avons lu du Keyserling, qui t'a, je le crois, accrochée.

Que nous étions lumière et joie, Anne, mon Anne ! La feuille collée à côté dit assez bien notre délire…

La nuit tombée nous sommes rentrés par le Parc de Saint-Cloud, auquel nous avons accédé par Marnes. Anne, Anne, mon amour. Du 3 mai au 20 décembre notre histoire s'est écrite et la voilà qui occupe toute notre vie, comme si elle avait commencé avec nous pour ne finir jamais.

Ce soir tracer ces mots JE T'AIME a le goût de la perfection.

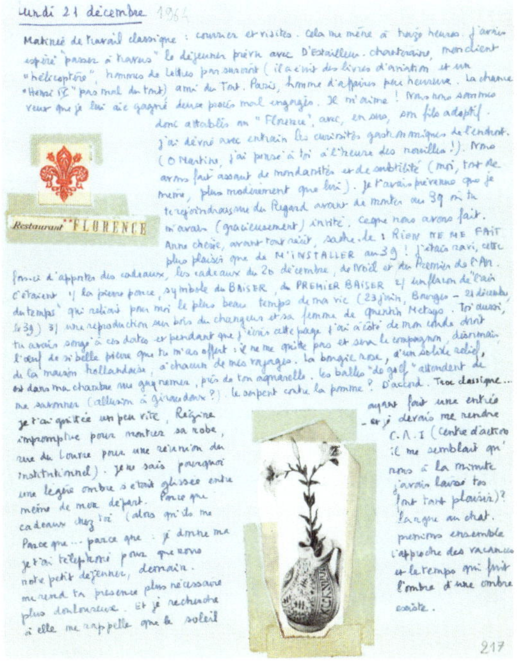

217

Lundi 21 décembre

Matinée de travail classique : courrier et visites. Cela me mène à treize heures. J'avais espéré « passer à travers » le déjeuner prévu avec d'Estailleur-Chanteraine, mon client « hélicoptère », homme de Lettres par surcroît (il a écrit des livres d'aviation et un « Henri IV » pas mal du tout), ami du Tout-Paris, homme d'affaires peu heureux. La chance veut que je lui aie gagné deux procès mal engagés. Il m'aime ! Nous nous sommes donc attablés au « Florence », avec, en sus, son fils adoptif.

J'ai dévoré avec entrain les curiosités gastronomiques de l'endroit (O Martine, j'ai pensé à toi à l'heure des nouilles !). Nous avons fait assaut de mondanités et de subtilité (moi, tout de même, plus modérément que lui). Je t'avais prévenue que je te rejoindrais rue du Regard avant de monter au 39 où tu m'avais (gracieusement) invité. Ce que nous avons fait.

Anne chérie, avant tout récit, sache-le : RIEN NE ME FAIT plus plaisir que de M'INSTALLER au 39 ! J'étais ravi, cette fois-ci d'apporter des cadeaux, les cadeaux du 20 décembre, de Noël et du Premier de l'An. C'étaient 1) la pierre ponce, symbole du BAISER, du PREMIER BAISER 2) un flacon de « L'air du temps » qui reliait pour moi le plus beau temps de ma vie (23 juin, Bourges – 21 décembre, le 39) 3) une reproduction sur bois du Changeur et sa femme de Quentin Metsys. Toi aussi, tu avais songé à ces dates et pendant que j'écris cette page j'ai à côté de mon coude droit l'œuf de si belle pierre que tu m'as offert : il ne me quitte pas et sera le compagnon, désormais, de la maison hollandaise, à chacun de mes voyages. La bougie rose, d'un solide relief, est dans ma chambre rue Guynemer, près de ton aquarelle. Les balles « de golf » attendent de me savonner (allusion à Giraudoux ?). Le serpent contre la pomme ? D'accord. Troc classique…

Je t'ai quittée un peu vite, Régine ayant fait une entrée impromptue pour montrer sa robe, – et je devais me rendre rue du Louvre pour une réunion du C.A.I (Centre d'action institutionnel). Je ne sais pourquoi il me semblait qu'une légère ombre s'était glissée entre nous à la minute même de mon départ. Parce que j'avais laissé tes cadeaux chez toi (alors qu'ils me font tant plaisir) ? Parce que… parce que : je donne ma langue au chat. Je t'ai téléphoné pour que nous prenions ensemble notre petit déjeuner, demain. L'approche des vacances me rend ta présence plus nécessaire et le temps qui fuit plus douloureux. Et je recherche l'ombre d'une ombre si elle me rappelle que le soleil existe.

218

Mardi 22 décembre

Un sommeil de néant a précédé le plus heureux des réveils. Tu penses ! J'allais te voir dès neuf heures ce matin ! Je savourais déjà notre petit déjeuner… Or, voici ce qu'aux Deux Magots, notre entrevue a, à peu près, donné :

TOI *[apsara dansant, relief]*

MOI *[panthère grattant le sol, relief]*

Je ne sais pourquoi tu avais UN RIEN d'éloigné. Et moi qui m'étais si absolument absorbé en toi hier, je ne comprenais pas (je ne comprends pas encore maintenant). D'où mon aspect piaffant

Ceci dit, pourquoi, pourquoi, pourquoi ? Je crois surtout que TU NE TE RENDS PAS COMPTE que ces variations de climat font sauter mes plombs pour une bonne journée et que je dois vivre des heures et des heures dans le NOIR, à tâtons, le cœur déchiré. Cela te paraît excessif ? Je t'entends me répondre « Tu te jettes sur les clous ». Eh oui ! Et ça saigne. La sécurité du cœur ! L'indicible force ! Et c'est celle que tu me refuses, à la veille d'une longue séparation.

J'ai reçu deux délégations de radicaux avant d'aller déjeuner chez Patrice Pelat où se trouvaient le sous-préfet de Corbeil et un ancien sénateur de nos amis communs. L'après-midi, j'ai fait quelques courses et j'ai récupéré ton cours polycopié. Il est cinq heures. Je liquide le courrier en retard. Je recevrai encore une fille sociologue. Puis j'irai te chercher. J'aurai passé un jour difficile, malheureux.

Ta voix claire au téléphone m'a fait du bien. Je t'ai prise rue du Regard à 20 h 15. En flânant avec la pantoufle je t'ai conduite devant St Julien le Pauvre et Saint-Eustache. J'aurais voulu méditer en silence. Je ne sais si tu l'as perçu.

« My fair Lady » que nous avons vu au Cinérama était gai, bien enlevé. Où en étais-tu, toi ? Je te devinais à la fois anxieuse et douce. Notre dernière journée 64 s'est terminée à la Brasserie Lorraine.

Je t'aime de toute mon âme, Anne. Pourquoi ton cœur est-il triste ?

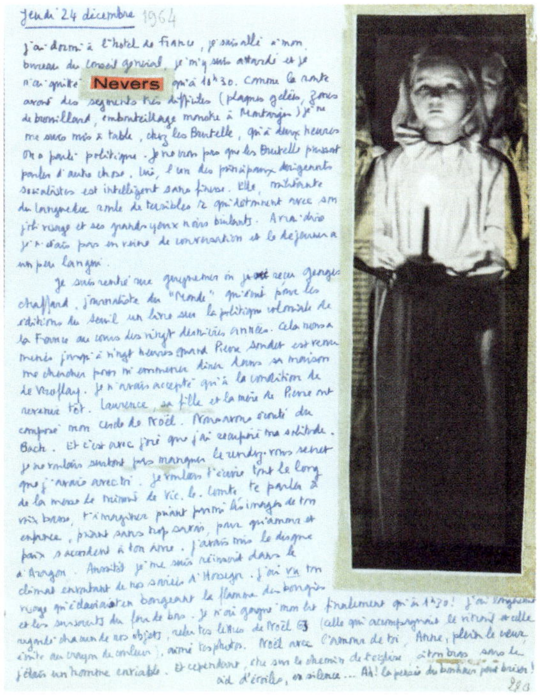

219
Mercredi 23 décembre

Bonheur d'avoir vécu ce jour. Tristesse de l'achever sur « la déchirure » d'une séparation.
Nous sommes partis à neuf heures. Par un beau soleil. Je devais être à Nevers à midi. Nous n'avons pas flâné. J'ai fait ce que j'avais à faire non sans t'avoir montré les salles du Conseil général. Tu as visité Saint-Etienne et la cathédrale Saint-Cyr et nous nous sommes retrouvés à l'Hôtel de France où nous avons déjeuné. Cette première partie de notre voyage a été douce, simple, confiante. Comme j'aime vivre avec toi. Chaque mot dit par l'un a sa résonance propre en l'autre. Un langage qui nous appartient s'élabore. Nous sommes Annefrançois.
Mais il fallait bien visiter quelque chose ! Ç'a été Meillant d'abord, notable par le portrait de Charles VII, un tableau de Dürer et quelques portraits flamands. Par de belles salles aussi et une tour flamboyante décorée par la Renaissance. Surtout, (pour nous en tout cas) par une délicieuse samaritaine au haut d'une fontaine de pierre. Allant vers Noirlac une église t'a frappée : nous nous sommes arrêtés. Que tu avais raison ! Cette église de La Celle avec ses sculptures des premiers siècles, ses voûtes romanes, ses arcs-boutants, et sa couleur mi-rose mi-ocre valait une visite – que nous avons faite le cœur en paix, uni, fort. Et moi j'adorais ce visage clair de mon Anne sous son petit châle noir et son sourire aimant.
L'Abbaye de Noirlac était fermée aux visiteurs. Nous l'avons vue, bien posée, bien carrée. Nous la verrons une autre fois.
A Saint-Amand-Montrond il y eut deux épisodes de « la Rotonde ». Tu as téléphoné à Gédéon. J'ai lu les journaux (que de crimes dans le coin !) et bu. Nous avions envie de baliverner ! de baguenauder ! Quelle joie mon amour. Ecrira-t-on un jour un livre sur « le bonheur de St Amand » ?
Pour rejoindre Moulins nous avons repris l'itinéraire de Tronçais et Cerilly. La forêt, Anne, le ciel, les étoiles, toi, nous qui nous aimons ! Un petit dîner (au champagne) au Terminus et le train t'a prise…

ANNE, ANNE, JE T'AIME A JAMAIS.

A minuit 30, à l'Oratoire, Anne soupait

220
Jeudi 24 décembre

J'ai dormi à l'hôtel de France, je suis allé à mon bureau du Conseil général, je m'y suis attardé et je n'ai quitté Nevers qu'à 10 h 30. Comme la route avait des segments très difficiles (plaques gelées, zones de brouillard, embouteillage monstre à Montargis) je ne me suis mis à table, chez les Brutelle, qu'à deux heures. On a parlé politique. Je ne crois pas que les Brutelle puissent parler d'autre chose. Lui, l'un des principaux dirigeants socialistes est intelligent sans finesse. Elle, militante du Languedoc roule de terribles r qui détonnent avec son joli visage et ses grands yeux noirs brûlants. A vrai dire je n'étais pas en veine de conversation et le déjeuner a un peu langui.
Je suis rentré rue Guynemer où j'ai reçu Georges Chaffard, journaliste du « Monde » qui écrit pour les éditions du Seuil un livre sur la politique coloniale de la France au cours des vingt dernières années. Cela nous a menés jusqu'à vingt heures, quand Pierre Soudet est venu me chercher pour m'emmener dîner dans sa maison de Viroflay. Je n'avais accepté qu'à la condition de revenir tôt. Laurence, sa fille et la mère de Pierre ont composé mon cercle de Noël. Nous avons écouté du Bach. Et c'est avec joie que j'ai récupéré ma solitude. Je ne voulais surtout pas manquer le rendez-vous secret que j'avais avec toi. Je voulais t'écrire tout le long de la messe de minuit de Vic-le-Comte, te parler à voix basse, t'imaginer priant parmi les images de ton enfance, priant sans trop savoir, pour qu'amour et paix s'accordent à ton âme. J'avais mis le disque d'Aragon. Aussitôt je me suis réinscrit dans le climat envoûtant de nos soirées d'Hossegor. J'ai vu ton visage qu'éclairaient en bougeant la flamme des bougies et les sursauts du feu de bois. Je n'ai gagné mon lit finalement qu'à 1 h 30 ! J'ai longuement regardé chacun de nos objets, relu tes lettres de Noël 63 (celle qui accompagnait le vitrail et celle écrite au crayon de couleur), aimé tes photos. Noël avec l'amour de toi, Anne, plein le cœur, j'étais un homme enviable. Et cependant, être sur le chemin de l'église, à ton bras, sous le ciel d'étoiles, en silence… Ah ! la pensée du bonheur peut briser !

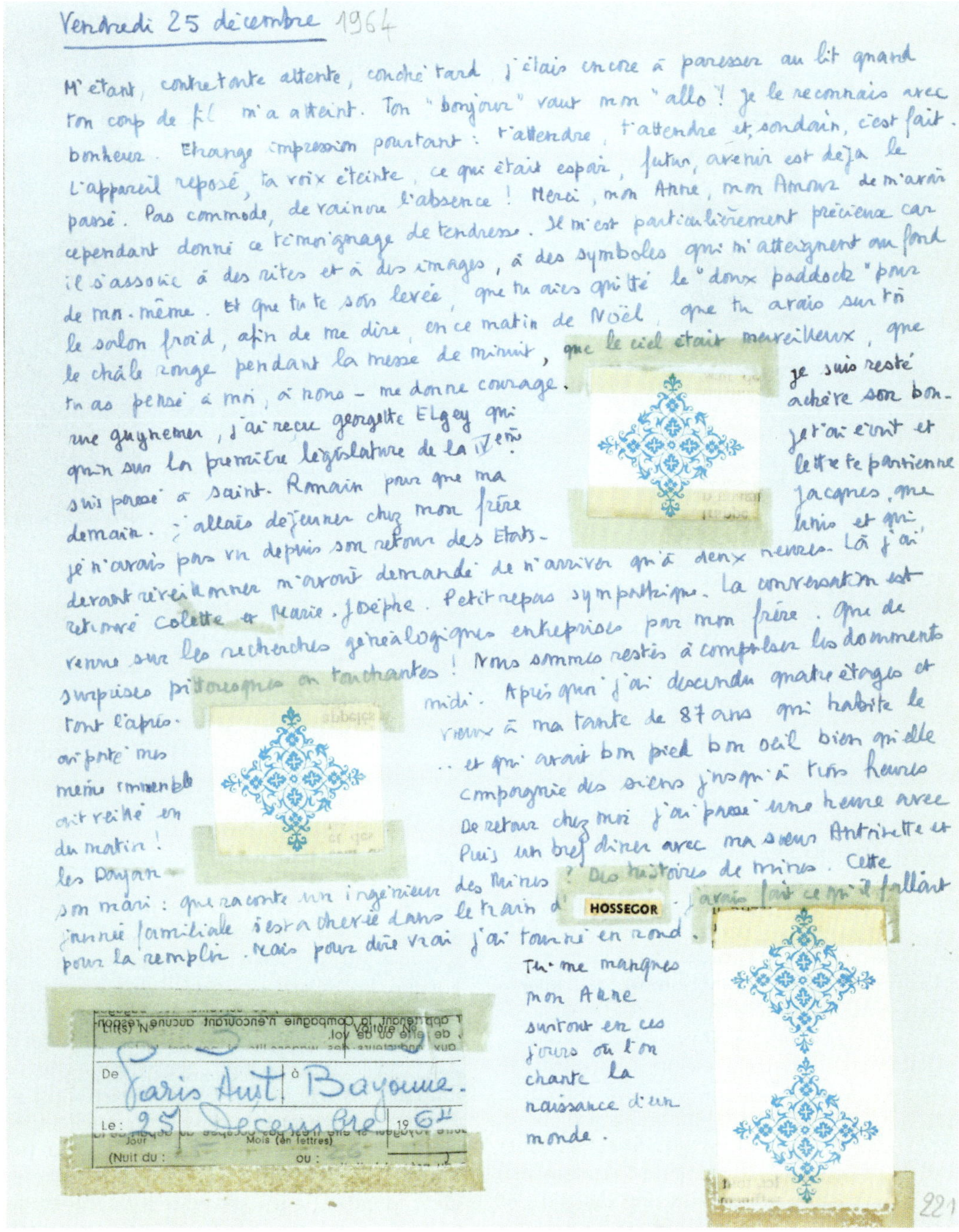

221
Vendredi 25 décembre

M'étant, contre toute attente, couché tard, j'étais encore à paresser au lit quand ton coup de fil m'a atteint. Ton « bonjour » vaut mon « allô » ! Je le reconnais avec bonheur. Etrange impression pourtant : t'attendre, t'attendre et, soudain, c'est fait. L'appareil reposé, ta voix éteinte, ce qui était espoir, futur, avenir est déjà le passé. Pas commode, de vaincre l'absence ! Merci, mon Anne, mon Amour de m'avoir cependant donné ce témoignage de tendresse. Il m'est particulièrement précieux car il s'associe à des rites et à des images, à des symboles qui m'atteignent au fond de moi-même. Et que tu te sois levée, que tu aies quitté le « doux paddock » pour le salon froid, afin de me dire, en ce matin de Noël, que tu avais sur toi le châle rouge pendant la messe de minuit, que le ciel était merveilleux, que tu as pensé à moi, à nous – me donne courage. Je suis resté rue Guynemer, j'ai reçu Georgette Elgey qui achève son bouquin sur la première législature de la IVème. Je t'ai écrit et suis passé à Saint-Romain pour que ma lettre te parvienne demain. J'allais déjeuner chez mon frère Jacques, que je n'avais pas vu depuis son retour des Etats-Unis et qui, devant réveillonner m'avait demandé de n'arriver qu'à deux heures. Là j'ai retrouvé Colette et Marie-Josèphe. Petit repas sympathique. La conversation est venue sur les recherches généalogiques entreprises par mon frère. Que de surprises pittoresques ou touchantes ! Nous sommes restés à compulser les documents tout l'après-midi. Après quoi j'ai descendu quatre étages et ai porté mes vœux à ma tante de 87 ans qui habite le même immeuble… et qui avait bon pied bon œil bien qu'elle ait veillé en compagnie des siens jusqu'à trois heures du matin ! De retour chez moi j'ai passé une heure avec les Dayan. Puis un bref dîner avec ma sœur Antoinette et son mari : que raconte un ingénieur des Mines ? Des histoires de mines. Cette journée familiale s'est achevée dans le train d'Hossegor. J'avais fait ce qu'il fallait pour la remplir. Mais pour dire vrai j'ai tourné en rond.
Tu me manques mon Anne surtout en ces jours où l'on chante la naissance d'un monde.

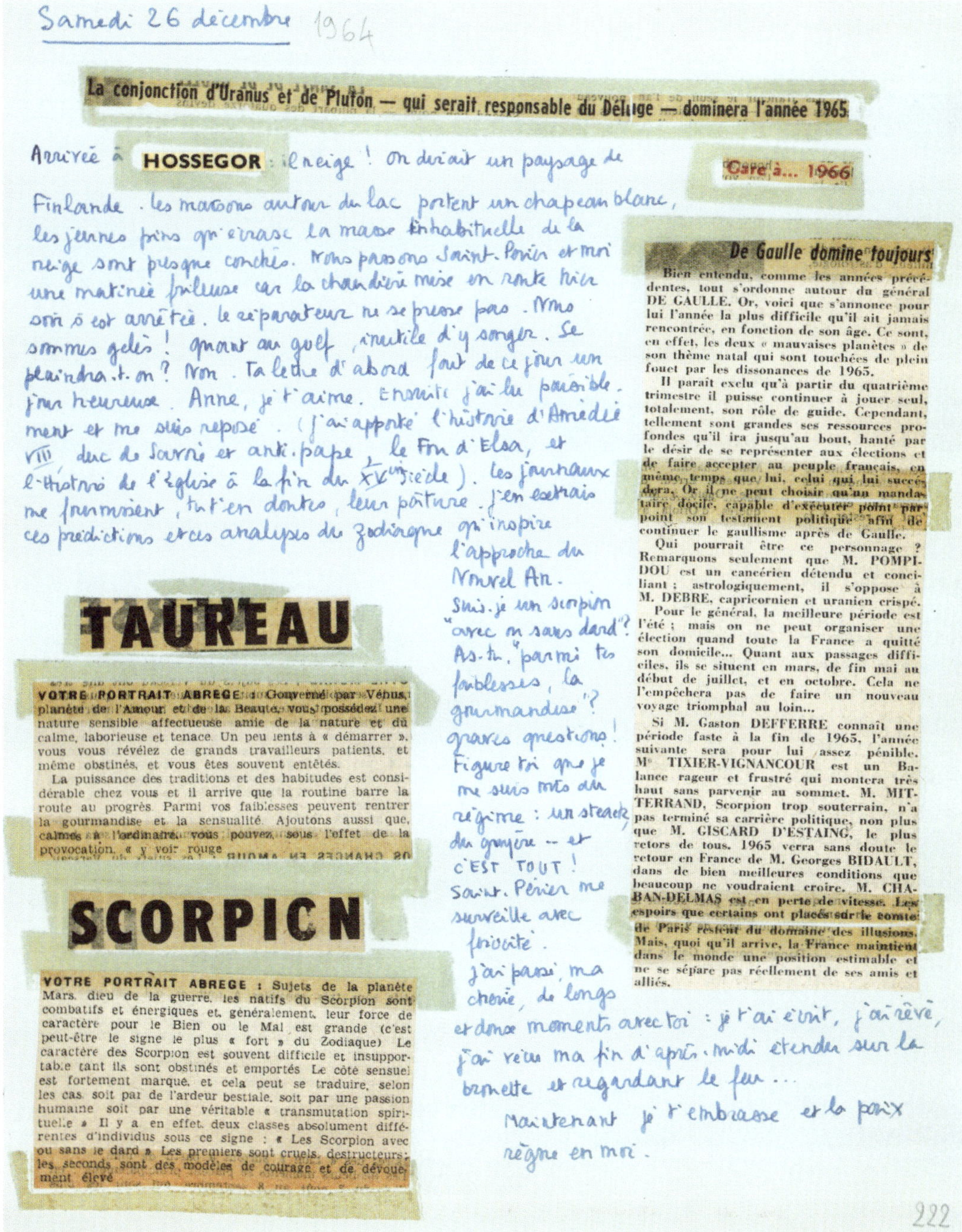

222
<u>Samedi 26 décembre</u>

Arrivée à Hossegor : il neige ! On dirait un paysage de Finlande. Les maisons autour du lac portent un chapeau blanc, les jeunes pins qu'écrase la masse inhabituelle de la neige sont presque couchés. Nous passons Saint-Périer et moi une matinée frileuse car la chaudière mise en route hier soir s'est arrêtée. Le réparateur ne se presse pas. Nous sommes gelés ! Quant au golf, inutile d'y songer. Se plaindra-t-on ? Non. Ta lettre d'abord fait de ce jour un jour heureux. Anne, je t'aime. Ensuite j'ai lu paisiblement et me suis reposé. (J'ai apporté l'histoire d'Amédée VIII, duc de Savoie et anti-pape, le Fou d'Elsa, et l'Histoire de l'Eglise à la fin du xvème siècle). Les journaux me fournissent, tu t'en doutes, leur pâture. J'en extrais ces prédictions et ces analyses du zodiaque qu'inspire l'approche du Nouvel An.
Suis-je un scorpion « avec ou sans dard » ? As-tu, « parmi tes faiblesses, la gourmandise » ? Graves questions ! Figure-toi que je me suis mis au régime : un steak, du gruyère… et C'EST TOUT !
Saint-Périer me surveille avec férocité. J'ai passé, ma chérie, de longs et doux moments avec toi : je t'ai écrit, j'ai rêvé, j'ai vécu ma fin d'après-midi étendu sur la brouette et regardant le feu…
Maintenant je t'embrasse et la paix règne en moi.

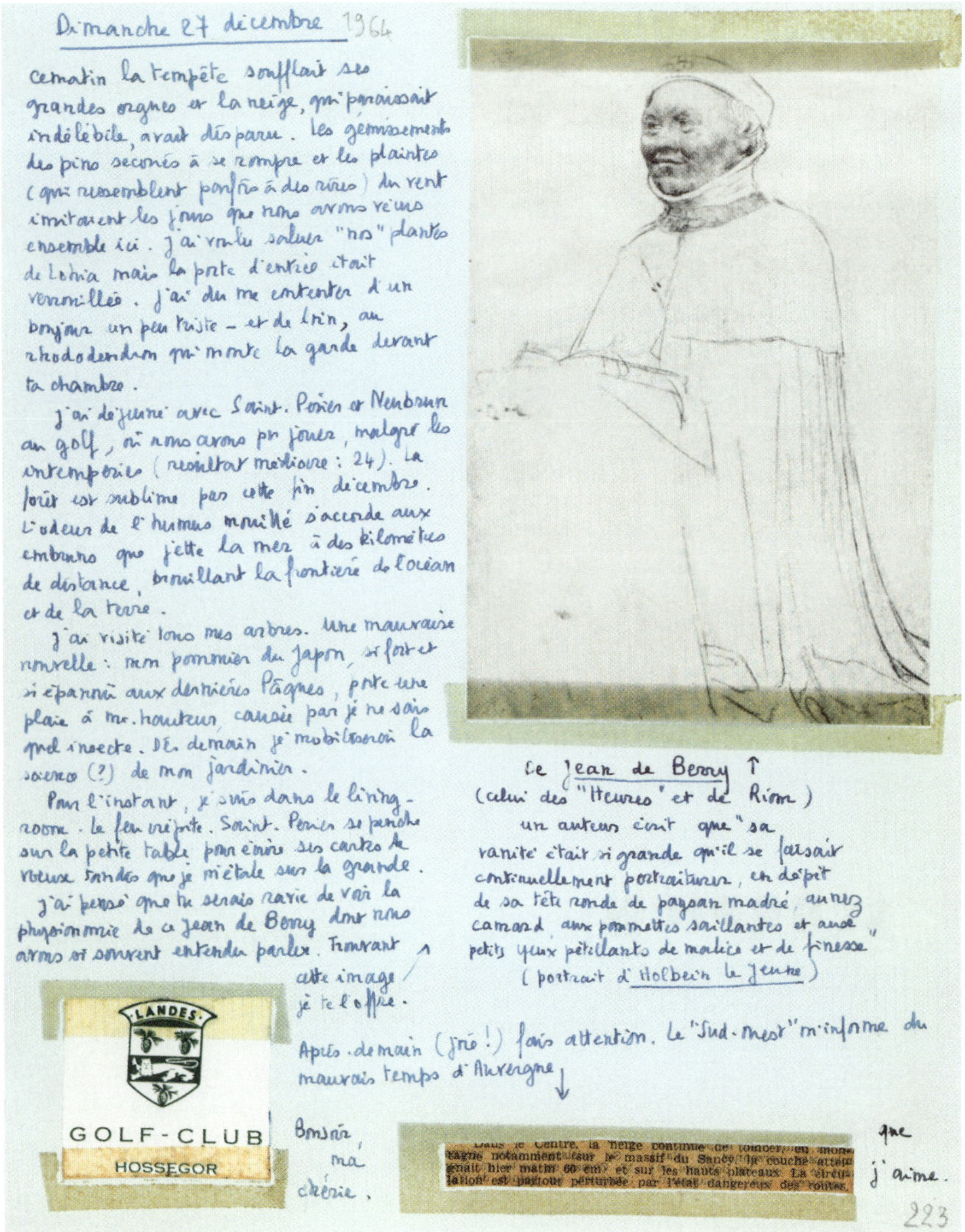

223

Dimanche 27 décembre

Ce matin la tempête soufflait ses grandes orgues et la neige, qui paraissait indélébile, avait disparu. Les gémissements des pins secoués à se rompre et les plaintes (qui ressemblent parfois à des rires) du vent imitaient les jours que nous avons vécus ensemble ici. J'ai voulu saluer « nos » plantes de Lohia mais la porte d'entrée était verrouillée. J'ai dû me contenter d'un bonjour un peu triste – et de loin, au rhododendron qui monte la garde devant ta chambre.

J'ai déjeuné avec Saint-Périer et Neubrun au golf, où nous avons pu jouer, malgré les intempéries (résultat médiocre : 24). La forêt est sublime par cette fin décembre. L'odeur de l'humus mouillé s'accorde aux embruns que jette la mer à des kilomètres de distance, brouillant la frontière de l'océan et de la terre.

J'ai visité tous mes arbres. Une mauvaise nouvelle : mon pommier du Japon, si fort et si épanoui aux dernières Pâques, porte une plaie à mi-hauteur, causée par je ne sais quel insecte. Dès demain je mobiliserai la science (?) de mon jardinier.

Pour l'instant, je suis dans le living-room. Le feu crépite. Saint-Périer se penche sur la petite table pour écrire ses cartes de vœux tandis que je m'étale sur la grande.

J'ai pensé que tu serais ravie de voir la physionomie de ce Jean de Berry dont nous avons si souvent entendu parler. Trouvant cette image, je te l'offre.

De Jean de Berry (celui des « Heures » et de Riom) un auteur écrit que « sa vanité était si grande qu'il se faisait continuellement portraiturer, en dépit de sa tête ronde de paysan madré, au nez camard, aux pommettes saillantes et aux petits yeux pétillants de malice et de finesse »

(portrait d'Holbein le Jeune)

Après-demain (joie !) fais attention. Le « Sud-Ouest » m'informe du mauvais temps d'Auvergne

Bonsoir, ma chérie, que j'aime.

Lundi 28 décembre 1964

Des loups à Madrid !

DANS la nuit de Noël, un agent de police madrilène a abattu un loup qui s'était réfugié dans un parc, près du pont de Tolède, non loin du centre de Madrid.

Il existe, en effet, des loups dans la sierra Guadarrama, au nord de la capitale, et il arrive que, poussés par le froid et la faim, ils rodent aux abords des villages situés au pied de la montagne ; mais c'est la première fois qu'on en voit s'aventurer jusqu'à Madrid même. La bête pesait une quarantaine de kilos.

POUR le temps, la trêve de Noël a pris fin dans le Sud-Ouest. Après de merveilleuses journées ensoleillées, la neige, le vent, la pluie, la grêle et le verglas sont venus brusquement nous rappeler que l'hiver était né depuis le 21 décembre.

UN PARCHEMIN DU Ier SIÈCLE DÉCOUVERT PRÈS DE LA MER MORTE

Jérusalem, 27 décembre. (Correspondance « Figaro ».)

CADEAU archéologique de Noël pour Israël. Un parchemin apparemment du Ier siècle a été retrouvé dans les fouilles de Massada la Grande, forteresse hérodienne de la mer Morte. Il contient le dernier chapitre des psaumes, dont le texte est absolument égal à celui de l'ancien testament employé par la tradition juive de nos jours. Ce chapitre semble avoir été rédigé à Massada même et son écriture est parfaitement lisible.

C'est la dernière importante découverte de la mission archéologique dirigée par le professeur Yadin de l'université à Jérusalem qui travaille depuis plusieurs années au sommet de la montagne désertique qui fut à la fois palais et forteresse de Hérode le Grand et lieu de la dernière résistance juive contre les Romains.

Plus de 500 volontaires travaillent dans les fouilles chaque année. Plusieurs pièces de monnaies juives frappées pendant la grande révolte du IIe siècle, ainsi que des inscriptions en grec, latin, hébreu, ont été retrouvées en même temps que le parchemin du dernier chapitre des psaumes. Un manuscrit semblable avait été retrouvé dans les grottes de Kumran, la grande cité des Esséniens, à 60 km nord de Massada, toujours dans le désert de la mer Morte.

COUCHETTE

Prix : 19.00

224

224

Lundi 28 décembre

La tempête continue et a atteint cette nuit la violence que nous lui avons connue en octobre, quand nous sommes allés l'affronter sur la plage. Le patio est jonché de branches cassées. Il est près de midi et je dois cependant allumer l'électricité pour écrire. Saint-Périer est au golf où il prend une leçon. Je pense que nous pourrons quand même jouer, à l'abri de la forêt. Je suis un peu triste : il n'y avait pas de lettre de toi au courrier. J'avoue que j'en espérais une. Du coup je ne sais plus à quoi m'occuper et n'ai envie de m'atteler à rien. Pour ce qui n'est peut-être qu'un simple retard des trains je fais toutes les suppositions, de préférence les pires. Tu vois où j'en suis !

Par un temps qui approche du gel je suis parti, résigné, pour ma deuxième partie de golf. Coco Léglise s'est joint à nous. J'ai joué plutôt mal (100 tout rond). Le club se peuple. On m'invite pour des réveillons de Nouvel An. Mais je respecterai ma tradition : c'est au Pot de Résine, avec la petite troupe fidèle, que j'irai. Et je serai rentré à minuit trente ! Je crois bien que ma solitude me sera précieuse. L'année prochaine, pour moi, c'est toi – avec ce que signifie, dans ma vie, un amour qui engage sans retour et sans recours.

Un bon feu à la maison, la nuit venue, et la lecture : j'ai attendu en paix l'heure du train. Neubrun m'a conduit à Dax. Au revoir, Hossegor ! Je me suis embarqué le cœur joyeux vers la Sibérie !

A Bordeaux une couchette m'a reçu. Je ne dors jamais si bien qu'à la manière des camps. Une paillasse, une couverture et hop ! je dors. Le surveillant a dû me secouer à Gannat pour m'éveiller. Et voilà comment à 7 heures du matin l'autorail de Vichy-Thiers-Ambert m'a cueilli, voyageur frileux, silencieux, heureux : ANNE EST AU BOUT DU CHEMIN.

225

Mardi 29 décembre

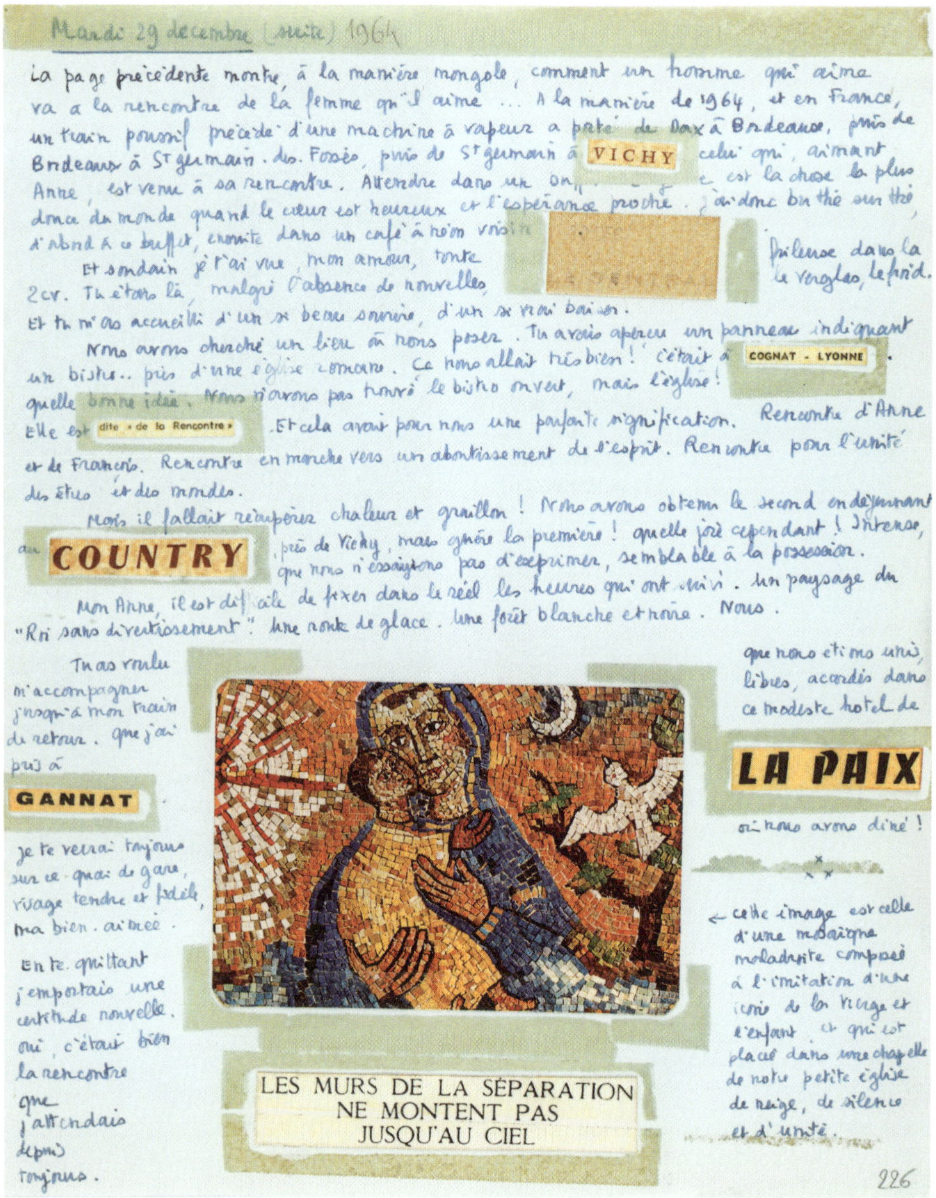

226
Mardi 29 décembre (suite)

La page précédente montre, à la manière mongole, comment un homme qui aime va à la rencontre de la femme qu'il aime… A la manière de 1964, et en France, un train poussif précédé d'une machine à vapeur a porté de Dax à Bordeaux, puis de Bordeaux à St Germain-des-Fossés, puis de St Germain à Vichy celui qui, aimant Anne, est venu à sa rencontre. Attendre dans un buffet de gare est la chose la plus douce du monde quand le cœur est heureux et l'espérance proche. J'ai donc bu thé sur thé d'abord à ce buffet, ensuite dans un café à néon voisin

Et soudain je t'ai vue, mon amour, toute frileuse dans la 2 CV. Tu étais là, malgré l'absence de nouvelles, le verglas, le froid. Et tu m'as accueilli d'un si beau sourire, d'un si vrai baiser.

Nous avons cherché un lieu où nous poser. Tu avais aperçu un panneau indiquant un bistro… près d'une église romane. Ça nous allait très bien ! C'était à Cognat – Lyonne.

Quelle bonne idée. Nous n'avons pas trouvé le bistro ouvert, mais l'église !

Elle est dite « de la Rencontre ». Et cela avait pour nous une parfaite signification. Rencontre d'Anne et de François. Rencontre en marche vers un aboutissement de l'esprit. Rencontre pour l'unité des êtres et des mondes.

Mais il fallait récupérer chaleur et graillou ! Nous avons obtenu le second en déjeunant au Country, près de Vichy, mais guère la première ! Quelle joie cependant ! Intense, que nous n'essayions pas d'exprimer, semblable à la possession.

Mon Anne, il est difficile de fixer dans le réel les heures qui ont suivi. Un paysage du « Roi sans divertissement ». Une route de glace. Une forêt blanche et noire. Nous.

Tu as voulu m'accompagner jusqu'à mon train de retour. Que j'ai pris à Gannat.

Que nous étions unis, libres, accordés dans ce modeste hôtel de La Paix où nous avons dîné !

Je te verrai toujours sur ce quai de gare, visage tendre et fidèle, ma bien-aimée. En te quittant j'emportais une certitude nouvelle. Oui, c'était bien la rencontre que j'attendais depuis toujours.

Les murs de la séparation ne montent pas jusqu'au ciel

cette image est celle d'une mosaïque maladroite composée à l'imitation d'une icône de la Vierge et l'enfant et qui est placée dans une chapelle de notre petite église de neige, de silence et d'unité.

227

Mercredi 30 décembre

Tu m'as porté chance, mon Anne chérie et j'ai pu me reposer sur une couchette. J'ai dormi. Mais veillait en moi la pensée profonde d'une journée très belle.
J'étais à 6 heures à la gare Bordeaux Saint-Jean.
Un incroyable wagon du début du siècle m'a transporté jusqu'à Dax où une voiture m'attendait. Hossegor ruisselait de lumière. La douceur du temps rappelait un début d'automne. Arrivé chez moi j'ai ouvert les persiennes de ma chambre et j'ai de nouveau dormi. Non sans avoir lu ta lettre, ta longue et chère lettre de Noël, remise au courrier de ce matin. Et il a fallu que Saint-Périer fasse la grosse voix pour que je me réveille ! La partie de golf a été franchement mauvaise (103). Je pensais à autre chose. Je buvais l'air. Je me fondais dans la forêt. J'étais peut-être aussi fatigué ! Ma soirée a été nourrie d'un silence que troublait seulement le froissement des pages du journal que lisait St Périer. Je me suis couché tôt. J'ai lu, en parfaite détente, « La Maison de Savoie ». Anne, tout était en ordre me semblait-il. Je n'avais pas envie que cette journée, qui n'était que le prolongement de l'autre, s'achevât. Je n'ai éteint qu'à onze heures trente.
Evidemment cette fin d'année m'incite au bilan. Il y a juste un an tu m'écrivais « j'arrive presque à vous oublier », au début de ta lettre au crayon de couleur, et « Non. Je n'arrive pas à vous oublier », à la fin. Commençait avec 1964 une longue période où notre destin a balancé. Où est le tort et où est la raison ? Je sais que je t'aime. Je sais que j'ai vécu par ta seule grâce les joies qui justifient le rêve et l'action. Tu es pour moi celle qui répond à l'attente exigeante de mon cœur. Je te remercierai jusqu'à mon dernier souffle d'être qui tu es. Ces deux visages sont, l'un (à gauche) celui d'un roi antique. Immobile, souriant à peine à la contemplation de soi-même, inventeur d'une sagesse qui se garde d'aimer et de frémir. L'autre (à droite), celui d'un christ, du Puy. Le souci de la création qu'il assume exprime sa souffrance. Il s'occupe des autres. Il ne connaît pas la sagesse mais l'amour. Je n'ai pas comparé pour choisir. Il y a deux façons, deux routes, deux philosophies. Mais il n'y a qu'une volonté, qu'une recherche, qu'un salut.
Tu m'aides à avancer, mon Anne.

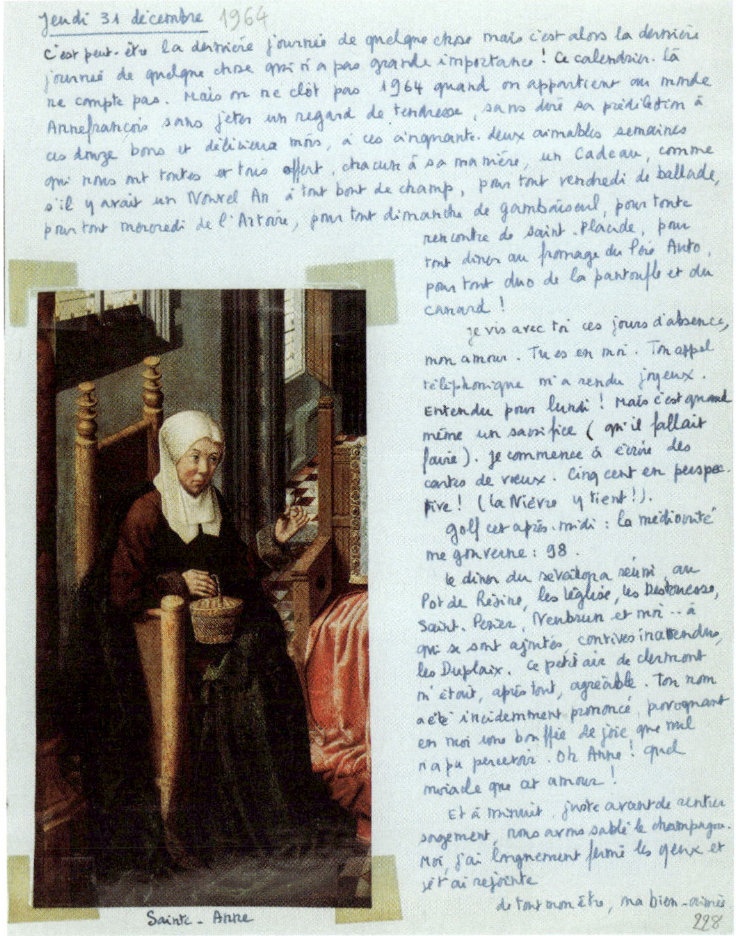

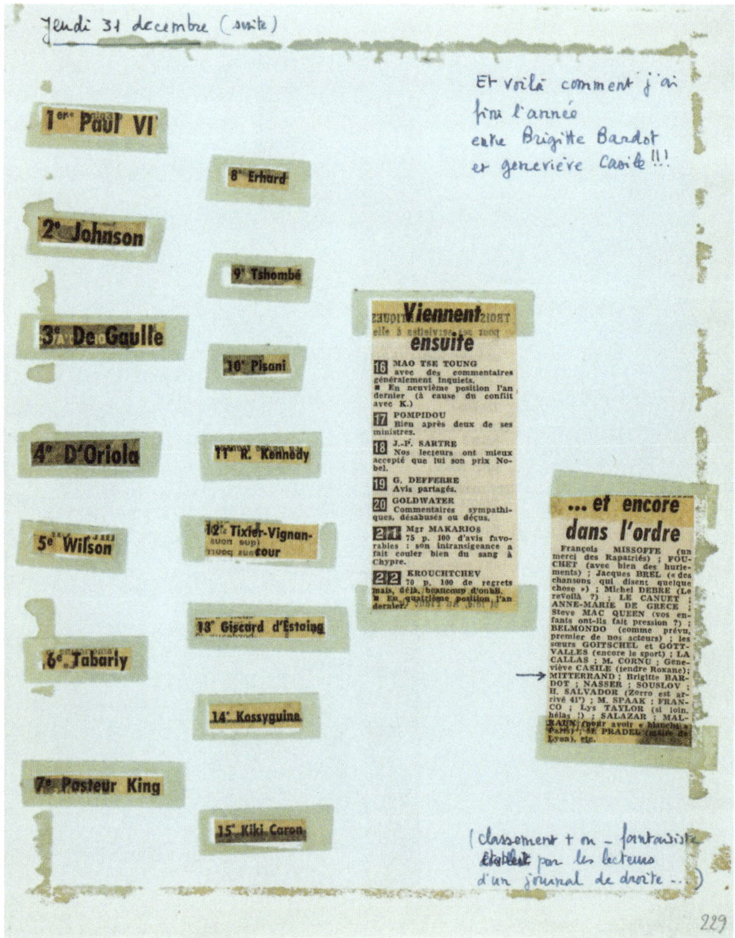

228
Jeudi 31 décembre

C'est peut-être la dernière journée de quelque chose mais c'est alors la dernière journée de quelque chose qui n'a pas grande importance ! Ce calendrier-là ne compte pas. Mais on ne clôt pas 1964 quand on appartient au monde Annefrançois sans jeter un regard de tendresse, sans dire sa prédilection à ces douze bons et délicieux mois, à ces cinquante-deux aimables semaines qui nous ont toutes et tous offert, chacun à sa manière, un Cadeau, comme s'il y avait un Nouvel An à tout bout de champ, pour tout vendredi de balade, pour tout mercredi de l'Artoire, pour tout dimanche de Gambaiseul, pour toute rencontre de Saint-Placide, pour tout dîner au fromage du Père Auto, pour tout duo de la pantoufle et du canard !
Je vis avec toi ces jours d'absence, mon amour. Tu es en moi. Ton appel téléphonique m'a rendu joyeux. Entendu pour lundi ! Mais c'est quand même un sacrifice (qu'il fallait faire). Je commence à écrire des cartes de vœux. Cinq cents en perspective ! (La Nièvre y tient !).
Golf cet après-midi : la médiocrité me gouverne : 98.
Le dîner du réveillon a réuni, au Pot de Résine, les Léglise, les Destouesse, Saint-Périer, Neubrun et moi… à qui se sont ajoutés, convives inattendus, les Duplaix. Ce petit air de Clermont m'était, après tout, agréable. Ton nom a été incidemment prononcé, provoquant en moi une bouffée de joie que nul n'a pu percevoir. Oh Anne ! quel miracle que cet amour !
Et à minuit, juste avant de rentrer sagement, nous avons sablé le champagne. Moi, j'ai longuement fermé les yeux et je t'ai rejointe de tout mon être, ma bien-aimée.

Sainte-Anne

229
Jeudi 31 décembre (suite)

Et voilà comment j'ai fini l'année entre Brigitte Bardot et Geneviève Casile !!!
(Classement + ou – fantaisiste établi par les lecteurs d'un journal de droite…)

230
Jeudi 31 décembre (suite)

[Sainte-Foy de Conques]

231
Jeudi 31 décembre (suite)

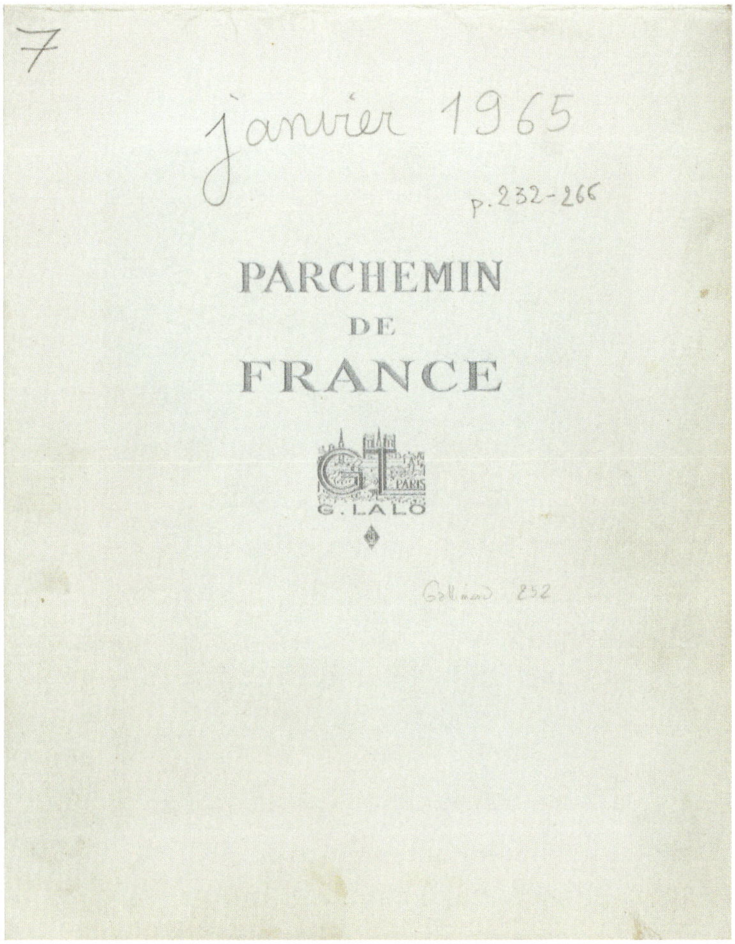

232

Vendredi 1er janvier 1965

Je viens d'écrire pour la première fois le nouveau millésime : 1965. J'aime l'avoir écrit dans ce journal – et pour toi.
Première image aussi : un sourire. Le sourire d'une Athénienne à la beauté et à l'espoir. Le sourire de ce qui commence. 1965. Anne. Nous.
Mais les vrais premiers mots, tu les as devinés : je t'aime.

Ces roses d'or furent offertes par un pape à un empereur. Moi je t'offre, Anne mon amour, toutes les fleurs, toutes les couleurs, toutes les formes qui te ravissent, et je t'offre, (ce qui vaut beaucoup ou rien, je ne sais pas), je t'offre mon amour et ma foi.
Je ne crois pas avoir cessé de penser à toi durant tout ce jour, que j'ai vécu au ralenti, ce matin parmi mes plantes (je suis allé quand même dire « bonne année » au rhododendron de Lohia), cet après-midi, au golf, ce soir, à la maison, étendu sur la « brouette » ou rédigeant « alphabet » et « journal ».
Maintenant je t'attends et j'attends lundi. Débutera vraiment pour nous, ce jour-là, notre année.
Anne, mon Anne, mon Anne aimée
Mes vœux pour toi vont au-delà du bonheur.
Ils te font belle et vraie, une et harmonieuse.

Vendredi 1er janvier 1965

Je viens d'écrire pour la première fois le nouveau millésime : 1965. J'aime l'avoir écrit dans ce journal – et pour toi.

← Première image aussi : un sourire. Le sourire d'une Athénienne à la beauté et à l'espoir. Le sourire de ce qui commence. 1965. Anne. Nous.

Mais les vrais premiers mots, tu les as devinés : je t'aime.

Ces roses d'or → furent offertes par un pape à un empereur.

Moi je t'offre, Anne mon amour, toutes les fleurs toutes les couleurs, toutes les formes qui te ravissent, et je t'offre (ce qui vaut beaucoup ou rien, je ne sais pas), je t'offre mon amour et ma foi.

Je ne crois pas avoir cessé de penser à toi durant tout ce jour, que j'ai vécu au ralenti, ce matin parmi mes plantes (je suis allé quand même dire « bonne année » au rhododendron de Lohia), cet après-midi, au golf, ce soir, à la maison étendu sur la « brouette » en rédigeant « alphabet » et « journal ».

Maintenant je t'attends et j'attends lundi. Débutera vraiment pour nous ce jour-là, notre année.

Anne, mon Anne, mon Anne aimée
mes vœux pour toi vont au-delà du bonheur.
Ils te font belle et vraie, une et harmonieuse.

232

233
Samedi 2 janvier

Cette image n'illustre qu'à demi ma journée, car à midi j'ai été tenu par la férule de Saint-Périer et je n'ai récupéré quelque liberté que le soir, chez les Léglise, à Biarritz, où nous avons dîné avant de prendre le train. J'ai commencé ce matin tout tranquillement, en repérant les endroits où je veux planter des pins. J'ai inspecté les plans de Gédéon Le Nôtre en passant subrepticement par Ametsa… et j'ai reçu, O joie, sur le coup de midi, ta lettre, ta chère lettre qui me relie à l'univers que j'aime. En même temps, un mot de Gédéon, commentaire de la balade de Vichy et re-vœux. Et c'est tout. Noterai-je une partie de golf du style des précédentes ?
Mais loin de tout cela, j'achève dans un recueillement absolu de l'esprit cette séparation. Hossegor m'y aide où vivent d'une si intense vie nos souvenirs d'octobre et de novembre. Je vais vers toi Anne, mon Anne. La gravité de ces moments où nous mènent nos pas – par des chemins, fleuves, montagnes, vallées de soleil, forêts de glace, ombres, lumières, par des chemins de terre et de ciel, par la tempête et le printemps, – je la ressens comme on prie.

234
Dimanche 3 janvier

Paris, Paris d'hiver. Et Paris encore sans toi. Paris où je suis étranger. Aussi, je m'en vais. A Austerlitz la foule hébétée, compacte, transie des grands jours de rentrée. Des centaines d'Espagnols en quête de travail et qui regardent sans voir la ville qui va les engloutir. Le chauffeur de Saint-Périer nous ramène. Je m'arrête peu rue Guynemer sinon pour changer d'équipement et vider mes bagages. Les frères Dayan viennent me chercher. Nous prenons un thé matinal aux « Deux Magots ». Petites nouvelles d'une saison sans nouvelles.
La pantoufle. Paris-Nevers. A bride abattue. J'arrive étourdi.
A Langy où je déjeune je retrouve le silence ouaté des campagnes de neige. Nous sommes trois. D'abord la télévision sportive. Puis des disques : Aragon, Gréco… Mon corps s'engourdit. Mon esprit voyage. Dans l'espace. Vers toi. Vers toi, mon Anne, mon soleil. Dans le temps, une lente méditation s'empare de moi. Je vois la courbe de ma vie. « Le jour qui vient… » Je songe à cette merveille qui m'éblouit : toi, ton amour. Je voudrais que ma force de vivre soit intacte. Tu vaux une vie. Pas moins ou pas à moitié. Je t'aime de plus en plus. Et tu t'appelles Anne, mon miracle. La nuit est tombée quand je lève le nez. Il faut partir pour Château-Chinon. J'avance avec quelque peine sur des routes hésitantes entre la neige molle de l'après-midi et le gel mince et dur qui tend ses guets-apens.
Au « Vieux Morvan » je dîne avec huit d'entre mes conseillers municipaux. Conversation sérieuse et minuscule. Je les quitte à onze heures et vais « boire une coupe » avec un groupe de chasseurs qui célèbrent la « clôture ». Et me revoilà chambre 15. Seul. Ou plutôt entouré de mes rêves. J'aperçois les trois croix du calvaire, tout en haut de la butte. J'en ai fait refaire une ce qui m'a valu un débat clochemerlien. Le Morvan a pris son visage éternel avec sa lourde forêt blanche.
Moi je pense à toi, à demain.
Ta photo veille. Et la grâce d'un cœur qui aime apaise et purifie l'inquiétude de l'homme devant sa vie, devant lui-même.

235
Lundi 4 janvier

Le gel et le verglas m'ont surpris au débouché de Château-Chinon et je n'ai pu atteindre le buffet de la gare de Nevers qu'avec ¼ d'heure de retard. Je m'en suis beaucoup voulu. Mais tu étais là et ç'a été un tel bonheur que de t'apercevoir, assise et lisant sagement au milieu du brouhaha, que toute peine s'est effacée. Nous sommes aussitôt partis pour Bourges. Anne, quelle beauté ! Les cinq portails, le vaisseau, les vitraux de la cathédrale tu m'as montré ces merveilles avec délectation… mais il était l'heure de déjeuner. A Bourges rien ne t'a plu. Nous avons filé jusqu'à Mehun-sur-Yèvre puis jusqu'à Quincy où nous avons fait un repas modeste et délicieux dans une auberge qui portait l'ambitieuse enseigne de l'Hôtel de la Croix blanche ! Joie. Joie. Nous nous étions pleinement retrouvés !
De retour à Mehun nous avons visité l'église et contemplé les ruines du château du roi de Bourges où flotte l'ombre charmante d'Agnès Sorel. Et nous avons repris notre route en zigzags, noyée de brume, exactement sortie du Grand Meaulnes. En pleine Sologne, à Nançay, nous nous sommes arrêtés, au hasard. Une auberge confortable nous a offert son feu de bois, sa musique douce, son odeur de vieille maison. Nous sommes restés longtemps à lire et à rêver, parlant à peine, engourdis, heureux. Auparavant le château de brique rose nous avait plu. Peut-être, ce domaine pour Yvonne de Galais nous a-t-il incités à chercher, à connaître davantage. La nuit était tombée quand nous avons décidé de regagner Paris. Nous sommes partis pour Beaugency. Deux profondes, deux mystérieuses heures dans un détour de la forêt nous ont apporté ce calme exaltant, cette paix triomphante qui naît, parfois, de notre union. Tu étais ivre de fatigue. Dans la cour de « L'Abbaye » de Beaugency j'ai compris qu'il te fallait te reposer et après t'avoir installée, allongée dans la pantoufle j'ai filé sur Paris où nous atterrissions dans les moindres délais…
Le coca-cola et les huîtres de Montparnasse ont clos notre voyage, cet étonnant voyage en nous-mêmes.
Mon Anne aimée, tu m'avais entre-temps raconté tes fêtes du Nouvel An, tes promenades, tes joies. Tu avais besoin de ré-apprendre très doucement notre vie. En te quittant à l'étage du 39 je souriais à notre amour.

236
Mardi 5 janvier

Ce mardi, c'est toi. Toi qui l'as fait, qui l'as rempli de joie, de bonheur, de goût de vivre – Et pourtant c'était assez difficile que de se réhabituer soudain à Paris, au lendemain de cette absence faite de rites, de silence, de retour en soi-même. Nous avons déjeuné ensemble chez Sainlouis et n'avons eu aucune peine à recréer le climat de merveilleuse intimité, de liberté intérieure qui est notre privilège. Puis nous avons fait des courses. Au Crédit Lyonnais, chez Picard, mon libraire du Faubourg Saint-Honoré, où j'avais à régler une jolie édition complète des œuvres de Chateaubriand (dont je place le portrait romantique de « levez-vous orages désirés… » non seulement parce que j'ai fait cet achat aujourd'hui mais aussi parce que je viens de lire un éreintement de Guillemin (l'attaché culturel à Berne dont je t'ai parlé) qui le traite de fabulateur et s'amuse à prendre en défaut les « Mémoires d'Outre Tombe » par des vérifications curieuses, valables mais trop systématiques). L'après-midi je t'ai retrouvée au Pont des Arts par une nuit claire et piquetée d'étoiles, celles du ciel et celles de la ville. Tu marchais « au-dessus du sol »… et moi aussi ! Un bonheur ineffable m'emplissait l'âme. Tes lèvres ne m'ont jamais paru si douces : elles avaient un goût de tendresse retenue qui exprimait l'amour absolu, plus que tout acte, plus que toute parole. Dieu, mon Anne, que je t'aime !
Hors cela j'ai reçu Louis Mermaz, mon agrégé d'Histoire, Gourdon, le « Julien Cheverny » polémiste de grand talent et quelques visiteurs de moindre intérêt. Je t'ai écrit aussi, une petite lettre qui ne pouvait que te dire ce que tu savais : que je t'aime, que je t'aime, que je t'aime… et je me suis, sans honte, répété…
Voilà mon Anne de quoi fut faite une journée belle entre toutes.
En t'écrivant ce soir il me semble que j'écoute mon âme te parler. Ce langage-là est le seul qui convienne. Un chant sans musique et sans mot monte de moi qui aurait besoin des folles images d'un poète ou du marteau d'un sculpteur pour exprimer l'allégresse.
Mais tu sais.

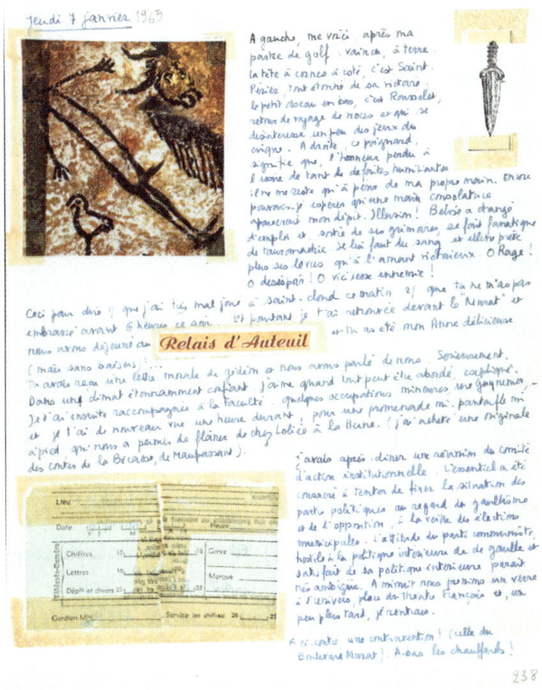

237
Mercredi 6 janvier

J'ai tiré sur la corde pour atteindre le moment de te retrouver, si tard, à 20 h 30, après un long, long jour d'attente. Et pourtant quel bonheur je te dois ! C'est peut-être à cause de ce bonheur que je deviens intolérant à l'absence de toi. Intolérant à un point que tu n'imagines pas. Je disposais de points de repère (tu étais au Louvre, rue d'Assas selon les heures et mon esprit s'y reportait fidèlement) qui m'ont aidé. O tyrannie du cœur !
J'ai fait consciencieusement ce que j'avais à faire. Je dois me réadapter à la vie parisienne d'une façon inattendue. La coupure des vacances a été profonde. Non avec toi, évidemment. Mais avec le décor et les habitudes.

La déesse de la fécondité AVANT Sumer trouvée à Çatal Huyuk, en Anatolie. Ah ! l'éternel féminin !

A l'Assemblée nationale où j'étais cet après-midi j'ai été témoin d'une scène pittoresque. Deux hommes politiques âgés, l'un Edouard Daladier, chef du gouvernement en 1938 – le Front Populaire – et Félix Gouin, qui remplit les fonctions de chef de l'Etat en 1946 – après de Gaulle 1ère édition – parlaient de l'AGE D'OR (le leur, cela va de soi). Et moi qui, jeune alors, gardais le souvenir d'une époque troublée, tragique (climat révolutionnaire, guerre, misère) je voyais se dessiner au gré du récit de mes deux nostalgiques un tout autre tableau. Quant au temps présent ils se réconfortaient mutuellement en annonçant d'un ton assuré la fin prochaine de la parenthèse de Gaulle 2ème édition. Voilà bien les ci-devant ! Et les demi-soldes de la politique qui ont cessé de VOIR ce qui se passe autour d'eux pour se réfugier dans le commode et désuet abri de leur ancienne importance. Ceci dit j'ai fini l'après-midi à Horizon 80, place de l'Opéra, où je présidais la commission « Participation et Démocratie » qui avait à examiner un rapport du syndicaliste Raynaud sur « le syndicalisme dans l'entreprise ». Nous avons abouti à un texte équilibré et positif.
Il me restait à revenir Rive gauche – et à t'attendre rue du Regard. O mon Anne tout fut encore si merveilleux ! Le père Auto, les heures de tendresse et d'union… tout ce cérémonial du cœur qu'habite la passion d'aimer.
En revenant par Suresnes et le Bois, tandis que douce et lasse, tu reposais ta joue sur mon épaule, je pensais aux vers de Cadou « Et pourtant c'était toi dans le clair de ma vie, ce grand tapage matinal qui m'éveillait… »

238
Jeudi 7 janvier

A gauche, me voici, après ma partie de golf : vaincu, à terre. La tête à cornes à côté, c'est Saint-Périer, tout étonné de sa victoire. Le petit oiseau en bas, c'est Rousselet, retour de voyage de noces et qui se désintéresse un peu des jeux du cirque. A droite, ce poignard, signifie que, l'honneur perdu à l'issue de tant de défaites humiliantes il ne me reste qu'à périr de ma propre main. Encore pouvais-je espérer qu'une main consolatrice apaiserait mon dépit. Illusion ! Bélise a changé d'emploi et, sortie de ses grimoires, se fait fanatique de tauromachie. Il lui faut du sang et elle ne prête plus ses lèvres qu'à l'amant victorieux. O Rage ! O désespoir ! O vieillesse ennemie !
Ceci pour dire 1) que j'ai très mal joué à Saint-Cloud ce matin 2) que tu ne m'as pas embrassé avant 6 heures ce soir. Et pourtant je t'ai retrouvée devant le « Murat » et nous avons déjeuné au Relais d'Auteuil et tu as été mon Anne délicieuse (mais sans baisers) !… Tu avais reçu une lettre morale de Gédéon et nous avons parlé de nous. Sérieusement. Dans un climat étonnamment confiant. J'aime quand tout peut être abordé, expliqué. Je t'ai ensuite raccompagnée à la Faculté. Quelques occupations mineures, rue Guynemer, et je t'ai de nouveau vue une heure durant, pour une promenade mi-pantoufle mi-à pied, qui nous a permis de flâner de chez Loliée à la Hune. (j'ai acheté une originale des Contes de la Bécasse, de Maupassant).
J'avais après dîner une réunion du Comité d'action institutionnelle. L'essentiel a été consacré à tenter de fixer la situation des partis politiques au regard du gaullisme et de l'opposition, à la veille des élections municipales. L'attitude du parti communiste, hostile à la politique intérieure de De Gaulle et satisfait de sa politique intérieure *[extérieure ?]* paraît très ambiguë. A minuit nous prenions un verre à l'Univers, place du Théâtre Français et, un peu plus tard, je rentrais.

ci-contre, une contravention ! (celle du Boulevard Murat). A bas les chauffards !

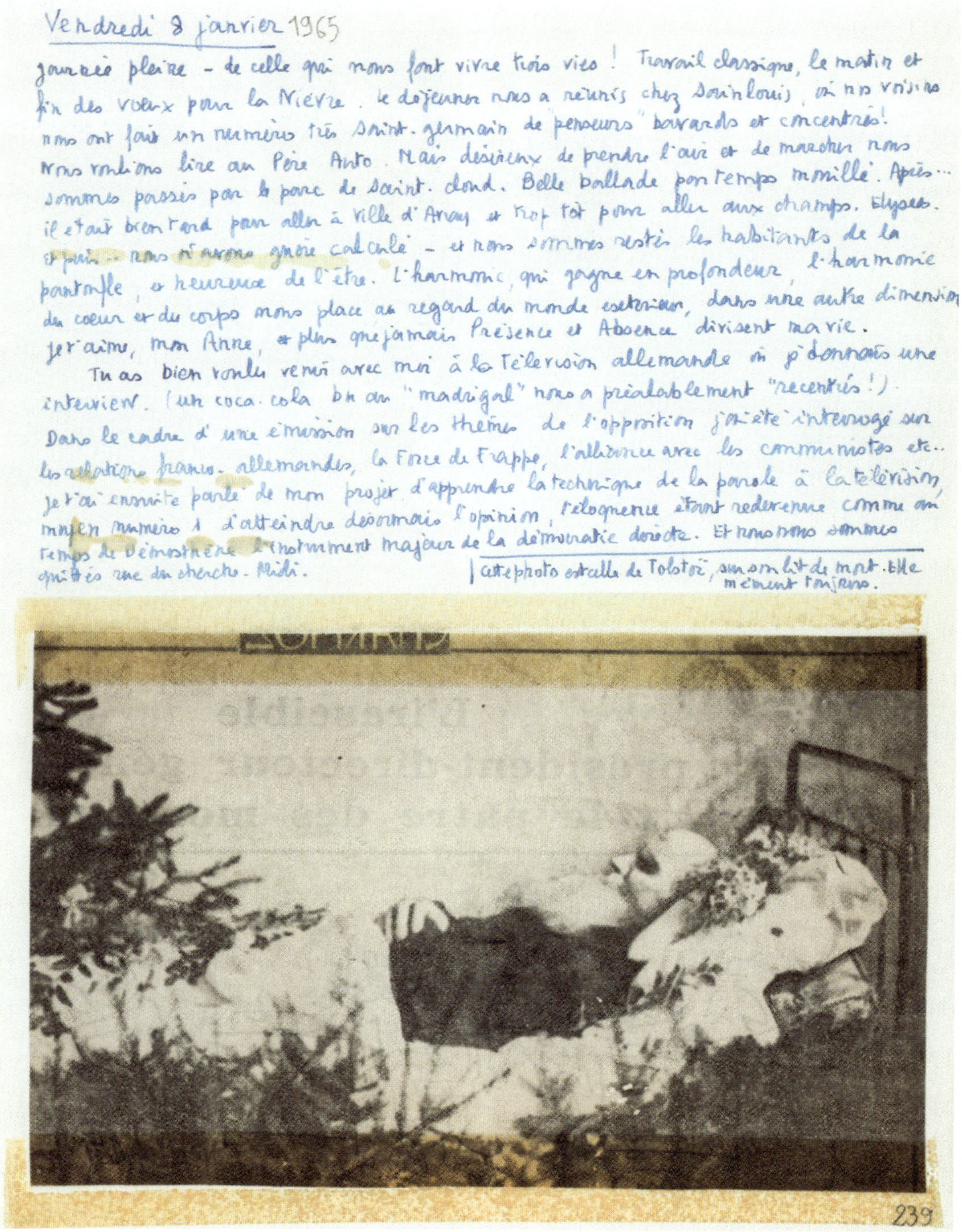

Vendredi 8 janvier 1965

Journée pleine – de celle qui nous font vivre trois vies ! Travail classique, le matin et fin des voeux pour la Nièvre. Le déjeuner nous a réunis chez Sainlouis, où nos voisins nous ont fait un numéro très Saint-Germain de "penseurs" bavards et concentrés ! Nous voulions lire au Père Auto. Mais désireux de prendre l'air et de marcher nous sommes passés par le parc de Saint-Cloud. Belle ballade par temps mouillé. Après… il était bien tard pour aller à Ville d'Avray et trop tôt pour aller aux Champs-Elysées. Et puis… nous n'avons guère calculé – et nous sommes restés les habitants de la pantoufle, et heureux de l'être. L'harmonie, qui gagne en profondeur, l'harmonie du coeur et du corps nous place au regard du monde extérieur, dans une autre dimension. Je t'aime, mon Anne, et plus que jamais Présence et Absence divisent ma vie.

Tu as bien voulu venir avec moi à la Télévision allemande où je donnais une interview. (un coca-cola bu au "madrigal" nous a préalablement "recentrés" !) Dans le cadre d'une émission sur les thèmes de l'opposition j'ai été interrogé sur les relations franco-allemandes, la Force de Frappe, l'alliance avec les communistes etc… Je t'ai ensuite parlé de mon projet d'apprendre la technique de la parole à la télévision, moyen numéro 1 d'atteindre désormais l'opinion, l'éloquence étant redevenue comme au temps de Démosthène l'instrument majeur de la démocratie directe. Et nous nous sommes quittés rue du Cherche-Midi.

Cette photo est celle de Tolstoï, sur son lit de mort. Elle m'émeut toujours.

239

239

Vendredi 8 janvier

Journée pleine – de celles qui nous font vivre trois vies ! Travail classique, le matin et fin des vœux pour la Nièvre. Le déjeuner nous a réunis chez Sainlouis, où nos voisins nous ont fait un numéro très Saint-Germain de « penseurs » bavards et concentrés ! Nous voulions lire au Père Auto. Mais désireux de prendre l'air et de marcher nous sommes passés par le parc de Saint-Cloud. Belle balade par temps mouillé. Après… il était bien tard pour aller à Ville d'Avray et trop tôt pour aller aux Champs-Elysées. Et puis… nous n'avons guère calculé – et nous sommes restés les habitants de la pantoufle, et heureux de l'être. L'harmonie, qui gagne en profondeur, l'harmonie du cœur et du corps nous place, au regard du monde extérieur, dans une autre dimension. Je t'aime, mon Anne, et plus que jamais Présence et Absence divisent ma vie.

Tu as bien voulu venir avec moi à la télévision allemande où je donnais une interview. (un coca-cola bu au « madrigal » nous a préalablement « recentrés » !).

Dans le cadre d'une émission sur les thèmes de l'opposition j'ai été interrogé sur les relations franco-allemandes, la Force de Frappe, l'alliance avec les communistes etc… Je t'ai ensuite parlé de mon projet d'apprendre la technique de la parole à la télévision, moyen numéro 1 d'atteindre désormais l'opinion, l'éloquence étant redevenue comme au temps de Démosthène l'instrument majeur de la démocratie directe. Et nous nous sommes quittés rue du Cherche-Midi.

Cette photo est celle de Tolstoï, sur son lit de mort. Elle m'émeut toujours.

240
Samedi 9 janvier

Que tu m'as fait plaisir en acceptant de m'accompagner dans la Nièvre ! Nous sommes partis avant neuf heures et tout de suite nous avons deviné que nous étions l'un et l'autre très heureux du jour qui commençait. Nous avons bavardé en route comme nous bavardons depuis toujours, passant sans transition du rire à la note grave, et toi, ponctuant mes silences de tes airs favoris. A Montargis nous avons bifurqué sur Bléneau et Saint-Fargeau dont je voulais te montrer le château. Je crois que tu en as été ravie et que tu as beaucoup aimé cette composition de vieux rose, ces marches d'angle arrondi, cette cour fermée, ce débouché sur un parc à cygnes, à étang, à allées qui ne vont nulle part, cette masse des tours qui au lieu de flanquer le corps de bâtiment l'envahissent, le dominent et font le style de cette demeure. Mais il fallait se dépêcher car des visiteurs m'attendaient à la préfecture. J'y suis arrivé sans trop de retard et t'ai déposée devant l'hôtel de France (fermé) rendez-vous étant pris pour trois heures 1/4 à l'église Saint-Etienne. A mon bureau j'ai donc reçu. Puis je suis allé déjeuner à Varennes chez le président de la jeune chambre Economique. Maison style XVIIIe donnant sur la vallée de la Loire. Paysage de brume. Nous étions cinq. Mondanité. Accueil aimable fait surtout de curiosité. Quelle joie était la mienne que de t'apercevoir dans l'ombre de Saint-Etienne quand j'ai pu me libérer ! Tu me l'as fait visiter et la pantoufle, de bon service, a décidé de nous conduire à Sancerre pour admirer la vue sur le Berry et sur la Loire. Belle ambition ! A la nuit nous étions encore entre route et canal, une fois encore bouleversés, liés, heureux. De Sancerre je ne te dirai pas grand-chose : il faisait noir et nous n'avons rien vu. Nous nous sommes vengés sur les crottins fameux du pays et nous sommes attablés pour manger des crêpes arrosées de vin blanc. Les crêpes étaient indigestes, le vin convenable, l'atmosphère et le décor de la salle d'hôtel intenables ! Bah ! Nous n'avions besoin que de nous-mêmes !
Et de nouveau, Nevers ; quelques pas dans la rue ; Charlot à la télévision ; l'au-revoir qui me déchire toujours ; toi, derrière la vitre du train, qui t'en allais… et mon amour dans le cœur.

241
Dimanche 10 janvier

Réveil à Château-Chinon où je suis arrivé dans la nuit. Je paresse dans ma chambre où je lis, où je récapitule tes photos, où j'écris une page de « journal ». Je n'ai pas envie de descendre. Là, que de souvenirs qui m'attachent à toi depuis ces dimanches anxieux de l'année dernière où le vendredi était si loin. Je ne sais pourquoi l'image qui s'impose avant toute autre est celle d'un soir où nous nous étions donné rendez-vous par la pensée pendant que tu prenais part à une réception chez les Portmann. J'étais parvenu à une telle acuité d'identification avec un rendez-vous réel que je ressens encore le choc de notre rencontre (et tu m'as dit plus tard que, au moment même fixé, tu avais été distraite de moi… et avais oublié l'heure !).
Mais les visiteurs assiègent le « Vieux Morvan ». Je dois les voir avant de me rendre chez mon ami le pharmacien de Lormes, où je déjeune, pour échapper au banquet des pompiers de Château-Chinon. D'abord, le nouvel inspecteur primaire, ensuite un transporteur, puis mon premier adjoint, puis deux maires venus de l'autre bout du département… Je ne suis à Lormes qu'après une heure. Pour revenir à Château quand les desserts sont sur la table du banquet. Cent vingt convives s'ébattent dans une bonne et bruyante humeur. Discours. On sent poindre la perspective des élections municipales. Conciliabules. Le mousseux coule à pleins bords. Il est 20 h 10 quand je m'échappe et ne dispose que d'un temps réduit pour faire le trajet Château-Nevers.
J'y parviens de justesse, l'esprit et les muscles tendus : il faut à tout prix que je prenne l'autorail puisqu'à la gare de Lyon tu m'attends. Ouf ! Tout va bien. Le train file. Cosne, Briare, Gien, Montargis apparaissent dans le brouillard, veilleuses clignotantes, vite effacées par la nuit.
Toi. Tu es là, mon amour. Je t'aime. Tu ne le sais pas, non tu ne le sais pas. Le monde où tu es est mon ciel. Ailleurs je peine, je guette le temps et ses heures comme un chasseur pressé. Ailleurs j'attends de vivre.
Pourtant ce soir, je lis tout de suite sur ton visage que tu as perdu la joie d'hier. Nous prenons un rapide repas au « bistro du Port ». Tu es grave. Tu me souris. Ta présence n'a pas la même densité. Je te raccompagne au 39. Tu me dis un tendre au-revoir. Mais je sais que demain sera difficile.

Ton billet d'hier soir.

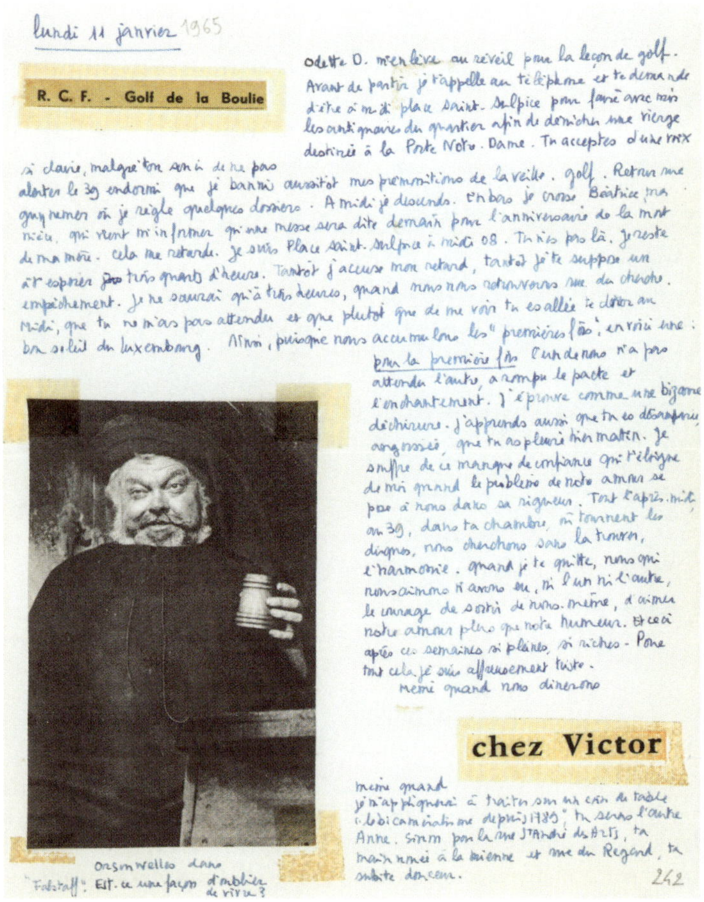

242
<u>Lundi 11 janvier</u>

Odette D. m'enlève au réveil pour la leçon de golf. Avant de partir je t'appelle au téléphone et te demande d'être à midi place Saint-Sulpice pour faire avec moi les antiquaires du quartier afin de dénicher une Vierge destinée à la Porte Notre-Dame. Tu acceptes d'une voix si claire, malgré ton souci de ne pas alerter le 39 endormi, que je bannis aussitôt mes prémonitions de la veille. Golf. Retour rue Guynemer où je règle quelques dossiers. A midi je descends. En bas je croise Béatrice, ma nièce, qui vient m'informer qu'une messe sera dite demain pour l'anniversaire de la mort de ma mère. Cela me retarde. Je suis Place Saint-Sulpice à midi 08. Tu n'es pas là. Je reste à t'espérer trois quarts d'heure. Tantôt j'accuse mon retard, tantôt je te suppose un empêchement. Je ne saurai qu'à trois heures, quand nous nous retrouverons rue du Cherche-Midi, que tu ne m'as pas attendu et que plutôt que de me voir tu es allée te dorer au bon soleil du Luxembourg. Ainsi, puisque nous accumulons les « premières fois », en voici une : <u>pour la première fois</u> l'un de nous n'a pas attendu l'autre, a rompu le pacte et l'enchantement. J'éprouve comme une bizarre déchirure. J'apprends aussi que tu es désemparée, angoissée, que tu as pleuré hier matin. Je souffre de ce manque de confiance qui t'éloigne de moi quand le problème de notre amour se pose à nous dans sa rigueur. Tout l'après-midi, au 39, dans ta chambre, où tournent les disques, nous cherchons sans la trouver, l'harmonie. Quand je te quitte, nous qui nous aimons n'avons eu, ni l'un ni l'autre, le courage de sortir de nous-mêmes, d'aimer notre amour plus que notre humeur. Et ceci après ces semaines si pleines, si riches. Pour tout cela je suis affreusement triste. Même quand nous dînerons Chez Victor, même quand je m'appliquerai à traiter sur un coin de table « le bicaméralisme depuis 1789 », tu seras l'autre Anne. Sinon par la rue St André des Arts, ta main nouée à la mienne et rue du Regard, ta subite douceur.

Orson Welles dans « Falstaff ». Est-ce une façon d'oublier de vivre ?

243
<u>Mardi 12 janvier</u>

Cette photographie d'un prisonnier buvant l'eau du chemin, boueuse, souillée, non seulement me rappelle des scènes vues naguère mais aussi exprime pour moi la misère même de l'homme que tout cerne, que tout écrase et qui cherche cependant à vivre sans savoir pourquoi, pour étancher sa soif d'être, force obscure, peut-être, qui le mène.
Je n'étais pas très vaillant ce matin en débarquant à Nevers. Corps engourdi, âme à vif. Je me suis jeté sur le travail que cette journée m'a offert sans lésine. Séance d'ouverture de la session du Conseil général, réception du bureau, des communistes, des socialistes, du socialiste qui désire la mairie de Nevers. Un déjeuner a réuni ma majorité à la Croix de Vernuche auberge des environs que je t'ai montrée sur la route. Séance l'après-midi. Avant dîner rencontre avec communistes, SFIO et PSU pour établir la liste municipale de Nevers. Deux heures d'un débat minable. Les vieux partis politiques ont perdu toute sève, toute générosité et leurs délégués sont une lie aigre et malpropre. J'en avais mal au cœur. J'ai dîné chez les Bernigaud, de Magny-Cours. Accueil sympathique dans une maison un peu délabrée. J'y ai couché. Exténué. Et quand j'ai rabattu le drap sur mes épaules pour trouver le sommeil j'ai eu pour toi une pensée tendre, tendre – et douloureuse.

Mardi 12 janvier 1965

Cette photographie d'un prisonnier buvant l'eau du chemin, boueuse, souillée, non seulement me rappelle des scènes vues naguère mais aussi exprime pour moi la misère même de l'homme que tout cerne, que tout écrase et qui cherche cependant à vivre sans savoir pourquoi, pour étancher sa soif d'être, force obscure peut-être, qui le mène.

Je n'étais pas très vaillant ce matin en débarquant à NEVERS. Corps engourdi, âme à vif. Je me suis jeté sur le travail que cette journée m'a offert sans lésine. Séance d'ouverture de la session du conseil général, réception du bureau, des communistes, des socialistes, du socialiste qui désire la mairie de Nevers. Un déjeuner a réuni ma majorité à la Croix de Vernuche auberge des environs que j'ai montrée sur la route. Séance l'après-midi. Avant dîner rencontre avec communistes, SFIO et PSU pour établir la liste municipale de Nevers. Deux heures d'un débat minable. Les vieux partis politiques ont perdu toute sève, toute générosité et leurs délégués sont une lie aigre et malpropre. J'en avais mal au cœur. J'ai dîné chez les Bernigaud, de Magny-Cours. Accueil sympathique dans une maison un peu délabrée. J'y ai couché. Exténué. Et quand j'ai rabattu le drap sur mes épaules pour trouver le sommeil j'ai eu pour toi une pensée tendre, tendre — et douloureuse.

243

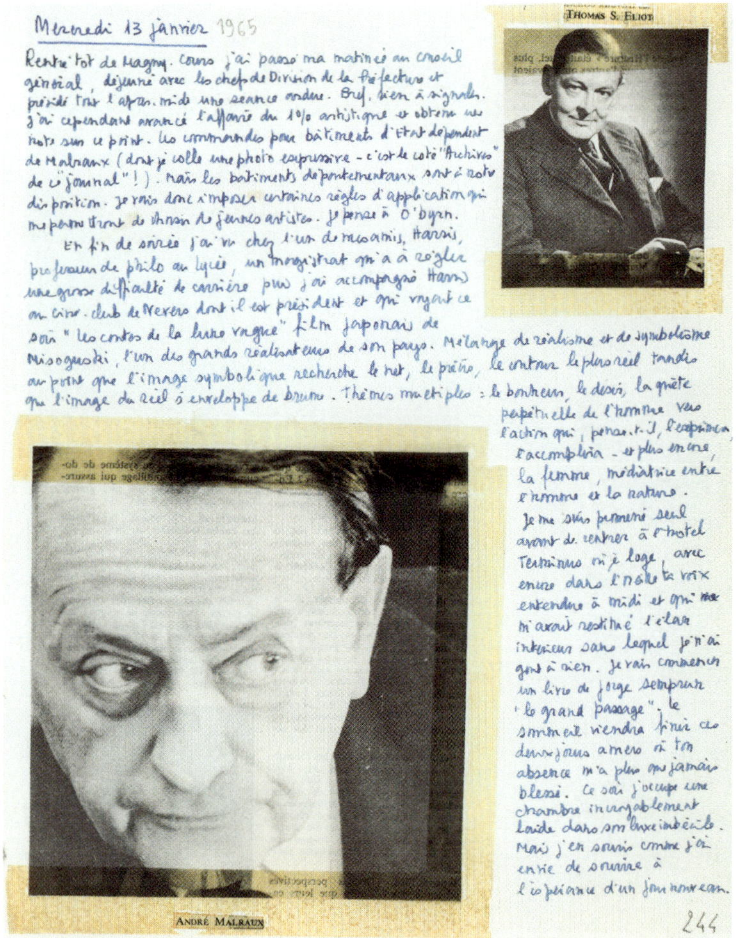

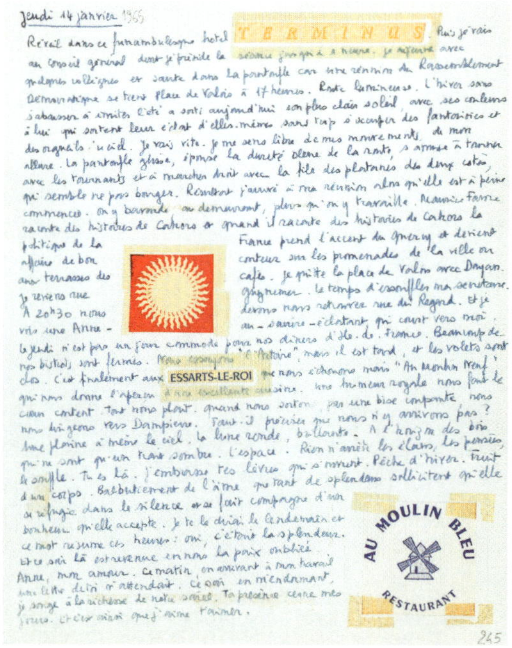

244

<u>Mercredi 13 janvier</u>

Rentré tôt de Magny-Cours j'ai passé ma matinée au Conseil général, déjeuné avec les chefs de Division de la Préfecture et présidé tout l'après-midi une séance ardue. Bref, rien à signaler. J'ai cependant avancé l'affaire du 1 % artistique et obtenu une note sur ce point. Les commandes pour bâtiments d'Etat dépendent de Malraux (dont je colle une photo expressive – c'est le côté « Archives » de ce « journal » !). Mais les bâtiments départementaux sont à notre disposition. Je vais donc imposer certaines règles d'application qui me permettront de choisir de jeunes artistes. Je pense à O'Byrne.

En fin de soirée j'ai vu chez l'un de mes amis, Harris, professeur de philo au lycée, un magistrat qui a à régler une grosse difficulté de carrière puis j'ai accompagné Harris au ciné-club de Nevers dont il est président et qui voyait ce soir « Les contes de la lune vague » film japonais de Misogushi, l'un des grands réalisateurs de son pays. Mélange de réalisme et de symbolisme au point que l'image symbolique recherche le net, le précis, le contour le plus réel tandis que l'image du réel s'enveloppe de brume. Thèmes multiples : le bonheur, le désir, la quête perpétuelle de l'homme vers l'action qui, pense-t-il, l'exprimera, l'accomplira – et plus encore, la femme, médiatrice entre l'homme et la nature.

Je me suis promené seul avant de rentrer à l'hôtel Terminus où je loge, avec encore dans l'oreille ta voix entendue à midi et qui m'avait restitué l'élan intérieur sans lequel je n'ai goût à rien. Je vais commencer un livre de Jorge Semprun « Le grand passage ». Le sommeil viendra finir ces deux jours amers où ton absence m'a plus que jamais blessé. Ce soir j'occupe une chambre incroyablement laide dans son luxe imbécile.

Mais j'en souris comme j'ai envie de sourire à l'espérance d'un jour nouveau.

245

<u>Jeudi 14 janvier</u>

Réveil dans ce funambulesque hôtel Terminus. Puis je vais au Conseil général dont je préside la séance jusqu'à 1 heure. Je déjeune avec quelques collègues et saute dans la pantoufle car une réunion du Rassemblement Démocratique se tient Place de Valois à 17 heures. Route lumineuse. L'hiver sans s'abaisser à imiter l'été a sorti aujourd'hui son plus clair soleil, avec ses couleurs à lui qui sortent leur éclat d'elles-mêmes sans trop s'occuper des fantaisies et des orgueils du ciel. Je vais vite. Je me sens libre de mes mouvements, de mon allure. La pantoufle glisse, épouse la dureté bleue de la route, s'amuse à tourner avec les tournants et à marcher droit avec la file des platanes des deux côtés, qui semble ne pas bouger. Résultat j'arrive à ma réunion alors qu'elle est à peine commencée. On y bavarde, au demeurant, plus qu'on y travaille. Maurice Faure raconte des histoires de Cahors et quand il raconte des histoires de Cahors la politique de la France prend l'accent du Quercy et devient affaire de bon conteur sur les promenades de la ville ou aux terrasses des cafés. Je quitte la place de Valois avec Dayan. Je reviens rue Guynemer. Le temps d'essouffler ma secrétaire.

A 20 h 30 nous devons nous retrouver rue du Regard. Et je vois une Anne-au-sourire-éclatant, qui court vers moi. Le jeudi n'est pas un jour commode pour nos dîners d'Ile-de-France. Beaucoup de nos bistrots sont fermés. Nous essayons « l'Artoire », mais il est tard, et les volets sont clos. C'est finalement aux Essarts-le-Roi que nous échouons mais « Au Moulin Neuf » *[Au Moulin bleu]* qui nous donne l'aperçu d'une excellente cuisine. Une humeur royale nous fait le cœur content. Tout nous plaît. Quand nous sortons, par une bise coupante, nous nous dirigeons vers Dampierre. Faut-il préciser que nous n'y arrivons pas ? Une plaine à même le ciel, la lune ronde, brillante. A l'horizon des bois qui ne sont qu'un trait sombre. L'espace. Rien n'arrête les élans, les pensées, le souffle. Tu es là. J'embrasse tes lèvres qui s'ouvrent. Pêche d'hiver. Fruit d'un corps. Balbutiement de l'âme que tant de splendeurs sollicitent qu'elle se réfugie dans le silence et se fait compagne d'un bonheur qu'elle accepte. Je te le dirai le lendemain et ce mot résume ces heures : oui, c'était la splendeur. Et ce soir-là est revenue en nous la paix oubliée.

Anne, mon amour. Ce matin, en arrivant à mon travail une lettre de toi m'attendait. Ce soir, en m'endormant, je songe à la richesse de notre soirée. Ta présence cerne mes jours. Et c'est ainsi que j'aime t'aimer.

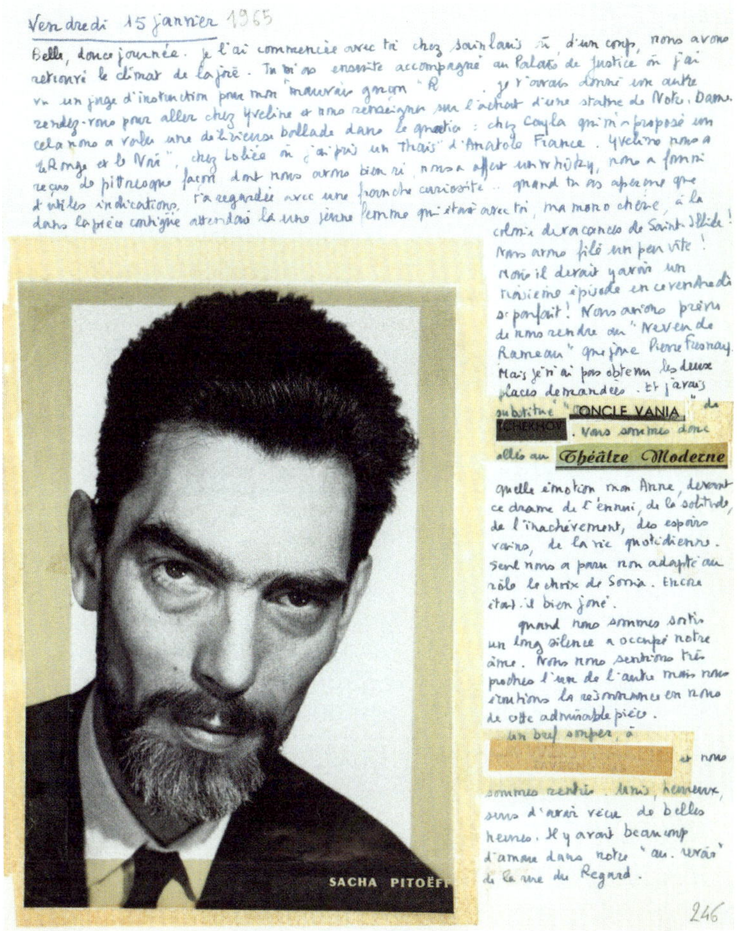

246
Vendredi 15 janvier

Belle, douce journée. Je l'ai commencée avec toi chez Sainlouis où, d'un coup, nous avons retrouvé le climat de la joie. Tu m'as ensuite accompagné au Palais de Justice où j'ai vu un juge d'instruction pour mon « mauvais garçon » R. Je t'avais donné un autre rendez-vous pour aller chez Yveline et nous renseigner sur l'achat d'une statue de Notre-Dame. Cela nous a valu une délicieuse balade dans le quartier : chez Cayla qui m'a proposé un « Le Rouge et le Noir », chez Loliée où j'ai pris un « Thaïs » d'Anatole France. Yveline nous a reçus de pittoresque façon dont nous avons bien ri, nous a offert un whisky, nous a fourni d'utiles indications, t'a regardée avec une franche curiosité… quand tu as aperçu que dans la pièce contiguë attendait là une jeune femme qui était avec toi, ma mono chérie, à la colonie de vacances de Saint-Illide ! Nous avons filé un peu vite ! Mais il devait y avoir un troisième épisode en ce vendredi si parfait ! Nous avions prévu de nous rendre au « Neveu de Rameau » que joue Pierre Fresnay. Mais je n'ai pas obtenu les deux places demandées. Et j'avais substitué « Oncle Vania » de Tchekhov. Nous sommes donc allés au Théâtre Moderne

Quelle émotion, mon Anne, devant ce drame de l'ennui, de la solitude, de l'inachèvement, des espoirs vains, de la vie quotidienne. Seul nous a paru non adapté au rôle le choix de Sonia. Encore était-il bien joué.

Quand nous sommes sortis un long silence a occupé notre âme. Nous nous sentions très proches l'un de l'autre mais nous écoutions la résonance en nous de cette admirable pièce.

Un bref souper, à Wegmann – Taverne-bar et nous sommes rentrés. Unis, heureux, sûrs d'avoir vécu de belles heures. Il y avait beaucoup d'amour dans notre « au-revoir » de la rue du Regard.

247
Samedi 16 janvier

Samedi classique. Encore la Nièvre ! Clamecy, Corbigny, Château-Chinon.

Je déjeune à Clamecy avec quatre médecins, supporters politiques.

Je dîne avec mes conseillers municipaux, amis et adversaires. Un seul sujet de conversation : les élections municipales. A 14 h 30 je t'ai appelée et entendue. Tu es ma force. Mon cœur est heureux. Le travail qui me transporte ainsi de commune en commune et de conversation en conversation me fatigue. Mais tout va bien. Le Morvan m'offre un terrible visage âpre, blanc, hostile à qui ne le connaît pas. Le vent hurle. La pluie, la grêle strient, cognent, aveuglent. Mais tout va bien. Les visiteurs se succèdent à ma mairie. Je n'arrête pas une seconde. Il faut s'occuper de tout. Mais tout va bien. Je devine que ta pensée est avec moi. Je t'aime. Qu'est-ce que Dieu a mis dans les hommes pour que, en fin de compte, seul l'amour, les fasse vivre ?

248
Dimanche 17 janvier

La présentation de cette page ressemble à celle d'hier… mais son contenu, pas du tout ! Mon Anne, note ce jour. 17 janvier. Et rappelle-toi les heures qui commencent la nuit, sous la pluie qui chantait sur le toit de la pantoufle, qui chantait sur la Forêt. Rappelle-toi ce bonheur.

cheriii *[mon écriture]*

J'étais venu de Château-Chinon le matin à vive allure et t'avais prise rue du Cherche-Midi à une heure quinze. Nous avions déjeuné à notre place habituelle du Relais du Pavé. Calme et bon repas. Douceur d'être. C'est alors que nous avons décidé de faire une promenade dans la forêt de Rambouillet. Nous nous sommes égarés par des chemins boueux. Tu as eu froid. Tu as rogné. Tu es revenue à moi avec la route goudronnée qui nous a ramenés à Gambaiseul et du côté de la pantoufle. C'est alors que nous avons vécu ce moment admirable. La photo ci-dessus évoque le paysage d'aujourd'hui juste avant chien et loup. Et l'étiquette « Verveine » signe notre passage tardif au Père Auto où nous nous sommes regardés, éblouis – avant de déguster la panacée salade-fromage du lieu !
Que dire encore ? que je t'aime à la folie !

249
Lundi 18 janvier

Agonie de Churchill.
Photo prise lors de son dernier séjour sur la Côte d'Azur *[à laquelle vous ressemblerez dans trente ans]*.

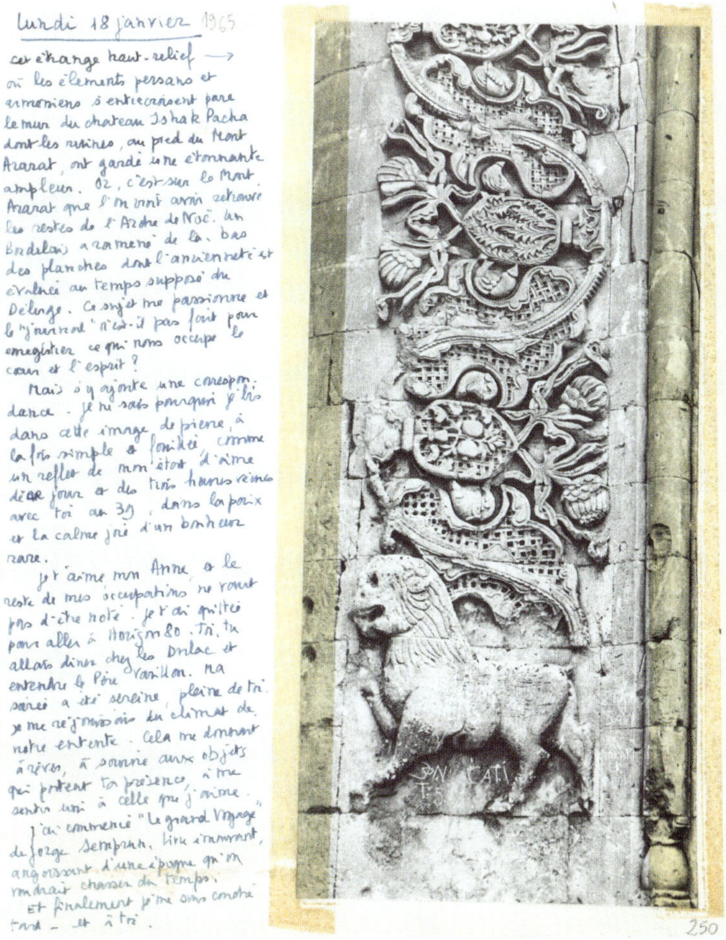

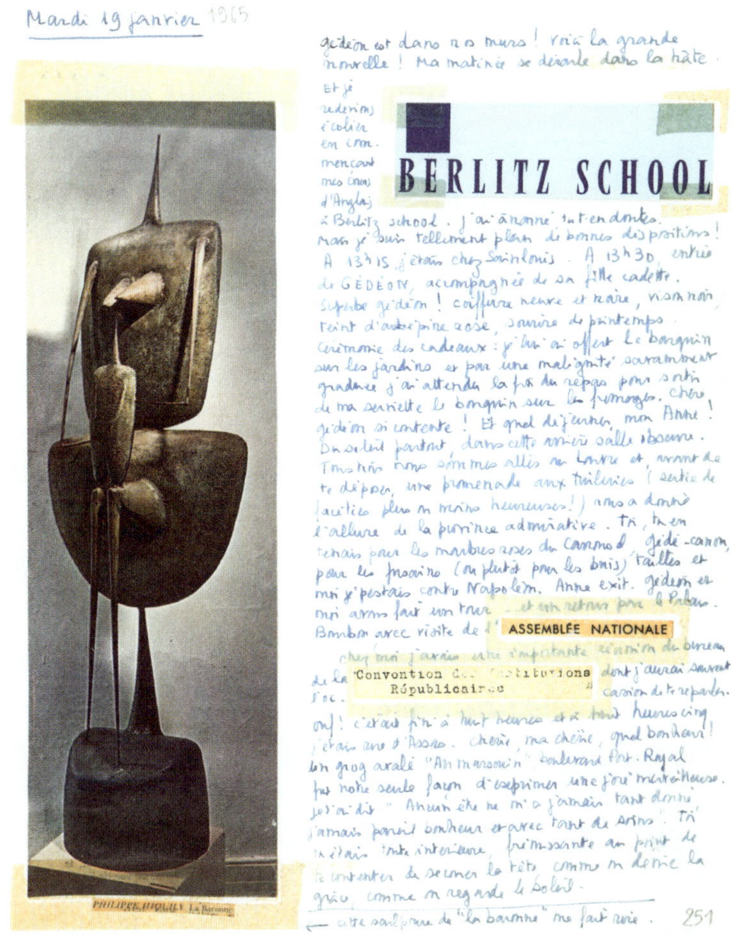

250
Lundi 18 janvier

Cet étrange haut-relief où les éléments persans et arméniens s'entrecroisent pare le mur du château Ishak Pacha dont les ruines, au pied du Mont Ararat, ont gardé une étonnante ampleur. Or, c'est sur le Mont Ararat que l'on croit avoir retrouvé les restes de l'Arche de Noë. Un Bordelais a ramené de là-bas des planches dont l'ancienneté est évaluée au temps supposé du Déluge. Ce sujet me passionne et le « Journal » n'est-il pas fait pour enregistrer ce qui nous occupe le cœur et l'esprit ?

Mais s'y ajoute une correspondance. Je ne sais pourquoi je lis dans cette image de pierre, à la fois simple et fouillée, comme un reflet de mon état d'âme de ce jour et des trois heures vécues avec toi au 39, dans la paix et la calme joie d'un bonheur rare.

Je t'aime, mon Anne, et le reste de mes occupations ne vaut pas d'être noté. Je t'ai quittée pour aller à Horizon 80. Toi, tu allais dîner chez les Dulac et entendre le Père Varillon. Ma soirée a été sereine, pleine de toi. Je me réjouissais du climat de notre entente. Cela me donnait à rêver, à sourire aux objets qui portent ta présence, à me sentir uni à celle que j'aime.

J'ai commencé « Le grand voyage » de Jorge Semprun. Livre émouvant, angoissant d'une époque qu'on voudrait chasser du temps. Et finalement je me suis couché tard – et à toi.

251
Mardi 19 janvier

Gédéon est dans nos murs ! Voici la grande nouvelle ! Ma matinée se déroule dans la hâte. Et je redeviens écolier en commençant mes cours d'Anglais à Berlitz School. J'ai ânonné, tu t'en doutes. Mais je suis tellement plein de bonnes dispositions !

A 13 h 15, j'étais chez Sainlouis. A 13 h 30, entrée de GEDEON, accompagnée de sa fille cadette. Superbe Gédéon ! coiffure neuve et noire, vison noir, teint d'aubépine rose, sourire de printemps. Cérémonie des cadeaux : je lui ai offert le bouquin sur les jardins et par une malignité savamment graduée j'ai attendu la fin du repas pour sortir de ma serviette le bouquin sur les fromages. Chère Gédéon si contente ! Et quel déjeuner, mon Anne ! Du soleil partout, dans cette arrière-salle obscure. Tous trois nous sommes allés au Louvre et, avant de te déposer, une promenade aux Tuileries (sertie de facéties plus ou moins heureuses !) nous a donné l'allure de la province admirative. Toi, tu en tenais pour les marbres roses du Carrousel, Gédé-canou, pour les fusains (ou plutôt pour les buis) taillés et moi je pestais contre Napoléon. Anne exit. Gédéon et moi avons fait un tour – et un retour par le Palais-Bourbon avec visite de l'Assemblée nationale.

Chez moi j'avais une importante réunion du bureau de la Convention des Institutions Républicaines dont j'aurai souvent l'occasion de te reparler. Ouf ! c'était fini à huit heures et à huit heures cinq j'étais rue d'Assas. Chérie, ma chérie, quel bonheur ! Un grog avalé « Au Marsouin », boulevard Port-Royal fut notre seule façon d'exprimer une joie merveilleuse. Je t'ai dit « Aucun être ne m'a jamais tant donné, jamais pareil bonheur et avec tant de soins ». Toi tu étais tout intérieure, frémissante au point de te contenter de secouer la tête, comme on dénie la grâce, comme on regarde le soleil.

Cette sculpture de « la baronne » me fait rire.

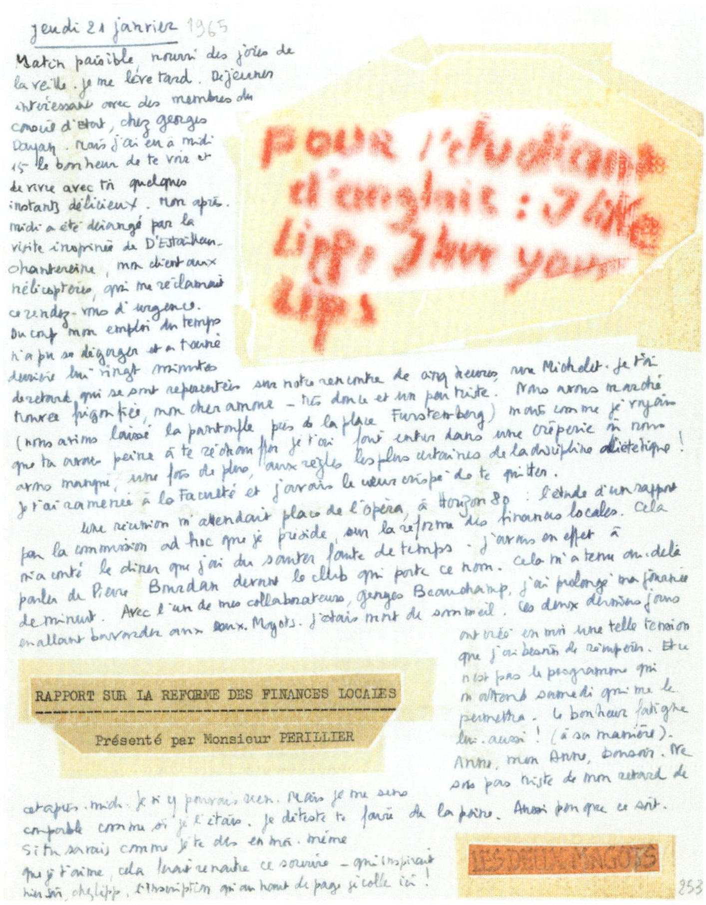

252

Mercredi 20 janvier

J'aime ce mercredi. Ce matin j'ai mis au point avec Gallimard et Léone Nora le bouquin sur « Le 2 décembre ». J'ai ensuite déjeuné avec quelques amis dont la conversation est toujours féconde : Jean-François Revel, Enock, Legatte etc… Nous avons longuement, chaudement discuté ! Mais si j'aime ce mercredi tu sais pourquoi. Crois-tu que nous oublierons un jour notre rencontre du Pont des Arts, à midi, par les rafales de neige et par le plus radieux des bonheurs ? Et ce n'était que le début d'une profonde plongée dans notre joie à nous, qui n'appartient qu'à nous. Car nous avons retrouvé Gédéon pour aller au théâtre, exactement pour voir « Le Dossier Oppenheimer » à l'Athénée. Ou plutôt Gédéon et moi sommes allés te chercher à la Faculté parce que j'avais appris, un peu tard, que le spectacle commençait à huit heures. Ça nous a fait manquer une bonne demi-heure, avec une petite panne d'essence de la pantoufle, et un demi-sapage au 39 ! De la pièce que nous avons aimée nous avons tiré la même leçon : le sectarisme est toujours bête. Une attention de Jean Vilar nous a émus. Et, toujours sous la neige, nous avons terminé la soirée selon un processus longuement médité, pas très original et merveilleusement agréable, chez Lipp. Exactement comme il fallait : rencontres incongrues, rougeur des provinciaux qui se quittent à Clermont et se retrouvent Boulevard Saint-Germain, voisinages bavards, belons, hareng baltique… Mais il y avait aussi quelque chose qui me ravissait et qui n'était pas sorti de la trame des habitudes : toi, mon Anne, mon amour, toute droite, attentive, silencieuse, toi, ma chérie. Quel amour, Anne, quel amour. Nous n'avions même plus envie de sourire ; c'était si grave, si pur, si fort.

253

Jeudi 21 janvier

Matin paisible, nourri des joies de la veille. Je me lève tard. Déjeuner intéressant avec des membres du Conseil d'Etat, chez Georges Dayan. Mais j'ai eu à midi 15 le bonheur de te voir et de vivre avec toi quelques instants délicieux. Mon après-midi a été dérangé par la visite inopinée de D'Estailleur-Chanteraine, mon client aux hélicoptères, qui me réclamait ce rendez-vous d'urgence. Du coup mon emploi du temps n'a pu se dégager et a traîné derrière lui vingt minutes de retard qui se sont répercutées sur notre rencontre de cinq heures, rue Michelet. Je t'ai trouvée frigorifiée, mon cher amour – très douce et un peu triste. Nous avons marché (nous avions laissé la pantoufle près de la place Furstemberg) mais comme je voyais que tu avais peine à te réchauffer je t'ai fait entrer dans une crêperie où nous avons manqué, une fois de plus, aux règles les plus certaines de la discipline diététique ! Je t'ai ramenée à la Faculté et j'avais le cœur crispé de te quitter.
Une réunion m'attendait place de l'Opéra, à Horizon 80 : l'étude d'un rapport par la commission ad hoc que je préside, sur la réforme des finances locales. Cela m'a coûté le dîner que j'ai dû sauter faute de temps. J'avais en effet à parler de Pierre Bourdan devant le club qui porte ce nom. Cela m'a tenu au-delà de minuit. Avec l'un de mes collaborateurs, Georges Beauchamp, j'ai prolongé ma journée en allant bavarder aux Deux-Magots. J'étais mort de sommeil. Ces deux derniers jours ont créé en moi une telle tension que j'ai besoin de récupérer. Et ce n'est pas le programme qui m'attend samedi qui me le permettra. Le bonheur fatigue lui aussi ! (à sa manière).
Anne, mon Anne, bonsoir. Ne sois pas triste de mon retard de cet après-midi : je n'y pouvais rien. Mais je me sens coupable comme si je l'étais. Je déteste te faire de la peine. Aussi peu que ce soit. Si tu savais comme je te dis en moi-même que je t'aime, cela ferait renaître ce sourire – qui inspirait hier soir, chez Lipp, l'inscription qu'au haut de page je colle ici !
pour l'étudiant d'anglais : I like Lipp, I love your lips

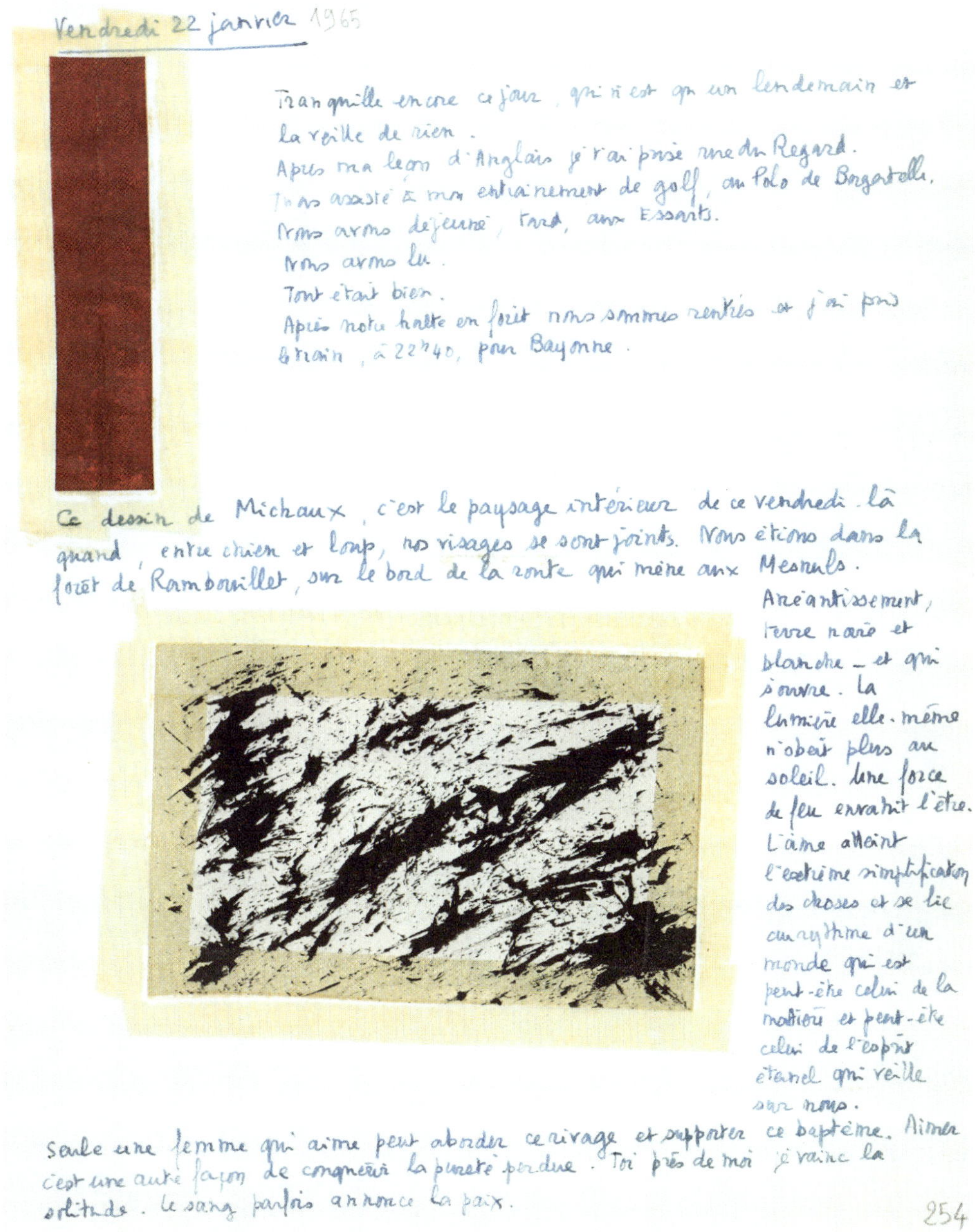
Vendredi 22 janvier 1965

Tranquille encore ce jour, qui n'est qu'un lendemain et la veille de rien.
Après ma leçon d'Anglais je t'ai prise rue du Regard.
Tu as assisté à mon entraînement de golf, au Polo de Bagatelle.
Nous avons déjeuné, tard, aux Essarts.
Nous avons lu.
Tout était bien.
Après notre halte en forêt nous sommes rentrés et j'ai pris le train, à 22 h 40, pour Bayonne.

Ce dessin de Michaux, c'est le paysage intérieur de ce vendredi là quand, entre chien et loup, nos visages se sont joints. Nous étions dans la forêt de Rambouillet, sur le bord de la route qui mène aux Mesnuls.
Anéantissement, terre noire et blanche – et qui s'ouvre. La lumière elle-même n'obéit plus au soleil. Une force de feu envahit l'être. L'âme atteint l'extrême simplification des choses et se lie au rythme d'un monde qui est peut-être celui de la matière et peut-être celui de l'esprit éternel qui veille sur nous.
Seule une femme qui aime peut aborder ce rivage et supporter ce baptême. Aimer c'est une autre façon de conquérir la pureté perdue. Toi près de moi je vainc la solitude. le sang parfois annonce la paix.
254

254

Vendredi 22 janvier

Tranquille encore ce jour, qui n'est qu'un lendemain et la veille de rien.
Après ma leçon d'Anglais je t'ai prise rue du Regard. Tu as assisté à mon entraînement de golf, au Polo de Bagatelle.
Nous avons déjeuné, tard, aux Essarts.
Nous avons lu.
Tout était bien.
Après notre halte en forêt nous sommes rentrés et j'ai pris le train, à 22 h 40, pour Bayonne.

Ce dessin de Michaux, c'est le paysage intérieur de ce vendredi-là quand, entre chien et loup, nos visages se sont joints. Nous étions dans la forêt de Rambouillet, sur le bord de la route qui mène aux Mesnuls.
Anéantissement, terre noire et blanche – et qui s'ouvre. La lumière elle-même n'obéit plus au soleil. Une force de feu envahit l'être. L'âme atteint l'extrême simplification des choses et se lie au rythme d'un monde qui est peut-être celui de la matière et peut-être celui de l'esprit éternel qui veille sur nous.
Seule une femme qui aime peut aborder ce rivage et supporter ce baptême. Aimer c'est une autre façon de conquérir la pureté perdue. Toi près de moi je vaincs la solitude. Le sang parfois annonce la paix.

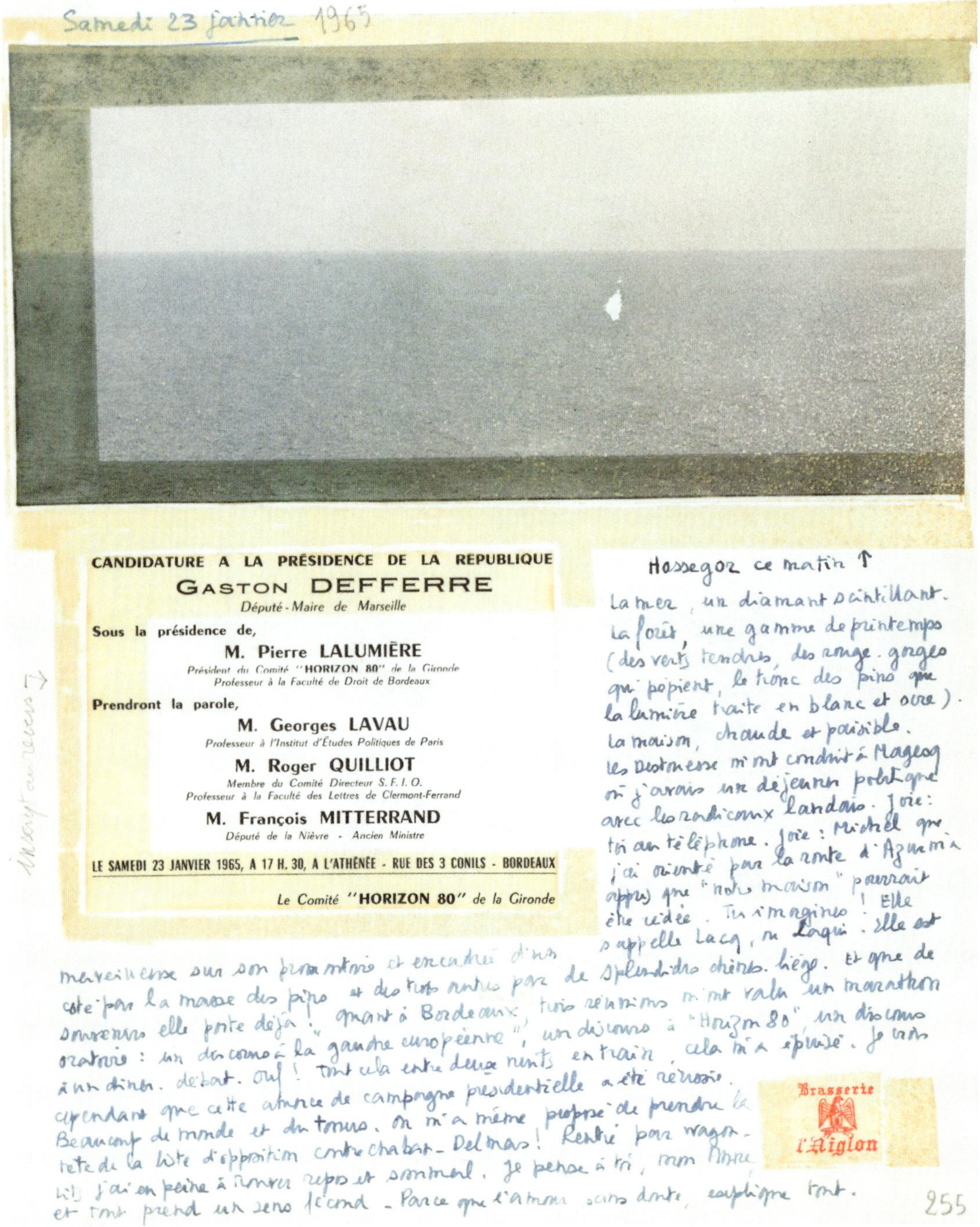

255

Samedi 23 janvier

Hossegor ce matin
La mer, un diamant scintillant. La forêt, une gamme de printemps (des verts tendres, des rouges-gorges qui pépient, le tronc des pins que la lumière traite en blanc et ocre). La maison, chaude et paisible. Les Destouesse m'ont conduit à Magescq où j'avais un déjeuner politique avec les radicaux landais. Joie : toi au téléphone. Joie : Michel que j'ai orienté par la route d'Azur m'a appris que « notre maison » pourrait être cédée. Tu imagines ! Elle s'appelle Lacq, ou Laqui *[Latche]*. Elle est merveilleuse sur son promontoire et encadrée d'un côté par la masse des pins et des trois autres par de splendides chênes-lièges. Et que de souvenirs elle porte déjà ! Quant à Bordeaux, trois réunions m'ont valu un marathon oratoire : un discours à la « gauche européenne », un discours à « Horizon 80 », un discours à un dîner-débat. Ouf ! Tout cela entre deux nuits en train, cela m'a épuisé. Je crois cependant que cette amorce de campagne présidentielle a été réussie. Beaucoup de monde et du tonus. On m'a même proposé de prendre la tête de la liste d'opposition contre Chaban-Delmas ! Rentré par wagon-lits j'ai eu peine à trouver repos et sommeil. Je pense à toi, mon Anne, et tout prend un sens fécond – Parce que l'amour, sans doute, explique tout.

256
Dimanche 24 janvier

Le temps de me laver, de me frotter, de me changer et, à dix heures, j'étais rue du Regard. Je voulais te conduire à Noyers *[Nevers ?]*. Quelle belle route. Première révélation : l'église de Saint-Florentin – puis une série de villages le long du canal de Bourgogne, du Serein et de l'Armançon. A Tonnerre, évidemment, nous avons fait la visite de l'hôpital de Tonnerre – ancien couvent des Minimes dont la toiture admirable évoque les plus nobles spectacles. Auparavant nous avions déjeuné à l'hostellerie de l'Abbaye, tout au haut de Tonnerre, assez bien et dans une atmosphère plutôt comique (sans le vouloir) de cellier médiéval. Mais surtout, mon Anne, nous nous sommes gorgés de lumière.
Une lumière qui au lieu de brûler en plein midi, approfondissait, accentuait les fortes couleurs de cette terre. Nous étions rompus de joie et de beauté. Par Avallon et Vézelay, où nous nous sommes évidemment arrêtés, nous avons atteint Metz-le-Comte où je t'ai laissée car je devais assister à la fin du banquet de la Saint-Vincent, à Tannay. Une heure plus tard je te retrouvais près de l'église – et tout éblouie par ta promenade en plein silence en compagnie du soleil couchant. Nous sommes alors partis pour Nevers où j'avais à préparer les élections municipales. Toi, tu m'as attendu si gentiment que j'en étais tout remué. Pour le reste – le retour vers Paris, l'arrêt du côté de Saint-Satur, le sommeil qui m'envahissait, ta tendresse, ta douceur, oui, pour le reste, c'est une belle histoire, l'histoire d'un amour et d'un enchantement.

257
Dimanche 24 janvier

L'hôpital de Tonnerre – Couvent des Minimes.

258
Dimanche 24 janvier

Mort de Churchill

259
<u>Dimanche 24 janvier</u>

24 mai 1964 – 24 janvier 1965
L'hôtel de Ville de Delft
Le palais Royal d'Amsterdam

Lundi 25 janvier 1965

R. C. F. - Golf de la Boulie
TICKET D'INVITÉ
NON JOUEUR

LA CAMPAGNE PRÉSIDENTIELLE

M. Mitterrand : nous sommes fatigués des hommes providentiels

(De notre corresp. particulier.)

Bordeaux, 25 janvier. — Plus d'un millier de personnes ont assisté samedi après-midi à l'Athénée municipal à la manifestation organisée par le « comité Horizon 80 » de la Gironde, pour soutenir la candidature de M. Gaston Defferre. Le député, maire de Marseille avait lui-même ouvert sa campagne électorale dans cette ville, il y a près d'un an. Le meeting de samedi inaugurait une nouvelle série de réunions des comités départementaux Horizon 80.

M. François Mitterrand a d'abord rappelé les raisons de son ralliement à la candidature de M. Defferre.

« *Nous sommes fatigués,* a notamment déclaré le député de la Nièvre, *des hommes providentiels et ce n'en est pas un que nous présentons. Avoir été un héros national il y a vingt-cinq ans ne doit pas être suffisant pour inspirer la jeunesse actuelle. Utiliser les services rendus à la patrie, cela ressemblerait à de l'escroquerie politique.*

» Le temps est venu d'administrer la France, le général de Gaulle est un héros national, Gaston Defferre est un administrateur. Et, les circonstances aidant, il serait plus facile à Defferre de devenir un héros national qu'à de Gaulle de devenir un administrateur. »

S'attaquant à la diplomatie gaulliste, M. Mitterrand a affirmé : « *La Quatrième République changeait d'hommes, mais gardait les idées. La Cinquième garde les hommes, mais change d'idées.* »

Parlant de la politique européenne, il a défini ainsi sa position : « *Ou bien nous ferons l'Europe politique, ou bien nous serons une petite nation parmi les autres, à la remorque des Grands.* »

Et après avoir attaqué la force de frappe, « *qui représente le gaspillage de 15 000 millions d'anciens francs, alors qu'elle n'empêcherait pas toute ville française de plus de vingt mille habitants d'être détruite en douze minutes* », l'orateur a conclu en affirmant que les hommes de gauche sont les seuls véritables défenseurs des libertés publiques.

MM. Roger Quilliot, membre du comité directeur de la S.F.I.O., et le professeur Georges Lavau, de l'Institut d'études politiques de Paris, ont ensuite pris la parole.

260

260
Lundi 25 janvier

Malgré l'envie de lézarder j'ai obéi à l'appel du devoir qui porte, le lundi matin, un prénom : Odette, et un nom patronymique : La Boulie.
Que j'ai eu peine à m'étirer dans le crachin fangeux de ce matin !
De retour chez moi j'ai expédié quelques papiers et me suis rendu au siège de Hachette, rue Réaumur. Là, parmi d'autres, Lapeyre. Et une conversation au hors-d'œuvre : Salers. Je me suis amusé à attarder mon hôte sur les beautés de l'Auvergne, et particulièrement, du Puy Mary.
Toi, à 15 h 30. Le parc de Saint-Cloud. Quelle bonne promenade, sous un ciel redevenu clair ! Un marron mué en ballon de foot-ball nous a invités à l'exercice. Je t'ai battue par 4 à 1 et tu étais, ma chérie, mon amour, adorablement jolie, joues rouges, manteau rouge, bottes noires, et le plus beau rire qui fût. Le dessin ci-dessous donne en lignes nobles mon attitude devant les buts qu'il me fallait défendre contre ta furia arvernese…
Et quelle paix, un peu plus tard, au Père Auto ; lecture, thé, silence. Nous sommes revenus à Paris sans autre forme de procès – main dans la main et joie profonde dans le cœur. Avant de te déposer j'ai voulu qu'un bouquet d'iris reste avec toi, témoin d'un jour-source, d'un jour-eau vive, d'un jour-matin.
J'avais encore à recevoir. A mettre au point ma déclaration d'impôts. Des amis de Lorraine sont venus me confier un douloureux souci. J'aurais dû dormir tôt. Mais j'aimais laisser vivre encore en moi de douces pensées.
Il était près de minuit, mon Anne, quand le sommeil a changé ma manière, et seulement elle, de songer à toi et de t'aimer.

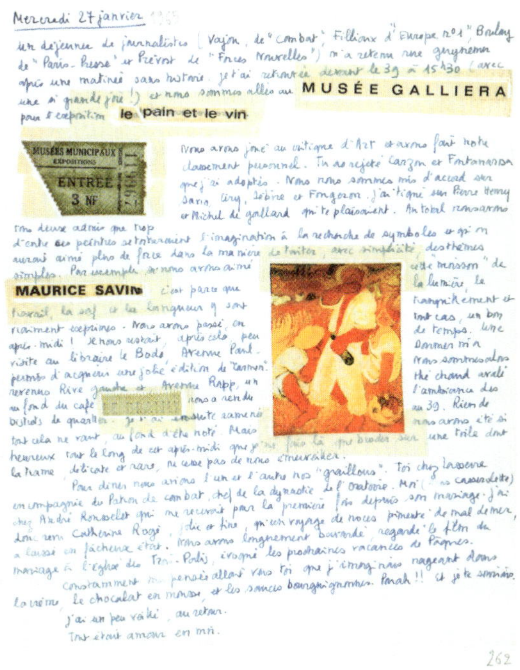

261
Mardi 26 janvier

Les Blancs-Manteaux ! cette photo prise fin août lors de mon pèlerinage nostalgique aux lieux de mon amour a bien sa place ici puisque pour la première fois depuis cette époque je t'y ai attendue à nouveau. C'était un vrai plaisir, mon Anne, que de flâner dans ce quartier. J'y ai recherché l'endroit où, au sortir de la rue Barbette, le duc d'Orléans fut assassiné. J'ai vu un magasin « Art et lumière » tenu par les « verriers du Marais » et supposé qu'il s'agissait de tes amis. Bref ma curiosité m'a fait manquer le moment désiré, celui où tu apparaîtrais ! Mais quelle joie d'apercevoir mon cher manteau rouge au côté de la pantoufle !
Il était trois heures. Tu avais déjeuné chez les Dulac. Moi j'avais le matin travaillé à mon bureau, j'avais séché à ma leçon de Berlitz (je ne comprenais rien !) et j'avais entretenu le Dr Benoist, sénateur de la Nièvre, de mes inquiétudes sur les élections municipales à Nevers.
La neige commençait à tomber et m'a fait renoncer à la promenade que j'aurais aimé faire avec toi dans le Marais. Nous sommes allés chercher ton polycopié, rue Saint-Jacques ; j'ai acheté de belles éditions aux « Argonautes », rue de Seine (« Les Mots » sur Hollande et « Situations VI » de Sartre ; « Le Requiem » de Cocteau ; « Leurs figures » de Barrès) et retenu « La Vie de Jésus » et « Souvenirs d'Enfance et de Jeunesse » de Renan. Je t'ai déposée au Louvre et terminé un après-midi terne à une réunion des principaux participants des « Colloques socialistes », rue de Courcelles. Débat difficile car les groupes en question sont déchirés et divisés par la diversité de leurs alliances électorales. Interventions de Martinet et Bérégovoy (P.S.U), Lebrun (CGT), Detraz (CFDT), Gazier et Jaquet (SFIO), Hernu (Jacobins), Chaintron (Le débat communiste) et de moi-même. Je suis parti avant la fin pour te rejoindre rue d'Assas. Ma chère chérie ! Ton visage m'émouvait sous son châle noir. Je n'aurais pas osé le toucher. Tu étais parée de tous tes prestiges. C'est Au « Mannekens Pis » que nous avons terminé ce bref rendez-vous, rue de l'Ancienne Comédie. Tu as avalé une omelette aux oignons et nous avons partagé des crêpes à la confiture ! Moi, pas trop, car j'avais un dîner (sans apparat) avec des cousins de passage.
Et je suis là, rangeant les livres acquis rue de Seine et t'écrivant, Anne, mon chéri.
La nuit avance. Les bruits de la ville s'estompent. Je me sens tellement à toi !

262
Mercredi 27 janvier

Un déjeuner de journalistes (Vajou, de « Combat », Fillioud d'« Europe n° 1 », Boulay de « Paris-Presse » et Prévost de « Forces Nouvelles ») m'a retenu rue Guynemer après une matinée sans histoire. Je t'ai retrouvée devant le 39 à 15 h 30 (avec une si grande joie !) et nous sommes allés au musée Galliera pour l'exposition le pain et le vin.
Nous avons joué au critique d'Art et avons fait notre classement personnel. Tu as rejeté Carzou et Fontanarosa que j'ai adoptés. Nous nous sommes mis d'accord sur Savin, Ciry, Sébire et Fougeron. J'ai tiqué sur Pierre Henry et Michel de Gallard qui te plaisaient. Au total nous avons tous deux admis que trop d'entre ces peintres se torturaient l'imagination à la recherche de symboles et qu'on aurait aimé plus de force dans la manière de traiter, avec simplicité, des thèmes simples. Par exemple si nous avons aimé cette « moisson » de Maurice Savin c'est parce que la lumière, le travail, la soif et la langueur y sont tranquillement et vraiment exprimés. Nous avons passé, en tout cas, un bon après-midi ! Il nous restait, après cela, peu de temps. Une visite au libraire Le Bodo, Avenue Paul-Doumer m'a permis d'acquérir une jolie édition de « Carmen ». Nous sommes alors revenus Rive gauche et Avenue Rapp, un thé chaud avalé au fond du café Le Branly nous a rendu l'ambiance des bistrots de quartier. Je t'ai ensuite ramenée au 39. Rien de tout cela ne vaut, au fond d'être noté. Mais nous avons été si heureux tout le long de cet après-midi que je ne fais là que broder sur une toile dont la trame, délicate et rare, ne cesse pas de nous émerveiller.
Pour dîner nous avions l'un et l'autre nos « graillous ». Toi chez Lasserre en compagnie du Patron de combat, chef de la dynastie de l'Oratoire. Moi (sans casserolette) chez André Rousselet qui me recevait pour la première fois depuis son mariage. J'ai donc revu Catherine Rogé, jolie et fine, qu'un voyage de noces pimenté de mal de mer, a laissée en fâcheux état. Nous avons longuement bavardé, regardé le film du mariage à l'église des Trois-Palis, évoqué les prochaines vacances de Pâques.
Constamment ma pensée allait vers toi que j'imaginais nageant dans la crème, le chocolat en mousse, et les sauces bourguignonnes. Pouah !!
Et je te souriais.
J'ai un peu veillé, au retour.
Tout était amour en moi.

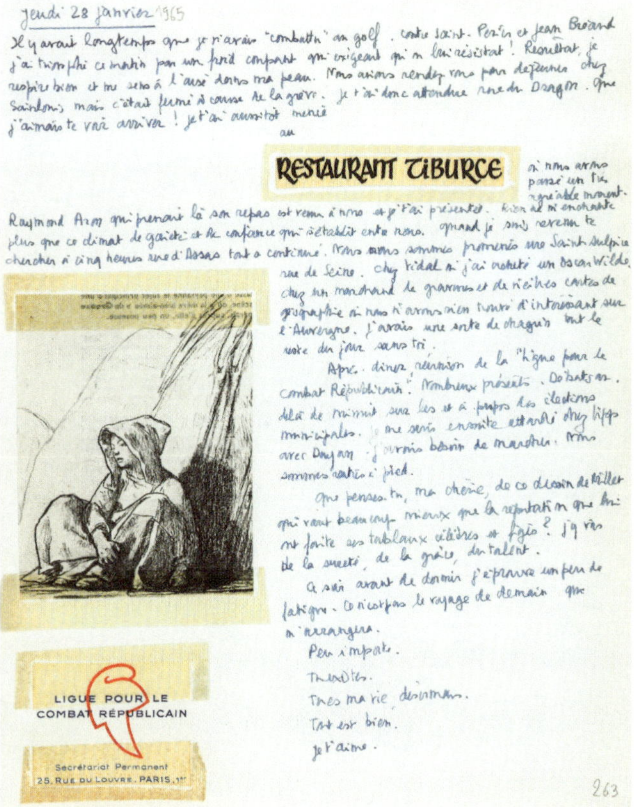

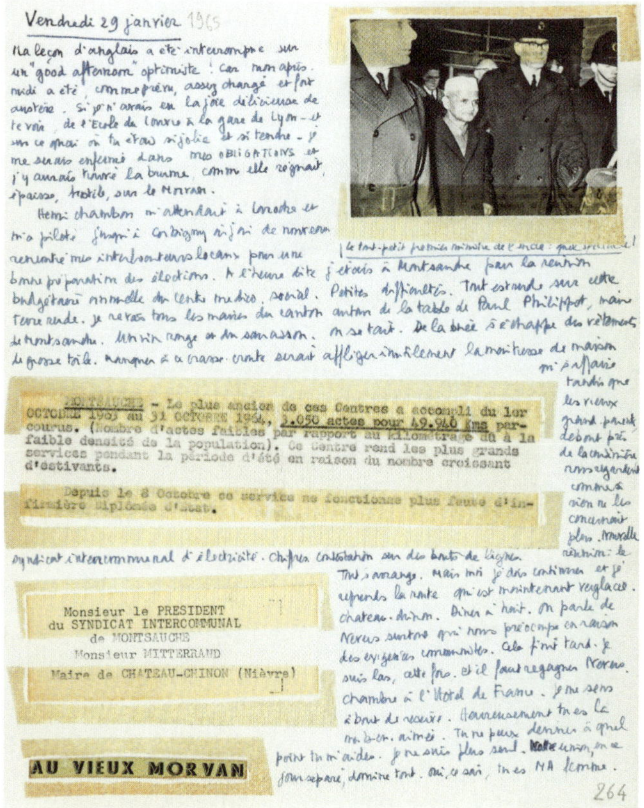

263

Jeudi 28 janvier

Il y avait longtemps que je n'avais « combattu » au golf. Contre Saint-Périer et Jean Bréaud j'ai triomphé ce matin par un froid coupant qui exigeait qu'on lui résistât ! Résultat, je respire bien et me sens à l'aise dans ma peau. Nous avions rendez-vous pour déjeuner chez Sainlouis mais c'était fermé à cause de la grève. Je t'ai donc attendue rue du Dragon. Que j'aimais te voir arriver ! Je t'ai aussitôt menée au Restaurant Tiburce où nous avons passé un très agréable moment. Raymond Aron qui prenait là son repas est venu à nous et je t'ai présentée. Rien ne m'enchante plus que ce climat de gaieté et de confiance qui s'établit entre nous. Quand je suis revenu te chercher à cinq heures rue d'Assas tout a continué. Nous nous sommes promenés rue Saint-Sulpice, rue de Seine. Chez Vidal où j'ai acheté un Oscar Wilde. Chez un marchand de gravures et de vieilles cartes de géographie où nous n'avons rien trouvé d'intéressant sur l'Auvergne. J'avais une sorte de chagrin tout le reste du jour sans toi.
Après dîner, réunion de la « Ligue pour le combat Républicain ». Nombreux présents. Débats au-delà de minuit sur les et à propos des élections municipales. Je me suis ensuite attardé chez Lipp avec Dayan. J'avais besoin de marcher. Nous sommes rentrés à pied.
Que penses-tu, ma chérie, de ce dessin de Millet qui vaut beaucoup mieux que la réputation que lui ont faite ses tableaux célèbres et figés ? J'y vois de la sûreté, de la grâce, du talent.
Ce soir avant de dormir j'éprouve un peu de fatigue. Ce n'est pas le voyage de demain qui m'arrangera.
Peu importe.
Tu existes.
Tu es ma vie, désormais.
Tout est bien.
Je t'aime.

264

Vendredi 29 janvier

Ma leçon d'anglais a été interrompue sur un « good afternoon » optimiste ! Car mon après-midi a été, comme prévu, assez chargé et fort austère. Si je n'avais eu la joie délicieuse de te voir, de l'Ecole du Louvre à la gare de Lyon – et sur ce quai où tu étais si jolie et si tendre – je me serais enfermé dans mes OBLIGATIONS et j'y aurais trouvé la brume, comme elle régnait, épaisse, hostile sur le Morvan. Henri Chambon m'attendait à Laroche et m'a piloté jusqu'à Corbigny où j'ai de nouveau rencontré mes interlocuteurs locaux pour une bonne préparation des élections. A l'heure dite j'étais à Montsauche pour la réunion budgétaire annuelle du Centre médico-social. Petites difficultés.
Tout est rude sur cette terre rude. Je revois tous les maires du canton autour de la table de Paul Philippot, maire de Montsauche. Un vin rouge et du saucisson. On se tait. De la buée s'échappe des vêtements de grosse toile. Manquer à ce casse-croûte serait affliger inutilement la maîtresse de maison qui s'affaire tandis que les vieux grands-parents, debout près de la cuisinière nous regardent comme si rien ne les concernait plus. Nouvelle réunion : le syndicat intercommunal d'électricité. Chiffres. Contestation sur des bouts de lignes.
Tout s'arrange. Mais moi je dois continuer et je reprends la route qui est maintenant verglacée. Château-Chinon. Dîner à huit. On parle de Nevers surtout qui nous préoccupe en raison des exigences communistes. Cela finit tard. Je suis las, cette fois. Et il faut regagner Nevers. Chambre à l'Hôtel de France. Je me sens à bout de réserve. Heureusement tu es là ma bien-aimée. Tu ne peux deviner à quel point tu m'aides. Je ne suis plus seul. Notre union, en ce jour séparé, domine tout. Oui, ce soir, tu es MA femme.

Le tout petit Premier ministre de l'Inde : quel spectacle !

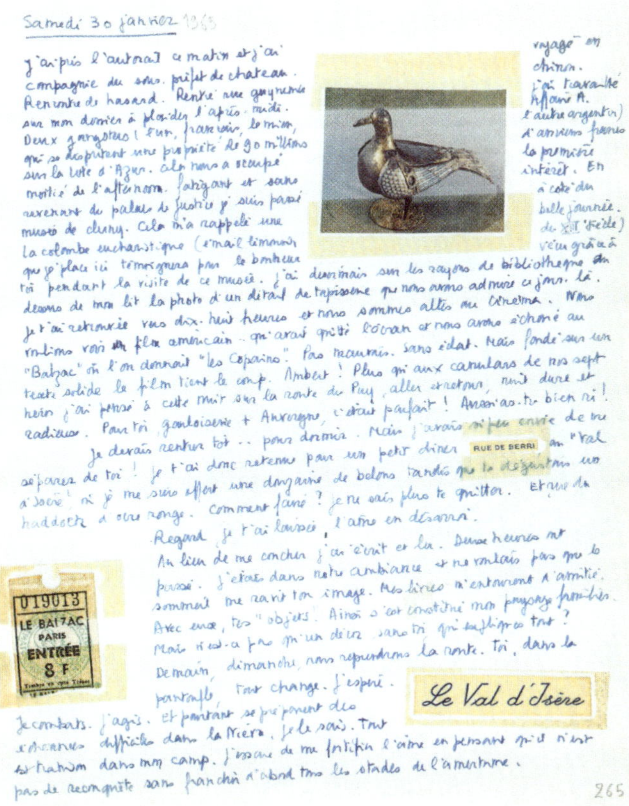

265
Samedi 30 janvier

J'ai pris l'autorail ce matin et j'ai voyagé en compagnie du sous-préfet de Château-Chinon. Rencontre de hasard. Rentré rue Guynemer j'ai travaillé sur mon dossier à plaider l'après-midi. Affaire A. Deux gangsters (l'un, français, le mien, l'autre argentin) qui se disputent une propriété de 90 millions d'anciens francs sur la Côte d'Azur. Cela nous a occupés la première moitié de l'afternoon. Fatigant et sans intérêt. En revenant du palais de justice je suis passé à côté du musée de Cluny. Cela m'a rappelé une belle journée. La colombe eucharistique (émail limousin du XIIIe siècle) que je place ici témoignera pour le bonheur vécu grâce à toi pendant la visite de ce musée. J'ai désormais sur les rayons de bibliothèque du dessus de mon lit la photo d'un détail de tapisserie que nous avons admiré ce jour-là.
Je t'ai retrouvée vers dix-huit heures et nous sommes allés au cinéma. Nous voulions voir un film américain… qui avait quitté l'écran et nous avons échoué au « Balzac » où l'on donnait « Les Copains ». Pas mauvais. Sans éclat. Mais fondé sur un texte solide le film tient le coup. Ambert ! Plus qu'aux canulars de nos sept héros j'ai pensé à cette nuit sur la route du Puy, aller et retour, nuit dure et radieuse. Pour toi, gauloiserie + Auvergne, c'était parfait ! Aussi as-tu bien ri !
Je devais rentrer tôt… pour dormir. Mais j'avais si peu envie de me séparer de toi ! Je t'ai donc retenue pour un petit dîner rue de Berri au « Val d'Isère », où je me suis offert une douzaine de belons tandis que tu dégustais un haddock d'ocre rouge. Comment faire ? Je ne sais plus te quitter. Et, rue du Regard, je t'ai laissée, l'âme en désarroi.
Au lieu de me coucher j'ai écrit et lu. Deux heures ont passé. J'étais dans notre ambiance et ne voulais pas que le sommeil me ravît ton image. Mes livres m'entourent d'amitié. Avec eux, tes « objets ». Ainsi s'est constitué mon paysage familier. Mais n'est-ce pas qu'un décor sans toi, qui expliques tout ?
Demain, dimanche, nous reprendrons la route. Toi, dans la pantoufle, tout change. J'espère. Je combats. J'agis. Et pourtant se préparent des échéances difficiles dans la Nièvre. Je le sais. Tout est trahison dans mon camp. J'essaie de me fortifier l'âme en pensant qu'il n'est pas de reconquête sans franchir d'abord tous les stades de l'amertume.

266
Dimanche 31 janvier

les mystères de Sainte-Anne

Nous sommes partis à dix heures de Paris et nous étions glorieusement à Moret à… treize heures. Mystère !
Cela ne nous a pas empêchés de déjeuner de bon appétit au restaurant de Villeneuve-sur-Yonne Le Dauphin. De belle humeur nous avons gagné Château-Chinon où je t'ai abandonnée sur la promenade, face à un soleil couchant somptueux. Et quelle surprise, quelle joie de te voir, toi, dans mon bureau de la mairie. Toi ! j'avais un sentiment d'étonnement aussi réel que le tien, le soir de notre premier voyage, à Moulins. Presque d'incrédulité.
Tu as fait connaissance du « Vieux Morvan » pendant que je discutais avec trois visiteurs, et sous le regard, le triple regard d'énorme curiosité de mes amies Chevrier-Menuel, nous avons chaussé la pantoufle en direction de Nevers.
Là, j'avais une série de rendez-vous à propos des élections municipales. Un P.S.U (Bonnot) ; un SFIO (Gauthé) ; une douzaine de mes amis que j'ai réunis. Toi tu as disparu dans les profondeurs de la ville et je ne t'ai récupérée que deux heures plus tard, sagement installée dans l'honnête pantoufle.
J'ai conduit sans désemparer jusqu'à Fontainebleau. Nous nous sommes arrêtés sous le chant de la pluie. Anne. Mon amour. Ce cri qui vient de l'aube du monde pour signifier l'amour. Toi. Mon Anne. Un bizarre frottement sur la roue arrière gauche nous a plongés, au départ, dans un abîme de réflexions. Ah ! ces deux mécaniciens que nous sommes ! Heureusement deux jeunes gens nous ont dépannés (ç'en était vexant : ils ont compris au premier coup d'œil !).

Paris. Nos bras ont eu peine à rompre le cercle enchanté. Le mois de janvier finissait. Et nous, nous continuions de commencer notre vie.

268
Lundi 1er février

Faut-il que nous soyons devenus l'un à l'autre nécessaires ! A midi nous étions place Saint-Sulpice et nous nous quittions comme pour un long adieu, et à 21 h 45 tu m'attendais gare de Lyon, à mon retour de Dijon.
Car j'ai inauguré aujourd'hui mes fonctions de membre du bureau de la commission de Développement Economique Régional, autrement dit C.O.D.E.R.
Parti par le Mistral j'ai planché tout l'après-midi à la préfecture de Dijon. J'aime cette ville mais je n'ai pas eu le temps de m'y promener. A peine les travaux finis j'ai sauté à la gare – avec la joie de te retrouver au bout du chemin. Dans le train j'ai cependant une fois de plus goûté l'ample Bourgogne qui déroulait ses couleurs d'hiver avec des gestes nobles. Et puis j'avais à y prendre au passage des souvenirs proches et forts : ceux que nous avons amassés ces deux derniers mois. Pour noter jusqu'au détail sans intérêt observons mon mérite : j'avais à vaincre un méchant torticolis qui me tenait la tête de guingois !
Quelle joie, Anne, quelle joie quand je t'ai vue arriver ! Nous étions bien un peu fous – riant pour rien, pour rien du tout ! A pied nous sommes allés au « Quincy » et je me suis jeté sur les saucissons, jésus et rosettes… Boufre ! dirait Jarry. Encore à pied nous sommes rentrés au Cherche-Midi. Un plaisir de vivre, un don de bonheur nous faisaient tout aimer. La vérité m'oblige à dire qu'en abordant la rue des Saints-Pères tout cela s'accompagnait de jambes un peu lourdes. Mais quelle belle journée je te dois ma gentille Anne, mon beau briard.

Et maintenant que le sommeil vienne.
Par-dessus les toits, par-dessus les murs, par-dessus l'espace
je vais à toi.

267
Février 1965

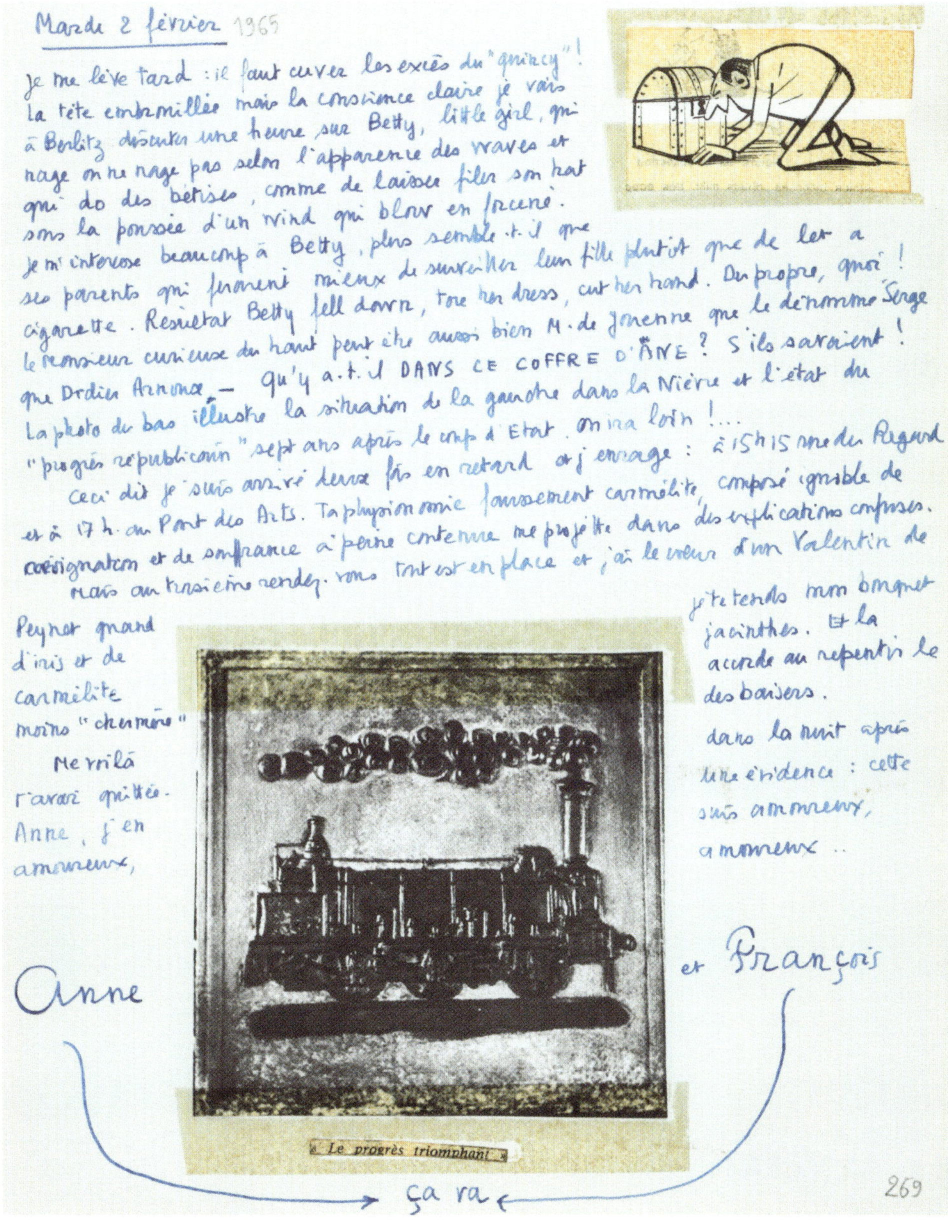

269
Mardi 2 février

Je me lève tard : il faut cuver les excès du « quincy » ! La tête embrouillée mais la conscience claire je vais à Berlitz discuter une heure sur Betty, little girl, qui nage ou ne nage pas selon l'apparence des waves et qui do des bêtises, comme de laisser filer son hat sous la poussée d'un wind qui blow en forcené.
Je m'intéresse beaucoup à Betty, plus semble-t-il que ses parents qui feraient mieux de surveiller leur fille plutôt que de let a cigarette. Résultat Betty fell down, tore her dress, cut her hand. Du propre, quoi ! Le monsieur curieux du haut peut être aussi bien M. de Jouennes que le dénommé Serge que Didier Arnoux – Qu'y a-t-il DANS CE COFFRE D'ANE ? S'ils savaient !
La photo du bas illustre la situation de la gauche dans la Nièvre et l'état du « progrès républicain » sept ans après le coup d'Etat. On ira loin !…
Ceci dit je suis arrivé deux fois en retard et j'enrage : à 15 h 15 rue du Regard et à 17 h au Pont des Arts. Ta physionomie faussement carmélite, composé ignoble de résignation et de souffrance à peine contenue me projette dans des explications confuses.
Mais au troisième rendez-vous tout est en place et j'ai le cœur d'un Valentin de Peynet quand je te tends mon bouquet d'iris et de jacinthes. Et la carmélite accorde au repentir le moins « chermère » des baisers.
Me voilà dans la nuit après t'avoir quittée. Une évidence : cette Anne, j'en suis amoureux, amoureux, amoureux…

Anne et François
ça va

270

Mercredi 3 février

Ce petit dessin que tu m'as donné aujourd'hui, je l'aime déjà tant que je suis presque navré de l'immobiliser ainsi. Mais il doit prendre sa place en ce modeste musée vivant de notre tendresse qu'est le « journal ». Je crois que nous ne le regarderons jamais sans sourire aux beaux jours 65 !
Matinée : travail. Souci pour les élections. Trahison socialiste partout, qui fait une liste avec clin d'œil du côté UNR à Château-Chinon, contre moi – et une liste à Nevers avec les communistes, sans moi. Ce sera dur ici et là.
Déception : une lettre de Michel Destouesse m'annonce que « Lache » est vendu depuis huit mois. Je lui écris d'insister auprès de l'acquéreur. Et si cela ne marche pas je veux quand même « notre » maison de la forêt, avec de grands chênes-lièges, des carreaux de miel et de Sienne, des tapis profonds, Anne, O'Byrne, Farge, le rire, le travail, le silence, l'amitié, l'amour.

Je vais te chercher à midi devant l'Institut. Station « aux Argonautes » où je prends mes deux bouquins de Renan retenus l'autre jour (originales de « la Vie de Jésus » et de « Souvenirs d'enfance et de jeunesse »). J'aperçois les « Pensées » en deux délicieux tomes, petit format, édition de 1803. J'ai l'intuition que ce livre est à toi, qu'il est fait pour toi, qu'il te sera secours, joie, méditation.
L'expression de ton visage quand je te montre mon butin vaut, ma chérie, la plus belle action de grâces.
Déjeuner à la « Maison de l'Amérique Latine » avec Boisdé, député-maire de Bourges. Banque. Rendez-vous. Et à 20 h 30 nous allons au Lord Byron voir « L'incroyable vérité », film cruel, imparfait mais utile et riche d'images. Tout impressionnée tu mets du temps à respirer l'air frais de la nuit en sortant !

La chandeleur était hier. Nous la fêtons rue du Petit Pont à La Grillerie. Maïs, huîtres, crêpes. Nous oublions le temps. Tout est simple et beau ce soir. Quand nous rentrons nos cœurs sont graves à force d'aimer.

● NEVERS. — Quatre formations politiques — le parti communiste, la S.F.I.O., le Rassemblement démocratique et le P.S.U. — avaient engagé des conversations en vue d'établir une liste commune à Nevers contre la municipalité sortante, à direction U.N.R., présidée par M. Durbet, député.

Devant l'exigence du parti communiste, qui à l'origine réclamait la majorité absolue pour s'en tenir finalement à quatorze conseillers sur trente et un, parmi lesquels le maire et deux adjoints, le Rassemblement démocratique nivernais, que préside M. Mitterrand, a décidé de présenter une liste homogène, tout en se déclarant prêt à se rallier à une liste plus large à direction socialiste si la fédération S.F.I.O. en prenait l'initiative.

CHAMPS-ELYSEES

JARNAC

SON HISTOIRE
SA PISCINE
SON CAMPING

Mort aux retables

L'histoire de ce curé-doyen des Landes qui a démoli puis enterré dans un champ le retable en bois doré de son église est tout de même assez intéressante. On imagine très bien, dans un scénario à la Mauriac, le crépuscule ou le petit jour avant la messe, et la course furtive de ce prêtre allant enfouir loin des regards cet enfant honteux, ce témoin d'on ne sait quelle faute, ce symbole abhorré, les éléments sculptés du retable baroque de son église et les statues en plâtre peint et doré du XVIIIe siècle qui l'accompagnaient.

Il y a à ce geste étrange beaucoup de raisons. Tout le monde honnit, à juste titre, le Saint-Sulpice du XIXe siècle, qui a si misérablement envahi les sanctuaires. Mais, faute de culture ou de conseils, beaucoup de desservants ne le distinguent pas des ouvrages anciens, témoins du fonds provincial et paysan, essentiels à la connaissance des mœurs et du goût en France ; ils rejettent tout sans discernement. Mais il y a plus. Le curé des Landes a remplacé le retable pompeux par un autel de granit, avec des chandeliers de fer, il a fait peindre le chœur gothique en orangé, les collatéraux en bleu vif. Pourquoi ? Pour rappeler aux ouvriers — de plus en plus nombreux dans la paroisse en raison de l'industrialisation de la région — le décor de l'usine. Est-ce là le nouveau « printemps liturgique » qui réveille le clergé de ce pays ?

L'idée est forte et digne d'un grand réformateur. On avait cru jusqu'ici que l'église était, par excellence, le lieu du dépaysement, où l'on entre comme dans une féerie en déposant au seuil misères et impuretés. Les innombrables statues, le décor abondant, les merveilleux vitraux, les audaces de l'architecture, tout était fait dans nos pays pour que l'édifice, en forme de cité, ouvrît sur un monde transfiguré, plein de rappels de l'Eglise militante, mais élevé par le ressort profond de l'art et de la musique au delà du privé et du quotidien. On nous parlait de la « Jérusalem céleste » avec ses rubis et ses émeraudes et son peuple de pierre, et nous trouvions cela très bien. (« On », c'était : Emile Mâle, Louis Gillet, Claudel, Focillon.)

L'église, c'était l'édifice qui transpose — mais ne reproduit pas — l'enveloppe — et non la configuration précise — de chaque milieu. Nous avions cru tout cela. Il est temps de changer. Et, si nous comprenons bien, il s'agit maintenant qu'en pays de mineurs le sanctuaire soit une grotte taillée dans la houille ; en pays de marins, un aquarium ou un bateau ; en pays agricole, un silo (cela sonne déjà comme plus vraisemblable) ; en faubourg industriel, une usine de choc peinturlurée, et... on n'ose imaginer quoi dans une petite ville bureaucratique. Le peuple chrétien sera un peu éberlué, mais il ne se plaindra pas qu'on ne vient pas le chercher chez lui.

« Comment s'en débarrasser ! »

Seulement, il y a des cadavres à enjamber ou, du moins, des carcasses encombrantes à liquider : toutes ces cathédrales confuses et difficiles à chauffer, ces chapelles pleines de tombeaux et de fausse gloire, ces abbayes mal conçues, sans « parkings », peuplées de statues grandiloquentes, où le nouveau clergé ne reconnaît plus ses saints, c'est le cas de le dire. Quand la répulsion est née — et entretenue par certaines autorités, — c'est l'éternelle question : « Comment s'en débarrasser ? » Nous ironisons mais nous n'exagérons pas. Depuis longtemps les bons curés, dans nos campagnes, trouvaient plus simple de reléguer les ors vieillis et les statues rustiques au grenier ; puis leur candeur a fait le bonheur des antiquaires (il n'y a pas d'appartement chic, « moderne », en Europe ou en Amérique, sans quelque saint ou sainte baroque, d'origine incertaine) ; maintenant on voit mieux comment procéder ; selon la meilleure tradition : l'enterrement, à défaut du bûcher.

Ces faits se généralisent rapidement. Nous sommes dans un climat de liquidation des stocks anciens. La situation a évolué très vite en quelques années. La nouvelle liturgie aidant, une partie du clergé éprouve un impérieux devoir de renouvellement, qui ne s'accorde plus avec le rôle de « conservateur » que lui a confié la loi de séparation (1). Nous croyons que la question doit être posée : est-il vrai que l'Eglise est de moins en moins disposée à assumer l'héritage des siècles, sous la forme de ces chefs-d'œuvre spectaculaires (dont les services des monuments historiques assurent depuis longtemps l'entretien) et d'ouvrages infiniment plus modestes, mais touchants, de l'art populaire et de l'art provincial (qui ne peuvent être « protégés » que dans un nombre très limité de cas, étant confiés à l'affection et aux soins du clergé) ? On peut très bien le concevoir ; mais alors il conviendrait que les services culturels s'intéressent à ces saints de bois, à ces retables dorés, dans la mesure même où l'Eglise s'en détache.

Des commissions de surveillance

Un nouveau contrat est nécessaire. Il devient urgent de désigner dans chaque département une commission de surveillance des objets d'art appartenant aux collectivités, complétée à chaque région administrative par une commission plus vaste. C'est, croit-on, ce qui sera proposé par le Ve Plan, mais, en même temps, tout en France devant passer par la conscience claire, il faut mettre en vedette — et aider par l'appel à tous les concours intelligents — les passionnantes enquêtes entreprises soit par les équipes de Georges-Henri Rivière sur l'art populaire, soit, plus particulièrement, celles qui sont conduites sur les « retables baroques » en Bretagne par le professeur André Mussat, et, dans le Sud-Ouest, sous l'impulsion du professeur Victor Tapié, de la Sorbonne. Il suffit de renvoyer au remarquable article de celui-ci dans la France catholique du 24 avril 1964 intitulé : « les Retables en péril », et à l'énergique mise en garde du R.P. Louis Bouyer, de l'Oratoire, dans le même périodique, le 30 octobre dernier. La confusion est grande. L'Eglise de France, devant appliquer les décisions « modernisantes » du concile dans un cadre historique qui ne lui appartient que moralement, est mise en face de ses responsabilités.

ANDRÉ CHASTEL.

(1) En contrepartie d'innombrables saccages encouragés ou tolérés par certaines commissions diocésaines, on trouve des directives plus prudentes dans d'autres diocèses, comme celui de Bordeaux ; voir le numéro de son bulletin, l'Aquitaine, du 22 janvier. Mais les Landes sont, apparemment, trop loin.

271
Jeudi 4 février

Matinée consacrée au courrier. A 13 h 30 je vois, attablée chez Sainlouis, mon Anne studieuse. Quel délicieux déjeuner. Une note émouvante, un couple près de nous. La jeune femme pleure. Son compagnon lui caresse la main.

Je te conduis rue d'Assas. Au passage un bouquet de jacinthes… que veux-tu, je t'aime comme j'aime cet éclair de joie qui illumine ton regard !

Et toi encore ! A 17 h 30 après un tour à l'Assemblée Nationale. Nous restons Avenue de l'Observatoire, comment dire ? adorants… Tu vas à une « couscous-party ». Hum ! Enfin, il faut bien. Je vais au C.A.I qui organise la « Convention » d'avril. Très utile discussion sur l'unité des républicains. On parle d'inviter Mendès, Mollet, Defferre, Vedel… Et on finit la soirée aux Champs-Elysées, où l'« Elysée-store » recueille nos confidences nocturnes.
Danses-tu à cette heure ?

272
Vendredi 5 février

Début d'article pour engager la campagne des « municipales » dans « Le Courrier de la Nièvre ». Puis « Berlitz » où je bafouille sur les locutions usuelles. Nous devons déjeuner ensemble. Rue du Regard, le manteau rouge, et mon Anne un peu fiévreuse, la voix prise – et l'air le plus charmant du monde. Tu me racontes ta soirée, le plaisir que tu as eu à rencontrer des amis délaissés mais chers, le plaisir de la danse, tes cavaliers, vos rires… Tout est simple et sain dans ton récit. Je te sens très proche de moi. Repas aux Essarts. J'achève mon article que je te lis et que je dicte à Paris. Je mets en cause le sectarisme communiste. Mieux vaut dès l'abord parler clair.
Promenade en « pantoufle » par les Mesnuls et Gambaiseuil. Nous nous posons au haut d'un très beau site dépouillé d'où l'on voit les lointains et les brumes de la forêt. Plus que jamais nous nous unissons dans la paix du cœur et l'émerveillement du corps. Que tu es mienne, très chérie.
Il faut rentrer. Sous une pluie fine. Radio-Canada m'attend. Nous y arrivons avec une bonne demi-heure de retard mais sommes gentiment accueillis. Interview sur la conférence de presse du général de Gaulle. Je suis le seul homme politique français interrogé. Tu écoutes. Tu approuves. Et tu me fais, comme nous en sommes convenus, d'utiles critiques.
Nous n'avons guère envie de nous séparer ! Tu m'achètes les journaux, Avenue Marigny. Nous traînons. Tu égares la feuille de houx d'Amsterdam en ouvrant ton portefeuille. Ne sois pas trop désolée mon Anne. Nous gardons de ce jour un souvenir plus vivant qu'un herbier, plus fort que le houx.
Mais je dois dormir tôt : demain, la Nièvre, et la Nièvre du combat.
Je t'aime.

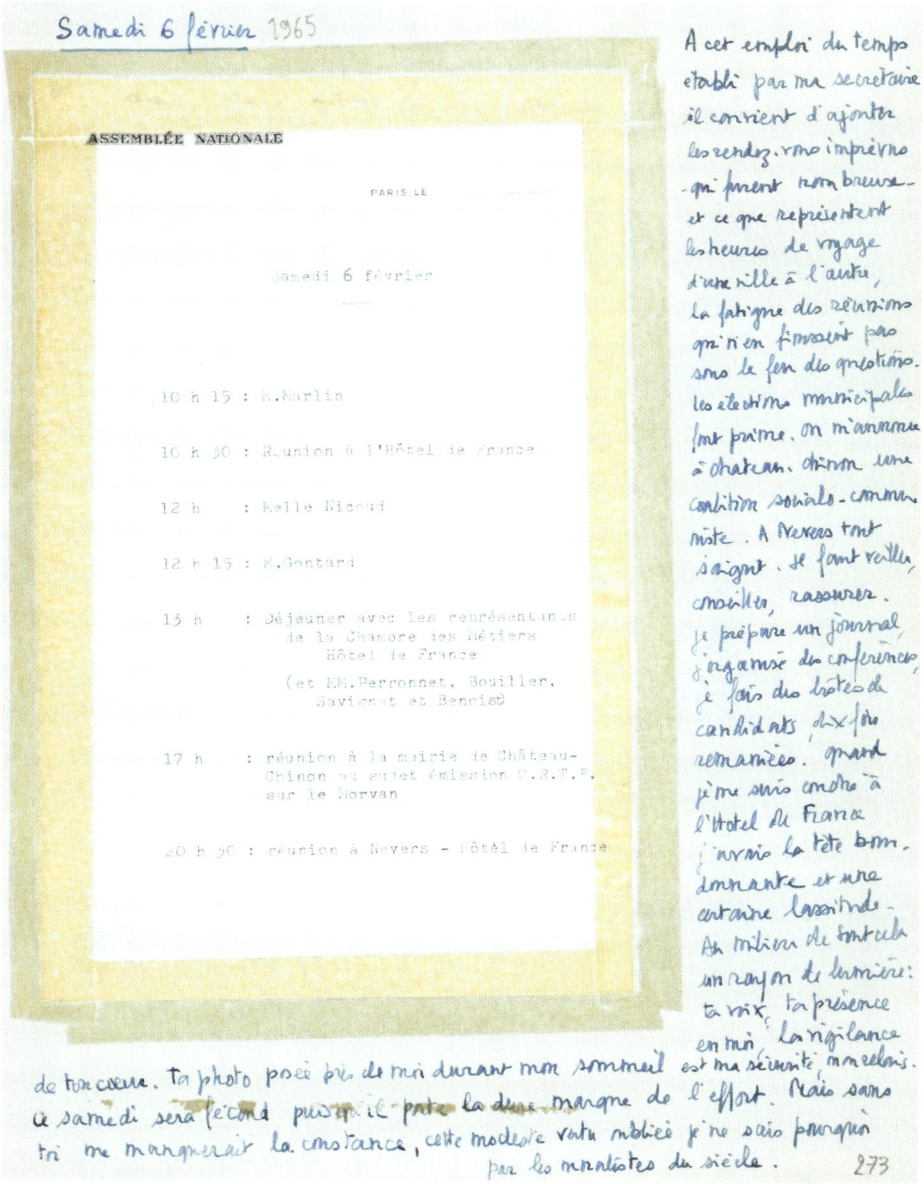

273

Samedi 6 février

Assemblée nationale

Samedi 6 février
10 h 15 : M. Marlin
10 h 30 : Réunion à l'Hôtel de France
12 h : Melle Nicoud
12 h 15 : M. Gontard
13 h : Déjeuner avec les représentants de la Chambre des Métiers Hôtel de Fance (et MM. Perronnet, Bouiller, Savignat et Benoist)
17 h : réunion à la mairie de Château-Chinon au sujet émission O.R.T.F. sur le Morvan
20 h 30 : réunion à Nevers – Hôtel de France

A cet emploi du temps établi par ma secrétaire il convient d'ajouter les rendez-vous imprévus – qui furent nombreux – et ce que représentent les heures de voyage d'une ville à l'autre, la fatigue des réunions qui n'en finissent pas sous le feu des questions. Les élections municipales font prime. On m'annonce à Château-Chinon une coalition socialo-communiste. A Nevers tout s'aigrit. Il faut veiller, conseiller, rassurer. Je prépare un journal, j'organise des conférences, je fais des listes de candidats, dix fois remaniées. Quand je me suis couché à l'Hôtel de France j'avais la tête bourdonnante et une certaine lassitude. Au milieu de tout cela un rayon de lumière : ta voix, ta présence en moi, la vigilance de ton cœur. Ta photo posée près de moi durant mon sommeil est ma sécurité, mon relais. Ce samedi sera fécond puisqu'il porte la dure marque de l'effort. Mais sans toi me manquerait la constance, cette modeste vertu oubliée je ne sais pourquoi par les moralistes du siècle.

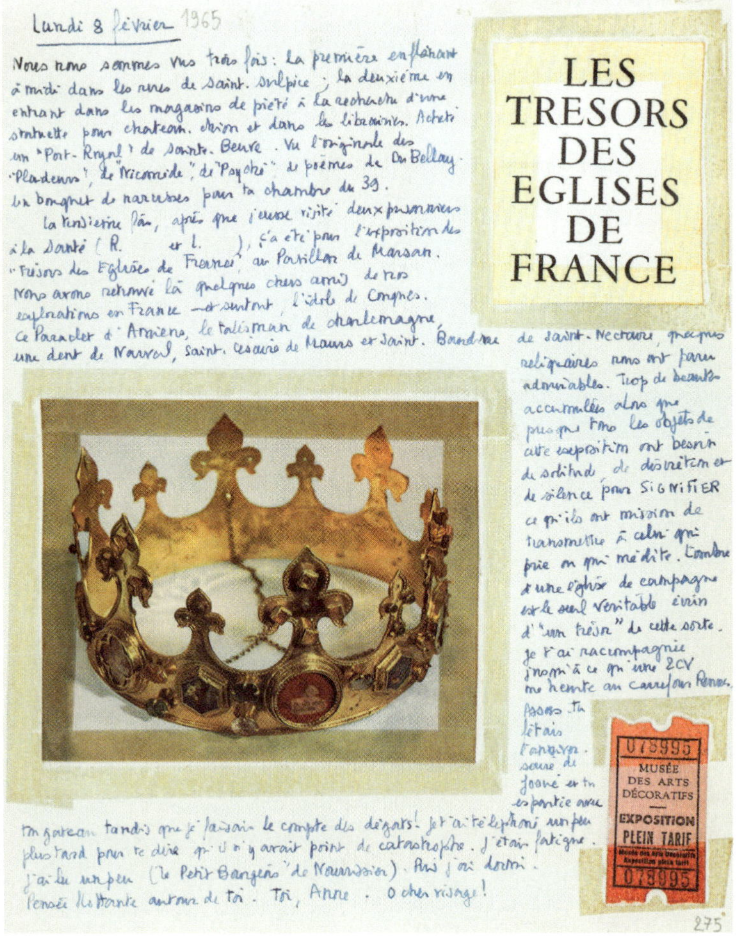

274
Dimanche 7 février

Je n'ai atteint Paris qu'après une course-poursuite avec le train – manqué à Nevers, manqué à Cosne, aperçu à Briare, négligé à Gien et rattrapé à Montargis. Ceci grâce à un taxi dévoreur d'espace !
Gare de Lyon je suis quand même arrivé avant toi ce qui m'a procuré la joie de t'accueillir ! De restaurant fermé en restaurant fermé nous avons – heureusement – échoué au « Val d'Isère ». Dieu, que nous étions contents ! Longue conversation, silences épanouis. Il faisait presque nuit quand nous avons décidé d'aller au Père Auto. Mais, une fois de plus, nous péchions par excès d'ambition ! Et nous n'avons pas traversé la route… Oui, que nous étions heureux !
Je suis rentré tôt : j'avais quand même besoin de repos. Et je t'ai quittée après un coca-cola au « François Coppée » le cœur ravi de vivre des temps si radieux – Les iris (japonais) d'à côté te conteront mon bonheur.

275
Lundi 8 février

Nous nous sommes vus trois fois : la première en flânant à midi dans les rues de Saint-Sulpice ; la deuxième en entrant dans les magasins de piété à la recherche d'une statuette pour Château-Chinon et dans les librairies. Acheté un « Port-Royal » de Sainte-Beuve. Vu l'originale des « Plaideurs », de « Nicomède », de « Psyché », de poèmes de Du Bellay.
Un bouquet de narcisses pour ta chambre du 39.
La troisième fois, après que j'eusse visité deux prisonniers à la Santé (R. et L.), ç'a été pour l'exposition des « Trésors des Eglises de France », au Pavillon de Marsan.
Nous avons retrouvé là quelques chers amis de nos explorations en France – et surtout, l'idole de Conques.
Le Paraclet d'Amiens, le talisman de Charlemagne, une dent de narval, Saint-Césaire de Maurs et Saint-Baudime de Saint-Nectaire, quelques reliquaires nous ont paru admirables. Trop de beautés accumulées alors que presque tous les objets de cette exposition ont besoin de solitude, de discrétion et de silence pour SIGNIFIER ce qu'ils ont mission de transmettre à celui qui prie ou qui médite. L'ombre d'une église de campagne est le seul véritable écrin d'« un trésor » de cette sorte. Je t'ai raccompagnée jusqu'à ce qu'une 2 CV me heurte au carrefour Rennes-Assas. Tu fêtais l'anniversaire de Josué et tu es partie avec ton gâteau tandis que je faisais le compte des dégâts ! Je t'ai téléphoné un peu plus tard pour te dire qu'il n'y avait point de catastrophe. J'étais fatigué. J'ai lu un peu (« Le Petit Bourgeois » de Nourissier). Puis j'ai dormi.
Pensée flottante autour de toi – Toi, Anne – O cher visage !

Mardi 9 février 1965

M. MITTERRAND DÉNONCE « L'INCROYABLE DISPERSION DES FORCES ET DES MOYENS DES OPPOSANTS »

Expliquant, dans l'éditorial du *Courrier de la Nièvre*, pourquoi Nevers « *n'aura pas de liste unique d'opposition* », et exposant les raisons qui ont conduit la section locale du Rassemblement démocratique à présenter une liste homogène faute d'avoir pu accepter « *les exigences excessives formulées par certains et en particulier par le parti communiste* », M. François Mitterrand écrit :

« *Préparer l'avènement d'un régime de progrès et de liberté en luttant dès maintenant et sans répit contre le pouvoir personnel constitue l'une des tâches majeures de l'opposition républicaine. Tout ce qui distrait de cette lutte est mauvais. Et c'est en ce sens que je crois mauvaise l'incroyable dispersion des forces et des moyens des opposants qu'on voit plus acharnés à se quereller et à se détruire qu'à atteindre leur véritable adversaire — qui, au demeurant, doit bien rire devant pareil spectacle. L'esprit de justice qui doit présider à la constitution de listes communes n'est pas respecté si l'on n'accorde pas au parti le plus nombreux la plus forte représentation, mais il est bafoué si le parti le plus nombreux prétend à une majorité excessive qui fatalement tendra à devenir une majorité totalitaire.*

» *Il y a, on l'avouera, quelque paradoxe à demander aux républicains qui ont pris le parti de la liberté de commencer par aliéner la leur. C'est au surplus perdre de vue l'essentiel qui consiste à vaincre ensemble et non à partager prématurément et imprudemment les bénéfices d'une incertaine victoire que tant de convoitise aura rendue plus difficile encore.* »

AU JOUR LE JOUR

La part du feu

L'autorisation faite aux chiens d'aboyer un quart d'heure par nuit me paraît fort sage. Le jugement du tribunal de Lyon fera jurisprudence. Les robinets mal fermés auront un quart d'heure de goutte-à-goutte par nuit et les volets qui claquent un quart d'heure de tapage.

Il y a là une idée à creuser. Les calamités sont inévitables, mais pourquoi ne pas faire la part du feu et leur assigner des limites légales ?

La pluie aura droit à cinq jours par été, la grippe à cinq jours par hiver. Allant plus loin, on donnera douze ans par génération aux tyrans, aux libérateurs et aux hommes providentiels pour qu'ils se départagent, cinq ans par siècle à la guerre, cent ans par millénaire aux grandes peurs et aux grandes découvertes, et dans toute l'histoire de l'univers un nombre encore indéterminé mais rigoureusement limité de millénaires à la présence humaine.

ROBERT ESCARPIT.

276

276

Mardi 9 février

Je suis fiévreux. Zut. Je ne suis pas habitué à ce genre de ratés pour moteur de série ! Leçon d'anglais brumeuse. Déjeuner en compagnie de B. Finifter. Dayan vient prendre le café. Nous allons ensemble, et à pied, à l'Assemblée. Thème des conversations : le suicide de Guillon, député U.N.R de Poitiers.

Travail à mon bureau. Mermaz me rend compte des démarches de Nevers, qui bafouillent. Je verrai cela samedi. J'ai peine à ne pas m'irriter au moindre appel téléphonique. Plusieurs journalistes veulent des détails sur « la rupture » avec les communistes. J'en recevrai deux demain.

Joie : je te retrouve à 19 h 30 rue du Regard. Que tu es ravissante dans ton manteau chiné gris ! Un taxi (la pantoufle est à l'hôpital, plus sérieusement blessée que prévu) nous emmène pour la rue d'Armaillé où nous dînons à la « Maisonnette Russe ». Calme. Musique douce. Tu es douce et belle. Robe de velours vert sombre. Elle te va si bien en te cernant de lignes nettes. Nous lisons quelques passages de Pirenne (Jacques-Henri), tu me montres le brouillon de ton premier « galop d'essai » de la Faculté de Droit.

Je crois que c'est très réussi. La soirée s'écoule. Nos cœurs parlent le langage des ententes profondes. Nous nous amusons sur des rimes « lointaine, charroi, patène, effroi » ; sur l'ex-libris ; sur des tests. L'heure passe. Le taxi qui nous emporte et te pose au 39 fait semblant de nous séparer.

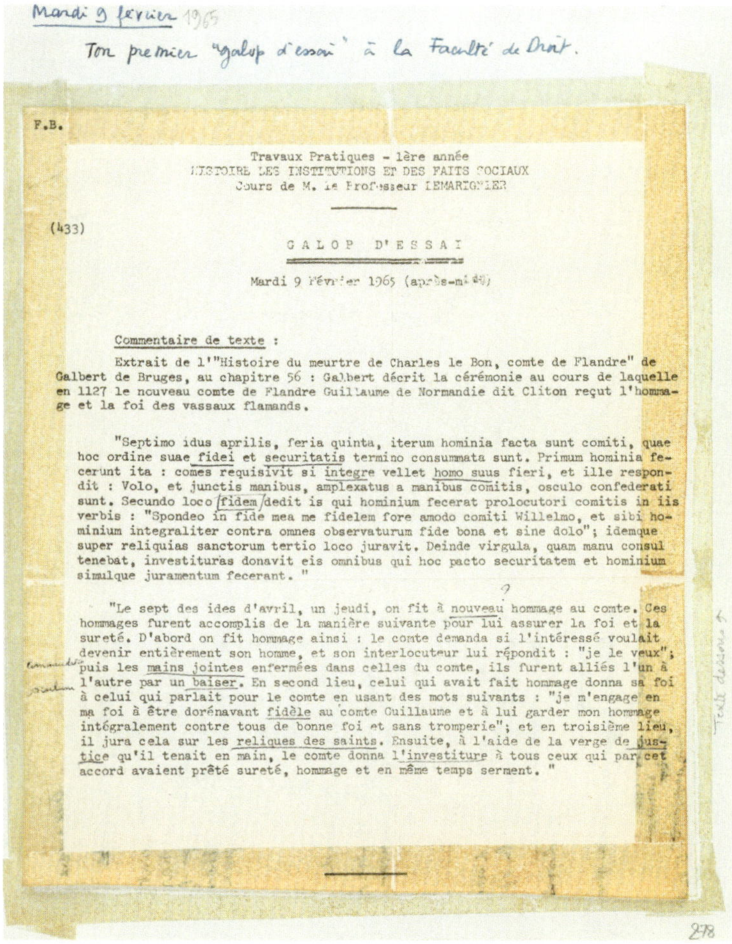

F.B.

Travaux Pratiques - 1ère année
HISTOIRE DES INSTITUTIONS ET DES FAITS SOCIAUX
Cours de M. le Professeur LEMARIGNIER

(433)

GALOP D'ESSAI

Mardi 9 Février 1965 (après-midi)

Commentaire de texte :

Extrait de l'"Histoire du meurtre de Charles le Bon, comte de Flandre" de Galbert de Bruges, au chapitre 56 : Galbert décrit la cérémonie au cours de laquelle en 1127 le nouveau comte de Flandre Guillaume de Normandie dit Cliton reçut l'hommage et la foi des vassaux flamands.

"Septimo idus aprilis, feria quinta, iterum hominia facta sunt comiti, quae hoc ordine suae fidei et securitatis termino consummata sunt. Primum hominia fecerunt ita : comes requisivit si integre vellet homo suus fieri, et ille respondit : Volo, et junctis manibus, amplexatus a manibus comitis, osculo confederati sunt. Secundo loco fidem dedit is qui hominium fecerat prolocutori comitis in iis verbis : "Spondeo in fide mea me fidelem fore amodo comiti Willelmo, et sibi hominium integraliter contra omnes observaturum fide bona et sine dolo"; idemque super reliquias sanctorum tertio loco juravit. Deinde virgula, quam manu consul tenebat, investituras donavit eis omnibus qui hoc pacto securitatem et hominium simulque juramentum fecerant. "

"Le sept des ides d'avril, un jeudi, on fit à nouveau hommage au comte. Ces hommages furent accomplis de la manière suivante pour lui assurer la foi et la sureté. D'abord on fit hommage ainsi : le comte demanda si l'intéressé voulait devenir entièrement son homme, et son interlocuteur lui répondit : "je le veux"; puis les mains jointes enfermées dans celles du comte, ils furent alliés l'un à l'autre par un baiser. En second lieu, celui qui avait fait hommage donna sa foi à celui qui parlait pour le comte en usant des mots suivants : "je m'engage en ma foi à être dorénavant fidèle au comte Guillaume et à lui garder mon hommage intégralement contre tous de bonne foi et sans tromperie"; et en troisième lieu, il jura cela sur les reliques des saints. Ensuite, à l'aide de la verge de justice qu'il tenait en main, le comte donna l'investiture à tous ceux qui par cet accord avaient prêté sureté, hommage et en même temps serment. "

277
Mardi 9 février

[Bande dessinée de Copi]

278
Mardi 9 février

Ton premier « galop d'essai » à la Faculté de Droit.

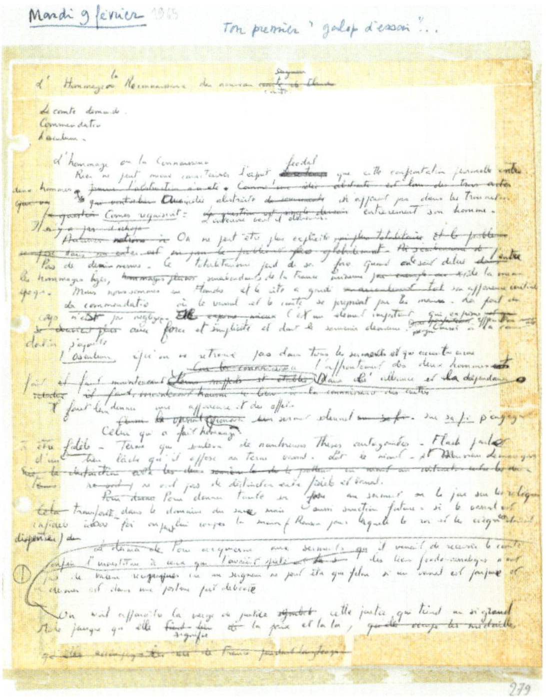

279
Mardi 9 février

Ton premier « galop d'essai »…

280
Mercredi 10 février

Georges Beauchamp, l'un de mes collaborateurs habituels, est venu me chercher tôt ce matin pour parler élections. J'ai travaillé à mes papiers. Puis je suis allé au Pont des Arts te retrouver. Il y a dans notre vie à tous les deux je ne sais quelle grâce qui nous illumine. Ainsi cette journée a été admirable. Sans qu'aucun événement ait relayé le goût extrême qui nous lie. Petite balade, petite balade. C'est ce que nous avons fait à midi et à six heures (hum ! avec un retard d'1/4 d'heure par ma faute). Avant de m'accompagner rue de l'Université où je déjeunais avec Thierry de Clermont-Tonnerre nous avons ingurgité omelette aux oignons et crêpes au marron, amandes et confitures. L'après-midi nous avons erré dans le même cher quartier. Visité deux expositions, dont celle d'Austin Morris, Pop'Art qui me déplaît, vulgaire et banal mais qui pourrait donner des œuvres utiles. Chez Clavreuil, nous avons feuilleté quelques bouquins poussiéreux, avec bonheur. Merveilleuses promenades du soir, rue Saint-André-des-Arts ! Tu t'exclames à la vue des pierres roses ou jaunes des vieux hôtels, tu t'arrêtes à chaque devanture, tu ris, tu prends ou quittes mon bras ! De retour j'ai reçu Ferniot, rédacteur en chef de l'« Express » et Georgette Elgey qui publie un bouquin sur la « Vie secrète de la IVe République ». Toi, tu allais au T.N.P, voir « Luther », avec tes « boys 39 », symbolisés (ô belles familles !) par la photo ci-dessous.

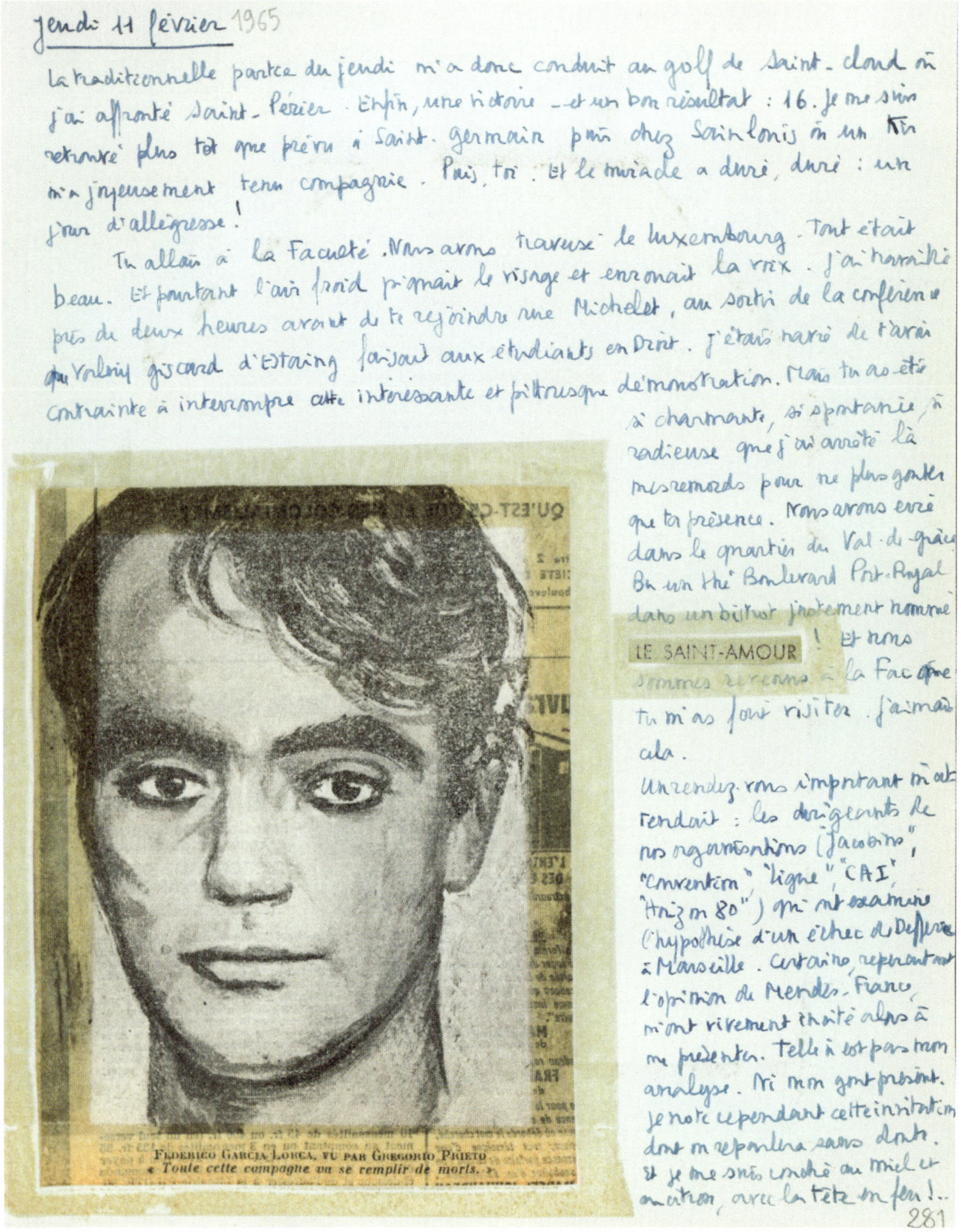

281

Jeudi 11 février

La traditionnelle partie du jeudi m'a donc conduit au golf de Saint-Cloud où j'ai affronté Saint-Périer. Enfin, une victoire – et un bon résultat : 16. Je me suis retrouvé plus tôt que prévu à Saint-Germain puis chez Sainlouis où un kir m'a joyeusement tenu compagnie. Puis, toi. Et le miracle a duré, duré : un jour d'allégresse !

Tu allais à la Faculté. Nous avons traversé le Luxembourg. Tout était beau. Et pourtant l'air froid piquait le visage et enrouait la voix. J'ai travaillé près de deux heures avant de te rejoindre rue Michelet, au sortir de la conférence que Valéry Giscard d'Estaing faisait aux étudiants en Droit. J'étais navré de t'avoir contrainte à interrompre cette intéressante et pittoresque démonstration. Mais tu as été si charmante, si spontanée, si radieuse que j'ai arrêté là mes remords pour ne plus goûter que ta présence. Nous avons erré dans le quartier du Val-de-Grâce. Bu un thé Boulevard Port-Royal dans un bistrot justement nommé Le Saint-Amour ! Et nous sommes revenus à la Fac que tu m'as fait visiter. J'aimais cela.

Un rendez-vous important m'attendait : les dirigeants de nos organisations (« Jacobins », « Convention », « Ligue », « CAI », « Horizon 80 ») qui ont examiné l'hypothèse d'un échec de Defferre à Marseille. Certains, répercutant l'opinion de Mendès France, m'ont vivement incité alors à me présenter. Telle n'est pas mon analyse. Ni mon goût présent. Je note cependant cette invitation dont on reparlera sans doute. Et je me suis couché au miel et au citron, avec la tête en feu !…

282
Jeudi 11 février

Sainte-Fortunade

283
Jeudi 11 février

Au Monastier, Saint Chaffre.

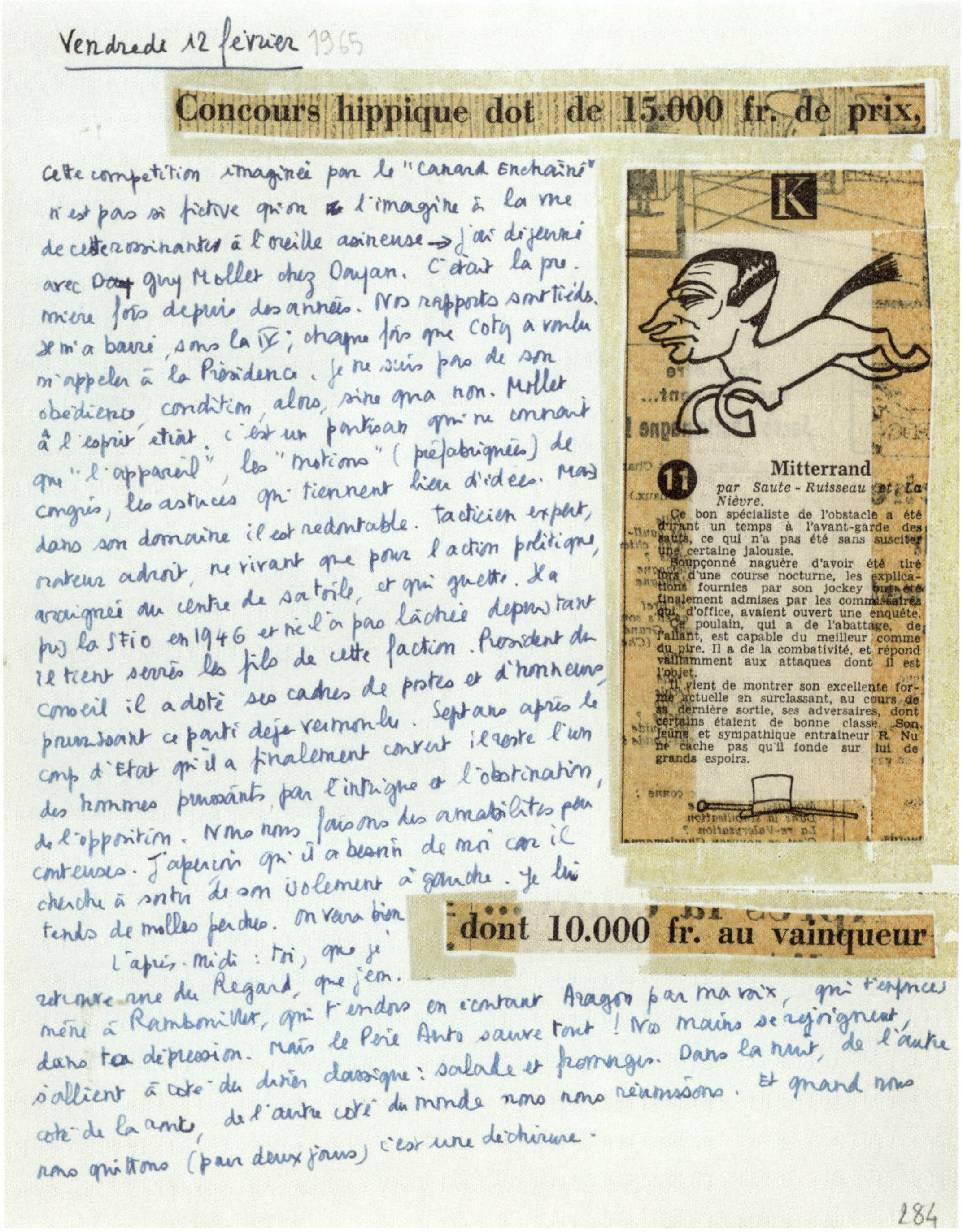

284
Vendredi 12 février

Concours hippique dot de 15 000 fr. de prix

Cette compétition imaginée par le « Canard Enchaîné » n'est pas si fictive qu'on l'imagine à la vue de cette rossinante à l'oreille asineuse J'ai déjeuné avec Guy Mollet chez Dayan. C'était la première fois depuis des années. Nos rapports sont tièdes. Il m'a barré, sous la IVe, chaque fois que Coty a voulu m'appeler à la Présidence. Je ne suis pas de son obédience, condition, alors, sine qua non. Mollet a l'esprit étroit. C'est un partisan qui ne connaît que « l'appareil », les « motions » (préfabriquées) de congrès, les astuces qui tiennent lieu d'idées. Mais dans son domaine il est redoutable. Tacticien expert, orateur adroit, ne vivant que pour l'action politique, araignée au centre de sa toile, et qui guette. Il a pris la SFIO en 1946 et ne l'a pas lâchée depuis tant il tient serrés les fils de cette faction. Président du Conseil il a doté ses cadres de postes et d'honneurs, pourrissant ce parti déjà vermoulu. Sept ans après le coup d'Etat qu'il a finalement couvert il reste l'un des hommes puissants, par l'intrigue et l'obstination, de l'opposition. Nous nous faisons des amabilités peu coûteuses. J'aperçois qu'il a besoin de moi car il cherche à sortir de son isolement à gauche. Je lui tends de molles perches. On verra bien

L'après-midi : toi, que je retrouve rue du Regard, que j'emmène à Rambouillet, qui t'endors en écoutant Aragon par ma voix, qui t'enfonces dans ta dépression. Mais le Père Auto sauve tout ! Nos mains se rejoignent, s'allient à côté du dîner classique : salade et fromages. Dans la nuit, de l'autre côté de la route, de l'autre côté du monde nous nous réunissons. Et quand nous nous quittons (pour deux jours) c'est une déchirure.

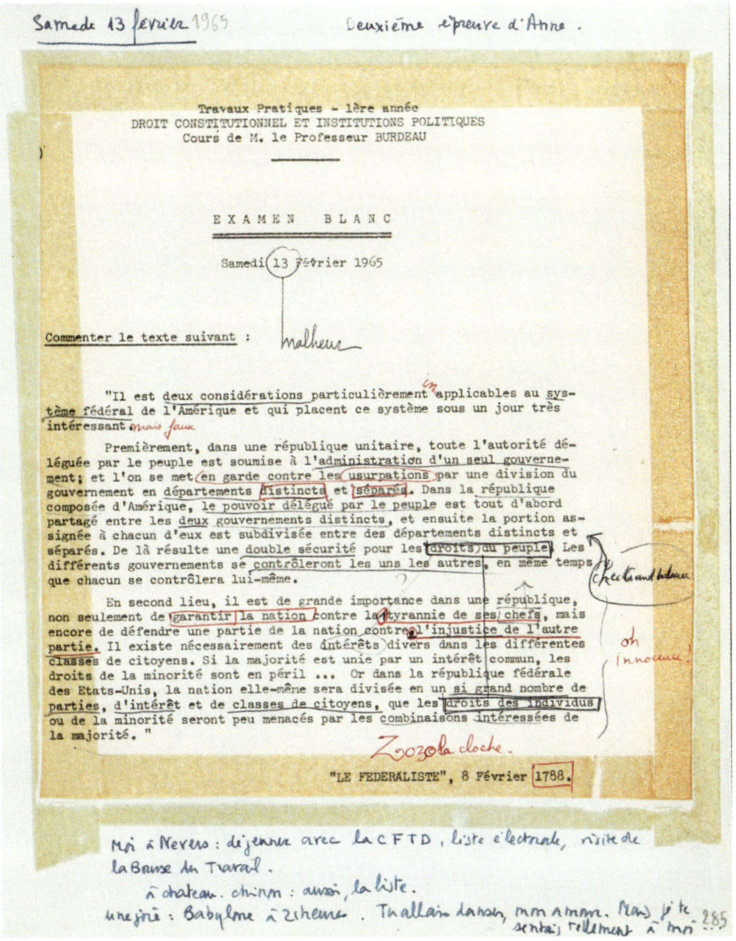

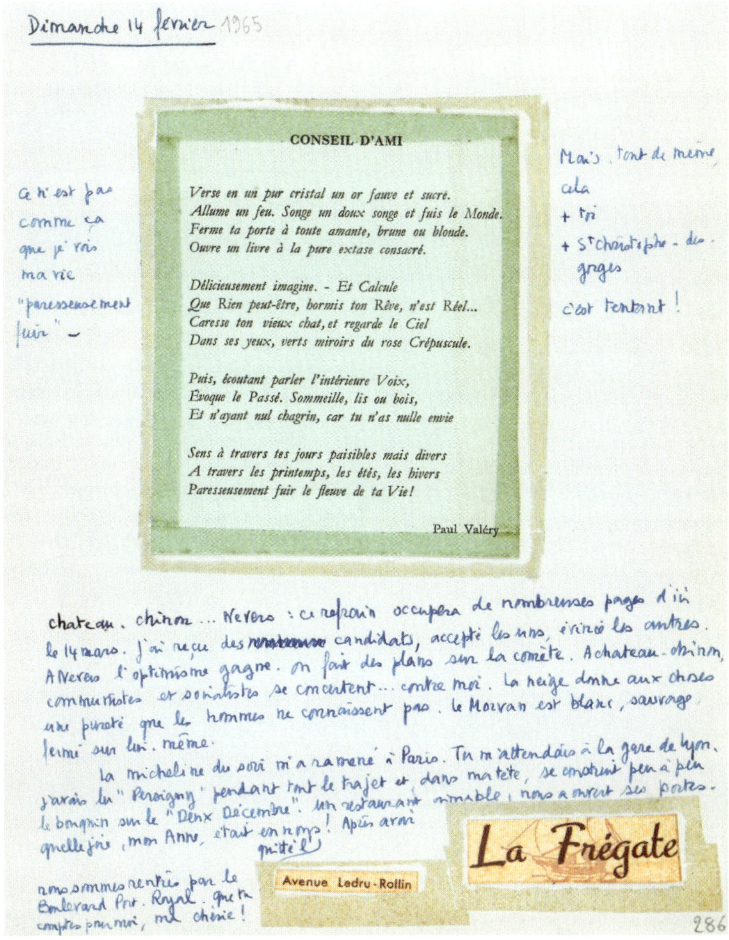

285

Samedi 13 février

Deuxième épreuve d'Anne.

Moi à Nevers : déjeuner avec la CFDT, liste électorale, visite de la Bourse du Travail.
A Château-Chinon : aussi, la liste.
Une joie : Babylone à 21 heures. Tu allais danser, mon amour. Mais je te sentais tellement à moi…

286

Dimanche 14 février

Ce n'est pas comme ça que je vois ma vie « paresseusement fuir » – Mais, tout de même, cela + toi + St Christophe-des-Gorges c'est tentant !
Château-Chinon… Nevers : ce refrain occupera de nombreuses pages d'ici le 14 mars. J'ai reçu des candidats, accepté les uns, évincé les autres.
A Nevers l'optimisme gagne. On fait des plans sur la comète. A Château-Chinon, communistes et socialistes se concertent… contre moi. La neige donne aux choses une pureté que les hommes ne connaissent pas. Le Morvan est blanc, sauvage, fermé sur lui-même.
La micheline du soir m'a ramené à Paris. Tu m'attendais à la gare de Lyon. J'avais lu « Persigny » pendant tout le trajet et, dans ma tête, se construit peu à peu le bouquin sur le « Deux Décembre ». Un restaurant aimable, nous a ouvert ses portes. Quelle joie, mon Anne, était en nous ! Après avoir quitté l'avenue Ledru-Rollin nous sommes rentrés par le Boulevard Port-Royal. Que tu comptes pour moi, ma chérie !

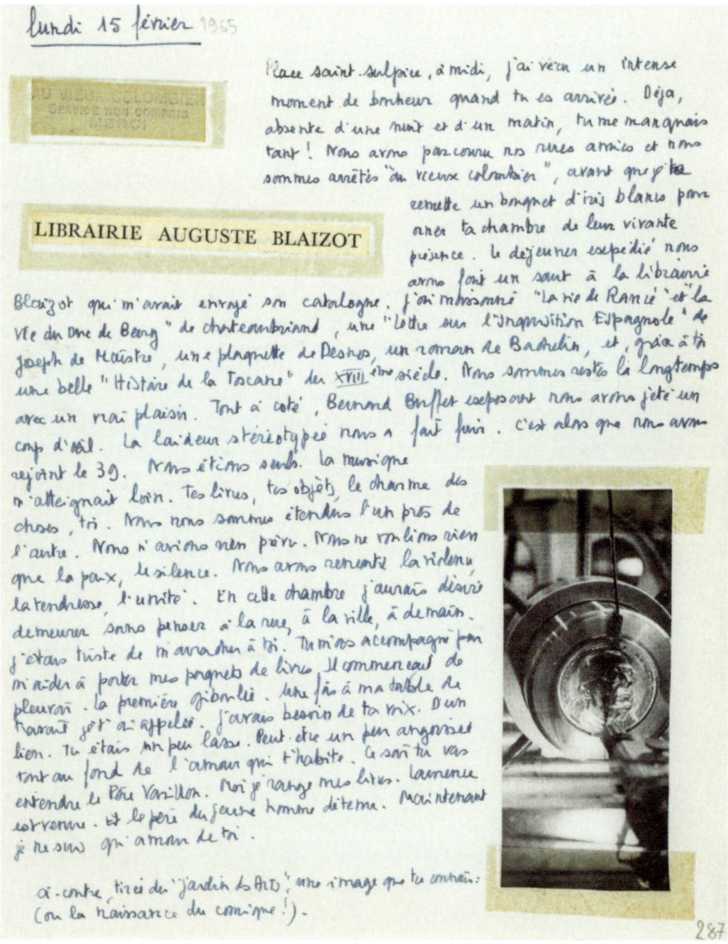

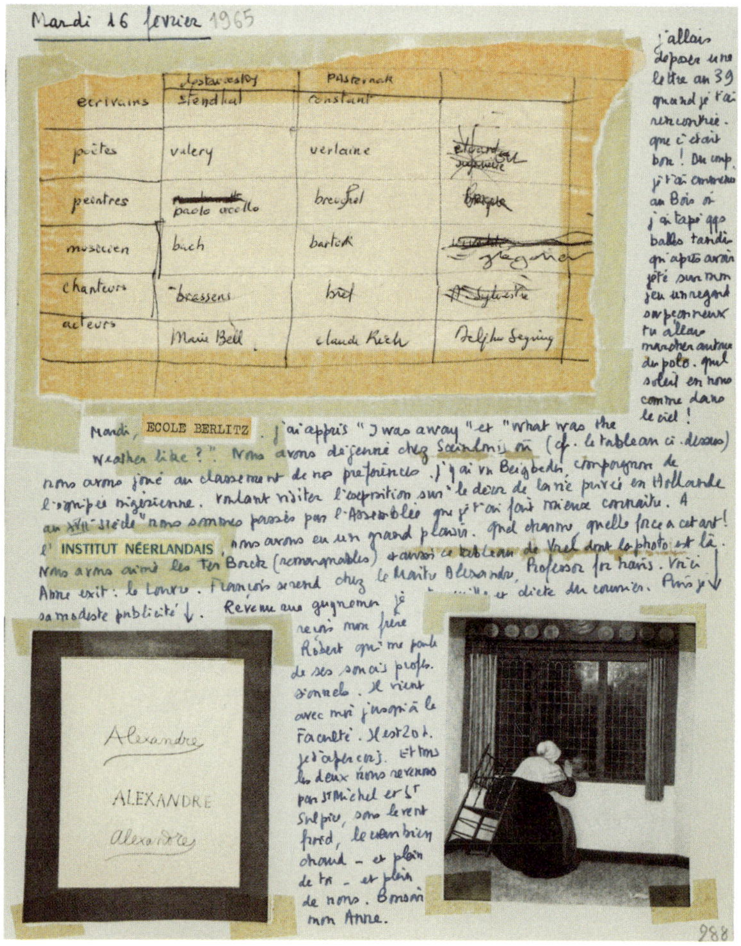

287
<u>Lundi 15 février</u>

Place Saint-Sulpice, à midi, j'ai vécu un intense moment de bonheur quand tu es arrivée. Déjà, absente d'une nuit et d'un matin, tu me manquais tant ! Nous avons parcouru nos rues amies et nous sommes arrêtés « Au Vieux Colombier », avant que je te remette un bouquet d'iris blancs pour orner ta chambre de leur vivante présence. Le déjeuner expédié nous avons fait un saut à la librairie Blaizot qui m'avait envoyé son catalogue. J'ai moissonné « La vie de Rancé » et « la Vie du Duc de Berry » de Chateaubriand, une « Lettre sur l'Inquisition Espagnole » de Joseph de Maistre, une plaquette de Desnos, un roman de Bachelin, et, grâce à toi une belle « Histoire de la Toscane » du XVIIIème siècle. Nous sommes restés là longtemps avec un vrai plaisir. Tout à côté, Bernard Buffet exposant nous avons jeté un coup d'œil. La laideur stéréotypée nous a fait fuir. C'est alors que nous avons rejoint le 39. Nous étions seuls. La musique m'atteignait loin. Tes livres, tes objets, le charme des choses, toi. Nous nous sommes étendus l'un près de l'autre. Nous n'avions rien prévu. Nous ne voulions rien que la paix, le silence. Nous avons rencontré la violence, la tendresse, l'unité. En cette chambre j'aurais désiré demeurer sans penser à la rue, à la ville, à demain.
J'étais triste de m'arracher à toi. Tu m'as accompagné pour m'aider à porter mes paquets de livres. Il commençait de pleuvoir. La première giboulée. Une fois à ma table de travail je t'ai appelée. J'avais besoin de ta voix. D'un lien. Tu étais un peu lasse. Peut-être un peu angoissée tout au fond de l'amour qui t'habite. Ce soir tu vas entendre le Père Varillon. Moi je range mes livres. Laurence est venue. Et le père du jeune homme détenu. Maintenant je ne suis qu'amour de toi.

Ci-contre, tirée du « Jardin des Arts », une image que tu connais : (ou la naissance du comique !).

288
<u>Mardi 16 février</u>

J'allais déposer une lettre au 39 quand je t'ai rencontrée. Que c'était bon ! Du coup je t'ai emmenée au Bois où j'ai tapé qqs balles tandis qu'après avoir jeté sur mon jeu un regard soupçonneux tu allais marcher autour du polo. Quel soleil en nous comme dans le ciel !
Mardi, Ecole Berlitz. J'ai appris « I was away » et « what was the weather like ? ». Nous avons déjeuné chez Sainlouis où (cf. le tableau ci-dessus) nous avons joué au classement de nos préférences. J'y ai vu Beigbeder, compagnon de l'équipée nigérienne. Voulant visiter l'exposition sur « le décor de la vie privée en Hollande au XVIIe siècle » nous sommes passés par l'Assemblée que je t'ai fait mieux connaître. A l'Institut néerlandais, nous avons eu un grand plaisir. Quel charme, quelle force a cet art ! Nous avons aimé les Ter Borch (remarquables) et aussi ce tableau de Vrel dont la photo est là
Anne exit : le Louvre. François se rend chez le Maître Alexandre, Professor for hairs. Voici sa modeste publicité. Revenu rue Guynemer je travaille et dicte du courrier. Puis je reçois mon frère Robert qui me parle de ses soucis professionnels. Il vient avec moi jusqu'à la Faculté. Il est 20 h. Je t'aperçois. Et tous les deux nous revenons par St Michel et St Sulpice, sous le vent froid, le cœur bien chaud – et plein de toi – et plein de nous. Bonsoir mon Anne.

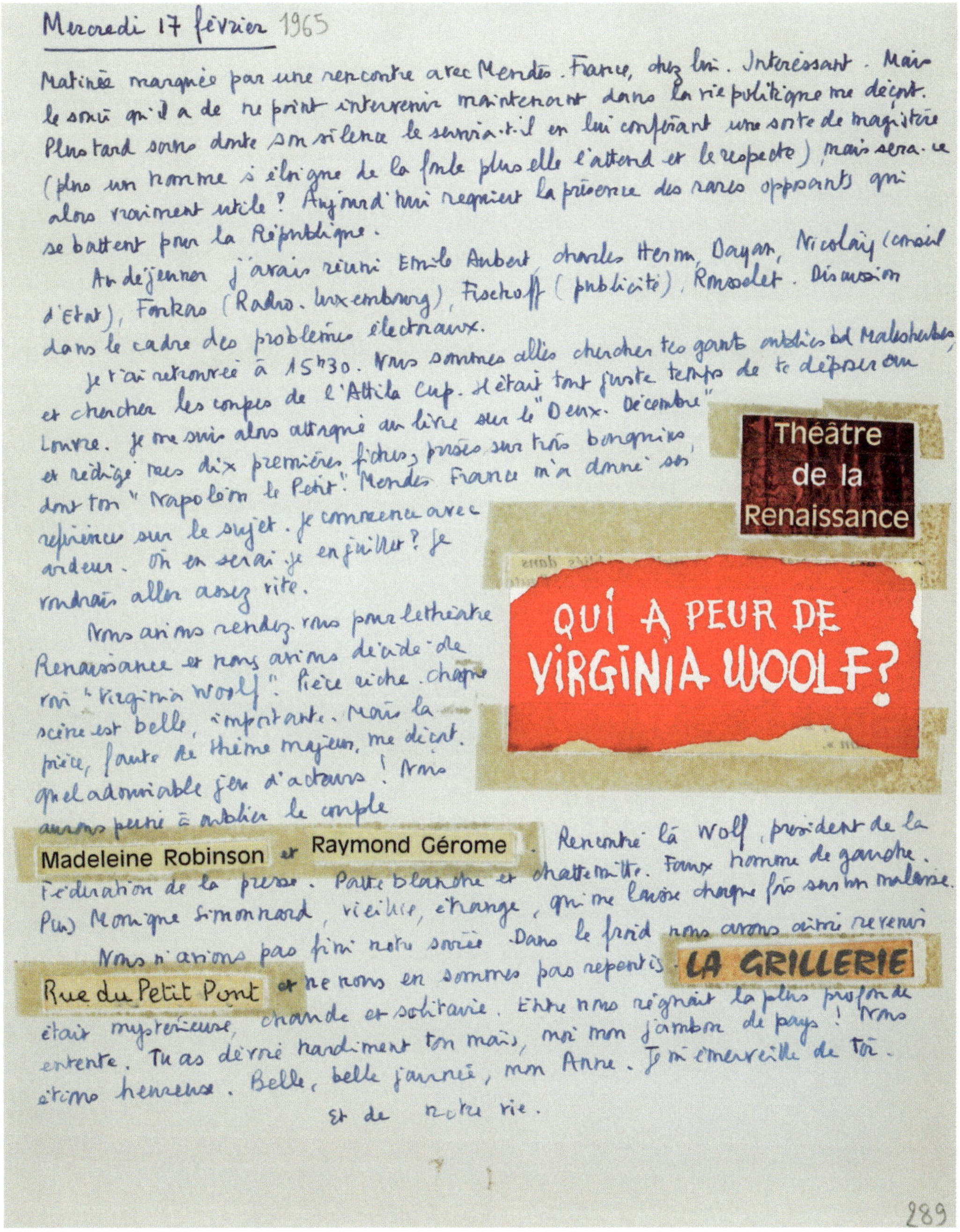

289
Mercredi 17 février

Matinée marquée par une rencontre avec Mendès France, chez lui. Intéressant. Mais le souci qu'il a de ne point intervenir maintenant dans la vie politique me déçoit. Plus tard sans doute son silence le servira-t-il en lui conférant une sorte de magistère (plus un homme s'éloigne de la foule plus elle l'attend et le respecte), mais sera-ce alors vraiment utile ? Aujourd'hui requiert la présence des rares opposants qui se battent pour la République.

Au déjeuner j'avais réuni Emile Aubert, Charles Hernu, Dayan, Nicolaÿ (conseil d'Etat), Farkas (Radio-Luxembourg), Fischoff (publicité), Rousselet. Discussion dans le cadre des problèmes électoraux.

Je t'ai retrouvée à 15 h 30. Nous sommes allés chercher tes gants oubliés bd Malesherbes, et chercher les coupes de l'Attila Cup. Il était tout juste temps de te déposer au Louvre. Je me suis alors attaqué au livre sur le « Deux-Décembre » et rédigé mes dix premières fiches, prises sur trois bouquins, dont ton « Napoléon le Petit ». Mendès France m'a donné ses références sur le sujet. Je commence avec ardeur. Où en serai-je en juillet ? Je voudrais aller assez vite.

Nous avions rendez-vous pour le théâtre Renaissance et nous avions décidé de voir « Virginia Woolf ». Pièce riche. Chaque scène est belle, importante. Mais la pièce, faute de thème majeur, me déçoit. Quel admirable jeu d'acteurs ! Nous aurons peine à oublier le couple Madeleine Robinson et Raymond Gérome. Rencontré là Wolf, président de la Fédération de la Presse. Patte blanche et chattemite. Faux homme de gauche. Puis Monique Simonnard, vieillie, étrange, qui me laisse chaque fois sur un malaise.

Nous n'avions pas fini notre soirée. Dans le froid nous avons aimé revenir rue du Petit Pont et ne nous en sommes pas repentis. La Grillerie était mystérieuse, chaude et solitaire. Entre nous régnait la plus profonde entente. Tu as dévoré hardiment ton maïs, moi mon jambon de pays ! Nous étions heureux. Belle, belle journée, mon Anne. Je m'émerveille de toi.

Et de notre vie.

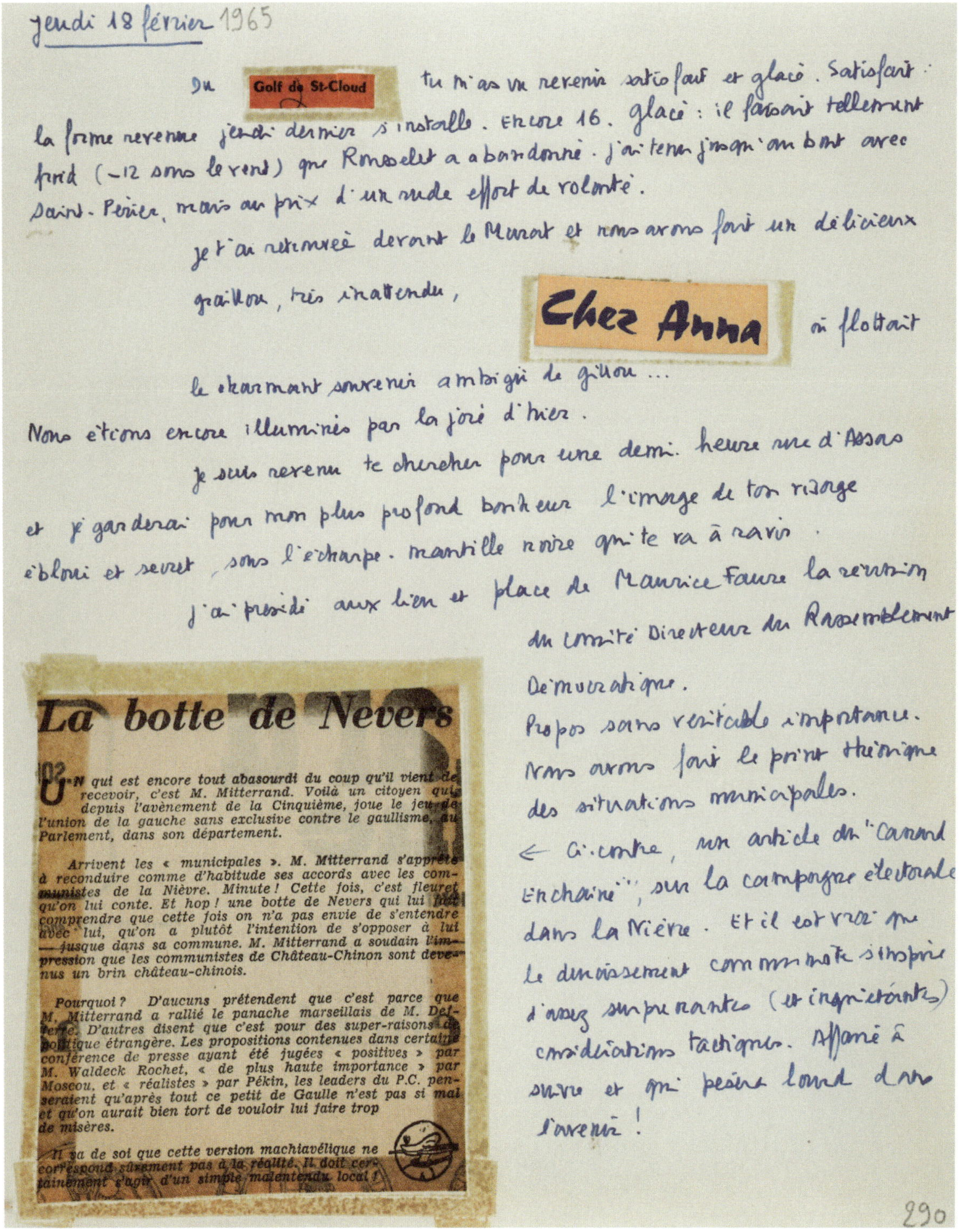

jeudi 18 février 1965

Du **Golf de St-Cloud** tu m'as vu revenir satisfait et glacé. Satisfait : la forme revenue jeudi dernier s'installe. Encore 16. Glacé : il faisait tellement froid (–12 sous le vent) que Rousselet a abandonné. J'ai tenu jusqu'au bout avec Saint-Périer, mais au prix d'un rude effort de volonté.

Je t'ai retrouvée devant le Murat et nous avons fait un délicieux graillou, très inattendu, **Chez Anna** où flottait le charmant souvenir ambigu de Gillou...

Nous étions encore illuminés par la joie d'hier.

Je suis revenu te chercher pour une demi-heure rue d'Assas et je garderai pour mon plus profond bonheur l'image de ton visage ébloui et secret, sous l'écharpe-mantille noire qui te va à ravir.

J'ai présidé aux lieu et place de Maurice Faure la réunion du Comité Directeur du Rassemblement Démocratique.

La botte de Nevers

UN qui est encore tout abasourdi du coup qu'il vient de recevoir, c'est M. Mitterrand. Voilà un citoyen qui depuis l'avènement de la Cinquième, joue le jeu de l'union de la gauche sans exclusive contre le gaullisme, au Parlement, dans son département.

Arrivent les « municipales ». M. Mitterrand s'apprête à reconduire comme d'habitude ses accords avec les communistes de la Nièvre. Minute ! Cette fois, c'est fleuret qu'on lui conte. Et hop ! une botte de Nevers qui lui fait comprendre que cette fois on n'a pas envie de s'entendre avec lui, qu'on a plutôt l'intention de s'opposer à lui jusque dans sa commune. M. Mitterrand a soudain l'impression que les communistes de Château-Chinon sont devenus un brin château-chinois.

Pourquoi ? D'aucuns prétendent que c'est parce que M. Mitterrand a rallié le panache marseillais de M. Defferre. D'autres disent que c'est pour des super-raisons de politique étrangère. Les propositions contenues dans certaine conférence de presse ayant été jugées « positives » par M. Waldeck Rochet, « de plus haute importance » par Moscou, et « réalistes » par Pékin, les leaders du P.C. penseraient qu'après tout ce petit de Gaulle n'est pas si mal et qu'on aurait bien tort de vouloir lui faire trop de misères.

Il va de soi que cette version machiavélique ne correspond sûrement pas à la réalité. Il doit certainement s'agir d'un simple malentendu local !

Propos sans véritable importance. Nous avons fait le point théorique des situations municipales.

← Ci-contre, un article du "Canard Enchaîné", sur la campagne électorale dans la Nièvre. Et il est vrai que le durcissement communiste s'inspire d'assez surprenantes (et inquiétantes) considérations tactiques. Affaire à suivre et qui pèsera lourd dans l'avenir !

290

290
Jeudi 18 février

Du Golf de St-Cloud tu m'as vu revenir satisfait et glacé. Satisfait : la forme revenue jeudi dernier s'installe. Encore 16. Glacé : il faisait tellement froid (–12 sous le vent) que Rousselet a abandonné. J'ai tenu jusqu'au bout avec Saint-Périer, mais au prix d'un rude effort de volonté.
Je t'ai retrouvée devant le Murat et nous avons fait un délicieux graillou, très inattendu, Chez Anna où flottait le charmant souvenir ambigu de Gillou…
Nous étions encore illuminés par la joie d'hier.
Je suis revenu te chercher pour une demi-heure rue d'Assas et je garderai pour mon plus profond bonheur l'image de ton visage ébloui et secret, sous l'écharpe-mantille noire qui te va à ravir.
J'ai présidé aux lieu et place de Maurice Faure la réunion du Comité Directeur du Rassemblement Démocratique.
Propos sans véritable importance. Nous avons fait le point théorique des situations municipales.
Ci-contre, un article du « Canard Enchaîné », sur la campagne électorale dans la Nièvre. Et il est vrai que le durcissement communiste s'inspire d'assez surprenantes (et inquiétantes) considérations tactiques. Affaire à suivre et qui pèsera lourd dans l'avenir !

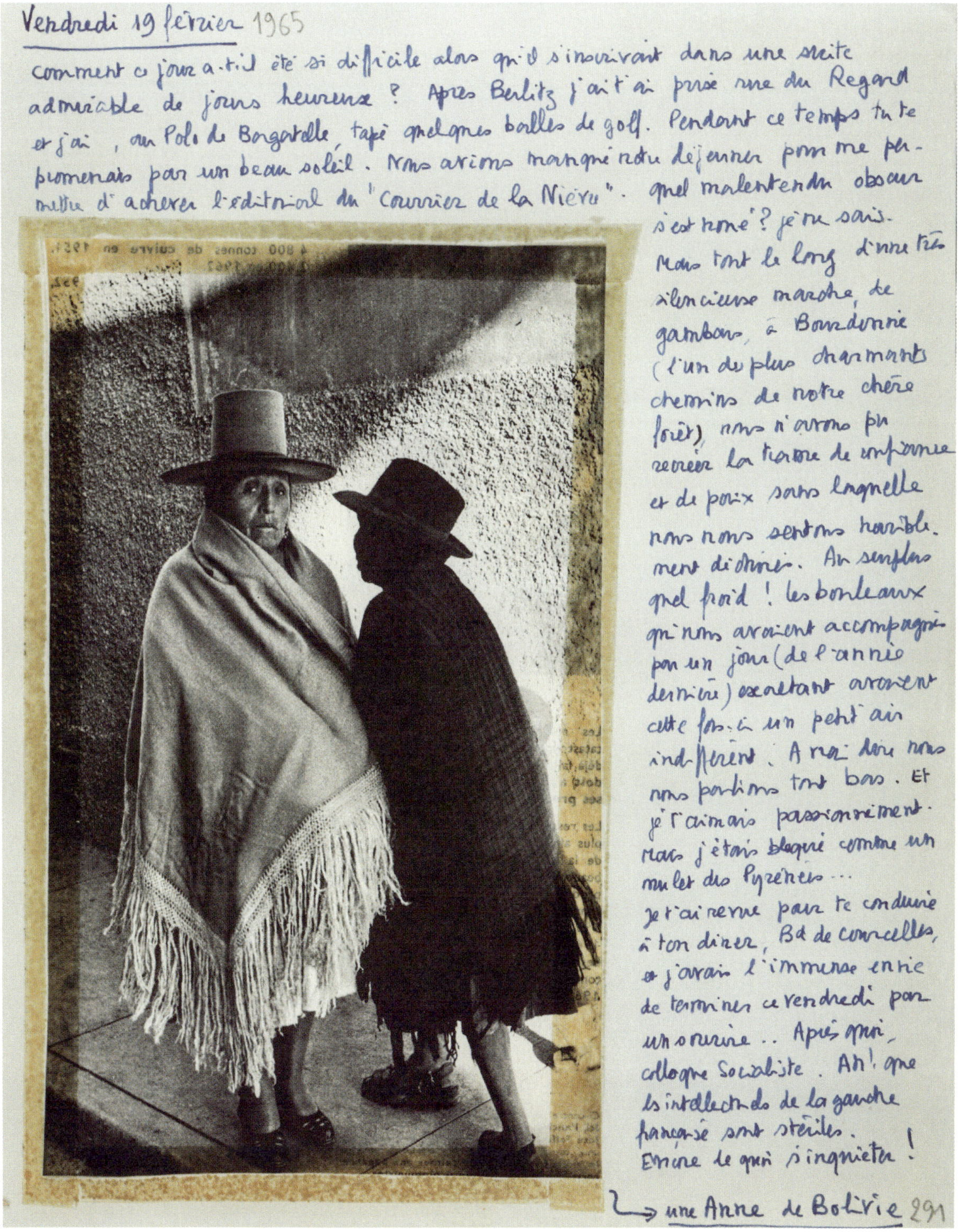

291

Vendredi 19 février

Comment ce jour a-t-il été si difficile alors qu'il s'inscrivait dans une suite admirable de jours heureux ? Après Berlitz je t'ai prise rue du Regard et j'ai, au Polo de Bagatelle, tapé quelques balles de golf. Pendant ce temps tu te promenais par un beau soleil. Nous avions manqué notre déjeuner pour me permettre d'achever l'éditorial du « Courrier de la Nièvre ». Quel malentendu obscur s'est noué ? Je ne sais. Mais tout le long d'une très silencieuse marche, de Gambais, à Bourdonné (l'un des plus charmants chemins de notre chère forêt), nous n'avons pu recréer la trame de confiance et de paix sans laquelle nous nous sentons horriblement déchirés. Au surplus quel froid ! Les bouleaux qui nous avaient accompagnés par un jour (de l'année dernière) exaltant avaient cette fois-ci un petit air indifférent. A vrai dire nous nous parlions tout bas. Et je t'aimais passionnément. Mais j'étais bloqué comme un mulet des Pyrénées…

Je t'ai revue pour te conduire à ton dîner, Bd de Courcelles, et j'avais l'immense envie de terminer ce vendredi par un sourire… Après quoi, colloque socialiste. Ah ! que les intellectuels de la gauche française sont stériles.

Encore de quoi s'inquiéter !

une Anne de Bolivie

292
Vendredi 19 février (suite)

Tu avais apprécié la photo de Georges Pompidou en couverture de « l'Express »,
mais celle-ci n'est pas si mal…

Sa dernière exposition reflète le drame d'un talent réel qui s'est laissé égarer

OÙ BUFFET A-T-IL DISPARU ?

Un singulier jeune homme

PAR JEAN-FRANÇOIS CHABRUN

UN très curieux et très révélateur petit livre qui vient de paraître nous présente une soixantaine de peintres contemporains au moyen, pour chacun d'eux, d'une brève conversation de métier, d'un portrait photo et d'une analyse graphologique.(1)

En ce qui concerne Bernarc Buffet, dont l'exposition rituellement annuelle vient d'ouvrir ses portes chez David et Garnier avenue Matignon, l'analyste nous révèle que « son graphisme est violent parce que le peintre se sait influençable en certains domaines et espère, par une décision brutale, donner le change ».

Il faut ajouter que Buffet a donné le change très tôt et avec le plus grand succès.

Né au sein (malgré la légende de sa pauvreté originelle) d'une famille compréhensive et de bonne petite bourgeoisie, en 1928, il n'était pas majeur qu'il était déjà connu.

Relais assuré

Les hordes de l'abstraction triomphante commençaient à déferler sur le monde de la peinture quand les marchands et certains grands collectionneurs découvrirent, vers 1948, ce singulier jeune homme, charmant et taciturne, qui, après avoir peint des paysages heureusement brossés à la façon des meilleurs petits maîtres de la fin du XIXe siècle, pouvait exécuter en grande série des natures mortes et des figures hiératiques et grises dans le goût du misérabilisme où se complaisaient alors les tenants d'un certain existentialisme.

Aujourd'hui qu'il n'a pas encore quarante ans, il est aussi célèbre — et presque aussi riche — que Picasso à plus de quatre-vingts ans.

Les grands collectionneurs du début ont, depuis longtemps, passé la main et revendu en coulisse le surplus de leurs Buffet achetés à la grosse. Mais l'aventure continue. D'autres amateurs, recrutés dans d'autres couches sociales, en ont assuré le relais.

Cette année encore, la Galerie David et Garnier ne désemplit pas. Une foule ininterrompue de visiteurs silencieux apporte aux têtes décharnées et aux torses écorchés de Buffet l'hommage d'un recueillement qui ne cède en rien à celui des années précédentes, quand il s'agissait d'expositions organisées sur d'autres thèmes : les horreurs de la guerre, le cirque, Annabel, Jeanne d'Arc, Venise, etc.

Il m'a même semblé que la foule était, cette année, plus « sensibilisée » que d'habitude. Pas tant à cause des sujets résolument macabres des tableaux. A cause, surtout, d'un « suspense » très particulier.

D'une part, on avait vu, à la Télévision, Bernard Buffet et son épouse Annabel se livrer, devant les sourcils froncés de Michel Droit, à un numéro qu'on aurait pu croire parodique et intitulé : « Les Deux Nigauds ».

D'autre part, quelques chroniqueurs annonçaient à propos de cet homme encore jeune mais qui ressemble de plus en plus à un Fernandel mou et pas drôle : « Buffet a retrouvé la grande veine de sa jeunesse... » « Il y a chez lui quelque chose des sombres reflets du Moyen Age... » « Cet enfant gâté est peut être notre Goya... », etc., etc.

A vrai dire, ce n'est pas, chez Buffet, la laideur qui me gêne, c'est le manque de goût, pour ce qu'il suppose d' « insensualité » veule.

Nous sommes on ne peut plus loin, ici, de ce fameux « goût aristocratique de déplaire » que chérissait Baudelaire.

Noir sale

Ses têtes avec ou sans fronts (mais toujours sans nécessité apparente) ne seraient pas inintéressantes si on les contemplait, en vrac, à l'état d'esquisses sur une feuille de papier. Isolées et agrandies sur une toile, elles sont tout simplement d'une agressivité inutile et bête. Il paraît que ce sont des autoportraits.

De plus, les mariages éhontés du jaune vif (en pâte déjà craquelée), de l'orange criard, du rouge vinasse et du noir sale ne sont pour arranger ni ces têtes crispées dans le vide ni ces torses artificiellement désossés.

A force de jouer à « Bernard fais-moi peur », Buffet s'est perdu dans la forêt des épouvantes mystifiées et des dons gâchés.

Est-ce là le drame d'un talent réel qui se serait laissé égarer au point de disparaître corps et biens ?

Henri Perruchot ne m'en voudra pas, je l'espère, de lui emprunter pour conclure, une de ses maximes :

« Certains succès résultent uniquement de la rencontre de deux médiocrités : celle de l'artiste et celle du public qui l'acclame. »

293
Samedi 20 février

« Annonce de la naissance de Laurent de Médicis » 1449. Tel est le sujet de ce tableau du Maître du Cassone Adimari. Mais je ne t'annonce rien pour ce qui concerne la naissance (ralentie) du mien ! Au contraire, je me suis plongé dans les bouquins qui touchent au Deux-Décembre et j'ai avalé, dans la Micheline ce matin, ton « Napoléon le Petit ». Le reste du temps Nevers, Château-Chinon, visites, conversations. Un conseil municipal en fin d'après-midi a précédé un dîner avec m

es conseillers au « Vieux-Morvan ». Ils sont restés à bavarder et boire jusqu'à 2 h du matin. J'avais reçu ta lettre à la Préfecture. Elle fut tout le jour la compagne aimée, la certitude de notre cœur.

294
Dimanche 21 février

Ce dimanche absorbé par les petites affaires nivernaises m'a cependant laissé le temps, contrairement à ce que tu crois, de penser – et beaucoup – à toi. Je reste évidemment sur la lancée mélancolique de vendredi mais je sais en même temps que cela n'a pas d'importance. Il faut seulement veiller à maintenir ce merveilleux échange, vivant, fort, fécond qui a transformé nos vies en créant l'amour. Pour cela nos lectures, nos conversations, nos promenades vers la beauté sont nos meilleurs auxiliaires. Il nous est difficile actuellement de sortir de l'hiver-saison comme de l'hiver-torpeur que trop d'occupations assoupissent. Raison de plus pour sourire, s'aimer, espérer, comprendre.
Ceci dit, voici une critique de Buffet qui te fera plaisir et que j'ai lue dans le train.
Je t'aime, Anne.

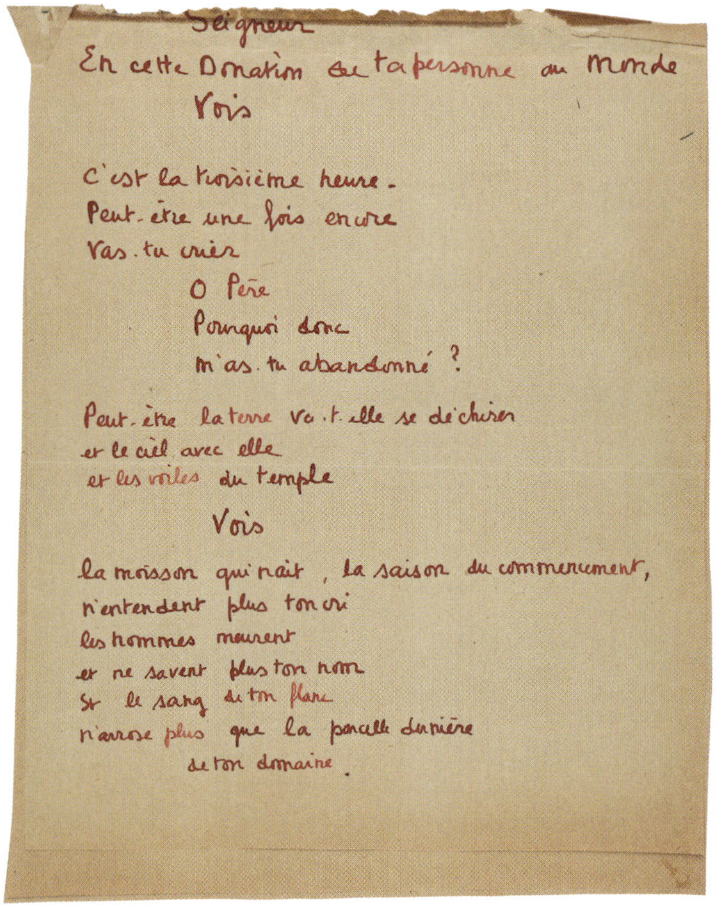

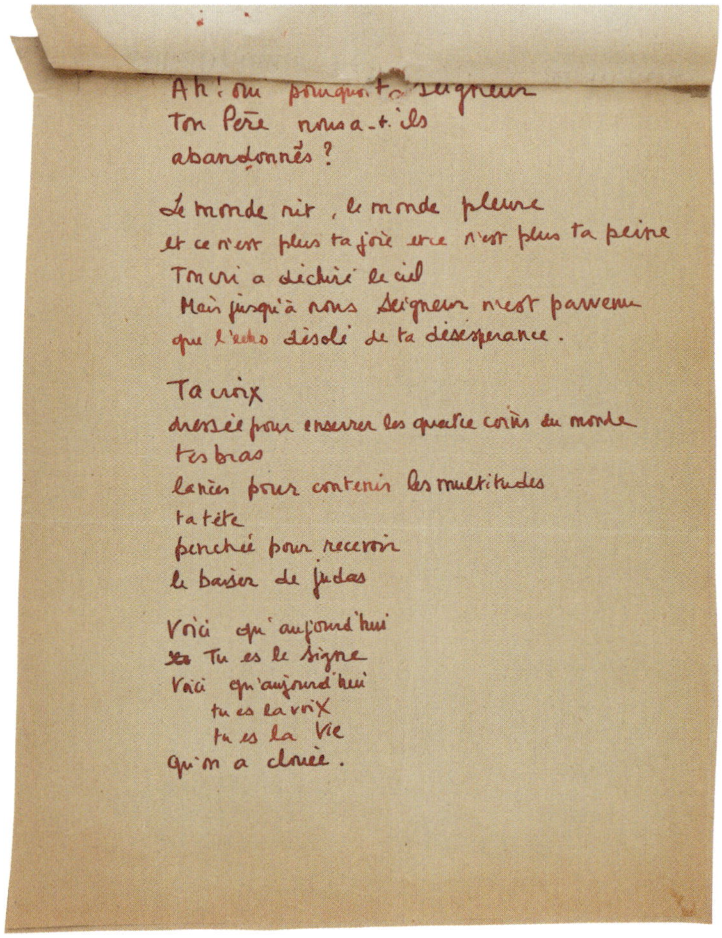

295
Lundi 22 février

  Seigneur
En cette Donation de ta personne au Monde
  Vois

C'est la troisième heure.
Peut-être une fois encore
Vas-tu crier
  O Père
  Pourquoi donc
  m'as-tu abandonné ?

Peut-être la terre va-t-elle se déchirer
et le ciel avec elle
et les voiles du temple

  Vois

la moisson qui naît, la saison du commencement,
n'entendent plus ton cri
les hommes meurent
et ne savent plus ton nom
Et le sang de ton flanc
n'arrose plus que la parcelle dernière
  de ton domaine.

Ah ! oui pourquoi ton Seigneur
Ton Père nous a-t-il
abandonnés ?

Le monde rit, le monde pleure
et ce n'est plus ta joie et ce n'est plus ta peine
Ton cri a déchiré le ciel
Mais jusqu'à nous Seigneur n'est parvenu
que l'écho désolé de ta désespérance.

Ta croix
dressée pour enserrer les quatre coins du monde
tes bras
lancés pour contenir les multitudes
ta tête
penchée pour recevoir
le baiser de Judas

Voici qu'aujourd'hui
Tu es le signe
Voici qu'aujourd'hui
  tu es la voix
  tu es la Vie
qu'on a clouée.

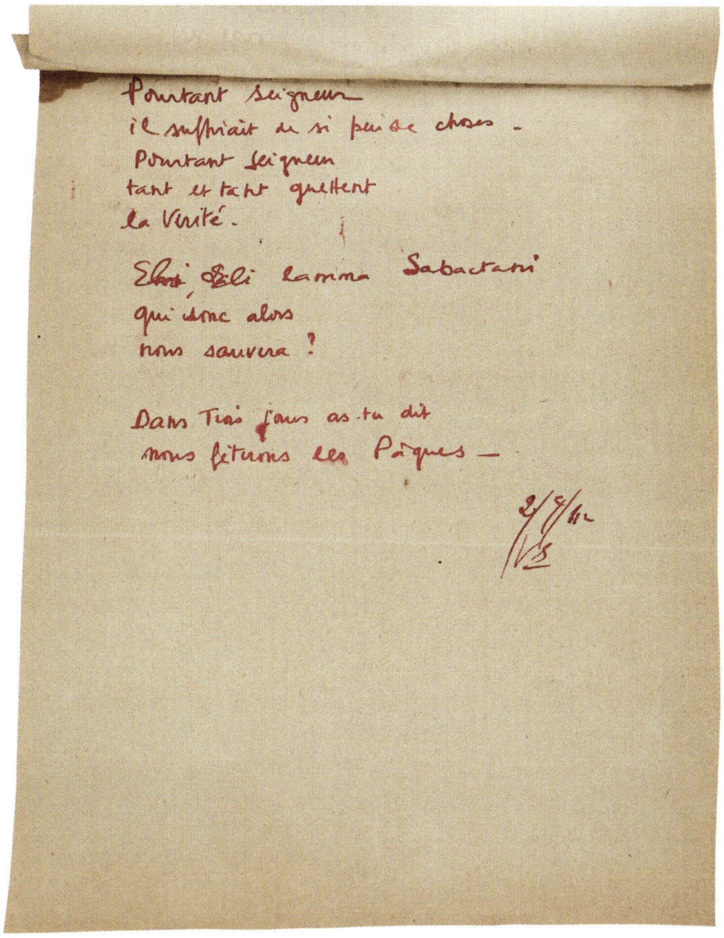

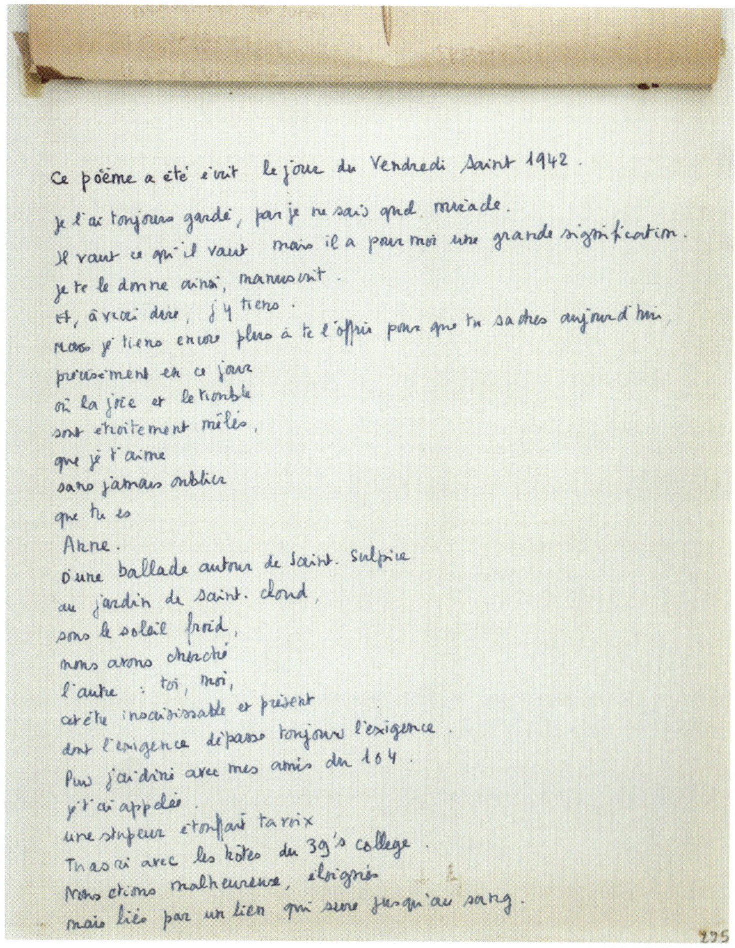

Pourtant Seigneur
il suffirait de si peu de choses –
Pourtant Seigneur
tant et tant guettent
la Vérité.

Eli, Eli lamma Sabactani
qui donc alors
nous sauvera ?

Dans trois jours as-tu dit
nous fêterons les Pâques –
2/4/42
<u>vs</u>

Ce poëme a été écrit le jour du Vendredi Saint 1942.
Je l'ai toujours gardé, par je ne sais quel miracle.
Il vaut ce qu'il vaut mais il a pour moi une grande signification.
Je te le donne ainsi, manuscrit.
Et, à vrai dire, j'y tiens.
Mais je tiens encore plus à te l'offrir pour que tu saches aujourd'hui,
précisément en ce jour
où la joie et le trouble
sont étroitement mêlés,
que je t'aime
sans jamais oublier
que tu es
Anne.
D'une balade autour de Saint-Sulpice
au jardin de Saint-Cloud,
sous le soleil froid,
nous avons cherché
l'autre : toi, moi,
cet être insaisissable et présent
dont l'exigence dépasse toujours l'exigence.
Puis j'ai dîné avec mes amis du 104.
je t'ai appelée.
Une stupeur étouffait ta voix
Tu as ri avec les hôtes du 39's college.
Nous étions malheureux, éloignés
mais liés par un lien qui serre jusqu'au sang.

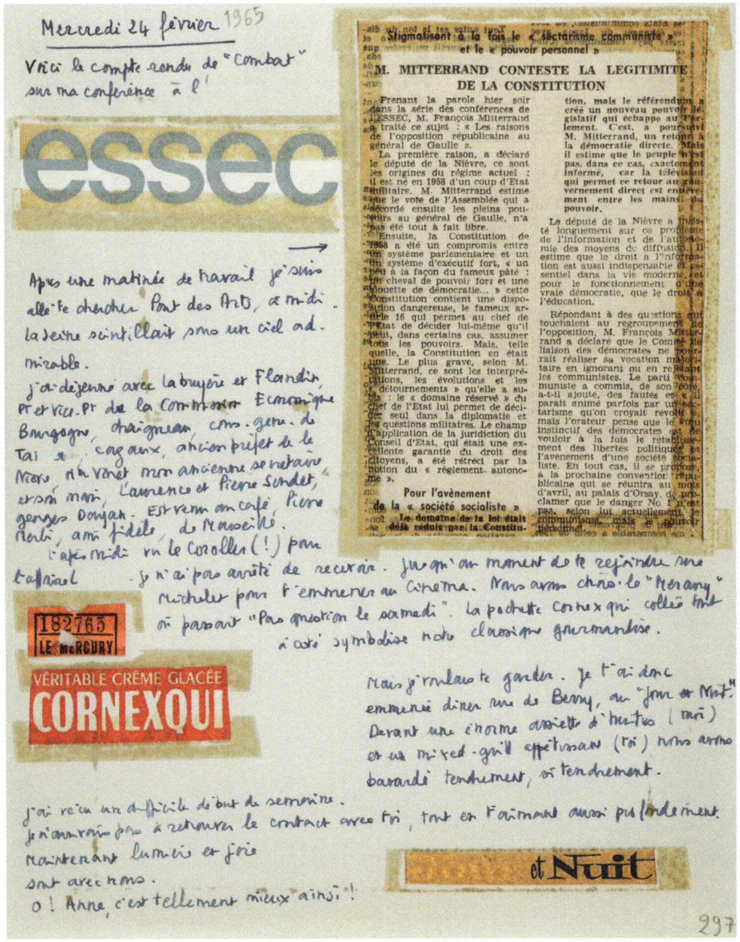

296
Mardi 23 février

Cet homme qui s'éloigne vers la mer, vers le songe, vers l'absence, c'est de Gaulle en 1946, quand après avoir quitté brusquement le pouvoir, il prit quelques jours de repos au cap d'Antibes. La photo est belle par son symbole et prépare déjà toutes les solitudes. J'ai précisément parlé de De Gaulle ce soir à l'ESSEC où je tenais une conférence sur « les raisons de l'opposition républicaine au gaullisme ». Tu étais là et j'en étais heureux. Avec toi Laurence Martinet-Soudet et Charles et Jacqueline Hernu. Nous sommes ensuite allés chez Lipp où Philippe Tesson et Delpeyrou, de « Combat » sont venus nous rejoindre.
Nous avions déjeuné chez Sainlouis, aux côtés de Monique Barrat. Comme toujours, nous avons connu là un moment de paix. Mais il a fallu t'emmener vite au Louvre où une visite exigeait ta présence à 14 h 30.
J'ai travaillé dans l'après-midi à l'article du « Courrier » que je dois écrire avec soin car il sera publié dans plusieurs journaux de province Entre nous, « notre » climat est revenu, avec un rien d'anxiété. Nous avons peine à ne pas souffrir de l'espérance du toujours plus, ce monstre insolite qui guette les vies les plus quotidiennes.

297
Mercredi 24 février

Voici le compte rendu de « Combat » sur ma conférence à l'ESSEC

Après une matinée de travail je suis allé te chercher Pont des Arts, à midi. La Seine scintillait sous un ciel admirable.
J'ai déjeuné avec Labruyère et Flandin, Pt et Vice-Pt de la Commission Economique Bourgogne, Chaigneau, cons. gene. de Tai *[suite effacée]*, Cazaux, ancien préfet de la Nièvre, Mme Vinet, mon ancienne secrétaire, et son mari, Laurence et Pierre Soudet, Georges Dayan. Est venu au café, Pierre Merli, ami fidèle, de Marseille.
L'après-midi vu Le Coroller (!) pour l'affaire L. Je n'ai pas arrêté de recevoir. Jusqu'au moment de te rejoindre rue Michelet pour t'emmener au cinéma. Nous avons choisi le « Mercury » où passait « Pas question le samedi ». La pochette Cornexqui collée tout à côté symbolise notre classique gourmandise.
Mais je voulais te garder. Je t'ai donc emmenée dîner rue de Berri, au « Jour et Nuit ». Devant une énorme assiette d'huîtres (moi) et un mixed-grill appétissant (toi) nous avons bavardé tendrement, si tendrement.
J'ai vécu un difficile début de semaine.
Je n'arrivais pas à retrouver le contact avec toi, tout en t'aimant aussi profondément. Maintenant lumière et joie sont avec nous.
O ! Anne, c'est tellement mieux ainsi !

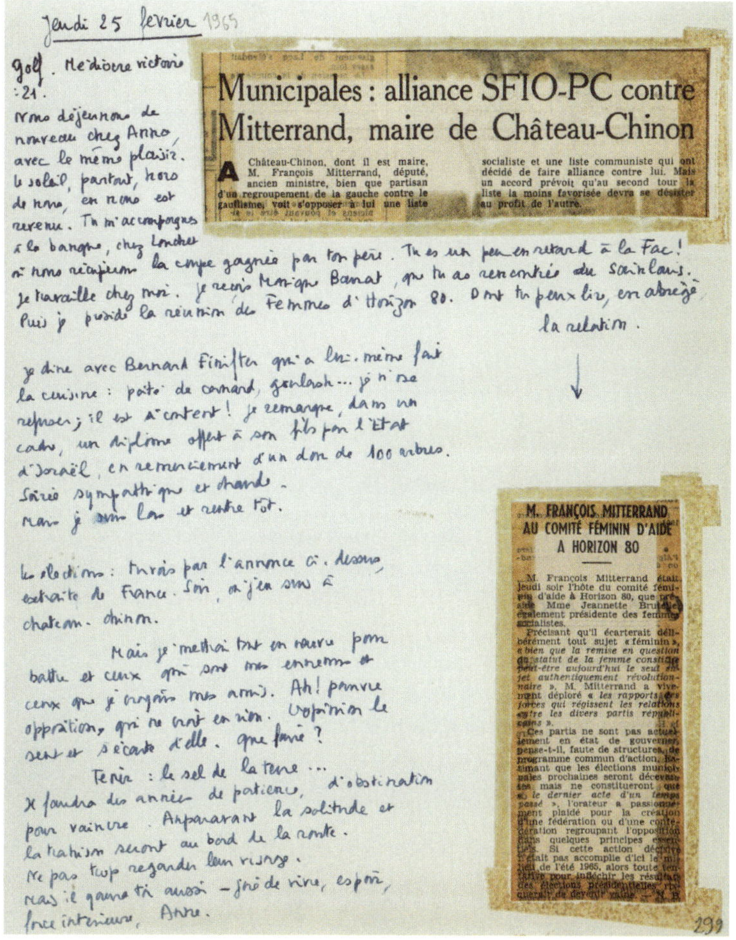

298

Mercredi 24 février

24 mai – 24 février : neuf mois depuis l'embarquement pour Amsterdam ! continuons de feuilleter notre album de Hollande…

299

Jeudi 25 février

Golf. Médiocre victoire : 21.
Nous déjeunons de nouveau chez Anna, avec le même plaisir. Le soleil, partout, hors de nous, en nous est revenu. Tu m'accompagnes à la banque, chez Louchet où nous récupérons la coupe gagnée par ton père. Tu es un peu en retard à la Fac !
Je travaille chez moi. Je reçois Monique Barrat, que tu as rencontrée au Sainlouis. Puis je préside la réunion des Femmes d'Horizon 80. Dont tu peux lire, en abrégé, la relation.
Je dîne avec Bernard Finifter qui a lui-même fait la cuisine : pâté de canard, goulash… je n'ose refuser ; il est si content ! Je remarque, dans un cadre, un diplôme offert à son fils par l'Etat d'Israël, en remerciement d'un don de 100 arbres.
Soirée sympathique et chaude.
Mais je suis las et rentre tôt.

Les élections : tu vois par l'annonce ci-dessus, extraite de France-Soir, où j'en suis à Château-Chinon.
Mais je mettrai tout en œuvre pour battre et ceux qui sont mes ennemis et ceux que je croyais mes amis. Ah ! pauvre opposition, qui ne croit en rien. L'opinion le sent et s'écarte d'elle. Que faire ?
Tenir : le sel de la terre…
Il faudra des années de patience, d'obstination pour vaincre. Auparavant la solitude et la trahison seront au bord de la route.
Ne pas trop regarder leur visage.
Mais il y aura toi aussi – joie de vivre, espoir, force intérieure, Anne.

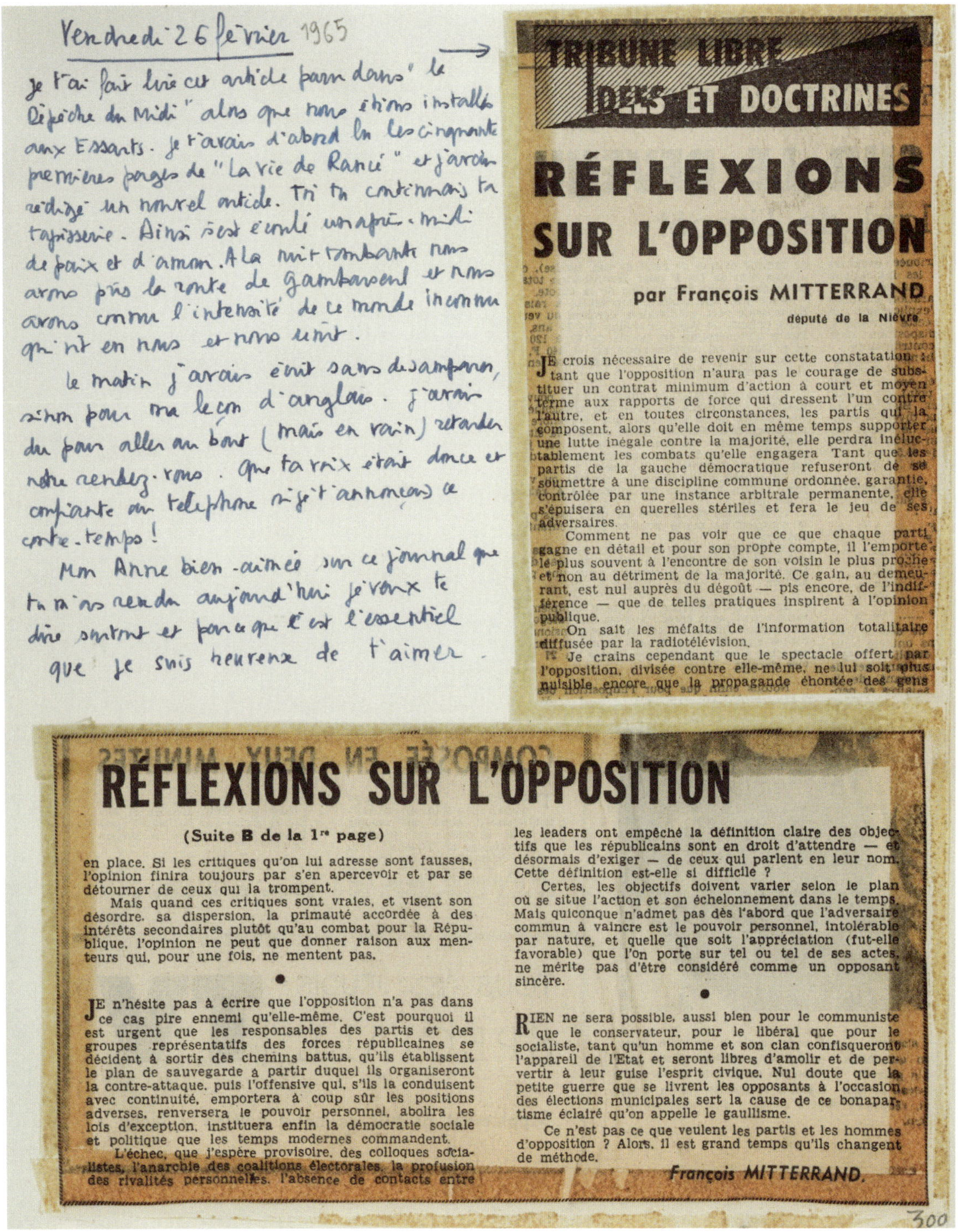

Vendredi 26 février 1965

Je t'ai fait lire cet article paru dans « la Dépêche du Midi » alors que nous étions installés aux Essarts. Je t'avais d'abord lu les cinquante premières pages de « La Vie de Rancé » et j'avais rédigé un nouvel article. Toi tu continuais ta tapisserie. Ainsi s'est écoulé un après-midi de paix et d'amour. A la nuit tombante nous avons pris la route de Gambaiseul et nous avons connu l'intensité de ce monde inconnu qui vit en nous et nous unit.

Le matin j'avais écrit sans désemparer, sinon pour ma leçon d'anglais. J'avais dû pour aller au bout (mais en vain) retarder notre rendez-vous. Que ta voix était douce et confiante au téléphone où je t'annonçais ce contre-temps !

Mon Anne bien-aimée sur ce journal que tu m'as rendu aujourd'hui je veux te dire surtout et parce que c'est l'essentiel que je suis heureux de t'aimer.

TRIBUNE LIBRE
IDÉES ET DOCTRINES

RÉFLEXIONS SUR L'OPPOSITION

par François MITTERRAND,
député de la Nièvre

JE crois nécessaire de revenir sur cette constatation : tant que l'opposition n'aura pas le courage de substituer un contrat minimum d'action à court et moyen terme aux rapports de force qui dressent l'un contre l'autre, et en toutes circonstances, les partis qui la composent, alors qu'elle doit en même temps supporter une lutte inégale contre la majorité, elle perdra inéluctablement les combats qu'elle engagera Tant que les partis de la gauche démocratique refuseront de se soumettre à une discipline commune ordonnée, garantie, contrôlée par une instance arbitrale permanente, elle s'épuisera en querelles stériles et fera le jeu de ses adversaires.

Comment ne pas voir que ce que chaque parti gagne en détail et pour son propre compte, il l'emporte le plus souvent à l'encontre de son voisin le plus proche et non au détriment de la majorité. Ce gain, au demeurant, est nul auprès du dégoût — pis encore, de l'indifférence — que de telles pratiques inspirent à l'opinion publique.

On sait les méfaits de l'information totalitaire diffusée par la radiotélévision.

Je crains cependant que le spectacle offert par l'opposition, divisée contre elle-même, ne lui soit plus nuisible encore que la propagande éhontée des gens

RÉFLEXIONS SUR L'OPPOSITION

(Suite B de la 1re page)

en place. Si les critiques qu'on lui adresse sont fausses, l'opinion finira toujours par s'en apercevoir et par se détourner de ceux qui la trompent.

Mais quand ces critiques sont vraies, et visent son désordre, sa dispersion, la primauté accordée à des intérêts secondaires plutôt qu'au combat pour la République, l'opinion ne peut que donner raison aux menteurs qui, pour une fois, ne mentent pas.

•

JE n'hésite pas à écrire que l'opposition n'a pas dans ce cas pire ennemi qu'elle-même. C'est pourquoi il est urgent que les responsables des partis et des groupes représentatifs des forces républicaines se décident à sortir des chemins battus, qu'ils établissent le plan de sauvegarde à partir duquel ils organiseront la contre-attaque, puis l'offensive qui, s'ils la conduisent avec continuité, emportera à coup sûr les positions adverses, renversera le pouvoir personnel, abolira les lois d'exception, instituera enfin la démocratie sociale et politique que les temps modernes commandent.

L'échec, que j'espère provisoire, des colloques socialistes, l'anarchie des coalitions électorales, la profusion des rivalités personnelles, l'absence de contacts entre les leaders ont empêché la définition claire des objectifs que les républicains sont en droit d'attendre — et désormais d'exiger — de ceux qui parlent en leur nom. Cette définition est-elle si difficile ?

Certes, les objectifs doivent varier selon le plan où se situe l'action et son échelonnement dans le temps. Mais quiconque n'admet pas dès l'abord que l'adversaire commun à vaincre est le pouvoir personnel, intolérable par nature, et quelle que soit l'appréciation (fut-elle favorable) que l'on porte sur tel ou tel de ses actes, ne mérite pas d'être considéré comme un opposant sincère.

•

RIEN ne sera possible, aussi bien pour le communiste que le conservateur, pour le libéral que pour le socialiste, tant qu'un homme et son clan confisqueront l'appareil de l'Etat et seront libres d'amolir et de pervertir à leur guise l'esprit civique. Nul doute que la petite guerre que se livrent les opposants à l'occasion des élections municipales sert la cause de ce bonapartisme éclairé qu'on appelle le gaullisme.

Ce n'est pas ce que veulent les partis et les hommes d'opposition ? Alors, il est grand temps qu'ils changent de méthode.

François MITTERRAND.

300

300

Vendredi 26 février

Je t'ai fait lire cet article paru dans « la Dépêche du Midi » alors que nous étions installés aux Essarts. Je t'avais d'abord lu les cinquante premières pages de « La Vie de Rancé » et j'avais rédigé un nouvel article. Toi tu continuais ta tapisserie. Ainsi s'est écoulé un après-midi de paix et d'amour. A la nuit tombante nous avons pris la route de Gambaiseul et nous avons connu l'intensité de ce monde inconnu qui vit en nous et nous unit.
Le matin j'avais écrit sans désemparer, sinon pour ma leçon d'anglais. J'avais dû pour aller au bout (mais en vain) retarder notre rendez-vous. Que ta voix était douce et confiante au téléphone où je t'annonçais ce contre-temps !
Mon Anne bien-aimée sur ce journal que tu m'as rendu aujourd'hui je veux te dire surtout et parce que c'est l'essentiel que je suis heureux de t'aimer.

Vendredi 26 février (suite) 1965

question orale publiée par « le Monde » →

Dans une question orale

M. FRANÇOIS MITTERRAND ASSURE

que certains candidats de la majorité violent la liberté de vote par leur propagande

Dans une question orale sans débat déposée à l'Assemblée nationale, M. François Mitterrand, député de la Nièvre (Rass. démocratique), ancien ministre, signale au premier ministre « *pour le cas où il n'en aurait pas déjà été informé qu'un certain nombre de candidats aux élections municipales appartenant aux partis de la majorité, et notamment plusieurs membres du gouvernement, n'hésitent pas à déclarer par voie de presse que la commune où ils souhaitent exercer un mandat aura à pâtir de son choix si elle montre moins de bonne grâce à les élire qu'eux-mêmes n'en mettent à se présenter.*

» *Il lui demande de bien vouloir préciser à l'Assemblée nationale : 1) par qui les candidats en question ont été autorisés à violer de la sorte la liberté de vote ; 2) s'il entre dans les intentions du gouvernement de mettre à exécution les menaces proférées à l'encontre des communes qui ne s'inclineraient pas devant pareille pression ; 3) s'il lui paraît convenable et conforme à l'exercice de la démocratie de répartir les communes de France en deux catégories : l'une qui bénéficiera de subventions et d'investissements parce que, soit par sa préférence politique, soit par crainte d'être sacrifiée à l'arbitraire gouvernemental, elle aura voté pour l'actuelle majorité, et l'autre qui sera frappée d'interdit parce qu'elle aura voté pour une liste d'opposition* ».

Article de Delpeyrou dans « Combat » ↓

Le difficile espoir

par Jacques DELPEYROU

D'UN côté, un homme. Respecté et honni, faillible et volontaire, comme tout maître d'un pouvoir. Vulnérable, malgré une résistance physique admirable, une aptitude à trancher, une intelligence alerte et volontiers hautaine. De l'autre, un pays. Qui dirige ? Le président est-il l'employé de la France, son premier serviteur, ou la France forme-t-elle un fief immense, corvéable, asservi à son désir ? L'exacte balance est difficile à faire, entre le mandat et l'arbitraire, la confiance reçue et la confiance trompée, le respect et le mépris du peuple. Il est bien vrai que la nation a jugé nécessaire, dans un temps où les paniques l'agitaient, qu'une tête étoilée pensât pour elle. Les méthodes d'accès au pouvoir sont toujours discutables et on peut contester l'alternative où fut placé l'électeur, qui contraignait son choix et l'obligeait à se résigner. Mais un certain mécanisme démocratique a fonctionné et fonctionne, pour l'adoption de la constitution, l'élection présidentielle, l'actuelle campagne municipale. Tronqué, peut-être, et truqué, ce mécanisme donne prétexte au pouvoir de se dire délégué, de s'assurer représentatif et de statuer au nom, sinon à la place du peuple qui l'a plusieurs fois accepté à défaut de le vouloir.

MAIS de quelles décisions la nation voulait-elle reporter sur cet homme unique la charge, l'honneur, le bénéfice ? Quelles options entendait-elle qu'il prît ? Aucune, sans doute qui fût contraire à la Constitution établie sur ses directives et que le peuple s'accorde à soi-même, avec le sentiment de signer un contrat liant les citoyens, régissant leurs rapports, assurant leur équilibre, respectant leur liberté. L'homme, cependant, a trop de vigueur, d'impétueuse envie de commander pour se river aux termes d'un texte. S'il l'a modifié légèrement dans sa lettre, il l'oriente en esprit, assurant un pouvoir stable et personnel auquel il faut dire que le peuple s'habitue comme à un confort et une léthargie.

C'est bien là ce que M. François Mitterand mettait, mardi dernier, en lumière. Par touches successives, la loi n'a plus qu'un père unique. La liberté rétrécit à l'usage.

Le Conseil d'Etat voit son rôle diminuer, la radio et la télévision diffusent la seule parole des maîtres, les « actes du gouvernement » couvrent tous les domaines vitaux. Le député de la Nièvre parlait de « détournements », et le mot a une certaine ampleur. Comme on détourne des fonds, ou le cours d'un fleuve, la confiance est détournée : une démocratie directe s'instaure, qui requiert le contact avec la foule. D'un côté, toujours un homme. De l'autre, des anonymes, rangés en masses qu'on exige silencieuses. Entre cette personne individuelle et cette multitude une sorte de vide s'étend, et comme un espace lacunaire. Cette démocratie directe n'est démocratique qu'à sens unique : l'homme parle à la foule, sans l'entendre.

FRANÇOIS MITTERAND a insisté sur le problème de l'expression, qui est grave. Oui, on donne encore de l'information, après contrôle des sources. Oui, on diffuse de la distraction. Information et distraction sont deux manières, très pernicieuses, de détournement, dès qu'il s'agit d'éviter l'opinion. Penser est réservé. Contester est suspect. L'opposition, au lieu d'être écoutée, et respectée en ce qu'elle est indispensable, non seulement pour l'exercice démocratique mais pour l'élémentaire avancement dialectique des idées, se voit coupée des moyens d'expression, condamnée à l'attente et au déchirement. Qu'elle soit divisée, souvent médiocre dans ses propos, incertaine dans ses buts, malhabile à susciter l'ardeur, amplifier l'amertume de nombreux isolés, avides d'un signe de ralliement. Est-il d'autre grandeur pour l'homme d'Etat que d'accepter cette sorte de transfert qui s'opère, du peuple à lui, quand le peuple est en effet malade et, pour achever sa guérison, de procéder ensuite lui-même à ce contre-transfert, que pratiquent les psychanalistes ? De rendre le peuple à sa conscience, la liberté à ses origines, la pensée à ses contradictions, la vie au mouvement... Faut-il penser que cet homme, face à l'éternité de l'histoire, acceptera une ultime décolonisation : celle de la France même, la délivrant du pouvoir personnel ?

Le croire serait à nouveau abdiquer et supposer que la liberté se reçoit, quand elle se mérite. L'opposition est vaine, si des responsables ne sont pas rassemblés, ayant entre eux une suffisante estime, mêlant la France à leurs débats, construisant dans la confrontation une politique et un espoir et fuyant l'intérêt fragmentaire pour l'audace de très grandes entreprises.

301

301
Vendredi 26 février (suite)

Question orale publiée par « Le Monde »

Article de Delpeyrou dans « Combat »

Samedi 27 février 1965

Pèlerinage du samedi : Nevers, chateau-chinon.
De cette journée rien à dire. Elle fut consacrée à vingt rendez-vous autour de nos listes électorales.
j'avance.

« On se trompe toujours, on n'y comprend jamais rien. » C'était, paraît-il, la formule favorite du maréchal Fayolle pendant la Grande Guerre. Nous pouvons sans hésiter la remettre à la mode et l'appliquer au monde du rugby.

Noté dans le train cette citation du Maréchal Fayolle… appliqué à notre équipe de rugby ! O destinée des grands hommes !
Achevé la lecture de "Napoléon le Petit". le soir, au "Vieux Morvan", après minuit resté à rêver dans ma petite chambre 15. Ta photo en couleurs sur ma table.
Reçu les communistes de chateau-chinon. Ils présentent contre moi une liste de sept candidats (pour 17). une délégation d'anciens membres du parti (anciens, c.à.d, les plus vieux !) vient m'assurer de son concours.
Vois cette photo de Dostoievski : je vais relire les Karamazov. L'un des plus beaux bouquins du monde.
Toi, mon Anne, au téléphone, à 14 heures.
Ce soir tu es à une "Crêpe-party".
Je pense à toi en souriant.

302

302
Samedi 27 février

Pèlerinage du samedi : Nevers, Château-Chinon.
De cette journée rien à dire. Elle fut consacrée à vingt rendez-vous autour de nos listes électorales.
J'avance.

Noté dans le train cette citation du Maréchal Fayolle… appliquée à notre équipe de rugby ! O destinée des grands hommes !
Achevé la lecture de « Napoléon le Petit ». Le soir, au « Vieux Morvan », après minuit resté à rêver dans ma petite chambre 15.
Ta photo en couleurs sur ma table.

Reçu les communistes de Château-Chinon. Ils présentent contre moi une liste de sept candidats (pour 17). Une délégation d'anciens membres du parti (anciens, c. à. d., les plus vieux !) vient m'assurer de son concours.
Vois cette photo de Dostoïevski : je vais relire les Karamazov. L'un des plus beaux bouquins du monde.
Toi, mon Anne, au téléphone, à 14 heures.
Ce soir tu es à une « Crêpe-party ».
Je pense à toi en souriant.

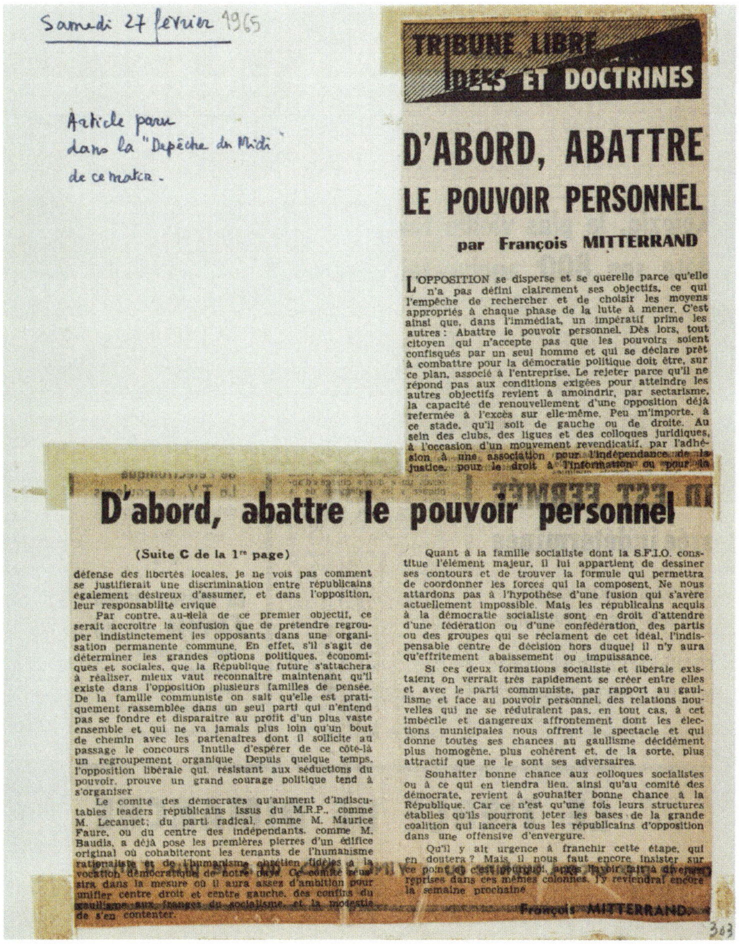

TRIBUNE LIBRE
IDÉES ET DOCTRINES

D'ABORD, ABATTRE LE POUVOIR PERSONNEL

par François MITTERRAND

L'OPPOSITION se disperse et se querelle parce qu'elle n'a pas défini clairement ses objectifs, ce qui l'empêche de rechercher et de choisir les moyens appropriés à chaque phase de la lutte à mener. C'est ainsi que, dans l'immédiat, un impératif prime les autres : Abattre le pouvoir personnel. Dès lors, tout citoyen qui n'accepte pas que les pouvoirs soient confisqués par un seul homme et qui se déclare prêt à combattre pour la démocratie politique doit être, sur ce plan, associé à l'entreprise. Le rejeter parce qu'il ne répond pas aux conditions exigées pour atteindre les autres objectifs revient à amoindrir, par sectarisme, la capacité de renouvellement d'une opposition déjà refermée à l'excès sur elle-même. Peu m'importe, à ce stade, qu'il soit de gauche ou de droite. Au sein des clubs, des ligues et des colloques juridiques, à l'occasion d'un mouvement revendicatif, par l'adhésion à une association pour l'indépendance de la justice, pour le droit à l'information ou pour la

D'abord, abattre le pouvoir personnel

(Suite C de la 1re page)

défense des libertés locales, je ne vois pas comment se justifierait une discrimination entre républicains également désireux d'assumer, et dans l'opposition, leur responsabilité civique

Par contre, au-delà de ce premier objectif, ce serait accroître la confusion que de prétendre regrouper indistinctement les opposants dans une organisation permanente commune. En effet, s'il s'agit de déterminer les grandes options politiques, économiques et sociales, que la République future s'attachera à réaliser, mieux vaut reconnaître maintenant qu'il existe dans l'opposition plusieurs familles de pensée. De la famille communiste on sait qu'elle est pratiquement rassemblée dans un seul parti qui n'entend pas se fondre et disparaître au profit d'un plus vaste ensemble et qui ne va jamais plus loin qu'un bout de chemin avec les partenaires dont il sollicite au passage le concours Inutile d'espérer de ce côté-là un regroupement organique Depuis quelque temps, l'opposition libérale qui, résistant aux séductions du pouvoir, prouve un grand courage politique tend à s'organiser

Le comité des démocrates qu'animent d'indiscutables leaders républicains issus du M.R.P., comme M. Lecanuet ; du parti radical, comme M. Maurice Faure, ou du centre des indépendants, comme M. Baudis, a déjà posé les premières pierres d'un édifice original où cohabiteront les tenants de l'humanisme rationaliste et de l'humanisme chrétien fidèles à la vocation démocratique de notre pays. Ce comité réussira dans la mesure où il aura assez d'ambition pour unifier centre droit et centre gauche, des confins du gaullisme aux franges du socialisme, et la modestie de s'en contenter.

Quant à la famille socialiste dont la S.F.I.O. constitue l'élément majeur, il lui appartient de dessiner ses contours et de trouver la formule qui permettra de coordonner les forces qui la composent. Ne nous attardons pas à l'hypothèse d'une fusion qui s'avère actuellement impossible. Mais les républicains acquis à la démocratie socialiste sont en droit d'attendre d'une fédération ou d'une confédération, des partis ou des groupes qui se réclament de cet idéal, l'indispensable centre de décision hors duquel il n'y aura qu'effritement abaissement ou impuissance.

Si ces deux formations socialiste et libérale existaient on verrait très rapidement se créer entre elles et avec le parti communiste, par rapport au gaullisme et face au pouvoir personnel, des relations nouvelles qui ne se réduiraient pas, en tout cas, à cet imbécile et dangereux affrontement dont les élections municipales nous offrent le spectacle et qui donne toutes ses chances au gaullisme décidément plus homogène, plus cohérent et, de la sorte, plus attractif que ne le sont ses adversaires.

Souhaiter bonne chance aux colloques socialistes ou à ce qui en tiendra lieu, ainsi qu'au comité des démocrate, revient à souhaiter bonne chance à la République. Car ce n'est qu'une fois leurs structures établies qu'ils pourront jeter les bases de la grande coalition qui lancera tous les républicains d'opposition dans une offensive d'envergure.

Qu'il y ait urgence à franchir cette étape, qui en doutera ? Mais il nous faut encore insister sur ce point et c'est pourquoi, après l'avoir fait à diverses reprises dans ces mêmes colonnes, j'y reviendrai encore la semaine prochaine

François MITTERRAND.

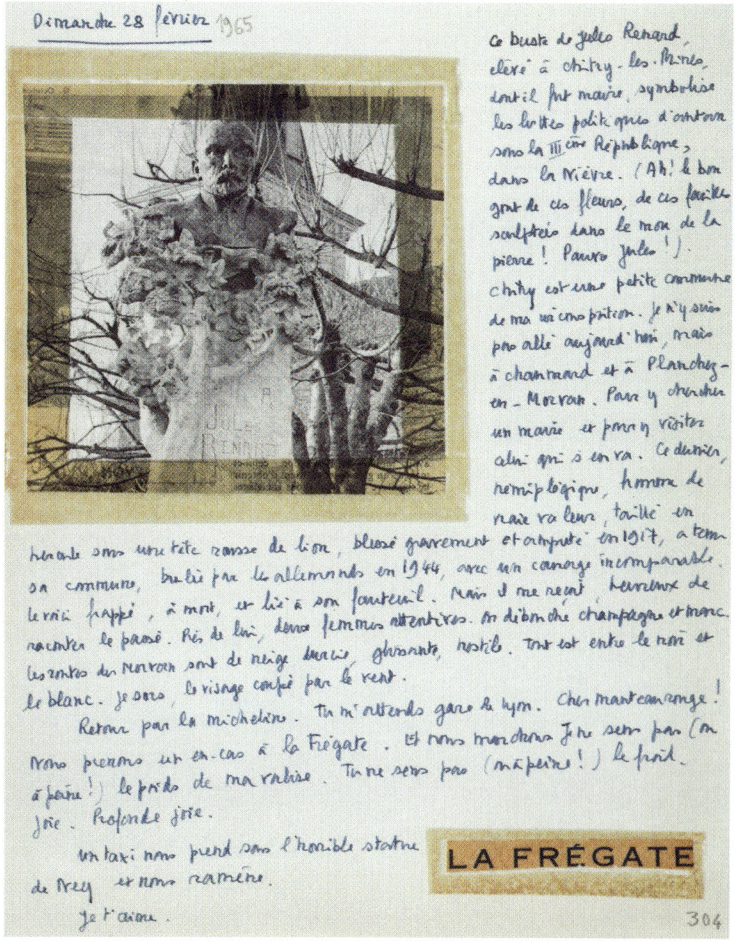

303
Samedi 27 février

Article paru dans la « Dépêche du Midi » de ce matin.

304
Dimanche 28 février

Ce buste de Jules Renard, élevé à Chitry-les-Mines, dont il fut maire, symbolise les luttes politiques d'antan sous la IIIème République, dans la Nièvre. (Ah ! le bon goût de ces fleurs, de ces feuilles sculptées dans le mou de la pierre ! Pauvre Jules !). *[sculpteur, Charles Pourquet, 1913]*

Chitry est une petite commune de ma circonscription. Je n'y suis pas allé aujourd'hui, mais à Chaumard et à Planchez-en-Morvan. Pour y chercher un maire et pour y visiter celui qui s'en va. Ce dernier, hémiplégique, homme de vraie valeur, taillé en Hercule sous une tête rousse de lion, blessé gravement et amputé en 1917, a tenu sa commune, brûlée par les Allemands en 1944, avec un courage incomparable. Le voici frappé, à mort, et lié à son fauteuil. Mais il me reçoit, heureux de raconter le passé. Près de lui, deux femmes attentives. On débouche champagne et marc. Les routes du Morvan sont de neige durcie, glissante, hostile. Tout est entre le noir et le blanc. Je sors, le visage coupé par le vent.

Retour par la micheline. Tu m'attends gare de Lyon. Cher manteau rouge ! Nous prenons un en-cas à la Frégate. Et nous marchons. Je ne sens pas (ou à peine !) le poids de ma valise. Tu ne sens pas (ou à peine !) le froid. Joie. Profonde joie.

Un taxi nous prend sous l'horrible statue de Ney *[Oh, François Rude, pardon !]* et nous ramène.

Je t'aime.

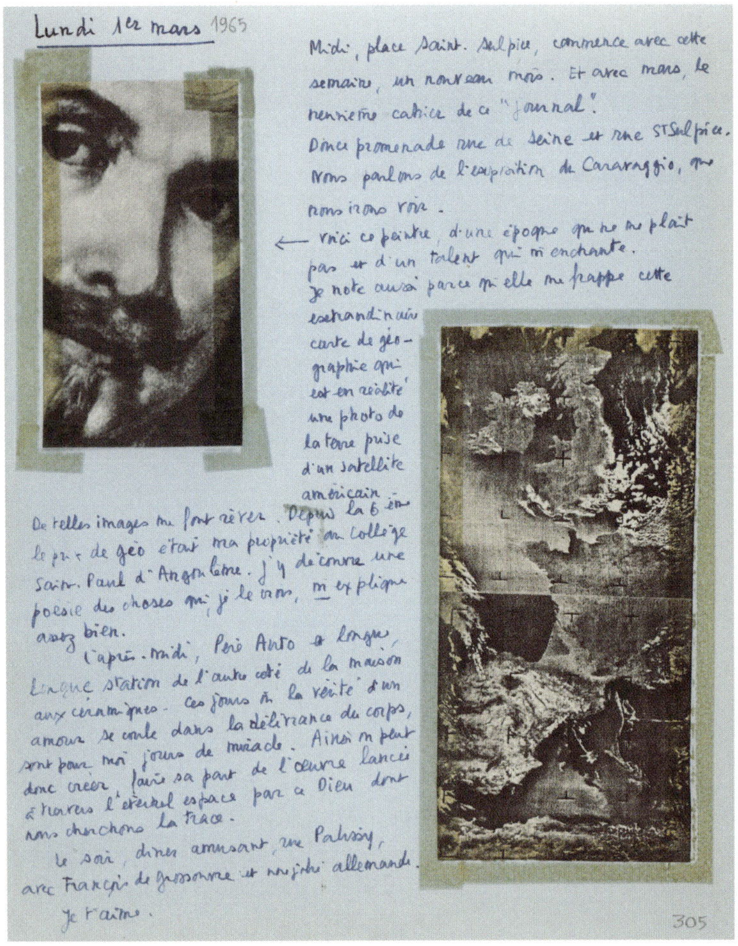

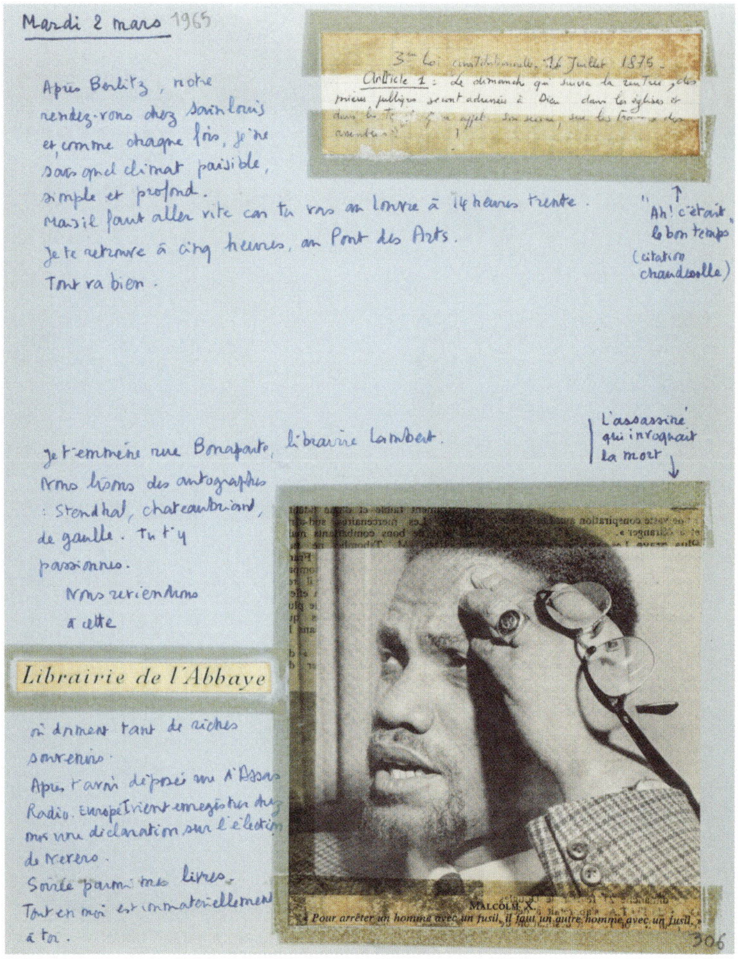

305
Lundi 1er mars

Midi, place Saint-Sulpice, commence avec cette semaine, un nouveau mois. Et avec mars, le neuvième cahier de ce « journal ».
Douce promenade rue de Seine et rue St Sulpice. Nous parlons de l'exposition de Caravaggio, que nous irons voir.
Voici ce peintre, d'une époque qui ne me plaît pas et d'un talent qui m'enchante. Je note aussi parce qu'elle me frappe cette extraordinaire carte de géographie qui est en réalité une photo de la terre prise d'un satellite américain. De telles images me font rêver. Depuis la 6ème le prix de géo était ma propriété au Collège Saint-Paul d'Angoulême. J'y découvre une poésie des choses qui, je le crois, m'explique assez bien.
L'après-midi, Père Auto et longue, longue station de l'autre côté de la maison aux céramiques. Ces jours où la vérité d'un amour se coule dans la délivrance du corps, sont pour moi jours de miracle. Ainsi on peut donc créer, faire sa part de l'œuvre lancée à travers l'éternel espace par ce Dieu dont nous cherchons la trace.
Le soir, dîner amusant, rue Palissy, avec François de Grossouvre et une jolie Allemande.
Je t'aime.

306
Mardi 2 mars

Après Berlitz, notre rendez-vous chez Sainlouis et, comme chaque fois, je ne sais quel climat paisible, simple et profond.
Mais il faut aller vite car tu vas au Louvre à 14 heures trente.
Je te retrouve à cinq heures, au Pont des Arts.
Tout va bien.

[Tiré de mon cours de droit] 3ème Loi Constitutionnelle. 16 juillet 1875. Article 1 : Le dimanche qui suivra la rentrée, des prières publiques seront adressées à Dieu dans les églises et dans les temples… pour appeler son secours, sur les travaux des assemblées.
« Ah ! c'était le bon temps » (citation Chaudessolle)

Je t'emmène rue Bonaparte, librairie Lambert.
Nous lisons des autographes : Stendhal, Chateaubriand, de Gaulle. Tu t'y passionnes.
Nous reviendrons à cette Librairie de l'Abbaye où dorment tant de riches souvenirs.
Après t'avoir déposée rue d'Assas, Radio-Europe I vient enregistrer chez moi une déclaration sur l'élection de Nevers.
Soirée parmi mes livres.
Tout en moi est immatériellement à toi.

L'assassiné qui invoquait la mort

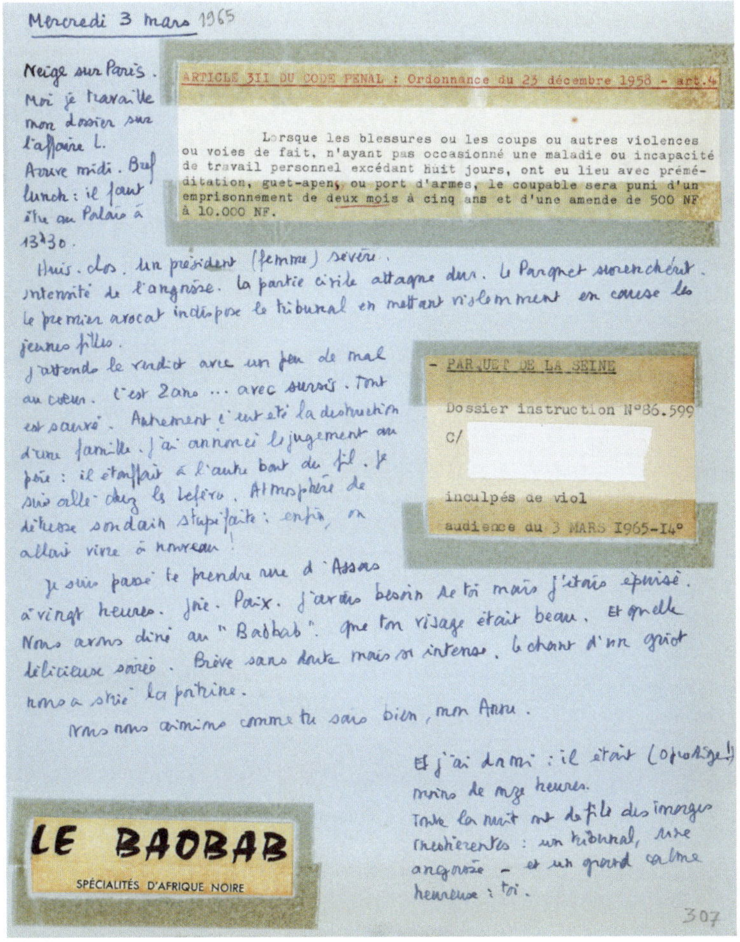

307

Mercredi 3 mars

Neige sur Paris. Moi je travaille mon dossier sur l'affaire L. Arrive midi. Bref lunch : il faut être au Palais à 13 h 30.
Huis clos. Un président (femme) sévère.
Intensité de l'angoisse. La partie civile attaque dur. Le Parquet surenchérit. Le premier avocat indispose le tribunal en mettant violemment en cause les jeunes filles.
J'attends le verdict avec un peu de mal au cœur. C'est 2 ans… avec sursis. Tout est sauvé. Autrement ç'eût été la destruction d'une famille. J'ai annoncé le jugement au père : il étouffait à l'autre bout du fil. Je suis allé chez les L. Atmosphère de détresse soudain stupéfaite : enfin, on allait vivre à nouveau !
Je suis passé te prendre rue d'Assas à vingt heures. Joie. Paix. J'avais besoin de toi mais j'étais épuisé. Nous avons dîné au « Baobab ». Que ton visage était beau. Et quelle délicieuse soirée. Brève sans doute mais si intense. Le chant d'un griot nous a strié la poitrine.
Nous nous aimions comme tu sais bien, mon Anne.
Et j'ai dormi : il était (O prodige !) moins de onze heures.
Toute la nuit ont défilé des images incohérentes : un tribunal, une angoisse – et un grand calme heureux : toi.

308

Jeudi 4 mars

La neige a rendu impossible le golf hebdomadaire. Mais Rousselet m'a fait profiter d'une innovation : le golfomat. On tape. Un œil électronique apprécie force et direction. Un panorama de Californie déroule ses horizons. Et la balle se pose… parfois dans un bunker – ceci, au sous-sol d'un immeuble moderne de la rue Paul-Valéry ! Tu étais proprement scandalisée en m'entendant te raconter cela !

GRRRANDE NOUVELLE

Fiançailles
On nous prie d'annoncer les fiançailles de Mlle Martine Pingeot, fille de M. Pierre Pingeot et de Mme, née Chaudessolle, et petite-fille du général et de Mme Chaudessolle, avec M. Hervé Maucout, fils de M. René Maucout et de Mme, née Michaellier.

Je t'ai retrouvée pour déjeuner chez Sainlouis. Encore une fois ce fut un bonheur. A une autre table, Marie-Ange Le Besnerais. Je t'ai reconduite, rue d'Assas. Mais à 17 h 30 j'ai manqué notre rendez-vous… trois quarts d'heure durant tu m'as attendu sous un fragile auvent qui dégouttait de pluie. Et ce n'est pas cela le mieux : en me voyant arriver, tu m'as souri ! O mon Anne toute douce (!!!) Pour te récompenser je t'ai offert… un coca-cola – que nous avons bu avidement. J'avais décidément trop envie de te voir – Aussi suis-je revenu te prendre à la fin des T.P. Je t'ai annoncé mon départ pour la Nièvre demain. J'ai vu ta peine sur ton cher visage. Anne n'aie pas de chagrin : je t'aime.
Des iris, des narcisses, acquis chez Michel Darcy et je t'ai dit un très tendre BONSOIR avant d'aller au CAI – terminé au Ruc-l'Univers avec mes amis, à minuit.

Un maître éclairé : De Gaulle parle de la dictature. Et il en parle fort bien ! (citation d'Anne)

Jeudi 4 mars (suite) 1965 "Combat"

LE RÉGIME ACTUEL EST-IL ILLÉGITIME ? par Jacques SOUSTELLE

A en juger par le compte rendu que Combat (24 février) consacre à son récent exposé sur la Constitution, M. François Mitterrand n'a rien changé à la thèse fondamentale qu'il a soutenue naguère avec talent dans son livre Le coup d'Etat permanent.

Il conteste la légitimité du régime actuel : pour lui, c'est un coup d'Etat militaire, celui du 13 mai 1958, qui a engendré ce régime, le marquant ipso facto d'une tache indélébile, d'une sorte de péché originel presque métaphysique.

Je conteste, quant à moi, la légitimité du régime, mais j'avance d'autres raisons et me trouve en désaccord avec l'analyse de M. Mitterrand.

Définir les événements du 13 mai comme un coup d'Etat militaire qui aurait instauré un nouveau régime ne me paraît pas conforme à la réalité des faits. Etrange coup d'Etat que celui-là, qui n'a pas porté au pouvoir un seul de ses chefs, qui ne s'est emparé ni des moyens de communications ni des centres nerveux du pays et qui n'a imposé ni cherché à imposer par la force aucune doctrine constitutionnelle ! Il y a eu, au maximum, menace de coup d'Etat ; un « Quos ego ! » lancé, d'une lointaine province, à une métropole prompte à s'affoler ; un avertissement sans frais, sans effusion de sang, dont la débilité d'un système vermoulu a seule assuré le succès : coup de semonce, oui, mais non coup d'Etat.

Quant à la nouvelle Constitution, elle a été soumise régulièrement au pays ; son texte avait fait l'objet d'explications et de débats multiples au Comité constitutionnel, dans la presse, à la radio. Les électeurs auraient pu la repousser, comme ils avaient repoussé en 1946 la première « mouture » du texte proposé par la Constituante. Le fait est qu'ils l'ont approuvée, et très largement, avec l'accord de tous les partis démocratiques.

Ainsi, je ne puis suivre M. Mitterrand dans son argumentation : quelles qu'aient pu être dès 1958 les arrière-pensées de celui qui était alors le chef du gouvernement, la naissance de la Ve République n'est pas entachée d'illégitimité. La Constitution de 1958, quels que soient ses défauts, n'est pas une charte d'oppression imposée à un peuple par la violence.

Je soutiens que l'illégitimité est venue plus tard. Elle découle — et là, j'imagine, M. Mitterrand sera d'accord — des violations multiples que le pouvoir exécutif a infligées à la Constitution qu'il avait lui-même proposée et solennellement juré de défendre.

De ces violations, celle qui fut si justement et si courageusement dénoncée en son temps par le président Monnerville, à savoir la révision constitutionnelle par référendum sans in-

La Constitution de 1958 qui est encore théoriquement la nôtre n'est pas née directement des événements du 13 mai. Sans doute n'aurait-elle pas pris naissance sans eux, ou sans une situation analogue ; mais son contenu découle des thèses exposées à Bayeux dès les débuts de la IVe République, soumises à l'examen d'un gouvernement composite et d'un comité constitutionnel assez large. On ne peut pas dire qu'il y ait une seule disposition de ce texte qui ait été dictée par le Forum ou par l'armée d'Algérie.

Quand, en 1940, le Parlement a remis entre les mains du maréchal Pétain tous les pouvoirs de l'Etat, il lui a conféré le pouvoir constituant sous réserve de ratification par de futures Assemblées. Ces Assemblées, on le sait, n'ont jamais été réunies et la ratification n'a jamais eu lieu. Les actes constitutionnels de Vichy sont demeurés, pour ainsi dire, suspendus dans le vide. L'Assemblée nationale de 1958, elle, a chargé le gouvernement de rédiger une Constitution dont certains traits étaient fixés à l'avance (notamment la responsabilité du gouvernement devant le Parlement), et de la soumettre au corps électoral, dont le pouvoir constituant est demeuré intact. Ce qui a été fait dans les délais prévus.

Comment qualifier, d'ailleurs, le gouvernement de Gaulle de juin 1958 ? Du point de vue constitutionnel, aucun doute : c'est un gouvernement légal et régulier dans le cadre de la Constitution de 1946. Il a été formé par un président du Conseil désigné, puis investi, dans les conditions normales. Le président de la République, René Coty, n'a pas commis de forfaiture ; les leaders parlementaires tels que MM. Guy Mollet Pinay, Pflimlin ne sont pas entrés dans un pseudo-gouvernement d'aventure et d'usurpation.

309

ITTERRAND

rrière,

un Idéal..

M. Mitterrand, leader de l'U.D.S.R., qui a vivement critiqué hier, à l'Assemblée, la politique du gouvernement français en Tunisie

François MITTERRAND

un Homme,

une Carrière,

un Idéal..

M. Mitterrand, leader de l'U.D.S.R., qui a vivement critiqué hier, à l'Assemblée, la politique du gouvernement français en Tunisie

309

Jeudi 4 mars (suite)

« Combat »

[Documents préparés, non collés.]

Jeudi 4 mars (suite) 1965

(Suite de la première page.)

Le régime actuel est-il illégitime ?

tervention du Parlement, contrairement aux dispositions les plus claires au sujet de la procédure de révision, est une des plus criantes. Mais il en est bien d'autres et de plus graves.

L'effacement du Premier ministre et du gouvernement, responsables individuellement et collectivement de la politique de la nation et de sa défense, au profit du seul chef de l'Etat, est évidemment contraire à la lettre du texte fondamental, et aussi à son esprit : car que peut bien signifier le contrôle parlementaire, à quoi correspond la faculté laissée au Parlement de censurer le gouvernement, si celui-ci, théoriquement responsable, n'est en fait qu'un agrégat de commis, de porte-parole et de porte-plume ? Le Parlement n'a devant lui qu'une ombre, et il le sait ; la véritable source des décisions est ailleurs, et ne peut être mise en cause devant la représentation nationale. Cette altération des règles établies suffit à frapper de dégénérescence l'ensemble de la pratique parlementaire et à faire de toute la structure constitutionnelle un faux-semblant vide de sens.

Que les Premiers ministres successifs, M. Debré puis M. Pompidou, se soient accommodés de cette violation de la charte, qu'ils aient consenti à n'exercer qu'une apparence de pouvoir en oscillant entre le rôle de figurant et celui de bouc émissaire, ne change rien à la gravité du fait. Au contraire : aucun homme d'Etat digne de ce nom n'aurait dû se prêter à cette triste comédie.

M. MITTERRAND insiste, et il a raison, sur les conséquences néfastes de l'article 16. Ayant participé moi-même, comme membre du gouvernement, aux discussions qui ont entouré sa rédaction, je me rappelle fort bien les réserves qu'il a suscitées en particulier celles de M. Guy Mollet. Seule l'hypothèse d'un conflit armé, entraînant, avec l'agression nucléaire, le complet effondrement des structures de l'Etat, a finalement amené les ministres les plus réticents à donner leur accord. Aucun d'eux ne prévoyait que l'article 16, utilisé en 1961 dans une conjoncture qui n'avait rien d'apocalyptique, alors que les conditions indispensables n'étaient pas réunies, et face, non point à une guerre atomique et au chaos, mais à un soulèvement local réduit en quatre jours, allait servir de prétexte et de paravent au déchaînement de l'arbitraire, aux arrestations massives, à la mise en place de juridictions d'exception et au démantèlement des libertés publiques.

C'est ici que l'opposition de gauche dont M. Mitterrand est à coup sûr un des plus brillants représentants se trouve placée dans une situation fort inconfortable. Car enfin, cette opposition ne s'est-elle pas accommodée des abus de l'article 16 ? N'a-t-on pas vu toute une presse progressiste crier « Tue ! » quand le Pouvoir criait « Assomme ! » ? Quand les partis de gauche ont-ils protesté contre la répression aveugle et brutale dont ont été victimes, à partir d'avril 1961, les Français d'Algérie et ceux qui partageaient leur angoisse et leur désespoir ? Quand ont-ils dénoncé les internements illégaux, les saisies, la chasse aux sorcières ?

Hélas ! Oubliant son passé et foulant aux pieds ses propres principes, la gauche française, dans sa majorité (de même, d'ailleurs, que la plupart des représentants de la droite bourgeoise jugeaient commode de fermer les yeux et de renoncer à leurs principes nationaux), a avalisé, tantôt par son silence, tantôt même par ses applaudissements, les atteintes portées aux Droits de l'Homme dès lors que l'homme en question était né en Algérie et voulait y vivre français sur une terre française.

Indistinctement réprouvés en masse comme « fascistes » et « OAS-assassins », un million de Français ont été traités en parias et dépouillés de tous les droits qu'une démocratie doit garantir à ses citoyens. Contre eux, et contre les rares métropolitains qui les soutenaient, tout était bon : la mise à sac de Bab-el-Oued, le massacre de la rue d'Isly, les camps de concentration, les sévices les plus cruels, les tribunaux d'exception, les peines les plus lourdes et les plus inhumaines, le bannissement.

C'EST bien l'abandon de l'Algérie et les violences inouïes que les pouvoirs publics ont exercées, pour l'imposer, contre toute une fraction du peuple français, qui marquent le régime du stigmate ineffaçable de l'illégitimité. Nul ne peut nier que cet abandon était en lui-même contraire à la Constitution, qui garantissait l'intégrité du territoire et chargeait expressément le chef de l'Etat de la maintenir. Quant aux actes arbitraires par lesquels le Pouvoir a réalisé cette illégale cession d'un territoire à un ennemi totalitaire et raciste, il sont tous sans exception entachés d'inconstitutionnalité : le *référendum* d'avril 1962, dont furent exclus les Algériens, citoyens français, alors qu'il s'agissait de décider de leur sort, l'application prolongée et abusive de l'article 16 ; le maintien indéfini de juridictions contraires à la déclaration des Droits de l'Homme ; les arrestations massives, les internements, les atteintes portées à la liberté d'association, de réunion et d'expression. Légitime au départ, le régime s'est désormais enfoncé chaque jour plus profondément dans un marécage d'illégitimité.

Il est pénible d'avoir à constater que l'opposition de gauche, en approuvant, à la remorque du parti communiste, la liquidation de l'Algérie, a donné du même coup sa bénédiction aux monstrueuses illégalités qu'elle dénonce partiellement aujourd'hui.

Certes, il n'est personne en France qui n'ait commis des erreurs au cours de ces dernières années ; personne, notamment, qui n'ait été victime, à un moment ou à un autre, des embûches et des illusions que le régime a su fort habilement mettre en œuvre. Les polémiques rétrospectives ne sont pas une fin en soi, si elles peuvent être utiles pour éclairer le présent et orienter les actions futures. Mais certaines clarifications sont indispensables :

L'OPPOSITION de gauche a le droit de reprocher à ceux qui firent le 13 mai leur naïveté et leur aveuglement. Ne doit-elle pas à son tour convenir qu'elle a eu tort de fermer les yeux quand la hache du pouvoir s'abattait sur les libertés publiques sous prétexte qu'il fallait en finir à tout prix avec le drame algérien ? Le terrible échec de la politique algérienne du régime (que souligne avec tant de force et d'honnêteté le livre récent de Marcel-Edmond Naegelen) ne montre-t-il pas que tout ce sang versé, toutes ces familles crucifiées, toutes ces ruines, et tous ces coups portés à la République, tout cela a été perpétré exactement pour rien ?

Si chacun voulait bien reconnaître ses erreurs — comme je l'ai fait, quant à moi, en toute franchise — alors les oppositions de toute origine trouveraient aisément un terrain d'entente et de combat : l'illégitimité du présent régime ; une cible : l'illégalité permanente du pouvoir ; un objectif : restaurer la République.

DEUX conceptions de la démocratie s'affrontent. d'une part celle que M. Edgar Faure, décidément promu au rang de porte-bannière du régime, exposait il y a peu à Lausanne pour convaincre nos amis suisses inquiets que tout va pour le mieux en France : selon l'ancien président du Conseil, le régime actuel est parfaitement légitime et démocratique, puisque l'électorat répond oui sans se lasser à tous les référendums. M. Edgar Faure omet simplement d'indiquer que tous les moyens de propagande sont entre les mains du seul gouvernement, que l'opposition est réduite au silence, qu'une mise en condition éhontée, par la radio et la télévision, substitue un perpétuel monologue au dialogue qui est l'essence de toute démocratie véritable. Si l'on suivait M. Edgar Faure dans la voie où il s'est engagé, on devrait décerner la palme de la démocratie au régime nazi des premières années, qui fut, on ne peut le nier, plébiscité massivement.

Une autre conception de la démocratie repose sur le respect des droits de tous, sur la liberté d'expression des minorités, sur la limitation et l'équilibre des pouvoirs.

La première conduit tout droit à l'absolutisme totalitaire, au despotisme d'un homme ou d'un parti.

La seconde me paraît seule conforme au aspirations et aux droits des citoyens. Elle seule fournit le cadre dans lequel les opinions et les tendances, légitimement distinctes, puissent trouver leur libre expression, se confronter et concourir à la conduite des affaires publiques.

Toutes les oppositions, qu'elles soient de gauche, du centre ou de droite, dès lors qu'elles renonceraient à toute tentation totalitaire, ne pourraient-elles pas se trouver d'accord pour restaurer, avant tout, ce cadre démocratique ? Ne serait-ce pas là, face au parti inconditionnel campé dans les ruines de la République, le dénominateur commun nécessaire à une lutte efficace ?

Substituer à l'illégitimité le respect de la loi fondamentale : tel pourrait être l'objectif numéro un d'une action concertée, sans que personne doive renoncer pour autant à aucune de ses options particulières, puisque la démocratie donne sa chance à chacun. Ne faut-il pas, pour parler comme Gambetta, « sérier les questions » ? Et la priorité absolue, sur laquelle tout le monde devrait être d'accord, n'appartient-elle pas évidemment à cette tâche : mettre fin à l'illégitimité où s'est enlisé le régime ?

310

310
Jeudi 4 mars (suite)

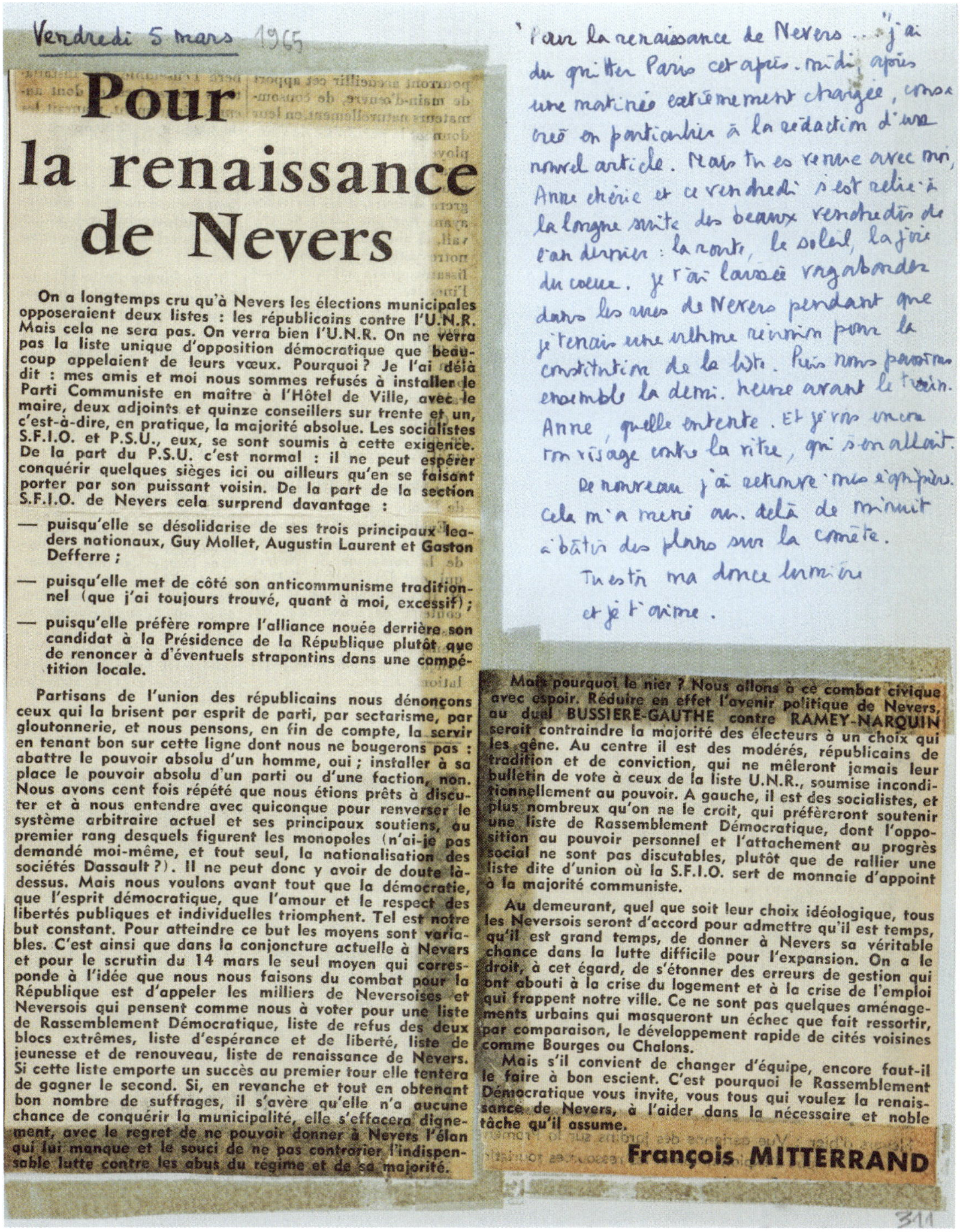

Vendredi 5 mars 1965

Pour la renaissance de Nevers

On a longtemps cru qu'à Nevers les élections municipales opposeraient deux listes : les républicains contre l'U.N.R. Mais cela ne sera pas. On verra bien l'U.N.R. On ne verra pas la liste unique d'opposition démocratique que beaucoup appelaient de leurs vœux. Pourquoi ? Je l'ai déjà dit : mes amis et moi nous sommes refusés à installer le Parti Communiste en maître à l'Hôtel de Ville, avec le maire, deux adjoints et quinze conseillers sur trente et un, c'est-à-dire, en pratique, la majorité absolue. Les socialistes S.F.I.O. et P.S.U., eux, se sont soumis à cette exigence. De la part du P.S.U. c'est normal : il ne peut espérer conquérir quelques sièges ici ou ailleurs qu'en se faisant porter par son puissant voisin. De la part de la section S.F.I.O. de Nevers cela surprend davantage :

— puisqu'elle se désolidarise de ses trois principaux leaders nationaux, Guy Mollet, Augustin Laurent et Gaston Defferre ;

— puisqu'elle met de côté son anticommunisme traditionnel (que j'ai toujours trouvé, quant à moi, excessif) ;

— puisqu'elle préfère rompre l'alliance nouée derrière son candidat à la Présidence de la République plutôt que de renoncer à d'éventuels strapontins dans une compétition locale.

Partisans de l'union des républicains nous dénonçons ceux qui la brisent par esprit de parti, par sectarisme, par gloutonnerie, et nous pensons, en fin de compte, la servir en tenant bon sur cette ligne dont nous ne bougerons pas : abattre le pouvoir absolu d'un homme, oui ; installer à sa place le pouvoir absolu d'un parti ou d'une faction, non. Nous avons cent fois répété que nous étions prêts à discuter et à nous entendre avec quiconque pour renverser le système arbitraire actuel et ses principaux soutiens, au premier rang desquels figurent les monopoles (n'ai-je pas demandé moi-même, et tout seul, la nationalisation des sociétés Dassault ?). Il ne peut donc y avoir de doute là-dessus. Mais nous voulons avant tout que la démocratie, que l'esprit démocratique, que l'amour et le respect des libertés publiques et individuelles triomphent. Tel est notre but constant. Pour atteindre ce but les moyens sont variables. C'est ainsi que dans la conjoncture actuelle à Nevers et pour le scrutin du 14 mars le seul moyen qui corresponde à l'idée que nous nous faisons du combat pour la République est d'appeler les milliers de Neversoises et Neversois qui pensent comme nous à voter pour une liste de Rassemblement Démocratique, liste de refus des deux blocs extrêmes, liste d'espérance et de liberté, liste de jeunesse et de renouveau, liste de renaissance de Nevers. Si cette liste emporte un succès au premier tour elle tentera de gagner le second. Si, en revanche et tout en obtenant bon nombre de suffrages, il s'avère qu'elle n'a aucune chance de conquérir la municipalité, elle s'effacera dignement, avec le regret de ne pouvoir donner à Nevers l'élan qui lui manque et le souci de ne pas contrarier l'indispensable lutte contre les abus du régime et de sa majorité.

Mais pourquoi le nier ? Nous allons à ce combat civique avec espoir. Réduire en effet l'avenir politique de Nevers, au duel BUSSIERE-GAUTHE contre RAMEY-NARQUIN serait contraindre la majorité des électeurs à un choix qui les gêne. Au centre il est des modérés, républicains de tradition et de conviction, qui ne mêleront jamais leur bulletin de vote à ceux de la liste U.N.R., soumise inconditionnellement au pouvoir. A gauche, il est des socialistes, et plus nombreux qu'on ne le croit, qui préféreront soutenir une liste de Rassemblement Démocratique, dont l'opposition au pouvoir personnel et l'attachement au progrès social ne sont pas discutables, plutôt que de rallier une liste dite d'union où la S.F.I.O. sert de monnaie d'appoint à la majorité communiste.

Au demeurant, quel que soit leur choix idéologique, tous les Neversois seront d'accord pour admettre qu'il est temps, qu'il est grand temps, de donner à Nevers sa véritable chance dans la lutte difficile pour l'expansion. On a le droit, à cet égard, de s'étonner des erreurs de gestion qui ont abouti à la crise du logement et à la crise de l'emploi qui frappent notre ville. Ce ne sont pas quelques aménagements urbains qui masqueront un échec que fait ressortir, par comparaison, le développement rapide de cités voisines comme Bourges ou Chalons.

Mais s'il convient de changer d'équipe, encore faut-il le faire à bon escient. C'est pourquoi le Rassemblement Démocratique vous invite, vous tous qui voulez la renaissance de Nevers, à l'aider dans la nécessaire et noble tâche qu'il assume.

François MITTERRAND

311

311

Vendredi 5 mars

« Pour la renaissance de Nevers… » j'ai dû quitter Paris cet après-midi, après une matinée extrêmement chargée, consacrée en particulier à la rédaction d'un nouvel article. Mais tu es venue avec moi, Anne chérie et ce vendredi s'est relié à la longue suite des beaux vendredis de l'an dernier : la route, le soleil, la joie du cœur. Je t'ai laissée vagabonder dans les rues de Nevers pendant que je tenais une ultime réunion pour la constitution de la liste. Puis nous passions ensemble la demi-heure avant le train.

Anne, quelle entente. Et je vois encore ton visage contre la vitre, qui s'en allait.

De nouveau j'ai retrouvé mes équipiers. Cela m'a mené au-delà de minuit à bâtir des plans sur la comète.

Tu es toi ma douce lumière

et je t'aime.

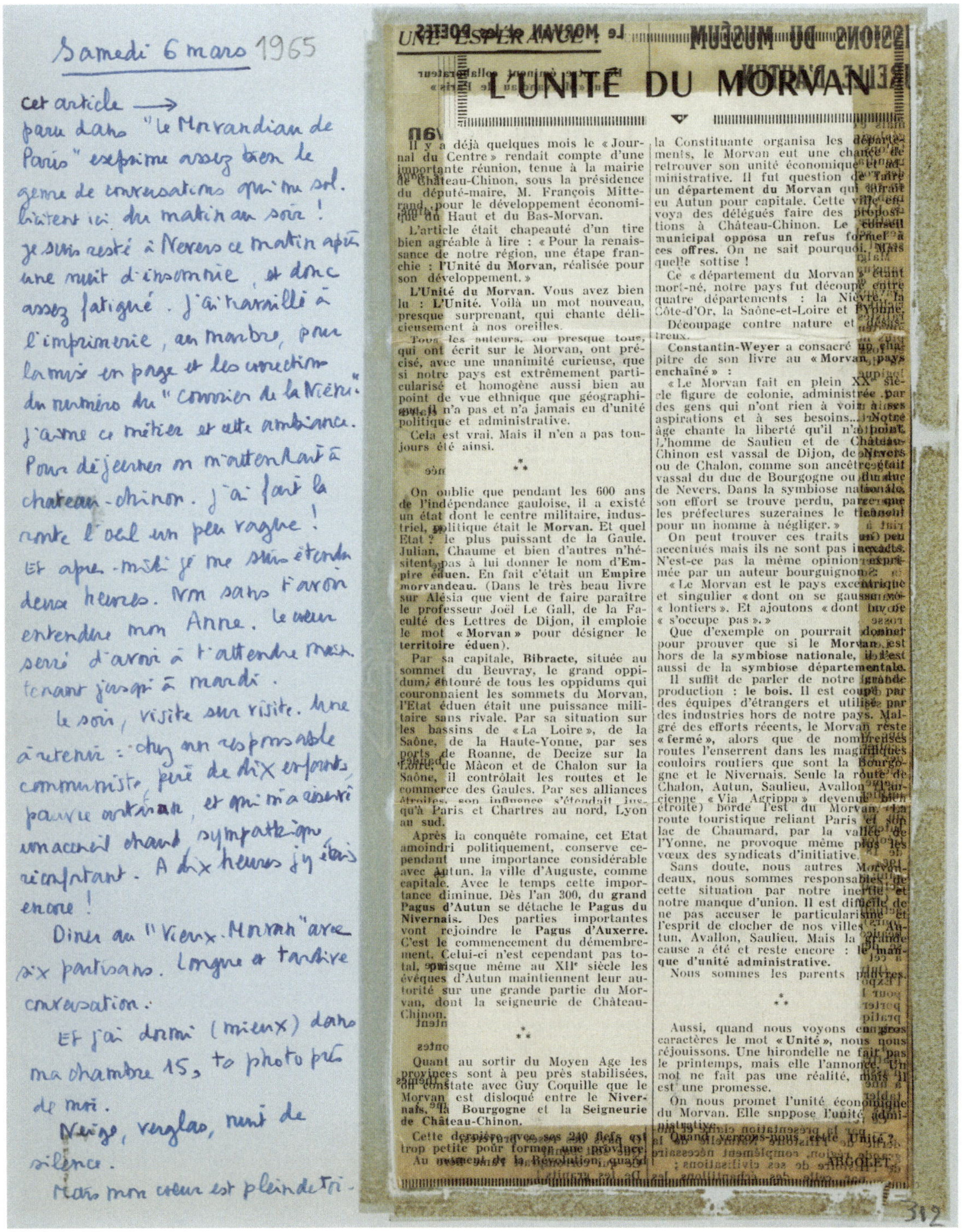

UNE ESPÉRANCE !

L'UNITÉ DU MORVAN

Il y a déjà quelques mois le « Journal du Centre » rendait compte d'une importante réunion, tenue à la mairie de Château-Chinon, sous la présidence du député-maire, M. François Mitterand, pour le développement économique du Haut et du Bas-Morvan.

L'article était chapeauté d'un tire bien agréable à lire : « Pour la renaissance de notre région, une étape franchie : **l'Unité du Morvan**, réalisée pour son développement. »

L'Unité du Morvan. Vous avez bien lu : **L'Unité.** Voilà un mot nouveau, presque surprenant, qui chante délicieusement à nos oreilles.

Tous les auteurs, ou presque tous, qui ont écrit sur le Morvan, ont précisé, avec une unanimité curieuse, que si notre pays est extrêmement particularisé et homogène aussi bien au point de vue ethnique que géographique, il n'a pas et n'a jamais eu d'unité politique et administrative.

Cela est vrai. Mais il n'en a pas toujours été ainsi.

***

On oublie que pendant les 600 ans de l'indépendance gauloise, il a existé un état dont le centre militaire, industriel, politique était le **Morvan.** Et quel Etat ? le plus puissant de la Gaule. Julian, Chaume et bien d'autres n'hésitent pas à lui donner le nom d'**Empire éduen.** En fait c'était un **Empire morvandeau.** (Dans le très beau livre sur Alésia que vient de faire paraître le professeur Joël Le Gall, de la Faculté des Lettres de Dijon, il emploie le mot « **Morvan** » pour désigner le **territoire éduen**).

Par sa capitale, **Bibracte,** située au sommet du Beuvray, le grand oppidum, entouré de tous les oppidums qui couronnaient les sommets du Morvan, l'Etat éduen était une puissance militaire sans rivale. Par sa situation sur les bassins de « La Loire », de la Saône, de la Haute-Yonne, par ses ports de Roanne, de Decize sur la Loire, de Mâcon et de Chalon sur la Saône, il contrôlait les routes et le commerce des Gaules. Par ses alliances étroites, son influence s'étendait jusqu'à Paris et Chartres au nord, Lyon au sud.

Après la conquête romaine, cet Etat amoindri politiquement, conserve cependant une importance considérable avec Autun, la ville d'Auguste, comme capitale. Avec le temps cette importance diminue. Dès l'an 300, du **grand Pagus d'Autun** se détache le **Pagus du Nivernais.** Des parties importantes vont rejoindre le **Pagus d'Auxerre.** C'est le commencement du démembrement. Celui-ci n'est cependant pas total, puisque même au XIIe siècle les évêques d'Autun maintiennent leur autorité sur une grande partie du Morvan, dont la seigneurie de Château-Chinon.

***

Quant au sortir du Moyen Age les provinces sont à peu près stabilisées, on constate avec Guy Coquille que le Morvan est disloqué entre le **Nivernais,** la **Bourgogne** et la **Seigneurie de Château-Chinon.**

Cette dernière avec ses 240 fiefs est trop petite pour former une province. Au moment de la Révolution, quand la Constituante organisa les départements, le Morvan eut une chance de retrouver son unité économique et administrative. Il fut question de faire un **département du Morvan** qui aurait eu Autun pour capitale. Cette ville envoya des délégués faire des propositions à Château-Chinon. Le **conseil municipal opposa un refus formel à ces offres.** On ne sait pourquoi. Mais quelle sottise !

Ce « département du Morvan » étant mort-né, notre pays fut découpé entre quatre départements : la Nièvre, la Côte-d'Or, la Saône-et-Loire et l'Yonne.

Découpage contre nature et désastreux.

Constantin-Weyer a consacré un chapitre de son livre au « **Morvan, pays enchaîné** » :

« Le Morvan fait en plein XXe siècle figure de colonie, administrée par des gens qui n'ont rien à voir à ses aspirations et à ses besoins... Notre âge chante la liberté qu'il n'a point. L'homme de Saulieu et de Château-Chinon est vassal de Dijon, de Nevers ou de Chalon, comme son ancêtre était vassal du duc de Bourgogne ou du duc de Nevers. Dans la symbiose nationale, son effort se trouve perdu, parce que les préfectures suzeraines le tiennent pour un homme à négliger. »

On peut trouver ces traits un peu accentués mais ils ne sont pas inexacts. N'est-ce pas la même opinion exprimée par un auteur bourguignon :

« Le Morvan est le pays excentrique et singulier « dont on se gausse volontiers ». Et ajoutons « dont lui ne « s'occupe pas ». »

Que d'exemple on pourrait donner pour prouver que si le **Morvan** est hors de la **symbiose nationale,** il l'est aussi de la **symbiose départementale.**

Il suffit de parler de notre grande production : **le bois.** Il est coupé par des équipes d'étrangers et utilisé par des industries hors de notre pays. Malgré des efforts récents, le Morvan reste « **fermé** », alors que de nombreuses routes l'enserrent dans les magnifiques couloirs routiers que sont la Bourgogne et le Nivernais. Seule la route de Chalon, Autun, Saulieu, Avallon (l'ancienne « Via Agrippa » devenue bien étroite) borde l'est du Morvan. La route touristique reliant Paris et son lac de Chaumard, par la vallée de l'Yonne, ne provoque même plus les vœux des syndicats d'initiative.

Sans doute, nous autres Morvandeaux, nous sommes responsables de cette situation par notre inertie et notre manque d'union. Il est difficile de ne pas accuser le particularisme et l'esprit de clocher de nos villes : Autun, Avallon, Saulieu. Mais la grande cause a été et reste encore : **le manque d'unité administrative.**

Nous sommes les parents pauvres.

***

Aussi, quand nous voyons en gros caractères le mot « **Unité** », nous nous réjouissons. Une hirondelle ne fait pas le printemps, mais elle l'annonce. Un mot ne fait pas une réalité, mais il est une promesse.

On nous promet l'unité économique du Morvan. Elle suppose l'unité administrative.

Quand verrons-nous cette Unité ?

ARGOLET.

312

Samedi 6 mars

Cet article paru dans « Le Morvandiau de Paris » exprime assez bien le genre de conversations qui me sollicitent ici du matin au soir ! Je suis resté à Nevers ce matin après une nuit d'insomnie, et donc assez fatigué. J'ai travaillé à l'imprimerie, au marbre, pour la mise en page et les corrections du numéro du « Courrier de la Nièvre ». J'aime ce métier et cette ambiance. Pour déjeuner on m'attendait à Château-Chinon. J'ai fait la route l'œil un peu vague !

Et après midi je me suis étendu deux heures. Non sans avoir entendu mon Anne. Le cœur serré d'avoir à t'attendre maintenant jusqu'à mardi.

Le soir, visite sur visite. Une à retenir : chez un responsable communiste, père de dix enfants, pauvre artisan, et qui m'a réservé un accueil chaud, sympathique, réconfortant. A dix heures j'y étais encore !

Dîner au « Vieux-Morvan » avec six partisans. Longue et tardive conversation.

Et j'ai dormi (mieux) dans ma chambre 15, ta photo près de moi.

Neige, verglas, nuit de silence.

Mais mon cœur est plein de toi.

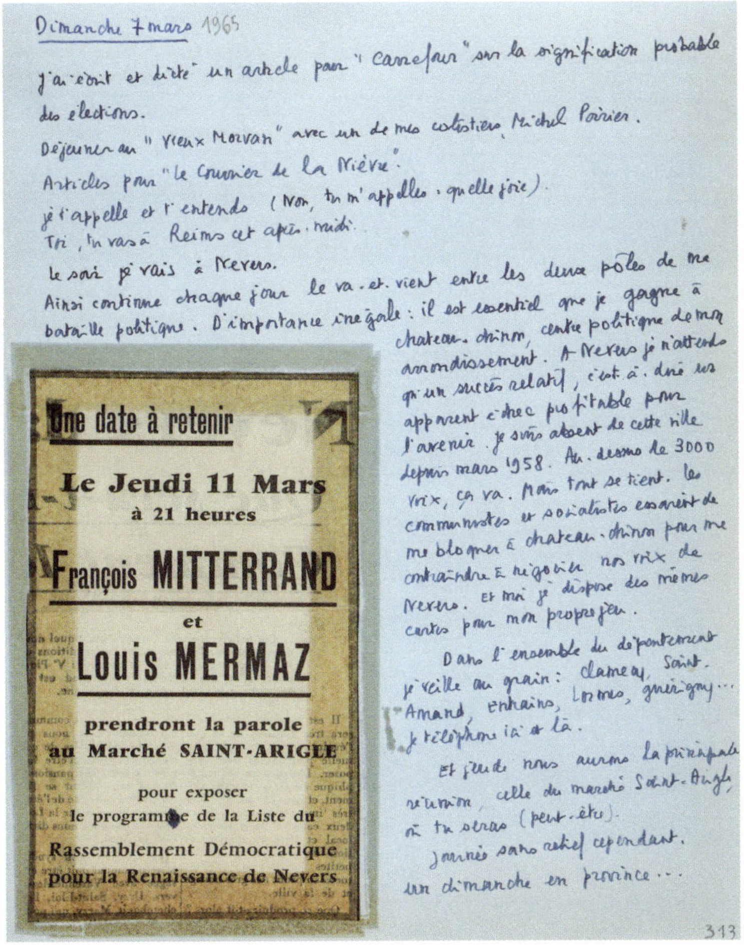

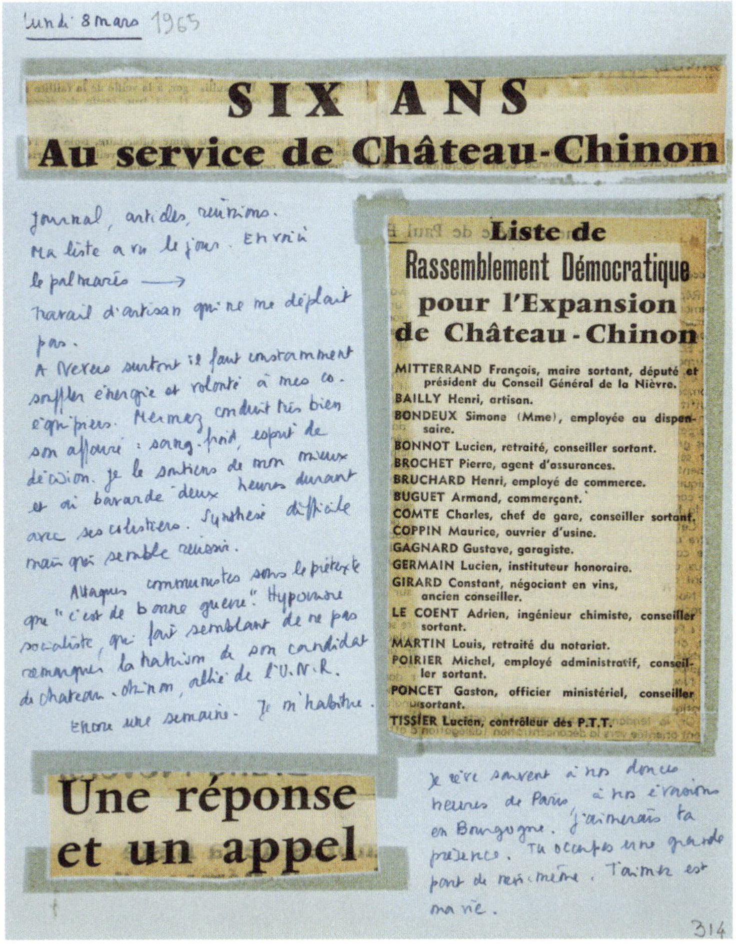

313
Dimanche 7 mars

J'ai écrit et dicté un article pour « Carrefour » sur la signification probable des élections.
Déjeuner au « Vieux Morvan » avec un de mes colistiers, Michel Poirier.
Articles pour « Le Courrier de la Nièvre ».
Je t'appelle et t'entends (Non, tu m'appelles : quelle joie).
Toi, tu vas à Reims cet après-midi.
Le soir je vais à Nevers.
Ainsi continue chaque jour le va-et-vient entre les deux pôles de ma bataille politique. D'importance inégale : il est essentiel que je gagne à Château-Chinon, centre politique de mon arrondissement. A Nevers je n'attends qu'un succès relatif, c'est-à-dire un apparent échec profitable pour l'avenir. Je suis absent de cette ville depuis mars 1958. Au-dessus de 3000 voix, ça va. Mais tout se tient. Les communistes et socialistes essaient de me bloquer à Château-Chinon pour me contraindre à négocier nos voix de Nevers. Et moi je dispose des mêmes cartes pour mon propre jeu.
Dans l'ensemble du département je veille au grain : Clamecy, Saint-Amand, Entrains, Lormes, Guérigny… Je téléphone ici et là.
Et jeudi nous aurons la principale réunion, celle du marché Saint-Arigle, où tu seras (peut-être).
Journée sans relief cependant. Un dimanche en province…

314
Lundi 8 mars

Journal, articles, réunions. Ma liste a vu le jour. En voici le palmarès
Travail d'artisan qui ne me déplaît pas.
A Nevers surtout il faut constamment souffler énergie et volonté à mes co-équipiers. Mermaz conduit très bien son affaire : sang-froid, esprit de décision. Je le soutiens de mon mieux et ai bavardé deux heures durant avec ses colistiers. Synthèse difficile mais qui semble réussir.
Attaques communistes sous le prétexte que « c'est de bonne guerre ». Hypocrisie socialiste, qui fait semblant de ne pas remarquer la trahison de son candidat de Château-Chinon, allié de l'U.N.R.
Encore une semaine. Je m'habitue. Je rêve souvent à nos douces heures de Paris, à nos évasions en Bourgogne. J'aimerais ta présence. Tu occupes une grande part de moi-même. T'aimer est ma vie.

Pour relever le défi :

RÉFLEXIONS SUR L'OPPOSITION

(Suite C de la 1re page)

des républicains auxquels, hier, il tendait la main (ainsi en est-il à Bordeaux, à Toulouse...).

La S.F.I.O., en recherchant le résultat arithmétique plutôt que le profit moral, stoppe tout mouvement d'envergure qui rendrait confiance à ses voisins de gauche et du centre : quel accord passer avec cette grand formation politique, quelle responsabilité commune engager dès lors que l'échelon national laisse les fédérations départementales libres de leurs alliances, et que les fédérations départementales abandonnent ce choix aux sections locales ? Par cette prime dérisoire accordée aux intrigues de clocher et aux rivalités de borne-fontaine, l'opposition semble s'amuser à un « intervilles » plus médiocre encore que de nature, et qui n'attirerait même pas les foules.

Le P.S.U., lui, quitte « les colloques socialistes » et marche presque partout dans l'ombre des communistes, comme s'il versait des arrhes pour l'éventuelle candidature d'un des siens à la présidence de la République.

•

QUANT aux indépendants et au M.R.P., qui ont résisté avec fermeté et constance aux séductions de la majorité, comment penser qu'ils tiendront longtemps sur cette position si, à gauche, on ne leur offre que refus et dédains ?

Je sais bien qu'à Marseille, Lille, Arras, Grenoble, etc., des listes d'entente réunissent socialistes et démocrates, mais on veut espérer qu'à la nécessité électorale se substituera bientôt une stratégie cohérente et durable, où chaque fraction de l'opinion républicaine tiendra sa juste place.

On imagine dans tout cela l'embarras du Rassemblement démocratique. A titre d'exemple, son président, Maurice Faure, qui préconise l'union étroite avec le M.R.P., voit se dresser contre lui, à Cahors, une faction de ce parti. Dans la Nièvre, où j'ai depuis six ans réalisé l'unité d'action de la gauche, socialistes et communistes, pressés de croquer les marrons à peine tirés du feu, oublient le danger U.N.R. et se mettent à table plus tôt que de raison.

•

VOILA bien, me dira-t-on, un étalage de discordes qu'il vaudrait mieux dissimuler : la propagande adverse risquerait de s'en emparer. Que mes lecteurs me pardonnent : c'est déjà fait. On a vu, la semaine dernière, M. Frey étaler son contentement devant ses amis assemblés à Asnières, et décrire complaisamment la manière dont le gouvernement entend achever d'ici peu la besogne.

On a pu lire, samedi, M. Capitant dans « Notre République » : « L'opposition reste irrémédiablement divisée parce que les vieux partis qui la composent ont, autrefois, été engendrés par la proportionnelle, et restent congénitalement attachés à la philosophie et à la tactique de leur milieu d'origine. Ils sont voués à la défaite et réduits à végéter dans la minorité...

» Tant qu'il en sera ainsi, la majorité actuelle restera au pouvoir, sans que rien puisse l'y menacer. Elle y est installée pour de longues années, tant sont profondes et durables les causes de division de ses adversaires. »

Bref, le gaullisme annonce les couleurs : après l'élection présidentielle, on brusquera les élections législatives, pimentées, si besoin est, d'un référendum-plébiscite, et les élections auront lieu au scrutin majoritaire à un tour Que signifie un tel scrutin ? Qu'il n'y a place que pour deux blocs, qu'on écartèle le centre entre le gaullisme et le caommunisme, qu'on parie sur l'incapacité des républicains à s'unir.

•

ET c'est pourquoi je m'adresse à ceux-ci, non pour les fouailler, mais pour les inciter à sortir enfin de l'impasse où ils se jettent tête baissée, pour qu'ils relèvent le défi.

En effet, la leçon des municipales sera bonne, en dépit de tant de déceptions :

1. Si, sans perdre de temps, tous les républicains, des indépendants aux communistes, engagent la lutte sur un terrain concret où les idéologies n'ont pas à s'affronter : la force de frappe, la défense des libertés individuelles et publiques, défense de l'emploi.

2. Si tous les opposants appartenant à la gauche démocratique (en premier lieu la S.F.I.O.) se confédèrent, cèdent à un comité national commun la responsabilité de la décision en peu de domaines, mais fondamentaux : l'Europe et les alliances, le plan, les élections, et réparent enfin une charte de gouvernement soumise à la discussion des autres familles de l'opposition.

3. Si la gauche démocratique, ainsi confédérée, établit avec le comité des démocrates une liaison permanente pour un pacte minimum d'action (institutions, élections)

4. Si la gauche démocratique définit avec le parti communiste des objectifs précis pour la défense des travailleurs, pour l'abaissement des monopoles, pour la lutte contre le pouvoir personnel, lutte qui comprend, à l'évidence, des engagements électoraux.

•

TROIS sur quatre d'entre ces points supposent l'existence préalable d'une gauche démocratique dont l'homogénéité respectera la diversité. C'est là que je voulais en venir, car c'est par-là qu'il faudra commencer.

Que si les partis et les groupes de cette opposition s'unissent, ils constateront que du même coup leur propre unité intérieure sera consolidée. Et ils sauront, sans doute possible, qu'il n'y a pas deux chemins pour aller au devant de cette République dont chacun porte l'espérance.

François MITTERRAND.

315

TRIBUNE LIBRE
IDÉES ET DOCTRINES

Pour relever le défi :

RÉFLEXIONS SUR L'OPPOSITION

par François MITTERRAND
député de la Nièvre
ancien ministre

INUTILE de préjuger le résultat des élections municipales. Aucun « gallup » ne nous dira quelles forces prévaudront à travers le kaléidoscope de plus de trente mille communes. Mais il est une certitude : même victorieuse çà et là, l'opposition républicaine sortira mal en point de l'aventure.

Ses deux principaux partis ont chacun joué pour soi, sans s'occuper du reste. Le parti communiste, en préférant je ne sais quelle tactique de circonstance à une offensive concertée contre l'U.N.R., va jusqu'à récuser les listes menées par la S.F.I.O. et comprenan

315
Mardi 9 mars

Programme insensé. Château-Chinon, Nevers, Saint-Amand (dîner chez Weber avec Barbier, Allen, Clément. J'y couche). 400 kilomètres.
Je t'aime

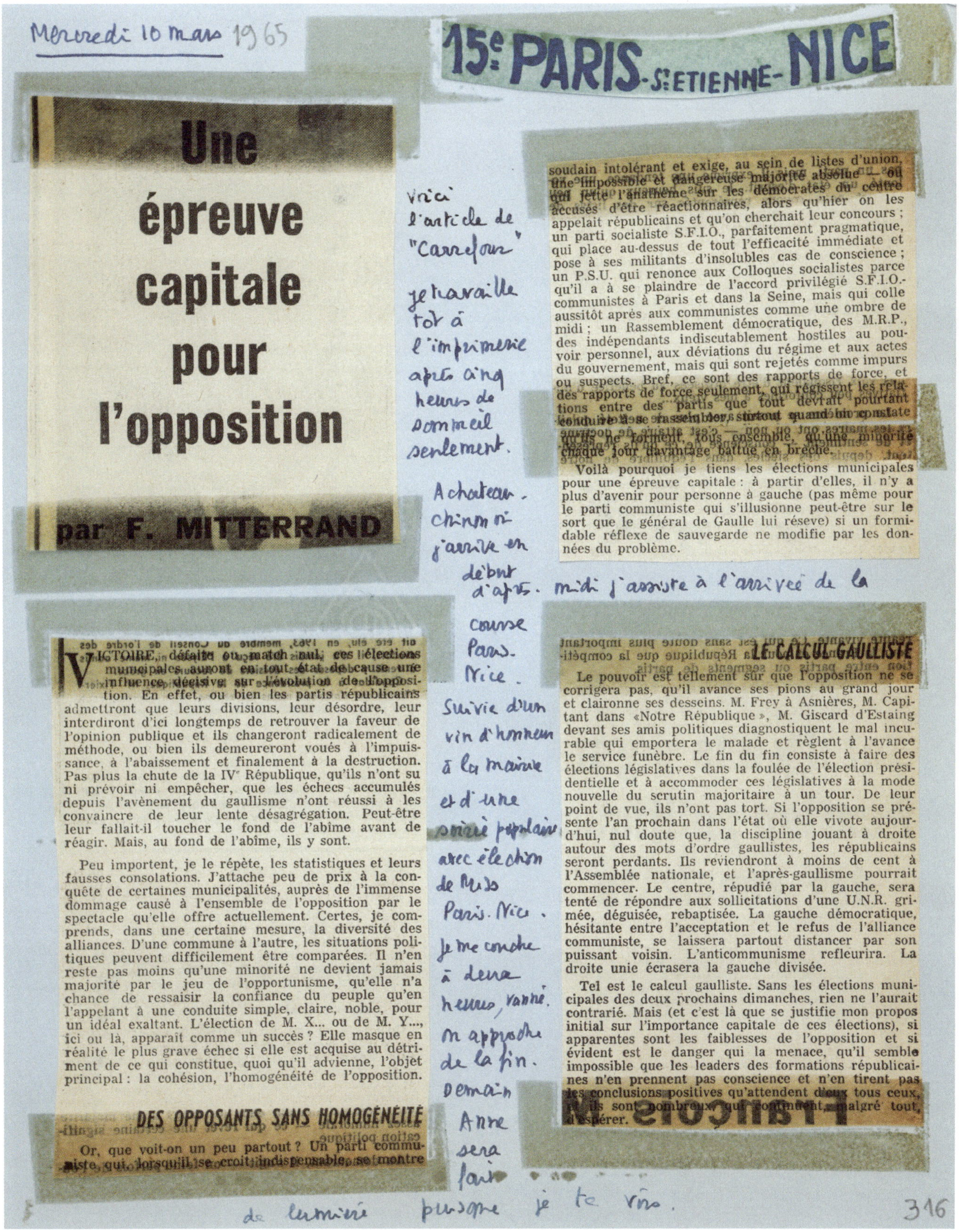

316

Mercredi 10 mars

Voici l'article de « Carrefour » Je travaille tôt à l'imprimerie après cinq heures de sommeil seulement.
A Château-Chinon où j'arrive en début d'après-midi j'assiste à l'arrivée de la course Paris-Nice. Suivie d'un vin d'honneur à la mairie et d'une soirée populaire avec élection de Miss Paris-Nice. Je me couche à deux heures, vanné. On approche de la fin. Demain Anne sera fait de lumière puisque je te vois.

Jeudi 11 mars 1965

Suite de l'article "Caméléon".

Je quitte Château-Chinon à neuf heures. Route. Splendeur. Le Morvan, la vallée d'Yonne défilent au rythme de la pantoufle dans un décor fait de détails et d'enluminure.

Chez moi je me change en hâte et je récupère Evelyne Baylet chez Nina Ricci. Nous déjeunons d'huîtres au restaurant

RECH

Je m'attarde, le temps de digérer un peu de fatigue.

Toi. Route Paris. Nevers. Toujours, ce bonheur. Nous retrouvons Laurence et Hernu. Réunion Publique au Marché Saint-Arigle. Je parle après Lagandré et Mermaz. J'aime que tu sois là. Petit dîner curieux à l'

HOTEL TERMINUS

Puis c'est la nuit. Étrange. grave. Drôle. Dont le souvenir ne s'effacera pas, insolite. Les 7 contre les 3. Ta main qui tient la mienne, douce, abandonnée, endormie.

LES TENTATIVES DE REGROUPEMENT

Plusieurs tentatives de regroupement ont été lancées depuis quelques mois. L'une, au centre, autour du « Comité des démocrates » avec les M.R.P. de M. Lecanuet, des radicaux sensibles aux arguments de Maurice Faure, des indépendants allergiques au pouvoir personnel ; l'autre, à gauche, dans le cadre des « Colloques socialistes » animés par M. Brutelle autour du parti socialiste S.F.I.O., avec le P.S.U. (qui vient de s'en séparer), une fraction du Rassemblement démocratique, des clubs, des responsables syndicaux. Enfin, sous l'impulsion de la « Ligue pour le combat républicain », du « Club des Girondins » et du « Centre d'action institutionnelle », s'organise et s'étoffe la Convention républicaine, dont les dirigeants (Émile Aubert, Ludovic Tron, Charles Hernu, R.-W. Thorp, Louis Mermaz, Georges Beauchamp, Paillet, etc.) ont réussi à faire le lieu de rencontre entre partis classiques et forces neuves.

Là est la voie où il convient de persévérer. Que si le Comité des démocrates se structure jusqu'à devenir un parti organisé, discipliné, que si la S.F.I.O., sans perdre son autonomie, consent à entrer dans une confédération de la gauche démocratique où elle jouera un rôle directeur, et cette double simplification de notre vie politique annoncera, après sept ans de déconvenues, le redressement prochain de l'opposition. Mais, je n'insisterai jamais trop là-dessus, avant toute chose l'existence d'une gauche démocratique commande la suite des événements. Située à mi-distance du parti communiste et du parti technocrate, elle opposera à l'un et à l'autre un pacte minimum d'action à court et moyen terme, dans le dessein d'organiser le front de lutte contre le pouvoir personnel. Il lui appartiendra également d'élaborer en son sein les bases d'un programme de gouvernement à long terme que, selon les circonstances, elle soumettra aux partenaires de son choix. Ainsi, sur deux plans différents mais complémentaires, de la création d'une gauche démocratique confédérée dépend le salut de la démocratie.

Si les élections municipales servent, comme je le crois, à faire avancer l'heure où les notions d'union et d'arbitrage orienteront l'action de l'opposition, elles auront constitué le plus important tournant de notre politique intérieure.

Tu dors. Je te laisse. Les heures qui viennent de s'écouler, qui ont mêlé la fatigue, l'émotion, la surprise, l'amour nous rompent.

Bonsoir ma bien aimée de la chambre 92, bonsoir mon beau visage visité par le soleil lointain des pleines nuits.

317

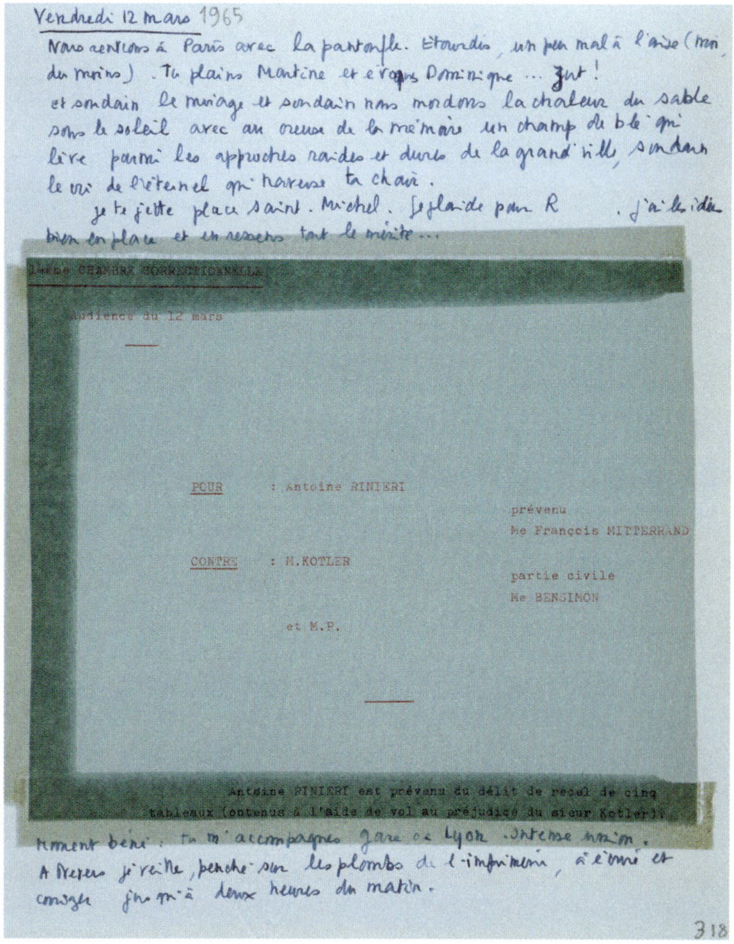
Vendredi 12 mars 1965
Nous rentrons à Paris avec la pantoufle. Etourdis, un peu mal à l'aise (moi, du moins). Tu plains Martine et évoques Dominique… zut !
et soudain le mirage et soudain nous mordons la chaleur du sable sous le soleil avec au creux de la mémoire un champ de blé qui lève parmi les approches raides et dures de la grand'ville, soudain le cri de l'éternel qui traverse ta chair.
Je te jette place Saint-Michel. Je plaide pour R. J'ai les idées bien en place et en ressens tout le mérite…

14ème CHAMBRE CORRECTIONNELLE

Audience du 12 mars

POUR : Antoine RINIERI
prévenu
Me François MITTERRAND

CONTRE : M.KOTLER
partie civile
Me BENSIMON

et M.P.

Antoine RINIERI est prévenu du délit de recel de cinq tableaux (obtenus à l'aide de vol au préjudice du sieur Kotler).

Moment béni : tu m'accompagnes gare de Lyon. Intense union. A Nevers je veille, penché sur les plombs de l'imprimerie, à écrire et corriger jusqu'à deux heures du matin.

318

317
Jeudi 11 mars

Je quitte Château-Chinon à neuf heures. Route. Splendeur. Le Morvan, la vallée d'Yonne défilent au rythme de la pantoufle dans un décor fait de détails et d'enluminure.
Chez moi je me change en hâte et je récupère Evelyne Baylet chez Nina Ricci. Nous déjeunons d'huîtres au restaurant Rech. Je m'attarde, le temps de digérer un peu de fatigue. Toi. Route Paris-Nevers. Toujours, ce bonheur. Nous retrouvons Laurence et Hernu. Réunion Publique au Marché Saint-Arigle. Je parle après Lagandrie et Mermaz. J'aime que tu sois là. Petit dîner curieux à l'Hôtel Terminus. Puis c'est la nuit. Etrange. Grave. Drôle. Dont le souvenir ne s'effacera pas, insolite. *[première fausse nuit]*
Les 7 contre les 3. Ta main qui tient la mienne, douce, abandonnée, endormie. Tu dors. Je te laisse. Les heures qui viennent de s'écouler, qui ont mêlé la fatigue, l'émotion, la surprise, l'amour nous rompent. Bonsoir ma bien-aimée de la chambre 92, bonsoir mon beau visage visité par le soleil lointain des pleines nuits.

Suite de l'article « Carrefour ».

318
Vendredi 12 mars

Nous rentrons à Paris avec la pantoufle. Etourdis, un peu mal à l'aise (moi, du moins). Tu plains Martine et évoques Dominique… zut !
et soudain le mirage et soudain nous mordons la chaleur du sable sous le soleil avec au creux de la mémoire un champ de blé qui lève parmi les approches raides et dures de la grand'ville, soudain le cri de l'éternel qui traverse ta chair.
Je te jette place Saint-Michel. Je plaide pour R. J'ai les idées bien en place et en ressens tout le mérite…

Moment béni : tu m'accompagnes gare de Lyon. Intense union. A Nevers je veille, penché sur les plombs de l'imprimerie, à écrire et corriger jusqu'à deux heures du matin.

Samedi 13 mars 1965

Lever tard. Le journal sort. Je déjeune à Nevers. Foire-Exposition. DE NEVERS
Retour à Château-Chinon. Calme après-midi. J'ai pourtant en fin de journée un terrible coup de pompe. Je te téléphone. Eau fraîche, douceur sur mon front. Je me réveille de ma torpeur. L'effort est fini.

Article paru dans « Combat » en réponse à celui de Soustelle.

Tribune libre

DE LA LÉGITIMITÉ

par Philippe de SAINT-ROBERT

Il est malheureux de constater aujourd'hui, dans l'antigaullisme de quelques-uns, la même primarité d'esprit que l'on voyait naguère dans l'anticommunisme d'une bourgeoisie ankylosée par le conservatisme, mais désireuse de se donner l'apparence d'une haute spiritualité.

Une certaine famille de pensée, inapte à concevoir ou de grands desseins ou une forte idéologie, ne s'affirme et ne galvanise ses énergies que dans des chevauchées purement verbales ou plumitives, où la cause à combattre apparait comme le négatif de l'idéal qu'on n'a pas su se donner, et le combat lui-même comme le succédané de la poursuite des grands desseins auxquels on n'a pas l'esprit.

La véritable dépolitisation de la France me parait tenir à ces passions fourvoyées dans l'humeur à défaut de pouvoir s'exalter en l'accomplissement d'une œuvre politique réelle. Les querelles d'institutions, de personnes, d'intentions faites au régime apparaissent en effet, le plus souvent, comme autant de moyens d'esquiver un débat sur le contenu même de sa politique, où l'on devrait sans doute lui rendre des armes et où, surtout, la cohorte des censeurs se diviserait en une multitude de chipoteurs hostiles les uns aux autres.

Il s'est instauré en France, au cours des récentes années, une religion de l'opposition, avec ses grands prêtres, ses rites et ses fumisteries. L'intolérance de ce culte, qui revendique pour soi seul la démocratie et la République, n'a de cesse de dénoncer l'inconditionnalité de tout ce qui ne relève pas de son obédience, en sorte qu'on se croirait parfois revenu au temps des guerres de religion, à cette seule différence qu'aucun de nos ligueurs n'est, Dieu soit loué ! tenté de mourir pour une cause qu'il sait inventée.

Je conçois parfaitement qu'on ait la « tripe républicaine », même si, pour ma part, il me suffit d'avoir la tripe française. En fait, jamais la République n'a été moins menacée qu'aujourd'hui. Ce qu'on est bien obligé d'appeler le gaullisme n'a eu de cesse, depuis bientôt sept ans, de rendre forte et indépendante cette République que d'aucuns affectent de pleurer dans la mélancolie où les a plongés une relégation méritée.

C'est que ces mélancoliques, qui regrettent ce qu'ils ont connu ou ce qu'ils ont espéré, confondent volontiers la République avec l'idée qu'ils s'en font, et dans laquelle ils pensaient l'avoir à jamais séquestrée. Ils crient aujourd'hui qu'on leur rende un système qui n'était pas la République, mais la perversion de la République, parce que cette perversion était la leur, dont ils usaient. Notamment, pour eux, l'idée de République s'identifie au parlementarisme anarchique, à l'instabilité consécutive au pluripartisme, à la paralysie inhérente à toute diversité d'opinion que ne départagerait pas l'indépendance d'un Exécutif s'identifiant à l'intérêt supérieur de la Cité.

Il ne faut rien céder à ceux qui, à force de revendiquer la République, en font leur chose privée et la vident de tout contenu à mesure qu'ils la définissent à leur façon. En réalité, il y a République dans tous les cas où c'est la chose publique qui, dans le gouvernement de la Cité, prime la chose privée, et notamment dans le cas où l'indépendance de la magistrature suprême et de l'Exécutif est assurée à l'endroit des intérêts, féodalités, partis et sectes qui ambitionnent individuellement ou collectivement de s'approprier l'intérêt national.

Nous pouvons, je crois, affirmer en toute logique que jamais la France n'a connu, depuis la rupture intervenue en 1792 dans la continuité de l'Etat, et dont est tout naturellement issue la dictature napoléonienne, de régime aussi profondément légitime que celui qui est actuellement le nôtre. Cette assertion, bien entendu, n'implique aucun jugement sur la politique proprement dite de ce régime.

Malheureusement, il existe dans les esprits une certaine tendance à trouver légitime un régime dont on participe, ou dont on approuve la politique, et à dénier en revanche toute légitimité à un pouvoir dont on n'est pas, ou dont on n'est plus, ou qu'on n'aime pas. Il existe, non moins, une grande confusion touchant au concept même de légitimité, et cette confusion mérite une réflexion sereine.

Il est à craindre que ni M. François Mitterrand ni M. Jacques Soustelle ne soient les hommes d'une telle réflexion, et leurs thèses opposées sur l'illégitimité prétendue de la Ve République permettent de les renvoyer gentiment dos à dos.

(SUITE PAGE 4, COL. 2.)

(SUITE DE LA PREMIÈRE PAGE)

DE LA LÉGITIMITÉ

M. Mitterrand admet la légitimité du 18 juin mais rejette celle du 13 mai. M. Soustelle admet, et pour cause, la légitimité du 18 juin et celle du 13 mai ; il soutient que l' « illégitimité » est venue plus tard, c'est-à-dire au moment où il a cessé, lui, Soustelle, de cautionner la politique du pouvoir. Qu'est-ce à dire ?

M. Mitterrand est un homme d'esprit, mais ses thèses ont toute l'intransigeance de l'irréalité, de la construction abstraite, de l'hypothèse d'école, et on les retourne en vain, en tous sens, pour savoir comment elles pourraient servir à gouverner les hommes. M. Mitterrand a de la rigueur, de la logique, plus de passion que n'en a besoin la France pour vivre en paix avec elle-même, et force est de constater que sa pensée doctrinaire en fait le Debré de l'opposition. Franchement, une expérience a suffi.

Dans Le coup d'Etat permanent (1), M. Mitterrand a posé un postulat : la Ve République est illégitime parce qu'elle a sa source dans un coup d'Etat militaire.

[…]

proprement parler « coup d'Etat militaire », avec substitution par la force du pouvoir militaire au pouvoir civil. Troisièmement, c'est peu de dire que le général de Gaulle est revenu « dans les formes légales », car il a été en fait, le recours de la nation tout entière à la fois contre la dégradation des pouvoirs publics de la IVe République et contre l'entreprise d'usurpation de l'armée d'Algérie ; il a été l'homme de la nation, et on n'est pas illégitime quand on est l'homme de la nation.

Ce qu'il y a d'illégitime dans l'entreprise d'usurpation du 13 mai a été assumé et digéré par le cabinet Pflimlin avant qu'il se démît. L'Etat en était à un tel point de dépérissement qu'il n'a pu qu'avaliser la révolte des centurions comme l'antithèse d'un mouvement dialectique qu'il avait lui-même induit par sa faiblesse et son inaptitude à gouverner. Parce qu'il n'y avait plus d'Etat, le gouvernement s'en remettait à l'intérieur aux féodalités, et à l'extérieur

[…]

assez disposé à le faire, en vertu des circonstances prenant la relève de la providence, il est certain que cet élément n'est pas suffisamment positif. On doit le retenir, en raison du caractère s'est exprimé par le suffrage universel.

Il est bien évident, enfin, que la Ve République n'est pas plus devenue illégitime lors du recours du général de Gaulle à l'art. 16 de la Constitution de 1958, que Charles X n'était devenu illégitime en recourant à l'art. 14 de la Charte de 1814. Les Chambres de 1830, en enregistrant le 4 août l'abdication de Charles X et la renonciation de Louis-Antoine de France, ont donné une confirmation de leur légitimité dans le temps même qu'elles renversaient leur politique à travers leurs personnes (3). La légimité, la légalité et la politique d'un pouvoir ne sont pas autant de choses qu'on puisse confondre et assimiler pour la commodité d'une démonstration.

[…]

légitimité, il l'a assimilée à une investiture historique qui conservait du droit divin une part de caractère mystique, en ce sens qu'il faut y croire pour l'admettre. Même si je suis pour ma part nécessairement charismatique de tout pouvoir, mais lui non plus ne saurait suffire.

La vérité est que si la légalité est de droit strict, la légitimité relève d'une éthique de la Cité, et nul ne peut nier qu'il y ait, par-delà la politique préconisée par les uns et les autres, un intérêt objectif de la Cité, et par conséquent une continuité historique et nationale nécessaire (4). C'est en ce sens que le général de Gaulle a pu dire que « la légitimité profonde est celle qui procède non point de la représentation multiple, incertaine et troublée des tendances qui divisent la nation, mais bien des sentiments, des espoirs, des institutions qui tendent au contraire à les unir ».

Cette définition donne les dimensions éthique et institutionnelle de la légitimité, qui doivent

319

319
Samedi 13 mars

Lever tard. Le journal sort. Je déjeune à Nevers. Foire-Exposition de Nevers. Retour à Château-Chinon. Calme après-midi. J'ai pourtant en fin de journée un terrible coup de pompe. Je te téléphone. Eau fraîche, douceur sur mon front. Je me réveille de ma torpeur. L'effort est fini.

Article paru dans « Combat » en réponse à celui de Soustelle.

320
Dimanche 14 mars

suite de l'article de « Combat ».

Je vote vers onze heures sous les flashes de la télévision. Puis je vais faire le tour de la promenade, que tu connais. Beau temps clair. Tout repose en moi. J'attends l'ouverture, ou plutôt le dépouillement du scrutin. A six heures je monte à la mairie. Vite les cent premiers bulletins donnent l'indication que ce sera facile. Devant une foule pressée, excitée, les résultats : ma liste entière passe et j'ai 905 voix sur 1272. Mon principal adversaire : 390. Je te téléphone le résultat.
Mais je dois me rendre à Nevers. Mermaz atteint 3500 suffrages. Je réunis et remercie ses colistiers. Déclaration à Radio-Europe. Je ne parviens pas à obtenir Babylone. Souper chez Hiriart. Commentaires d'après. Je meurs de sommeil… et je rentre à l'Hôtel de France. Il est deux heures trente…

321
Lundi 15 mars

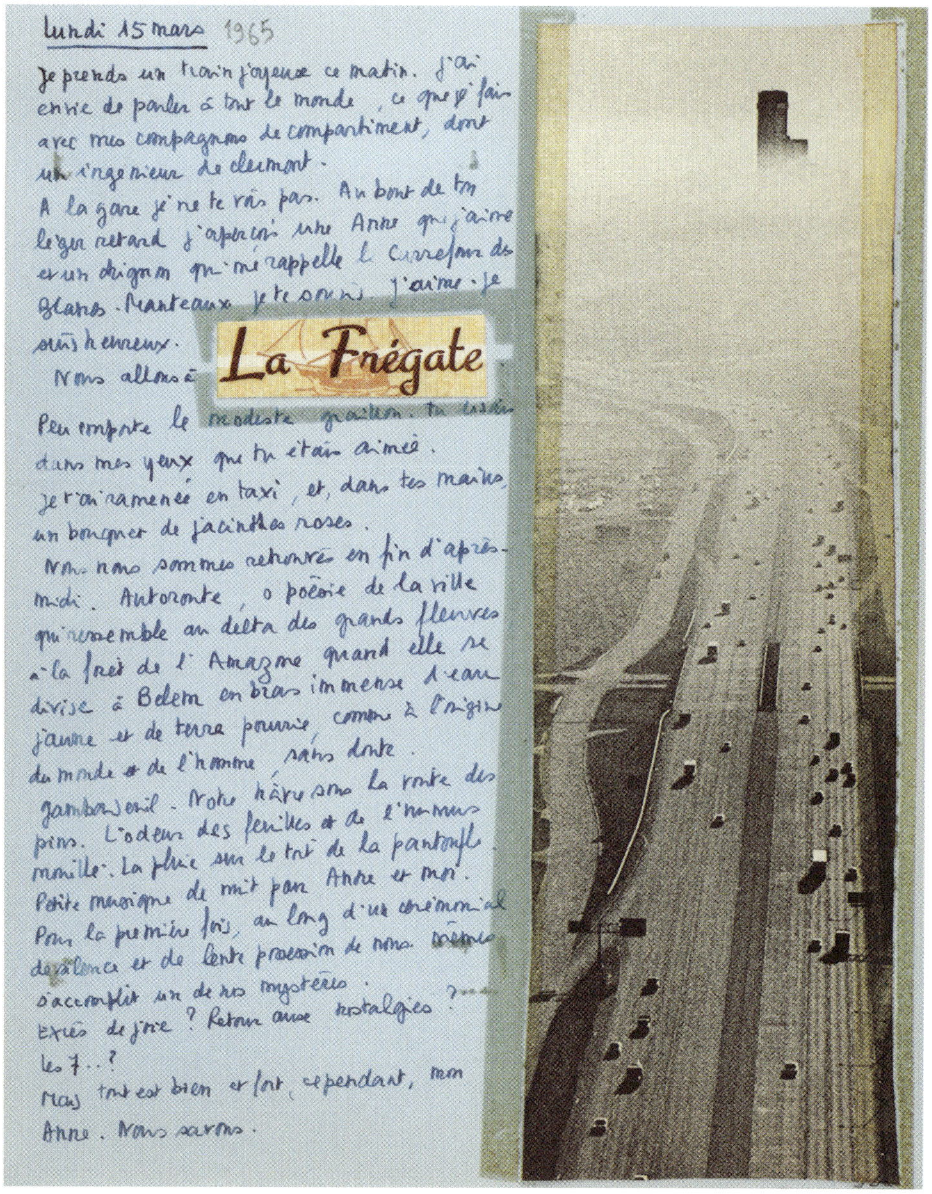

322
Lundi 15 mars

Je prends un train joyeux ce matin. J'ai envie de parler à tout le monde, ce que je fais avec mes compagnons de compartiment, dont un ingénieur de Clermont.
A la gare je ne te vois pas. Au bout de ton léger retard j'aperçois une Anne que j'aime et un chignon qui me rappelle le Carrefour des Blancs-Manteaux. Je te souris. J'aime. Je suis heureux.
Nous allons à La Frégate.
Peu importe le modeste graillou. Tu lisais dans mes yeux que tu étais aimée.
Je t'ai ramenée en taxi, et, dans tes mains, un bouquet de jacinthes roses.
Nous nous sommes retrouvés en fin d'après-midi. Autoroute, o poësie de la ville qui ressemble au delta des grands fleuves, à la forêt de l'Amazone quand elle se divise à Belem en bras immense d'eau jaune et de terre pourrie, comme à l'origine du monde et de l'homme, sans doute.
Gambaiseuil. Notre havre sous la voûte des pins. L'odeur des feuilles et de l'humus mouillé. La pluie sur le toit de la pantoufle. Petite musique de nuit pour Anne et moi. Pour la première fois, au long d'un cérémonial de silence et de lente possession de nous-mêmes s'accomplit un de nos mystères.
Excès de joie ? Retour aux nostalgies ?
Les 7... ?
Mais tout est bien et fort, cependant, mon Anne. Nous savons.

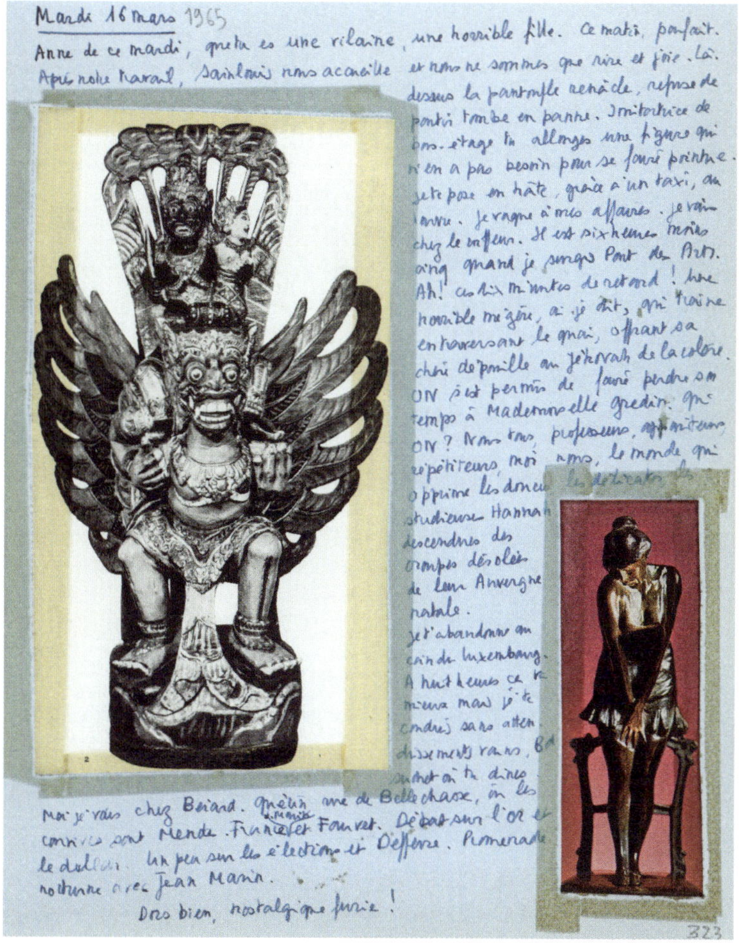

323
Mardi 16 mars

Anne de ce mardi, que tu es une vilaine, une horrible fille. Ce matin, parfait. Après notre travail, Sainlouis nous accueille et nous ne sommes que rire et joie. Là-dessus la pantoufle renâcle, refuse de partir tombe en panne. Imitatrice de bas étage tu allonges une figure qui n'en a pas besoin pour se faire pointue. Je te pose en hâte, grâce à un taxi, au Louvre. Je vaque à mes affaires. Je vais chez le coiffeur. Il est six heures moins cinq quand je surgis Pont des Arts. Ah ! ces dix minutes de retard ! Une horrible mégère, ai-je dit, qui traîne en traversant le quai, offrant sa chère dépouille au Jéhovah de la colère. ON s'est permis de faire perdre son temps à Mademoiselle Gredin. Qui ON ? Nous tous, professeurs, appariteurs, répétiteurs, moi, nous, le monde qui opprime les douces, les délicates, les studieuses Hannah descendues des croupes désolées de leur Auvergne natale.
Je t'abandonne au coin du Luxembourg. A huit heures ça va mieux mais je te conduis sans attendrissements vains, Bd Suchet où tu dînes. Moi je vais chez Bérard-Quélin rue de Bellechasse, où les convives sont Mendès France, J. Marin et Fauvet. Débat sur l'or et le dollar. Un peu sur les élections et Defferre. Promenade nocturne avec Jean Marin.
Dors bien, nostalgique furie !

324
Mercredi 17 mars

Matinée sans toi. Mais je t'écris une petite lettre. Manière de fermer les yeux, de regarder au-dedans de soi-même et d'y voir.
Rue du Regard 14 h 15. Station place du Commerce. Un kiosque de province t'amuse. Tu es toute tendre sous le fichu noir que je t'ai offert rue de Seine parce que j'aime trop en veuve corse…
Admire ce masque japonais taillé en pleine pierre. Enigme d'un visage humain.
Dans un petit bistrot qui nous abrite de la pluie nous devisons. A six heures, pont des Arts. Le temps gris endort-il le goût de vivre ? Je sens pourtant ton cœur profondément uni au mien.
Rentré, je range des livres. Soirée sous la lampe. J'aime quelqu'un qui s'appelle Anne.

Jeudi 18 mars 1965
article paru dans « Notre République »

A QUOI JOUENT-ILS ?

par **Maurice CLAVEL**

M. JACQUES SOUSTELLE vient de faire sa rentrée dans « Combat » pour entonner avec M. François Mitterrand une sorte de dialogue des morts. Car M. Mitterrand venait de nous montrer, une fois de plus, l'illégitimité du régime gaulliste. M. Jacques Soustelle concède, tout en riant. **L'illégitimité n'est pas du 19 mai, mais d'Evian. Cela dit, restaurons la démocratie,** conclut-il, **en des camps certes opposés, mais ensemble.**

Qui ces batailles d'ombres peuvent-elles intéresser ? Comment ces deux hommes éminemment doués et encore assez jeunes ont-ils pu devenir ces champions de l'irréel que voici ?

Comment ces gens si intelligents et sensibles sont-ils les derniers à réaliser leur inexistence ? Là est la question qui mérite quelque intérêt : la valeur de l'intelligence discursive, et du sentiment, dans la politique d'aujourd'hui.

Ces gens tuaient si mal...

Car enfin, je ne sais pas de quoi demain sera fait. Je doute qu'il soit gaulliste. Il se peut même que le gaullisme soit une ankylose de notre évolution historique. Mais si des forces jeunes et vives se libèrent après lui, je ne vois pas comment elles pourraient avoir pour guides ou admettre pour conseillers M. Jacques Soustelle ou M. François Mitterrand.

Quelle part M. Paul Reynaud a-t-il prise à notre histoire après la Libération ? Et pourtant, il était lui aussi, si intelligent ! Et en plus, il avait découvert de Gaulle ! Evidemment rien n'est exclu ; tout peut recommencer comme avant, mais alors il y aurait, en ce pays, une absence de révolution, et même d'évolution, qui ne pourrait être que la mort lente de vieillesse. Si c'est le cas, et s'ils entendent y présider, ils ont leur chance. Mais alors qu'ils sont peu ambitieux ces hommes-là !

Au fait, M. Jacques Soustelle est-il ambitieux ? Ce n'est pas sûr.

Il paraît qu'au moment où de Gaulle fonda le R.P.F., il allait s'embarquer pour longtemps vers le Mexique et que le prestige de son chef le retint presque de force. Je le crois. On a raconté aussi comment gouverneur d'Algérie nommé par Mendès France, il avait été bouleversé, retourné, foudroyé par la vue d'un horrible charnier F.L.N. L'humaniste découvrait l'inhumain. Ces gens tuaient si mal que la preuve était ainsi faite que nous avions beaucoup à leur apprendre.

Du coup, il fallait humaniser par tous les moyens.

Il les prit. Il s'en fit l'allié — d'aucuns encore plus humanistes, disent : le complice. Du moins, il ne regarda pas trop à la qualité humaine. « **Il s'entourait dans ses bureaux de musculaires à moustaches** », écrit M. Gagliardi dans « Combat » d'avant-hier, et devint l'idole des pieds-noirs, silhouette assez différente de celle du jeune intellectuel antifasciste « vigilant » de 1936.

Il « fit » de Gaulle et de Gaulle le défit, sans aucun mal, encore que « Times » ait pu titrer au lendemain des élections de 1958 : « Jacques Soustelle, maître de la France. »

Au ministère de l'Information, il fut, pour tout ce qui ne touchait pas à son Algérie, d'un libéralisme anormal pour l'époque. Un jour que je l'avais défendu contre des calomnies stupides, il me remercia avec des mots sur la « justice » et la « vérité » qui me parurent touchants et presque naïfs. Il manque totalement de cynisme.

Il partit le cœur gros. Il reste nostalgique.

Et le voici qui revient prendre place dans l'opposition et parle démocratie avec Mitterrand, lequel n'a pas répondu, que je sache, mais, assurément, s'il répondait, brandirait l'épouvantail fasciste, autre fantôme.

Tel l'Ange Bleu

Tout cela ne fait pas un personnage, ou alors un personnage bien vain. Un intellectuel émotif goûtant aux poisons de l'action, comme le Trouhadec fut saisi par la Débauche et cet autre professeur par l'Ange Bleu ? Mais alors, il serait sot et je crois qu'il ne l'est pas.

Et on oublie deux éléments qui d'une certaine manière se complètent : le gaullisme de Soustelle et ses Aztèques. S'il est aussi intelligent et profond que je le pense, il a dû, dès sa jeunesse, sentir plus ou moins consciemment l'inanité d'un intellectuel « vigilant » face à l'histoire, et qu'il y a bien un siècle que l'humanisme est fini. Malraux, lui, n'y croit plus dans sa psychologie de l'art et sur les tribunes y croit encore : les deux sincèrement.

Soustelle, qui avait tout pour le penser et ne pas y croire, a sûrement pris racine spirituelle inconsciente dans la théocratie aztèque où il se plongeait. D'où un effet compensateur stabilisateur. Et de même quand il rencontre de Gaulle, qui croit à l'homme, mais sans rien d'humaniste ni d'intellectuellement discursif (ce qui fait dire aux imbéciles qu'il hait ou méprise l'homme). Alors Soustelle peut à son aise se livrer à son sentimentalisme ou à son idéologie individuels. Mais lorsqu'il est privé, par ses occupations ou les tournants de l'histoire, et de son de Gaulle et de ses Aztèques, il ne retrouve son équilibre et son intégrité que dans une sorte de « théocratie humaniste » dont il est à la fois le théoricien et l'idole. D'où Alger.

Je ne sais pas où il est ni ce qu'il fait en ce moment : mais de voir avec quel sérieux, avec quelle sincérité d'esprit et de cœur il vient nous reparler, pour l'avenir, de démocratie d'opposition, de dialogue, de partis, de Parlement, de constitutionnalité et autres fariboles archicentenaires, je gage qu'il doit être replongé presque jusqu'au cou dans le divin totalitarisme précolombien.

Bref, qu'il va bien. Et je m'en réjouis. Car je ne l'ai jamais détesté. Loin de là.

Mais M. Mitterrand qui, lui, n'a pas d'Aztèques, comment s'équilibre-t-il ?

Eh bien ! tout simplement parce qu'il n'est, à la différence de Soustelle, ni intellectuel antifasciste, ni humaniste, mais garde au fond de lui le terrible autoritarisme que chacun sait. Par quoi il mordra fort sur la réalité, si d'aventure elle vient à passer entre ses mâchoires. Ce dont je doute. Mais comme il n'en doute guère, il ne va pas trop mal non plus. Et je me réjouis également de le voir jouer au juriste.

Ça l'occupe.

325

325
Jeudi 18 mars
Article paru dans « Notre République »

326

Jeudi 18 mars (suite)

Reprise au golf, contre Saint-Périer. 16 ! Pluie, froid sur le coteau. Mais à Paris le printemps s'installe. Je te retrouve devant le Murat et t'emmène chez Anna. Oh ! langoustines, profiteroles, beignets aux pommes…
Une inspection devenait nécessaire, si l'on tenait à préserver Anne-longue des méfaits de l'appétit Gredin –
Anne, mon Anne, ma chérie. Nous voici à Saint-Cloud, côté parc, sous la pluie, avec les bouleaux blancs colorés d'un reflet rose, et la pantoufle qui se vêt de buée et de silence. Et toi. Que ton visage est parfait quand le pénètre la connaissance de ce que nous sommes l'un par l'autre ! Je le regarde avec l'avidité d'un soldat qui meurt devant un champ de blé vert, avec l'angoisse déchirée du voyageur qui part pour les isles, à la voile du temps, avec la paix de la cime atteinte, même si plus loin est le vide, entre ciel et terre.

Ici un amusant petit concours du « Canard Enchaîné » !
Là l'entrée d'une maison de l'île de Ré, où j'allais pendant mon enfance et qui évoque pour moi une certaine douceur – rigueur mélangée.
Je te revois à huit heures, entre la Fac et le 39.
Comment finir une journée ?
Une journée pareille à la fin d'une attente.

Le concours. Tiercé du « Canard » !

327

Jeudi 18 mars (suite)

Un Romain

328
Vendredi 19 mars

Quel vendredi studieux ! Le matin je voulais m'entraîner pour l'« Attila » mais j'ai choisi de rester au travail. Puis Berlitz. Puis un article à écrire. Et au début de l'après-midi je t'ai conduite au Père Auto où nous avons lu, répété quelques questions de Droit Constitutionnel, discuté Droit. Les heures étaient douces. Nous nous sentions unis, en paix avec nous-mêmes. D'un vendredi à l'autre, que le temps file ! Demain il faudra te quitter. Deux jours. Un week-end de plus sur les rails. J'ai peine à m'y faire le front collé contre la vitre de brume, tandis que le Bourbonnais traverse l'Ile-de-France.
Une image, un dessin. Le dessin, d'un certain Villard de Honnecourt, qui vivait au XIIIème siècle, représente un lion, gargouille de la cathédrale de Chartres. L'image, un Palais de Pavie. La rigueur du toit, les encorbellements, la façade plate malgré les balcons, c'est pour moi une certaine Italie moins immédiatement reconnaissable que celle de Toscane ou de Vénétie mais que j'aimerais pénétrer. Pavie. Nous nous y arrêterons un jour. La montagne franchie commencent une grande plaine et d'innombrables merveilles…

329
Samedi 20 mars

Rien.
Mais je pense à toi mon Anne, très tendrement.
A Château-Chinon, air de triomphe de mes amis. Je reçois à la mairie.
Demain a lieu l'élection du Maire.
Toi tu sors avec Diesel.
Nuit au « Vieux Morvan ».

J'aime Le Nain.

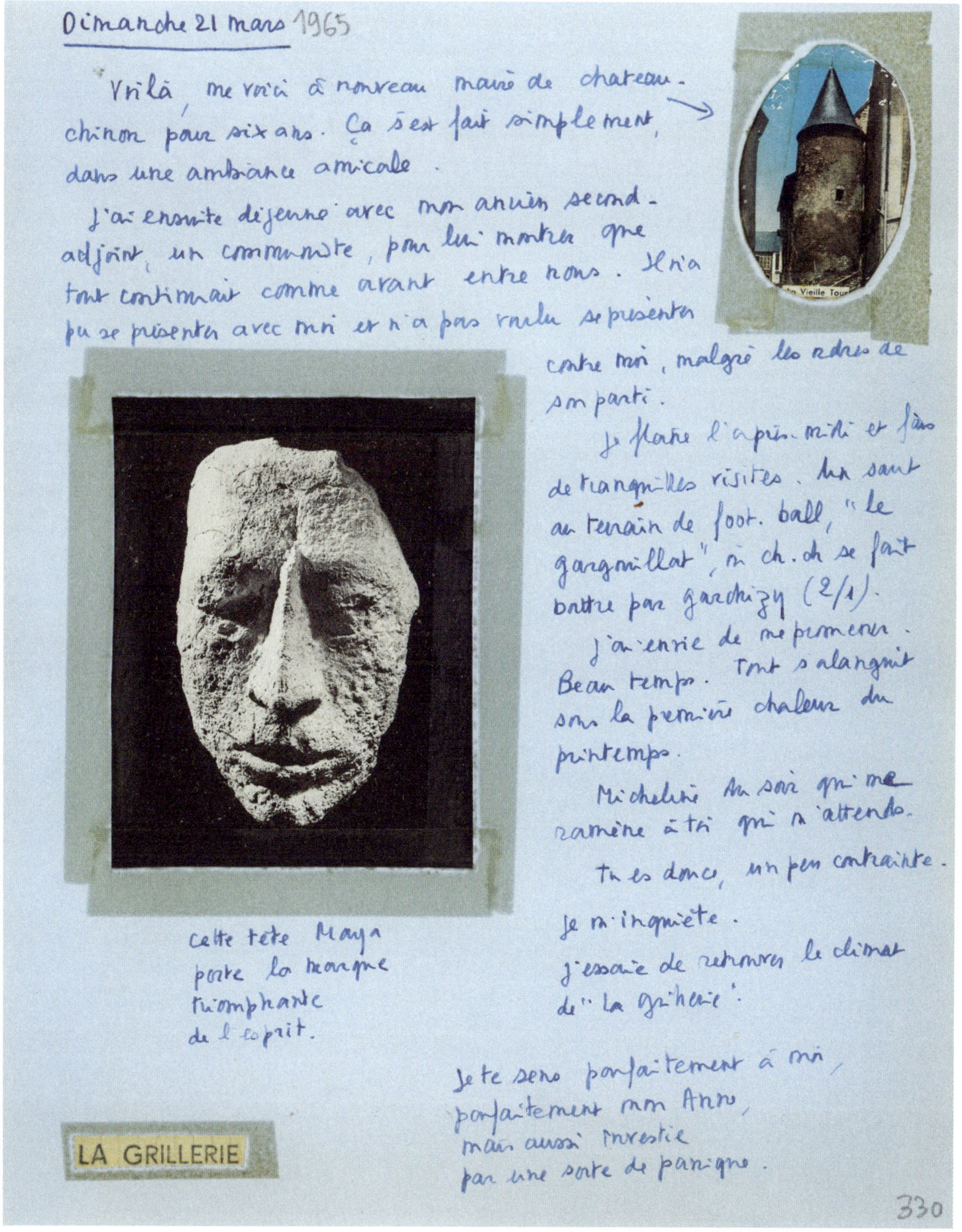
Dimanche 21 mars 1965

Voilà, me voici à nouveau maire de Château-Chinon pour six ans. Ça s'est fait simplement, dans une ambiance amicale.

J'ai ensuite déjeuné avec mon ancien second-adjoint, un communiste, pour lui montrer que tout continuait comme avant entre nous. Il n'a pu se présenter avec moi et n'a pas voulu se présenter contre moi, malgré les ordres de son parti.

Je flâne l'après-midi et fais de tranquilles visites. Un saut au terrain de foot-ball, "le Gargouillat", où Ch. Ch se fait battre par Garchizy (2/1).

J'ai envie de me promener. Beau temps. Tout s'alanguit sous la première chaleur du printemps.

Micheline du soir qui me ramène à toi qui m'attends.

Tu es douce, un peu contrainte.

Je m'inquiète.

J'essaie de retrouver le climat de "La Grillerie".

Je te sens parfaitement à moi, parfaitement mon Anne, mais aussi investie par une sorte de panique.

cette tête Maya porte la marque triomphante de l'esprit.

330

330

Dimanche 21 mars

Voilà, me voici à nouveau maire de Château-Chinon pour six ans. Ça s'est fait simplement, dans une ambiance amicale.
J'ai ensuite déjeuné avec mon ancien second adjoint, un communiste, pour lui montrer que tout continuait comme avant entre nous. Il n'a pu se présenter avec moi et n'a pas voulu se présenter contre moi, malgré les ordres de son parti.
Je flâne l'après-midi et fais de tranquilles visites. Un saut au terrain de foot-ball, « le Gargouillat », où Ch. Ch se fait battre par Garchizy (2/1).
J'ai envie de me promener. Beau temps. Tout s'alanguit sous la première chaleur du printemps.
Micheline du soir qui me ramène à toi qui m'attends.
Tu es douce, un peu contrainte. Je m'inquiète.
J'essaie de retrouver le climat de « La Grillerie ».
Je te sens parfaitement à moi, parfaitement mon Anne, mais aussi investie par une sorte de panique.

Cette tête Maya porte la marque triomphante de l'esprit.

Lundi 22 mars 1965

CHATEAU-CHINON

Au cours de sa première séance tenue dimanche, le Conseil municipal a élu M. François MITTERRAND, député, ancien ministre, maire de Château-Chinon et M. Lucien GERMAIN, instituteur honoraire, premier adjoint

Le conseil municipal issu des élections du 14 mars, s'est réuni dimanche matin, salle de la mairie, pour désigner son maire, son premier adjoint et arrêter la composition des commissions municipales.

Tous les conseillers étaient présents. Rappelons que le conseil se compose désormais de : MM. François Mitterrand, Henri Baillly, Mme Simone Bondeux, MM. Lucien Bonnot, Pierre Brochet, Henri Bruchard, Armand Buguet, Charles Comte, Maurice Coppin, Gustave Gagnard, Lucien Germain, Constant Girard, Adrien Le Coent, Louis Martin, Michel Poirier, Gaston Poncet, Lucien Tissier.

La séance fut ouverte par le doyen d'âge, M. Louis Martin qui, dans une courte allocution, rappela la très nette victoire remportée dans notre ville par la liste conduite par M. François Mitterrand. « *Cette victoire, il faut*, dira-t-il, *la mériter, et nous agirons tous dans l'intérêt de nos concitoyens, et nous nous efforcerons d'être dignes de leur confiance* ». Le doyen d'âge rappela encore la procédure à suivre pour l'élection du maire et du premier adjoint, et proposa la candidature de M. François Mitterrand, député, président du Conseil général de la Nièvre, aux fonctions de maire de la commune. Cette proposition est naturellement adoptée par le conseil, par seize voix et un bulletin blanc.

UNE VUE DE LA TABLE DU CONSEIL

M. Louis MARTIN présidait en qualité de doyen d'âge l'ouverture de cette séance.

M. François Mitterrand se leva alors pour occuper la place de maire. Il remercia les conseillers de l'honneur qu'ils venaient de lui faire. « *Nous sommes*, dira-t-il, *une équipe dans laquelle chacun est responsable. Nous devons être actifs, vigilants et aborder les tâches avec sérénité. Je forme des vœux pour que notre ville profite au maximum de notre action, et j'adresse notre salut à sa population et nos remerciements* ».

Avant de faire procéder à l'élection du premier adjoint, M. le Député-Maire rendit un public et amical hommage à M. Paul Imbert, ancien premier adjoint qui, pour des raisons personnelles, n'a pas sollicité le renouvellement de son mandat de conseiller. « *La fonction de premier adjoint est, certes, un honneur, mais elle est délicate et demande beaucoup de travail. Durant six ans, M. Imbert a « tenu » la commune. Je lui en exprime ma gratitude et la reconnaissance de la ville* ».

Puis M. le Député-Maire expliqua que, pour des raisons privées, M. Louis Martin, doyen d'âge, retraité du notariat, lui avait exprimé le désir de ne pas être candidat au poste de premier adjoint pour lequel paraissait l'avoir désigné, par le nombre élevé des voix, la population château-chinonaise. M. le Député-Maire proposa alors la candidature de M. Lucien Germain, instituteur honoraire, Château-Chinonais de naissance, et ayant fait une longue carrière d'enseignant dans notre ville. Le conseil fait sienne la proposition de M. le Député-Maire et élit M. Lucien Germain, premier adjoint, par 16 voix sur 17, une allant sur le nom de M. Martin.

La création d'un poste de second adjoint est, par ailleurs, demandée à l'autorité supérieure.

M. Lucien Germain remercia ses collègues de la confiance qu'ils venaient de lui accorder et les assura qu'il s'efforcerait de tenir son rôle de premier adjoint avec « dévouement, objectivité et sans parti pris ».

Puis le conseil fixa, ainsi que suit, la composition des commissions et délégations municipales.

Commissions municipales

M. le Maire et son premier adjoint sont membres de droit de toutes les commissions municipales, ainsi composées.

Finances. — MM. Martin (président), Le Coent, Tissier, Comte, Gagnard.

Adjudications et travaux. — MM. Tissier (président), Bonnot, Brochet, Poirier, Bailly, Coppin.

Sociétés, activités générales et loisirs — MM. Girard (président), Poncet, Coppin, Gagnard, Buguet, Mme Bondeux.

Ecoles. — MM. Brochet (président), Tissier, Poirier, Bailly.

Coordination avec Château-Chinon Campagne. — MM. Bonnot (président), Bruchard, Tissier, Gagnard, Girard.

Bibliothèque municipale. — Mme Bondeux, M. Le Coent.

Personnel communal. — MM. Buguet, Bruchard.

Bois communaux. — M. Bonnot.

[...] des fêtes. — MM. Bailly, Gagnard.

Comité des foires. — MM. Le Coent, Comte.

Syndicat de communes pour le personnel. — MM. Tissier, Martin.

Une prochaine réunion du conseil est prévue dans une quinzaine de jours.

« Le Journal du Centre »
comment on élit un maire en Morvan…

331

331
Lundi 22 mars

« Le Journal du Centre »
Comment on élit un maire en Morvan…

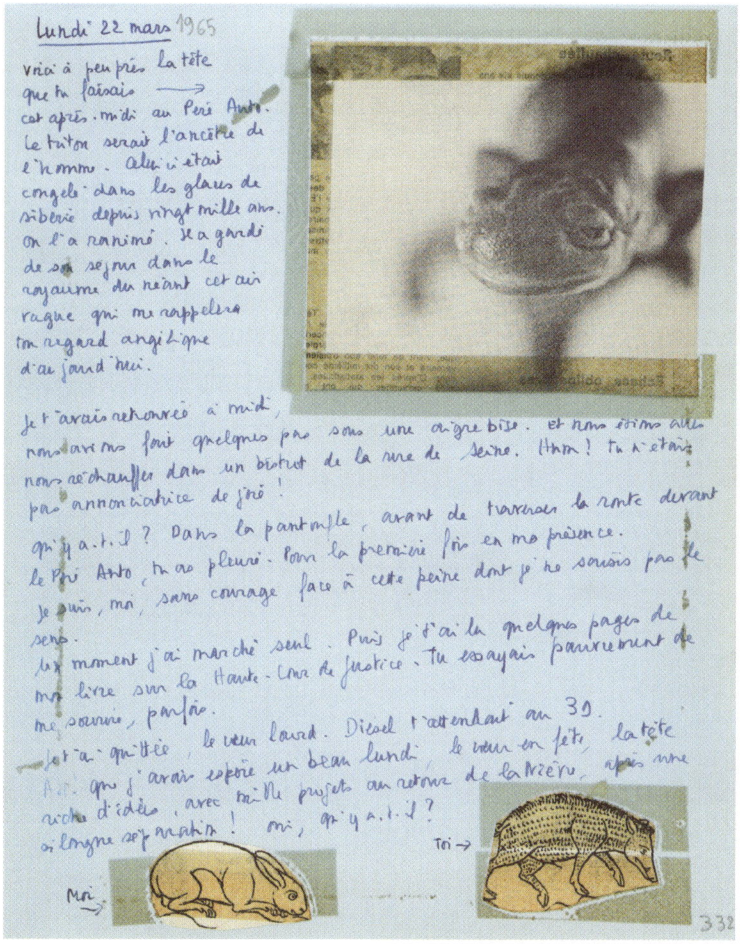

332
Lundi 22 mars

Voici à peu près la tête que tu faisais cet après-midi au Père Auto. Le triton serait l'ancêtre de l'homme. Celui-ci était congelé dans les glaces de Sibérie depuis vingt mille ans. On l'a ranimé. Il a gardé de son séjour dans le royaume du néant cet air vague qui me rappellera ton regard angélique d'aujourd'hui.
Je t'avais retrouvée à midi, nous avions fait quelques pas sous une aigre bise. Et nous étions allés nous réchauffer dans un bistrot de la rue de Seine. Hum ! Tu n'étais pas annonciatrice de joie !
Qu'y a-t-il ? Dans la pantoufle, avant de traverser la route devant le Père Auto, tu as pleuré. Pour la première fois en ma présence.
Je suis, moi, sans courage face à cette peine dont je ne saisis pas le sens.
Un moment j'ai marché seul. Puis je t'ai lu quelques pages de mon livre sur la Haute-Cour de Justice. Tu essayais pauvrement de me sourire, parfois.
Je t'ai quittée, le cœur lourd. Diesel t'attendait au 39.
Ah ! que j'avais espéré un beau lundi, le cœur en fête, la tête riche d'idées, avec mille projets au retour de la Nièvre, après une si longue séparation ! Oui, qu'y a-t-il ?
Moi *[lapin de Villard de Honnecourt]*
Toi *[sanglier de Villard de Honnecourt]*

333
Mardi 23 mars

Anne chérie, mon amour, entre tristesse et fulgurant bonheur, entre chien et loup, incertain mardi : Sainlouis, les fleurs (des tulipes noires) volées, ta colère, le 39, toi, la musique, toi, donnée.
Je te pose au Louvre. Adieu pour aujourd'hui. Tout ressemble à ce plafond de métal et de béton : j'étouffe et j'espère.
Je travaille, je t'écris, je ne parviens pas à me délivrer. Je t'appelle. Est-ce ta voix claire ? Peut-être. Anne chérie, mon Amour.

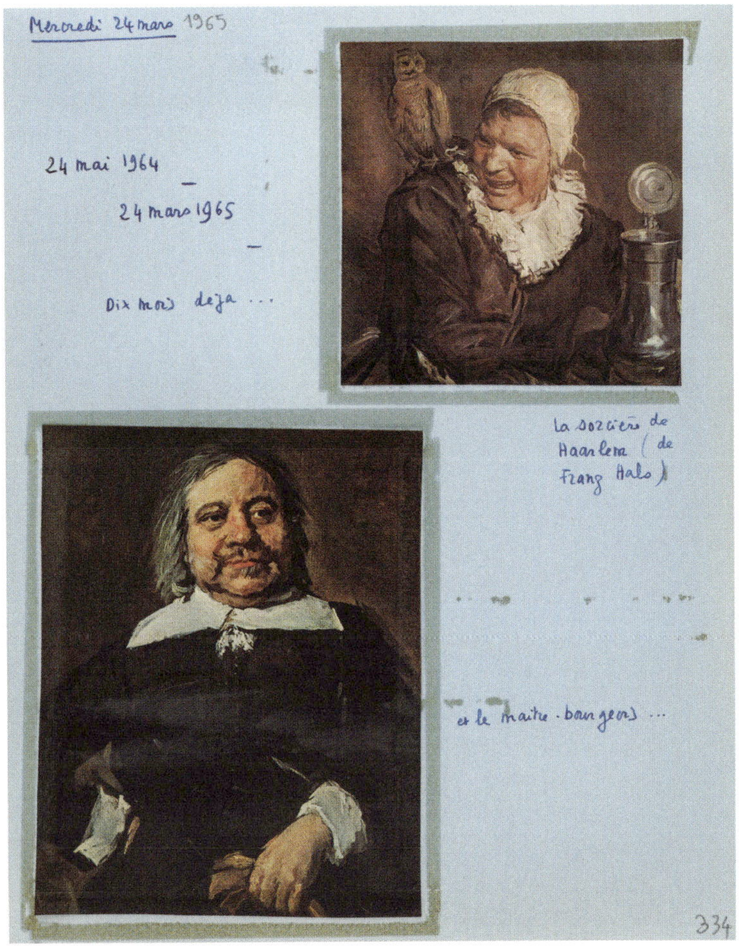

334
Mercredi 24 mars

24 mai 1964 – 24 mars 1965 –
Dix mois déjà…
La sorcière de Haarlem (de Franz Hals)
et le maître-bourgeois…

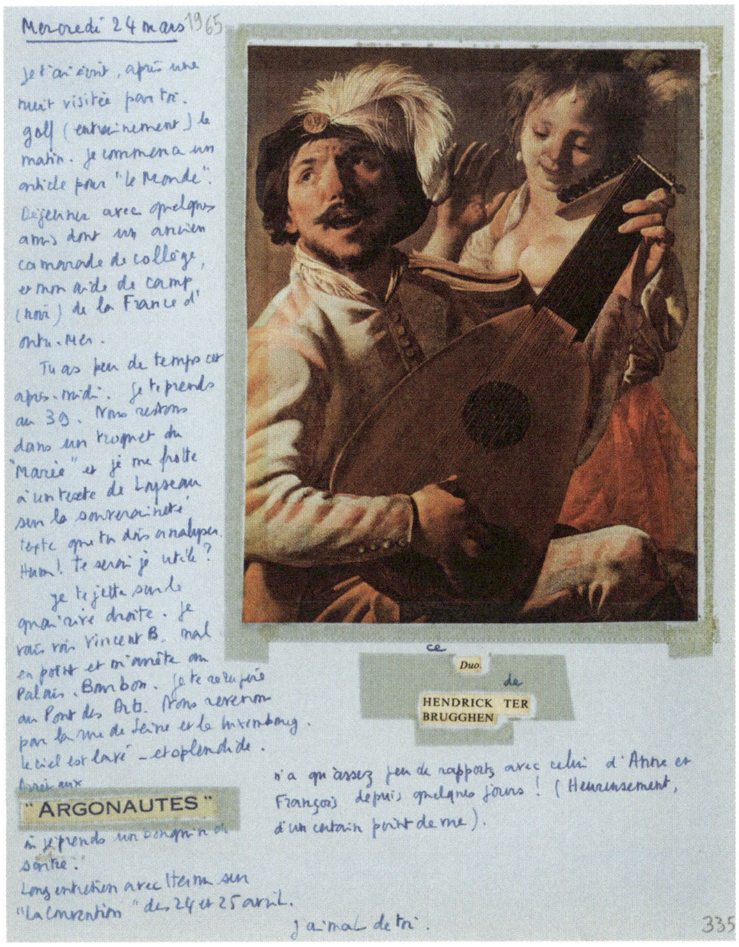

335
Mercredi 24 mars

Je t'ai écrit, après une nuit visitée par toi. Golf (entraînement) le matin. Je commence un article pour « Le Monde ». Déjeuner avec quelques amis dont un ancien camarade de collège, et mon aide de camp (noir) de la France d'Outre-Mer.
Tu as peu de temps cet après-midi. Je te prends au 39. Nous restons dans un troquet du « Marée » et je me frotte à un texte de Loyseau sur la souveraineté texte que tu dois analyser. Hum ! Te serai-je utile ? Je te jette sur le quai rive droite. Je vais voir Vincent B. mal en point et m'arrête au Palais-Bourbon. Je te récupère au Pont des Arts. Nous revenons par la rue de Seine et le Luxembourg. Le ciel est lavé – et splendide.

Ce Duo de Hendrick Ter Brugghen n'a qu'assez peu de rapports avec celui d'Anne et François depuis quelques jours ! (Heureusement, d'un certain point de vue).

Arrêt aux Argonautes où je prends un bouquin de Sartre.
Long entretien avec Hernu sur « La Convention » des 24 et 25 avril.
J'ai mal de toi.

Jeudi 25 mars 1965

Article du "Populaire" qui répond à mes propositions.

Et maintenant ?

Malgré les voyants truquages du ministre de l'Intérieur, le bilan des élections apparaît avec clarté.

L'U.N.R., qui voulait conquérir les citadelles municipales, demeure très largement minoritaire dans l'ensemble du pays. Le Parti socialiste qui fut tout au long de la campagne la principale cible des hommes du gouvernement « reste en tête des partis organisés ». La défaite des gaullistes à Paris, et la brillante victoire de Gaston Defferre à Marseille constituent la meilleure réponse aux entreprises du pouvoir.

Une page est donc tournée, mais le combat continue. Nous pouvons maintenant envisager l'avenir avec plus d'optimisme. Et pourtant nous aurions tort de nous laisser bercer d'illusions. La partie n'est pas encore gagnée. Certes, la victoire que les républicains viennent de remporter montre que le gaullisme n'est pas invincible, mais nous ne devons pas en tirer la conclusion que les Français sont prêts à accorder de nouveau leur totale confiance aux partis traditionnels. Les élections de dimanche ont traduit une méfiance grandissante à l'égard du régime. Il nous faut cependant reconnaître que cette méfiance n'a pas dissipé pour autant l'inquiétude qu'éprouve une partie de l'opinion devant les perspectives d'un retour à certaines méthodes du passé.

C'est une telle inquiétude que nous devons maintenant nous efforcer de faire disparaître. Voilà sans aucun doute une de nos tâches prioritaires, et nous ne réussirons dans ce domaine qu'en apportant la preuve qu'un retour à la démocratie saura réconcilier la notion de liberté et celle d'efficacité dans la stabilité. Cette preuve, nous la connaissons tous. Elle consiste à démontrer à l'opinion française que nous sommes capables de réussir l'œuvre nécessaire de rajeunissement, de modernisation, et d'adaptation de nos formations, et que nous sommes décidés à réaliser les regroupements qui rendront enfin possible l'indispensable simplification de notre vie politique.

Depuis quelques jours d'ailleurs ces idées de regroupements sont dans l'air, et nous ne pouvons que nous en réjouir. Mais c'est le regroupement du Centre qui semble avoir les faveurs d'une partie de la presse. « Les listes centristes, nous dit-on, ont remporté un indiscutable succès. Celui-ci montre qu'elles répondaient à un besoin du pays. Il faut donc poursuivre dans cette voie, et jeter les bases d'un grand Parti démocratique du Centre. »

J'avoue que je comprends mal ce langage. On a présenté effectivement beaucoup de listes centristes les 14 et 21 mars, mais elles étaient loin d'avoir partout la même signification. Les listes centristes de Lille et de Marseille animées et dirigées par le Parti socialiste étaient évidemment fort différentes des coalitions qui à Boulogne-sur-Mer, et à Clamart

par
Gérard JAQUET

par exemple s'opposaient à celles que conduisaient les maires socialistes sortants. Et les listes centristes de Paris étaient elles aussi bien éloignées par leur orientation de celles qui dans de trop nombreuses communes ont associé les M.R.P., les Indépendants et l'U.N.R.

J'ai écrit ici bien souvent qu'il ne s'agit pas de regrouper n'importe qui, sur n'importe quoi, et n'importe comment. Un regroupement ne sera valable et efficace que s'il répond à un souci de clarification indispensable. Or la clarification n'est pas dans le regroupement du Centre.

Elle n'est d'ailleurs pas davantage dans les élucubrations de M. Frey, à l'ouverture de la campagne électorale. Le ministre de l'Intérieur imaginait, dans son discours d'Asnières, la France de demain divisée en deux blocs : un Parti gaulliste majoritaire, et l'opposition regroupée. C'est là une vue utopique et dangereuse. L'U.N.R. ne doit son unité qu'à l'autorité du Chef de l'Etat. Après De Gaulle elle ne parviendra certainement pas à maintenir la cohésion d'un rassemblement, nécessairement éphémère, d'hommes très différents les uns des autres à bien des égards. Quant à l'opposition, je vois mal la Droite et l'Extrême-droite, travaillant avec la Gauche et l'Extrême-gauche.

Il est clair pour nous que chez les démocrates des diverses tendances, la véritable ligne de partage sépare une Droite sans doute républicaine, mais d'orientation libérale sur le plan économique, d'une Gauche profondément démocratique et largement inspirée par le socialisme. Voilà la vraie clarification, et c'est sur cette base que doivent être conçus les regroupements souhaitables.

Comment nous orienter dans cette voie ? Depuis plusieurs mois nous nous sommes consacrés à une entreprise de regroupement socialiste. Celle-ci a déjà donné des résultats encourageants, et il nous faut la poursuivre. Mais c'est une œuvre de longue haleine, qui réclamera encore de notre part de patients efforts.

N'est-il pas nécessaire dans ces conditions, et sans négliger en aucune manière notre tâche de rassemblement des socialistes, de susciter dans l'immédiat un regroupement plus large des démocrates de Gauche, qui aurait évidemment une structure plus souple, mais serait d'une réalisation plus rapide ?

A ce sujet une suggestion a été faite il y a quelques semaines par François Mitterand, et plus récemment par Charles Hernu, c'est celle d'une confédération de la Gauche démocratique. Cette confédération devrait, bien entendu, être créée sur la base d'une charte et d'un programme. Elle devrait au surplus se donner les moyens de poursuivre une action commune, et d'arbitrer les différends qui pourraient dans certains domaines surgir entre les organisations composantes. Envisagée ainsi, l'idée me semble bonne, et elle mérite d'être examinée par nous tous avec soin.

Une confédération démocratique de la Gauche deviendrait sans aucun doute un puissant pôle d'attraction sur sa droite comme sur sa gauche. Elle transformerait la vie politique française en redonnant confiance au pays. Elle préparerait dans des conditions plus efficaces la bataille présidentielle, et la bataille des législatives. Elle rendrait plus proche l'heure du retour à la démocratie.

336

336
Jeudi 25 mars

Article du « Populaire » qui répond à mes propositions.

337
Jeudi 25 mars (suite)

Le printemps était à Saint-Cloud. Les cytises étaient fleuris. La vie courait partout. Petit détail j'ai joué et gagné (16).
Je t'ai rejointe rue du Regard et t'ai emmenée chez Sainlouis où Michel Barbot nous attendait. Curieux et agréable déjeuner. A la limite, la liberté de ton de M. B me crispe, comme si elle n'était que l'expression d'un état qui précisément lui aurait ôté la liberté d'être et de vivre à son goût. Peut-être le temps qui fuit, simplement, et qui fait sous ses yeux, son travail de ruine et de mort.

Je t'ai déposée rue d'Assas. Tu n'étais que rire et puissance de joie. Anne étrange, diverse. J'ai travaillé, commencé mon éditorial pour le « Courrier de la Nièvre ». Ecrit de nombreuses lettres. Préparé mon week-end nivernais.
A vingt heures j'étais rue Michelet. Boulevard Saint-Michel !
Petit dîner à la Rôtisserie Périgourdine. Que tu étais belle, mon Anne. Somptueuse. Esplanade des Invalides, 25 mars, nous saurons ce qu'il convient de célébrer. En retard au C.A.I, bondé et chaud à défaillir – j'ai écouté, parlé.
Minuit. Avec Georges Dayan, petit stage chez Lipp.
Les yeux lourds d'un sommeil bien gagné, j'ai regagné mon lit, aimé l'étalement du corps, identifié à la parfaite horizontale et dormi en te disant bonsoir Anne chérie.

338
Vendredi 26 mars

Nous avons déjeuné à Il Teatro (avec une h ?). Comment dessiner ça ? hum !
Ou comme ça ? Je voulais esquisser l'Opéra et ça donne plutôt une sorte de Panthéon raté.
J'ai travaillé à mon bureau tout l'après-midi. Vu Dumas. Expédié beaucoup d'affaires. Je reviens encore à ce Villard de Honnecourt : regarde son dessin à lui (modèle : Chartres)
Que j'aimerais posséder ce don ! Je ferais par exemple mon Anne comme ça
Zut ! je me trompe. C'est Martine…
Et quelle soirée mon amour !
Cinéma pour voir Ivan le Terrible *[Sergueï Eisenstein, 1944].*
Je crois que tu as aimé. Nous en sommes sortis courbatus d'émotion.
Petit stage au Bistrot du Port.
Et voilà la semaine qui se ferme sur nous.

Vendredi 26 mars 1965

Nous avons déjeuné à Il Teatro (avec une h ?). Comment dessiner ça ?

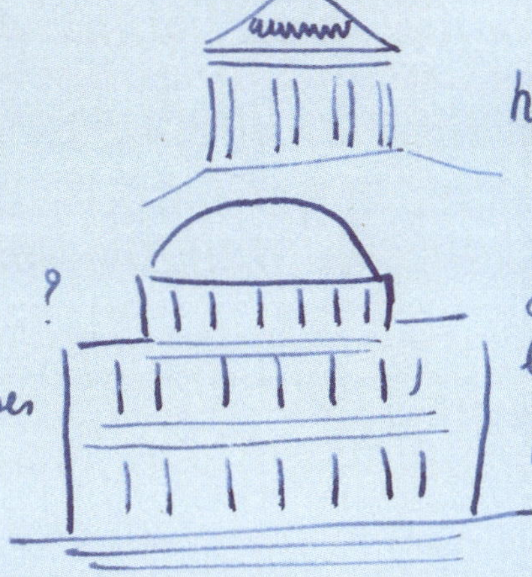

hum !

ou comme ça ?

je voulais esquisser l'Opéra et ça donne plutôt une sorte de Panthéon raté.

J'ai travaillé à mon bureau tout l'après-midi. Vu Dumas. Expédié beaucoup d'affaires. Je reviens encore à ce Villard de Honnecourt : regarde son dessin à lui (modèle : Chartres) → Que j'aimerais posséder ce don ! Je ferais par exemple mon Anne comme ça :

Zut ! Je me trompe. C'est Martine…

Et quelle soirée mon amour !

Cinéma pour voir Ivan le Terrible.

Je crois que tu as aimé. Nous en sommes sortis courbattus d'émotion.
Petit stage au Bistrot du Port.
Et voilà la semaine qui se ferme sur nous.

338

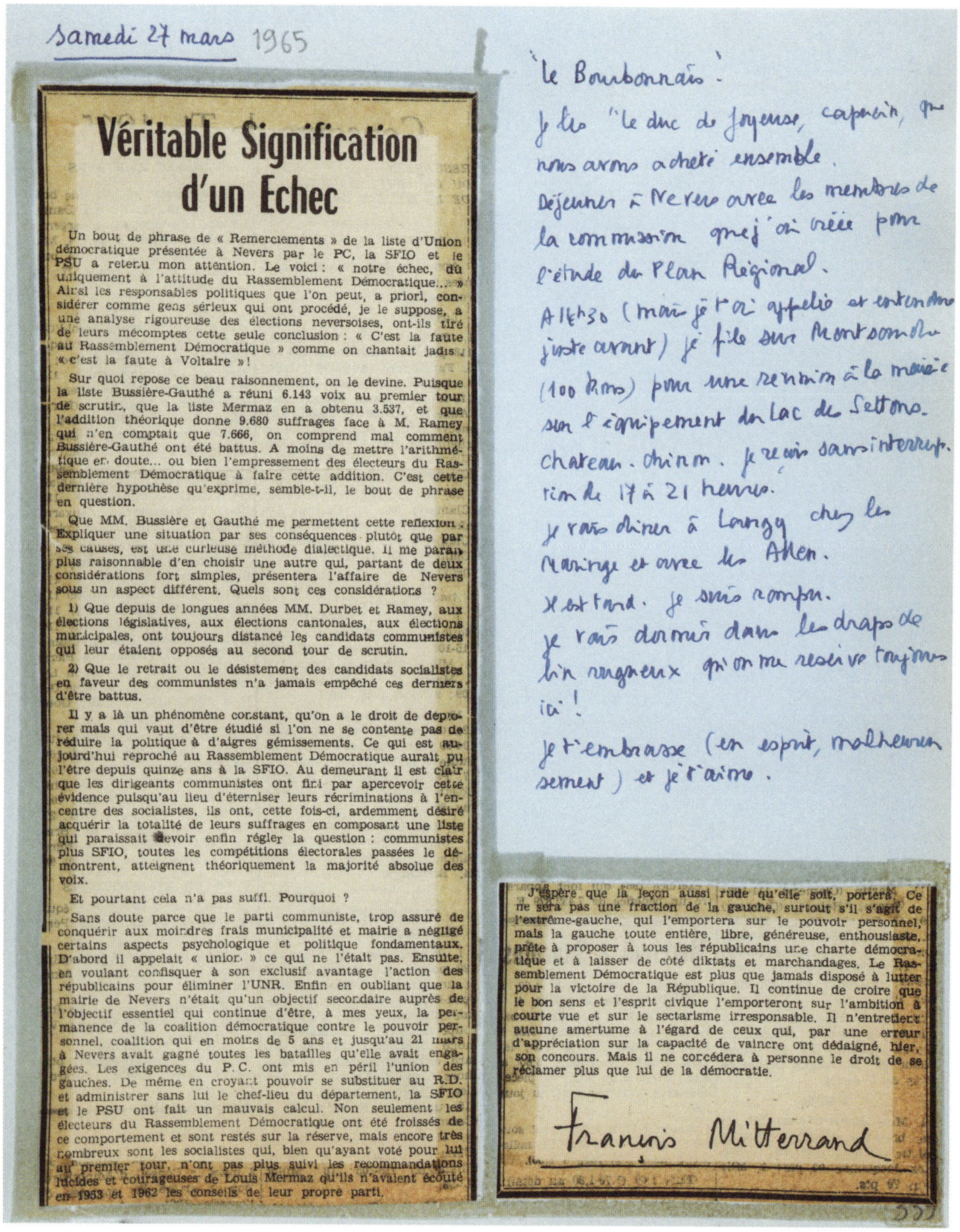

Samedi 27 mars 1965

« Le Bourbonnais ».
Je lis « Le duc de Joyeuse, capucin » que nous avons acheté ensemble.
Déjeuner à Nevers avec les membres de la commission que j'ai créée pour l'étude du Plan Régional.
A 14 h 30 (mais je t'ai appelée et entendue juste avant) je file sur Montsauche (100 kms) pour une réunion à la mairie sur l'équipement du Lac des Settons.
Chateau-Chinon. Je reçois sans interruption de 17 à 21 heures.
Je vais dîner à Langy chez les Maringe et avec les Allen.
Il est tard. Je suis rompu.
Je vais dormir dans les draps de lin rugueux qu'on me réserve toujours ici !
Je t'embrasse (en esprit, malheureusement) et je t'aime.

Véritable Signification d'un Echec

Un bout de phrase de « Remerciements » de la liste d'Union démocratique présentée à Nevers par le PC, la SFIO et le PSU a retenu mon attention. Le voici : « notre échec, dû uniquement à l'attitude du Rassemblement Démocratique... » Ainsi les responsables politiques que l'on peut, a priori, considérer comme gens sérieux qui ont procédé, je le suppose, à une analyse rigoureuse des élections neversoises, ont-ils tiré de leurs mécomptes cette seule conclusion : « C'est la faute au Rassemblement Démocratique » comme on chantait jadis « c'est la faute à Voltaire » !

Sur quoi repose ce beau raisonnement, on le devine. Puisque la liste Bussière-Gauthé a réuni 6.143 voix au premier tour de scrutin, que la liste Mermaz en a obtenu 3.537, et que l'addition théorique donne 9.680 suffrages face à M. Ramey qui n'en comptait que 7.666, on comprend mal comment Bussière-Gauthé ont été battus. A moins de mettre l'arithmétique en doute... ou bien l'empressement des électeurs du Rassemblement Démocratique à faire cette addition. C'est cette dernière hypothèse qu'exprime, semble-t-il, le bout de phrase en question.

Que MM. Bussière et Gauthé me permettent cette réflexion : Expliquer une situation par ses conséquences plutôt que par ses causes, est une curieuse méthode dialectique. Il me paraît plus raisonnable d'en choisir une autre qui, partant de deux considérations fort simples, présentera l'affaire de Nevers sous un aspect différent. Quels sont ces considérations ?

1) Que depuis de longues années MM. Durbet et Ramey, aux élections législatives, aux élections cantonales, aux élections municipales, ont toujours distancé les candidats communistes qui leur étaient opposés au second tour de scrutin.

2) Que le retrait ou le désistement des candidats socialistes en faveur des communistes n'a jamais empêché ces derniers d'être battus.

Il y a là un phénomène constant, qu'on a le droit de déplorer mais qui vaut d'être étudié si l'on ne se contente pas de réduire la politique à d'aigres gémissements. Ce qui est aujourd'hui reproché au Rassemblement Démocratique aurait pu l'être depuis quinze ans à la SFIO. Au demeurant il est clair que les dirigeants communistes ont fini par apercevoir cette évidence puisqu'au lieu d'éterniser leurs récriminations à l'encontre des socialistes, ils ont, cette fois-ci, ardemment désiré acquérir la totalité de leurs suffrages en composant une liste qui paraissait devoir enfin régler la question : communistes plus SFIO, toutes les compétitions électorales passées le démontrent, atteignent théoriquement la majorité absolue des voix.

Et pourtant cela n'a pas suffi. Pourquoi ?

Sans doute parce que le parti communiste, trop assuré de conquérir aux moindres frais municipalité et mairie a négligé certains aspects psychologique et politique fondamentaux. D'abord il appelait « union » ce qui ne l'était pas. Ensuite, en voulant confisquer à son exclusif avantage l'action des républicains pour éliminer l'UNR. Enfin en oubliant que la mairie de Nevers n'était qu'un objectif secondaire auprès de l'objectif essentiel qui continue d'être, à mes yeux, la permanence de la coalition démocratique contre le pouvoir personnel, coalition qui en moins de 5 ans et jusqu'au 21 mars à Nevers avait gagné toutes les batailles qu'elle avait engagées. Les exigences du P.C. ont mis en péril l'union des gauches. De même en croyant pouvoir se substituer au R.D. et administrer sans lui le chef-lieu du département, la SFIO et le PSU ont fait un mauvais calcul. Non seulement les électeurs du Rassemblement Démocratique ont été froissés de ce comportement et sont restés sur la réserve, mais encore très nombreux sont les socialistes qui, bien qu'ayant voté pour lui au premier tour, n'ont pas plus suivi les recommandations lucides et courageuses de Louis Mermaz qu'ils n'avaient écouté en 1953 et 1962 les conseils de leur propre parti.

J'espère que la leçon aussi rude qu'elle soit, portera. Ce ne sera pas une fraction de la gauche, surtout s'il s'agit de l'extrême-gauche, qui l'emportera sur le pouvoir personnel, mais la gauche toute entière, libre, généreuse, enthousiaste, prête à proposer à tous les républicains une charte démocratique et à laisser de côté diktats et marchandages. Le Rassemblement Démocratique est plus que jamais disposé à lutter pour la victoire de la République. Il continue de croire que le bon sens et l'esprit civique l'emporteront sur l'ambition à courte vue et sur le sectarisme irresponsable. Il n'entretient aucune amertume à l'égard de ceux qui, par une erreur d'appréciation sur la capacité de vaincre ont dédaigné, hier, son concours. Mais il ne concédera à personne le droit de se réclamer plus que lui de la démocratie.

François Mitterrand

339
Samedi 27 mars

« Le Bourbonnais ».
Je lis « Le duc de Joyeuse, capucin » *[José La Guerrande, 1965]* que nous avons acheté ensemble.
Déjeuner à Nevers avec les membres de la commission que j'ai créée pour l'étude du Plan Régional.
A 14 h 30 (mais je t'ai appelée et entendue juste avant) je file sur Montsauche (100 kms) pour une réunion à la mairie sur l'équipement du Lac des Settons.
Château-Chinon. Je reçois sans interruption de 17 à 21 heures.
Je vais dîner à Langy chez les Maringe et avec les Allen.
Il est tard. Je suis rompu.
Je vais dormir dans les draps de lin rugueux qu'on me réserve toujours ici !
Je t'embrasse (en esprit, malheureusement) et je t'aime.

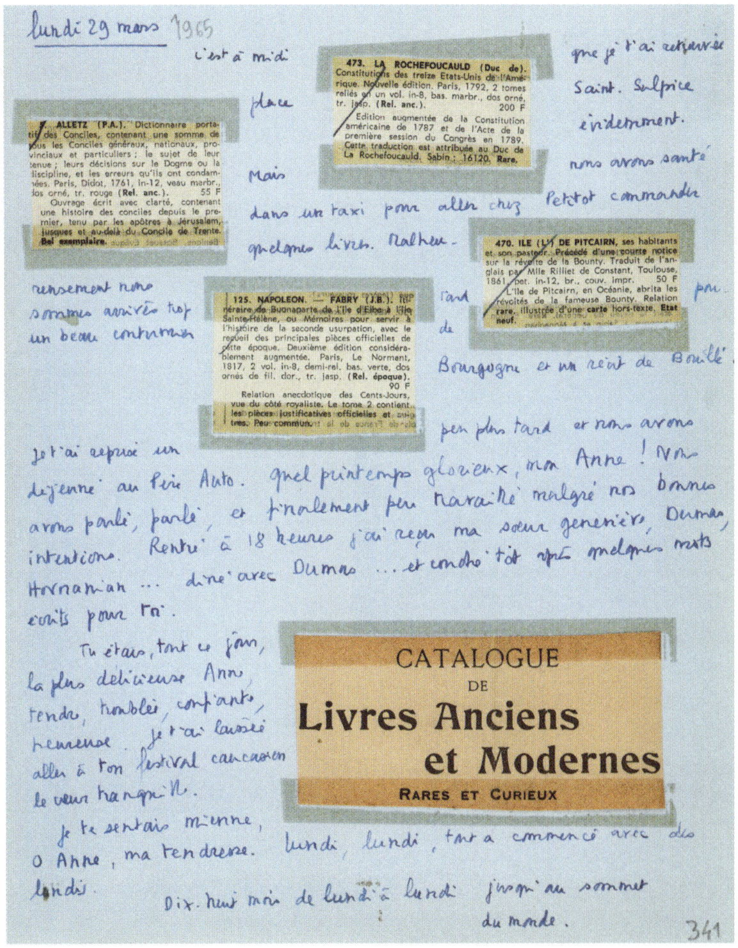

340
Dimanche 28 mars

Voici deux images que j'aime parmi celles que je feuillette cet après-midi à Langy où je me repose. Tolstoï, encore. Et la maison natale de Galilée, à Pise.
L'une et l'autre évoquent mes deux tentations (contradictoires) : la paix, la lumière, et l'ocre jaune des murs et les pavés de grès… ou bien l'aventure déchirante, passionnée dans les steppes de l'esprit, la forêt de bouleaux, la mort au bout de la fuite en avant.

Ce matin, visite à deux communes, Dornecy et Brèves (où Romain Rolland est enterré). Déjeuner à Langy.
Grande fatigue. Je m'étends et je parcours des revues. Puis je lis le IVème tome des « Mémoires » de Dupin. Dans le train du retour j'achève « le duc de Joyeuse ».
Tu es à la gare.
Nous marchons un moment. Mais tu es lasse.
Ma merveilleuse Anne. Je t'aime.

341
Lundi 29 mars

C'est à midi que je t'ai retrouvée place Saint-Sulpice évidemment. Mais nous avons sauté dans un taxi pour aller chez Petitot commander quelques livres. Malheureusement nous sommes arrivés trop tard pour un beau coutumier de Bourgogne et un récit de Bouillé.
Je t'ai reprise un peu plus tard et nous avons déjeuné au Père Auto. Quel printemps glorieux, mon Anne ! Nous avons parlé, parlé, et finalement peu travaillé malgré nos bonnes intentions. Rentré à 18 heures j'ai reçu ma sœur Geneviève, Dumas, Hovnanian… dîné avec Dumas… et couché tôt après quelques mots écrits pour toi.
Tu étais, tout ce jour, la plus délicieuse Anne, tendre, troublée, confiante, heureuse. Je t'ai laissée aller à ton festival caucasien le cœur tranquille.
Je te sentais mienne, O Anne, ma tendresse. Lundi, lundi, tout a commencé avec des lundis.
Dix-huit mois de lundi à lundi jusqu'au sommet du monde.

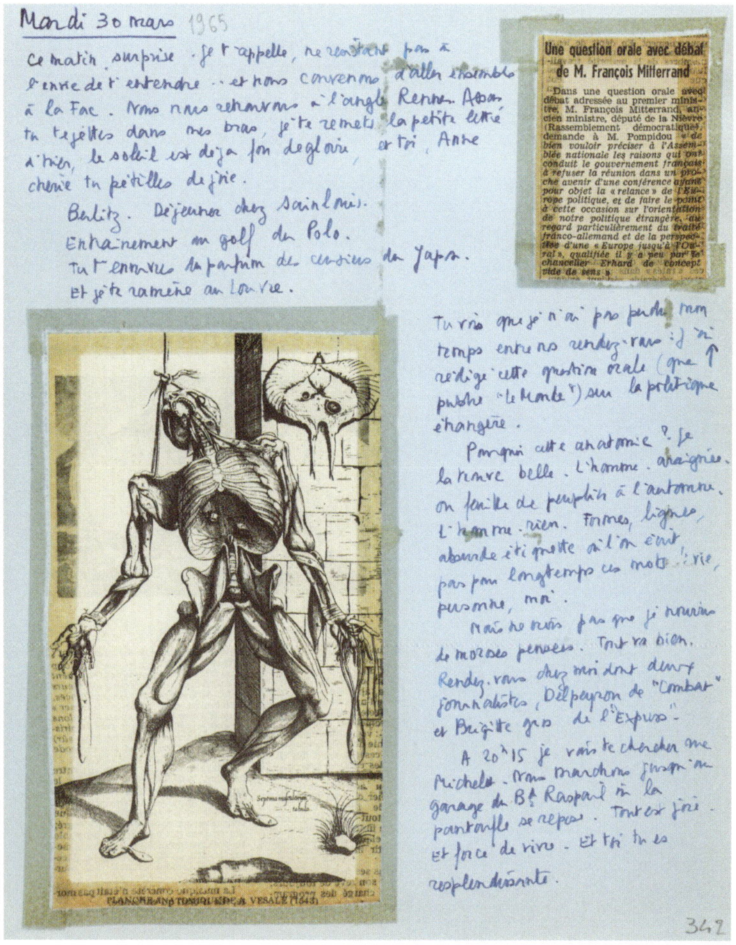

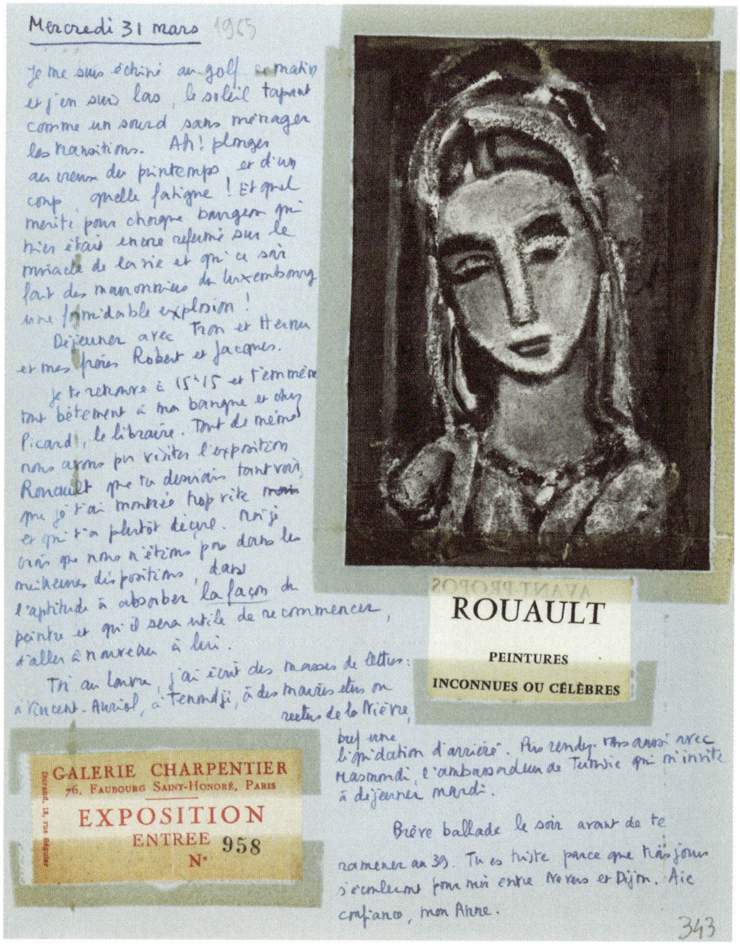

342
Mardi 30 mars

Ce matin, surprise. Je t'appelle, ne résistant pas à l'envie de t'entendre… et nous convenons d'aller ensemble à la Fac. Nous nous retrouvons à l'angle Rennes-Assas, tu te jettes dans mes bras, je te remets la petite lettre d'hier, le soleil est déjà fou de gloire, et toi, Anne chérie tu pétilles de joie.
Berlitz. Déjeuner chez Sainlouis.
Entraînement au golf du Polo.
Tu t'enivres du parfum des cerisiers du Japon.
Et je te ramène au Louvre.
Tu vois que je n'ai pas perdu mon temps entre nos rendez-vous : j'ai rédigé cette question orale (que publie « Le Monde ») sur la politique étrangère.
Pourquoi cette anatomie ? Je la trouve belle. L'homme-araignée, ou feuille de peuplier à l'automne. L'homme-rien. Formes, lignes, absurde étiquette où l'on écrit, pas pour longtemps ces mots : vie, personne, moi.
Mais ne crois pas que je nourris de moroses pensées. Tout va bien.
Rendez-vous chez moi dont deux journalistes, Delpeyrou de « Combat » et Brigitte Gros de l'« Express ».
A 20 h 15 je vais te chercher rue Michelet. Nous marchons jusqu'au garage du Bd Raspail où la pantoufle se repose. Tout est joie. Et force de vivre. Et toi tu es resplendissante.

343
Mercredi 31 mars

Je me suis échiné au golf ce matin et j'en suis las, le soleil tapant comme un sourd sans ménager les transitions. Ah ! plonger au creux du printemps et d'un coup, quelle fatigue ! Et quel mérite pour chaque bourgeon qui hier était encore refermé sur le miracle de la vie et qui ce soir fait des marronniers du Luxembourg une formidable explosion !
Déjeuner avec Tron et Hernu et mes frères Robert et Jacques.
Je te retrouve à 15 h 15 et t'emmène tout bêtement à ma banque et chez Picard, le libraire. Tout de même nous avons pu visiter l'exposition Rouault que tu désirais tant voir, que je t'ai montrée trop vite et qui t'a plutôt déçue. Moi je crois que nous n'étions pas dans les meilleures dispositions, dans l'aptitude à absorber la façon du peintre et qu'il sera utile de recommencer, d'aller à nouveau à lui.
Toi au Louvre, j'ai écrit des masses de lettres : à Vincent Auriol, à Tenoudji, à des maires élus ou réélus de la Nièvre, bref une liquidation d'arriéré. Puis rendez-vous aussi avec Masmoudi, l'ambassadeur de Tunisie qui m'invite à déjeuner mardi.
Brève balade le soir avant de te ramener au 39. Tu es triste parce que trois jours s'écouleront pour moi entre Nevers et Dijon. Aie confiance, mon Anne.

344
Mercredi 31 mars (suite)

Allez, au mois suivant…

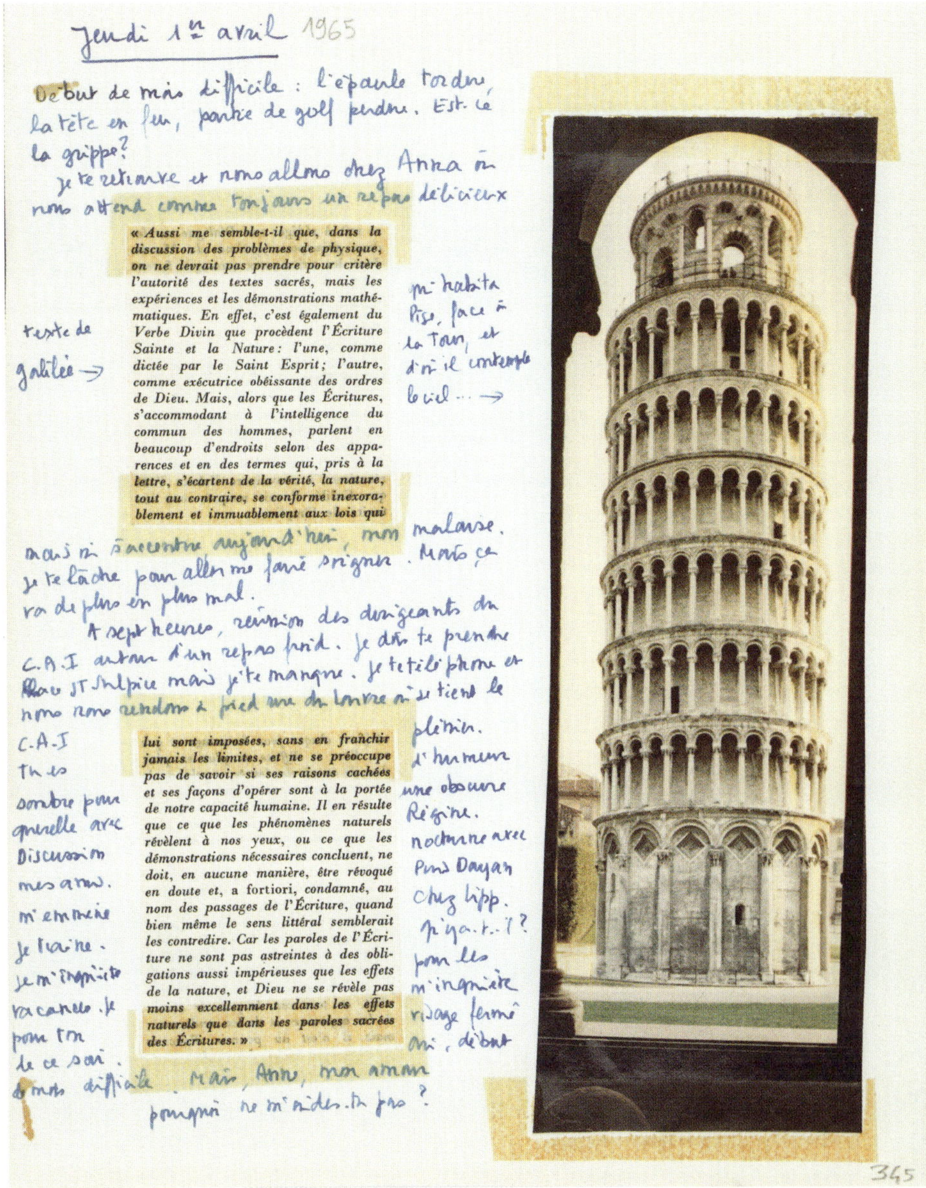

Jeudi 1er avril 1965

« Aussi me semble-t-il que, dans la discussion des problèmes de physique, on ne devrait pas prendre pour critère l'autorité des textes sacrés, mais les expériences et les démonstrations mathématiques. En effet, c'est également du Verbe Divin que procèdent l'Écriture Sainte et la Nature : l'une, comme dictée par le Saint Esprit ; l'autre, comme exécutrice obéissante des ordres de Dieu. Mais, alors que les Écritures, s'accommodant à l'intelligence du commun des hommes, parlent en beaucoup d'endroits selon des apparences et en des termes qui, pris à la lettre, s'écartent de la vérité, la nature, tout au contraire, se conforme inexorablement et immuablement aux lois qui lui sont imposées, sans en franchir jamais les limites, et ne se préoccupe pas de savoir si ses raisons cachées et ses façons d'opérer sont à la portée de notre capacité humaine. Il en résulte que ce que les phénomènes naturels révèlent à nos yeux, ou ce que les démonstrations nécessaires concluent, ne doit, en aucune manière, être révoqué en doute et, a fortiori, condamné, au nom des passages de l'Écriture, quand bien même le sens littéral semblerait les contredire. Car les paroles de l'Écriture ne sont pas astreintes à des obligations aussi impérieuses que les effets de la nature, et Dieu ne se révèle pas moins excellemment dans les effets naturels que dans les paroles sacrées des Écritures. »

345

345
Jeudi 1er avril

Début de mois difficile : l'épaule tordue, la tête en feu, partie de golf perdue. Est-ce la grippe ?
Je te retrouve et nous allons chez Anna où nous attend comme toujours un repas délicieux mais où s'accentue aujourd'hui, mon malaise. Je te lâche pour aller me faire soigner. Mais ça va de plus en plus mal.
A sept heures, réunion des dirigeants du C.A.I autour d'un repas froid. Je dois te prendre place St Sulpice mais je te manque. Je te téléphone et nous nous rendons à pied rue du Louvre où se tient le C.A.I plénier.
Tu es d'humeur sombre pour une obscure querelle avec Régine. Discussion nocturne avec mes amis. Puis Dayan m'emmène chez Lipp. Je traîne. Qu'y a-t-il ? Je m'inquiète pour les vacances. Je m'inquiète pour ton visage fermé de ce soir. Oui, début de mois difficile. Mais, Anne, mon amour pourquoi ne m'aides-tu pas ?

Texte de Galilée qui habita Pise, face à la Tour, et d'où il contempla le ciel…

346
Jeudi 1er avril (suite)

[Bande dessinée de Copi]

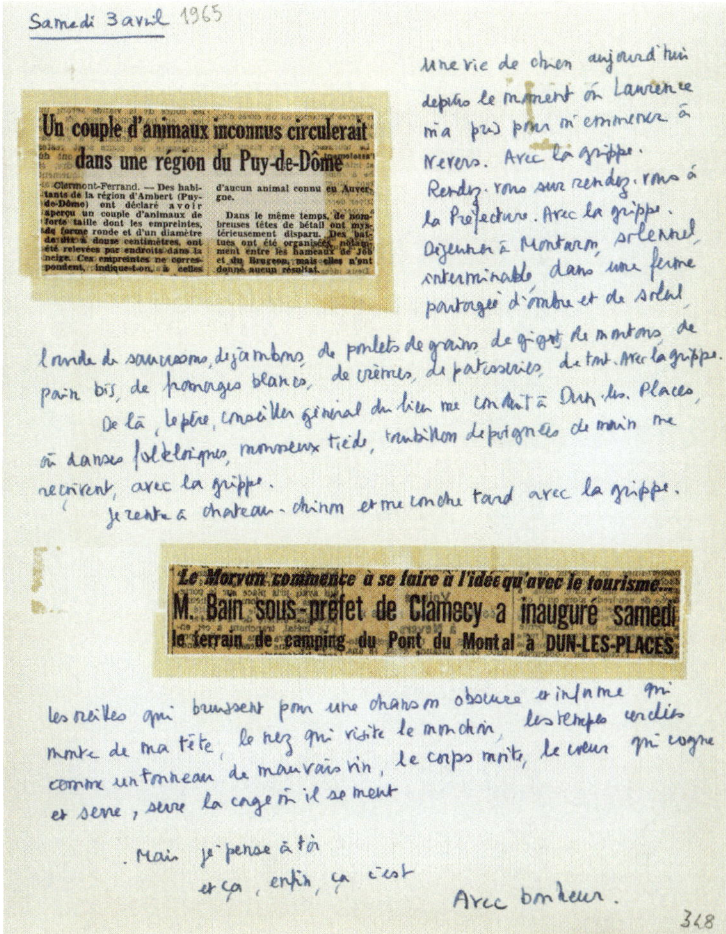

347
Vendredi 2 avril

Anne me rejoint. Tard nous sommes allés à Gambaiseuil.
Rambouillet, ses charmes et ses bouleaux.
Je t'ai lu : « Poisson d'Avril », poème d'il y a vingt ans et cependant poème où

cher vendredi,
toi devant moi,
telle –
  toi –
    toi –
      telle –
que tu seras mienne.

Raconte-t-on l'éblouissement calme des soleils qui se mêlent à la mer ?
C'est

Le Relais du Pavé
Bazainville (S.-et-O.)

qui nous a recueillis, pour la fin d'un soir où les étoiles étaient partout.

348
Samedi 3 avril

Une vie de chien aujourd'hui depuis le moment où Laurence m'a pris pour m'emmener à Nevers. Avec la grippe. Rendez-vous sur rendez-vous à la Préfecture. Avec la grippe. Déjeuner à Montaron, solennel, interminable, dans une ferme partagée d'ombre et de soleil, lourde de saucissons, de jambons, de poulets de grain, de gigots de mouton, de pain bis, de fromages blancs, de crèmes, de pâtisseries, de tout. Avec la grippe.
De là, Lepère, conseiller général du lieu me conduit à Dun-les-Places, où danses folkloriques, mousseux tiède, tourbillon de poignées de main me reçoivent, avec la grippe.
Je rentre à Château-Chinon et me couche tard avec la grippe.
Les oreilles qui bruissent pour une chanson obscure et informe qui monte de ma tête, le nez qui visite le mouchoir, les tempes cerclées comme un tonneau de mauvais vin, le corps moite, le cœur qui cogne et serre, serre la cage où il se meut.

Mais je pense à toi
et ça, enfin, ça c'est
Avec bonheur.

349
Dimanche 4 avril

Après divers entretiens et un Conseil municipal pour élire le 2ème adjoint et régler des problèmes mineurs j'ai reçu à la mairie l'honorable et vaillant centenaire que la photo ci-contre évoque

Déjeuner rapide au Vieux-Morvan avec les Maringe. Puis tout l'après-midi fut consacré à une réunion des cadres départementaux du Rassemblement Démocratique Nivernais.
Quelle fatigue ! La grippe bat son plein !

Visite à ce Joseph Pasquet amateur de la Vierge de Fontenay et de vieux et beaux livres sur le Morvan.
Enfin, Nevers, où j'arrive sourd, abruti, dodelinant.
Le « Bourbonnais » me jette gare de Lyon où tu m'attends, mon Anne toute douce de ce soir. Anne-lumière.
Nous parlons peu. Tu veux me raconter. Tu ne le fais pas. Intensément tu essaies de communiquer d'âme à âme. Tu es merveilleuse.
Et je t'aime.
Avant de rentrer : un grog et le cœur chaud Au Flambeau

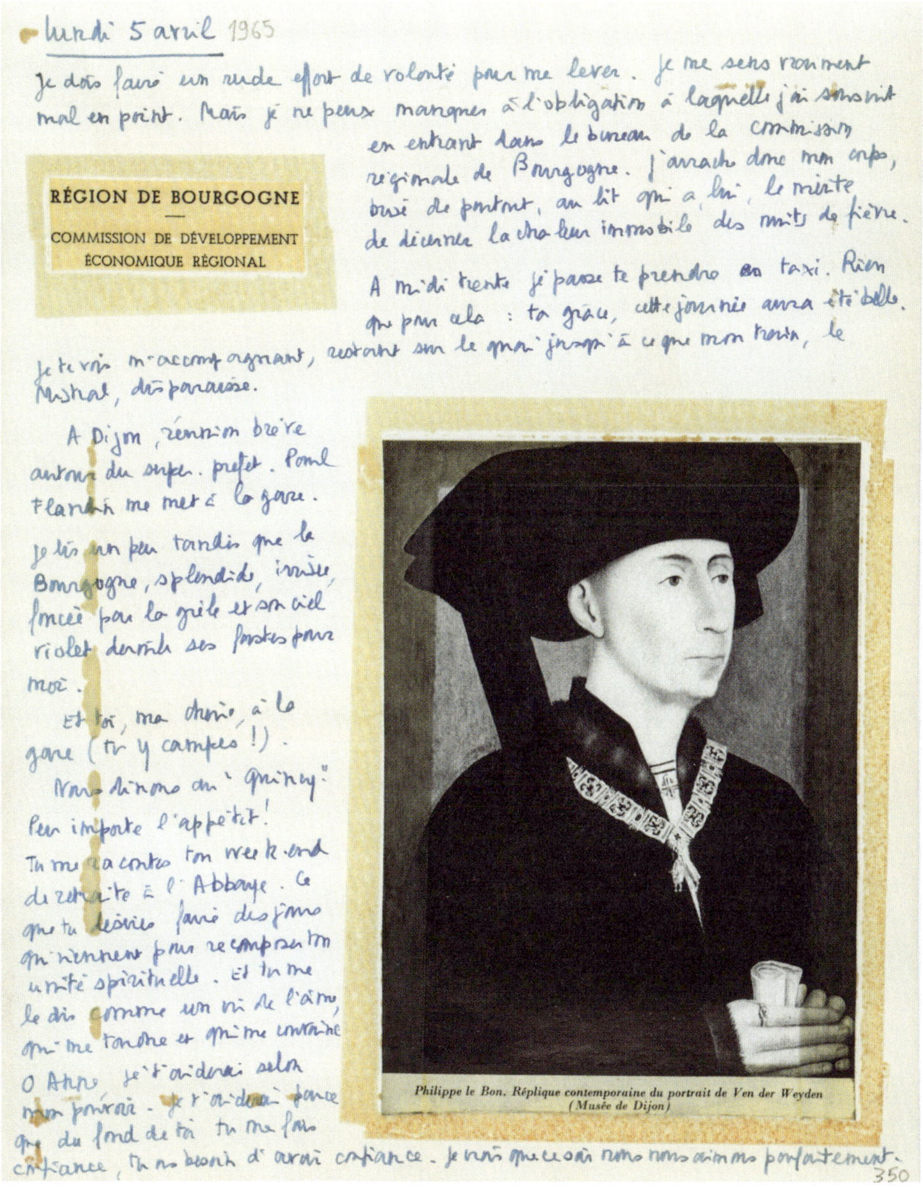

350
Lundi 5 avril

Je dois faire un rude effort de volonté pour me lever. Je me sens vraiment mal en point. Mais je ne peux manquer à l'obligation à laquelle j'ai souscrit en entrant dans le bureau de la Commission régionale de Bourgogne. J'arrache donc mon corps, brisé de partout, au lit qui a, lui, le mérite de décerner la chaleur immobile des nuits de fièvre.
A midi trente je passe te prendre en taxi. Rien que pour cela : ta grâce, cette journée aura été belle. Je te vois m'accompagnant, restant sur le quai jusqu'à ce que mon train, le Mistral, disparaisse.
A Dijon, réunion brève autour du super-préfet. Paul Flandin me met à la gare.
Je lis un peu tandis que la Bourgogne, splendide, irisée, foncée par la grêle et son ciel violet déroule ses fastes pour moi.
Et toi, ma chérie, à la gare (tu y campes !).
Nous dînons au « Quincy ». Peu importe l'appétit ! Tu me racontes ton week-end de retraite à l'Abbaye. Ce que tu désires faire des jours qui viennent pour recomposer ton unité spirituelle. Et tu me le dis comme un cri de l'âme, qui me touche et qui me convainc. O Anne, je t'aiderai selon mon pouvoir. Je t'aiderai parce que du fond de toi tu me fais confiance, tu as besoin d'avoir confiance. Je crois que ce soir nous nous aimons parfaitement.

351
Lundi 5 avril (suite)

La tour de Philippe le Bon. Dijon.

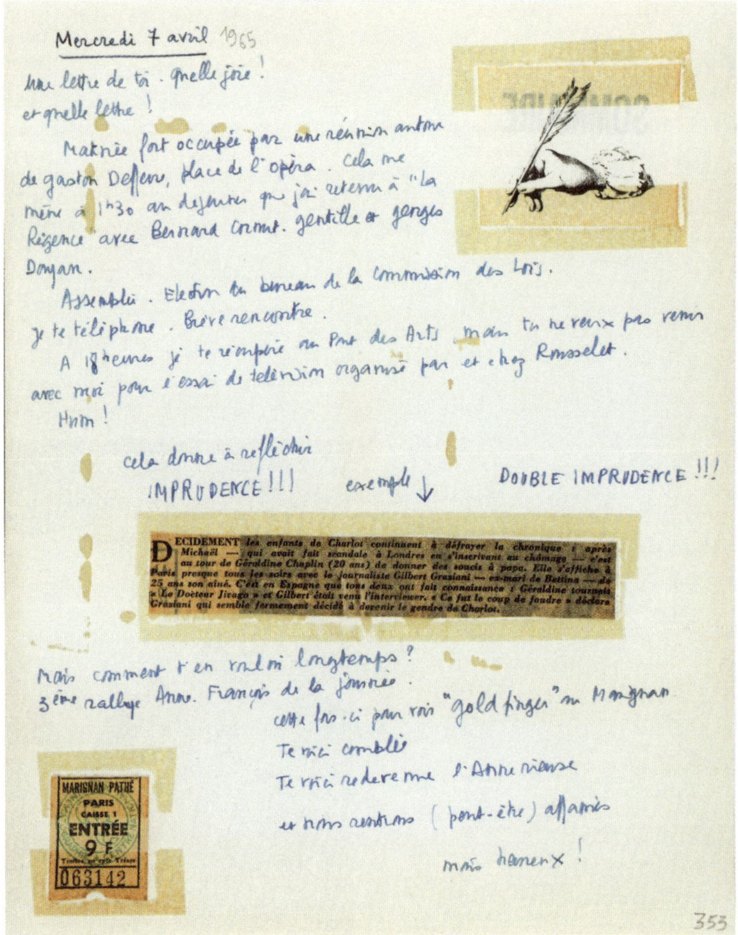

352
Mardi 6 avril

Vois ces deux photos. L'une montre le P. Teilhard de Chardin et l'Abbé Breuil devant un tombeau Ming, en Chine. L'autre (en bas), les deux hommes les plus riches du monde, profiteurs des entrailles de la terre (le pétrole). Images symboliques. Ici, la recherche de l'esprit, l'aventure humaine à son plus haut degré, qui scrute l'inquiétude et le destin. Là les sales gueules de l'argent, de l'intérêt, de la cupidité, du ventre en action. En ce mardi je ne suis pas spécialement porté à philosopher ! Mais ce contraste m'a frappé.
Matinée chez moi ; la grippe décroît. A 12 h 30, devant l'église Saint-Germain, Anne. Avec elle le soleil, la tendresse, la pudeur, la beauté.
Elle m'accompagne jusqu'à la porte de l'Ambassade tunisienne, où je déjeune avec Masmoudi. Sont également présents, Mme Masmoudi, Savary, un diplomate inconnu et l'ambassadeur de Tunisie au Caire qui parle de Nasser de façon intéressante. Aussitôt le café bu, je saute rue du Regard où le bigophone me renvoie ton écho ! Petit tour au champ de Mars. Je te dépose aux Tuileries et vais chez le coiffeur.
Rue Guynemer, deux visiteurs. Un médecin de la Nièvre. Un journaliste MRP (J. P. Prévost). Longue conversation avec ce dernier.
Douce, douce lettre de toi.
De nouveau, Anne, rue Michelet. Arrêt à l'Observatoire.
Tu es mon tout.
Soirée paisible. Mon cœur t'aime.

353
Mercredi 7 avril

Une lettre de toi. Quelle joie !
et quelle lettre !
Matinée fort occupée par une réunion autour de Gaston Defferre, place de l'Opéra. Cela me mène à 1 h 30 au déjeuner que j'ai retenu à « La Régence » avec Bernard Cornut-Gentille et Georges Dayan.
Assemblée. Election du bureau de la Commission des Lois.
Je te téléphone. Brève rencontre.
A 18 heures je te récupère au Pont des Arts, mais tu ne veux pas venir avec moi pour l'essai de télévision organisé par et chez Rousselet.
Hum !

Cela donne à réfléchir
IMPRUDENCE !!! exemple DOUBLE IMPRUDENCE !!!

Mais comment t'en vouloir longtemps ?
3e rallye Anne-François de la journée.
Cette fois-ci pour voir « Goldfinger » au Marignan
Te voici comblée
Te voici redevenue l'Anne rieuse
et nous rentrons (peut-être) affamés
mais heureux !

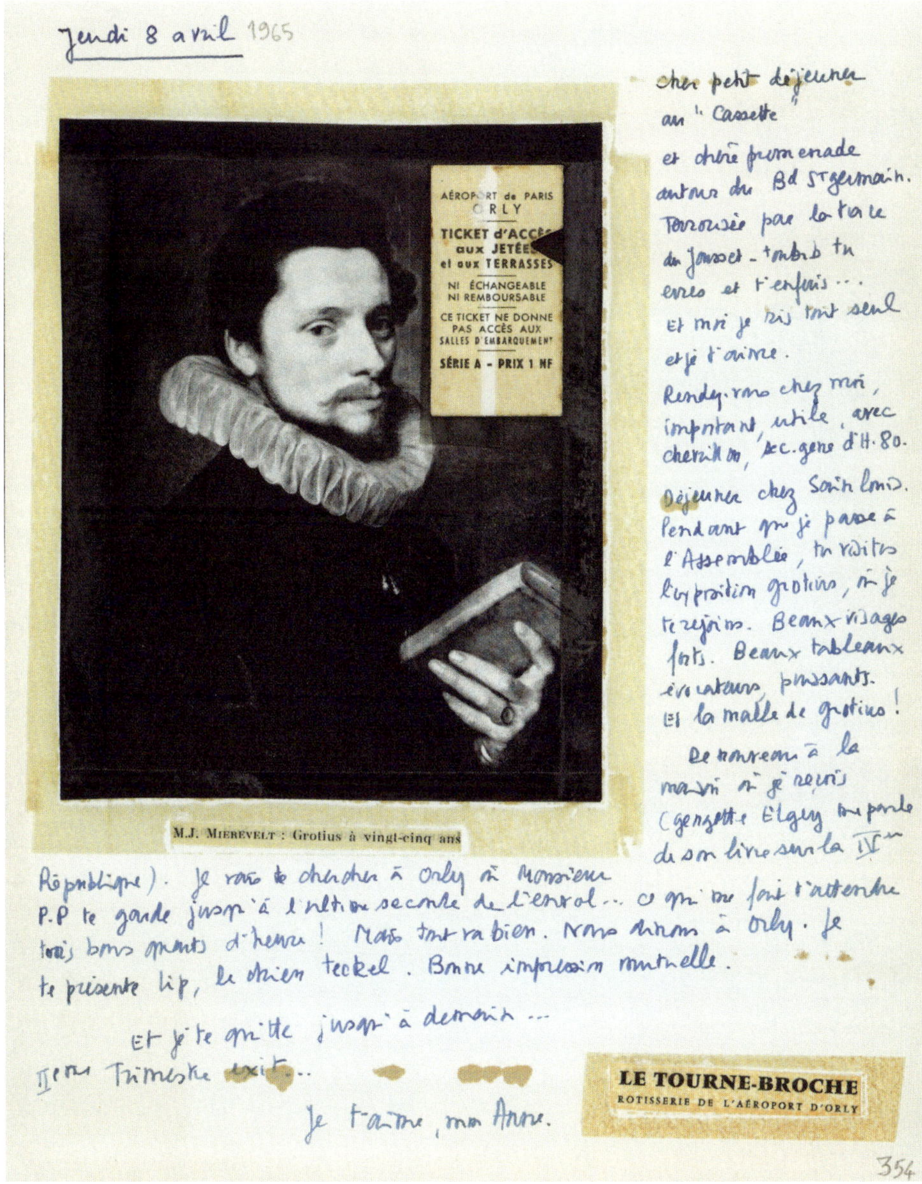

354
Jeudi 8 avril

Cher petit déjeuner au « Cassette » et chère promenade autour du Bd St Germain. Terrorisée par la trace du Jousset-toubib tu erres et t'enfuis…
Et moi je ris tout seul et je t'aime.
Rendez-vous chez moi, important, utile, avec Chevrillon, sec. gene. d'H. 80.
Déjeuner chez Sainlouis.
Pendant que je passe à l'Assemblée, tu visites l'exposition Grotius, où je te rejoins. Beaux visages forts. Beaux tableaux évocateurs, puissants.
Et la malle de Grotius !
De nouveau à la maison où je reçois (Georgette Elgey me parle de son livre sur la IVème République). Je vais te chercher à Orly où Monsieur P. P te garde jusqu'à l'ultime seconde de l'envol… ce qui me fait t'attendre trois bons quarts d'heure ! Mais tout va bien. Nous dînons à Orly. Je te présente Lip, le chien teckel. Bonne impression mutuelle.
Et je te quitte jusqu'à demain…
IIème trimestre exit…
Je t'aime, mon Anne.

355
Vendredi 9 avril

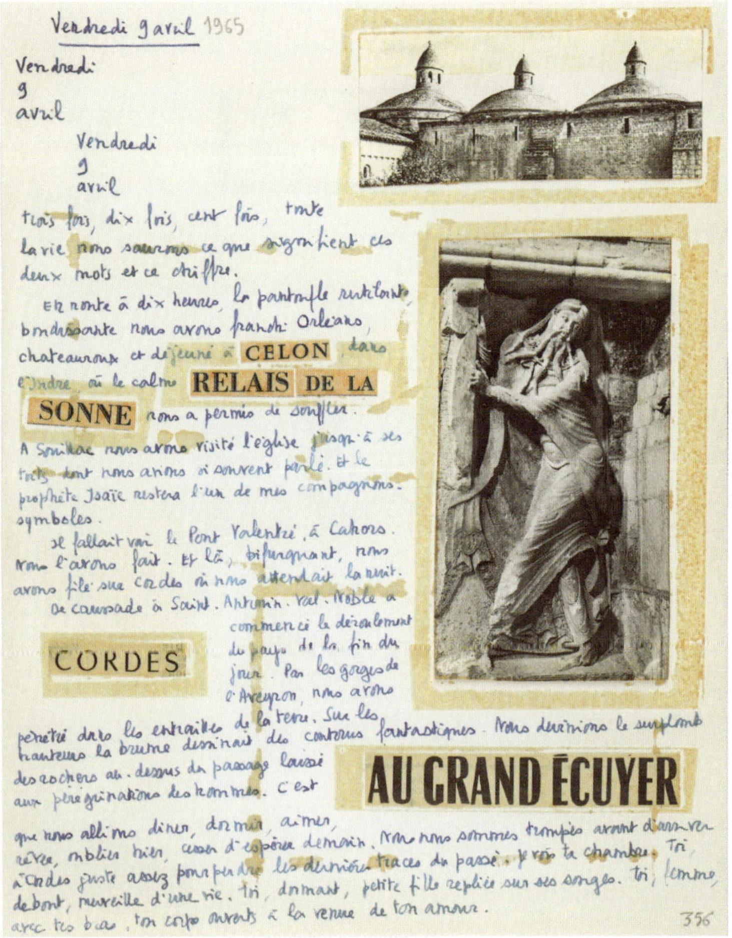

356

Vendredi 9 avril

Vendredi
9
avril
    Vendredi
    9
    avril

Trois fois, dix fois, cent fois, toute la vie nous saurons ce que signifient ces deux mots et ce chiffre.

En route à dix heures, la pantoufle rutilante, bondissante nous avons franchi Orléans, Châteauroux et déjeuné à Celon, dans l'Indre, où le calme Relais de la Sonne nous a permis de souffler.

A Souillac nous avons visité l'église jusqu'à ses toits dont nous avions si souvent parlé. Et le prophète Isaïe restera l'un de mes compagnons-symboles.

Il fallait voir le Pont Valentré, à Cahors. Nous l'avons fait. Et là, bifurquant, nous avons filé sur Cordes où nous attendait la nuit.

De Caussade à Saint-Antonin-Val-Noble a commencé le déroulement du pays de la fin du jour.

Par les gorges de l'Aveyron, nous avons pénétré dans les entrailles de la terre. Sur les hauteurs la brume dessinait des contours fantastiques. Nous devinions le surplomb des rochers au-dessus du passage laissé aux pérégrinations des hommes. C'est Au Grand Ecuyer que nous allions dîner, dormir, aimer, rêver, oublier hier, cesser d'espérer demain. Nous nous sommes trompés avant d'arriver à Cordes juste assez pour perdre les dernières traces du passé. Je vois ta chambre. Toi, debout, merveille d'une vie. Toi, dormant, petite fille repliée sur ses songes. Toi, femme, avec tes bras, ton corps ouverts à la venue de ton amour.

357

Samedi 10 avril

Cordes, au centre d'un carrefour inconnu, parmi ses vallées découpées dans le creux de la terre, ses rivières de printemps et ses fleurs pour herbier – Cordes, au centre de notre vie.

Nous lui avons longuement dit au revoir en aimant au passage chaque maison, chaque colline, chaque forêt, chaque village, et la route et le ciel et la pluie et le soleil, toujours revenu.

A Moissac tu étais heureuse,
Anne,
mon amour.

A Nérac d'Albret les arcs surbaissés, la grande demeure élégante et simple qui s'appelle tout de même un château, le château d'une reine de France.

Partout, jusqu'à Hossegor, Anne et François, liés à jamais.

« N'oublie jamais, jamais, jamais, jamais, jamais… »

358
Dimanche 11 avril

Recueillement. Dimanche des Rameaux.
J'aurais voulu prier avec toi dans une église claire et perdue quelque part, dans la forêt, dans le désert.

Golf. Premier essai au grand air d'une belle balade. Pas fameux. Peu importe. Une heure et demie près de toi, à Lohia surtout, où je lis quelques « Pensées » de Pascal, où nous écoutons Ferré. Je pourrais être très heureux. Je le suis presque. Je désire de toute mon âme une communion spirituelle avec toi. Mais à la fin du jour, une brume. Tu t'éloignes de moi. Je ne sais pourquoi. Douleur diffuse. Soirée chez moi à lire, à t'écrire, à rêver.

359
Dimanche 11 avril

Penser à toi –

Cordes-
sur-
ciel

Cordes -
notre-
ciel

ciel-de-la-terre
Cordes-sur-terre-et-ciel

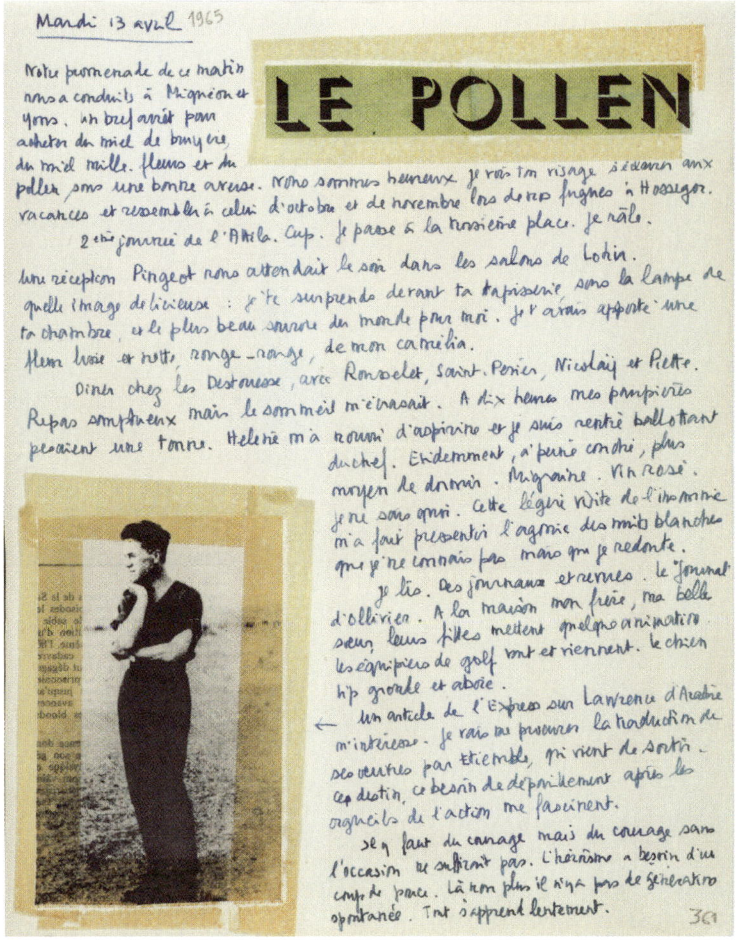

360
Lundi 12 avril

L'Attila-Cup commençait ce matin. 14 engagés. Chacun, sûr de soi. Mais que de débâcles ! Je m'en tire : 2ème en fin de journée. Cela m'a pris beaucoup de temps et m'a empêché de te voir autant que j'aurais voulu.
Cependant nous sommes allés à Laqui *[Latche]*. Avec, en nous-mêmes, le contentieux de la veille ! Tu me reprochais mon indifférence. Moi je ne comprenais pas ton humeur. Bref il était nécessaire de faire appel !
Nous l'avons fait le plus tendrement du monde !
Je ne t'avais pas tenu la main, paraît-il !
Diable !
J'avais dédaigné ta tendresse, et ton émotion du lendemain !!!
Chère chérie aimée, j'aime ton cœur sensible mais je me moque un peu de toi !
En vérité je t'aime
et le reste n'est rien.
Tu vois je n'ai pas illustré cette page avec des textes graves. C'est pour mieux te dire qu'il y a au-dedans de moi un grand rire : Anne assombrie par ses chagrins d'amour me semble si jolie que cela me donne envie de recommencer à lui déchirer le cœur… à ma manière.
Ceci dit, il pleut. Où as-tu volé tes coups de soleil ?

361
Mardi 13 avril

Notre promenade de ce matin nous a conduits à Miquéou et Yons. Un bref arrêt pour acheter du miel de bruyère, du miel mille-fleurs et du pollen, sous une bonne averse. Nous sommes heureux. Je vois ton visage s'éclairer aux vacances et ressembler à celui d'octobre et de novembre lors de nos fugues à Hossegor.
2ème journée de l'Attila-Cup. Je passe à la troisième place. Je râle.
Une réception Pingeot nous attendait le soir dans les salons de Lohia. Quelle image délicieuse : je te surprends devant ta tapisserie, sous la lampe de ta chambre, et le plus beau sourire du monde pour moi. Je t'avais apporté une fleur lisse et nette, rouge-rouge, de mon camélia.
Dîner chez les Destouesse, avec Rousselet, Saint-Périer, Nicolaÿ et Piette. Repas somptueux mais le sommeil m'écrasait. A dix heures mes paupières pesaient une tonne. Hélène m'a nourri d'aspirine et je suis rentré ballottant du chef. Evidemment, à peine couché, plus moyen de dormir. Migraine. Vin rosé. Je ne sais quoi. Cette légère visite de l'insomnie m'a fait pressentir l'agonie des nuits blanches que je ne connais pas mais que je redoute.
Je lis. Des journaux et revues. Le « Journal » d'Ollivier. A la maison mon frère, ma belle-sœur, leurs filles mettent quelque animation. Les équipiers de golf vont et viennent. Le chien Lip gronde et aboie.
Un article de l'Express sur Lawrence d'Arabie m'intéresse. Je vais me procurer la traduction de ses œuvres par Etiemble, qui vient de sortir. Ce destin, ce besoin de dépouillement après les orgueils de l'action me fascinent.
Il y faut du courage mais du courage sans l'occasion ne suffirait pas. L'héroïsme a besoin d'un coup de pouce. Là non plus il n'y a pas de génération spontanée. Tout s'apprend lentement.

362
Mercredi 14 avril

Merveilleuse promenade ce matin dans la forêt, entre les deux routes de Seignosse à la mer. L'état de grâce, avec la légèreté sublime des fêtes Pascales, nous habitait.
Mais l'Attila-Cup exigeait ! Encore un après-midi douloureux : 99 et une chute lente vers le milieu du classement. Je me tâte les reins comme le fait Claudel sur cette photo mais, lui, après avoir réalisé un chef-d'œuvre !…
Réjouissances de fin du jour : réception chez les Duplaix. Nous y sommes bien et en douce entente.
De là nous allons dîner au Pot de Résine… avec la tante Suzanne, dont je suis le voisin à table.
J'aime ces rencontres simples, où nous parlons sans rien dire, qui ont un air de vacances comme nous n'aimerions pas du tout, si ce n'était plonger ensemble dans une vie ordinaire qui a les sortilèges (pour nous) de la vie ordinaire…

363
Jeudi 15 avril

Dès le matin l'Attila-Cup nous mobilise. Cette fois-ci tu m'accompagnes sur le parcours. Je t'offre une exhibition lamentable : 104 et un classement de pleine médiocrité : 8ème. Le nuage de la déception passe vite et nous nous retrouvons tous pour un déjeuner au « Pot de Résine », 22 convives ravis, bruyants, hétérogènes. Tu es proche de moi et nos yeux se croisent, petite lumière tendre et confiante. Rousselet, Nicolaÿ, Piette partent tôt. Nous traînons. Mais une rage subite s'empare de ton père et de moi. Nous retournons jouer ! Et s'engage une bonne partie, nourrie de rires et de blagues entre Diesel, Bibiche et moi. Un peu aux dépens de Trouillé, comique avec son béret rouge, ses gestes saccadés et sa femme-caddy. Ça va déjà mieux : 93. C'est toi qui marques. Témoin le bout de carte ici collé, document dont la rareté fera sûrement le prix.
J'ai acheté le « Tolstoï » de Troyat, et, n'en déplaise à mon Anne je trouve ça fort bien. On peut être romancier lourd et qui avance à la sueur et se faire bon biographe. Troyat est plein de son sujet, le connaît bien, s'y plonge. C'est bon.
Mon amour chéri, que ces vacances sont devenues riches de joie tranquille.
Dans mon jardin un rhododendron, en avance de dix jours sur les autres, ouvre doucement une belle fleur rouge. Je te la dédie.
Pourvu qu'elle s'épanouisse avant notre départ. Je voudrais te donner cet accomplissement du printemps.

364
Vendredi *[jeudi]* 15 avril

Une poussière d'or baigne la ville au coucher du soleil et incendie ses fenêtres. C'est à cette heure qu'il faut arriver et partir d'Istanbul.

365
Vendredi 16 avril

Brève et belle promenade avec toi ce matin par St Vincent de Tyrosse, tout autour de Saubion. (!). Il pleut. Nous nous aimons simplement, gravement. L'amour au cœur. C'est bien et bon et cela m'aide pour la lente et longue montée vers toi.
Nous devions nous revoir en fin d'après-midi pour aller à Bayonne avec Gédéon. Mais celle-ci est fatiguée. Tu me laisses un mot incompréhensible pour un rendez-vous que je ne situe pas. Et pendant ce temps je fais avec Diesel une partie de golf acharnée. Résultat, je te manque et j'enrage. Fin de soirée triste. C'est assez normal pour un vendredi saint. Je pense au moins que tu n'es pas à une « Sur. pat ».
A droite, pourquoi, cette girafe ? Et au-dessus, pourquoi ce rappel de Fontenay ? Parce que la première image est étrange, belle et signe un autre monde, une autre terre, plus terre que terre. Et parce que la seconde évoque un soir de beauté partagé avec toi, pas tout à fait beauté de la terre.

366
Samedi 17 avril

367
Samedi 17 avril

Avec quelle joie je te retrouve, mon amour, pour une nouvelle promenade à Laqui *[Latche]*. Tu m'expliques le quiproquo d'hier et nous en rions de bon cœur.
A Laqui, douceur, tendresse. Quand je te ramène à Lohia, la paix habite en nous.
Evidemment, golf tout l'après-midi.
Mais tu nous accompagnes et tout va bien.

Dix heures. La nuit. Tu viens auprès de la maisonnette en bois. Je t'y retrouve et nous partons pour Soustons, non sans avoir revu Laqui dans son vêtement d'ombre.
Messe de minuit à Soustons précédée de la bénédiction de l'eau et du feu.
De beaux chants exprimés avec foi. Deux heures où s'établit entre nous un langage encore balbutié.

Pâques 65
sur notre route.

368

Dimanche 18 avril

Soleil ? Un peu, tout juste. Encore est-ce pour faire plaisir à Martine dont ce sont les fiançailles.
Comme prévu je ne te vois ni le matin ni l'après-midi. Je me console au golf !
Toi, tu déjeunes en famille au « Pot de Résine », moi, à la maison avec les Beauchamp.
Réception pour les fiançailles, à Lohia.
Tu viens à moi dès que j'arrive.
Bouffée de bonheur.
Martine porte une robe blanche bordée au col et au genou d'un galon vert et ?
Toi tu portes le tailleur rouge acheté rue Saint-Placide. Soirée suspendue, aux limites de la fragilité. Ton visage mon Anne, quand je pars, est d'une beauté bouleversante.

Des fleurs pour Martine, pour son bonheur et pour sa vie.

369

Lundi 19 avril

Nous sommes allés en Chalosse ce matin. Tu étais un peu triste. Pourquoi ?
Près de Port-des-Barques nous sommes restés longuement l'un près de l'autre. Ah ! te retrouver ainsi, mon Anne ! Douceur, violence. Rythme. Vie instinctive qui comble l'âme avant de la laisser inquiète.
De retour à Hossegor j'ai fait un saut chez les Portmann. Une heure auprès du feu avec le professeur-sénateur-président qui songe à succéder à Monnerville. Il prépare des dîners pour séduire. Mélange de naïveté, d'habileté, de gentillesse, de cynisme. Absence totale de règle politique, d'idéal, de conviction. Sinon peut-être, et, après tout, ce n'est pas négligeable un vrai libéralisme et point de méchanceté.
Je vous ai rejoints (les P, les Maucout, les Destouesse, les Barbot, les fiancés, toi) au Pot de Résine, que nous avons vraiment beaucoup fréquenté pendant ces vacances !
Après le café nous voulions montrer Laqui. Je t'ai emmenée avec Gédéon et Michel Barbot. La maison a plu à M. Maucout (ce qui m'a flatté !).
Mais m'attendait le devoir fondamental : la partie de golf. Tu es revenue m'accompagner. Mais il faisait si froid sous les paquets d'embruns que tu es rentrée au dixième trou. Je t'ai longtemps regardée partir avec ton carré noir et ton imperméable gris-blanc. Je t'aimais, Anne, d'un cœur si tendre…
Je ne t'ai pas revue dans la soirée et cela m'a manqué. Mais tous préparent leurs bagages pour demain et chacun dit ses au-revoir…
A demain, ma chérie.

Une bonne adresse…

370
Mardi 20 avril

L'une de nos plus belles promenades : celle qui nous a conduits ce matin à Laqui. Nous avons vraiment cette fois-ci pénétré ce merveilleux petit coin. Chaque fraction de terrain nous a fait pressentir les joies fortes qu'il nous réservait. Le bois, le champ, la vigne, la lande, l'airial…
Le monde se refermait alentour.
Revenus par Soustons nous avons aimé la vue sur le lac par la route d'Azur. Mais quel temps !
Ah ! les pin-up colorées (il est vrai que Martine, à Super-Besse, nous a ramené un bronzage qui valait bien celui-là !) de la Côte d'Azur ! Un événement : j'ai déjeuné à Ametsa ! Tu riais du pittoresque…
Golf l'après-midi tandis que tu restes à la maison par un soleil timide enfin levé. Je te retrouve. Entente simple, profonde. Puis on fait les commissions ensemble et on dîne avec Gédéon chez moi. On parle. On lit. Pascal encore à haute voix.
Tout est calme en nous, équilibre, bonheur.

371
Mercredi 21 avril

Quelques coups à mes persiennes : c'est Anne qui m'éveille.
Le printemps est là, venu avec toi.
Paix proche du déchirement.
Nous passons notre matinée à la maison.
Tout est accord.
Tout jusqu'aux profondeurs de l'être.

Déjeuner à Lohia, avec Gédéon.
Promenade sur le sol du Lac dont tu connais les signes, les traces, les chemins.

Partis à cinq heures,
halte à Langon.

C'est tard que nous arrivons à Trémolat, passant par Villefranche-de-Guyenne, Ste Foy-la-Grande et Bergerac.
Route heureuse de voyageurs heureux
Un bon dîner aux cèpes et aux crêpes et nous dormons par l'admirable nuit d'un beau ciel de Dordogne.

372

Jeudi 22 avril

Nous avons quitté, Gédéon, toi et moi, Le Vieux Logis avec regret.
Rappelle-toi, mon Anne, notre rencontre du matin, notre promenade dans le cimetière et le long des champs, par un soleil délicat, frémissant, amoureux de notre bonheur…
Petit déjeuner dans votre chambre. Sourire et joie.
Partis tard, nous sommes arrivés à Sarlat à l'heure du déjeuner. La visite de la ville me creusait l'estomac ! Aussi, au grand dam de Gédéon, type du parfait touriste, ai-je précipité le moment du graillou.
Et quel graillou ! cou d'oie, truffe sous la cendre, cèpes. A noter l'Hôtel de la Madeleine – nous y avons dégusté une merveilleuse bonne humeur : celle d'être ensemble.
Randonnée au travers du Périgord : exaltante – puis du Limousin : attristante – puis du Berry : nostalgique et attirante.
Comme à l'accoutumée nous sommes parvenus à Nohant où nous voulions visiter la maison de George Sand… après l'heure. Une promenade mouillée tout autour du parc nous a valu cependant de beaux instants.
Enfin ç'a été la course vers Bourges et vers Nevers où nous avons attrapé le train de 21 h 47 pour Clermont. Notre au-revoir sur le quai…
Mon Anne que j'aime, je t'aime. Et maintenant j'attends dimanche.
J'étais à Paris à 1 h 30, après un retour à allure régulière, qu'un solide café pris à l'hôtel Terminus avait rendu possible. (J'ai inauguré le segment d'autoroute Nemours-Fleury !)

373

Jeudi 22 avril (suite)

Images d'une belle journée
Anne Aimée

La lanterne des Morts de Sarlat
Le pont coudé de Limeuil (Vézère et Dordogne)

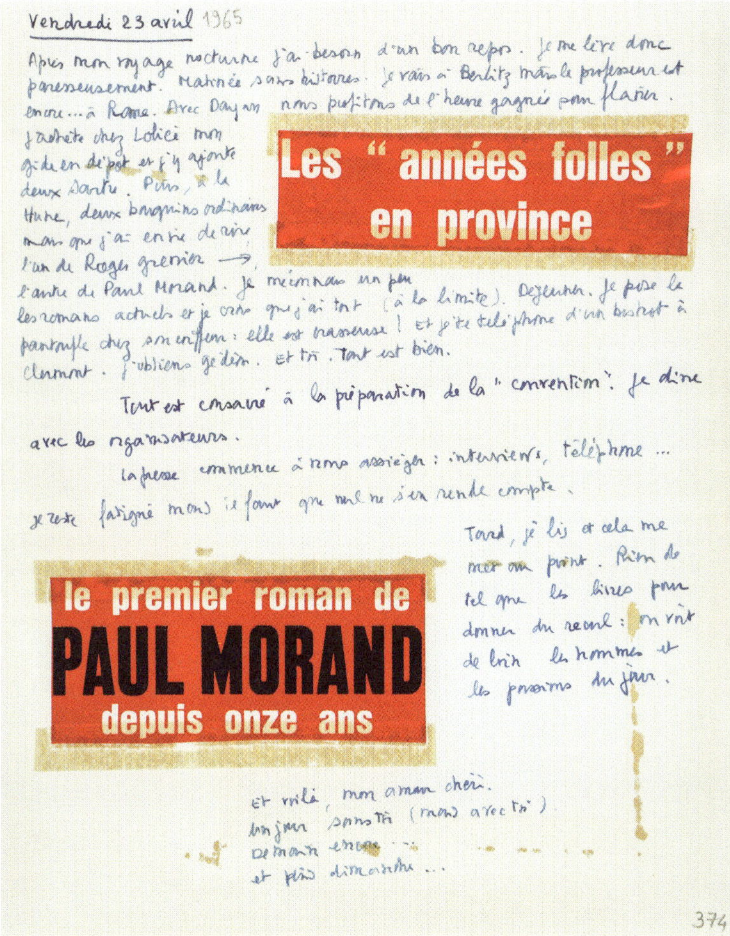

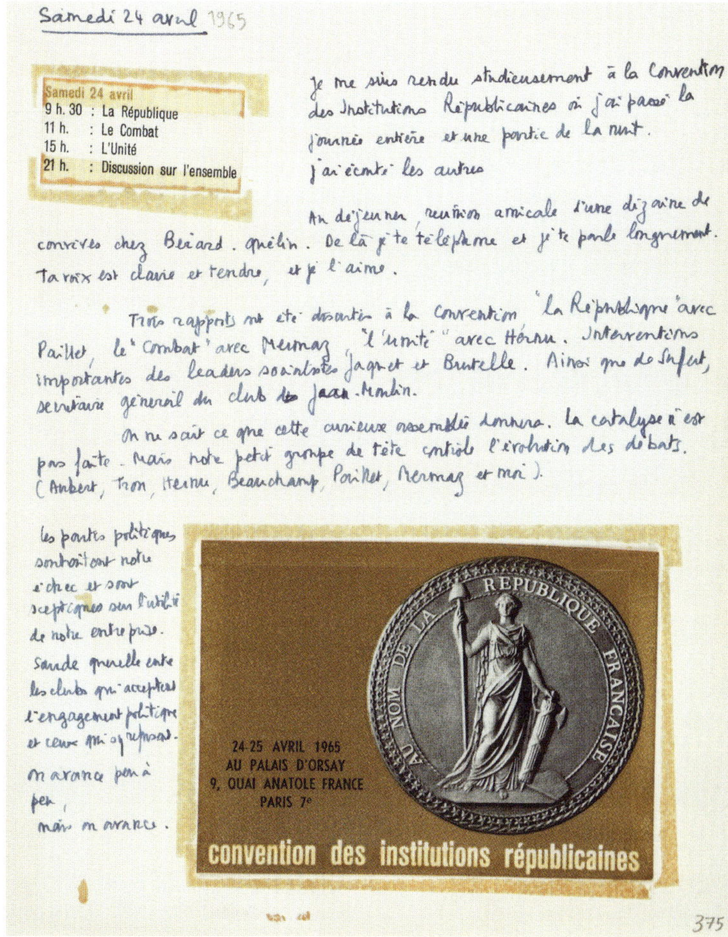

374

Vendredi 23 avril

Après mon voyage nocturne j'ai besoin d'un bon repos. Je me lève donc paresseusement. Matinée sans histoires. Je vais à Berlitz mais le professeur est encore… à Rome. Avec Dayan nous profitons de l'heure gagnée pour flâner. J'achète chez Loliée mon Gide en dépôt et j'y ajoute deux Sartre. Puis, à la Hune, deux bouquins ordinaires mais que j'ai envie de lire, l'un de Roger Grenier, Les « années folles » en province l'autre de Paul Morand. Je méconnais un peu les romans actuels et je crois que j'ai tort (à la limite). Déjeuner. Je pose la pantoufle chez son coiffeur : elle est crasseuse ! Et je te téléphone d'un bistrot à Clermont. J'obtiens Gédéon. Et toi. Tout est bien.
Tout est consacré à la préparation de la « Convention ». Je dîne avec les organisateurs.
La presse commence à nous assiéger : interviews, téléphone… Je reste fatigué mais il faut que nul ne s'en rende compte.

Le premier roman de Paul Morand depuis onze ans

Tard, je lis et cela me met au point. Rien de tel que les livres pour donner du recul : on voit de loin les hommes et les passions du jour.

Et voilà, mon amour chéri.
Un jour sans toi (mais avec toi).
Demain encore…
et puis dimanche…

375

Samedi 24 avril

Je me suis rendu studieusement à la Convention des Institutions Républicaines où j'ai passé la journée entière et une partie de la nuit.
J'ai écouté les autres
Au déjeuner, réunion amicale d'une dizaine de convives chez Bérard-Quélin. De là je te téléphone et je te parle longuement. Ta voix est claire et tendre, et je l'aime.
Trois rapports ont été discutés à la Convention, « la République » avec Paillet, le « Combat » avec Mermaz, « l'Unité » avec Hernu. Interventions importantes des leaders socialistes Jaquet et Brutelle. Ainsi que de Suffert, secrétaire général du club Jean-Moulin.
On ne sait ce que cette curieuse assemblée donnera. La catalyse n'est pas faite. Mais notre petit groupe de tête contrôle l'évolution des débats.
(Aubert, Tron, Hernu, Beauchamp, Paillet, Mermaz et moi).
Les partis politiques souhaitent notre échec et sont sceptiques sur l'utilité de notre entreprise. Sourde querelle entre les clubs qui acceptent l'engagement politique et ceux qui s'y refusent.
On avance peu à peu, mais on avance.

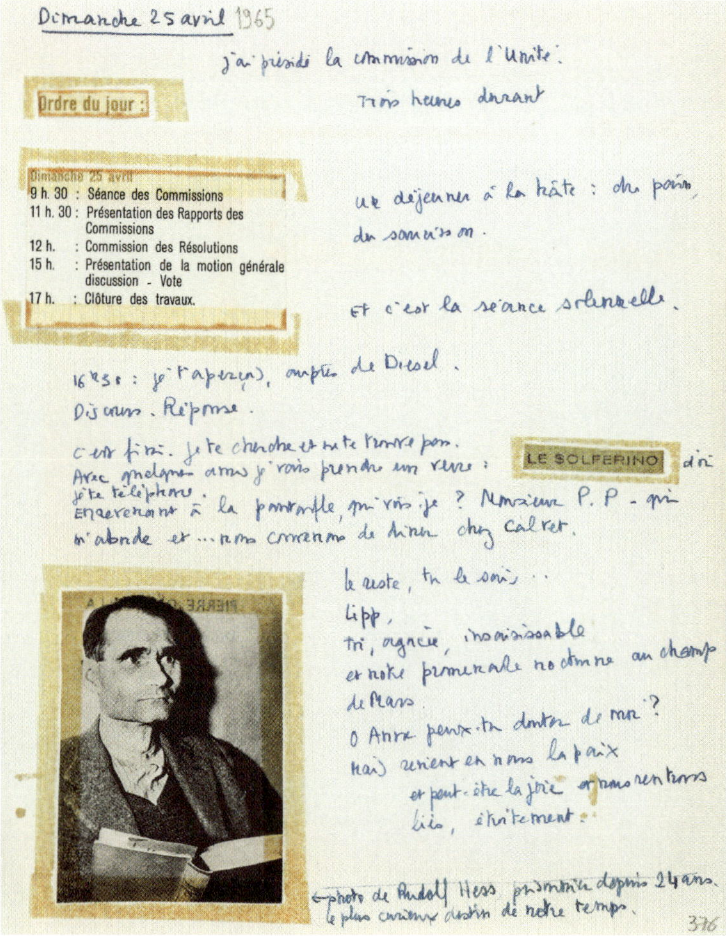

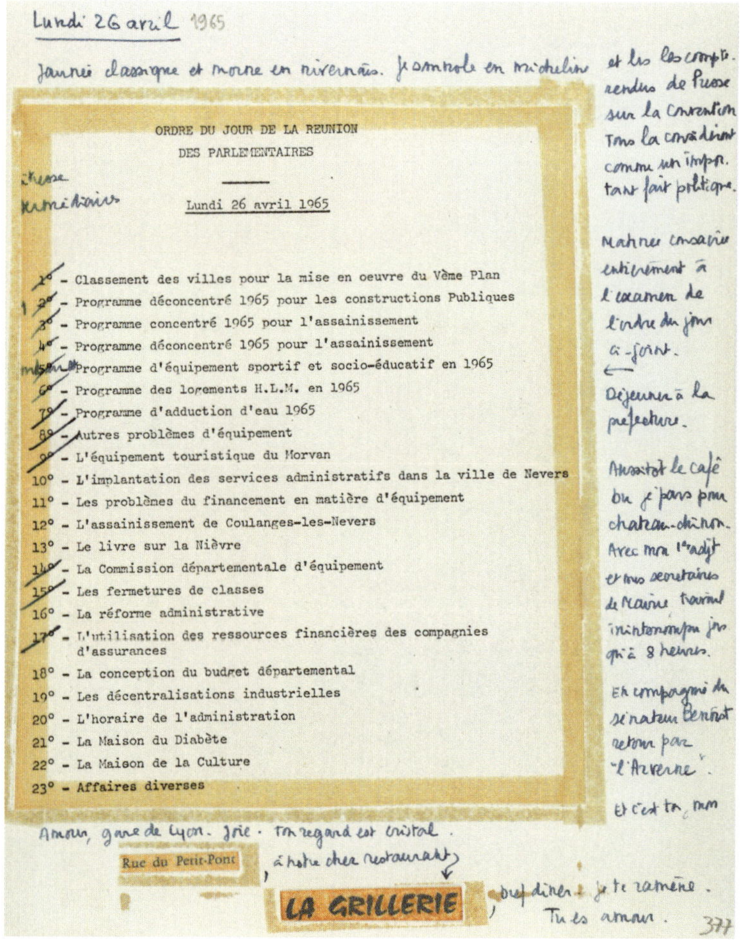

ORDRE DU JOUR DE LA REUNION
DES PARLEMENTAIRES

Lundi 26 avril 1965

1° - Classement des villes pour la mise en oeuvre du Vème Plan
2° - Programme déconcentré 1965 pour les constructions Publiques
3° - Programme concentré 1965 pour l'assainissement
4° - Programme déconcentré 1965 pour l'assainissement
5° - Programme d'équipement sportif et socio-éducatif en 1965
6° - Programme des logements H.L.M. en 1965
7° - Programme d'adduction d'eau 1965
8° - Autres problèmes d'équipement
9° - L'équipement touristique du Morvan
10° - L'implantation des services administratifs dans la ville de Nevers
11° - Les problèmes du financement en matière d'équipement
12° - L'assainissement de Coulanges-les-Nevers
13° - Le livre sur la Nièvre
14° - La Commission départementale d'équipement
15° - Les fermetures de classes
16° - La réforme administrative
17° - L'utilisation des ressources financières des compagnies d'assurances
18° - La conception du budget départemental
19° - Les décentralisations industrielles
20° - L'horaire de l'administration
21° - La Maison du Diabète
22° - La Maison de la Culture
23° - Affaires diverses

376
Dimanche 25 avril

J'ai présidé la commission de l'Unité.
Trois heures durant

Ordre du jour :
Dimanche 25 avril
9 h. 30 : Séance des Commissions
11 h. 30 : Présentation des Rapports des Commissions
12 h. : Commission des Résolutions
15 h. : Présentation de la motion générale discussion – Vote
17 h. : Clôture des travaux.

Un déjeuner à la hâte : du pain, du saucisson.
Et c'est la séance solennelle.
16 h 30 : je t'aperçois, auprès de Diesel.
Discours. Réponse.
C'est fini. Je te cherche et ne te trouve pas. Avec quelques amis je vais prendre un verre : Le Solferino d'où je te téléphone.
En revenant à la pantoufle, qui vois-je ? Monsieur P. P – qui m'aborde et… nous convenons de dîner chez Calvet.
Le reste, tu le sais…
Lipp,
toi, agacée, insaisissable
et notre promenade nocturne au champ de Mars.
O Anne peux-tu douter de moi ?
Mais revient en nous la paix
et peut-être la joie et nous rentrons
liés, étroitement.

photo de Rudolf Hess, prisonnier depuis 24 ans. Le plus curieux destin de notre temps.

377
Lundi 26 avril

Journée classique et morne en Nivernais. Je somnole en micheline et lis les comptes-rendus de Presse sur la Convention. Tous la considèrent comme un important fait politique.
Matinée consacrée entièrement à l'examen de l'ordre du jour ci-joint.
Déjeuner à la préfecture.
Aussitôt le café bu je pars pour Château-Chinon. Avec mon 1er adjt et mes secrétaires de Mairie, travail ininterrompu jusqu'à 8 heures.
En compagnie du sénateur Benoist retour par « l'Arverne ». Et c'est toi, mon Amour, gare de Lyon. Joie. Ton regard est cristal.
Rue du Petit-Pont, à notre cher restaurant La Grillerie, bref dîner. Je te ramène.
Tu es amour.

378

Mardi 27 avril

Au réveil, visite de Chevrillon. Longue conversation. Puis je vais à l'Education Nationale pour régler mon affaire de C.E.S. Bonne ambiance. Enfin réunion du Rassemblement Démocratique à la Chambre. Cela me lâche tard. Je ne te retrouve qu'à 14 h au 39, dont tu me fais la douce surprise. Et quelle union profonde ! Je n'attendais pas cette tornade qui nous a emportés. Merveille. Violence.
Je t'accompagne au Pont des Arts. Manteau rouge et carré noir : Anne chérie.
Après-midi à l'Assemblée où on discute du statut des fonctionnaires. Aperçu Guy Mollet. Longs entretiens avec des journalistes (Albert, Vajou, Dufau).
Deux clients en fin de soirée : un antiquaire et les L., qui me remercient.
J'écoute le discours de De Gaulle qui ne parle qu'indépendance nationale. « L'Aurore » me demande mes impressions. Je les rédige. Je mets à jour aussi ce journal, je range tes lettres. Soirée paisible avec toi à qui je téléphone. O voix aimée ! Les heures s'écoulent. Je pense à toi. L'intense joie. Regard sans faille. Ame à nu. Anne totale.

Je ne sais pourquoi cet objet trouvé en Provence et qui évoque les arts d'Asie dit assez bien pour moi l'impression que me laisse ce jour après le moment vécu si intensément près de toi.

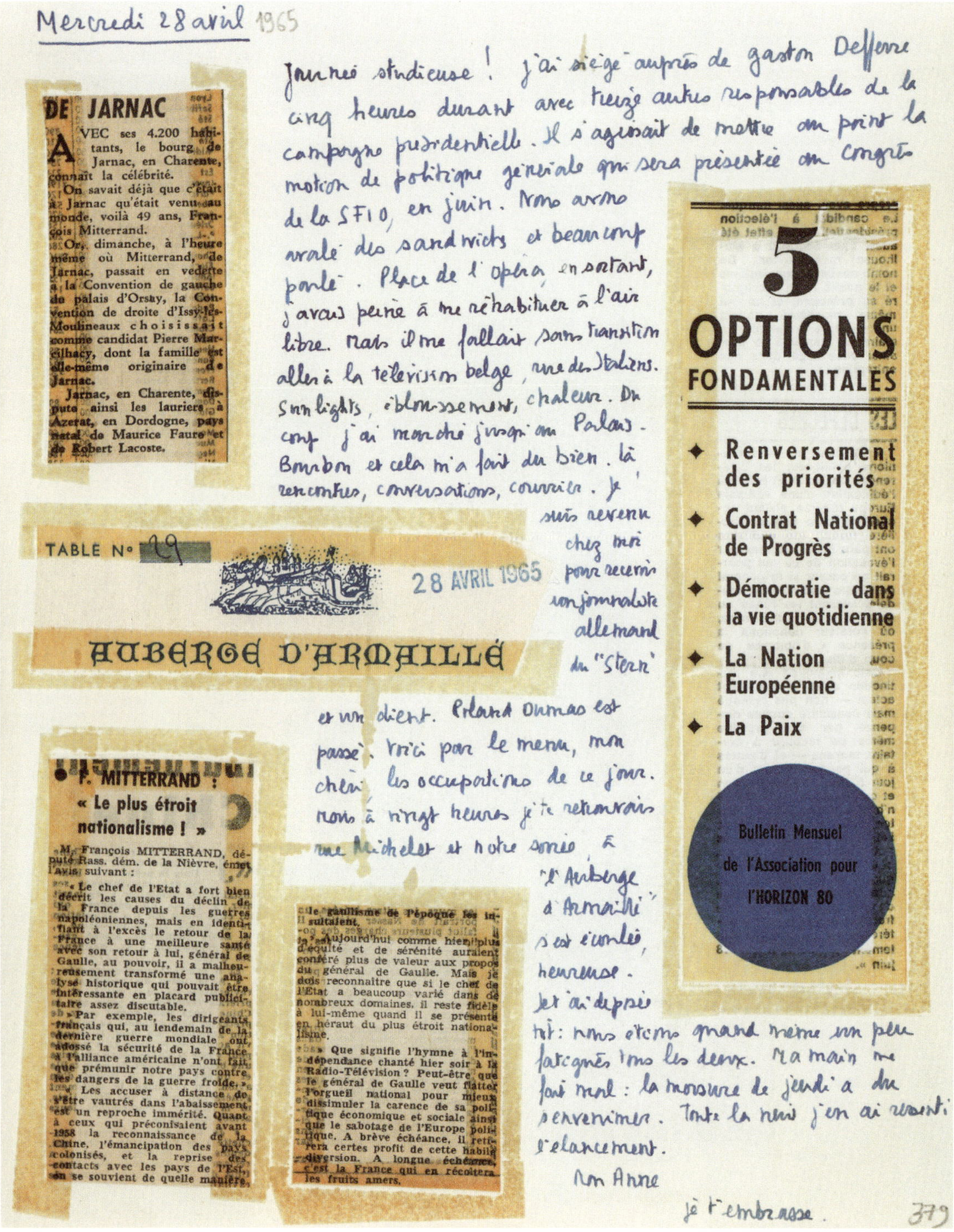

379

Mercredi 28 avril

Journée studieuse ! J'ai siégé auprès de Gaston Defferre cinq heures durant avec treize autres responsables de la campagne présidentielle. Il s'agissait de mettre au point la motion de politique générale qui sera présentée au congrès de la SFIO, en juin. Nous avons avalé des sandwichs et beaucoup parlé. Place de l'Opéra, en sortant, j'avais peine à me réhabituer à l'air libre. Mais il me fallait sans transition aller à la télévision belge, rue des Italiens. Sunlights, éblouissement, chaleur. Du coup j'ai marché jusqu'au Palais-Bourbon et cela m'a fait du bien. Là, rencontres, conversations, courrier. Je suis revenu chez moi pour recevoir un journaliste allemand du « Stern » et un client. Roland Dumas est passé. Voici par le menu, mon chéri, les occupations de ce jour. Mais à vingt heures je te retrouvais rue Michelet et notre soirées, à « l'Auberge d'Armaillé » s'est écoulée, heureuse.
Je t'ai déposée tôt : nous étions quand même un peu fatigués tous les deux. Ma main me fait mal : la morsure de jeudi *[de Lip]* a dû s'envenimer. Toute la nuit j'en ai ressenti l'élancement.
Mon Anne
je t'embrasse.

380

Jeudi 29 avril

Pas de golf aujourd'hui… au demeurant j'ai la main gonflée par le début d'abcès.
Nous déjeunons chez Sainlouis avec le même plaisir que toujours. Aussitôt après nous travaillons, toi rue d'Assas, moi rue Guynemer et cela servira de bref trait d'union à une belle et douce promenade à travers le quartier Saint-Sulpice. J'achète quelques livres dont « les Nouvelles Nourritures ». Et voici une merveilleuse surprise : les photos de Cordes sont prêtes !
Je les regarderai souvent, ces témoins de la grâce de vivre.
Réunion sur réunion : ainsi s'achèvera ce jeudi. Mais j'ai été très heureux par toi.

N'es-tu pas allée à Rouen avec Diesel et les Barbot ? J'aime assez cette perspective : la cathédrale au fond à gauche – et la tour de la Cité administrative.

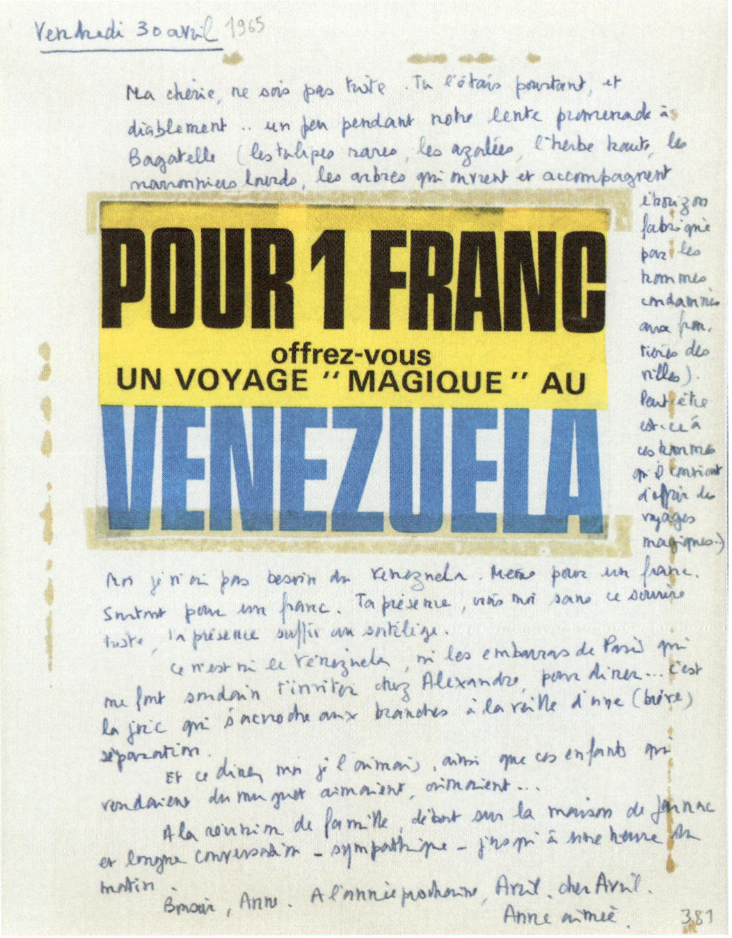

381
Vendredi 30 avril

Ma chérie, ne sois pas triste. Tu l'étais pourtant, et diablement… un peu pendant notre lente promenade à Bagatelle (les tulipes rares, les azalées, l'herbe haute, les marronniers lourds, les arbres qui ouvrent et accompagnent l'horizon fabriqué par les hommes condamnés aux frontières des villes. Peut-être est-ce à ces hommes qu'il convient d'offrir des voyages magiques…)
Moi je n'ai pas besoin du Venezuela. Même pour un franc. Surtout pour un franc. Ta présence, crois-moi sans ce sourire triste, ta présence suffit au sortilège.
Ce n'est ni le Venezuela, ni les embarras de Paris qui me font soudain t'inviter chez Alexandre, pour dîner… c'est la joie qui s'accroche aux branches à la veille d'une (brève) séparation.
Et ce dîner, moi je l'aimais, ainsi que ces enfants qui vendaient du muguet aimaient, aimaient…
A la réunion de famille, débat sur la maison de Jarnac et longue conversation – sympathique – jusqu'à une heure du matin.
Bonsoir, Anne. A l'année prochaine, Avril, cher Avril.
Anne aimée.

382
Vendredi 30 avril

Cette lampe avec abat-jour est un ciboire
dont un prêtre s'est séparé
sans remords. Il justifia son acte ainsi :
« Où qu'il aille il sera un
témoignage du christianisme. »

[Documents préparés, non collés.]

383
Samedi 1er mai

Avril reste quand même, tel qu'il fut.
Remember.

384
Samedi 1er mai

Anne, ma chérie, voici le mois de mai.
« Le mois de mai, c'est le mois des chaleurs
le mois de mai, c'est le mois des douleurs
Petit oiseau a changé de plumage
Et moi aussi j'ai changé d'amour… »
Je t'ai fredonné cette chanson martiniquaise sans prêter à la prédiction plus d'importance qu'il ne convient. Pour un mois des chaleurs nous avons grelotté sous la pluie, pour un mois des douleurs, si j'aperçois trop de jours où je serai privé de toi, j'attends surtout de la joie, la joie qui vient de toi.

Nous avons commencé notre journée comme tout le monde : avec le muguet. Quelques brins pour toi, d'abord. Puis nous en avons pris pour ma tante Antoinette que j'ai trouvée à table, gaie, hardie à discuter, à questionner, à rire, tandis que tu m'attendais dans la pantoufle.
Déjeuner chez Anna. Très bon comme toujours. Une très belle promenade dans le Marais m'a permis de revoir les lieux que tu aimes et qui furent le décor de ta vie depuis ton arrivée à Paris. Je songe souvent à ces quatre années des « Métiers d'Art », à ton apprentissage : sentir, aimer, refuser, choisir, attendre, travailler, devenir. Tout de toi me passionne, mon Anne.
Place des Vosges nous avons débarrassé la beauté de ses verrues (l'horrible Louis XIII, les becs de gaz, le gazon pelé et dessiné à la tarte, les arbres bêtes etc…) et rêvé d'en avoir le pouvoir.
Une visite rapide à un ami malade, et, le cœur tout de même mordu, au café Le Villars, un thé mélancolique nous a mal réchauffés ! Car maintenant il faut couper le temps en petits morceaux où la part de notre joie sera la plus petite – Mais pas la part de l'amour. Tu le sais.

Hôtel d'Angoulême (Marais)

Du « Monde »… qui ne savait pas…

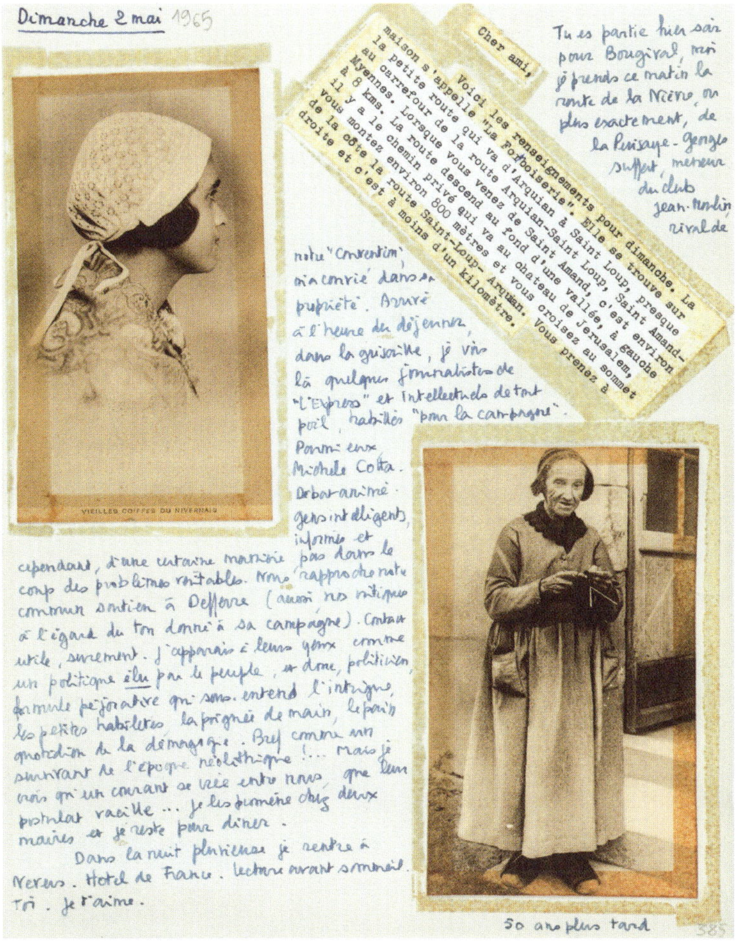

385
Dimanche 2 mai

Tu es partie hier soir pour Bougival, moi je prends ce matin la route de la Nièvre, ou plus exactement, de la Puisaye – Georges Suffert, meneur du club Jean-Moulin, rival de notre « Convention », m'a convié dans sa propriété.

Cher ami,
Voici les renseignements pour dimanche. La maison s'appelle « La Fortboiserie ». Elle se trouve sur la petite route qui va d'Arquian à Saint Loup, presque au carrefour de la route Arquian-Saint Loup, Saint Amand-Myennes. Lorsque vous venez de Saint Amand, c'est environ à 8 kms. La route descend au fond d'une vallée, à gauche [...] vous montez environ 800 mètres et vous croisez au sommet de la côte la route Saint-Loup-Arquian. Vous prenez à droite et c'est à moins d'un kilomètre.

Arrivé à l'heure du déjeuner dans la grisaille, je vois là quelques journalistes de « L'Express » et intellectuels de tout poil, habillés « pour la campagne ». Parmi eux, Michèle Cotta. Débat animé. Gens intelligents, informés et cependant, d'une certaine manière, pas dans le coup des problèmes véritables. Nous rapproche notre commun soutien à Defferre (aussi, nos critiques à l'égard du ton donné à sa campagne). Contact utile, sûrement. J'apparais à leurs yeux comme un politique élu par le peuple, et donc, politicien, formule péjorative qui sous-entend l'intrigue, les petites habiletés, la poignée de main, le pain quotidien de la démagogie. Bref comme un survivant de l'époque néolithique !... Mais je crois qu'un courant se crée entre nous, que leur postulat vacille... Je les promène chez deux maires et je reste pour dîner.
Dans la nuit pluvieuse je rentre à Nevers. Hôtel de France. Lecture avant sommeil. Toi. Je t'aime.

50 ans plus tard

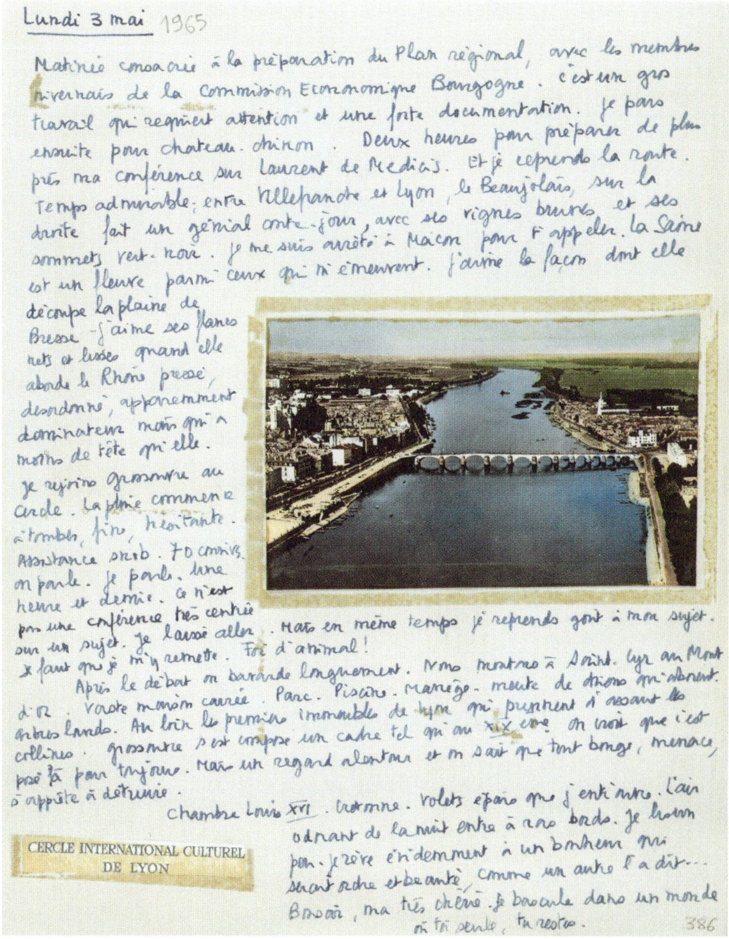

386
Lundi 3 mai

Matinée consacrée à la préparation du Plan régional, avec les membres nivernais de la Commission Economique Bourgogne. C'est un gros travail qui requiert attention et une forte documentation. Je pars ensuite pour Château-Chinon. Deux heures pour préparer de plus près ma conférence sur Laurent de Médicis. Et je reprends la route. Temps admirable ; entre Villefranche et Lyon, le Beaujolais, sur la droite fait un génial contre-jour, avec ses vignes brunes et ses sommets vert-noir. Je me suis arrêté à Mâcon pour t'appeler. La Saône est un fleuve parmi ceux qui m'émeuvent. J'aime la façon dont elle découpe la plaine de Bresse. J'aime ses flancs nets et lisses quand elle aborde le Rhône pressé, désordonné, apparemment dominateur mais qui a moins de tête qu'elle.
Je rejoins Grossouvre au Cercle. La pluie commence à tomber, fine, hésitante.
Assistance snob. 70 convives. On parle. Je parle. Une heure et demie. Ce n'est pas une conférence très centrée sur un sujet. Je laisse aller. Mais en même temps je reprends goût à mon sujet. Il faut que je m'y remette. Foi d'animal !
Après le débat on bavarde longuement. Nous montons à Saint-Cyr au Mont d'Or. Vaste maison carrée. Parc. Piscine. Manège. Meute de chiens qui aboient. Arbres lourds. Au loin les premiers immeubles de Lyon qui prennent d'assaut les collines. Grossouvre s'est composé un cadre tel qu'au XIXème. On croit que c'est posé là pour toujours. Mais un regard alentour et on sait que tout bouge, menace, s'apprête à détruire.
Chambre Louis XVI. Cretonne. Volets épais que j'entr'ouvre. L'air odorant de la nuit entre à ras bords. Je lis un peu. Je rêve évidemment à un bonheur qui serait ordre et beauté, comme un autre l'a dit...
Bonsoir, ma très chérie. Je bascule dans un monde où toi seule, tu restes.

387
Mardi 4 mai

De Lyon à Paris j'ai fait un voyage baroque. Toujours j'ai poussé la vitesse à son maximum et j'ai pourtant mis toute la journée à atteindre mon but. C'est que je me suis arrêté à Château-Chinon, à Lormes, à Marigny l'Eglise etc… happé par cette satanée Nièvre qui colle à mes talons plus que jamais.
J'ai eu une bonne pensée pour toi, chère impétrante de l'Ecole du Louvre (dont Gédéon t'a montré glorieusement la voie), qui sèches (ou, qui sait ?… qui réponds à tout avec un vrai bonheur) sur des clichés.
question : qui sont ces deux personnages ? Réponse à un prochain numéro. Je pense qu'une fille de Canou, major des Métiers d'Art, propre comme un sou dans ses langes et polard en chef partout où elle va, ne saurait se faire coller par mes modestes interrogations.
Je suis arrivé chez moi à bout de souffle. Je me suis changé pour me débarrasser de la peau collante des voyages, j'ai reçu deux visiteurs et je t'ai rejointe, mon Anne chérie, le cœur content, je te prie de le croire ! Et quelle délicieuse soirée, dans ce restaurant qui jalonne notre tendresse, depuis ce soir de janvier, l'an dernier, où tout a commencé à se nouer – ou plutôt à se dénouer.
Que j'aimais le goût de tes lèvres !

Je note ici une très triste nouvelle, apprise de François de Grossouvre : l'Abbé Leclerc, curé-doyen de Saint-Pourçain sur Sioule, mon camarade d'évasion, est mort d'un infarctus. 25 ans après. Le temps d'une vie. Une amitié latente. Le passé.
Un cœur noble.

388
Mercredi 5 mai

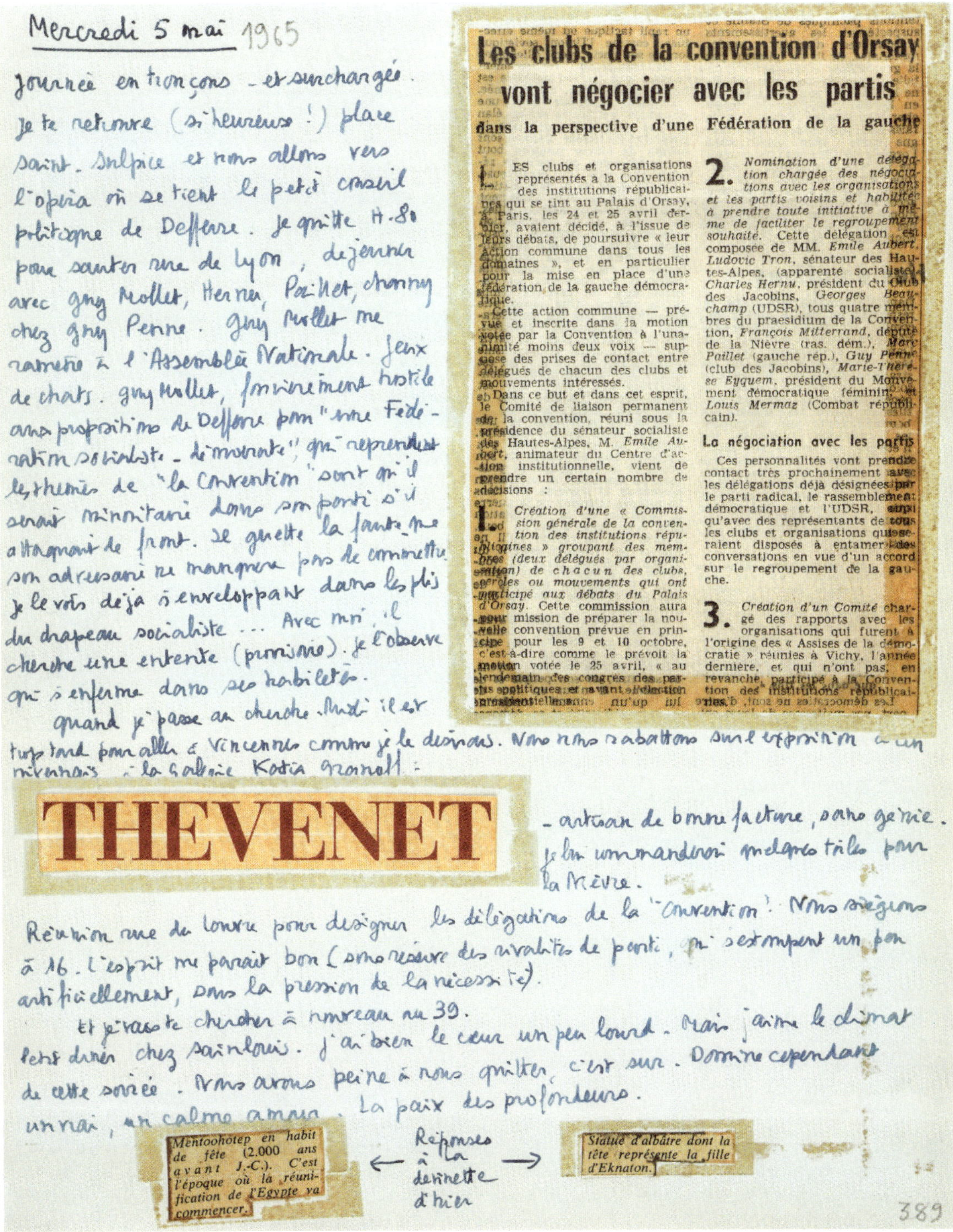

Mercredi 5 mai 1965

Les clubs de la convention d'Orsay vont négocier avec les partis

dans la perspective d'une Fédération de la gauche

LES clubs et organisations représentés à la Convention des institutions républicaines qui se tint au Palais d'Orsay, à Paris, les 24 et 25 avril dernier, avaient décidé, à l'issue de leurs débats, de poursuivre « leur action commune dans tous les domaines », et en particulier pour la mise en place d'une fédération de la gauche démocratique.

Cette action commune — prévue et inscrite dans la motion votée par la Convention à l'unanimité moins deux voix — suppose des prises de contact entre délégués de chacun des clubs et mouvements intéressés.

Dans ce but et dans cet esprit, le Comité de liaison permanent de la convention, réuni sous la présidence du sénateur socialiste des Hautes-Alpes, M. *Emile Aubert*, animateur du Centre d'action institutionnelle, vient de prendre un certain nombre de décisions :

1. *Création d'une « Commission générale de la convention des institutions républicaines » groupant des membres (deux délégués par organisation) de chacun des clubs, cercles ou mouvements qui ont participé aux débats du Palais d'Orsay.* Cette commission aura pour mission de préparer la nouvelle convention prévue en principe pour les 9 et 10 octobre, c'est-à-dire comme le prévoit la motion votée le 25 avril, « au lendemain des congrès des partis politiques et avant l'élection présidentielle...

2. *Nomination d'une délégation chargée des négociations avec les organisations et les partis voisins et habilitée à prendre toute initiative à même de faciliter le regroupement souhaité.* Cette délégation est composée de MM. *Emile Aubert*, *Ludovic Tron*, sénateur des Hautes-Alpes, (apparenté socialiste), *Charles Hernu*, président du Club des Jacobins, *Georges Beauchamp* (UDSR), tous quatre membres du praesidium de la Convention, *François Mitterrand*, député de la Nièvre (ras. dém.), *Marc Paillet* (gauche rép.), *Guy Penne* (club des Jacobins), *Marie-Thérèse Eyquem*, président du Mouvement démocratique féminin, et *Louis Mermaz* (Combat républicain).

La négociation avec les partis

Ces personnalités vont prendre contact très prochainement avec les délégations déjà désignées par le parti radical, le rassemblement démocratique et l'UDSR, ainsi qu'avec des représentants de tous les clubs et organisations qui seraient disposés à entamer des conversations en vue d'un accord sur le regroupement de la gauche.

3. *Création d'un Comité chargé des rapports avec les organisations qui furent à l'origine des « Assises de la démocratie » réunies à Vichy, l'année dernière, et qui n'ont pas, en revanche, participé à la Convention des institutions républicaines...*

THEVENET

Mentoohotep en habit de fête (2.000 ans avant J.-C.). C'est l'époque où la réunification de l'Egypte va commencer.

Réponses à la devinette d'hier

Statue d'albâtre dont la tête représente la fille d'Eknaton.

389

389

Mercredi 5 mai

Journée en tronçons – et surchargée. Je te retrouve (si heureuse !) place Saint-Sulpice et nous allons vers l'Opéra où se tient le petit conseil politique de Defferre. Je quitte H. 80 pour sauter rue de Lyon, déjeuner avec Guy Mollet, Hernu, Paillet, Charny chez Guy Penne. Guy Mollet me ramène à l'Assemblée Nationale. Jeux de chats. Guy Mollet, foncièrement hostile aux propositions de Defferre pour « une Fédération socialiste-démocrate », qui reprendrait les thèmes de « la Convention » sent qu'il serait minoritaire dans son parti s'il attaquait de front. Il guette la faute, que son adversaire ne manquera pas de commettre. Je le vois déjà s'enveloppant dans les plis du drapeau socialiste… Avec moi, il cherche une entente (provisoire). Je l'observe qui s'enferme dans ses habiletés.

Quand je passe au Cherche-Midi il est trop tard pour aller à Vincennes comme je le désirais. Nous nous rabattons sur l'exposition d'un Nivernais à la galerie Katia Granoff : Thévenet – artisan de bonne facture, sans génie. Je lui commanderai quelques toiles pour la Nièvre.

Réunion rue du Louvre pour désigner les délégations de la « Convention ». Nous siégeons à 16. L'esprit me paraît bon (sous réserve des rivalités de parti, qui s'estompent un peu artificiellement, sous la pression de la nécessité).

Et je vais te chercher à nouveau au 39.

Petit dîner chez Sainlouis. J'ai bien le cœur un peu lourd. Mais j'aime le climat de cette soirée. Nous avons peine à nous quitter, c'est sûr. Domine cependant un vrai, un calme amour. La paix des profondeurs.

Réponses à la devinette d'hier

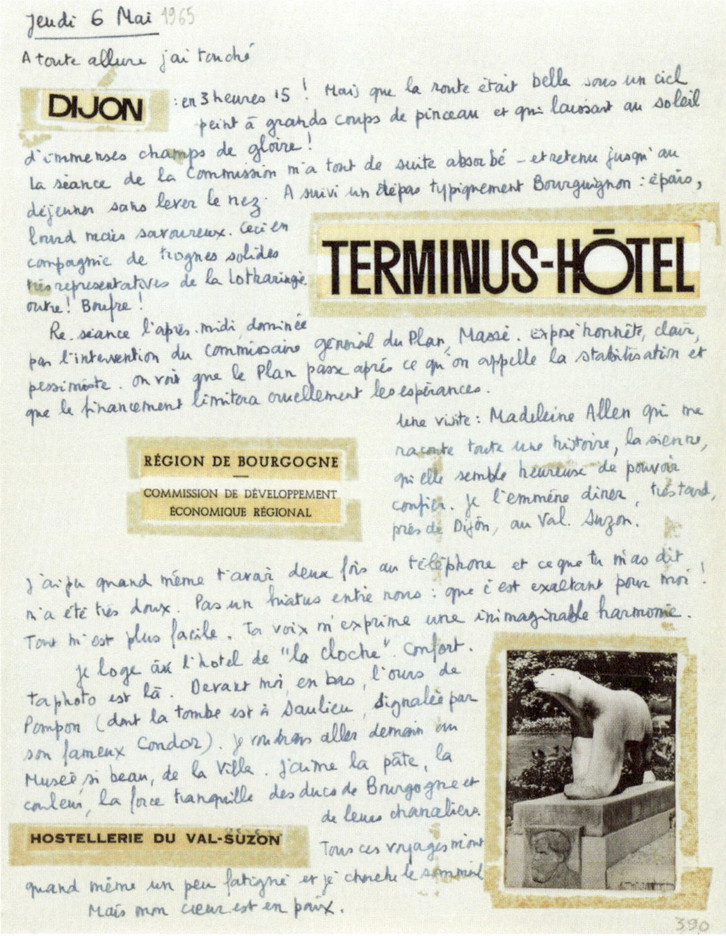

390
Jeudi 6 mai

A toute allure j'ai touché Dijon : en 3 heures 15 ! Mais que la route était belle sous un ciel peint à grands coups de pinceau et qui laissait au soleil d'immenses champs de gloire !
La séance de la Commission m'a tout de suite absorbé – et retenu jusqu'au déjeuner sans lever le nez. A suivi un repas typiquement Bourguignon : épais, lourd mais savoureux. Ceci en compagnie de trognes solides très représentatives de la Lotharingie. Outre ! Boufre !
Re-séance l'après-midi, dominée par l'intervention du Commissaire général du Plan, Massé. Exposé honnête, clair, pessimiste. On voit que le Plan passe après ce qu'on appelle la stabilisation et que le financement limitera cruellement les espérances.
Une visite : Madeleine Allen qui me raconte toute une histoire, la sienne, qu'elle semble heureuse de pouvoir confier. Je l'emmène dîner, très tard, près de Dijon, au Val-Suzon.
J'ai pu quand même t'avoir deux fois au téléphone et ce que tu m'as dit m'a été très doux. Pas un hiatus entre nous : que c'est exaltant pour moi !
Tout m'est plus facile. Ta voix m'exprime une inimaginable harmonie.
Je loge à l'hôtel de « la Cloche ». Confort. Ta photo est là. Devant moi, en bas, l'ours de Pompon (dont la tombe est à Saulieu, signalée par son fameux Condor). Je voudrais aller demain au Musée, si beau, de la Ville. J'aime la pâte, la couleur, la force tranquille des ducs de Bourgogne et de leurs chanceliers.
Tous ces voyages m'ont quand même un peu fatigué et je cherche le sommeil.
Mais mon cœur est en paix.

391
Vendredi 7 mai

Le travail a repris ce matin en section de travail. Moi, j'appartiens à la section IV qui s'attache aux affaires socio-culturelles. Mais en tant que rapporteur général, je vais d'une section à l'autre. Quand toutes eurent fini j'ai réuni les présidents et rapporteurs et je me suis fait communiquer leurs propositions. Au fil de la plume j'ai tracé les grandes lignes de mon rapport de synthèse.
Nous avons interrompu la séance pour un lunch à la Préfecture. On se servait soi-même et on s'attablait là où l'on voulait, je me suis trouvé avec les syndicalistes ouvriers et paysans. Nous avons agréablement bavardé. Ces contacts sont utiles et j'en tire profit.
C'est tout au début de la séance d'après-midi que j'ai exposé mon rapport.
Cinq parties : 1) les grandes lignes économiques et démographiques 2) le logement et l'urbanisation 3) l'équipement rural 4) l'équipement socio-culturel 5) les moyens de communication. A quoi se sont évidemment ajoutées des observations générales, communes à ces diverses disciplines.
Nous n'avons été libérés, après discussion fouillée, qu'à 18 h 30 ! Manqué, le musée, j'en suis triste. Je t'écris du bar de « la Cloche » qui porte le beau nom de : Restaurant-Bar de la Toison d'Or. J'ai quand même marché dans les rues en fin de soirée. Il y a ici des monuments à la pierre spacieuse, forte et dont les ocres soulignent la carrure. La Tour des Bars, au Palais des Ducs, de vieilles maisons, une intéressante Faculté nouvelle, Droit et Sciences. Je t'y mènerai un jour prochain. Cette pensée m'émeut. Ah ! je t'aime !

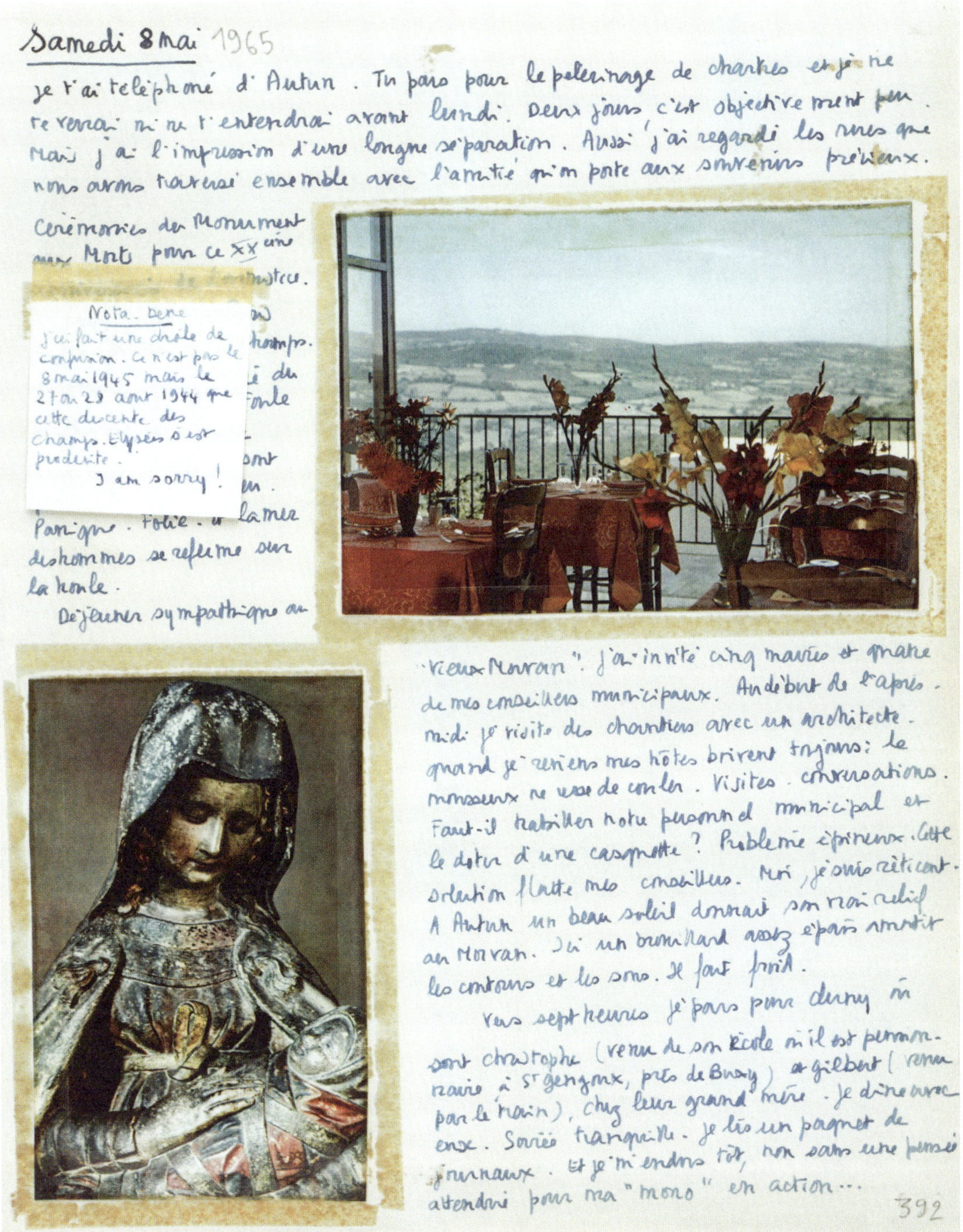

392

Samedi 8 mai

Je t'ai téléphoné d'Autun. Tu pars pour le pèlerinage de Chartres *[entraînée par Marie-France Dulac]* et je ne te verrai ni ne t'entendrai avant lundi. Deux jours, c'est objectivement peu. Mais j'ai l'impression d'une longue séparation. Aussi j'ai regardé les rues que nous avons traversées ensemble avec l'amitié qu'on porte aux souvenirs précieux. Cérémonie du Monument aux Morts pour ce XXème anniversaire de l'armistice.
En 1945 j'étais à Paris et j'ai descendu les Champs-Elysées dans la foulée du Général de Gaulle. Foule immense, plus grave qu'exaltée. Des toits sont partis des coups de feu. Panique. Folie. Et la mer des hommes se referme sur la houle.

Nota bene
J'ai fait une drôle de confusion. Ce n'est pas le 8 mai 1945 mais le 27 ou 28 août 1944 que cette descente des Champs-Elysées s'est produite.
I am sorry !

Déjeuner sympathique au « Vieux Morvan ». J'ai invité cinq maires et quatre de mes conseillers municipaux. Au début de l'après-midi je visite des chantiers avec un architecte. Quand je reviens mes hôtes boivent toujours : le mousseux ne cesse de couler. Visites. Conversations. Faut-il habiller notre personnel municipal et le doter d'une casquette ? Problème épineux. Cette solution flatte mes conseillers. Moi, je suis réticent.
A Autun un beau soleil donnait son vrai relief au Morvan. Ici un brouillard assez épais amortit les contours et les sons. Il fait froid.
Vers sept heures je pars pour Cluny où sont Christophe (venu de son école où il est pensionnaire, à St Gengoux, près de Buxy) et Gilbert (venu par le train), chez leur grand'mère. Je dîne avec eux. Soirée tranquille. Je lis un paquet de journaux. Et je m'endors tôt, non sans une pensée attendrie pour ma « mono » en action…

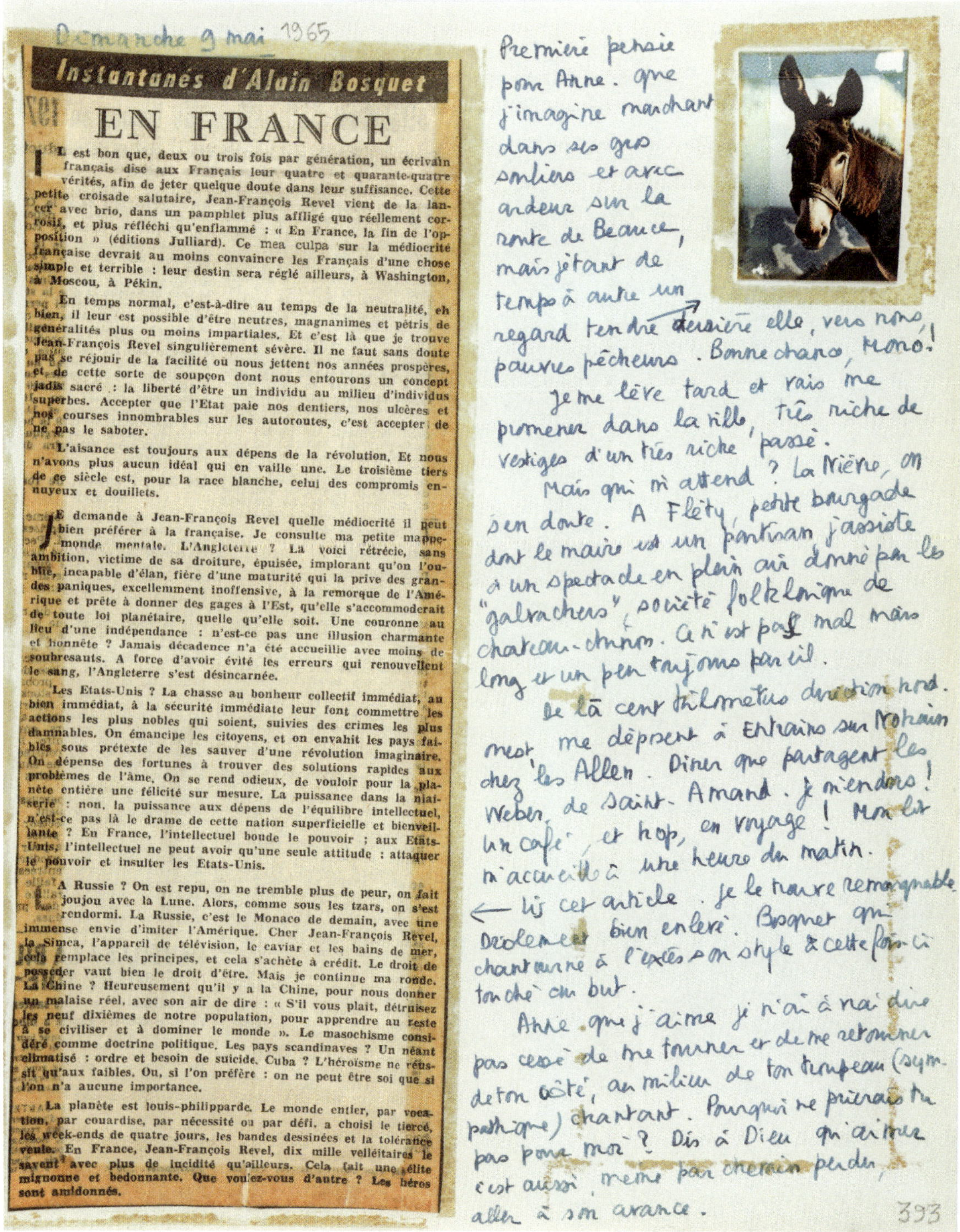

Dimanche 9 mai 1965

Instantanés d'Alain Bosquet

EN FRANCE

IL est bon que, deux ou trois fois par génération, un écrivain français dise aux Français leur quatre et quarante-quatre vérités, afin de jeter quelque doute dans leur suffisance. Cette petite croisade salutaire, Jean-François Revel vient de la lancer avec brio, dans un pamphlet plus affligé que réellement corrosif, et plus réfléchi qu'enflammé : « En France, la fin de l'opposition » (éditions Julliard). Ce mea culpa sur la médiocrité française devrait au moins convaincre les Français d'une chose simple et terrible : leur destin sera réglé ailleurs, à Washington, à Moscou, à Pékin.

En temps normal, c'est-à-dire au temps de la neutralité, eh bien, il leur est possible d'être neutres, magnanimes et pétris de généralités plus ou moins impartiales. Et c'est là que je trouve Jean-François Revel singulièrement sévère. Il ne faut sans doute pas se réjouir de la facilité où nous jettent nos années prospères, et de cette sorte de soupçon dont nous entourons un concept jadis sacré : la liberté d'être un individu au milieu d'individus superbes. Accepter que l'Etat paie nos dentiers, nos ulcères et nos courses innombrables sur les autoroutes, c'est accepter de ne pas le saboter.

L'aisance est toujours aux dépens de la révolution. Et nous n'avons plus aucun idéal qui en vaille une. Le troisième tiers de ce siècle est, pour la race blanche, celui des compromis ennuyeux et douillets.

JE demande à Jean-François Revel quelle médiocrité il peut bien préférer à la française. Je consulte ma petite mappemonde mentale. L'Angleterre ? La voici rétrécie, sans ambition, victime de sa droiture, épuisée, implorant qu'on l'oublie, incapable d'élan, fière d'une maturité qui la prive des grandes paniques, excellemment inoffensive, à la remorque de l'Amérique et prête à donner des gages à l'Est, qu'elle s'accommoderait de toute loi planétaire, quelle qu'elle soit. Une couronne au lieu d'une indépendance : n'est-ce pas une illusion charmante et honnête ? Jamais décadence n'a été accueillie avec moins de soubresauts. A force d'avoir évité les erreurs qui renouvellent le sang, l'Angleterre s'est désincarnée.

Les Etats-Unis ? La chasse au bonheur collectif immédiat, au bien immédiat, à la sécurité immédiate leur font commettre les actions les plus nobles qui soient, suivies des crimes les plus damnables. On émancipe les citoyens, et on envahit les pays faibles sous prétexte de les sauver d'une révolution imaginaire. On dépense des fortunes à trouver des solutions rapides aux problèmes de l'âme. On se rend odieux, de vouloir pour la planète entière une félicité sur mesure. La puissance dans la niaiserie : non, la puissance aux dépens de l'équilibre intellectuel, n'est-ce pas là le drame de cette nation superficielle et bienveillante ? En France, l'intellectuel boude le pouvoir ; aux Etats-Unis, l'intellectuel ne peut avoir qu'une seule attitude : attaquer le pouvoir et insulter les Etats-Unis.

LA Russie ? On est repu, on ne tremble plus de peur, on fait joujou avec la Lune. Alors, comme sous les tzars, on s'est rendormi. La Russie, c'est le Monaco de demain, avec une immense envie d'imiter l'Amérique. Cher Jean-François Revel, la Simca, l'appareil de télévision, le caviar et les bains de mer, cela remplace les principes, et cela s'achète à crédit. Le droit de posséder vaut bien le droit d'être. Mais je continue ma ronde. La Chine ? Heureusement qu'il y a la Chine, pour nous donner un malaise réel, avec son air de dire : « S'il vous plait, détruisez les neuf dixièmes de notre population, pour apprendre au reste à se civiliser et à dominer le monde ». Le masochisme considéré comme doctrine politique. Les pays scandinaves ? Un néant climatisé : ordre et besoin de suicide. Cuba ? L'héroïsme ne réussit qu'aux faibles. Ou, si l'on préfère : on ne peut être soi que si l'on n'a aucune importance.

La planète est louis-philipparde. Le monde entier, par vocation, par couardise, par nécessité ou par défi, a choisi le tiercé, les week-ends de quatre jours, les bandes dessinées et la tolérance veule. En France, Jean-François Revel, dix mille velléitaires le savent avec plus de lucidité qu'ailleurs. Cela fait une élite mignonne et bedonnante. Que voulez-vous d'autre ? Les héros sont amidonnés.

393

393

Dimanche 9 mai

Première pensée pour Anne. Que j'imagine marchant dans ses gros souliers et avec ardeur sur la route de Beauce, mais jetant de temps à autre un regard tendre derrière elle, vers nous, pauvres pécheurs. Bonne chance, Mono !

Je me lève tard et vais me promener dans la ville, très riche de vestiges d'un très riche passé.

Mais qui m'attend ? La Nièvre, on s'en doute. A Fléty, petite bourgade dont le maire est un partisan, j'assiste à un spectacle en plein air donné par les « galvachers », société folklorique de Château-Chinon. Ce n'est pas mal mais long et un peu toujours pareil.

De là cent kilomètres direction nord-ouest, me déposent à Entrains sur Nohain chez les Allen. Dîner que partagent les Weber, de Saint-Amand. Je m'endors ! Un café, et hop, en voyage ! Mon lit m'accueille à une heure du matin.

Lis cet article. Je le trouve remarquable. Drôlement bien enlevé. Bosquet qui chantourne à l'excès son style a cette fois-ci touché au but.

Anne que j'aime je n'ai à vrai dire pas cessé de me tourner et de me retourner de ton côté, au milieu de ton troupeau (sympathique) chantant. Pourquoi ne prierais-tu pas pour moi ? Dis à Dieu qu'aimer c'est aussi, même par chemin perdu, aller à son avance.

IL Y A VINGT-CINQ ANS

LE 10 MAI 1940

Il y a vingt-cinq ans, le 10 mai 1940, à 3 heures du matin, un coup de tonnerre mettait fin au demi-sommeil de la « drôle de guerre ». Les gouvernements de Bruxelles et de La Haye recevaient un mémorandum de Berlin leur annonçant que « pour devancer une attaque franco-anglaise » l'armée allemande traversait leur territoire.

Dès l'aube l'aviation allemande bombarde les installations militaires sur 400 kilomètres de profondeur et jusqu'à Châteauroux. Les troupes aéroportées du général Student s'emparent des ponts de Rotterdam, de Dordrecht et de Moerdijk, d'autres font de même sur la Meuse, devant Maestricht, et franchissent en plusieurs points le canal Albert. Des parachutistes atterrissent sur la coupole du fort Eben-Emael, devant Liège, qui se rendra le lendemain.

En même temps, sur trois de front, mille cinq cents chars de sept divisions blindées allemandes traversent le grand-duché de Luxembourg et entrent en Belgique, tandis que de la mer à la frontière suisse l'ensemble des forces allemandes attaque.

Selon une procédure prévue à l'avance en pareil cas, les gouvernements belge et néerlandais demandent l'aide immédiate de la France et de la Grande-Bretagne.

Le généralissime, le général Gamelin, donne à 6 h. 30 du matin l'ordre d'appliquer automatiquement la manœuvre prévue en cas d'invasion de la Belgique et de la Hollande. C'est la « manœuvre Dyle », qui consiste à faire pivoter autour de Givet (Ardennes) l'aile gauche des forces franco-anglaises, qui doit se porter sur une ligne Anvers-Givet. La VIIe armée du général Giraud doit notamment gagner Anvers le plus vite possible et tendre la main aux forces néerlandaises.

Il ne s'agit pas en principe d'une contre-offensive, mais de porter les forces alliées sur une position de défense déjà aménagée. En réalité on s'apercevra que les aménagements en question sont des plus sommaires. L'opération doit durer au moins cinq jours.

De part et d'autre des ordres du jour sont adressés aux combattants : « La bataille qui commence aujourd'hui, déclare Adolf Hitler, décidera du sort de la nation allemande pour le prochain millénaire. »

« Comme l'a dit il y a vingt-quatre ans le maréchal Pétain : « Nous les aurons », affirme le général Gamelin.

Dans une allocution radiodiffusée, enfin, le président du conseil, M. Paul Reynaud, assure : « L'armée française a tiré l'épée : la France se recueille. »

Mais la partie est déjà pratiquement jouée, c'est-à-dire perdue.

394

Lundi 10 mai

Je t'ai surprise devant le 39 alors que tu partais pour un cours de « Comptabilité Nationale ». Tu boitais, cher pèlerin, et tu as eu quelque peine à me reconnaître tout de suite. Mais quelle joie, quelle joie ! Du coup tu as manqué le cours mais nous avons passé une heure très belle ensemble, par ce joli matin de Paris enfin rendu au printemps. De nouveau, balade Au Manneken-Pis. Puis déjeuner chez Lapérouse avec deux journalistes de Match, Thérond et Chargelègue. Puis nous partons vers Vincennes, Nogent s/ Marne et Fontenay sous Bois où je visite M. O. M, en clinique. De là par Brie-Comte-Robert et la plaine de Brie nous gagnons Melun et la Forêt de Fontainebleau. Arrêt à Soignolles (nous ne pouvons entrer dans l'église mais je mets ici cette image pour fixer le souvenir de cette merveilleuse journée). Auparavant nous avions recueilli chez le photographe du Boulevard St Germain la photo de toi prise par Régine.

Anne, Anne chérie, je garderai en moi la trace de la violence intérieure que nous avons partagée, qui nous a projetés tout au fond de nous-mêmes – que la lumière du soleil couchant était pure, que notre amour était clair. Rappelle-toi l'incendie des buildings tournés vers l'ouest, la poésie des faubourgs, poésie géométrique (la géométrie du désordre) et abstraite.

Je t'ai raconté un 10 mai d'il y a vingt-cinq ans. « Le Monde » précisément le rappelle aussi. Olizy. La Côte du Marchand. Carignan. La Ferté. Villy. Tels étaient mes compagnons d'alors, villages de ruine et de mort, prémices du désastre. Sur les collines des Ardennes un soldat de 23 ans qui regarde une époque – peut-être une civilisation – finir.

395

Mardi 11 mai

Conseil général. J'ai siégé sans discontinuité jusqu'au soir. Déjeuner officiel du Conseil chez le Préfet. Conversation pittoresque avec le député UNR, assis à gauche de la maîtresse de maison (j'étais à droite) qui n'a pas arrêté d'attaquer de Gaulle. Le soir réception à l'hôtel de Ville de Nevers pour accueillir trente journalistes. Visite du musée archéologique de la Porte du Croux. Restreint mais d'une riche matière. Dîner à l'hôtel de France avec cinq d'entre mes amis. Fort avant dans la nuit.
La lecture de l'article de Ferniot dans « l'Express » m'a beaucoup irrité. Ma position au sujet de la Fédération y est abusivement contrefaite : on m'y représente comme hostile à un accord entre socialiste et chrétiens-sociaux, et même comme très réservé à l'égard de la motion Defferre, à la rédaction de laquelle j'ai pourtant participé. Cela provient sûrement de Jean-Jacques SS à qui je me suis opposé au cours de cette rédaction et qui a caricaturé mon analyse. Je réfléchis à la riposte, nécessaire.

Dessin de Sennep. « La réforme des régimes matrimoniaux »

396

Mercredi 12 mai

Travail ininterrompu au Conseil général. Plutôt que de te raconter cette monotonie, vois ce musée d'Israël devant lequel j'éprouve « le choc ». Aller là-bas à nouveau en Terre sainte. J'ai besoin du feu qui y brûle.
Déjeuner à « la Vernuche » avec mes amis conseillers. Vote du budget supplémentaire. On admet le 1 % artistique (je n'oublie pas O'Byrne !). Le soir je suis très las. Dînette chez Lyron. « L'Arverne ». J'achève mon Paul Morand. Style rapide et souple mais récit sans grand intérêt.
Toi, gare de Lyon. Dernier jour de tes 21 ans. Cela m'émeut. Nous allons à « la Provençale », rue de Lyon. Un taxi. Et toute la tendresse du monde. Mon Anne.

397

Jeudi 13 mai

C'est par l'île de San Giorgio Maggiore que je commencerai cette page. Sans raison. Sinon, peut-être, le besoin d'aller vers les moments de communion avec la beauté que j'ai connus naguère, là. Tu as 22 ans aujourd'hui. Gédéon est venue. Nous déjeunons ensemble chez Anna. Nous sommes bien. Mais je ne reconnais pas la perfection de nos jours d'exception. Il fait chaud, trop. Je suis fatigué. Tu l'es aussi. Surtout, oui, surtout, en cet anniversaire, il me fallait l'extrême rigueur, ou l'extrême plaisir, ou l'extrême exaltation du corps et de l'esprit. San Giorgio. Ses cloîtres. Son mouvement. Ses couleurs. Son silence, île au creux du bruit. Et toi, le visage gonflé, éclatante. J'étais à San Giorgio pour un congrès Européen, hôte du comte Cini. Seul. Tendu. Ebloui.
J'ai été cependant heureux de voir Gédéon avec toi. Sa joie. La simplicité douce de nos rencontres à trois. Au Louvre l'exposition Danemark était assez médiocre. Trois ou quatre bons tableaux. Deux tapisseries. Une exposition bâclée. J'étais bien et j'aimais l'entrain qui te gagnait à mesure que les statues grecques et romaines excitaient ton goût critique. Ce matin j'avais vu A. M pour Mitou. Etrange entretien. Ai-je avancé ? Ce soir, Thorp, l'ancien Bâtonnier, Président des Colloques. Sympathique, malin et naïf à la fois, bon serviteur des belles causes.
Et toi de nouveau, rue Michelet pour « les cadeaux » déjà rituels, qui me donnent tant de joie.
Bon anniversaire Anne. Nous avons vécu la plus belle année. Je t'en prie, recommençons.

398

Vendredi 14 mai

Recommençons ? hum ! Nous avons déjeuné au Père Auto que nous n'avions pas revu depuis longtemps. J'avais auparavant joué, et bien (14), avec Rousselet et je t'avais retrouvée devant le Murat. Le repas fut agréable, avec en toi, un rien d'inquiétude. J'ai eu le tort de vouloir aller à Gambaiseuil. C'était trop loin pour le temps dont je disposais. Nous sommes arrivés aux lisières de la forêt. Nous avons marché l'un sans l'autre. Et tu as éclaté. O ma chérie, je t'avais fait une horrible peine et je n'avais pas aperçu le moindre point noir à l'horizon, annonciateur de tempête en mer ! Pardonne-moi. Ce n'est pas grave. Mais il faut faire attention. Crois en moi. J'ai mal administré notre amour ? Je me passionnerai pour te guérir de cette première douleur. Rien d'autre que toi n'a de vraie valeur pour moi.
Rendez-vous chez moi avec un Rohan allemand. Puis conférence de travail avec mes amis du CAI. J'avais le cœur lourd. J'avais besoin de toi et de faire renaître le beau, l'éclatant sourire… de tes 21 ans !
Bah ! sois tranquille : s'il s'agit de t'aimer comme on doit t'aimer je me sens merveilleusement prêt.

Un François perplexe… déjà !

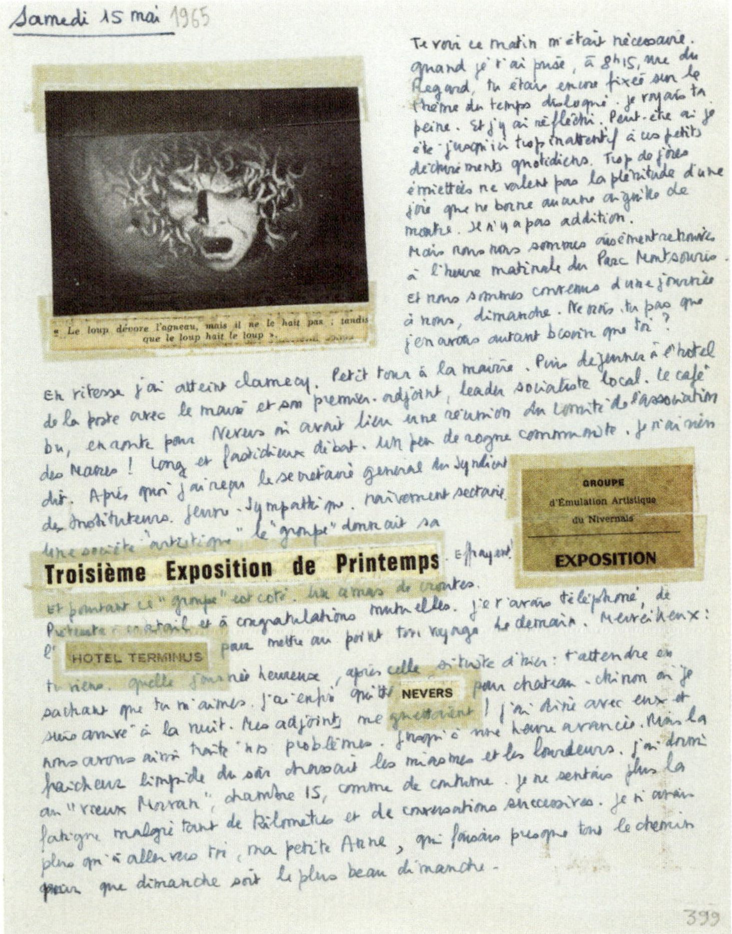

399

Samedi 15 mai

Te voir ce matin m'était nécessaire. Quand je t'ai prise, à 8 h 15, rue du Regard, tu étais encore fixée sur le thème du temps disloqué. Je voyais ta peine. Et j'y ai réfléchi. Peut-être ai-je été jusqu'ici trop inattentif à ces petits déchirements quotidiens. Trop de joies émiettées ne valent pas la plénitude d'une joie que ne borne aucune aiguille de montre. Il n'y a pas addition.
Mais nous nous sommes aisément retrouvés à l'heure matinale du Parc Montsouris. Et nous sommes convenus d'une journée à nous, dimanche. Ne crois-tu pas que j'en avais autant besoin que toi ?
En vitesse j'ai atteint Clamecy. Petit tour à la mairie. Puis déjeuner à l'hôtel de la poste avec le maire et son premier adjoint, leader socialiste local. Le café bu, en route pour Nevers où avait lieu une réunion du Comité de l'association des Maires ! Long et fastidieux débat. Un peu de rogne communiste. Je n'ai rien dit. Après quoi j'ai reçu le secrétaire général du Syndicat des Instituteurs. Jeune. Sympathique. Naïvement sectaire. Une société « artistique », le « groupe » donnait sa Troisième Exposition de Printemps. Effrayant ! Et pourtant ce « groupe » est coté. Un amas de croûtes. Prétexte à cocktail et à congratulations mutuelles. Je t'avais téléphoné, de l'Hôtel Terminus pour mettre au point ton voyage de demain. Merveilleux : tu viens. Quelle journée heureuse, après celle, si triste d'hier : t'attendre en sachant que tu m'aimes. J'ai enfin quitté Nevers pour Château-Chinon où je suis arrivé à la nuit. Mes adjoints me guettaient ! J'ai dîné avec eux et nous avons ainsi traité nos problèmes. Jusqu'à une heure avancée. Mais la fraîcheur limpide du soir chassait les miasmes et les lourdeurs. J'ai dormi au « Vieux Morvan », chambre 15, comme de coutume. Je ne sentais plus la fatigue malgré tant de kilomètres et de conversations successives. Je n'avais plus qu'à aller vers toi, ma petite Anne, qui faisais presque tout le chemin pour que dimanche soit le plus beau dimanche.

400

Dimanche 16 mai

Dès huit heures j'arpentais les faubourgs de Château-Chinon. C'est que je voulais être à Nevers pour l'arrivée de ton train ! Et j'avais encore des affaires à régler.
Enfin, toi devant un café noir, à la gare. J'ai quelques minutes de retard. Et nous partons. Heureux, tellement, mon Anne.
Dans la matinée nous visitons Paray-le-Monial, que tu aimes, avec sa pierre chaude et ses admirables proportions. Un tour à la chapelle Notre-Dame de Romay et nous allons déjeuner à Palinges par une route délicieuse le long du canal de la Bourbince. Mais peu avant Digoin nous sommes arrêtés. L'éclaboussante certitude d'aimer. Une fois encore nous l'avons pleinement connue. O Anne, mon amour.
Que nous étions bien dans notre petit restaurant de l'Hôtel du Commerce, devant la jolie église de Palinges !
Par Digoin, Génelard nous avons rencontré l'étonnante abbatiale de Perrecy-les-Forges. Intense émotion de l'âme qui retrouve Dieu par la beauté, la simplicité de la beauté. Je t'ai ensuite laissée dans un champ où tu as bavardé avec un bon cheval pelé et j'ai fait un saut à Avrée où se déroulait une fête champêtre. Je t'ai récupérée. Quel temps de splendeur ! Les Guichets, Glux, le pré, la grange, le soleil, les oiseaux, l'arbre fleuri, telle fut notre chanson de geste, corps et âmes liés. Tu étais brisée. Tu as dormi, la première heure du retour dans la pantoufle. A Villeneuve-sur-Yonne l'hospitalité de l'Hôtel de la Porte de Joigny nous a un moment accueillis pour dîner. Que de joies, ma chérie, tout le long de cette journée parfaite. Et que je t'aime, Anne tendre.

401
Dimanche 16 mai

Paray le Monial

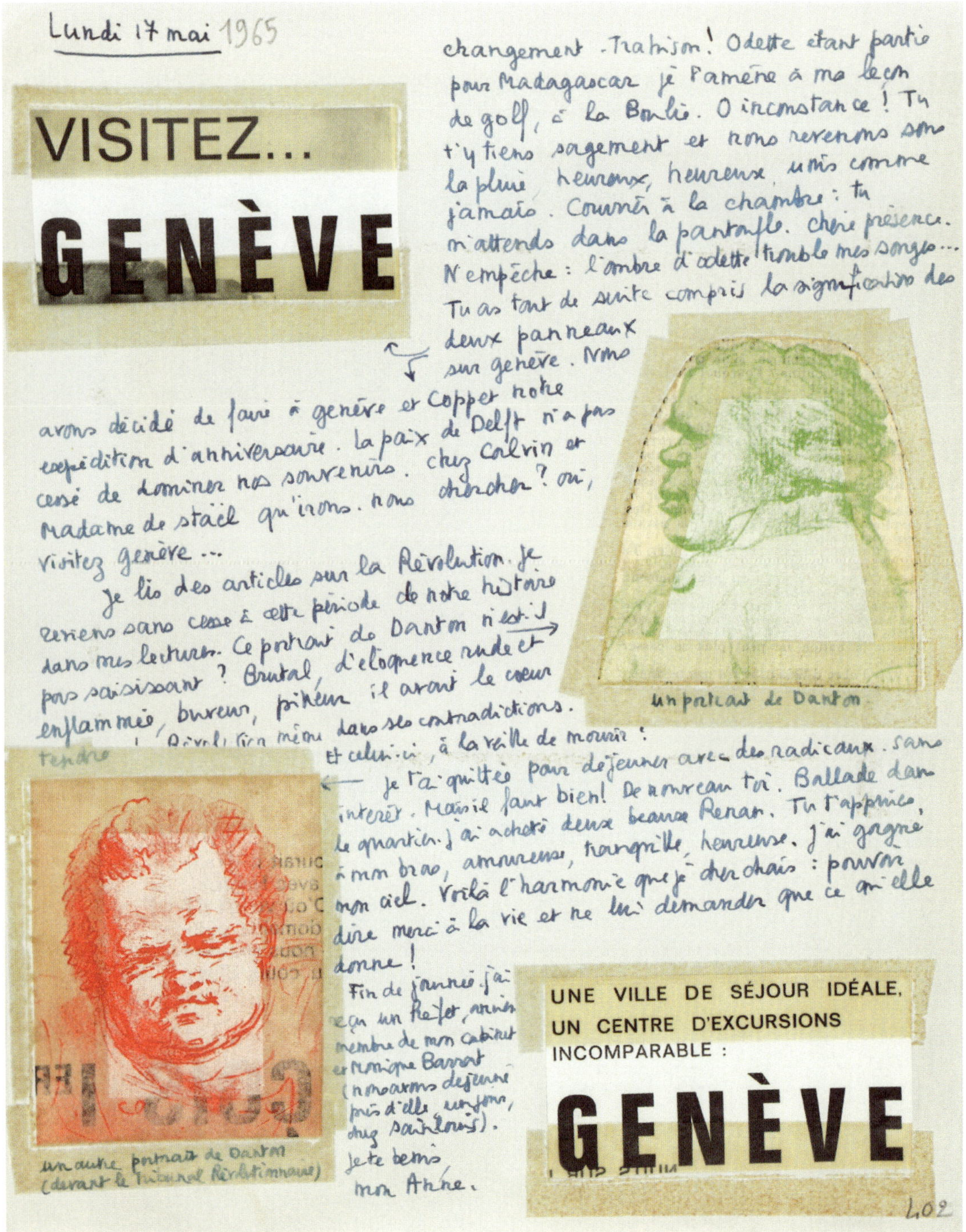

402

Lundi 17 mai

Changement – Trahison ! Odette étant partie pour Madagascar je t'amène à ma leçon de golf, à la Boulie. O inconstance ! Tu t'y tiens sagement et nous revenons sous la pluie, heureux, heureux, unis comme jamais. Courrier à la Chambre : tu m'attends dans la pantoufle. Chère présence. N'empêche : l'ombre d'Odette trouble mes songes… Tu as tout de suite compris la signification des deux panneaux sur Genève. Nous avons décidé de faire à Genève et Coppet notre expédition d'anniversaire. La paix de Delft n'a pas cessé de dominer nos souvenirs. Chez Calvin et Madame de Staël qu'irons-nous chercher ? Oui, visitez Genève…

Je lis des articles sur la Révolution. Je reviens sans cesse à cette période de notre histoire dans mes lectures. Ce portrait de Danton n'est-il pas saisissant ?

Un portrait de Danton

Brutal, d'éloquence rude et enflammée, buveur, pilleur il avait le cœur tendre ! La Révolution même dans ses contradictions.

Et celui-ci, à la veille de mourir :

Un autre portrait de Danton (devant le Tribunal Révolutionnaire)

Je t'ai quittée pour déjeuner avec des radicaux. Sans intérêt. Mais il faut bien ! De nouveau toi. Balade dans le quartier. J'ai acheté deux beaux Renan. Tu t'appuies à mon bras, amoureuse, tranquille, heureuse. J'ai gagné mon ciel. Voilà l'harmonie que je cherchais : pouvoir dire merci à la vie et ne lui demander que ce qu'elle donne !

Fin de journée. J'ai reçu un Préfet, ancien membre de mon cabinet et Monique Barrat (nous avons déjeuné près d'elle, un jour, chez Sainlouis).

Je te bénis, mon Anne.

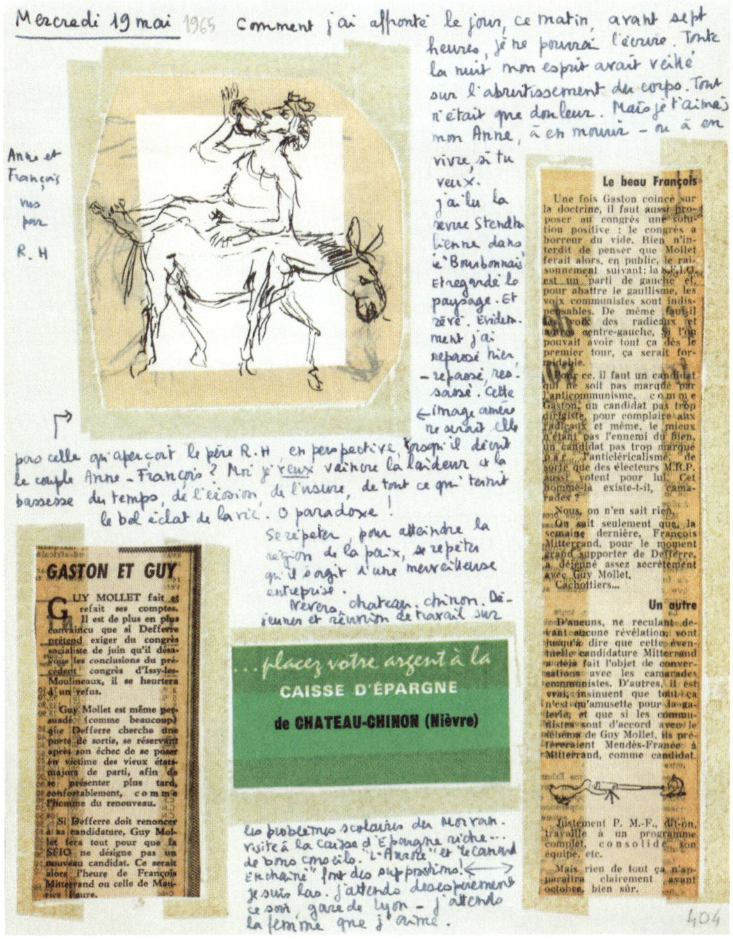

403
Mardi 18 mai

De ce jour, Anne, mon Anne, l'un des plus graves de notre vie je ne ferai pas de récit. Quand je suis arrivé chez Sainlouis où tu m'attendais pour notre déjeuner, tu étais si belle et si tendre et si tendre que j'ai deviné quelque chose. Tu m'as dit ton débat, ta souffrance après trois heures au 104 avec le P. R. H. Douleur, amour. O Anne, mon Anne.
Tu voulais t'éloigner à jamais. Mais nous ne nous sommes pas quittés, nous ne pouvions pas nous quitter de tout ce jour-là.
Les champs de Nozay. Le ciel rond autour de nous. Sans issue.
Le soir je suis revenu te chercher. Sur la route qui longe l'Artoire, et dans le froid, nous avons marché. Il n'était question que de déchirer ce qui est – et nous sentions que la trame de notre amour était si forte qu'elle était notre sang, notre vie.
Tout ce qui m'est venu de toi, Anne, mon Anne, aujourd'hui a été don d'amour.
Et pourtant, quelle douleur, O nuit noire !

404
Mercredi 19 mai

Comment j'ai affronté le jour, ce matin, avant sept heures, je ne pourrai l'écrire. Toute la nuit mon esprit avait veillé sur l'abrutissement du corps. Tout n'était que douleur. Mais je t'aimais mon Anne, à en mourir – ou à en vivre, si tu veux.

Anne et François vus par R. H

J'ai lu la revue Stendhalienne dans le « Bourbonnais ». Et regardé le paysage. Et rêvé. Evidemment j'ai repassé hier, – repassé, ressassé. Cette image amère ne serait-elle pas celle qu'aperçoit le père R. H, en perspective, lorsqu'il décrit le couple Anne-François ? Moi je veux vaincre la laideur et la bassesse du temps, de l'érosion, de l'usure, de tout ce qui ternit le bel éclat de la vie. O paradoxe !
Se répéter, pour atteindre la région de la paix, se répéter qu'il s'agit d'une merveilleuse entreprise.
Nevers, Château-Chinon. Déjeuner et réunion de travail sur les problèmes scolaires du Morvan.
Visite à la Caisse d'Epargne riche… de bons conseils. « L'Aurore » et « Le Canard enchaîné » font des suppositions !
Je suis las. J'attends désespérément ce soir, gare de Lyon – j'attends la femme que j'aime.

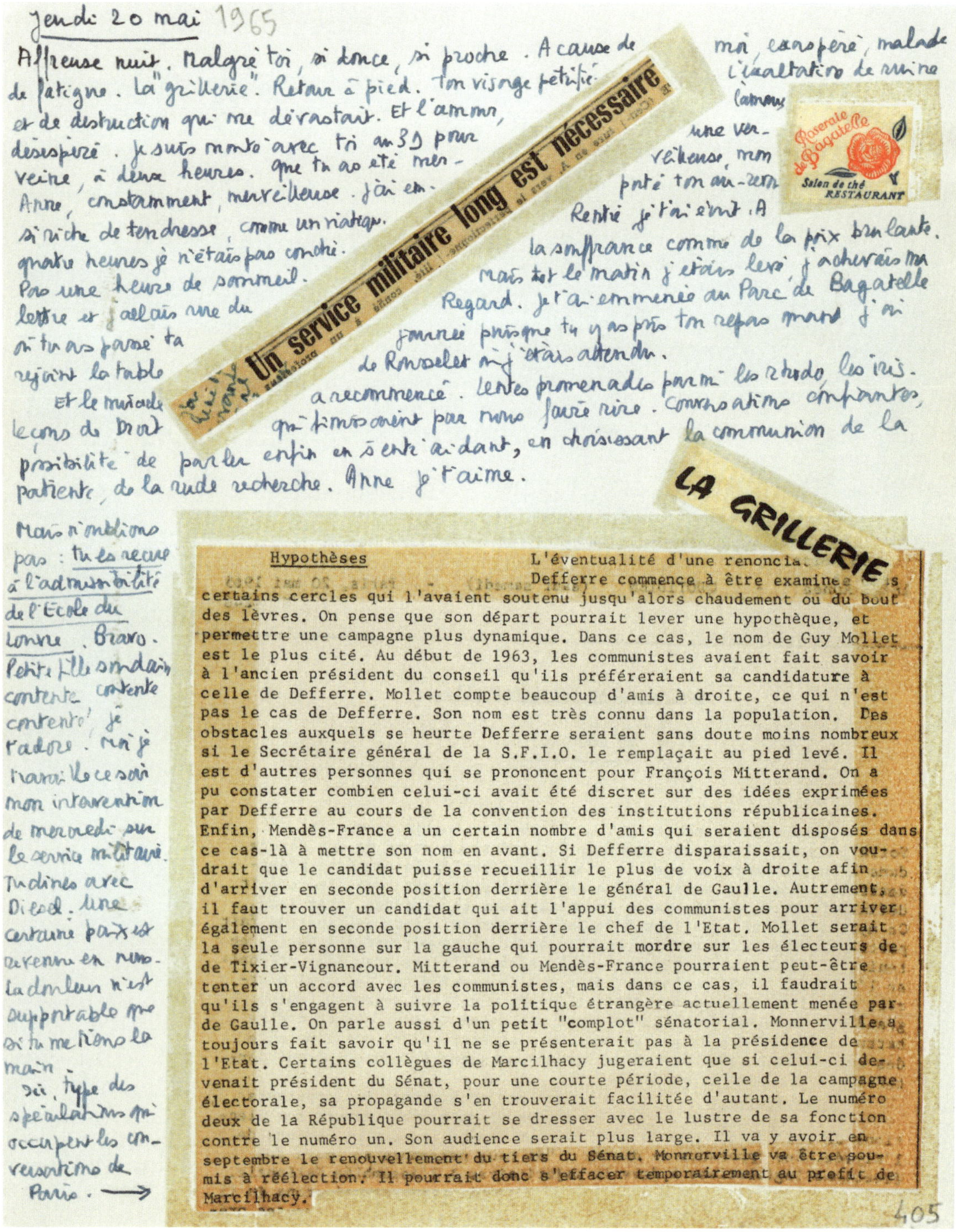

Hypothèses

L'éventualité d'une renonciation de Defferre commence à être examinée dans certains cercles qui l'avaient soutenu jusqu'alors chaudement ou du bout des lèvres. On pense que son départ pourrait lever une hypothèque, et permettre une campagne plus dynamique. Dans ce cas, le nom de Guy Mollet est le plus cité. Au début de 1963, les communistes avaient fait savoir à l'ancien président du conseil qu'ils préféreraient sa candidature à celle de Defferre. Mollet compte beaucoup d'amis à droite, ce qui n'est pas le cas de Defferre. Son nom est très connu dans la population. Des obstacles auxquels se heurte Defferre seraient sans doute moins nombreux si le Secrétaire général de la S.F.I.O. le remplaçait au pied levé. Il est d'autres personnes qui se prononcent pour François Mitterand. On a pu constater combien celui-ci avait été discret sur des idées exprimées par Defferre au cours de la convention des institutions républicaines. Enfin, Mendès-France a un certain nombre d'amis qui seraient disposés dans ce cas-là à mettre son nom en avant. Si Defferre disparaissait, on voudrait que le candidat puisse recueillir le plus de voix à droite afin d'arriver en seconde position derrière le général de Gaulle. Autrement, il faut trouver un candidat qui ait l'appui des communistes pour arriver également en seconde position derrière le chef de l'Etat. Mollet serait la seule personne sur la gauche qui pourrait mordre sur les électeurs de de Tixier-Vignancour. Mitterand ou Mendès-France pourraient peut-être tenter un accord avec les communistes, mais dans ce cas, il faudrait qu'ils s'engagent à suivre la politique étrangère actuellement menée par de Gaulle. On parle aussi d'un petit "complot" sénatorial. Monnerville a toujours fait savoir qu'il ne se présenterait pas à la présidence de l'Etat. Certains collègues de Marcilhacy jugeraient que si celui-ci devenait président du Sénat, pour une courte période, celle de la campagne électorale, sa propagande s'en trouverait facilitée d'autant. Le numéro deux de la République pourrait se dresser avec le lustre de sa fonction contre le numéro un. Son audience serait plus large. Il va y avoir en septembre le renouvellement du tiers du Sénat. Monnerville va être soumis à réélection. Il pourrait donc s'effacer temporairement au profit de Marcilhacy.

405

Jeudi 20 mai

Affreuse nuit. Malgré toi, si douce, si proche. A cause de moi, exaspéré, malade de fatigue. La « Grillerie ». Retour à pied. Ton visage pétrifié. L'exaltation de ruine et de destruction qui me dévastait. Et l'amour, l'amour désespéré. Je suis monté avec toi au 39 pour une verveine, à deux heures. Que tu as été merveilleuse, mon Anne, constamment, merveilleuse. J'ai emporté ton au-revoir si riche de tendresse, comme un viatique. Rentré, je t'ai écrit. A quatre heures je n'étais pas couché. La souffrance comme de la poix brûlante. Pas une heure de sommeil. Mais tôt le matin j'étais levé, j'achevais ma lettre et j'allais rue du Regard. Je t'ai emmenée au Parc de Bagatelle où tu as passé ta journée puisque tu y as pris ton repas quand j'ai rejoint la table de Rousselet où j'étais attendu.

Et le miracle a recommencé. Lentes promenades parmi les rhodo, les iris. Leçons de Droit qui finissaient par nous faire rire. Conversations confiantes, possibilité de parler enfin en s'entr'aidant, en choisissant la communion de la patiente, de la rude recherche. Anne je t'aime.

Mais n'oublions pas : tu es reçue à l'admissibilité de l'Ecole du Louvre. Bravo. Petite fille soudain contente, contente contente, je t'adore. Moi je travaille ce soir mon intervention de mercredi sur le service militaire. Tu dînes avec Diesel. Une certaine paix est revenue en nous. La douleur n'est supportable que si tu me tiens la main.

Ici, type des spéculations qui occupent les conversations de Paris.

406
Jeudi 20 mai

Pourquoi cette image de Fontenay ?
Pour rien.
Pour rien.

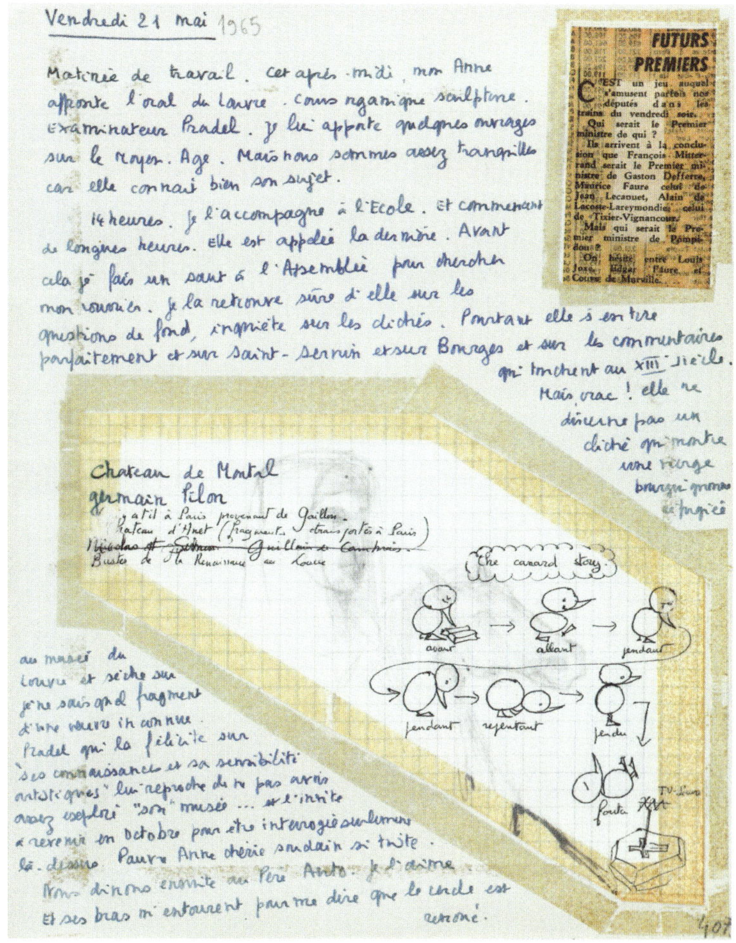

407
Vendredi 21 mai

Matinée de travail. Cet après-midi, mon Anne affronte l'oral du Louvre. Cours organique sculpture. Examinateur Pradel. Je lui apporte quelques ouvrages sur le Moyen-Age. Mais nous sommes assez tranquilles car elle connaît bien son sujet.
14 heures. Je l'accompagne à l'Ecole. Et commencent de longues heures. Elle est appelée la dernière. Avant cela je fais un saut à l'Assemblée pour chercher mon courrier. Je la retrouve sûre d'elle sur les questions de fond, inquiète sur les clichés. Pourtant elle s'en tire parfaitement et sur Saint-Sernin et sur Bourges et sur les commentaires qui touchent au XIIIe siècle. Mais crac ! elle ne discerne pas un cliché qui montre une vierge bourguignonne réfugiée au musée du Louvre et sèche sur je ne sais quel fragment d'une œuvre inconnue. Pradel qui la félicite sur « ses connaissances et sa sensibilité artistiques » lui reproche de ne pas avoir assez exploré « son » musée… et l'invite à revenir en Octobre pour être interrogée seulement là-dessus. Pauvre Anne chérie soudain si triste *[avant l'automne, je dessine toutes les sculptures du Louvre pour ne plus les oublier – ce qui m'attache à cette technique].*

Nous dînons ensuite au Père Auto. Je l'aime.

Et ses bras m'entourent pour me dire que le cercle est renoué.

Château de Montal
Germain Pilon
The canard story.

409
Samedi 22 mai

Je change d'avis et prends la pantoufle plutôt que le train. Cela me permet de te voir ce matin devant un modeste thé. Et à 9 h 30 je suis sur l'autoroute. Je vais directement à Château-Chinon où je suis attendu par quatorze convives que j'ai invités : maires des environs et conseillers municipaux de ma commune. Cela me mène en plein après-midi. A la mairie, je reçois sans arrêt : 17 personnes !
Dîner chez les Maringe à Langy. Soirée splendide : Les parfums de la terre montent avec la nuit. Nous sommes six et bavardons. Minuit. Eux continueront à deviser et je les entendrai dans un demi-sommeil. Moi je monte dans ma chambre. Je respire de ma fenêtre ce printemps hésitant. Je songe à toi. Demain matin je te rejoindrai !

Vois cette photo : symbole de la guerre. Incohérence et douleur du monde qui ne sait pas où il va sinon vers la mort qui le stupéfie.

408
Vendredi 21 mai

410
Dimanche 23 mai

Réveil à Langy. Ciel couvert mais la campagne sent merveilleusement bon. Route. Route. Et toi au bout, qui pries à Saint-Eustache. Dix minutes derrière toi, dans la noble église, parmi les chants qui m'émeuvent. Je t'aime avec passion –
Nous déjeunons au Relais du Pavé et tout de suite nous savons que notre merveilleux climat est revenu.
Anne chérie, que Bazainville était charmant pour nous avec son église, ses chemins, ses belles propriétés, sa plongée douce sur la forêt, et ses fleurs, ses fleurs tout le long des maisons. Nous avons bien travaillé. Toi, cinq leçons sur Vélasquez, moi mon intervention sur le service militaire. L'esprit fonctionnait au quart de tour et je voyais clair dans un sujet qui jusqu'ici me paraissait confus ! Je te dois ce bonheur de chaque chose.
Après dîner nous sommes allés en forêt de Rambouillet, du côté de Gambaiseuil. Nuit d'étoiles, arbres de ciel, pantoufle redevenue pantoufle. Tu méditais sur le rôle sociologique de l'automobile. Et moi je t'adorais. Anne, ma plénitude.

A droite ce petit chien nous rappelle qu'il faut à Gédéon un nouveau compagnon et que la fidélité avec de grandes oreilles et une truffe noire ma foi, ce n'est pas à décourager.

411
Lundi 24 mai

24 mai 1964 – 24 mai 1965
Il y a un an, mon amour, nous étions devant « la ronde de nuit » au Rijkmuseum d'Amsterdam. Il y a un an… Le Bourget, Amsterdam, Delft. La lumière de ce jour n'a pas cessé d'éclairer notre vie. Lumière, confiance, tendresse. Nous évoquions à la « Grillerie », ce soir, les saisons de notre amour qui n'ont rien de commun avec les saisons du temps.
Bon anniversaire, Anne chérie.

412

<u>Lundi 24 mai</u>

Il ne s'agit pas d'une publicité touristique pour le pays de la reine Juliana (horreur !) mais de dire à ce journal, qui ne l'avait pas oublié, qu'un 24 mai se célèbre comme on célèbre sur toute la terre le printemps les fleurs et le rêve.

Ce jour a commencé avec toi que je suis allé chercher au 39 pour m'accompagner à l'entraînement de golf à la Boulie. Dans la pantoufle tu as consciencieusement étudié tes leçons sur Vélasquez tandis que, non moins consciencieusement, je tapais une balle – réticente à mes talents ! Tout ça n'était pas grand-chose et nous avons cependant passé des heures délicieuses. Le climat d'Auvers et de Delft tient bon ! Tout l'après-midi j'ai travaillé à mon intervention « Service Militaire ». J'arrive au moment des idées générales après avoir erré dans la technique. Idées générales : de Gaulle prépare l'armée de métier, maintient un service de 18 mois inégal qui sera vite impopulaire, commence par frapper de caducité le service égal et universel, crée une armée adaptée à son régime. Mais une armée de métier est-elle plus apte que la conscription à faire et à supporter la guerre atomique ?

Pour dîner je t'ai reprise contente de ton travail. C'est à La Grillerie que nous sommes retournés. Et le miracle a continué ! Au premier étage, derrière le verre vitrifié aux reflets de Hollande (le hasard !), nous avons connu un nouvel et intense moment de bonheur. Vive le maïs grillé et le boudin aux pommes en l'air !

Et vive mon Anne, mon merveilleux amour.

Inquiétude dans le Quercy, théâtre d'une invasion de chenilles […]
O cher Quercy !

« Institutions et personnes » article admirable

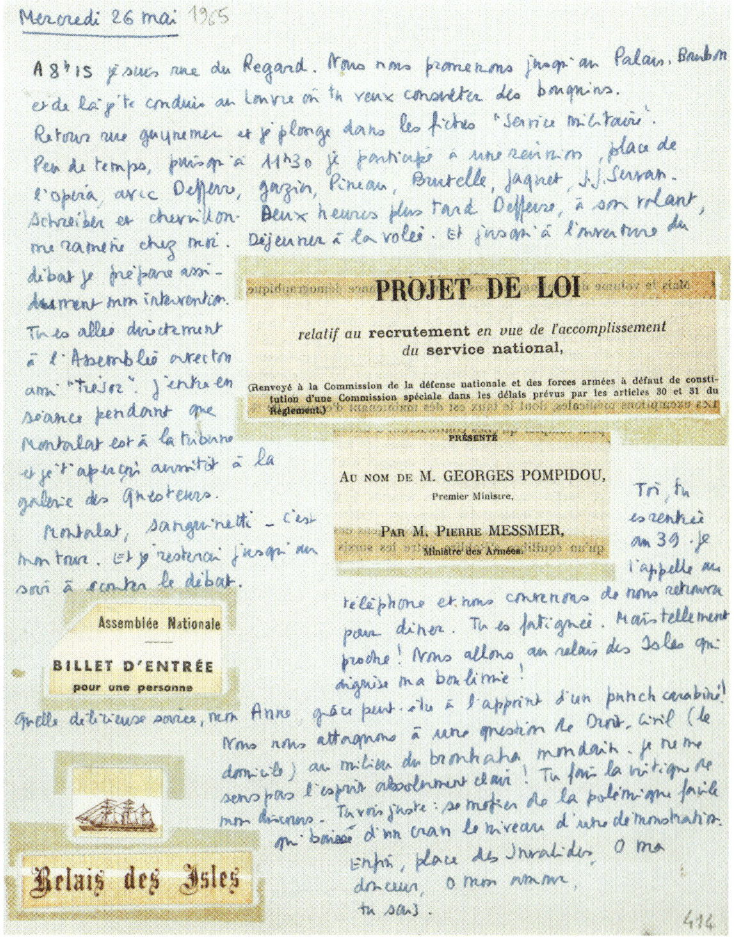

413
Mardi 25 mai

Cette photo n'est-elle pas un admirable tableau, une œuvre d'art ? Elle m'émeut, me ravit, et signifie à elle seule, l'histoire et le travail d'un peuple

Voici un mardi bien rempli : début de la matinée, préparation « service militaire » – Puis, baragouinage à Berlitz. Dictée à ma secrétaire. Si bien que je ne suis chez Sainlouis (avant toi, quand même !) qu'à 1 h 40 !
Que nous étions heureux d'avoir repris le fil de notre enchantement !
Toi : Louvre. Moi : Palais-Bourbon. Le débat commence et on entend les rapporteurs et le Ministre. A sept heures, réunion chez moi des dirigeants du CAI et, à neuf heures, réunion au siège de « La Convention ». Je suis un peu las. Nous devions nous retrouver mais il est plus sage d'y renoncer.
Avant de rentrer, arrêt chez Lipp avec Hernu, Dumas, Paillet.
Bonsoir, mon Anne.

414
Mercredi 26 mai

A 8 h 15 je suis rue du Regard. Nous nous promenons jusqu'au Palais-Bourbon et de là je te conduis au Louvre où tu veux consulter des bouquins.
Retour rue Guynemer et je plonge dans les fiches « Service militaire ».
Peu de temps, puisqu'à 11 h 30 je participe à une réunion, place de l'Opéra, avec Defferre, Gazier, Pineau, Brutelle, Jaquet, J. J. Servan-Schreiber et Chevrillon. Deux heures plus tard Defferre, à son volant, me ramène chez moi. Déjeuner à la volée. Et jusqu'à l'ouverture du débat je prépare assidûment mon intervention. Tu es allée directement à l'Assemblée avec ton ami « Trésor » *[fiancé de Kitou]*. J'entre en séance pendant que Montalat est à la tribune et je t'aperçois aussitôt à la galerie des Questeurs.
Montalat, Sanguinetti – C'est mon tour. Et je resterai jusqu'au soir à écouter le débat. Toi, tu es rentrée au 39. Je t'appelle au téléphone et nous convenons de nous retrouver pour dîner. Tu es fatiguée. Mais tellement proche ! Nous allons au Relais des Isles qui aiguise ma boulimie !
Quelle délicieuse soirée, mon Anne, grâce peut-être à l'appoint d'un punch carabiné !
Nous nous attaquons à une question de Droit civil (le domicile) au milieu du brouhaha mondain. Je ne me sens pas l'esprit absolument clair ! Tu fais la critique de mon discours. Tu vois juste : se méfier de la polémique facile qui baisse d'un cran le niveau d'une démonstration.
Enfin, place des Invalides, O ma douceur, O mon amour, tu sais.

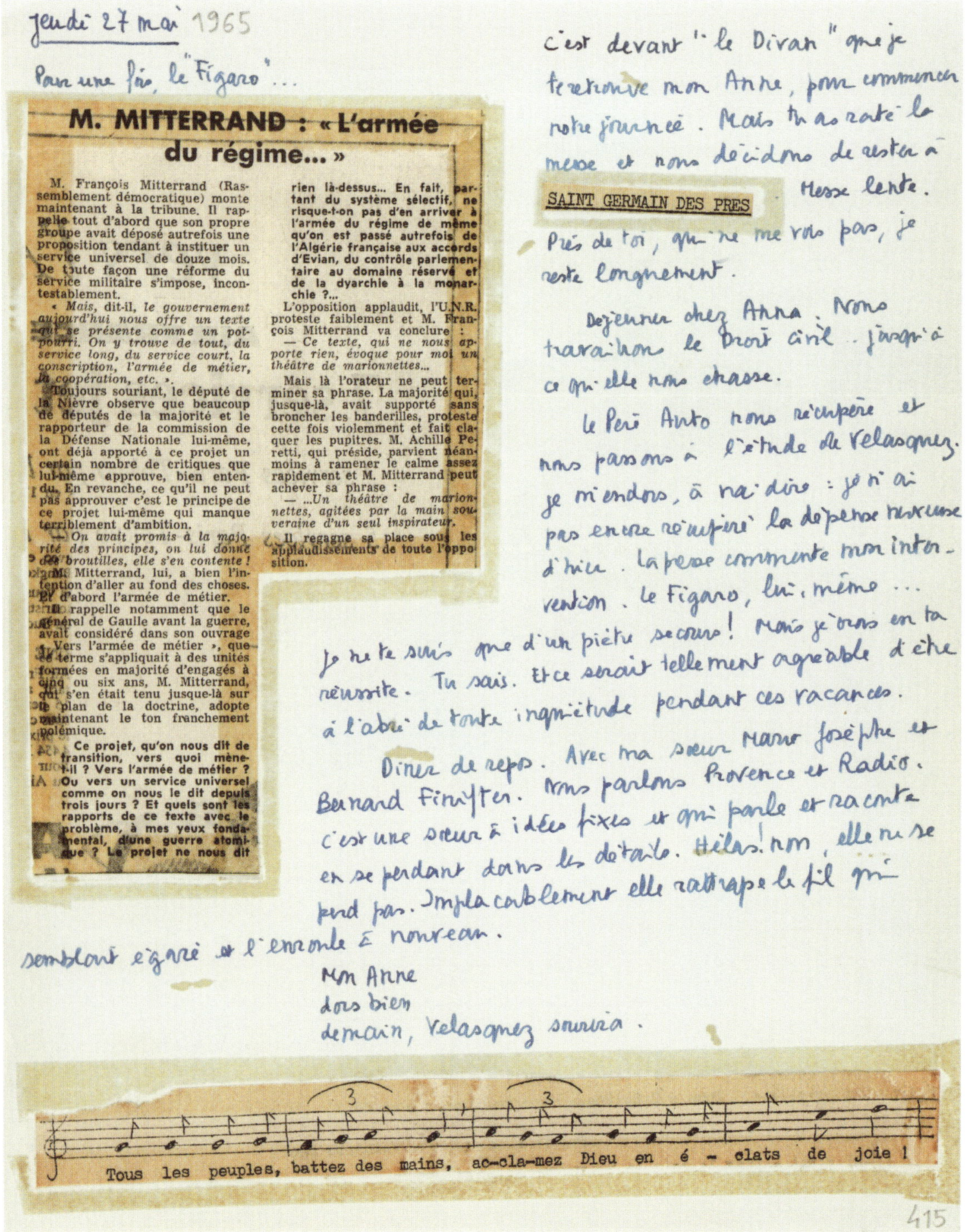

M. MITTERRAND : « L'armée du régime... »

M. François Mitterrand (Rassemblement démocratique) monte maintenant à la tribune. Il rappelle tout d'abord que son propre groupe avait déposé autrefois une proposition tendant à instituer un service universel de douze mois. De toute façon une réforme du service militaire s'impose, incontestablement.

« *Mais*, dit-il, *le gouvernement aujourd'hui nous offre un texte qui se présente comme un pot-pourri. On y trouve de tout, du service long, du service court, la conscription, l'armée de métier, la coopération, etc.* ».

Toujours souriant, le député de la Nièvre observe que beaucoup de députés de la majorité et le rapporteur de la commission de la Défense Nationale lui-même, ont déjà apporté à ce projet un certain nombre de critiques que lui-même approuve, bien entendu. En revanche, ce qu'il ne peut pas approuver c'est le principe de ce projet lui-même qui manque terriblement d'ambition.

— *On avait promis à la majorité des principes, on lui donne des broutilles, elle s'en contente !*

M. Mitterrand, lui, a bien l'intention d'aller au fond des choses. Et d'abord l'armée de métier.

Il rappelle notamment que le général de Gaulle avant la guerre, avait considéré dans son ouvrage « Vers l'armée de métier », que ce terme s'appliquait à des unités formées en majorité d'engagés à cinq ou six ans, M. Mitterrand, qui s'en était tenu jusque-là sur le plan de la doctrine, adopte maintenant le ton franchement polémique.

Ce projet, qu'on nous dit de transition, vers quoi mène-t-il ? Vers l'armée de métier ? Ou vers un service universel comme on nous le dit depuis trois jours ? Et quels sont les rapports de ce texte avec le problème, à mes yeux fondamental, d'une guerre atomique ? Le projet ne nous dit rien là-dessus... En fait, partant du système sélectif, ne risque-t-on pas d'en arriver à l'armée du régime de même qu'on est passé autrefois de l'Algérie française aux accords d'Evian, du contrôle parlementaire au domaine réservé et de la dyarchie à la monarchie ?...

L'opposition applaudit, l'U.N.R. proteste faiblement et M. François Mitterrand va conclure :

— *Ce texte, qui ne nous apporte rien, évoque pour moi un théâtre de marionnettes...*

Mais là l'orateur ne peut terminer sa phrase. La majorité qui, jusque-là, avait supporté sans broncher les banderilles, proteste cette fois violemment et fait claquer les pupitres. M. Achille Peretti, qui préside, parvient néanmoins à ramener le calme assez rapidement et M. Mitterrand peut achever sa phrase :

— *...Un théâtre de marionnettes, agitées par la main souveraine d'un seul inspirateur.*

Il regagne sa place sous les applaudissements de toute l'opposition.

415
Jeudi 27 mai

Pour une fois, le « Figaro »…

C'est devant « le Divan » que je te retrouve mon Anne, pour commencer notre journée. Mais tu as raté la messe et nous décidons de rester à Saint Germain des Prés. Messe lente. Près de toi, qui ne me vois pas, je reste longuement.

Déjeuner chez Anna. Nous travaillons le Droit civil… jusqu'à ce qu'elle nous chasse.

Le Père Auto nous récupère et nous passons à l'étude de Vélasquez. Je m'endors, à vrai dire : je n'ai pas encore récupéré la dépense nerveuse d'hier. La presse commente mon intervention. Le Figaro, lui-même…

Je ne te suis que d'un piètre secours ! Mais je crois en ta réussite. Tu sais. Et ce serait tellement agréable d'être à l'abri de toute inquiétude pendant ces vacances.

Dîner de repos. Avec ma sœur Marie-Josèphe et Bernard Finifter. Nous parlons Provence et Radio. C'est une sœur à idées fixes et qui parle et raconte en se perdant dans les détails. Hélas ! non, elle ne se perd pas. Implacablement elle rattrape le fil qui semblait égaré et l'enroule à nouveau.

Mon Anne
dors bien
demain, Vélasquez sourira.

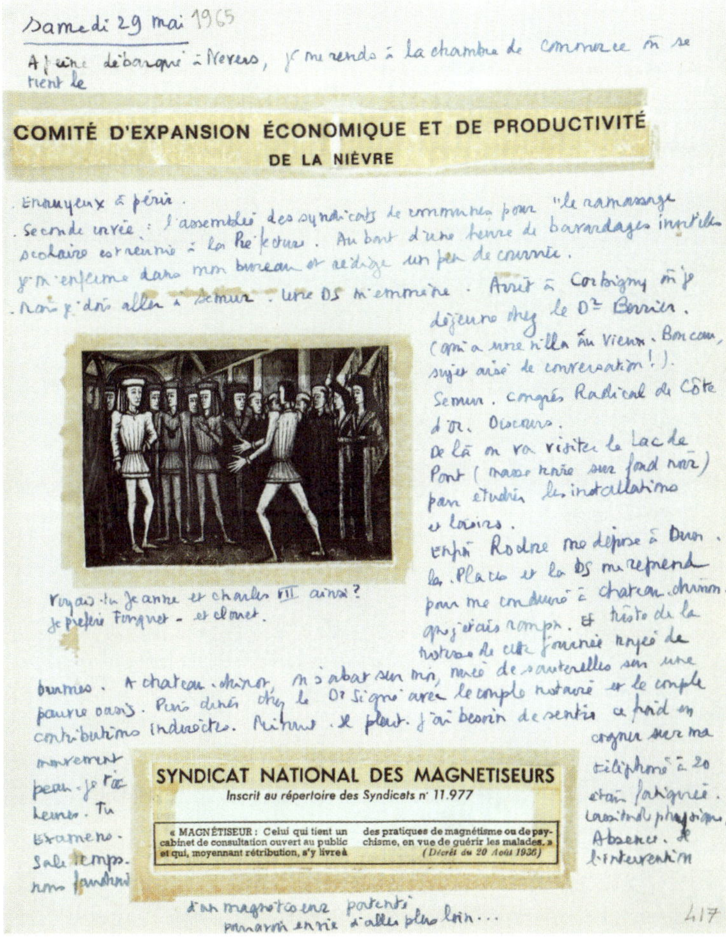

416
Vendredi 28 mai

Prédécesseurs et contemporains de Vélasquez *[liste approximative !]*

Victoire ! 15 ½ sur Vélasquez. Tu as gagné, mon amour chéri, et vraiment c'était bien. Ouf pour octobre ! Et maintenant, le Droit.
Cela « nous » a pris toute la matinée. J'étais pris pour déjeuner et ne t'ai retrouvée qu'à 15 h 30, et au 39, où nous sommes restés. J'étais fatigué et ne t'ai pas aidé à réviser comme je l'aurais dû. Des remords !
Le cou tordu je suis allé chez ma kinési qui m'a à la fois torturé et à peu près remis d'aplomb.
Pluie. Froidure. Je me sens mal en point. Je fais cette tête-là – vue par Anne

Voici un document : le ticket d'autobus attendu interminablement sous une cataracte, place de la Concorde.
Et un autre : la fiche du « Cassette » où nous avons bu le viandox et le grog des cœurs et des corps frileux.
Mais que je t'aime, Anne douce de ce soir !

417
Samedi 29 mai

A peine débarqué à Nevers, je me rends à la chambre de commerce où se tient le Comité d'expansion économique et de productivité de la Nièvre
– Ennuyeux à périr.
– Seconde corvée : l'assemblée des syndicats de communes pour « le ramassage scolaire » est réunie à la Préfecture. Au bout d'une heure de bavardages inutiles je m'enferme dans mon bureau et rédige un peu de courrier.
– Mais je dois aller à Semur. Une DS m'emmène. Arrêt à Corbigny où je déjeune chez le Dr Berrier. (qui a une villa au Vieux-Boucau, sujet aisé de conversation !).
Semur. Congrès Radical de Côte d'Or. Discours.
De là on va visiter le Lac de Pont (masse noire sur fond noir) pour étudier les installations et loisirs.

Voyais-tu Jeanne et Charles VII ainsi ? Je préfère Fouquet – et Clouet.

Enfin Roclore me dépose à Dun-les-Places et la DS me reprend pour me conduire à Château-Chinon. Que j'étais rompu. Et triste de la tristesse de cette journée noyée de brumes. A Château-Chinon, on s'abat sur moi, nuée de sauterelles sur une pauvre oasis. Puis dîner chez le Dr Signé avec le couple notaire et le couple contributions indirectes. Minuit. Il pleut. J'ai besoin de sentir ce froid en mouvement cogner sur ma peau. Je t'ai téléphoné à 20 heures. Tu étais fatiguée. Examens. Lassitude physique. Sale temps. Absence. Il nous faudrait l'intervention d'un magnétiseur patenté pour avoir envie d'aller plus loin…

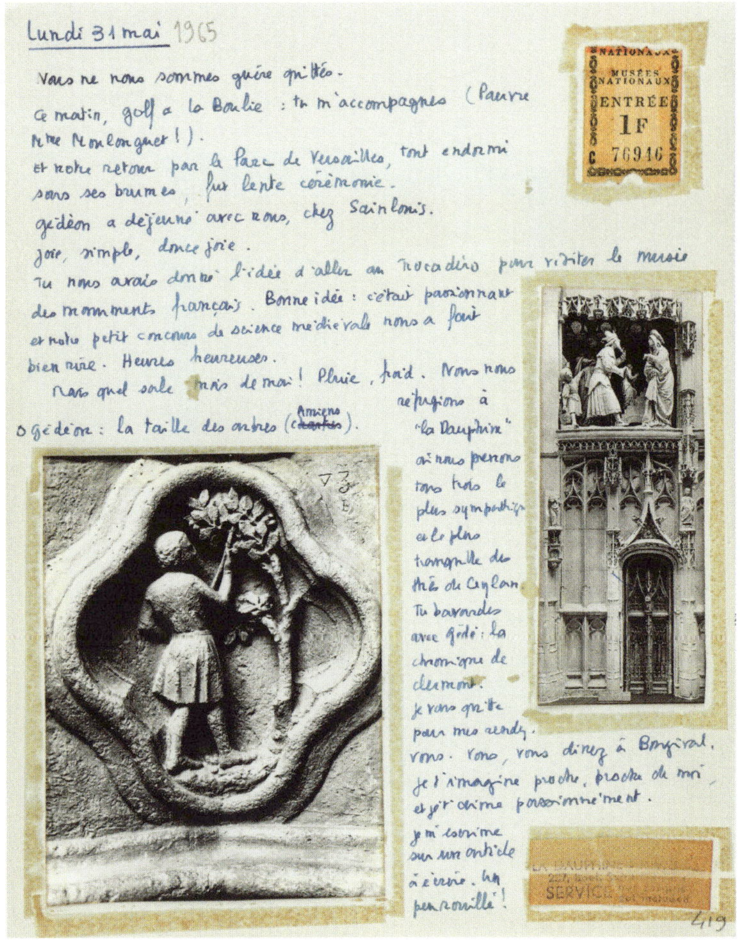

418
Dimanche 30 mai

Le brouillard envahit un Château-Chinon fantôme. Réceptions à la mairie. Auparavant, de ma chambre du « Vieux Morvan » je t'ai appelée. Tu me parais déjà moins lasse.
Roclore vient me chercher pour me conduire à Beaumont-la-Ferrière. Nous déjeunons chez un de ses amis, banquier à Dijon : Massonéri. Il me raconte l'approche de la mort : il a eu une crise non identifiée alors qu'il était seul dans son moulin perdu de la vallée de la Cure, une nuit de décembre. Repas classique, ambiance classique d'une société qui n'a pas bougé, semblable à celle que peignait David (Mme Sériziat, à la campagne). Bourgeoisie de Dijon. Je me promène sous la pluie dans un parc – forêt de charmes.
Deuxième moitié de l'après-midi je rentre à Nevers par de belles routes nostalgiques le long de la vallée de la Nièvre.
L'Arverne. Je lis « Le Palais d'hiver » de Grenier et m'y enfonce avec délices.
Gare de Lyon : Anne chérie. Et la Grillerie accueille notre joie (toi, d'ailleurs, tu reviens d'une soirée avec Kiki. Hum !).

419
Lundi 31 mai

Nous ne nous sommes guère quittés.
Ce matin, golf à La Boulie : tu m'accompagnes (pauvre Mme Moulonguet !).
Et notre retour par le Parc de Versailles, tout endormi sous ses brumes, fut lente cérémonie.
Gédéon a déjeuné avec nous, chez Sainlouis.
Joie, simple, douce joie.
Tu nous avais donné l'idée d'aller au Trocadéro pour visiter le musée des Monuments français. Bonne idée : c'était passionnant et notre petit concours de science médiévale nous a fait bien rire. Heures heureuses.

O Gédéon : la taille des arbres (Amiens).

Mais quel sale mois de mai ! Pluie, froid. Nous nous réfugions à « la Dauphine » où nous prenons tous trois le plus sympathique et le plus tranquille des thés de Ceylan. Tu bavardes avec Gédé : la chronique de Clermont. Je vous quitte pour mes rendez-vous. Vous, vous dînez à Bougival. Je t'imagine proche, proche de moi, et je t'aime passionnément.
Je m'escrime sur un article à écrire. Un peu rouillé !

420

Lundi 31 mai

Premier vitrail d'Anne
[Le modèle : tête du Christ de Wissembourg, vers 1060]
Visage que l'esprit des hommes
cherche, cherche.
Présence de l'éternel
au travers des instants.
Fixité d'un absolu
derrière la tremblante transparence des choses.

421

Mardi 1er juin

Lumières contrastées sur le front de ville dressé comme un mur devant l'immensité de la mer et le désespoir des hommes. Voici le tableau vivant d'un ordre qui s'établit en fin de compte avec ses fenêtres semblables à des yeux tournés au-dedans de soi-même. Mais la beauté s'accroche à chaque pierre et l'emporte, par grands pans où l'âme s'immobilise dans la contemplation d'un soleil inconnu. De ce jour je garde le lent moment vécu avec toi et Gédé, la lecture du « Défi », au 39, après un déjeuner improvisé. La sereine certitude d'un amour ocre, violet, or, sang, que la lumière de midi rend soudain à l'absence des couleurs, à l'éblouissement de l'unité.

422
Mercredi 2 juin

La bazoche me colle à la peau en ce jour !
Je plaide le matin l'affaire Sepatom à Paris et, l'après-midi, l'affaire des élections de Saint-Gratien, à Versailles. Dans l'intervalle un H. 80 difficile en raison du projet Defferre – Jean-Jacques SS sur la Fédération. Je pense de plus en plus que l'on vise trop haut et qu'on se retrouvera trop bas. Mauvais point de mire. Et plus tard ce que je souhaite sera rendu impossible. J. J. est, comme toujours, catégorique. Cela tient à son inexpérience des hommes et, peut-être, malgré son intellectualisme, son inexpérience des idées. Il croit qu'on les traite comme des lignes de publicité. Il a fait du dynamisme, de la vitesse d'exécution son arme tactique. Il l'emporte généralement. Mais le terrain acquis il n'occupe plus que de la terre brûlée. La victoire est une défaite pour les hommes de sa sorte. Defferre est impressionné par la belle mécanique intellectuelle, par son courage péremptoire. Il y sent un ton neuf et ne résiste pas à la séduction.
Nous sommes allés, mon Anne, à Gambaiseuil, après Versailles. Et tout a été simple et fort.
Vois cette photo. Elle me paraît symboliser comme aucune la rencontre anarchique des mondes. Sur un document pareil on peut bâtir une philosophie.

423
Jeudi 3 juin

Golf avec Saint-Périer. Puis déjeuner chez Bérard-Quélin avec Hernu et Hamelin, administrateur du « Figaro ». Je te rejoins au 39. Il pleut à verse. Je reste auprès de toi. Fatigué je ne t'aide pas à travailler comme je l'aurais dû et j'en ai le remords. Mais en nous tout est entente et paix. Nous nous aimons Anne, ma chérie. Tout près, dans l'immédiat cela bouillonne, le flot bouscule, presse, mord la peau, ride la mer. Au loin, l'île aux bords de ciel et d'eau, attend pour accueillir le futur des amours souveraines.

424

Vendredi 4 juin

Il faut bien relater le début d'une journée qui n'a commencé qu'à la nuit !
Le journal saura donc que je t'ai accompagnée à Saint-Pierre de Neuilly pour un mariage, que j'ai eu un long entretien avec Jean-Jacques Servan-Schreiber, à l'Express, que nous sommes allés chercher (vainement) Oremus (que tu étais déçue !)…
Mais voilà qu'il est arrivé autre chose :
Nous avons dormi ensemble, à Beaugency, dormi ensemble ! Faut-il l'avouer ? Et avouer de surcroît que le bonheur ressemble beaucoup plus au ciel qu'à l'enfer ? Bon. Je dois raconter : c'est mon rôle sur ces pages bleues. Raconter le dîner à l'Abbaye de Beaugency ? les chambres qui craquaient ? les corridors merveilleusement pavés ? l'œil-de-bœuf sur la Loire qui découpait à l'ovale un paysage aussi mal à l'aise dans la géométrie qu'un paysan le dimanche à l'entrée de la messe ? Eh bien je ne raconterai rien du tout. D'ailleurs, tu n'oublieras rien toi non plus, j'en suis sûr, jusqu'à la fin des temps.
« Un grand champ de lin bleu de la couleur des larmes
ouvert sur un pays que seul l'amour connaît…
un grand champ de lin bleu dont c'est l'étonnement
toujours à découvrir une eau pure et profonde… »
dit Aragon que je t'ai lu avant de refermer mes bras sur la possession du printemps de la joie.
Anne Amour de la Première nuit, du soleil au soleil…

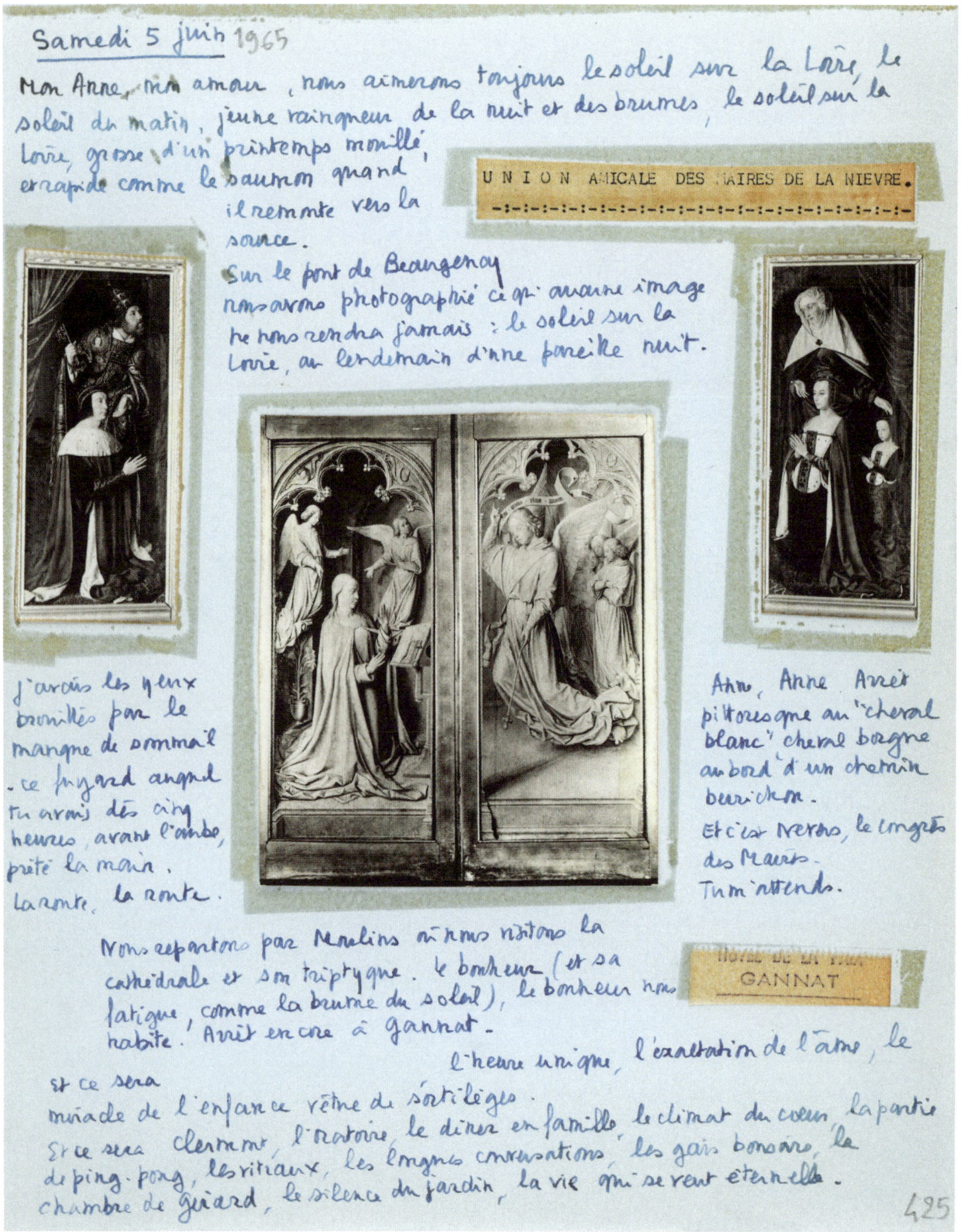

425

Samedi 5 juin

Mon Anne, mon amour, nous aimerons toujours le soleil sur la Loire, le soleil du matin, jeune vainqueur de la nuit et des brumes, le soleil sur la Loire, grosse d'un printemps mouillé, et rapide comme le saumon quand il remonte vers la source.

Sur le pont de Beaugency nous avons photographié ce qu'aucune image ne nous rendra jamais : le soleil sur la Loire, au lendemain d'une pareille nuit. J'avais les yeux brouillés par le manque de sommeil – ce fuyard auquel tu avais dès cinq heures, avant l'aube, prêté la main. La route, la route.

Anne, Anne. Arrêt pittoresque au « cheval blanc », cheval borgne au bord d'un chemin berrichon. Et c'est Nevers, le congrès des Maires. Tu m'attends.

Nous repartons par Moulins où nous visitons la cathédrale et son triptyque. Le bonheur (et sa fatigue, comme la brume du soleil), le bonheur nous habite. Arrêt encore, à Gannat.

Et ce sera Louvet-le-Sec, l'heure unique, l'exaltation de l'âme, le miracle de l'enfance vêtue de sortilèges.

Et ce sera Clermont, l'Oratoire, le dîner en famille, le climat du cœur, la partie de ping-pong, les vitraux, les longues conversations, les gais bonsoirs, la chambre de Gérard, le silence du jardin, la vie qui se veut éternelle.

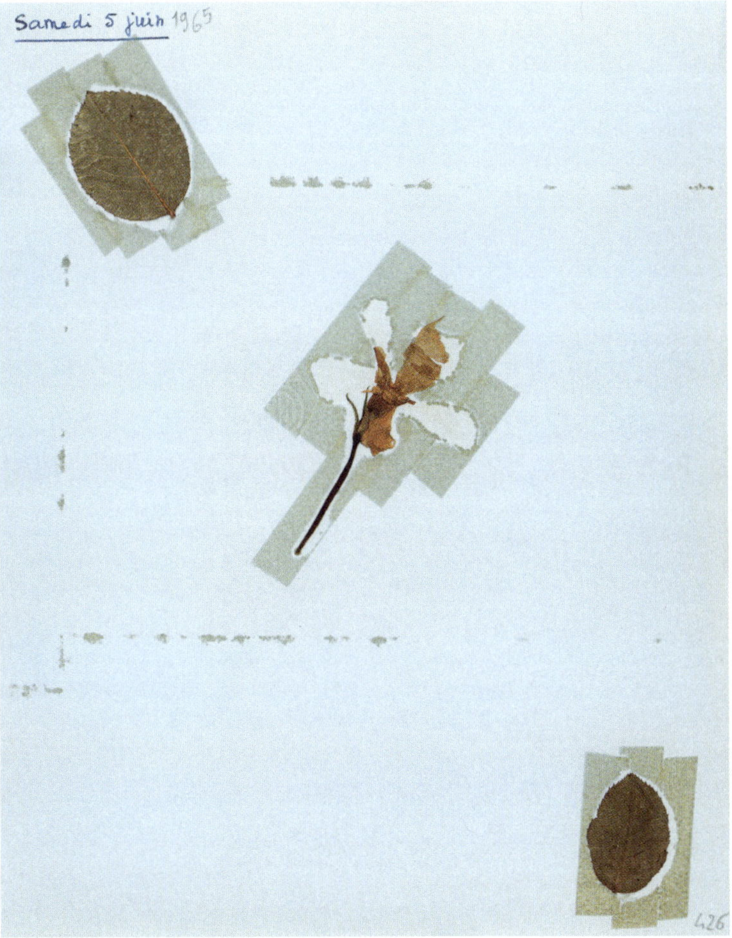

427
Dimanche 6 juin

Ce matin, mon amour, je me suis réveillé à l'Oratoire. Une porte s'est ouverte, a grincé et tu es venue à moi, avant d'ouvrir les fenêtres sur le jardin.
Nous avons processionné parmi les traces de Le Nôtre, nous nous sommes attendris sans un mot sur les pas de ton enfance. Je t'ai aimée, Anne, avec passion, dans le paysage de tes premiers regards.
Et j'ai vu Nini, la cuisine, le royaume gourmand et cher. En partant j'ai ri de la « Scabieuse », imaginé tes itinéraires en montant vers la cathédrale.
Anne, mon Anne, mon amour, voici toute ma journée.

426
Samedi 5 juin

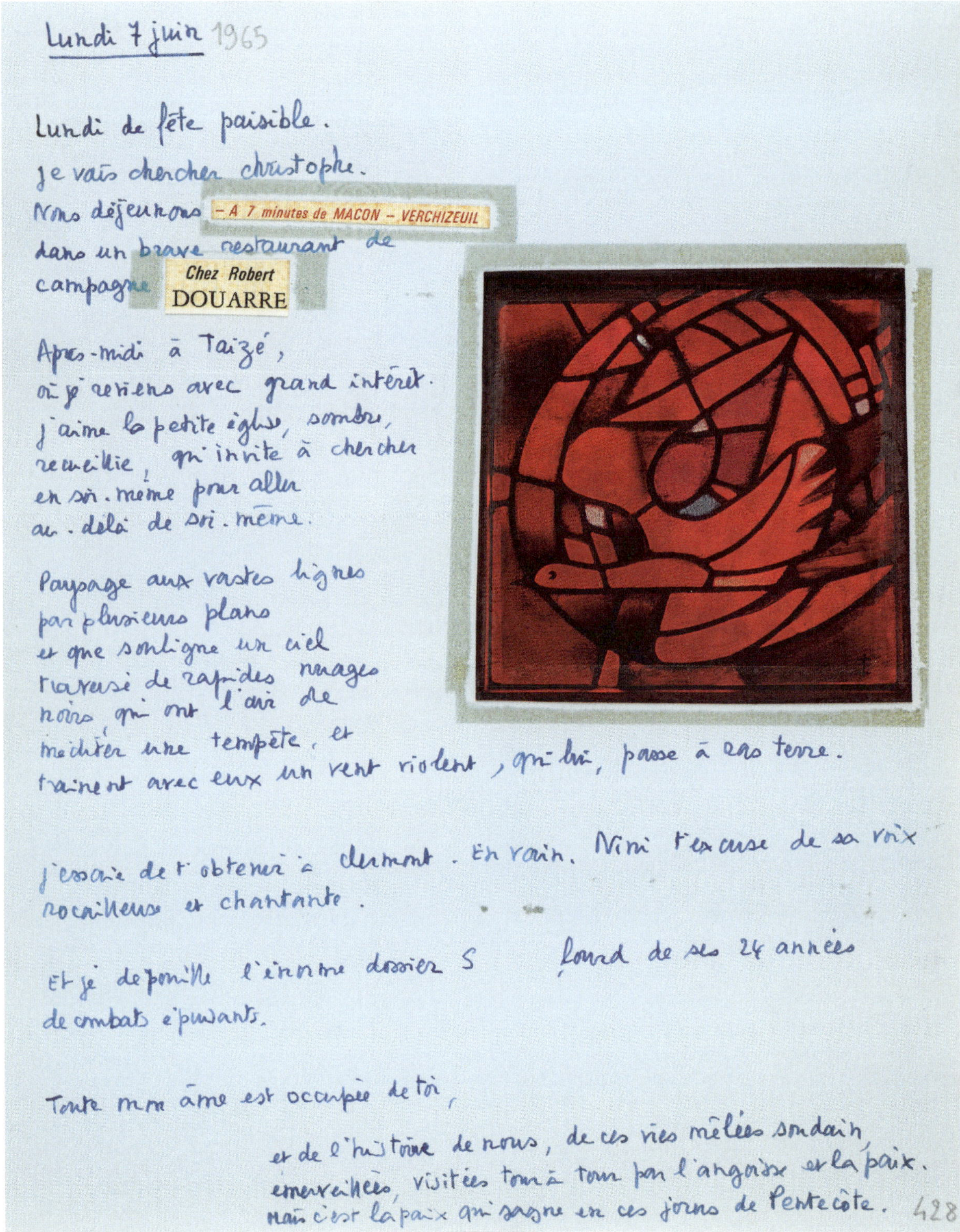

Lundi 7 juin 1965

Lundi de fête paisible.
Je vais chercher Christophe.
Nous déjeunons – A 7 minutes de MACON – VERCHIZEUIL
dans un brave restaurant de
campagne Chez Robert DOUARRE

Après-midi à Taizé,
où je reviens avec grand intérêt.
J'aime la petite église, sombre,
recueillie, qui invite à chercher
en soi-même pour aller
au-delà de soi-même.

Paysage aux vastes lignes
par plusieurs plans
et que souligne un ciel
traversé de rapides nuages
noirs, qui ont l'air de
méditer une tempête, et
traînent avec eux un vent violent, qui lui, passe à ras terre.

J'essaie de t'obtenir à Clermont. En vain. Nini t'excuse de sa voix
rocailleuse et chantante.

Et je dépouille l'énorme dossier S lourd de ses 24 années
de combats épuisants.

Toute mon âme est occupée de toi,
et de l'histoire de nous, de ces vies mêlées soudain,
émerveillées, visitées tour à tour par l'angoisse et la paix.
Mais c'est la paix qui gagne en ces jours de Pentecôte. 428

428
Lundi 7 juin

Lundi de fête paisible. Je vais chercher Christophe. Nous déjeunons – à 7 minutes de Mâcon – Verchizeuil dans un brave restaurant de campagne Chez Robert Douarre.

Après-midi à Taizé, où je reviens avec grand intérêt. J'aime la petite église, sombre, recueillie, qui invite à chercher en soi-même pour aller au-delà de soi-même.
Paysage aux vastes lignes par plusieurs plans et que souligne un ciel traversé de rapides nuages noirs, qui ont l'air de méditer une tempête, et traînent avec eux un vent violent, qui lui, passe à ras terre.

J'essaie de t'obtenir à Clermont. En vain. Nini t'excuse de sa voix rocailleuse et chantante.

Et je dépouille l'énorme dossier S., lourd de ses 24 années de combats épuisants.

Toute mon âme est occupée de toi, et de l'histoire de nous, de ces vies mêlées soudain, émerveillées, visitées tour à tour par l'angoisse et la paix. Mais c'est la paix qui gagne en ces jours de Pentecôte.

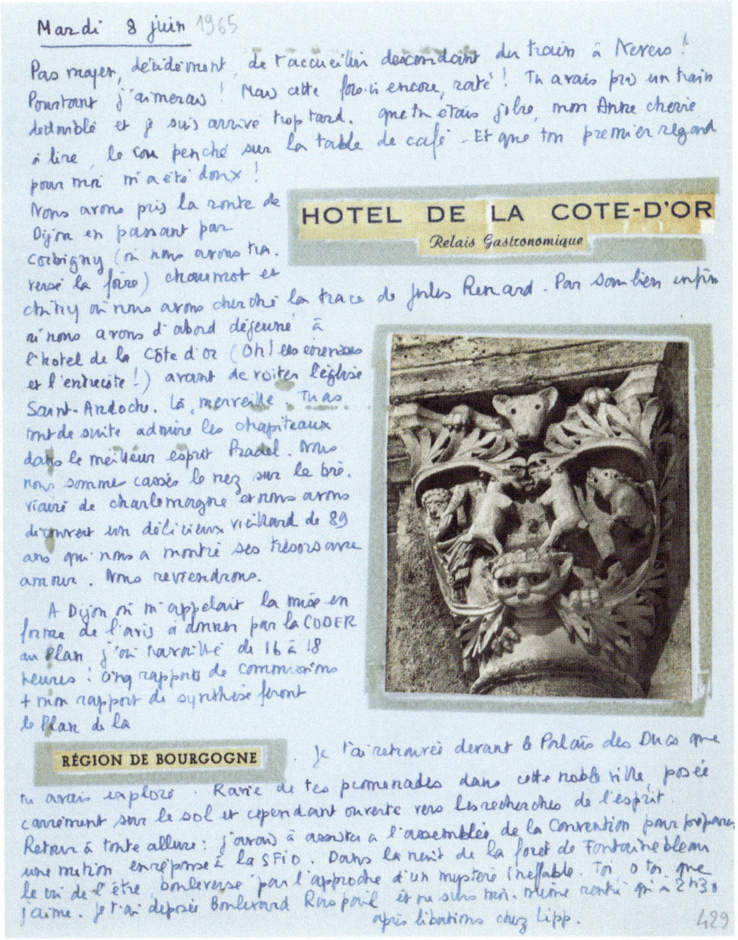

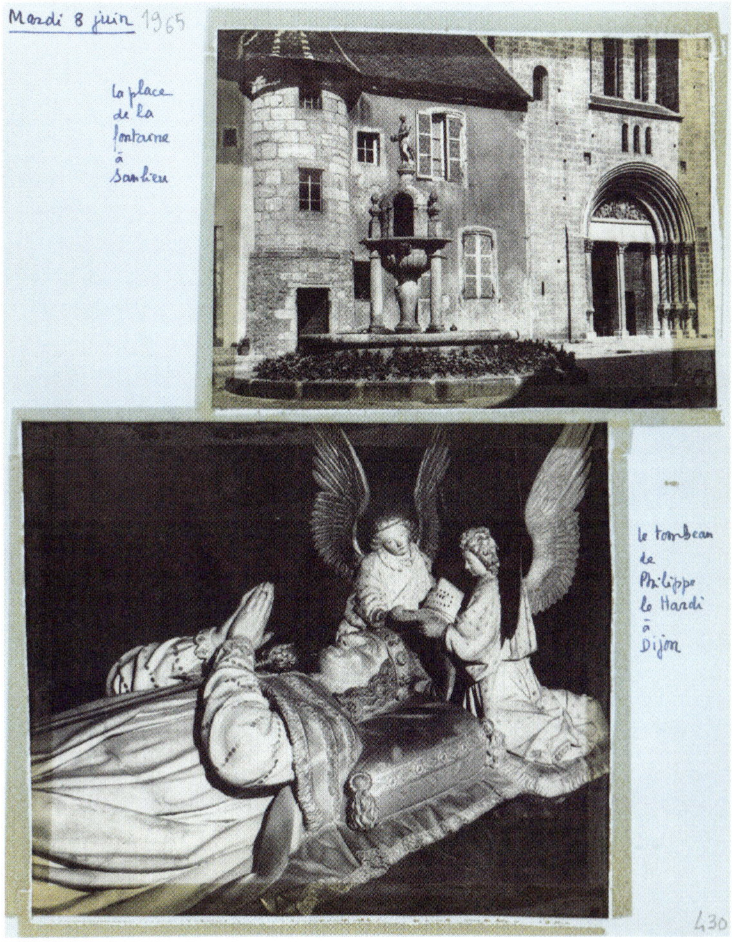

429
Mardi 8 juin

Pas moyen, décidément, de t'accueillir descendant du train à Nevers ! Pourtant j'aimerais ! Mais cette fois-ci encore, raté ! Tu avais pris un train dédoublé et je suis arrivé trop tard. Que tu étais jolie, mon Anne chérie à lire, le cou penché sur la table de café. Et que ton premier regard pour moi m'a été doux !
Nous avons pris la route de Dijon en passant par Corbigny (où nous avons traversé la foire) Chaumot et Chitry où nous avons cherché la trace de Jules Renard. Par Saulieu enfin où nous avons d'abord déjeuné à l'Hôtel de la Côte d'Or (Oh ! les écrevisses et l'entrecôte !) avant de visiter l'église Saint-Andoche. Là, merveille. Tu as tout de suite admiré les chapiteaux dans le meilleur esprit Pradel. Nous nous sommes cassé le nez sur le bréviaire de Charlemagne et nous avons découvert un délicieux vieillard de 89 ans qui nous a montré ses trésors avec amour. Nous reviendrons.
A Dijon où m'appelait la mise en forme de l'avis à donner par la CODER au Plan, j'ai travaillé de 16 à 18 heures : Cinq rapports de commissions + mon rapport de synthèse feront le Plan de la région de Bourgogne. Je t'ai retrouvée devant le Palais des Ducs que tu avais exploré. Ravie de tes promenades dans cette noble ville, posée carrément sur le sol et cependant ouverte vers les recherches de l'esprit.
Retour à toute allure : j'avais à assister à l'assemblée de la Convention pour préparer une motion en réponse à la SFIO. Dans la nuit de la forêt de Fontainebleau le cri de l'être, bouleversé par l'approche d'un mystère ineffable. Toi, O toi, que j'aime. Je t'ai déposée Boulevard Raspail et ne suis moi-même rentré qu'à 2 h 30 après libations chez Lipp.

430
Mardi 8 juin

La place de la fontaine à Saulieu
Le tombeau de Philippe le Hardi à Dijon

431
Mercredi 9 juin

Ce mot précautionneux émane de Tran Van-Ka ancien vice-Pt de l'Assemblée de l'Union française et ambassadeur du Viet-nam à Washington qui déjeunait comme nous au restaurant le Lotus d'Or

– Mademoiselle, Puis-je savoir si votre compagnon est bien S. E. le Président Mitterand ? Avec mes excuses. Si oui j'aimerais bien me présenter.

Cela nous rappellera un repas où il faisait bon être ensemble.

J'arrivais avec toi d'une réunion des responsables H. 80 où Defferre a préparé la procédure « Fédérale ». Tu étais venue me chercher Place de l'Opéra.
Un saut chez Clavreuil où j'ai commandé des livres d'Histoire intéressants et l'excellente « Renaissance italienne » de Gebhart et je suis allé au Palais de justice où j'ai plaidé l'affaire S… qui dure depuis sept ans sur le plan judiciaire et oppose deux époux ennemis depuis… vingt-quatre ans. La haine est vigilante, tenace, incorruptible. J'en suis sorti épuisé. Retour chez Clavreuil. Achat d'une belle édition de « la vie du Roi René ».

Au téléphone Régine m'a appris que tu étais admissible au Droit. Quel plaisir, ma chérie : voilà un autre « ouf » bien mérité !
Je t'accompagne rue d'Assas pour voir les notes : 14 Droit Civil. 5 Hist des Institutions. Rattrapage par les T.P. Ça va. Un peu juste sans doute mais, pour le Droit Civil, chapeau bas ! Nous revenons ravis, étourdis, presque silencieux.

Je dîne chez Nicolaÿ.

432
Mercredi 9 juin

Première photo. La fantastique promenade de White dans l'espace.

Jeudi 10 juin 1965

A mi-chemin

GASTON DEFFERRE a eu le mérite de convaincre ses amis socialistes que leur parti devait sortir de son immobilisme et ce résultat n'est pas médiocre. Mais il n'a pas pu, lors du congrès de Clichy, obtenir d'eux une réponse claire sur les voies d'avenir où ils acceptent de s'engager ; et il n'a pas réussi à cet égard ce qu'il avait annoncé aux dirigeants du M.R.P. et du Centre des Démocrates.

Il s'était engagé, en effet, à soumettre à la S.F.I.O. un ensemble de propositions dont l'adoption aurait manifesté une volonté indiscutable de dépassement des clivages anciens et transformé les conditions de dialogue entre les socialistes et les autres démocrates de progrès. Certaines de ces propositions, certes améliorables, visaient à créer un instrument politique nouveau, capable d'organiser un mouvement majoritaire à partir des formations anciennes. D'autres, indissociables des précédentes, devaient éliminer des facteurs de division sur des points importants et litigieux concernant le programme ou les alliances de la future Fédération : répudiation du collectivisme, exclusion de toute possibilité de collusion avec le parti communiste — la force majoritaire à créer ne devant dépendre d'aucune manière de l'appoint de ses suffrages, non plus que de ceux de la droite conservatrice et nationaliste —, refus d'évoquer la question scolaire dans la motion du congrès socialiste.

Comme, par ailleurs, il assurait qu'il n'accepterait aucun compromis, ses interlocuteurs estimaient avoir reçu la garantie que, s'il l'emportait, sa victoire serait franche et lui conférerait du même coup l'autorité et la liberté d'action nécessaires pour vaincre les résistances et engager son parti dans la voie d'une transformation sans précédent.

Les assurances ainsi prodiguées ont été déterminantes aux yeux des membres du Comité des Démocrates, lorsqu'ils ont constaté la convergence de déclarations de Gaston Defferre avec leurs propres orientations. Elles ont été déterminantes aux yeux des dirigeants M.R.P. lorsqu'ils ont recommandé, au congrès de Vichy, l'adoption du principe de la proposition Defferre. Notre Mouvement, en ce qui le concerne, et non sans mérite du fait de certains événements récents, a pris courageusement ses risques et ses responsabilités, faisant la part de chemin qui lui incombait. En motivant son accord, il n'a fait qu'expliciter les bases du dialogue qui avaient été étudiées et admises de part et d'autre au cours de ces entretiens.

Le congrès socialiste, par contre, n'a pas permis à Gaston Defferre de faire prévaloir toutes ses intentions. Certes, le maire de Marseille a réussi, au prix d'un âpre combat, à faire admettre, contre les réserves des traditionnalistes de la S.F.I.O., le dispositif formel de sa Fédération. Mais en acceptant une motion de compromis, sur des points essentiels rappelés ci-dessus ; en laissant créer une équivoque suffisante pour contenter ses adversaires les plus acharnés et noyer ses orientations dans un vote unanime, il a manqué une occasion qui aurait pu être décisive, de faire clairement reconnaître le contenu politique nécessaire pour rendre ce dispositif opérant. Le renouvellement des organismes directeurs du parti a d'ailleurs traduit cette confusion. Le sens donné par le parti socialiste à la réforme proposée demeure donc incertain. Malgré les résultats obtenus par Gaston Defferre, le sentiment manifesté par le congrès a été bien plus orienté vers une coalition très étroite de partis autour d'un programme à long terme, que vers un dépassement du particularisme propre de chaque formation ; vers un regroupement de la « famille socialiste », que vers une large Fédération de tous les démocrates.

Joseph FONTANET

(Suite en page 2.)

MAIRIE DE MOLIETS-ET-MAA (LANDES)

RESTAURANT BERKELEY

433

433
Jeudi 10 juin

Voici l'article qui ruine l'espoir d'une Fédération où siégerait le M.R.P On en reparlera beaucoup ! L'affaire a occupé presque toute ma journée. En fin de soirée le téléphone n'a pas cessé de me relier avec Defferre, M. Faure, Hernu, JJ Servan-Schreiber etc… La réunion plénière de mardi est supprimée. Aura lieu une discussion « au sommet » entre 16 dirigeants qui devront aller de l'avant, ou rompre ce jour-là.
J'avais commencé ma matinée avec la joie de Laqui. Ça marche. Une lettre de la mairie de Moliets-et-Maa (Landes) m'a apporté la bonne nouvelle. J'ai déjeuné avec Pinay et Lecanuet au restaurant Berkeley invités par Dubois et Carmen Tessier. Débat avec Lecanuet sur la Fédération. Il me paraît peu désireux d'aboutir. Pinay très aimable et « arrangeant ».
Je t'avais vue le matin au Polo. Je t'ai retrouvée devant la mairie du XVIIIème : tu préparais dans le quartier ta colonie de Saint-Jean-de-Monts. En revenant nous avons fait nos bouquinistes. J'ai acheté une originale de Saint-Simon. Et nous avons rencontré Régine que nous avons ramenée au 39.

Je me mets à mon intervention sur la politique étrangère.
Il est tard. Je t'embrasse mon Anne radieuse.
Et je t'aime.

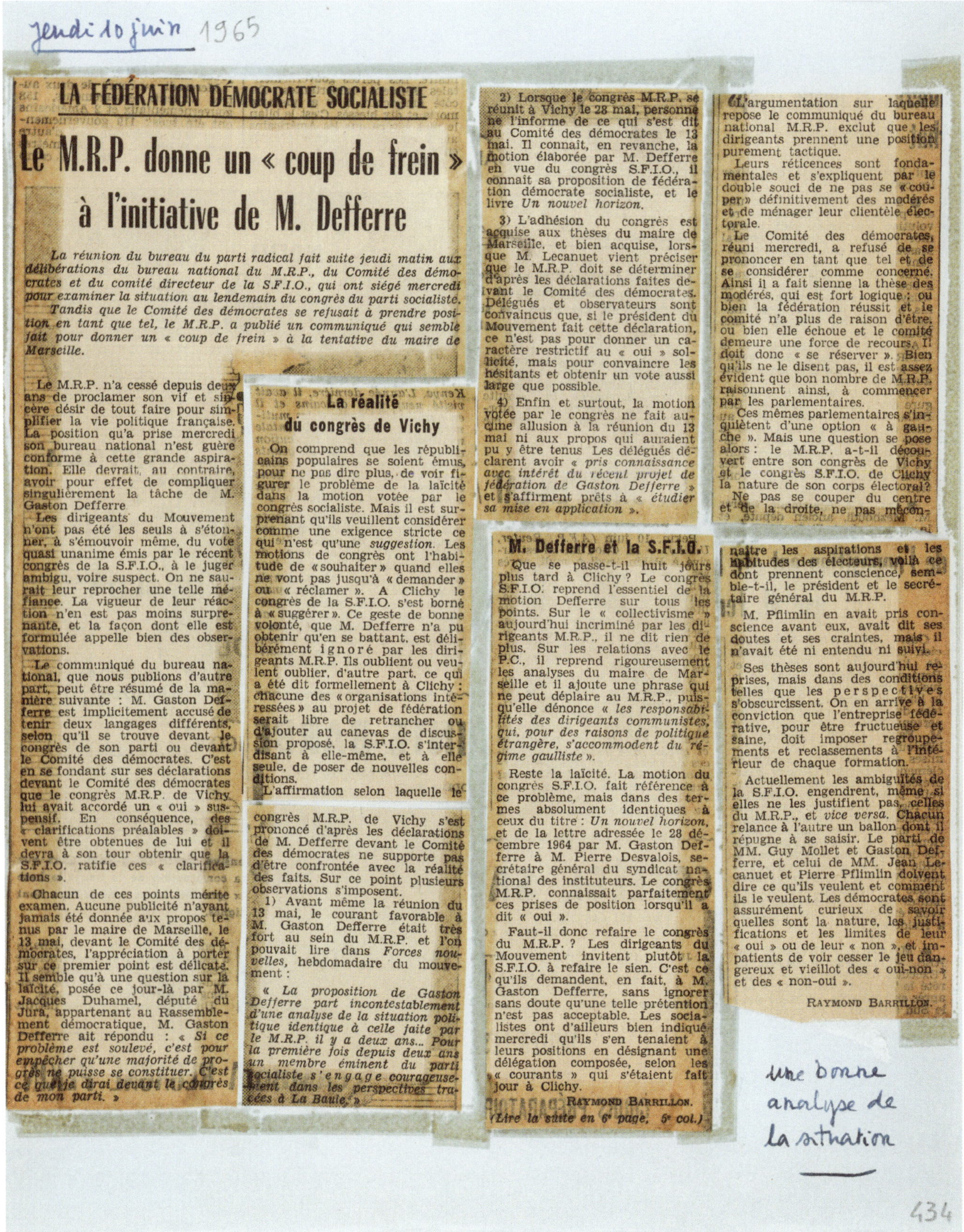

Jeudi 10 juin 1965

LA FÉDÉRATION DÉMOCRATE SOCIALISTE

Le M.R.P. donne un « coup de frein » à l'initiative de M. Defferre

La réunion du bureau du parti radical fait suite jeudi matin aux délibérations du bureau national du M.R.P., du Comité des démocrates et du comité directeur de la S.F.I.O., qui ont siégé mercredi pour examiner la situation au lendemain du congrès du parti socialiste.

Tandis que le Comité des démocrates se refusait à prendre position en tant que tel, le M.R.P. a publié un communiqué qui semble fait pour donner un « coup de frein » à la tentative du maire de Marseille.

Le M.R.P. n'a cessé depuis deux ans de proclamer son vif et sincère désir de tout faire pour simplifier la vie politique française. La position qu'a prise mercredi son bureau national n'est guère conforme à cette grande aspiration. Elle devrait, au contraire, avoir pour effet de compliquer singulièrement la tâche de M. Gaston Defferre.

Les dirigeants du Mouvement n'ont pas été les seuls à s'étonner, à s'émouvoir même, du vote quasi unanime émis par le récent congrès de la S.F.I.O., à le juger ambigu, voire suspect. On ne saurait leur reprocher une telle méfiance. La vigueur de leur réaction n'en est pas moins surprenante, et la façon dont elle est formulée appelle bien des observations.

Le communiqué du bureau national, que nous publions d'autre part, peut être résumé de la manière suivante : M. Gaston Defferre est implicitement accusé de tenir deux langages différents, selon qu'il se trouve devant le congrès de son parti ou devant le Comité des démocrates. C'est en se fondant sur ses déclarations devant le Comité des démocrates que le congrès M.R.P. de Vichy lui avait accordé un « oui » suspensif. En conséquence, des « clarifications préalables » doivent être obtenues de lui et il devra à son tour obtenir que la S.F.I.O. ratifie ces « clarifications ».

Chacun de ces points mérite examen. Aucune publicité n'ayant jamais été donnée aux propos tenus par le maire de Marseille, le 13 mai, devant le Comité des démocrates, l'appréciation à porter sur ce premier point est délicate. Il semble qu'à une question sur la laïcité, posée ce jour-là par M. Jacques Duhamel, député du Jura, appartenant au Rassemblement démocratique, M. Gaston Defferre ait répondu : « *Si ce problème est soulevé, c'est pour empêcher qu'une majorité de progrès ne puisse se constituer. C'est ce que je dirai devant le congrès de mon parti.* »

La réalité du congrès de Vichy

On comprend que les républicains populaires se soient émus, pour ne pas dire plus, de voir figurer le problème de la laïcité dans la motion votée par le congrès socialiste. Mais il est surprenant qu'ils veuillent considérer comme une exigence stricte ce qui n'est qu'une *suggestion*. Les motions de congrès ont l'habitude de « souhaiter » quand elles ne vont pas jusqu'à « demander » ou « réclamer ». A Clichy le congrès de la S.F.I.O. s'est borné à « suggérer ». Ce geste de bonne volonté, que M. Defferre n'a pu obtenir qu'en se battant, est délibérément ignoré par les dirigeants M.R.P. Ils oublient ou veulent oublier, d'autre part, ce qui a été dit formellement à Clichy : chacune des « organisations intéressées » au projet de fédération serait libre de retrancher ou d'ajouter au canevas de discussion proposé, la S.F.I.O. s'interdisant à elle-même, et à elle seule, de poser de nouvelles conditions.

L'affirmation selon laquelle le congrès M.R.P. de Vichy s'est prononcé d'après les déclarations de M. Defferre devant le Comité des démocrates ne supporte pas d'être confrontée avec la réalité des faits. Sur ce point plusieurs observations s'imposent.

1) Avant même la réunion du 13 mai, le courant favorable à M. Gaston Defferre était très fort au sein du M.R.P. et l'on pouvait lire dans *Forces nouvelles*, hebdomadaire du mouvement :

« *La proposition de Gaston Defferre part incontestablement d'une analyse de la situation politique identique à celle faite par le M.R.P. il y a deux ans... Pour la première fois depuis deux ans un membre éminent du parti socialiste s'engage courageusement dans les perspectives tracées à La Baule.* »

2) Lorsque le congrès M.R.P. se réunit à Vichy le 28 mai, personne ne l'informe de ce qui s'est dit au Comité des démocrates le 13 mai. Il connaît, en revanche, la motion élaborée par M. Defferre en vue du congrès S.F.I.O., il connaît sa proposition de fédération démocrate socialiste, et le livre *Un nouvel horizon*.

3) L'adhésion du congrès est acquise aux thèses du maire de Marseille, et bien acquise, lorsque M. Lecanuet vient préciser que le M.R.P. doit se déterminer d'après les déclarations faites devant le Comité des démocrates. Délégués et observateurs sont convaincus que, si le président du Mouvement fait cette déclaration, ce n'est pas pour donner un caractère restrictif au « oui » sollicité, mais pour convaincre les hésitants et obtenir un vote aussi large que possible.

4) Enfin et surtout, la motion votée par le congrès ne fait aucune allusion à la réunion du 13 mai ni aux propos qui auraient pu y être tenus Les délégués déclarent avoir « *pris connaissance avec intérêt du récent projet de fédération de Gaston Defferre* » et s'affirment prêts à « *étudier sa mise en application* ».

M. Defferre et la S.F.I.O.

Que se passe-t-il huit jours plus tard à Clichy ? Le congrès S.F.I.O. reprend l'essentiel de la motion Defferre sur tous les points. Sur le « collectivisme » aujourd'hui incriminé par les dirigeants M.R.P., il ne dit rien de plus. Sur les relations avec le P.C., il reprend rigoureusement les analyses du maire de Marseille et il ajoute une phrase qui ne peut déplaire au M.R.P., puisqu'elle dénonce « *les responsabilités des dirigeants communistes, qui, pour des raisons de politique étrangère, s'accommodent du régime gaulliste* ».

Reste la laïcité. La motion du congrès S.F.I.O. fait référence à ce problème, mais dans des termes absolument identiques à ceux du titre : *Un nouvel horizon*, et de la lettre adressée le 28 décembre 1964 par M. Gaston Defferre à M. Pierre Desvalois, secrétaire général du syndicat national des instituteurs. Le congrès M.R.P. connaissait parfaitement ces prises de position lorsqu'il a dit « oui ».

Faut-il donc refaire le congrès du M.R.P. ? Les dirigeants du Mouvement invitent plutôt la S.F.I.O. à refaire le sien. C'est ce qu'ils demandent, en fait, à M. Gaston Defferre, sans ignorer sans doute qu'une telle prétention n'est pas acceptable. Les socialistes ont d'ailleurs bien indiqué mercredi qu'ils s'en tenaient à leurs positions en désignant une délégation composée, selon les « courants » qui s'étaient fait jour à Clichy.

RAYMOND BARRILLON.

(Lire la suite en 6ᵉ page, 5ᵉ col.)

L'argumentation sur laquelle repose le communiqué du bureau national M.R.P. exclut que les dirigeants prennent une position purement tactique.

Leurs réticences sont fondamentales et s'expliquent par le double souci de ne pas se « couper » définitivement des modérés et de ménager leur clientèle électorale.

Le Comité des démocrates, réuni mercredi, a refusé de se prononcer en tant que tel et de se considérer comme concerné. Ainsi il a fait sienne la thèse des modérés, qui est fort logique : ou bien la fédération réussit et le comité n'a plus de raison d'être, ou bien elle échoue et le comité demeure une force de recours. Il doit donc « se réserver ». Bien qu'ils ne le disent pas, il est assez évident que bon nombre de M.R.P. raisonnent ainsi, à commencer par les parlementaires.

Ces mêmes parlementaires s'inquiètent d'une option « à gauche ». Mais une question se pose alors : le M.R.P. a-t-il découvert entre son congrès de Vichy et le congrès S.F.I.O. de Clichy la nature de son corps électoral? Ne pas se couper du centre et de la droite, ne pas méconnaître les aspirations et les habitudes des électeurs, voilà ce dont prennent conscience, semble-t-il, le président et le secrétaire général du M.R.P.

M. Pflimlin en avait pris conscience avant eux, avait dit ses doutes et ses craintes, mais il n'avait été ni entendu ni suivi.

Ses thèses sont aujourd'hui reprises, mais dans des conditions telles que les perspectives s'obscurcissent. On en arrive à la conviction que l'entreprise fédérative, pour être fructueuse et saine, doit imposer regroupements et reclassements à l'intérieur de chaque formation.

Actuellement les ambiguïtés de la S.F.I.O. engendrent, même si elles ne les justifient pas, celles du M.R.P., et *vice versa*. Chacun relance à l'autre un ballon dont il répugne à se saisir. Le parti de MM. Guy Mollet et Gaston Defferre, et celui de MM. Jean Lecanuet et Pierre Pflimlin doivent dire ce qu'ils veulent et comment ils le veulent. Les démocrates sont assurément curieux de savoir quelles sont la nature, les justifications et les limites de leur « oui » ou de leur « non », et impatients de voir cesser le jeu dangereux et vieillot des « oui-non » et des « non-oui ».

RAYMOND BARRILLON.

une bonne analyse de la situation

434

434

Jeudi 10 juin

« La Fédération démocrate socialiste » Le M.R.P. donne un « coup de frein » à l'initiative de M. Defferre

Une bonne analyse de la situation

435
Vendredi 11 juin

Premier soin de ce jour : aller chercher Monsieur Oremus, le boxer, à « La Niche ». Tu l'aimes aussitôt vu et tu l'emportes.

Je rencontre J.J.S.S. à l'Express et tu m'attends rue de Berri.
Conversation approfondie sur la préparation de mardi.
Au déjeuner, un de mes camarades de Saint-Paul venu me voir et que je retiens à table. Je regardais son visage comme on déchiffre un miroir.

Toi de nouveau. Temps lourd, presqu'insupportable. A Saint-Hubert nous abreuvons Oremus et nous entamons Allemagne la valse des questions internationales tirées Vietnam du cours (fumeux) de Pinto. Allemagne, Viet-Nam, Chine, Laos, etc… Mais l'élève Chine et le répétiteur s'égarent et par les Mesnuls retrouvent la piste de Gambaiseuil.
Orage intérieur. Paix. Léger trouble. Amour.
Ma soirée se passe à collationner mes fiches sur la politique extérieure. J'interviendrai jeudi, juste avant Debré. J'essaie de définir les lignes de force, de cerner les contradictions fondamentales d'une politique d'humeur, celle de De Gaulle.

Toi tu dors après avoir vaille que vaille casé le seigneur Oremus.
Et je pense à toi très doucement.

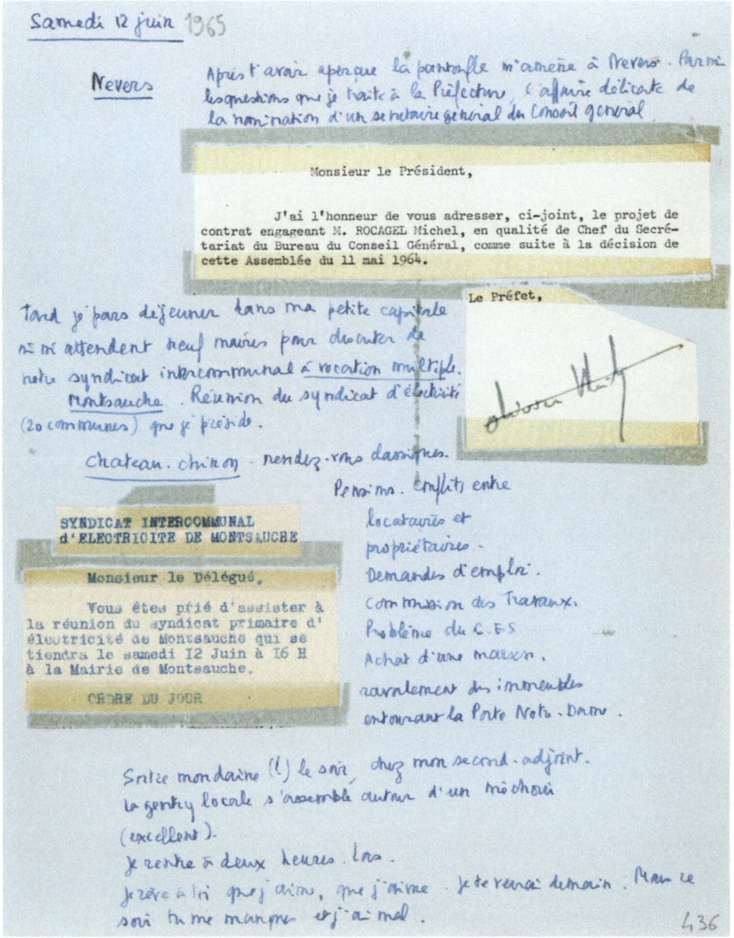

436
Samedi 12 juin

Nevers
Après t'avoir aperçue la pantoufle m'amène à Nevers. Parmi les questions que je traite à la Préfecture, l'affaire délicate de la nomination d'un secrétaire général du Conseil Général.
Tard je pars déjeuner dans ma petite capitale où m'attendent neuf maires pour discuter de notre syndicat intercommunal à vocation multiple.

Montsauche.
Réunion du syndicat d'électricité (20 communes) que je préside.

Château-Chinon. Rendez-vous classiques.
Pensions. Conflits entre locataires et propriétaires. Demandes d'emploi. Commission des travaux. Problème du C.E.S. Achat d'une maison. Ravalement des immeubles entourant la Porte Notre-Dame.

Sortie mondaine (!) le soir, chez mon second adjoint. La gentry locale s'assemble autour d'un méchoui (excellent).
Je rentre à deux heures. Las.
Je rêve à toi que j'aime, que j'aime. Je te verrai demain. Mais ce soir tu me manques et j'ai mal.

437
Dimanche 13 juin

Ce billet a une histoire : c'est le laissez-passer d'Oremus, ton compagnon du rail d'aujourd'hui. 50 %, tarif chien.
Gédéon m'avait précédé à Nevers et t'avait accueillie sur le quai. Je vous ai trouvées sous le soleil écrasant de midi, attablées devant je ne sais quel jus de fruit ! Bonheur de vous voir.
La Charité : première étape avant d'aller déjeuner à Saint-Satur Le Laurier où le restaurant Le Laurier nous a offert bonne chère et fraîcheur. Là, Oremus a fait ses premiers pas de chien libre ! Repas doux, calme, où notre entente distillait une profonde paix. Néanmoins Gédé était fatiguée (et nous aussi !). Elle a emmené ton fils adoptif et nous sommes, nous, partis vers le nord. Tu as un peu dormi. Voici le château de Blancafort, que tu n'as pas voulu voir. Mais c'est à Saint-Benoît sur Loire que nous avons connu (à nouveau) la parfaite beauté. Plénitude. Harmonie. Le chœur, un des chefs-d'œuvre universels.
Travaillé à notre si chère auberge du Port, jusqu'au soleil couchant.
Lasse, tu as été mon Anne bien-aimée, sur la route de Paris, kafkaïenne.
Demain : le Droit.
Dors bien, mon chéri.

438
Lundi 14 juin

Vive Anne Polard : elle est reçue à sa première année de Droit. L'attaque paie ! (Et aussi, ma chérie, j'aime que cette année ait été féconde).

J'apprends la bonne nouvelle en t'appelant à 14 h 30. Je te retrouve aussitôt. Nous allons au Marais. En commençant par un moment à l'église des Blancs-Manteaux qui fut celle de mes premières attentes, de mes premiers bonheurs.
Nous allons ensuite à l'Hôtel de Rohan visiter l'expo. des pèlerins et chemins de Compostelle. Quel bon moment ! J'y ai connu un grand plaisir parmi ces objets, ces livres, ces images qui créaient un climat de ferveur, d'évasion, de recherche obstinée, comme les pas des pèlerins sur les routes de partout.

Tu as fait ensuite un saut aux « Métiers d'Art » et dit bonjour à « Art et Lumière ». Puis dans un Paris brûlant nous avons roulé… un peu trop tant c'était fatigant. Le soir, réception au Crillon pour le mariage St Périer. Hum ! Tu m'as rappelé le dîner du « Pot de Résine »… mais que tu étais jolie, blanche et or, satanée Anne que j'aime…

Compostelle
Un sceau d'une confrérie St Jacques.

439
Mardi 15 juin

Journée écrasante de chaleur. Tu m'accompagnes à H.80, le matin et nous nous promenons dans la cité de Rohan. Un coca-cola est le bienvenu !

Débat avec Defferre pour la préparation de la conférence qui réunit l'après-midi les délégués des partis et des clubs chargés de négocier la fédération.
Nous déjeunons vite (tu m'as attendu en lisant « l'Express » sur les marches de l'Opéra !) au Calypso, troquet pour chefs de rayon dans les grands magasins. On étouffe.

A quatre heures commence la conférence sur la Fédération, 17 participants dont j'ai dressé la liste, chez Jacques Duhamel.
Fontanet (MRP) très violent, d'emblée. Mollet, écumant, nerveux, visiblement exaspéré le soutient et attaque Defferre. On met deux heures à éviter de parler du sujet qui nous occupe. Je menace de partir si l'on s'en tient là.
Lecanuet cède et le vrai débat s'engage. Trois heures passent dans un relatif apaisement.

Lecanuet : « question à un démocrate chrétien : Est-ce qu'on baptise les mort-nés ? »
FM : « Oui pour les avortons. »

[plan de table – grand côté :] Colin Abelin Lecanuet Faure Billères Duhamel Vedel *[– petit bout de table :]* Lavau Chevrillon *[– petit bout en face :]* Fontanet Hernu
[– grand côté, face à Abelin :] Mitterrand Schmitt Mollet Quilliot Defferre JJ. Servan-Schreiber

Au moment des conclusions, le désaccord réapparaît. Vedel s'en prend à l'esprit de parti. Mollet ne cesse pas de détruire. Maurice Faure tente de concilier… ce qui est peut-être inconciliable. Nous nous séparons sur promesse de rendez-vous jeudi. Je suis pessimiste.

Je te raconte tout cela au cours d'une douce et belle balade le long des quais, dans la nuit. Et c'est un bonheur que de retrouver avec toi la sûreté du cœur et l'exigence de la beauté.

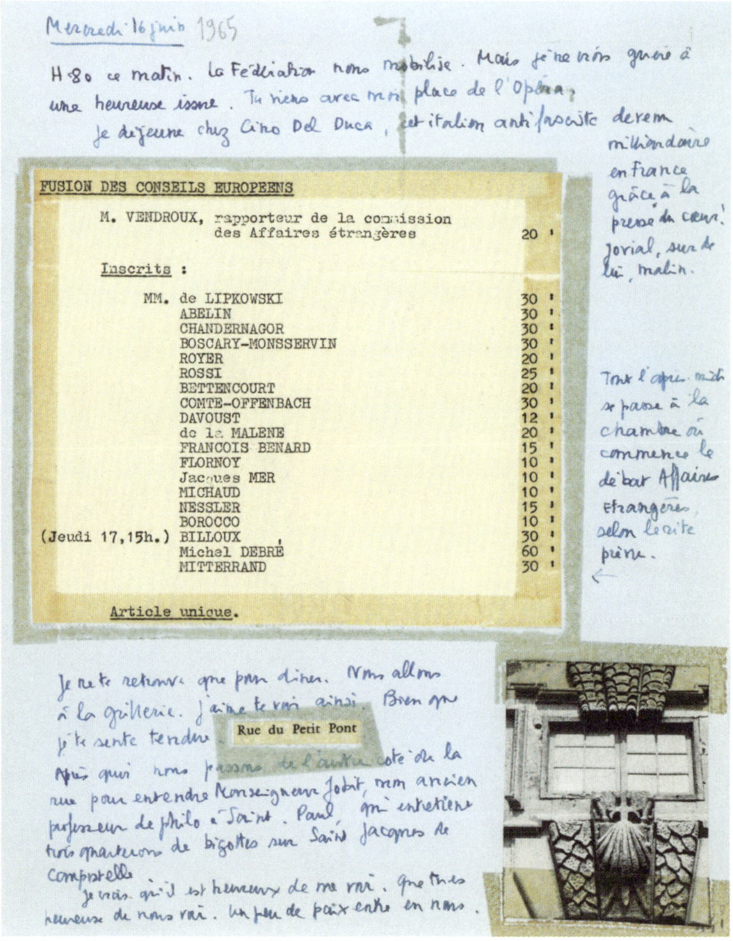

440
Mercredi 16 juin

441
Mercredi 16 juin

H. 80 ce matin. La Fédération nous mobilise. Mais je ne crois guère à une heureuse issue. Tu viens avec moi place de l'Opéra.
Je déjeune chez Cino Del Duca, cet Italien antifasciste devenu milliardaire en France grâce à la presse du cœur ! Jovial, sûr de lui, malin.
Tout l'après-midi se passe à la chambre où commence le débat Affaires Etrangères, selon le rite prévu.
Je ne te retrouve que pour dîner. Nous allons à la Grillerie. J'aime te voir ainsi. Bien que je te sente tendue. Rue du Petit Pont.
Après quoi nous passons de l'autre côté de la rue pour entendre Monseigneur Jobit, mon ancien professeur de philo à Saint-Paul, qui entretient trois quarterons de bigotes sur Saint Jacques de Compostelle.
Je crois qu'il est heureux de me voir. Que tu es heureuse de nous voir. Un peu de paix entre nous.

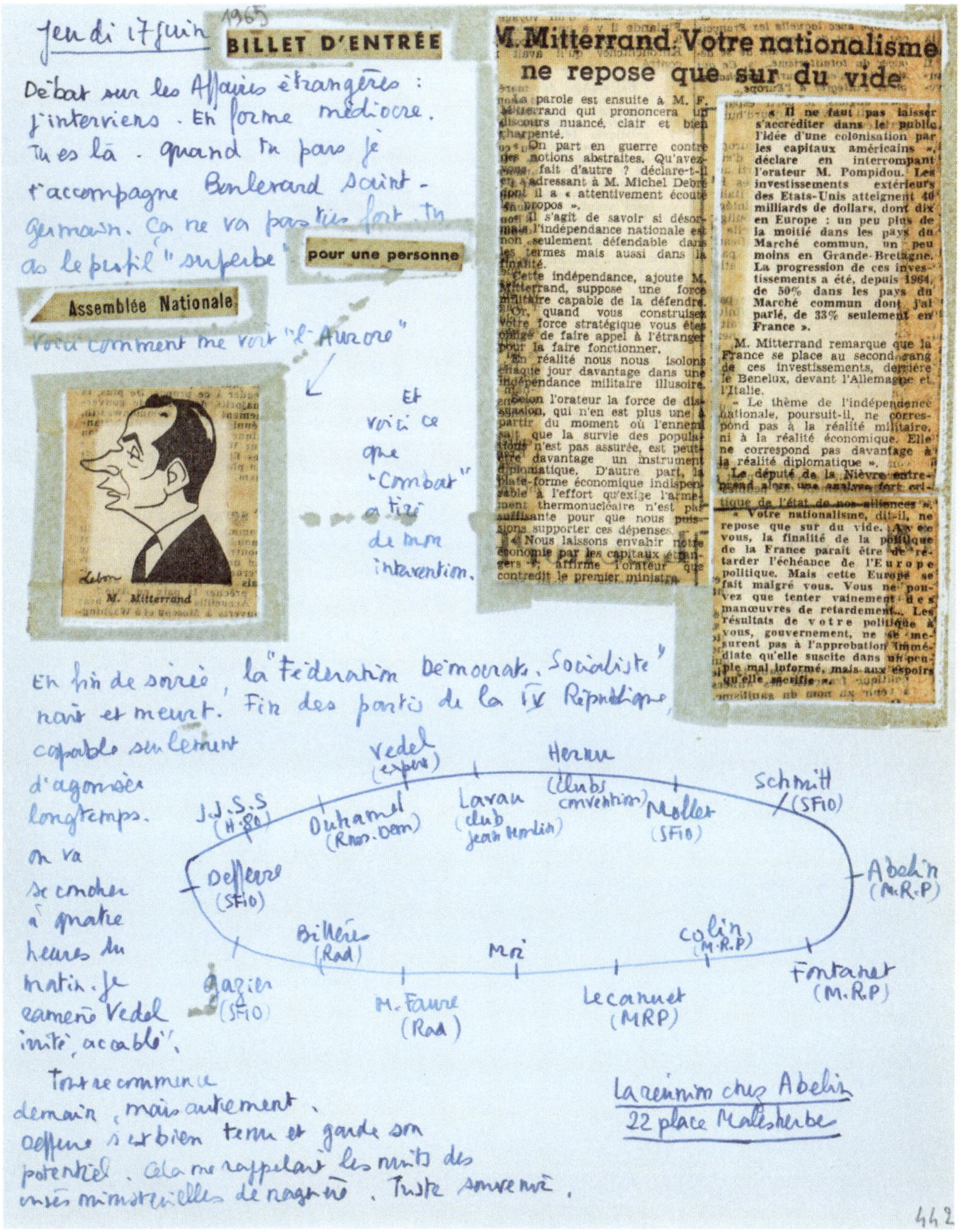

442

Jeudi 17 juin

Billet d'entrée

Débat sur les Affaires étrangères : j'interviens. En forme médiocre. Tu es là. Quand tu pars je t'accompagne Boulevard Saint-Germain. Ça ne va pas très fort. Tu as le profil « superbe » pour une personne Assemblée Nationale

Voici comment me voit « l'Aurore »
Et voici ce que « Combat » a tiré de mon intervention.
« M. Mitterrand : Votre nationalisme ne repose que sur du vide »
En fin de soirée, la « Fédération Démocrate-Socialiste » naît et meurt. Fin des partis de la IV République, capable seulement d'agoniser longtemps. On va se coucher à quatre heures du matin. Je ramène Vedel, irrité, accablé.
Tout recommence demain, mais autrement. Defferre s'est bien tenu et garde son potentiel. Cela me rappelait les nuits des crises ministérielles de naguère. Triste souvenir.

La réunion chez Abelin 22 place Malesherbes
[Plan de table :] Defferre (SFIO) J.J.S.S. (H. 80) Duhamel (Rass. Dem) Vedel (expert) Lavau (club Jean Moulin) Hernu (Clubs convention) Mollet (SFIO) Schmitt (SFIO) Abelin (M.R.P) Fontanet (M.R.P) Colin (M.R.P) Lecanuet (MRP) Moi M. Faure (Rad) Billères (Rad) Gazier (SFIO)

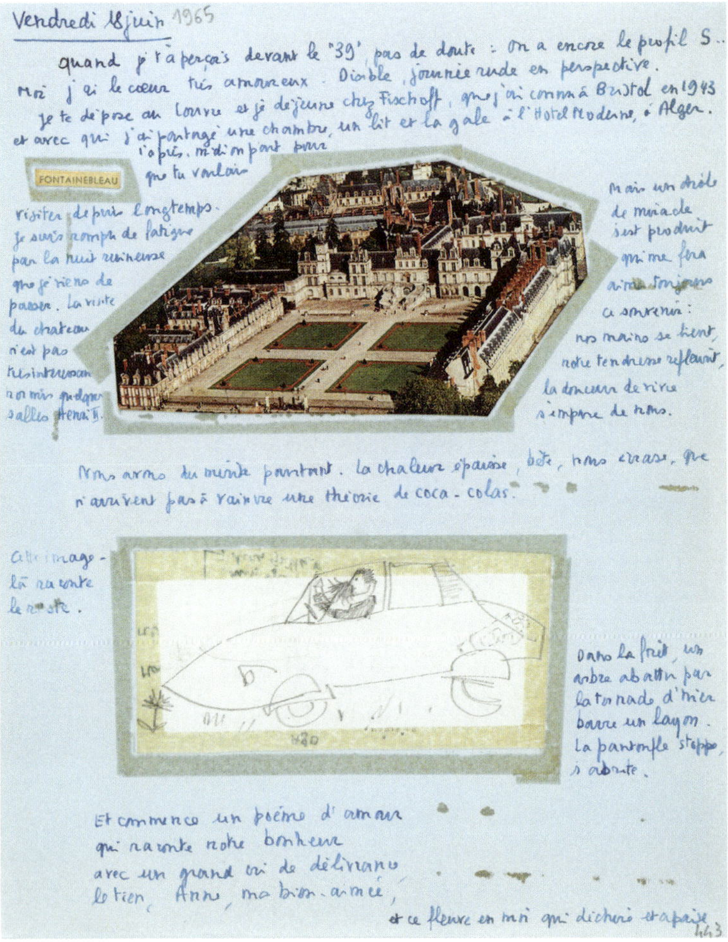

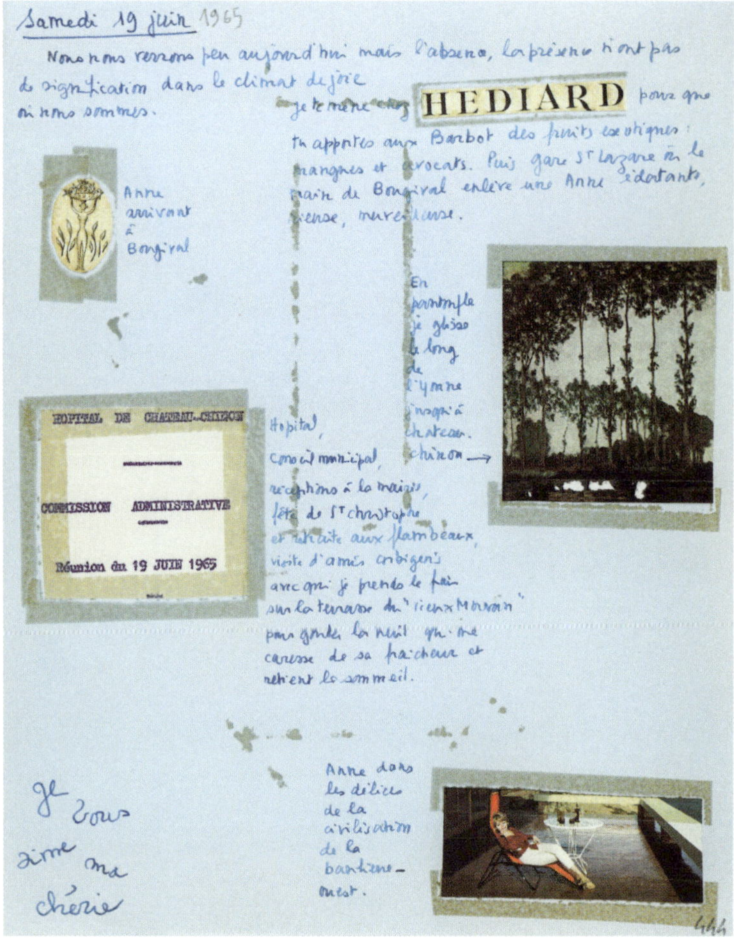

443
Vendredi 18 juin

Quand je t'aperçois devant le « 39 », pas de doute : on a encore le profil S… Moi j'ai le cœur très amoureux. Diable, journée rude en perspective.
Je te dépose au Louvre et je déjeune chez Fischoft, que j'ai connu à Bristol en 1943 et avec qui j'ai partagé une chambre, un lit et la gale à l'Hôtel Moderne, à Alger. L'après-midi on part pour Fontainebleau que tu voulais visiter depuis longtemps. Je suis rompu de fatigue par la nuit ruineuse que je viens de passer. La visite du château n'est pas très intéressante hormis quelques salles Henri II.
Mais un drôle de miracle s'est produit qui me fera aimer toujours ce souvenir : nos mains se lient, notre tendresse refleurit, la douceur de vivre s'empare de nous.
Nous avons du mérite pourtant. La chaleur épaisse, bête, nous écrase, que n'arrivent pas à vaincre une théorie de coca-colas.

Cette image-là raconte le reste.

Dans la forêt, un arbre abattu par la tornade d'hier barre un layon. La pantoufle stoppe, s'abrite.

Et commence un poème d'amour
qui raconte notre bonheur
avec un grand cri de délivrance
le tien, Anne, ma bien-aimée,
et ce fleuve en moi qui déchire et apaise

444
Samedi 19 juin

Nous nous verrons peu aujourd'hui mais l'absence, la présence n'ont pas de signification dans le climat de joie où nous sommes.
Je te mène chez Hédiard pour que tu apportes aux Barbot des fruits exotiques : mangues et avocats. Puis gare St Lazare où le train de Bougival enlève une Anne éclatante, rieuse, merveilleuse.

Anne arrivant à Bougival

En pantoufle je glisse le long de l'Yonne jusqu'à Château-Chinon

Hôpital, Conseil municipal, réceptions à la mairie, fête de St Christophe et retraite aux flambeaux, visite d'amis corbigeois avec qui je prends le frais sur la terrasse du « Vieux Morvan » pour goûter la nuit qui me caresse de sa fraîcheur et retient le sommeil.

Anne dans les délices de la civilisation de la banlieue-ouest.

Je vous aime ma chérie

445
Dimanche 20 juin

1) Journée en biais depuis qu'à 2 heures je t'ai retrouvée sur le quai de la
2) Gare de Laroche… ou plutôt au buffet…
3) Nous avons déjeuné sur le pouce à Pontigny et visité l'Abbaye.
4) A Troyes nous avons épuisé nos capacités touristiques : 2 musées, la cathédrale, Saint-Urbain…
5) Arrêt sur un coteau de Champagne peu après Estissac. Un champ de coquelicots et de bleuets. Etendus en
6) pleine terre, dans l'odeur des pins, toi et moi.
7) La nuit tombe. Le vent se lève
8) Amour. Un peu d'incertitude. Nous nous sommes mal guéris de la tristesse du début. Et pourtant, éclairs de joie. L'Amour en nous.
9) Après un dîner où tu es arrivée inanimée (inanition !) (le bon melon, le bon champagne de l'hôtel de Paris à Sens t'ont remise d'aplomb) j'ai dormi comme un sac (dans tes bras) en forêt de Fontainebleau.

446
Dimanche 20 juin

Union des syndicats d'initiative de la Nièvre
Le syndicat du malheur !

Ces deux cloches, tu l'as remarqué serviront de symbole à ce dimanche un peu raté, par la faute de vingt minutes prises par le syndicat d'initiative de la Nièvre ! Mort au tourisme !

Des Vierges à Troyes et leur clair sourire ont enchanté notre chemin – qui, ce dimanche, avait quelques cailloux ! Ainsi dans cette ville les beautés, nombreuses, sont éparses, mal reliées et doivent au visage de quelques statuettes l'unité qui attire – et retient.

Il manque un rien – et quoi ? – à Troyes pour atteindre à l'admirable. Juste le ton au-dessous. Sont-ce les dimensions qui ne sont jamais tout à fait parfaites, qui tendent au grandiose et s'éloignent de la plénitude qui serait celle d'une ville close ou d'un village exaltant ? La couleur de la pierre, peut-être.

447

Lundi 21 juin

Golf à la Boulie – avec O.D !
J'ai de multiples rendez-vous rue Guynemer dont 2 conseillers d'Etat pour l'étude d'un projet d'indemnisation des Français d'Algérie. Une innovation : nous déjeunons au restaurant Tiburce 28, Rue du Dragon avec un journaliste, Claude Krief, et Laurence et le repas est consacré à des discussions politiques. J'aime que tu sois témoin de mon action, que tu connaisses, de l'intérieur les problèmes qui se posent à moi.

Coup d'Etat : Boumedienne tient Alger.

Tout l'après-midi se déroule au 39. Mon Anne chérie, le bonheur existe. Il a ton visage et ton corps me le dit. T'aimer est ma grâce.
Et nous dînons chez les Soudet, à Viroflay en compagnie de Mendès France, de Lacharrière et de Thierry. Discussion vive et aussi libérale que semble l'être le débat qui oppose ici ces deux rhinocéros !
Mais tout est bon et fort en ce jour béni. Que je t'aime, mon Anne, que je t'aime. Thierry nous ramène avec Mendès. Toi nous disant au revoir et rentrant par le Cherche-Midi : joie.

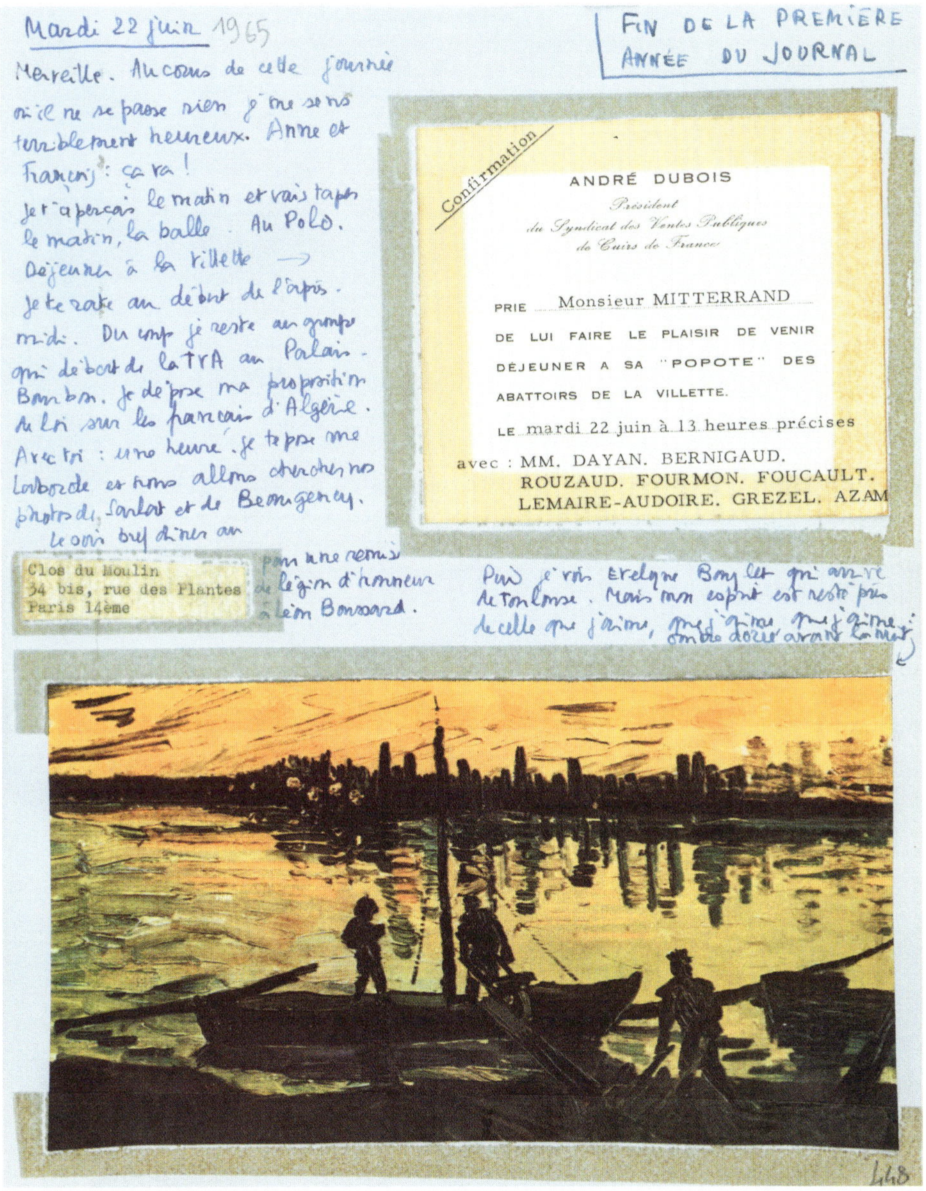

448
Mardi 22 juin

FIN DE LA PREMIERE ANNEE DU JOURNAL

Merveille. Au cours de cette journée où il ne se passe rien je me sens terriblement heureux. Anne et François : ça va !
Je t'aperçois le matin et vais taper le matin, la balle. Au Polo. Déjeuner à la Villette
Je te rate au début de l'après-midi. Du coup je reste au groupe qui débat de la TVA au Palais-Bourbon. Je dépose ma proposition de loi sur les Français d'Algérie. Avec toi : une heure. Je te pose rue Laborde et nous allons chercher nos photos de Sarlat et de Beaugency.
Le soir bref dîner au Clos du Moulin 34 bis, rue des Plantes Paris 14ème pour une remise de légion d'honneur à Léon Boussard.
Puis je vois Evelyne Baylet qui arrive de Toulouse. Mais mon esprit est resté près de celle que j'aime, que j'aime, que j'aime : ombre dorée avant la nuit *[Van Gogh]*

449
Mercredi 23 juin

450
Mercredi 23 juin

Encore la Chine, diras-tu !
Mais cette photo de Mao-Tsé-Tung, le maître de l'Empire céleste et de la plus dense nation, vaut d'être retenue pour nos archives !

451

Mercredi 23 juin

l'an dernier

Pas un détail n'a quitté ma mémoire. Je t'ai attendue à l'angle Saint-Placide et tu es venue à moi, lourde de tes valises, tandis qu'aux fenêtres du 39, loges du plus charmant théâtre, on se pressait au spectacle… Nous avons pris la route de Bourges où nous sommes arrivés trop tard pour visiter la cathédrale. Mais nous avions vécu auparavant l'heure intense de Saint-Benoît. Comme à Auvers ou à Morienval, comme à Cordes le temps s'est fait léger, semblable à quelqu'un qui s'immobilise pour ne pas déranger, ne pas arrêter ce que se disent à voix basse, regard clos, ceux qui s'aiment. Nous étions le centre de tout : la Loire coulait sous un ciel bleu qui tirait au gris et paraissait large comme à l'estuaire où elle devient elle-même océan, verte et remuée par les ressacs et ouverte sur on ne sait quoi où peu à peu elle se perdra, non sans laisser longtemps la trace de son courant, et je veux l'imaginer, l'image renversée de ses montagnes à la source et de toutes ces villes qu'elle traverse, et de l'auberge, près du port, à cent encablures de l'Abbaye où Abbon de Fleury… (demander la suite à la surdiplômée, Anne, fille de Diesel). Je t'ai aimée, mon amour. Et je t'aime ainsi depuis lors. O Saint-Benoît pardonnez-nous mais nous aimons passer par vos chemins ! Notre âme entend aussi l'écho des belles prières que les pierres de la foi et de la beauté offrent à Dieu de notre part. Merci Anne qui me donne tant sans rien me retirer.

Au Saint-Benoît des Yvelines, un champ, une haie, et là encore un ciel sans frontières, et toi, Anne, Anne, Anne

Un an après.

452
[Documents préparés, non collés.]

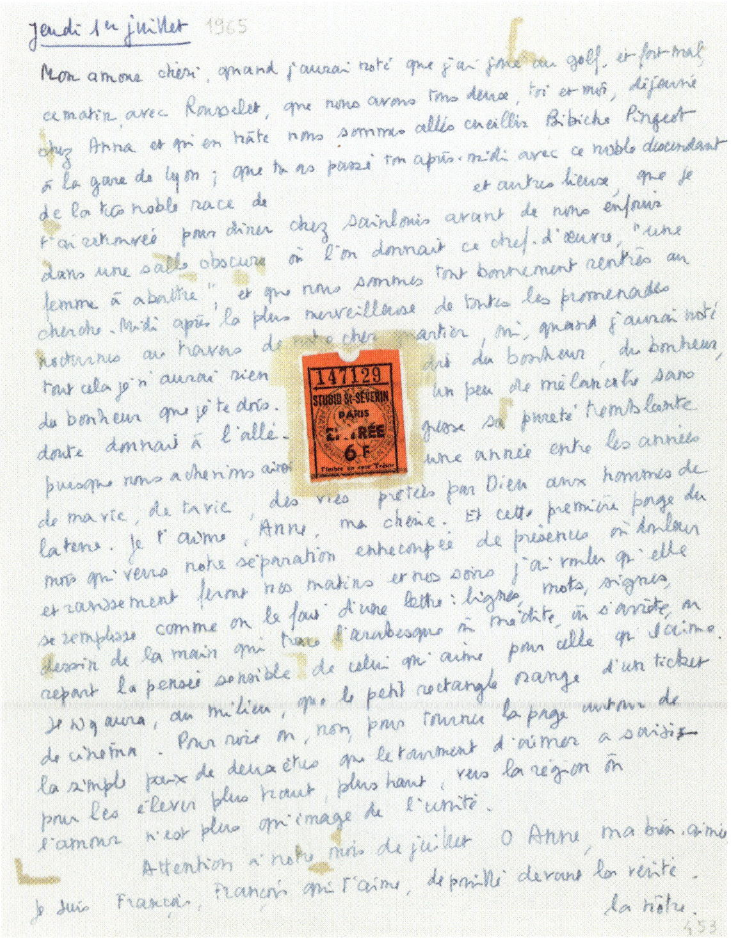

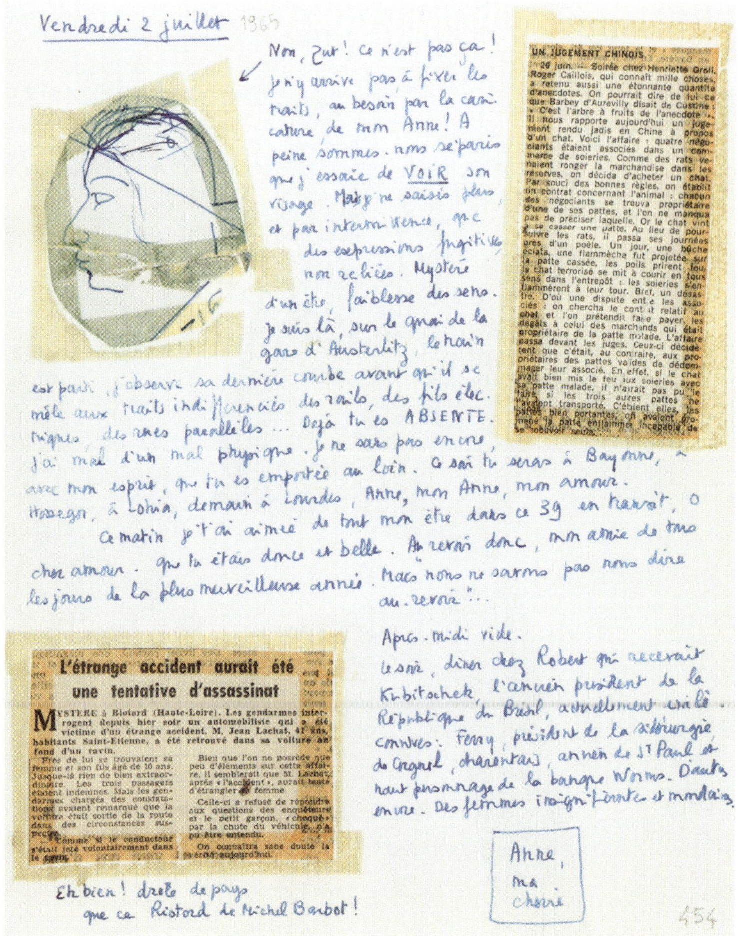

453
Jeudi 1er juillet

Mon amour chéri, quand j'aurai noté que j'ai joué au golf, et fort mal, ce matin, avec Rousselet, que nous avons tous deux, toi et moi, déjeuné chez Anna et qu'en hâte nous sommes allés cueillir Bibiche Pingeot à la gare de Lyon ; que tu as passé ton après-midi avec ce noble descendant de la très noble race de Louvet-le-Sec et autres lieux, que je t'ai retrouvée pour dîner chez Sainlouis avant de nous enfouir dans une salle obscure où l'on donnait ce chef-d'œuvre, « Une *[La]* femme à abattre », et que nous sommes tout bonnement rentrés au Cherche-Midi après la plus merveilleuse de toutes les promenades nocturnes au travers de notre cher quartier, oui, quand j'aurai noté tout cela je n'aurai rien dit du bonheur, du bonheur, du bonheur que je te dois. Un peu de mélancolie sans doute donnait à l'allégresse sa pureté tremblante puisque nous achevions ainsi une année entre les années de ma vie, de ta vie, des vies prêtées par Dieu aux hommes de la terre. Je t'aime, Anne, ma chérie. Et cette première page du mois qui verra notre séparation entrecoupée de présences où douleur et ravissement feront nos matins et nos soirs j'ai voulu qu'elle se remplisse comme on le fait d'une lettre : lignes, mots, signes, dessin de la main qui trace l'arabesque où médite, où s'arrête, ou repart la pensée sensible de celui qui aime pour celle qu'il aime. Il n'y aura, au milieu, que le petit rectangle orange d'un ticket de cinéma. Pour rire ou, non, pour tourner la page autour de la simple paix de deux êtres que le tourment d'aimer a saisis pour les élever plus haut, plus haut, vers la région où l'amour n'est plus qu'image de l'unité.
Attention à notre mois de juillet O Anne, ma bien-aimée je suis François, François qui t'aime, dépouillé devant la vérité –
la nôtre.

454
Vendredi 2 juillet

Non, zut ! Ce n'est pas ça ! Je n'y arrive pas, à fixer les traits, au besoin par la caricature, de mon Anne ! A peine sommes-nous séparés que j'essaie de VOIR son visage. Mais je ne saisis plus, et par intermittence, que des expressions fugitives, non reliées. Mystère d'un être, faiblesse des sens. Je suis là, sur le quai de la gare d'Austerlitz, le train est parti, j'observe sa dernière courbe avant qu'il se mêle aux traits indifférenciés des rails, des fils électriques, des rues parallèles… Déjà tu es ABSENTE. J'ai mal d'un mal physique. Je ne sais pas encore, avec mon esprit, que tu es emportée au loin. Ce soir tu seras à Bayonne, à Hossegor, à Lohia, demain à Lourdes, Anne, mon Anne, mon amour. Ce matin je t'ai aimée de tout mon être dans ce 39 en transit, O cher amour. Que tu étais douce et belle. Au revoir donc, mon amie de tous les jours de la plus merveilleuse année. Mais « nous ne savons pas nous dire au revoir »…
Après-midi vide.
Le soir, dîner chez Robert qui recevait Kubitschek, l'ancien président de la République du Brésil, actuellement exilé. Convives : Ferry, président de la sidérurgie, de Corgnol, charentais, ancien de St Paul et haut personnage de la banque Worms. D'autres encore. Des femmes insignifiantes et mondaines.

Eh bien ! drôle de pays que ce Riotord de Michel Barbot ! *[ce n'est pas le même, le sien est en Lozère]*

Anne, ma chérie

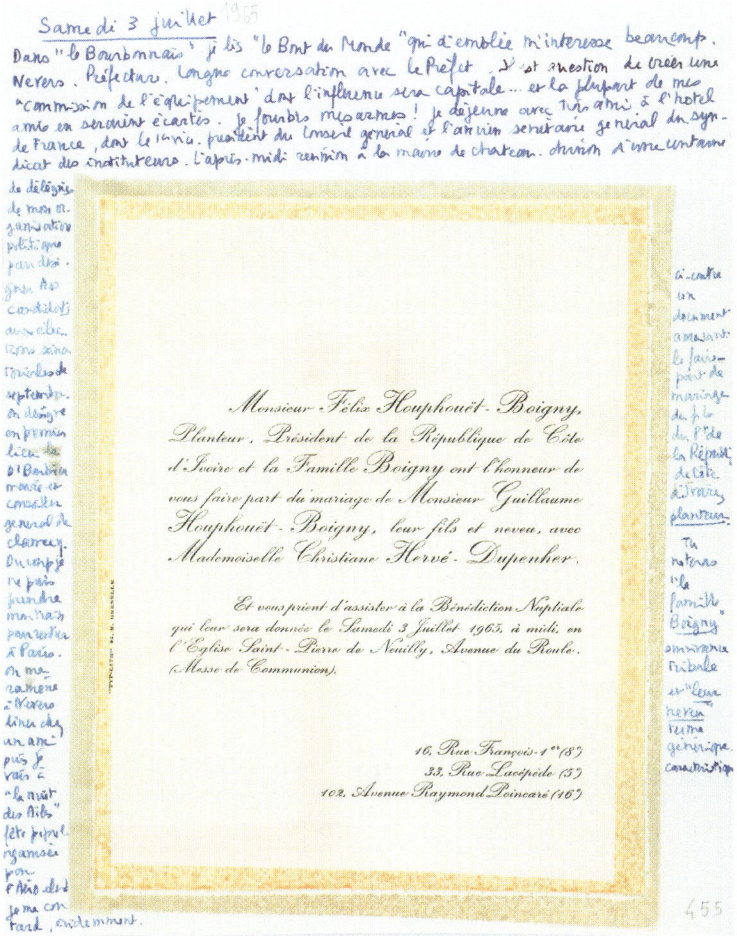

Monsieur Félix Houphouët-Boigny,
Planteur, Président de la République de Côte d'Ivoire et la Famille Boigny ont l'honneur de vous faire part du mariage de Monsieur Guillaume Houphouët-Boigny, leur fils et neveu, avec Mademoiselle Christiane Hervé-Dupenher.

Et vous prient d'assister à la Bénédiction Nuptiale qui leur sera donnée le Samedi 3 Juillet 1965, à midi, en l'Eglise Saint-Pierre de Neuilly, Avenue du Roule. (Messe de Communion).

16, Rue François-1er (8e)
33, Rue Lacépède (5e)
102, Avenue Raymond Poincaré (16e)

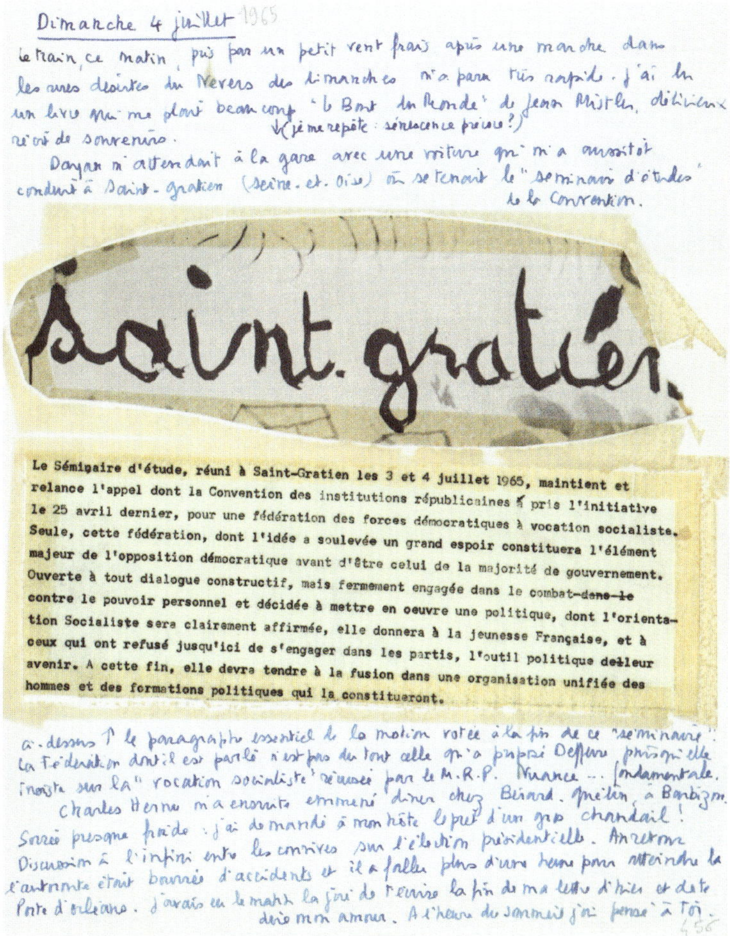

Le Sémipaire d'étude, réuni à Saint-Gratien les 3 et 4 juillet 1965, maintient et relance l'appel dont la Convention des institutions républicaines a pris l'initiative le 25 avril dernier, pour une fédération des forces démocratiques à vocation socialiste. Seule, cette fédération, dont l'idée a soulevée un grand espoir constituera l'élément majeur de l'opposition démocratique avant d'être celui de la majorité de gouvernement. Ouverte à tout dialogue constructif, mais fermement engagée dans le combat ~~dans le~~ contre le pouvoir personnel et décidée à mettre en oeuvre une politique, dont l'orientation Socialiste sera clairement affirmée, elle donnera à la jeunesse Française, et à ceux qui ont refusé jusqu'ici de s'engager dans les partis, l'outil politique de leur avenir. A cette fin, elle devra tendre à la fusion dans une organisation unifiée des hommes et des formations politiques qui la constitueront.

455
Samedi 3 juillet

Dans « le Bourbonnais » je lis « Le Bout du Monde » qui d'emblée m'intéresse beaucoup. Nevers. Préfecture. Longue conversation avec le Préfet. Il est question de créer une « Commission de l'équipement » dont l'influence sera capitale… et la plupart de mes amis en seraient écartés. Je fourbis mes armes ! Je déjeune avec trois amis à l'hôtel de France, dont le 1er vice-président du conseil général et l'ancien secrétaire général du syndicat des instituteurs. L'après-midi réunion à la mairie de Château-Chinon d'une centaine de délégués de mon organisation politique pour désigner nos candidats aux élections sénatoriales de septembre. On désigne en premier lieu le Dr Barbier maire et conseiller général de Clamecy. Du coup je ne puis prendre mon train pour rentrer à Paris. On me ramène à Nevers dîner chez un ami puis je vais à « La nuit des Ailes » fête populaire organisée par l'Aéro-club. Je me couche tard, évidemment.
Ci-contre un document amusant : le faire-part de mariage du fils du Pt de la République de Côte d'Ivoire, planteur. Tu noteras « la famille Boigny » survivance tribale et « leur neveu » terme générique caractéristique

456
Dimanche 4 juillet

Le train, ce matin, pris par un petit vent frais après une marche dans les rues désertes du Nevers des dimanches m'a paru très rapide. J'ai lu un livre qui me plaît beaucoup (je me répète : sénescence précoce ?) « Le Bout du Monde » de Jean Mistler, délicieux récit de souvenirs.
Dayan m'attendait à la gare avec une voiture qui m'a aussitôt conduit à Saint-Gratien (Seine-et-Oise) où se tenait le « séminaire d'études » de la Convention.
Ci-dessus le paragraphe essentiel de la motion votée à la fin de ce « séminaire ». La Fédération dont il est parlé n'est pas du tout celle qu'a proposée Defferre puisqu'elle insiste sur la « vocation socialiste » récusée par le M.R.P. Nuance… fondamentale.
Charles Hernu m'a ensuite emmené dîner chez Bérard-Quélin, à Barbizon. Soirée presque froide : j'ai demandé à mon hôte le prêt d'un gros chandail !
Discussion à l'infini entre les convives sur l'élection présidentielle. Au retour l'autoroute était bourrée d'accidents et il a fallu plus d'une heure pour atteindre la Porte d'Orléans. J'avais eu le matin la joie de t'écrire la fin de ma lettre d'hier et de te dire mon amour. A l'heure du sommeil j'ai pensé à toi.

<u>Lundi 5 juillet</u> 1965

Pas de lettre de toi, ce matin ! Du coup mon Anne m'apparaît sous les traits d'une horrible dame patronnesse qui ne mérite que l'indifférence <u>absolue</u> ← des niverno-charentais au cœur tendre.

Je me suis levé assez tard pour recevoir O.D sur le pied de mon lit : elle venait me chercher pour le golf. Minute divine, tu le supposes.

J'ai réglé beaucoup d'affaires entre dix heures et midi. Une frénésie de mise en ordre ! Après quoi j'ai déjeuné chez Dayan où j'ai interrogé sa fille Paule, (21 ans. 1ère année de droit passée avec succès) sur l'infâme mentalité des polards.

Tout de même j'ai cédé à O.D sur un point : le café bu j'ai gagné La Boulie dans sa voiture et tapé cent balles.

Après-midi très chargé en rendez-vous. Hernu et Borker, ce dernier délégué du Parti communiste et particulièrement de Waldeck Rochet, venu me parler d'une candidature que la presse met en avant → Cazaux, ancien préfet de la Nièvre, qui se passionne pour l'État de Bourgogne et connaît admirablement l'histoire de Charles le Téméraire. Bassot, un jeune journaliste d'extrême-droite. Michèle Cotta que je n'avais pas vue depuis longtemps. Enfin François de Grossouvre avec lequel j'ai dîné. Mais quelle joie quand, à 20h15, t'ayant appelée à Lourdes je t'entends, mon amour ! que tu es fatiguée mais que tu as bien fait d'approcher cette nouvelle et si importante expérience.

C'est rue maître albert (angle 73 quai de la tournelle) que Grossouvre m'a emmené pour un dîner paisible et couché tôt !

L'ARTICLE DE PIERRE CHARPY

Au tour de Mitterrand

Le pendule des sourciers de la politique, après avoir marqué un temps sur la tête de M. Maurice Faure, s'arrête sur celle de M. François Mitterrand.

Mendès-France, persistant dans son refus dédaigneux de s'intéresser à l'élection présidentielle, son ancien ministre de l'Intérieur paraît, pour l'instant, seul répondre à la définition du « candidat de la gauche » telle qu'elle ressort du colloque des « clubs ». (Voir nos informations en page 6.)

Il n'appartient pas à la S.F.I.O., il ne s'est pas — à la différence de Maurice Faure — « marqué à droite » au comité des démocrates, et les communistes n'ont pas contre lui les mêmes préventions que contre Defferre.

Partisan — et artisan — convaincu de feu la fédération, il n'en a pas la nostalgie au point de refuser une autre formule moins ambitieuse. « On ne peut fédérer, dit-il, que ceux qui veulent se fédérer. »

Mais s'il faut limiter la fédération à la S.F.I.O., au parti radical, à l'U.D.S.R., au P.S.U. et aux clubs, M. Mitterrand pense qu'on peut alors aller jusqu'à la fusion dans un grand parti à « vocation socialiste ».

Les dimensions de son propre parti — l'U.D.S.R. — ne sont évidemment pas un obstacle à cette fusion. Mais à gauche comme ailleurs, on rend plus d'hommages au talent de M. Mitterrand qu'à sa personne.

Les amateurs de folklore politique le reverraient sans doute volontiers aux prises avec M. Tixier-Vignancour et, depuis 1958, il a mérité tous les brevets de l'antigaullisme militant.

Mais sa meilleure chance est peut-être le temps. L'élection présidentielle est dans 150 jours. La popularité du général de Gaulle est toujours au point fixe (voir page 6 le sondage de l'Institut d'opinion publique).

Si la gauche non communiste remet à septembre la désignation de son candidat, celui-ci n'aura plus que trois mois devant lui. Il y a un précédent historique fâcheux pour une nouvelle campagne de « cent jours. »

Jeudi, les amis de M. Defferre réunissent leur comité « Horizon 80 ». Peut-être en sortira-t-il le nouveau M. X. Ce serait juste temps pour que le Conseil national de la S.F.I.O. lui donne son aval le 18 juillet.

57

457
Lundi 5 juillet

Pas de lettre de toi, ce matin ! Du coup mon Anne m'apparaît sous les traits d'une horrible dame patronnesse qui ne mérite que l'indifférence absolue des Niverno-Charentais au cœur tendre.
Je me suis levé assez tard pour recevoir O.D sur le pied de mon lit : elle venait me chercher pour le golf. Minute divine, tu le supposes.
J'ai réglé beaucoup d'affaires entre dix heures et midi. Une frénésie de mise en ordre ! Après quoi j'ai déjeuné chez Dayan où j'ai interrogé sa fille Paule (21 ans, 1ère année de Droit passée avec succès) sur l'infâme mentalité des polards.
Tout de même j'ai cédé à O.D sur un point : le café bu j'ai gagné La Boulie dans sa voiture et tapé cent balles.
Après-midi très chargé en rendez-vous. Hernu et Borker, ce dernier délégué du Parti Communiste et particulièrement de Waldeck Rochet, venus me parler d'une candidature que la presse met en avant.
Cazaux, ancien préfet de la Nièvre, qui se passionne pour l'Etat de Bourgogne et connaît admirablement l'histoire de Charles le Téméraire. Bassot, un jeune journaliste d'extrême droite. Michèle Cotta que je n'avais pas vue depuis longtemps. Enfin François de Grossouvre avec lequel j'ai dîné. Mais quelle joie quand, à 20 h 15, t'ayant appelée à Lourdes je t'entends, mon amour ! Que tu es fatiguée mais que tu as bien fait d'approcher cette nouvelle et si importante expérience.
C'est rue Maître Albert (angle 73 quai de la Tournelle) que Grossouvre m'a emmené pour un dîner paisible et couche-tôt !

458
Mardi 6 juillet

Quelle rude journée ! Parti le matin je suis rentré le soir du Morvan après avoir 1) réglé de nombreux problèmes à Nevers 2) visité tous les hameaux de la commune de Gouloux 3) siégé à la mairie de Château-Chinon.
J'ai rédigé (dans le train) deux questions orales au gouvernement et demandé la convocation d'une session extraordinaire du Parlement.
Et de Château-Chinon je t'ai appelée à Lourdes et entendue. Que je t'aime, mon amour !
A la gare de Lyon, G. Dayan m'attendait. Nous avons pris un tilleul-menthe aux « Deux Magots » avant de rentrer tranquillement dormir.
[Dessin de Sempé]
Une bonne explication, cher Taureau...

Mercredi 7 juillet 1965

journée politique en diable commencée par un entretien avec Guy Mollet, cité
Malesherbes, siège national de la SFIO. Mollet a besoin, à tout prix, que se crée la "petite
fédération" pour garder la face devant son parti et offrir une issue aux siens. J'accepte cette
hypothèse dans la mesure où elle débouche sur une formation unifiée, qui serait le grand
parti socialiste moderne. Nous n'en sommes qu'au préambule... Aussitôt après j'ai
déjeuné chez Mendès France avec l'Ambassadeur de Gde Bretagne. Là encore débat sur la

M. F. Mitterrand demande l'ouverture d'une session extraordinaire

sur un ordre du jour relatif à l'indemnisation des rapatriés d'Algérie et à l'évolution du Marché commun

Le dépôt, par M. Fr. Mitterrand de deux questions orales avec débat, l'une sur l'évolution économique et politique du Marché commun, l'autre sur l'indemnisation des rapatriés d'Afrique du Nord et spécialement d'Algérie est accompagné de la déclaration suivante de l'ancien ministre :

« Ces questions orales pour peu que le gouvernement accepte qu'elles soient inscrites à l'ordre du jour (je rappelle à titre d'exemple que depuis 19 mois, M. le Premier ministre refuse le débat que j'ai demandé sur la protection des populations en cas de guerre atomique) ne viendront en discussion qu'au cours de la session ordinaire du Parlement, c'est-à-dire à partir d'octobre. Ce sera bien tard : on peut craindre que la crise du Marché commun ne s'aggrave encore dans les prochains jours ou prochaines semaines et on sait que le gouvernement qui s'était solennellement engagé à faire connaître avant le 30 juin un projet d'indemnisation aux rapatriés peut faire attendre trois mois de plus, sinon indéfiniment nos compatriotes dans la peine. J'ai moi-même déposé à ce sujet une proposition de loi qui permettait aux rapatriés d'obtenir directement de l'Etat français les droits qu'ils détiennent sur l'Etat algérien. Mais cette proposition a été déclarée irrecevable parce qu'elle supposait des dépenses nouvelles.

Le seul moyen qui reste donc au Parlement pour amener le gouvernement à une politique conforme aussi bien à l'engagement européen qu'aux obligations souscrites à l'égard de centaines de milliers de nos concitoyens est d'obtenir la réunion d'une session extraordinaire.

Aux termes de l'article 29 de la Constitution, cette session doit avoir lieu si elle est demandée par la « majorité des membres composant l'Assemblée nationale sur un ordre du jour déterminé ».

Nécessité de l'accord de 241 députés

Je souhaite que les responsables des partis politiques et des groupes parlementaires de l'opposition prennent cette initiative en déterminant un ordre du jour limité à l'examen de la situation du Marché commun et à l'audition du rapport gouvernemental prévoyant l'indemnisation des rapatriés.

Sans doute se heurteront-ils au refus de l'U.N.R.-U.D.T, mais il sera difficile au groupe des Républicains Indépendants sans lequel l'U.N.R. n'a pas la majorité, de s'associer à ce refus sans renier ses convictions européennes maintes fois affirmées et sans dénier leur droit aux Français d'Afrique du Nord. »

Après la demande de convocation du Parlement par M. François Mitterrand pour obtenir, comme il vient de le demander, la convocation du Parlement en session extraordinaire, ce dernier devra recueillir l'accord de la majorité des membres composant l'Assemblée nationale.

En effet, l'article 29 de la Constitution stipule, notamment que « le Parlement est réuni en session extraordinaire à la demande du premier ministre ou de la majorité des membres composant l'Assemblée nationale, sur un ordre du jour déterminé.

» Lorsque la session extraordinaire est tenue à la demande des membres de l'Assemblée, le décret de clôture intervient dès que le Parlement a épuisé l'ordre du jour pour lequel il a été convoqué et au plus tard, douze jours à compter de sa réunion. Enfin, ce texte précise que le premier ministre peut seul demander une nouvelle session avant l'expiration du mois qui suit le décret de clôture ».

L'effectif total de l'Assemblée nationale est de 482 députés. Après le décès de M. Raphaël Touret, député UNR-UDT de la Seine, qui n'a pas encore été remplacé, la majorité actuelle de l'Assemblée nationale est actuellement de 241 voix. C'est le nombre de signatures qui seront nécessaires à M. François Mitterrand pour obtenir une convocation en session extraordinaire du Parlement.

situation présente et l'angoisse qui pèse sur le marché commun. J'ai déposé mes deux
questions orales. Le Parti Socialiste réuni en Comité Directeur a décidé de signer ma demande
de convocation du Parlement. Enfin j'ai donné une interview à la Radio Belge.

Au réveil ta carte de Londres m'a donné l'élan pour tout le jour, et le soir, le
téléphone a été un bien complaisant ami. Je m'inquiète cependant de ton début de grippe
et de ton voyage nocturne vers Hossegor. Tu m'es si chère, si précieuse, si nécessaire.

Dîner avec Roland Dumas dans le restaurant de la rue Bernard-Palissy où nous sommes
allés avec grossomeu et la jeune allemande. Au lit j'ai entamé la lecture de l'"Erasme" de
Stefan Zweig.

259

459
Mercredi 7 juillet

Journée politique en diable commencée par un entretien avec Guy Mollet, cité Malesherbes, siège national de la SFIO. Mollet a besoin, à tout prix, que se crée la « petite fédération » pour garder la face devant son parti et offrir une issue aux siens. J'accepte cette hypothèse dans la mesure où elle débouche sur une formation unifiée, qui serait le grand parti socialiste moderne. Nous n'en sommes qu'au préambule… Aussitôt après j'ai déjeuné chez Mendès France avec l'Ambassadeur de Gde Bretagne. Là encore débat sur la situation présente et l'angoisse qui pèse sur le marché commun. J'ai déposé mes deux questions orales. Le Parti Socialiste réuni en Comité directeur a décidé de signer ma demande de convocation du Parlement. Enfin j'ai donné une interview à la Radio Belge.
Au réveil ta carte de Lourdes m'a donné l'élan pour tout le jour, et le soir, le téléphone a été un bien complaisant ami. Je m'inquiète cependant de ton début de grippe et de ton voyage nocturne vers Hossegor. Tu m'es si chère, si précieuse, si nécessaire.
Dîner avec Roland Dumas dans le restaurant de la rue Bernard-Palissy où nous sommes allés avec Grossouvre et la jeune Allemande. Au lit j'ai entamé la lecture de l'« Erasme » de Stefan Zweig.

460
Jeudi 8 juillet

[Bande dessinée de Copi]
Eh voui !

Réunion sur réunion : le matin avec les radicaux, dans l'après-midi avec le Rassemblement Démocratique, le soir à H. 80 avec Gaston Defferre. Deux thèmes, on le devine : la Fédération Socialiste et l'élection présidentielle.

Déjeuner chez ma sœur Antoinette, dîner avec les 2 Dayan et Roger Duveau (ancien député de Madagascar) aux Anysetiers du Roy dans l'île St Louis.

Et une attente intense de toi.

461

<u>Vendredi 9 juillet</u>

Une joie, mon chéri, devenue rare : je reçois une lettre de toi !
Parti de Paris avec « le Bourbonnais » je m'engouffre dans la Nièvre pour trois jours. Il faut une certaine dose de courage ! Nevers, puis Châtillon-en-Bazois après un déjeuner à Langy. Et le soir, Alligny en Morvan dans mon canton.

Toi, à Hossegor. Je rêve à toi. Je m'ennuie. Comment faire ? Je ne m'habitue pas à cette cassure du plein été.

Dîner avec le conseil municipal et rentré à Nevers, tard, tard, et la fatigue qui accroche le dos…

Je sens combien j'ai besoin de mon Anne.

Samedi 10 juillet 1965

NOUVELLES MILITAIRES

LE GÉNÉRAL MITTERRAND

FRÈRE DE L'ANCIEN MINISTRE

commandant adjoint
des forces aériennes stratégiques

Sur proposition de M. Messmer, ministre des armées, le conseil des ministres du 7 juillet a approuvé les mesures individuelles suivantes :

• TERRE. — Le général de division Marzloff est nommé inspecteur de l'arme blindée et de la cavalerie, en remplacement du général de corps d'armée de Menditte, qui a atteint la limite d'âge.

Sont promus : généraux de division, les généraux de brigade Deysson et Cavard ; généraux de brigade, les colonels Brunet, Arnous, Rivière et Laure.

Sont nommés : commandant de l'école d'application de l'arme blindée et de la cavalerie, le général de brigade de Galbert ; adjoint au général commandant le 2e corps d'armée, le général de brigade Gaudeul ; commandant la subdivision des Bouches-du-Rhône, le général de brigade Lavallée, en remplacement du général de brigade Trancairt qui est placé en disponibilité sur sa demande ; commandant la subdivision de la Loire-Atlantique, le général de brigade Brunet.

Est promu dans la deuxième section au grade de général de brigade, le colonel Filarder.

• AIR. — Sont promus : général de corps aérien, le général de division aérienne Guermon ; général de division aérienne, le général de brigade aérienne Rouquette ; général de brigade au titre du congé du personnel navigant, le colonel Clerc ; général de brigade aérienne, le colonel Mitterrand.

[Né en 1918 à Angoulême (Charente), le général Jacques-Marie Mitterrand sera l'adjoint du général de corps aérien Maurin, qui commande les forces aériennes stratégiques. Il est le frère du député de la Nièvre, M. François Mitterrand, ancien ministre, qui a toujours manifesté une vive opposition à la force de frappe française. Sorti de Saint-Cyr, il est titulaire du brevet de pilote et breveté d'état-major. Croix de guerre 1939-1945 et officier de la Légion d'honneur, le général Mitterrand totalise 4 764 heures de vol.]

Est nommé adjoint au général commandant le premier commandement aérien tactique et les forces aériennes d'Allemagne, le général de brigade aérienne Matras.

Est mis à la disposition du chef d'état-major de l'armée de l'air pour être chargé des questions spatiales, le général de brigade aérienne Nguyen Van Hinh, dit Truong Du.

462

462
Samedi 10 juillet

Réveil à Nevers. Au 94. Souvenir, tendre, rieur, grave souvenir.
J'attends vaguement une lettre qui ne vient pas.
Tout le matin je siège au Syndicat d'électricité de la Nièvre. Débat laborieux, interminable, attardé dans le galimatias des chiffres.
Déjeuner chez le Préfet. A deux, autour d'une petite table du salon de la préfecture. On ajuste, autant qu'il se peut, les positions !

Les journaux s'amusent avec la nomination de mon frère Jacques. Lui, ça doit lui faire plaisir et j'en suis ravi.

Où es-tu, mon Anne ? Quel est ce mariage Montaigut ? Qui t'a enlevée ? Es-tu guérie ? Le mal de toi gagne, gagne…

Que ces journées sont fatigantes ! Tout l'après-midi, je visite et revisite les travaux de Château-Chinon. Ça n'avance pas. Je secoue tout le monde. Mes collaborateurs sont immobilisés par les nouvelles du Tour de France et s'inquiètent pour Poulidor ! Quant à mon stade et à mes H.L.M je n'en vois encore que la glaise crevée.
Dîner au « Vieux Morvan » à 8. Braves gens sympathiques, maires du coin, vieux instituteurs idéalistes, paysans à la parole économe.
Pour dire vrai : je suis recru de fatigue et ça ne tourne pas très bien.

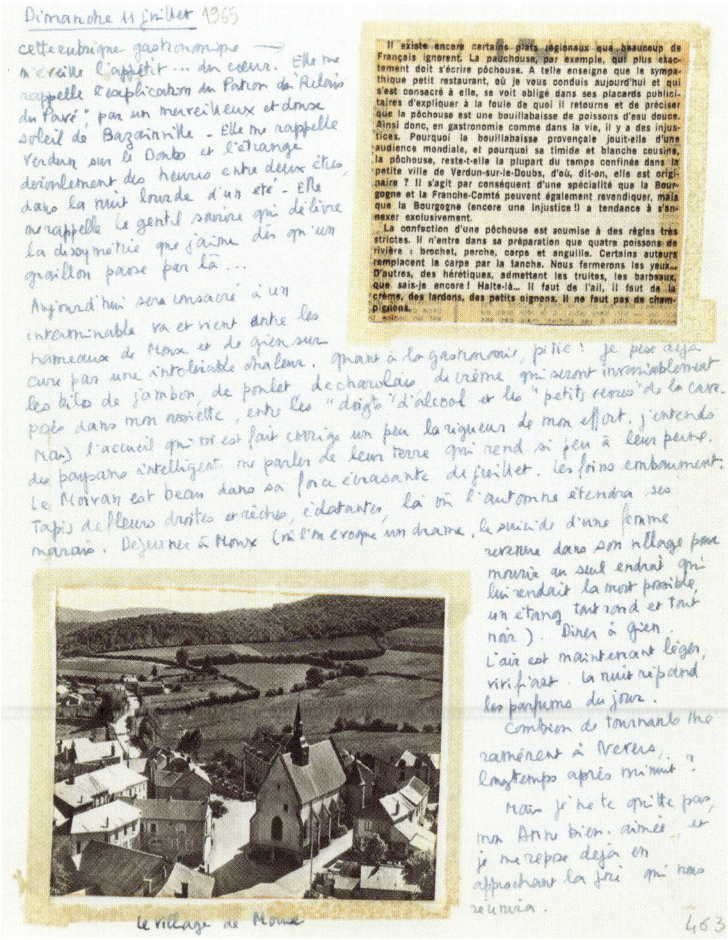

Il existe encore certains plats régionaux que beaucoup de Français ignorent. La pauchouse, par exemple, qui plus exactement doit s'écrire pôchouse. A telle enseigne que le sympathique petit restaurant, où je vous conduis aujourd'hui et qui s'est consacré à elle, se voit obligé dans ses placards publicitaires d'expliquer à la foule de quoi il retourne et de préciser que la pôchouse est une bouillabaisse de poissons d'eau douce. Ainsi donc, en gastronomie comme dans la vie, il y a des injustices. Pourquoi la bouillabaisse provençale jouit-elle d'une audience mondiale, et pourquoi sa timide et blanche cousine, la pôchouse, reste-t-elle la plupart du temps confinée dans la petite ville de Verdun-sur-le-Doubs, d'où, dit-on, elle est originaire ? Il s'agit par conséquent d'une spécialité que la Bourgogne et la Franche-Comté peuvent également revendiquer, mais que la Bourgogne (encore une injustice !) a tendance à s'annexer exclusivement.

La confection d'une pôchouse est soumise à des règles très strictes. Il n'entre dans sa préparation que quatre poissons de rivière : brochet, perche, carpe et anguille. Certains auteurs remplacent la carpe par la tanche. Nous fermerons les yeux... D'autres, des hérétiques, admettent les truites, les barbeaux, que sais-je encore ! Halte-là... Il faut de l'ail, il faut de la crème, des lardons, des petits oignons. Il ne faut pas de champignons.

463

Dimanche 11 juillet

Cette rubrique gastronomique m'éveille l'appétit… du cœur. Elle me rappelle l'explication du Patron du « Relais du Pavé », par un merveilleux et doux soleil de Bazainville. Elle me rappelle Verdun sur le Doubs et l'étrange déroulement des heures entre deux êtres, dans la nuit lourde d'un été. Elle me rappelle le gentil sourire qui délivre la dissymétrie que j'aime dès qu'un graillou passe par là…
Aujourd'hui sera consacré à un interminable va-et-vient entre les hameaux de Moux et de Gien sur Cure par une intolérable chaleur. Quant à la gastronomie, pitié ! Je pèse déjà les kilos de jambon, de poulet, de charolais, de crème qui seront invariablement posés dans mon assiette, entre les « doigts » d'alcool et les « petits verres » de la cave. Mais l'accueil qui m'est fait corrige un peu la rigueur de mon effort. J'entends des paysans intelligents me parler de leur terre qui rend si peu à leur peine. Le Morvan est beau dans sa force écrasante de juillet. Les foins embaument. Tapis de fleurs droites et rêches, éclatantes, là où l'automne étendra ses marais. Déjeuner à Moux (où l'on évoque un drame, le suicide d'une femme revenue dans son village pour mourir au seul endroit qui lui rendait la mort possible, un étang tout rond et tout noir). Dîner à Gien. L'air est maintenant léger, vivifiant. La nuit répand les parfums du jour.
Combien de tournants me ramènent à Nevers, longtemps après minuit ?
Mais je ne te quitte pas, mon Anne bien-aimée, et je me repose déjà en approchant la joie qui nous réunira.

Le village de Moux

464

Lundi 12 juillet

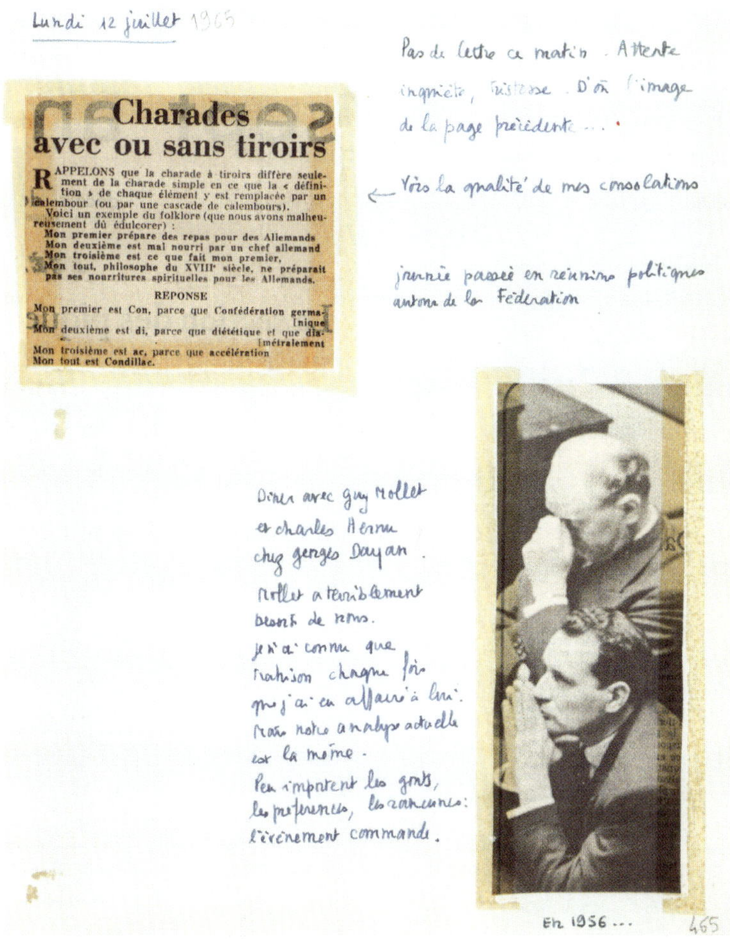

465
<u>Lundi 12 juillet</u>

Pas de lettre ce matin. Attente inquiète, tristesse. D'où l'image de la page précédente…

Vois la qualité de mes consolations

Journée passée en réunions politiques autour de la Fédération.

Dîner avec Guy Mollet et Charles Hernu chez Georges Dayan.
Mollet a terriblement besoin de nous. Je n'ai connu que trahison chaque fois que j'ai eu affaire à lui. Mais notre analyse actuelle est la même.
Peu importent les goûts, les préférences, les rancunes : l'événement commande.

En 1956…

466
<u>Mardi 13 juillet</u>

Matinée consacrée à la réunion constitutive de la petite fédération. SFIO, radicaux, Convention, Jeune République, Citoyens 60, SGEN. Mollet, Gazier sont là.
Approche hésitante.
Je pars tôt prendre Air France pour me rendre à Bordeaux, d'où j'aborde Hossegor en voiture.
Toi. O Anne, que je t'aime. A sept heures 30, dans ta chambre de Lohia, assise et plongée dans ta tapisserie, notre musique te baignant, je te surprends. Tu rougis, tes yeux sont clairs, clairs, nous ne disons rien. Merveille. Quand je te retrouve après dîner aux 3 poteaux (qui ont disparu) tu es troublée. Lourdes, la détente de quatre jours t'ont peut-être éloignée. Cependant tu me donnes notre joie, douce, plus forte que tout. Nuit des Landes. Mon Anne.

(comme je n'ai pas reçu de lettre ce matin je me venge et fais le canard)
[Dessin de Chaval]

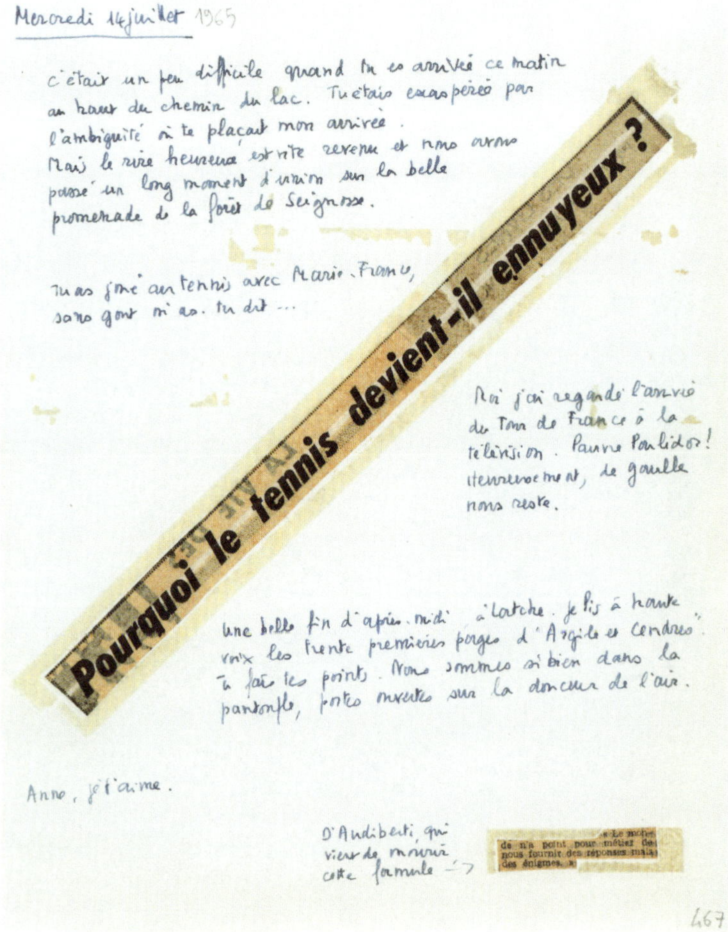

467
Mercredi 14 juillet

C'était un peu difficile quand tu es arrivée ce matin au haut du chemin du lac. Tu étais exaspérée par l'ambiguïté où te plaçait mon arrivée. Mais le rire heureux est vite revenu et nous avons passé un long moment d'union sur la belle promenade de la forêt de Seignosse.

Tu as joué au tennis avec Marie-France, sans goût m'as-tu dit…

Moi j'ai regardé l'arrivée du Tour de France à la télévision. Pauvre Poulidor ! Heureusement, de Gaulle nous reste.

Une belle fin d'après-midi, à Latche. Je lis à haute voix les trente premières pages d'« Argile et Cendres ». Tu fais tes points. Nous sommes si bien dans la pantoufle, portes ouvertes sur la douceur de l'air.

Anne, je t'aime.

D'Audiberti, qui vient de mourir, cette formule
Le monde n'a point pour métier de nous fournir des réponses mais des énigmes.

468
Jeudi 15 juillet

Tout ce matin, sur la plage sauvage, dans la beauté des choses, et le plaisir de vivre – un ciel traversé de nuages légers, l'odeur d'un feu de bois, et ton visage, O Anne –

… Tu me rappelles qu'il y a juste deux ans moins un mois nous allions sur cette plage, ensemble, pour la première fois.
Je te rappelle la splendeur d'un 9 septembre où déjà…
Alors, tu le vois, je fais des comparaisons et je me dis
laquelle des deux Anne vaincra ?
[une flèche vers Maillol :] + 57 ou *[une flèche vers Giacometti :]* – 57 ?

Moi, de toute façon, je t'adore
et puisque c'est le règne du lézard nous paressons au coin du bois de pins, derrière la vigne de Latche un plein après-midi d'allégresse.

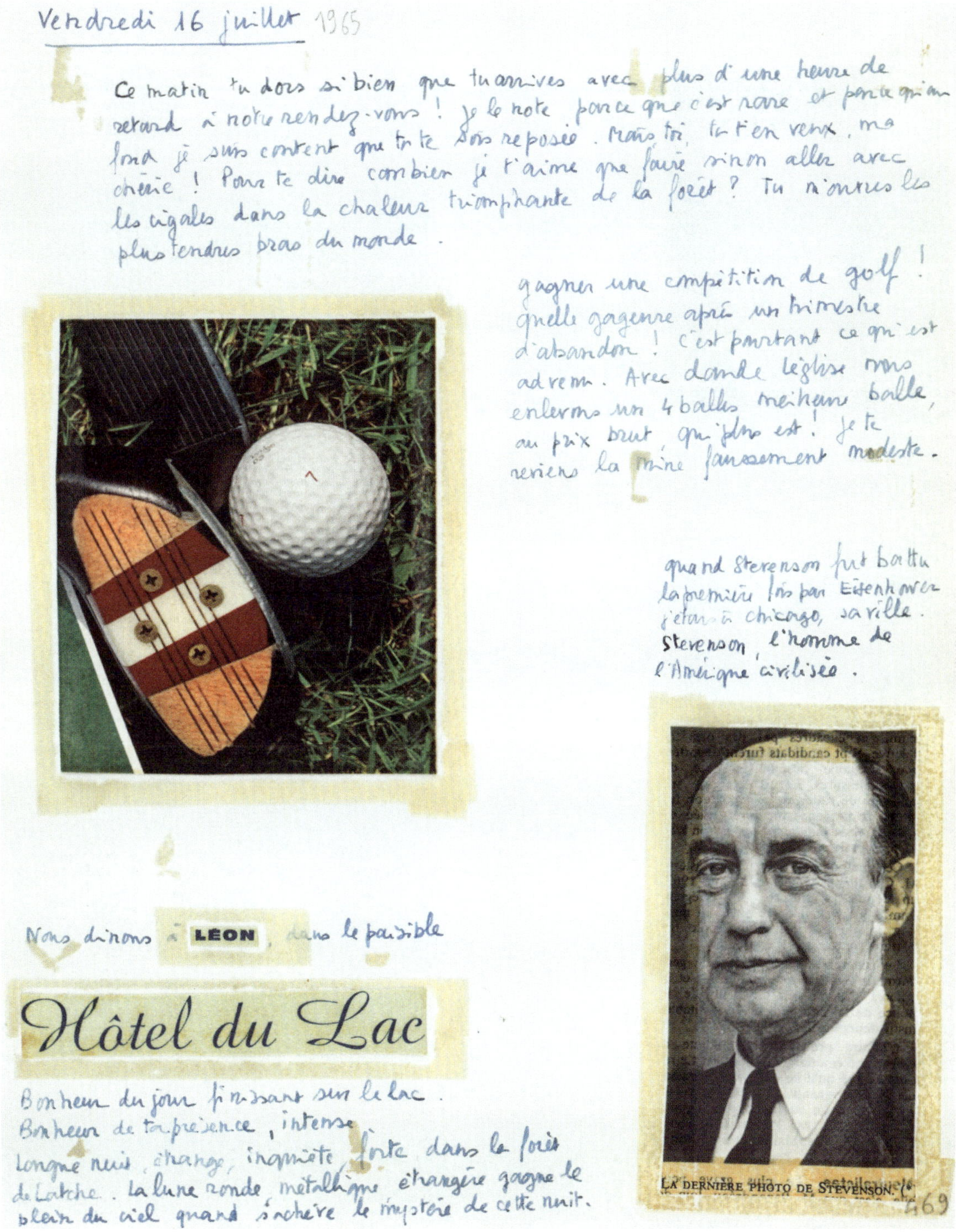

469
Vendredi 16 juillet

Ce matin tu dors si bien que tu arrives avec plus d'une heure de retard à notre rendez-vous ! Je le note parce que c'est rare et parce qu'au fond je suis content que tu te sois reposée. Mais, toi, tu t'en veux, ma chérie ! Pour te dire combien je t'aime que faire sinon aller avec les cigales dans la chaleur triomphante de la forêt ? Tu m'ouvres les plus tendres bras du monde.
Gagner une compétition de golf ! Quelle gageure après un trimestre d'abandon ! C'est pourtant ce qui est advenu. Avec Claude Léglise nous enlevons un 4 balles meilleure balle, au prix brut, qui plus est ! Je te reviens la mine faussement modeste.

Quand Stevenson fut battu la première fois par Eisenhower j'étais à Chicago, sa ville. Stevenson, l'homme de l'Amérique civilisée.

Nous dînons à Léon, dans le paisible Hôtel du Lac
Bonheur du jour finissant sur le lac.
Bonheur de ta présence, intense.
Longue nuit, étrange, inquiète, forte, dans la forêt de Latche. La lune ronde, métallique, étrangère gagne le plein du ciel quand s'achève le mystère de cette nuit.

470

Samedi 17 juillet

Un journal publie cette photo de… 1949. Avant Dalila évidemment. ET pour tes archives…

Je retrouve dans ma poche ce petit mot écrit à minuit le 31 décembre de cette année. Je l'insère dans ce « journal » pour que tu puisses le garder toujours
1 janvier 1965
Mon Anne il est minuit et je t'aime
François
Annefrançois

Longue matinée à Latche (de peur de LaKi nous avons abandonné Laqui, et aussi pour adopter l'usage d'ici). Si longue que je me trompe d'une heure et te ramène… le déjeuner fini à Ametsa. Mais nous n'en aurons pas de regret : soleil, paix, tendresse et le retour soudain de la prodigieuse et merveilleuse violence d'aimer. Que je suis heureux, mon Anne, de cette perfection. Je te désire. Je t'aime.
Nous nous revoyons en fin de journée pour la plus rare des joies : un soleil couchant sur la forêt est peut-être spectacle banal mais Anne et François dans la lumière du soir entre Latche, Azur et Peille (la maison de La Ferté), grisés par la douceur de l'air et l'amour qui occupe leur cœur, occupés l'une à faire ses points de tapisserie, l'autre à lire « Argile et Cendres », Anne et François, au sommet d'eux-mêmes, O mon amour, oui, quelle joie !
[Dessin de Chaval]
Ainsi s'achèvent cinq jours si extraordinaires où je t'ai aimée, aimée, aimée, aimée…

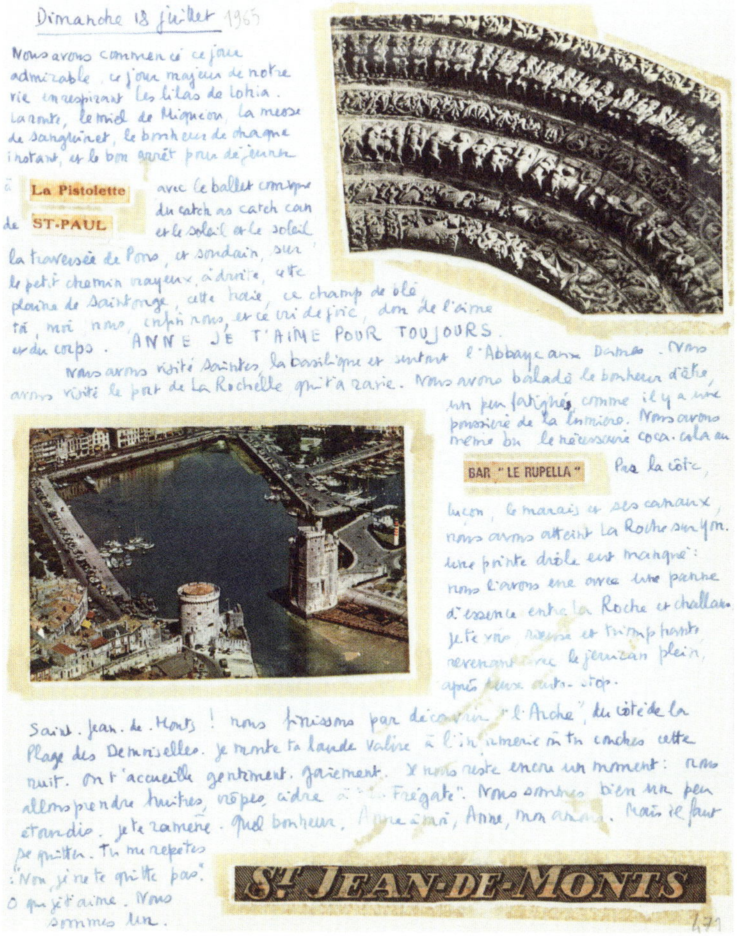

471
Dimanche 18 juillet

Nous avons commencé ce jour admirable, ce jour majeur de notre vie en respirant les lilas de Lohia. La route, le miel de Miquéou, la messe de Sanguinet, le bonheur de chaque instant, et le bon arrêt pour déjeuner à La Pistolette de St-Paul, avec le ballet comique du catch as catch can et le soleil et le soleil, la traversée de Pons, et soudain, sur le petit chemin crayeux, à droite, cette plaine de Saintonge, cette haie, ce champ de blé, toi, moi, nous, enfin nous, et ce cri de joie, don de l'âme et du corps. ANNE JE T'AIME POUR TOUJOURS.

Nous avons visité Saintes, la basilique et surtout l'Abbaye aux Dames. Nous avons visité le port de La Rochelle qui t'a ravie. Nous avons baladé le bonheur d'être, un peu fatigués, comme il y a une poussière de la lumière. Nous avons même bu le nécessaire coca-cola au Bar « Le Rupella » Par la côte, Luçon, le marais et ses canaux, nous avons atteint La Roche sur Yon. Une pointe drôle eût manqué : nous l'avons eue avec une panne d'essence entre La Roche et Challans. Je te vois, rieuse et triomphante, revenant avec le jerrican plein, après deux auto-stop.

Saint-Jean-de-Monts ! Nous finissons par découvrir « l'Arche », du côté de la Plage des Demoiselles. Je monte ta lourde valise à l'infirmerie où tu couches cette nuit. On t'accueille gentiment. Gaiement. Il nous reste encore un moment : nous allons prendre huîtres, crêpes, cidre à « La Frégate ». Nous sommes bien un peu étourdis. Je te ramène. Quel bonheur. Anne à moi, Anne, mon amour. Mais il faut se quitter. Tu me répètes : « Non, je ne te quitte pas ». O que je t'aime. Nous sommes un.

472
Dimanche 18 juillet

En course pour l'Élysée

GASTON DEFFERRE a pu reprendre ce matin le train pour Marseille avec un billet d'aller simple. Guy Mollet lui a confisqué définitivement le billet de retour direction Elysée, et l'ultime tentative des amis du maire de Marseille pour remettre sa candidature en selle sur feu la fédération s'est terminée comme elle avait commencé : par une erreur politique. (Voir nos informations en page 11.)

Vouloir se fédérer avec le M.R.P. n'a abouti qu'à exciter l'antagonisme des républicains populaires et des socialistes.

Plus large

Pour donner une base plus large au « candidat de la gauche », on a réussi à priver la gauche de candidat.

Certains « managers » de Gaston Defferre avaient déjà réussi la même opérations avec Mendès-France, mais à la différence du parti radical, la S.F.I.O. leur a survécu.

Jeu faussé

Le plus regrettable dans cette aventure est qu'elle fausse le jeu de l'élection présidentielle au suffrage universel. Pour que celle-ci ait son plein effet de rénovation des mœurs et des structures politiques, il était souhaitable que la compétition soit disputée par des candidats de dimension nationale.

Gaston Defferre commençait à prendre celle-ci, après dix-huit mois de campagne, et l'avantage d'une situation de départ qu'aucun de ses successeurs n'a, Pierre Mendès-France s'étant mis volontairement hors jeu.

Actuellement, il reste en course, pour l'opposition, Tixier-Vignancour et Marcilhacy. Le premier a nettement progressé et sa campagne organisée, spectaculaire, soutenue par son talent personnel, a mordu sur une clientèle qui dépasse assez largement celle qu'on pouvait lui prêter au départ. La défense de la libre entreprise et le soutien à l'anticommunisme américain lui ont fait gagner des électeurs que l'évocation de Salan et de Pétain laissent froids.

Les hommes de la droite

Marcilhacy travaille plus discrètement les cadres, les notables, les professions libérales, la classe politique dont cet avocat au Conseil d'Etat donne lui-même une bonne image.

Mais ni l'un ni l'autre ne peuvent toucher d'autre clientèle que des antigaullistes de droite dont le nombre ne fera jamais masse.

Les communistes attendent leur heure : les modérés attendent celle de Pinay, sans être bien sûrs qu'elle sonnera jamais.

Dans le marais du centre gauche et de la gauche, qui peut faire les 5 millions de voix nécessaires pour figurer honorablement sinon mettre en ballottage de Gaulle ou son candidat ?

Après l'accueil fait par le conseil socialiste à l'appel de son nom, Monnerville n'a guère d'illusions à se faire s'il s'en est jamais fait.

Qui ?

L'histoire Defferre a pratiquement éliminé une candidature socialiste ou M.R.P., Maurice Faure est trop à droite pour les socialistes. Il ne reste que François Mitterrand. Son nom n'a pas été prononcé chez les socialistes, mais s'il se dégage du conseil national l'image d'un candidat acceptable par la S.F.I.O., c'est la sienne. Il présente en outre pour les socialistes l'avantage de pouvoir refaire leur unité sur sa candidature.

Le 8 septembre un comité directeur socialiste aura à décider s'il convoque ou non un conseil national ou un congrès pour donner l'investiture du parti à un nouveau candidat. On ne voit pas où en six semaines la S.F.I.O. trouverait un autre candidat que celui qui a déjà l'appui des autres membres de la « petite fédération démocrate-socialiste ».

473

Lundi 19 juillet

Un article de Charpy qui explique clairement l'actuel processus d'une affaire qui me soucie…

Dormi à l'Hôtel de France, face à la gare, La Roche-Sur-Yon
J'ai ensuite gagné Poitiers d'où j'ai pris le train pour Paris laissant la pantoufle à des soins mercenaires.
Dayan était au train à Austerlitz. Nous avons déjeuné chez Sainlouis (que de souvenirs, et quelle émotion pour moi. Anne 65).
Avant de dîner, chez Tiburce, je rencontre Brutelle et sa femme à St Germain.
Hernu vient nous rejoindre. Dîner animé par le problème présidentiel. Brutelle nous raconte le conseil national de la SFIO qui s'est achevé ce soir sur la défaite de Defferre. Il est angoissé. Nous parlons jusqu'à 1 h 30. Je rentre rue Guynemer, le cœur en paix : je t'aime.

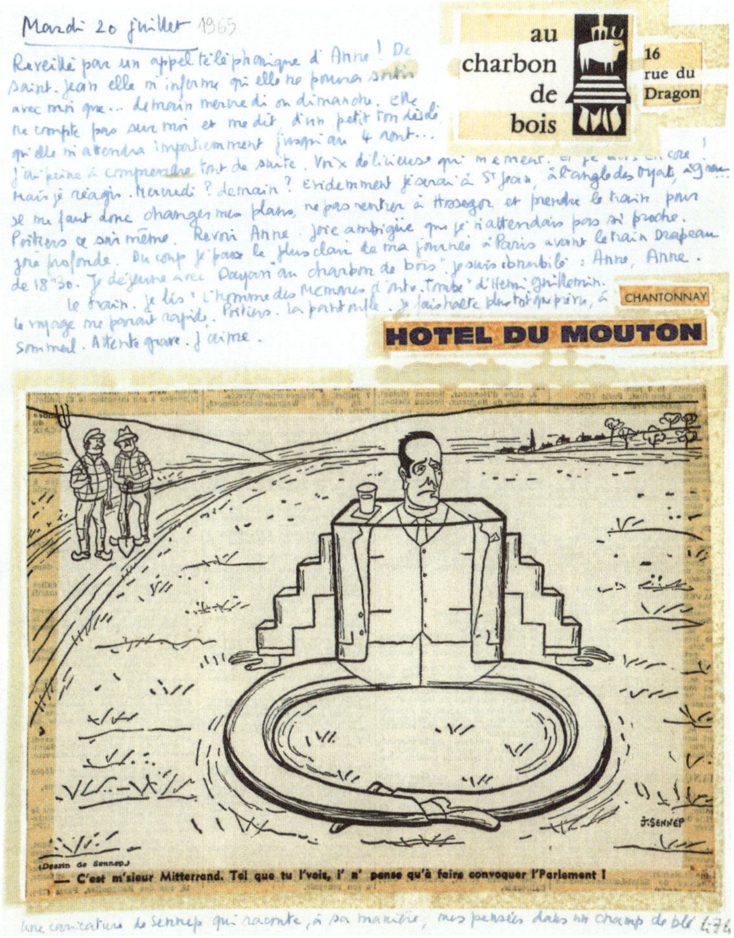

474

Mardi 20 juillet

Réveillé par un appel téléphonique d'Anne ! De Saint-Jean elle m'informe qu'elle ne pourra sortir avec moi que… demain mercredi ou dimanche. Elle ne compte pas sur moi et me dit, d'un petit ton désolé, qu'elle m'attendra impatiemment jusqu'au 4 août… J'ai peine à comprendre tout de suite. Voix délicieuse qui m'émeut. Et je dors encore ! Mais je réagis. Mercredi ? demain ? Evidemment je serai à St Jean, à l'angle des Oyats, à 9 heures… Il me faut donc changer mes plans, ne pas rentrer à Hossegor et prendre le train pour Poitiers ce soir même. Revoir Anne. Joie ambiguë que je n'attendais pas si proche. Joie profonde. Du coup je passe le plus clair de ma journée à Paris avant le train Drapeau de 18 h 30. Je déjeune avec Dayan « au charbon de bois ». Je suis obnubilé : Anne, Anne.
Le train. Je lis « L'homme des Mémoires d'Outre-tombe » d'Henri Guillemin. Le voyage me paraît rapide. Poitiers. La pantoufle. Je fais halte plus tôt que prévu, à Chantonnay. Sommeil. Attente grave. J'aime. Hôtel du Mouton

Une caricature de Sennep qui raconte, à sa manière, mes pensées dans un champ de blé…

475

Mercredi 21 juillet

9 heures, les Oyats, tu es là.
La joie peut faire mal. En tout cas elle me coupe le souffle !
Nous allons à « la Frégate ». Puis nous longeons la côte et franchissons la Loire.
Vendée. C'est la première fois que tu viens en Bretagne. Je te sens tout yeux, toute curiosité dehors. La Baule, Le Croisic et surtout le charmant Saint-Marc. Mais c'est à Guérande que tu découvres que tu aimes cette terre.
A Port-Navalo où nous déjeunons, où le soleil dégage la brume, chasse les lourdeurs, nous faisons une très belle balade autour de la pointe de la presqu'île. Au retour, le golfe du Morbihan offre le grand jeu de sa splendeur. Une profonde émotion intérieure t'anime qui te rend silencieusement tendre.
Partis au milieu de l'après-midi nous n'allons pas loin. Un chemin mouillé et odorant nous conduit à un champ à peine sorti de la lande. L'air est d'une extraordinaire douceur. La ligne droite de l'ultime hauteur qui finit ici la terre dessine exactement la frontière du ciel. Et toi, Anne, mon amour, sais-tu que le bonheur en moi a un goût de souffrance ?
Ma route vers La Roche-Bernard, Saint-Nazaire, Pornic (par le Bac de Mindin – On y attend et je te lis « L'homme des Mémoires d'outre-tombe et nous respirons à grandes bouffées), Beauvoir nous ramène à Saint-Jean. Elle est la route de la mélancolie. M'arracher de toi : la « déchirure » d'Aragon.
Encore une halte à la « Frégate » dont nous devenons les habitués comme nous l'étions du petit hôtel de Saint-Cernin, l'an dernier. Et je te laisse dans la nuit.
Que je t'aime, O que je t'aime, mon Anne.

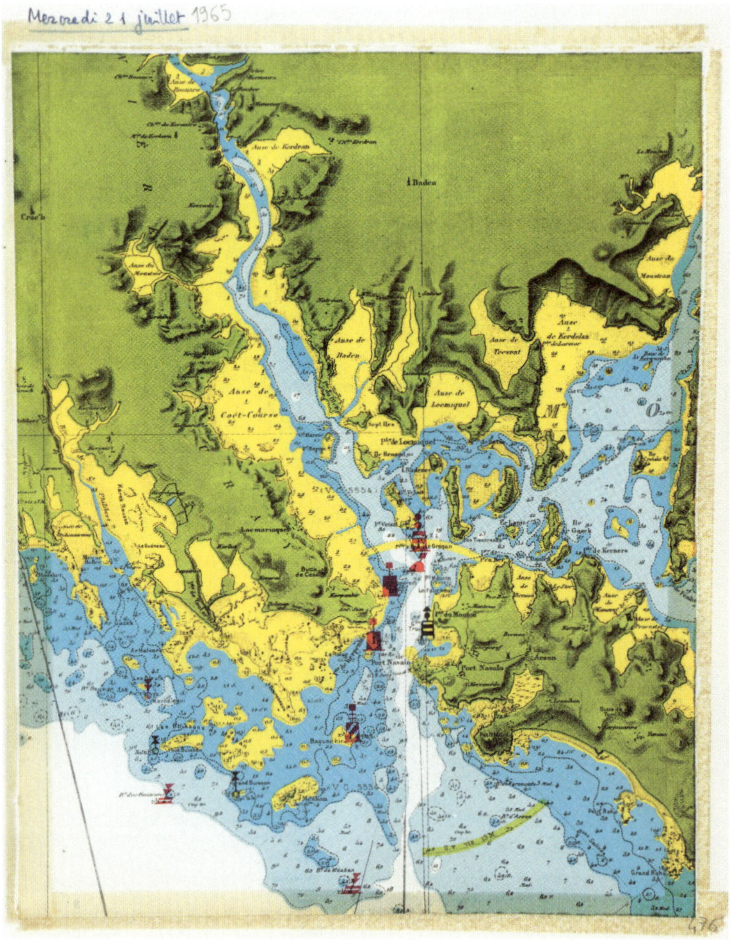

476
Mercredi 21 juillet

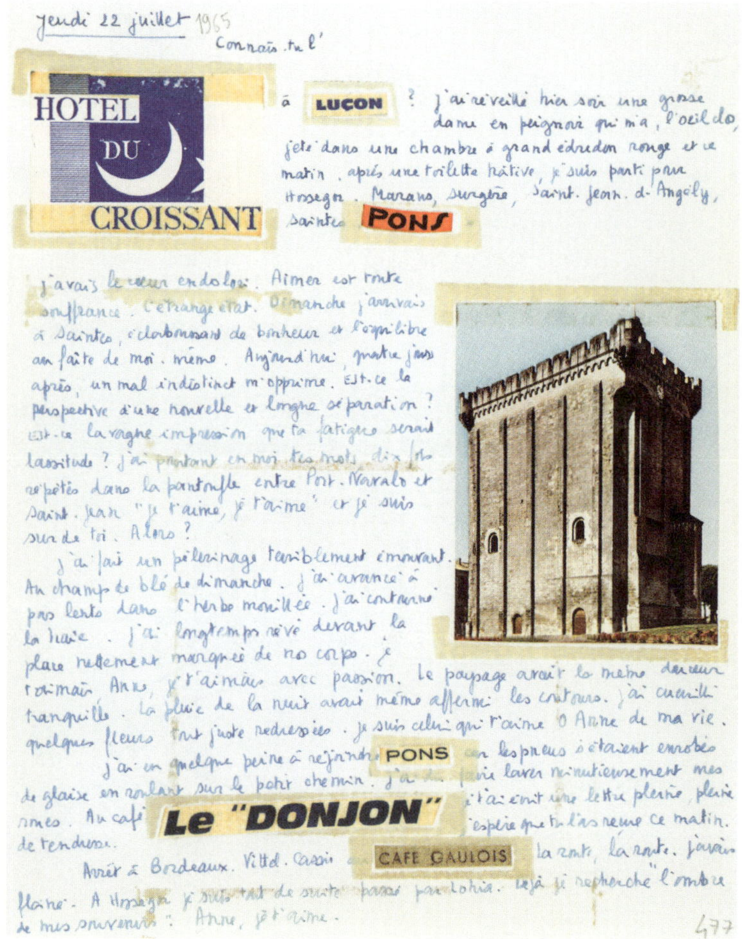

477
Jeudi 22 juillet

Connais-tu l'Hôtel du Croissant à Luçon ? J'ai réveillé hier soir une grosse dame en peignoir qui m'a, l'œil clos, jeté dans une chambre à grand édredon rouge et ce matin, après une toilette hâtive, je suis parti pour Hossegor. Marans, Surgères, Saint-Jean-d'Angély, Saintes, Pons.
J'avais le cœur endolori. Aimer est toute souffrance. L'étrange état. Dimanche j'arrivais à Saintes, éclaboussant de bonheur et l'équilibre au faîte de moi-même.
Aujourd'hui, quatre jours après, un mal indistinct m'opprime. Est-ce la perspective d'une nouvelle et longue séparation ? Est-ce la vague impression que ta fatigue serait lassitude ? J'ai pourtant en moi tes mots, dix fois répétés dans la pantoufle entre Port-Navalo et Saint-Jean « je t'aime, je t'aime » et je suis sûr de toi. Alors ?
J'ai fait un pèlerinage terriblement émouvant. Au champ de blé de dimanche. J'ai avancé à pas lents dans l'herbe mouillée. J'ai contourné la haie. J'ai longtemps rêvé devant la place nettement marquée de nos corps. Je t'aimais, Anne, je t'aimais avec passion. Le paysage avait la même douceur tranquille. La pluie de la nuit avait même affermi les contours. J'ai cueilli quelques fleurs tout juste redressées. Je suis celui qui t'aime O Anne de ma vie.
J'ai eu quelque peine à rejoindre Pons car les pneus s'étaient enrobés de glaise en roulant sur le petit chemin. J'ai dû faire laver minutieusement mes roues. Au café Le « Donjon » je t'ai écrit une lettre pleine, pleine de tendresse. J'espère que tu l'as reçue ce matin.
Arrêt à Bordeaux. Vittel-Cassis au Café Gaulois. La route, la route. J'avais flâné. A Hossegor je suis tout de suite passé par Lohia. Déjà je recherche « l'ombre de mes souvenirs ». Anne, je t'aime.

478

Vendredi 23 juillet

J'aime ce contraste : l'image du haut, est-ce un jardin, un tapis ? Non ce sont des hommes, des gymnastes, la foule ordonnée, prise en main, parvenue à l'abstraction. L'image du bas représente Calvin, jeune. Aspect peu commun de ce personnage qui pour atteindre le libre examen, seule vocation digne de l'homme, finit par contraindre, forcer et brûler quiconque refusait son message. Contraste ? Pas tellement. Calvin préfigure les gymnastes de Prague, plus qu'il n'y paraît d'abord.

Je lis justement aujourd'hui une étude sur Michel Servet, mort sur un bûcher, à Genève, et j'essaie de distinguer la voie qui aboutit à la liberté de l'homme sans le dresser contre Dieu mais aussi sans abolir, au nom de cette liberté, son droit de refus.

Ceci dit, journée calme, de repos. Pas de lettre de toi, ce qui, même si je ne me l'avoue pas, me meurtrit.

Je forme le rêve, immense, de t'aimer au-delà du monde et de moi-même.

479

Samedi 24 juillet

Ces statues de Minerve et d'Apollon sont les vestiges du fronton de l'Arc de Marc-Aurèle à Tripoli. Au second plan, un minaret d'où le muezzin appelle à la prière. J'ai trouvé cette image – et l'ai trouvée si belle, si symbolique dans sa confrontation des âges et des styles que j'ai voulu te la donner.

Je lis. Justement un reportage sur la Libye. J'ai découpé d'autres photos que je collerai ici un de ces jours tant elles sont admirables.

Journée de repos, sans golf. Une lettre de toi, mon amour. Je t'écris aussi et te dépose ma lettre à la gare de Bordeaux où je passe en transit entre Hossegor et la Nièvre.

Ce voyage que je fais depuis tant d'années je l'accomplis maintenant avec plus de foi en ma tâche. Tu es dans ma vie, Anne. Tout a changé.

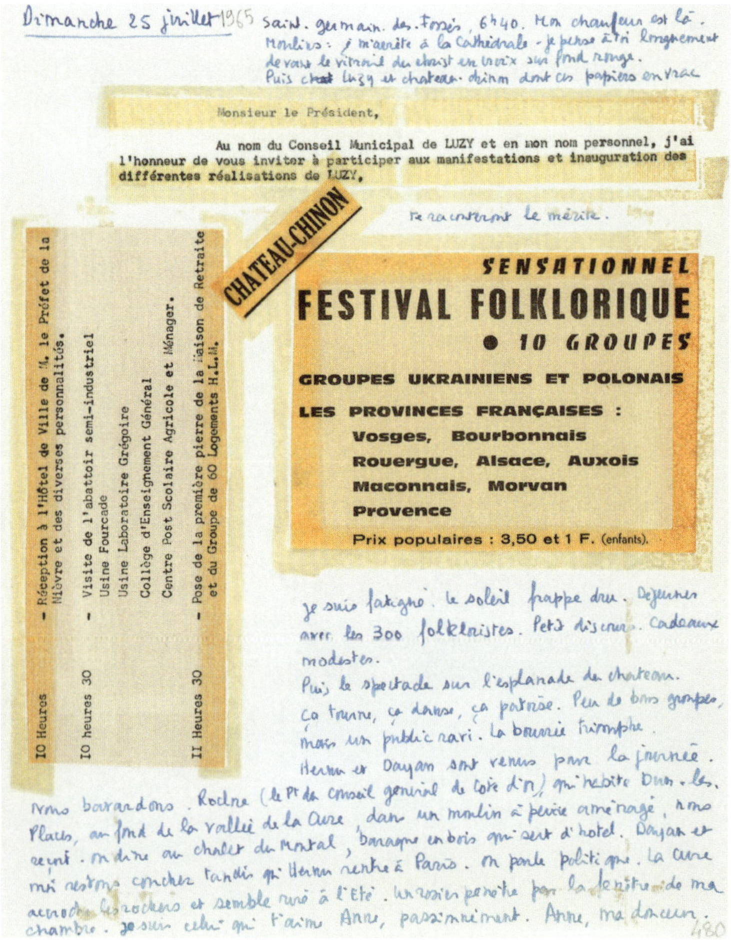

480
Dimanche 25 juillet

Saint-Germain-des-Fossés, 6 h 40. Mon chauffeur est là. Moulins : je m'arrête à la Cathédrale – je pense à toi longuement devant le vitrail du christ en croix sur fond rouge.
Puis Luzy et Château-Chinon dont ces papiers en vrac te raconteront le mérite.

Je suis fatigué. Le soleil frappe dru. Déjeuner avec les 300 folkloristes. Petit discours. Cadeaux modestes.
Puis le spectacle sur l'esplanade du château. Ça tourne, ça danse, ça patoise. Peu de bons groupes, mais un public ravi. La bourrée triomphe.
Hernu et Dayan sont venus pour la journée. Nous bavardons. Roclore (le Pt du Conseil général de Côte d'Or), qui habite Dun-les-Places, au fond de la vallée de la Cure, dans un moulin à peine aménagé, nous reçoit. On dîne au chalet du Montal, baraque en bois qui sert d'hôtel. Dayan et moi restons coucher tandis qu'Hernu rentre à Paris. On parle politique. La Cure accroche les rochers et semble rire à l'Eté. Un rosier pénètre par la fenêtre de ma chambre. Je suis celui qui t'aime, Anne, passionnément. Anne, ma douceur.

481
Lundi 26 juillet

Voici précisément une autre photo de l'article dont je t'ai parlé avant-hier et qui m'a passionné. Or, par un hasard très étonnant, visitant, à Saint-Agnan, dans mon canton, une famille de médecins arméniens qui installent une petite maison de campagne et qui ont besoin qu'on leur installe l'électricité, j'ai rencontré chez eux un couple d'archéologues qui chaque année se rendent deux mois durant en Turquie, et particulièrement, à Trébizonde, après avoir longtemps fait des recherches en Cyrénaïque. Conversation enrichissante, sur l'empire chrétien d'Anatolie, sur le Mont Ararat et sa vraie ou fausse Arche de Noé. Ceci dit j'ai toute la journée sillonné St Agnan, déjeuné chez le maire, étudié les problèmes locaux. Je me suis légèrement blessé un œil avec une branche en marchant dans un sous-bois

Dîner à Barbizon chez Bérard-Quélin.

Politique, politique

Paris, vers deux heures.

Ma chambre.

Le vitrail

O Anne, que je t'aime.

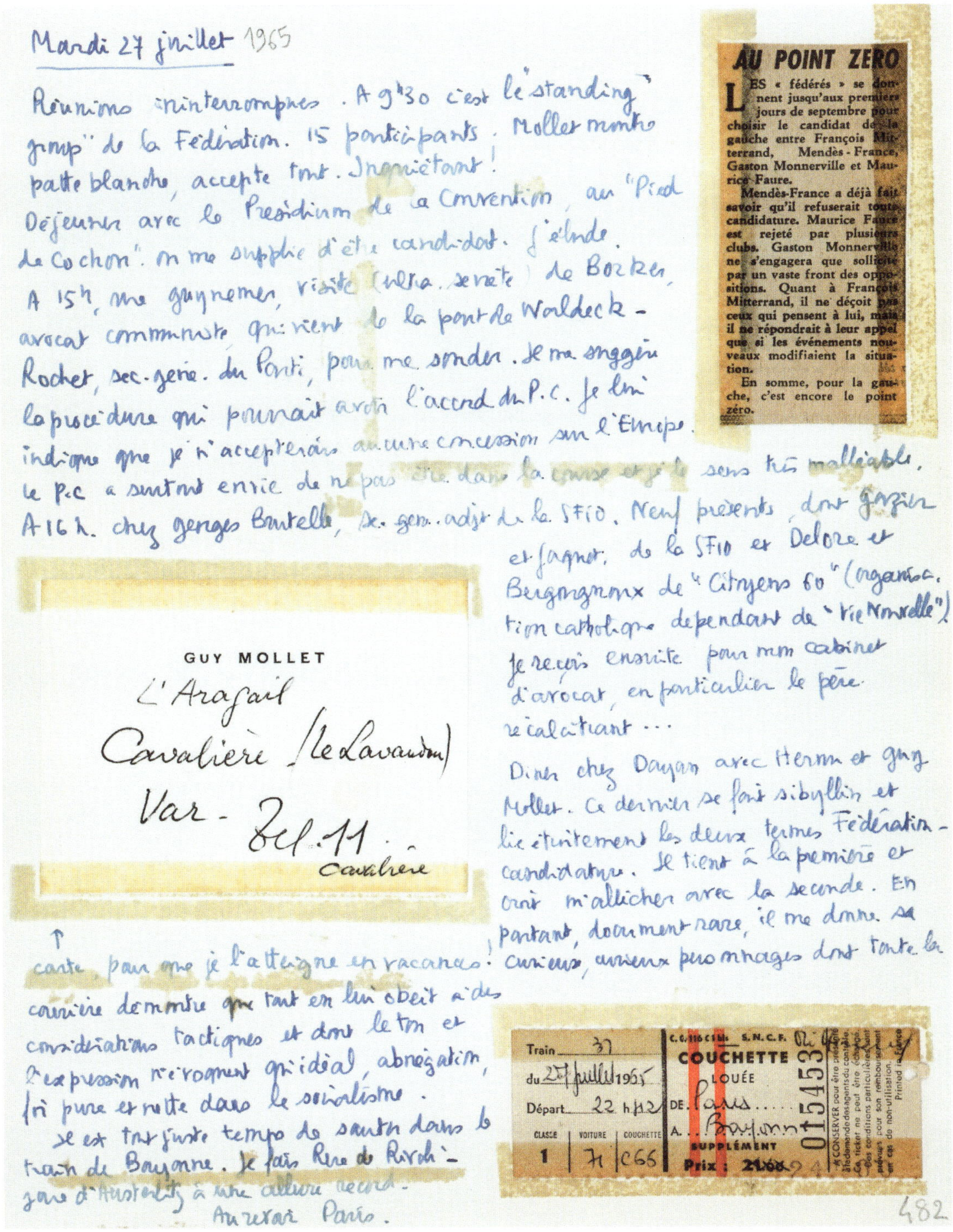

482

Mardi 27 juillet

Réunions ininterrompues. A 9 h 30 c'est le « standing group » de la Fédération. 15 participants. Mollet montre patte blanche, accepte tout. Inquiétant !
Déjeuner avec le Présidium de la Convention, au « Pied de Cochon ». On me supplie d'être candidat. J'élude.
A 15 h, rue Guynemer, visite (ultra-secrète) de Borker, avocat communiste, qui vient de la part de Waldeck Rochet, sec. gené. du Parti, pour me sonder. Il me suggère la procédure qui pourrait avoir l'accord du P.C. Je lui indique que je n'accepterai aucune concession sur l'Europe. Le P.C a surtout envie de ne pas être dans la course et je le sens très malléable.
A 16 h. chez Georges Brutelle, se. gen. adjt de la SFIO. Neuf présents, dont Gazier et Jaquet, de la SFIO et Delors et Bergougnoux de « Citoyens 60 » (organisation catholique dépendant de « Vie Nouvelle »). Je reçois ensuite pour mon cabinet d'avocat, en particulier le père récalcitrant…
Dîner chez Dayan avec Hernu et Guy Mollet. Ce dernier se fait sibyllin et lie étroitement les deux termes Fédération-candidature. Il tient à la première et croit m'allécher avec la seconde. En partant, document rare, il me donne sa carte, pour que je l'atteigne en vacances ! curieux, curieux personnage dont toute la carrière démontre que tout en lui obéit à des considérations tactiques et dont le ton et l'expression n'évoquent qu'idéal, abnégation, foi pure et nette dans le socialisme.
Il est tout juste temps de sauter dans le train de Bayonne. Je fais Rue de Rivoli – gare d'Austerlitz à une allure record.
Au revoir Paris.

483

Mercredi 28 juillet

Arrivée à Bayonne à 6 h 30. Charles Moulin (l'agrégé de Lettres, typographe et éditeur) m'attend à la gare.
Hossegor : merveille d'un matin qui sort des brumes de la nuit, encore chargé des parfums de l'ombre.
Mécaniquement je regarde en passant dans la boîte aux lettres. Evidemment il n'y a rien.
Repos. Je dors. Quand le courrier arrive je crie à travers les persiennes : « quelque chose pour moi ? ». Non. rien. Normal. Mais j'espérais. Réveil peu avant midi. Appel de Paris. C'est ma secrétaire. L'usage.
Je t'écris. Je t'écris que je t'aime. Et je t'aime.
Partie de golf à 14 h 45. Compétition. Je joue comme un pied : 102.
C'est le soir, doux, frais, fin. Avec le ciel qui transige du bleu au rouge et du rouge au noir.
Visite : Roland Dumas, Anne-Marie, la sœur d'Anne-Marie, Catherine (aussi jolie qu'elle dans un autre style), le mari de Catherine, Pouyane (la villa d'à côté) et la sœur de ce dernier. Ils m'emmènent au Pot de Résine où je n'étais pas allé depuis Pâques. Soirée paisible. Je dors debout. On rentre.
Cependant avant d'éteindre je commence le premier roman policier de ma vie ! John Le Carré, L'Espion qui venait du froid La critique littéraire de l'Express (et Michèle Cotta) le recommandent vivement.
Bonsoir, Anne, mon amour.

LE CHOIX DE L'OPPOSITION

Par MAURICE DUVERGER

Si l'opposition ne change pas d'attitude, elle risque en 1965 une défaite pire qu'il y a trois ans. Le citoyen de base ne comprend rien aux discussions byzantines autour de la « petite » et de la « grande » fédération. Il est aussi désorienté par les bruits contradictoires concernant le futur candidat présidentiel. De tout cela il ne retient qu'une chose : que les vieux partis ont prouvé le 18 juin qu'ils se refusent toujours à imaginer l'avenir autrement que comme un retour au passé. En conséquence, il se prépare à voter contre eux.

Après les fautes commises ces dernières semaines, il est devenu très difficile de redresser la situation. La seule chance d'y parvenir, en tout cas, c'est de prendre le plus tôt possible une position claire, et de s'y tenir. Prolonger jusqu'à la veille du scrutin l'incertitude actuelle, cela peut favoriser le gaullisme (encore n'est-ce pas sûr). Mais cela n'avantage certainement pas ses adversaires. Le public leur reproche depuis toujours de se complaire dans des combinaisons obscures et confuses, où il n'a point de part. On ne pourra regagner sa confiance qu'en lui prouvant qu'une telle accusation n'est pas fondée.

Prendre une position claire, cela ne veut pas dire seulement choisir un programme et un candidat. Certes, il est essentiel que l'opposition dise ce qu'elle veut faire. Mais nul n'attachera d'importance à un programme, même remarquable, si les moyens de l'appliquer ne sont pas en même temps précisés. Trop de programmes dans le passé sont demeurés lettre morte : le Barodet en est plein. La personnalité du candidat ne suffit pas plus. La plupart des leaders situés entre le parti communiste et l'extrême droite peuvent faire plusieurs politiques opposées, qui dépendent des majorités parlementaires plutôt que des promesses électorales.

Le choix primordial est celui des alliances, qui sont le meilleur critère des positions politiques réelles. Dis-moi qui tu recherches et qui tu rejettes, et je te dirai qui tu es. L'exemple de l'échec des projets Defferre est typique. Les éventuels fédérés n'ont pas pu s'entendre, parce que leur gauche refusait tout accord avec les indépendants, et leur droite tout accord avec les communistes. Le reste n'était que prétexte, y compris la laïcité, qu'on aurait mise sans difficultés au frigidaire si l'entente sur les alliances avait pu se faire. Laquelle était, en réalité, une entente sur le fond. Car la politique de la fédération eût été toute différente, avec les indépendants ou avec les communistes, quel que soit le programme officiellement proclamé.

En théorie, l'opposition dispose ainsi de quatre stratégies possibles dans la prochaine élection présidentielle. La première consiste à regrouper tous les partis opposés au gaullisme, sans exception ou à l'exception des seuls petits groupes d'extrême droite. Une vaste coalition, de Waldeck Rochet à Antoine Pinay, pourrait avoir un programme commun : le rétablissement du régime parlementaire. On pourrait exprimer cela d'une façon frappante, par un slogan du type : « Constituante, révision, élections législatives. » En limitant les objectifs de l'alliance, on empêcherait qu'elle ne soit paralysée par les contradictions entre ses divers participants.

Ce grand rassemblement antigaulliste se heurte à deux obstacles fondamentaux. Il prendrait d'abord l'allure d'un syndicat des anciens de la Quatrième, obstiné à en assurer la restauration, ce qui dresserait contre lui une bonne partie de l'opinion publique. Pour beaucoup de citoyens, surtout dans les jeunes générations, le parlementarisme n'est plus la meilleure incarnation de la République et certaines réformes du gaullisme doivent être conservées. D'autre part, les indépendants et le M.R.P. n'accepteraient pas l'alliance avec le P.C. et celui-ci ne pourrait consentir que très difficilement à l'alliance avec les indépendants et le M.R.P. Coaliser tous les antigaullistes n'est probablement qu'une chimère.

La seconde stratégie consiste à unir les partis opposés au général, à l'exception du parti communiste. Cela reviendrait en somme à reconstituer la majorité 1956-1958, qui s'est déjà réincarnée en 1962 dans le cartel des « non ». Tel est l'objectif du Comité des démocrates, qui associe les radicaux, le M.R.P. et les indépendants et rêve d'attirer à lui la S.F.I.O. Beaucoup pensent que M. Guy Mollet penche au fond de lui-même pour une solution qui lui permettrait d'être le premier ministre du président de la République Antoine Pinay. Si le général de Gaulle ne se représente pas, une telle coalition a quelques chances de se constituer. Elle en a moins de gagner la bataille. Au défaut essentiel de la précédente — représenter un syndicat des anciens de l'ancien régime — elle en ajoute un autre : le parti communiste a tout intérêt à la faire échouer. L'alliance du P.C et du gaullisme, qui a fait tomber la Quatrième République, peut l'empêcher de renaître.

La troisième stratégie consiste à unir au premier tour les partis du centre (S.F.I.O., radicaux et M.R.P.), en espérant que leur candidat bénéficiera du soutien communiste au second. C'était l'hypothèse de base de la candidature Defferre. Elle repose sur le fait essentiel que la gauche ne peut vaincre qu'en réunissant à la fois les voix communistes et un certain nombre de suffrages marginaux du centre. Ces derniers risquent de lui manquer s'il y a une candidature unique de la gauche au premier tour. Au contraire si le candidat centriste arrive en tête avec le gaulliste, la loi électorale lui permet au second tour de recevoir les suffrages communistes sans alliance avec le P.C. ni même désistement formel de celui-ci. Peut-on encore revenir à une stratégie de ce type et faire du defferrisme sans Defferre (ou rappeler le maire de Marseille) ? Cela paraît douteux. L'opposition a perdu ainsi sa chance principale à court terme.

La quatrième stratégie consiste à présenter dès le premier tour un candidat unique de la gauche, soutenu par le parti communiste, le P.S.U., la S.F.I.O., un certain nombre de radicaux et des clubs politiques. Elle ne comporterait guère de chances de succès immédiat, car ce candidat serait probablement battu. Mais elle aurait une grande importance à long terme. Elle pourrait aider à la fois l'évolution interne du P.C., ainsi débarrassé du « complexe du ghetto », et l'éducation des citoyens, peu à peu libérés de leurs réactions anticommunistes. En contribuant à réintégrer les communistes dans le jeu politique normal on détruirait la cause fondamentale de l'impuissance de la gauche. Une candidature de ce genre aurait une valeur éducative.

La première stratégie est impossible. La seconde conduirait probablement à une défaite sans contrepartie. La troisième est difficile à mettre en œuvre après l'échec des projets Defferre. Finalement, la quatrième est sans doute la meilleure que l'opposition puisse désormais choisir. Le pire serait qu'elle n'en choisisse aucune en continuant à atermoyer jusqu'à la veille de l'élection.

MAURICE DUVERGER.

484
Jeudi 29 juillet

« Le choix de l'opposition » par Maurice Duverger

Duverger (bon analyste sur idées fausses) fait à peu près le point de la situation de la gauche à la veille de l'élection présidentielle. C'est évidemment la dernière hypothèse qui reste la seule possible.

Un seul événement : ta lettre.
Mon amour, mon amour, un jour sans toi c'est attendre de vivre. Tout le reste du temps je crois que j'ai dormi et lu « l'Espion » affalé sur la brouette !
A déjeuner sont venus les Dumas et les Pouyane.

Soleil, admirable douceur de ce Hossegor de juillet.

Je viens de passer vingt-quatre heures de somnolence, de paresse, de lézardage.

Mais au-dedans de moi, l'image merveilleuse d'une femme que j'aime : Anne, la mono.

485
Vendredi 30 juillet

[Bande dessinée de Copi]

486
Vendredi 30 juillet

Matin à Hossegor

Compétition au golf (minable)

Par une belle fin d'après-midi je pars (heureux) vers toi mon Anne chérie.

Je dîne et dors à Saint-Simon, petite commune du bord de la Charente, chez mon frère Philippe.

La commune mitoyenne de Saint-Simon, au sud, est Saint-Amand-de-Boixe. Voici la façade de son église abbatiale.
La commune à l'ouest est Bassac dont l'Abbaye vaut d'être vue

Nuit paisible derrière les « contrevents » de bois plein, au-dessus des tilleuls odorants. La Charente coule au bas de la prairie, lente entre ses roseaux.
Tel est mon pays.

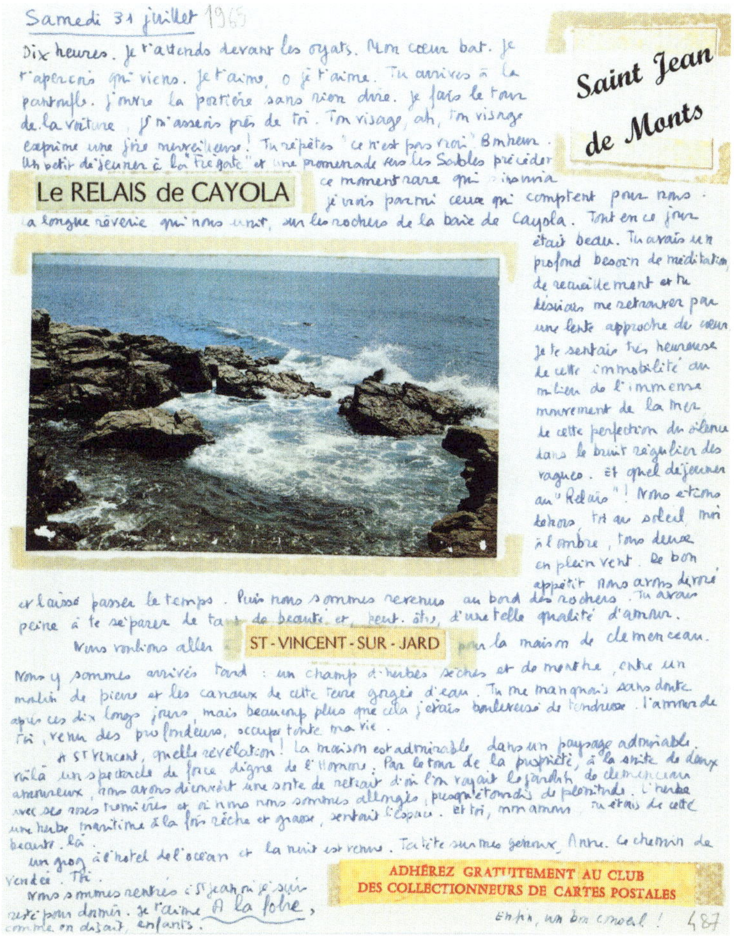

487
Samedi 31 juillet

Dix heures. Je t'attends devant les oyats. Mon cœur bat. Je t'aperçois qui viens. Je t'aime, O je t'aime. Tu arrives à la pantoufle. J'ouvre la portière sans rien dire. Je fais le tour de la voiture, je m'assois près de toi. Ton visage, ah, ton visage exprime une joie merveilleuse ! Tu répètes « ce n'est pas vrai ». Bonheur. Un petit déjeuner à la « Frégate » et une promenade vers les Sables précèdent ce moment rare qui s'inscrira je crois parmi ceux qui comptent pour nous.
La longue rêverie qui nous unit, sur les rochers de la baie de Cayola. Tout en ce jour était beau. Tu avais un profond besoin de méditation, de recueillement et tu désirais me retrouver par une lente approche du cœur. Je te sentais très heureuse de cette immobilité au milieu de l'immense mouvement de la mer, de cette perfection du silence dans le bruit régulier des vagues. Et quel déjeuner au « Relais » ! Nous étions dehors, toi au soleil, moi à l'ombre, tous deux en plein vent. De bon appétit nous avons dévoré et laissé passer le temps. Puis nous sommes revenus au bord des rochers. Tu avais peine à te séparer de tant de beauté et, peut-être, d'une telle qualité d'amour.
Nous voulions aller à St-Vincent-sur-Jard pour la maison de Clemenceau.
Nous y sommes arrivés tard : un champ d'herbes sèches et de menthe, entre un moulin de pierre et les canaux de cette terre gorgée d'eau. Tu me manquais sans doute après ces dix longs jours, mais beaucoup plus que cela j'étais bouleversé de tendresse. L'amour de toi, venu des profondeurs, occupe toute ma vie.
A St Vincent, quelle révélation ! La maison est admirable dans un paysage admirable. Voilà un spectacle de force, digne de l'Homme. Par le tour de la propriété, à la suite de deux amoureux, nous avons découvert une sorte de retrait d'où l'on voyait le jardin de Clemenceau avec ses roses trémières et où nous nous sommes allongés, presqu'étourdis de plénitude. L'herbe une herbe maritime à la fois rêche et grasse, sentait l'espace. Et toi, mon amour, tu étais de cette beauté-là.
Un grog à l'hôtel de l'Océan et la nuit est venue. Ta tête sur mes genoux, Anne. Ce chemin de Vendée. Toi.
Nous sommes rentrés à St Jean où je suis resté pour dormir. Je t'aime A la folie, comme on disait, enfants.

Adhérez gratuitement au club des collectionneurs de cartes postales
Enfin, un bon conseil !

488
Août

Rêverie en Vendée

489
Dimanche 1er août

Réveil à l'Hôtel de la Plage
Au revoir Saint-Jean-de-Monts
Je t'écris, mon amour – et je pars à 10 h 30. Non sans avoir absorbé deux crêpes à La Frégate
Oui, au revoir Saint-Jean-de-Monts charmante petite ville préfabriquée en bordure d'une mer forte et noble.

Tout de même, un peu de modestie siérait !
La station balnéaire la plus centrale d'Europe

Longue route. Arrêts à Mouilleron-en-Pareds (tombe du Maréchal de Lattre), à Parthenay, à Saint-Savin.
Je n'ai pas le temps de me reposer à Château-Chinon et vais visiter le conseil municipal de Chaumard et je dîne avec le maire.

Je t'aime.

490
Lundi 2 août

Evénement sacro-saint : la course cycliste dite le Critérium de France.
C'est le jour sommet de l'année pour Château-Chinon.
La Nièvre tout entière se déplace pour voir Jacques Anquetil, 4 fois vainqueur du Critérium de France, Gimondi, Poulidor [...] C'est Stablinski qui gagne.

On fait les choses sérieusement, à la mairie !
Arrêté municipal à respecter « à respecter » !!! [...] Durant toute la durée de l'épreuve et sur tout le circuit, les piétons devront se conformer aux directives du service d'ordre. La circulation de tout animal (chien, chat, poule) pendant le même temps est rigoureusement interdite. Et les ânes ? [...] Toutes infractions aux dispositions du présent arrêté seront constatées et poursuivies conformément aux lois. Ah ah !

Le soir même je regagne Paris à bord de la pantoufle et retrouve à 23 heures Dayan et Bérard-Quélin au Ruc du Palais-Royal.

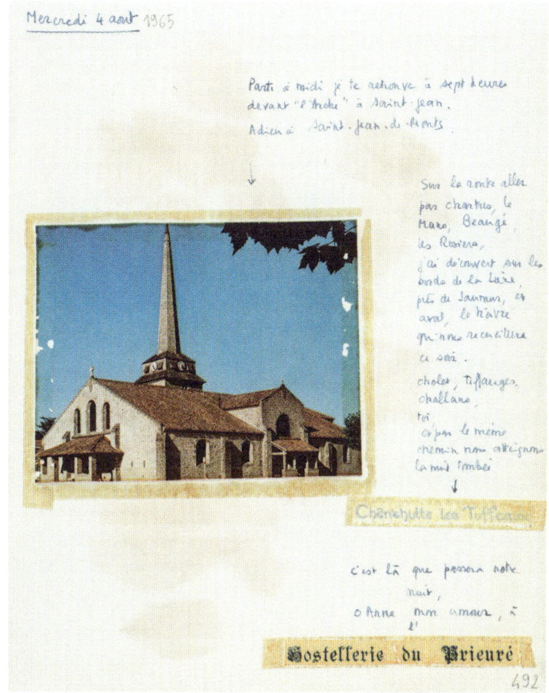

491

Mardi 3 août

Moi, sur le théâtre des exploits super-cyclistes entre le vainqueur, Stablinski, son second, Anglade, la reine de Château-Chinon, et le speaker de la course.

Journée à Paris, travail, banque, courrier, coiffeur, courses, rendez-vous.
Je déjeune chez ma sœur Colette.

Longue conversation avec Mendès France, chez lui.

Forte densité de christianisme militant à Marzy

Il était temps d'y aller ! Le feu détruit la coupole de l'ancienne cathédrale de Saintes […]

J'ai reçu une lettre de toi. Je suis heureux.

Dîner rue Mazarine Au Feu de Braise

492

Mercredi 4 août

Parti à midi je te retrouve à sept heures devant « l'Arche » à Saint-Jean. Adieu à Saint-Jean-de-Monts.

Sur la route aller par Chartres, Le Mans, Beaugé, Les Rosiers, j'ai découvert sur les bords de la Loire, près de Saumur, en aval, Le Havre qui nous recueillera ce soir.
Cholet, Tiffauges, Challans, toi, et par le même chemin nous atteignons la nuit tombée Chênehutte les Tuffeaux

C'est là que passera notre nuit, O Anne mon amour, à l'Hostellerie du Prieuré

493
Jeudi 5 août

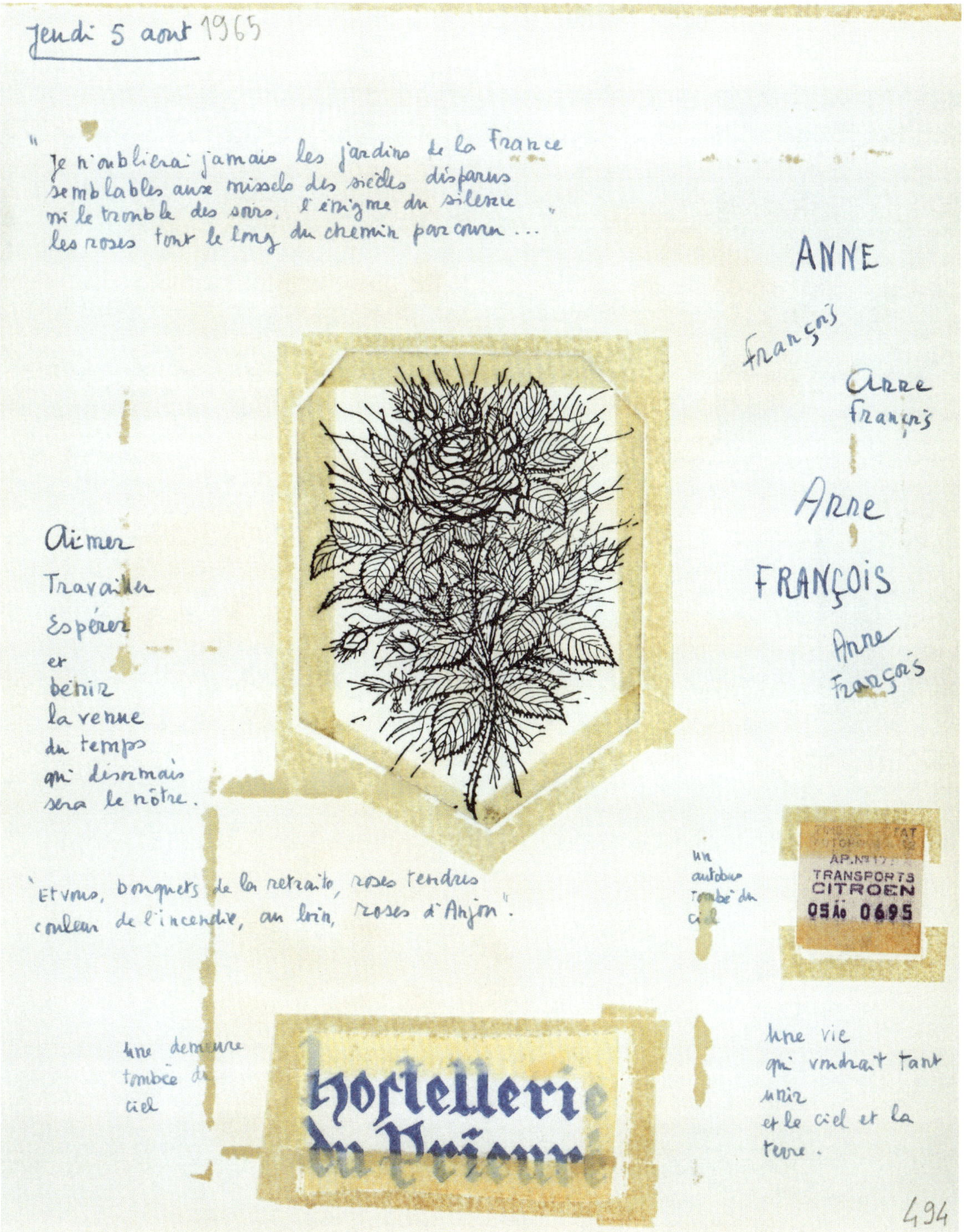

494

Jeudi 5 août

« Je n'oublierai jamais les jardins de la France
semblables aux missels des siècles disparus
ni le trouble des soirs, l'énigme du silence
les roses tout le long du chemin parcouru… »

ANNE François / Anne François / Anne FRANÇOIS / Anne François

Aimer Travailler Espérer et bénir la venue du temps qui désormais sera le nôtre.
« Et vous, bouquets de la retraite, roses tendres
couleur de l'incendie, au loin, roses d'Anjou. »

Un autobus tombé du ciel AP. Transports Citroën
Une demeure tombée du ciel Hostellerie du Prieuré
Une vie qui voudrait tant unir et le ciel et la terre.

496
Samedi 7 août

Et voici Hossegor

N'oublions pas hier et son troquet de vieille province. Vive Aulnay !
Restaurant de l'Union, Madame Monnet, Aulnay-de-Saintonge
Anne, ce journal lui-même ne saura pas ce que ces admirables ou humbles moments, signifient pour nous.
5 et 6 août 1965

Cet après-midi nous allons à Yons, pour la première fois de l'année.
L'orage monte de la mer
nous nous abritons sous les pins tordus de la première ligne de forêt.
Joie éclatante.
Et la lumière dorée, ô lumière de Giotto
revient en nous.
Anne, ma merveille.

495
Vendredi 6 août

Deuxième jour. Chênehutte. Aulnay. Anne, Anne, Anne, Anne, Anne, Anne, Anne, Anne, Anne, Anne, Anne, Hossegor.

Dimanche 8 août 1965

Dimanche à Latche
au coin de la vigne et du bois de
pins.
Nous nous partageons le soleil et
l'ombre.
Comme je t'aime, mon Anne.
Les heures passent
sans autre histoire
que la nôtre.
Je t'aime et ne t'en dis rien :
déjà ce serait trop.
Toi tu as besoin en ce jour où
l'âme se reprend
de calme et de silence.
Oui, rien d'autre que le bonheur
d'aimer.

A quoi s'occupent
les journaux →

Sondage sur les chances élyséennes

Pinay et Defferre gardent la préférence

L'INSTITUT français d'opinion publique vient de procéder à un sondage à propos de l'élection présidentielle. Question posée : « Quel est le candidat valable à opposer au général de Gaulle en décembre prochain ? »

Voici les réponses enregistrées par l'I.F.O.P. et que nous publions grâce à l'obligeance de notre confrère Le Figaro.

M. Antoine Pinay

Valable	34 %
Pas valable	31 %
Ne se prononcent pas	35 %

M. Gaston Defferre

Valable	30 %
Pas valable	34 %
Ne se prononcent pas	36 %

M. Guy Mollet

Valable	23 %
Pas valable	41 %
Ne se prononcent pas	36 %

M. Tixier-Vignancour

Valable	19 %
Pas valable	39 %
Ne se prononcent pas	42 %

M. Pierre Mendès-France

Valable	17 %
Pas valable	44 %
Ne se prononcent pas	39 %

M. Maurice Faure

Valable	16 %
Pas valable	36 %
Ne se prononcent pas	48 %

M. Pierre Marcilhacy

Valable	8 %
Pas valable	29 %
Ne se prononcent pas	63 %

M. Joseph Fontanet

Valable	6 %
Pas valable	32 %
Ne se prononcent pas	62 %

LES Français interrogés par l'I.F.O.P. donnent la préférence aux personnalités qui ne sont pas candidates à l'Elysée. Le plus étonnant n'est pas le pourcentage obtenu par M. Pinay, mais celui de M. Defferre.

Les 34 % du maire de Saint-Chamond ne sont que l'écho des multiples commentaires qui à tort ou à raison le présentent comme le seul danger redouté par les gaullistes. En revanche, que 30 % des personnes interrogées croient encore que Gaston Defferre, après les mésaventures de la fédération et son retrait de la compétition, soit un candidat valable, prouve que l'élection présidentielle sera plus affaire de notoriété que de choix politique. Une autre preuve en est donnée par le chiffre qu'obtient Guy Mollet. Celui-ci n'a jamais été en course, mais son antagonisme avec Defferre a finalement servi l'un et l'autre devant l'opinion.

Un nom manque dans ce sondage : François Mitterrand, qui dans les conditions actuelles est le mieux placé pour être le candidat de la gauche non communiste.

Il reste encore à savoir si les pourcentages obtenus par les uns et les autres peut amener Pinay et Defferre à changer d'attitude. C'est douteux.

une bonne recette pour Yons ↓

497

497

Dimanche 8 août

Dimanche à Latche au coin de la vigne et du bois de pins. Nous nous partageons le soleil et l'ombre.
Comme je t'aime, mon Anne.
Les heures passent sans autre histoire que la nôtre.
Je t'aime et ne t'en dis rien : déjà ce serait trop. Toi tu as besoin en ce jour où l'âme se reprend de calme et de silence.
Oui, rien d'autre que le bonheur d'aimer.

A quoi s'occupent les journaux

Une bonne recette pour Yons

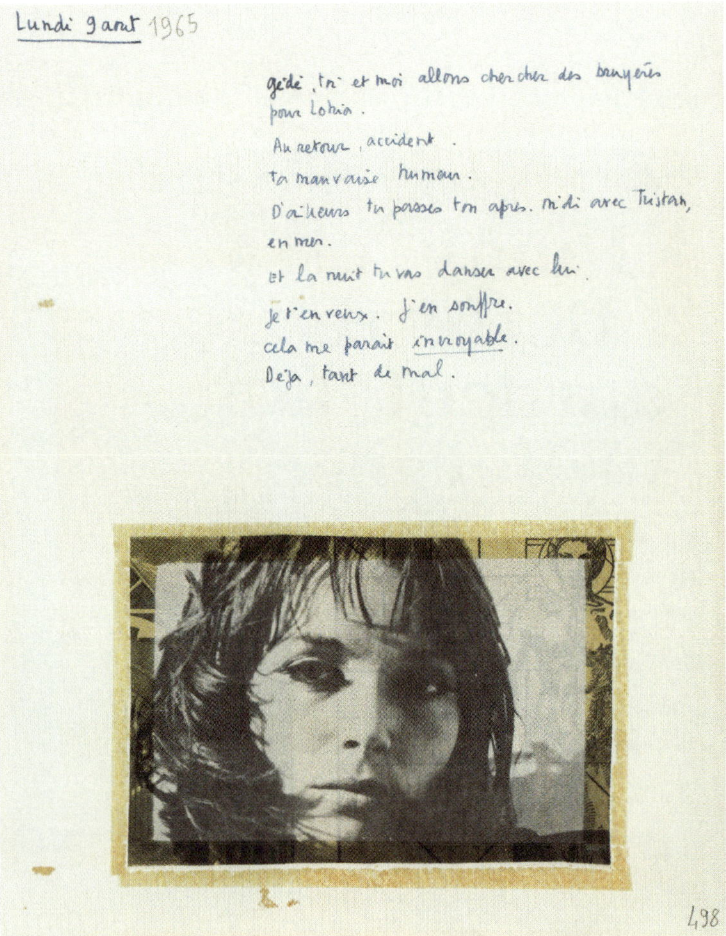

Lundi 9 août 1965

Gédé, toi et moi allons chercher des bruyères
pour Lohia.
Au retour, accident.
Ta mauvaise humeur.
D'ailleurs tu passes ton après-midi avec Tristan,
en mer.
Et la nuit tu vas danser avec lui.
Je t'en veux. J'en souffre.
Cela me paraît incroyable.
Déjà, tant de mal.

498

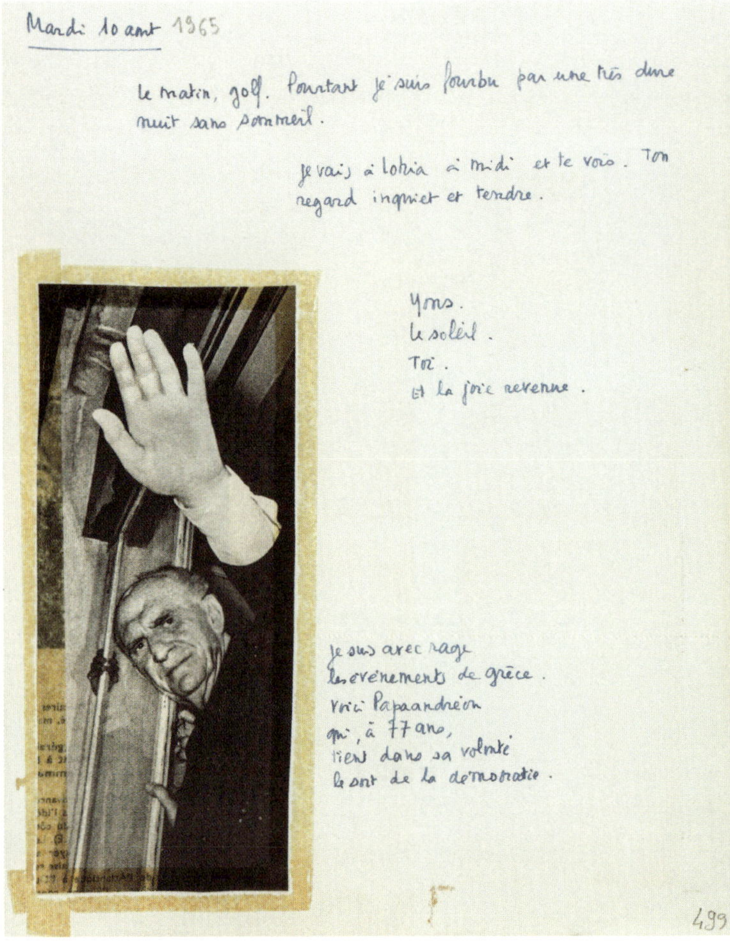

Mardi 10 août 1965

Le matin, golf. Pourtant je suis fourbu par une très dure
nuit sans sommeil.

Je vais à Lohia à midi et te vois. Ton
regard inquiet et tendre.

Yons.
Le soleil.
Toi.
Et la joie revenue.

Je suis avec rage
les événements de Grèce.
Voici Papandréou
qui, à 77 ans,
tient dans sa volonté
le sort de la démocratie.

499

498
Lundi 9 août

Gédé, toi et moi allons chercher des bruyères pour Lohia.
Au retour, accident.
Ta mauvaise humeur.
D'ailleurs tu passes ton après-midi avec Tristan, en mer.
Et la nuit tu vas danser avec lui.
Je t'en veux. J'en souffre.
Cela me paraît incroyable.
Déjà, tant de mal.

499
Mardi 10 août

Le matin, golf. Pourtant je suis fourbu par une très dure nuit sans sommeil.

Je vais à Lohia à midi et te vois. Ton regard inquiet et tendre.

Yons.
Le soleil.
Toi.
Et la joie revenue.

Je suis avec rage les événements de Grèce. Voici Papandréou qui, à 77 ans, tient dans sa volonté le sort de la démocratie.

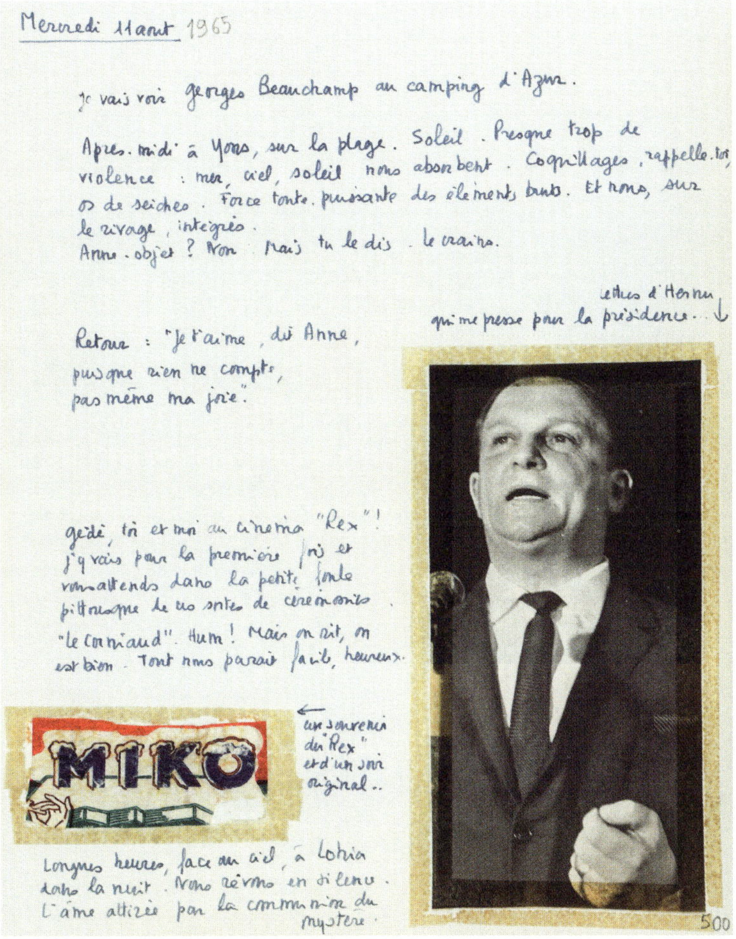

500
<u>Mercredi 11 août</u>

Je vais voir Georges Beauchamp au camping d'Azur.

Après-midi à Yons, sur la plage. Soleil. Presque trop de violence : mer, ciel, soleil nous absorbent. Coquillages, rappelle-toi, os de seiches. Force toute-puissante des éléments bruts. Et nous, sur le rivage, intégrés.
Anne-objet ? Non. Mais tu le dis. Le crains.

Lettres d'Hernu qui me presse pour la présidence…

Retour : « Je t'aime, dit Anne, puisque rien ne compte, pas même ma joie ».

Gédé, toi et moi au cinéma « Rex » ! J'y vais pour la première fois et vous attends dans la petite foule pittoresque de ces sortes de cérémonies. « Le Corniaud ». Hum ! Mais on rit, on est bien. Tout nous paraît facile, heureux.

Miko un souvenir du « Rex » et d'un soir original…

Longues heures, face au ciel, à Lohia dans la nuit. Nous rêvons en silence. L'âme attirée par la communion du mystère.

501
<u>Jeudi 12 août</u>

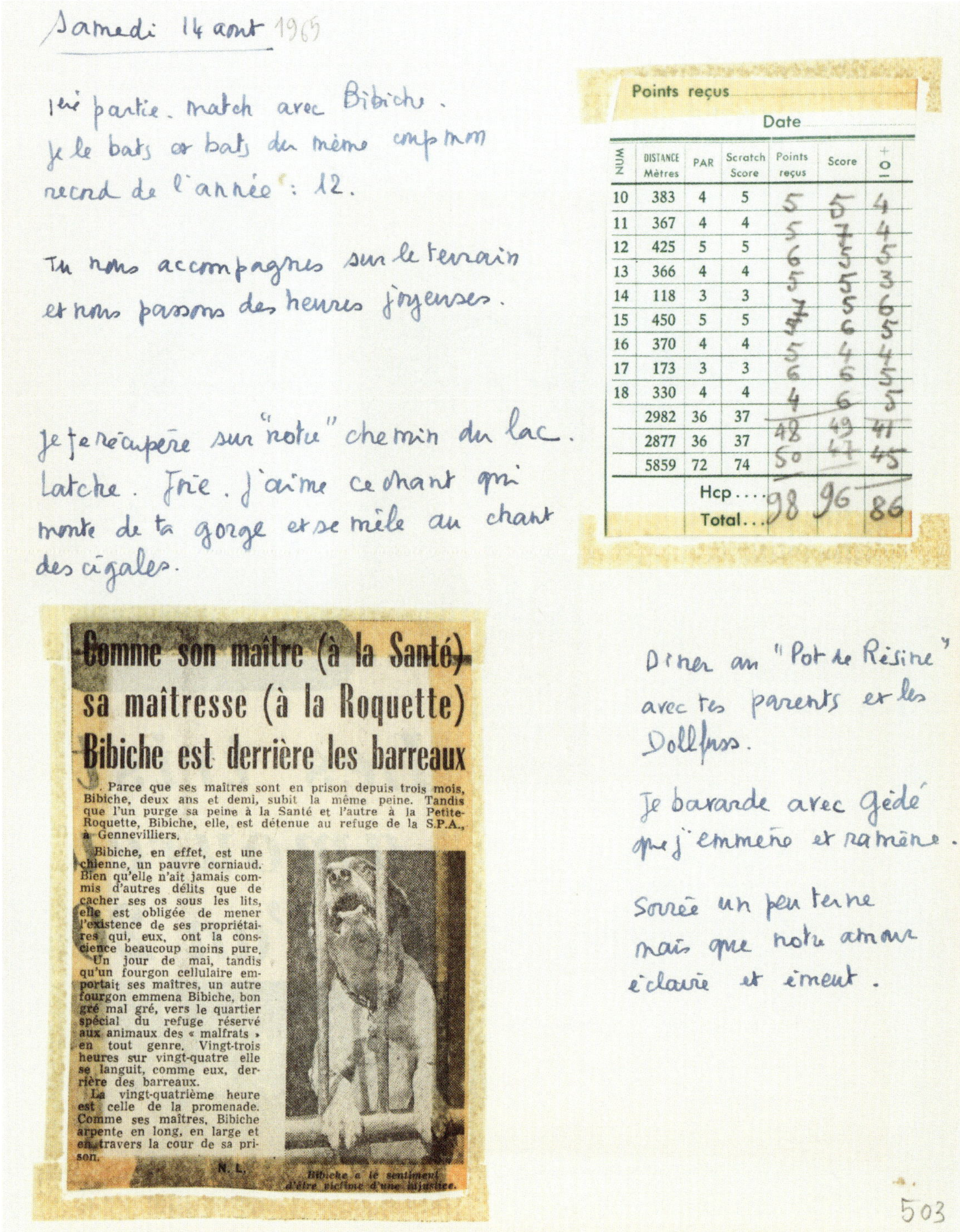

503
Samedi 14 août

1ère partie-match avec Bibiche.
Je le bats et bats du même coup mon record de l'année : 12.

Tu nous accompagnes sur le terrain et nous passons des heures joyeuses.

Je te récupère sur « notre » chemin du lac. Latche. Joie. J'aime ce chant qui monte de ta gorge et se mêle au chant des cigales.

Dîner au « Pot de Résine » avec tes parents et les Dollfus.
Je bavarde avec Gédé que j'emmène et ramène.
Soirée un peu terne mais que notre amour éclaire et émeut.

502
Vendredi 13 août

504
Dimanche 15 août

Le quinze août n'a pas arrêté les ardeurs sportives de Diesel et Bibiche. Re-match. Que je gagne. 15.
Déjeuner avec Beauchamp à Hossegor.

Nous allons à Latche.
Le chêne, le ciel, la vigne, le bang, toi, la paix du cœur et du corps.

Considérations sur le zèbre et l'âne.
Les remords de Gédé.

Dîner chez les Destouesse avec tes parents.
La fête de Moliets.

Dans la nuit fraîche je rentre avec amour,
pour toi Anne chérie.

505
Lundi 16 août

Compétition de golf. Je joue avec Jean Bréaud, venu me voir de St Jean de Luz. Tu nous accompagnes.
Nous déjeunons à Seignosse : belle maison landaise au bord du Lac Noir.
Trop d'apprêt parisien mais de bonnes idées. J'en prends note pour Latche.

Toi, justement, à Latche par un après-midi craquant de chaleur.
Beauté, calme.

Je garde à dîner les Bréaud ce qui m'empêche d'aller au Pot de Résine où nous pensions aller ensemble.

Un portrait que tu aimeras : Bartók (avec sa sœur)

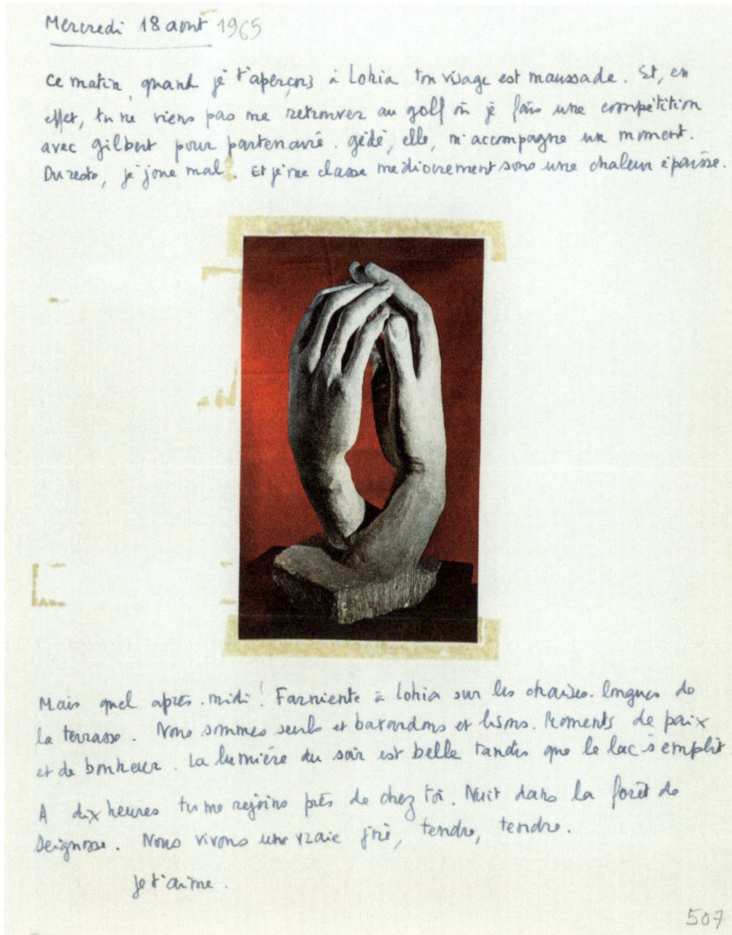

506
Mardi 17 août

Matinée dans ta chambre à Lohia. Musique, douceur.

Après-midi à Yons, derrière la dune par une chaleur crissante. Tu as le profil S. A chacune de mes questions tu réponds invariablement « ça m'est égal » du ton le plus faussement aimable. Nous rentrons par la lumière de gloire que nous aimons. Cependant tu t'enfermes en toi-même. Tristesse. Et toute la nuit je remue ce désaccord inattendu. Cela me ronge. Je m'aperçois que je ne supporte pas le moindre malentendu avec toi. Le corps ne parle jamais pour l'âme si l'âme choisit parfois le corps pour s'exprimer.
Anne, mon amour.

507
Mercredi 18 août

Ce matin, quand je t'aperçois à Lohia ton visage est maussade. Et, en effet, tu ne viens pas me retrouver au golf où je fais une compétition avec Gilbert pour partenaire. Gédé, elle, m'accompagne un moment. Du reste, je joue mal. Et je me classe médiocrement sous une chaleur épaisse.

Mais quel après-midi ! Farniente à Lohia sur les chaises-longues de la terrasse. Nous sommes seuls et bavardons et lisons. Moments de paix et de bonheur. La lumière du soir est belle tandis que le lac s'emplit.

A dix heures tu me rejoins près de chez toi. Nuit dans la forêt de Seignosse. Nous vivons une vraie joie, tendre, tendre.
Je t'aime.

Jeudi 19 août 1965

Ça recommence…

Combat →

APRÈS L'ÉCHEC DE LA FÉDÉRATION DE GASTON DEFFERRE

La gauche étudierait les chances d'une candidature de F. Mitterrand

AUX ÉLECTIONS PRÉSIDENTIELLES

"Le Canard Enchaîné" ↓

Crac

L'idée d'une candidature « européenne », même si elle n'a guère de chances, présente quelques avantages pour ces messieurs-dames du Centre et des Indépendants. Because la candidature de François Mitterrand. Ou plutôt la candidature européenne est actuellement agitée pour empêcher celle de Mitterrand.

C'est une opération assez subtile visant tout spécialement… le camarade Mollet. Suivez bien le raisonnement…

Enfoncé

Mitterrand, donc, est candidat. Pas idiot, le beau François estime qu'il n'a pas tellement de chances de passer aux présidentielles contre de Gaulle. Mais il estime aussi qu'avec la Fédération qui va naître, plus l'appui des communistes, même en douce, il peut se constituer un rassemblement capable de faire bonne figure aux présidentielles et, surtout, de remporter la majorité aux législatives qu'on prévoit généralement pour le début de 1966. Et même s'il ne remportait pas ces élections, il y aurait enfin une opposition puissante, organisée et tout.

Or ce plan de Mitterrand présente un inconvénient pour le centre et les modérés : ils n'ont guère de place dans ce rassemblement de gauche, dominé par les socialistes… et que feraient-ils aux législatives, eux qui ont la bonne habitude de maquereauter tantôt avec l'U.N.R., tantôt avec la gauche ? Ils seraient écrasés… ou obligés de se rallier soit aux fédéras, soit au bloc zuénère. Douloureux dilemme !

Et voilà pourquoi Maurice Faure et ses amis essayent de convaincre Guy Mollet de ne pas soutenir Mitterrand.

Au 44

L'Express publie cette semaine une photo de Mitterrand se livrant au farniente dans sa propriété d'Hossegor. Il partage son temps entre ses vacances et sa mairie de Château - Chinon. Il ne s'occupe quasiment pas de politique !

C'est à se demander s'il n'a pas un sosie, car des témoins dignes de foi ont vu entrer, la semaine dernière, au 44, de la place Kossuth, à Paris, siège du Comité central du Parti communiste français, un bipède qu'on eût pris pour Mitterrand. !!!

Il est vrai que son type de beau ténébreux grassouillet est fort répandu. !!!

Causons

Comme ce n'était sûrement pas lui, on n'en est que plus à l'aise pour révéler que l'inconnu causa ainsi aux camarades communistes présents :

— Il (le visiteur inconnu qui ressemblait à François) ne tenait pas du tout à ce qu'il y ait des contacts publics entre lui et les communistes. Il demandait à ceux-ci de se déterminer seulement en fonction d'un programme politique en quatre points, à savoir :

— Retour à la démocratie ;
— Unité des gauches ;
— Révision du Pacte Atlantique et politique de coexistence ;
— Une Europe démocratique par le recours au suffrage universel.

Quel dommage que ce visiteur n'ait pas été Mitterrand. Il aurait en effet compris que les communistes étaient très intéressés.

Journée calme ici avec toi et qui ne correspond guère à l'agitation de la presse parisienne à nouveau prise de fièvre présidentielle.

Quel bon après-midi à Lohia ! Seuls. Gédé, partie dans les pyrénées avec la Smala Ametsa. Lecture. Bonheur d'être ensemble. Promenade sur le lac. Que tu es belle, mon Anne. Le bonheur, c'est aujourd'hui. Ce n'est même pas l'espérance. Merveille du temps présent. Ce matin j'avais joué au golf, écrit des lettres, répondu à des journalistes mis en goût par les bobards du "Canard". Ce soir visite aux La Gontrie, à Capbreton. Dans la nuit je vais te voir mais ta chambre n'est pas éclairée. Tu n'es pas non plus sur la terrasse. Je pars en te laissant mille pensées d'adoration.

508

508

Jeudi 19 août

Ça recommence…

Combat […] La gauche étudierait les chances d'une candidature de F. Mitterrand aux élections présidentielles

« Le Canard Enchaîné » […] C'est à se demander s'il n'a pas un sosie, car des témoins dignes de foi ont vu entrer, la semaine dernière, au 44 de la place Kossuth, à Paris, siège du Comité central du Parti communiste français, un bipède qu'on eut pris pour Mitterrand. !!! Il est vrai que son type de beau ténébreux grassouillet est fort répandu. !!!

Journée calme ici avec toi et qui ne correspond guère à l'agitation de la presse parisienne à nouveau prise de fièvre présidentielle.

Quel bon après-midi à Lohia ! Seuls. Gédé, partie dans les Pyrénées avec la Smala Ametsa. Lecture. Bonheur d'être ensemble. Promenade sur le lac. Que tu es belle, mon Anne. Le bonheur, c'est aujourd'hui. Ce n'est même pas l'espérance. Merveille du temps présent.

Ce matin j'avais joué au golf, écrit des lettres, répondu à des journalistes mis en goût par les bobards du « Canard ».

Ce soir visite aux La Gontrie, à Capbreton. Dans la nuit je vais te voir mais ta chambre n'est pas éclairée. Tu n'es pas non plus sur la terrasse. Je pars en te laissant mille pensées d'adoration.

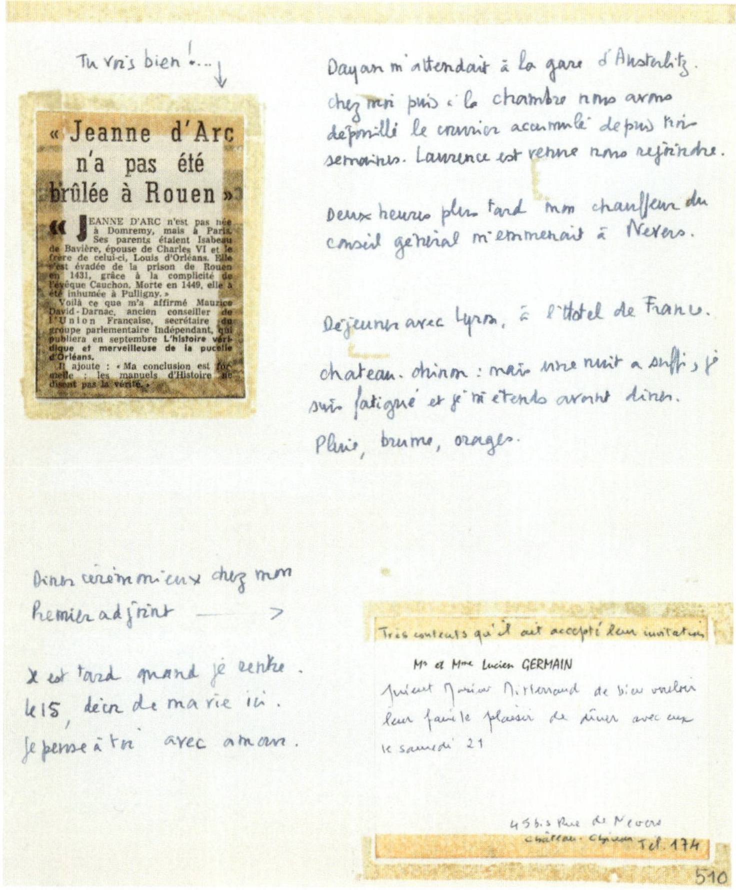

509
Vendredi 20 août

Merveilleuse journée

Mon Anne, cet après-midi, à Latche
ton visage irradiait le bonheur.

Joie profonde, semblable à celle de la nuit du 12.

ça te rappelle le Crillon et les amours de Guy, le beau cousin… !

Ensemble nous sommes allés à Moliets. Pittoresque visite aux Destouesse et aux Barbot.
Retour dans la nuit. Allégresse.

Mais je dois partir pour la Nièvre, via Paris

510
[Samedi 21 août]

Tu vois bien !… « Jeanne d'Arc n'a pas été brûlée à Rouen »

Dayan m'attendait à la gare d'Austerlitz. Chez moi puis à la chambre nous avons dépouillé le courrier accumulé depuis trois semaines. Laurence est venue nous rejoindre.

Deux heures plus tard mon chauffeur du Conseil général m'emmenait à Nevers.

Déjeuner avec Lyron, à l'Hôtel de France.

Château-Chinon : mais une nuit a suffi, je suis fatigué et je m'étends avant dîner.
Pluie, brume, orages.
Dîner cérémonieux chez mon Premier adjoint

Il est tard quand je rentre. Le 15, décor de ma vie ici.
Je pense à toi avec amour.

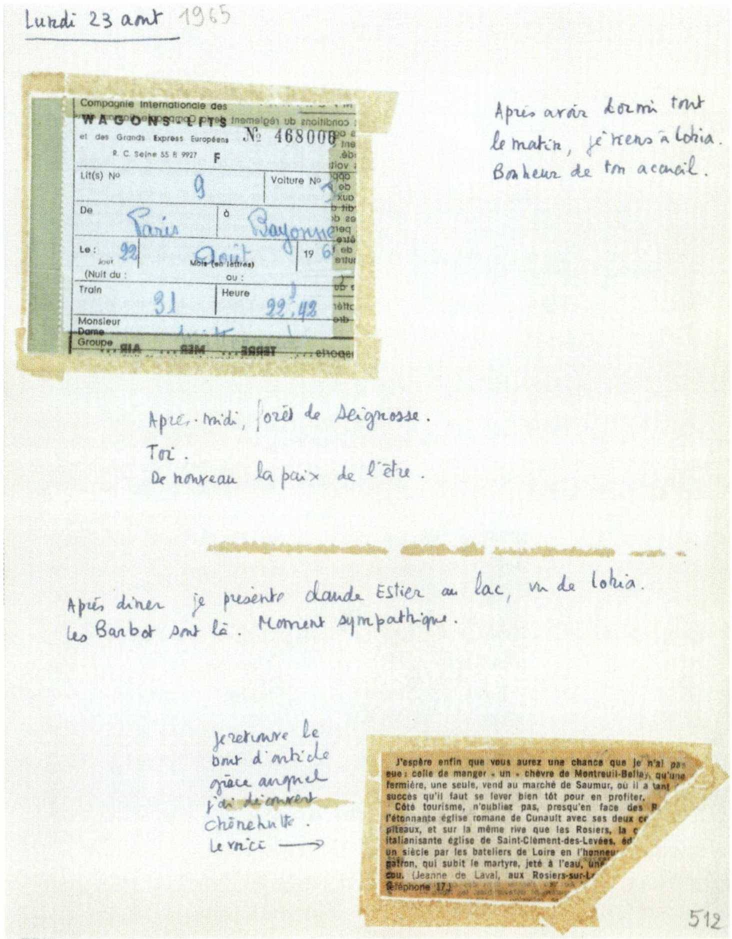

511
Samedi 21 août

Dimanche 22 août

Oui, c'est un dimanche Nivernais…
Luzy, Château-Chinon, Cercy-la-Tour, Champagne, Ouroux, Clamecy…
Comice agricole, fête folklorique, visites mortuaires, conciliabules électoraux (pour le Sénat), et un déjeuner à Langy avant le retour dodelinant, en auto, à Paris, l'arrêt-dînette à Barbizon, et le train qui, d'Austerlitz, me ramènera à Bayonne.

512
Lundi 23 août

Après avoir dormi tout le matin, je viens à Lohia. Bonheur de ton accueil.

Après-midi, forêt de Seignosse.
Toi.
De nouveau la paix de l'être.

Après dîner je présente Claude Estier au lac, vu de Lohia.
Les Barbot sont là. Moment sympathique.

Je retrouve le bout d'article grâce auquel j'ai découvert Chênehutte.
Le voici

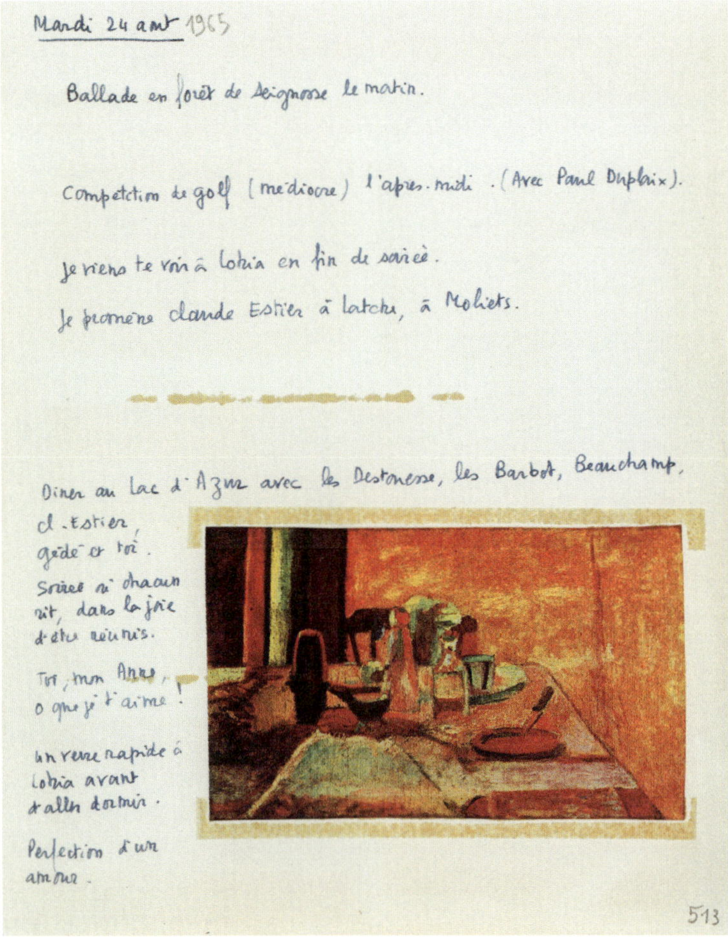

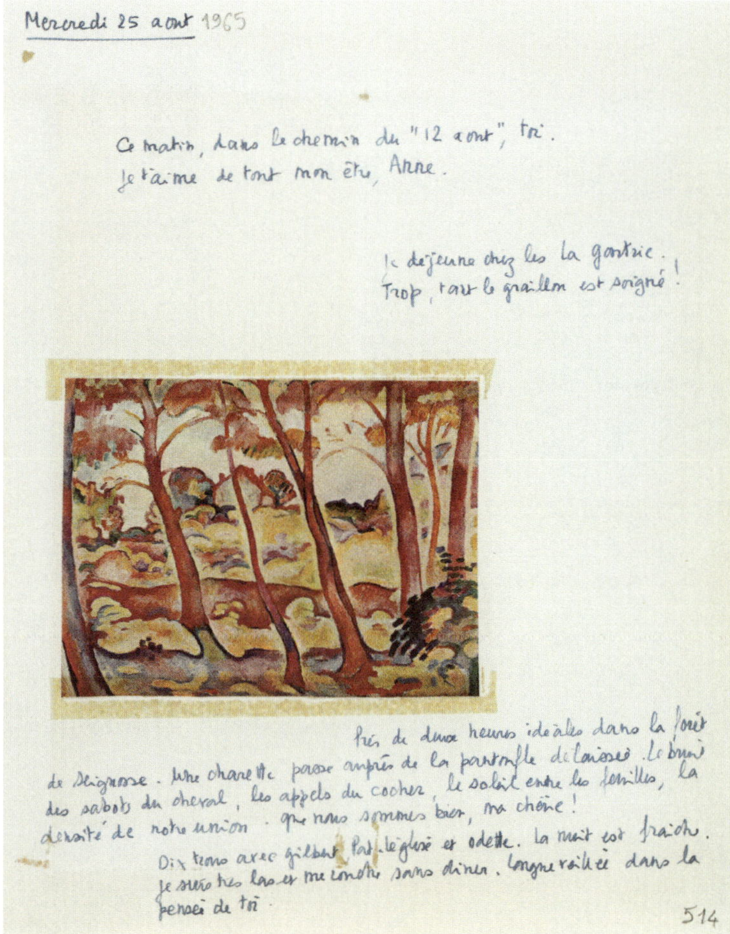

513
Mardi 24 août

Balade en forêt de Seignosse le matin.

Compétition de golf (médiocre) l'après-midi. (Avec Paul Duplaix).

Je viens te voir à Lohia en fin de soirée.
Je promène Claude Estier à Latche, à Moliets.

Dîner au Lac d'Azur avec les Destouesse, les Barbot, Beauchamp, Cl. Estier, Gédé et toi.
Soirée où chacun rit, dans la joie d'être réunis.

Toi, mon Anne, O que je t'aime !

Un verre rapide à Lohia avant d'aller dormir.

Perfection d'un amour.

514
Mercredi 25 août

Ce matin, dans le chemin du « 12 août », toi.
Je t'aime de tout mon être, Anne.

Je déjeune chez les La Gontrie.
Trop, tant le graillou est soigné !

Près de deux heures idéales dans la forêt de Seignosse. Une charrette passe auprès de la pantoufle délaissée. Le bruit des sabots du cheval, les appels du cocher, le soleil entre les feuilles, la densité de notre union. Que nous sommes bien, ma chérie !

Dix trous avec Gilbert, Pat. Léglise et Odette. La nuit est fraîche.
Je suis très las et me couche sans dîner. Longue veillée dans la pensée de toi.

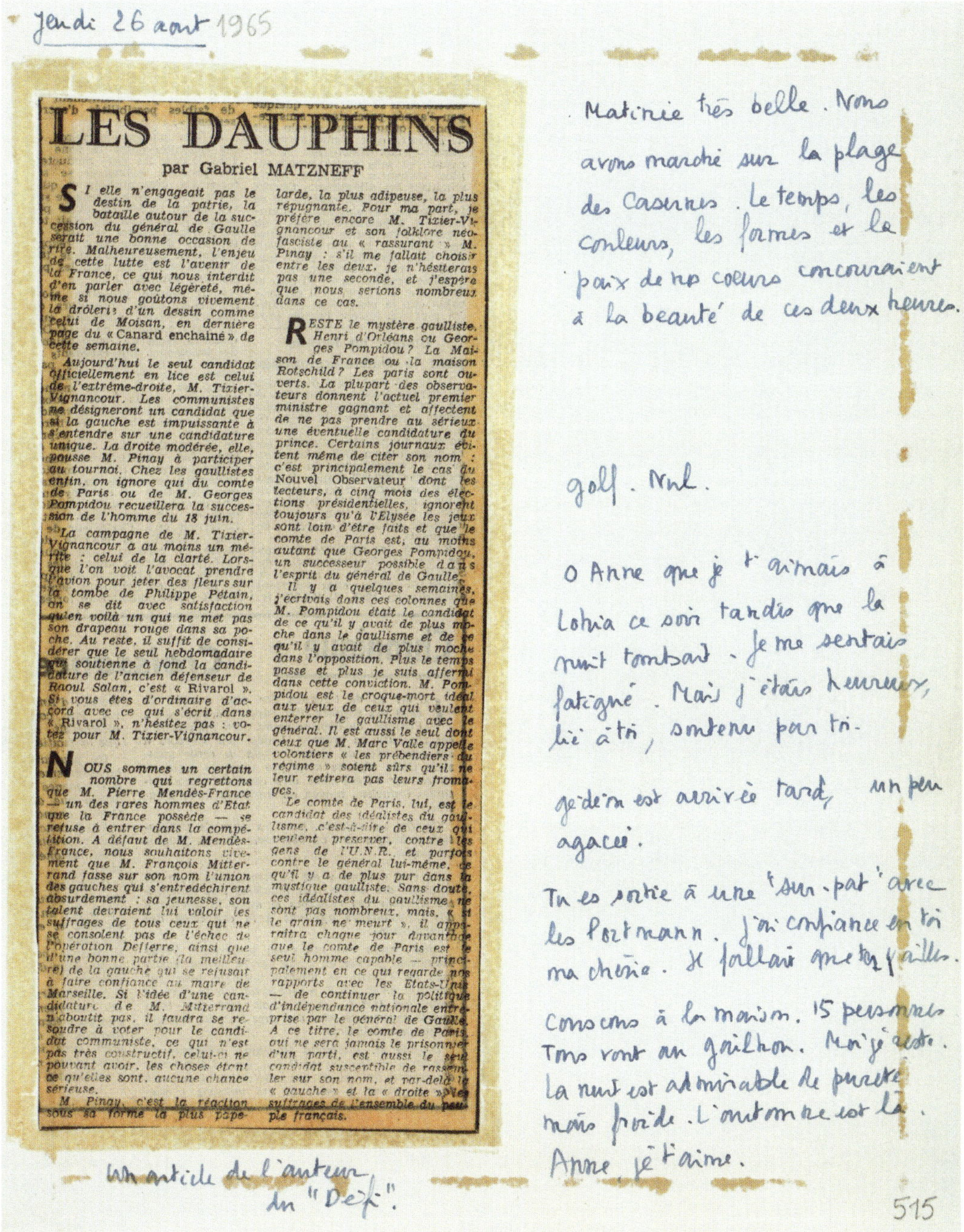

LES DAUPHINS

par Gabriel MATZNEFF

Si elle n'engageait pas le destin de la patrie, la bataille autour de la succession du général de Gaulle serait une bonne occasion de rire. Malheureusement, l'enjeu de cette lutte est l'avenir de la France, ce qui nous interdit d'en parler avec légèreté, même si nous goûtons vivement la drôlerie d'un dessin comme celui de Moisan, en dernière page du « Canard enchaîné » de cette semaine.

Aujourd'hui le seul candidat officiellement en lice est celui de l'extrême-droite, M. Tixier-Vignancour. Les communistes ne désigneront un candidat que si la gauche est impuissante à s'entendre sur une candidature unique. La droite modérée, elle, pousse M. Pinay à participer au tournoi. Chez les gaullistes enfin, on ignore qui du comte de Paris ou de M. Georges Pompidou recueillera la succession de l'homme du 18 juin.

La campagne de M. Tixier-Vignancour a au moins un mérite : celui de la clarté. Lorsque l'on voit l'avocat prendre l'avion pour jeter des fleurs sur la tombe de Philippe Pétain, on se dit avec satisfaction qu'en voilà un qui ne met pas son drapeau rouge dans sa poche. Au reste, il suffit de considérer que le seul hebdomadaire qui soutienne à fond la candidature de l'ancien défenseur de Raoul Salan, c'est « Rivarol ». Si vous êtes d'ordinaire d'accord avec ce qui s'écrit dans « Rivarol », n'hésitez pas : votez pour M. Tixier-Vignancour.

Nous sommes un certain nombre qui regrettons que M. Pierre Mendès-France — un des rares hommes d'Etat que la France possède — se refuse à entrer dans la compétition. A défaut de M. Mendès-France, nous souhaitons vivement que M. François Mitterrand fasse sur son nom l'union des gauches qui s'entredéchirent absurdement : sa jeunesse, son talent devraient lui valoir les suffrages de tous ceux qui ne se consolent pas de l'échec de l'opération Defferre, ainsi que d'une bonne partie (la meilleure) de la gauche qui se refusait à faire confiance au maire de Marseille. Si l'idée d'une candidature de M. Mitterrand n'aboutit pas, il faudra se résoudre à voter pour le candidat communiste, ce qui n'est pas très constructif, celui-ci ne pouvant avoir, les choses étant ce qu'elles sont, aucune chance sérieuse.

M. Pinay, c'est la réaction sous sa forme la plus paperlarde, la plus adipeuse, la plus répugnante. Pour ma part, je préfère encore M. Tixier-Vignancour et son folklore néo-fasciste au « rassurant » M. Pinay : s'il me fallait choisir entre les deux, je n'hésiterais pas une seconde, et j'espère que nous serions nombreux dans ce cas.

Reste le mystère gaulliste. Henri d'Orléans ou Georges Pompidou ? La Maison de France ou la maison Rotschild ? Les paris sont ouverts. La plupart des observateurs donnent l'actuel premier ministre gagnant et affectent de ne pas prendre au sérieux une éventuelle candidature du prince. Certains journaux évitent même de citer son nom : c'est principalement le cas du Nouvel Observateur dont les lecteurs, à cinq mois des élections présidentielles, ignorent toujours qu'à l'Elysée les jeux sont loin d'être faits et que le comte de Paris est, au moins autant que Georges Pompidou, un successeur possible dans l'esprit du général de Gaulle.

Il y a quelques semaines, j'écrivais dans ces colonnes que M. Pompidou était le candidat de ce qu'il y avait de plus moche dans le gaullisme et de ce qu'il y avait de plus moche dans l'opposition. Plus le temps passe et plus je suis affermi dans cette conviction. M. Pompidou est le croque-mort idéal aux yeux de ceux qui veulent enterrer le gaullisme avec le général. Il est aussi le seul dont ceux que M. Marc Valle appelle volontiers « les prébendiers du régime » soient sûrs qu'il ne leur retirera pas leurs fromages.

Le comte de Paris, lui, est le candidat des idéalistes du gaullisme, c'est-à-dire de ceux qui veulent préserver, contre les gens de l'U.N.R. et parfois contre le général lui-même, ce qu'il y a de plus pur dans la mystique gaulliste. Sans doute, ces idéalistes du gaullisme ne sont pas nombreux, mais, « si le grain ne meurt », il apparaîtra chaque jour davantage que le comte de Paris est le seul homme capable — principalement en ce qui regarde nos rapports avec les Etats-Unis — de continuer la politique d'indépendance nationale entreprise par le général de Gaulle. A ce titre, le comte de Paris, qui ne sera jamais le prisonnier d'un parti, est aussi le seul candidat susceptible de rassembler sur son nom, et par-delà la « gauche » et la « droite », les suffrages de l'ensemble du peuple français.

515
Jeudi 26 août

« Les dauphins » par Gabriel Matzneff
Un article de l'auteur du « Défi ».

Matinée très belle. Nous avons marché sur la plage des Casernes. Le temps, les couleurs, les formes et la paix de nos cœurs concouraient à la beauté de ces deux heures.

Golf. Nul.

O Anne que je t'aimais à Lohia ce soir tandis que la nuit tombait. Je me sentais fatigué. Mais j'étais heureux, lié à toi, soutenu par toi.

Gédéon est arrivée tard, un peu agacée.

Tu es sortie à une « sur-pat » avec les Portmann. J'ai confiance en toi ma chérie. Il fallait que tu y ailles.

Couscous à la maison. 15 personnes. Tous vont au Gailhou. Moi je reste. La nuit est admirable de pureté mais froide. L'automne est là.

Anne, je t'aime.

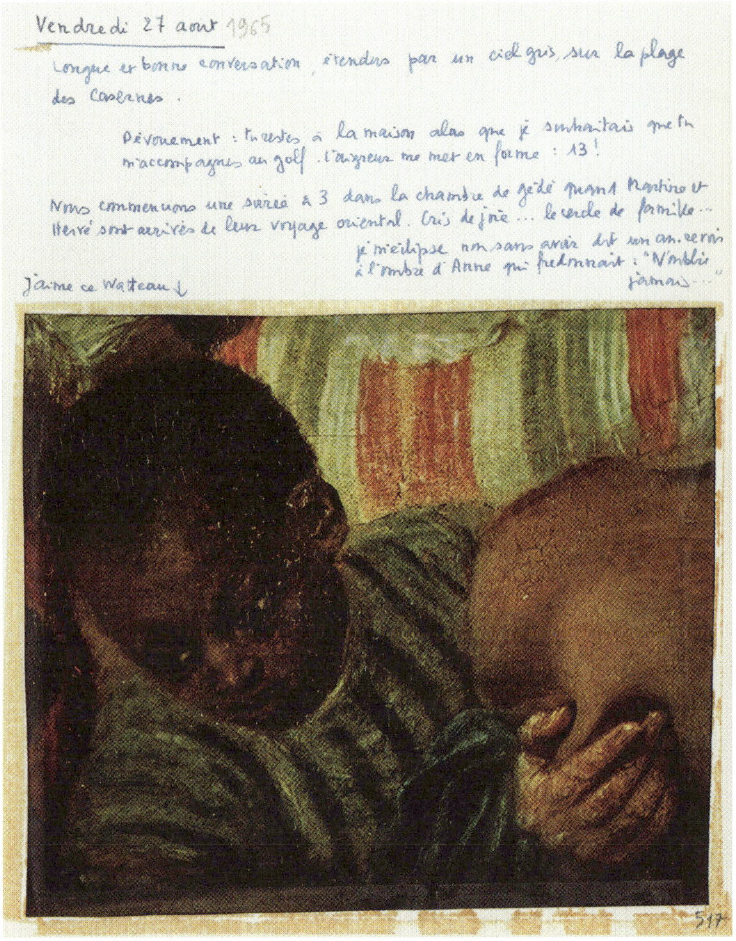

517
Vendredi 27 août

Longue et bonne conversation, étendus par un ciel gris, sur la plage des Casernes.

Dévouement : tu restes à la maison alors que je souhaitais que tu m'accompagnes au golf. L'aigreur me met en forme : 13 !

Nous commencions une soirée à 3 dans la chambre de Gédé quand Martine et Hervé sont arrivés de leur voyage oriental. Cris de joie… le cercle de famille…

Je m'éclipse non sans avoir dit un au-revoir à l'ombre d'Anne qui fredonnait : « N'oublie jamais… »

J'aime ce Watteau

516
Jeudi 26 août

518
Samedi 28 août

« Les fouilles de Montségur » Il faudra quand même y aller !

Mariage Michel Duplaix-Chantal Duchemin.
A l'église de Moliets. Tu es devant moi. Toute droite. Le catogan légèrement penché. Je te vois de trois quarts : ton visage sculpté m'émeut. J'y lis beauté et pureté. Je t'aime.
Arrêt chez les Destouesse.
Je te ramène à Hossegor après avoir déposé Gédé au « Pot de Résine » où déjeunent les invités.
Forêt de Seignosse. Douceur.

Je te retrouve à seize heures, au chemin. Latche. Forêt derrière Latche, vers la mer. Toi. S'aimer.

Réception Duplaix. Barbot, Destouesse et moi restons une heure à Lohia. Je mange du Gapron. Nous buvons du champagne. Tu fais les points de ta tapisserie. La nuit est merveilleusement pure. Bonsoir ! (avec regret).

La chapelle de Ronchamp (H^te^ Saône) par Le Corbusier qui vient de mourir.

519
Dimanche 29 août

Le Corbusier devant son cabanon de Roquebrune.

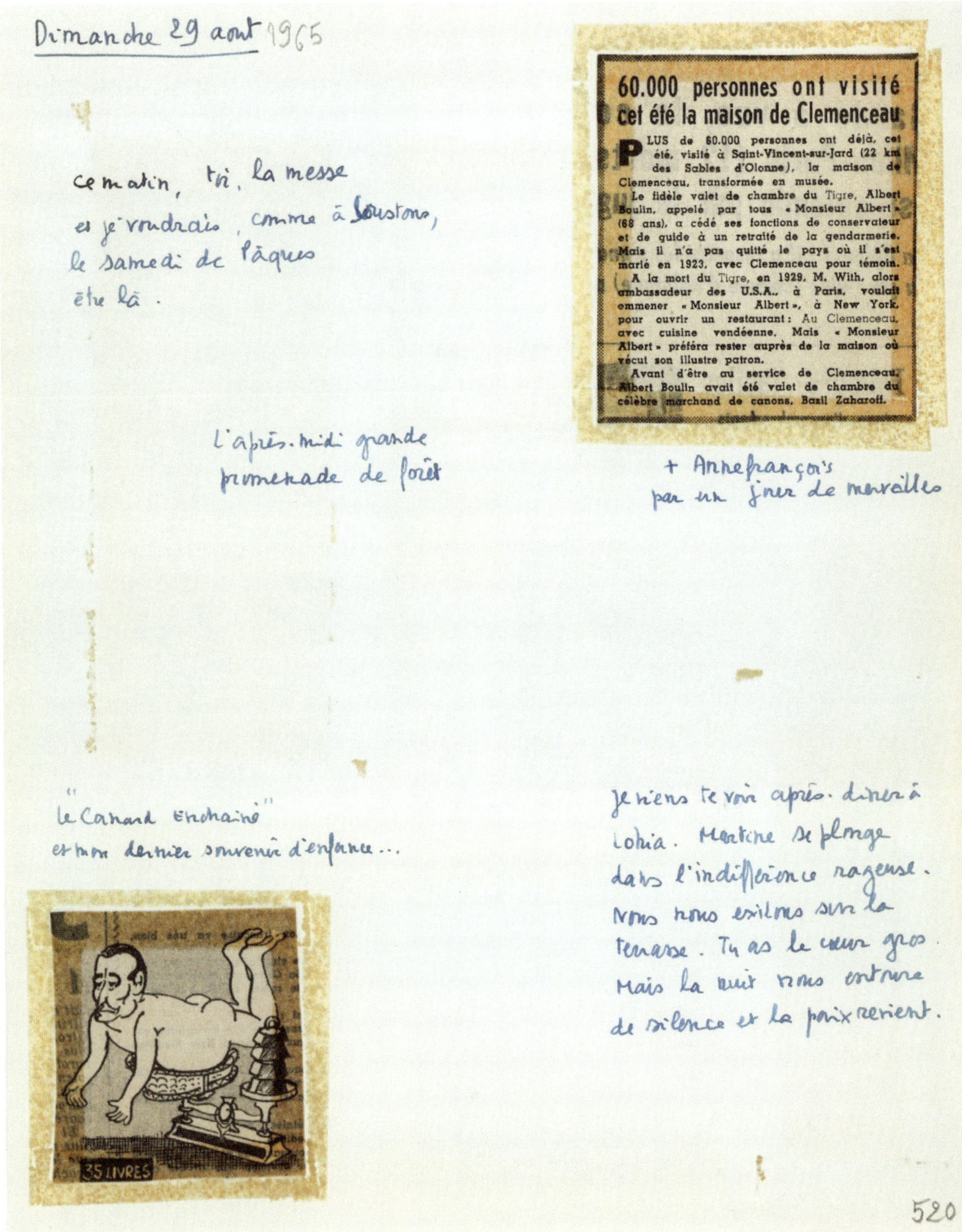

Dimanche 29 août 1965

ce matin, toi, la messe
et je voudrais, comme à Soustons,
le samedi de Pâques
être là.

60.000 personnes ont visité cet été la maison de Clemenceau

PLUS de 60.000 personnes ont déjà, cet été, visité à Saint-Vincent-sur-Jard (22 km des Sables d'Olonne), la maison de Clemenceau, transformée en musée.

Le fidèle valet de chambre du Tigre, Albert Boulin, appelé par tous « Monsieur Albert » (68 ans), a cédé ses fonctions de conservateur et de guide à un retraité de la gendarmerie. Mais il n'a pas quitté le pays où il s'est marié en 1923, avec Clemenceau pour témoin.

A la mort du Tigre, en 1929, M. With, alors ambassadeur des U.S.A., à Paris, voulait emmener « Monsieur Albert », à New York, pour ouvrir un restaurant : Au Clemenceau, avec cuisine vendéenne. Mais « Monsieur Albert » préféra rester auprès de la maison où vécut son illustre patron.

Avant d'être au service de Clemenceau, Albert Boulin avait été valet de chambre du célèbre marchand de canons, Basil Zaharoff.

L'après-midi grande
promenade de forêt

+ Annefrançois
par un jour de merveilles

"le Canard Enchaîné"
et mon dernier souvenir d'enfance…

Je viens te voir après-dîner à
Lohia. Martine se plonge
dans l'indifférence rageuse.
Nous nous exilons sur la
terrasse. Tu as le cœur gros.
Mais la nuit nous entoure
de silence et la paix revient.

520

520

<u>Dimanche 29 août</u>

Ce matin, toi, la messe et je voudrais, comme à Soustons, le samedi de Pâques être là.

« 60.000 personnes ont visité cet été la maison de Clemenceau »
+ Annefrançois par un jour de merveilles

L'après-midi grande promenade de forêt

Le « Canard Enchaîné » et mon dernier souvenir d'enfance…

Je viens te voir après dîner à Lohia. Martine se plonge dans l'indifférence rageuse. Nous nous exilons sur la terrasse. Tu as le cœur gros. Mais la nuit nous entoure de silence et la paix revient.

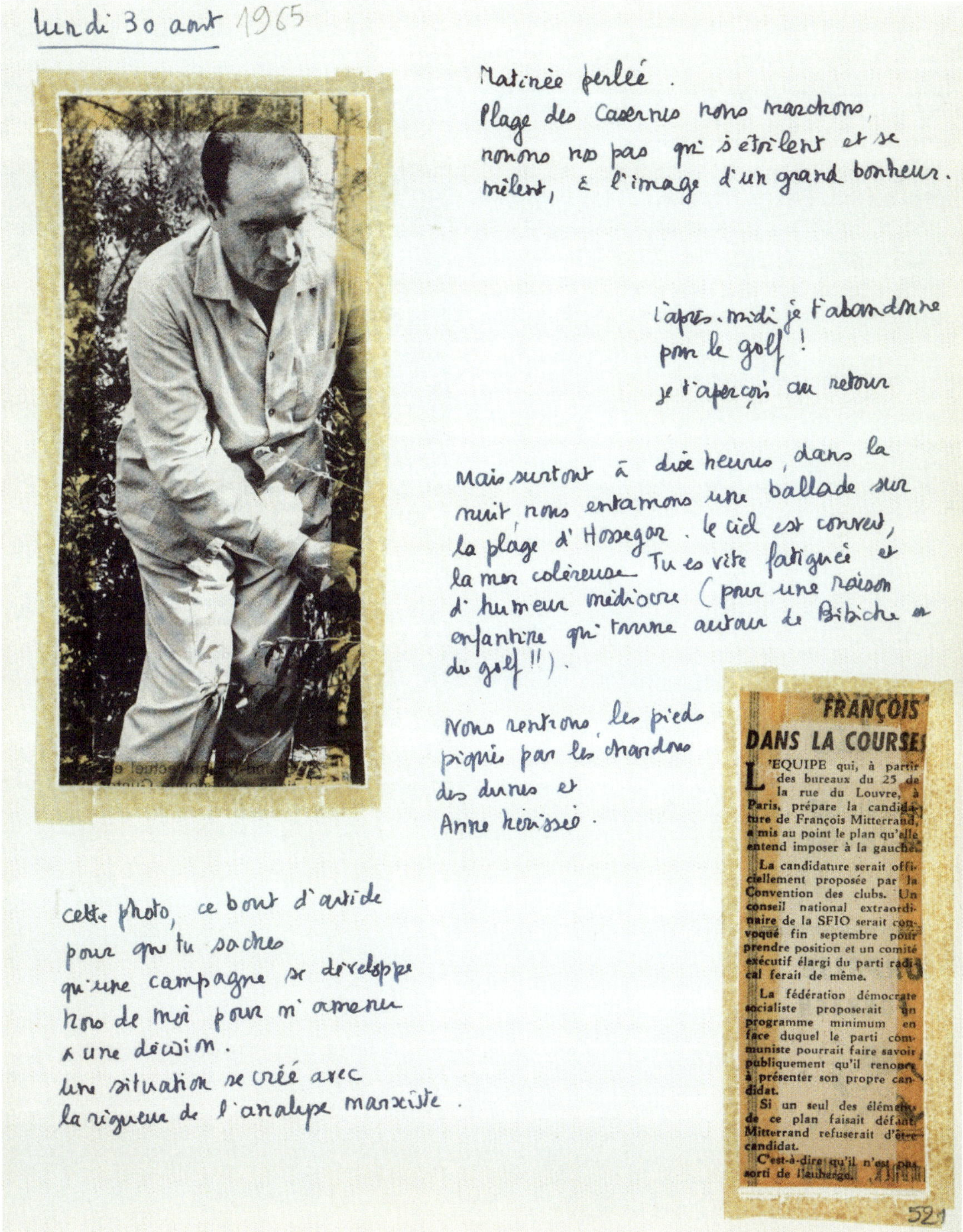

Lundi 30 août 1965

Matinée perlée.
Plage des Casernes nous marchons, nouons nos pas qui s'étoilent et se mêlent, à l'image d'un grand bonheur.

l'après-midi je t'abandonne pour le golf !
je t'aperçois au retour

Mais surtout à dix heures, dans la nuit, nous entamons une ballade sur la plage d'Hossegor. le ciel est couvert, la mer coléreuse. Tu es vite fatiguée et d'humeur médiocre (pour une raison enfantine qui tourne autour de Bibiche ou du golf !!).

Nous rentrons les pieds piqués par les chardons des dunes et Anne hérissée.

cette photo, ce bout d'article pour que tu saches qu'une campagne se développe hors de moi pour m'amener à une décision.
Une situation se crée avec la rigueur de l'analyse marxiste.

"FRANÇOIS" DANS LA COURSE

L'EQUIPE qui, à partir des bureaux du 25 de la rue du Louvre, à Paris, prépare la candidature de François Mitterrand, a mis au point le plan qu'elle entend imposer à la gauche.

La candidature serait officiellement proposée par la Convention des clubs. Un conseil national extraordinaire de la SFIO serait convoqué fin septembre pour prendre position et un comité exécutif élargi du parti radical ferait de même.

La fédération démocrate socialiste proposerait un programme minimum en face duquel le parti communiste pourrait faire savoir publiquement qu'il renonce à présenter son propre candidat.

Si un seul des éléments de ce plan faisait défaut, Mitterrand refuserait d'être candidat.

C'est-à-dire qu'il n'est pas sorti de l'auberge.

521

521
Lundi 30 août

Matinée perlée.
Plage des Casernes nous marchons, nouons nos pas qui s'étoilent et se mêlent, à l'image d'un grand bonheur.

L'après-midi je t'abandonne pour le golf ! Je t'aperçois au retour

Mais surtout à dix heures, dans la nuit, nous entamons une balade sur la plage d'Hossegor. Le ciel est couvert, la mer coléreuse. Tu es vite fatiguée et d'humeur médiocre (pour une raison enfantine qui tourne autour de Bibiche et du golf !!).
Nous rentrons, les pieds piqués par les chardons des dunes et Anne hérissée.

Cette photo, ce bout d'article pour que tu saches qu'une campagne se développe hors de moi pour m'amener à une décision. Une situation se crée avec la rigueur de l'analyse marxiste.

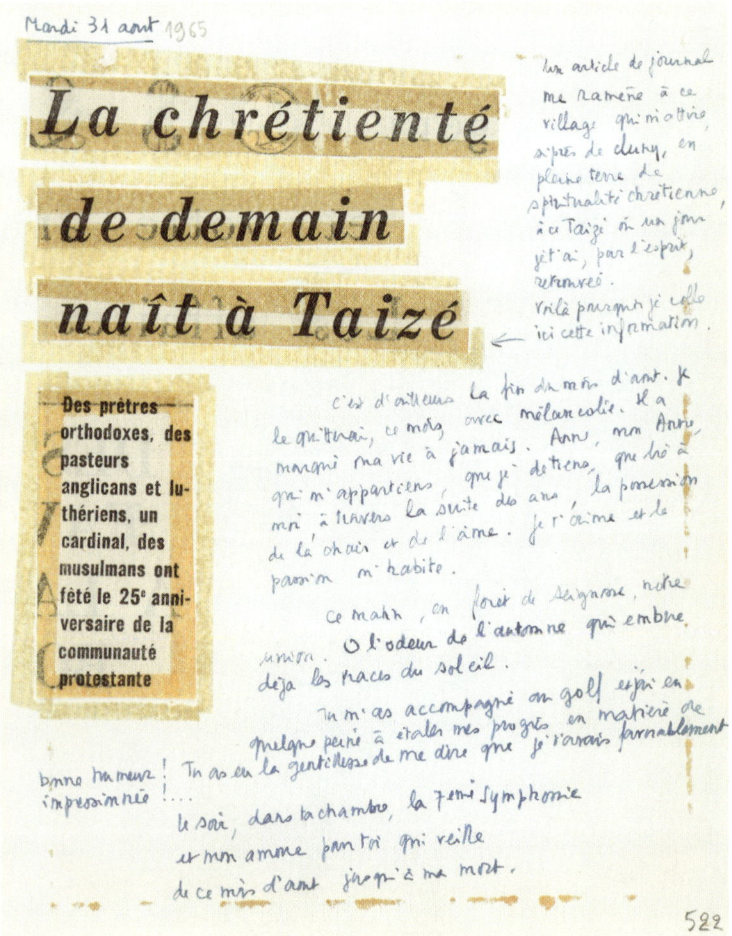
Mardi 31 août 1965

La chrétienté de demain naît à Taizé

Des prêtres orthodoxes, des pasteurs anglicans et luthériens, un cardinal, des musulmans ont fêté le 25e anniversaire de la communauté protestante

Un article de journal me ramène à ce village qui m'attire, si près de Cluny, en pleine terre de spiritualité chrétienne, à ce Taizé où un jour je t'ai, par l'esprit, retrouvée.
Voilà pourquoi je colle ici cette information.

C'est d'ailleurs la fin du mois d'août. Je le quitterai, ce mois, avec mélancolie. Il a marqué ma vie à jamais. Anne, mon Anne, qui m'appartiens, que je détiens, que lie à moi, à travers la suite des ans, la possession de la chair et de l'âme. Je t'aime et la passion m'habite.

Ce matin, en forêt de Seignosse, notre union. O l'odeur de l'automne qui embue déjà les traces du soleil.

Tu m'as accompagné au golf et j'ai eu quelque peine à étaler mes progrès en matière de bonne humeur ! Tu as eu la gentillesse de me dire que je t'avais favorablement impressionnée !…

Le soir, dans ta chambre, la 7ème symphonie
et mon amour pour toi qui veille
de ce mois d'août jusqu'à ma mort.

522

522
Mardi 31 août

« La chrétienté de demain naît à Taizé » Des prêtres orthodoxes, des pasteurs anglicans et luthériens, un cardinal, des musulmans ont fêté le 25e anniversaire de la communauté protestante
Un article de journal me ramène à ce village qui m'attire, si près de Cluny, en pleine terre de spiritualité chrétienne, à ce Taizé où un jour je t'ai, par l'esprit, retrouvée.
Voilà pourquoi je colle ici cette information.
C'est d'ailleurs la fin du mois d'août. Je le quitterai, ce mois, avec mélancolie. Il a marqué ma vie à jamais. Anne, mon Anne, qui m'appartiens, que je détiens, que lie à moi, à travers la suite des ans, la possession de la chair et de l'âme. Je t'aime et la passion m'habite.

Ce matin, en forêt de Seignosse, notre union. O l'odeur de l'automne qui embue déjà les traces du soleil.

Tu m'as accompagné au golf et j'ai eu quelque peine à étaler mes progrès en matière de bonne humeur ! Tu as eu la gentillesse de me dire que je t'avais favorablement impressionnée !…

Le soir, dans ta chambre, la 7ème symphonie
et mon amour pour toi qui veille
de ce mois d'août jusqu'à ma mort.

523
[Mardi 31août]
Pierres, feuilles, été éternel et fugace, Dieu et la vie : notre mois d'août.

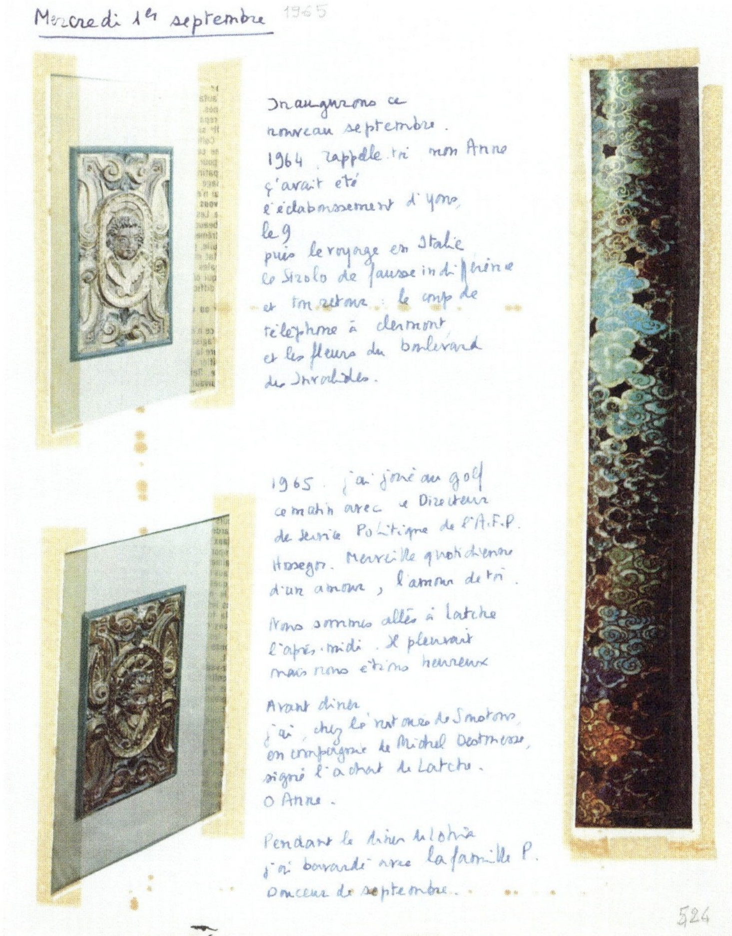

524
Mercredi 1er septembre

Inaugurons ce nouveau septembre.
1964, rappelle-toi, mon Anne ç'avait été l'éclaboussement d'Yons, le 9 puis le voyage en Italie, le Sirolo de fausse indifférence et ton retour : le coup de téléphone à Clermont, et les fleurs du boulevard des Invalides.

1965. J'ai joué au golf ce matin avec le Directeur du Service Politique de l'A.F.P.
Hossegor. Merveille quotidienne d'un amour, l'amour de toi.

Nous sommes allés à Latche l'après-midi. Il pleuvait mais nous étions heureux

Avant dîner, j'ai, chez le notaire de Soustons, en compagnie de Michel Destouesse, signé l'achat de Latche.
O Anne.

Pendant le dîner de Lohia j'ai bavardé avec la famille P.
Douceur de septembre.

525
Jeudi 2 septembre

Voici des fleurs pour toi, mon amour.
Le piano de Charlie Kunz, les couleurs de ta chambre, un long après-midi de silence intérieur, la danse lente, ton visage penché, O Anne, Anne tu es ma vie.
J'ai vécu ainsi à Lohia des heures rares, qu'accompagnait la pluie.
Le matin j'avais joué au golf avec Imbert.
Le soir j'ai dîné avec les Fabre (député de Villefranche-de-Rouergue).
Mais ce 2 septembre délivré je t'ai aimée tant et tant…

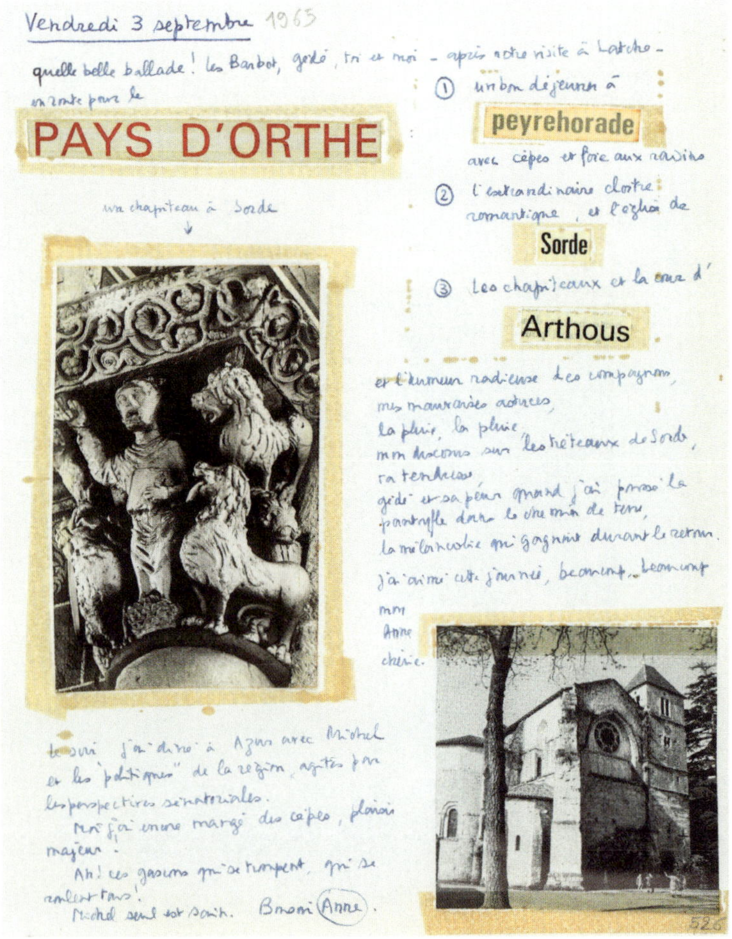

526
Vendredi 3 septembre

Quelle belle balade ! Les Barbot, Gédé, toi et moi – après notre visite à Latche – en route pour le Pays d'Orthe

Un chapiteau à Sorde

1. Un bon déjeuner à Peyrehorade avec cèpes et foie aux raisins
2. L'extraordinaire cloître romantique, et l'église de Sorde
3. Les chapiteaux et la cour d'Arthous
et l'humeur radieuse des compagnons, mes mauvaises astuces, la pluie, la pluie, mon discours sur les tréteaux de Sorde, ta tendresse, Gédé et sa peur quand j'ai poussé la pantoufle dans le chemin de terre, la mélancolie qui gagnait durant le retour.
J'ai aimé cette journée, beaucoup, beaucoup mon Anne chérie.

Le soir, j'ai dîné à Azur avec Michel et les « politiques » de la région, agités par les perspectives sénatoriales.
Moi j'ai encore mangé des cèpes, plaisir majeur !
Ah ! ces Gascons qui se trompent, qui se roulent tous !
Michel seul est sain.
Bonsoir Anne.

527
Samedi 4 septembre

Dernière journée toute lente et assez triste qu'accompagne la pluie. En groupe (avec les Destouesse et Barbot) nous visitons Latche. Il pleut, il pleut.

Soustons. Un thé au « Marensin ». Peu à peu le climat d'hiver dans les bistrots du VIème s'installe entre nous. Nous parlons. Nous rêvons. Nous fermons le cercle.

« que ne puisse, voulant m'arracher de mes draps, s'y reconnaître l'Ange … » *[Cocteau]*

Après dîner je viens près de toi, mon Anne, à Lohia. Douceur. Nous avons peine à nous arracher de ces vacances bénies.

Ce soir, Bayonne, le train, au revoir, Landes et vos longues routes de notre bonheur…

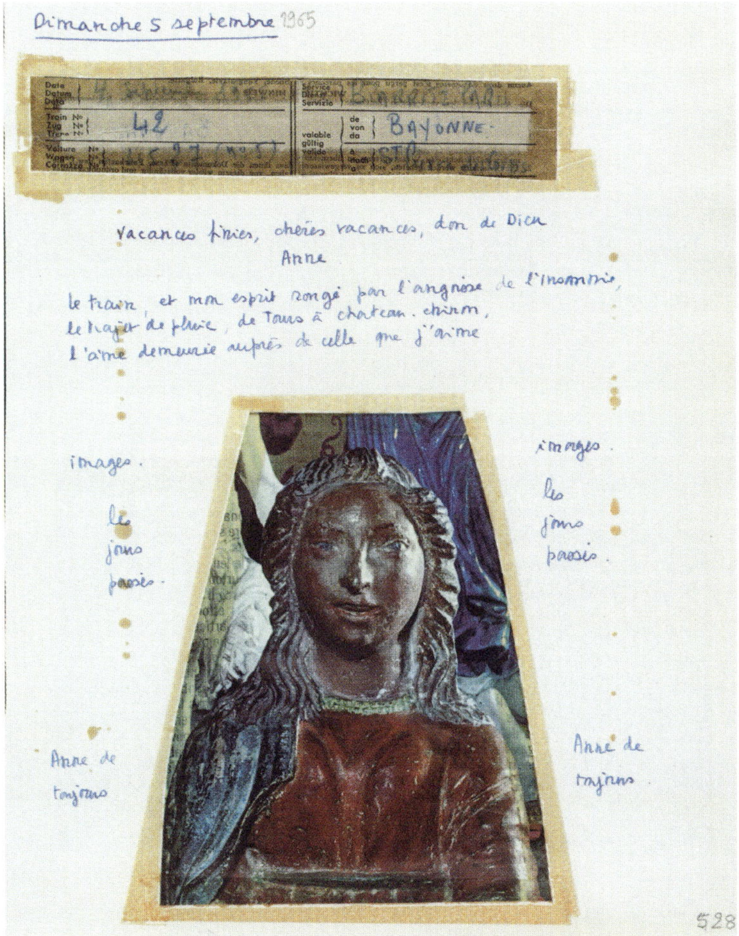

528
Dimanche 5 septembre

Vacances finies, chères vacances, don de Dieu
Anne.

Le train, et mon esprit rongé par l'angoisse de l'insomnie, le trajet de pluie, de Tours à Château-Chinon, l'âme demeurée auprès de celle que j'aime

images.	images.
les jours passés.	les jours passés.
Anne de toujours	Anne de toujours.

529
Lundi 6 septembre

Paris, un bureau triste où toute la journée on discute, on discute. Je rêve d'une grande maison Florentine où Anne et moi serions un beau jour.
Le soir je dîne avec Tournoux, Clermont-Tonnerre, J.J.S.S. La politique au repas, la politique du repas. Ça commence bien. J. J. m'interroge. Ai-je des intentions ?
Si peu que je n'ai pas de peine à les dissimuler !

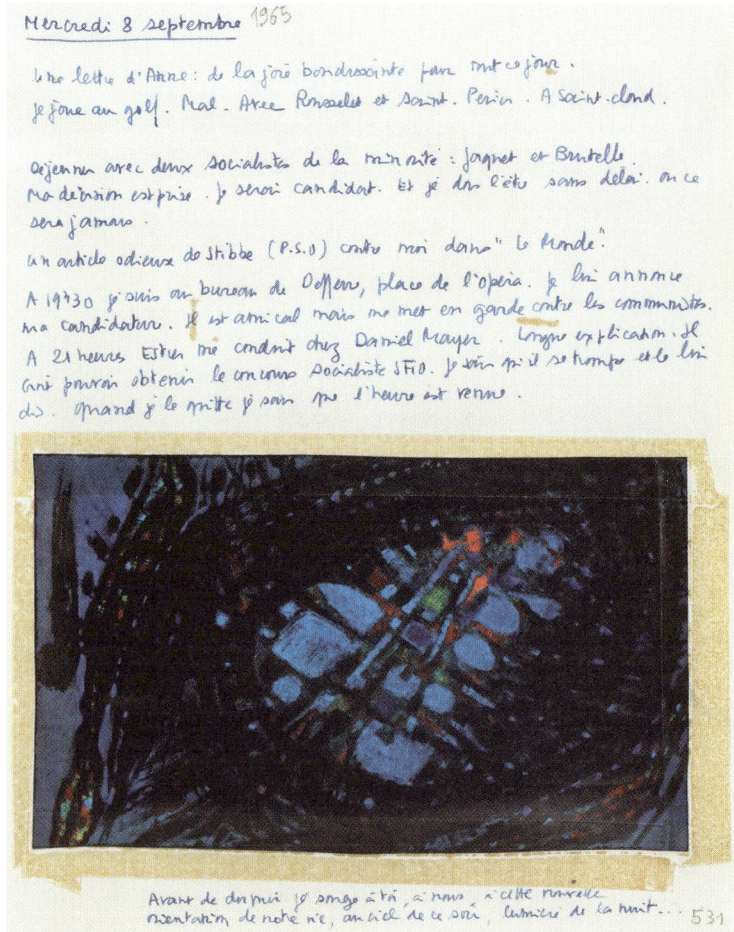

530
Mardi 7 septembre

Toute la journée, toute la journée je siège rue du Louvre pour accoucher de la « Fédération ». Je dors sur place. On déjeune de sandwiches. On est dans la poussière de bureaux délaissés au mois d'août. On discute sur des poussières. Je pense à toi, qui penses sûrement à l'athlète blond tant désiré tandis que moi je ressemble de plus en plus, séché d'ennui à l'hindou d'à côté

Présidence. Daniel Mayer entre en lice. Le P.S.U m'attaque a priori pour laisser place libre à son champion. Je m'en irrite : les arguments ad hominem me poussent à l'action. Ailleurs, Maurice Faure s'apprête. L'heure approche où il faudra, sans recours, décider.

Je réfléchis. Je me sens maître de moi et prêt à un long combat.

Je t'aime, Anne, et te remercie : tu es force pour moi.

531
Mercredi 8 septembre

Une lettre d'Anne : de la joie bondissante pour tout ce jour.
Je joue au golf. Mal. Avec Rousselet et Saint-Périer. A Saint-Cloud.

Déjeuner avec deux socialistes de la minorité : Jaquet et Brutelle. Ma décision est prise. Je serai candidat. Et je dois l'être sans délai. Ou ce sera jamais.
Un article odieux de Stibbe (P.S.U) contre moi dans « Le Monde ».
A 19 h 30 je suis au bureau de Defferre, place de l'Opéra. Je lui annonce ma candidature. Il est amical mais me met en garde contre les communistes.
A 21 heures Estier me conduit chez Daniel Mayer. Longue explication. Il croit pouvoir obtenir le concours socialiste SFIO. Je sais qu'il se trompe et le lui dis. Quand je le quitte je sais que l'heure est venue.

Avant de dormir je songe à toi, à nous, à cette nouvelle orientation de notre vie, au ciel de ce soir, lumière de la nuit…

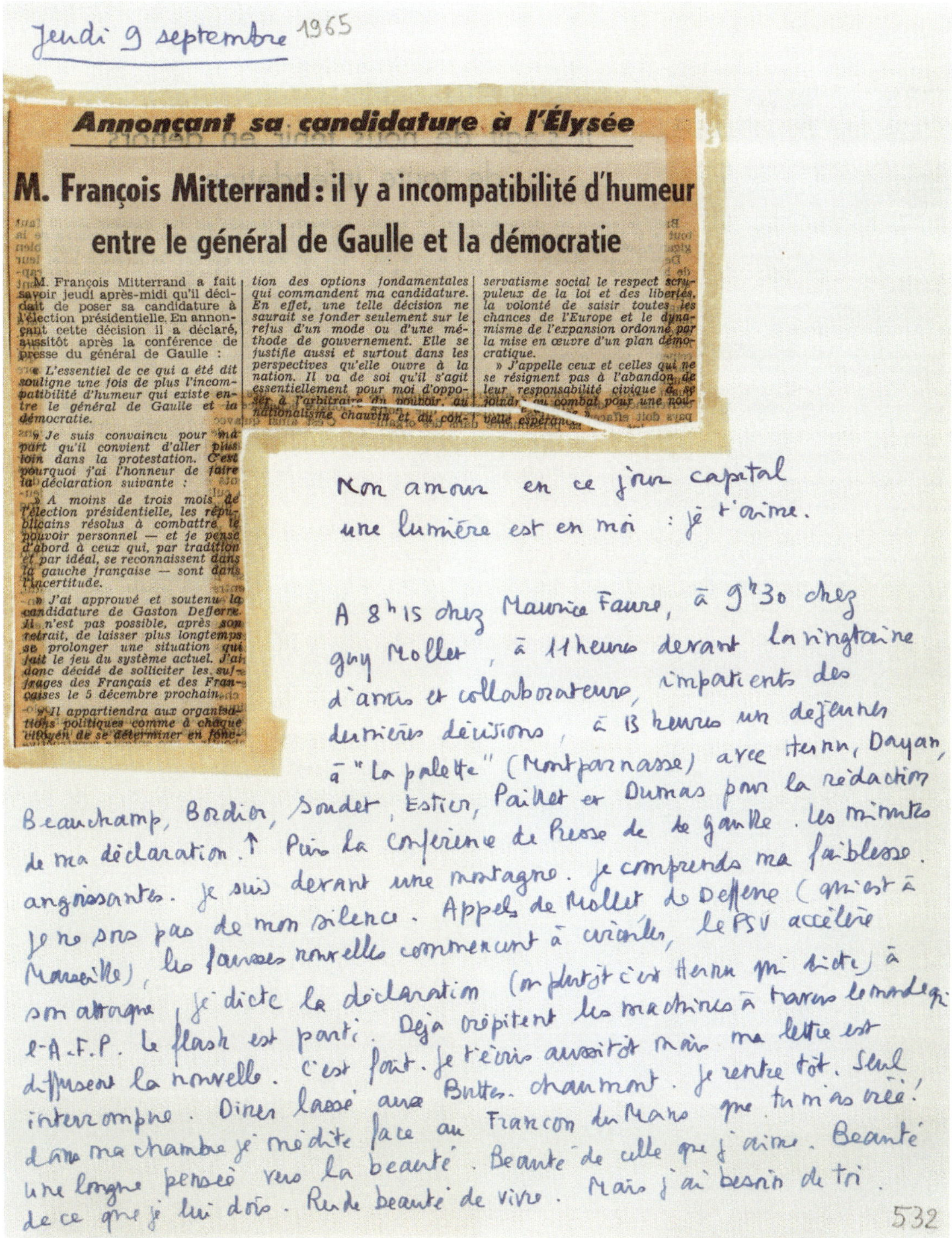

Jeudi 9 septembre 1965

Annonçant sa candidature à l'Élysée

M. François Mitterrand : il y a incompatibilité d'humeur entre le général de Gaulle et la démocratie

M. François Mitterrand a fait savoir jeudi après-midi qu'il décidait de poser sa candidature à l'élection présidentielle. En annonçant cette décision il a déclaré, aussitôt après la conférence de presse du général de Gaulle :

« L'essentiel de ce qui a été dit souligne une fois de plus l'incompatibilité d'humeur qui existe entre le général de Gaulle et la démocratie.

» Je suis convaincu pour ma part qu'il convient d'aller plus loin dans la protestation. C'est pourquoi j'ai l'honneur de faire la déclaration suivante :

» A moins de trois mois de l'élection présidentielle, les républicains résolus à combattre le pouvoir personnel — et je pense d'abord à ceux qui, par tradition et par idéal, se reconnaissent dans la gauche française — sont dans l'incertitude.

» J'ai approuvé et soutenu la candidature de Gaston Defferre. Il n'est pas possible, après son retrait, de laisser plus longtemps se prolonger une situation qui fait le jeu du système actuel. J'ai donc décidé de solliciter les suffrages des Français et des Françaises le 5 décembre prochain.

» Il appartiendra aux organisations politiques comme à chaque citoyen de se déterminer en fonction des options fondamentales qui commandent ma candidature. En effet, une telle décision ne saurait se fonder seulement sur le refus d'un mode ou d'une méthode de gouvernement. Elle se justifie aussi et surtout dans les perspectives qu'elle ouvre à la nation. Il va de soi qu'il s'agit essentiellement pour moi d'opposer à l'arbitraire du pouvoir, au nationalisme chauvin et au conservatisme social le respect scrupuleux de la loi et des libertés, la volonté de saisir toutes les chances de l'Europe et le dynamisme de l'expansion ordonné par la mise en œuvre d'un plan démocratique.

» J'appelle ceux et celles qui ne se résignent pas à l'abandon de leur responsabilité civique à se joindre au combat pour une nouvelle espérance. »

Mon amour en ce jour capital
une lumière est en moi : je t'aime.

A 8 h 15 chez Maurice Faure, à 9 h 30 chez Guy Mollet, à 11 heures devant la vingtaine d'amis et collaborateurs, impatients des dernières décisions, à 13 heures un déjeuner à « La Palette » (Montparnasse) avec Hernu, Dayan, Beauchamp, Bordier, Soudet, Estier, Paillet et Dumas pour la rédaction de ma déclaration. Puis la Conférence de Presse de De Gaulle. Les minutes angoissantes. Je suis devant une montagne. Je comprends ma faiblesse. Je ne sors pas de mon silence. Appels de Mollet, de Defferre (qui est à Marseille), les fausses nouvelles commencent à circuler, le PSU accélère son attaque, je dicte la déclaration (ou plutôt c'est Hernu qui dicte) à l'A.F.P. Le flash est parti. Déjà crépitent les machines à travers le monde qui diffusent la nouvelle. C'est fait. Je t'écris aussitôt mais ma lettre est interrompue. Dîner lassé aux Buttes-Chaumont. Je rentre tôt. Seul dans ma chambre je médite face au Françon du Mans que tu m'as créé ! Une longue pensée vers la beauté. Beauté de celle que j'aime. Beauté de ce que je lui dois. Rude beauté de vivre. Mais j'ai besoin de toi.

532

532
Jeudi 9 septembre

Mon amour en ce jour capital
une lumière est en moi : je t'aime.

A 8 h 15 chez Maurice Faure, à 9 h 30 chez Guy Mollet, à 11 heures devant la vingtaine d'amis et collaborateurs, impatients des dernières décisions, à 13 heures un déjeuner à « La Palette » (Montparnasse) avec Hernu, Dayan, Beauchamp, Bordier, Soudet, Estier, Paillet et Dumas pour la rédaction de ma déclaration. Puis la Conférence de Presse de De Gaulle. Les minutes angoissantes. Je suis devant une montagne. Je comprends ma faiblesse. Je ne sors pas de mon silence. Appels de Mollet, de Defferre (qui est à Marseille), les fausses nouvelles commencent à circuler, le PSU accélère son attaque, je dicte la déclaration (ou plutôt c'est Hernu qui dicte) à l'A.F.P. Le flash est parti. Déjà crépitent les machines à travers le monde qui diffusent la nouvelle. C'est fait. Je t'écris aussitôt mais ma lettre est interrompue. Dîner lassé aux Buttes-Chaumont. Je rentre tôt. Seul dans ma chambre je médite face au Françon du Mans que tu m'as créé ! Une longue pensée vers la beauté. Beauté de celle que j'aime. Beauté de ce que je lui dois. Rude beauté de vivre. Mais j'ai besoin de toi.

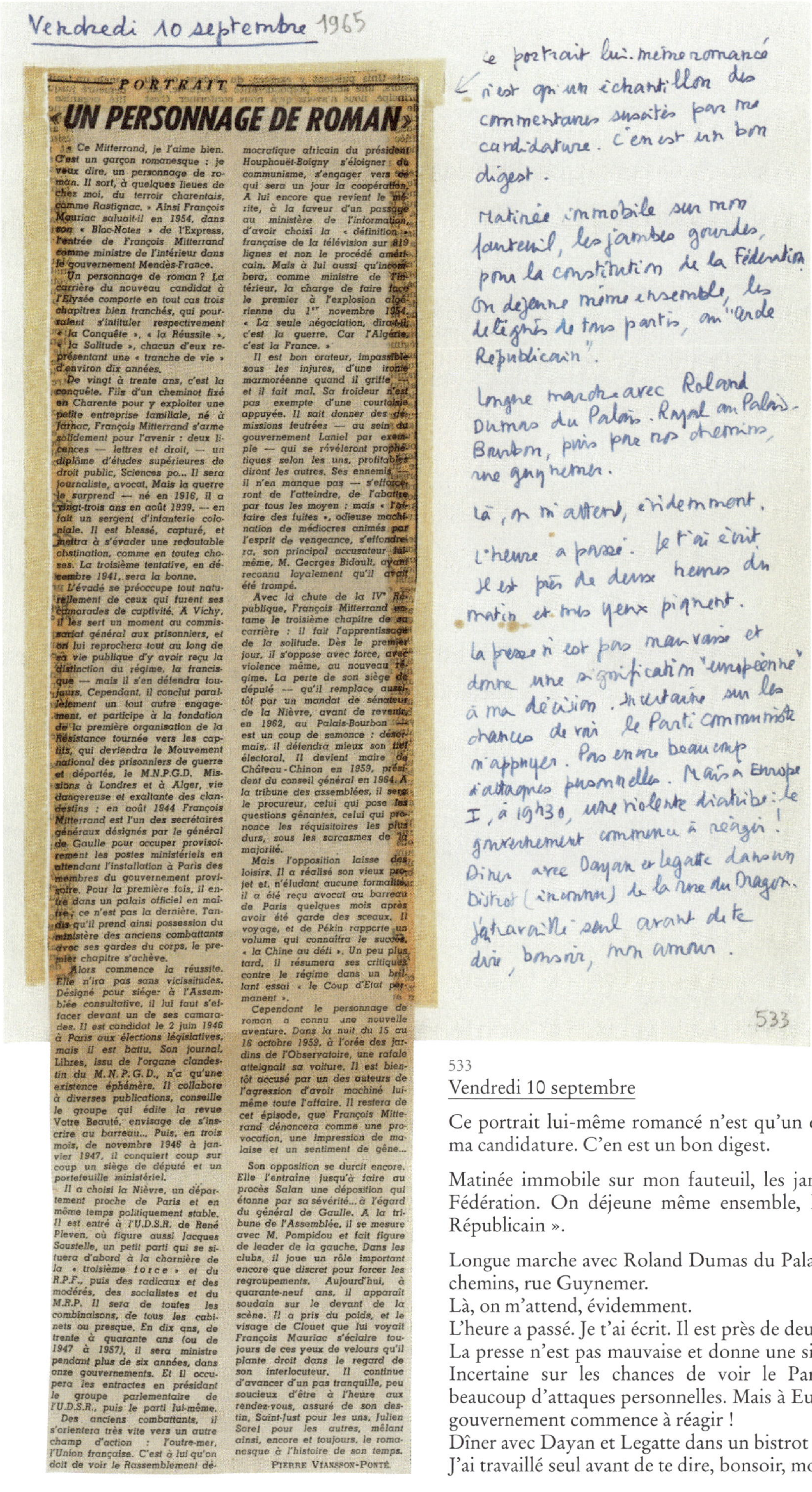

Vendredi 10 septembre 1965

PORTRAIT

« UN PERSONNAGE DE ROMAN »

« Ce Mitterrand, je l'aime bien. C'est un garçon romanesque : je veux dire, un personnage de roman. Il sort, à quelques lieues de chez moi, du terroir charentais, comme Rastignac. » Ainsi François Mauriac saluait-il en 1954, dans son « Bloc-Notes » de l'Express, l'entrée de François Mitterrand comme ministre de l'intérieur dans le gouvernement Mendès-France.

Un personnage de roman ? La carrière du nouveau candidat à l'Elysée comporte en tout cas trois chapitres bien tranchés, qui pourraient s'intituler respectivement « la Conquête », « la Réussite », « la Solitude », chacun d'eux représentant une « tranche de vie » d'environ dix années.

De vingt à trente ans, c'est la conquête. Fils d'un cheminot fixé en Charente pour y exploiter une petite entreprise familiale, né à Jarnac, François Mitterrand s'arme solidement pour l'avenir : deux licences — lettres et droit, — un diplôme d'études supérieures de droit public, Sciences po... Il sera journaliste, avocat. Mais la guerre le surprend — né en 1916, il a vingt-trois ans en août 1939. — en fait un sergent d'infanterie coloniale. Il est blessé, capturé, et mettra à s'évader une redoutable obstination, comme en toutes choses. La troisième tentative, en décembre 1941, sera la bonne.

L'évadé se préoccupe tout naturellement de ceux qui furent ses camarades de captivité. A Vichy, il les sert un moment au commissariat général aux prisonniers, et on lui reprochera tout au long de sa vie publique d'y avoir reçu la distinction du régime, la francisque — mais il s'en défendra toujours. Cependant, il conclut parallèlement un tout autre engagement, et participe à la fondation de la première organisation de la Résistance tournée vers les captifs, qui deviendra le Mouvement national des prisonniers de guerre et déportés, le M.N.P.G.D. Missions à Londres et à Alger, vie dangereuse et exaltante des clandestins : en août 1944 François Mitterrand est l'un des secrétaires généraux désignés par le général de Gaulle pour occuper provisoirement les postes ministériels en attendant l'installation à Paris des membres du gouvernement provisoire. Pour la première fois, il entre dans un palais officiel en maître ; ce n'est pas la dernière. Tandis qu'il prend ainsi possession du ministère des anciens combattants avec ses gardes du corps, le premier chapitre s'achève.

Alors commence la réussite. Elle n'ira pas sans vicissitudes. Désigné pour siéger à l'Assemblée consultative, il lui faut s'effacer devant un de ses camarades. Il est candidat le 2 juin 1946 à Paris aux élections législatives, mais il est battu. Son journal, Libres, issu de l'organe clandestin du M. N. P. G. D., n'a qu'une existence éphémère. Il collabore à diverses publications, conseille le groupe qui édite la revue Votre Beauté, envisage de s'inscrire au barreau... Puis, en trois mois, de novembre 1946 à janvier 1947, il conquiert coup sur coup un siège de député et un portefeuille ministériel.

Il a choisi la Nièvre, un département proche de Paris et en même temps politiquement stable. Il est entré à l'U.D.S.R. de René Pleven, où figure aussi Jacques Soustelle, un petit parti qui se situera d'abord à la charnière de la « troisième force » et du R.P.F., puis des radicaux et des modérés, des socialistes et du M.R.P. Il sera de toutes les combinaisons, de tous les cabinets ou presque. En dix ans, de trente à quarante ans (ou de 1947 à 1957), il sera ministre pendant plus de six années, dans onze gouvernements. Et il occupera les entractes en présidant le groupe parlementaire de l'U.D.S.R., puis le parti lui-même.

Des anciens combattants, il s'orientera très vite vers un autre champ d'action : l'outre-mer, l'Union française. C'est à lui qu'on doit de voir le Rassemblement démocratique africain du président Houphouët-Boigny s'éloigner du communisme, s'engager vers ce qui sera un jour la coopération. A lui encore que revient le mérite, à la faveur d'un passage au ministère de l'information, d'avoir choisi la « définition » française de la télévision sur 819 lignes et non le procédé américain. Mais à lui aussi qu'incombera, comme ministre de l'intérieur, la charge de faire face le premier à l'explosion algérienne du 1er novembre 1954. « La seule négociation, dira-t-il, c'est la guerre. Car l'Algérie, c'est la France. »

Il est bon orateur, impassible sous les injures, d'une ironie marmoréenne quand il griffe — et il fait mal. Sa froideur n'est pas exempte d'une courtoisie appuyée. Il sait donner des démissions feutrées — au sein du gouvernement Laniel par exemple — qui se révéleront prophétiques selon les uns, profitables diront les autres. Ses ennemis — il n'en manque pas — s'efforceront de l'atteindre, de l'abattre par tous les moyen : mais « l'affaire des fuites », odieuse machination de médiocres animés par l'esprit de vengeance, s'effondrera, son principal accusateur lui-même, M. Georges Bidault, ayant reconnu loyalement qu'il avait été trompé.

Avec la chute de la IVe République, François Mitterrand entame le troisième chapitre de sa carrière : il fait l'apprentissage de la solitude. Dès le premier jour, il s'oppose avec force, avec violence même, au nouveau régime. La perte de son siège de député — qu'il remplace aussitôt par un mandat de sénateur de la Nièvre, avant de revenir, en 1962, au Palais-Bourbon — est un coup de semonce : désormais, il défendra mieux son fief électoral. Il devient maire de Château-Chinon en 1959, président du conseil général en 1964. A la tribune des assemblées, il sera le procureur, celui qui pose les questions gênantes, celui qui prononce les réquisitoires les plus durs, sous les sarcasmes de la majorité.

Mais l'opposition laisse des loisirs. Il a réalisé son vieux projet et, n'éludant aucune formalité, il a été reçu avocat au barreau de Paris quelques mois après avoir été garde des sceaux. Il voyage, et de Pékin rapporte un volume qui connaîtra le succès, « la Chine au défi ». Un peu plus tard, il résumera ses critiques contre le régime dans un brillant essai « le Coup d'Etat permanent ».

Cependant le personnage de roman a connu une nouvelle aventure. Dans la nuit du 15 au 16 octobre 1959, à l'orée des jardins de l'Observatoire, une rafale atteignait sa voiture. Il est bientôt accusé par un des auteurs de l'agression d'avoir machiné lui-même toute l'affaire. Il restera de cet épisode, que François Mitterrand dénoncera comme une provocation, une impression de malaise et un sentiment de gêne...

Son opposition se durcit encore. Elle l'entraîne jusqu'à faire au procès Salan une déposition qui étonne par sa sévérité... à l'égard du général de Gaulle. A la tribune de l'Assemblée, il se mesure avec M. Pompidou et fait figure de leader de la gauche. Dans les clubs, il joue un rôle important encore que discret pour forcer les regroupements. Aujourd'hui, à quarante-neuf ans, il apparaît soudain sur le devant de la scène. Il a pris du poids, et le visage de Clouet que lui voyait François Mauriac s'éclaire toujours de ces yeux de velours qu'il plante droit dans le regard de son interlocuteur. Il continue d'avancer d'un pas tranquille, peu soucieux d'être à l'heure aux rendez-vous, assuré de son destin, Saint-Just pour les uns, Julien Sorel pour les autres, mêlant ainsi, encore et toujours, le romanesque à l'histoire de son temps.

PIERRE VIANSSON-PONTÉ.

Ce portrait lui-même romancé n'est qu'un échantillon des commentaires suscités par ma candidature. C'en est un bon digest.

Matinée immobile sur mon fauteuil, les jambes gourdes, pour la constitution de la Fédération. On déjeune même ensemble, les délégués de tous partis, au "Cercle Républicain".

Longue marche avec Roland Dumas du Palais-Royal au Palais-Bourbon, puis par nos chemins, rue Guynemer.

Là, on m'attend, évidemment.

L'heure a passé. Je t'ai écrit. Il est près de deux heures du matin et mes yeux piquent.

La presse n'est pas mauvaise et donne une signification "européenne" à ma décision. Incertaine sur les chances de voir le Parti Communiste m'appuyer. Pas encore beaucoup d'attaques personnelles. Mais à Europe I, à 19h30, une violente diatribe : le gouvernement commence à réagir ! Dîner avec Dayan et Legatte dans un bistrot (inconnu) de la rue du Dragon. J'ai travaillé seul avant de te dire, bonsoir, mon amour.

533

533
Vendredi 10 septembre

Ce portrait lui-même romancé n'est qu'un échantillon des commentaires suscités par ma candidature. C'en est un bon digest.

Matinée immobile sur mon fauteuil, les jambes gourdes, pour la constitution de la Fédération. On déjeune même ensemble, les délégués de tous partis, au « Cercle Républicain ».

Longue marche avec Roland Dumas du Palais-Royal au Palais-Bourbon, puis par nos chemins, rue Guynemer.
Là, on m'attend, évidemment.
L'heure a passé. Je t'ai écrit. Il est près de deux heures du matin et mes yeux piquent.
La presse n'est pas mauvaise et donne une signification « européenne » à ma décision. Incertaine sur les chances de voir le Parti Communiste m'appuyer. Pas encore beaucoup d'attaques personnelles. Mais à Europe I, à 19 h 30, une violente diatribe : le gouvernement commence à réagir !
Dîner avec Dayan et Legatte dans un bistrot (inconnu) de la rue du Dragon.
J'ai travaillé seul avant de te dire, bonsoir, mon amour.

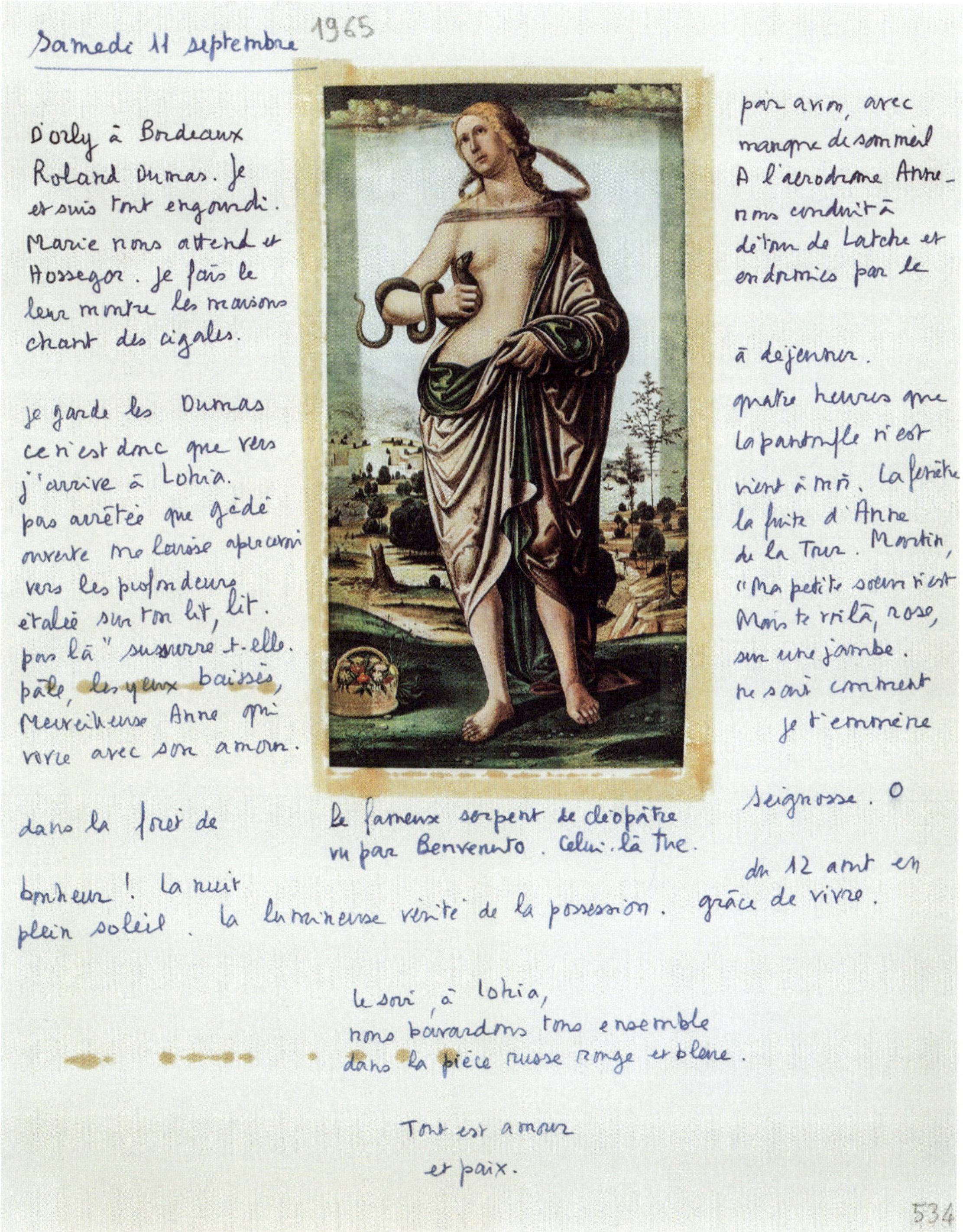

534

Samedi 11 septembre

D'Orly à Bordeaux par avion, avec Roland Dumas. Je manque de sommeil et suis tout engourdi. A l'aérodrome Anne-Marie nous attend et nous conduit à Hossegor. Je fais le détour de Latche et leur montre les maisons endormies par le chant des cigales.

Je garde les Dumas à déjeuner. Ce n'est donc que vers quatre heures que j'arrive à Lohia. La pantoufle n'est pas arrêtée que Gédé vient à moi. La fenêtre ouverte me laisse apercevoir la fuite d'Anne vers les profondeurs de la Tour. Martin, étalée sur ton lit, lit. « Ma petite sœur n'est pas là » susurre-t-elle. Mais te voilà, rose, pâle, les yeux baissés, sur une jambe. Merveilleuse Anne qui ne sait comment vivre avec son amour.

le fameux serpent de Cléopâtre vu par Benvenuto. Celui-là tue.

Je t'emmène dans la forêt de Seignosse. O bonheur ! La nuit du 12 août en plein soleil. La lumineuse vérité de la possession. Grâce de vivre.

Le soir, à Lohia, nous bavardons tous ensemble dans la pièce russe rouge et bleue.

Tout est amour et paix.

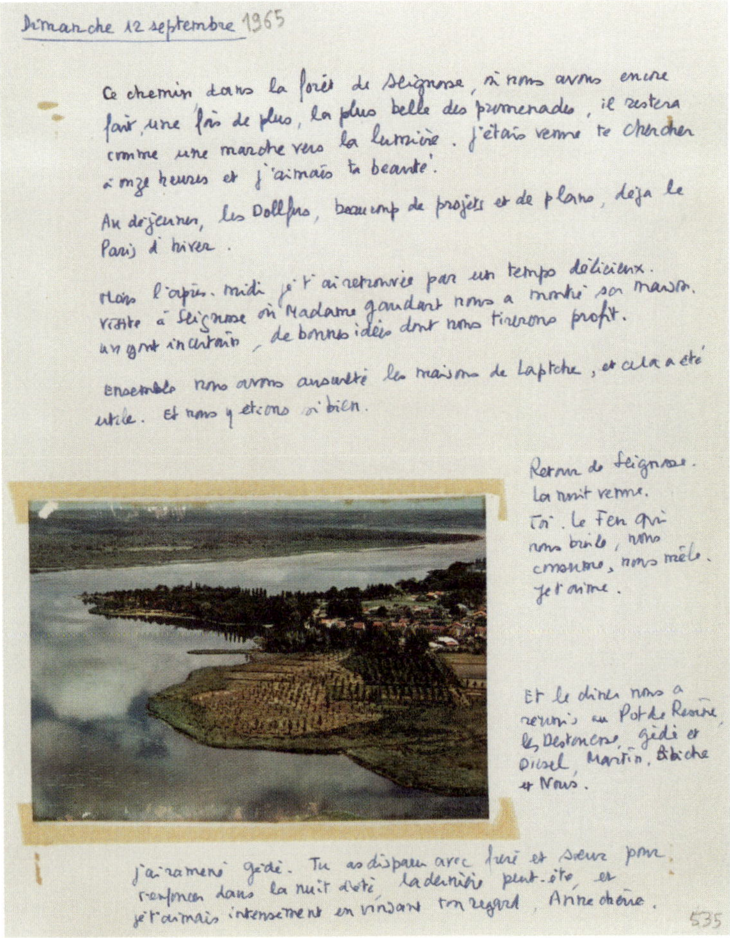

535
Dimanche 12 septembre

Ce chemin dans la forêt de Seignosse, où nous avons encore fait, une fois de plus, la plus belle des promenades, il restera comme une marche vers la lumière. J'étais venu te chercher à onze heures et j'aimais ta beauté.

Au déjeuner, les Dollfus, beaucoup de projets et de plans, déjà le Paris d'hiver.

Mais l'après-midi je t'ai retrouvée par un temps délicieux. Visite à Seignosse où Madame Gaudart nous a montré sa maison. Un goût incertain, de bonnes idées dont nous tirerons profit.
Ensemble nous avons ausculté les maisons de Latche, et cela a été utile. Et nous y étions si bien.

Retour de Seignosse. La nuit venue. Toi. Le Feu qui nous brûle, nous consume, nous mêle. Je t'aime.

Et le dîner nous a réunis au Pot de Résine, les Destouesse, Gédé et Diesel, Martin, Bibiche et Nous.

J'ai ramené Gédé. Tu as disparu avec frère et sœur pour t'enfoncer dans la nuit d'été, la dernière peut-être, et je t'aimais intensément en croisant ton regard, Anne chérie.

536
Dimanche 12 septembre

Pour le millénaire du Mont-Saint-Michel.

Lundi 13 septembre 1965

Dernier, dernier jour de ces merveilleuses vacances.
Au revoir Hossegor !
Adieu Anne de Chênehutte, grâce d'été, bonjour Anne de ma vie, grâce de toutes les saisons.
Nous nous sommes promenés le matin et un lent après-midi s'est écoulé sur la terrasse de Lohia. Etendue sur ta chaise longue, près du cyprès, dans la lumière incertaine des beaux jours finissants. Notre conversation, dont Gédé parfois se mêlait était mélancolique. Nous avions la gorge serrée. O bonheur, bonheur possédé jusqu'au sentiment d'approcher l'éternel.
Je suis rentré tôt pour me coucher tôt car je pars à quatre heures trente du matin pour Bordeaux.
J'avais l'être empli de toi, amour, mon amour, mon Anne.
Ces images de Latche, du Latche 1965, témoigneront pour notre joie !
537

537
Lundi 13 septembre

Dernier, dernier jour de ces merveilleuses vacances.
Au revoir Hossegor !
Adieu Anne de Chênehutte, grâce d'été, bonjour Anne de ma vie, grâce de toutes les saisons.
Nous nous sommes promenés le matin et un lent après-midi s'est écoulé sur la terrasse de Lohia. Etendue sur ta chaise longue, près du cyprès, dans la lumière incertaine des beaux jours finissants. Notre conversation, dont Gédé parfois se mêlait était mélancolique. Nous avions la gorge serrée. O bonheur, bonheur possédé jusqu'au sentiment d'approcher l'éternel.
Je suis rentré tôt pour me coucher tôt car je pars à quatre heures trente du matin pour Bordeaux.

J'avais l'être empli de toi, amour, mon amour, mon Anne.

Ces images de Latche, du Latche 1965, témoigneront pour notre joie.

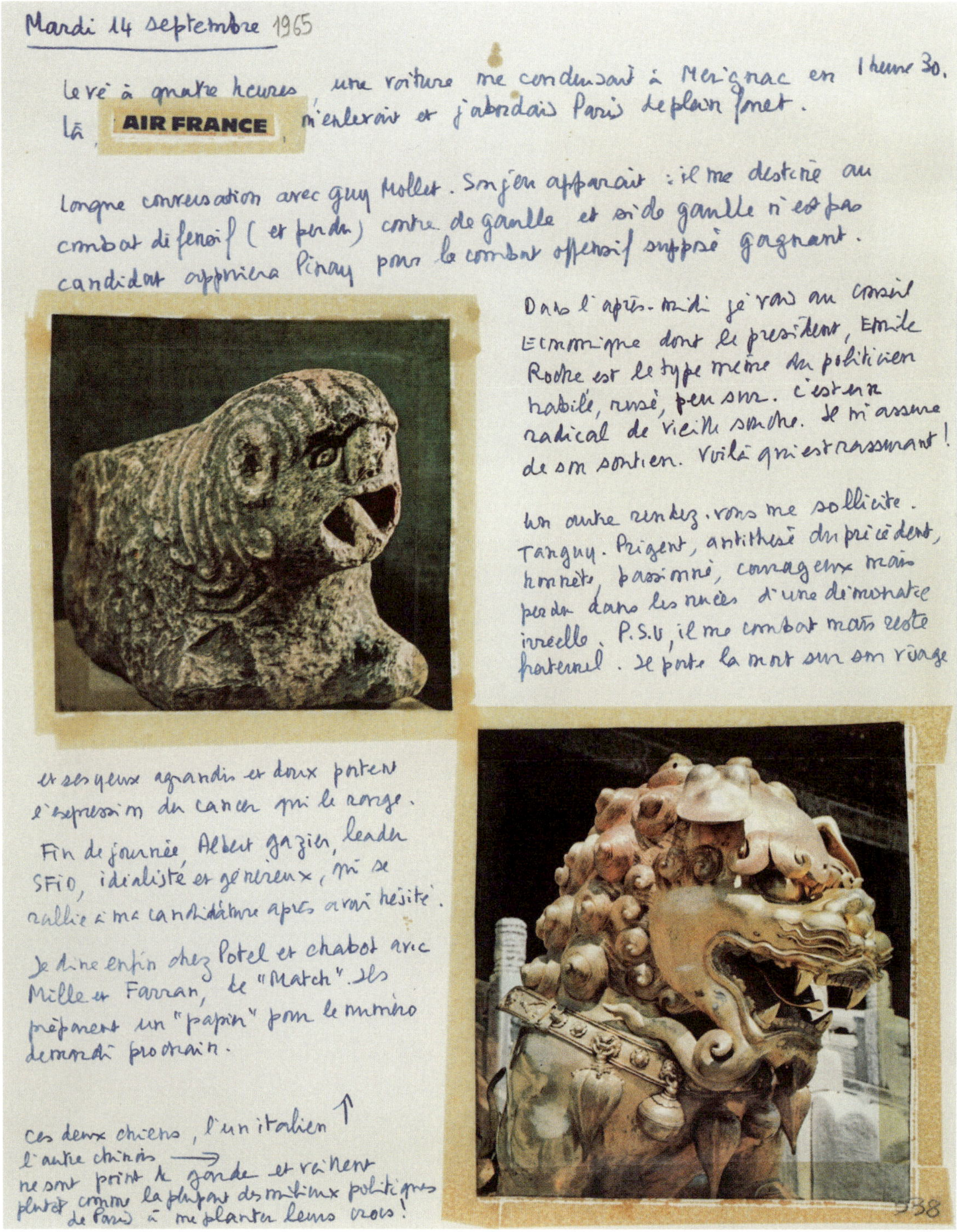

538

Mardi 14 septembre

Levé à quatre heures, une voiture me conduisait à Mérignac en 1 heure 30. Là, Air France, m'enlevait et j'abordais Paris de plein fouet.

Longue conversation avec Guy Mollet. Son jeu apparaît : il me destine au combat défensif (et perdu) contre de Gaulle et si de Gaulle n'est pas candidat appuiera Pinay pour le combat offensif supposé gagnant.
Dans l'après-midi je vais au Conseil Economique dont le président, Emile Roche, est le type même du politicien habile, rusé, peu sûr. C'est un radical de vieille souche. Il m'assure de son soutien. Voilà qui est rassurant !
Un autre rendez-vous me sollicite. Tanguy-Prigent, antithèse du précédent, honnête, passionné, courageux mais perdu dans les nuées d'une démocratie irréelle. P.S.U, il me combat mais reste fraternel. Il porte la mort sur son visage et ses yeux agrandis et doux portent l'expression du cancer qui le ronge.
Fin de journée, Albert Gazier, leader SFIO, idéaliste et généreux, qui se rallie à ma candidature après avoir hésité.
Je dîne enfin chez Potel et Chabot avec Mille et Farran, de « Match ». Ils préparent un « papier » pour le numéro de mardi prochain.

Ces deux chiens, l'un italien l'autre chinois ne sont point de garde et veillent plutôt comme la plupart des milieux politiques de Paris à me planter leurs crocs !

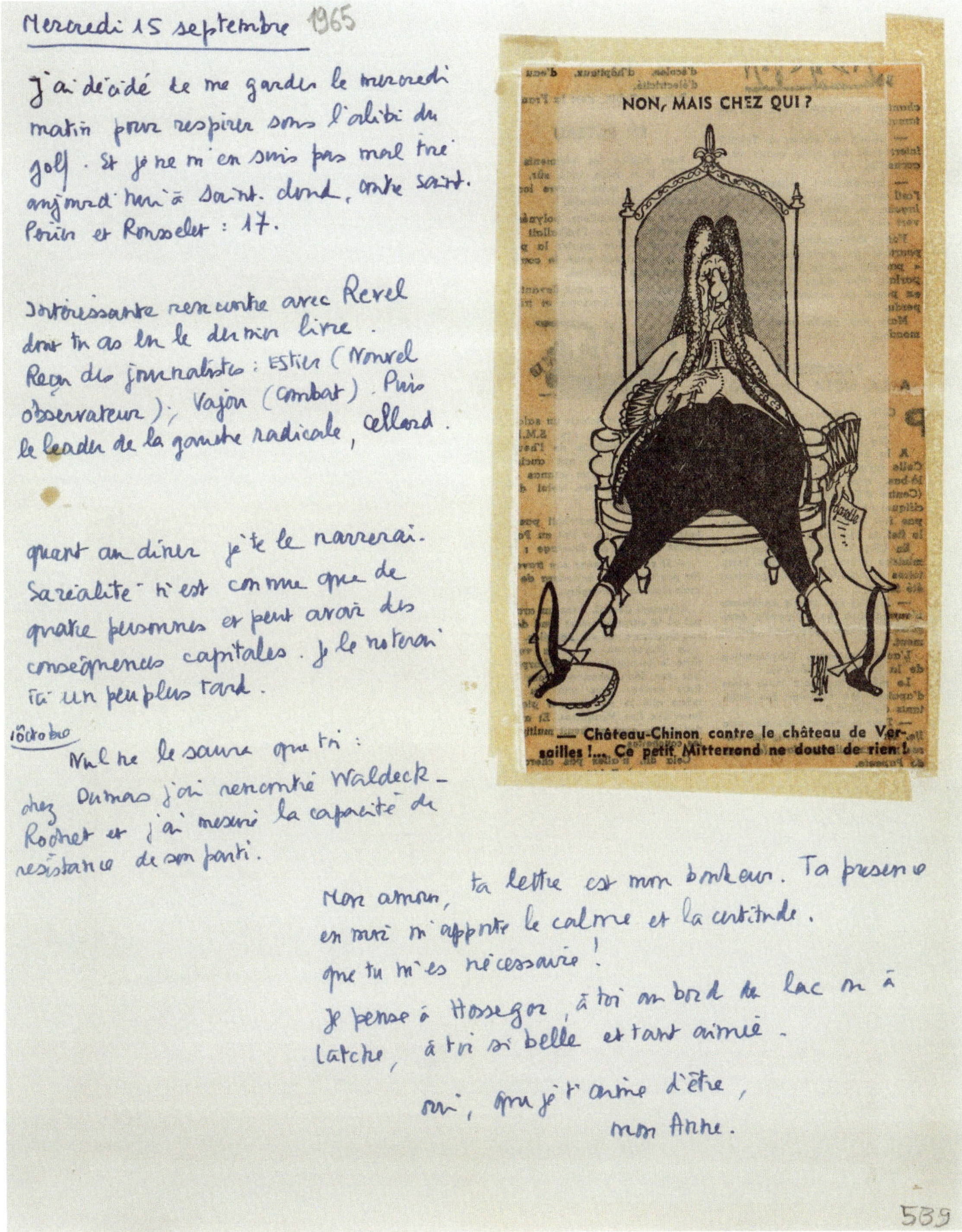

539
Mercredi 15 septembre

J'ai décidé de me garder le mercredi matin pour respirer sous l'alibi du golf. Et je ne m'en suis pas mal tiré aujourd'hui à Saint-Cloud, contre Saint-Périer et Rousselet : 17.

Intéressante rencontre avec Revel dont tu as lu le dernier livre. Reçu des journalistes : Estier (Nouvel Observateur) ; Vajou (Combat). Puis le leader de la gauche radicale, Cellard.

Quant au dîner je te le narrerai. Sa réalité n'est connue que de quatre personnes et peut avoir des conséquences capitales. Je le noterai ici un peu plus tard.

1er octobre
Nul ne le saura que toi : chez Dumas j'ai rencontré Waldeck Rochet et j'ai mesuré la capacité de résistance de son parti.

[Caricature de Moisan.]

Mon amour, ta lettre est mon bonheur. Ta présence en moi m'apporte le calme et la certitude. Que tu m'es nécessaire !
Je pense à Hossegor, à toi au bord du lac ou à Latche, à toi si belle et tant aimée.
Oui, que je t'aime d'être, mon Anne.

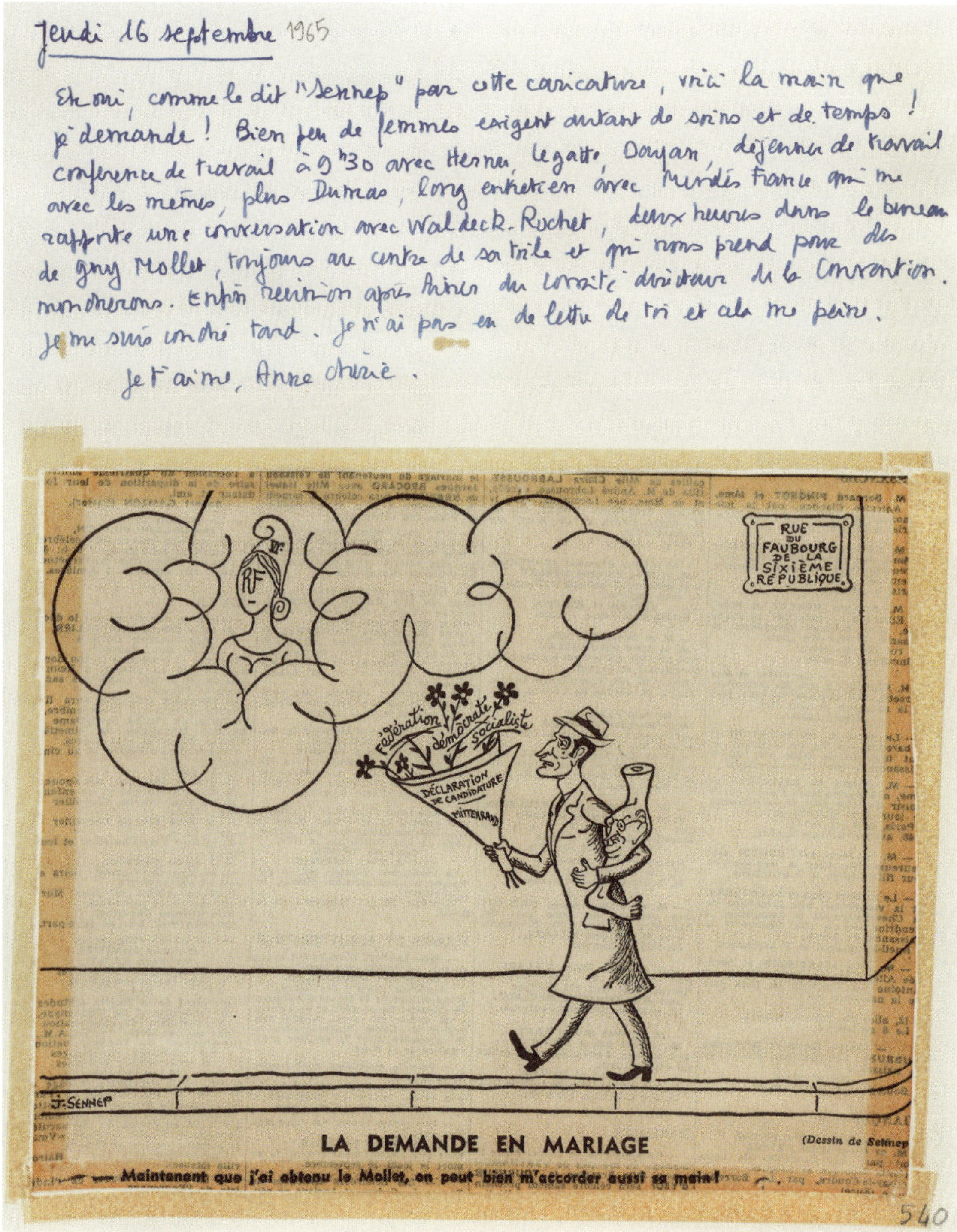
Jeudi 16 septembre 1965
Eh oui, comme le dit "Sennep" par cette caricature, voici la main que
je demande ! Bien peu de femmes exigent autant de soins et de temps !
Conférence de travail à 9h30 avec Hernu, Legatte, Dayan, déjeuner de travail
avec les mêmes, plus Dumas, long entretien avec Mendès France qui me
rapporte une conversation avec Waldeck-Rochet, deux heures dans le bureau
de Guy Mollet, toujours au centre de sa toile et qui nous prend pour des
moucherons. Enfin réunion après dîner du comité directeur de la Convention.
Je me suis couché tard. Je n'ai pas eu de lettre de toi et cela me peine.
Je t'aime, Anne chérie.

540
Jeudi 16 septembre

Eh oui, comme le dit « Sennep » par cette caricature, voici la main que je demande ! Bien peu de femmes exigent autant de soins et de temps !
Conférence de travail à 9 h 30 avec Hernu, Legatte, Dayan, déjeuner de travail avec les mêmes, plus Dumas, long entretien avec Mendès France qui me rapporte une conversation avec Waldeck Rochet, deux heures dans le bureau de Guy Mollet, toujours au centre de sa toile et qui nous prend pour des moucherons. Enfin réunion après dîner du comité directeur de la Convention. Je me suis couché tard. Je n'ai pas eu de lettre de toi et cela me peine.
Je t'aime, Anne chérie.

[Dessin de Sennep] La demande en mariage

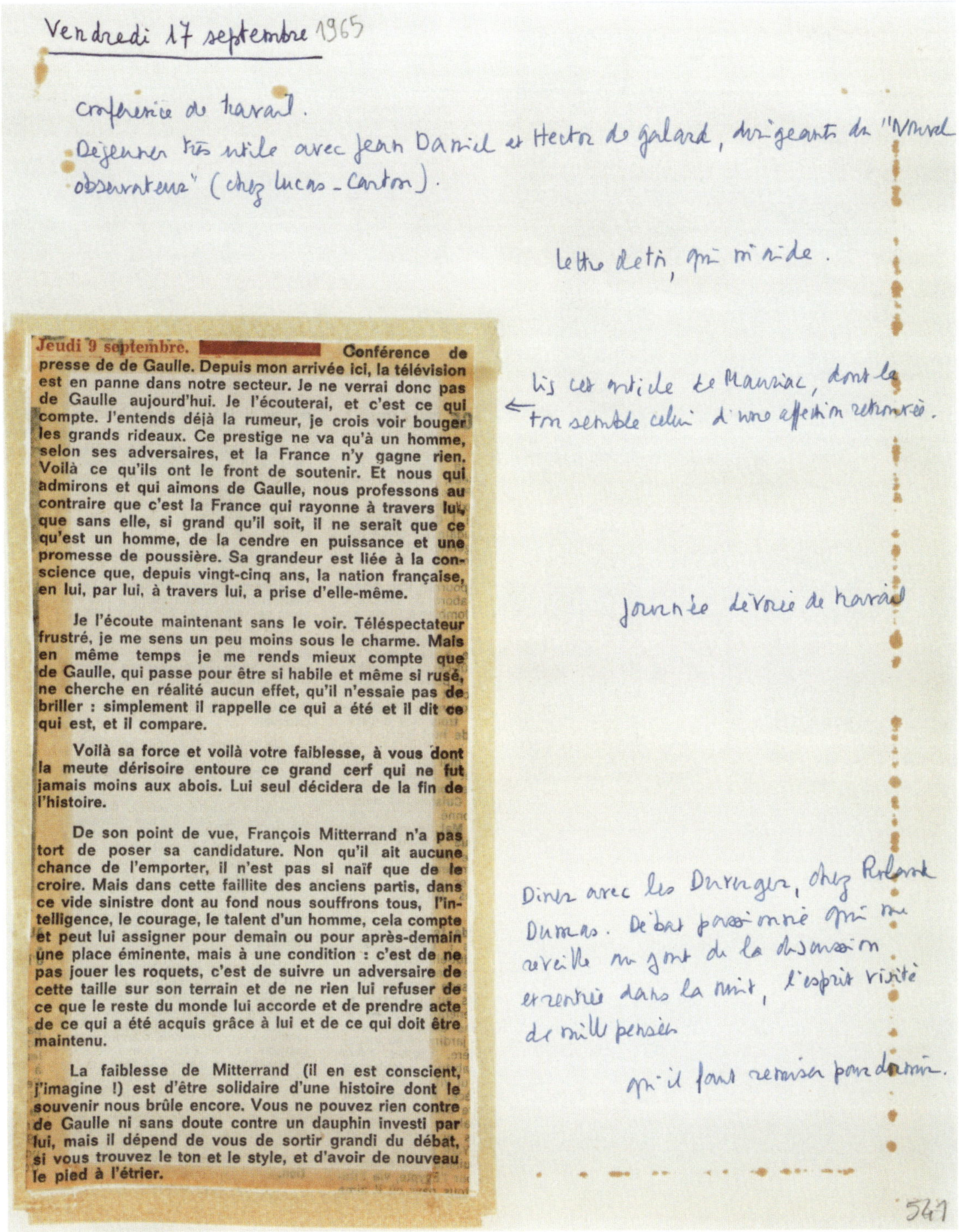

Jeudi 9 septembre. [redacted] Conférence de presse de de Gaulle. Depuis mon arrivée ici, la télévision est en panne dans notre secteur. Je ne verrai donc pas de Gaulle aujourd'hui. Je l'écouterai, et c'est ce qui compte. J'entends déjà la rumeur, je crois voir bouger les grands rideaux. Ce prestige ne va qu'à un homme, selon ses adversaires, et la France n'y gagne rien. Voilà ce qu'ils ont le front de soutenir. Et nous qui admirons et qui aimons de Gaulle, nous professons au contraire que c'est la France qui rayonne à travers lui, que sans elle, si grand qu'il soit, il ne serait que ce qu'est un homme, de la cendre en puissance et une promesse de poussière. Sa grandeur est liée à la conscience que, depuis vingt-cinq ans, la nation française, en lui, par lui, à travers lui, a prise d'elle-même.

Je l'écoute maintenant sans le voir. Téléspectateur frustré, je me sens un peu moins sous le charme. Mais en même temps je me rends mieux compte que de Gaulle, qui passe pour être si habile et même si rusé, ne cherche en réalité aucun effet, qu'il n'essaie pas de briller : simplement il rappelle ce qui a été et il dit ce qui est, et il compare.

Voilà sa force et voilà votre faiblesse, à vous dont la meute dérisoire entoure ce grand cerf qui ne fut jamais moins aux abois. Lui seul décidera de la fin de l'histoire.

De son point de vue, François Mitterrand n'a pas tort de poser sa candidature. Non qu'il ait aucune chance de l'emporter, il n'est pas si naïf que de le croire. Mais dans cette faillite des anciens partis, dans ce vide sinistre dont au fond nous souffrons tous, l'intelligence, le courage, le talent d'un homme, cela compte et peut lui assigner pour demain ou pour après-demain une place éminente, mais à une condition : c'est de ne pas jouer les roquets, c'est de suivre un adversaire de cette taille sur son terrain et de ne rien lui refuser de ce que le reste du monde lui accorde et de prendre acte de ce qui a été acquis grâce à lui et de ce qui doit être maintenu.

La faiblesse de Mitterrand (il en est conscient, j'imagine !) est d'être solidaire d'une histoire dont le souvenir nous brûle encore. Vous ne pouvez rien contre de Gaulle ni sans doute contre un dauphin investi par lui, mais il dépend de vous de sortir grandi du débat, si vous trouvez le ton et le style, et d'avoir de nouveau le pied à l'étrier.

541

Vendredi 17 septembre

Conférence de travail.
Déjeuner très utile avec Jean Daniel et Hector de Galard, dirigeants du « Nouvel Observateur » (chez Lucas-Carton).

Lettre de toi, qui m'aide.

Lis cet article de Mauriac, dont le ton semble celui d'une affection retrouvée.

Journée dévorée de travail

Dîner avec les Duverger, chez Roland Dumas. Débat passionné qui me réveille au goût de la discussion et rentrée dans la nuit, l'esprit visité de mille pensées
qu'il faut remiser pour dormir.

542
Samedi 18 septembre

Je rêve d'une maison où les formes monteraient dans un rythme parfait.

543
Samedi 18 septembre

Voici l'image que j'ai au-dessus de mon lit. Cosme et Pierre de Médicis. A quand Florence ?

Rien d'autre que le travail. Mais aussi ta lettre délicieuse.
Déjeuner avec dix de mes collaborateurs. On répartit les tâches.
Cornut-Gentille, député-maire de Cannes, passe me voir ainsi que Jean-Jacques Servan-Schreiber, qui se rapproche.
Un envoyé communiste, Borker, me retient après dîner. Subtil il cherche à connaître mes intentions. Les dés roulent.
Je vais me coucher après avoir rédigé le début de ma déclaration pour la conférence de presse.
Je t'aime, mon Anne chérie.

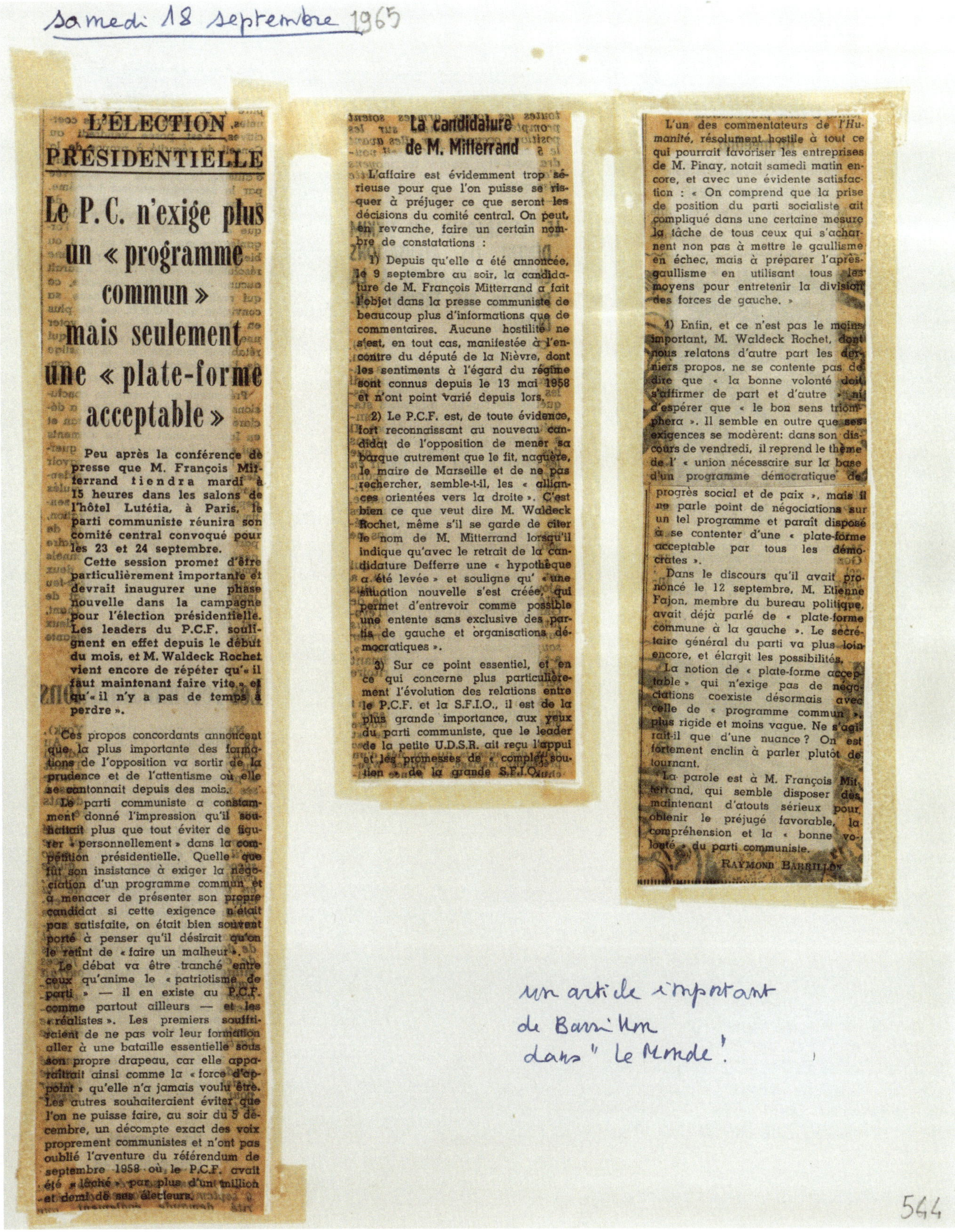

Samedi 18 septembre 1965

L'ÉLECTION PRÉSIDENTIELLE

Le P.C. n'exige plus un « programme commun » mais seulement une « plate-forme acceptable »

Peu après la conférence de presse que M. François Mitterrand tiendra mardi à 15 heures dans les salons de l'hôtel Lutétia, à Paris, le parti communiste réunira son comité central convoqué pour les 23 et 24 septembre.

Cette session promet d'être particulièrement importante et devrait inaugurer une phase nouvelle dans la campagne pour l'élection présidentielle. Les leaders du P.C.F. soulignent en effet depuis le début du mois, et M. Waldeck Rochet vient encore de répéter qu'« il faut maintenant faire vite » et qu'« il n'y a pas de temps à perdre ».

Ces propos concordants annoncent que la plus importante des formations de l'opposition va sortir de la prudence et de l'attentisme où elle se cantonnait depuis des mois.

Le parti communiste a constamment donné l'impression qu'il souhaitait plus que tout éviter de figurer « personnellement » dans la compétition présidentielle. Quelle que fût son insistance à exiger la négociation d'un programme commun et à menacer de présenter son propre candidat si cette exigence n'était pas satisfaite, on était bien souvent porté à penser qu'il désirait qu'on le retînt de « faire un malheur ».

Le débat va être tranché entre ceux qu'anime le « patriotisme de parti » — il en existe au P.C.F. comme partout ailleurs — et les « réalistes ». Les premiers souffriraient de ne pas voir leur formation aller à une bataille essentielle sous son propre drapeau, car elle apparaîtrait ainsi comme la « force d'appoint » qu'elle n'a jamais voulu être. Les autres souhaiteraient éviter que l'on ne puisse faire, au soir du 5 décembre, un décompte exact des voix proprement communistes et n'ont pas oublié l'aventure du référendum de septembre 1958 où le P.C.F. avait été « lâché », par plus d'un million et demi de ses électeurs.

La candidature de M. Mitterrand

L'affaire est évidemment trop sérieuse pour que l'on puisse se risquer à préjuger ce que seront les décisions du comité central. On peut, en revanche, faire un certain nombre de constatations :

1) Depuis qu'elle a été annoncée, le 9 septembre au soir, la candidature de M. François Mitterrand a fait l'objet dans la presse communiste de beaucoup plus d'informations que de commentaires. Aucune hostilité ne s'est, en tout cas, manifestée à l'encontre du député de la Nièvre, dont les sentiments à l'égard du régime sont connus depuis le 13 mai 1958 et n'ont point varié depuis lors.

2) Le P.C.F. est, de toute évidence, fort reconnaissant au nouveau candidat de l'opposition de mener sa barque autrement que le fit, naguère, le maire de Marseille et de ne pas rechercher, semble-t-il, les « alliances orientées vers la droite ». C'est bien ce que veut dire M. Waldeck Rochet, même s'il se garde de citer le nom de M. Mitterrand lorsqu'il indique qu'avec le retrait de la candidature Defferre une « hypothèque a été levée » et souligne qu'« une situation nouvelle s'est créée, qui permet d'entrevoir comme possible une entente sans exclusive des partis de gauche et organisations démocratiques ».

3) Sur ce point essentiel, et en ce qui concerne plus particulièrement l'évolution des relations entre le P.C.F. et la S.F.I.O., il est de la plus grande importance, aux yeux du parti communiste, que le leader de la petite U.D.S.R. ait reçu l'appui et les promesses de « complet soutien » de la grande S.F.I.O.

L'un des commentateurs de *l'Humanité*, résolument hostile à tout ce qui pourrait favoriser les entreprises de M. Pinay, notait samedi matin encore, et avec une évidente satisfaction : « On comprend que la prise de position du parti socialiste ait compliqué dans une certaine mesure la tâche de tous ceux qui s'acharnent non pas à mettre le gaullisme en échec, mais à préparer l'après-gaullisme en utilisant tous les moyens pour entretenir la division des forces de gauche. »

4) Enfin, et ce n'est pas le moins important, M. Waldeck Rochet, dont nous relatons d'autre part les derniers propos, ne se contente pas de dire que « la bonne volonté doit s'affirmer de part et d'autre » ni d'espérer que « le bon sens triomphera ». Il semble en outre que ses exigences se modèrent: dans son discours de vendredi, il reprend le thème de l'« union nécessaire sur la base d'un programme démocratique de progrès social et de paix », mais il ne parle point de négociations sur un tel programme et paraît disposé à se contenter d'une « plate-forme acceptable par tous les démocrates ».

Dans le discours qu'il avait prononcé le 12 septembre, M. Etienne Fajon, membre du bureau politique, avait déjà parlé de « plate-forme commune à la gauche ». Le secrétaire général du parti va plus loin encore, et élargit les possibilités.

La notion de « plate-forme acceptable » qui n'exige pas de négociations coexiste désormais avec celle de « programme commun », plus rigide et moins vague. Ne s'agirait-il que d'une nuance ? On est fortement enclin à parler plutôt de tournant.

La parole est à M. François Mitterrand, qui semble disposer désormais maintenant d'atouts sérieux pour obtenir le préjugé favorable, la compréhension et la « bonne volonté » du parti communiste.

RAYMOND BARRILLON.

un article important de Barrillon dans " Le Monde ".

544

544

Samedi 18 septembre

Un article important de Barrillon dans « Le Monde ».

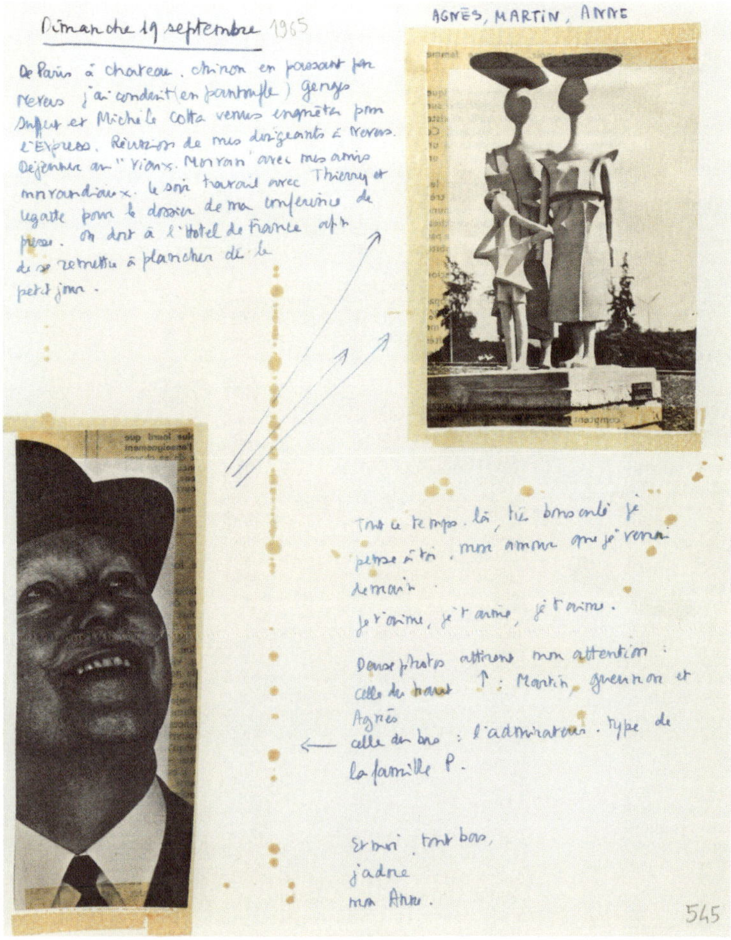

545
Dimanche 19 septembre

De Paris à Château-Chinon en passant par Nevers j'ai conduit (en pantoufle) Georges Suffert et Michèle Cotta venus enquêter pour l'Express. Réunion de mes dirigeants à Nevers. Déjeuner au « Vieux-Morvan » avec mes amis morvandiaux. Le soir travail avec Thierry et Legatte pour le dossier de ma conférence de presse. On dort à l'Hôtel de France afin de se remettre à plancher dès le petit jour.

AGNES, MARTIN, ANNE

Tout ce temps-là, très bousculé je pense à toi, mon amour que je verrai demain.
Je t'aime, je t'aime, je t'aime.
Deux photos attirent mon attention : celle du haut : Martin, Guenon et Agnès
Celle du bas : l'admirateur-type de la famille P.

Et moi, tout bas,
j'adore
mon Anne.

546
Lundi 20 septembre

Mon amour, un miracle, nous ne nous sommes pas manqués sur le quai de la gare de Nevers où tu débarquais de Nevers *[Clermont]* par le train « habituel ».
Bourges. Notre chemin. La cathédrale. Méditation devant les vitraux. Anne c'est un haut lieu de notre amour. Vers Beaugency comme à la Pentecôte. Nous y dormirons notre septième nuit. Dès cet après-midi l'union d'allégresse. Ton corps. Ton regard. O violence désirée… Perfection.

Je travaille à ma Conférence de Presse. Tu es là, compagne, tendre Anne. Tout est si beau dès que nous sommes liés. Balade dans les rues de la ville. Tendresse, tendresse, tendresse.
Nous dormons à l'Abbaye de Beaugency enlacés, émerveillés, passionnément heureux.

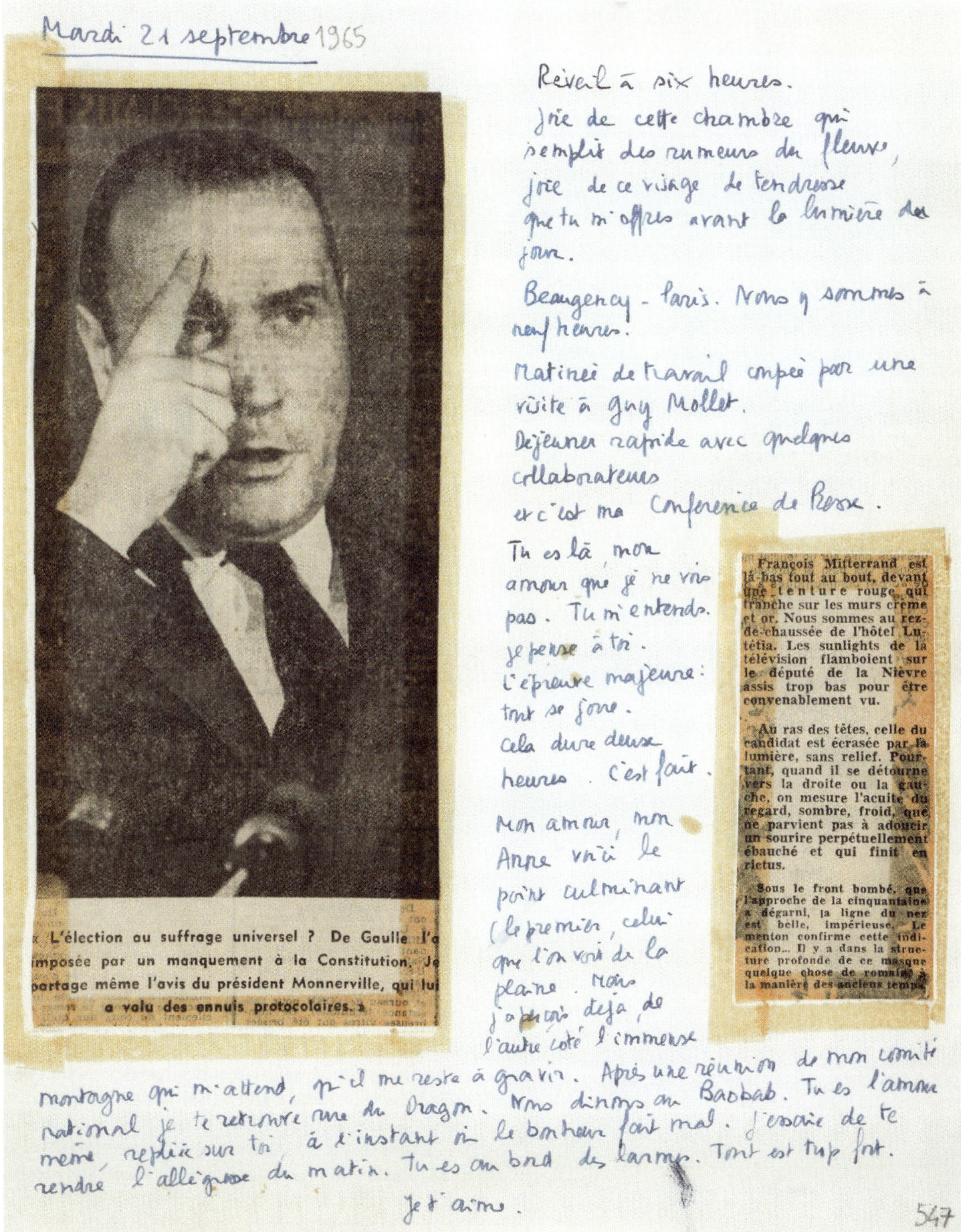
Mardi 21 septembre 1965

Réveil à six heures.
Joie de cette chambre qui s'emplit des rumeurs du fleuve,
joie de ce visage de tendresse que tu m'offres avant la lumière du jour.
Beaugency-Paris. Nous y sommes à neuf heures.
Matinée de travail coupée par une visite à Guy Mollet.
Déjeuner rapide avec quelques collaborateurs
et c'est ma Conférence de Presse.
Tu es là, mon amour que je ne vois pas. Tu m'entends.
Je pense à toi.
L'épreuve majeure : tout se joue.
Cela dure deux heures. C'est fait.
Mon amour, mon Anne voici le point culminant (le premier, celui que l'on voit de la plaine. Mais j'aperçois déjà, de l'autre côté l'immense montagne qui m'attend, qu'il me reste à gravir. Après une réunion de mon comité national je te retrouve rue du Dragon. Nous dînons au Baobab. Tu es l'amour même, repliée sur toi, à l'instant où le bonheur fait mal. J'essaie de te rendre l'allégresse du matin. Tu es au bord des larmes. Tout est trop fort.
Je t'aime.

« L'élection au suffrage universel ? De Gaulle l'a imposée par un manquement à la Constitution. Je partage même l'avis du président Monnerville, qui lui a valu des ennuis protocolaires. »

François Mitterrand est là-bas tout au bout, devant une tenture rouge qui tranche sur les murs crème et or. Nous sommes au rez-de-chaussée de l'hôtel Lutétia. Les sunlights de la télévision flamboient sur le député de la Nièvre assis trop bas pour être convenablement vu.

Au ras des têtes, celle du candidat est écrasée par la lumière, sans relief. Pourtant, quand il se détourne vers la droite ou la gauche, on mesure l'acuité du regard, sombre, froid, que ne parvient pas à adoucir un sourire perpétuellement ébauché et qui finit en rictus.

Sous le front bombé, que l'approche de la cinquantaine a dégarni, la ligne du nez est belle, impérieuse. Le menton confirme cette indication... Il y a dans la structure profonde de ce masque quelque chose de romain, à la manière des anciens temps.

547

547

Mardi 21 septembre

Réveil à six heures. Joie de cette chambre qui s'emplit des rumeurs du fleuve, joie de ce visage de tendresse que tu m'offres avant la lumière du jour.
Beaugency-Paris. Nous y sommes à neuf heures. Matinée de travail coupée par une visite à Guy Mollet. Déjeuner rapide avec quelques collaborateurs et c'est ma Conférence de Presse. Tu es là, mon amour que je ne vois pas. Tu m'entends. Je pense à toi. L'épreuve majeure : tout se joue. Cela dure deux heures. C'est fait.

Mon amour, mon Anne voici le point culminant (le premier, celui que l'on voit de la plaine. Mais j'aperçois déjà, de l'autre côté l'immense montagne qui m'attend, qu'il me reste à gravir). Après une réunion de mon comité national je te retrouve rue du Dragon. Nous dînons au Baobab. Tu es l'amour même, repliée sur toi, à l'instant où le bonheur fait mal. J'essaie de te rendre l'allégresse du matin. Tu es au bord des larmes. Tout est trop fort.
Je t'aime.

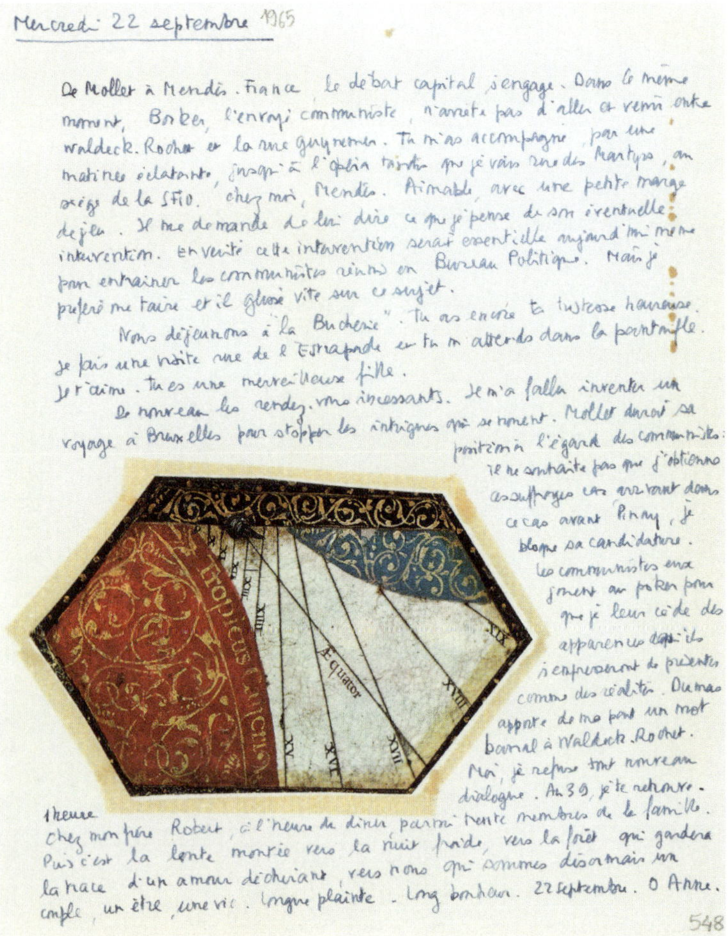

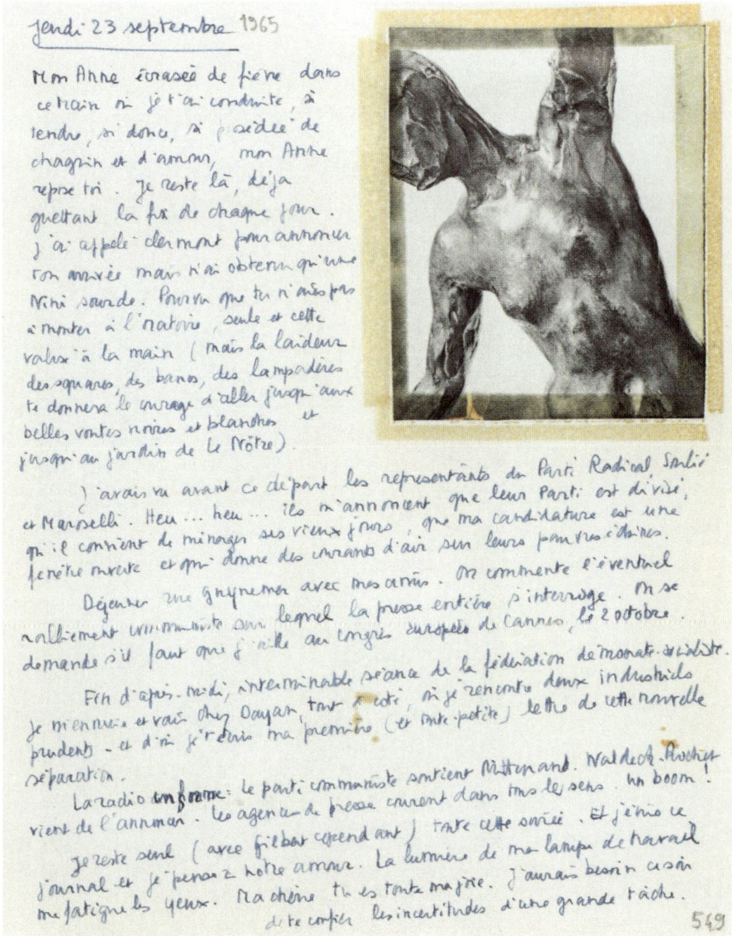

548
Mercredi 22 septembre

De Mollet à Mendès France, le débat capital s'engage. Dans le même moment, Borker, l'envoyé communiste, n'arrête pas d'aller et venir entre Waldeck Rochet et la rue Guynemer. Tu m'as accompagné, par une matinée éclatante, jusqu'à l'Opéra tandis que je vais rue des Martyrs, au siège de la SFIO. Chez moi, Mendès. Aimable, avec une petite marge de jeu. Il me demande de lui dire ce que je pense de son éventuelle intervention. En vérité cette intervention serait essentielle aujourd'hui même pour entraîner les communistes réunis en Bureau Politique. Mais je préfère me taire et il glisse vite sur ce sujet.
Nous déjeunons à « la Bûcherie ». Tu as encore ta tristesse heureuse. Je fais une visite rue de l'Estrapade et tu m'attends dans la pantoufle. Je t'aime. Tu es une merveilleuse fille.
De nouveau les rendez-vous incessants. Il m'a fallu inventer un voyage à Bruxelles pour stopper les intrigues qui se nouent. Mollet durcit sa position à l'égard des communistes : il ne souhaite pas que j'obtienne ces suffrages car, arrivant dans ce cas avant Pinay, je bloque sa candidature. Les communistes eux jouent au poker pour que je leur cède des apparences qu'ils s'empresseront de présenter comme des réalités. Dumas apporte de ma part un mot banal à Waldeck Rochet. Moi, je refuse tout nouveau dialogue. Au 39, je te retrouve.

1 heure.
Chez mon frère Robert, à l'heure du dîner, parmi trente membres de la famille. Puis c'est la lente montée vers la nuit froide, vers la forêt qui gardera la trace d'un amour déchirant, vers nous qui sommes désormais un couple, un être, une vie. Longue plainte. Long bonheur. 22 septembre. O Anne.

549
Jeudi 23 septembre

Mon Anne écrasée de fièvre dans ce train où je t'ai conduite, si tendre, si douce, si possédée de chagrin et d'amour, mon Anne repose-toi. Je reste là, déjà guettant la fin de chaque jour. J'ai appelé Clermont pour annoncer ton arrivée mais n'ai obtenu qu'une Nini sourde. Pourvu que tu n'aies pas à monter à l'Oratoire, seule et cette valise à la main (mais la laideur des squares, des bancs, des lampadaires te donnera le courage d'aller jusqu'aux belles voûtes noires et blanches et jusqu'au jardin de Le Nôtre).
J'avais vu avant ce départ les représentants du Parti Radical, Soulié et Maroselli. Heu… heu… ils m'annoncent que leur Parti est divisé, qu'il convient de ménager ses vieux jours, que ma candidature est une fenêtre ouverte et qui donne des courants d'air sur leurs pauvres échines.
Déjeuner rue Guynemer avec mes amis. On commente l'éventuel ralliement communiste sur lequel la presse entière s'interroge. On se demande s'il faut que j'aille au Congrès Européen de Cannes, le 2 octobre.
Fin d'après-midi, interminable séance de la fédération démocrate-socialiste. Je m'ennuie et vais chez Dayan, tout à côté, où je rencontre deux industriels prudents – et d'où je t'écris ma première (et toute petite) lettre de cette nouvelle séparation.
La radio informe : le parti communiste soutient Mitterrand. Waldeck Rochet vient de l'annoncer. Les agences de presse courent dans tous les sens. Un boom !
Je reste seul (avec Gilbert cependant) toute cette soirée. Et j'écris ce journal et je pense à notre amour. La lumière de ma lampe de travail me fatigue les yeux. Ma chérie tu es toute ma joie. J'aurais besoin ce soir de te confier les incertitudes d'une grande tâche.

Vendredi 24 septembre 1965

Je t'ai appelée à l'oratoire, à 9 heures, je t'ai entendue, et c'était rudement bon !

Vu Alain Gourdon (Julien Cheverny) paradoxal et cultivé. Piette, le golfeur de l'Attila Cup ; Jean Vilar et son Comité.

Au café, chez Hernu, long débat avec Guy Mollet.

Toute la presse titre sur le soutien que m'accordent les communistes.

Soirée studieuse : j'ai fait en quatre heures ce que je n'ai pas su faire en deux mois : la réponse à la NEF.

Visite nocturne d'Hector de Galard, directeur du " Nouvel Observateur ".

Il faut dormir. J'ai les photos de Latche avec toi. Je t'en enverrai demain. Le sommeil me presse les paupières mais quand je serai couché me fuira.

Je t'aime, ma très chérie.

Tribune libre

MITTERRAND CONTRE L'ENNUI

par Jacques GAGLIARDI

C'EST dans l'ennui que s'achève le septennat gaullien. Le général nous avait habitués à mieux. Peut-être s'ennuie-t-il lui-même. Les rêveries de Colombey doivent le tenter. La France, assurément, le déçoit. Mais qu'a-t-il fait pour l'arracher à son sommeil ? Il l'a trouvée trop commode pour asseoir son pouvoir. On ne peut chevaucher une monture docile et attendre qu'elle ait les nerfs d'un pur-sang. Le Second Empire fait jeune à côté de la Ve République.

Le conformisme constitue le vice fondamental du régime. Le général croit-il avoir bâti pour un millénaire ? Pas même pour la fin du siècle. Qu'il regarde ses gens autour de lui. Ils sont aux aguets : quel sera leur nouveau maître ?

Le pays, ingrat bien sûr, oubliera tout dès que la statue du Commandeur sera retournée aux ténèbres. Si les Français se montrent volages, comme d'habitude, les torts sont partagés. Face au vieil artiste, François Mitterrand fait figure de beau jeune homme.

QU'AURONT à offrir les gaullistes sans de Gaulle ? Que ça continue sans doute, mais les Français aiment que ça change. Et entre Pompidou et Mitterrand, les femmes n'hésiteront pas.

Ce jeune homme solitaire est plein d'audace. Quarante-neuf ans, c'est l'âge où un général de brigade à titre temporaire se lançait dans une avanture encore plus désespérée.

François Mitterrand, qui sait attendre, a bien choisi son moment. La gauche éparpillée cherchait un juste pour aller au sacrifice. Un Mitterrand n'est pas de la race des vaincus. Il sera battu mais sa défaite peut se révéler féconde : des millions d'électeurs auront découvert que le général de Gaulle n'est pas seul à avoir du style.

On nous répète que les idées n'intéressent plus personne. Il faut bien en convenir. Il reste les hommes et, pour les juger, les tempéraments, les caractères. Vous avez, d'un côté, les Pinay, les Pompidou, les comte de Paris ; de l'autre, un de Gaulle, un Mitterrand.

"Combat" au miel

Mitterrand, comme de Gaulle, est de ceux qui ne dévient pas du cap qu'ils ont choisi. Ainsi est-il le seul homme politique à ne jamais avoir été gaulliste. Adversaire du régime dès la première heure, son opposition s'est constamment maintenue sur le plan des principes, quand beaucoup d'autres opposants, ses alliés d'aujourd'hui, rentraient la tête dans les épaules.

Inflexible et audacieux, voici donc cet énergique quinquagénaire qui se lance à l'assaut du pouvoir apparemment le plus inexpugnable. Beaucoup d'infamies ont été naguère écrites sur lui ; nous allons en lire d'autres. Il ne fait pas de doute, pour moi, que François Mitterrand est d'abord un homme qui s'ennuie dans une société où un grand homme s'accommode de trop de petitesses.

Naviguant au milieu des débris de la gauche, cet ennui menaçait de devenir fatal. Je me suis laissé dire que le grand homme de Mitterrand était Clemenceau. Ce n'est pas un mauvais maître, bien que dans la conjoncture, et pour son indépendance d'esprit, je préfère l'exemple, s'il en faut un, d'un Carnot. Clemenceau, c'est l'homme de gauche patriote qu'après avoir diffamé, puis abandonné à l'entrée de la vieillesse, les matamores dégonflés par trois ans de guerre viennent chercher en 1917, à soixante-seize ans.

Il y a les hommes des marécages et les hommes du large. Pour « après de Gaulle », sinon contre de Gaulle, je ne suis pas fâché de voir s'avancer au premier rang un homme qui a montré qu'il ne craignait pas les tempêtes.

550

550
Vendredi 24 septembre

Je t'ai appelée à l'Oratoire, à 9 heures, je t'ai entendue, et c'était rudement bon !

Vu Alain Gourdon (Julien Cheverny) paradoxal et cultivé ; Piette, le golfeur de l'Attila Cup ; Jean Vilar et son Comité.

Au café, chez Hernu, long débat avec Guy Mollet.

Toute la presse titre sur le soutien que m'accordent les communistes.

Soirée studieuse : j'ai fait en quatre heures ce que je n'ai pas su faire en deux mois : la réponse à la NEF.

Visite nocturne d'Hector de Galard, directeur du « Nouvel Observateur ».

Il faut dormir. J'ai des photos de Latche avec toi. Je t'en enverrai demain. Le sommeil me presse les paupières mais quand je serai couché me fuira.
Je t'aime, ma très chérie.

« Mitterrand contre l'ennui » par Jacques Gagliardi
« Combat » au miel

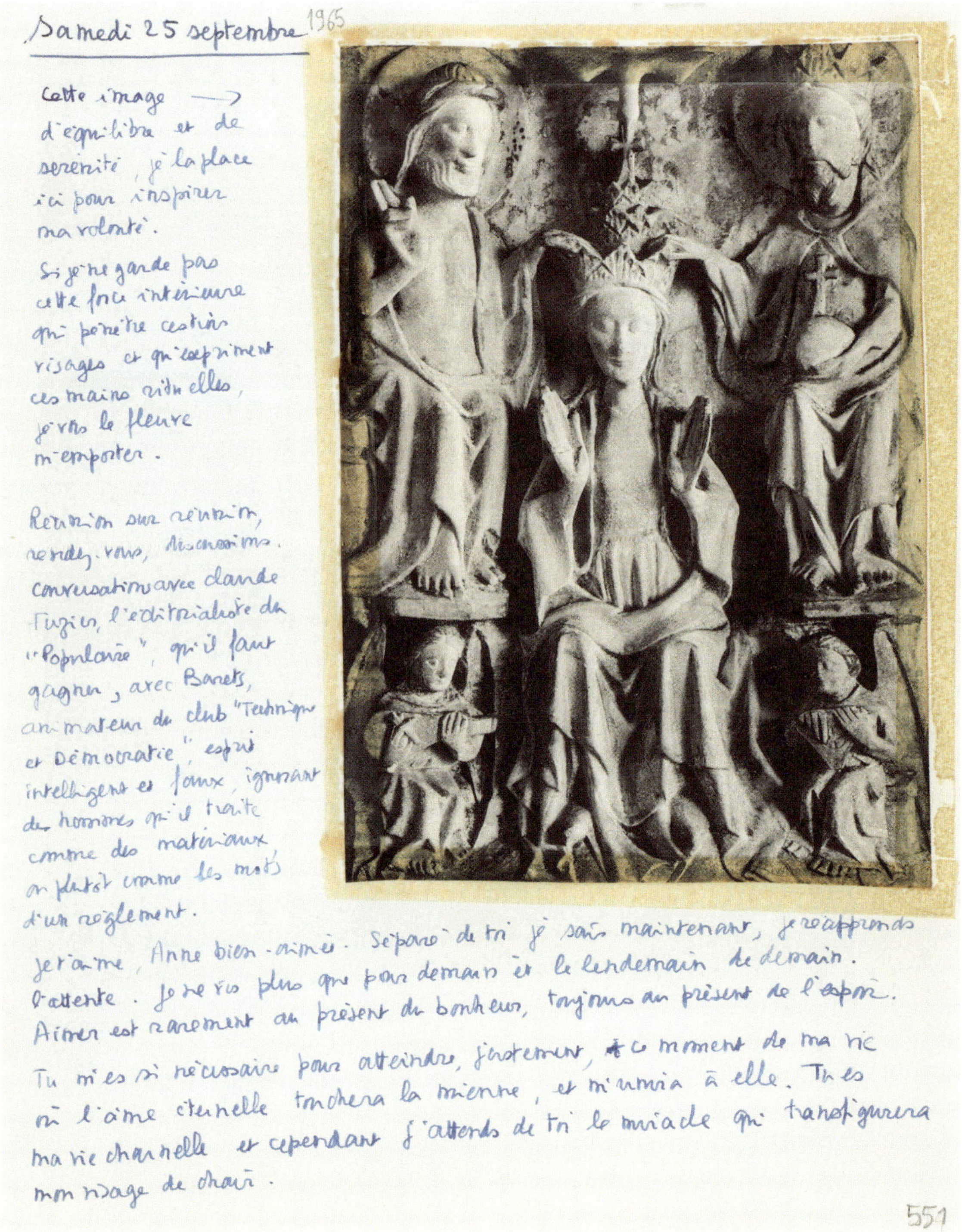

551

Samedi 25 septembre

Cette image d'équilibre et de sérénité, je la place ici pour inspirer ma volonté.
Si je ne garde pas cette force intérieure qui pénètre ces trois visages et qu'expriment ces mains rituelles, je vois le fleuve m'emporter.

Réunion sur réunion, rendez-vous, discussions. Conversation avec Claude Fuzier, l'éditorialiste du « Populaire », qu'il faut gagner, avec Barets, animateur du club « Technique et Démocratie », esprit intelligent et faux, ignorant des hommes qu'il traite comme des matériaux, ou plutôt comme les mots d'un règlement.

Je t'aime, Anne bien-aimée. Séparé de toi je sais maintenant, je réapprends l'attente. Je ne vis plus que pour demain et le lendemain de demain. Aimer est rarement au présent du bonheur, toujours au présent de l'espoir.
Tu m'es si nécessaire pour atteindre, justement, ce moment de ma vie où l'âme éternelle touchera la mienne, et m'unira à elle. Tu es ma vie charnelle et cependant j'attends de toi le miracle qui transfigurera mon visage de chair.

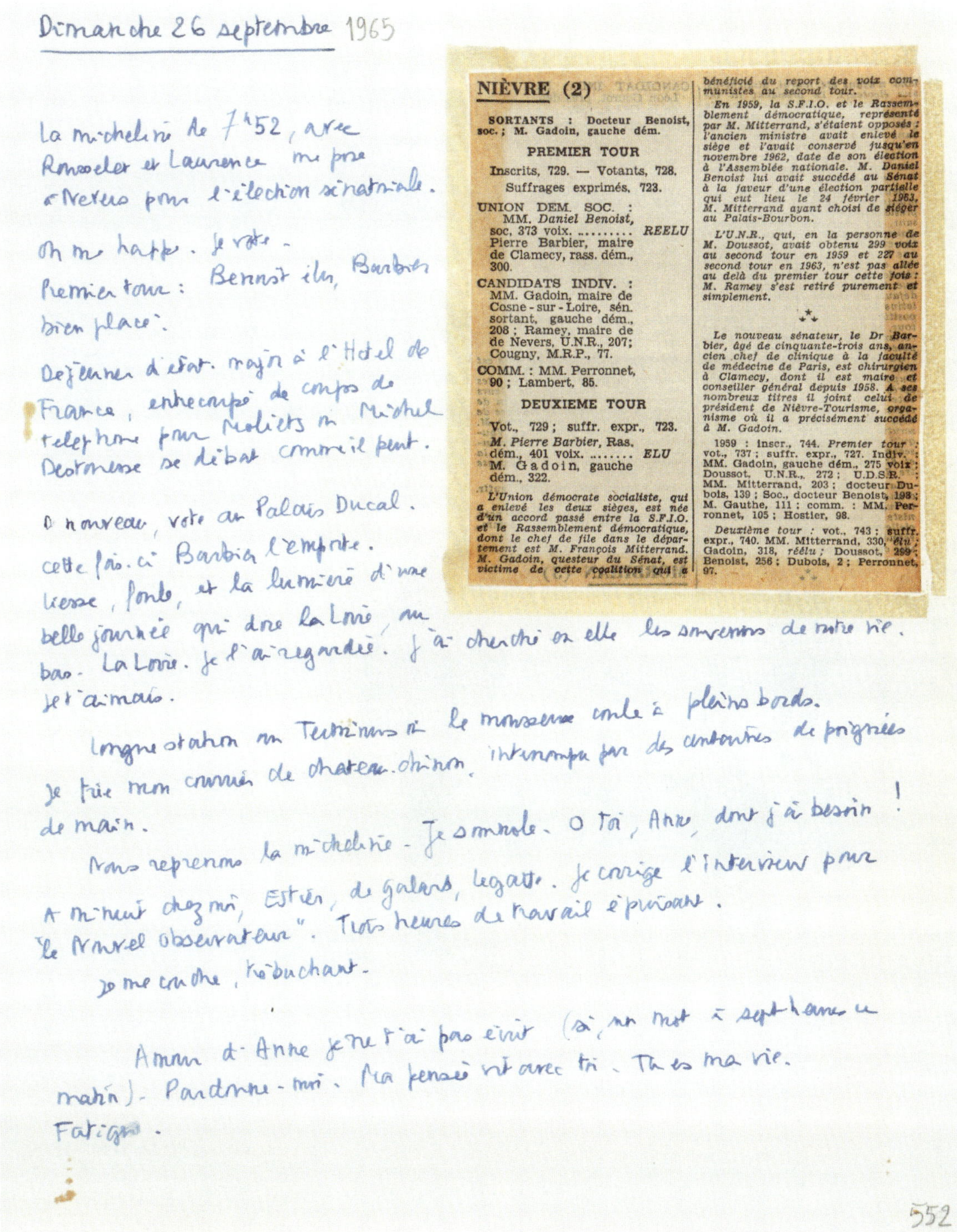

Dimanche 26 septembre 1965

NIÈVRE (2)

SORTANTS : Docteur Benoist, soc. ; M. Gadoin, gauche dém.

PREMIER TOUR

Inscrits, 729. — Votants, 728.
Suffrages exprimés, 723.

UNION DEM. SOC. : MM. *Daniel Benoist*, soc. 373 voix. .... *REELU*
Pierre Barbier, maire de Clamecy, rass. dém., 300.

CANDIDATS INDIV. : MM. Gadoin, maire de Cosne-sur-Loire, sén. sortant, gauche dém., 208 ; Ramey, maire de de Nevers, U.N.R., 207; Cougny, M.R.P., 77.

COMM. : MM. Perronnet, 90 ; Lambert, 85.

DEUXIEME TOUR

Vot., 729 ; suffr. expr., 723.
M. Pierre Barbier, Ras. dém., 401 voix. .... *ELU*
M. Gadoin, gauche dém., 322.

L'Union démocrate socialiste, qui a enlevé les deux sièges, est née d'un accord passé entre la S.F.I.O. et le Rassemblement démocratique, dont le chef de file dans le département est M. François Mitterrand. M. Gadoin, questeur du Sénat, est victime de cette coalition qui a bénéficié du report des voix communistes au second tour.

En 1959, la S.F.I.O. et le Rassemblement démocratique, représenté par M. Mitterrand, s'étaient opposés : l'ancien ministre avait enlevé le siège et l'avait conservé jusqu'en novembre 1962, date de son élection à l'Assemblée nationale. M. Daniel Benoist lui avait succédé au Sénat à la faveur d'une élection partielle qui eut lieu le 24 février 1963, M. Mitterrand ayant choisi de siéger au Palais-Bourbon.

L'U.N.R., qui, en la personne de M. Doussot, avait obtenu 299 voix au second tour en 1959 et 227 au second tour en 1963, n'est pas allée au delà du premier tour cette fois : M. Ramey s'est retiré purement et simplement.

***

Le nouveau sénateur, le Dr Barbier, âgé de cinquante-trois ans, ancien chef de clinique à la faculté de médecine de Paris, est chirurgien à Clamecy, dont il est maire et conseiller général depuis 1958. A ses nombreux titres il joint celui de président de Nièvre-Tourisme, organisme où il a précisément succédé à M. Gadoin.

1959 : inscr., 744. *Premier tour* : vot., 737 ; suffr. expr., 727. Indiv. : MM. Gadoin, gauche dém., 275 voix ; Doussot, U.N.R., 272 ; U.D.S.R. : MM. Mitterrand, 203 ; docteur Dubois, 139 ; Soc., docteur Benoist, 198 ; M. Gauthe, 111 ; comm. : MM. Perronnet, 105 ; Hostier, 98.

Deuxième tour : vot., 743 ; suffr. expr., 740. MM. Mitterrand, 330, *élu* ; Gadoin, 318, *réélu* ; Doussot, 299 ; Benoist, 256 ; Dubois, 2 ; Perronnet, 97.

552

552
Dimanche 26 septembre

La micheline de 7 h 52, avec Rousselet et Laurence me pose à Nevers pour l'élection sénatoriale.

On me happe. Je vote. Premier tour : Benoist élu, Barbier bien placé. Déjeuner d'état-major à l'Hôtel de France, entrecoupé de coups de téléphone pour Moliets où Michel Destouesse se débat comme il peut. De nouveau, vote au Palais Ducal. Cette fois-ci Barbier l'emporte. Liesse, foule, et la lumière d'une belle journée qui dore la Loire, au bas. La Loire. Je l'ai regardée. J'ai cherché en elle les souvenirs de notre vie. Je t'aimais.
Longue station au Terminus où le mousseux coule à pleins bords. Je trie mon courrier de Château-Chinon, interrompu par des centaines de poignées de main.
Nous reprenons la micheline. Je somnole. O toi, Anne, dont j'ai besoin ! A minuit chez moi, Estier, de Galard, Legatte. Je corrige l'interview pour « le Nouvel Observateur ». Trois heures de travail épuisant.
Je me couche, trébuchant.

Amour d'Anne je ne t'ai pas écrit (si, un mot à sept heures ce matin). Pardonne-moi. Ma pensée vit avec toi. Tu es ma vie.
Fatigue.

553
Lundi 27 septembre

Je me suis réveillé… à 9 h 30. Mes collaborateurs m'attendaient déjà. Je mourais de sommeil. Travail sans arrêt à la maison. Avant déjeuner avec Jean-Jacques S.S, Françoise Giroud, Dumas, Rousselet, Thierry j'ai eu la joie de t'entendre au téléphone. Quel bonheur que de retrouver soudain la grâce de vivre ! Je t'aime, Anne.
Début d'après-midi, photo sur photo pour l'affiche qui sera apposée partout. Je suis allé voir à Neuilly les Pascaud, sénateur de la Charente et sa femme, victimes d'un grave accident d'auto. Après cela visite à Monnerville. Je dois m'attendre à des difficultés avec le Congrès Radical qui me paraît fuyant… que ces gens sont pourris !
Encore du travail après dîner. Je lis et relis ta lettre de Louvet, merveilleuse, fraîche du soleil d'automne, du feu de cheminée, des fleurs de lumière rouge. Je t'aime.

554
Mardi 28 septembre

Le chancelier Erhard réélu…

Conseil général. Un retard de la micheline désorganise la séance d'ouverture !
Un mot de toi, ou plutôt une lettre délicieuse, me rejoint à l'Hôtel de France.
Je t'appelle au téléphone : demain soir nous nous retrouverons ! Je n'ose croire à cette joie.
Déjeuner avec mes conseillers amis + Bérard-Quélin qui m'a accompagné et qui revient avec moi en voiture sur Paris, à peine le café pris.
J'ai en effet une réunion de mon Comité National à 18 heures et je ne puis la manquer. Deux heures durant nous débattons. Utilement.
Comme il me faudra repartir demain matin je reste chez moi à travailler en paix et me couche tôt.

Lis ce poème sur un tapis. J'aime cette civilisation d'artisans et de poètes qui cherchent l'expression dans le symbole.

Je pense à toi, Anne, avec amour.

Mardi 28 septembre 1965

Le chevalier Erhard réélu… ↓

Conseil général. Un retard de la micheline désorganise la séance d'ouverture !

Un mot de toi, ou plutôt une lettre délicieuse, me rejoint à l'Hotel de France.

Je t'appelle au téléphone : demain soir nous nous retrouverons ! Je n'ose croire à cette joie.

Déjeuner avec mes conseillers amis + Briand. Grélier qui m'accompagne et qui revient avec moi en voiture sur Paris, à peine le café pris.

J'ai en effet une réunion de mon Comité National à 18 heures et je ne puis la manquer. Deux heures durant nous débattons. Utilement.

Comme il me faudra repartir demain matin je reste chez moi à travailler en paix et me couche tôt.

Poème inscrit sur la bordure d'un tapis par un artisan persan

« Béni soit le tapis qui, semblable [à une ombre
s'étend aux pieds du roi pendant [le festin
« Ce n'est pas un tapis, c'est une guirlande de roses [blanches
« C'est un jardin plein de tulipes [et de fleurs multicolores
où le rossignol chante
comme dans son royaume
« On y voit le chemin qui mène [à la source de vie
des animaux eux-mêmes y trouvent [un asile et un chemin
« Il est plus éclatant que les joues [de la plus belle femme de Téhégel
et fait pâlir les prairies les plus [opulentes
« Près de lui, le rosier n'est plus [qu'un buisson d'épines,
car il est une image sans défaut,
c'est un jardin où jamais le vent [d'automne
ne pourra s'attarder.

← Lis ce poème sur un tapis. J'aime cette civilisation d'artisans et de poètes qui cherchent l'expression dans le symbole.

Je pense à toi, Anne, avec amour.

554

Mercredi 29 septembre 1965 "le canard

Eclosion de M. de Mitterrand — Court crayon de son personnage — Sa pertinacité — Bon succès de ses premiers pas — **Mezzo-termine** interminables du prince Pinay de la Tannerie — Hoquets des conjonctures — Ruses variées, mais malheureuses pour percer les gazes du Roi.

L'ETE finit par l'éclosion de M. de Mitterrand, duc de Nevers, comte de Château-Chinon, bretteur vif et des plus rogues au Roi, qui déclara sa résolution ferme de prétendre la couronne en se servant de l'égide des partis de main gauche. C'était un homme entre deux tailles et deux âges, assez d'une figure aimable qui arrêtait avec plaisir les yeux des dames, d'une ambition qui s'appuyait de toutes sortes de talents pour arriver à la plus haute fortune, riche en dons, fertile en vues, en ressources, en ressorts, entreprenant, aussi hardi à charger de front qu'adroit à tirer de biais, maître signalé en artifice, avec extrêmement de valeur brillante et un cœur au-dessus des périls. Il avait fort de l'esprit, mais manégé et parfois si labyrinthé qu'il se perdait dans ses détours et se laissait alors piéger, en terrain coupé et raboteux, dans les taillis d'intrigues romanesques, dont il ne se sortait qu'avec embarras, quoiqu'il eût, d'ailleurs, la tête froide et fort capable de contenir tout le soin de l'Etat.

Il usait dans les combats d'éloquence, d'un art suprême des souplesses et des insolences qui le rendait redoutable à ses ennemis. Il les tâtait d'abord, sans démoucheter, de quelques pointes de discours légères, soutenues du retroussis d'un sourire d'accortise, puis, se fendant soudain, portait sa botte, qui blessait, mais toujours avec un air de civilité forte pour couvrir ses vesperies les plus cruelles. Il parlait bien, d'une parole aisée, pugnace, ornée, qui ne répugnait point aux préciosités et s'entendait avec charme quand il ne la faisait point tomber dans l'enflure et le vibrato.

Le comte de Château-Chinon avait été la parure de l'ancienne cour, où tout lui rit longtemps dans les grands emplois qu'il remplit. L'avènement du Roi, dont les maximes et les pratiques de gouvernement absolu l'excédaient, le jeta dans la plus violente opposition ; il ne s'y refroidit jamais, ne donna jamais des trêves à son ardeur de faire contre à une monarchie si persévéramment illibérale et de travailler à la perdre. Cette obstination inentamable, cette pertinacité lui frayèrent la voie à la première prétention après le retrait de tout du comte de Fère et au saisissement principal du timon des opposants.

M. de Mitterrand fit bien des jaloux en prenant son vol, mais il sut s'apprivoiser aussi bien des alliés de la plus riche variété. Dès avant qu'il l'eût déclaré, le parti de Mollet acquiesça à sa brigue. Le parti du Commun y adhéra ensuite, et froqua de son rochet le prétendant, mais avec la pensée sourde de le mener assez le bâton haut. Mais les factions de Preux lui furent inexorables : le comte de Château-Chinon n'en essuya que des mépris, des clabaudages, des anathèmes et, même, en reçut tout sec le martinet.

L'essor de sa prétention renouvela la fièvre qui palpitait dans le sein de ce qui, au centre de la lice, faisait le démocrate. Les Messieurs de l'Europe et de la Dévotion s'alarmaient de la vacuité où ils se voyaient. Ils hâtaient le prince Pinay de la Tannerie de s'ébrouer de son tan, d'en finir avec ses *mezzo-termine*, de les secourir de sa gloire boutiquière et de se porter tout d'un bond au créneau de l'Etat en arborant leurs bannières et leur oriflamme. Mais ils avaient beau aller le visiter et le presser dans ses réduits, le goût d'équivoquer, de faire le coquet et le jeunet, d'être de nouveau fort en vogue était trop ancré chez le Cincinnatus de Saint-Chamont pour qu'il cessât de lambiner et de laisser traîner la matière. Quand tant de gazettes bourdonnaient de son nom en relevaient la mode, urquoi se fût-il dépêché leur rabattre le caquet r le prononcé précoce in nom radical.

Tout cela imprimait des quets aux conjonctures, ir donnait de l'ondoie- nt. Le parti de la cour ablait de sa dérision ayante les préparations, hésitations des opposants se surnageait d'un exté- ur de sérénité, mais tait par parade ; que de evau-légers et de sportu- res vaguant dans les di- rs entours qui périssaient tourments dans l'attente, prolongée, de la révéla- n des desseins du Roi. ois semaines encore à res- fort en conche, dans e dubitative qui harassait

555

Mercredi 29 septembre

« Le Canard Enchaîné »

De cette journée, l'emploi du temps réglé (Rassemblement Démocratique, avec un Maurice Faure un peu gêné, ce matin à la Chambre, voyage Paris-Nevers et arrêt-lunch aux Templiers, séance du Conseil Général)

Je garderai l'image de la beauté. Beauté d'Anne, beauté de la nuit, beauté du bonheur.

Pourtant en te voyant arriver, devant la gare de Moulins, à 20 h 40, j'avais surtout la peine de ton silence du matin. Mais que ton visage était beau, O Anne bien-aimée

Dîner à l'Hôtel de Paris, d'une lamelle de foie gras et d'une truite aux amandes sous la lumière crue d'une province épanouie et ennuyeuse. Moulins, je crois que nous l'aimons : cette ville jalonne notre vie. Sur la route d'Autun, peu après les dernières lueurs des faubourgs, sur un chemin de feuilles, j'ai connu la communion parfaite de l'âme et du corps et la gravité de ta voix me disait qu'à jamais nous serions Anne et François de cette nuit-là.

Mercredi 29 septembre 1965 "Le canard enchaîné"

mare...

PAS FRANÇAIS, ON VOUS DIT !

ion s'alarmaient de é où ils se voyaient. ent le prince Pinay nnerie de s'ébrouer an, d'en finir avec *zo-termine*, de les de sa gloire bouti- de se porter tout nd au créneau de n arborant leurs et leur oriflamme. avaient beau aller et le presser dans ts, le goût d'équi- de faire le coquet net, d'être de nou- t en vogue était é chez le Cincinna- aint-Chamont pour ût de lambiner et traîner la matière. tant de gazettes bourdonnaient de son nom et en relevaient la mode, pourquoi se fût-il dépêché de leur rabattre le caquet par le prononcé précoce d'un nom radical.

Tout cela imprimait des hoquets aux conjonctures, leur donnait de l'ondoiement. Le parti de la cour accablait de sa dérision bruyante les préparations, les hésitations des opposants et se surnageait d'un extérieur de sérénité, mais c'était par parade ; que de chevau-légers et de sportulaires vaguant dans les divers entours qui périssaient de tourments dans l'attente, si prolongée, de la révélation des desseins du Roi. Trois semaines encore à rester fort en conche, dans une dubitative qui harassait les nerfs. Dans les antichambres du premier ministre, des irrégularités, de crainte et d'espérances se soutenaient. L'Hôtel Matignon était le lieu du monde où l'on soupirait le plus, après l'abdication du Roi. Les personnages de la manche du premier ministre sentaient bien que leur maître ne régnerait jamais s'il ne régnait pas incontinent, car le trône était friable ; ils savaient aussi que le Roi aimait à changer de favori, qu'il ne conservait pas longtemps au même l'habilité de lui succéder à la couronne.

Mais comment percer les gazes que le Roi tendait autour de lui ? On redoublait de ruses ; on tâchait de le prendre à l'appeau d'une réflexion imprudemment échappée, on faisait questionner les astrologues et les devineresses ; on députait secrètement à Rome pour tenter d'y découvrir — ô chimère — si le Roi, sous quelque supérieur prétexte de religion, ne se serait point ouvert au Pape de son intention sur l'Elysée. Même, de désespoir, on sondait les tailleurs du palais pour savoir si le Roi rafraîchissait sa garde-robe dans la vue de la continuation de son règne, comme si on eût été dans une de ces anciennes cours de l'Orient où c'est par le truchement du barbier qu'on apprenait que le roi Midas avait des oreilles d'âne.

André Ribaud.

De cette journée, l'emploi du temps réglé (Rassemblement Démocratique, avec un Maurice Faure un peu gêné, ce matin à la chambre, voyage Paris. Nevers et arrêt-lunch aux Templiers, séance du conseil général)

Je garderai l'image de la beauté. Beauté d'Anne, beauté de la nuit, beauté du bonheur.

Pourtant en te voyant arriver, devant la gare de Moulins à 20h40, j'avais surtout la peine de ton silence du matin. Mais que ton visage était beau, ô Anne bien-aimée

Dîner à l' Hotel de Paris d'une lamelle de foie gras et d'une truite aux amandes sous la lumière une d'une province épanouie et ennuyeuse. MOULINS je crois que nous l'aimons : cette ville jalonne notre vie. Sur la route d'Autun peu après les dernières lueurs des faubourgs, sur un chemin de feuilles, j'ai connu la communion parfaite de l'âme et du corps et la gravité de ta voix me disait qu'à jamais nous serions Anne et François de cette nuit. Là.

555

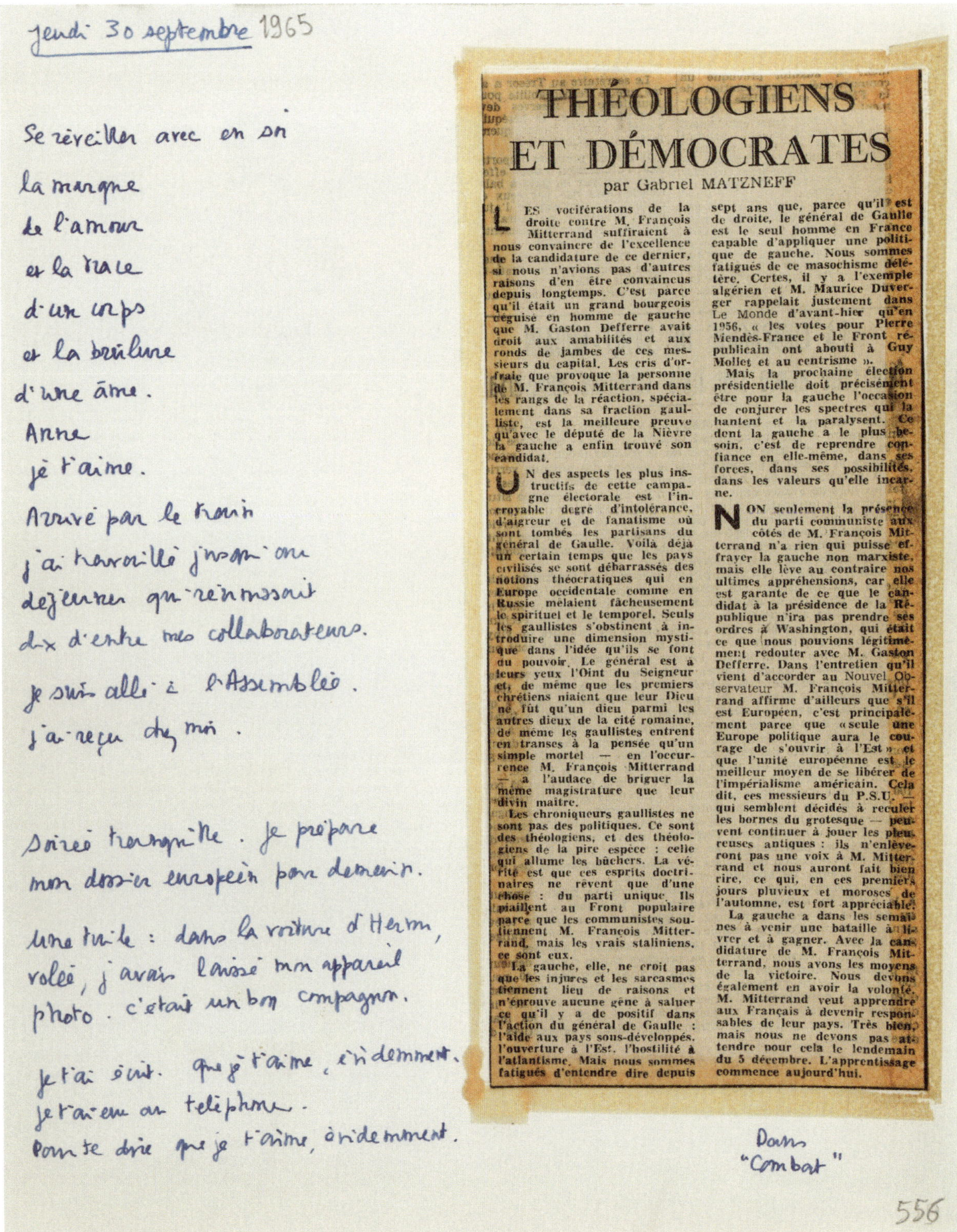

Jeudi 30 septembre 1965

Se réveiller avec en soi
la marque
de l'amour
et la trace
d'un corps
et la brûlure
d'une âme.
Anne
je t'aime.
Arrivé par le train
j'ai travaillé jusqu'au
déjeuner qui réunissait
dix d'entre mes collaborateurs.
Je suis allé à l'Assemblée.
J'ai reçu chez moi.

Soirée tranquille. Je prépare
mon dossier européen pour demain.

Une tuile : dans la voiture d'Hernu,
volée, j'avais laissé mon appareil
photo. C'était un bon compagnon.

Je t'ai écrit. Que je t'aime, évidemment.
Je t'ai eue au téléphone.
Pour te dire que je t'aime, évidemment.

THÉOLOGIENS ET DÉMOCRATES

par Gabriel MATZNEFF

LES vociférations de la droite contre M. François Mitterrand suffiraient à nous convaincre de l'excellence de la candidature de ce dernier, si nous n'avions pas d'autres raisons d'en être convaincus depuis longtemps. C'est parce qu'il était un grand bourgeois déguisé en homme de gauche que M. Gaston Defferre avait droit aux amabilités et aux ronds de jambes de ces messieurs du capital. Les cris d'orfraie que provoque la personne de M. François Mitterrand dans les rangs de la réaction, spécialement dans sa fraction gaulliste, est la meilleure preuve qu'avec le député de la Nièvre la gauche a enfin trouvé son candidat.

UN des aspects les plus instructifs de cette campagne électorale est l'incroyable degré d'intolérance, d'aigreur et de fanatisme où sont tombés les partisans du général de Gaulle. Voilà déjà un certain temps que les pays civilisés se sont débarrassés des notions théocratiques qui en Europe occidentale comme en Russie mêlaient fâcheusement le spirituel et le temporel. Seuls les gaullistes s'obstinent à introduire une dimension mystique dans l'idée qu'ils se font du pouvoir. Le général est à leurs yeux l'Oint du Seigneur et, de même que les premiers chrétiens niaient que leur Dieu ne fût qu'un dieu parmi les autres dieux de la cité romaine, de même les gaullistes entrent en transes à la pensée qu'un simple mortel — en l'occurrence M. François Mitterrand — a l'audace de briguer la même magistrature que leur divin maître.

Les chroniqueurs gaullistes ne sont pas des politiques. Ce sont des théologiens, et des théologiens de la pire espèce : celle qui allume les bûchers. La vérité est que ces esprits doctrinaires ne rêvent que d'une chose : du parti unique. Ils piaillent au Front populaire parce que les communistes soutiennent M. François Mitterrand, mais les vrais staliniens, ce sont eux.

La gauche, elle, ne croit pas que les injures et les sarcasmes tiennent lieu de raisons et n'éprouve aucune gêne à saluer ce qu'il y a de positif dans l'action du général de Gaulle : l'aide aux pays sous-développés, l'ouverture à l'Est, l'hostilité à l'atlantisme. Mais nous sommes fatigués d'entendre dire depuis sept ans que, parce qu'il est de droite, le général de Gaulle est le seul homme en France capable d'appliquer une politique de gauche. Nous sommes fatigués de ce masochisme délétère. Certes, il y a l'exemple algérien et M. Maurice Duverger rappelait justement dans Le Monde d'avant-hier qu'en 1956, « les votes pour Pierre Mendès-France et le Front républicain ont abouti à Guy Mollet et au centrisme ».

Mais la prochaine élection présidentielle doit précisément être pour la gauche l'occasion de conjurer les spectres qui la hantent et la paralysent. Ce dont la gauche a le plus besoin, c'est de reprendre confiance en elle-même, dans ses forces, dans ses possibilités, dans les valeurs qu'elle incarne.

NON seulement la présence du parti communiste aux côtés de M. François Mitterrand n'a rien qui puisse effrayer la gauche non marxiste, mais elle lève au contraire nos ultimes appréhensions, car elle est garante de ce que le candidat à la présidence de la République n'ira pas prendre ses ordres à Washington, qui était ce que nous pouvions légitimement redouter avec M. Gaston Defferre. Dans l'entretien qu'il vient d'accorder au Nouvel Observateur M. François Mitterrand affirme d'ailleurs que s'il est Européen, c'est principalement parce que « seule une Europe politique aura le courage de s'ouvrir à l'Est » et que l'unité européenne est le meilleur moyen de se libérer de l'impérialisme américain. Cela dit, ces messieurs du P.S.U. — qui semblent décidés à reculer les bornes du grotesque — peuvent continuer à jouer les pleureuses antiques : ils n'enlèveront pas une voix à M. Mitterrand et nous auront fait bien rire, ce qui, en ces premiers jours pluvieux et moroses de l'automne, est fort appréciable.

La gauche a dans les semaines à venir une bataille à livrer et à gagner. Avec la candidature de M. François Mitterrand, nous avons les moyens de la victoire. Nous devons également en avoir la volonté. M. Mitterrand veut apprendre aux Français à devenir responsables de leur pays. Très bien, mais nous ne devons pas attendre pour cela le lendemain du 5 décembre. L'apprentissage commence aujourd'hui.

Dans « Combat »

556

556
Jeudi 30 septembre

Se réveiller avec en soi la marque de l'amour et la trace d'un corps et la brûlure d'une âme.
Anne je t'aime.
Arrivé par le train j'ai travaillé jusqu'au déjeuner qui réunissait dix d'entre mes collaborateurs. Je suis allé à l'Assemblée. J'ai reçu chez moi.

Soirée tranquille. Je prépare mon dossier européen pour demain.

Une tuile : dans la voiture d'Hernu, volée, j'avais laissé mon appareil photo. C'était un bon compagnon.

Je t'ai écrit. Que je t'aime, évidemment. Je t'ai eue au téléphone. Pour te dire que je t'aime, évidemment.

« Théologiens et démocrates » par Gabriel Matzneff
Dans « Combat »

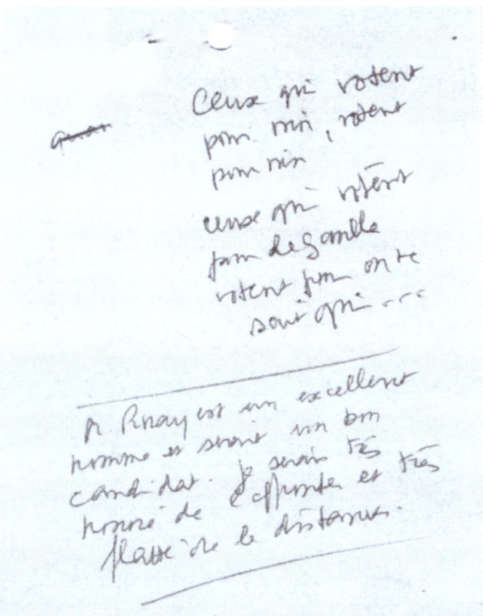

558
Vendredi 1er octobre

A ce Congrès européen de Cannes on ne m'attendait guère et on m'espérait encore moins. Tout ce personnel des Six était en réalité convié à célébrer l'avènement de Maurice Faure ! Patatras ! On me regarde de biais !
J'y suis arrivé en avion, sans prévenir. Après un déjeuner plantureux autour d'une magnifique bouillabaisse chez Tetou, à Golfe-Juan, j'assiste au débat de l'après-midi. J'interviens brièvement, presque sèchement. Et je dis ce que j'ai à dire.

Soirée d'abord avec Cornut-Gentille, député-maire d'ici, puis avec les Defferre qui m'emmènent dîner. Atmosphère très cordiale. Pendant le repas on m'apporte le texte d'une interview de Guy Mollet à « Paris-Presse ». Coup de tonnerre ! Mollet invite Pinay à se présenter. Les commentaires vont bon train. Mollet apparaît sous son jour d'araignée aux aguets dans sa toile. Moi, ça m'est égal. Je suis sûr de dominer cet incident.
Je t'ai manquée au téléphone, à Louvet. Mais j'ai reçu de toi la plus délicieuse des lettres.
Je dors au Martinez. La Côte est secouée par la tempête.
Moi, je pense à toi doucement.

557
1er octobre

[collé derrière la feuille] Ceux qui votent pour moi, votent pour moi
Ceux qui votent pour de Gaulle votent pour on ne sait qui…
M. Pinay est un excellent homme et serait un bon candidat. Je serais très honoré de l'affronter et très flatté de le distancer.

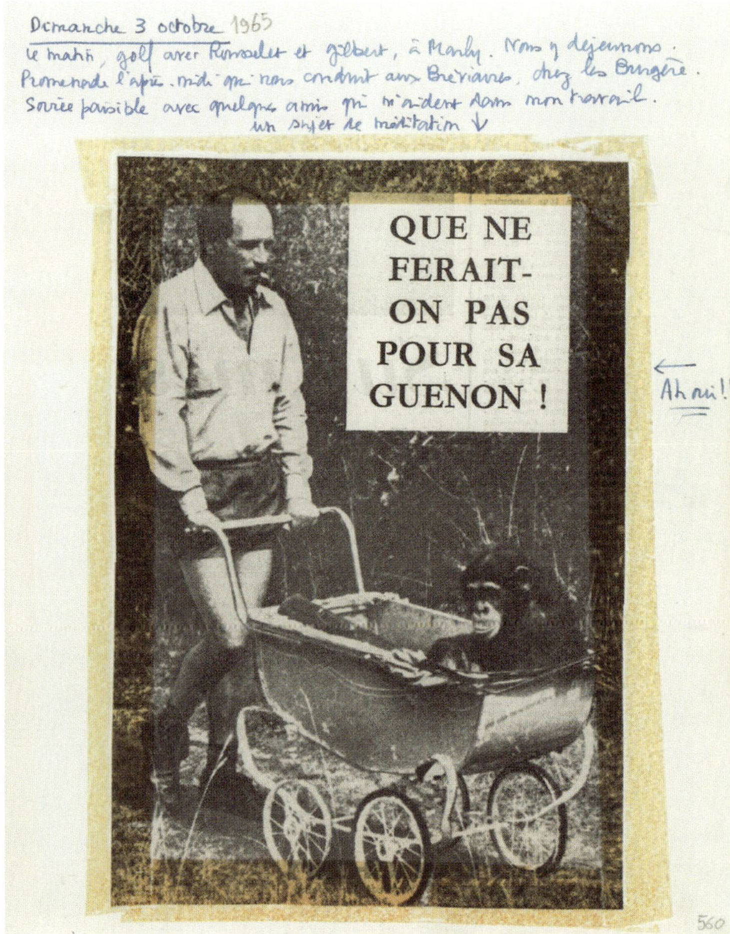

559
Samedi 2 octobre

A peine levé, un reporter de Radio-Europe, me prend une interview en réponse à Mollet. Je reste circonspect. Je m'arrête au Carlton, partant pour l'aéroport de Nice, mais il n'y a pas de lettre pour moi. Je m'en doutais puisqu'hier je t'ai manquée.
Tu me réserves d'ailleurs une joie à mon arrivée rue Guynemer puisque ta lettre est là.
Je reçois un journaliste, Mathews, du « New York Times ». Rapide déjeuner. A seize heures, c'est la rentrée parlementaire. J'y vais : plus que jamais je dois me montrer au Palais-Bourbon, que tant d'élus désertent.
Cela fait, je vais plancher devant le bureau de la Ligue des Droits de l'Homme, qui me reçoit avec sympathie (sous la présidence de Daniel Mayer)
Avant dîner, Philippe Tesson, l'éditorialiste de « Combat » vient me voir. Il est désemparé par l'affaire Mollet. Il faut que je le réconforte !
Après ce tohu-bohu d'une journée Kafkaïenne, quel bonheur que de rester auprès de toi, ma très chérie, par la pensée qui m'occupe tout entier et qui me raconte inlassablement la plus belle histoire du monde. L'histoire d'Anne et de François, habités par l'amour.

560
Dimanche 3 octobre

Le matin, golf avec Rousselet et Gilbert, à Marly. Nous y déjeunons.
Promenade l'après-midi qui nous conduit aux Bréviaires, chez les Brugère.
Soirée paisible avec quelques amis qui m'aident dans mon travail.

Un sujet de méditation
Que ne ferait-on pas pour sa guenon !
Ah oui !!

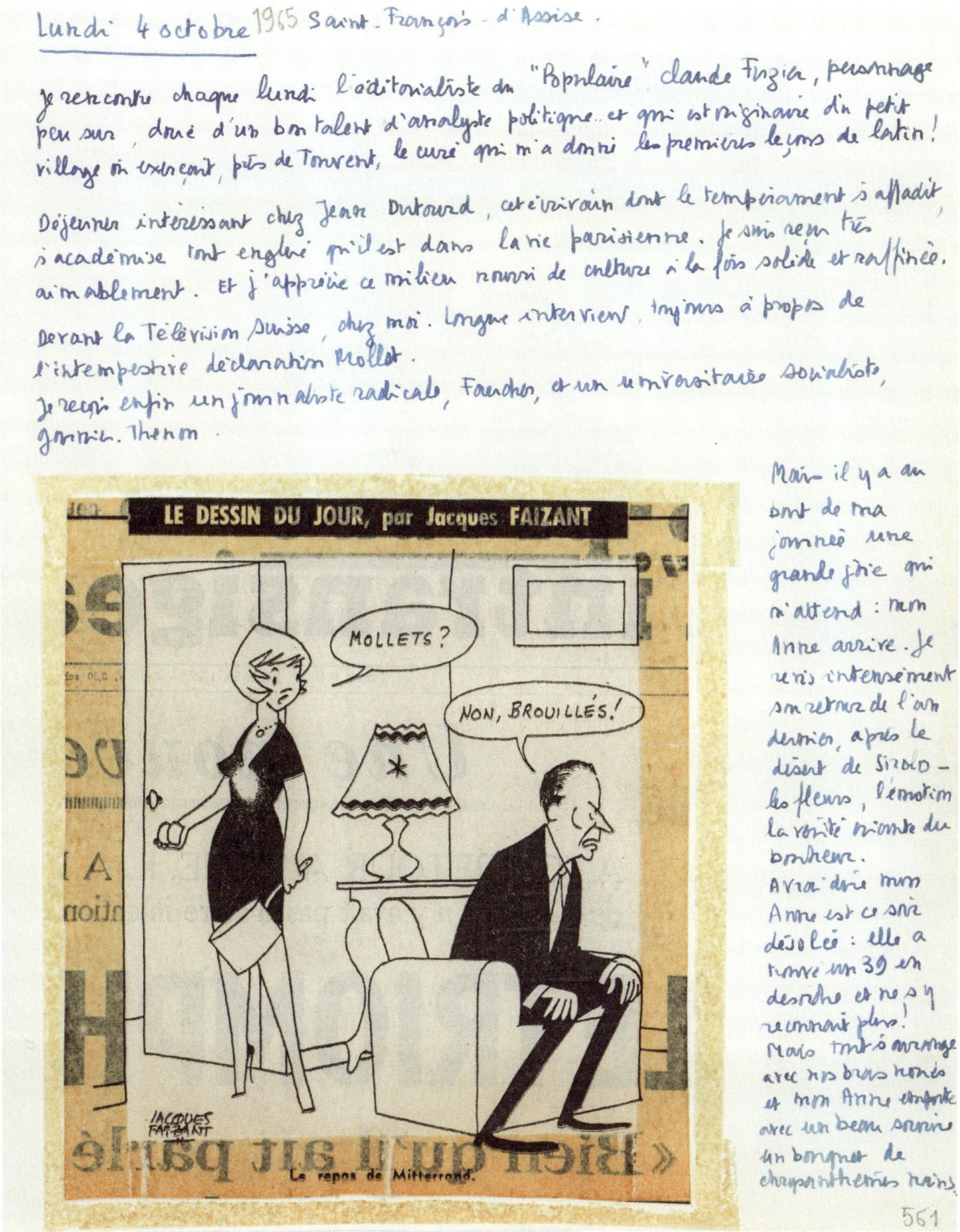

561

Lundi 4 octobre Saint-François-d'Assise.

Je rencontre chaque lundi l'éditorialiste du « Populaire », Claude Fuzier, personnage peu sûr, doué d'un bon talent d'analyste politique… et qui est originaire d'un petit village où exerçait, près de Touvent, le curé qui m'a donné les premières leçons de latin !
Déjeuner intéressant chez Jean Dutourd, cet écrivain dont le tempérament s'affadit, s'académise tout englué qu'il est dans la vie parisienne. Je suis reçu très aimablement. Et j'apprécie ce milieu nourri de culture à la fois solide et raffinée.
Devant la Télévision Suisse, chez moi. Longue interview, toujours à propos de l'intempestive déclaration Mollet.
Je reçois enfin un journaliste radical, Faucher, et un universitaire socialiste, Garnier-Thenon.
Mais il y a au bout de ma journée une grande joie qui m'attend : mon Anne arrive. Je revis intensément son retour de l'an dernier, après le désert de Sirolo – les fleurs, l'émotion la vérité criante du bonheur.
A vrai dire mon Anne est ce soir désolée : elle a trouvé un 39 en désordre et ne s'y reconnaît plus ! Mais tout s'arrange avec nos bras noués et mon Anne emporte avec un beau sourire un bouquet de chrysanthèmes nains.

562
Mardi 5 octobre

Ce matin, toi mon amour, enfin retrouvé !
Boulot, boulot et rendez-vous sur rendez-vous ! Il me semble que je te vois bien mal, adorable chérie.
Je déjeune avec les Américains de « Time » et tu m'accompagnes Avenue Matignon.
Puis je vais au groupe parlementaire. Toi tu pars avec Diesel pour Dijon.
Je fais une visite au syndicat des instituteurs et je reçois notre ami Matzneff.
Tout cela avant ma réunion du Comité National et un dîner chez Rousselet avec Max-Pol Fouchet, J P Melville et Roger Louis d'où je t'atteins à l'Hôtel de la Cloche.
Joie de t'entendre, ma chère voix.

563
Mercredi 6 octobre

La Mitterrand
Trois roues.
Trois places de front.
Conduite à gauche.
Bonne visibilité vers l'avant.
Voiture populaire.
La moins chère à l'entretien.

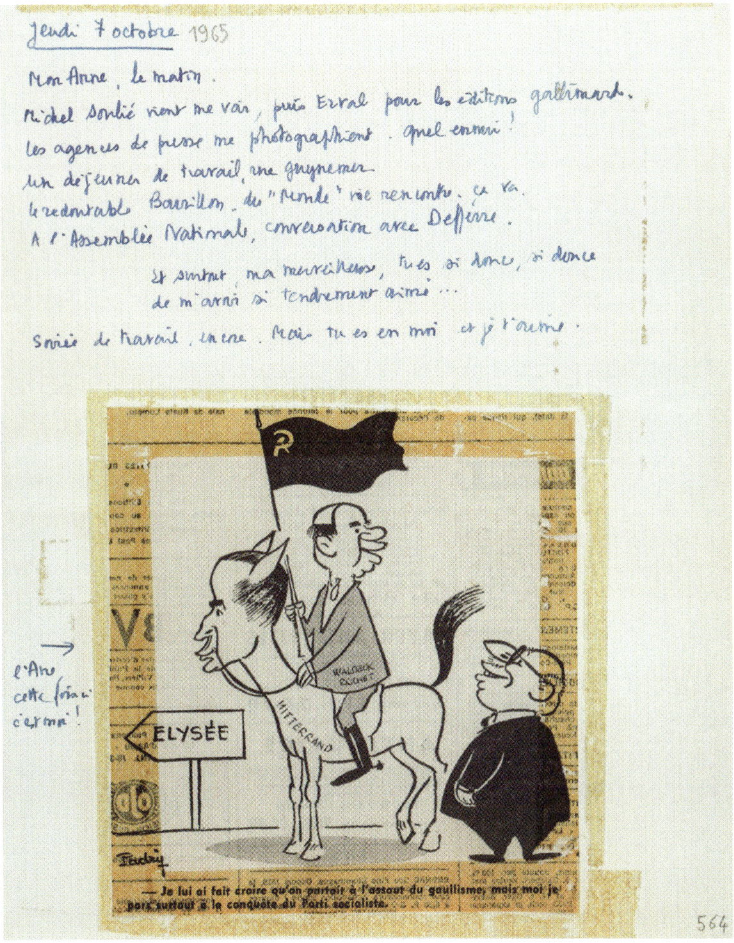

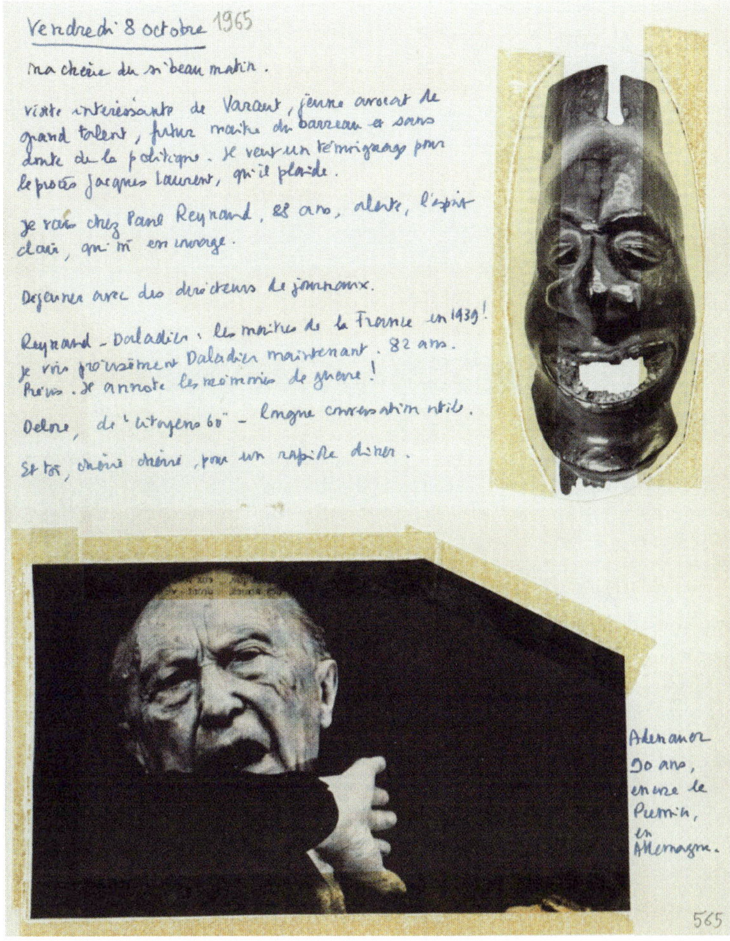

564
Jeudi 7 octobre

Mon Anne, le matin.
Michel Soulié vient me voir, puis Erval pour les éditions Gallimard.
Les agences de presse me photographient. Quel ennui !
Un déjeuner de travail, rue Guynemer.
Le redoutable Barrillon, du « Monde » me rencontre. Ça va.
A l'Assemblée Nationale, conversation avec Defferre.

Et surtout, ma merveilleuse, tu es si douce, si douce de m'avoir si tendrement aimé…

Soirée de travail, encore. Mais tu es en moi et je t'aime.

L'Ane, cette fois-ci c'est moi !

565
Vendredi 8 octobre

Ma chérie du si beau matin.
Visite intéressante de Varaut, jeune avocat de grand talent, futur maître du barreau et sans doute de la politique. Il veut un témoignage pour le procès Jacques Laurent, qu'il plaide.
Je vais chez Paul Reynaud, 88 ans, alerte, l'esprit clair, qui m'encourage.
Déjeuner avec des directeurs de journaux.
Reynaud-Daladier : les maîtres de la France en 1939 !
Je vois précisément Daladier maintenant. 82 ans. Précis. Il annote les mémoires de guerre !
Delors, de « Citoyens 60 » – longue conversation utile.
Et toi, chérie chérie, pour un rapide dîner.

Adenauer 90 ans, encore le Premier, en Allemagne.

Samedi 9 octobre 1965

A l'

HOTEL DU PALAIS D'ORSAY

DEVANT LA CONVENTION DES INSTI

Je préfère voir une droite divisée et une gauche unie plutôt que le contraire

Discours d'une heure trente. Mon Anne est là. que je retrouve à huit heures. O Paix, douceur soudaine. La route qui glisse jusqu'à

M. François Mitterrand fait ses classes de candidat à la présidence de la République et apparaît comme un sujet doué, désireux de réussir et travailleur.

Il travaille en tout cas son style. Le discours qu'il a prononcé pour clore les travaux de la Convention des institutions républicaines était peut-être un peu long — notamment par le développement sur les institutions, — mais le ton en était juste. Il était certainement meilleur que celui de la conférence de presse du 21 septembre, au cours de laquelle on l'avait vu trop souvent céder à la tentation du lyrisme.

L'orateur du Palais d'Orsay s'est constamment dominé et n'a haussé le ton que pour sa péroraison. Les extraits raldiodiffusés, qui empruntaient beaucoup à cette péroraison, ne rendaient pas compte fidèlement de la tonalité générale.

Quant au fond, une réponse très claire a été apportée à la double question : avec qui, et pour quoi faire ?

S'il proclame hautement son indépendance — étant bien entendu que sa liberté n'est pas « celle de faire n'importe quoi », — le député de la Nièvre ne néglige ni les concours dont il dispose ni ceux qui pourraient lui venir.

Les communistes enregistreront avec satisfaction que la qualité de républicains ne leur est ni refusée ni contestée. M. Guy Mollet peut se reconnaître dans ces « républicains de 1958 » dont la bonne foi a été abusée, mais dont les intentions étaient « compréhensibles », et il n'a rien à redire à une analyse des « quatre familles politiques » qui est celle du secrétaire général de la S.F.I.O.

M. Mendès-France retiendra sûrement le passage du discours où il est indiqué qu'il faudra peut-être revenir un jour sur l'élection du président de la République au suffrage universel et corriger un système qui donne « trop de chances à l'aventure, au hasard ». Pour y parvenir, il convient de réformer les partis, et M. Mitterrand a pris soin de combler une lacune que certains lui avaient reprochée. M. Gaston Defferre notera sûrement que le candidat s'est « démarqué » de lui et n'a pas été tendre pour la « grande fédération » qu'il aspirait à créer, ni pour le M.R.P., qu'il voulait entraîner à ses côtés, mais il ne peut rien trouver dans son propos qui soit vraiment désobligeant.

Si certaines alliances sont récusées, ne sont en tout cas pas recherchées, c'est que M. François Mitterrand entend ne pas perdre le bénéfice d'une novation capitale. Il « préfère voir une droite divisée et une gauche unie plutôt que le contraire ».

La finalité de l'entreprise est très fermement réaffirmée. S'il s'agit de mener le « combat républicain », et de refaire un « peuple responsable », il est bien évident qu'il n'y a « pas de conciliation possible » avec le régime d'un « maître fatigué », qui « ne respecte pas les lois, et surtout pas la loi suprême », et dont la politique extérieure n'a aucune « signification permanente ».

Dans ce discours d'une heure et demie, aucune allusion n'a été faite aux récentes déclarations de M. Guy Mollet, ni aux remous divers qu'elles avaient suscités. L'analyse du secrétaire général de la S.F.I.O. étant fondée sur des hypothèses qui semblent devoir demeurer gratuites (apparition de M. Pinay et effacement du général de Gaulle), la sagesse et l'habileté commandaient de ne pas y revenir, fût-ce même pour la contester.

RAYMOND BARRILLON.

Beaugency

je suis heureux. j'ai besoin de toi. je ne devine pas la peine qui gît dans l'inconnu de ce corps qui aime et qui vit.

O, mon Anne.

566

566
Samedi 9 octobre

A l'Hôtel du Palais d'Orsay
« Je préfère voir une droite divisée et une gauche unie plutôt que le contraire »

Discours d'une heure trente. Mon Anne est là. Que je retrouve à huit heures. O Paix, douceur soudaine.
La route qui glisse jusqu'à Beaugency
Je suis heureux.
J'ai besoin de toi.
Je ne devine pas la peine qui gît dans l'inconnu de ce corps qui aime et qui vit.
O, mon Anne.

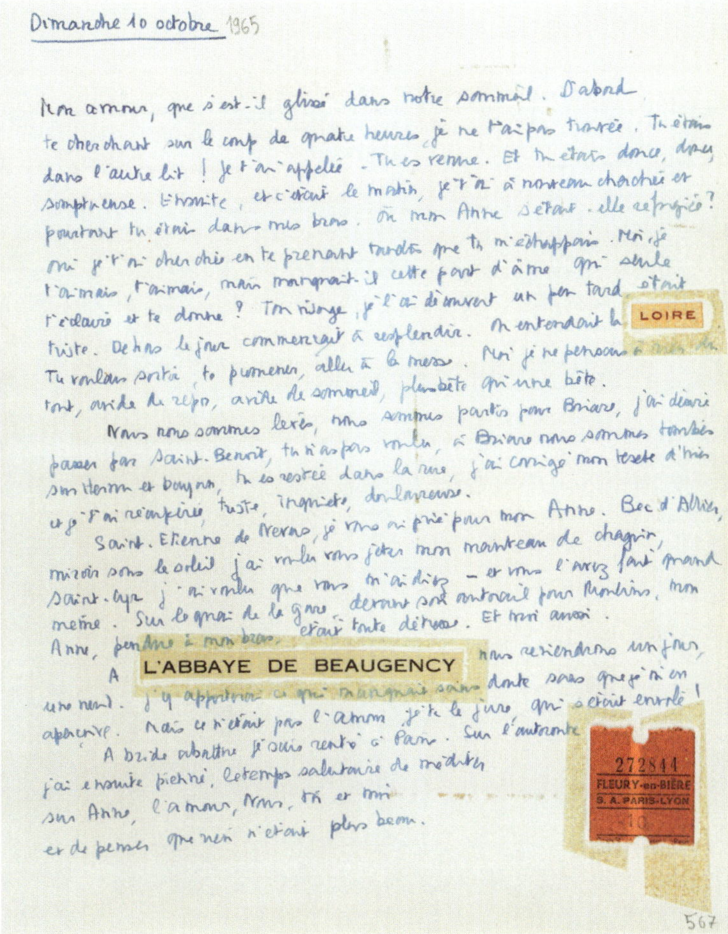

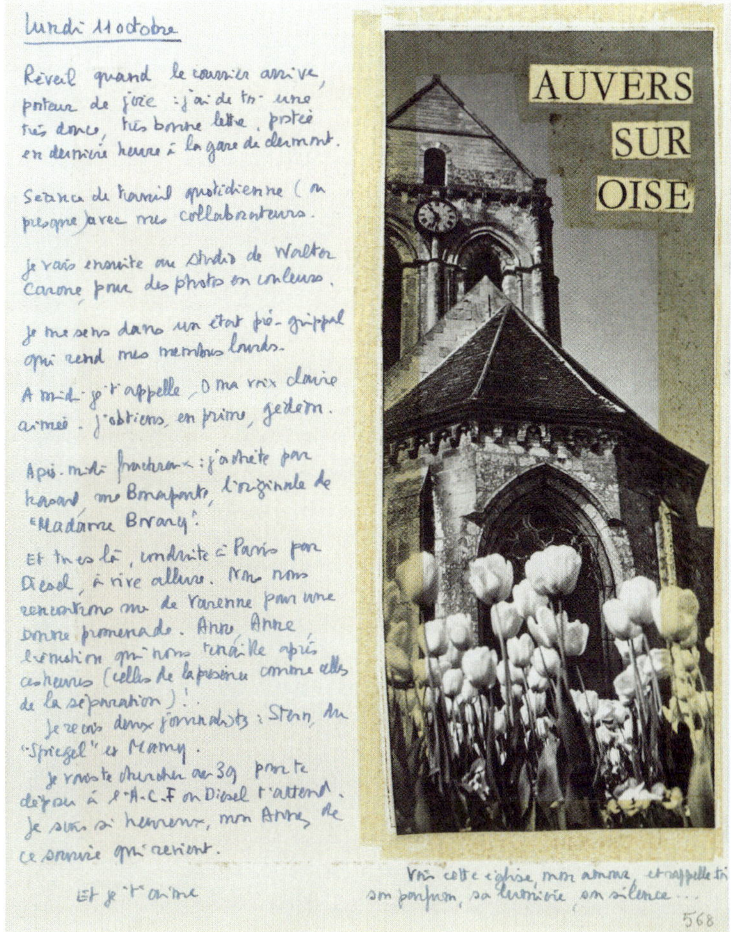

567

Dimanche 10 octobre

Mon amour, que s'est-il glissé dans notre sommeil. D'abord, te cherchant sur le coup de quatre heures, je ne t'ai pas trouvée. Tu étais dans l'autre lit ! Je t'ai appelée. Tu es venue. Et tu étais douce, douce, somptueuse. Ensuite, et c'était le matin, je t'ai à nouveau cherchée et pourtant tu étais dans mes bras. Où mon Anne s'était-elle réfugiée ? Oui je t'ai cherchée en te prenant tandis que tu m'échappais. Moi, je t'aimais, t'aimais, mais manquait-il cette part d'âme qui seule t'éclaire et te donne ? Ton visage, je l'ai découvert un peu tard, était triste. Dehors le jour commençait à resplendir. On entendait la Loire. Tu voulais sortir, te promener, aller à la messe. Moi je ne pensais à rien du tout, avide de repos, avide de sommeil, plus bête qu'une bête.

Nous nous sommes levés, nous sommes partis pour Briare, j'ai désiré passer par Saint-Benoît, tu n'as pas voulu, à Briare nous sommes tombés sur Hernu et Dayan, tu es restée dans la rue, j'ai corrigé mon texte d'hier et je t'ai récupérée, triste, inquiète, douloureuse.

Saint-Etienne de Nevers, je vous ai prié pour mon Anne. Bec d'Allier, miroir sous le soleil j'ai voulu vous jeter mon manteau de chagrin, Saint-Cyr j'ai voulu que vous m'aidiez – et vous l'avez fait quand même. Sur le quai de la gare, devant son autorail pour Moulins, mon Anne, pendue à mon bras, était toute détresse. Et moi aussi.

A L'Abbaye de Beaugency nous reviendrons un jour, une nuit. J'y apporterai ce qui manquait sans doute sans que je m'en aperçoive. Mais ce n'était pas l'Amour, je te le jure, qui s'était envolé !

A bride abattue je suis rentré à Paris. Sur l'autoroute j'ai ensuite piétiné, le temps salutaire de méditer sur Anne, l'amour, Nous, toi et moi et de penser que rien n'était plus beau.

568

Lundi 11 octobre

Réveil quand le courrier arrive, porteur de joie : j'ai de toi une très douce, très bonne lettre, postée en dernière heure à la gare de Clermont.

Séance de travail quotidienne (ou presque) avec mes collaborateurs.

Je vais ensuite au studio de Walter Carone, pour des photos en couleurs.

Je me sens dans un état pré-grippal qui rend mes membres lourds.

A midi je t'appelle, O ma voix claire aimée. J'obtiens, en prime, Gédéon.

Après-midi fructueux : j'achète par hasard, rue Bonaparte, l'originale de « Madame Bovary ».

Et tu es là, conduite à Paris par Diesel, à vive allure. Nous nous rencontrons rue de Varenne pour une bonne promenade. Anne, Anne, l'émotion qui nous tenaille après ces heures (celles de la présence comme celles de la séparation) !

Je reçois deux journalistes : Stern, du « Spiegel » et Mamy.

Je vais te chercher au 39 pour te déposer à l'A.C.F où Diesel t'attend.

Je suis si heureux, mon Anne, de ce sourire qui revient.

Et je t'aime

Vois cette église, mon amour, et rappelle-toi son parfum, sa lumière, son silence…

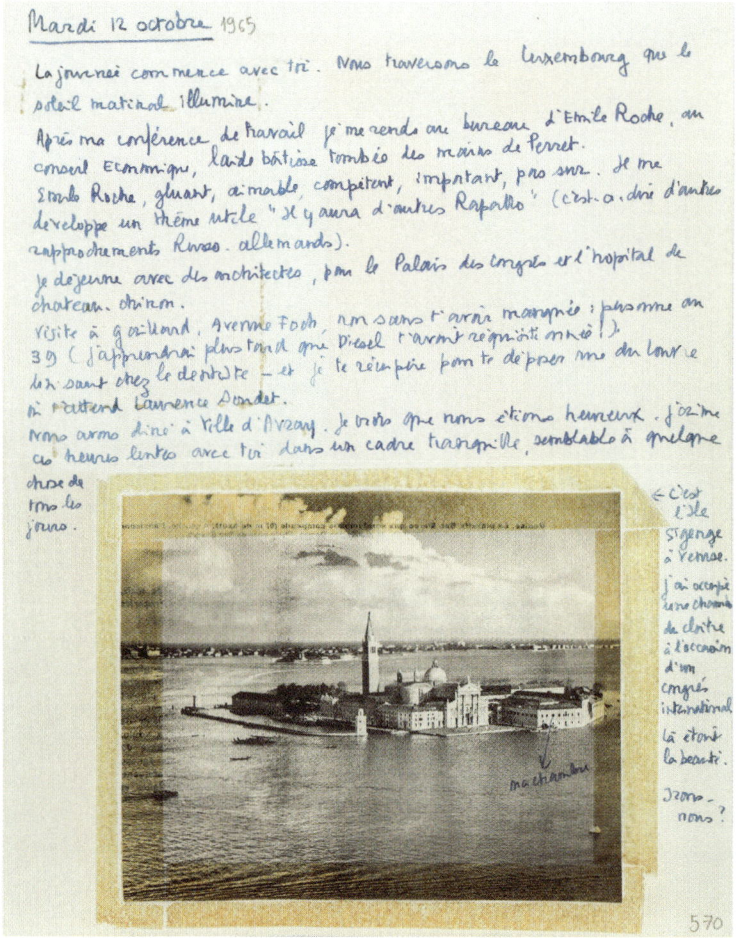

569
<u>Mardi 12 octobre</u>

La lucarne de Van Gogh. Notre Auvers

570
<u>Mardi 12 octobre</u>

La journée commence avec toi. Nous traversons le Luxembourg que le soleil matinal illumine.
Après ma conférence de travail je me rends au bureau d'Emile Roche, au conseil Economique, laide bâtisse tombée des mains de Perret.
Emile Roche, gluant, aimable, compétent, important, pas sûr. Il me développe un thème utile « Il y aura d'autres Rapallo » (c'est-à-dire d'autres rapprochements Russo-Allemands).
Je déjeune avec des architectes, pour le Palais des Congrès et l'hôpital de Château-Chinon.
Visite à Gaillard, Avenue Foch, non sans t'avoir manquée : personne au 39 (j'apprendrai plus tard que Diesel t'avait réquisitionnée !).
Un saut chez le dentiste – et je te récupère pour te déposer rue du Louvre où t'attend Laurence Soudet.
Nous avons dîné à Ville d'Avray. Je crois que nous étions heureux. J'aime ces heures lentes avec toi dans un cadre tranquille, semblable à quelque chose de tous les jours.

C'est l'Ile St Georges à Venise. J'ai occupé une chambre du cloître à l'occasion d'un Congrès international. Là était la beauté.
Irons-nous ?

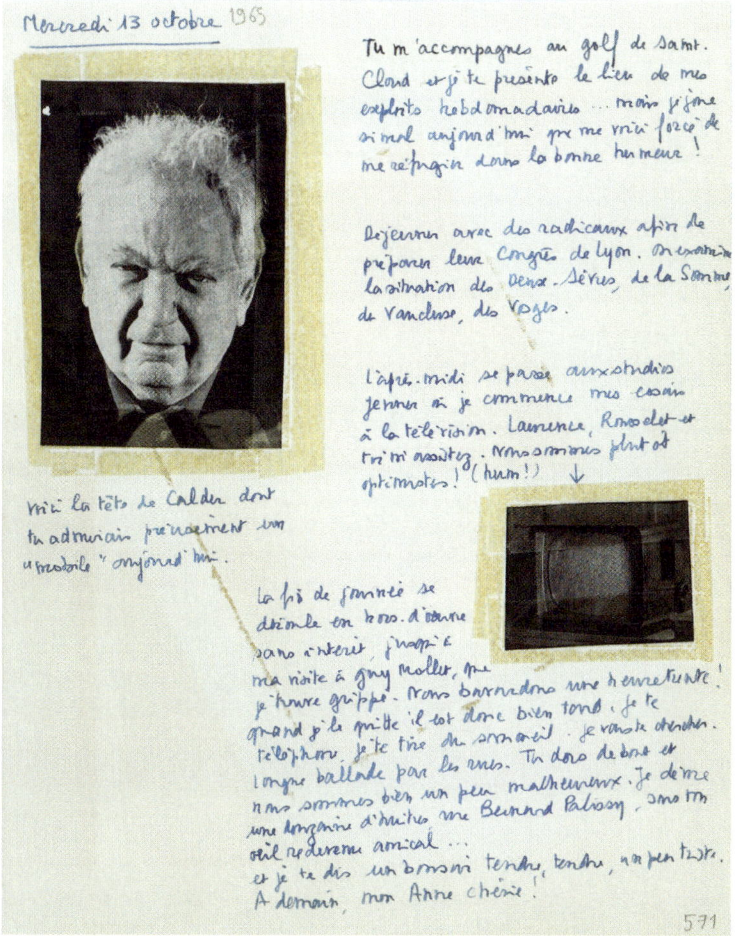

571

Mercredi 13 octobre

Tu m'accompagnes au golf de Saint-Cloud et je te présente le lieu de mes exploits hebdomadaires… mais je joue si mal aujourd'hui que me voici forcé de me réfugier dans la bonne humeur !

Déjeuner avec des radicaux afin de préparer leur Congrès de Lyon. On examine la situation des Deux-Sèvres, de la Somme, du Vaucluse, des Vosges.
L'après-midi se passe aux studios Jenner où je commence mes essais à la télévision. Laurence, Rousselet et toi m'assistez. Nous sommes plutôt optimistes ! (hum !)

Voici la tête de Calder dont tu admirais précisément un « mobile » aujourd'hui.

La fin de journée se déroule en hors-d'œuvre sans intérêt, jusqu'à ma visite à Guy Mollet, que je trouve grippé. Nous bavardons une heure trente ! Quand je le quitte il est donc bien tard. Je te téléphone. Je te tire du sommeil. Je vais te chercher. Longue balade par les rues. Tu dors debout et nous sommes bien un peu malheureux. Je dévore une douzaine d'huîtres rue Bernard Palissy, sous ton œil redevenu amical…
et je te dis un bonsoir tendre, tendre, un peu triste.
A demain, mon Anne chérie !

572

Jeudi 14 octobre

Rebonjour, mon amour. Une balade au Luxembourg, douce habitude 65 nous a délicieusement réunis, dès le petit matin. Je t'ai ensuite retrouvée pour aller déjeuner à la nouvelle Maison de l'Amérique Latine où m'accueillait la Presse Parlementaire. Questions-réponses. Plus d'une heure et demie de débat sous l'œil ironique de la télévision. Ça se passe assez bien. Mais un emploi du temps serré me happe.
Un député socialiste de la Creuse, un sénateur de Seine-et-Oise, le bureau du S.G.E.N. (catholiques de l'Enseignement public), un député de la Gironde, Piette enfin m'ont mobilisé.
Au moment où François de Grossouvre arrivait la télévision donnait mes quatre minutes d'audition : j'en suis plutôt content.
Sympathique dîner à « La Croque-au-sel » avec toi et Grossouvre.
Et nous avons vécu, Anne chérie, l'aventure inexprimable. Bonheur.

573
Vendredi 15 octobre

Le pape vers l'Amérique

574
Vendredi 15 octobre

Compte-rendu de mon exposé d'hier.

Parmi mes visites je note celle, faite ce matin, au docteur Chevallier, grand-Maître du Grand-Orient.
Je suis ensuite allé déjeuner chez Létang avec cinq ou six grands patrons dont Reyre, maître de la Banque de Paris.
Nous sommes revenus ensemble dans notre quartier. J'étais attendu par Barrillon. J'ai reçu après lui une délégation du syndicat de l'enseignement supérieur, puis les dirigeants d'un institut de sondages, le SOFRES.
C'est après dîner que le club Jean-Moulin m'a reçu. Tu étais là, avec Laurence. Débat. Tension. Combat.
Avec Dayan, Hernu et Legatte nous sommes, Laurence, toi et moi, allés au Rond-Point. Apaiser cette journée. J'aimais ta présence.

Vendredi 15 octobre 1965

compte-rendu de mon exposé d'hier.

L'ÉLECTION DU 5 DÉCEMBRE

« La meilleure preuve de l'échec du gaullisme c'est l'éventuelle candidature du général de Gaulle »

DÉCLARE M. MITTERRAND devant l'Association des journalistes parlementaires

M. François Mitterrand espère que sa candidature fera le plein des voix de gauche — entre 35 % et 45 % des suffrages, — et sans doute bien davantage au second tour. C'est ce qu'il a confié jeudi aux membres de l'Association des journalistes parlementaires, dont il était l'invité.

Le candidat de la gauche ne voit « aucun inconvénient » à la présence dans la compétition d'un représentant du centre. Mais il lui prédit une rude défaite.

Si le général de Gaulle se représente, c'est, assure-t-il d'autre part, parce qu'il n'a pu asseoir son régime et que celui-ci est « frappé à mort ». M. Mitterrand s'affirme bien comme « le candidat de combat » qu'il avait promis d'être : il est violent contre le gaullisme, caustique avec les centristes, optimiste sur les chances de la gauche. Il souhaite que l'unité d'action de celle-ci subsiste au-delà de l'élection, soit pour poursuivre la lutte contre « le pouvoir personnel », soit pour conclure, en cas de victoire, un pacte de gouvernement compatible avec les options qu'il aura défendues en tant que candidat à la présidence de la République.

ANDRÉ LAURENS.

Parmi mes visites je note celle, faite ce matin, au Docteur Chevallier, grand-Maître du grand-Orient.
Je suis ensuite allé déjeuner chez Létang avec cinq ou six grands patrons dont Reyre, maître de la Banque de Paris.
Nous sommes revenus ensemble dans notre quartier. J'étais attendu par Barrillon. J'ai reçu après lui une délégation du Syndicat de l'enseignement supérieur, puis les dirigeants d'un Institut de sondages, le SOFRES.

C'est après-dîner que le club Jean-Moulin m'a reçu. Tu étais là, avec Laurence. Débat. Témoin. Combat.

Avec Dayan, Hernu et Legatte nous sommes, Laurence, toi et moi, allés au Rond-Point. Apaisée cette journée. J'aimais ta présence.

574

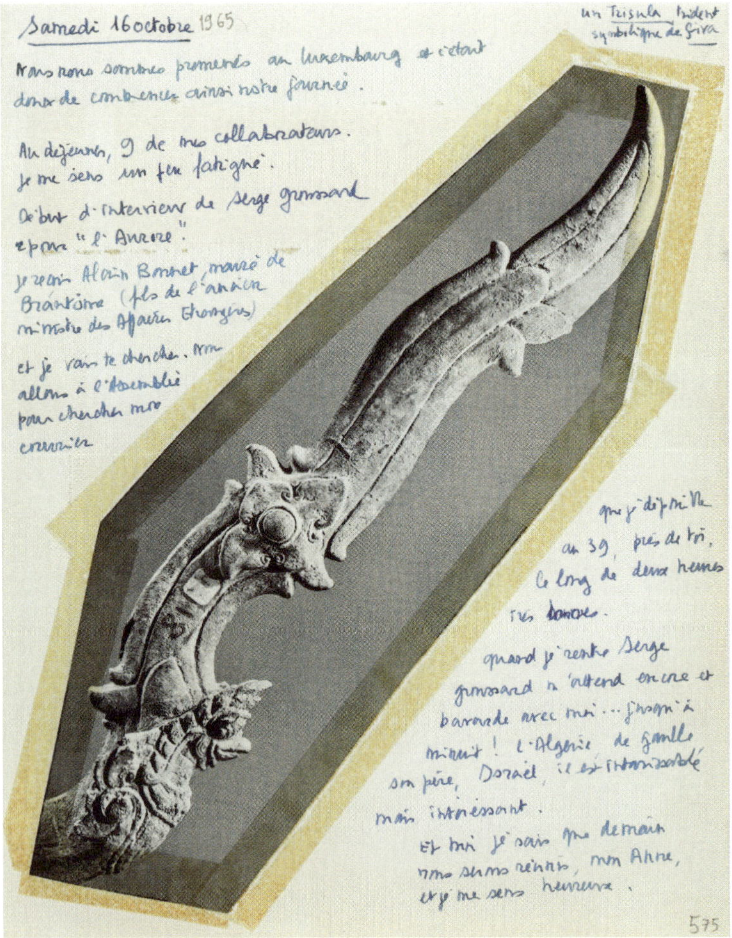

575
<u>Samedi 16 octobre</u>

Un <u>Trisula</u> trident symbolique de <u>Çiva</u>

Nous nous sommes promenés au Luxembourg et c'était doux de commencer ainsi notre journée.
Au déjeuner, 9 de mes collaborateurs. Je me sens un peu fatigué.
Début d'interview de Serge Groussard pour « l'Aurore ».
Je reçois Alain Bonnet, maire de Brantôme (fils de l'ancien ministre des Affaires Etrangères) et je vais te chercher. Nous allons à l'Assemblée pour chercher mon courrier que je dépouille au 39, près de toi, le long de deux heures très bonnes.
Quand je rentre Serge Groussard m'attend encore et bavarde avec moi… jusqu'à minuit ! L'Algérie, de Gaulle, son père, Israël, il est intarissable mais intéressant.

Et moi je sais que demain nous serons réunis, mon Anne, et je me sens heureux.

576
<u>Dimanche 17 octobre</u>

J'ai vécu un jour de bonheur. Nous sommes partis tôt pour Avallon où je t'ai déposée pendant que j'allais à Montsauche pour présider le Centre social et réunir le Conseil Municipal. Je t'y ai retrouvée et nous avons fait un graillou à « l'Hostellerie de la Poste ». Par Tonnerre nous avons continué sur Tanlay. Belle visite par un temps clair d'automne. J'ai aimé les douves et les allées du Parc et la noblesse des communs. Entre nous le climat du plus tendre amour liait nos mains, approfondissait notre joie.
Nous sommes arrivés à Châtillon-sur-Seine avant sept heures. Tout de suite nous sommes restés dans notre chambre calme qui donnait sur un jardin provincial.
Ce que nous avons vécu là, mon Nanon, en cette neuvième nuit, tu le sais.
L'accord
la paix des sens
et la musique de l'âme.

Je t'aime, Anne, et ta pensée m'émeut : en toi est l'esprit de sacrifice qui éclaire l'amour véritable. Je te regarde ennoblie, fière, simple, parée de toutes les grâces.
Et je m'émerveille.

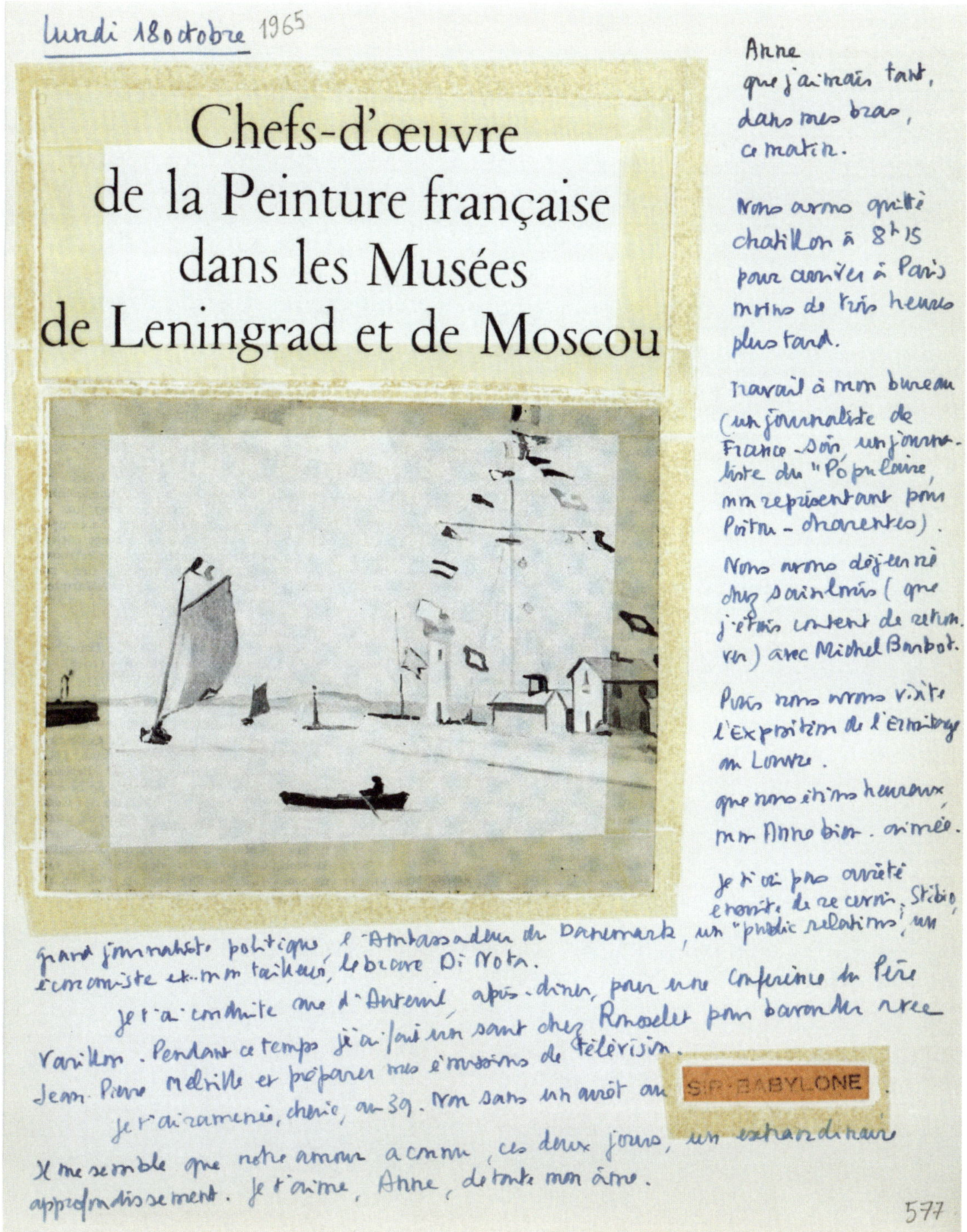

577

Lundi 18 octobre

Chefs-d'œuvre de la Peinture française dans les Musées de Leningrad et de Moscou

Anne que j'aimais tant, dans mes bras, ce matin.
Nous avons quitté Châtillon à 8 h 15 pour arriver à Paris moins de trois heures plus tard.
Travail à mon bureau (un journaliste de France-Soir, un journaliste du « Populaire », mon représentant pour Poitou-Charentes).
Nous avons déjeuné chez Sainlouis (que j'étais content de retrouver) avec Michel Barbot.
Puis nous avons visité l'Exposition de l'Ermitage au Louvre.
Que nous étions heureux, mon Anne bien-aimée.
Je n'ai pas arrêté ensuite de recevoir. Stibio, grand journaliste politique, l'Ambassadeur du Danemark, un « public relations », un économiste et… mon tailleur, le brave Di Nota.
Je t'ai conduite rue d'Auteuil, après dîner, pour une conférence du Père Varillon. Pendant ce temps j'ai fait un saut chez Rousselet pour bavarder avec Jean-Pierre Melville et préparer mes émissions de télévision.
Je t'ai ramenée, chérie, au 39. Non sans un arrêt au Sip-Babylone.
Il me semble que notre amour a connu, ces deux jours, un extraordinaire approfondissement. Je t'aime, Anne, de toute mon âme.

578

Samedi 1er janvier 1966

Minuit.
Nous sommes au « Pot de Résine ». Champagne. Tous s'embrassent. Je vais à toi et te dis « Bonne Année, ma chérie ». Quelques instants plus tard tu sors. Je te rejoins. Tristesse ?
Premier premier de l'An ensemble. Joie surtout, je t'aime.

Diesel a eu un accident cette nuit. Nous l'accompagnons au train à Dax. On le sent abattu : il doute de lui.

Lohia. Dans ta chambre. Heures de vie, d'harmonie.
Je vois le ciel qui se découpe ton paysage ! Je retrace nos itinéraires.

Dîner au golf avec Robert, Arlette, St Périer.

Nous dormons à la maison.
O Anne qui as gardé tous tes prestiges !

579
Dimanche 2 janvier

Matinée paresseuse. Tradition : à 10 heures St Périer frappe à ma porte, ouvre les persiennes, apporte thé et sandwiches – et les journaux que je lis en long et en travers… midi.
Tu t'installes au pied du lit.
Nous parlons.
Mais il faut se lever.
Nous déjeunons au golf où je joue une (mauvaise) partie avec Robert, St Périer et Neubrun jusqu'au moment où le crépuscule tombe et cache nos balles.
Tu me reprends sur ma mauvaise humeur au jeu et tu as bien raison.
Dîner au « Pot de Résine » après une station sympathique à Moliets où nous retrouvons les Barbot.
Au dîner, petit jeu. Anne timide mue en Anne dominante. Que tu es drôle ainsi, et ravissante ! « Florence, St Benoît sur Loire », ce sont les lieux qui réunissent nos goûts !
Nous rentrons dans la joie d'une bonne et douce soirée.
Et la onzième nuit Anne-François commence.

580
Lundi 3 janvier

Tu m'as quitté tôt pour rejoindre ta chambre. Souvenir d'une nuit, mon Anne.
Nous sommes partis pour Toulouse et Muret pour les obsèques de Vincent Auriol. Dès Dax, temps épouvantable. Route difficile. Nous sommes quand même arrivés à temps à l'aérodrome de Blagnac-Toulouse.
Tu m'as attendu là.
Je suis allé au cimetière de Muret
Pluie violente, de détresse.
Sur le chemin du retour nous nous sommes arrêtés pour déjeuner à l'Isle-Jourdain (Gers). Tu te rappelleras sûrement l'arrivée du pharmacien, du conseiller général et les mines étonnées et ravies des voyageurs de passage !
Nous sommes revenus à Hossegor dans la nuit. J'ai fait quelques visites, et tu as rangé et fermé Lohia et nous nous sommes retrouvés, seuls dans la maison, extraordinairement émus de cette solitude et de ce silence.
Tu étais en peignoir blanc. Nous avons rêvé sur la chaise longue. Puis nous sommes rentrés dans la nuit.
Longue soirée de tendresse avant de nous rejoindre.
Et le sommeil s'est emparé de nous.

Anne
Amour
Aimé

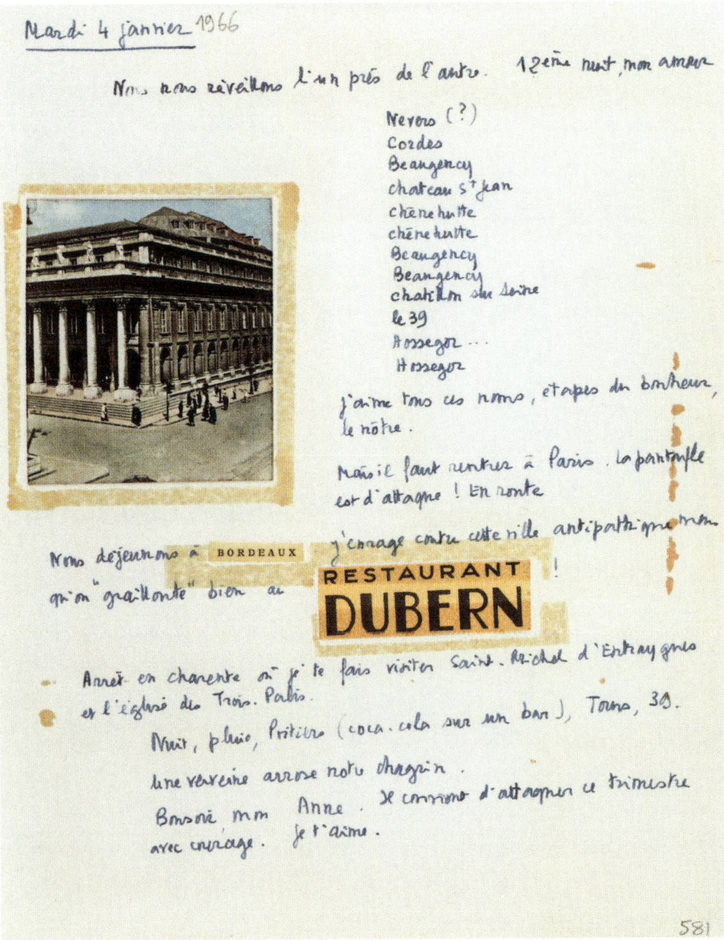

581
Mardi 4 janvier

Nous nous réveillons l'un près de l'autre. 12e nuit, mon amour

Nevers (?)
Cordes
Beaugency
Château St Jean
Chênehutte
Chênehutte
Beaugency
Beaugency
Châtillon sur Seine
Le 39
Hossegor…
Hossegor

J'aime tous ces noms, étapes du bonheur, le nôtre.
Mais il faut rentrer à Paris. La pantoufle est d'attaque ! En route
Nous déjeunons à Bordeaux. J'enrage contre cette ville antipathique mais qu'on « grailloute » bien au Restaurant Dubern !
Arrêt en Charente où je te fais visiter Saint-Michel d'Entraygues et l'église des Trois-Palis.
Nuit, pluie, Poitiers (coca-cola sur un bar), Tours, 39.
Une verveine arrose notre chagrin.
Bonsoir, mon Anne. Il convient d'attaquer ce trimestre avec courage.
Je t'aime.

582
Mercredi 5 janvier

Les vacances déjà s'estompent. Paris, le Paris du deuxième trimestre, absorbe les espérances, les résolutions, les rêves et rend anonymes ceux qui furent les passants émerveillés des chemins de forêt.
Je te conduis trois fois au Louvre. Des crêpes avalées rue de l'Ancienne-Comédie suffiront à ton déjeuner ! Chère Anne, mon Anne au visage vaillant et au cœur tendre.
Et moi je reprends le rythme des rendez-vous, du courrier, des attentes, des joies entrecoupées.

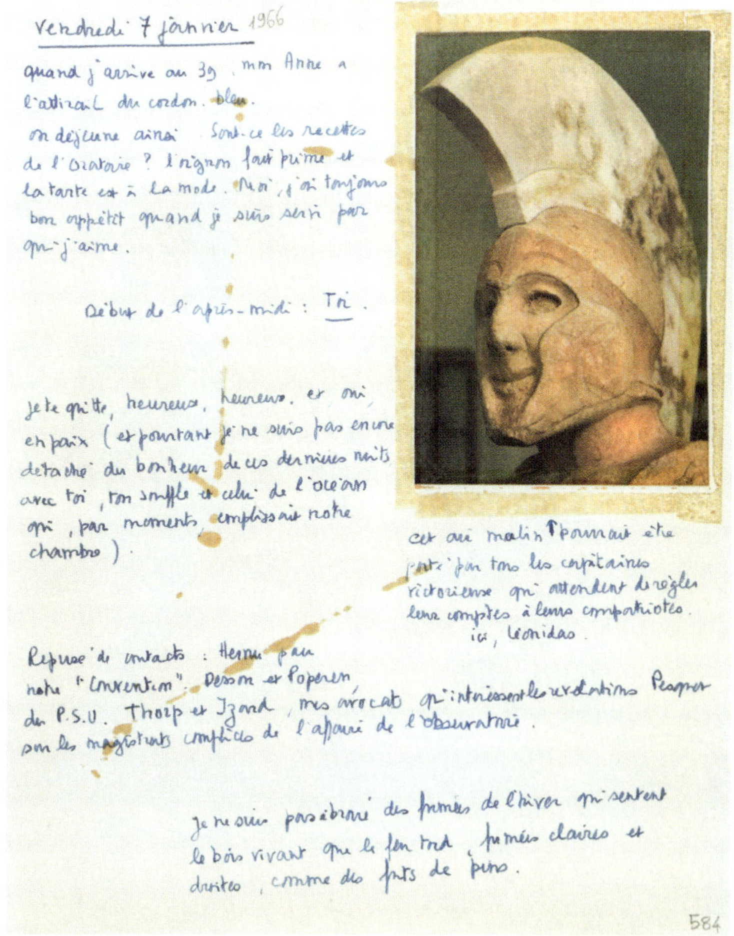

583

Jeudi 6 janvier

Voici ce que les hommes font des mystères qui pourtant ont enchanté longtemps leur imagination : à Cannes, le « roi du Pétrole » Gulbenkian, et Florence Gould, veuve de je ne sais quel autre « roi » américain coiffent les couronnes de l'épiphanie. C'est trop bête et trop laid. On voudrait garder de la poësie du monde s'interrogeant sur les étoiles qui montrent le chemin autre chose qu'un peu de brume dans un fond de vallée.
Côté Anne : je la retrouve Place St Sulpice, gelée… et ayant oublié sa clef. On part à la recherche de Kitou. Tout s'arrange. A midi, rendez-vous au Luxembourg et le soir rue Michelet. Balades dans le froid.
Chez Cayla j'achète « Deux Cavaliers sur l'orage » de Giono.
Déjeuner de travail avec Rousselet et Dayan.
Dîner avec Moulin.

584

Vendredi 7 janvier

Quand j'arrive au 39, mon Anne a l'attirail du cordon-bleu.
On déjeune ainsi. Sont-ce les recettes de l'Oratoire ? L'oignon fait prime et la tarte est à la mode. Moi, j'ai toujours bon appétit quand je suis servi par qui j'aime.

Début de l'après-midi : Toi.

Je te quitte, heureux, heureux, et, oui, en paix (et pourtant je ne suis pas encore détaché du bonheur de ces dernières nuits, avec toi, ton souffle et celui de l'océan qui, par moments, emplissait notre chambre).

Cet air malin pourrait être porté par tous les capitaines victorieux qui attendent de régler leur compte à leurs compatriotes. Ici, Léonidas.

Reprise de contacts : Hernu pour notre « Convention ». Besson et Poperen, du P.S.U. Thorp et Izard, mes avocats qu'intéressent les révélations Pesquet sur les magistrats complices de l'affaire de l'Observatoire.

Je ne suis pas ébroué des fumées de l'hiver qui sentent le bois vivant que le feu tord, fumées claires et droites, comme des fûts de pins.

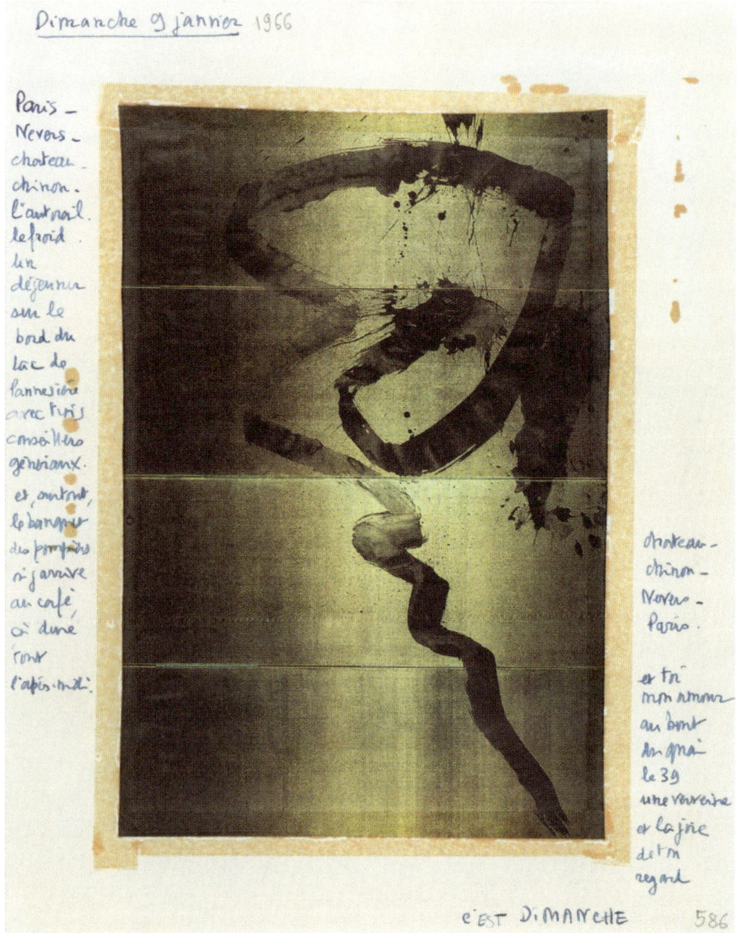

585
<u>Samedi 8 janvier</u>

De cette journée je ne retiens rien d'autre que toi, balade dans Paris, douceur du 39.

De politique, un peu avec le président du Parti radical, René Billères
Je mets de l'ordre dans mes papiers qui en ont bien besoin

Déjà l'absence pèse,
Anne. Je t'aime.

586
<u>Dimanche 9 janvier</u>

Paris – Nevers – Château-Chinon – l'autorail, le froid, un déjeuner sur le bord du lac de Pannecière avec trois conseillers généraux et, surtout, le banquet des pompiers où j'arrive au café, ça dure tout l'après-midi.
Château-Chinon – Nevers – Paris.

Et toi mon amour au bout du quai
le 39
une verveine et la joie de ton regard
C'EST DIMANCHE

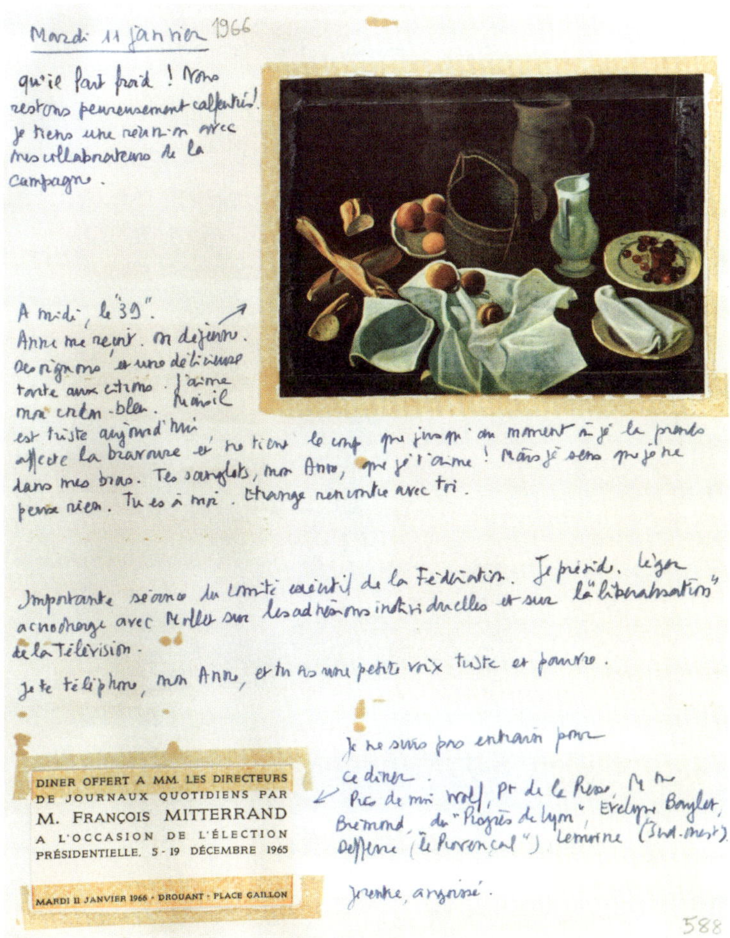

587

Lundi 10 janvier

En revenant du musée Guimet nous passons par une Pizza où mon Anne avale de quoi faire un quart de déjeuner. De là je vais jusque chez Laurent où m'attendent Mendès, Gombault et qq rois de la presse anglaise.

Retour dans mon coin, ce cher 6e et ce Cherche-Midi où me conduit tout ce que j'aime

Nous restons ensemble, un long moment, parlant, lisant. Tu es douce mais sans gaieté.

Nous traversons la Seine pour rencontrer la neige aux alentours du Palais-Royal. Le froid cède ? Non. La bise coupe le visage. Je t'aime, tu sais mon Anne, mais je te sens un peu perdue.

Au « Nemours » nous nous réchauffons et je te laisse rentrer seule.

Dîner au « Grand Véfour » sur invitation de Bérard-Quélin. A minuit nous discutons encore politique.

Je m'endors en songeant à mon amour d'Anne entre-deux-états-d'âme.

588

Mardi 11 janvier

Qu'il fait froid ! Nous restons peureusement calfeutrés ! Je tiens une réunion avec mes collaborateurs de la campagne.

A midi, le « 39 ».

Anne me reçoit. On déjeune. Des oignons et une délicieuse tarte aux citrons. J'aime mon cordon-bleu. Mais il est triste aujourd'hui, affecte la bravoure et ne tient le coup que jusqu'au moment où je la prends dans mes bras. Tes sanglots, mon Anne, que je t'aime ! Mais je sens que je ne peux rien. Tu es à moi. Etrange rencontre avec toi.

Importante séance du Comité exécutif de la Fédération. Je préside. Léger accrochage avec Mollet sur les adhésions individuelles et sur la « libéralisation » de la Télévision.

Je te téléphone, mon Anne, et tu as une petite voix triste et pauvre.

Je ne suis pas entrain pour ce dîner.

Près de moi Wolf, Pt de la Presse, Mme Brémond, du « Progrès de Lyon », Evelyne Baylet, Defferre (« le Provençal »), Lemoine (« Sud-Ouest »).

Je rentre, angoissé.

Mercredi 12 janvier 1966

le théâtre PAR B. POIROT-DELPECH

« LES JUSTES » D'ALBERT CAMUS Te souviens

On se trompe généralement d'appréhension en revoyant les pièces, comme les amis. Le vrai danger n'est pas qu'elles aient vieilli, mais que leurs défauts, s'il s'en trouvait, se confirment autant que leurs mérites. Tel est malheureusement le cas des Justes, d'Albert Camus (1).

Le recul permet de mieux voir tout ce que l'œuvre doit à son époque. Cinq ans après la Résistance et face au stalinisme, la gauche intellectuelle ne cessait de s'interroger sur l'engagement ou sur les « bavures » des révolutions. Tout le théâtre d'idées faisait écho, en sens divers, aux débats ouverts par des livres comme le Zéro et l'Infini ou la Vingt-Cinquième Heure. Sartre venait de faire jouer ses Mains sales, où un jeune idéaliste, déjà, rêvait de rester fidèle à l'humanisme dans la terreur... Les scrupules, les déceptions, les discordes et le vocabulaire même des Justes renvoient d'abord à ceux de l'intelligentsia au lendemain de la guerre.

Cette corrélation évidente n'implique pas que l'intérêt de la pièce se soit éteint avec la génération dite des « mandarins ». Bien que le « dégel » soviétique et la fin des guerres coloniales françaises paraissent l'avoir démodé, le problème de la justice et de la violence garde une portée universelle. Camus a d'ailleurs pris soin de l'évoquer à partir d'un cas et dans des termes assez vagues pour qu'il demeure exemplaire en tous lieux comme en tous temps. A travers le jeune Kaliayev, qui a effectivement abattu l'oncle du tsar en 1905 et a péri pendu, c'est toute la philosophie de l'Homme révolté qui se cherche un porte-parole.

Trop ouvertement, hélas ! trop abstraitement et au mépris de trop de règles élémentaires. La scène a toujours mal toléré d'être prise pour une tribune. A part Caligula et les adaptations de Dostoïevsky ou de Faulkner, qui, précisément, tenaient compte de cette loi, toute l'œuvre théâtrale de Camus, les Justes en tête, s'est ressentie de son inobservation et d'un profond... malentendu sur l'exemple des classiques. On peut fort bien préférer, avec les Grecs, la représentation du destin humain tout entier au pittoresque psychologique et le style tendu de la tragédie aux familiarités du drame ; encore faut-il que l'action supposée historique s'appuie sur un minimum de données cohérentes et que le discours s'élève au-dessus des formules pour essai.

Pour ne prendre qu'un exemple d'invraisemblance, la désignation du jeune Kaliayev de préférence à son camarade Stepan, qui est prêt à tout et revendique la mission, n'est justifiée dramatiquement que par l'allusion, pour mémoire, à un mystérieux « tour de rôle » imposé par l'« organisation ». Toute la pièce découlant de ce choix, c'est peu, et l'intérêt porté au débat de conscience qui s'ensuit en pâtit forcément.

Il en souffre d'autant plus que, contrairement à certains des classiques qu'il veut honorer, Camus ne peut ou n'ose donner son discours en spectacle à la place de son intrigue défaillante. Son économie voulue et sa pudeur proverbiale font que son ascétisme ressemble à de la maigreur et ses hauts préceptes à une rhétorique courte et sentencieuse. Parce que son amour du théâtre excluait la démesure, cet amour est sans retour, et on ne perçoit qu'étouffé le beau chant qu'il lui destinait sur la pitié des hommes droits.

Fort heureusement, le metteur en scène Pierre Franck et ses comédiens, aidés par les dimensions intimes des lieux, donnent à ce chant trop discret sa résonance maximum. Tout en évitant une enflure d'émotion qui trahirait l'auteur, la troupe réussit à lui arracher ses sanglots rentrés et à faire sentir, presque contre lui-même, l'épaisseur charnelle de ses nostalgies. Grâce à Marc Cassot, à Serge Rousseau, à Marcel Bozzufi, grâce surtout à Denis Manuel, rayonnant d'innocence, et à Danièle Delorme, déchirante de douleur contenue, on entend Camus regretter à voix basse la chaleur, la douceur et la fraternité promises aux justes par la terre de son enfance.

Beaucoup de ses lecteurs fervents n'en demanderont pas plus.

(1) Théâtre de l'Œuvre, 21 h.

Le même Fayolle a constaté chez Pétain (ils se connaissent depuis fort longtemps) un « mauvais genre qui nuit à ses qualités par la légèreté de sa conversation... Il vaut beaucoup mieux qu'il ne paraît. »

Fayolle, fort dévot, a été choqué par les propos égrillards que lui tient son ami. D'où l'expression « mauvais genre ». Ce mauvais genre fait impression, par d'autres voies, sur Poincaré, plus habitué à l'éloquence parlementaire qu'aux rudes propos d'un officier blanchi sous le harnais : et cet officier ne fait pas de cadeaux oratoires ! Avec lui, ça va toujours mal... Parlez-nous d'un Joffre ou d'un Nivelle avec qui ça va toujours bien ! D'où l'acrimonie de Poincaré qui est indisposé par le « pessimisme » de Pétain, comme il est troublé par « l'émotivité sénile de Clemenceau, qui lui enlève, par moments, quelque faculté d'observation ».

589

589

Mercredi 12 janvier

7 heures. Paris glacé. Je pars pour Nevers. Je dépose un mot au 39 en gagnant la gare de Lyon. Je suis triste de la tristesse de mon Anne. Mais quand je lui téléphonerai, à une heure, je serai cloué d'angoisse : sa voix, ce qu'elle dira, l'indifférence… Tout le jour passera sans que je puisse m'arracher de ce malheur.

Lurçat

Je lui écris mais je me sens maladroit. Je ne me reconnais pas dans le personnage qu'elle trace de moi…
Croit-elle donc que je l'aime peu ou mal ? Mal sans doute puisqu'elle mêle la souffrance qui naît d'une situation et la souffrance de ce qu'elle croit être un manque d'amour : c'est donc que je ne lui apporte pas ce que pourtant j'ai en moi. Que je l'aime : mais dois-je faire peser sur elle cet amour ? Devant son visage torturé qui tente de s'enfermer derrière le masque de la désinvolture je me pose souvent cette question.
Ici – Conseil général. Rien à noter. Déjeuner avec 10 conseillers. Dîner ou plutôt souper chez les Bernigaud, à Magny-cours où je loge pour la nuit.

[…] Ce mauvais genre fait impression, par d'autres voies, sur Poincaré, plus habitué à l'éloquence parlementaire […]
Ah ! cet Oratoire !…

Les Justes Te souviens-tu ?

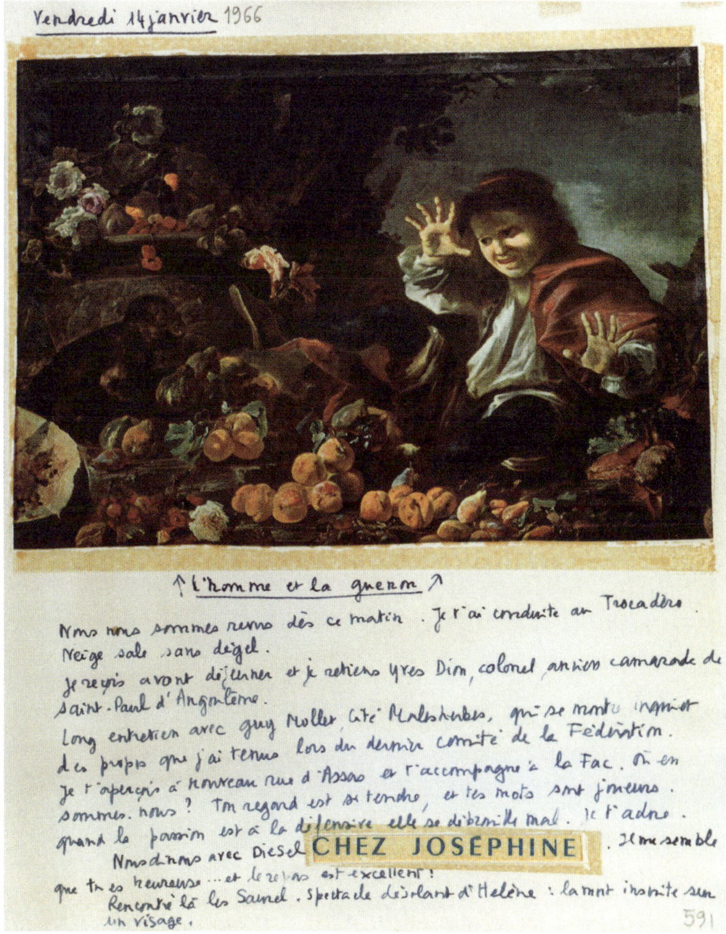

590
Jeudi 13 janvier

Je me réveille vaseux. Il est très tôt ; le petit jour se lève sur un paysage hostile, coupant. Route 7, 40 à l'heure. Au Terminus, je te téléphone : 12 communications ! Mais ta voix, ce matin, me parle. Ça va mieux mais j'accuse le coup de la fatigue de ces trois derniers mois… et de ma nuit debout.

Toujours la famille P.
Martin Agnès Nannon

Conseil général ultra-classique qui s'anime quand réapparaît son serpent de mer : le problème des abattoirs !
Je reçois. Surtout des enseignants. Un lycée, un LEG, les préfabriquées, etc… etc… Tout cela un peu gris.
Je déjeune chez mon ami Lyron, le confiseur. J'ai amené le sénateur Benoist ! Conversation sur l'Inde (Eh oui !) où Benoist est allé et sur l'Hindouisme qui passionne Lyron (il a accumulé une très sérieuse littérature sur ce sujet qu'il connaît fort bien). Bénarès. Benoist décrit le Gange avec couleur et force. Ceci dit je commence à sentir la fatigue et, au café, je somnole comme un vieillard podagre !
Rentré par la Micheline. Anne est là, lisant près de la bibliothèque de la gare. Elle me reçoit au « 39 » et me fait un gentil souper chaud.
Paix.

591
Vendredi 14 janvier

L'homme et la guenon

Nous nous sommes revus dès ce matin. Je t'ai conduite au Trocadéro. Neige sale sans dégel.
Je reçois avant déjeuner et je retiens Yves Dion, colonel, ancien camarade de Saint-Paul d'Angoulême.
Long entretien avec Guy Mollet, Cité Malesherbes, qui se montre inquiet des propos que j'ai tenus lors du dernier comité de la Fédération.
Je t'aperçois à nouveau rue d'Assas et t'accompagne à la Fac. Où en sommes-nous ? Ton regard est si tendre, et tes mots sont joueurs.
Quand la passion est à la défensive elle se débrouille mal. Je t'adore.
Nous dînons avec Diesel Chez Joséphine. Il me semble que tu es heureuse… et le repas est excellent !
Rencontré là les Saurel. Spectacle désolant d'Hélène : la mort inscrite sur un visage.

592

Samedi 15 janvier

Je te dis bonjour au téléphone à 9 heures et nous restons travailler chacun à sa table studieuse !
Je déjeune avec Rousselet, Legatte, Bordier.
Débat sur l'organisation de la « Convention ».
Je rédige une question écrite pour une session extraordinaire du Parlement et l'évocation de l'affaire Ben Barka.
Surprise : aujourd'hui même Lecanuet a eu la même idée !
Nous allons au cinéma. « Pierrot le Fou », au Biarritz. Nous en sortons émerveillés.
La vie, les faits, les sensations, le rêve, l'image
Dîner au « Moulin d'Alsace ».
Nous nous sentons unis : les heures nous ont tissé l'entente merveilleuse des moments merveilleux
On rentre en métro, « Sèvres-Babylone » !
On marche Bd Raspail, rue de Vaugirard.

Anne.

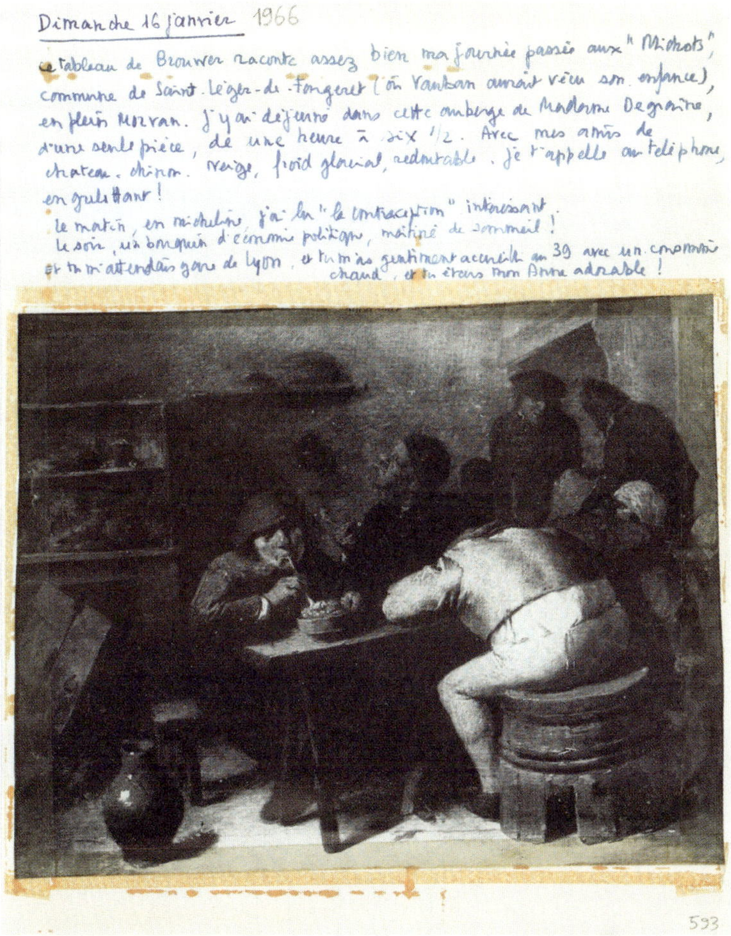

593

Dimanche 16 janvier

Ce tableau de Brouwer raconte assez bien ma journée passée aux « Michots », commune de Saint-Léger-de Fougeret (où Vauban aurait vécu son enfance), en plein Morvan. J'y ai déjeuné dans cette auberge de Madame Degraine, d'une seule pièce, de une heure à six ½. Avec mes amis de Château-Chinon. Neige, froid glacial, redoutable. Je t'appelle au téléphone, en grelottant !
Le matin, en micheline, j'ai lu « la Contraception ». Intéressant.
Le soir, un bouquin d'économie politique, mâtiné de sommeil !
Et tu m'attendais gare de Lyon, et tu m'as gentiment accueilli au 39 avec un consommé chaud, et tu étais mon Anne adorable !

594

Lundi 17 janvier

Mais non, mais non, ce n'est pas ainsi que tu m'as accueilli ce matin, au 39, où je suis venu te dire bonjour. Simplement, je découpe cette image d'un tableau de Watteau dont Delacroix disait « l'avoir sous les yeux serait la jouissance la plus douce » D'ailleurs cette Hélène vue par Pâris, n'est pas du tout de mon genre, O blondeur !
Et l'après-midi, me revoici chez toi. L'heure passe, paisible, confiante. C'est ton ami Benoît-Luc qui viendra l'interrompre.
Je te retrouve pour t'emmener à la conférence du Père Varillon. En chemin, un incendie dans un restaurant nous arrête. Nous avons le cœur serré devant cette destruction soudaine de lieux, ordinaires, quotidiens, si peu faits pour le drame.
Après un saut chez Rousselet je te ramène
et t'aime, ainsi.

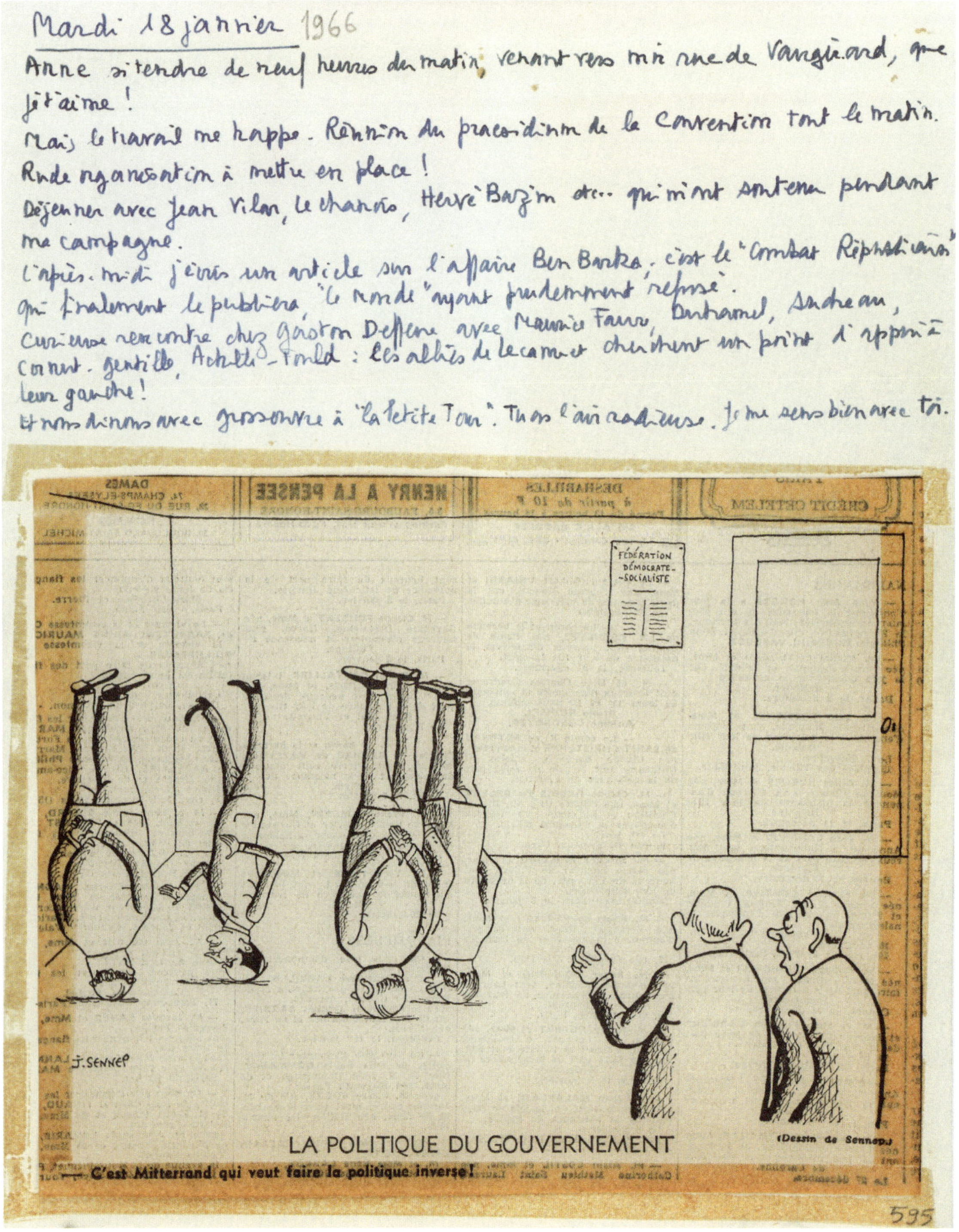

595

Mardi 18 janvier

Anne si tendre de neuf heures du matin, venant vers moi rue de Vaugirard, que je t'aime !
Mais le travail me happe. Réunion du praesidium de la Convention tout le matin.
Rude organisation à mettre en place !
Déjeuner avec Jean Vilar, Le Chanois, Hervé Bazin etc… qui m'ont soutenu pendant ma campagne.
L'après-midi j'écris un article sur l'affaire Ben Barka ; c'est le « Combat Républicain » qui finalement le publiera, « le Monde » ayant prudemment refusé.
Curieuse rencontre chez Gaston Defferre avec Maurice Faure, Duhamel, Sudreau, Cornut-Gentille, Achille-Fould : les alliés de Lecanuet cherchent un point d'appui à leur gauche !
Et nous dînons avec Grossouvre à « la Petite Tour ». Tu as l'air radieuse. Je me sens bien avec toi.

[Dessin de J. Sennep] La politique du gouvernement

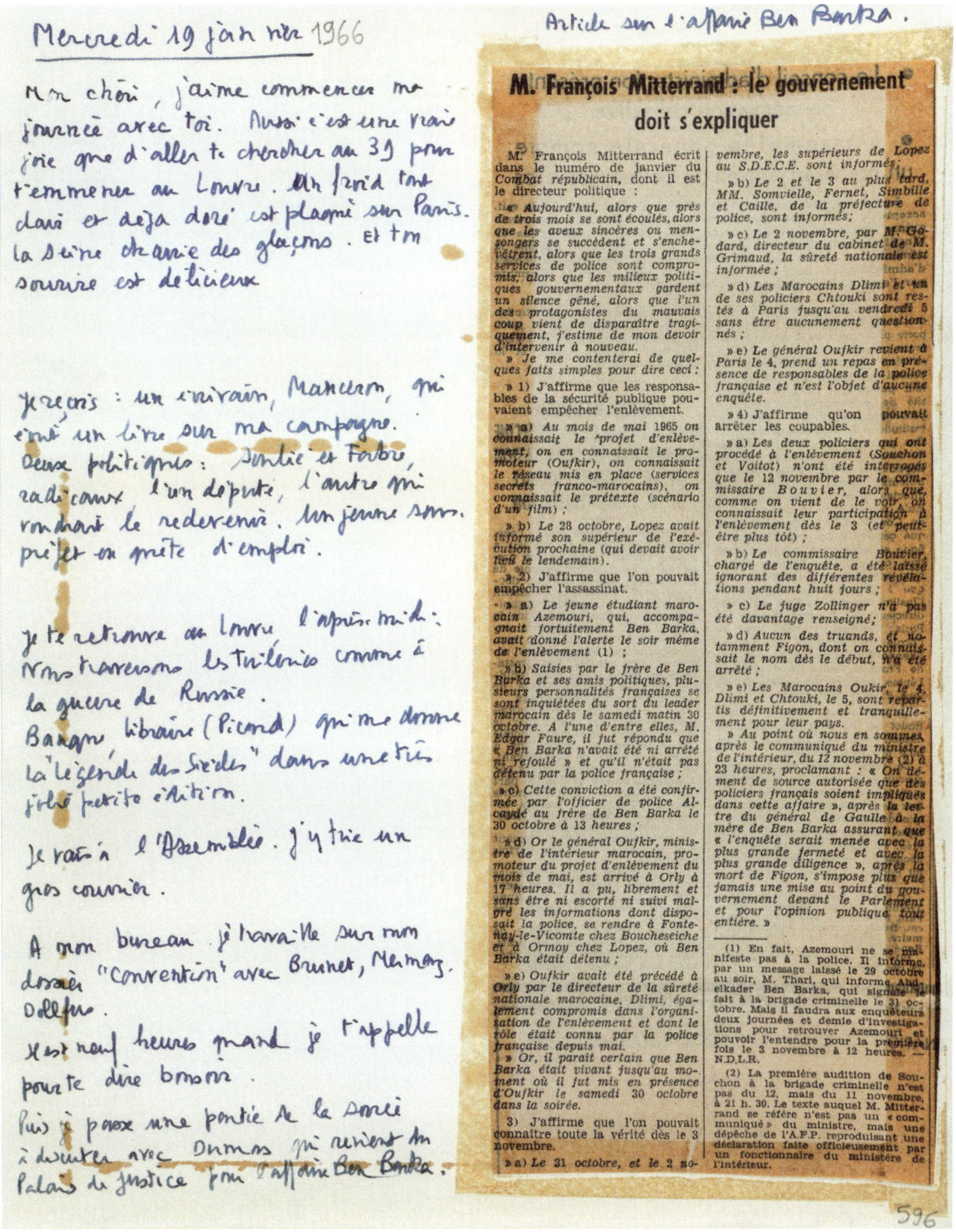

M. François Mitterrand : le gouvernement doit s'expliquer

M. François Mitterrand écrit dans le numéro de janvier du *Combat républicain*, dont il est le directeur politique :

« *Aujourd'hui, alors que près de trois mois se sont écoulés, alors que les aveux sincères ou mensongers se succèdent et s'enchevêtrent, alors que les trois grands services de police sont compromis, alors que les milieux politiques gouvernementaux gardent un silence gêné, alors que l'un des protagonistes du mauvais coup vient de disparaître tragiquement, j'estime de mon devoir d'intervenir à nouveau.*

» *Je me contenterai de quelques faits simples pour dire ceci :*

» 1) J'affirme que les responsables de la sécurité publique pouvaient empêcher l'enlèvement.

» a) *Au mois de mai* 1965 *on connaissait le projet d'enlèvement, on en connaissait le promoteur* (*Oufkir*), *on connaissait le réseau mis en place* (*services secrets franco-marocains*), *on connaissait le prétexte* (*scénario d'un film*) ;

» b) *Le 28 octobre, Lopez avait informé son supérieur de l'exécution prochaine* (*qui devait avoir lieu le lendemain*).

» 2) J'affirme que l'on pouvait empêcher l'assassinat.

» a) *Le jeune étudiant marocain Azemouri, qui, accompagnait fortuitement Ben Barka, avait donné l'alerte le soir même de l'enlèvement* (1) ;

» b) *Saisies par le frère de Ben Barka et ses amis politiques, plusieurs personnalités françaises se sont inquiétées du sort du leader marocain dès le samedi matin 30 octobre. A l'une d'entre elles, M. Edgar Faure, il fut répondu que « Ben Barka n'avait été ni arrêté ni refoulé » et qu'il n'était pas détenu par la police française ;*

» c) *Cette conviction a été confirmée par l'officier de police Alcaydé au frère de Ben Barka le 30 octobre à 13 heures ;*

» d) *Or le général Oufkir, ministre de l'intérieur marocain, promoteur du projet d'enlèvement du mois de mai, est arrivé à Orly à 17 heures. Il a pu, librement et sans être ni escorté ni suivi malgré les informations dont disposait la police, se rendre à Fontenay-le-Vicomte chez Boucheseiche et à Ormoy chez Lopez, où Ben Barka était détenu ;*

» e) *Oufkir avait été précédé à Orly par le directeur de la sûreté nationale marocaine, Dlimi, également compromis dans l'organisation de l'enlèvement et dont le rôle était connu par la police française depuis mai.*

» *Or, il paraît certain que Ben Barka était vivant jusqu'au moment où il fut mis en présence d'Oufkir le samedi 30 octobre dans la soirée.*

3) J'affirme que l'on pouvait connaître toute la vérité dès le 3 novembre.

» a) *Le 31 octobre, et le 2 novembre, les supérieurs de Lopez au S.D.E.C.E. sont informés;*

» b) *Le 2 et le 3 au plus tard, MM. Somvielle, Fernet, Simbille et Caille, de la préfecture de police, sont informés;*

» c) *Le 2 novembre, par M. Godard, directeur du cabinet de M. Grimaud, la sûreté nationale est informée ;*

» d) *Les Marocains Dlimi et un de ses policiers Chtouki sont restés à Paris jusqu'au vendredi 5 sans être aucunement questionnés ;*

» e) *Le général Oufkir revient à Paris le 4, prend un repas en présence de responsables de la police française et n'est l'objet d'aucune enquête.*

» 4) J'affirme qu'on pouvait arrêter les coupables.

» a) *Les deux policiers qui ont procédé à l'enlèvement* (*Souchon et Voitot*) *n'ont été interrogés que le 12 novembre par le commissaire* Bouvier, *alors que, comme on vient de le voir, on connaissait leur participation à l'enlèvement dès le 3* (*et peut-être plus tôt*) ;

» b) *Le commissaire Bouvier, chargé de l'enquête, a été laissé ignorant des différentes révélations pendant huit jours ;*

» c) *Le juge Zollinger n'a pas été davantage renseigné;*

» d) *Aucun des truands, et notamment Figon, dont on connaissait le nom dès le début, n'a été arrêté ;*

» e) *Les Marocains Oukir, le 4, Dlimi et Chtouki, le 5, sont repartis définitivement et tranquillement pour leur pays.*

» *Au point où nous en sommes, après le communiqué du ministre de l'intérieur, du 12 novembre* (2) *à 23 heures, proclamant : « On dément de source autorisée que des policiers français soient impliqués dans cette affaire », après la lettre du général de Gaulle à la mère de Ben Barka assurant que « l'enquête serait menée avec la plus grande fermeté et avec la plus grande diligence », après la mort de Figon, s'impose plus que jamais une mise au point du gouvernement devant le Parlement et pour l'opinion publique tout entière.* »

(1) En fait, Azemouri ne se manifeste pas à la police. Il informe, par un message laissé le 29 octobre au soir, M. Thari, qui informe Abdelkader Ben Barka, qui signale le fait à la brigade criminelle le 31 octobre. Mais il faudra aux enquêteurs deux journées et demie d'investigations pour retrouver Azemouri et pouvoir l'entendre pour la première fois le 3 novembre à 12 heures. — N.D.L.R.

(2) La première audition de Souchon à la brigade criminelle n'est pas du 12, mais du 11 novembre, à 21 h. 30. Le texte auquel M. Mitterrand se réfère n'est pas un « communiqué » du ministre, mais une dépêche de l'A.F.P. reproduisant une déclaration faite officieusement par un fonctionnaire du ministère de l'intérieur.

596

Mercredi 19 janvier

Mon chéri, j'aime commencer ma journée avec toi. Aussi c'est une vraie joie que d'aller te chercher au 39 pour t'emmener au Louvre. Un froid tout clair et déjà doré est plaqué sur Paris. La Seine charrie des glaçons. Et ton sourire est délicieux

Je reçois : un écrivain, Manceron, qui écrit un livre sur ma campagne. Deux politiques : Soulié et Fabre, radicaux, l'un député, l'autre qui voudrait le redevenir. Un jeune sous-préfet en quête d'emploi.
Je te retrouve au Louvre, l'après-midi :
Nous traversons les Tuileries comme à la guerre de Russie.
Banque, libraire (Picard) qui me donne la « Légende des Siècles » dans une très jolie petite édition.
Je vais à l'Assemblée. J'y trie un gros courrier.
A mon bureau je travaille sur mon dossier « Convention » avec Brunet, Mermaz, Dollfus.
Il est neuf heures quand je t'appelle pour te dire bonsoir.
Puis je passe une partie de la soirée à discuter avec Dumas qui revient du Palais de Justice pour l'affaire Ben Barka.

Article sur l'affaire Ben Barka.

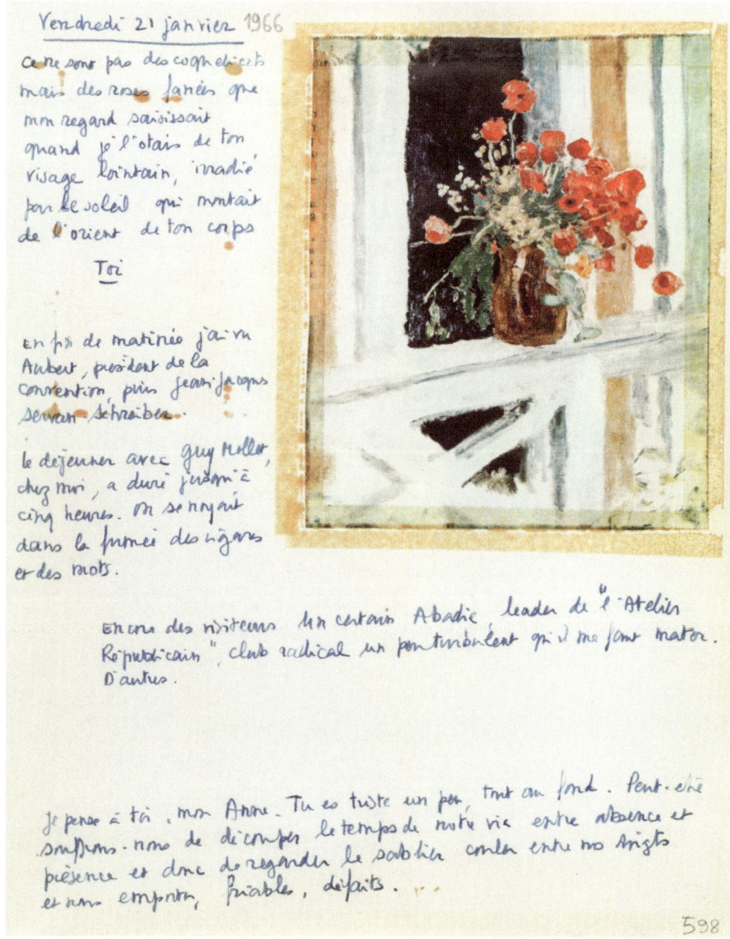

597
Jeudi 20 janvier

Je t'aperçois à neuf heures… pour m'apercevoir, moi, que tu pouvais te rendre libre tout le matin. Tu n'es pas d'excellente humeur ! Visites à mon bureau de Brutelle, ex-sec. G^al adjoint de la SFIO, Champeix, sénateur socialiste de Corrèze, J. P. Prévost, journaliste Démocrate-chrétien qui veut adhérer à la « Convention ». Je déjeune chez Jean Dutourd.
Littérature, politique !
Toi de nouveau, rue Cujas.
Et la soirée s'écoule avec les petits travaux de secrétariat.

[…] il venait de se remarier, à cinquante-trois ans, avec une jeune femme de seize, la jolie Hélène Fourment.
Eh bien !

L'atelier de Rubens, à Anvers.

598
Vendredi 21 janvier

Ce ne sont pas des coquelicots mais des roses fanées que mon regard saisissait quand je l'ôtais de ton visage lointain, irradié par le soleil qui montait de l'orient de ton corps
Toi

En fin de matinée j'ai vu Aubert, président de la Convention, puis Jean-Jacques Servan-Schreiber.
Le déjeuner avec Guy Mollet, chez moi, a duré jusqu'à cinq heures. On se noyait dans la fumée des cigares et des mots.
Encore des visiteurs. Un certain Abadie, leader de « l'Atelier Républicain », club radical un peu turbulent qu'il me faut mater.
D'autres.

Je pense à toi, mon Anne. Tu es triste un peu, tout au fond. Peut-être souffrons-nous de découper le temps de notre vie entre absence et présence et donc de regarder le sablier couler entre nos doigts et nous emporter, friables, défaits.

Samedi 22 janvier 1966

Dans la Micheline je parcours les journaux et avance dans "les cloches de Bâle". Je fais la connaissance d'une très intelligente voyageuse, de Roanne. Nous parlons politique, poésie.

A Nevers, travail de bureau, au Conseil général.

Je déjeune avec Harris, au "Terminus".

Petite vie de toujours.

Voici le comité qui dirige la "Fédération" →

LA COMPOSITION DU COMITE EXECUTIF

Le Comité exécutif de la Fédération qui doit comprendre au total 51 membres est, pour l'instant, ainsi composé :

● PARTI SOCIALISTE S.F.I.O. : *Guy Mollet, René Schmitt, Georges Brutelle, Marcel Champeix, Jean Courtois, Claude Fuzier, Georges Guille, Gérard Jaquet, Pierre Métayer, Jules Moch, Arthur Notebart, Jacques Piette, Christian Pineau, Robert Pontillon.*

● CENTRE NATIONAL D'ETUDES ET DE PROMOTION : *Pierre Mauroy, Guy Marty, Jacques Mellick.*
Suppléant : Michel Popiol.

● PARTI REPUBLICAIN RADICAL ET RADICAL SOCIALISTE : *René Billères, Auguste Pinton, Michel Soulié, Pierre Brousse, Roland Fabre, François Giaccobi, Guy Pascaud, Edouard Schloesning, Joseph Barsalou, Georges Bérard-Quelin, André Cellard, Claude Leclerc, Jacques Maroselli, Marcel Perrin.*
Suppléants : André Billemaz, Roger Mazaudet.

● U.D.S.R. : *François Mitterrand, Georges Dayan, Louis Mermaz.*
Suppléant : Guy Leygnac.

● CONVENTIONS DES INSTITUTIONS REPUBLICAINES : *Emile Aubert, Georges Beauchamp, Roland Dumas, Marie-Thérèse Eyquem, Charles Hernu, Marc Paillet, Ludovic Tron.*
Suppléants : Claude Estier, Guy Penne.

● CERCLE JEAN-JAURES : *Pierre Giraud.*

Siègent actuellement à titre d'observateurs des représentants des socialistes indépendants, du groupe « Reconstruction » ainsi que de divers clubs comme « Citoyens 60 » ou « Socialisme et démocratie » (Alain Savary), auxquels sept sièges sont réservés au comité exécutif.

Les membres du secrétariat sont :
Président : *François Mitterrand.*
Délégué général : *Charles Hernu.*
Secrétaires : *Pierre Mauroy, Pierre Brousse, André Cellard, L. Mermaz, Emile Aubert, Marc Paillet, Pierre Giraud, René Schmitt, Georges Brutelle.*

Retour. Après un après-midi à Château-Chinon, consacré aux questions scolaires. Je t'appelle à huit heures et n'ai que le temps d'atteindre à nouveau la gare de Nevers. Tu es un peu en retard gare de Lyon. Cela me permet de rêver à toi comme je le fais depuis quelques jours. Merveilleuse émotion première que rien n'altère. Mais que la buée des habitudes peut cacher à l'attention du cœur. Je te redécouvre sans cesse. Ce soir c'est "Anne qui a gardé tous ses prestiges". T'approcher, te respecter, te comprendre.
Nous allons à

LA GRILLERIE

où l'état de grâce continue le plus adorable miracle.

599

599
Samedi 22 janvier

Dans la Micheline je parcours les journaux et avance dans « Les cloches de Bâle ». Je fais la connaissance d'une très intelligente voyageuse, de Roanne. Nous parlons politique, poésie.
A Nevers, travail de bureau, au Conseil général.
Je déjeune avec Harris, au « Terminus ».
Petite vie de toujours.

Voici le comité qui dirige la « Fédération »

Retour. Après un après-midi à Château-Chinon, consacré aux questions scolaires. Je t'appelle à huit heures et n'ai que le temps d'atteindre à nouveau la gare de Nevers. Tu es un peu en retard gare de Lyon. Cela me permet de rêver à toi comme je le fais depuis quelques jours. Merveilleuse émotion première que rien n'altère. Mais que la buée des habitudes peut cacher à l'attention du cœur. Je te redécouvre sans cesse. Ce soir c'est « Anne qui a gardé tous ses prestiges ». T'approcher, te respecter, te comprendre.
Nous allons à La Grillerie où l'état de grâce continue le plus adorable miracle.

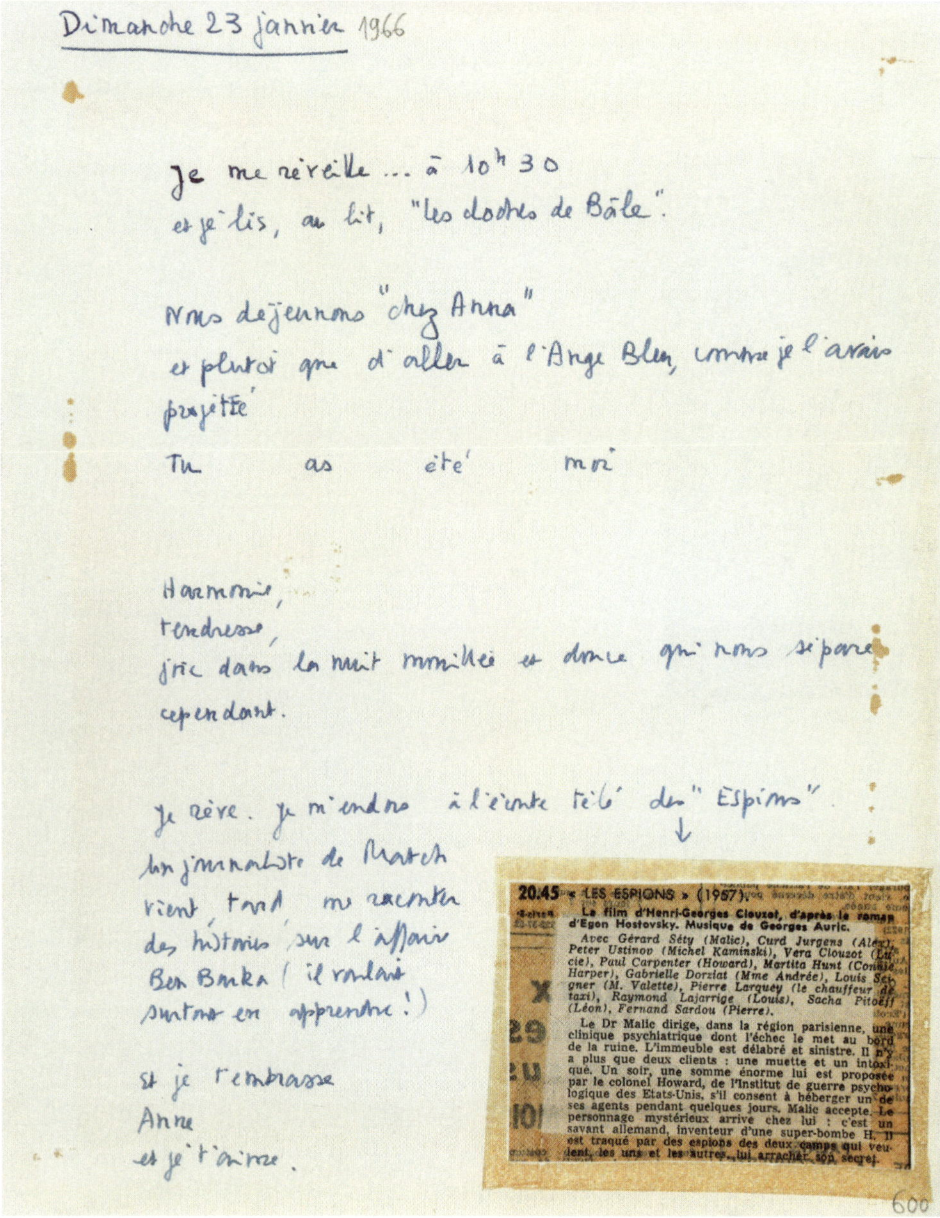

Dimanche 23 janvier 1966

Je me réveille… à 10h30
et je lis, au lit, "les cloches de Bâle".

Nous déjeunons "chez Anna"
et plutôt que d'aller à l'Ange Bleu, comme je l'avais
projeté
Tu as été moi

Harmonie,
tendresse,
joie dans la nuit mouillée et douce qui nous sépare
cependant.

Je rêve. Je m'endors à l'écoute télé des "Espions".
Un journaliste de Match
vient, tard, me raconter
des histoires sur l'affaire
Ben Barka (il voulait
surtout en apprendre !)

Et je t'embrasse
Anne
et je t'aime.

20.45 « LES ESPIONS » (1957).

Le film d'Henri-Georges Clouzot, d'après le roman d'Egon Hostovsky. Musique de Georges Auric.

Avec Gérard Séty (Malic), Curd Jurgens (Alex), Peter Ustinov (Michel Kaminski), Vera Clouzot (Lucie), Paul Carpenter (Howard), Martita Hunt (Connie Harper), Gabrielle Dorziat (Mme Andrée), Louis Seigner (M. Valette), Pierre Larquey (le chauffeur de taxi), Raymond Lajarrige (Louis), Sacha Pitoëff (Léon), Fernand Sardou (Pierre).

Le Dr Malic dirige, dans la région parisienne, une clinique psychiatrique dont l'échec le met au bord de la ruine. L'immeuble est délabré et sinistre. Il n'y a plus que deux clients : une muette et un intoxiqué. Un soir, une somme énorme lui est proposée par le colonel Howard, de l'Institut de guerre psychologique des Etats-Unis, s'il consent à héberger un de ses agents pendant quelques jours. Malic accepte. Le personnage mystérieux arrive chez lui : c'est un savant allemand, inventeur d'une super-bombe H. Il est traqué par des espions des deux camps qui veulent, les uns et les autres, lui arracher son secret.

600

600

Dimanche 23 janvier

Je me réveille… à 10 h 30
et je lis, au lit, « Les cloches de Bâle ».
Nous déjeunons « chez Anna »
et plutôt que d'aller à l'Ange Bleu, comme je l'avais projeté
Tu as été moi
Harmonie,
tendresse,
joie dans la nuit mouillée et douce qui nous sépare cependant.

Je rêve. Je m'endors à l'écoute télé des « Espions ». Un journaliste de Match vient, tard, me raconter des histoires sur l'affaire Ben Barka (il voulait surtout en apprendre !)

Et je t'embrasse
Anne
et je t'aime.

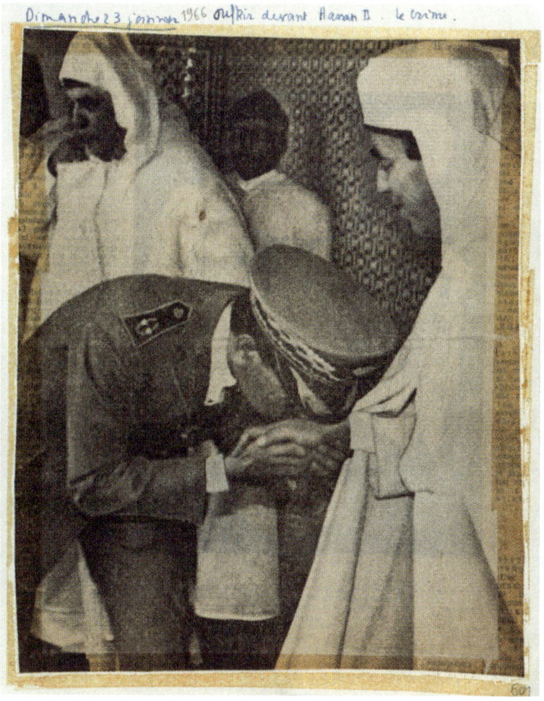

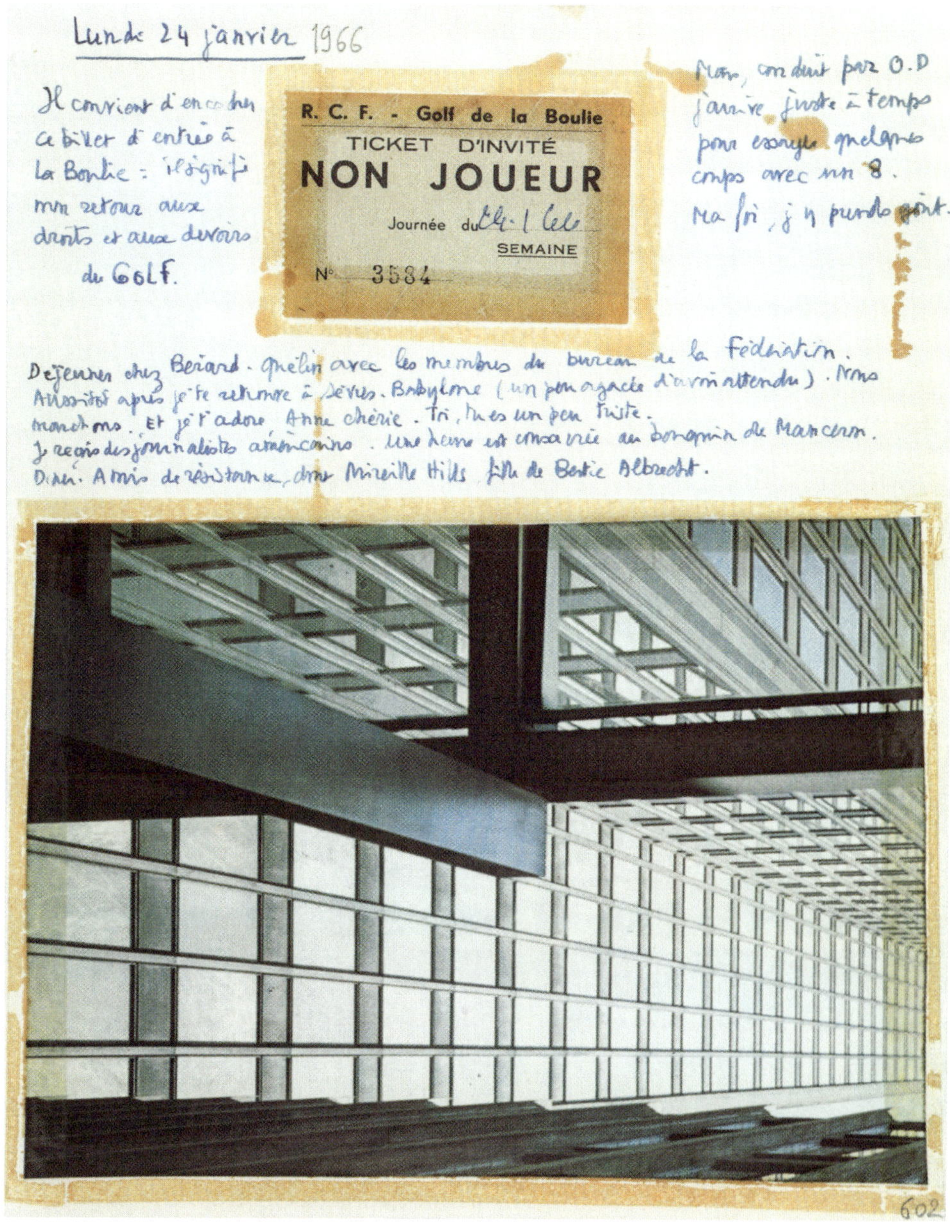

601
Dimanche 23 janvier

Oufkir devant Hassan II. Le crime.

602
Lundi 24 janvier

Il convient d'encadrer ce billet d'entrée à La Boulie : il signifie mon retour aux droits et aux devoirs du GOLF. Mais, conduit par O.D j'arrive juste à temps pour essayer quelques coups avec un 8.
Ma foi, j'y prends goût.
Déjeuner chez Bérard-Quélin avec les membres du bureau de la Fédération.
Aussitôt après je te retrouve à Sèvres-Babylone (un peu agacée d'avoir attendu). Nous marchons. Et je t'adore, Anne chérie. Toi, tu es un peu triste.
Je reçois des journalistes américains. Une heure est consacrée au bouquin de Manceron.
Dîner. Amis de résistance, dont Mireille Hills, fille de Bertie Albrecht.

603
<u>Mardi 25 janvier</u>

L'Ange d'Arras.

Anne, Saint-Sulpice, balade.
Réunion du mardi avec le praesidium de la Convention.
Déjeuner avec Mendès France. Sont présents Jean Daniel, Dayan, Rousselet, Beauchamp, Hernu, Legatte, Bordier. P.M.F attend de moi que je lui demande l'étude d'un programme. J'hésite de peur du cercle infernal des complications. Nous parlons aussi du colloque de Grenoble, monté par le PSU (contre la Convention).
Je te retrouve au 39.
A quatre heures, place de Valois, Comité exécutif de la Convention. Trois heures durant !
Et je débarque au meeting de la Mutualité. Foule énorme, dont le climat reste celui de la campagne présidentielle.
J'en sors vidé nerveusement !

1966

Mercredi 26 janvier

Ce matin, golf à Saint-Cloud avec Rousselet et Saint-Périer. Mais j'oublie sac et chaussures ! La promenade, par une bise glaciale qui fouette le sang, reste bonne.

Je te retrouve au Trocadéro. Nous déjeunons chez « Anna ». Je t'accompagne au Louvre pour te reprendre une heure plus tard devant l'Institut.

Nous allons au 39. Tulipes oranges. Epanouissement. Joie

Toi

Visites : Antonin Besson ancien procureur gal à la Cour de Cassation, Rolland ancien préfet de la Nièvre, Brocas maire d'Auch.

Je dîne chez l'avocate Simone Penaud avec Pierre Cot. Débat intéressant... mais je suis fiévreux et me sens fatigué.

Sous la pluie, deux mille personnes, qui n'ont pas trouvé place à l'intérieur, attendent qu'on leur rapporte les propos des orateurs de la Mutualité.
(Photographie de Jacques NORMAND.)

Manifestation dans le calme à la Mutualité

M. MITTERRAND : « Ou bien ceux qui veulent le silence l'emporteront ou bien nous les forcerons à se débusquer »

C'est une foule nombreuse, que l'on peut évaluer à 6.000 ou 7.000 [10.000 ?] personnes, qui se pressait, hier soir, aux portes et dans la salle de la Mutualité où les organisations de gauche patronnaient une manifestation à propos de l'affaire Ben Barka.

A l'extérieur, 2.000 personnes environ criaient des slogans, réclamaient la démission de MM. Frey et Papon. Dans un café, on reconnaissait le colonel Thomazo et quelques-uns de ses amis.

A l'intérieur de la Mutualité, sous l'immense portrait de M. Ben Barka, c'est M. Daniel Mayer qui, le premier, prend le micro. Ce sont ensuite MM. Claude Fuzier (S.F.I.O.), Martinet (P.S.U.) et Ballanger (comm.). Puis, toujours aux cris d' « Unité, unité », M. Mitterrand s'avance.

« *Paris bouge*, commence-t-il, *le peuple veut savoir. Mais le régime si bavard depuis sept ans fait le silence.* »

Après un bref rappel de l'affaire, l'ancien candidat à l'Elysée affirme que, aussitôt l'alerte donnée par l'étudiant Azemmouri, des personnalités politiques françaises informées ont tenté de joindre le ministre de l'Intérieur. Elles n'ont pu toucher que son directeur de cabinet, M. Aubert.

M. Mitterrand déclare que, dès le 29 octobre, l'on s'efforce de faire le silence sur toute l'affaire, que le 2 novembre tous les services de police étaient au courant. « *L'ont-ils dit à M. Roger Frey, celui-ci à M. Pompidou et celui-ci au général de Gaulle ? Qui le sait ? Mais je trouve étrange cette solidarité maintenue jusqu'ici. Le président de la République est-il paralysé par quelque épouvantable secret, puisque l'on retrouve ici aujourd'hui les mêmes aux mêmes places* »

« *Le pire mensonge*, continue l'orateur, *serait d'arrêter aux autorités administratives une responsabilité qui est spécifiquement politique. Nous disons que de Gaulle ne sortira pas de cette alternative : où il a été informé mais à cause de sa campagne électorale il a préféré le silence et alors il est solidaire. Ou bien il ne savait pas, et alors qu'est-ce que c'est que ce régime qui repose sur un seul homme... Ou il accepte une responsabilité de caractère politique en assumant les pires aspects de son régime, ou il dénonce son impuissance quand il s'agit de frapper sa faction.* »

« L'affaire pose d'une manière évidente le problème de la justice... »

Toute la salle hurle « *de Gaulle, démission* ».

Puis M. Mitterrand ajoute : « *La démonstration est faite : Ou bien à partir de ce soir ceux qui veulent le silence l'emporteront, ou bien nous les forcerons à se débusquer* ». L'orateur fait un parallèle avec la disparition du leader camerounais Mounié et s'écrie : « *L'affaire Ben Barka pose d'une manière évidente le problème de la justice... C'est le problème même de la liberté qui se pose aujourd'hui en France.* »

« *Nous devons faire ici le serment d'atteindre partout où elles se trouvent les responsabilités politiques* », ajoute l'orateur avant de conclure : « *L'affaire Ben Barka signifiera le réveil des républicains, l'émotion de tout un peuple parce qu'un étranger est mort sur notre sol. La justice passera si le peuple l'exige* ».

A la sortie de la réunion, plusieurs groupes se forment. De jeunes étudiants, criant des slogans contre le régime, entendent gagner la préfecture de police. Ils se heurteront, aux ponts sur la Seine, aux barrages de gardiens de la paix et poursuivront leur chemin vers le boulevard Saint-Michel sans autre incident.

Michel Bassi.
Pierre Thibon.

« Le Figaro », hostile, mais prudent, raconte la manifestation d'hier soir.

604

604

Mercredi 26 janvier

Ce matin, golf à Saint-Cloud avec Rousselet et Saint-Périer. Mais j'oublie sac et chaussures ! La promenade, par une bise glaciale qui fouette le sang, reste bonne.
Je te retrouve au Trocadéro. Nous déjeunons chez « Anna ». Je t'accompagne au Louvre pour te reprendre une heure plus tard devant l'Institut.
Nous allons au 39.
Tulipes orange.
Epanouissement. Joie
Toi

Visites : Antonin Besson ancien procureur g^{al} à la Cour de Cassation, Rolland, ancien préfet de la Nièvre, Brocas maire d'Auch.
Je dîne chez l'avocate Simone Penaud avec Pierre Cot. Débat intéressant…
Mais je suis fiévreux et me sens fatigué.

« Le Figaro », hostile, mais prudent, raconte la manifestation d'hier soir.

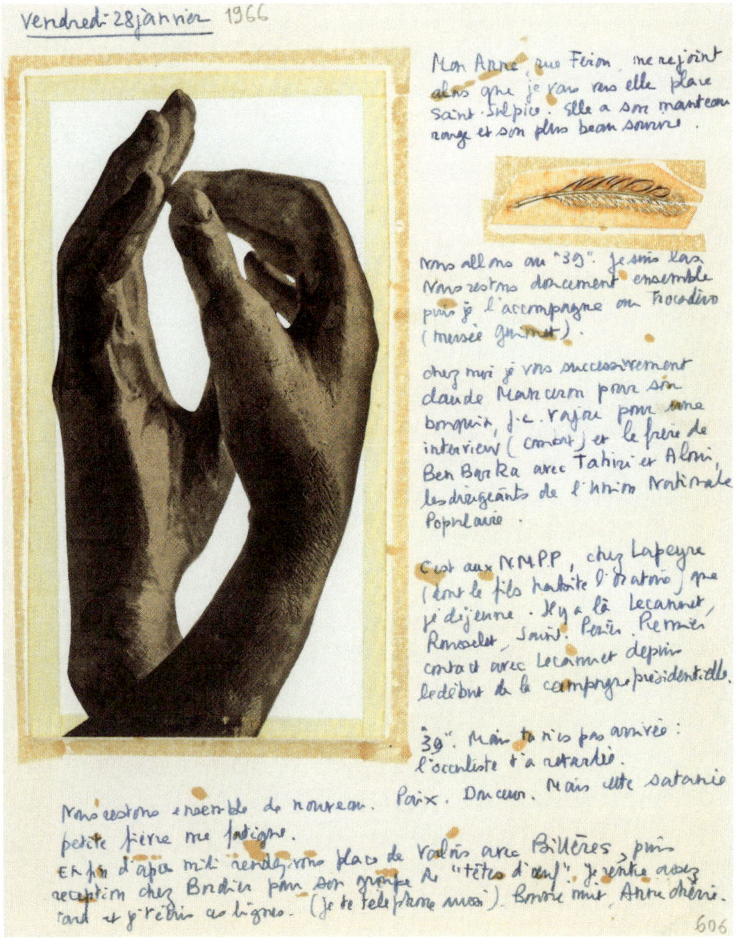

605
Jeudi 27 janvier

Petit tour autour du Luxembourg par ce doux matin : que mon Anne est charmante !
Je reçois Garaudy, le philosophe membre du Bureau Politique du Parti Communiste. Il m'invite à participer aux semaines de la Pensée Marxiste et m'offre son bouquin sur le Concile.
C'est ensuite Olivier Todd, journaliste au « Nouvel Observateur » qui écrit un ouvrage sur le « 6 février 1956 » (à Alger). Après Todd, Noël Copin, qui vient pour « La Croix ». Enfin Nadine Nounez, la « décoratrice » que tu as « soupesée » à Latche ! Au déjeuner ma cousine Odile Sarrazin, qui habite Jarnac, avec sa fille Dominique. Odile, opérée récemment, est méconnaissable : un visage de cancer. Je l'ai connue alors qu'elle avait quinze ans. Elle était la sœur d'un camarade de Collège (tué plus tard, Saint-Cyrien, en 40) et a épousé, Pierre, mon cousin germain.
Deuxième balade avec toi, de la rue Cujas au Louvre : que c'est bon !

Cette photo, que m'envoie un « admirateur »…

… et cette carte que m'adresse un détracteur…
[…] Eh. bien les. Toulousains vous. détestent. la majorité Vive pour. le. grand homme. qu'st. Degaule. et Abat. Mitterrand. […]

Je vais alors citer Malesherbes pour voir Guy Mollet.
Roland Dumas m'en ramène jusqu'au Lutetia où l'Association des Elus Républicains me reçoit. (majorité communiste). Dayan marche avec moi jusqu'à la rue Joseph-Bara : nous bavardons.
Et c'est la troisième balade avec toi par le tour du Luxembourg, comme le matin.
Et je dors tôt.
Heureux de toi.

606
Vendredi 28 janvier

Mon Anne, rue Férou, me rejoint alors que je vais vers elle place Saint-Sulpice. Elle a son manteau rouge et son plus beau sourire. *[collée : la plume des NMPP]*. Nous allons au « 39 ». Je suis las. Nous restons doucement ensemble puis je l'accompagne au Trocadéro (musée Guimet).
Chez moi je vois successivement Claude Manceron pour son bouquin, J. C. Vajou pour une interview (Combat) et le frère de Ben Barka avec Tahiri et Alaoui, les dirigeants de l'Union Nationale Populaire.
C'est aux N.M.P.P, chez Lapeyre (dont le fils habite l'Oratoire) que je déjeune. Il y a là Lecanuet, Rousselet, Saint-Périer. Premier contact avec Lecanuet depuis le début de la campagne présidentielle.

« 39 ». Mais tu n'es pas arrivée : l'oculiste t'a retardée.
Nous restons ensemble de nouveau. Paix. Douceur. Mais cette satanée petite fièvre me fatigue.
En fin d'après-midi rendez-vous place de Valois avec Billères, puis réception chez Bordier pour son groupe de « têtes d'œuf ». Je rentre assez tard et je t'écris ces lignes. (je te téléphone aussi). Bonne nuit, Anne chérie.

607

Samedi 29 janvier

Bonjour, Anne de ce matin.

Petits rendez-vous, avec Roclore P^{t} du Cons. géné de Côte d'or, avec Paillet qui fera le rapport introductif à la Convention de Lyon.
Je déjeune avec Claude Léglise et Bernard Finifter.
Au « Cercle Républicain » je réunis mes délégués de la campagne qui m'invitent à poursuivre mon action.
Je te retrouve en fin d'après-midi. On dînote et on bavarde avec Kitou

Bonsoir, Anne de ce jour
Anne Aimée

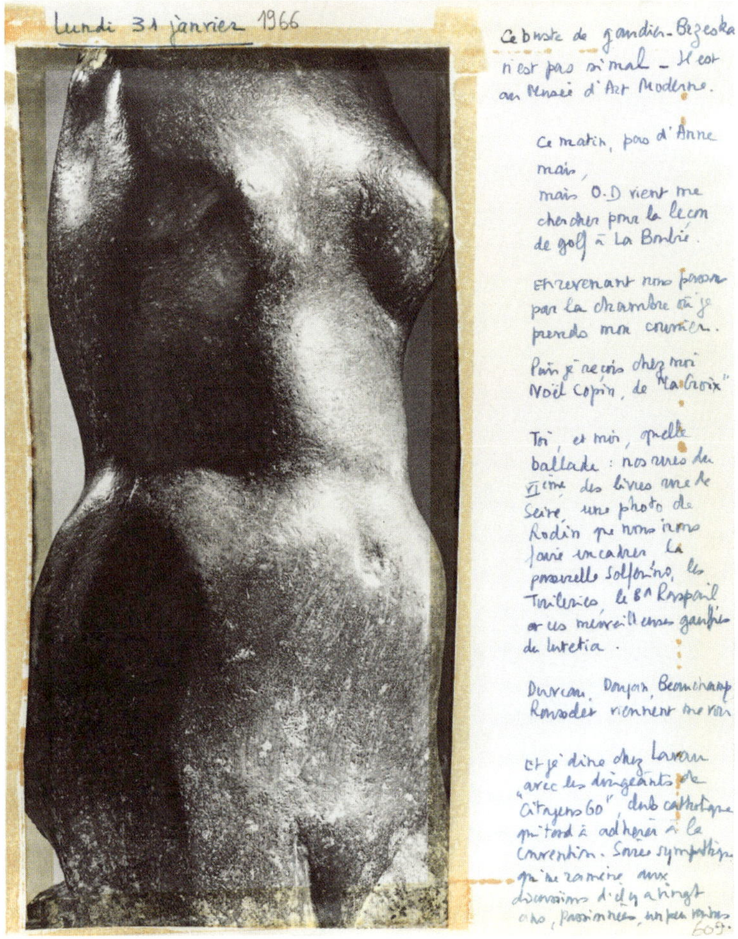

608

Dimanche 30 janvier

Lever tardif. J'ouvre mes rideaux : un soleil doux qui reste suspendu, accroché par la brume, elle-même pénétrée, prête à céder à la lumière. J'arrive au 39 à midi. Tu n'es pas prête et gentiment furieuse de ne pas l'être. Que décider ? Il te faut de l'air, de l'herbe, des vieux pavés, une belle église.
Nous irons donc à Senlis.
D'abord, on déjeune

A la Porte de Compiègne
Mr et Mme Jacky LEFEBVRE

Nous sommes objet de curiosité. On bavarde avec le patron (un entrepreneur de Paris), avec le garçon (un employé d'électronique). Je crois que nous sommes ravis de notre modeste déjeuner.
Visites : St Pierre, presque détruite, la cathédrale, que tu aimes et qui vaut d'être aimée. Mais c'est surtout les couleurs, l'odeur du souvenir, la résonance des pierres qui nous installe EN FRANCE, tout près de ces beaux noms de pays : Valois, Beauvaisis, Parisis…
Nous marchons, allons au château Royal, au musée d'archéologie et revenons par l'autoroute. Beauté des lignes et des fonds, forêt ou ville, qui bornent l'horizon.
Il est 17 h 30. Le 39. La lumière de ta lampe et
Toi

Nous donnons à l'autre la paix d'un dimanche où chacun a acquis des richesses. Nous avons l'impression de ne rien dissiper. Nous sommes heureux.

609

Lundi 31 janvier

Ce buste de Gaudier-Brzeska n'est pas si mal – Il est au Musée d'Art Moderne.

Ce matin, pas d'Anne mais,
mais O.D vient me chercher pour la leçon de golf à La Boulie.
En revenant nous passons par la Chambre où je prends mon courrier.
Puis je reçois chez moi Noël Copin, de « La Croix »
Toi, et moi, quelle balade : nos rues du VIème, des livres rue de Seine, une photo de Rodin que nous irons faire encadrer, la passerelle Solferino, les Tuileries, le Bd Raspail et ces merveilleuses gaufres du Lutetia.
Duveau, Dayan, Beauchamp, Rousselet viennent me voir
Et je dîne chez Lavau avec les dirigeants de « Citoyens 60 », club catholique qui tend à adhérer à la Convention. Soirée sympathique qui me ramène aux discussions d'il y a vingt ans, passionnées, un peu vaines…

610
Lundi 31 janvier

611
Mardi 1er février

Nous commençons ce mois ensemble avec un matin frais et quelques pas ouatés du côté de Saint-Sulpice.
Je tiens ensuite ma réunion du mardi avant de déjeuner chez Nicolaÿ en compagnie de quelques doctes conseillers d'Etat
Mendès France vient me prendre là, à Neuilly, et nous traversons le bois de Boulogne en discutant ferme. Je ne sais pas très bien ce qu'il veut. Il me dit que « je peux tout faire » et pose des conditions qui empêchent de faire quoi que ce soit !

Toi, un instant, mais la joie de t'apercevoir !

Cérémonial au « Nouvel observateur » : j'assiste à la conférence hebdomadaire de travail. Toutes les questions s'y posent et on semble porter de l'intérêt à mon avis. Cela me donne l'occasion de bavarder avec Martinet, qui me demande rendez-vous.
Mendès, l'Observateur, là un petit monde s'agite : la gauche irréelle qui prétexte les idées pour justifier son incapacité à appréhender les faits mais qui ne pense qu'à ceux-ci.

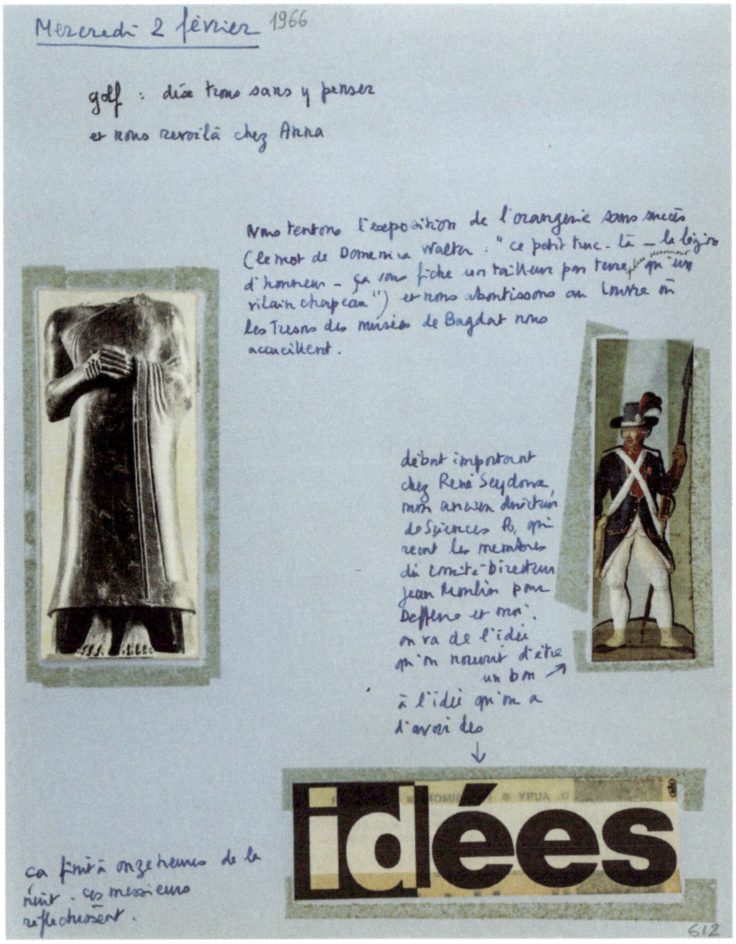

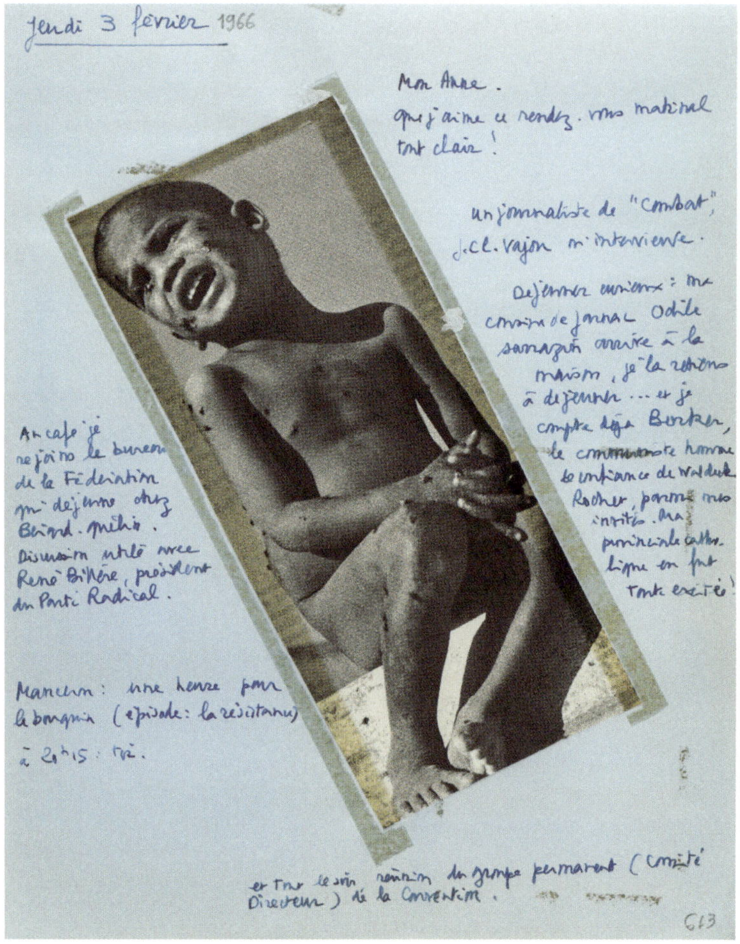

612
Mercredi 2 février

Golf : dix trous sans y penser
et nous revoilà chez Anna
Nous tentons l'exposition de l'Orangerie sans succès (le mot de Domenica Walter : « ce petit truc-là – la légion d'honneur – ça vous fiche un tailleur par terre plus sûrement qu'un vilain chapeau ») et nous aboutissons au Louvre où les Trésors des musées de Bagdad nous accueillent.
Débat important chez René Seydoux, mon ancien directeur de Sciences Po, qui reçoit les membres du Comité directeur Jean Moulin pour Defferre et moi. On va de l'idée qu'on nourrit d'être un bon *[soldat]* à l'idée qu'on a d'avoir des idées
Ça finit à onze heures de la nuit. Ces messieurs réfléchissent.

613
Jeudi 3 février

Mon Anne.
Que j'aime ce rendez-vous matinal tout clair !

Un journaliste de « Combat », J. Cl. Vajou m'interviewe.
Déjeuner curieux : ma cousine de Jarnac Odile Sarrazin arrive à la maison, je la retiens à déjeuner… et je compte déjà Borker, le communiste homme de confiance de Waldeck Rochet, parmi mes invités. Ma provinciale catholique en fut tout excitée !
Au café je rejoins le bureau de la Fédération qui déjeune chez Bérard-Quélin.
Discussion utile avec René Billères, président du Parti Radical.
Manceron : une heure pour le bouquin (épisode : la résistance)
à 20 h 15 : toi.
Et tout le soir, réunion du groupe permanent (Comité Directeur) de la Convention.

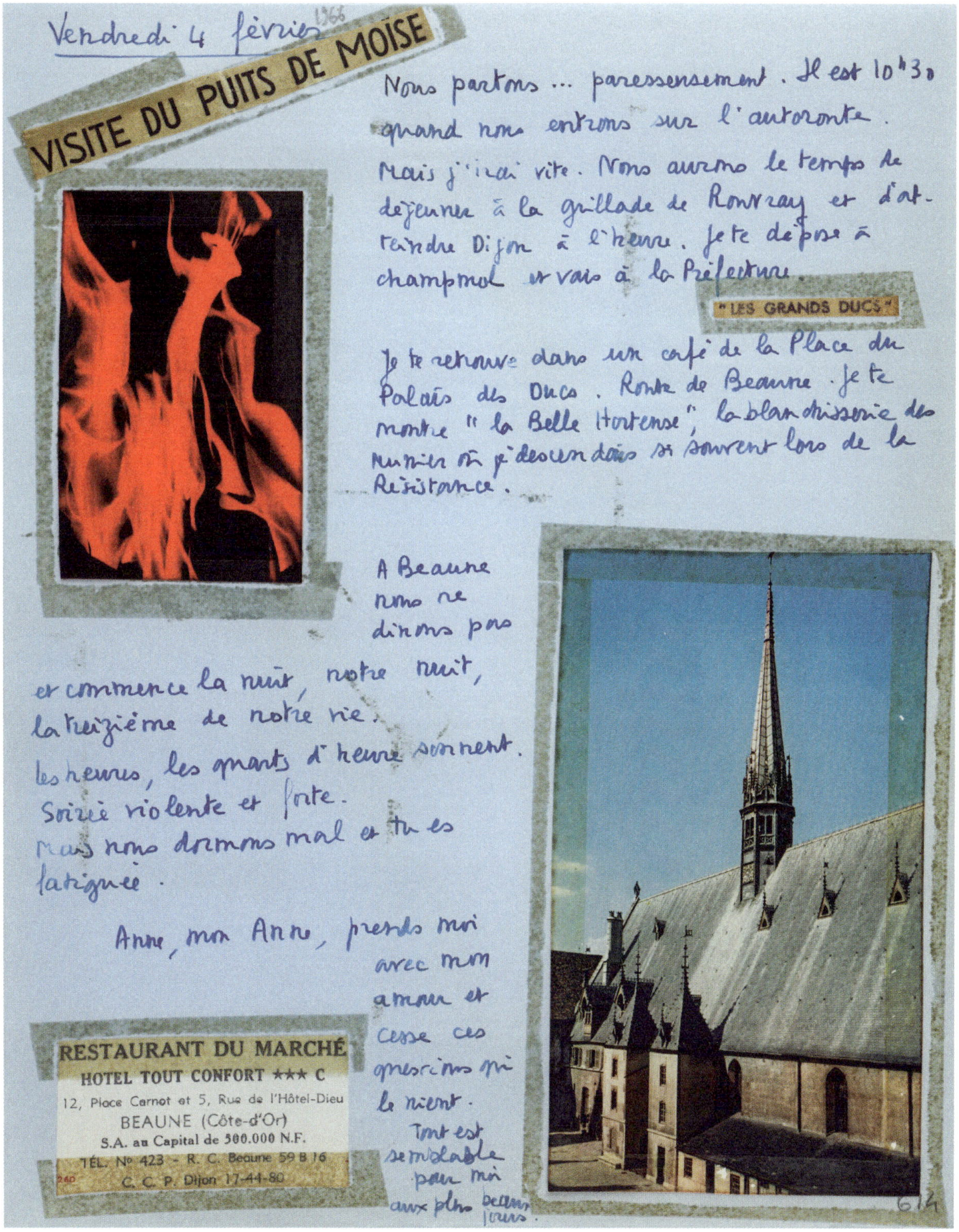

614

Vendredi 4 février

Visite du Puits de Moïse

Nous partons… paresseusement. Il est 10 h 30 quand nous entrons sur l'autoroute. Mais j'irai vite. Nous aurons le temps de déjeuner à la grillade de Rouvray et d'atteindre Dijon à l'heure. Je te dépose à Champmol et vais à la Préfecture.
Je te retrouve dans un café de la Place du Palais des Ducs. Route de Beaune. Je te montre « la Belle Hortense », la blanchisserie des Munier où je descendais si souvent lors de la Résistance.
A Beaune nous ne dînons pas et commence la nuit, notre nuit, la treizième de notre vie.
Les heures, les quarts d'heure sonnent.
Soirée violente et forte.
Mais nous dormons mal et tu es fatiguée.
Anne, mon Anne, prends-moi avec mon amour et cesse ces questions qui le nient. Tout est semblable pour moi aux plus beaux jours.

615

Samedi 5 février

Bonjour, ma chérie. Chasse cette tristesse : elle m'a déjà empêché d'acheter des pommes pour la route ! Je lis sur ton visage toute l'histoire de ton cœur.
Pourtant tu as aimé la visite de l'Hôtel-Dieu, même si nous avons manqué le triptyque de Van der Weyden, faute de temps.
Allons, rappelle-toi la route d'Autun et notre émerveillement de juillet 64 : rien n'a changé, mon Anne.
Je te laisse à Autun où tu feras une longue et belle promenade sur les hauteurs après un saut au Musée et je vais à Château-Chinon.
C'est à Saint-Lazare qu'à 13 h 15 je vois le manteau rouge, seul dans la cathédrale. Anne.
Un bon déjeuner à Saulieu et je bois les kilomètres : 2 h 30 pour joindre Paris !
Je me rends à une réception d'Anciens Combattants, gare de l'Est.
J'ai tant besoin de toi, mon amour. Quelques pas avec toi dans ton quartier, une verveine au 39 et quelques disques. Vois, je suis venu à toi. J'ai tant besoin de toi, mon amour.

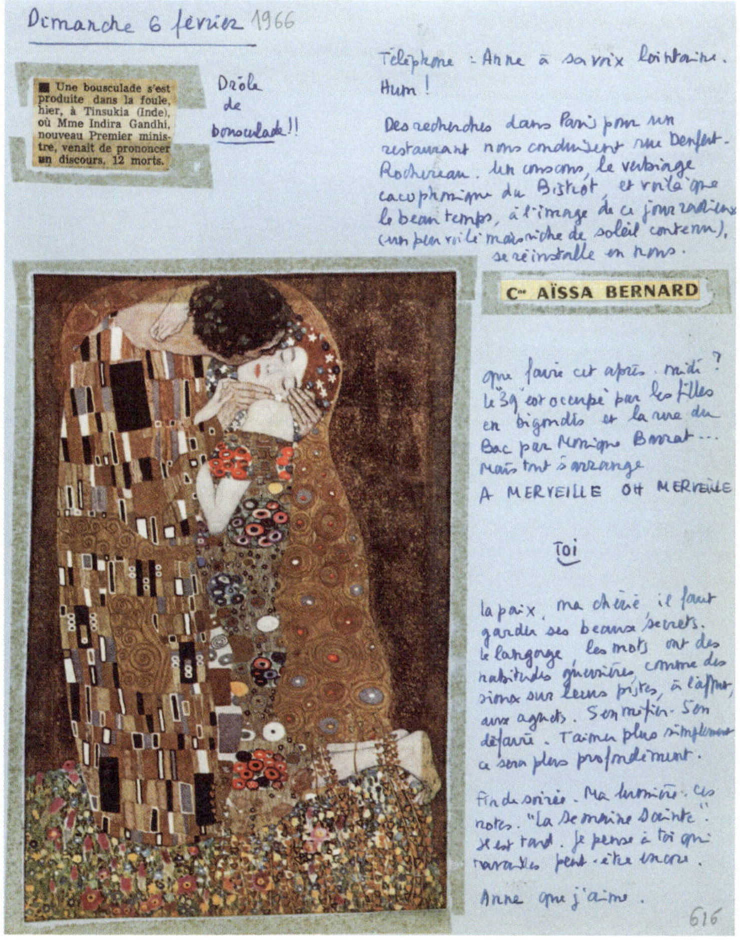

616

Dimanche 6 février

Une bousculade s'est produite dans la foule, hier, à Tinsukia (Inde), où Mme Indira Gandhi, nouveau Premier ministre, venait de prononcer un discours. 12 morts. Drôle de bousculade !!

Téléphone : Anne a sa voix lointaine.
Hum !
Des recherches dans Paris pour un restaurant nous conduisent rue Denfert-Rochereau. Un couscous, le verbiage cacophonique du Bistrot, et voilà que le beau temps, à l'image de ce jour radieux (un peu voilé mais riche de soleil contenu), se réinstalle en nous.
Que faire cet après-midi ?
Le « 39 » est occupé par les filles en bigoudis et la rue du Bac par Monique Barrat…
Mais tout s'arrange
A MERVEILLE OH MERVEILLE

TOI

La paix, ma chérie, il faut garder ses beaux secrets. Le langage, les mots ont des habitudes guerrières, comme des Sioux sur leurs pistes, à l'affût, aux aguets. S'en méfier. S'en défaire. T'aimer plus simplement ce sera plus profondément.

Fin de soirée. Ma lumière. Ces notes. « La Semaine Sainte ». Il est tard. Je pense à toi qui travailles peut-être encore.
Anne que j'aime.

617

Lundi 7 février

Ça, c'est mon ombre et moi, rêveurs, sur les marécages politiques.

Quatorze rendez-vous ont piqueté ma journée, commencée cependant à l'air de La Boulie où j'ai pris ma leçon de golf.
Au retour j'ai reçu un sénateur de Seine-et-Oise, un ancien président de l'UNEF, un journaliste d'Extrême Droite.
Petit repas, chez toi, Nannon chérie. Vite. Mais que c'est doux de t'aimer, ma délicieuse, sans un geste, simplement en vivant les simples choses.
Et cela continue. A noter surtout un entretien avec Gilles Martinet qui amorce une réconciliation entre le PSU et moi.
Ce sera tout de même difficile et nous marchons sur des œufs. Egalement, Pierre Limagne, de « La Croix », qui tente un dialogue gauche-catholiques, et auquel je reproche son parti pris, non pas gaulliste, mais anti ce que je représente, par recroquevillement sur l'école libre.
Et je suis au 39. Venu sous une petite pluie qui tombera dru à mon retour je viens t'embrasser, ma studieuse, qui passes demain ton examen blanc d'administratif.
Nous restons muets, étreints, d'amour.

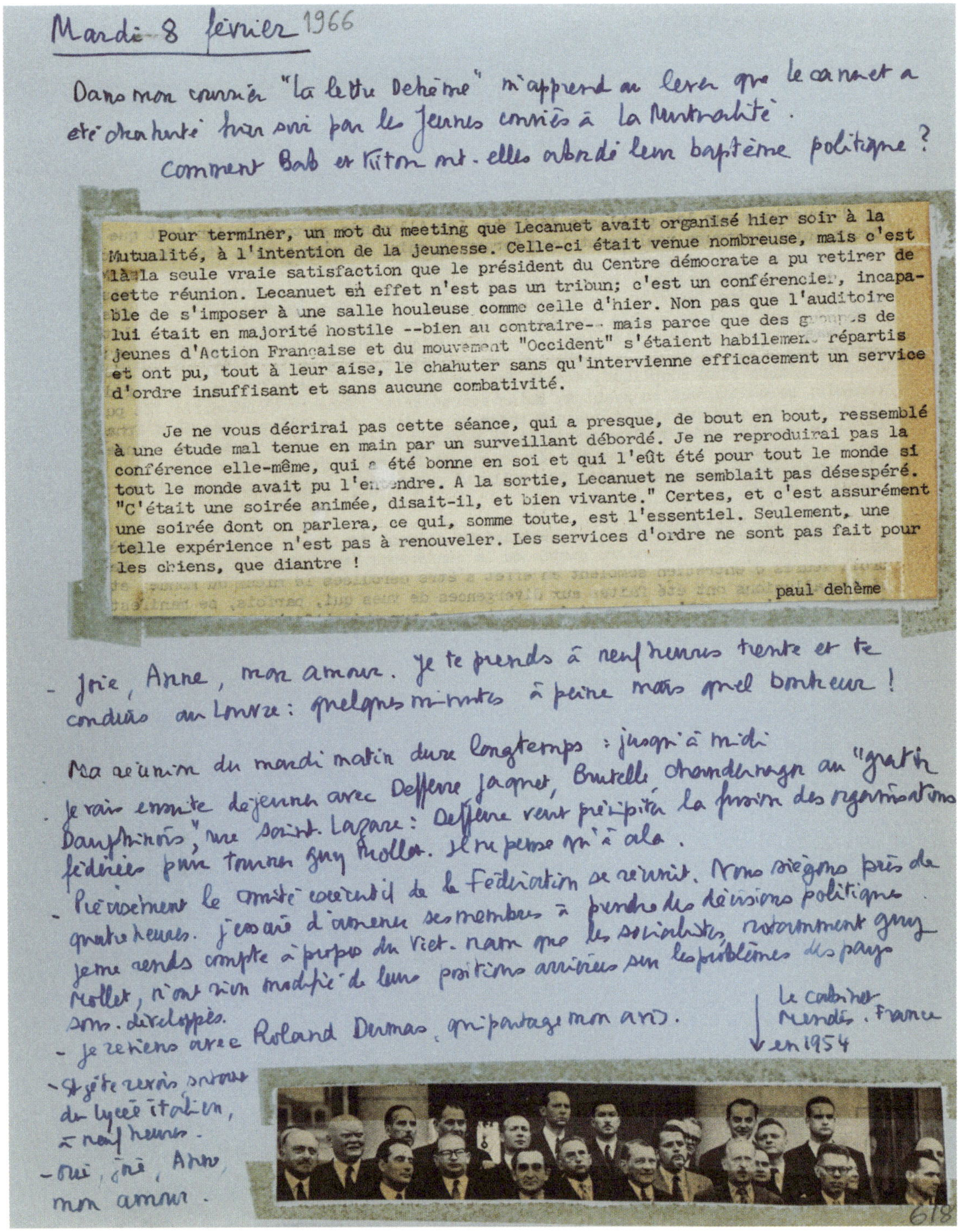

Mardi 8 février 1966

Dans mon courrier "La lettre Dehème" m'apprend au lever que Lecanuet a été chahuté hier soir par les jeunes conviés à La Mutualité.
Comment Bab et Kitou ont-elles abordé leur baptême politique ?

Pour terminer, un mot du meeting que Lecanuet avait organisé hier soir à la Mutualité, à l'intention de la jeunesse. Celle-ci était venue nombreuse, mais c'est là la seule vraie satisfaction que le président du Centre démocrate a pu retirer de cette réunion. Lecanuet en effet n'est pas un tribun; c'est un conférencier, incapable de s'imposer à une salle houleuse comme celle d'hier. Non pas que l'auditoire lui était en majorité hostile --bien au contraire-- mais parce que des groupes de jeunes d'Action Française et du mouvement "Occident" s'étaient habilement répartis et ont pu, tout à leur aise, le chahuter sans qu'intervienne efficacement un service d'ordre insuffisant et sans aucune combativité.

Je ne vous décrirai pas cette séance, qui a presque, de bout en bout, ressemblé à une étude mal tenue en main par un surveillant débordé. Je ne reproduirai pas la conférence elle-même, qui a été bonne en soi et qui l'eût été pour tout le monde si tout le monde avait pu l'entendre. A la sortie, Lecanuet ne semblait pas désespéré. "C'était une soirée animée, disait-il, et bien vivante." Certes, et c'est assurément une soirée dont on parlera, ce qui, somme toute, est l'essentiel. Seulement, une telle expérience n'est pas à renouveler. Les services d'ordre ne sont pas fait pour les chiens, que diantre !

paul dehème

– Joie, Anne, mon amour. Je te prends à neuf heures trente et te conduis au Louvre : quelques minutes à peine mais quel bonheur !

Ma réunion du mardi matin dure longtemps : jusqu'à midi
– Je vais ensuite déjeuner avec Defferre, Jaquet, Brutelle, Chandernagor au "Gratin Dauphinois", rue Saint-Lazare : Defferre veut précipiter la fusion des organisations fédérées pour tourner Guy Mollet. Il ne pense qu'à cela.
– Précisément le Comité exécutif de la Fédération se réunit. Nous siégeons près de quatre heures. J'essaie d'amener ses membres à prendre des décisions politiques. Je me rends compte à propos du Viet-nam que les socialistes, notamment Guy Mollet, n'ont rien modifié de leurs positions arriérées sur les problèmes des pays sous-développés.
– Je reviens avec Roland Dumas, qui partage mon avis.
– Et je te revois sortant du lycée italien, à neuf heures.
– Oui, joie, Anne, mon amour.

Le cabinet Mendès-France en 1954

618

618
Mardi 8 février

Dans mon courrier « La lettre Dehème » m'apprend au lever que Lecanuet a été chahuté hier soir par les jeunes conviés à La Mutualité. Comment Bab et Kitou ont-elles abordé leur baptême politique ?

– Joie, Anne, mon amour. Je te prends à neuf heures trente et te conduis au Louvre : quelques minutes à peine mais quel bonheur !
– Ma réunion du mardi matin dure longtemps : jusqu'à midi
– Je vais ensuite déjeuner avec Defferre, Jaquet, Brutelle, Chandernagor au « Gratin Dauphinois », rue Saint-Lazare : Defferre veut précipiter la fusion des organisations fédérées pour tourner Guy Mollet. Il ne pense qu'à cela.

– Précisément le Comité exécutif de la Fédération se réunit. Nous siégeons près de quatre heures. J'essaie d'amener ses membres à prendre des décisions politiques. Je me rends compte à propos du Viet-nam que les socialistes, notamment Guy Mollet, n'ont rien modifié de leurs positions arriérées sur les problèmes des pays sous-développés.
– Je reviens avec Roland Dumas, qui partage mon avis.
– Et je te revois, sortant du lycée italien, à neuf heures.
– Oui, joie, Anne, mon amour.

Le cabinet Mendès France en 1954

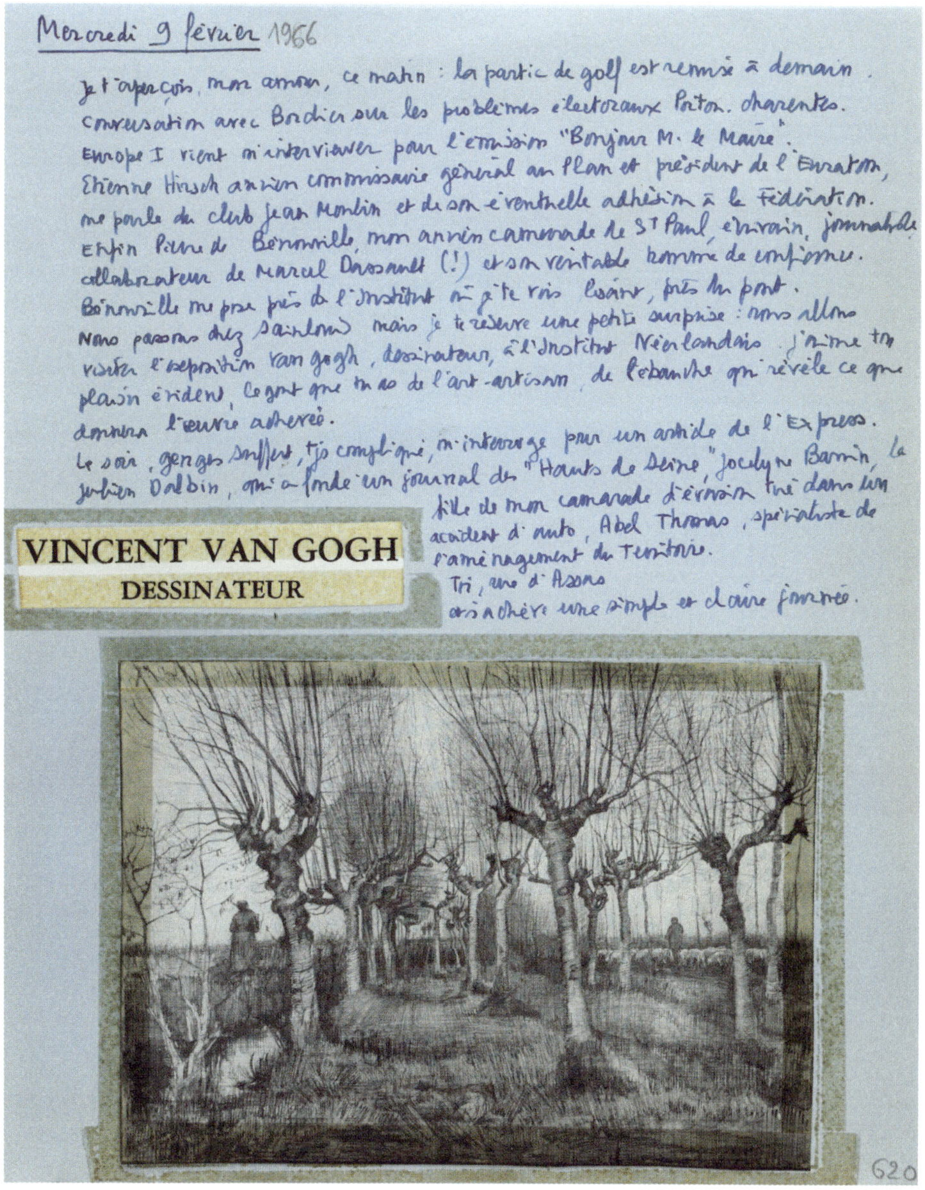

620
Mercredi 9 février

Je t'aperçois, mon amour, ce matin : la partie de golf est remise à demain. Conversation avec Bordier sur les problèmes électoraux Poitou-Charentes.
Europe I vient m'interviewer pour l'émission « Bonjour M. le Maire ».
Etienne Hirsch ancien commissaire général au Plan et président de l'Euratom, me parle du club Jean Moulin et de son éventuelle adhésion à la Fédération.
Enfin Pierre de Bénouville, mon ancien camarade de St Paul, écrivain, journaliste, collaborateur de Marcel Dassault (!) et son véritable homme de confiance.
Bénouville me pose près de l'Institut où je te vois lisant, près du pont.
Nous passons chez Sainlouis mais je te réserve une petite surprise : nous allons visiter l'exposition Van Gogh, dessinateur, à l'Institut Néerlandais. J'aime ton plaisir évident, le goût que tu as de l'art-artisan, de l'ébauche qui révèle ce que donnera l'œuvre achevée.
Le soir, Georges Suffert, tjs compliqué, m'interroge pour un article de l'Express.
Julien Dalbin, qui a fondé un journal des « Hauts de Seine », Jocelyne Bamin, la fille de mon camarade d'évasion tué dans un accident d'auto, Abel Thomas, spécialiste de l'aménagement du territoire.
Toi, rue d'Assas
Et s'achève une simple et claire journée.

619
Mercredi 9 février

Comment, à Ferrare, en 1485, on voyait la lune…

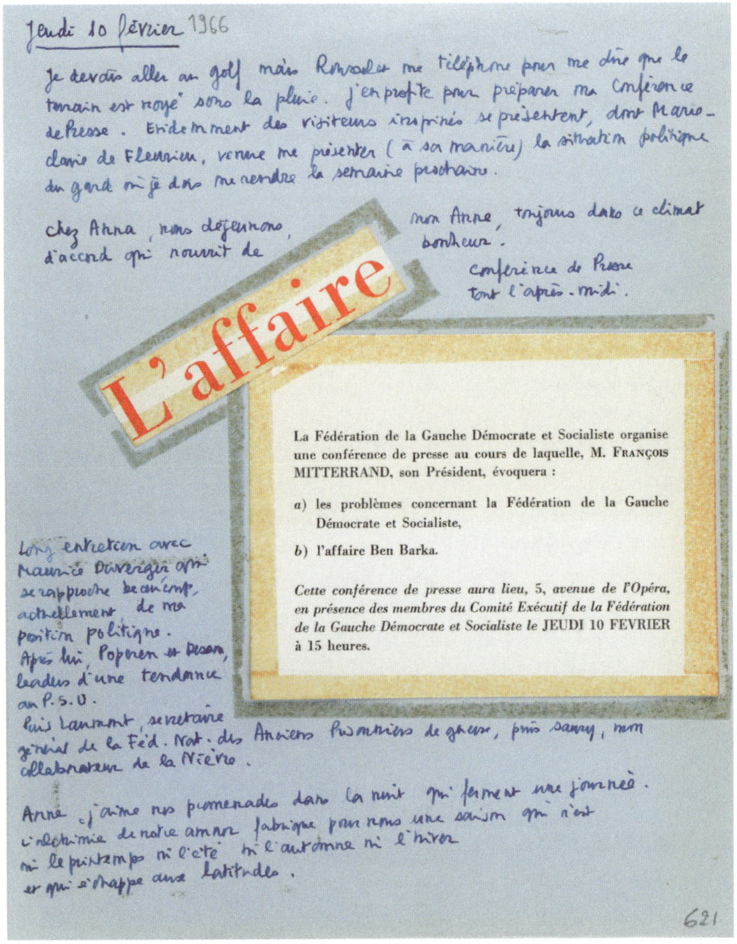

621
Jeudi 10 février

Je devais aller au golf mais Rousselet me téléphone pour me dire que le terrain est noyé sous la pluie. J'en profite pour préparer ma Conférence de Presse. Evidemment des visiteurs inopinés se présentent, dont Marie-Claire de Fleurieu, venue me présenter (à sa manière) la situation politique du Gard où je dois me rendre la semaine prochaine.
Chez Anna, nous déjeunons, mon Anne, toujours dans ce climat d'accord qui nourrit de bonheur.
Conférence de Presse tout l'après-midi.
L'affaire

Long entretien avec Maurice Duverger, qui se rapproche beaucoup, actuellement, de ma position politique.
Après lui, Poperen et Besson, leaders d'une tendance au P.S.U.
Puis Laumont, secrétaire général de la Féd. Nat. des Anciens Prisonniers de guerre, puis Saury, mon collaborateur de la Nièvre.

Anne, j'aime nos promenades dans la nuit qui ferment une journée.
L'alchimie de notre amour fabrique pour nous une saison qui n'est ni le printemps ni l'été ni l'automne ni l'hiver
et qui échappe aux latitudes.

622
Vendredi 11 février

Air-Inter me dépose à Toulouse-Blagnac. Petit débat avec mes amis de la « Convention » locale à l'aérodrome.
J'ai visité la cathédrale d'Auch et surtout ses vitraux en pensant à mon Anne, mon guide chéri.

Déjeuner à Tournefeuille patrie de Gaston Doumergue.

De Toulouse à Lectoure, à Mons, à Condom, à Fleurance, à Auch pour finir la journée à Campagne-d'Armagnac dans la belle maison gasconne d'une vieille dame amie.
Partout le même cérémonial : discours, visites, foules, intrigues politiques dans un pays très savant pour ces choses.
Rousselet et Beauchamp m'accompagnent.
Le tonus de la bataille présidentielle ne s'est pas atténué –

exit le Gers

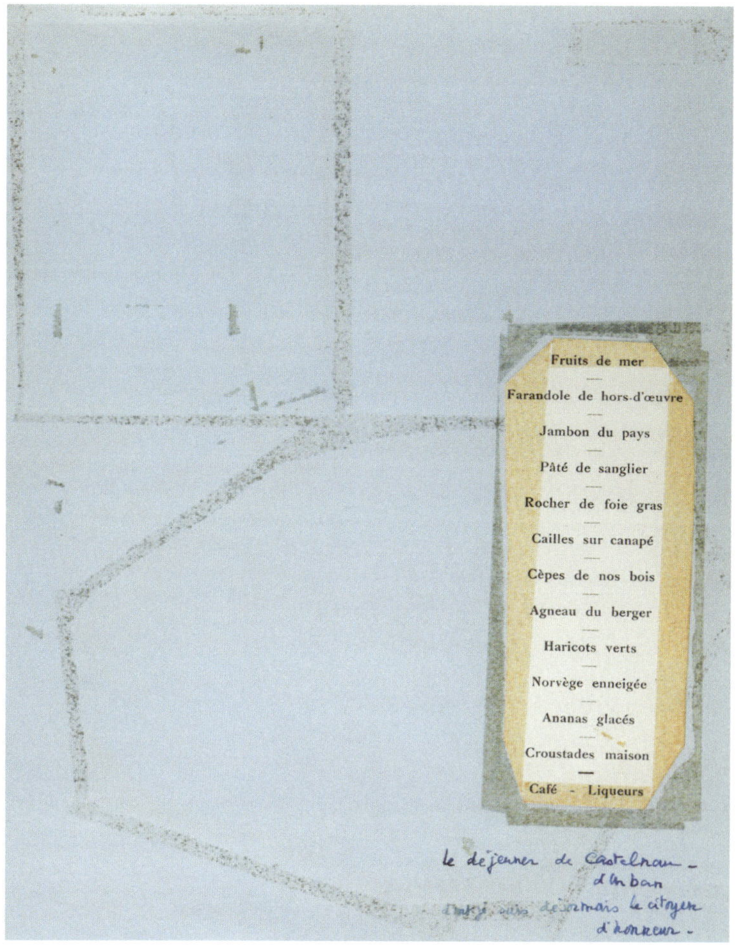

623

Samedi 12 février

Saint-Girons, Castelnau, Foix, Pamiers, Mirepoix, harangues du balcon des mairies, foules aimables
Déjeuner aux cèpes, enfants des écoles, tout y était du voyage officiel – ou de sa parodie.

Le calvaire d'Audressein (XVe)

Mais quel beau pays. J'ai aimé surtout l'arrivée à Foix avec, au loin, Montségur, et Mirepoix et ses « couverts ». Chaque petite ville a sa cathédrale et porte en ses pierres l'histoire médiévale, riche, somptueuse, mangée de soleil. Nous irons

A Mirepoix, 4 000 auditeurs frénétiques.
Je rentre dormir à Toulouse, très fatigué.

Anne.

[Au revers de la page précédente :] Fruits de mer/Farandole de hors-d'œuvre/Jambon du pays/Pâté de sanglier/Rocher de foie gras/Cailles sur canapé/Cèpes de nos bois/Agneau du berger/Haricots verts/Norvège enneigée/Ananas glacés/Croustades maison/Café – Liqueurs
Le déjeuner de Castelnau – d'un ban dont je suis désormais le citoyen d'honneur –

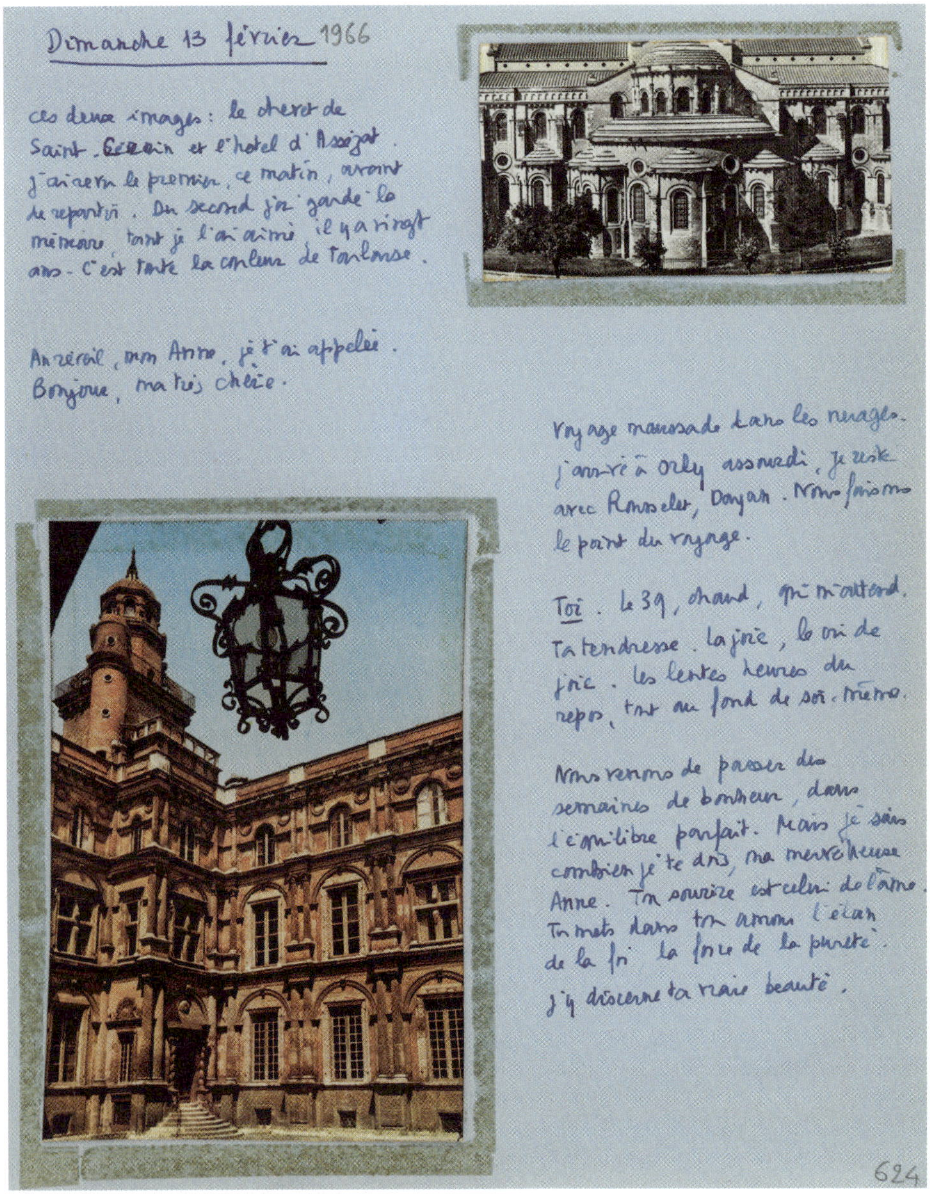
Dimanche 13 février 1966

ces deux images : le chevet de Saint-Cernin et l'hôtel d'Assézat. J'ai revu le premier, ce matin, avant de repartir. Du second j'ai gardé la mémoire, tant je l'ai aimé il y a vingt ans. C'est toute la couleur de Toulouse.

Au réveil, mon Anne, je t'ai appelée. Bonjour, ma très chérie.

Voyage maussade dans les nuages. J'arrive à Orly assourdi. Je reste avec Rousselet, Dayan. Nous faisons le point du voyage.

Toi. Le 39, chaud, qui m'attend. Ta tendresse. La joie, le cri de joie. Les lentes heures du repos, tout au fond de soi-même.

Nous venons de passer des semaines de bonheur, dans l'équilibre parfait. Mais je sais combien je te dois, ma merveilleuse Anne. Ton sourire est celui de l'âme. Tu mets dans ton amour l'élan de la foi la force de la pureté. J'y discerne ta vraie beauté.

624

624
Dimanche 13 février

Ces deux images : le chevet de Saint-Cernin et l'hôtel d'Assézat.
J'ai revu le premier, ce matin, avant de repartir. Du second j'ai gardé la mémoire, tant je l'ai aimé, il y a vingt ans. C'est toute la couleur de Toulouse.

Au réveil, mon Anne, je t'ai appelée.
Bonjour, ma très chérie.
Voyage maussade dans les nuages. J'arrive à Orly assourdi. Je reste avec Rousselet, Dayan. Nous faisons le point du voyage.
Toi. Le 39, chaud, qui m'attend. Ta tendresse. La joie, le cri de joie. Les lentes heures du repos, tout au fond de soi-même.
Nous venons de passer des semaines de bonheur, dans l'équilibre parfait. Mais je sais combien je te dois, ma merveilleuse Anne. Ton sourire est celui de l'âme. Tu mets dans ton amour l'élan de la foi, la force de la pureté.
J'y discerne ta vraie beauté.

625
Lundi 14 février

Odette vient illuminer cette semaine naissante en me menant au golf sous le contrôle de sa vigilante tendresse…
Chez moi je reçois Brutelle qui me fait part des dernières réflexions de Defferre puis Georges Bonnet auquel je veux parler de la situation électorale en Dordogne, et notamment à Périgueux.
Nous inventons, mon Anne, un nouveau restaurant, rue d'Alençon, troquet simple qui nous reverra.
Visiteurs du soir : Claude Estier pour son, (notre), bouquin, une Mme Baline qui cherche une maîtrise de ballet (!), Thorp, le bâtonnier.
Brève balade rue d'Assas avec mon Anne amoureuse, délicieuse, heureuse – moi qui suis heureux, amoureux, radieux…
Anne, gardons l'état de grâce, veux-tu ?

Quand je serai Président de la République je te nommerai général (e).

Lundi 14 février 1966

Odette vient illuminer cette semaine naissante en me menant au golf sous le contrôle de sa vigilante tendresse...

chez moi je reçois Brutelle qui me fait part des dernières réflexions de Defferre puis Georges Bonnet auquel je venais parler de la situation électorale en Dordogne, et notamment à Périgueux.

Nous inventons, mon Anne, un nouveau restaurant, une d'Alençon, tapner simple qui nous reverra.

visiteurs du soir : claude Estier pour son (notre), bonpain une Mme Baline qui cherche une maîtrise de ballet (!), Thorp, le batonnier.

Brève ballade rue d'Assas avec mon Anne amoureuse, délicieuse, heureuse - moi qui suis heureuse, amoureuse, radieuse...

Anne, gardons l'état de grâce, veux-tu ?

quand je serai Président de la République je te nommerai général (e).

↓

625

626
Mardi 15 février

Je te conduis en hâte au Louvre, avant ma réunion du mardi matin. Il fait beau. Je t'aime. La réunion dure longtemps. Je veux durcir la « Convention » qui se comporte sottement avec Guy Mollet : elle prend une allure révérencielle qui n'a pas de sens.
Au déjeuner qui suit, avec Mollet précisément et les dirigeants du syndicat national des Instituteurs dont Des Vallais, je remarque que Mollet retrouve l'assurance perdue en septembre. Cet homme n'est qu'un tacticien et n'obéit qu'au rapport des forces.
Je le vois planter ses jalons et préparer son terrain… et mes amis sont comme des mouches sur du miel.
Le soir, après un entretien avec Manceron, je dîne chez Roland Dumas.

Mais je t'ai manquée à 16 heures 30 et si je te rattrape à 20 h 30 rue d'Assas, si tu me raccompagnes, je suis tout de même sous le coup de la déception.
T'aimer, mon Anne, c'est se rendre sensible à la moindre écorchure, c'est se défaire de son armure.

627
Mercredi 16 février

Deux affaires d'importance : l'interdiction du juge Fuster et la protestation d'Aragon contre le procès Siniavski-Daniel

Un beau soleil tout sec préside à l'affrontement Rousselet-Mitterrand au golf de Saint-Cloud. J'arrache deux balles à mon adversaire !
Déjeuner chez Anna avec toi mon Anne. On est bien. Puis je te dépose au Louvre où je reviens te chercher à 15 h 30. Pont des Arts : tu me sembles un peu assombrie. Est-ce le harcèlement de ton travail ? Ou un nuage noir dans notre ciel ?
Mes rendez-vous : Brutelle et les problèmes de la tendance Defferre, Mazard et l'affaire Casamayor, Derogy et son bouquin sur les Présidentielles, Michèle Cotta et ses soucis sentimentaux, Legatte et les interrogations Mendès France.
J'avale avec ce dernier quelques bouchées et je te récupère rue du Cherche-Midi. Nous allons au Cinéma pour « l'Amour avec des Si… » de Claude Lelouch. Royaume de l'image, rapidité du style. Mon amour, d'où vient ce léger fond de tristesse ? Il est vrai que je suis un peu fatigué.

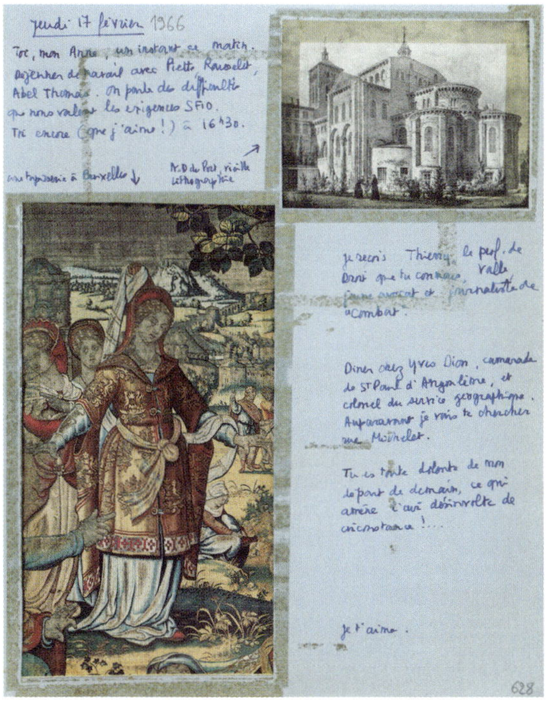

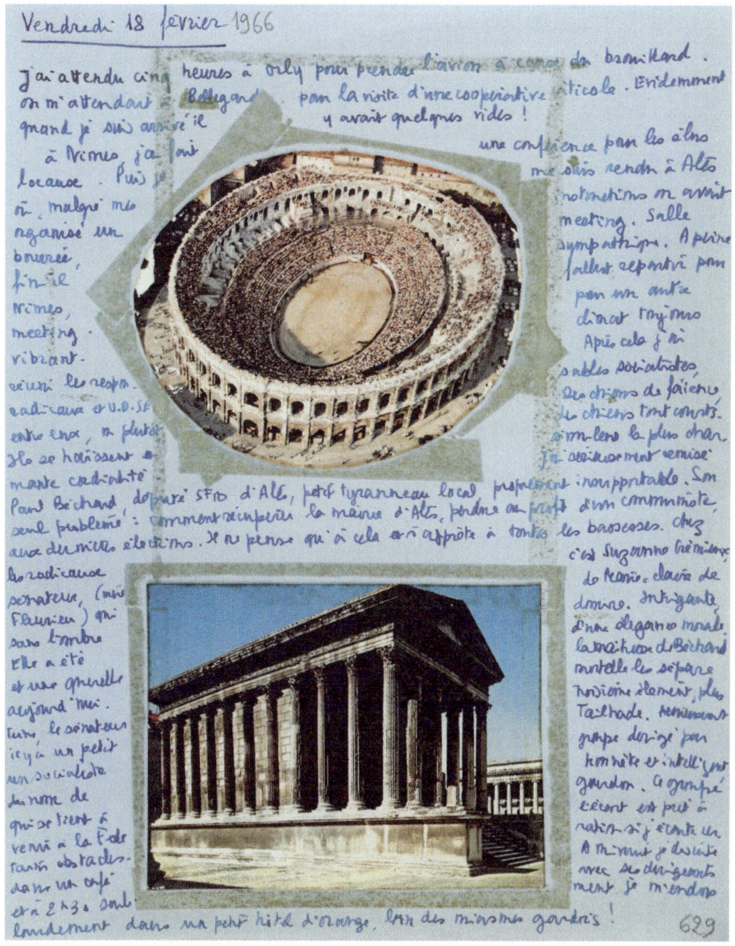

629
Vendredi 18 février

J'ai attendu cinq heures à Orly pour prendre l'avion à cause du brouillard. On m'attendait à Bellegarde, pour la visite d'une coopérative viticole. Evidemment quand je suis arrivé il y avait quelques vides !
A Nîmes, j'ai fait une conférence pour les élus locaux. Puis je me suis rendu à Alès où, malgré mes instructions on avait organisé un meeting. Salle bourrée, sympathique. A peine fini il fallut repartir pour Nîmes, pour un autre meeting. Climat toujours vibrant. Après cela j'ai réuni les responsables socialistes, radicaux et U.D.S.R. Des chiens de faïence, entre eux, ou plutôt des chiens tout courts. Ils se haïssent et simulent la plus charmante cordialité. J'ai sérieusement remisé Paul Béchard, député SFIO d'Alès, petit tyranneau local, proprement insupportable. Son seul problème : comment récupérer la mairie d'Alès, perdue au profit d'un communiste, aux dernières élections. Il ne pense qu'à cela et s'apprête à toutes les bassesses. Chez les radicaux c'est Suzanne Crémieux, sénateur, (mère de Marie-Claire de Fleurieu) qui domine. Intrigante, sans l'ombre d'une élégance morale. Elle a été la maîtresse de Béchard et une querelle mortelle les sépare aujourd'hui. Troisième élément, plus terne, le sénateur Tailhades. Heureusement il y a un petit groupe dirigé par un socialiste honnête et intelligent, du nom de Gourdon. Ce groupe qui se tient à l'écart est prêt à venir à la Fédération si j'écarte certains obstacles. A minuit je discute dans un café avec ses dirigeants et à 2 h 30 seulement je m'endors lourdement dans un petit hôtel d'Orange, loin des miasmes gardois !

628
Jeudi 17 février

Toi, mon Anne, un instant ce matin. Déjeuner de travail avec Piette, Rousselet, Abel Thomas. On parle des difficultés que nous valent les exigences SFIO.
Toi encore (que j'aime !) à 16 h 30.

N. D. du Port, vieille lithographie
Une tapisserie à Bruxelles

Je reçois Thierry, le prof. de Droit que tu connais, Valle, jeune avocat et journaliste de « Combat ».
Dîner chez Yves Dion, camarade de St Paul d'Angoulême, et colonel du service géographique. Auparavant je vais te chercher rue Michelet.
Tu es toute dolente de mon départ de demain, ce qui amène l'air désinvolte de circonstance !…
Je t'aime.

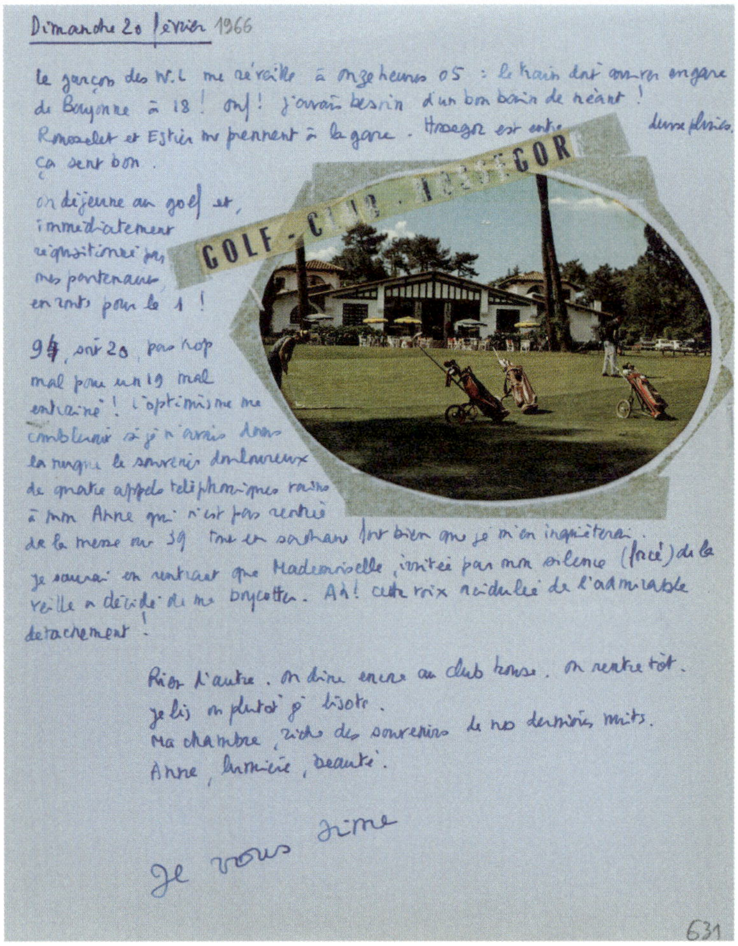

630
Samedi 19 février

La journée commence dans la coopérative de Rasteau, près de Vaison-la-Romaine, dernier coteau de vigne avant la masse violette des montagnes dominées par le cône scintillant de blancheur du Ventoux. Là, vin (ça va de soi !), danses folkloriques, trognes réjouies, villageois discrets. Très bonne ambiance. Je reviens déjeuner à Orange avec les parlementaires du Vaucluse. Ils sont tous rivaux et se supportent mal mais les relations humaines sont plus honnêtes que dans le Gard.
A 15 heures réunion des élus locaux de l'arrondissement.
De là je pars pour Avignon où se tient un meeting : beaucoup de monde dans un cinéma cossu – ambiance calme qui tient au décor.
A Orange j'ai visité cette très belle ville. Le mur du théâtre d'Orange vaut ce qu'on peut voir de mieux à Rome.

Théâtre d'Orange

A Avignon, l'illumination des remparts de la ville et du Palais des Papes crée un effet extraordinaire. Plus beau que le jour. On rêve d'une étrange histoire.
Après Avignon (où je me suis cassé le nez au téléphone : il ne marchait pas et je n'ai pu t'atteindre comme convenu, à neuf heures) je suis allé à Carpentras. On avait invité 100 personnes pour une réunion privée : il y en eut 1 500 pour une Conférence devenue publique ! A minuit départ pour Tarascon où je prenais le train. Balade dans cet admirable pays. Et réception-surprise d'un ton délicieusement populaire au « cercle Taurin » qui tenait son bal annuel. Reconnu j'ai été fêté par une jeunesse sortie des livres d'Alphonse Daudet.
Et à 2 h 39 le train m'emmenait à Bayonne.

Le Palais des Papes

631
Dimanche 20 février

Le garçon des W. L me réveille à onze heures 05 : le train doit arriver en gare de Bayonne à 18 ! ouf ! j'avais besoin d'un bon bain de néant ! Rousselet et Estier me prennent à la gare. Hossegor est entre deux pluies. Ça sent bon.
On déjeune au golf et, immédiatement réquisitionné par mes partenaires, en route pour le 1 !
94, soit 20, pas trop mal pour un 19 mal entraîné ! L'optimisme me comblerait si je n'avais dans la nuque le souvenir douloureux de quatre appels téléphoniques vains à mon Anne qui n'est pas rentrée de la messe au 39 tout en sachant fort bien que je m'en inquiéterai.
Je saurai en rentrant que Mademoiselle, irritée par mon silence (forcé) de la veille a décidé de me boycotter. Ah ! cette voix acidulée de l'admirable détachement !
Rien d'autre. On dîne encore au club house. On rentre tôt.
Je lis ou plutôt je lisote.
Ma chambre, riche des souvenirs de nos dernières nuits.
Anne, lumière, beauté.
Je vous aime

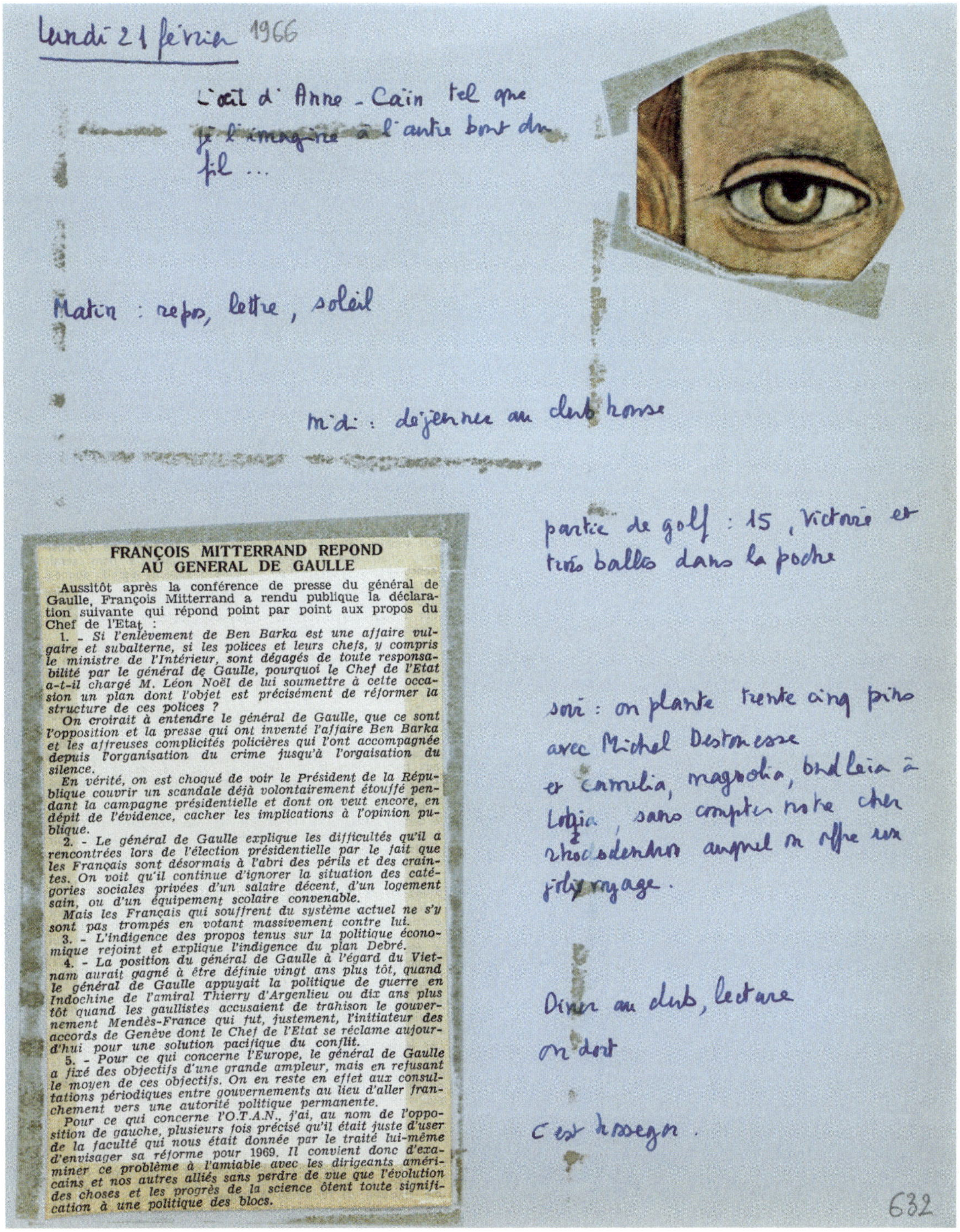
Lundi 21 février 1966

L'œil d'Anne-Caïn tel que
je l'imagine à l'autre bout du
fil…

Matin : repos, lettre, soleil

midi : déjeuner au club house

partie de golf : 15, victoire et
trois balles dans la poche

soir : on plante trente cinq pins
avec Michel Destouesse
et camélia, magnolia, buddléia à
Lohia, sans compter notre cher
rhododendron auquel on offre un
joli voyage.

Dîner au club, lecture
on dort

c'est Hossegor.

632

FRANÇOIS MITTERRAND REPOND AU GENERAL DE GAULLE

Aussitôt après la conférence de presse du général de Gaulle, François Mitterrand a rendu publique la déclaration suivante qui répond point par point aux propos du Chef de l'Etat :

1. - *Si l'enlèvement de Ben Barka est une affaire vulgaire et subalterne, si les polices et leurs chefs, y compris le ministre de l'Intérieur, sont dégagés de toute responsabilité par le général de Gaulle, pourquoi le Chef de l'Etat a-t-il chargé M. Léon Noël de lui soumettre à cette occasion un plan dont l'objet est précisément de réformer la structure de ces polices ?*

On croirait à entendre le général de Gaulle, que ce sont l'opposition et la presse qui ont inventé l'affaire Ben Barka et les affreuses complicités policières qui l'ont accompagnée depuis l'organisation du crime jusqu'à l'orgaisation du silence.

En vérité, on est choqué de voir le Président de la République couvrir un scandale déjà volontairement étouffé pendant la campagne présidentielle et dont on veut encore, en dépit de l'évidence, cacher les implications à l'opinion publique.

2. - *Le général de Gaulle explique les difficultés qu'il a rencontrées lors de l'élection présidentielle par le fait que les Français sont désormais à l'abri des périls et des craintes. On voit qu'il continue d'ignorer la situation des catégories sociales privées d'un salaire décent, d'un logement sain, ou d'un équipement scolaire convenable.*

Mais les Français qui souffrent du système actuel ne s'y sont pas trompés en votant massivement contre lui.

3. - *L'indigence des propos tenus sur la politique économique rejoint et explique l'indigence du plan Debré.*

4. - *La position du général de Gaulle à l'égard du Vietnam aurait gagné à être définie vingt ans plus tôt, quand le général de Gaulle appuyait la politique de guerre en Indochine de l'amiral Thierry d'Argenlieu ou dix ans plus tôt quand les gaullistes accusaient de trahison le gouvernement Mendès-France qui fut, justement, l'initiateur des accords de Genève dont le Chef de l'Etat se réclame aujourd'hui pour une solution pacifique du conflit.*

5. - *Pour ce qui concerne l'Europe, le général de Gaulle a fixé des objectifs d'une grande ampleur, mais en refusant le moyen de ces objectifs. On en reste en effet aux consultations périodiques entre gouvernements au lieu d'aller franchement vers une autorité politique permanente.*

Pour ce qui concerne l'O.T.A.N., j'ai, au nom de l'opposition de gauche, plusieurs fois précisé qu'il était juste d'user de la faculté qui nous était donnée par le traité lui-même d'envisager sa réforme pour 1969. Il convient donc d'examiner ce problème à l'amiable avec les dirigeants américains et nos autres alliés sans perdre de vue que l'évolution des choses et les progrès de la science ôtent toute signification à une politique des blocs.

632

Lundi 21 février

L'œil d'Anne-Caïn tel que je l'imagine à l'autre bout du fil…
Matin : repos, lettre, soleil
midi : déjeuner au club house
partie de golf : 15, victoire et trois balles dans la poche
soir : on plante trente-cinq pins avec Michel Destouesse
et camélia, magnolia, buddléia à Lohia, sans compter notre cher rhododendron auquel on offre un joli voyage.
Dîner au club, lecture
on dort
c'est Hossegor.

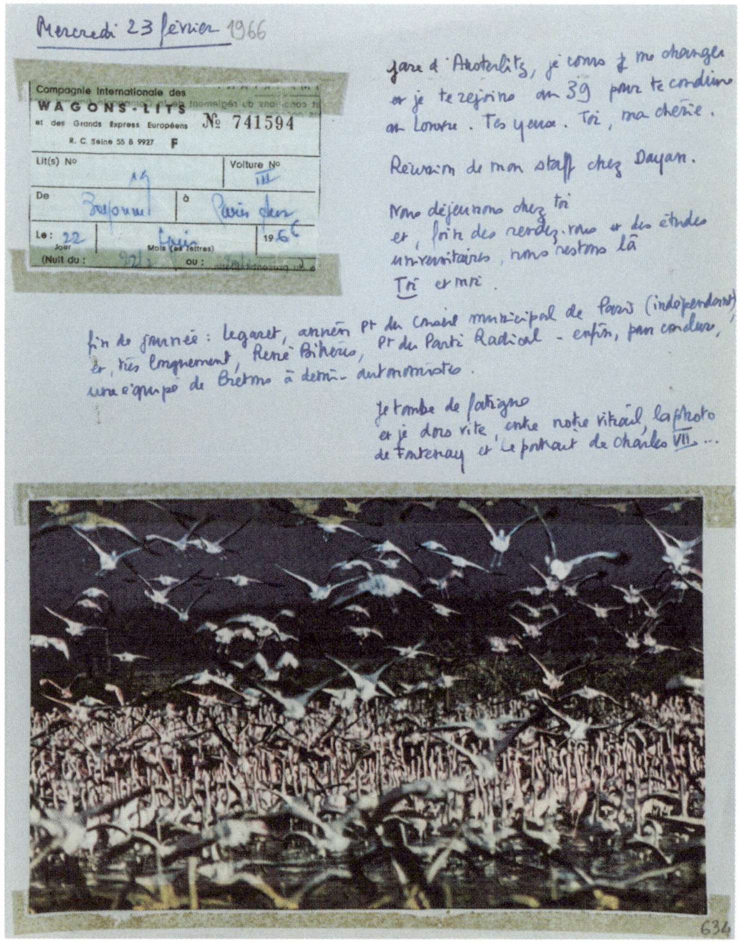

633
Mardi 22 février

Une lettre de mon Anne : délicieuse – 2 coups de téléphone : hum !
Ce matin on joue tôt car Rousselet doit partir l'après-midi pour Paris, via Angoulême.
Temps resplendissant, aérien. Et la forme, idem, tout au moins au début puisque je fais 40 aux neuf premiers. Au total 89.
Déjeuner au golf avec Saint-Périer, Estier et les 2 Rousselet.
Avec Estier, je vais à Latche (l'entrepreneur n'a pas bougé !), je m'arrête au Pot de résine où l'on nous sert le beignet (énorme) du Mardi-gras, tradition locale.
Paix de l'après-midi de soleil. Tour à la plage : mais pas d'œillets sur les dunes. La mer est agitée. Je visite et inspecte mes plantations nouvelles. Celles de Lohia aussi. Je rêve sur ta terrasse. La limpidité de l'air me lave… le corps.
Les bagages, la maison qu'on ferme, le repos qui s'achève. Heureusement, toi, demain.
On dîne chez les Léglise, à Biarritz. On bavarde des élections qu'ils ont tous vécues avec animation. Je dors assis devant mon dessert.
Le wagon-lit m'engloutit. J'y connaîtrai un moment de claustrophobie.
Paris.

634
Mercredi 23 février

Gare d'Austerlitz, je cours me changer et je te rejoins au 39 pour te conduire au Louvre. Tes yeux. Toi, ma chérie.
Réunion de mon staff chez Dayan.
Nous déjeunons chez toi et, foin des rendez-vous et des études universitaires, nous restons là
Toi et moi.
Fin de journée : Legaret, ancien Pt du Conseil municipal de Paris (indépendant), et, très longuement, René Billères, Pt du Parti Radical – enfin, pour conclure, une équipe de Bretons à demi autonomistes.
Je tombe de fatigue et je dors vite, entre notre vitrail, la photo de Fontenay et le portrait de Charles VII…

635
Jeudi 24 février

Golf, ce matin, à Saint-Cloud, pas brillant. (23). Trois balles perdues. Je traîne la patte.
On se retrouve rue Cujas à 16 heures 40. Tu t'inquiétais tandis qu'une énorme circulation m'engluait Bd St Michel. Je reçois Fillioud le journaliste d'Europe I renvoyé pour cause politique, deux visiteurs sans intérêt puis une délégation du club Jean Moulin (Hirsch, Uri, Pomonti) qui s'apprête à adhérer à la Fédération.
Et nous dînons toi, François de Grossouvre et moi, au relais Bisson, qui ne vaut que par les rues qu'il faut parcourir pour s'y rendre. Et comme, par-dessus tout, nous nous entendons à ravir, tout va bien.

636
Vendredi 25 février

Après avoir rencontré Gaston Defferre, à la Chambre, je passe te prendre devant le musée des Monuments français.
Il est onze heures vingt.
Nous partons pour Nevers où Gédé te récupérera.
J'aime ce voyage ailé, l'arrêt à Bifur et son délicieux steak haché avec un œuf dessus (l'horrible Bisson !). J'arrive juste à temps pour la séance de travail à la Préfecture de Nevers, sur l'aménagement du Morvan.
A 17 h 30, Anne, à la gare.
Balade aux limites du Berry et du Bourbonnais.
Lurcy-Lévis : nous visitons son église, touchante, et remarquons d'intéressants chapiteaux et une large voûte harmonieuse. Nous rentrons en longeant l'Allier et nos cœurs sont unis.
Gédé avec un léger retard nous retrouve à « l'hôtel de France ». Nous dînons là, tous trois, heureux et bavards.
Quand vous partez pour Clermont-Ferrand je me sens un peu triste mais je te sais contente d'aller à l'Oratoire et je le comprends bien.
Je t'imagine accueillie par le gâteau de Nini et la fraîcheur de ta belle maison.

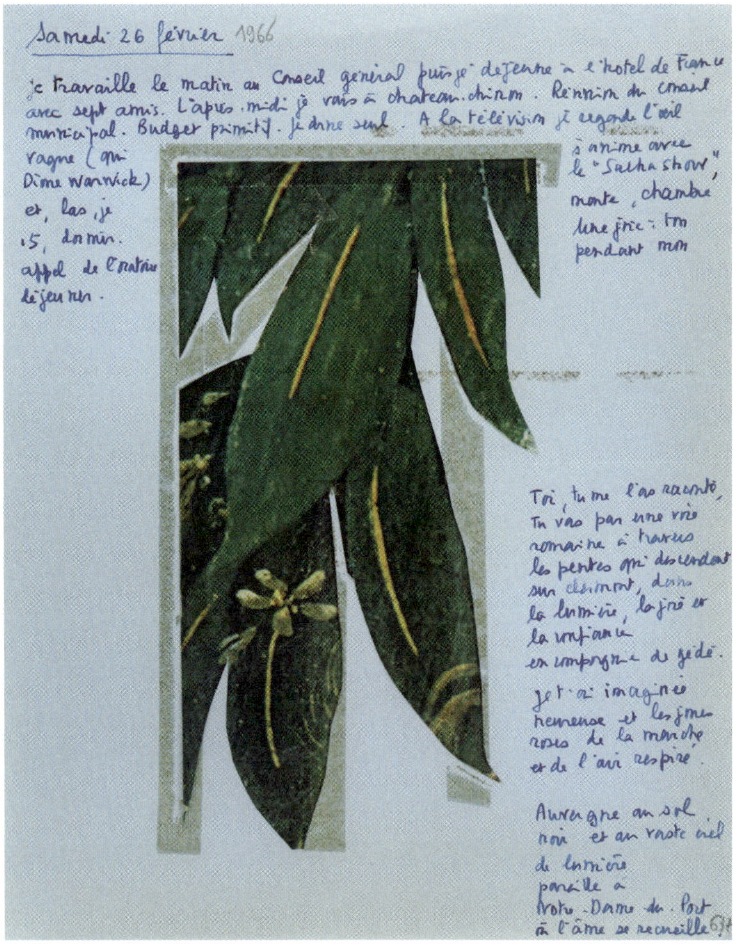

637

Samedi 26 février

Je travaille le matin au Conseil général puis je déjeune à l'hôtel de France avec sept amis. L'après-midi je vais à Château-Chinon. Réunion du conseil municipal. Budget primitif. Je dîne seul. A la télévision je regarde l'œil vague (qui s'anime avec Dione Warwick) le « Sacha Show », et, las, je monte, chambre 15, dormir. Une joie : ton appel de l'Oratoire pendant mon déjeuner.
Toi, tu me l'as raconté, tu vas par une voie romaine à travers les pentes qui descendent sur Clermont, dans la lumière, la joie et la confiance en compagnie de Gédé.
Je t'ai imaginée heureuse et les joues roses de la marche et de l'air respiré.
Auvergne au sol noir et au vaste ciel de lumière pareille à Notre-Dame-du-Port où l'âme se recueille.

638

Dimanche 27 février

A mon lever je traîne un peu dans ma chambre du « Vieux-Morvan ».
Les communistes réunissent leurs élus à la mairie et je vais les saluer, puis je reçois dans mon bureau
Déjeuner, au « Vieux-Morvan », toujours, avec Barbier, Allen, Barreau, Dussert etc… après le café on remonte à la mairie où Mermaz fait une conférence sur la Convention des Institutions Républicaines.
Je prends la « pantoufle » qui me dépose à Nevers avec un peu de retard sur notre rendez-vous mais, Dieu soit loué, avant Gédé et toi.
Vous arrivez en two horses. Joie. On prend le thé, on bavarde, vos yeux racontent un bonheur, Gédé est ravie. Quand je lève le siège j'éprouve un remords… et j'offre à Gédé une lampe à huile qui l'accompagnera à Hossegor.

Et maintenant, toi.
Nous filons dans la nuit, tu ne sais où.
C'est à Orléans où l'Hôtel les Arcades nous accueille. Oui, c'est Toi, intense et tendre.

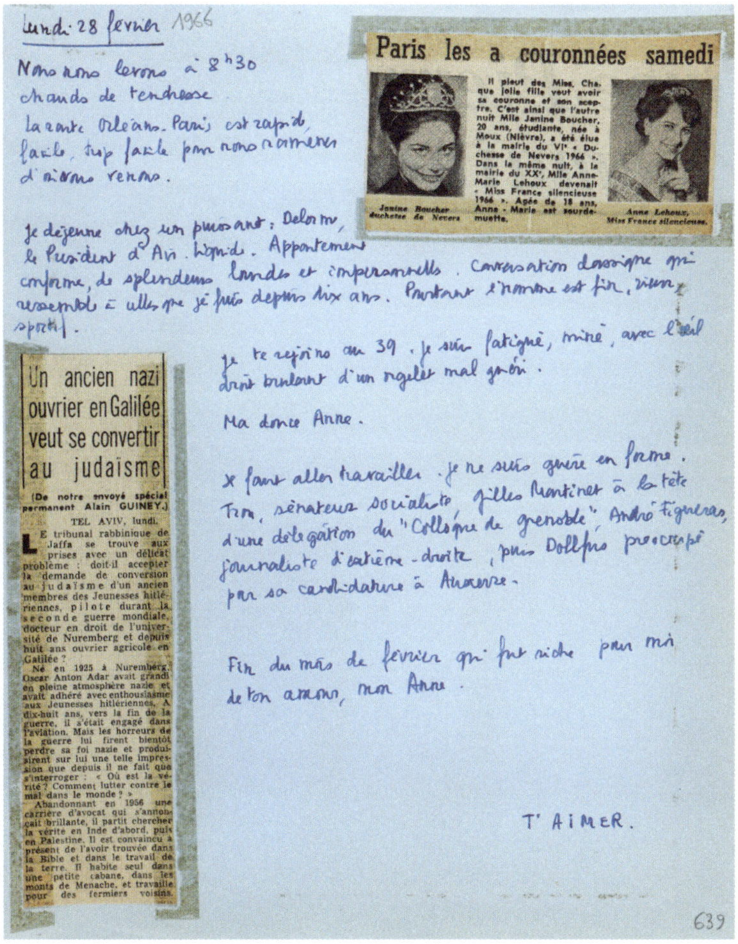

Lundi 28 février 1966

Paris les a couronnées samedi

Il pleut des Miss. Chaque jolie fille veut avoir sa couronne et son sceptre. C'est ainsi que l'autre nuit Mlle Janine Boucher, 20 ans, étudiante, née à Moux (Nièvre), a été élue à la mairie du VIe « Duchesse de Nevers 1966 ». Dans la même nuit, à la mairie du XXe, Mlle Anne-Marie Lehoux devenait « Miss France silencieuse 1966 ». Agée de 18 ans, Anne-Marie est sourde-muette.

Janine Boucher duchesse de Nevers

Anne Lehoux, Miss France silencieuse.

Un ancien nazi ouvrier en Galilée veut se convertir au judaïsme

(De notre envoyé spécial permanent Alain GUINEY.)

TEL AVIV, lundi.

LE tribunal rabbinique de Jaffa se trouve aux prises avec un délicat problème : doit-il accepter la demande de conversion au judaïsme d'un ancien membres des Jeunesses hitlériennes, pilote durant la seconde guerre mondiale, docteur en droit de l'université de Nuremberg et depuis huit ans ouvrier agricole en Galilée ?

Né en 1925 à Nuremberg, Oscar Anton Adar avait grandi en pleine atmosphère nazie et avait adhéré avec enthousiasme aux Jeunesses hitlériennes. A dix-huit ans, vers la fin de la guerre, il s'était engagé dans l'aviation. Mais les horreurs de la guerre lui firent bientôt perdre sa foi nazie et produisirent sur lui une telle impression que depuis il ne fait que s'interroger : « Où est la vérité ? Comment lutter contre le mal dans le monde ? »

Abandonnant en 1956 une carrière d'avocat qui s'annonçait brillante, il partit chercher la vérité en Inde d'abord, puis en Palestine. Il est convaincu à présent de l'avoir trouvée dans la Bible et dans le travail de la terre. Il habite seul dans une petite cabane, dans les monts de Menache, et travaille pour des fermiers voisins.

T'AIMER.

639

639

Lundi 28 février

Nous nous levons à 8 h 30 chauds de tendresse. La route Orléans-Paris est rapide, facile, trop facile pour nous ramener d'où nous venons.
Je déjeune chez un puissant : Delorme, le Président d'Air-Liquide. Appartement conforme, de splendeurs lourdes et impersonnelles. Conversation classique qui ressemble à celles que je fuis depuis dix ans. Pourtant l'homme est fin, rieur, sportif.
Je te rejoins au 39. Je suis fatigué, miné, avec l'œil droit brûlant d'un orgelet mal guéri.
Ma douce Anne.
Il faut aller travailler. Je ne suis guère en forme. Tron, sénateur socialiste, Gilles Martinet à la tête d'une délégation du « Colloque de Grenoble », André Figueras, journaliste d'extrême droite, puis Dollfus préoccupé par sa candidature à Auxerre.
Fin du mois de février qui fut riche pour moi de ton amour, mon Anne.

T'AIMER.

640

Lundi 28 février

A Pézenas, Molière joua dans cet hôtel…

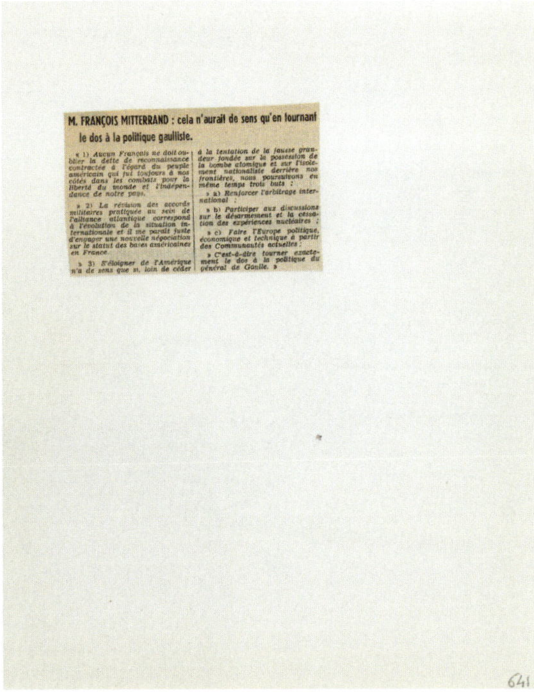

641
[Samedi 5 mars]

643
Lundi 7 mars

642
Dimanche 6 mars

644
Mardi 8 mars

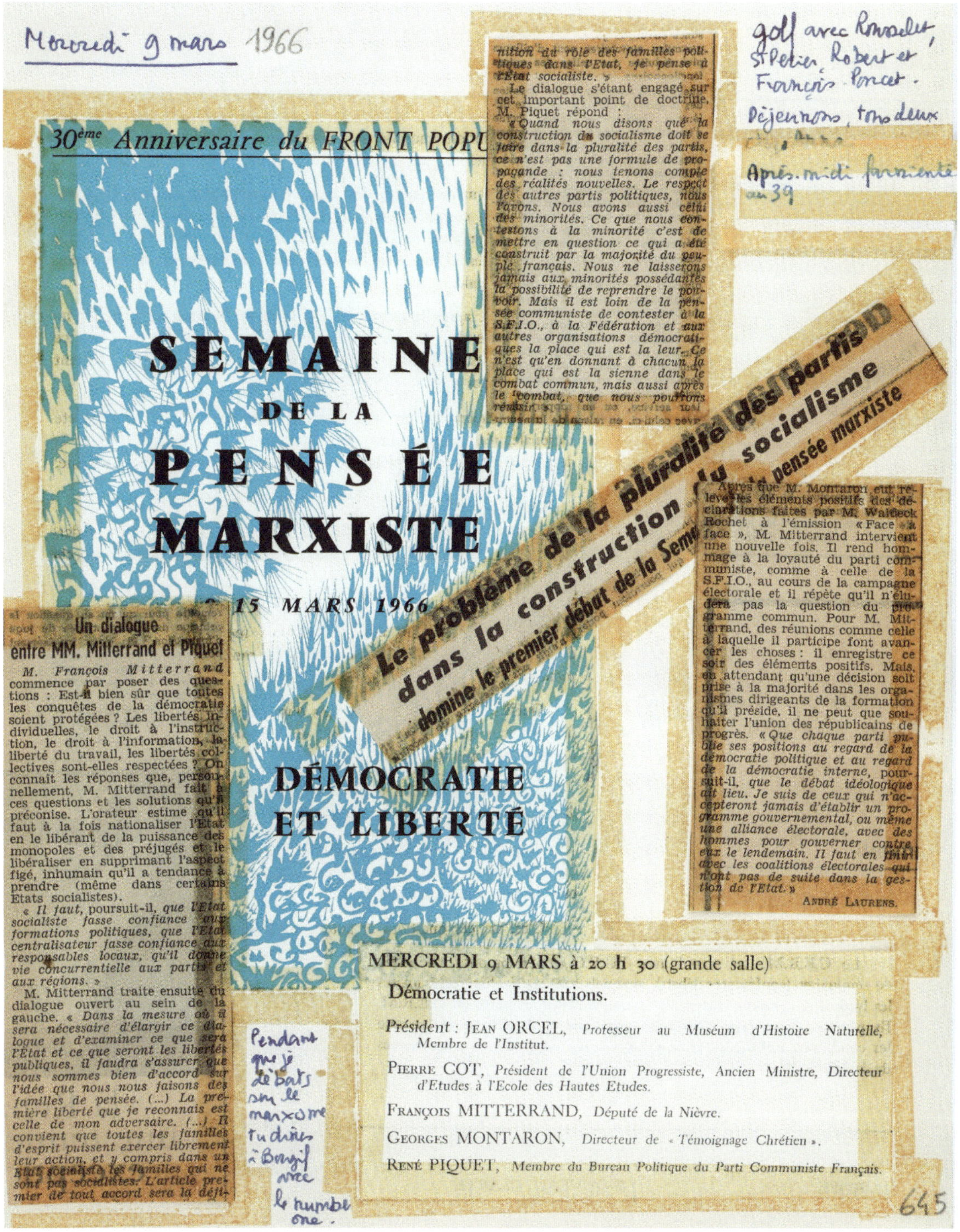

645

Mercredi 9 mars

Golf avec Rousselet, St Périer, Robert et François-Poncet. Déjeunons, tous deux chez Anna.
Après-midi farniente au 39
Pendant que je débats sur le marxisme tu dînes à Bougival avec le number one.

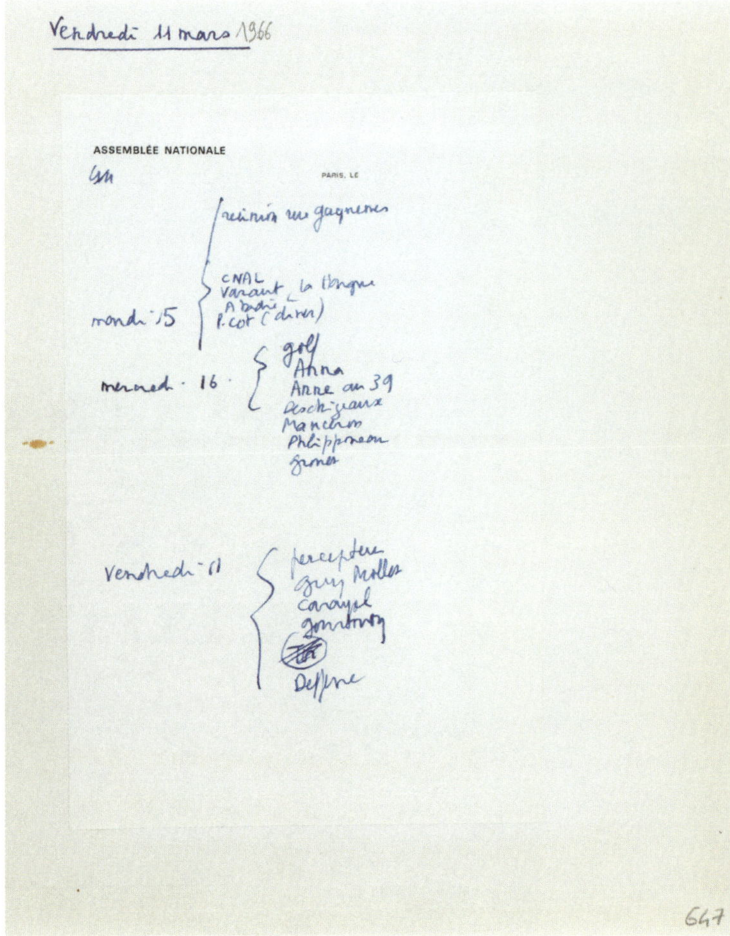

646
Jeudi 10 mars

Toi, le matin, par un Paris clair. D'hier j'ai tiré un nouveau motif d'épuisement. Ah ! la pensée marxiste !…

A 10 h 30 réunion du groupe à l'Assemblée Nationale. Curieux climat. Maurice Faure et Félix Gaillard ont des dents de chacal ! Ils me retardent et je vais vite t'embrasser au 39.

Le Mistral m'emmène à Dijon pour la réunion du bureau de la CODER.
J'en profite pour visiter deux églises : Saint-Michel et Notre-Dame…
J'achète un bouquin de Raymond Aron…
J'aime cette ville. Et ton ombre chère est dans ses rues…

Toi, tu dînes avec Diesel…

Tard, mon chauffeur, venu me prendre, me conduit à Paris…
Il est trois heures du matin.

647
Vendredi 11 mars

Assemblée nationale
Mardi 15
réunion rue Guynemer
CNAL
Varaut, La Hargue
Abadie
P. Cot (dîner)
Mercredi 16
Golf
Anna
Anne au 39
Deschizeaux
Manceron
Phlipponeau
Groult
Vendredi 11
Percepteur
Guy Mollet
Carayol
Gourdon *[?]*
Defferre

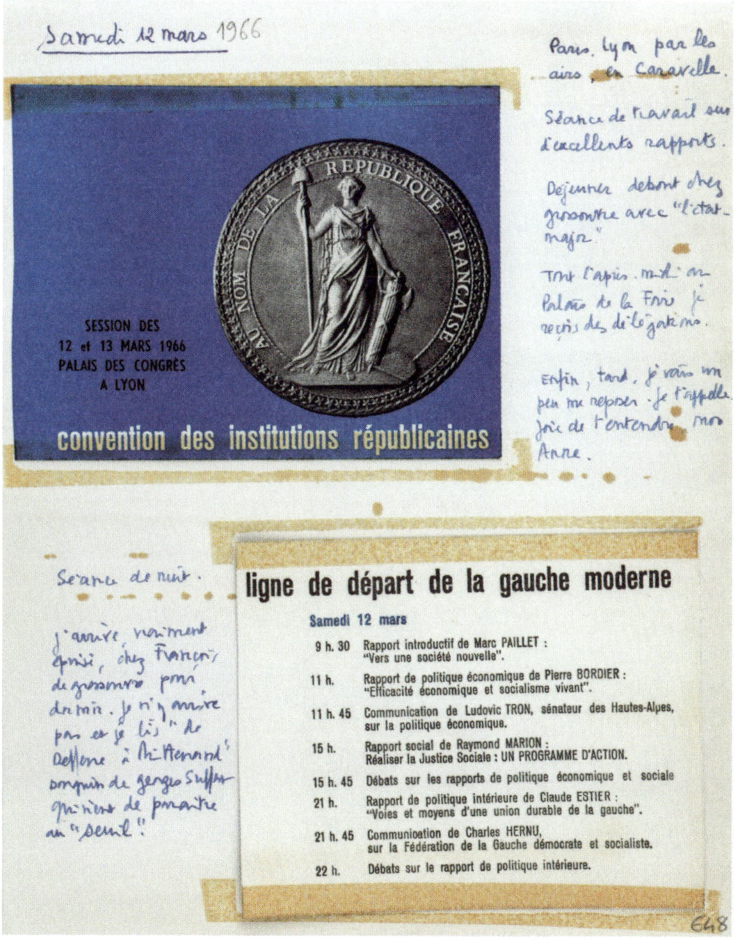

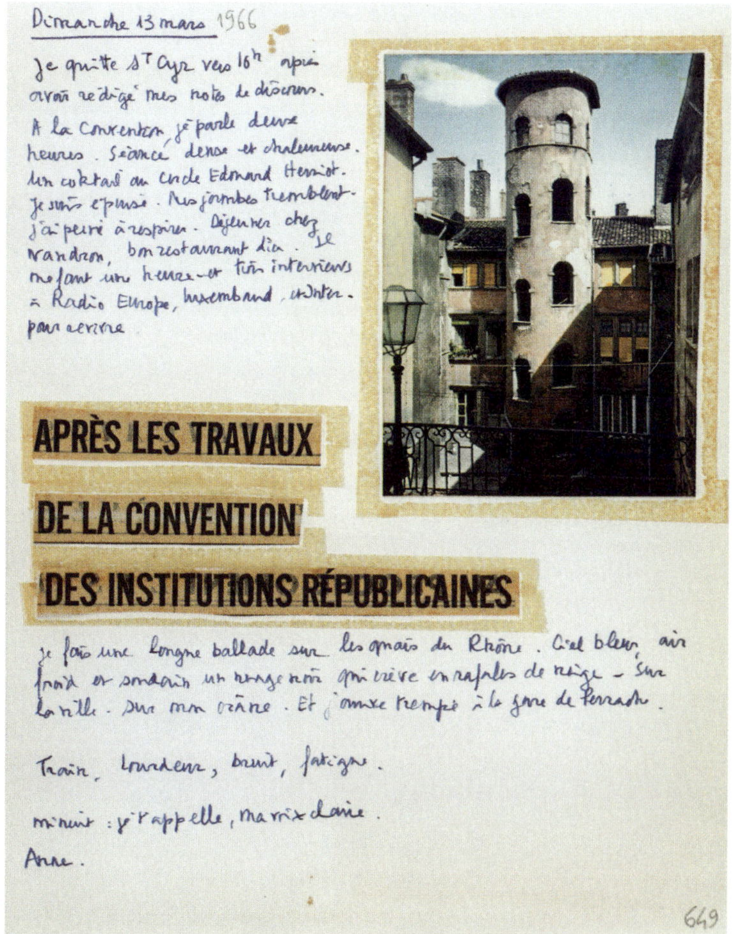

648
Samedi 12 mars

Paris-Lyon par les airs, en Caravelle. Séance de travail sur d'excellents rapports. Déjeuner debout chez Grossouvre avec « l'état-major ». Tout l'après-midi au Palais de la Foire je reçois des délégations.
Enfin, tard, je vais un peu me reposer. Je t'appelle. Joie de t'entendre, mon Anne.

Séance de nuit.

J'arrive, vraiment épuisé, chez François de Grossouvre pour dormir. Je n'y arrive pas et je lis « de Defferre à Mitterrand » bouquin de Georges Suffert qui vient de paraître au « Seuil ».

649
Dimanche 13 mars

Je quitte St Cyr vers 16 h après avoir rédigé mes notes de discours.
A la Convention, je parle deux heures. Séance dense et chaleureuse. Un cocktail au cercle Edouard Herriot. Je suis épuisé. Mes jambes tremblent. J'ai peine à respirer. Déjeuner chez Nandron, bon restaurant d'ici. Il me faut une heure – et trois interviews à Radio Europe, Luxembourg, et Inter – pour revivre.
Après les travaux de la Convention des institutions républicaines je fais une longue balade sur les quais du Rhône. Ciel bleu, air froid et soudain un nuage noir qui crève en rafales de neige – Sur la ville. Sur mon crâne. Et j'arrive trempé à la gare de Perrache.
Train. Lourdeur, bruit, fatigue.
Minuit : je t'appelle, ma voix claire.
Anne.

650
Lundi 14 mars

Réveil enrhumé, embrumé ! La presse s'occupe de mon discours d'hier. Témoin, « Paris-Presse » *[voir p. 451]*

Matin.
Long entretien avec Serge Groussard, de l'« Aurore », qui prépare un article sur moi dans son journal.
Télé-Luxembourg vient m'interviewer.

Après-midi.
Toi – au 39.
Toi, retrouvée, dans la joie et la confiance.

Soir.
Encore des rendez-vous.
Mais le rhume gagne !
Bonsoir, mon Anne.

Mitterrand se donne 45 jours pour former son « cabinet fantôme »

« Nous devons être prêts, dit-il, quelle que soit la date des élections »

EN annonçant la formation d'un gouvernement-fantôme de l'opposition et en proposant aux formations de gauche de brûler les étapes de la fédération pour créer un grand parti unique, Français MITTERRAND va vite en besogne. Si vite qu'on se demande qui il veut bousculer.

Les socialistes ? Ils paraissaient jusqu'ici moins pressés que lui de passer du regroupement à la fusion. **Guy MOLLET ?** Il est cependant douteux que **Mitterrand** ait agi sans son accord. Dès la fin de l'année dernière **Guy Mollet** disait d'ailleurs qu'il était **« prêt à faire disparaître la S.F.I.O. ».**

Et les deux objectifs qu'il assignait alors à la fédération de la gauche : recréer une force socialiste et préparer les élections, sont ceux-là même que **Mitterrand** vient de faire approuver par la convention de Lyon.

Sur mesure

Peut-être le député de la Nièvre veut-il tout simplement ne pas être pri sau dépourvu par des élections anticipées. **« Nous devons être prêts quelle qu'en soit la date »**, a-t-il déclaré.

Rien n'indique pour le moment que de Gaulle les provoque. Il n'a pas intérêt à se passer des services d'une chambre sur mesure. Et il n'est pas dans son tempérament de modifier le calendrier. Mais ce n'est pas non plus dans le caractère de **Pompidou,** et cela n'a pas empêché le premier ministre de revendiquer récemment **« le droit d'être habile »,** c'est-à-dire de profiter d'une bonne conjoncture générale pour faire des élections.

Quant à la création d'un contre-gouvernement de l'ombre qui sera l'exécutif de l'opposition et fera de la contestation systématique face au gouvernement légal, l'idée en avait été lancée depuis longtemps.

Elle avait toujours achoppé sur les divisions de la gauche. Il est normal que **Mitterrand** la reprenne à son compte aujourd'hui qu'il veut donner de la gauche une image cohérente et solidaire. Au surplus l'idée est un bon gadget électoral et si l'opération est bien menée, elle peut faire sérieux dans le pays.

Elle a une autre raison. Comme le disait le bras droit de **Mitterrand, Charles HERNU** : « Nous ne voulons pas être les trois Curiaces face à l'Horace communiste ». Les trois Curiaces, ce sont les trois grandes familles de la gauche : les socialistes, les radicaux, et les conventionnels des clubs sur lesquels **Mitterrand** a de plus en plus tendance à s'appuyer.

Compliqué

Pour trouver une formule qui les unisse sans leur donner l'impression d'un sabordage ou d'une absorption, le député de la Nièvre a été amené à employer un langage un peu compliqué :

— Il faudra créer un parti hiérarchisé et structuré mais souple et multiforme où des pondérations en échelle permettront de cumuler la règle de la majorité et le respect absolu ds groupes originaux de pensée et d'action.

La formule prouve que la langue française se prête à toutes les contorsions. Les réalités seront peut-être plus difficiles à dominer. C'est pourquoi **M. Mitterrand,** dans le souci là encore de presser les choses, utilise l'arme chère à **Mendès-France,** celle du calendrier. Il veut aller aux élections avec tout à la fois un gouvernement, un programme et une ébauche de majorité.

Le contre-gouvernement devra être installé avant le 1er mai. Ce sera un cabinet en état de marche. S'il gagne les élections il s'élargira pour accueillir tous les membres de la coalition.

Avant le 1er mai également devront être terminés les arbitrages pour les investitures électorales de la gauche. Il est convenu que les députés sortants membres de la fédération auront priorité de désignation. Cela n'est évidemment pas une garantie de rajeunissement. Mais l'U. N. R. connaît aussi la difficulté de sortir les sortants pour faire de la place aux nouveaux.

Désaccords

Les jeunes représentants des forces vives qui voudront tâter de la politique devront se rabattre sur les circonscriptions laissées libres par les anciens.

Avant le 1er juillet, enfin, sera rendue publique dans le pays la liste des candidats de la gauche, arrondissement par arrondissement. Il est déjà entendu que les élus constitueront un groupe unique dans la nouvelle Assemblée. Là encore, **Mitterrand** cherche à prendre les devants.

On a remarqué qu'il avait été beaucoup moins sévère pour les « lecanuettistes » que certains de ses impétueux amis des clubs. Il veut laisser la porte au moins entrouverte à tous ceux d'entre eux qui se reconnaîtraient comme des **« Républicains de progrès ».**

Mais on ne voit pas comment ils pourront rester alors des lecanuettistes, puisque leur chef vient de se prononcer à Laval contre toute formule de coalition qui comprenne les communistes.

Or si M. Mitterrand ne veut pas rompre le contact avec le Centre des démocrates, il entend bien resserrer les rapports avec le P. C.

Il s'est déclaré prêt à engager le dialogue avec lui. La discussion ne sera effectivement pas inutile si l'on en juge à tout ce qui sépare encore la gauche de l'extrême-gauche.

Le P.C. veut un programme commun lié à la préparation des candidatures uniques au deuxième tour des élections législatives. **M. Mitterrand** veut que la gauche ait son propre programme, et c'est sur cette base qu'il entend négocier ses alliances électorales, sur sa gauche comme sur sa droite.

« L'Humanité » critique ce matin son projet de gouvernement de l'ombre parce qu'il « ne représentera en tout état de cause qu'une minorité ». **M. Mitterrand** persiste à penser au contraire qu'il a eu plus de voix de gauche ou du centre que de voix communistes à la dernière élection présidentielle.

M. Waldeck-Rochet a déclaré que le pluralisme des partis ne devrait jamais remettre en cause le socialisme. Le député de la Nièvre lui a répliqué hier que la démocratie était d'abord le respect de toutes les formes de pensées.

La condition

Il attache enfin beaucoup d'importance dans le programme aux options de politique étrangère. Mais ce ne sont pas les mêmes que celles du P.C.

M. Mitterrand continue en somme de tracer sa route, et s'il est prêt à faire un bout de chemin avec tous les « républicains » de rencontre, c'est à condition de ne pas s'écarter de sa voie. Il s'applique à agir en tous points comme le chef de la gauche unie.

Les communistes s'en irritent et l'accusent de « mettre la charrue avant les bœufs ». Mais c'est peut-être qu'il n'a pas envie de jouer les paysans du Danube.

LE VRAI « SHADOW CABINET »

LE « cabinet fantôme » est une vieille institution britannique. Il représente, aux yeux des électeurs, le gouvernement de rechange qu'il leur est possible de mettre au pouvoir. Mieux que le programme de parti, il permet, grâce au dosage des tendances, de prévoir quelle sera la politique éventuelle de l'opposition.

Au Parlement, chaque « ministre fantôme » est chargé de « marquer » le ministre réel de l'équipe adverse et de lui porter la contradiction. Ce système permet à des hommes politiques provisoirement sur la touche de se rappeler au bon souvenir de l'électeur et à de nouvelles personnalités de se faire connaître.

La méthode a ses inconvénients : pour accrocher le gouvernement, l'opposition a tendance à mettre en avant ses « debaters » plutôt que des gens réellement compétents. Et à l'heure où le pouvoir se personnalise, en Angleterre comme ailleurs, le cabinet fantôme cède souvent le pas, pour les débats importants, au chef de l'opposition, futur premier ministre.

650

651
Mardi 15 mars

652
Mercredi 16 mars

LES PROPOSITIONS MITTERRAND fraîchement accueillies par les radicaux et la SFIO

A LYON, dimanche, devant la Convention des Institutions républicaines, M. François Mitterrand a lancé des propositions aux différents partis qui composent la Fédération de la gauche démocrate socialiste. Hier, les bureaux du parti radical (en l'absence de M. Maurice Faure) et de la S.F.I.O. ont examiné ces suggestions.

Dans un esprit coopératif et dans le seul souci de renforcer la gauche démocrate et sociale », disait à l'issue de ces délibérations M. René Billères, président du parti radical.

En fait, M. Mitterrand avait pour ainsi dire doublé le discours de Lyon d'une lettre adressée aux partis intéressés dans laquelle il ajoute une précision qui n'a pas séduit tous ses interlocuteurs

Il demande en effet que la représentation de la Convention des Institutions Républicaines et des clubs soit sensiblement accrue au sein de l'organisme directeur de la Fédération.

Cet accroissement ne saurait s'exercer qu'aux dépens des vieux partis. Il ne pouvait évidemment hier être apprécié par les états-majors de ces derniers.

D'autre part M François Mitterrand souhaiterait que la Fédération de la gauche qui lui apparaît surtout comme une confédération, prît un caractère réellement fédéral.

Il précise également sa position à l'égard du P.C. S'il rejette toute exclusive contre les ex-staliniens, il repousse également tout interdit lancé par le P.C. contre tel ou tel. Le député de la Nièvre ne rejette, a priori, que l'extrême droite et l'U.N.R.

TROP VITE

Si les radicaux acceptent aisément un candidat unique de la Fédération dans chaque circonscription, ils formulent des réserves sur la « fusion » des partis au sein d'un seul organisme.

Le calendrier de M. Mitterrand (publication avant le 1er juillet de la liste de tous les candidats de la Fédération et avant le 1er février des membres du gouvernement fantôme) n'a pas été approuvé, pour des raisons diverses.

Les uns ont trouvé que M. Mitterrand allait trop fort et surtout trop vite.

Les autres que la formation d'un shadow cabinet ou d'un contre-gouvernement (restant ouvert à d'autres personnalités en cas d'alliance ultérieure) était difficilement réalisable puisqu'on discerne encore mal quelles seront les frontières électorales réelles de la Fédération

Le bureau radical fera part de ces réserves devant le comité exécutif du parti, convoqué le 28 avril à Paris

■ Par ailleurs, le bureau du parti radical-socialiste constate que la décision de retirer la France de l'O.T.A.N. dont le chef de l'Etat a pris seul l'initiative et la responsabilité, est contraire à l'intérêt de la France, de l'Europe et de la Paix.

LES DENTS LONGUES

Au bureau de la S.F.I.O. les réserves ont porté beaucoup moins sur le fond des paris lancés par M. Mitterrand voire même sur le calendrier que sur la méthode employée.

Le parti socialiste est resté assez formaliste. Les membres du bureau se sont étonnés (le mot est faible) que M. Mitterrand ait cru devoir prendre des initiatives si originales et si audacieuses sans consulter préalablement les grands pontifes de la S.F.I.O. et des partis associés.

z z z

Les leaders socialistes ne cachent pas d'autre part qu'à leurs yeux les gens des clubs ont les dents un peu longues

En tout cas, là encore, il ne s'agissait pas de prendre une décision. C'est le prochain conseil national S.F.I.O convoqué le 23 avril qui tranchera en dernier appel.

A. A.

653
Jeudi 17 mars

Petit matin délicieux, notre promenade du Luxembourg épanoui du bonheur de revivre, – notre retour sur le banc de Verlaine, moi l'œil pleureur retour du scalpel, toi, merveilleuse Anne toute patience, – notre rencontre rue Cujas avant mon départ pour Orly, voilà beaucoup de joies.
Orly-Zurich. Là-bas je fais une route splendide le long du Rhin avec l'Allemagne en décor. Bâle – Altkirch – Belfort. J'arrive juste pour la réunion. Dreyfus-Schmidt se défend bien et harangue ses populations. Je lui succède. Puis signature de livres. Puis dîner au restaurant Servin, puis nuit trop courte à l'Hôtel de Turenne. Je suis mort. J'ai tout de même vu de très beaux paysages par un coucher de soleil en gloire. J'ai pensé à toi.
Je t'aime et je me rendors, recru de fatigue, à l'ombre, si je puis dire, du Lion. Bonsoir.

654
Vendredi 18 mars

Zut. Je me lève à six heures pour aller à Bâle prendre l'avion. Mais on m'a trompé : il part à 8 h 45 et non à 8 h… et il a une heure de retard… résultat : mourant de sommeil, je m'affale dans les fauteuils de l'aérodrome en compagnie de Michel Dreyfus-Schmidt.
Par beau temps la « Caravelle » me dépose à Orly.
2 visites : Fouet, député de la Sarthe et Jaquet, ancien député de la Seine.
Déception : je comptais déjeuner avec toi mais je dois décommander le repas somptueux que tu m'as préparé au 39, tant Jean-Jacques S.S a insisté pour que j'aille avec lui.
Tu me pardonnes noblement… et gentiment.
L'après-midi avec toi, en paix. Pourtant le rhume me tient nez et cerveau. Mais tu n'es que douceur, tendresse.
Je te quitte pour donner une interview à de Galard, Daniel et Krief du « Nouvel Observateur ». On parle un peu de tout, particulièrement du contre-gouvernement et des alliances politiques.
Dîner chez moi, rare entre tous : Waldeck Rochet, Piquet et Marchais, membres du Bureau Politique du Parti Communiste + Borker, leur conseiller.
De mon côté Dumas et Rousselet. Ils sont polis, ravis, sérieux. Ils s'entresurveillent et, l'armagnac bu, nous nous séparons bons amis.
Enfin…

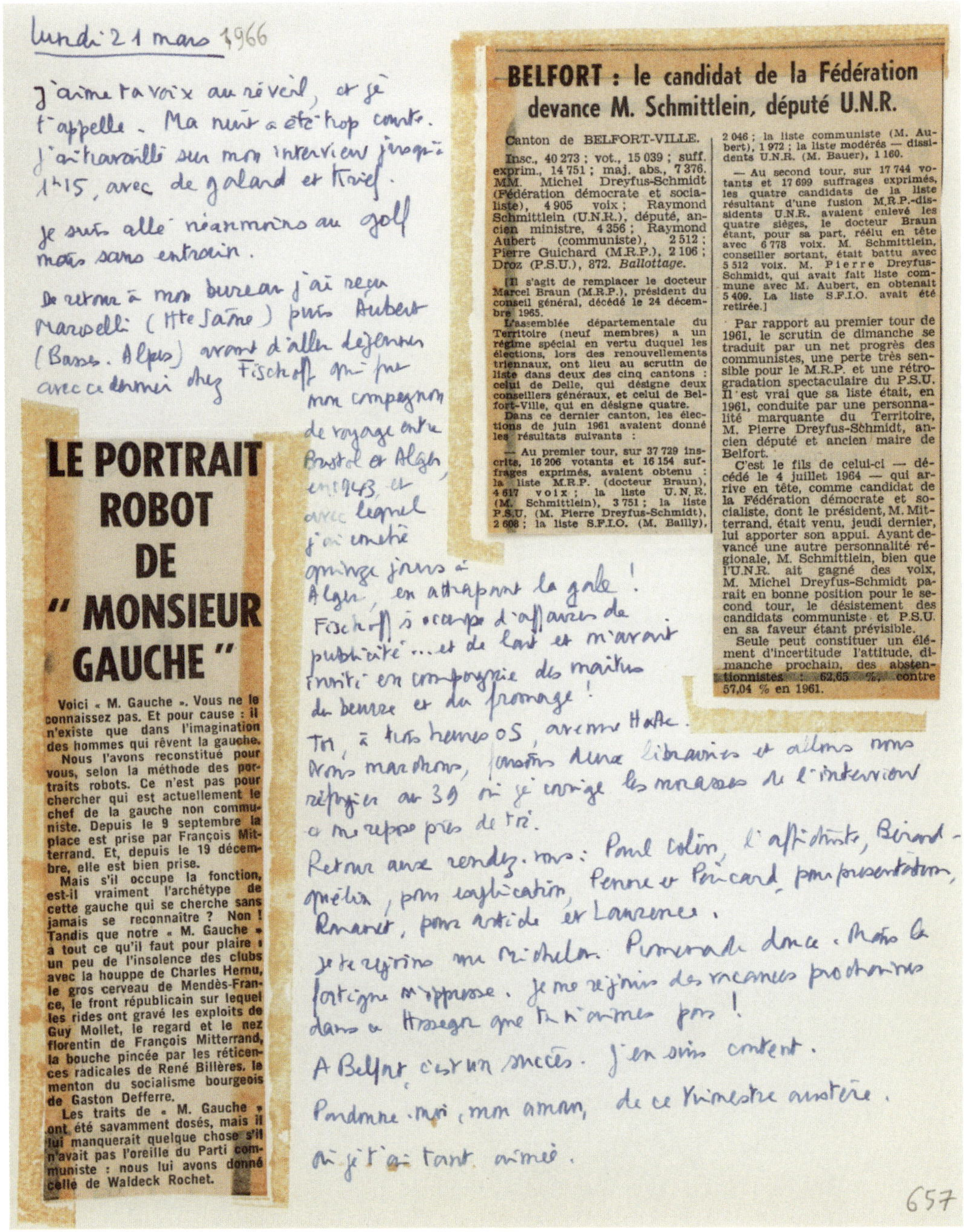

BELFORT : le candidat de la Fédération devance M. Schmittlein, député U.N.R.

Canton de BELFORT-VILLE.

Insc., 40 273 ; vot., 15 039 ; suff. exprim., 14 751 ; maj. abs., 7 376. MM. Michel Dreyfus-Schmidt (Fédération démocrate et socialiste), 4 905 voix ; Raymond Schmittlein (U.N.R.), député, ancien ministre, 4 356 ; Raymond Aubert (communiste), 2 512 ; Pierre Guichard (M.R.P.), 2 106 ; Droz (P.S.U.), 872. *Ballottage.*

[Il s'agit de remplacer le docteur Marcel Braun (M.R.P.), président du conseil général, décédé le 24 décembre 1965.

L'assemblée départementale du Territoire (neuf membres) a un régime spécial en vertu duquel les élections, lors des renouvellements triennaux, ont lieu au scrutin de liste dans deux des cinq cantons : celui de Delle, qui désigne deux conseillers généraux, et celui de Belfort-Ville, qui en désigne quatre.

Dans ce dernier canton, les élections de juin 1961 avaient donné les résultats suivants :

— Au premier tour, sur 37 729 inscrits, 16 206 votants et 16 154 suffrages exprimés, avaient obtenu : la liste M.R.P. (docteur Braun), 4 617 voix ; la liste U.N.R. (M. Schmittlein), 3 751 ; la liste P.S.U. (M. Pierre Dreyfus-Schmidt), 2 608 ; la liste S.F.I.O. (M. Bailly), 2 046 ; la liste communiste (M. Aubert), 1 972 ; la liste modérés — dissidents U.N.R. (M. Bauer), 1 160.

— Au second tour, sur 17 744 votants et 17 699 suffrages exprimés, les quatre candidats de la liste résultant d'une fusion M.R.P.-dissidents U.N.R. avaient enlevé les quatre sièges, le docteur Braun étant, pour sa part, réélu en tête avec 6 778 voix. M. Schmittlein, conseiller sortant, était battu avec 5 512 voix. M. Pierre Dreyfus-Schmidt, qui avait fait liste commune avec M. Aubert, en obtenait 5 409. La liste S.F.I.O. avait été retirée.]

Par rapport au premier tour de 1961, le scrutin de dimanche se traduit par un net progrès des communistes, une perte très sensible pour le M.R.P. et une rétrogradation spectaculaire du P.S.U. Il est vrai que sa liste était, en 1961, conduite par une personnalité marquante du Territoire, M. Pierre Dreyfus-Schmidt, ancien député et ancien maire de Belfort.

C'est le fils de celui-ci — décédé le 4 juillet 1964 — qui arrive en tête, comme candidat de la Fédération démocrate et socialiste, dont le président, M. Mitterrand, était venu, jeudi dernier, lui apporter son appui. Ayant devancé une autre personnalité régionale, M. Schmittlein, bien que l'U.N.R. ait gagné des voix, M. Michel Dreyfus-Schmidt parait en bonne position pour le second tour, le désistement des candidats communiste et P.S.U. en sa faveur étant prévisible.

Seule peut constituer un élément d'incertitude l'attitude, dimanche prochain, des abstentionnistes : 62,65 %, contre 57,04 % en 1961.

LE PORTRAIT ROBOT DE " MONSIEUR GAUCHE "

Voici « M. Gauche ». Vous ne le connaissez pas. Et pour cause : il n'existe que dans l'imagination des hommes qui rêvent la gauche.

Nous l'avons reconstitué pour vous, selon la méthode des portraits robots. Ce n'est pas pour chercher qui est actuellement le chef de la gauche non communiste. Depuis le 9 septembre la place est prise par François Mitterrand. Et, depuis le 19 décembre, elle est bien prise.

Mais s'il occupe la fonction, est-il vraiment l'archétype de cette gauche qui se cherche sans jamais se reconnaître ? Non ! Tandis que notre « M. Gauche » a tout ce qu'il faut pour plaire : un peu de l'insolence des clubs avec la houppe de Charles Hernu, le gros cerveau de Mendès-France, le front républicain sur lequel les rides ont gravé les exploits de Guy Mollet, le regard et le nez florentin de François Mitterrand, la bouche pincée par les réticences radicales de René Billères, le menton du socialisme bourgeois de Gaston Defferre.

Les traits de « M. Gauche » ont été savamment dosés, mais il lui manquerait quelque chose s'il n'avait pas l'oreille du Parti communiste : nous lui avons donné celle de Waldeck Rochet.

657
Lundi 21 mars

J'aime ta voix au réveil, et je t'appelle. Ma nuit a été trop courte. J'ai travaillé sur mon interview jusqu'à 1 h 15, avec de Galard et Krief.
Je suis allé néanmoins au golf mais sans entrain.
De retour à mon bureau j'ai reçu Maroselli (Hte Saône) puis Aubert (Basses-Alpes) avant d'aller déjeuner avec ce dernier chez Fischoff qui fut mon compagnon de voyage entre Bristol et Alger, en 1943, et avec lequel j'ai couché quinze jours à Alger, en attrapant la gale !
Fischoff s'occupe d'affaires de publicité… et de lait et m'avait invité en compagnie des maîtres du beurre et du fromage !
Toi, à trois heures 05, avenue Hoche. Nous marchons, faisons deux librairies et allons nous réfugier au 39 où je corrige les morasses de l'interview et me repose près de toi.
Retour aux rendez-vous : Paul Colin, l'affichiste, Bérard-Quélin, pour explication, Penne et Péricard, pour présentation, Rouanet, pour article et Laurence.
Je te rejoins rue Michelet. Promenade douce. Mais la fatigue m'oppresse. Je me réjouis des vacances prochaines dans ce Hossegor que tu n'aimes pas !
A Belfort, c'est un succès. J'en suis content.
Pardonne-moi, mon amour, de ce trimestre austère.
Où je t'ai tant aimée.

655
Samedi 19 mars

656
Dimanche 20 mars

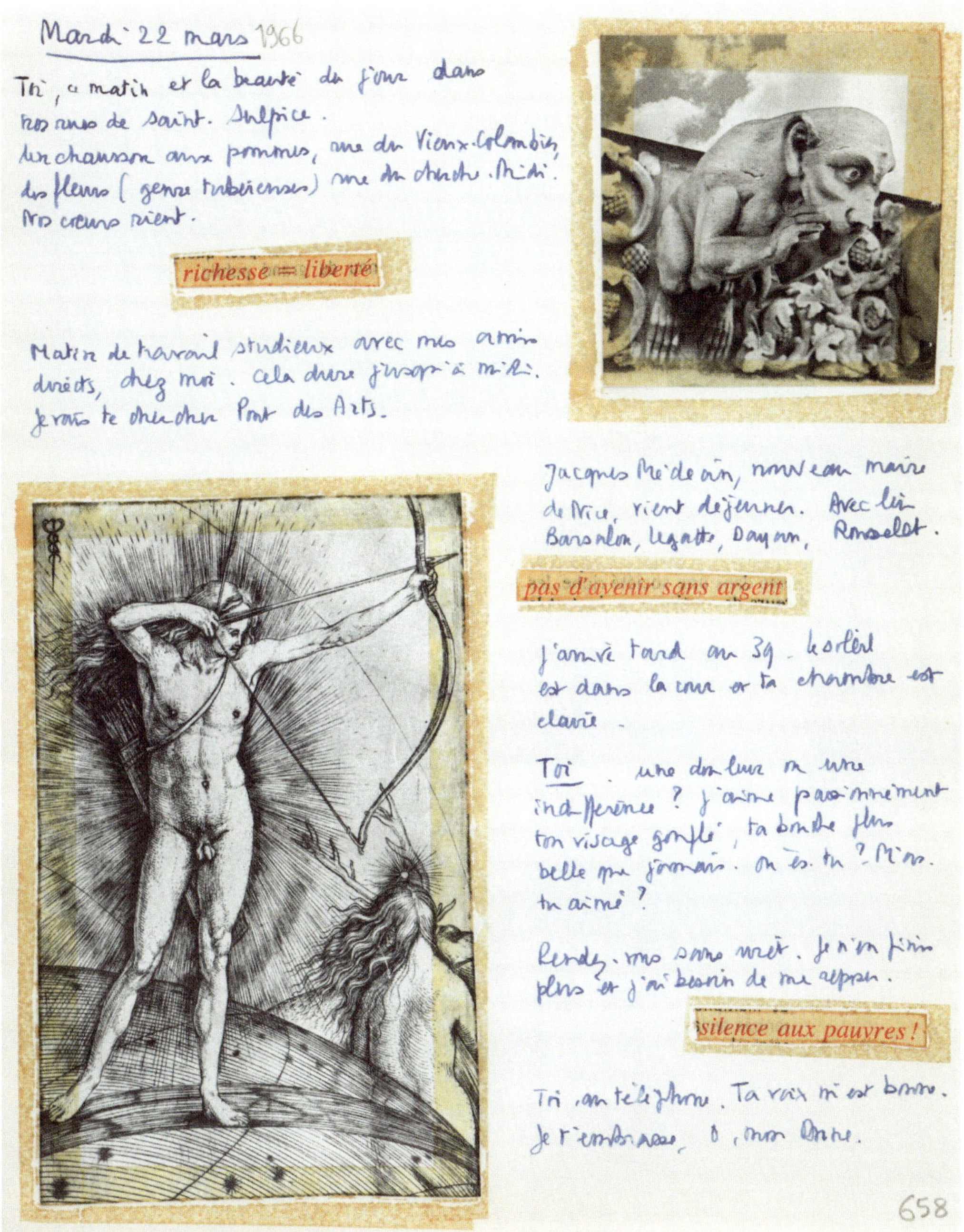

658
Mardi 22 mars

Toi, ce matin et la beauté du jour dans nos rues de Saint-Sulpice.
Un chausson aux pommes, rue du Vieux-Colombier, des fleurs (genre tubéreuses) rue du Cherche-Midi.
Nos cœurs rient.

Matin de travail studieux avec mes amis directs, chez moi. Cela dure jusqu'à midi. Je vais te chercher Pont des Arts.
Jacques Médecin, nouveau maire de Nice, vient déjeuner. Avec lui Barsalou, Legatte, Dayan, Rousselet.
J'arrive tard au 39. Le soleil est dans la cour et ta chambre est claire.
Toi. Une douleur ou une indifférence ? J'aime passionnément ton visage gonflé, ta bouche plus belle que jamais. Où es-tu ? M'as-tu aimé ?
Rendez-vous sans arrêt. Je n'en finis plus et j'ai besoin de me reposer.
Toi, au téléphone. Ta voix m'est bonne. Je t'embrasse, O, mon Anne.

M

Mars 1966

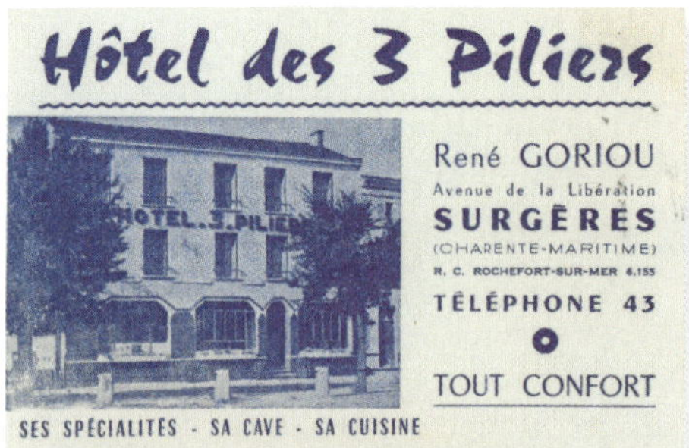

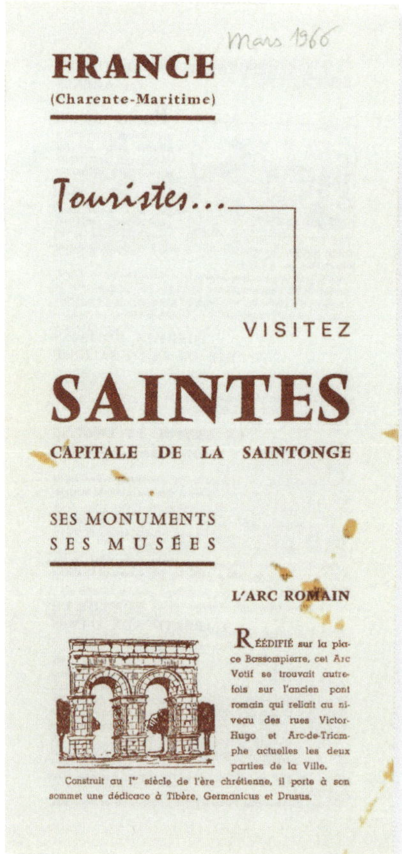
Mars 1966

FRANCE
(Charente-Maritime)

Touristes...

VISITEZ

SAINTES

CAPITALE DE LA SAINTONGE

SES MONUMENTS
SES MUSÉES

L'ARC ROMAIN

Réédifié sur la place Bassompierre, cet Arc Votif se trouvait autrefois sur l'ancien pont romain qui reliait au niveau des rues Victor-Hugo et Arc-de-Triomphe actuelles les deux parties de la Ville.

Construit au Ier siècle de l'ère chrétienne, il porte à son sommet une dédicace à Tibère, Germanicus et Drusus.

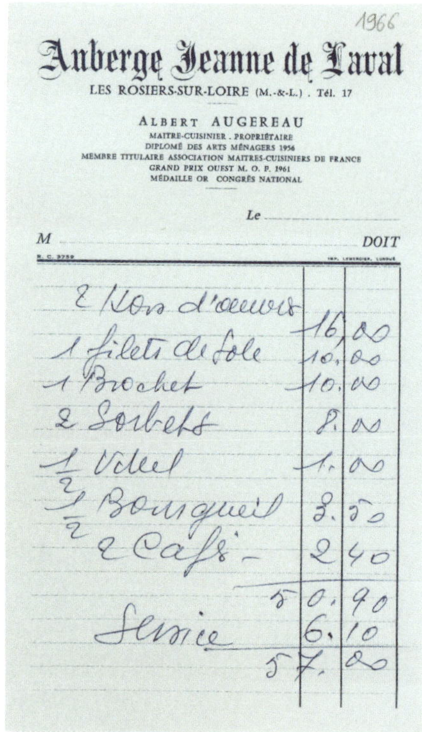
1966

Auberge Jeanne de Laval
LES ROSIERS-SUR-LOIRE (M.-&-L.). Tél. 17

ALBERT AUGEREAU
MAITRE-CUISINIER . PROPRIÉTAIRE
DIPLOMÉ DES ARTS MÉNAGERS 1956
MEMBRE TITULAIRE ASSOCIATION MAITRES-CUISINIERS DE FRANCE
GRAND PRIX OUEST M. O. F. 1961
MÉDAILLE OR CONGRÈS NATIONAL

Le

M DOIT

2 Hors d'œuvre	16,00
1 filets de sole	10,00
1 Brochet	10,00
2 Sorbets	8,00
1 Volnel	1,00
½ Bourgueil	3,50
2 Cafés	2,40
	50,90
Service	6,10
	57,00

[Documents préparés, non collés.]

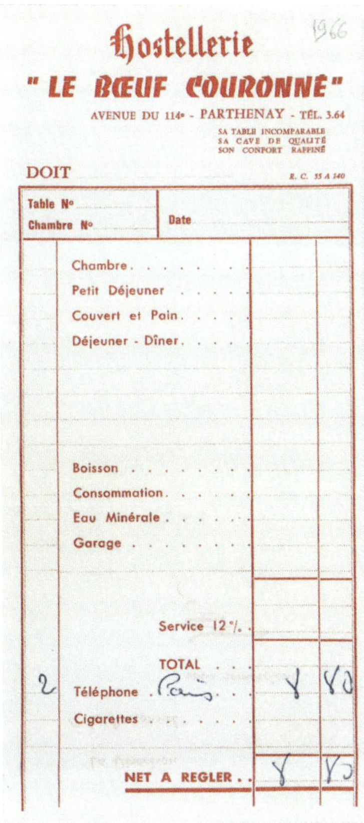

1966

Hostellerie
" LE BŒUF COURONNÉ "
AVENUE DU 114e - PARTHENAY - TÉL. 3.64
SA TABLE INCOMPARABLE
SA CAVE DE QUALITÉ
SON CONFORT RAFFINÉ

DOIT
R. C. 55 A 140

Table No
Chambre No
Date

Chambre
Petit Déjeuner
Couvert et Pain
Déjeuner - Dîner
Boisson
Consommation
Eau Minérale
Garage
Service 12 %
TOTAL
2 Téléphone Paris 8 80
Cigarettes
NET A REGLER 8 80

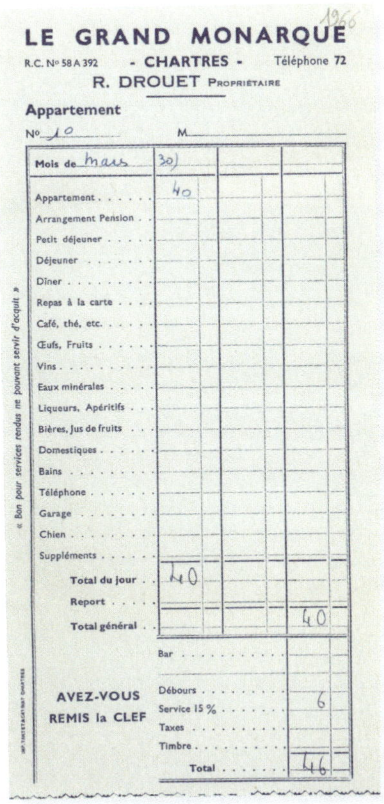

1966

LE GRAND MONARQUE
R.C. No 58 A 392 - CHARTRES - Téléphone 72
R. DROUET Propriétaire

Appartement
No 10 M.
« Bon pour services rendus ne pouvant servir d'acquit »

Mois de mars 30)
Appartement 40
Arrangement Pension
Petit déjeuner
Déjeuner
Dîner
Repas à la carte
Café, thé, etc.
Œufs, Fruits
Vins
Eaux minérales
Liqueurs, Apéritifs
Bières, Jus de fruits
Domestiques
Bains
Téléphone
Garage
Chien
Suppléments
Total du jour 40
Report
Total général 40
Bar
Débours
Service 15 % 6
Taxes
Timbre
Total 46

AVEZ-VOUS REMIS la CLEF

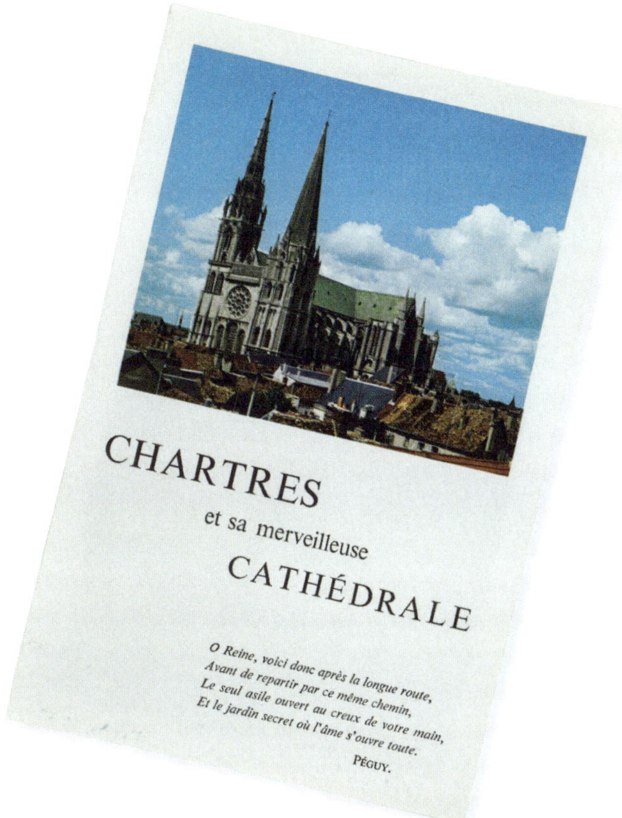

[Documents préparés, non collés.]

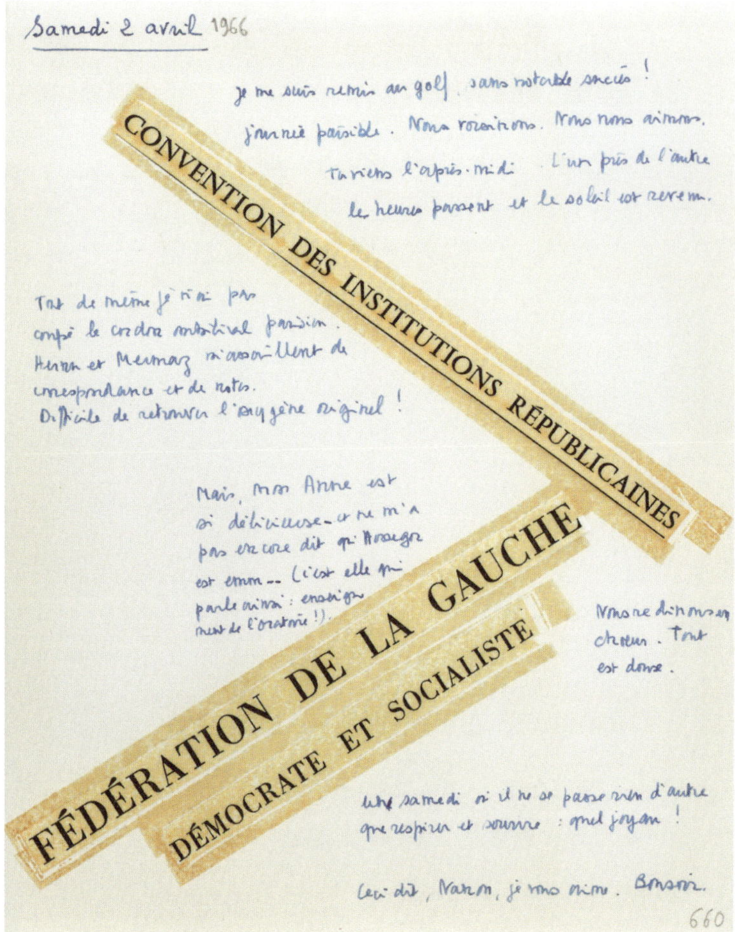

659
Vendredi 1er avril

La mer, la pluie, un peu de soleil et des chants d'oiseaux, le chèvrefeuille sur l'arbre qu'on devine au travers des persiennes, et tout cela comme si c'était le grand silence, voici ce que Toi et moi nous avons reconnu en nous éveillant dans la chambre claire d'Hossegor.
J'ai fait ensuite le marché, que tu as cuisiné à Lohia, nous nous sommes promenés à Latche, tes parents sont arrivés tandis que j'achetais les journaux chez Barse et nous avons dîné tous ensemble, à Lohia de nouveau.
Je suis heureux, je t'aime. Pourquoi dès lors ces rochers de sécheresse ici ?
Que sera ce mois ? aride ? Mais ce paysage de la vallée des Rois est surtout, pour qui le connaît, d'une extraordinaire beauté…

660
Samedi 2 avril

Je me suis remis au golf, sans notable succès ! Journée paisible. Nous voisinons. Nous nous aimons. Tu viens l'après-midi. L'un près de l'autre les heures passent et le soleil est revenu.

Convention des institutions républicaines

Tout de même je n'ai pas coupé le cordon ombilical parisien. Hernu et Mermaz m'assaillent de correspondance et de notes.
Difficile de retrouver l'oxygène originel !
Mais, mon Anne est si délicieuse – et ne m'a pas encore dit qu'Hossegor est emm… (c'est elle qui parle ainsi : enseignement de l'Oratoire !).
Nous redînons en chœur. Tout est doux.

Fédération de la gauche démocrate et socialiste

Un samedi où il ne se passe rien d'autre que respirer et sourire : quel joyau !
Ceci dit, Nanon, je vous aime. Bonsoir.

661
Dimanche 3 avril

Golf-club – Hossegor

662
Lundi 4 avril

Ouverture de l'Attila Cup. Déception : 102. Nous sommes 13. La maison est pleine. Chacun raconte ses coups. Tu m'accompagnes : j'en suis heureux. Au déjeuner nous restons ensemble au club
Après-midi, forêt de Seignosse, Toi, absolument, totalement.
Emerveillement de ton visage, puis une brume qui te quitte à peine, le soir.
Je vais voir Rousselet et Clerc à Soustons. Le lac. Le soir.
Nous dînons au Pot de Résine.
Ambiance de vacances. Le goût de ton visage.

663
<u>Mardi 5 avril</u>

2e tour de l'Attila Cup. Que je joue mal : 103 ! Mon Anne n'est pas venue. Je suis plutôt content de lui avoir épargné ce spectacle !
Après-midi, maison, Lohia, tranquillité
Soirée-cocktail Gédé. Sympathique – et la grâce de mon Anne.
Nous dînons au « Le Pavillon Landais ». Le climat se crée. Je devine la présence d'Anne et, en silence, je lui parle.
Je l'aime.

664
<u>Mercredi 6 avril</u>

Ce troisième jour de coupe marque un léger progrès : 94 ! Tu m'accompagnes. Joie.
Après-midi : petite balade dans la forêt de Seignosse. Nous nous entendons bien, avec un rien de nostalgie (tu es ainsi depuis lundi soir).
Longue conversation avec Piette avec lequel j'ai déjeuné à l'Hôtel du Parc et que je retrouve au golf. Nous errons du 1 au 10 en discutant des griefs SFIO-Convention.
Cocktail chez les Duplaix.
Defferre m'a téléphoné. Il souhaite que je signe la motion de censure. Je décline poliment son invitation !
Au dîner chez les Destouesse, avec Robert Arlette et Saint-Périer, je retrouve l'atmosphère d'autrefois. Les assiettes sur les murs, les livres qu'on ne touche pas, l'odeur de cire et d'ombre, le ton chantant et doux des conversations…

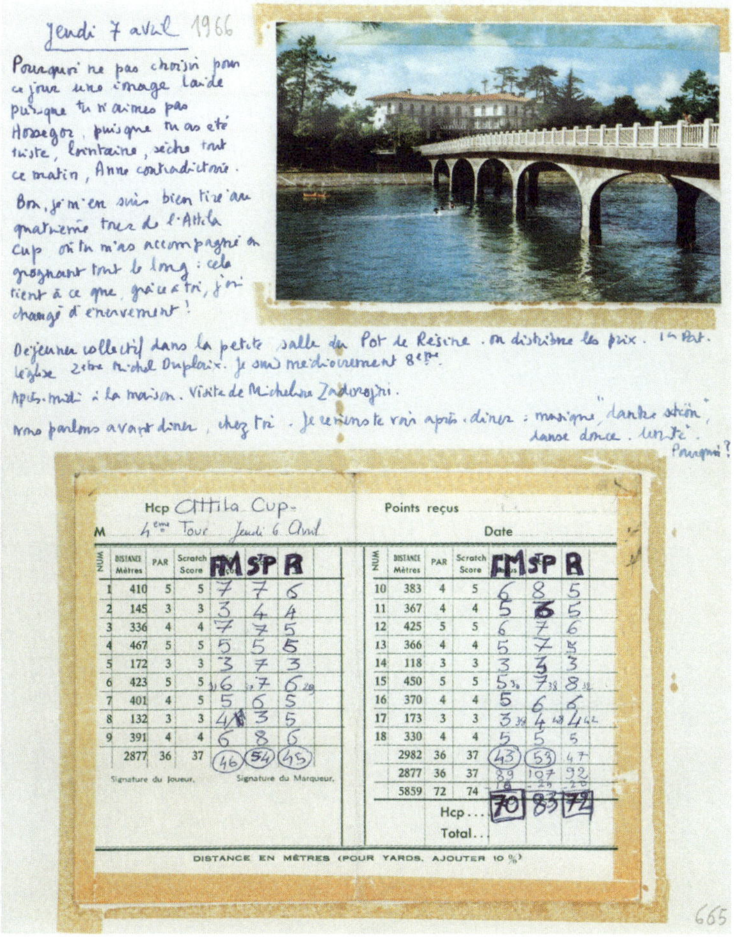

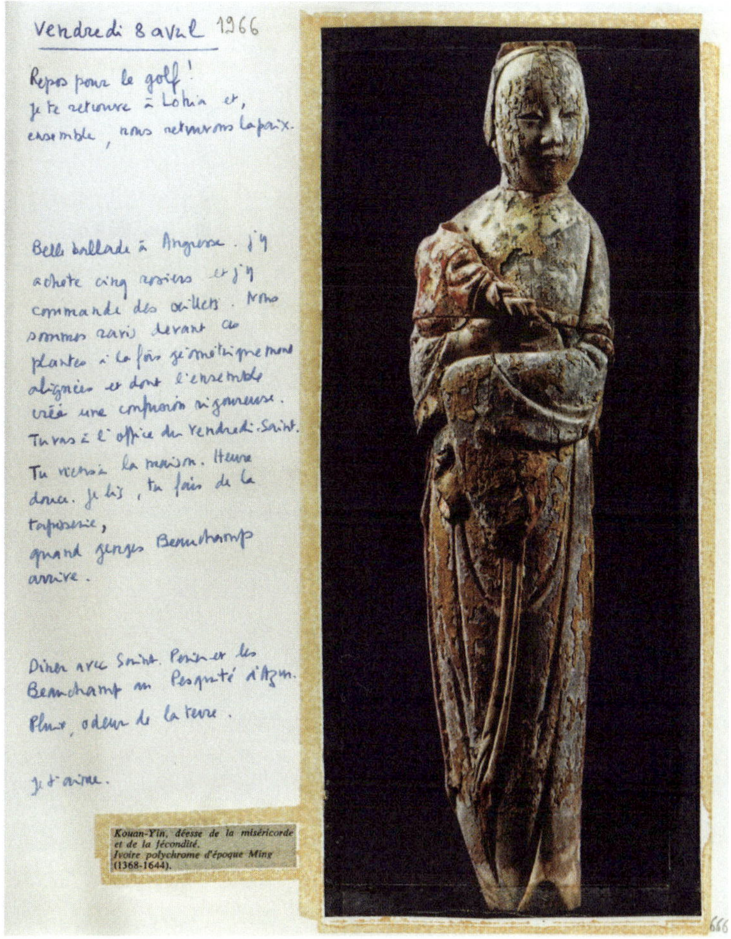

665
Jeudi 7 avril

Pourquoi ne pas choisir pour ce jour une image laide puisque tu n'aimes pas Hossegor, puisque tu as été triste, lointaine, sèche tout ce matin, Anne contradictoire.
Bon, je m'en suis bien tiré au quatrième tour de l'Attila Cup, où tu m'as accompagné en grognant tout le long : cela tient à ce que, grâce à toi, j'ai changé d'énervement !
Déjeuner collectif dans la petite salle du Pot de Résine. On distribue les prix. 1er Pat. Léglise 2e Michel Duplaix. Je suis médiocrement 8e.
Après-midi à la maison. Visite de Micheline Zadorojni.
Nous parlons avant dîner, chez toi. Je reviens te voir après dîner : musique, « danke schön », danse douce. Unité. Pourquoi ?

666
Vendredi 8 avril

Repos pour le golf !
Je te retrouve à Lohia et, ensemble, nous retrouvons la paix.
Belle balade à Angresse. J'y achète cinq rosiers et j'y commande des œillets. Nous sommes ravis devant ces plantes à la fois géométriquement alignées et dont l'ensemble crée une confusion rigoureuse.
Tu vas à l'office du Vendredi-Saint.
Tu viens à la maison. Heure douce. Je lis, tu fais de la tapisserie, quand Georges Beauchamp arrive.
Dîner avec Saint-Périer et les Beauchamp au Pesquité d'Azur.
Pluie, odeur de la terre.
Je t'aime.

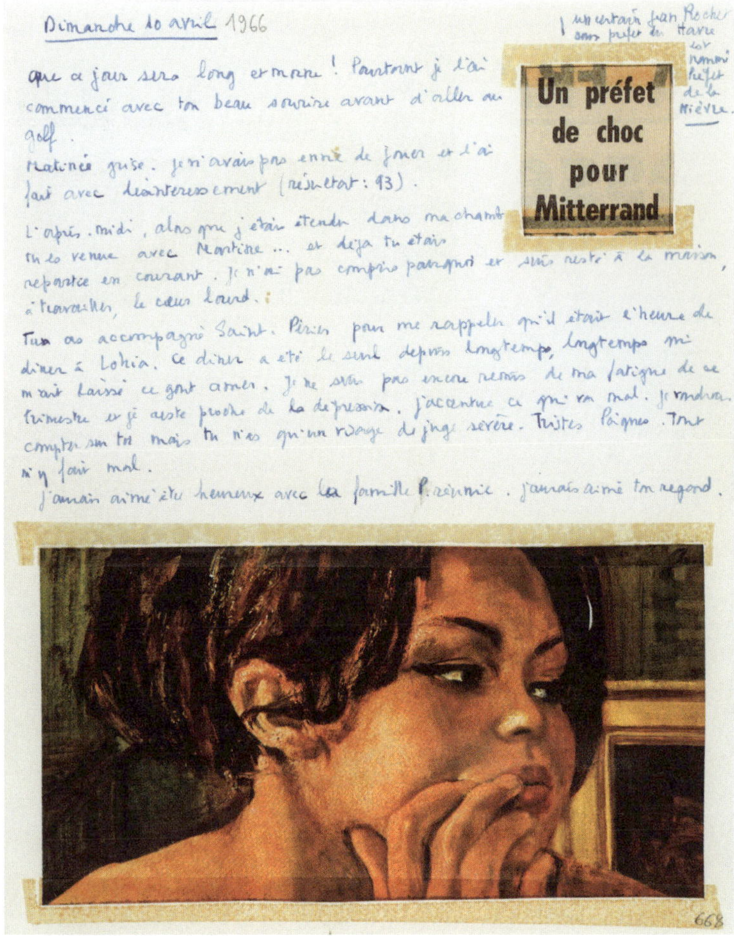

667
Samedi 9 avril

Petite partie de golf, agaçante et… perdue avant de partir pour Orthez avec toi et Saint-Périer.
Nous avons retrouvé René Billères devant la mairie et j'ai déjeuné en sa compagnie à l'hôtel du Béarn, tandis que tu vivais ta vie avec Guy.
J'ai bien aimé ce voyage par les routes de Chalosse et du Béarn. Je me rappelais cette belle journée de l'an dernier à Sorde-l'Abbaye – toi, Gédé, les Barbot.
De retour, dix trous de golf encore difficiles (48 au 9) puis dîner très doux à Lohia. J'étais pourtant fatigué. Au point de manquer la messe de minuit.
J'ai dormi lourdement.

668
Dimanche 10 avril

Que ce jour sera long et morne ! Pourtant je l'ai commencé avec ton beau sourire avant d'aller au golf.
Matinée grise. Je n'avais pas envie de jouer et l'ai fait avec désintéressement (résultat : 93).

Un certain Jean Rochet sous-préfet du Havre est nommé Préfet de la Nièvre.

L'après-midi, alors que j'étais étendu dans ma chambre tu es venue avec Martine… et déjà tu étais repartie en courant. Je n'ai pas compris pourquoi et suis resté à la maison, à travailler, le cœur lourd.
Tu as accompagné Saint-Périer pour me rappeler qu'il était l'heure de dîner à Lohia. Ce dîner a été le seul depuis longtemps, longtemps qui m'ait laissé ce goût amer. Je ne suis pas encore remis de ma fatigue de ce trimestre et je reste proche de la dépression. J'accentue ce qui va mal. Je voudrais compter sur toi mais tu n'as qu'un visage de juge sévère. Tristes Pâques. Tout m'y fait mal.
J'aurais aimé être heureux avec la famille P. réunie. J'aurais aimé ton regard.

670
Mardi 12 avril

Au revoir Hossegor ! Nous partons, O matin doux d'Océanie, mon Anne et moi portés par la pantoufle. Première partie du voyage sans autre histoire que l'allégresse de l'amour clair. Mais après Sore, l'ancien marais, la grande Lande, un cours d'eau, l'herbe rêche et le cri s'élève, de Toi, plus que jamais donnée, donnant l'arc-en-ciel joie-plaisir-amour – voyage au-delà du voyage.
Nous nous sommes ensuite arrêtés à Langon où nous avons fait un déjeuner paisible au restaurant Oliver.
Et quelle jolie route de beau temps jusqu'à Touvent, par la Guyenne et Blasimon ! A Vigéraud et Petit-Bersac où j'ai revu Mme Vroger, la couturière de mes grands-parents, où nous avons cueilli des iris et touché l'entrelacs de l'arbre de mon enfance, devant la maison basse du moulin ; à Touvent, là-haut, d'où nous avons contemplé mon horizon, le cœur étreint ; partout nous avons vécu ce jour dans l'unité.
La route, la route, par Confolens, Montmorillon *[Saint-Savin-sur-Gartempe]*, Blois. Tu t'endors. Nous traversons la Loire, la Beauce. Je dépose au 39 une Anne ravissante à force d'avoir aimé la lumière du mardi 12 avril *[2 h du matin]*.

L'Abbaye dans un champ qui t'a rappelé le mouvement de Moissac ou peut-être de Souillac.

Cette fleur vient de Touvent

669
Lundi 11 avril

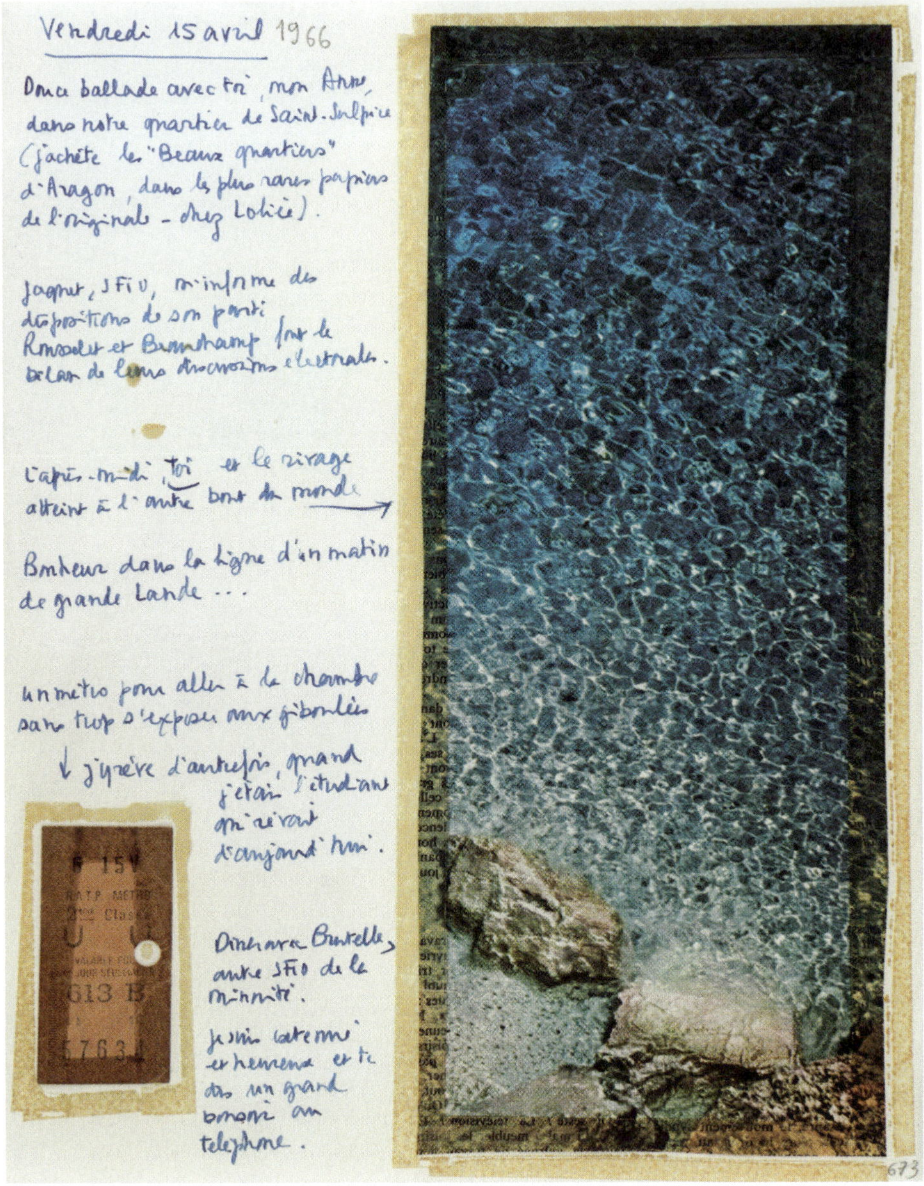

671
Mercredi 13 avril

672
Jeudi 14 avril

[intervention à l'Assemblée (« merveilleuse »).]

673
Vendredi 15 avril

Douce balade avec toi, mon Anne, dans notre quartier de Saint-Sulpice (j'achète les « Beaux quartiers » d'Aragon, dans les plus rares papiers de l'originale – chez Loliée).

Jaquet, SFIO, m'informe des dispositions de son parti
Rousselet et Beauchamp font le bilan de leurs discussions électorales.

L'après-midi, Toi et le rivage atteint à l'autre bout du monde
Bonheur dans la ligne d'un matin de grande Lande...

Un métro pour aller à la Chambre sans trop s'exposer aux giboulées
J'y rêve d'autrefois, quand j'étais l'étudiant qui rêvait d'aujourd'hui.
Dîner avec Brutelle, autre SFIO de la minorité.
Je suis exténué et heureux et te dis un grand bonsoir au téléphone.

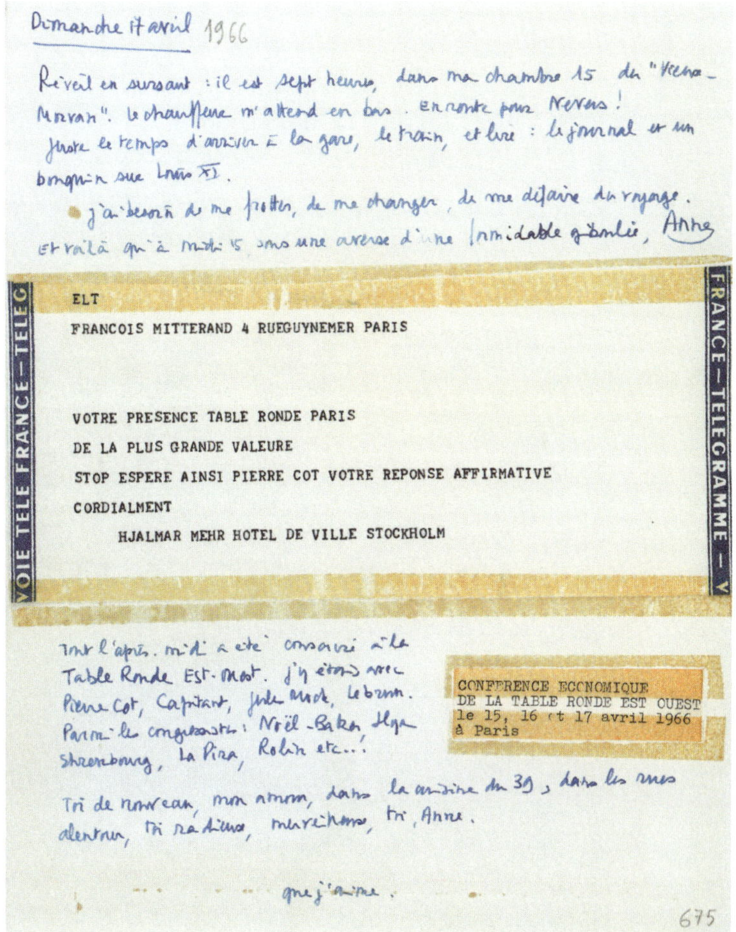

674

Samedi 16 avril

De nouveau, la Micheline de mes week-ends !
Première station, Nevers. Conseil général. Puis déjeuner à l'hôtel de France avec sept amis locaux

Une interview donnée hier soir à Radio-Europe

Château-Chinon. Nombreux visiteurs.
Je visite la Caisse d'Epargne qui loge dans une très belle demeure XVIIIe. Je veux libérer les jardins, les faire redessiner et mettre la maison en valeur.
Libations. On bavarde autour des tables du café du « Vieux Morvan ».
Dîner à l'hôtel avec les amis traditionnels : les Maringe, Barbier, Dussert, Poirier, Allen, Barreau, Imbert, Germain, Emery…
Je t'appelle O ma chère voix claire.
Je tombe de fatigue et, sans doute, de sommeil.

Voici la carte d'adhésion à la Fédération

675

Dimanche 17 avril

Réveil en sursaut : il est sept heures, dans ma chambre 15 du « Vieux-Morvan ». Le chauffeur m'attend en bas. En route pour Nevers !
Juste le temps d'arriver à la gare, le train, et lire : le journal et un bouquin sur Louis XI.
J'ai besoin de me frotter, de me changer, de me défaire du voyage. Et voilà qu'à midi 15, sous une averse d'une formidable giboulée, Anne

Tout l'après-midi a été consacré à la Table Ronde Est-Ouest. J'y étais avec Pierre Cot, Capitant, Jules Moch, Lebrun. Parmi les congressistes : Noël-Baker, Ilya Ehrenbourg, La Pira, Rolin etc…

Toi de nouveau, mon amour, dans la cuisine du 39, dans les rues alentour, toi radieuse, merveilleuse, toi, Anne.
Que j'aime.

676
Lundi 18 avril

Toi, d'abord, que j'accompagne rue Cujas. Golf avec Mme O ! Banque – et retour pour recevoir. Je corrige des épreuves d'articles et je bavarde avec mes amis, autour d'une brève collation. A trois heures, le 39, des iris mauves, ton sourire, ta tendresse. Deux enregistrements, l'un pour Radio-Luxembourg, l'autre pour France-Inter. Visite du bureau du P.S.U (Depreux, Martinet, Bérégovoy, Heurgon) : du poisson froid. Le député de Tahiti (Teariki) vient me raconter les malheurs de son île et Manceron ses projets de bouquin. Je reste tard à lire et à écrire. Il est une heure. Tu dors. Je t'aime et je t'embrasse.

Cette image saisie en mouvement vaut bien le Christ de l'espace que nous avons vu rue St Placide.

677
Mardi 19 avril

678

Mercredi 20 avril

Quand Mitterrand se molletise

Montaron, l'éditorialiste de « Témoignage chrétien » ne croit pas si bien dire car j'ai précisément déjeuné aujourd'hui avec Mollet et Billères, chez l'inévitable Bérard-Quélin.
Je t'ai rattrapée en venant à la Chambre pour te faire entrer en séance où tu as été une citoyenne consciente et attentive. Pompidou, Pleven, Defferre, Kir et pour finir une motion de censure votée au rabais ont occupé notre après-midi.
[collage disparu qui cachait] Déjà je t'avais vu le matin, sous la pluie, mais protégée par l'aimable
Mais le matin avait été tout verdoyant dans un Saint-Cloud comme un bouquet. Pâquerettes, petites fleurs bleues qui ne sont pas des campanules, lilas, cerisiers, le printemps s'était mis en frais d'humeur tendre. J'en ai profité pour gagner deux balles moyennant un jeu modeste (avec Rousselet, Saint-Périer, Piette). Et Saint-Périer m'a comblé… de confusion en m'offrant ce cliché de mes exploits hossegoriens… !!!
Le soir tu allais à une conférence de Han Suyin, sur la Chine évidemment. Et je t'y retrouvais (devant l'église St Germain) avec les Soudet pour aller en ta compagnie (et celle de Bab), chez Lipp.
Là nous avons passé deux heures gaies, tu m'as « porté » rue Vaugirard et je t'ai dit, bonsoir,
bonsoir mon Anne aimée.

Jeudi 21 avril 1966

« Mitterrand vedette du sixième « Face à Face »

C'EST M. François Mitterrand qui aura la vedette du sixième « Face à Face », de la télévision, le 9 mai. Avec le chef de la fédération de la gauche démocrate et socialiste l'émission de Jean Farran et Igor Barrère, revient donc à la politique.

Après MM. Guy Mollet, Giscard d'Estaing, Waldeck Rochet, et Pompidou, la parole avait été donnée à l'Eglise en la personne de Mgr Veuillot, lors de la dernière émission.

679

679
Jeudi 21 avril

681
Samedi 23 avril

Lever tôt : il faut que je sois à Gien sur Cure à 11 heures pour l'inauguration de l'adduction d'eau. Très belle journée. Le Morvan est bon à respirer. Nous allons visiter les sources dans une forêt de hêtres sur le département de Côte d'or, en bordure, évidemment, de la Nièvre. Je me chauffe au soleil et bois un air profond. Déjeuner classique et simple avec les gens du pays et deux ou trois officiels. Le maire, Grocat, celui qui t'a accompagnée un jour de Dun-les-Places à Château-Chinon, est tout ému. Il a fait un gros travail : c'est l'œuvre de sa vie que cette eau qui coule à l'évier et à l'étable.
Je vais ensuite présider une séance de travail du Conseil municipal de Lormes. Toujours le Morvan. On parle école, électricité, hôpital. On boit un verre et je pars pour Château, pour mon propre Conseil. Là, il s'agit d'usine, de valeur du centime et de collège agricole.
Je reçois à la mairie avant de dîner au « Vieux-Morvan » avec mes amis Saury et un architecte de Paris dont j'attends des suggestions. Et je m'endors après avoir pensé à mon Anne… et nourri mes rêves à la lecture des Comic's de France-Soir.

680
Vendredi 22 avril

Dimanche 1er mai 1966

Lundi 2 mai 1966

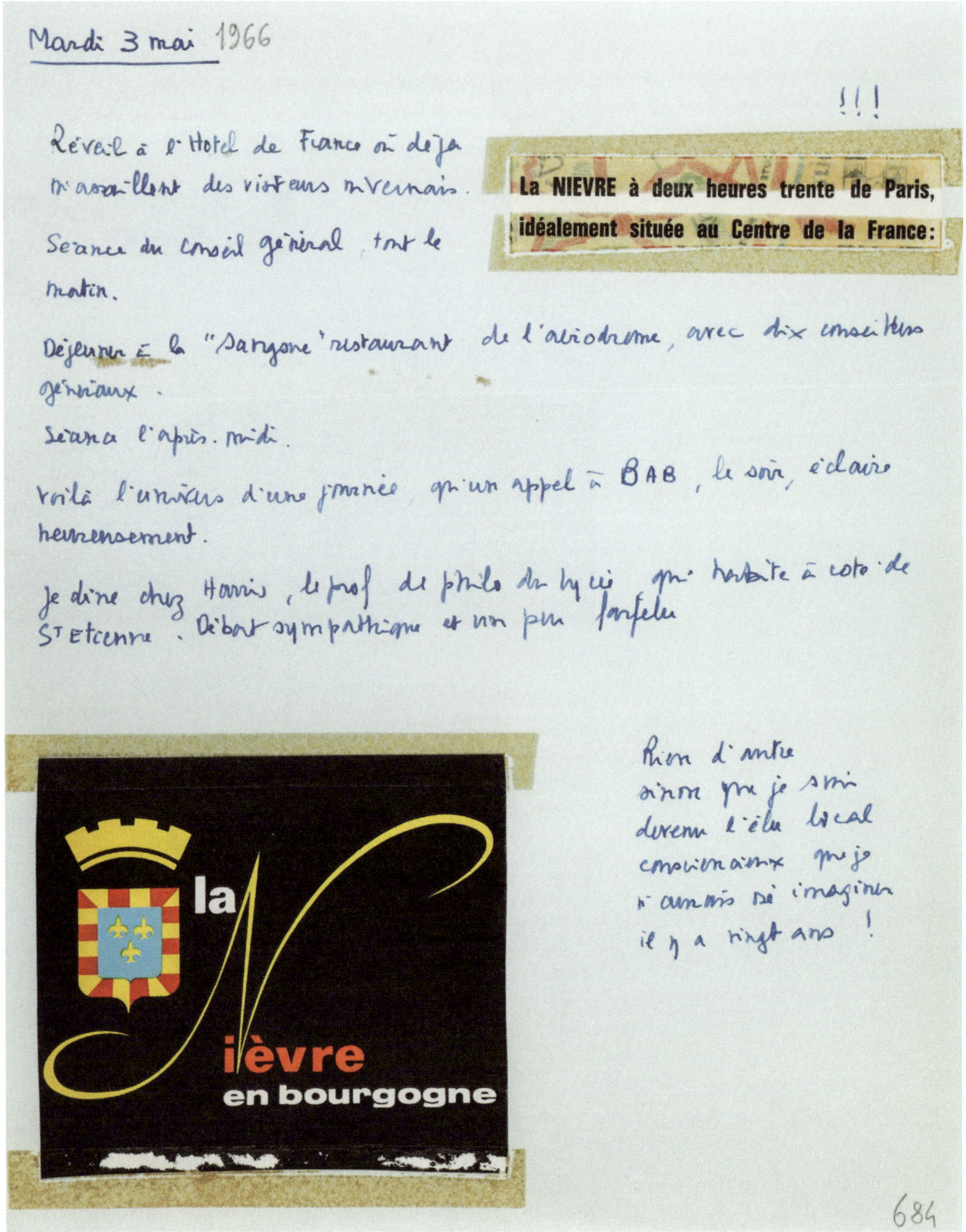
Mardi 3 mai 1966

!!!

Réveil à l'Hôtel de France où déjà m'assaillent des visiteurs nivernais.

Séance du conseil général, tout le matin.

Déjeuner à la "Sangsue" restaurant de l'aérodrome, avec dix conseillers généraux.

Séance l'après-midi.

Voilà l'univers d'une journée, qu'un appel à BAB, le soir, éclaire heureusement.

Je dîne chez Harris, le prof de philo du lycée qui habite à côté de St Etienne. Débat sympathique et un peu farfelu

Rien d'autre sinon que je suis devenu l'élu local consciencieux que je n'aurais osé imaginer il y a vingt ans !

684

684
<u>Mardi 3 mai</u>

Réveil à l'Hôtel de France où déjà m'assaillent des visiteurs nivernais.
Séance du Conseil Général, tout le matin.
Déjeuner à la « Sangsue » restaurant de l'aérodrome, avec dix conseillers généraux.
Séance l'après-midi.
Voilà l'univers d'une journée, qu'un appel à BAB, le soir, éclaire heureusement.
Je dîne chez Harris, le prof de philo du lycée, qui habite à côté de St Etienne. Débat sympathique et un peu farfelu
Rien d'autre sinon que je suis devenu l'élu local consciencieux que je n'aurais osé imaginer il y a vingt ans !

682
Dimanche 1er mai

683
Lundi 2 mai

[Documents préparés, non collés.]

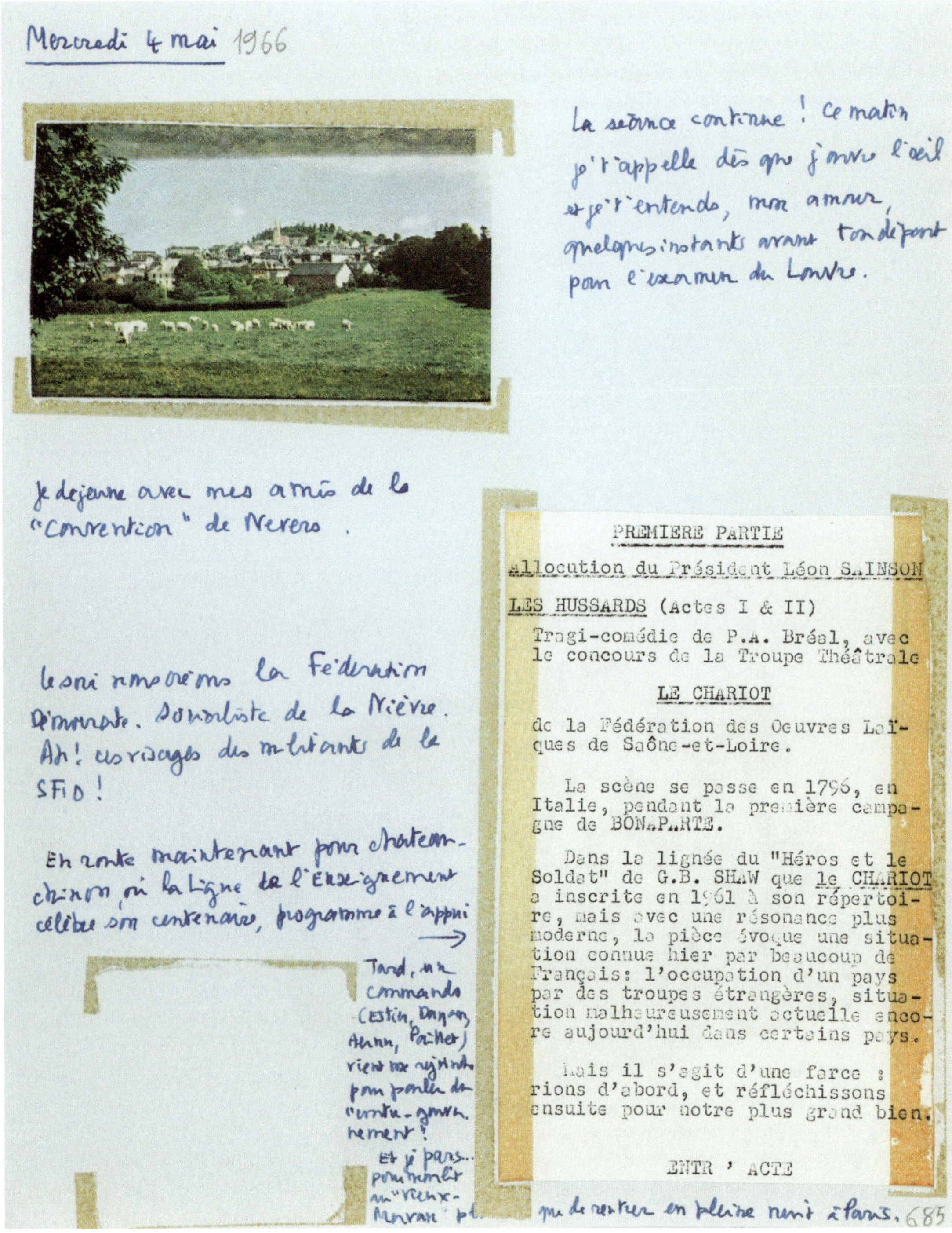
Mercredi 4 mai 1966

La séance continue ! Ce matin je t'appelle dès que j'ouvre l'œil et je t'entends, mon amour, quelques instants avant ton départ pour l'examen du Louvre.

Je déjeune avec mes amis de la « Convention » de Nevers.

Le soir nous créons la Fédération Démocrate. Socialiste de la Nièvre. Ah ! ces visages des militants de la SFIO !

En route maintenant pour Château-Chinon où la Ligue de l'Enseignement célèbre son centenaire, programme à l'appui →

PREMIERE PARTIE

Allocution du Président Léon SAINSON

LES HUSSARDS (Actes I & II)

Tragi-comédie de P.A. Bréal, avec le concours de la Troupe Théâtrale

LE CHARIOT

de la Fédération des Oeuvres Laïques de Saône-et-Loire.

La scène se passe en 1796, en Italie, pendant la première campagne de BONAPARTE.

Dans la lignée du "Héros et le Soldat" de G.B. SHAW que LE CHARIOT a inscrite en 1961 à son répertoire, mais avec une résonance plus moderne, la pièce évoque une situation connue hier par beaucoup de Français: l'occupation d'un pays par des troupes étrangères, situation malheureusement actuelle encore aujourd'hui dans certains pays.

Mais il s'agit d'une farce : rions d'abord, et réfléchissons ensuite pour notre plus grand bien.

ENTR'ACTE

Tard, un commando (Estier, Dayan, Hernu, Paillet) vient me rejoindre pour parler du "contre-gouvernement" ! Et je pars... pour mon lit au "Vieux-Morvan" plutôt que de rentrer en pleine nuit à Paris.

685

Jeudi 5 mai 1966

Vendredi 6 mai 1966

685
Mercredi 4 mai

La séance continue ! Ce matin je t'appelle dès que j'ouvre l'œil et je t'entends, mon amour, quelques instants avant ton départ pour l'examen du Louvre.
Je déjeune avec mes amis de la « Convention » de Nevers.
Le soir nous créons la Fédération Démocrate-Socialiste de la Nièvre.
Ah ! ces visages des militants de la SFIO !
En route maintenant pour Château-Chinon, où la Ligue de l'Enseignement célèbre son centenaire, programme à l'appui
Tard, un commando (Estier, Dayan, Hernu, Paillet) vient me rejoindre pour parler du « contre-gouvernement ».
Et je pars… pour mon lit au « Vieux-Morvan » plutôt que de rentrer en pleine nuit à Paris.

686
Jeudi 5 mai

687
Vendredi 6 mai

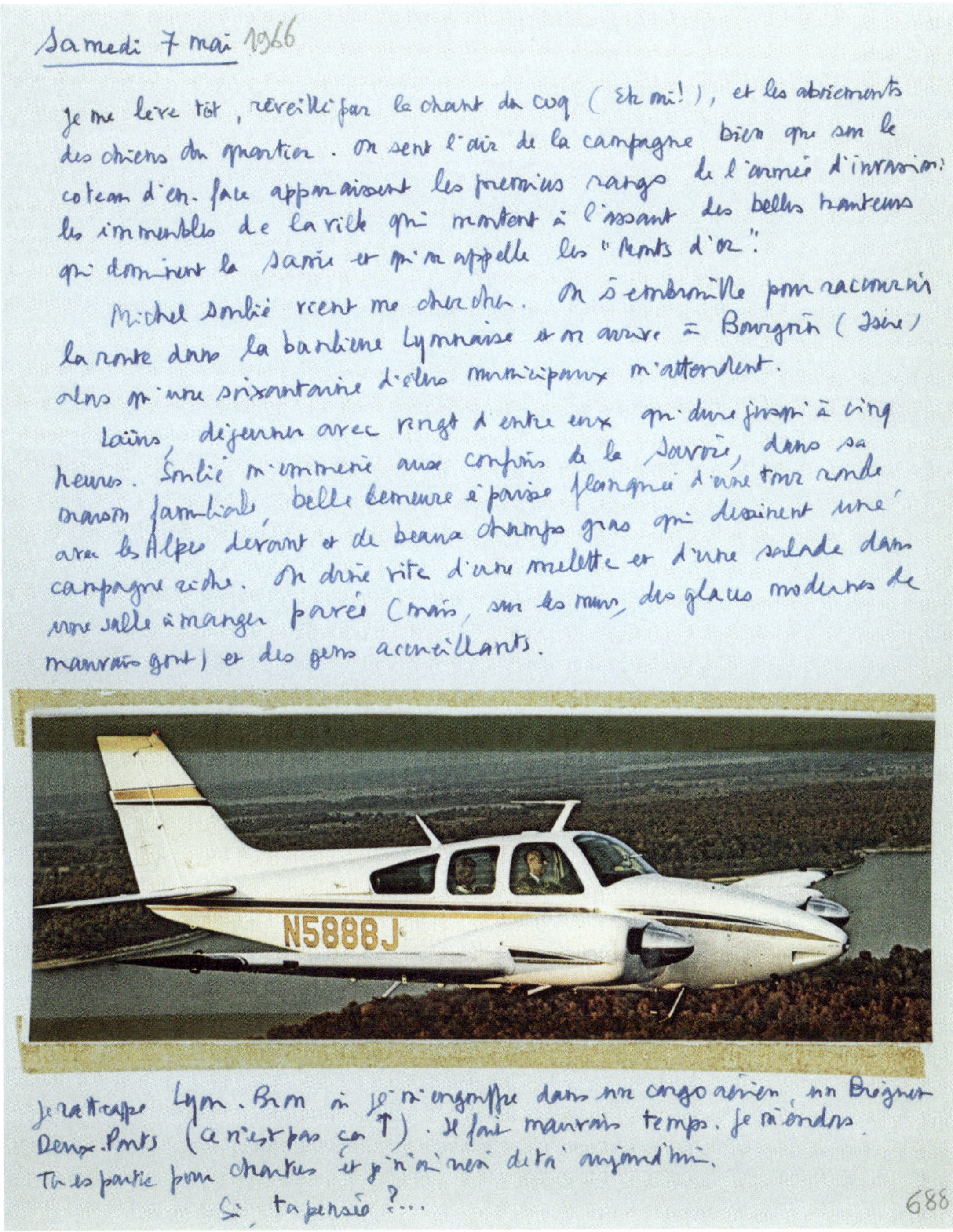

688
Samedi 7 mai

Je me lève tôt, réveillé par le chant du coq (Eh oui !), et les aboiements des chiens du quartier. On sent l'air de la campagne bien que sur le coteau d'en face apparaissent les premiers rangs de l'armée d'invasion : les immeubles de la ville qui montent à l'assaut des belles hauteurs qui dominent la Savoie et qu'on appelle les « Monts d'or ».
Michel Soulié vient me chercher. On s'embrouille pour raccourcir la route dans la banlieue lyonnaise et on arrive à Bourgoin (Isère) alors qu'une soixantaine d'élus municipaux m'attendent.
Laïus, déjeuner avec vingt d'entre eux qui dure jusqu'à cinq heures. Soulié m'emmène aux confins de la Savoie, dans sa maison familiale, belle demeure épaisse flanquée d'une tour ronde, avec les Alpes devant et de beaux champs gras qui dessinent une campagne riche. On dîne vite d'une omelette et d'une salade dans une salle à manger pavée (mais, sur les murs, des glaces modernes de mauvais goût) et des gens accueillants.
Je rattrape Lyon-Bron où je m'engouffre dans un cargo aérien, un Bréguet Deux-Ponts (ce n'est pas ça *[le petit avion reproduit]*). Il fait mauvais temps. Je m'endors. Tu es partie pour Chartres et je n'ai rien de toi aujourd'hui.
Si, ta pensée ?...

689
Dimanche 8 mai

690
Lundi 9 mai

[TV Face à face]

[Interruption du Journal pendant trois ans.]

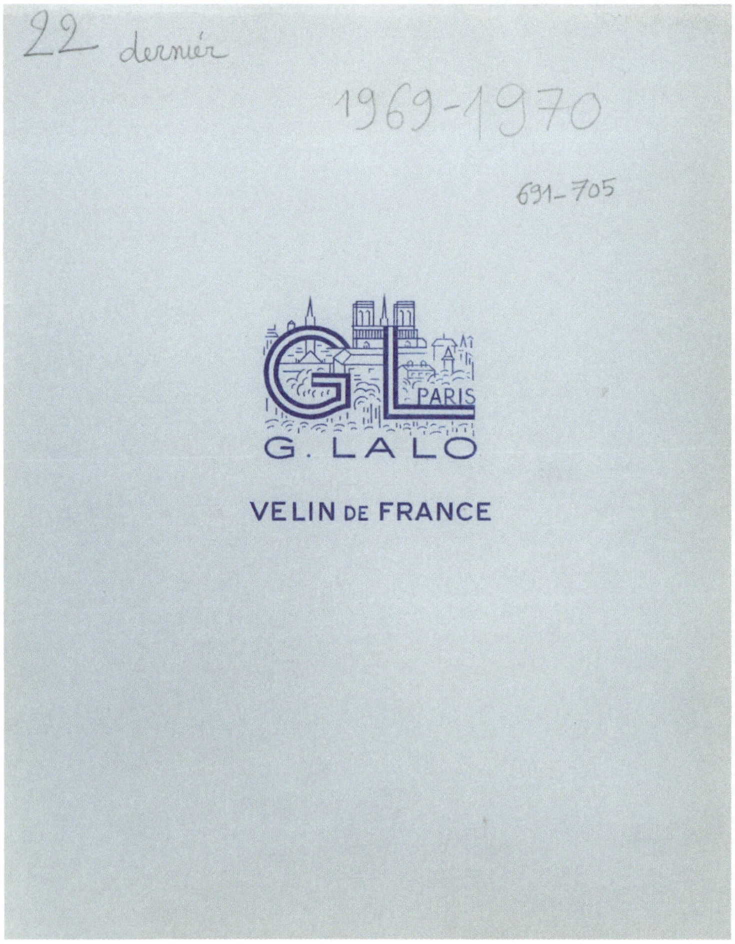

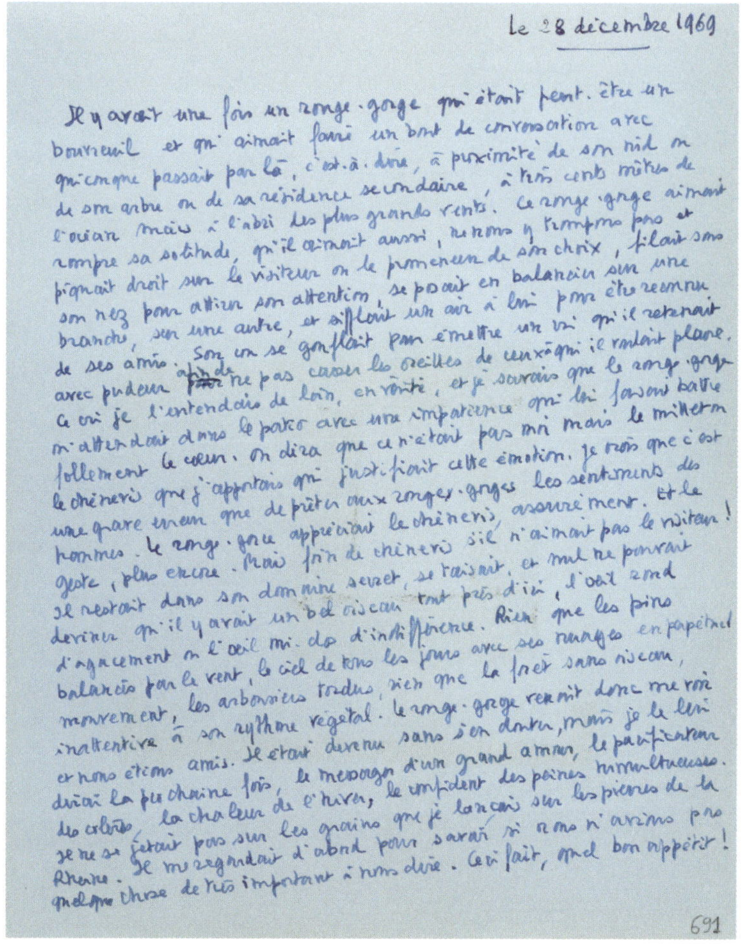

691

Le 28 décembre 1969

Il y avait une fois un rouge-gorge qui était peut-être un bouvreuil et qui aimait faire un bout de conversation avec quiconque passait par là, c'est-à-dire, à proximité de son nid ou de son arbre ou de sa résidence secondaire, à trois cents mètres de l'océan mais à l'abri des plus grands vents. Ce rouge-gorge aimait rompre sa solitude, qu'il aimait aussi, ne nous y trompons pas et piquait droit sur le visiteur ou le promeneur de son choix, filait sous son nez pour attirer son attention, se posait en balancier sur une branche, sur une autre, et sifflait un air à lui pour être reconnu de ses amis. Son cou se gonflait pour émettre un cri qu'il retenait avec pudeur afin de ne pas casser les oreilles de ceux à qui il voulait plaire.

Ce cri je l'entendais de loin, en vérité, et je savais que le rouge-gorge m'attendait dans le patio avec une impatience qui lui faisait battre follement le cœur. On dira que ce n'était pas moi mais le millet ou le chènevis que j'apportais qui justifiait cette émotion. Je crois que c'est une grave erreur que de prêter aux rouges-gorges les sentiments des hommes. Le rouge-gorge appréciait le chènevis, assurément. Et le geste, plus encore. Mais foin de chènevis s'il n'aimait pas le visiteur ! Il restait dans son domaine secret, se taisait, et nul ne pouvait deviner qu'il y avait un bel oiseau tout près d'ici, l'œil rond d'agacement ou l'œil mi-clos d'indifférence. Rien que les pins balancés par le vent, le ciel de tous les jours avec ses nuages en perpétuel mouvement, les arbousiers tordus, rien que la forêt sans oiseau, inattentive à son rythme végétal. Le rouge-gorge venait donc me voir et nous étions amis. Il était devenu sans s'en douter, mais je le lui dirai la prochaine fois, le messager d'un grand amour, le pacificateur des colères, la chaleur de l'hiver, le confident des peines tumultueuses. Il ne se jetait pas sur les grains que je lançais sur les pierres de la Rhune. Il me regardait d'abord pour savoir si nous n'avions pas quelque chose de très important à nous dire. Ceci fait, quel bon appétit !

692

Le 31 décembre 1969

Minuit a sonné. La nouvelle année commence. Je suis peu sensible au fétichisme des dates. Mais les souvenirs d'enfance sont tenaces et s'accrochent à nos réflexes. Que tu sois seule pour la première fois en une nuit du Premier de l'An me remue, me peine. Je te vois avec ton rire retrouvé mais grave tout de même au moment d'aller dormir. Tu es pour ce moment une petite fille qui a besoin de présence, de chaleur et d'élan. Je te l'écris, loin de toi. Je pense profondément à toi. Je t'aime intensément. Bonne année mon Anne, mon amour.

Le 1er janvier 1970

salue Anne
avec une immortelle orangée-rouge
comme un soleil après la brume
le cœur ouvert à la lumière, immortelle
venue d'un espace
où l'on peut vivre indéfiniment
la tête en bas.

693

1970

S'ouvre sur un poisson bleu
Bleu, bleu, bleu à l'œil noir
Avec un rire en coin qui lui traverse la figure.
Quelle histoire se raconte-t-il ce poisson ?
De quel millénaire sort-il pour rire ainsi à l'avenir
et de quelle profondeur, de quel abîme marin
pour avoir su garder les couleurs de l'enfance,
Je veux dire, de l'enfance du monde ?

694
3 janvier 1970

Ce capitaine monte la garde sur un navire du roi suédois. Il est là, dans la vase, depuis son premier jour de grande course. Ah ! l'œil farouche ! Les poissons ont caressé sa barbe de leur irrespectueuse queue. Quelle colère pour le capitaine ! Comme il les aurait fait sauter dans la poêle, s'il avait pu délier ses mains de la prison de l'eau, de la prison de terre et d'eau, s'il avait pu.
On le délivrera, on te délivrera, Gustave.
Tu verras les automobiles, les minijupes, le téléphone et dans une autre cage, de verre cette fois-ci, homme libre tu verras les bêtes sauvages du nouveau siècle : les touristes, qui trembleront d'i-ma-gi-na-ti-on en considérant le bois piqué et la prestance et le nez mangé par les crevettes
du dernier témoin.

695
3 janvier 1970

Rêvons
d'Erromango
O tête chauve où brûlent des feux sauvages
O pubis des chaleurs tropicales !

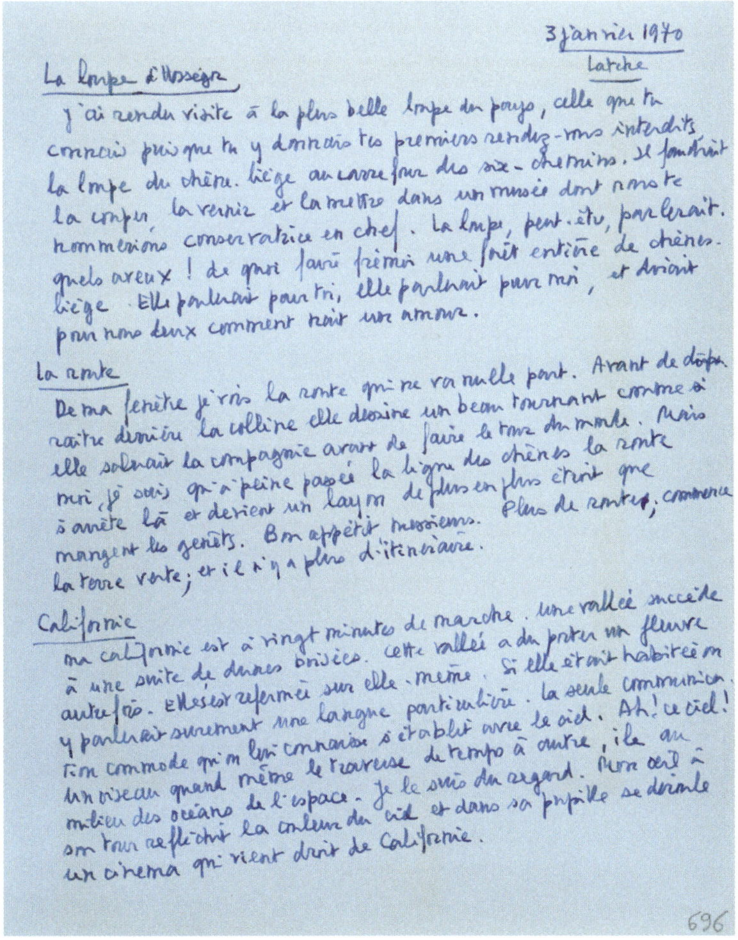

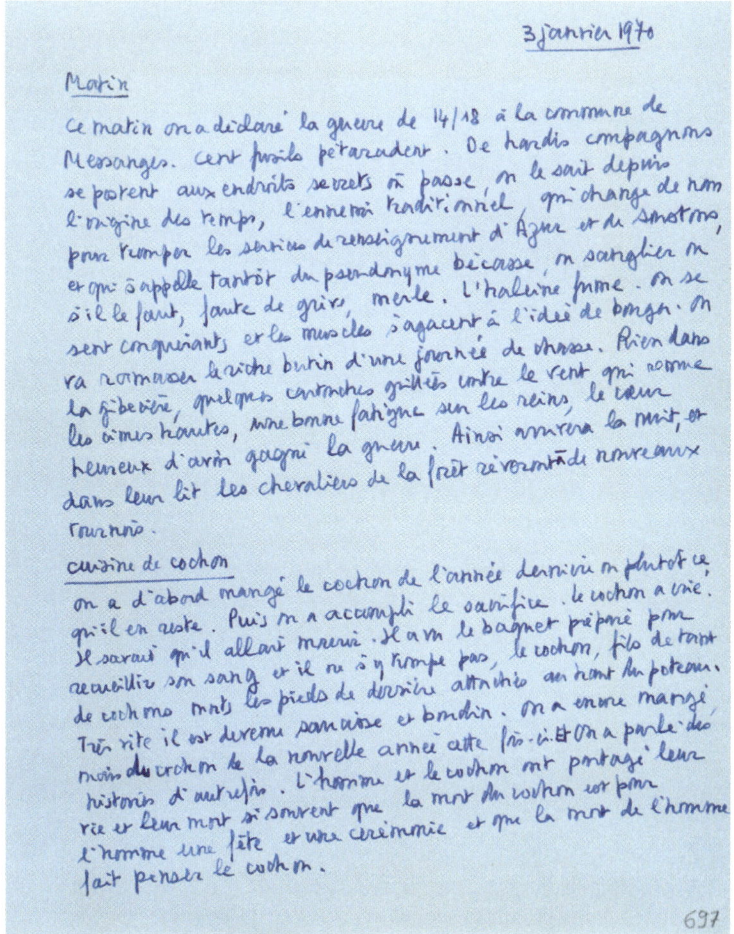

696

3 janvier 1970

Latche

La loupe d'Hossegor

J'ai rendu visite à la plus belle loupe du pays, celle que tu connais puisque tu y donnais tes premiers rendez-vous interdits, la loupe du chêne-liège au carrefour des six-chemins. Il faudrait la couper, la vernir et la mettre dans un musée dont nous te nommerions conservatrice en chef. La loupe, peut-être, parlerait. Quels aveux ! de quoi faire frémir une forêt entière de chênes-lièges. Elle parlerait pour toi, elle parlerait pour moi, et dirait pour nous deux comment naît un amour.

La route

De ma fenêtre je vois la route qui ne va nulle part. Avant de disparaître derrière la colline elle dessine un beau tournant comme si elle saluait la compagnie avant de faire le tour du monde. Mais moi, je sais qu'à peine passée la ligne des chênes la route s'arrête là et devient un layon de plus en plus étroit que mangent les genêts. Bon appétit messieurs. Plus de route ; commence la terre verte ; et il n'y a plus d'itinéraire.

Californie

Ma Californie est à vingt minutes de marche. Une vallée succède à une suite de dunes boisées. Cette vallée a dû porter un fleuve autrefois. Elle s'est refermée sur elle-même. Si elle était habitée on y parlerait sûrement une langue particulière. La seule communication commode qu'on lui connaisse s'établit avec le ciel. Ah ! ce ciel ! un oiseau quand même le traverse de temps à autre, île au milieu des océans de l'espace. Je le suis du regard. Mon œil à son tour réfléchit la couleur du ciel et dans sa pupille se déroule un cinéma qui vient droit de Californie.

697

3 janvier 1970

Matin

Ce matin on a déclaré la guerre de 14/18 à la commune de Messanges. Cent fusils pétaradent. De hardis compagnons se postent aux endroits secrets où passe, on le sait depuis l'origine des temps, l'ennemi traditionnel, qui change de nom pour tromper les services de renseignement d'Azur et de Soustons, et qui s'appelle tantôt du pseudonyme bécasse, ou sanglier ou s'il le faut, faute de grive, merle. L'haleine fume. On se sent conquérants et les muscles s'agacent à l'idée de bouger. On va ramasser le riche butin d'une journée de chasse. Rien dans la gibecière, quelques cartouches grillées contre le vent qui remue les cimes hautes, une bonne fatigue sur les reins, le cœur heureux d'avoir gagné la guerre. Ainsi arrivera la nuit, et dans leur lit les chevaliers de la forêt rêveront à de nouveaux tournois.

Cuisine de cochon

On a d'abord mangé le cochon de l'année dernière ou plutôt ce qu'il en reste. Puis on a accompli le sacrifice. Le cochon a crié. Il savait qu'il allait mourir. Il a vu le baquet préparé pour recueillir son sang et il ne s'y trompe pas, le cochon, fils de tant de cochons morts les pieds de derrière attachés au haut du poteau. Très vite il est devenu saucisse et boudin. On a encore mangé, mais du cochon de la nouvelle année cette fois-ci. Et on a parlé des histoires d'autrefois. L'homme et le cochon ont partagé leur vie et leur mort si souvent que la mort du cochon est pour l'homme une fête et une cérémonie et que la mort de l'homme fait penser le cochon.

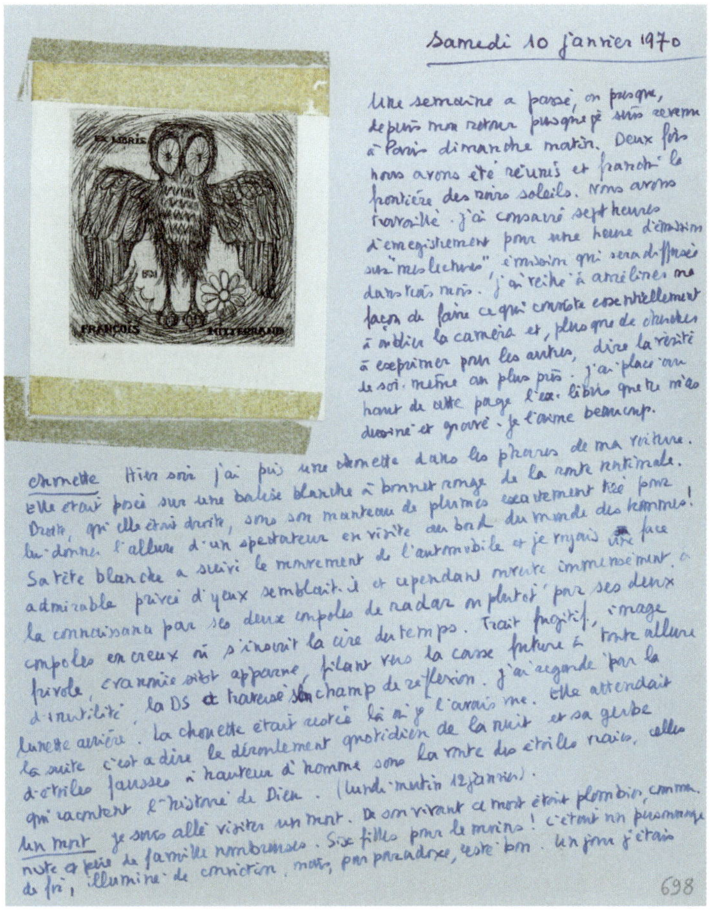

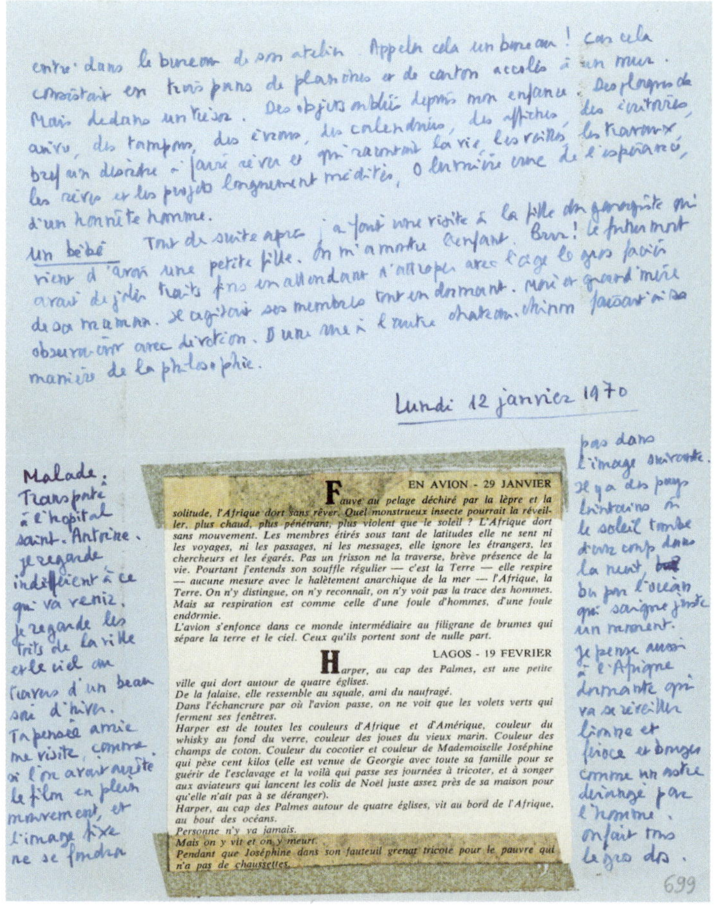

698

Samedi 10 janvier 1970

Ex-libris François Mitterrand

Une semaine a passé, ou presque, depuis mon retour puisque je suis revenu à Paris dimanche matin. Deux fois nous avons été réunis et franchi la frontière des noirs soleils. Nous avons travaillé. J'ai consacré sept heures d'enregistrement pour une heure d'émission sur « mes lectures », émission qui sera diffusée dans trois mois. J'ai veillé à améliorer ma façon de faire ce qui consiste essentiellement à oublier la caméra et, plus que de chercher à exprimer pour les autres, dire la vérité de soi-même au plus près. J'ai placé au haut de cette page l'ex-libris que tu m'as dessiné et gravé. Je l'aime beaucoup.

Chouette Hier soir j'ai pris une chouette dans les phares de ma voiture. Elle était posée sur une balise blanche à bonnet rouge de la route nationale. Droite, qu'elle était droite, sous son manteau de plumes exactement tiré pour lui donner l'allure d'un spectateur en visite au bord du monde des hommes ! Sa tête blanche a suivi le mouvement de l'automobile et je voyais une face admirable privée d'yeux semblait-il et cependant ouverte immensément à la connaissance par ses deux coupoles de radar ou plutôt par ses deux coupoles en creux où s'inscrit la cire du temps. Trait fugitif, image frivole, évanouie sitôt apparue, filant vers la casse future à toute allure d'inutilité, la DS a traversé son champ de réflexion. J'ai regardé par la lunette arrière. La chouette était restée là où je l'avais vue. Elle attendait la suite c'est-à-dire le déroulement quotidien de la nuit et sa gerbe d'étoiles fausses à hauteur d'homme sous la voûte des étoiles vraies, celles qui racontent l'histoire de Dieu. (Lundi matin 12 janvier).

Un mort Je suis allé visiter un mort. De son vivant ce mort était plombier, communiste et père de famille nombreuse. Six filles pour le moins ! C'était un personnage de foi, illuminé de conviction, mais, par paradoxe, resté bon. Un jour j'étais

699

[Samedi 10 janvier. Suite]

entré dans le bureau de son atelier. Appeler cela un bureau ! Car cela consistait en trois pans de planches et de carton accolés à un mur. Mais dedans un trésor. Des objets oubliés depuis mon enfance. Des plaques de cuivre, des tampons, des écrous, des calendriers, des affiches, des écritoires, bref un désordre à faire rêver et qui racontait la vie, les veilles, les travaux, les rêves et les projets longuement médités, O lumière crue de l'espérance, d'un honnête homme.

Un bébé Tout de suite après j'ai fait une visite à la fille du garagiste qui vient d'avoir une petite fille. On m'a montré l'enfant. Brrr ! Le futur mort avait de jolis traits fins en attendant d'attraper avec l'âge le gros faciès de sa maman. Il agitait ses membres tout en dormant. Mère et grand'mère observaient avec dévotion. D'une rue à l'autre Château-Chinon faisait à sa manière de la philosophie.

Lundi 12 janvier 1970

Malade.
Transporté à l'hôpital Saint-Antoine. Je regarde, indifférent à ce qui va venir. Je regarde les toits de la ville et le ciel au travers d'un beau soir d'hiver. Ta pensée amie me visite, comme si l'on avait arrêté le film en plein mouvement, et l'image fixe ne se fondra pas dans l'image suivante.
Il y a des pays lointains où le soleil tombe d'un coup dans la nuit, bu par l'océan qui saigne juste un moment.
Je pense aussi à l'Afrique dormante qui va se réveiller lionne et féroce et bouger comme un astre dérangé par l'homme.
On fait tous le gros dos.

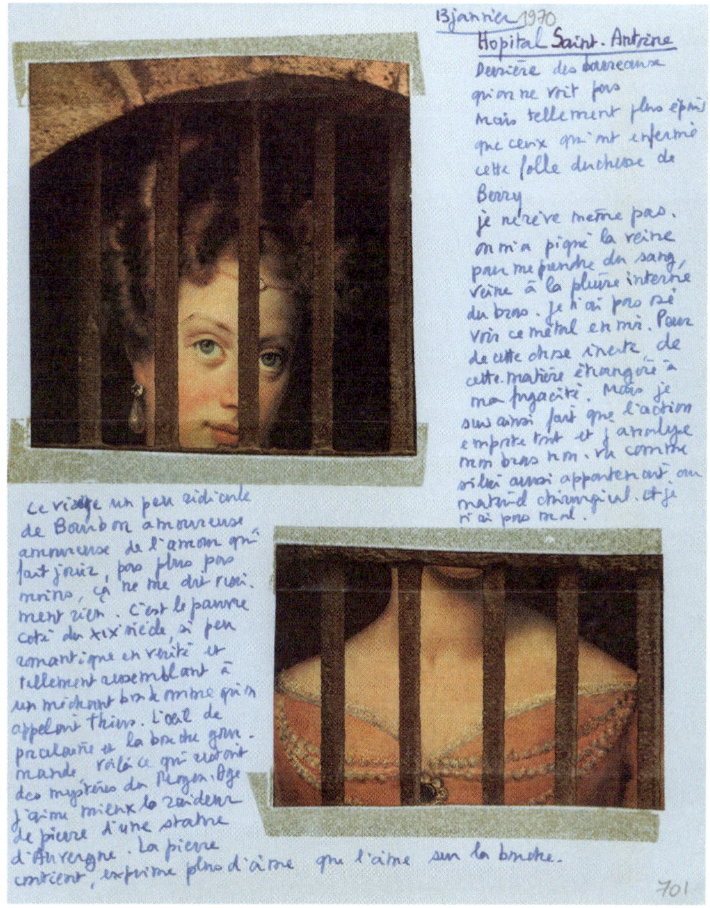

700
Hum !
Fille d'eau que décolore, colore, dore lèche la vie en plein midi je te vois brune et longue et l'œil vert aussi et le péplum rouge autour des reins. Tu as un grand rire, tu as cette bouche-là et le reste après tout je sais où le trouver.

701
13 janvier

Hôpital Saint-Antoine
Derrière des barreaux qu'on ne voit pas mais tellement plus épais que ceux qui ont enfermé cette folle duchesse de Berry je ne rêve même pas.
On m'a piqué la veine pour me prendre du sang, veine à la pliure interne du bras. Je n'ai pas osé voir ce métal en moi. Peur de cette chose inerte, de cette matière étrangère à ma fugacité. Mais je suis ainsi fait que l'action emporte tout et j'analyse mon bras non vu comme si lui aussi appartenait au matériel chirurgical. Et je n'ai pas mal.
Ce visage un peu ridicule de Bourbon amoureuse, amoureuse de l'amour qui fait jouir, pas plus pas moins, ça ne me dit vraiment rien. C'est le pauvre côté du XIXe siècle, si peu romantique en vérité et tellement ressemblant à un méchant bonhomme qu'on appelait Thiers. L'œil de porcelaine et la bouche gourmande, voilà ce qui restait des mystères du Moyen-Age. J'aime mieux la raideur de pierre d'une statue d'Auvergne. La pierre contient, exprime plus d'âme que l'âme sur la bouche.

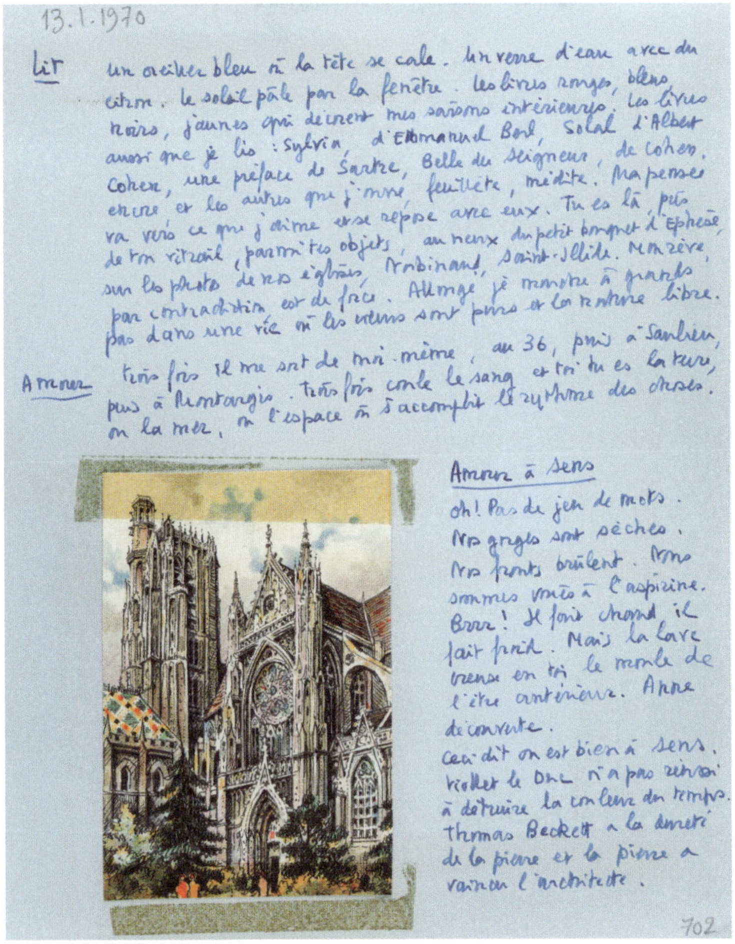

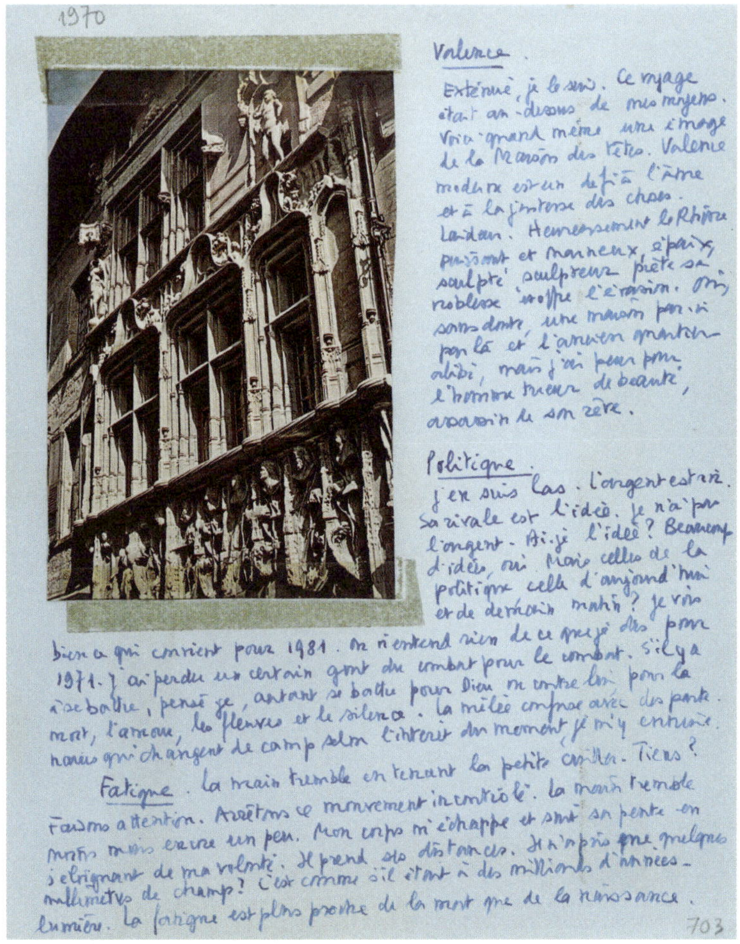

702

Lit Un oreiller bleu où la tête se cale. Un verre d'eau avec du citron. Le soleil pâle par la fenêtre. Les livres rouges, bleus, noirs, jaunes qui décorent mes saisons intérieures. Les livres aussi que je lis : Sylvia, d'Emmanuel Berl, Solal d'Albert Cohen, une préface de Sartre, Belle du Seigneur, de Cohen encore, et les autres que j'ouvre, feuillette, médite. Ma pensée va vers ce que j'aime et se repose avec eux. Tu es là, près de ton vitrail, parmi tes objets, au creux du petit bouquet d'Ephèse, sur les photos de nos églises, Nabinaud, Saint-Illide. Mon rêve, par contradiction, est de force. Allongé je marche à grands pas dans une vie où les cœurs sont purs et la nature libre.

Amour Trois fois il me sort de moi-même, au 36, puis à Saulieu, puis à Montargis. Trois fois coule le sang et toi tu es la terre, ou la mer, ou l'espace où s'accomplit le rythme des choses.

Amour à Sens
Oh ! Pas de jeu de mots. Nos gorges sont sèches. Nos fronts brûlent. Nous sommes voués à l'aspirine. Brrrr ! Il fait chaud, il fait froid. Mais la lave creuse en toi le moule de l'être antérieur. Anne découverte.
Ceci dit on est bien à Sens.
Viollet-le-Duc n'a pas réussi à détruire la couleur du temps.
Thomas Beckett a la dureté de la pierre et la pierre a vaincu l'architecte.

703

Valence.
Exténué, je le suis. Ce voyage était au-dessus de mes moyens. Voici quand même une image de la Maison des têtes. Valence moderne est un défi à l'âme et à la justesse des choses. Laideur. Heureusement le Rhône puissant et marneux, épais, sculpté, sculpteur prête sa noblesse et offre l'évasion. Oui, sans doute, une maison par-ci par-là et l'ancien quartier alibi, mais j'ai peur pour l'homme tueur de beauté, assassin de son rêve.

Politique.
J'en suis las. L'argent est roi. Sa rivale est l'idée. Je n'ai pas l'argent. Ai-je l'idée ? Beaucoup d'idées, oui. Mais celles de la politique, celle d'aujourd'hui et de demain matin ? Je vois bien ce qui convient pour 1981. On n'entend rien de ce que je dis pour 1971. J'ai perdu un certain goût du combat pour le combat. S'il y a à se battre, pensé-je, autant se battre pour Dieu ou contre lui, pour la mort, l'amour, les fleuves et le silence. La mêlée confuse avec des partenaires qui changent de camp selon l'intérêt du moment, je m'y ennuie.

Fatigue. La main tremble en tenant la petite cuiller. Tiens ? Faisons attention. Arrêtons ce mouvement incontrôlé. La main tremble moins mais encore un peu. Mon corps m'échappe et suit sa pente en s'éloignant de ma volonté. Il prend ses distances. Il n'a pris que quelques millimètres de champ ? C'est comme s'il était à des milliards d'années-lumière. La fatigue est plus proche de la mort que de la naissance.

704

Venise. Je l'ai connue par un jour de décembre. J'y suis revenu un automne qui avait les couleurs de saison mais l'air triomphant de l'été. A ceci près que l'automne est là-bas solitude. Solitude des rues la nuit quand nous allions visiter le cavalier. Solitude de la ville sous le ciel vertical. J'ai aimé Torcello où le passé gît entre les herbes et les pierres. Mais on peut le toucher du bout des doigts. Sur un pont tu t'es assise. Tu étais Anne lumineuse et profonde. Très accordée aux cintres de Byzance et aux peintures hiératiques. J'y pense aujourd'hui.
L'amour est mystique ou se rompt dans le cri de l'accomplissement.

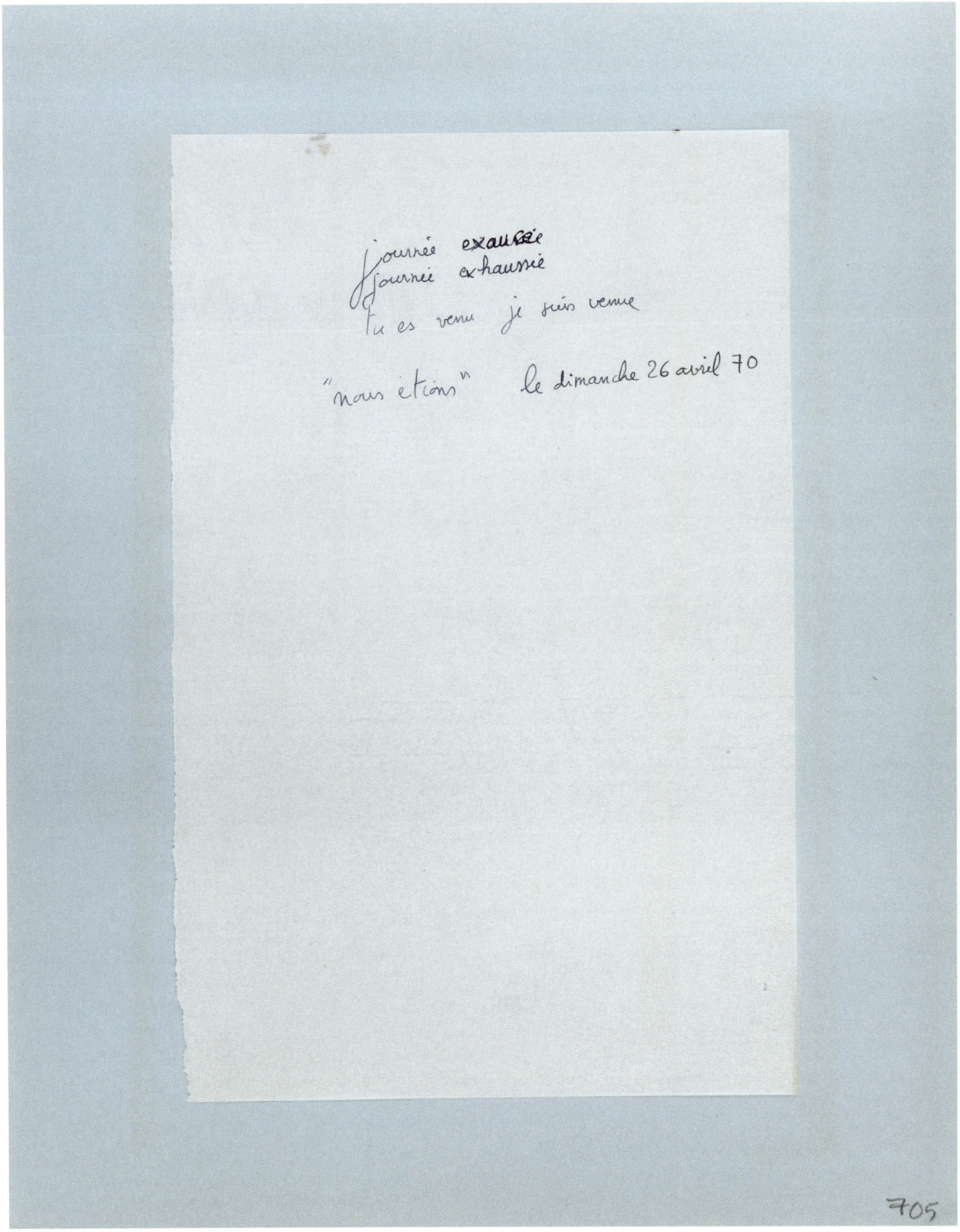

journée exaucée
journée exhaussée
tu es venu je suis venue

"nous étions" le dimanche 26 avril 70

705

705

Journée exaucée
journée exhaussée

tu es venu je suis venue

« nous étions » le dimanche 26 avril 70

Photographie Anne Pingeot, Massevaques, Lozère, 1978.

Index

Direction éditoriale
Jean-Loup Champion
Relecture des textes
Hélène Valentinelli
assistée de
Isabelle Cochet, Perrine Felix,
Carole Ménassé, Anne-Lise Salignac,
Claire Simondin, Dominique Valentinelli
Index
Béatrice Peyret-Vignals
Direction artistique
Anne Lagarrigue
Mise en pages
Isabelle Flamigni
Fabrication
Caroline Artémon
Presse
Françoise d'Avout
assistée de Blandine Chaumeil

Photogravure : Nord Compo
Imprimé en France par Pollina - L78664
Dépôt légal : octobre 2016
ISBN 978-2-07-019723-1

312565